国家清史编纂委员会·文献丛刊

中国荒政书集成

主　编　李文海
　　　　夏明方
　　　　朱　浒

天津古籍出版社

第八册

国家清史编纂委员会出版编委会

本书被列为国家古籍整理出版"十五"重点规划

本书出版得到国家古籍整理出版专项经费资助

高等学校全国优秀博士学位论文作者专项资金资助项目

教育部人文社会科学重点研究基地重大项目清代灾荒研究

中国人民大学"十五""二一一工程"清史子项目

救济灾黎陪赈散

清光绪四年刻本

（清）陈良佐　撰

赵晓华　点校

救济灾黎陪赈散

弁 言

《陪赈散》一书由来久矣。盖大饥之后，必有大疫。人当冻馁之余，受症最易。一交春令，往往随气而发。去年冬秦、晋、豫三省奇荒，流民至皖者，吾颍尤多。余与当事诸公筹所以施济之，倡义集赀，设赈厂，设粥店，随地拯救，不遗余力。然嗷嗷哀鸿，有不死于饥而复死于疫者。群居杂处之区，传染尤速。治法未善，猝不待时。余目睹死亡，正忧无术挽救，适友人授此书，展阅一过，见其立论命名之意，若专为此时而设者。因亟付梓，广布流传，起沟中之瘠，活涸辙之鱼，俾垂死灾氓生还乡井，岂非大幸也夫！

光绪四年岁次戊寅仲春月颍川程文炳谨识

热 疫 病 源

夫热疫之病，皆因岁歉久困，饥寒所致也。久困于饥，则脾胃受伤而邪火上炎；久困于寒，则冷彻骨髓而肺肾受伤。肺伤则气衰，肾伤则水涸。饥寒伐其体，贫苦乱其心，烦恼百出，以伤其肝。是五脏之邪火为害，发而移热于六腑，一时不能畅达，凝郁蓄久而成热毒。此热疫之源也。每年自交春分，天气渐热，疫毒渐炽；一交秋分，天气乍凉，疫毒得凉即解。是热毒皆乘天时而发越，因名时疫。然亦有饱暖而其体虚者，每得自传染，故曰流行，又曰天行。非天之欲行此疫也，乃热病乘天之热而行耳。盖其见症多端，各随其亏损之所尤甚者而为之发于其经也。治法宜以祛风散火、清热解毒为要。佐窃谓热疫由于风木太过，克制脾土，气不运化，邪火自生，热毒郁结，壅塞于上中二焦，停滞于肠胃曲折之处，随生疫病，见症多端，非寻常药品所能治也。宜以陪赈散主之。至其病状，详细说明，以便识认，庶无遗漏之弊。谨将诸症开列于左：

有头晕、浑身壮热、内烧、呕哕吐食者；

有头眩、胸膈不利、不思饮食、遍身壮热膨闷者；

有浑身大热、饮食无度者；

有内热作渴而身不发热者；

有浑身壮热而无汗者；

有浑身壮热而自汗无度者；

有头痛脑闷、壮热发渴、遍身骨节疼痛者；

有壮热发斑者；

有壮热、瘟疫发疹者；

有头面猝肿者；

有咽喉肿疼、痰涎壅塞、滴水不能下者；（遇此等急症，宜用马齿苋二斤，不见水捣烂，入白麦面半斤、陈醋一两和匀，敷肿处，便觉冰凉爽快。口中含陪赈散，即能润下。半日之间，咽喉之肿尽消如失。）

有咽喉疼肿、上连腮腭、痰涎上壅者；

有浑身壮热、声音不亮者；

有猝然跌倒、喉中痰响如水鸡声者；（切勿认作真中风、类中风等症。）

有浑身壮热、头昏而聋者；

有头顶猝然肿大如斗者；（俗名大头瘟，服陪赈散尤妙，或服普济消毒饮亦可。）

有遍身斑疹杂出者；

有遍身似瘾疹、似风疮者；

有丹毒遍身似火烧者；（此症皮肤血热，小儿尤多。外以枣刺或绣针微于四围少点出血，即以韭菜、地曲、蟮屎、凉水和敷。）

有血从口中出者；

有血从鼻中出者；

有血从牙宣中出者；

有血从大小便出者；

有小便热淋如血者；

有小便涩痛不通者；

有大便闭结者；

有泄泻无度者；

有腹中作痛、肠鸣如雷者；

有舌强、口苦、咽干、声音不亮者；

有身热内烧、口舌生疮者；

有谵语发狂、昏迷不省人事者；

有见神见鬼、手舞足蹈、颠狂似疯者；

有患热疫，误服发汗之药，变为亡阳之症而发狂叫跳或昏迷不知人事者；

有昏不知人、如醉如痴者；

有发热头疼、咳嗽不安者；

有病愈后任意饮食而其病复发者；

有病愈后不戒房劳而其病复发者；

有因恼怒而其病复发者。

以上诸症，皆热疫也。并宜以陪赈散主之。若但减其热而热犹未尽除，宜再服。若热已尽除，不必再服矣。

陪 赈 散

白僵蚕（伍斤黄酒拌炒）、净蝉退（二斤半）、嫩姜黄（十二两）、川大黄（十斤）

右四味各自为末，共合一处和匀。每服一钱八分二厘五毫，用生蜜、冷黄酒各五钱调服。服后须忌口半日，不可吃烟，亦不可吃饭食、饮茶酒等物，不过半日全愈。若不忌口，药不效矣。然此药宜空心服，若饱食后服之，亦不见效。

愈后禁忌：饱食、荤酒、气恼、房事。

贫人患热疫，或一二日或月余未愈者，但服此药一服，愈矣。以其未曾误服他药故也。若有力之家服之，愈者亦有六七，其不愈者亦有二三，以其误用他药故也。

此方专治三十六般热疫。春分以后、秋分以前，但有乍病者，服此俱有大效。若秋分以后及未交春分以前诸症，俱不可服，切须忌之，因其时令不同故也。譬如纱葛为当暑之服，裘绵为御冬之衣物，各因时不容混乱，况药品独无冬夏之分乎？惜前人未曾道破，今佐以一言蔽之曰：每岁自春分以后、秋分以前所得疫症，皆不可解肌发汗。若误汗之，则亢阳之火愈炽而病愈危矣。

陪赈散命名之意

佐因岁饥有赈，凡赈济之所，不可无此药以陪之，故曰陪赈散。此方群书不载，亦非师传，佐以天下后世生民之性命为重，是以日不暇食，夜不暇寝，半生心力尽瘁于此，从一隅三反而得其旨趣，由触类旁通而得其要归，自阅历以造于精微，屡经验而知其神妙，非敢曰自裁，实独撰之方也。此药计重一钱八分二厘五毫，下咽即苏，半日全愈，全活者不可胜记。诚卫世之仙丹，保民之至宝，不可视为泛常而忽之也。每自春分以后、秋分以前一百八十二日之间，但有乍病者，此药俱可服之。若一交秋分以后及未交春分以前，即有疫病，此药俱不可服。须知立方之旨，专在热疫起见也。至于寒疫，古人之论详矣，奚庸多赘？若谬以治寒疫之古方而治今人之热疫，则热疫之人奚罪焉？此陪赈散之所由著也。且观古今之医书，非不有时疫瘟疫之条，然皆编入伤寒部中。其所论之言，无非寒疫，实乃治伤寒病之方也。佐窃谓此等方法但治寒疫未尝不效，若误治春分以后之热疫，是所谓身处水火而益之以深烈也，可不慎欤！

藏器云：俗工虽有疗病之名，而终无必愈之效。尝自文其过曰：王道无近功。若闻捷效之方，心怀忌刻，反诬之曰：此霸道也，我辈不用。佐窃谓热疫之病，杀人甚速，苟非捷效，济其何事？

张子和云：良工先治其实，后治其虚；粗工或治实，或治虚；谬工则实实虚虚；惟庸工则误其虚，不敢治其实。举世不省其误，故表而出之。夫病非人身素有之物，或从外入，或自内出，皆邪气也。邪气中人，去之可也，留之未有不为害者。佐窃谓去邪正所以治病，病去而元气复矣。经曰：知其要者，一言而终。此之谓也。

药 性 总 论

夫立方必有君臣佐使，而又兼引导，此良医之法也。陪赈散以僵蚕为君，蝉蜕为臣，姜黄为佐，大黄为使，米酒为引，蜂蜜为导，六法俱备而方成矣。尝考《本草》而知蚕之气微温，味微辛，为清化之品，故能升阳中之阳。清阳之气既升，而阴浊之气自降，则邪火自散，邪热自除，烦燥自解，而口自不渴矣。夫蚕食而不饮，必三眠而三起，二十七日而老。眠者病也，故合箔皆病而不食也；起者愈也，故合箔皆起而食也；僵则合箔皆僵。用此而治合家之热疫，所谓因其气相感而以意使之也。故以为君。夫蝉气〔蜕〕无毒，味咸而甘，为清虚之品，吸风饮露，得清阳之真气，所以能祛风而除湿，得太阴之精华，所以能涤热而解毒也。以清虚之品而治饥饿乏食之病，亦所谓因其气相感而以意使之也。蜕者，退也。欲使病退，亦如蝉之脱然无恙也。故以为臣。姜黄，气味辛苦，大寒无毒，蛮人常生啖之，喜其祛邪伐恶，解热消毒，能入心脾二经。治疫故以为佐。大黄，苦寒无毒，亢阳之甚，非此莫抑。寒能泻火，苦能补虚，一举而两得之。人但见其建良将之功勋，而不知其有贤相之硕德也。故以为使。米酒，其性大热，其味辛苦，而甘能上行头面，遍达周身，内通十二经络，外溢肌肤毛窍，驱逐邪祟，无处不到。今以冷用则不过猛，一杯则不过多，渐渐行之，引药四达，自能调养血气。故以为引。蜂蜜，甘平无毒，生则性凉，能清热润燥，导疫毒下行，故以为导。蚕以清化而升阳，故能祛风靖疫；蝉以清虚而散火，故能涤热解毒。君圣臣贤，治化出焉。姜黄伐恶而建功，大黄勘乱而致治，佐使同心，功绩建焉。酒引之使上行，蜜润之使下导，引导协力则疫毒自除，而身心自泰矣。此方补泻兼行，无偏胜之弊；寒热并用，得中和之妙，故其效甚速而其验自神也。其药每服用一钱八分二厘五毫者，乃上法天时也。自春分至秋分，计一百八十二日半，一日一度，得周天一百八十二度半。语当细审，意须默会，神而明之，存乎其人。果知其妙，造化之机操之自我，然血肉之躯虽不免染受热疫，而斡旋得法，又何患群黎之困于天时耶？语云：人定胜天。其洵然哉！

热疫禁忌药味

凡治伤寒热病、发表取汗之药，一概禁用。今但摘其所尤者，表而出之。歌曰：麻黄羌独活，菖蒲细辛葛。香附艾苍耳，桂枝牙皂角。巴豆大犯忌，川椒乌梅合。以上十四味，用之不能活。

附录陈良佐治热疫各方

大复苏饮子

治热疫　神昏不语、目赤口干、形如醉人，或谵语跳骂、哭笑不时、不辨亲疏、目不能闭者，名越经症；若误服发表而然者，名亡阳症。

黄连（一钱）　黄芩（一钱）　犀角（一钱）　栀子（一钱）　滑石（一钱）　麦冬（一钱）

人参（一钱）　甘草（三分）　茯神（一钱）　天麻（一钱）　当归（三钱）　生地（二钱）

丹皮（一钱）　僵蚕（二钱）　蝉蜕（一钱）

右锉一剂，水煎去渣，微温，入生蜜、冷黄酒□□杯服。来章曰：热入于心经，凉之以黄连、犀角、栀子；心移热于小肠，泻之〈以〉滑石、甘草；心热上逼于肺，清之以黄芩、麦冬。然邪热越经而传于心与肝，多亡阳者，皆心神不足故也，故加参神以补之。佐窃谓应用天麻以定其搐，使之开窍，再用归地、丹皮活血凉血，以养其阴，仍用蝉蜕以治其疫方妥。

小复苏饮子

老府门前裴玉书，年三十余岁。四月间患时疫，已经半月，危甚。因服发汗解表之药，发狂谵语，昏迷不省人事，浑身壮热，大便燥结。佐制此方，一服竟愈。隔两日，其病复作，微有谵语。余曰：此因饱食而然也。仍以前方服之，果安。又两日，彼遇他医，谬为改方，服之立即狂跳谵语尤甚。佐仍用前方，即时而愈。

黄连（一钱）　黄芩（一钱炒）　黄柏（一钱）　知母（一钱）　桔梗（一钱）　丹皮（一钱）
黑栀（一钱）　神曲（三钱炒）　车前（二钱）　生地（二钱）　木通（二钱）　僵蚕（三钱炒）
蝉腿（十个）

引同上，加自己小便一杯服。

大清凉涤疫散

治热疫　浑身发热，胁痛耳聋，咽干口苦，自汗，口臭出血，或谵语发狂。

胆草　黄芩炒　栀子　泽泻　木通　车前　五味　天冬　麦冬　黄连　泽兰　知母
银花（以上各一钱）　当归　生地　僵蚕　蝉蜕（以上各二钱）　全蝎（三个）　甘草（三分）

引同上，不加小便。

此方用胆草、黄芩泻肝肺热，栀子清三焦，泽泻、知母以泻肾，木通、车前泻热于下，当归、生地、甘草养阴和中，天冬、麦冬、五味敛肝、润燥、养筋，黄连泻心，泽兰行气消毒，银花清热解毒，蝉蜕为治疫要药，全蝎去风定搐。

代天靖疫饮子第一方

治热疫　浑身大热憎寒，体重，头面猝肿，目不能开，上气喘急，口干舌燥，咽喉不利。

黄连　黄芩　元参　连翘　桔梗　胆草（以上各一钱）　橘红（三分）　甘草（三分）　僵蚕（三钱炒）　蝉蜕（五个）　银花（二钱）　泽兰（二钱）　白附子（五分）

引同上。

此方用芩连泻心肺之热，胆草泻肝胆之热，元参、橘红、甘草泻心补中，泽兰行气消热，银花清热解毒，连翘去心经之客热，白附去头面之风毒，蚕蝉散毒消肿，定喘出音，能使清阳上升，桔梗为舟楫载药，不令下行也。

代天靖疫饮子第二方

一人四月间患时疫，因著恼发热头痛，遍身支节疼痛，误发汗，愈加沉重。佐制此方，一服而瘟疹发现，四服全愈。

黄连　黄芩　黄柏　骨皮　车前　丹皮　木通（以上各一钱）　神曲（三钱）　当归（二钱）　桔梗（二钱）　陈皮（六分）　僵蚕（二钱）　蝉蜕（十个）

代天靖疫饮子第三方

一人四月间患时疫，因误服防风、通圣散及葛根汤、小柴胡发汗等药，延至半月，病势甚危，浑身大热，谵语目赤，手足搐搦。佐制此方，两服愈。

黄连（一钱）　黄芩（一钱）　桔梗（一钱）　红花（一钱）　车前（一钱）　丹皮（二钱）
生地（二钱）　木通（二钱）　当归（三钱）　神曲（三钱）　僵蚕（三钱）　蝉蜕（十个）

引同上，加自己小便一杯。

小清凉涤疫散

治热疫　浑身发热，内有积热，烦燥头沉，满面发肿或唇口颔腮肿者。

黄连　生地　丹皮　石膏　紫草（以上各一钱）　当归　银花　泽兰（各二钱）　僵蚕（三钱）　蝉蜕（十个）

此方黄连泻心脾之火，石膏泻阳明之火，紫草通窍、解毒、消肿，泽兰行气，银花消毒清热，当归、生地、丹皮凉血养阴而退阳也。蝉蚕为清化之品，清升则热解肿消，而病自止矣。

宓心驱疫饮子第一方

治热　疫初觉浑身发热憎寒，体重，四肢无力，遍身酸疼，口苦咽干，胸膈膨闷。佐制此方，无发表药而汗液流通，无攻里药而疫毒自下，有斑疹即现而内症悉除。

黄连（一钱）　木通（一钱）　车前（一钱）　桔梗（一钱）　僵蚕（一钱）　黄芩（五分炒）
黄柏（五分）　神曲（二钱）　生地（二钱）　银花（二钱）　蝉蜕（一钱）

引同上

宓心驱疫饮子第二方

黄连（一钱）　僵蚕（一钱）　白附子（一钱）　丹皮（一钱）　车前（一钱）　木通（一钱）
桔梗（一钱）　生地（二钱）　神曲（三钱）　当归（二钱）　陈皮（六分）　甘草（五分）
蝉蜕（十个）

引同上，加小便一杯。

宓心驱疫饮子第三方

一人五十一岁，于四月患时疫，憎寒壮热，头晕，口干，作呕，四肢无力。佐制此方，一服全愈。

川连（一钱）　红花（一钱）　当归（二钱）　生地（二钱）　丹皮（三钱）　生芪（二钱）
泽兰（二钱）　黄芩（二钱）　桔梗（二钱）　神曲（三钱）　僵蚕（三钱炒）　蝉蜕（五个）
甘草（三分）

引同上。

一妇人五十一岁，腹中受孕已五月余。四月患时疫，心中作热，身外却凉，头疼发呕，病势甚危。佐亦用此方，一服全愈。盖僵蚕蝉蜕，孕妇禁用，而服之并不动胎气，所谓有病病受也。故附记之。

书中始终并不言及气运，亦不言及脉诀，诚恐愚夫愚妇未晓其义，反生疑惑，故不必细言。然大义无不总括，是在善用者而消息之。

救灾福报

民国二十四年刻本

（清）郑官应　辑

赵晓华　点校

序

阴骘之说，士大夫所不言。非不言也，本此恻隐羞恶之心，为利物济人之举，亦行其心之所安而已，岂有所为而为哉？然而天道好还，不求福而福自至，不望报而报愈彰。征诸往事，历历不爽，特人自不察耳。自欧风东渐，异说朋兴，学者不探性命之原，不究循环之理，举先贤往哲劝善之书，不斥为妄谈，即嗤为迷信，相随相激，而人心日趋于凉薄，风俗日即于浇漓，驯至酿成弥天浩劫而不悟，此有心人所为惴惴焉若不可终日者。丹徒吴养臣世伯乐善不倦，见义勇为，得香山郑陶斋先生《救灾福报》一书，视为劝善鸿宝，一再印行，俾资观感，其成效固已数数见矣。今复以各省水灾为患方烈，更出是书，广为印送。观其用心之苦，设计之周，与人为善之念，肫诚而迫切，岂寻常号称善人者比哉？宜乎潞国精神、汾阳福泽，悉萃于一身，而福报之来，且绵绵而不绝也。读是书者，其亦知所感发也夫！

民国二十四年岁次乙亥冬至日淮山朱邦伟谨识

老友吴养臣先生深于情，笃于义，曩见所刊陶斋《救灾福报》一书，知其与人为善之心沛然莫御。书凡三刻，自前清光绪戊子、丙午，迄宣统辛亥，水患频仍，赈款立集，皆是书之刻有以致之。洎乎共和肇始，兵燹未终，各省亦灾祲见告。养澄复以是书梓而行之，俾览者慈祥恺悌之念油然而生，于拯患救灾之举或有补助。是养澄之志也夫！

民国二年冬十二月蒲番昌识于上海木石居

《救灾福报》一书，郑陶斋先生见前人凡存心施赈者，子孙必获福报，因辑刊以赠同人。兆元于戊子、丙午一再刊布，兴起者颇众。人之好善，谁不如我？此书之有功于赈务也，实非浅鲜。今年长江一带，自湘、鄂、皖、苏以达浙境，水势泛滥，淹没田庐十者而九，哀鸿遍野，较之戊子、丙午灾情尤重。爰覆刊印，遍送仁人君子阅之。或解囊，或劝募，积腋成裘，捐输必因之大集，而子孙之获报更可卜操券而得矣。

宣统辛亥秋七月丹徒吴兆元养臣氏谨识

《救灾福报》一书，为香山郑陶斋部郎劝赈时所辑，久已脍炙人口。自光绪戊子年郑州水患，豫皖告灾，满目疮痍，延颈待命。丹徒吴观察养臣时在上海，重刊是书，以为世劝。果见仗义诸君子捐输惟恐不速，解助无时或吝，是以积腋成裘，共襄善举者，未始非是书之有感遂通也。今又值湖南、江西、江南等处水灾告变，区域之广，无殊郑豫。时适吴观察辙息蜀东，叹人生之迁徙靡常，感今昔之灾害并至。一感触，偶检行箧，得是书。属朝宗读之，果足激发善心，为劝赈之左券。爰商朝宗所创用聚珍版，排印数千部，分送同人。有心世道者，谅亦乐为资助也。

光绪丙午八月渝北后学杨朝宗谨识

《救灾报福》一书，我友郑香山劝赈时所辑，阅今十年矣。比值郑州决口，豫皖告灾，南中诸君子体视民如伤之隐，廑铤而走险之忧，仗义疏财，惟恐不及。然灾区太广，赈资有穷，识者忧之。丹徒吴君养臣因重刊是书，以为世劝，诚保民报国之盛心也。至于救灾恤邻，行道有福，书中详言之，无待赘述。

光绪戊子春二月吴县谢家福识

乐善不倦，天爵也。顾有无所为而为之者，有有所为而为之者。无所为而为之，可以希圣贤而不可例常人。三代以下，常人行善，虽圣人不苛求也。孔子曰：善人吾不得而见，得见有恒者，斯可矣。何善人之与有恒相去乃若是哉！诚难乎其不倦也。香山郑陶斋正郎辑《救灾福报》一册，大率记汉初迄国朝诸人氏修德而获报者。其中大小远近虽各殊，而善之在赈荒者功尤大而报尤隆。名曰福报，固知修天爵以要人爵，有本者皆如是。由流溯源，其涂极远。使持此不倦之心，积久行之，则自有恒以驯致乎善人，君子无难也。黄河滥觞宿海，自积石龙而下，沛乎汇江汉以入海，而蓬壶金阙，其富若贵，且有非人间所能仿佛者，岂非源远流长哉？谨书数行以志钦慕云。

光绪四年六月望日余杭褚成宪识于上海

古今四大部洲世家巨族，富贵绵延，无不由祖先之阴德以致。代有伟人，而阴德之最大、报应之最速者，莫如荒年施赈，一举可活千万人，上契天心，下全民命。古云活千人者后必昌，洵不诬也。考诸记载，有因活饥民而及身富贵者，有因活饥民而克登上寿者，有因活饥民而子孙科甲累代簪缨者，自古及今不可胜数。盖德愈积，福愈大，不求果报，不求人知，天之报施愈觉其丝毫不爽。爰选录救灾福报数十则，皆确有可据，请沈小园中翰鉴定，名曰《救灾福报》，俾资观感。当此直豫秦晋数百年来未有之奇灾，正祸福消长之秋，国家发帑截漕，士庶捐资助赈，皆趁此机缘耳。印既成，遂书数言以为之劝。

戊寅六月香山郑官应谨序

救灾福报目录

官吏（细目略，下同） ···································· (5255)

绅富 ··· (5263)

士庶 ··· (5268)

妇女 ··· (5274)

方外 ··· (5275)

救 灾 福 报

官 吏

持 节 发 粟

汉汲黯为谒者。河内失火，延烧千余家，上使黯往视之。还报曰：家人失火，屋比延烧，不足忧也。臣过河南，河南贫人伤水旱万余家，或父子相食。臣谨以便宜持节发河南仓粟，以赈贫民。臣请归节，伏矫制之罪。上贤而释之，称为社稷臣。名传史册，子孙贵显不绝。

伏 湛

汉伏湛为平原守。时境内大荒，湛谓妻子曰：百姓困苦极矣，奈何独享用？乃具清斋，食粗粝，不肉食，悉分俸禄乡里，全活无算。后官司徒，封侯。子隆为光禄勋，孙曹皆贵显。

贱 籴 贵 粜

汉宣帝时，岁丰穰，谷一石五钱。大司农丞耿寿昌奏言：岁数丰穰谷贱，农夫失利。故事岁漕关东谷四百万斛，用卒六万人。今宜籴三辅、弘农五郡谷，足供京师，可省关东漕卒过半。又奏令边郡皆筑仓，民便之。上赐昌关内侯。按：此法无岁不籴，无岁不粜。上熟籴二而舍一，中熟籴二，下熟籴一，此无岁不籴也。小饥则发小熟之敛，中饥则发中熟之敛，大饥则发大熟之敛，此无岁不粜也。苏轼云：臣在浙中遇荒，只出粜常平米，更不施行余策。

爱 人 活 国

齐王珍国为南谯太守，郡境苦饥，乃发米散财，以赈穷乏。高帝手敕云：卿爱人活国，甚副吾意。按：珍国身为华胄，能以己饥为念，宜其为帝所契重也。

韩 仲 黄

韩韶，字仲黄，颍川舞阳人，辟司徒府。时太山贼公孙举等聚至二万人，寇青、兖、徐州。尚书选三府橼能治剧者，以韶为嬴长。贼闻其贤，相戒不入境。流民万余户入县界，韶开仓赈之。主者争不可。韶曰：长活沟壑之人，以此伏罪，含笑入地矣。太守素知韶名德，竟无所坐。韶与同郡荀淑、颍阴人当涂长陈实、许人太邱长钟皓、长杜人林虑长皆尝为县长，以德政称时，谓颍川四长。韶子融，字元长，少能办理而不为章句学，声名甚盛。献帝初至太仆，年七十卒。

郑思元

郑默，字思元、众元，孙褒，子荣阳，开封人。为东郡太守。值岁荒人饥，默辄开仓赈给，乃舍都亭，自表待罪。朝廷嘉默忧国，诏书褒叹，比之汲黯。入为散骑，常侍服阕，转光禄勋。太康元年卒，年六十八，谥成。子球，字子瑜，少辟宰府。成都王为大将军，讨赵王伦，为右长史，以功封平寿公，累迁中护军尚书、右仆射，领吏部。谥元。弟豫永嘉末为尚书。

白日上升

晋许逊，字敬之，南昌人，为旌阳令。时遇荒灾，许请款查户赈恤。不足，尽出私囊以继之，全活无算。上官忌嫉之，遂弃官东归。遇谌母传以道术，周行江湖，斩蛇诛蛟，安良除害。归隐精修，寿至一百三十六岁。举家拔宅，白日升天。

鬻业行赈

唐萧复为太子仆射。广德中连岁不稔，谷价腾贵。家贫，将鬻昭应别业行赈。时宰相王缙闻其中林泉之美，使弟纮致辞，若以别业见赠，当处足下于要地。复对曰：仆以家贫鬻业，将拯救孀幼耳。倘以易美职于身，令无告之人冻馁，非鄙夫之心也。后子孙富贵不绝。

王子兰

嗣曹王皋，字子兰，太宗少子，曹王明会孙。上元初贬温州长史，摄州事。大饥，发官廪数十万石赈饿者。僚吏叩庭请以闻，皋曰：人不再食且死，何俟命后发哉！苟杀我而活众，其利大矣。乃自劾。优诏褒许。后累迁户部尚书、荆南节度使，谥成。

开仓后奏

张须陀，大业中为齐郡赞务。会兴辽东之役，岁饥，须陀将开仓赈给。官属咸曰：须待诏敕。须陀曰：如待报至，当委沟壑。吾若以此获罪，死无所恨。先开仓而后状。帝嘉而不责，称名臣，子众多贵。

闭赈被戕

随马邑太守王仁恭，岁饥闭仓，不务赈济。刘武周宣言曰：今百姓饥馑，僵尸载道。王府君坐视其死，岂为民父母之道哉？众皆愤怒，因称疾卧家。椎牛誓众曰：我侪岂能坐待沟壑。仓粟烂积，谁能与我共取之？众皆许诺。乃计杀仁恭，开仓赈济，属城皆下。董煟曰：荒歉之时，不肯发廪赈济，每令奸雄藉此号召饥民，往往致乱。义宁元年，榆林大饥。郭子和潜结死士，执郡丞王才，数以不恤百姓，斩之，遂为乱。此虽盗贼之行，终归枭磔，然亦足为不务恤赈之戒矣。

昂价招米

卢坦拜宣歙池观察使。时江淮旱，谷踊贵。或请抑其价，坦曰：所部地狭，谷来他州。若值贱，谷不至矣。不如任之。既而商米涌至，市估遂平。称良吏。

造　粥

贾黄中知宣州。岁饥，民多为盗。黄中出己俸造糜粥，赖全活者以千数。仍设法弭盗，因悉解去。按：黄中，沧州人，七岁登第。李昉赠诗云：七岁神童古所难，贾家门户有衣冠。与吕蒙正等五凤齐飞，子孙多贵显。

给 谷 救 婴

李宥知蕲州。岁凶人散，委婴孩而去者相属于道。宥令吏收取，计口给谷，俾婴妇均养之。每旬阅视，所活甚众。及推右正言，言春秋有告籴，陛下恩施动植，视人如伤。然州郡官司各专其民，擅造闭籴之令。一路饥则邻路为之闭籴，一郡饥则邻郡为之闭籴。夫二千石以上，所宜同国休戚，而坐视流离，岂圣朝子育兆民之意哉？遂诏邻州邻路灾伤而辄闭籴，论以违制律。宥子众多贤，科甲不绝。

以 役 代 赈

欧阳修知颍州，岁大饥，奏免黄河夫役，得全者万余家。又给民工食，大修诸陂，以溉民田，尽赖其利。入副枢密，经济文章流传史册。

阻 赈 恶 报

宋淳熙初，司农少卿王晓平旦访林机。时为给事中在省，其妻，晓侄女也，垂泪诉曰：林氏灭矣。惊问其故，曰：天将晓，梦朱衣人持天符来言，上帝有敕，林机论事害民，特令灭门。悸而寤，犹仿佛在目也。晓待林归，叩近日所论奏。林曰：蜀郡旱歉，奏乞拨米十万石赈饥，有旨如其请。机以为米数太多，蜀道不易致，当酌实而后与，封还敕黄。上谕宰相云：西川往复万里，更复待报，恐于事无及，姑与其半可也。只此一事耳。晓瞿然遽去。未几，林病归，至福州卒。三子继亡，其后遂绝。呜呼！万姓生灵，林以一言杀之，立遭天谴，可不畏哉！

陈 晓 佐

宋陈晓佐知寿州，岁大饥，公自出米为糜，以食饿者。吏民以公故，皆争出米，活数万人。公曰：我岂以是为私惠哉！盖以令率人，不若身先而使其乐从也。后以太子太师致仕，寿八十二，谥文惠。

洪　皓

洪皓为秀水录事。大水，田尽没，流民塞路，仓库空虚，无赈救策。公白郡守，以荒政自任，悉籍境内粟，留一年食，发其余粜于城之四隅。民不能自食，官为主之。立屋城西南两废寺，十人一室，男女异处。防其淆伪，涅墨子识其手，西五之，南三之，负爨樵汲有职。民羸病不可杖，有侵牟斗嚣者，乱其手文逐之。借用所司发运民钱，钱且尽，会浙东西运常平四万过城下，公遣吏锁津栅，语运官截留。官噤不肯，曰：此御笔所起也，罪死不赦。皓曰：民仰哺当至麦熟。腊犹未尽，中道而止，则如勿救，宁以一身易十万人命。迄留之。未几廉访使至，曰：平江哀号诉饥者旁午，此独无有，何也？守具以对。乃至两寺验视，使者曰：吾尝行边，军法不过是也。违制抵罪，为君脱之。又请得二十万石，所活九万五千余人。后有叛卒排门掳掠，至皓门首曰：此佛子家也，无得入。后官端明学士，谥文惠。子适、遵相继登科，俱为名臣。

赵 抃

熙宁八年，吴越大旱。赵抃知越州，先民之未饥，为书问属县，被灾者几处，乡民当待廪者几人，沟防兴筑可僦民使洽〔治〕者几所，库钱仓粟可发者几何，富人可募出粟者几家，僧道所食羡粟，书于籍。乃录孤老病不能自食者二万一千九百余人。故事仓廪穷人，当给谷三千石而止。抃简〔检〕富民所输及僧道羡余，得粟四万八千余石，佐其费。自十月朔，人日受粟一升，幼少者半之。忧其众相蹂也，使男女异日，而人受二日之食；忧其且流亡也，于城市郊野为给粟之所五十有七，使各以便受之，而告以去其家者勿给。计官职之不足用也，取吏之不在职而寓于境者，给其食，为任以事。告富人无得闭粜。诸州皆榜禁米价。抃令有米者增价粜之，自解金带置庭下，命粜米。由是施者云集。又出官粟五万二千余石，平价予民，为粜粟之所凡十有八，以便粜者。又僦民修城四千一百人，为工三万八千，计其佣，与粟再倍之。民取息钱者，告富人纵予之，以待熟，官为责其偿。弃男女，使人得收养之。明年春，人疫病，为病坊处疾病之无归者。募医二人，属以视医药饮食，令无失时。凡死者，使在处收瘗之。故〈事〉官廪穷人，尽三月当止。是岁五月而止。事有非便者，抃一以自任，不累其属。有上请者，遇便宜多辄行。早夜惫心力，无巨细必躬亲，给药石多出私钱。是时旱疫，吴越民死者殆半。抃所抚循，皆无失所。盖民病而后图之，与先事而为计者，则有间矣。殆可为后世法。抃卒相神宗，为名臣云。

赵 意

赵意为平原守。时多盗，而与诸郡讨捕，斩其渠帅，余悉放之。青州大蝗侵平原，荒甚，乃出俸赈之，劝富民出谷济饥，所活万计。官太傅，封侯世爵。

滕 元 发

滕元发知郓州。时淮南京东饥，元发虑流民且至，将蒸为疫疠，先度城外废营地，召谕富家，使出力为席屋，一夕成二千五百间，并灶器用皆具。民至如归，全活至五万人。后为龙图阁学士，年七十一无疾而逝。

富 弼

宋富弼为枢密副使，为小人所谮罢去。夏竦复诬弼遣石介结契丹起兵，期为内应。仁宗怒甚。以有救者，乃落职知青州。时河朔大水，饥民流入境，猝难获食，相继待毙。富弼择所部丰稔者三州，劝民出粟，得十万斛，以官廪贮之，劝分借私廪舍十余万区，散处其人，以便薪水。择官吏廉能者，给其禄，使循行乡里，问老弱疾苦。官吏皆书其劳，约为奏请。率五日，辄以酒食劳之。出于至诚，人人为尽力。山林河泊之利有可取为生者，听流民取之，主不得禁。流民死者，大冢丛葬之。从者如归市。或谓弼非所以处危疑，祸且不测。弼曰：吾岂以一身易六七十万之命乎？行之愈力。明年麦大熟，流民各以远近，受粮而归，所全活甚多。帝闻之，遣使劳弼，即拜礼部侍郎。寻与文彦博同相制下，朝士相庆。封郑公，进封韩公，寿八十，谥文忠。

增 值 招 商

章谊知温州，适岁大旱，米斗千钱。谊用刘宴招商之法，置场增值以籴，米商辐辏，其价自平。其子孙多富。

收 弃 婴

冷应征知万载县。岁歉，弃孩满道。乃下令恣民收养，所弃父母不得复问，全活甚众。史称良吏，子孙多贵。

领 孩 给 券

叶梦得为许昌令，值水灾，浮殍不可胜计。梦得发常平所储，奏乞越制赈之，全活数万。道中多遗弃小儿，一日询左右曰：无子者何不收以自养？左右曰：人固所愿，但患既长，或来识认。梦得乃为立法，凡灾伤遗儿，父母不得复取。遂作空券数千，具载本末。凡得儿者，使明所从来，书券付之。又为载籍记数，贫者给米以为食。事定，按籍计三千八百余儿，皆夺诸沟壑而致之襁褓。世呼佛爷，子孙昌盛，富贵绵延。

张 孟 球

河内按察使张孟球居官廉洁，遇年荒，自食菜粥。叹曰：百姓饥馑，吾当与百姓共苦，安忍食厚味耶？因出俸并夫人衣饰，籴米赈饥。于是富户争相煮赈，全活无算。生五子，皆登科。

感 报 甚 速

范纯仁知庆州，饥殍载路，官无谷以赈。公欲发常平封贮粟麦赈之，州郡官皆不欲，曰：常平擅支，获罪不赦。公曰：环庆一路生灵付某，岂可坐视其死而不救？众皆曰：须奏请得旨，可也。公曰：人七日不食即死，岂能待乎？诸公但勿预告，吾独坐罪耳。或谤其所活不实，诏遣使按。时秋大稔，民欢曰：公实活我，忍累公耶？昼夜输纳常平。迄按使至，无所负矣。或问范忠宣擅支常平为救荒也，众何故持以不可？潘麟长曰：无他，保官情重，故坐视人之死而不救，非有所憎恶于环庆生灵也。忠宣独任其罪而不欲众预，真刀锯鼎镬是甘之念。卒之民不公累而输纳无逋，感报甚速。人奚不为忠宣之为哉？宜乎父子拜相，簪缨不绝也。

王 致 远

王致远知慈谿〔谿〕县，浙东大饥，死殍成邱。致远请邑贤士大夫分僧寺置局为粥，以食饥者。始日食千人，既而邻民纷至，日至八千人。已俸不足，复诣上台借助，劝巨室出米以续之。迨麦熟始罢。寻置养老院，给薪米，以处老弱之无归者；置慈幼院，厚乳哺，以活婴孩之委弃者。病与医药，死与瘗埋。山谷穷民感恩流涕，称为生佛。子贵孙贤。

请 赈 善 报

明万历年，姚思仁巡按山东、河南，杀贼甚多。忽病，被摄冥司。主者诘曰：尔何好杀如此？姚曰：某为天子执法耳，非好杀也。主曰：此言过矣。凡为官者，当体上帝好生恶杀之心，先王刑期无刑之意。尔不以哀矜勿喜自省，理应受罪。姚曰：固也。当两省凶荒，某曾上疏请赈，所活不下数千万，独不可相准乎？主者曰：此尔幕宾贺灿然所为，已注其中年富贵矣。姚曰：稿虽贺作，疏由某上，独不可分其半乎？主者点首言：是亦有理。遂令其生还。贺从姚于官，因见凶荒，特作疏稿，劝姚上之。后贺年四十登第，累官冢宰。姚官至工部尚书。此上疏请与作疏人同心救荒之报也。

救 荒 宜 速

韩忠定参赞南枢。时属岁祲，米价翔涌，死者枕籍。韩咨户部预发军饷三月，户部辞，未得命。韩曰：救荒如救焚，且不保夕，安能忍死以待？有罪吾自当之。乃发米十六万石。米价渐平，人赖以济。上嘉其爱民，拜南京兵部尚书。

同 胞 三 鼎 甲

崑山徐族，其五世祖为严文靖公记室。三吴大水，黎民大饥，即具疏草请赈。文靖欲筮之。公嘱卜者筮曰：吉。乃请于朝，全活数百万人。至其孙徐元文，顺治己亥状元；乾学，庚戌探花；秉义，癸丑探花。同胞三鼎甲，为熙朝之瑞事，为从古所罕闻。由此以观，则知种福之道，莫有大于济饥，即莫有捷于赈饿者也。

钱 塘 许 氏

钱塘许氏，有无许不开榜之佳话。至乃字辈，昆弟七人，已五凤齐飞，入翰林矣，余二人亦举人。世皆羡其科第之盛，而不知其积德之深也。相传乃字辈祖某公为直隶方制军观承幕府，司奏议。遇直省二十余州县水灾，许公怵然伤之，为方制军拟奏稿，请帑二十万两赈济。制军踌躇未发。二日后，许公束装为辞馆计。司阍禀知，制军急诣公处曰：方某未尝开罪，何弃之？深想因前稿未发耶？某非膜视民瘼，虑请帑数多，或干谴责。今即缮奏，公能留否？公曰：以二十余州县灾区之广，二十万两恐尚不敷。因君谨慎，未能多请。方今圣明在上，照所拟稿陈叙分明，谅蒙俞允，且可多发。君能出奏，我自不去。方欣然，即日拜折。不日奉上谕，果以灾民甚众，非二十万两所可全活，加赈一倍数，著内务府立拨四十万两。制军大喜，复请筹办妥草。因定议不经有司胥吏之手，拣派公正绅士，遴选贤员，会同实力查办，随时散给，全活甚众。时制军无子，至六旬始生子维甸，后亦为直督。而许公至其子学范仕仅同知，再一传至其孙乃字诸人，则由词林洊臻，内而尚书、侍郎，外而督抚、司道，簪缨极盛。发虽迟而食报愈大。且方制军籍公力而勇于信从，亦获厚报。当权能行方便，真乃乐事，况感应捷如桴鼓乎？

陈 孝 廉

金陵陈孝廉，逸其名，官高邮学正。值水灾，州中办赈，上宪委陈公查勘。公已历十之七八，适值天气炎热，州吏请曰：此数处公已查过无虑，漏者已补造。仍有未查数处，地远而偏，似毋须亲往，由书等代劳。陈亦惮跋涉，又畏暑，允之。乃冬间生疽，痛不可忍。陈公之子极孝，跪文昌阁，燃指祷佑。陈公病中渐觉痛止，恍忽为人引至阴司，见若有司官者坐堂上，问曰：尔知疽之故乎？即指阶下，令视无限鹄面鸠形痛哭，皆曰我辈能沾皇恩领赈，稍延一二月即不死。皆由委员未亲查，胥役任意朦混，致未造册饿死。陈力辨无私。神曰：惟无私，仅罚疽，俾痛苦而死，以为不能尽公办公者戒。若州牧，虽无私而玩视民瘼，失察属吏，早已勾至，书吏抽肠，役定斩决，尔尚轻尔。然尔知此时不痛者何故？命回视之，则见其子燃指跪于后。神曰：因尔子孝，故减尔痛，但须完案，虽孝子不能代也。陈公醒，命向文昌宫寻子，果燃指如所见。因谕以办后事，毋自苦，终须赴案，案结尚无他罪。悔之晚矣。其牧早以暴疾亡，书吏则绞肠痧，役则砍头疮也。其子现已中举，深讳其事。吁！无心之过，尚严谴若此。有心误赈者，罪可知矣。

杨 朝 正

杨朝正，字匡斋，汉军镶白旗人，由侍卫出知东昌府。既至，访民间利病，锐意兴革。东阿教谕王璜，事继母至孝，岁荒，救饥民数百。监生崔允璧，建桥通济闸，设两渡船。君请于布政司，并旌其门。民有镯金治道者，置酒劳之。由是人争向义。府治西南地洼下，遇大雨泛溢五六十里，溺者众。君自镯金八百两，创大石桥三，治道六十丈，益增堤御水，水患息。康熙二十四年旱，君宿斋戒除坛，与妻磨麦为面，作供具，焚香吁天曰：若知府有罪，愿身受谴，无累百姓。伏坛前，自子至亥，大雨遍四境。明年复旱，发仓平粜，复镯金煮粥，以食饥民。王璜、崔允璧等各镯米数百石为助，民得不害。卒祀名宦祠。子宗仁仕至湖广总督，宗义河南巡抚，语在名臣传。王璜、崔允璧子孙亦贵显。

常 熟 翁

常熟翁尚书叔侄为状元，同立朝端。先人为名宰相，伯仲两兄皆膺疆寄。人徒知翰林鼎甲为吴中望族，而未审其祖德也。翁氏前明至今显宦不绝，尚书一支，累世潜德勿耀。至祖考举乾隆癸卯科孝廉，官海州学正，清可绝俗，饘粥常不继。先后五次奉檄赈饥，无纤毫侵冒。常出查赈，州牧欲更所造饥民册，馈重金于内室补印，峻拒之。耐贫守正，为人所难为，利不动心，其隐德惠及州民深矣。天之报以累代鼎甲，科第不绝，宜哉！

沈 兆 沄

沈兆沄籍隶天津，由嘉庆丁丑科进士散馆，受职编修。出守松江，值岁旱，碾发仓谷，捐产平粜，修浚白茆河、浏河，以工代赈，全活甚多。居官所至，以廉惠称。年逾九十，神明不衰。官至浙江布政使。同治庚午科重宴鹿鸣，蒙恩赏加头品顶戴，奏加予谥，从祀乡贤。

费 封 翁

乾隆间，苏省荒，江阴令抚循无术。民变揭竿为乱，令遽以谋叛闻。巡抚闻变亲至，过常州。费鹤汀中丞之祖方为郡招房吏，随守出迎，谒抚军于舟次，令费候于外。久之，抚军送守出，见费，奇其貌，询守曰：若何人？守以招吏对。时乱民之首谋及党羽数十人俱就缚，而外议以谋叛，须屠城，民情汹惧。抚军因唤费入曰：若为招吏，例案当熟。江邑饥民作乱，例应无少长骈戮。若何方得情罪允协？费对曰：公将执法办耶，抑为公侯万代办耶？抚军曰：汝试言二者之分，吾将择焉。对曰：若果阖城背叛，固应屠戮。然江邑事起仓卒，皆贫民因饥觅食，冀得升斗以糊口，非敢叛也。倘竟拟以屠戮，恐非圣天子爱养小民之意。今幸首犯就拘执，某愚见不如照强盗聚众行劫例，将为首拟以斩枭，余众分别军流，似于情罪允当。此万代公侯办也。抚军然其言，遂令费拟稿上，斩一人，流十余人。识者谓费以一言救万人之命，其后必有兴者。生子某，由副贡仕至陕西潼商道。孙开绶，即鹤汀中丞封翁，累封至光禄大夫、振威将军，至今簪缨不绝。

相 转 二 品

温公汝适，别号篑坡，顺德龙山人。乾隆甲辰登科进士。殿试后一日，天未明，联班入内，听候胪唱。时同科进士杨护，江西人，有同乡友知其善相法，戏问曰：今日状元是何人？杨遍观新进士曰：未至也。众曰：毕至矣。时殿角有一人，面壁而睡。众指以问焉，杨曰：此人是矣。须臾传呼第一名状元茹棻，即面壁之人也。温公惊异，深服其术。暇时往杨处拜访，问以终身前程。杨曰：公一生官阶文学侍从，名场稳顺，当以四品归田。温公信之。后受职编修，丁忧回籍，值乾隆甲寅年桑园围崩决。桑园围者，枕南顺两邑，广东之至大围也。数十年来，无此巨祲。公居龙山乡，盖围中人，目睹流离，知修筑非易。旧例论税亩起科，公不尽依前法，劝顺邑殷富捐资，竭力完筑固复，设立义举，乐善不倦。服满回京，杨护一见，讶曰：君回乡必多种福乎？何以骨格大异也。可卜二品归田矣。公告以故，杨笑曰：相自心生，前程不可以限也。公后入上书房行走，再官侍讲侍读，历任广西、四川、山东主考，又为陕西、甘肃学院，屡司文柄，升至兵部侍郎。及后归田，复请大吏奏准借库银八万两，发商生息。至今除还库之外，永得息银作岁修，利赖无穷焉。公所生子承悌，道光丙戌登科进士，入翰林院，官刑部主事。

温公自序曰：吾母太夫人任氏，事吾祖母区太夫人，凡饮食甘旨之奉，出入扶持之节，莫不小心勤谨，曲意承欢。区太夫人甚爱重之。母尝训汝适等曰：自吾见太夫人而知汝家忠厚善积，厥躬以昌其子孙，非偶然也。昔汝曾祖惺庵公有活婴之德，汝祖适斋公有睦族之谊，汝父又好施，每岁捐米数百石，赈其族党。凡族之孤寒无告者，月赒之粟，岁以为常。今族中孤儿寡妇赖以成立者甚众。盖至是五十余年矣。汝父终鲜兄弟，晚而子孙蕃衍，服习诗书，庶几负荷，非其明验欤？汝曹志之，无坠先业。公之封翁，字登干也，生十三子。汝述，嘉庆庚申举人，官登州同知；汝进，嘉庆癸酉举人；汝遵，官詹事府主簿。而公居第六，庶出也。任氏慈祥宽厚，常往乡之观音庙拜神。甫出轿，被抢去金簪。众追之，太夫人呼：此骨簪耳，无庸追也。后常戴骨簪，人称为骨簪二太。常训子妇孙妇等曰：汝等生长高门，珠翠罗绮，习以为常，岂知吾家先祖一灯纺织浣濯之衣，欣然服之。至于恤孤怜贫，力所能为者，未尝少吝，厚施而薄享，于心稍安耳。又谓时俗妇女或习赌博，诚非妇道所宜，闺门内而有赌风，即败俗之象也。愿子孙切戒之。

李 公

道光年间，淮北水灾。府县奉大宪命办赈，事委胥吏，开报不实，任意浮滥，且从中上下相蒙，侵渔为利，真灾民嗷嗷转不得实惠。适大宪委员李公讳毓昌赴淮查赈，李虽微员，秉公不苟。山阳县令恐事露，贿阻其行，不听，遂密禀淮安府王太守，即请李委员饮酒，说之曰：赈册已造，均系实在报开。尔奉差亦属例行故事，尽可不去。何必多一跋涉？李正色对曰：赈务关苍生性命，稍有疏漏，何以对皇上，何以对大宪？府中见其执意，而已受县之馈遗，亦恐牵连，传县令谕以设法。县属门丁某诱其家人进说，李不听，且训责之。家人得县丁之财，无以解释，即听县丁串商，置毒茗器，于李公饮茗时投之，毒发身死。县与府亦明知其事，含糊准照李公之随仆禀报猝病入殓。县留李仆服役，人无知者。乃李公之兄于原籍梦李告以守正被害情由，其兄俟棺到本籍，即禀地方官开验，果系毒死。详奏，皇上震怒，立遣重臣至淮审明，将淮安府、山阳县正法，县丁并李仆枭示。御制诗以祭，有"毒煞王升汉，哀哉李毓昌"之句。李公蒙恤赠优渥。一流芳，一遗臭，虽身膺国典，而子孙尚含耻无穷。

勘　灾

道光庚寅年，江北大荒，有司以赈抚请，户口稍多。抚军疑之，因饬苏藩司于州县佐杂中选廉干者十员，往会地方官覆查。与斯役者，颇极一时之选，顾皆承抚军意，务为刻核，泽不遍沾，节省帑金巨万。时惟郑君祖经与幕友所查独宽，以是忤抚军意，不得保，而以精核蒙上赏者七人。次年，七人相继去世，而郑君以前海运劳自南汇丞擢尹江都，一子以孝廉入中书，幕友亦俱无恙。

吕　鹤　田

吕公贤基，字鹤田，安徽旌德人。生有至性，饬伦纪，秉正嫉邪，恶言不入于耳。道光十五年进士，选庶吉士，授编修，升御史，转掌印给事中。以河南旱灾，方筹办赈恤，请江南捐输米改拨豫省赈灾，允之。巡视东城，时江西、安徽、湖北水灾，诏发帑赈恤。公疏言办赈之弊，莫如造册稽延。定例水旱成灾，督抚疏报，即先给饥民一月口粮，再查被灾轻重，分别给赈。诚以饥寒待哺，若必待查户口完竣，即老幼转徙已多。应请敕下所司遵照定例，一面查明户口，一面放赈，无论极贫、次贫，均令先沾实惠。俟册籍已定，即于限内具题。其加赈之日期，务与初赈接续，无许间断。至户口若有开除续增，随时具报。有任意延缓，严参。庶有司不敢贻误，而恺泽得以旁流。其办赈急务数则：一、多设粥厂，严杜克扣搀和积弊；一、兼筹放粜米之法；一、展缓恩诏，宜急宣示；一、招商采办邻省米谷接济；一、收恤遗幼孩；一、收买耕牛。疏入，皆议行。迁鸿胪寺卿，擢工部侍郎。回籍督办团练，阵亡，赏银三千两，立专祠，赐祭葬，予谥文节，入祀昭忠祠、乡贤祠。子锦文，编修升侍郎。

绅　富

赵　子　柔

赵温字子柔，典兄子，成都人。初为京兆，郡丞叹曰：大丈夫当雄飞，安能雌伏？遂弃官去。遭岁大饥，散家粮以赈穷饿，所活万余人。献帝西迁，封江南亭侯，为司徒，录尚书事。卒年七十二。

钱 塘 全

全琮，字子瑾，钱塘人。父好积聚，使琮斋米往吴市易。吴荒旱，琮将米散给贫民，空舟而返。父责之，琮对曰：儿以所利非急，而吴民方有倒悬之难，因便赈给，不及告也。父大喜，私异之。后琮仕吴，封钱塘侯。

续 命 田

齐刘善明，平原人。元嘉末，青州饥荒，人相食。善明家有积粟，躬食饘粥，开仓以救乡里，多获全活。百姓呼其家田为续命田。

魏 时 举

魏时举，钜鹿人，家多田产，积谷有余。时值岁歉，谷价腾贵，因发廪零粜，惟取时价之半。尝语客曰：凶时之半价，即丰年之全价。少取之，无损于我，有济于人。宗族与亲故贫富立约，更相周恤。其子守节，官至尚书仆射。

苏 杲

宋眉州苏杲遇岁凶，卖田以赈乡里。及熟，人将偿之，辞不受，以致数败其业而不悔。子洵，孙辙，为世大儒。

朱 承 逸

宋朱承逸乐善好施。有男妇四人，负豪债三百千钱，督索无偿，将拼命于水。朱遣仆护归，且自往其家，则债家悍仆群坐其门矣。朱谕之曰：汝主以三百千钱之故，使四人死于水，幸吾见之。汝亟告汝主，彼既无偿，逼之何益？吾当代还本钱，可亟以原券来。债家惶恐听命，如数付之。其人感泣，愿终身为奴婢。不听，后以二百千资给之而去。值岁饥，承逸以米八百石作粥赈贫。时为本州孔目。是岁生孙，名报，熙宁登榜第二人。次孙肱，亦登第，著名节，遂为吴兴望族。

现 世 报

丁清惠，改亭翁。童子时，乡人大疫。公每出，则病者闻鬼云：丁御史来矣。皆潜避。公自稔其异，未强仕，果入御史台，即予告归，不出者十四年。追起南大理寺寺丞，乃复仕，累擢操江都御史。疑都御史犹御史也，其止是乎！已迁少司空，未北上，又迁南大司空，时年七十矣。又二十一年乃终，存问者三。公年四十五，梦入鬼录。明岁大饥，决志蠲粮赈济乡人，所活不下数万。又为操江时，常宽活数十百人。其他实政济民，自邑宰至司空不可枚记。此爵此寿，讵非活人现报乎？

焚 券

粟阳任南原公，乐善好施。天启时大荒，出米数千石以贷乡里贫人，廪盖一空，自食粥。次年秋，人劝其索偿。公曰：贫人经大荒后，今稍苏，不忍逼索。遂取券尽焚之。曾孙兰枝榜眼及第，元孙端书探花及第。

福 山 王 公

福山王公，乐善好施。明崇祯辛巳山东大饥，公分家财之半，煮粥以赈乡里。柴薪竭，撤屋材以佐之。全活甚众。福邑西北乡逋户数千金，追比无所出，皆为代完。后以子大司农贵，赠如其官，寿八十有二。

种 子 法

宜兴吴熙山门前有坊额，题"四省文宗"。族有与构隙者，夜间将纸改作"一代人物"四字，盖笑其五十而无子也。公知，怒甚。会郡守系同年，往诉其事。守曰：此事无证据，且即使其实罪，年兄无子，彼笑自若。须急为种子计，使凤毛麟趾，济济一堂，则今日肆诮者愧死无地，且免无后之悲。公曰：弟留心房术，不惜重资购奇药，厚仪招方士，二十年来并无效。奈何？守曰：误矣！房术不如心术。若欲种子，除非树德。方今岁祲，正天假之缘也。有数善，兄可为之。一、查小户官银欠两数以下者，代完之；一、小罪追赃，三两以下者代完之；一、各城设粥厂；一、族属姻党朋友，贫者量亲疏厚薄馈之粟；一、给佃户工本米，每亩二斗；一、收掩道路之遗骸；一、迎名医施药救疾；一、修门外各处板桥；一、置赡族田若千亩。果行此数事，自然天赐麒麟。公欣然拜谢曰：此真种子方也。惜闻教晚。次第举行。来年即得二子，乡试中式，公犹及见。

捐 赈 得 子

嘉靖甲辰，楚大饥。汉阳萧盛仁出粟千石，既施尽，又捐千金籴米施粥。时尚无子，其妻忽梦数百人罗拜曰：吾等特来报凶岁活命之恩。俄而一人抱二子付之曰：善育之。未几，连产二子。及长，先后举于乡。万历庚辰，长子捷南宫第一，次子亦高捷。萧盛仁寿至九十五，复置一庄，收粟赡族。二子又出俸增田，楚人遂为双凤之谣。可知力行善事者，不但有子，而且生贵子，得贤子。彼昏不知，甘为看财奴，将一点生机剥削殆尽，其奚以招瓜瓞绵绵之庆乎？果能随时保生机，自然蔓衍支繁，生生不已，麟趾螽斯，所以必推本于仁厚也。或志在成圣成仙成佛者，不定在子嗣之有无，然庙食千秋，名登天爵，亦为不朽耳。

海 宁 陈 氏

海宁陈氏，先人富而好施。尝建高楼，每午刻登楼四望，见里党有不举火者，使人以粟周之。遇疫时，开局施药棺，置义塚地数百亩。一生乐善不倦。晚年遇异人，指以葬地，科甲鹊起，累代中堂，至今为望族。

桐 城 张

桐城大学士张英、张廷玉父子中堂，忠孝厚德。其先五世祖某公仁慈好施。遇岁荒，以米万石，半价粜于乡里。心甚喜，曰：荒年半价，乃丰年全价，无损于我，有益于人，实为心慰。仍捐万金，设粥济贫。如是三次。后家无余蓄，即将田屋衣物卖银买米以救饿者。后遇化斋异人指葬地，今子孙贵显不绝。

福 州 林 氏

福州林氏之先，有字用宾、名观者，乐善好施。岁饥出粟赈济，乡闾多赖存活。常厚待一异人。异人指一佳地，曰：葬之，公卿盛于麻粟。虑君之福德未足以当此，奈何？公曰：吾德则薄，吾福则浅，但得此地而与宗族共之，岂无一二足当之者？异人叹曰：即此一念，福德固甚厚矣。遂指穴授之。公取族二十四骸与其亲偕葬焉。后生子元美，登进士。孙瀚，曾孙廷榀、廷机，玄孙㷆烃，俱官至尚书。则徐至总督，历代簪缨不绝。

吴 县 严 氏

吴县洞庭山严氏，明季以资雄于乡。顺治乙酉，以赈济难民倾其家。至其孙严晓山者，家业又裕。乾隆乙亥，岁大祲。晓山倡捐谷米，同诸善士放赈。四鼓即起，始终经理其事，从不假手他人。忽梦神告曰：汝家乙年种德，当于乙年受报。至乙未岁，晓山子福中会元，入翰林。乙卯岁，福子荣亦入翰林，官至杭州太守。道光乙酉岁，荣子良裘又中举人，良裘胞弟良训又于辛卯、壬辰乡会联捷入翰林。今良训已陈臬甘陇矣。

富 贵 旧 家

福建安溪李文正公之祖，远商江南，罄其资本，佐官赈饥，又借官库继之。事毕委员同其回家，取银归库。其实家无余资，正踌躇到家如何措置，乃其嫂于数日前园中锄菜，已先获窖藏，遂得立还官镪。今百余年来，科甲不绝，筮仕者接踵于途也。又如黄镜塘之祖黄公，常在永春贩布经营。适值州中大饥，公将所带资本呈官助赈，行将空手回家矣。主人观其罄本施舍，必非负心之人，自请将布赊公贩回。其时一路饥民抢劫夺食，喧传黄公罄本赈济，货非己资，群相约誓，纵其来往不劫，而他商一概断绝。贩归一人，贾盈三倍，辗转数次之间，遂成巨富。以子贵，得一品诰封。天之报施善人，不爽如此。一贵一富，岂无因哉！

除 暴 安 良

张耿堂，新会人，孝友乐施。岁饥出粟赈饥，乡里多赖存活。凡有借贷，必为之助，甚至变产以救人之难，然志不求偿，远近皆以义称之。生子伟仁，中康熙癸卯举人。伟仁先生能承父志，慷慨疏财。初州有黄三，携家眷往别邑，经新会地方，妻女为贼抢去，索金许赎。黄三无以应，知先生仗义，踵门求借。后以伪金偿之，先生不知也。久而觉之，亦不复问。或曰：君以义举，而彼以诈负之，能此乎？先生笑而不答。某年土匪啸聚，结党成群，恣行劫掠。乡民畏其锋锐，缩首彷徨，而贼更无忌惮。先生忿然起曰：鼠辈何敢尔？岂真无王法耶！有吾在，不与干休。即集乡老，呈请督宪剿捕，严拿重办，地方得以安居。先生之力也。先生心最慈而气最直，遇贫难则救护，遇凶暴则必锄，尝谓及门曰：俗众之中幸而列四民之首，又为乡绅之辈，当思所以自持者何如。半生中不能做三两件好事，补救于人，终日咿唔，亦属无谓。平时读书，乡里望吾成才，赴科望吾登第，无非冀为有用耳。若既得志，犹是庸庸作自了汉，不虚此朝廷赏拔之意乎？其自励如此。所生之子成遇、显遇，同登康熙乙卯科举人。成遇联捷进士，入翰林，由中书任英山知县，不贪财贿，革一切陋规，迁修学宫，创三城楼，贤声卓著。成遇之子天民邑庠生，孙大福中乾隆某科亚魁，出仕河间知县。其后人继起者，灵源中道光甲辰科举人，炳星中同治丁卯科举人，又梓材、栋梁、廷光、国光、国祥等俱中道光武举，翼鹏同治戊辰进士。

杨蔡二封君

南安塘上杨封君，值岁饥，发粟三千石赈济。子崇，泽邑诸生，病足几废。一日，封君祷于神，乩占一方，用芋头数颗，剖开焙热，推擦两腿上。如是三日，步履渐复如初。是年捷于乡，旋登进士，第授陕西知府。孙芳，乾隆庚寅举人。芳之孙绍祖，道光辛巳举人。同时，晋江安海蔡飞凤之父家不甚丰，生平敬师好儒。闻杨君事，亦慨然以三千石谷助给贫乏。时斗米千钱也。飞凤先不能文，自是文思大进，旋入泮登榜。其子万青、孙日起皆为名诸生。

张封君

安溪龟塘乡张某翁家素封，乐善好施。乾隆乙卯年大饥，贫家鬻子女以易食，甚有绝粒死者。张翁怆然轸怀，思一急就计周济之，附近乡里欢呼，共指为续命之田也。初，诸家禾稼尚介青黄生熟之间，惟张翁一派腴田，独先成熟。谕明日齐赴田间刈获，每人摊分粟十余斤，自行取去。乡人赖此数日粮，遂得果腹不死。是年其孙际青遂登乡解。

邱琼山

邱普，琼山县人，家资颇厚，生平好善。遇春耕时候，贫民无谷种，任来乞借，即量与之。至禾熟日收回谷本，不要利也。有负心积欠，亦不计焉。值岁饥，公捐米数百石赈济乡邻，而各处饿者仍死亡满路。公买荒郊之地，设为义冢，使人收拾遗骨，埋藏安葬。其义冢在第一水桥等处。每遇清明时节，多具纸钱酒饭，祭奠诸坟。公生一子，名传，娶妇后生一孙，名浚，即邱琼山先生也。传少年早死，众皆叹息，怨皇天无眼，负好心人。公亦不甚悲伤，安于命运。尝语人曰：吾少遇一相者，断吾富而不寿，无子无孙。后遇星士，断吾八字命短、无儿。若问孙，不必言矣。凡遇此辈，所断皆同。今既失子而幸有孙，子虽亡而我尚在，得无半验半不验也，抑或我不久死而孙又死也？近有星士谓我八字依然一样，有相士看我骨格大不相同，将来福未可量，得毋半生修善不报于子而报于其孙，仰〔抑〕屈在眼前而优游在日后？欲问诸天而天甚高，相离百千万丈，虽问亦不闻声。吾惟自问寸心而已。邱琼山先生幼聪敏，读书一目十行，与宦家子同馆。一日雨湿书席，宦之子适归家，先生将几席移换彼处。宦之子回，喧噪不已。业师问知其故，曰：汝无争，能善对者，吾助其是。遂出句云：细雨肩头湿。先生答曰：青云足下生。师赞赏之。宦之子不服，哭归诉父。宦怒曰：彼何敢然？即命之来，高喝曰：谁谓犬能欺得虎？先生对曰：焉知鱼不化为龙。宦大惊，即以礼谢先生。由是文望日起，后中正统甲子科解元，甲戌登进士，入翰林。公老而弥健，亲见荣封，寿九十。子惠群，嘉庆甲子科解元，己巳登进士，入翰林。

捐赈延寿

吾粤平地黄姓，拥资富厚，代传勿替，然无一克享永寿者，能至知非之年，已为难得。道光时粤大饥，制军朱珪宝劝捐施粥，约须十万金，而无从筹措，深以为忧。有黄鹤龄者，慨然如数相助，在后竟登上寿。其子弟及族人，今亦有须眉皓白者。谁谓人定不可以胜天乎？

梁　鹤　巢

顺德梁鹤巢，世居粤省龙津桥，素在香港贸易，平日乐善好施。近因清远叠遭水灾，各处饥荒，梁君劝捐散赈，不遗余力。今春省城飓风大作，龙津桥民屋倒塌过半，惟梁君之屋如鲁灵光巍然独存。设冥冥中无默祐于其间，安得如是乎？天之报施善人，洵不爽已。

当　湖　陆　氏

当湖陆氏，东滨公以下三代皆为九卿。其先世两代出粟赈饥，经当道赠其匾额，历叙古时济饥之人，子孙皆膺高位。其言果如左券。

潘　氏　厚　德

苏州巨族以潘姓为最，有富潘、贵潘两派。然富潘不必贵，而贵者乃兼富，即文恭公之家是也。其先世封翁居乡有盛德，凡扶危济困、矜孤恤寡之事，莫不本至诚恻怛以为之。乾隆丙午年江南大饥，竭力捐资赈济，全活无数。榕皋、铁华先后进士。癸丑芝轩即文恭公大魁天下。乙卯榕皋之子理斋榜眼及第。文恭公三子皆登科文，孙祖荫探花及第。至今簪缨不绝。

士　庶

许　允

西属大饥，许允竭产以救荒，而财力已罄，惟有午夜跪号求天雨粟而已。时里中罗密积米五千石而坚闭不售，盖欲待价之更昂也。密所积之米，五斗一蒲包。以许祈祷久，是夜大风雷雨，提罗姓五千包米，每家一包，散布饥民。罗失米，愧忿自缢。蜀令嘉许诚心，授以官职，使之襄办赈荒。事竣，文帝乩谕一诗，以为劝戒。其词曰：救人性命功尤大，岁歉宜存济众心。许氏赈饥甘竭产，罗家闭粜不容情。积财能散天加禄，为富不仁天降祸。一死一荣分祸福，苍苍造化意何深。

韩　乐　吾

韩乐吾遇岁荒，家止剩米五升。突有逃荒之友挈全家而至，亟令家人尽炊此米以疗饥。妻曰：尽炊之，为明日何？韩曰：我家虽明日死，他家确今夜死也。遂炊以共食。明日掘野菜以充肠，得白银一窖，两家俱得生全。真吕祖所云"他若死时你救他，你若死时天救你"也。救人即所以救己，天道好还，如此如此。

济　饥　之　报

宋祝染，延平人。遇岁凶，赈济、煮粥、疗病无虚日。后生一子，幼即聪慧，应举人乡试，梦黄衣使者执旗报喜，奔驰而告曰：状元榜上有四字，曰"济饥之报"。开榜，果状元及第。

遇 仙

殷澄，华亭人，好行善事。每大雨雪，载柴米以救饥寒，人称殷佛子。元兵至，大肆屠戮。澄指军前曰：民心归德，不可逞凶。愿求杀我一人以活千万人。丞相伯颜义之，授澄军民都总管，使守其地。澄不受，乃以野服黄冠，隐九峰三泖间，遇仙而去。

散 赈 改 相

太原布商刘全顺求袁柳庄相面。袁一见，惊曰：兄大限只在一月内，可飞速回家办后事。柳庄，神相也，言无不中。因自归寓，惘然不乐。表侄周鳌问故始知，因劝云：今大荒歉，人相食，何不捐资买米麦，散赈诸贫人，积大阴德，或者可回造化。刘即依言，星夜发银办米散赈，过一月余无恙。复往见柳庄，又大惊曰：尔作何大阴德，满面阴骘纹，非但延寿，且可得二贵子。刘后年八十五，生二子，皆登甲榜。子孙科第不绝。

好 行 阴 德

明翟兴嗣好行阴德。有一贫人，值大雪，饿不能起。晨往，以二十缗投窗隙而去。岁歉，有人来籴米，受其钱五千，佯忘曰：汝十千钱耶？倍与之。凡负贩者，必多偿其值，曰：彼手胼足胝以求利，所得无多，忍与较乎？寿八十，子孙荣贵。

行 医 济 世

嘉靖时，南昌熊兆鼎翁精内外科医术，不计财利，不避寒暑，往往自备药饵以济贫病。遇荒年，即步行四出赴诊，甚至卖田以济，所活无算。自妻冬衣葛裙，怡然也。年八十，岁诞日忽见中堂悬红绫报单，上书：奉上帝命，命熊兆鼎三日后赴福建省城隍司任。询之家人，皆云不见。至期沐浴更衣，拜天地，别亲友，端坐而逝，异香满室，数日而散。子孙繁衍，科甲不绝，为江西望族。

杨 呆

嘉靖时，平阳府西街杨士炎开张粮食铺，吃亏忍气，不与人较，人呼为杨呆。见贫苦乞丐，必与钱米。店伙有时叱骂乞儿，杨云：贫苦小人，所求者不过一文一勺，何忍加以呵骂？且人生靠天，只要店中生意顺利，无官司口舌火盗，自己吃用省俭些，每日亦不争此数百文钱。贫人买米三五升者，常令他自量任满，不取其利。遇荒年，家内所存钱米平价粜完，每日哺带银钱，往僻巷小街，见孤儿寡妇及贫病不能举火者酌给之。凡肩负挑贩、老幼残疾，无不沾其实惠。愈施济而家财愈盛。六十二岁秋，病入冥府，见冥官查其善功，增寿三纪。后寿九十二岁，无疾而终。子孙累代富厚。至今已二百余年，益多贵显。可见为商为贾之人，若能留心积善，随地可种大福。盖钱财是命中一定之物，分中有财，能舍以积德，上天必千倍万倍，加利还之。分中无财，即使用尽心机成家立业，而天地降罚，飞灾横祸，不难夺之而去，或为不孝子孙败去，留不美之名，与人作笑柄。所谓小人枉自为小人，深可惜也。

吴　凤　岗

吴凤岗五十无子，莲池大师劝其行善。吴曰：吾贫不能行善。师曰：为善不在贫富贵贱。宰相日日有可行之善事，乞丐亦有日日可行之善事。只要存心，力行不怠耳。《功过格》上有许多不费钱的善事，尔可受持。尔教读一年，所得不过十余金，用度自然不足。尔能持斋戒杀，尽心教学，不误人家子弟，路见字纸米谷必拾起，见虫蚁不忍轻伤，遇衰老残疾乞丐即施一文、二文钱，一碗、半碗粥，口中时时说因果报应好话，劝人为善。今当荒年，是宝山取宝之时，宜格外出力，救得一人是一人的好事，救得十人是十人的好事。多抄救饥方、治疫方传贴，广劝施助，此皆贫人可行之大善事，与富贵人布施千金万两者无异也。凤岗遵师训，力行不怠。后享高寿，生四子，二登甲榜。今为江干望族。

山　东　刘　氏

刘统勋之祖，山东诸城人。明末在山东道上开豆腐店，有两子，请一先生教读。刘翁一生诚笃，与先生宾主莫逆。临死托先生曰：你前劝我屋后荒地筑一土墙，可以种蔬。我不听你，有故也。缘地内有藏镪若干，一耕种，恐有人晓得。然我辈贫人，骤得大富，必不祥。我今死后，拜托先生遗命二子，不准入私囊。待数年后，山东必有大荒，将此银出以赈济。其二子谨受教。后果遇大旱，先生代为具禀大吏，出数十万，合省全活。后来先生得一梦，但见数车，辆上插黄旗，车内皆红蓝圆物。车入刘门，末后车角有一筐，亦盛此物。据车夫云：此筐须送到某家去，即先生家内也。醒后大奇，不见梦中所见之物何用。不十年，我朝定鼎燕京，改换服制，方悟即顶带。数世后，叠出文正、文清两相国，均一代名臣。其子孙内而尚书、侍郎，外而抚藩者，绵绵不绝。

两　状　元

明末湖州德清蔡节庵教〔救〕荒，本朝康熙出两状元。时人颂曰：君恩特被臣家厚，十二年间两状元。

车　　夫

天启时，祥符县车夫金芳贫而好施。遇荒年，自吃糠秕豆渣，见饥寒残疾人，必施一二文。每日推车得钱，随路散去，空囊而归。有时雨雪不出，常忍饥一二日，不怨也。年六十四岁，遇苍老随之而去，不知所终。

济　荒　免　祸

苏城长洲学前马鹤龄，辛未曾助粥米十六石。助后三日，往淮安，寓湖嘴子蒋家饭店。至夜半腹疼，下桥大解。忽听轰然一声，楼上墙倒。众人携烛往视，马之卧床已压碎矣。马此后一心行善，享寿八十二，子孙满堂。

济　荒　延　寿

徽商汪宇亭，算命者言，伊只有四五十岁之寿，无子。丙子岁饥，捐粥米一百六十石。后年七十余尚健，生四子七孙。

济荒愈疾

苏城桃花坞潘敦仁瘵疾数年，卧床待毙。自思身后要钱何用，不如及早济人。时值辛未大荒，售屋八间，捐施粥厂米六十石。忽有异人自言能治其疾，请诊之，即开方，一服而愈。

藏　金

徐孝祥隐居吴江，家甚贫。忽于后园树下得白金一瓮，亟掩之，人无知者。后二十余年，值大荒，孝祥曰：是物当出世耶。乃启瓮，日取数锭，籴米以散贫人，全活不胜计。银尽乃已。子纯夫入翰林。

饘粥阴功

倪闪，沙县人，颖悟好学，勤俭好施。每出以钱自随，遇贫人则掷其家，不问知否。路遇丐者，必给钱。人皆曰：此小惠耳。倪曰：我但念其穷而可怜，何计惠之大小？若以小惠而不为，使天下人尽存如此见识，若辈多应饿死矣。及领乡荐，赴礼闱，虽处京师，施与不减。屡试不中，人讥曰：君以济贫为事，何屡屈于春官，岂造物有未知耶？闪益自励。绍定三年寇起，蔓延侵境，兵获从贼者皆系狱。闪悯其无知罹法，日饮食之，已而得释。时火焚民舍，将及闪家，贼党相与扑灭，邻家获全。明年大饥，道殍相枕。闪罄家以糜粥济之，活者万计。次年赴试，人多梦竖旗于闪门，旗上书"饘粥阴功"四字。果大魁天下，为尚书。

孙文靖公

孙文靖公未释褐，时值邑中荒歉，粮价腾踊，饿殍载道。官方议行平粜，而富户吝于出谷，互相推诿。公时家中落，将古瓶一对售得数百缗，于前后门各设一厂平粜。由是殷实之家感愧，竞相设厂开粜，藉以存活者无算。次年，公遂成进士，入祠垣。

同胞三翰林

李士震，南海华平人。祖父皆好善，家中落。公性好施，读书明大义。弱冠寓居佛山，弃儒习贸易。尝岁暮仅持二金归，遇季弟于途，告之曰：不食二餐矣。公即倾囊与之，徒步返佛山。后借资贩运于湖广湘潭、广西郁林等处，稍获余利，即分给宗族之贫者。遇岁歉及婚嫁，其困甚者则助之。又建始祖祠房。祖祠动费盈千，皆自捐出。其他桥梁道路，必倡捐修整，不惜心力。乾隆丙午、丁未，广东大饥。公日夕呻吟，饮食无味。家人问故。公曰：如此米贵，将来必多饥死人也。语毕紧绉双眉，郁郁不乐。未几，佛山衿耆集众捐资，请官给牌照，告籴邻省。或曰：闻湖广米价相宜，但无人可往。众以李公路途甚熟，且诚实无欺，共力推举。公早起饮茶，适闻报到，惊喜若狂，茶盏抛跌于地，不自觉也。正欲起程，因感微疾，举动颇艰，遂以长子芳代往，且告于众曰：某本华平乡人也，亲戚兄弟多在乡居。某自捐银二百两，愿因佛山牌照附买粮米，归来以赈亲族，颗粒不敢自私。请誓于神前，以明心迹。众义而许之。先是邻省谷米封江，禁不出境。芳捧官府文书到湖南柳州，即尽买米，水陆兼程，急归到埠，阖镇赈饥，而人有赖全活者甚众，李公亲族亦多免于死。公生五子，次可端，嘉庆丙辰进士，翰林院检讨，湖南主考。三可琼，嘉庆乙丑进士，翰林院编修，官山东盐运司。四可蕃，嘉庆壬戌进士，翰林院编修，山西道御史，官至湖南粮储道。一时传诵，有同胞三翰林之名。五可美，增贡生。芳以弟敕封翰林院庶吉士。公以子贵，累赠至中议大夫。可琼子应棠，官池州知府；孙宗岱，署山东布政。

冯 成 修

冯肖孟，南海庄头人，性好施。康熙癸巳岁饥，有乡人某欲卖子求活，已成价写券矣。冯公闻之惨然，赠之金，某妻子得完聚。贫困之债，并不责偿，且焚其券。尝往市籴谷入仓，时得十金于谷中，即访寻交还谷主。又念族党子弟贫者不能读书，于是创立义学，延师训诲，多所成就。妻张氏、妾简氏并知大义，能利益人。公年八十，夫妇白发齐眉，老而康健。右座题格言曰：宽厚一分，他人受一分之惠；刻薄一分，子孙减一分之福。此四语尝终身诵之。孙成修，乾隆乙未入翰林，历官礼部郎中，庚午为福建主考，癸酉为四川主考，己卯为贵州学院。曾孙斯衡，丁酉举人，官知县；斯倬，癸巳副贡；斯佐，癸卯优贡；斯伟，嘉庆癸酉举人，官知县。元孙光谟，道光己亥举人；肇元，同治壬戌举人。

三 渡

何有年，顺德羊额人，慷慨好施。康熙己未年，海寇大集，劫掠乡村，男女纷纷奔避。有渡经过黄涌，伤者、病者合三只渡共二百七十人，无所得食。黄涌最近羊额，众匍匐至有年家。公给以衣食，买药医伤，复助以盘费而归。丁丑岁大饥，捐资赈四十余日，救活人三千。买黄氏子为仆，知其父失养所致，厚给而归之。传至孙谦泰，乾隆癸酉科登进士。谦泰之子向方，副贡生。向方之子惠群，嘉庆甲子科解元，己巳登进士，入翰林。

善 恶 巧 值

青浦东郊徐泾镇赵省斋，遇乾隆甲戌岁荒，尽出家资以救饥户。妻彭氏，尽变妆奁，办米施粥。时粥厂中司帐闵某侵蚀钱米以肥家。后乾隆乙卯，省斋之孙讳文桂，号香林，名登乡榜，回里拜谒县尊。适逢闵姓之孙因事堂断收监，恰于大堂阶下相遇。一则乘舆飞进，一则带枷拖出，两相值并两相讶。云善报恶报，两两相形，天殆故使之巧相值，以醒世与！

经忏不如施舍

嘉庆丙子岁，吴中岁歉。南濠李文璧父故，广延僧道修醮拜忏。一夕，伊父凭孙女福全语文璧云：尔固孝我，但当此荒年，有此钱财，何不施济饥寒，较为有益。延酒肉僧道礼拜经忏，非但于我无补，更加你我罪愆。若肯施济贫穷，功德比经忏胜百倍也。李从命惟谨，日施饥人，每人钱一百廿文，共用七百余千。未几伊父又凭福全语文璧云：尔之孝思已动幽冥，冥府已加增福寿。我今已往生富贵人家去矣。

数 代 修 行

东莞新沙何氏代有积德。乾隆间，又有泉翁者性仁厚，乐于施舍，承先人产业，学贸易，亏其本，负欠累累。公誓不负人，尽变其家资而偿之，未尝丝毫求减也。还债外剩七十金，仍开小买卖。人嘉其信，乐与交焉。于是生理日盛，财路日通。岁遇饥荒，则携银米暗至贫极之门，而不使人知也。有见之者，嘱勿言，惧难为继，以强邻逼处也。遇善事，必多出钱。其不敢先发者，密嘱他人倡而己为之助。生子景瞻，能体父志。公既没，景瞻以寻葬地，因病弃世，遗二子幼。瞻妻吴氏精明慈惠，行善勿倦，大有丈夫之气。乡邻争者，每藉其一言而解，素惠及于人，人服其德也。教子以先品行，后文艺。及二子长成，而家又困矣。长子鉴谦和孝友，睦族敬宗，不幸早没。次子鲲亦遵母教，中道光辛巳科举人，以正风俗为己任。凡邑中贞节者，好代为表扬；患难者，好代为解救。邑中人仰如山斗。鉴生二子，长仲山，考府案首，授训导；次仁山，道光己酉解元。仲山子庆修，中同治壬戌科举人；仁山子庆乔，以府试冠军。一门中男妇老幼六十余人，循循焉以礼文相率，至今犹未析箸，盖祖德之流芳者远矣。

叶 生

南海叶秀才某，家贫废学，往粤西帮理盐务，久已无志习举业矣。历年给家用外，铢积寸累，仅余三百金。适道光癸巳年粤东大饥，闻之心极不忍。念本乡之贫乏者何以能全活也，急倾囊，尽将所积付交绅士，设法赈济。一人倡之，众人和之，遂成美举。人皆德之。越乙未，因公返省赴乡试焉，识相者谓此生今科必获隽。或笑曰：茅塞十年，何以中为？曰：其文字吾不知，忆前救饥一事，出于诚心竭力。今见其丰姿大异，是以卜之。子姑拭目以俟。及榜发，果然。时尚未有嗣，次年始举一子。自此家道渐裕，得享康宁。夫饥荒赈济，有捐资千万者，何以不闻有若是之速报？因其寒士也而能此，尤为难得。天予之名，赐之子，不亦宜乎！

诚 孝 格 天

山阴县李世型少尉，履任已十余年，颇著声望。今则年近古稀。去冬欲告病归里，徒以绅董禀留，尚未解组。本年四月十九夜陡患痰喘，延至廿六日，势已岌岌。其妾沈氏、长媳郭氏皆割肉和药以进，病稍间。次子群镐年仅十二岁，亦日夕对天虔祷，愿将晬盆中之金银饰物兑去作赈，以冀亲病速愈。少尉果转危为安，得喜占，勿药。

捐 赈 愈 疾

古越天鉴子何盛严亲年六十七岁，素患痰喘。近来病随年长，今春更甚。四月望后，感冒风寒，新旧攻激，势甚危险。医者束手，祈祷无灵。子不胜焦急，忽念赈饥或可延年，立即对天默祷，若得亲安，量力捐助。至次日，医来即觉脉有转机。自此渐渐轻减，今已痊愈。自愧境不从心，仅张罗得英洋十元，托西国密教士汇寄作赈。按：天鉴子偶尔许愿，获效如是，灵速当此。各省奇荒，凡有疾病及一切急难，尽可对天许赈，则量力以酬，不较胜于求神拜佛者乎？

妇 女

骆 统

东吴骆统八岁归会稽。时饥荒，乡里及远方客多有困乏。统为之减饮食。其姊仁爱有行，询其故。统曰：士大夫糟慷不足，我何心独饱？姊曰：诚如是，何不早告我而自苦如此？乃自以私蓄与统。又以告其母，母亦贤之，遂使分施。由是显名。

煮 粥 济 人

李延美妻徐氏有贤行。家贫，遇凶岁，自度不能活人也，则命家妇曰，计煮饭用米若干而多煮为粥，邻人饥者来则食之。曰：吾日三粥足以无饥矣，而余力可兼济人，不愈于食饭而独饱乎？

披 发 婆 子

披发婆子年约八十余，不知何处人，在沁水县东门内往来求乞，口念弥陀，不绝声。人怜其老，多施钱米，婆即转施孤苦饥民，并云：我代施主转种福田也。后里人见五色云起于市中，见婆坐逝，异香郁然。

山 阴 王 氏

浙江山阴王氏，其父善居积而悭刻致富，吝不施与。其子有儿七，环绕膝下，人无不谀以为兰桂森森矣。王故后，子颇贤，一反父风，常殷利济。妻尤贤淑，勤内助，家声未坠。偶一年大水灾，饥民流离于道，夫妇见之恻然。妻曰：我辈幸温饱，何忍饥殍盈途？不如出资煮粥为赈饥之计，近者就食，远者置粥桶，雇人担送之。其夫亦欣然。初以为费数万耳。不料粥厂一设，难民日众，罄其家而活人不知其数。家虽中落，无悔。乃其所生七子，二三年间相继夭亡，无一存。夫妇终日泣，相对曰：或大劫之人，数应死而我活之，遭天谴耶！妻日夕焚香于大士前祷之。一夕，梦神谓曰：尔无怨天也。尔翁则刻薄成家，理难久享。尔夫禄尽不寿，尔所生七子皆来败坏家产，并非佳嗣。今以尔妇力盖前愆，赈济活人，厥功甚大，非但添注寿禄，且将败子收回，锡以麟儿两个，振大家声矣。逾年果生二子，读书聪慧。乾隆年间，兄弟同登会榜，弟为会元，兄为状元，得仕至尚书，即王公以衔也。天心易于转圜，凡遇大荒，正富人积德忏罪好机会，人何不乐为之！

神 仙 点 化

叶慎安，东莞石龙墟中维人。娶妻甘氏，夫妻好善，家虽贫而施舍逾富人。有道人常乞其家，每至必与，无少吝也。一日米尽，适道人至，甘氏以实告。道人曰：我将远行，即干粮亦甚便也。取米饼而尽与之。须臾，其子遇春睡醒，起索饼。氏曰：已尽与道师矣。遇春仍不信，亲视其缸，则饼在焉。是日公往市买米归，道士遇公于途，谓公曰：吾由汝家来，尊夫人闻我远行，以饼送我。张其袖以示之。公曰：行程远，恐不足用也。更取米与之。道人曰：足矣。去数步，唤公转曰：此行未知何日回，吾有言赠之，此地将兴矣。然遍观汝乡，无一可当此福者。汝家好施且善忍，盖天下惟好施者能受大福，惟善忍者可免大祸，舍汝家，谁与归也！目今家贫，无容深论。异时稍活命三字，习武可得贵也。境顺后宜多种福以培根本，发必久远。然风水亦当留意。因指以某位宜起楼，某位宜开塘，须记之。公初以为套言，转瞬间已失道人所在。归家互述其异，始知其为仙也。及后其子遇春中武解元，遇贵亦入武学。孙达道、配道俱邑庠生，配道任高要教授，乾道任县丞。曾元孙庆尧捐州同，庆环捐县职，国栋捐道台，龙翔为秀才，焕垣以秀才捐训导，焕垣子景云以武学捐都司。其余之上进者指不胜屈。可见为善之必昌矣。当日遇春、遇贵之为武童也，其乡有巨富业盐商者叶渠现也，每岁春，必乐饮一月而止。公巷中之井适涸，甘氏往渠现之巷井汲之。渠现之子饮后酒豪兴酗，怒其过界不利，将甘氏推扑于地。旁人飞报其子。遇春兄弟三人各执棍械，欲往报复。氏归止之，曰：他安敢推我，我不过因路滑自跌耳。其子信之，事遂止。其财帛功名至今犹盛。

颜太夫人

吾粤梅州颜瀗甫中丞，初知山东平度州，廉明慈惠，有古循吏风。其太夫人就养于署，每以仁爱训其子。乾隆某年五月，中丞以事晋省州境，忽发大水，漂没庐舍无算，乡民逃窜入城者数万口。而水愈涨盛，城不没者三版，乡民无所得食，号哭之声震动天地。官吏束手无可为。计太夫人闻之，遽令发常平仓谷以赈饿者。幕中友不可曰：是须申请待报后行。且官不在署，谁敢擅动者？太夫人闻之，艴然曰：常平谷本以备缓急。今数万人嗷嗷待哺，若必待报而行，不皆成饿殍乎？吾家颇盈实，若上司以擅动见责，倾产尚足以偿。倘虑吾儿有异言，老身一人承之，无预诸君事。立命请教佐各官至，亲出告之。各官咸吐舌不敢语。太夫人怒曰：公等无忧拖累，果有事，当令吾儿独任之。公等但为老身稽查监放可耳。众不得已，遵命以行。一时欢声雷动，咸庆复生。城中绅富感太夫人之德，亦多出米谷以助官之。不及七日，水始退，谷已尽罄。中丞于省中得报，急驰归入署。幕友辈以发粟事告。中丞笑曰：吾母所办事极当。速为我具稿，据实通禀。我即专人回籍，变产以便赔补。诸君无患也。及禀上，抚藩大骇，遂以擅动仓谷飞章劾奏。纯皇帝览而嘉之，朱批：汝为封疆大吏，有如此贤母良吏，不保举而反参劾耶？复降旨以所动仓谷准作正项开销，毋庸赔补。中丞既感上恩，益刻励为善。及上东巡，中丞时已调济南府，召见时犹细询前事，特送太夫人匾额以宠异之。后中丞屡蒙简擢，官至黔抚。子检由部曹至直督。孙伯焘由嗣林至闽督。侄孙以燠由中书出守，官至东河总督。其余内官词林部曹，外任监司群守者甚众，皆太夫人积善所致也。

方 外

赵道士

天启时，桐柏观道士赵紫霞遇歉岁，将钱米衣物尽施山下贫苦老幼残疾，自绝食，掘蓑根，剥树皮疗饥，致成病而卒。举棺甚轻，开视惟留敝衣一袭、蒲履一双。盖尸解而去矣。

老 尼

老尼,浙江人。自言嫁陈姓者,稍有积蓄,专事盘剥,生一男。继溺三女,其子亦殇,夫亦病故,兼遭回禄,只有一侄分居,贫难自给。遂削发为尼,朝夕诵经甚虔。如是者三载,梦大士语以罪孽太重,非拜佛诵经得解,急宜行善。尼醒,自维无钱,安能行好事,不若现身说法。爰绘图溺女绝子报到处,劝人勿溺女。乾隆五十年荒,时多难民。老尼各处叩募,劝人救命,有给以钱者,分送饥民。且云贫尼索得钱若干,诸位分用。恨己未诚,未能多化也。历十余年如一日。忽其侄寻来,请尼回家。尼不允。缘老尼削发时,侄未之晓。其侄贸易得利,人言有肖其婶者,即踪迹遇之。侄于是偕其妻,时奉钱物。老尼亦留以馈贫苦。年至九十一岁,无疾而逝。侄仍以嗣子举丧。后生二孙,一孙读书,登贤书,一孙习业,家亦小康云。

我以今生钱,
易得来生福。
欲保子孙常富贵,
须将钱米济饥寒。

跋

沈高龄跋 *

孔子曰：富与贵，是人之所欲也。不以其道，得之不处也。然则得富贵固自有其道矣。方今数省旱荒，无土不坼，有树皆枯，壮者散四方，老弱填沟壑，诚千古罕有之奇灾也。叠经各大宪奏请发帑赈恤，奈地广日久，势难遍及。香山郑君陶斋，有道之士也。生平好善不倦，见义勇为。目击时艰，辑古今赈济事数十则，刊集一编，布送四方同志。颜之曰"富贵源头"。明知好善者不过行其不忍之仁心，而未尝冀富贵之报，而天之所以富贵之者，亦即视其不忍之仁心而如量以予之也。譬水之有源头也，其源不竭，其量自宏。则既富贵者，正宜于此时栽培善果，而富贵自可世守而勿衰；未富贵者，亦当于此时耕种福田，而富贵亦可不求而自至也。噫！人生世上，孰不欲富贵其身哉？孰不欲富贵其子孙哉？然而得富贵固自有其道矣！其道维何？曰：莫如救命，而救命之急且大者莫如赈荒时。

光绪四年仲夏海上沈高龄谨刊

劝 孝 文

今世俗忤亲之由，悉因积渐所致。始因父母怜惜太过，常顺其欲，稍一拂逆，辄生怨愤，以亲爱为寻常，亲慈为应得，又安能推及胎养之劳、褓哺之苦、疾病痘疹之忧愁、延师婚嫁之拮据？及至长成，有因分析财产而怨父母不均者，有听信妻言而谤父母不爱者，有放纵骄奢而憎父母防闲者，有饮酒嫖赌而恨父母拘束者，有私其妻子而吝父母衣食者，有厚于亲朋而薄父母用度者，有兄弟执定轮养而致父母饥寒者，有贪图名利、忘归定省而不顾父母奉养者，有父任经营、母劳井臼而夫妻贪逸还说父母不是者，有父母患病不请医药而借言老疾难瘳者。夫亲之所有，原为子之后计。及子之所有，反与亲市德色。半生创业，勿克自由一日。强颜于子媳，情何以堪？为人子者，方且人前不屑承顺，当面抢驳老拙，致亲忍气吞声，对客低头，因此抑郁膏肓，亦复不少。更如老病缠绵，辗转床榻，残灯夜照，时闻哽咽，足僵不暖，发乱谁梳，秽溺难施，参岑不继，鳏父犹可安排，嫠母何能遣此？是子所奉养者惟此时，亲所望子者亦惟此时。而人子全无体贴，痛养不关，抱子者嬉乐其房，嬖妻者欢乎其室，使亲嗟贫叹老，满眼凄凉，望一味而不能，得三餐而忍气，言之坠泪酸心。谁道暮年有后，不思瓦屋，檐前点滴，皆依前迹。夫既薄待吾亲，安能厚望其子？生前不承有限之欢，死后空洒无情之泪，修斋设祭，载孝举哀，不过掩生人之耳目，沿世俗之虚文耳。况珍羞不及乎黄泉，荣辱何施于白骨？亲在，视亲为可有可无之身；亲没，则以亲骸为求富求贵之具。终年择地枢，置空堂，蛛网炉烟，尘封幔帐。更有旅邸闻讣，因利羁延，缓不奔丧，濡迟年月。甚而兄弟愈多，牵制愈众，年庚趋避，沙水搜求，或因循浮攒权厝，或停寄萧寺闲廊。及至葬后，稍或不顺，辄复咎地，又想搬葬亲骸，不思从前如此不孝，根本先伤，上苍岂肯锡以福利，报以吉壤乎？嗟嗟人子！当思父母爱我如掌上之珍，望我如丰年之玉，我虽竭力奉事，常不如父母之待我，况敢玩忽乎？其间更有一种少母苦节抚孤、老父积劳训子，情景酸凄，尤为刺骨。吾愿天下为子者勉力自尽，孝养及时。若待终天遗恨，风木生悲，始想音容于杳渺，忆笑语于生前，晚矣！至亲亡后一切仪文，量力有无，惟棺椁衣衾，不得草草。死者以入土为安，倘遇惑于风水，荐厝岁时，其间变态多端，难以枚举。看今日遍野曝露之棺，未必不因此而致。为人子者亟宜猛省。

光绪戊子春二月丹徒吴国章记

救　灾　文

盖闻穷民最苦，莫甚于凶荒。仁者博施，尤急于灾歉。我何福以享此平安，彼何罪而遭此厄难？对观人己，自动哀矜。伏愿广发慈悲，同施恻隐，或慨捐米谷，或广赈金钱，或布散棉衣，普施草荐，有力者银钱济物，无力者言语劝人。施万金固有大功，勿以费多自阻；舍百文亦为实惠，勿以善小不为。节数日宴饮之需，以救百人饥寒之命；省一袭羔裘之价，亦济众人冻馁之危。善因积而日多，福不求而自至。昔宜兴储方庆典衣赈粥，及在文大文而五子登科；长洲彭一庵鬻产赈饥，逮定求启丰而祖孙会元；平阳杨士贵荒年平粜，享富厚者三百余年；上虞倪士元自俭好施，登上寿至一百三岁；杭州仇鸣盛六旬无嗣，因捐米而三子联生；桃隅潘敦仁疾瘵垂危，以施粥而沉疴顿起。前人善报，实事可征。诚舍己以利人，安见今不如古？至于办理灾赈，拯救饥民，官长固莫不尽心，书吏亦正可积德。倘剥削饥民到口之食，即攫穷黎养命之资，固王法所不容，亦天祸所必及。与其悔于事后，不若慎于饥先。夫一日可以救万人，一日可以行万善，舍虚浮不牢之财物，积悠久远大之阴功，富贵寿考享于身，科甲簪缨贻于后，以彼易此，孰重孰轻？倘谓善念人心皆同，厚施力有未逮，当思俟多财而利，终于身无利物之期，待有力而济人，毕世无济人之日矣。但须随时尽力，随时尽心，赞成众人之善缘，提倡一方之义举，阴功有万而救命为先，善事弥多而救荒最急，念上天好生之心，拯斯民垂死之命，孰有急于此者？曷不勉而行之！

劝　赈　文

帝君曰：为善不求人知，是为阴德；为善维日不足，是为积德。有财势者积德易，易而不为，是自暴也；易而乐为，是锦上添花也。贫贱积德难，难而不为，是自弃也；难而肯为，则一善可当百善矣。如必待有余而后济人，此其人终不能为善矣。必愈多而愈贪矣。故曰：强恕而行求，仁莫近焉。

又曰：岁逢水旱，饥民满道，积功累德，正在此时。有余之家，稍减半盏之食周济饥人，其功甚大。富贵者，积财不如积德。多财则子孙未必能守，德厚则贤子孙自生，所获何止万倍。兴念及此，虽罄所余以救荒，将乐为之矣。如曰善门虽开，恐有不断，须密持钱米于流民往来之地，随缘施之，老幼残疾者倍之，量力而止，嘱帮力之人莫言我里居，不露相，不居名，何忧不继哉？且古今轻财忘我济人者，孰有如范文正者乎？宜其贫而不忧矣！然子孙继相。泽流至今。彼守钱奴谁有此久远乎？可知德愈厚，世愈昌，此言信有征也。人果能依此而行，何患不享高位、食厚禄乎？

《救灾福报》郑跋

　　旧岁奉仙佛鸾谕，三期浩劫将临，劝世人勉力为善，多留种子。观应曾将昔年所辑《救灾福报》一书已印千册，分送各同人矣。迩闻西北各省奇荒，灾民遍野，非数千万不敷赈济。兹复印千册，并承南洋兄弟烟草公司印送一万册，而公司总协理简照南、玉阶昆仲又为其先太夫人印送一万册，分寄各省，以广流传。其存仁厚，且为其太夫人作冥福，孝思不匮，尤为难能。《太上感应篇》云：善恶之报，如影随形。《易》曰：积善之家，必有余庆。而善事莫亟于施赈。此可遇而不可求之机会。伏望各省及各国乐善之家，宜解囊慨助，若捐巨款，以工代赈，成四海同钦之名誉，建万世非常之功德，必邀上天嘉奖也。香山郑官应原名观应陶斋氏谨跋。时年八十，岁次辛酉第一日，书于上海待鹤轩。

上海经募直豫秦晋赈捐征信录

清光绪五年刻本

（清）屠继善　魏学韩　辑

朱浒　点校

上海经募直豫秦晋赈捐征信录目录 *

凡例 ·· (5284)

元 ··· (5285)

亨 ··· (5306)

利 ··· (5328)

贞 ··· (5355)

凡　　例

一、沪上经收赈捐，凡远处分册经募者，以上海收到掣给收票之数为准。

一、公所同人专司收解数目，其豫直两省散放清帐，由李玉书、凌砺生、严佑之、胡小松、金茗人、熊菊孙、朱九兰、李秋亭诸君另行编刻。晋秦两省均有抚宪批回，可以考核。

一、各处远道经募，除捐册面上登明地址者，另外分编次数，有清帐开来，照帐刊刻。其余均收入公所或果育堂、同仁辅元堂名下。

一、各处经募捐款交到公所及太古、王诒榖堂者，掣去辅元、果育、保婴各堂收票，另有宝善街仁元钱庄及新太古轮船公司、凝和桥东王诒榖堂小印。

一、各处善姓捐助丸散药料，随到随寄，惟不知价目，册上只收药数，并未估计银两。

一、征信录内捐户花名、数目，间有与《申报》未符者，或系当时交来总数，随后分列细户，今悉照各处开来清单，无清单者照本处收票编刻。

一、赴豫办赈各友自申江至镇江轮船水脚，系招商局捐助，第未注逐次细数，故不能列入收支帐目，附登于此，以志隐惠。

一、沪上收款，或银，或洋，或钱，而平色价目互有不同，故随时注价，通盘扯数，合作规银，俾免分歧。

一、此次征信录以光绪三年八月起，至五年二月底止，以后续有零星收款，俟编造散放征信时再行附刻。

会稽屠继善、余姚魏学韩编辑

上虞经锡嘉、余姚金莹校正

元

上海江浙闽广同人自光绪三年八月分起
至五年二月终止收解直豫秦晋赈捐
及收赎子女、留养婴孩、周恤寒
士、棉衣药料等捐四柱总数

旧管项下：

无

新收项下：

一、共收规银二十七万六千九百七十四两四钱五厘。

开除项下：

一、支解直豫秦晋赈规银二十四万一千九百六两八钱二分八厘。

一、解由本道宪转解天津晋赈转运局规银二万五千两。

一、解由上海官捐豫赈局汇解规银二千四百三两五钱九分。

一、解由苏藩宪发交苏绅汇解规银四千九百七十四两七钱五分四厘。

一、支刻印图册、修合痧药等规银二千六百八十九两二钱三分三厘。

以上总共支解规银二十七万六千九百七十四两四钱五厘。

实在项下：

无

经募赈捐总数

一、上海助赈公所经收规银八万六千八百十四两一钱五分五厘。

一、上海果育堂经收规银七万七千三百二十五两九钱六分六厘。

一、上海辅元堂经收规银一万五千九百二十二两一钱九分四厘。

一、上海保婴局经收规银一万三千五百八十七两八钱九分七厘。

一、上海保安堂经收规银一千二百六十七两七钱三分九厘。

一、苏州安节局经收规银四千两正。

一、松江辅德堂经收规银三千五百八十两一钱七分三厘。

一、松江全节堂经收规银二千三百四十二两六钱七分二厘。

一、金陵同善堂分局经收规银一千二百八十九两六钱九分七厘。

一、绍兴徐树兰等经收规银一万九千七百十九两六钱五分八厘。

一、福建莫廷芬、普安堂等经收规银九千七百十九两八钱六分七厘。

一、宁波沈文莹等经收规银六千七十二两六钱八分一厘。

一、日本横滨理事范锡朋、中华会馆郑文饶等经收规银五千二百八十九两六厘。

一、宁波蔡冕端等经收规银四千四十二两一钱二分。

一、嘉兴训导王震元等经收规银三千六百五十二两三钱九分八厘。

一、汉口郑桂良等经收规银三千一百五十六两八钱四厘。

一、安徽庄元植等经收规银二千八百两五钱六分八厘。

一、钱塘教谕姚浚常等经收规银二千六百九十四两四钱二分二厘。

一、慈溪冯伟才等经收规银二千二百五十九两五钱一分六厘。

一、烟台周葆孙等经收规银一千九百两九钱二分九厘。

一、美国金山理事陈树棠等经收规银一千六百四十两正。

一、日本长崎理事余璃等经收规银一千三百七十九两八钱五分三厘。

一、松江张礽杰等经收规银九百八十八两一钱一分二厘。

一、九江郑思贤等经收规银九百六十四两四钱二分九厘。

一、内江外海轮船设桶经收规银二千七百六十三两一钱三分八厘。

一、乡约劝募经收规银一千八百两四钱一分一厘。

共收规银二十七万六千九百七十四两四钱五厘。

晋 赈 解 款

第一批（沪上二十二家票号汇解申公砝足宝银一万一千两，有抚宪批回）规银一万一千八百八两五钱。

第二批（沪上二十三家票号汇解申公砝足宝银一万二千两，有抚宪批回）规银一万二千八百九十七两。

第三批（沪上二十三家票号汇解申公砝足宝银一万一千五百两，有抚宪批回）规银一万二千三百四十五两二钱五分。

第四批（沪上新泰厚票号汇解申公砝足宝银四千两，有抚宪批回）规银四千二百九十四两。

第五批（沪上日升昌票号汇解申公砝足宝银三千五百五十七两八钱四分二厘，有抚宪批回）规银三千八百一十九两三钱四分四厘。

共解规银四万五千一百六十四两九分四厘。

另批（解由本道宪汇解天津晋赈局，自三年十月初一至四年四月二十一止，共十二次）规银二万五千两。

直 赈 解 款

第一批（由江畊记汇解李秋亭曹〔漕〕平银三千两）规银三千二百二十二两。

第二批（由费芸翁函解吴绅大澂曹〔漕〕平银一千两）规银一千七十四两。

第三批（解直隶总督部堂英洋一万元，合曹平银六千七百九十七两二分）规银七千三百两。

第四批（汇票寄李秋亭保婴款曹〔漕〕平银一千两）规银一千七十四两。

第五批（汇交李秋亭曹〔漕〕平银二千七百九十三两二钱九分六厘）规银三千两正。

第六批（汇解直隶总督部堂英洋四千元，合曹〔漕〕平银二千七百十八两八钱九厘）规银二千九百二十两。

第七批（保婴款交李秋亭英洋一千元，合曹〔漕〕平银六百七十九两七钱二厘）规银七百三十两。

共解规银一万九千三百二十两。

豫 赈 解 款

第一批 <small>(李玉书带去补水足宝银一万两)</small> 规银一万八百二两五分二厘。

第二批 <small>(李秋亭带津转解足宝银六千六十五两五钱三分)</small> 规银六千五百三十七两一钱八分三厘。

第三批 <small>(李秋亭带津转解足宝银二千六十七两八分二厘)</small> 规银二千二百三十二两一钱八分三厘。

又 <small>(李秋亭手去足宝银一百三十九两九钱九分,英洋六十元,二川三、夊川曹〔漕〕平四十两六钱二分二厘)</small> 规银一百九十二两三钱五分二厘。

第四批 <small>(谈任之带去足宝银一万三千九百九十一两一钱六分,英洋十元,二川三、夊川曹〔漕〕平六两七钱八分)</small> 规银一万五千十四两三钱。

第五批 <small>(汇苏镶解第一次,补水足宝银五千两)</small> 规银五千四百九两七钱九分。

第六批 <small>(胡小松带去曹〔漕〕平银二万一千六百三十九两一钱三分)</small> 规银二万三千二百十三两三钱九分七厘。

又 <small>(又英洋五百元,二川三、夊川曹〔漕〕平三百四十两八钱四分五厘,汇足宝银三百两)</small> 规银六百九十两四钱七分四厘。

第七批 <small>(汇苏镶解第二次,补水足宝银四千两)</small> 规银四千三百二十七两八钱三分三厘。

第八批 <small>(又第三次,补水足宝银五千两)</small> 规银五千四百十五两六钱五分一厘。

第九批 <small>(西安汇灵宝局足宝银一万两P二δ,除解泰宝银二千两,苏汇来规银二千两,作宝银一千八百五十两)</small> 规银六千六百八十两。

第十批 <small>(汇苏镶解第四次,补水足宝银二万五千两)</small> 规银二万七千六十五两七钱九分七厘。

又 <small>(严子屏带去英洋一百元,二川三、夊川合曹〔漕〕平银六十七两七钱五分)</small> 规银七十二两八钱五分。

第十一批 <small>(汇苏镶解第五次,补水足宝银一万五千两)</small> 规银一万六千二百九两六钱四分四厘。

第十二批 <small>(又第六次,补水足宝银一万两)</small> 规银一万八百七两八钱九分。

第十三批 <small>(又第七次,补水足宝银一万两)</small> 规银一万七百九十七两六钱七分八厘。

第十四批 <small>(又第八次,补水足宝银五千二百七十七两八钱)</small> 规银五千六百九十八两六钱九分四厘。

第十五批 <small>(西安德隆彰汇足宝银一千两)</small> 规银一千七十九两五钱。

第十六批 <small>(汇苏镶解第九次,补水足宝银六千两)</small> 规银六千四百九十一两七钱五分。

第十七批 <small>(又第十次,补水足宝银三千两)</small> 规银三千二百四十两六钱一分六厘。

第十八批 <small>(又第十一次,补水足宝银二千一百两)</small> 规银二千二百六十二两八钱九分六厘。

又 <small>(保婴汇付慈幼局洋二百五十二元,二川三、夊川合曹〔漕〕平银一百七十两三钱八分)</small> 规银一百八十三两二钱四厘。

共解曹平银一十五万二千三百五十七两六分九厘,合规银一十六万四千四百二十二两七钱三分四厘。

解上海道宪官捐豫赈局汇解规银二千四百三两五钱九分。

解苏藩宪 <small>(官捐豫赈局转拨桃花坞汇解曹平银四千六百十一两五钱九分六厘)</small> 规银四千九百七十四两七钱五分四厘。

秦赈解款

第一批（西安禀解抚院曹〔漕〕平银二千两）规银二千一百七十两。

第二批（又曹平银一万两）规银一万八百三十两。

共解规银一万三千两。

计开捐册、图张、木桶、痧暑药料支款总数

一、四省捐册四千三百本，每本七十二文，支钱三百一千文。

一、五色灾民图二万一千四百张，每张三δ，支钱一百八十一千九百文。

一、分募收票一百本，每本六十四文，支钱六千四百文。

一、总收票二十本，每本一百五十六文，支钱三千一百二十文。

一、各路小收票二十三万张，每百张三十六文，支钱八十二千八百文。

一、辅元桶捐启二万三千八百张，每张卜δ，支钱二十九千七百五十文。

一、公所初、二次刻印劝启、门司空信及公信公片等不计张数，统共支钱一百九十四千九百十文。

一、辅元沿街木桶添置八十只，连铁链锁、揩油旗布等，共支钱九十七千二百四十二文。

一、轮船设桶添置三十四只，连铁油等，共支英洋四十五元一角。

一、轮船装津解豫省银一万一千两，保险支规元三十三两。

一、轮船装津解直省英洋一万四千元，水脚费支规元二十一两九钱、钱四千文。

一、公所置合正气丸一百料、卧龙丹二十料、红灵丹二十料、蟾酥丸十料、辟瘟丹一千五百锭、天中茶二十料，解晋豫共支规元四百三十两六钱二分五厘、英洋六百八十三元三角四分。

一、耕记沈琛翁去合混元一气纯阳正气丸，共支英洋二百元。

一、保婴局合飞龙丹、蟾酥丸等，共支规元一百二十一两六钱七分六厘。

一、保婴局刻印塔图捐簿、劝启俚言等，共支规元九十四两七钱九分二厘。

一、张委员赴潮阳守提助赈欠款，往返轮船盘用及三个月旅费，支英洋四百元。

一、预备刊刻征信录支规元四百两。

一、支规银一千一百一两九钱九分三厘。

一、支英洋一千三百二十八元四角四分，士‖土合规银九百六十五两钱七分六厘。

一、支钱九百一千一百二十三文，丨乂δ合规银六百二十一两四钱六分四厘。

共支规银二千六百八十九两二钱三分三厘。

再如公所房租、伙食，司事下人辛资，钱洋亏水，笔墨纸张，登报告白，往来银洋信力及讲劝乡约薪水、饭食、船钱，并轮船收捐友俸，一切杂用，由晋江安善堂、浙江崇庆堂、岭南待鹤斋、沪北澄碧斋捐助，不入报销。

禀苏抚宪稿

敬禀者：窃绅等自前年冬间会合各善堂局并续约外省府州县绅士、善堂筹募助赈、议

设公所以来，截至本年二月底止，款目丛杂，捐户尤繁，远近经劝之人，亦难悉数，且又转转相托，莫可指名。公所收帐时，只能就汇总交来之处分列各户。如善堂局则上海果育堂、辅元堂、保婴局、保安堂，苏州安节局，松江辅德堂、全节堂，福州普安堂，金陵同善堂分局等。绅商官幕则如绍兴徐树兰、福建莫廷芬、宁波沈文莹、蔡冕端、嘉兴训导王震元、钱塘教谕姚浚常、汉口郑桂良、安徽庄元植、慈溪冯伟才、烟台周葆孙、松江张礽杰、九江郑思贤等。官商之在外洋者，则如日本横滨理事范锡朋、中华会馆郑文饶、长崎理事余瑞、美国旧金山理事陈树棠等。又有宣讲乡约司董，携带灾图捐册，分布四乡，并由内江外海轮船设桶劝募。各路凑集，通共计收捐赈规银二十四万四千五百九十六两六分一厘，节经汇解豫省专司转运绅董李麟策统收，分拨河南北各协局散放，由各绅在豫具报，并经分别禀解汇交直秦晋三省各在案。现在一面编录征信，理合先将收解总数开具清折，禀报宪辕，听候分别奏咨。惟据赴豫各绅回称，河南抚宪以此次民捐事竣，即拟奏请核奖。又前读邸抄，上年七月间，宪台片奏，江苏民捐助赈，所捐款项暨在事绅董，应俟事竣，由河南查核奖叙等因。伏思此次民捐，实以灾区需赈迫切，绅民同心感发，早以概不请奖互相传告。在募捐放赈之人，具有羞恶天良，固万无滥冒之理，即大小捐户，数多者往往不著姓氏，数少者零星攒集，本无合奖之格，亦无望奖之心。恳款愚诚，早蒙洞鉴。可否仰乞大人俯顺众志，咨明河南抚宪，并照咨直隶、山西、陕西督抚宪，于奏报民捐收数中，转据下情，陈明无可核奖情形，并请免造报销，俾捐户得遂乐输之诚，绅等均免攘窃之耻，感戴裁成，实无涯涘。除俟征信录刻成禀送，并苏扬助赈绅士另禀外，合肃禀呈。再，另有果育堂经收规银二万五千两，解由本道转解天津晋赈转运局；又辅元堂经收规银二千四百三两五钱九分，解交上海豫赈局，均经掣领官局收票。又禀奉札委提到广东周姓欠项充赈规银四千九百七十四两七钱五分四厘，另由委员遵解藩司转发苏绅解豫，当由苏绅具报，均不入此次折开收解数内。合并声明，恭请福安。

计开收数：

一、上海助赈公所经收规银八万一千八百三十九两四钱一厘。
一、上海果育堂经收规银五万二千三百二十五两九钱六分六厘。
一、上海辅元堂经收规银一万三千五百一十八两六钱四厘。
一、上海保婴局经收规银一万三千五百八十七两八钱九分七厘。
一、上海保安堂经收规银一千二百六十七两七钱三分九厘。
一、苏州安节局经收规银四千两整。
一、松江辅德堂经收规银三千五百八十两一钱七分三厘。
一、松江全节堂经收规银二千三百四十二两六钱七分二厘。
一、金陵同善堂分局经收规银一千二百八十九两六钱九分七厘。
一、绍兴徐树兰等经收规银一万九千七百一十九两六钱五分八厘。
一、福州莫廷芬、普安堂等经收规银九千七百一十九两八钱六分七厘。
一、宁波沈文莹等经收规银六千七十二两六钱八分一厘。
一、日本横滨理事范锡朋、中华会馆郑文饶等经收规银五千二百八十九两六厘。
一、宁波蔡冕端等经收规银四千四十二两一钱二分。
一、嘉兴训导王震元等经收规银三千六百五十二两三钱九分八厘。
一、汉口郑桂良等经收规银三千一百五十六两八钱四厘。

一、安徽庄元植等经收规银二千八百两五钱六分八厘。

一、钱塘教谕姚浚常等经收规银二千六百九十四两四钱二分二厘。

一、慈溪冯伟才等经收规银二千二百五十九两五钱一分六厘。

一、烟台周葆孙等经收规银一千九百两九钱二分九厘。

一、美国金山理事陈树棠等经收规银一千六百四十两整。

一、日本长崎理事余瓗等经收规银一千三百七十九两八钱五分三厘。

一、松江张礽杰等经收规银九百八十八两一钱一分二厘。

一、九江郑思贤等经收规银九百六十四两四钱二分九厘。

一、内江外海轮船设桶经收规银二千七百六十三两一钱三分八厘。

一、乡约劝募经收规银一千八百两四钱一分一厘。

共收规银二十四万四千五百九十六两六分一厘。

计开解数：

一、解直赈规银一万九千三百二十两整。

一、解豫赈规银一十六万四千四百二十二两七钱三分四厘。

一、解秦赈规银一万三千两整。

一、解晋赈规银四万五千一百六十四两九分四厘。

一、支刻印捐册图张、制合丸散药料、木桶、刻印征信录等共规银二千六百八十九两二钱三分三厘。

共解支规银二十四万四千五百九十六两六分一厘。

三月十三日奉到苏抚宪吴批：已照录禀折，分咨直隶、山西、陕西、河南督抚院查照汇核奏咨矣。仰即知照。缴折存。

助 赈 公 所

林瑞岗、葛绳孝、沈善经、郑官应、顾寿松、周昌龄、王承基、徐润、褚成宪、方德骥、屠成杰、张福谦、张斯臧、李麟策、钱征、曹思绅、王尧阶、经元善等经募

隐名氏规元四千两，胡雪岩观察规元二千两，庆余堂胡规元一千六百四十四两，澄碧斋规元一千两，喻义堂规元一千两，集义堂规元一千两，安善堂规元一千两，胡庆余堂规元一千两，晋阳奉行氏规元一千两，黎召翁规元一千两，从善斋规元一千两，不留名规元一千两，林诗甫观察规元一千两，顾尚德堂规元一千两，蔡楮商规元八百六十两，乐善好施始平氏规元六百两，延清楼规元五百两，静观规元五百两，刘贯记规元五百两，愚轩氏规元五百两，西安堂规元五百两，雪鸿居规元五百两，茗华庵主人规元五百两，安善堂规元五百两，邻溪居士二次合规元五百两，思树堂李规元五百两，心梅书屋规元五百两，桂陵书屋规元五百两，闽众善居规元四百七十六两五钱三分，无名氏规元四百四十三两七钱八分七厘，神户王晴波经募规元三百四十两，神户德盛募仁字一百五十四号册规元三百十五两。

绛霞楼三次、从善斋，以上二户各捐规银三百两。

胡庆余堂规元二百九十两四钱，东海善士规元二百二十五两四钱八分七厘，台郡金永顺、苏万利、李胜兴规元二百四两。

木石居士、王锦堂、临隐氏、茂萱居、寿萱堂、心念氏、不敢名、附骥生、无名氏、五善氏二次、蒋增和，以上十一户各捐规银二百两。

神户王晴波劝和华商等规元一百八十四两九钱五分，郭桂经劝规元一百五十五两六钱六分四厘，无名氏二户规元一百五十四两六钱一分二厘。

培元氏、存济堂、邻溪居士、海滨百二人、天香书屋、知止居，以上六户各捐规银一百五十两。

大观园规元一百四十八两六钱七分，香港梁鹤巢、黄均堂募规元一百四十四两，王敬侯劝规元一百一十三两二钱二分，许乐如劝规元一百二十三两三分二厘，汉阳众善堂规元一百十四两一钱三分五厘，太字三号规元一百十三两四钱八厘，梁金池经劝规元一百十一两五分，广东许姓规元一百七两五钱二分七厘，慎修堂规元一百四两一钱六分三厘。

求平安、保安会众姓、余庆堂、潘承记、春裕后、聚德堂张、苏州永和堂南货业同人、颜还愿、闽漳隐名氏仁字七十三号、绣溪闻笛默痴生二次、啸斋氏、曲江书屋、清虚子、众善居、金粟山房顾、扶风氏、顺记公、仁人堂，以上十八户各捐规银一百两。

公和祥韦茂生劝三次规元九十五两五钱八分六厘，郑晴波劝太字七十八号规元八十五两二钱七分，无名氏规元八十四两，王敬侯劝太字十号规元八十两四钱一分，隐名氏规元八十两，招商局众友十二月薪水规元七十三两三钱四分七厘，粤东女士梁贵规元七十三两四钱六分一厘，无名氏规元七十三两三钱，丁致远规元七十二两四钱五分，辛未存规元七十两。

深沪陈长兴泰、了然堂、晋江南安徐廷勋老二次、泉州晋江檀林乡许，以上四户各捐规银六十九两。

泉州曾酉春规元六十八两，温陵氏诸同人规元六十五两二钱六分五厘。

徐姓劝、香港广记劝，以上二户各捐规银六十两。

无名氏二户规元五十五两二钱五分八厘。

谦德堂、深沪益源号，以上二户各捐规银五十五两二钱。

榆手规元五十四两九钱七分五厘，许宜贵堂规元五十三两四钱一分，隐名氏规元五十三两四钱八厘，功德堂规元五十二两五钱。

罗浮隐士、徐子卿、王锦堂、当湖小隐、京口逸名氏、佑启氏、廖辅德、赵培远堂、陈子记、隐名氏、建德堂，以上十一户各捐规银五十两。

招商局众友规元四十九两三钱六分，丹桂茶园规元四十八两四钱二分八厘。

陈清声老、翁吉记号、摇林杨三余斋，以上三户各捐规银四十一两四钱。

乐善堂规元四十两五钱六分一厘，谭润之劝规元三十八两三钱八分。

雁初手、许乐如，以上二户各捐规银三十六两六钱五分。

天仙茶园规元三十六两三钱六分，乐斋募无名氏规元三十六两二钱，绣溪闻笛默痴生规元三十五两九钱七分五厘。

安德林祈母痊安、高存德堂，以上二户各捐规银三十四两五钱。

宝见桥、沙珠增、吴矩臣、言树萱堂、李仔林、胡问渠规元三十四两一钱三分三厘，武林勉修子规元三十二两八钱八分。

安海明善堂、山阴友竹居士劝，以上二户各捐规银三十二两。

青余、善记、庆成、征记、逸民氏、陈荫堂、乾通庄友、王记，以上八户各捐规银三十两。

招商局友规元二十九两五钱六分六厘。

信记号、陈和利号、陈东昌号、吴协庆、尤顶记号、协庆号，以上六户各捐规银二十七两六钱。

神户源泰劝规元二十七两二钱一分六厘，大班马立师规元二十五两，王呈辉规元二十三两五钱，祝萱益寿生规元二十二两五钱七分五厘，吴善修规元二十一两八钱七分，仙镇恒升规元二十一两四钱，施尚圃老规元二十两七钱，陈义胜号规元二十两七钱，楚中碧兰娱馆主人规元二十两五钱七分一厘。

文德堂、陈崇盛号、白下心记、泉郡林悦翁、自得轩、省过氏、张宽裕、江靖募九江道、怀济氏、贻燕户，以上十户各捐规银二十两。

阎三泰规元十九两九钱二分九厘，永宁蔡景云规元十七两九钱，问心居规元十五两，德泰存息规元十五两，林蕴规元十四两六钱九分二厘，郭桂规元十四两六钱九分二厘，无名氏规元十四两五钱八分，欲寡过斋规元十四两五钱五分。

衙口施漱业老、施慎德堂、施五福堂、深沪吴协芳号、陈怡怡轩、高劝济善、存心堂、泉州庆顺号，以上八户各捐规银一十三两八钱。

蒙古力薄子、兰孙崔氏规元十三两一钱四分，和德堂诸斋友二次规元十三两一钱二分，江右宜乐堂主人规元十二两七钱五分五厘，双余规元十一两九钱八分五厘，许乐如规元十一两六钱九分六厘，沙堤益昌号规元十一两四分，清隐堂规元十两七钱五分五厘，甘泉庆安堂规元十两七钱五分，神户源泰劝规元十两五钱八分四厘，江西无名氏规元十两六钱三分三厘，补天宝规元十两五钱四分六厘，张笃素堂规元十两五钱一分。

施斗山老、陈义美号、尤复德号、留耕堂、王德景，以上五户各捐规银一十两三钱五分。

源泉号、省过氏、正益庄、陈瑞成、陈顺荣号、黄文山馆、西记、仙镇不留名王、无名氏、无名氏、何姓善士、省过氏、同兴声、张顺记、庆懋号、得胜号、慎记号、征记号，以上十八户各捐规银一十两。

教读李生劝李王氏、田姑、夏姑、李学生、李勤、李姑规元九两七钱六分五厘，雁门钓叟规元七两五钱六分。

谭冠卿、悦生、宝裕，以上三户各捐规银七两三钱四分六厘。

金池募介寿堂规元七两三钱二分，广源利规元七两三钱二分，听潮居规元七两三钱一分，吴绣琴规元七两三钱，无名氏规元七两三钱，十四龄童子规元七两二钱九分，十二龄童子规元七两二钱九分，隆记栈规元七两二钱八分，双合永规元七两二钱八分，陈兴利规元七两一钱八分，庆记栈规元七两二钱六分。

陈仁兴号、施魁业老、董国梁老、陈顺义号、静养居、杨伯成堂、衙口施福兴号、黄光严官、衙口施大珪老，以上九户各捐规银六两九钱。

晋江梁廷杓规元六两八钱，江通陈玉山劝规元六两二钱一分三厘。

福源献井官、世昌涌、文茂号、东义顺，以上四户各捐规银六两。

苏萧记规元五两八钱八厘，梅林乡李余盾官规元五两五钱二分，衙口施浩然居规元五两五钱二分。

华瀛仙劝规元五两一钱九分四厘，道明手募规元五两一钱二分四厘。

郑善士、延陵氏、反思堂、宝裕昌、培德堂，以上五户各捐规银五两。

严姓规元四两八钱三分八厘，沟边乡余鼎官规元四两八钱三分，禅臣洋行劝规元四两四钱二分九厘，柯樵山人规元四两三钱四分四厘，衙口施活源号规元四两三钱二分，娄可亭规元四两二钱七分五厘，深沪陈汝栻老规元四两一钱四分，衙口施盛吉号规元四两一钱四分，仙镇不留名规元四两，性严手规元三两七钱四分，万顺丰规元三两六钱六分五厘，无名氏规元三两六钱六分，长源规元三两六钱三分，祈病保安居规元三两六钱三分，衙口施玉衡老规元三两五钱二分，华记规元三两五钱，无名氏规元三两五钱，梅林长兴号规元三两四钱五分，林逊镇老规元三两四钱五分，台湾坤俭堂规元三两四钱，如意斋号规元三两四钱三分，招商宜昌分局劝规元二两九钱三分。

徐李氏、徐苏氏、善善，以上三户各捐规银二两九钱一分六厘。

徐振畴规元二两八钱八分。

吴宗记号、陔华楼、福全苏德安、新埔张克俊、陈致志老，以上五户各捐规银二两七钱六分。

汉皋隐者规元二两五钱五分，叶子仪规元二两三钱，扬州鸠江谢宅规元二两三钱，振隆存息规元二两一钱七分，周沈氏规元二两一钱六分七厘，安海史鼎三号规元二两一钱六分，乐安渔隐规元二两一钱，董焕极老规元二两七分，孙乘裕堂规元二两，郑启容规元一两四钱六分九厘，怀义堂规元一两四钱六分九厘，芝生氏规元一两四钱六分二厘。

徐杨氏、徐黄氏、吴古氏、徐吴氏，以上四户各捐规银一两四钱五分八厘。

宝记规元一两四钱五分二厘，柯天池观规元一两四钱四分。

静养轩、陈心斋、沙堤进胜号，以上三户各捐规银一两三钱八分。

程达德堂规元一两五分。

黄华瑛、谭瑞初、郑仕卿，以上三户各捐规银七钱三分五厘。

郭徐氏、梁娟氏、省食鲋鱼、佳妙氏、杨吴氏、徐福、亚增，以上七户各捐规银七钱二分九厘。

净女欧阳氏、净女吴氏、阿嫩、无名氏，以上四户各捐规银七钱二分七厘。

合兴栈规元七钱二分六厘，吴泰湖宫规元七钱二分，高津记规元七钱二分。

春裕正、汪庆余、灵下晋德堂，以上三户各捐规银六钱九分。

吴寿山规元六钱七分三厘，无名氏规元五钱九分六厘，悦生募规元五钱八分一厘，乾通庄司务规元五钱六分五厘，蔡赵氏规元五钱四分七厘，无名氏规元四钱八分二厘，杨颂侣规元三钱六分七厘。

林活氏、桂英氏、亚四，以上三户各捐规银三钱六分五厘。

刘赵氏、陈氏、张氏、梁李氏，以上四户各捐规银三钱六分四厘。

千里毫毛规元二钱四分，张妈规元一钱八分二厘，乾和、大丰、恒德、仁元、恒义、隆和规元四千九百十四两七钱五分四厘。

陈竹坪募英洋二千元，浙绍田惇记英洋一千元，性禾室募英洋一千元，丁悦生堂英洋一千元，陈炳元募英洋一千元，丝业公所英洋九百七十五元，通海崇众善居英洋八百元，范阳涿郡子英洋五百元，祝宝奝安英洋五百元，隐名成记英洋五百元，陈子庄英洋四百元，师徐徐英洋五百元，吴三善堂英洋三百元，喻义堂同人英洋三百七十元，丝茶会馆英洋三百元，怡和经募英洋三百元，陈吉楼英洋三百元，佩兰室李英洋三百元，陈炳元英洋三百元，日本神户广东一店众友辛俸英洋三百元，上虞袁氏募三次英洋三百元，陈德星堂英洋三百元，宁字集英洋三百元，留耕书屋劝英洋二百七十八元，萧山同仁集英洋二百七十二元。

仁字二号四十三户、慈邑怡怡轩劝申字一百二十四号册、余姚常警省谢氏，以上三户各捐英洋二百五十元。

扬州元升庄劝英洋二百十元，余姚泰生庄劝三次英洋一百八十八元四角七分六厘。

味经书屋、一樵氏、隐名氏、王燕誉堂、杨瑞霭堂、方翁氏、豫章伯氏、徐张氏、觐乡乐善堂、徐张氏、隐善士、丹桂堂、方氏太太、回生居士、普陀隐秀寺僧隆章募佛祖、南浔逸史、震泽泰源当友、沈敦善行堂、燕誉堂、祈病保痊、诚意居、会心处，以上二十二户各捐英洋二百元。

大英美查、英洋一百九十八元三角七分，松江登瀛、及云、求景三书院省节膏火英洋一百八十元。

顾镜花劝、常州黄里镇六荣俊劝，以上二户各捐英洋一百六十元。

浙江无名氏、黄怡颜堂、江阴澄栈同人二次，以上三户各捐英洋一百五十元。

太古昌各号、天源洋行劝，以上二户各捐英洋一百四十五元。

通海崇众善居英洋一百四十元，仙镇元康庄劝英洋一百二十七元三角五分，顾耘斋劝英洋一百二十五元五角，陈虎卿劝英洋一百二十五元。

林文玉、曲阿尽心氏，以上二户各捐英洋一百二十元。

芙蓉轩英洋一百十元，森元丝栈劝仁字五号英洋一百五元五角，宁字一百五十三号英洋一百一元九分。

心矩书屋、唐锦文、佛山江岳宗、适安居、省过斋、马少良、蓉坪散人、怀安氏、和丰号、明德堂、碳友、谦和信募、隐名氏、同济善社、郑晴翁劝、界祉堂、拯婴会、余万成布号、知足斋、朱吉房、慈邑费氏、三省书屋、望云居士、江阴求子安、玉雨堂、保和堂、义渡局、东瓯郭外峰、懿德堂义、待鹤斋、世德堂隐名氏、山阴李沈氏、蔚记居士、汉口同源庄、汉口同裕庄、汉口无名氏、汉口同康庄、汉口有成银号、汉口同孚庄、是亦堂、生昌泰号、生昌泰号、生昌泰号、谦德堂、燕贻堂、竹樵居士、豫字集垫捐、碳石永康典众友、思本堂、余万成、留余书屋、南汇众善姓、归京兆中山氏、浙绍公所中元醮费、蚁驮一粒会、不敢名、碳石众善士仁字六号、乐善居、赵陈氏、韩广兴劝、耕心堂、钱培松山庄、常州尚思堂、三瑞堂、平湖隐名女士、凝远堂棉衣册十三号、省过斋主人、常州尚思堂、汪晋藩翁、徐吴氏、汪晋藩翁、与善人居、顾辑五、陈曲江、乐善子、甬江晋泉、林怀德堂、厦门恒丰号、林怀德堂、华记、扬州凌子舆募、右记，以上八十二户各捐英洋一百元。

张朝梧英洋八十九元，嬾鸥英洋八十八元，罗韵楼劝二次英洋八十六元三角。

无名氏、敬神、补拙居、谦和信劝、怀仁堂、隐名氏，以上六户各捐英洋八十元。

乾生庄劝英洋七十三元，平湖晋元庄劝仁字六十四号英洋六十九元五角。

新和记、秀水张寿堂、爱日吟庐主人、张学善堂、锡山无名氏，以上五户各捐英洋七十元。

张宝楚劝仁字元号英洋六十八元，广记英洋六十七元二角。

马健斋劝金字十号十一号、咸和庄劝二十九户，以上二户各捐英洋六十四元。

仁字五十七号英洋六十三元五角。

无名氏、勉力氏、吴氏、卢氏、诸氏、咸宁居、福幼图申字五十号、汉口周小琴募、务本堂、钱问陶朱仙洲劝、京口敦润堂，以上十一户各捐英洋六十元。

范培德堂英洋五十八元，浙江萧山同仁集致和钱庄劝英洋五十七元四角，如号众友英洋五十五元。

时乃风、陆子记、李秋屏、吴经善堂、陈贻善堂、达仁堂、甬江陈仁山募、遵厚堂、振号、众善士、药业各行、陆诚士、嘉禾生生集、曹善记、广祯祥、金雅泉、香港义昌行、甬江宝和森、寿祺、留砚山房、琴仙书屋李氏、槐里子、居思斋、硖友、苏庚道人、苏灯居士、惟日不足斋、颜集善堂、爱日吟庐、云西书屋、公积记、云间孤独梦纳子、隐名氏各友二户并、惜福居、渡南堂、甬江同和庄劝、德一堂、会稽樊川衍泽堂徐、绍兴槐荫堂王、守拙氏、学愚氏、恒义典众友、苏州程友于、莹彻轩、慕记居士、丁福昌、小雅居、莹彻轩、昆阳延陵主人、仰清堂杨宝记、集庆轩、姜氏、昆阳延陵主人、黄氏、谢氏、孙氏、见心社胡公寿、见心社杨伯润、见心社任伯年、陈祈安居、保安氏、积善堂、见心社汤埙伯吴鞠潭、周同仁募、见心社张子详朱梦庐、周同仁、周恤寒士、归陇西清和氏、为善最乐庄、中和堂、余姚竹山港捐局宦、求平安、德星书画社、无名氏、许安宁、颜杏记、福建济阳堂、槎溪益记劝、松江补过居、怡和洋行劝、虹记，以上八十一户各捐英洋五十元。

不留名英洋五十二元，申字三十二号十二户英洋四十六元，江平帐房获窃罚赃英洋四十五元一角，大英美查英洋四十四元一角，协美仁元林大成英洋四十四元，浙江萧山同仁集□山徐公盛劝英洋四十二元六角，裕和行劝英洋四十一元二角七分五厘，周维翘劝汉字九十八号英洋四十二元，周钱氏英洋四十一元，右记英洋四十九元，王成记英洋四十三元四角。

缪怡发助和丰罚款、申字三十一号十二户，以上二户各捐英洋四十元五角。

杨善氏、福冥居、隐名氏、纶记、陈锦堂劝、合余、姚江顾氏、仰清堂杨、甬江资源庄、消息斋、益康庄各友、资源庄劝、奚好名房、资源庄劝、常熟问心居、大有典众友、凤溪渔隐、硖石永康典众友、无名氏、无名氏、无名氏、张生云劝仁字三十三号、我知弟子、鹭岛浮沤、师蓬斋叶祉祥氏、江树屏、葛氏、高东皋堂、汉口传衡堂劝、盛小圃劝金字十三号、王醒初劝金字元二三四号、黄达斋劝、和衷轩、陆竹记，以上三十四户各捐英洋四十元。

硖石清隐堂广觉观金英洋三十九元。

绥和堂、申字三十五号十二户，以上二户各捐英洋三十八元。

问心堂英洋三十七元，杨广记英洋三十七元，大有裕众友英洋三十六元，通州人劝英洋三十六元一角，南通州郡庙前桶捐英洋三十五元七角三厘，王长记英洋三十六元二角。

夏逸帆劝金字十九二十号、谦和信劝，以上二户各捐英洋三十五元。

乐善堂仁字八十八号英洋三十四元三角，步青云英洋三十四元，福昌号劝仁字二十七号二十五户英洋三十三元六角，黄达斋募英洋三十三元，申字三十三号十五户、众善姓、沈少记募，以上三户各捐英洋三十二元。

南通州西厢大街桶捐英洋三十一元九角八分一厘，臻祥庄劝英洋三十元四角，震泽同善堂劝英洋三十元三角。

药业众商、知足子、叶焕堂、合源建号、启兴建号、集善居、乾源建号、澹然居、恒记船友、沈禹记、师俭草庐、赵竹甫、范求全、陆友兰劝、留与后人补、无名氏、木容道人、五康庄省节、同元生庄、益源绸庄朱程、同和庄劝、消灾纳子、桃源西居、广祯祥、温州同善堂、时敏书屋、胡小松募不留名、震泽谦懿主人、碨山居士、西铭字号、怡和劝、周宝芝、隐名氏、宁字一百四十四号、隐名氏、李乐善堂、嘉禾张、雁门钓叟、浔西武圣会、山荫国尧孙氏、仁字四号十二户、碨石厘局同人、隐名氏、广东无名氏、乍浦书画社、广祯祥伴、汧元堂、浦左觉悟氏劝申字三十六号、徽歙唐伦叙、平湖葛传朴堂、公兴栈、公兴同人、谢鞠三、朱安记、平安、广祯祥、积善堂棉衣十四号、锡山无名氏、李铖、乐善子、无名氏、保平安生、德星社同人、陈春澜、王周氏、长安鼎裕典诸友、逸名氏、原心氏，以上六十八户各捐英洋三十元。

平湖恒源庄劝英洋二十九元五角，南通州郡庙前桶捐英洋二十九元一角五分七厘，怡和行劝英洋二十九元。

张子翔劝申字一百三十八号、金字四十七号、申字三十四号十三户、恒兴恒荣兴恒瑞兴省节、方荫甫、太原乐善居，以上六户各捐英洋二十八元。

申字四十八号英洋二十六元五角四分五厘，李姓劝仁字二十五号二十五户英洋二十六元四角，惠风书屋英洋二十五元，项时记英洋二十七元八角。

萱祺堂、通泉庄各友、慈邑成子臧劝申字一百三十五号、许朗卿劝、燕台合顺号，以上五户各捐英洋二十六元。

金利源众友、弥月席费、李庆钊隐名氏、元泰、尤体人，以上五户各捐英洋二十四元。

谢望炊《和约汇钞》七十八部售见英洋二十三元四角，张鹤记英洋二十二元七角。

同善居、刘融斋劝仁字六十一号，以上二户各捐英洋二十三元。

仁字五十九号、涟青室仁字五十五号、和泰庄劝、子记居士、怡和行劝、刘镇甫润笔、鄞邑江北北胜境众善姓，以上七户各捐英洋二十二元。

天源洋行劝仁字六十二号英洋二十一元五角。

省汤饼筵、字林小种书润、补禄生、丁惇九堂、愿椿萱春店傭、萧幼云保牛痘平安、力棉生、隐名氏、王峙山、思沛堂、憩石生闓远堂、隐名氏、葛其凤、凭心人、赵福记、武林陈行素堂、吴礼耕堂、浙湖古丹庚、祥泰布号、守德居、福昌号、绿荫草堂、丰兴、詹嘉记、花韵记、滋茂建号、茂胜建号、新合顺建号、洛阳氏、好善居士、无名氏、月胡氏、丁南发、乐琴书屋、无名氏、守梅氏、浙江碨石杨、怀德堂、退让斋、中山隐名氏、延陵七龄五龄童子、金聚发、和记善姓、太古昌记、元和顺、桐氏、周申昌、经义培、草褐女士、瑞兰堂、延生庄、德泰庄、莘和庄、允康庄、安滋庄、寿康庄、元和庄、阜丰庄、乾泰庄、纯泰庄、成泰庄、承丰庄、大有豫庄、泰昌永庄、晋德庄、晋吉庄、源源祥庄、颐德庄、慎益庄、德昶庄、延康庄、久康庄、乾德庄、延大庄、乾康庄、源泰庄、福泰庄、崇德庄、巨丰庄、鼎丰庄、允泰庄、慎亨庄、怡如庄、新吉庄、申昌庄、恒康庄、慎康庄、咸泰庄、厚德庄、慎余庄、公大庄、树德庄、峻德庄、阜康庄、乾通庄、安丰庄、广泰庄、仁元庄、瑞泰庄、宝泰庄、通泉庄、慎记庄、江阴澄栈同人、不留名、常熟无名氏、量力人、五正居士、隐名氏、桂林缪氏、垂裕堂蔡、绍兴衣德堂、古虞王陈氏、心祝轩、李砚记、雁门钓叟、卓英和堂、同福庄、春泉庄、阜成当、沧海余生、隐名氏、隐名氏、隐名氏、凤溪典友、雁门钓叟、募善居、祥兴进众友、归安李鉴堂、宁字一百二十八号、松泉书屋、蒋石香劝仁字五十一号、海盐厚贻堂、不留名、免灾氏、刘河宁绍公所省醮费、凤冈子、不留名、双桂寄名陆如松、禾郡有一人交来、刘增记、蔡耕余堂、郑余庆堂、隐名氏、徐虞卿、无名氏、懿德堂仁字一百号、甘贻书、无名氏、成记、巽羊庚山房、嵛源轩庄、林树茂、李益兴、李拾翠堂、无名氏、心愿氏、盛记行、无名氏、汪永亨募、龙山寺佛祖愿、隐名氏、无名氏、力不足斋、量力人、坐隐山房、心愿氏、仁德书屋、史仲屏谢侣松徐莘谷劝、古黟善士、绉业公所，以上一百七十户各捐英洋二十元。

震泽保赤局劝英洋二十元三角。

至公堂、药资以赈，以上二户各捐英洋十九元。

屠祥麟劝申字一百三十二号英洋十八元七角，不书名女士英洋十八元六角，胡小松募两善士英洋十八元三分，王泰记英洋十八元一角。

陆秋渔募、仁字一百五十八号、问心可为、萧幼云省追荐、子一年、官银号友，以上六户各捐英洋十八元。

夏少记二次英洋十七元六角。

黄山寿等五户、金字四十四号、不留名六户，以上三户各捐英洋十七元。

申字六十四号、浙宁慈北义成当、无名氏、碛石广兴行、怡和劝、隐名氏、代愿氏、餐霞子，以上八户各捐英洋十六元。

百二峰主人英洋十五元四角，三槐堂英洋十五元三角，金陵抱愧翁英洋十四元九角。

正号庄募、太原、尚志堂、詹嘉记募、吴光裕堂、合茂建号、不无小补、坤源号、源顺行女士、陈慎安堂、乾友、裕通祥省节、元大亨庄、大豫庄、慎生庄、同元生庄、大隆庄、吉泰庄、茂康庄、无名氏维、惕然子、临浦穗春行米客、甬江土名氏、林某、赞育堂庄、程承许、俭余助赈氏、江南无名氏、汪缵卿劝、函馆学贾客、金稚香杏孙画润、就医川资、养仁氏、启昌行劝仁字四十号、王雪香，以上三十五户各捐英洋十五元。

毛九坪劝申字一百七十一号英洋十四元三角。

申字六十三号、胡史伯劝、张子翔劝申字一百三十七号、徐钟麞、大成顺、湖南邵阳唐德润堂，以上六户各捐英洋十四元。

查益三劝英洋十三元四角。

申字五十九号、怡和行劝、邻妇冯姓，以上三户各捐英洋十三元。

大英美查英洋一十二元七角三分，仁字五十九号英洋十二元五角，怡和洋行劝佩字三百六十四号英洋十二元二角。

无名氏、香港源和昌、白桥隐名氏、栽心士、坤和庄、正号庄、大丰庄、裕泰庄、益康庄、裕康庄、利亨庄、怡顺公、念手无名氏、杭州香、古虞却疾氏、甬江陈镜堂、新顺兴、奚盛氏、周瑞庭募，以上十九户各捐英洋十二元。

朱印然、陈拜飏、汤翔和英洋十一元四角，代为氏英洋十一元一角，大英美查英洋十元九角二分五厘。

闽省无名氏、方湘舲女士、王宗良、同丰心求氏仁字二百十三号、大英美查，以上五户各捐英洋十一元。

姜忠堂、好善居、叶小村、舒大锷、徐舜山、无名氏、闽寓榕垣客、太古昌记、谭冠卿、复昌恒、公记募万泰、王素真、顾陈氏、乐善居、善善堂、柳阴居、同善居、慕莱堂、史嘉济、三槎渔子、悟世山人、崇德堂、刘卿采、浙西旅客、晋德堂、隐名氏、屠宗庆、闻子仁、应文生、功懋、郑静卿、英生氏、钱兰亭、元大亨劝、同吉祥、姜孝铉、叶乃丽、无名氏、周积祯、苏克己堂、合昌号、崇集众士、无名氏、祥丰花庄、广成建号、广兴建号、金万益、各尽心、孝记、双桂堂、汪鹏记、集善居、积成堂、沈竹亭、益康庄、瑞康庄、世康庄、曹月仙、听秋书屋、趋避山人、无名氏、谦记、古润张景文堂、天泰号众友、周涛记、给该堂、浦东三贫女、无锡不留名、杭州香、城北不无小补、鸿赉堂、冯淮瀚氏、梁园旧游子、䧟记号、葛姓善氏、钝夫氏、僧梵清、马敦厚堂、怡和经劝、了愿居氏、仁源木行、吴北李庆濂、通正永、震昌庄、福源庄、昇元庄、慎泰庄、乾裕庄、瑞康庄、晋源庄、巨元庄、洪泰庄、聚泰庄、震元庄、椿源庄、昇茂庄、正丰庄、和盛庄、逢源庄、延孚庄、晋豫庄、元祥庄、永大庄、源元庄、顺元庄、安康庄、昌大庄、隐名氏、恒大庄、德昇庄、贻鄂堂、谢子卿劝、惠安庄、同康庄、彤源庄、大有庄、久大庄、悦来庄、盈泰庄、盈康庄、存德庄、德安庄、和泰庄、咸德庄、松泉书屋、乌诚佑堂、晋恒庄、周时轩、源甡庄、全记、陈慎斋、贞吉庄、正元庄、资生庄、升亨庄、惠康庄、世康庄、晋益庄、益康庄、源甡庄、陈锦江、陈遗忠堂、晋德庄、晋豫庄、德昌庄、晋泉庄、惠甡庄、慎康庄、曹心孚、明目居、望各尽心人、平安居士、碧梧馆主、余万盛省节、德康庄、平安居士、张存仁堂、龙游丛桂堂、漱石山房、江德春、碧梧馆无名氏、张竹房、顺余堂、德茂元记、积善堂、兰竹山房、天成泰劝、臻祥庄劝无名氏、益记节、无名氏、彝训堂、无名氏、乐善吴记、恒源祥、张楷、无名氏、浙鄞李邦璐、范美记、王正记、张茂记、谦记、莫厘力不从心、顾廷记、贺坦记、恒升、席克明、无力氏、东海老渔、无名氏、无名氏、柯金源、句章崇礼堂始平氏、越东鄙人、陈良模、隐名氏三、董调梅、周笃祜堂、振元号、云生、连记、无名氏春生、六也堂信大、无名氏德顺、李文波、陆翰卿、杨桂轩、申字六十一号、代善、南极、怀远书屋、自省斋、明目居、无名氏、惭愧氏、平湖同济典众友、诚心斋、金陵王文信、绿荫轩、尹溪吴氏、锡銮氏、横扇好问子、泊庐轩倍、金万和船、无名氏、朱文新堂、金瑞隆船、周求平安、南浔邱启昌丝行友、愿祈合家安、春城尚池官、湖郡嗣善堂、卢培心堂、金进兴船、林姓还愿利济侯爷、九华山香费、为亲求寿、武林陈宋氏、武林陈赵氏、泰丰丝行众友、颜春台、不留名、上虞徐周氏、尚义减醮、新安氏、省过氏、甬江陈纫斋润笔、禾郡一店各友抽俸、泊卢轩、郑林氏、立记、聚伦堂、同生等四户盂兰会搏节、砩石东海枢、东璧垣、拂尘子、梅鹤草堂、李张氏、普愿宏济人、福建隐名氏、乐善居、放生改赈、抱云子、礼耕居、巽森公记、长庆寺僧募十方施主、树德堂、酒香书舍、三龄叶黑均、王昌铺、怡善堂、源元庄众友、免灾氏、芦中人、心求氏、新泰兴洋行帐房各友、崇朴主人、恒裕号庄、陈逢泰、李积善堂、陈维慎堂、李静修堂、陈长春、梁种德堂、乐丙生、无名氏、黄承启堂、寿恺堂、省过氏、刘尚义、宣上村农、无名氏、不留名、慈水澹宜轩主人、丹徒阳粥铺公、冥福分资、惠记、铸秋馆、逆旅寄人紫阳氏、爱梅书屋、育麟室主、益利、尹叶氏、量力人、长源泰减膳、不留名、业勤堂众友、旅湖卷舒主人、陈增福、王敦五、徐渭臣、甬江正大行、祈保病安痊、上虞无名氏、无名氏、无名氏、施恬波、一粟道人、量力人、三凤堂、三山龚卡怡、无名氏乐善好施、林九如、也痴道人、敬事居同人、胡侣云募、无名氏、张懋记、张春舫募、敬事居同人、海阳吴氏、无名氏、胡久埧、张雨渊劝仁字一百八十四号、武林吴氏、映雪堂连记、求耳复聪子、心求氏、巽森申记、恒记船友、茂苑吴氏、金陵抱愧翁、浙慈惧饥戒酒客萱寿节费、李砚樵、闵友无名氏、泰源号友、李葛氏、痴道人代售百一诗、金陵抱愧翁、量力人、无名氏、澂记、翁泉记、隐名南阳氏、锡珊居士、拂尘子、东璧垣、槎溪同人、豫章归愚氏，以上三百五十八户各捐英洋十元。

晓记英洋九元，林镜洲劝申字一百七十二号英洋八元五角，训记英洋八元六角，葛隐畊寄庵诗英洋八元四角，资源庄劝英洋八元五角四分八厘。

太古协兴、顺记号、无名氏、刘余地堂、袁汝南堂、陈光裕堂、李陇西堂、松天禄堂、刘协庆堂、刘伟记、红杏书屋、董谢氏、蹇人荣阳氏、免知斋、不留名四户、六龄三龄、天泰木号、山阴十一龄童沈康保、袁化广胜号、淡泊斋、碛石厘捐局、淮海采薪客、诚求堂、碛石厘捐同人、致敬斋、玉林仙史晏□逸史梦仙庵主润笔^{陆柳桥}^{杨颂南}募、大成典友、浙湖武夷山人、天昌号劝、王子衡、金字四十八号、扬州来《说文解字》四部售见、无名氏，以上三十四户各捐英洋八元。

宝怡楼英洋八元一角五分，不留名英洋七元六角，陈雨峰英洋七元五角，南通州郡庙前桶捐英洋七元三角九分二厘，南通州西厢大庙桶捐英洋六元八角一分三厘。

罗坚志、宁郡洋广捐局同人、仁字五十三号八户、荣记、怡和劝、禾郡有一人交来、雁门钓叟、袁咏记、碛石厘局同人、无名氏、徐迪卿劝、两宜轩、东璧垣、悟善堂、淡泊斋、武陵徐氏、申字三十九号、大英美查、隐名氏，以上十九户各捐英洋七元。

无名氏英洋六元四角五分八厘。

刘得福、隐名氏、刘协恒、素行堂、香港元和号、香港二明堂、自怡斋、公大、段碧春、集善居、振记、森泰丝栈、鼻烟抽、公记、心求氏、杭州邹渭翁劝、曹李氏、荣泰、利泰号、无名氏、邻隐氏、惇本堂、鬻助人、鬻助人、尊腰馆、武原王郭氏、勉俭氏、杭州旭记、东海微沤、好古轩庄、碗行复成号、李善德堂、奚闵氏、镇江客、诚求室、林镜洲劝沈子屏开泰庄等、平戢山本、守经堂、安庆堂、燕贺、同丰庄、梅庐居、紫敬堂、恒善居、乳溪耕读、拮据氏心愿、钱容斋、永恒泰省秋节费，以上四十八户各捐英洋六元。

陈魏氏英洋六元三角一分五厘，仙字十一号英洋五元五角，槎溪藏名氏英洋五元三角五分。

汪维翘、公栈募梁辑轩、慎记、不名氏、隐名氏、敦大成、善施、膳余氏、范子汀、何藻生、刘协德舟、益和行、怡怡居、余庆堂、傅立煌、隐名氏、周君扬、姚明德堂、新闸顾益泰、黄崇俭堂、吾尽吾心、仙镇不留名张、苏潘万盛各友、省味堂、元记、潘阿秋、成记庄、无名氏、余姚王纪良、无名氏王、康居、同泰利、上虞何家岙王姓节妇、愿举家安适人、天亨庄、求平安士、陈徐氏、陈公曼、胡仁记、顾耕读庐、杭城永顺安、王三槐堂、徐友仙、冯东桥、徐紫英、张雪斋、仁昌祥诸相好、道隐斋、寄傲、载尽吾心、义生遵、无名氏完、全信裕、无名氏、无名氏云、如庆堂、王守记、雅奕氏、绎思堂、和贵堂、协茂号、如庆堂、广福田、清廉子、佘贡南、萧陈氏、陈雁秋、德茂、怡怡、唐景村、末士贪、听潮居、仰清堂杨、通裕号、源泉庄、同丰庄、句章无名氏、一粟道人、句章始平氏桂生、乐愿居、吴桂金、松记号、黄镜如、庆昌号、合兴号、吴履泰、金友之、仙镇不留名、病余子、无名氏、王渭渔劝、尹氏、郑氏、爕安氏、愿缘野人、渤海阁安室、新合顺建号、恨无力氏、晋邑金泰和船、晋邑龚志智、晋邑洪宝楼、黎瑞堂、大成典友、无名氏、珠街阁汇丰典各友省秋节费、永懋一文愿、蚁驼生、恒顺号庄、布郊盈隆号、李永和堂、紫薇草堂、师竹居士劝申字一百二十六号、广东无名氏、求安堂、代善氏、思齐会、吴门寒氏、无名氏、浙宁慈水汝南氏、无名氏、汪缵卿劝灌书斋等十户、皖湖刘、皖湖刘、孙春芳募、京江张世子、缉熙堂、寄寄草堂方、柯金源、桃花坞来无名氏、桃花坞来无名氏、静廉居、扶危居士、金陵抱愧翁、生记、倪恭寿、蛟川三省居士、梁林春、吴申甫、佩如女史、子翼居士、三省堂、运甓轩、徐隐氏、梦椿生，以上一百四十四户各捐英洋五元。

金陵抱愧翁英洋四元九角，纸商同志人璧席英洋四元七角五分，南通州西厢大街桶捐英洋四元七角三厘，爱竹山房英洋四元五角，古竹善人英洋四元四角五分。

太古公记、太古成记、不书名、同泰、太古裕成、祥发源、吟月轩、春源、久记、盐官遂怀氏、恒太祥、朱合盛、刘心畲、和记号、沈香敬神、无名氏、黄葆善堂、消灾子、心田室、刘福春、王陈氏、冯荇之、无名氏、镇江不留名、吴张氏、浣南河堂、彭养廉堂、免知斋、无名氏、无名氏、无名氏、乐善居、醉六居郁、崇德堂、通泉庄各栈司、三声堂、端节代肴、留口福、万选氏、槐荫书屋、周庆记、无名氏、阴上董明涛、阴上董生园、雪龛书屋、味经主人、晖吉省醮费、祥泰省醮费、无名氏祥和、石麟堂、侯锦章、莫绍楣、姚子桥、芙蓉书屋、镇海张晴蕉、心愿母安人、津枝洋行帐房伴梅书屋应、苕溪李顾氏、不取票、金源庆船、刘协进船、刘协福船、徐勉俭居、我尽我心、金源荣船、刘协升船、刘协益船、刘协新船、武原王邬氏、平阳氏、武原王袁氏、绿满窗、寄云室、金宝顺老长记、岭南郭杨氏、金吴氏、无名氏、凤筱子、无名氏、无名氏、郑树堂、老顺和、朱容记、黄峰山樵捐、无名氏、绵春号、俞恒裕、无锡杨叔赓募、涵大、杜福安、芜湖县分司宋、陆石卿女史书扇资、送礼还席费、北野重黎氏、陆琴庄募、不聪明居士、三近堂、金山谢钝甫、无名氏醉愿、鹤和朱氏、京江朗卿氏、万生、天和、东海微沤、杨叔赓、小园居士、求病子补愚氏、心求氏，以上一百零八户各捐英洋四元。

南通州东厢大街桶捐英洋三元七角五分。

大英美查、无名氏、吴叶詹、饭余同人，以上四户各捐英洋三元五角。

瑞桐旧族生英洋三元四角，永恒泰同人英洋三元三角，南通州东厢大街桶捐英洋三元一角二分六厘。

同善居、孔老金、李堆金、泰利、晓巢居、代祭记、不书名、免灾氏、夏会稽堂、不留姓名、星桥氏、隐名氏、乾通庄友、无名氏、乌人氏、刘催记、张绪记、苏贵垣、无名氏、源通庄、太和庄、谷水不愠居、不书名、无力乡人、吴月桂、省悟氏、省善氏、省衣氏、隐心氏、白下赵铭芳、南浔李四凑子、邱砚卿、笔花居、不意赚、辟如蚀、橙工记、八咏楼主人、不书名、代天祝胡、松江黄董氏、杨怀善堂、保太太、商复兴、陈杏远堂、广隆号、润大、滋大、夏敬亭、仇松泉、概摊、光和记、退思补过氏、恒森募、胡西记、隐名氏、培记、感恩人、味梅华馆陈、乾通庄友、如皋乾泰昌、无名氏、钱容斋、福荫居、罗闰秋、罗步衢、唐一林，以上六十六户各捐英洋三元。

辟如蚀英洋二元七角。

见心社零余、顾仁山、徐耕塘，以上三户各捐英洋二元五角。

无名氏英洋二元三角，松园氏英洋二元二角五分，夏洪漳七户英洋二元一角九分。

贻毂堂、太古聚和、太古公、庞绮川、爱善居、竹仙居、邓澄波、黄铨卿、无名氏、受毂轩、敦悔堂、郭姓、王学孝、不名氏、方瑞华、丁同兴、万有全、林德泰、太古协兴、林泰宜、启昌、周积祯、王有烈、协裕、刘协裕、杨万顺、庄雨记、王竹楼、义盛、紫云堂、罗桂森、陈云安、萧舜中、承德堂、杏林居、丰记、沈怡庆堂、陈启元、荣茂、戴日永、永氏子、林宗鲁、澂记、夏臻福、周益三、吴华祝堂、维记、刘记、丁忠坤、豫成当、刘蕉生、咸和庄、俊凤居士、祥泰和、还书屋、存存堂、乾泰庄、经训、欧余三堂、黄德容堂、喻养晦堂、张超月堂、宁友、知过人、席清记、王芝岩、胡粹如、邵朗斋、翠来轩、诸溶舫、葆余主人、问心斋、石蕴生、晓星堂、齐裕、乾通庄友、信昌、隐名士、夏培记、杨四知堂、养源庄、源通庄、王文记、严芳桂堂、陈鲁记、和泰源米号、怡和劝、周清草堂、程慎余、杨仙记、鲍荐高、王德生、周子卿、李德谋、乾通友、代图画、曹笑梅、福兴裕、世厚堂、魏兆栋、如皋居士、审安居士、无名氏、祝萱寿主人、补南陔子、赵性记、无名氏、七年求艾人、姜赵氏、厦门客、萃春栈、恒裕、源昌盛、泰利、高汉秋、无名氏、还书屋、车有政、麦直臣、陆昭简、张端绪、区伟群、和丰、隐名、郑恒茂、无名氏、黄茂林、郑叶氏、郑梁氏、吴瑞图、陈友竹、范培德堂、胡存顺堂、如庆堂、四明无名氏、无名氏、蒋诒生、徐勉俭居、乾通庄友、无名氏、庄友书、鹤荫庐、请客改账、改斋节用、乾通庄友、消暇余、金黄氏、笃行堂、力不从心人、乾通庄友、无名氏、无名氏、似鱼室、无名氏、遂仁居、亘仁堂、泗泾人、无名氏、诚德堂、无名氏、上虞谢琢琴、汪葆桢、无名氏、王景春、无名氏、顺益号、新胜号、延陵吴瑞官、同善堂、复春号、磁灶乡吴协茂、义和行、汇丰典、恒泰祥、仁和福、合丰行、陈济美、郑秋山、同和典、巨兴复、恒益行、春森行、金兰轩、朱春帆、顾锦山、太原蠡斋、太原、守梅仙史、潘静寿、奚赵氏、漱芳书屋、山水窠、三省氏、乾通庄友、吴吟梅、李鸿鼎、长龄女士、无名氏、不留名、李焕园、锄月内史、陈成林、慈溪松水居士、乾通庄友、庆云泰、江湾元豫酱园、王源昌、段一心堂、隐名氏、屈明山募、方敬义募、徐压岁、吴孚卿、隐名氏、乾通庄友、庙捐、祝亲却病延年、邀月居、无名氏、陈氏寿萱子、槎溪布业同人、隐名氏、杨叔赓、冯氏、王陆氏、祝椿萱并茂室、滋大、许小云、施祈寿、四明育后氏、隐名氏、许小云、郑太太、胡敦厚堂、福建蒋振利号，以上三百三十五户各捐英洋二元。

郑芷樵、江湘卿，以上二户各捐英洋一元七角八分。

恒大七月一文愿英洋一元七角六分，武林有心无力人英洋一元六角，小越挑痧人英洋一元四角四分。

刘清彦、钱翼庆堂、杨仁茂、不留名、无名寒士、醉乐居周渠记，以上六户各捐英洋一元五角。

思补堂、傍观人，以上二户各捐英洋一元四角。

丁厚载堂英洋一元二角。

钟友仙、怜悯堂、陈郑氏、木本庐、紫云氏、隐名氏、隐名氏、天颐、棣萼轩、圃记、杏记、陈德兴、杨兰亭、张景楼、修斋、清和张、乐输堂、章根兴、徐椿斋、孔传镐、代寄寄、无锡厚载堂丁、松鹤居士、敦和堂、石敦聚、胡子记、同泰园、抱璞山庄、洪兴、唐聚茂、益大、史太和、徐竹亭、杨源泰、程竹湖、丰和行、仁端堂、乾通庄友、陈宝莲、范如贤、容安居士、程宝庆、枫善士、南陵叶宅、守梅招鹤主人、正心斋、赋守闲居士、兔林北野心心居士、沈宝兴、倪文来、怡桐书馆、无名字、伴云主人、钱饮真、聚丰、李积善堂、葛顺泰、彭城、谢静波、金源盛、抱璞子、仁认堂、卢杏滨、葛永安堂、省过节、无名氏、无名氏、无名氏、退思、姜亦记、曹维记、施维记、周功安、吴晓记、误有余、乾通庄友、尤姓吴者、许大昌、俞锡山、顾道清、施永泰、无名氏、潘廷凯、周维聪、徐足香、菜食者、卓正本、不告姓名、不告姓名、广善士、钱云山、培德堂、乾通庄友、无名素贫具、拾得斋、计西霞、张祥山、钱晋卿、漂流思乡子、瞿永思、许细弟、无名氏、乾通庄友、佘氏乔、陆建明、无名氏、梁吉、李伟臣、无名氏、郑闰之、陈伟堂、钱慎斋、王松龄、周道宇、蒋耳园、谢银意、吴济川、张昼堂、王渭生、严益常、吴阶、马晴轩、李沛、李宏开、杨小园、郭洪生、郑平初、郑星驰、梁伯茂、洪志澄、陈蓉桥、郑春圃、张阿满、徐海平、张和生、袁修煜、邓林溪、吴九连、张蕴卿、蔡谦、陈瑶石、俞小村、朱平甫、朱子梁、王叶驷、裘寿馥室、陈浩川、无名氏、杨阆仙、寿馥堂、朱和叔、林仰恩、同心集、项沈记、火画主人、项竹记、顾朱记、汤瑞之、梁贻德堂、吴才记、严圣福、朱圣祖、杨胡氏、汪春华、朱会元、丙寅氏、承志堂、梅谷氏、母陈氏、补拙轩、敬记、施正茂、徐夏记、潘庆记、钟训记、乾通庄友、彩记、隐名氏、增秀居士、陈声尚、金谦吉船、黟邑古竹村无名氏、金聚隆船、隐名氏、乾通庄友、汪老官、求遂氏、内诞记、陈重渭、保寿居、碗行和义号、怡静氏、乾通庄友、畊心书屋、汪坤生、恒隆兴、许隆兴、杨贵堂、曹正丰、高义泰、倪咏茂、周师古、张衍庆、祈安居、程廉叔、张善继、拥春阁、张寿记、张培兰、兰言室、全裕昌、天香深处、慈邑秦杨氏、无名氏、无名氏、柳春、朱季眉、无名氏、乾通庄友、不留名、胡鄂庭、乾通庄友、文记、王国森、名概隐、有心无力人、问津子、乾通庄友、蒋永昌募、乾通庄友、张祥富、守贫子、守愚居士、陈姓、杨孙氏产后节用、嘉定胡文、张仪记、联珠书社、绵力子、无名氏、快济生、无名氏、唐家振、无名氏、吴兆松槐、不取票、乾通庄友、沈琴轩、高邮乞妇、释家、丁春翘母、素慕斋，以上二百五十二户各捐英洋一元。

南通州东厢大街桶捐英洋七角九分四厘。

林德源、沈恒祥、雅记、沈庆祥、无名氏、邵愚斋、周春泉、陆恒兴、碧梧轩、金梧轩、不让斋、葛秀岩、张恒顺、蔡东顺、周种德堂、顾成裕堂、周瑞椿堂、金子云、马立顺、钱源盛、杨丕承、再生叟、杨恒茂、朱吉祥、陈阿仁、周凤政、楼永锡、桂阿大、周生兰、徐厚安、黄天仕、周纪生、张麟圃、申惠卿、赵敦仁、孙玉章、王剑泉、周阿源、蔡逢嘉、周学文、林德乐、黄庆辉、林桢祥、琴记、瑯琊主人、周谦益堂、不留名、俞姓、涂姓、胡信顺、程源茂、隐名氏、张永泰、思补斋、栋记、无名氏、范锦文、不留名、不留名、安贫氏、讼过轩、不留名、郑文浩、汪行素、吴汇源、大英美查，以上六十六户各捐英洋五角。

嘉兴来袁文戢注三部售见英洋六角，陆石卿女史润笔英洋四角，拾四心人英洋三角。

滋手、兰记、沄记，以上三户各捐英洋二角。

无名氏二次本洋八十元，方马氏二次本洋五十元，无名氏二次本洋四十元，不留名二次本洋四十元，古虞王陈氏本洋三十元，玉照堂本洋二十五元，方王氏二次本洋二十元，白子陵本洋二十元，无名氏本洋十二元。

严莲孙、金式如堂、无名氏、孔泉记、胡厚庵，以上五户各捐本洋一十元。

黟邑无名氏、无名氏，以上二户各捐本洋九元。

积德堂、孔寅生、姚云门，以上三户各捐本洋八元。

凯臣氏本洋七元。

陈养心堂、金景记、李锡庵、刘佑泉、陈三乐堂、欲寡过子、景德朱龙翔，以上七户各捐本洋五元。

石敬业、魏子堂、凌午庄、朱子安、胡复庭、马四桂轩、李叔度、沈佐臣、刘茂椿韩鹤亭、陈行素轩，以上十户各捐本洋四元。

郎双和、陈书记、刘问津堂、沈方之、疏明德堂、邵步云，以上六户各捐本洋三元。

仇崇庆堂本洋二元五角。

余振记、梅雨亭、毕修甫、黎次山、黄雨生、张汝霖、无名氏、吴芳草轩、余锦涛周养田、王进轩、张季彝、爱日堂、歙县朱兰如、景德朱龙翔、汤世德堂、无名氏、罗闰秋，以上十七户各捐本洋二元。

何子振、刘镕、徐子敬、周松荫堂、维摩弟子、赵玩花轩、何种松轩、方静庭、无名氏、鞠吴氏、勤幼氏、程陶铸、端木氏、无名氏、李斗南、黟邑易安吴胡氏、万汇川，以上十七户各捐本洋一元。

李修竹轩本洋八角。

黄锦荣、张云起、宋法尧、方尚鹏弟子、梅正江，以上五户各捐本洋五角。

文师臣本洋二角。

虞青庵伍佑盐城劝钱一百七十一千文，地肺山馆主人钱一百千文，申报馆众友四次钱六十七千八百文，扬州元盛庄劝钱四十三千文。

王大生劝二次、仁字五十八号，以上二户各捐钱三十六千文。

欧阳蔚卿钱三十五千二百八十文，扬州仁豫庄劝钱三十四千文，扬州徐理庵劝钱三十二千四百文。

常州姚尚德堂、常州尚思堂无求子、虚室斋，以上三户各捐钱三十千文。

泉州安海林陈氏、泉州安海林王氏、同禄斋、罗荣泰，以上四户各捐钱二十千文。

冰记钱十五千六百八十文，仰记钱十一千六百四十文。

京口不留名朱、萱寿堂、无名氏，以上三户各捐钱十千文。

南通州郡庙前桶捐钱九千二百六十七文，成记钱七千二百文，喻沛江钱六千文，大记钱五千四百文，上字四册钱五千四十文，和履佳钱五千文，德善堂钱五千文，乐善堂钱三千六百文。

爱月斋、问心斋、程吉人，以上三户各捐钱四千文。

张清和还庙愿钱三千四百七十六文，隐名氏钱三千一百文。

无名氏、力不足斋、清溪居士、无名氏、曹兰轩、李希珍、王育培，以上七户各捐钱三千文。

南通州西厢大街桶捐钱二千八百六十文，琴德堂钱二千五百文，酬善居钱二千四百文，南通州东厢大街桶捐钱一千八百七十八文。

同善堂、致远堂、无名氏、源茂隆、杨臻生、高云轩、曹仲山、雪庐居士、吴静斋、何子华，以上十户各捐钱二千文。

乐安堂钱一千八百文，袁天儿钱一千五百文，沈义兴劝钱一千四百四十八文，无名氏钱一千四百文，无名氏钱一千三百文，《晨钟录》四册售见钱八百文。

安贞堂、积善堂、善述堂、仁德堂、四君子、谦益堂、无名氏、萱荫堂、力不足斋、泉州李氏、望槐书屋、好善堂、无名氏、罗宿、王杰人、吴清甫、葛咏楼，以上十七户各捐钱一千文。

四龄女省做新衣钱六百文，王祖沅钱五百二十文。

周楚香、徐贯之、张茂、申少棠、苏秋华、茂生、柳春记、安海颜柯氏、安海林郑氏、萧仲卿，以上十户各捐钱五百文。

苏州沈生钱四百七十五文，张咸春钱三百六十文。

金风雅堂、厚永堂、黄克恭、镇房公记，以上四户各捐钱四百文。

吴良莲钱三百文，黄允恭钱三百文，吴松亭钱二百文，漱玉山房钱二百文，招商局友佩字三百五十号规元五两、英洋二百七十七元，怡和行劝规元五两、英洋一百三十七元三角五分，梁香泉规元一十两、英洋四十五元，胡蓉卿劝本洋二十六元、规元一十一两七钱六分六厘、英洋二十二元，陆永茂劝规元一两、英洋五十元，石门谢规元三钱三分，英洋一十八元四角五分，浙嘉毋自欺斋规元一十两三钱三分七厘、本洋三元，怡和劝规元一十五两、英洋九角，协记花洋十一元，怡和行劝花洋七元，南钟太太花洋二元。

吴代友三户本洋九元，景德镇本洋八元，随侍西江古越人本洋三元，黔邑古竹村众善本洋一元、钱六百二十九文，王冀生劝仁字八十六号英洋一百二十三元、钱一千二十文，胡蓉卿劝仁字八十九至九十八号英洋一百二元五角、钱九十文，平湖周心莲英洋九十二元八角九分、钱六百八十文，王冀生劝仁字八十五号英洋七十五元、钱一百五十文，黄容德堂劝新仓镇众善士英洋七十二元、钱三百六十文，怡和行劝英洋三十七元六角、钱三千一十五文，横扇桶捐同人劝英洋三十三元、钱八百文，嘉兴积善记英洋三十三元、钱三百六十文，浔溪书院英洋三十二元、钱六百六十文，杨少兰劝仁字六十七号英洋三十一元七角五分、钱三百五十八文，刘山长劝仁字六十号英洋二十六元、钱一百六十文，临平补蹉跎翁英洋二十元、钱二百四十文，申报馆众友英洋二十元、钱二百文，于子筠募仁字一百五十一号英洋一十六元、钱一百文，余仲毂劝英洋一十三元、钱三百文，申报馆众友英洋一十二元、钱三百九十文，申报馆众友英洋一十二元、钱三百九十文，同顺昌包小村英洋一十二元、钱三百八十四文，隐名氏劝英洋九元、钱三百五十五文，申字十三号英洋八元五角、钱五百四十文，黄黼廷劝仁字一百五十二号英洋八元、钱二百二十五文，无名氏英洋七元五角、钱二千文，金蔚云劝英洋七元、钱三百六十文，申字四十号英洋六元七角、钱四百五十文，西塘孙鼎丰劝英洋五元二角、钱六千一百五十二文，仁字五十四号三户英洋五元、钱八百五十文，屈荣波劝英洋五元、钱八百二十文，朱松舟劝英洋五元、钱四百文，于子筠募仁字一百五十一号英洋五元、钱八十文，何云谷劝英洋四元、钱七百二十文，柳浦隐明士英洋四元、钱六百八十五文，金字五十号英洋四元、钱一百二十文，西塘朱福昌英洋三元、钱二千三百二十七文，广泰劝英洋三元、钱六百二十一文，邵莲福劝英洋三元、钱四百二十文,马敦厚堂英洋三元、钱三百文,江湾旅客英洋一元、钱二百文,戴湘秋劝英洋一元、钱四百四十文,云间梦叟英洋五角、钱一百四十文。

助赈物件售见:秀水张寿堂金首饰十四件,重三两五钱三分,计规元六十七两五钱五分九厘;又旧灰鼠马挂一件,计英洋九元;又旧狐皮马挂一件,计英洋六元;又大堂松鹤图一幅,计英洋四元。待鹤斋募隐名氏定窑笔洗一件、建窑香炉二件,计英洋一十四元;又嵌银丝铜瓶香炉二件,计英洋一十四元。待鹤斋募无名氏郑重罗汉册页一本,计英洋九元;又绢字画单条八张,计英洋八元;又定窑香炉一只,计英洋一元。汉口元昌怡来松竹培远主人陈刘两中丞文集二十部,计英洋六元。姚介福堂天青缎马挂片一件、本色纺绸裤一条,计英洋六元。乐安渔隐旧首饰一盒,计重五两七钱低银,计英洋四元。上虞东海生旧堂画一幅、旧单条四张、字帖三本,计英洋三元。福州莫募无名氏墨拓手卷一件、法帖二本,计英洋三元;又画一幅,计英洋二元。海阳无名氏听月楼菜票一张,计英洋二元五角。武陵玉蝉生字册页一本,计十一页,计英洋二元。南州伯子字画两幅,计英洋二元。隐名氏黄旗表一只,计英洋二元。待鹤斋募无名氏法帖二本,计英洋二元。隐名氏《瀛寰志略》、《沪游集记》、《小学》各一部,《老学究语》二本,计英洋一元一角。吴楚卿字画一幅,计英洋一元。横扇桶捐同人旧银小镯一双、如意簪一支,重八钱四分,计英洋一元。古润扬名氏旧画一幅,计英洋一元。江南末吏瓦砚一块,计英洋一元。寄鸿轩小堂画一幅,计英洋一元。有心无力人小千里镜一只,计英洋一元。绿梅吟馆主人越言释五部,计英洋一元。化字十四号册古诗笺注一部,计英洋五角。西塘孙鼎丰旧银首饰重一钱,计英洋一角。

助赈药料:胡庆余堂辟瘟丹一千锭。通裕号保和丸三千瓶。通裕号卧龙丹三千瓶。无名氏保安万灵痧药丸一千七百瓶;又太乙救苦丹五千五百四十块。余氏普济辟瘟丹三箱。梦花子太乙救苦丹一千包;又藿香正气丸六百四十包;又卧龙丹五百瓶;又利生丹一千八百瓶。李继志堂药茶四箱。碤石永康典众友痧药一千瓶。董调梅三妙仙膏一千三百张;又五毒膏二百五十张。福建船政局广东午时茶二箱,计二百盒;又神曲三箱,计一百八十斤;又神曲五箱,计三百斤;又神曲三百三十斤;又午时茶三箱,计一百斤;又午时茶二百八十盒;又午时茶五十斤。余松甫玉液金丹五十丸。又观音救苦膏六百张。武林乐安可庐辟瘟丹二百锭。福州莫募三山怡怡堂眼药二百瓶。

一、收规银四万五千四百一两三钱八分九厘。

一、收英洋五万五千三百九十六元七角六分一厘,⼆‖⼆合规银四万二百七十三两四钱四分五厘。

一、收本洋六百一十六元,⼆δ合规银四百六十二两。

一、收花洋二十元,⚡合规银一十四两。

一、收钱九百六十一千八百一十五文,丨乂δ合规银六百六十三两三钱二分一厘。

共收规银八万六千八百一十四两一钱五分五厘。

亨

果 育 堂

黄燮、林嵩华、李镛、郁熙绳、姚焜、周绍贤、瞿世仁、陈熙元、李朝觐、王镇昌、刘镛、干云、朱其莼、张灿、黄焕清、唐廷枢、王宗寿、陆焜等经募

耕记来东赈拨款规元三千五百两正，存心堂规元二千六百八十两，寿萱草堂规元二千两，积善堂规元二千两，怡怡堂规元一千二百两，蔚长厚劝七番洋合规元一千七十四两五钱，江西七十老人规元一千七十三两五钱，籍虹氏规元一千两，隐名氏规元一千两，海滨过客规元一千两，通集书舍同人规元一千两，知不足斋规元一千两，航海客规元八百两，裴次超募规元六百念八两六分四厘，致远堂规元五百三十六两七钱五分，曲阿彝乐记规元五百两，林瑞佑、瑞冈、嵩华规元五百两，南林诚记规元五百两，南林桐记规元五百两，吴陈施规元四百两，无名氏规元三百十七两七钱六分，香港东华医院曹再亭劝规元二百四十五两二钱三分一厘，尊璞山人二次规元二百四十五两，无名氏规元二百十两五钱。

籍虹氏、守虹氏、守吾氏、慰吾氏、榕大氏、竹如氏、侯育氏、记缘氏、王振元、隐名如氏、存济堂、思过居、寄虹氏，以上十三户各捐规银二百两。

日昇昌规元一百十五两二钱二分，免晦居劝规元一百五两三钱。

心念氏、普济堂、天福堂、天禄堂、求仁斋、宁波新和记陈亦诚、鲍炳南劝无名氏、培元氏、留余书屋、隐姓名、厚德堂钮、诚求室、寿记、青莲居士、徽州乐善堂，以上十五户各捐规银一百两。

锡成求善述规元八十八两，阜康庄劝规元七十六两，云丰泰劝十四户规元七十三两九钱四分，中山朱氏规元七十三两五钱，务本堂规元七十三两，许宜贵堂规元六十四两八分八厘，宝和公规元六十五两七钱。

世德堂、云丰泰劝八户，以上二户各捐规银六十两。

马锦章劝规元五十六两三钱五分五厘，存心堂规元五十五两，隐名氏规元五十二两五钱。

宝善、天章号、苏州张仰记、尚思堂无求子、王春泉祈保病痊、福记，以上六户各捐规银五十两。

爱莲居、浙宁守心居士、陇西氏募，以上三户各捐规银四十两。

营口仁裕号规元三十六两，媚古楼规元三十五两，映佳书屋规元三十三两三钱三分三厘，甘泉庆安堂规元三十二两二钱五分，福建白石镇泉利盐馆规元三十一两九钱三分，九江饮香氏和兴祥栈来规元三十一两五钱，孙信耕劝规元三十两七分五厘，张生记规元三十两，福建福裕号规元二十八两三钱五分，同裕兴公司卓兆鼎等劝规元二十二两五钱四分二厘，介寿堂规元二十一两二钱五分。

樵记、公记、云记、叶焕堂、鲍炳南劝无名氏、徐万选、青余、徽州汪宝泉、胡文宝

斋了愿人，以上九户各捐规银二十两。

尽心堂规元十九两五钱，李嘉林规元一十六两，谦德堂朱规元十五两五钱，禄记规元十八两八钱六分。

王老太太、詹玉轩、郑仰龄劝、卓云峰劝、李美誉劝，以上五户各捐规银一十五两三分一厘。

青镇司曹捐廉规元一十四两一钱，自知主人规元九两六钱。

芝记、梅记、枢记、史记、瀚记、笛记、李树人、诸同善、无名氏求平安、隐名氏，以上十户各捐规银一十两。

徐何氏劝、叶金丰劝、文容光劝、问粒民劝、徐茂煊劝、沈佩兴劝、林龄兄劝，以上七户各捐规银七两五钱一分一厘。

美合号、黄顺源，以上二户各捐规银七两二钱。

冕记、湘记、仲记、和记、坤记、刘长记、翁玉燕，以上七户各捐规银五两。

耕余堂周规元四两六钱七厘，龙有劝规元三两七钱六分。

茂记号、美南号、黄光记、顺发行，以上四户各捐规银三两六钱。

贤记号规元三两五钱五分。

亿顺号、合发号、万春堂，以上三户各捐规银三两五钱。

安吉号规元二两一钱。

陈协成、许协丰、许协昌，以上三户各捐规银一两四钱四分。

郑嘉成规元一两四钱，郑嘉合规元一两三钱八分。

陈义成、济成号、两成顺、陈丰利、陈庆修堂，以上五户各捐规银七钱二分。

林益昌规元六钱九分，集古斋规元六钱七分五厘，太原合茶帮夂三ε银一千五百两，太原土果帮夂三ε银一百两，太原众善士夂三ε银四十五两三钱六分，吴清俭堂湘银一百两，林务本堂宝纹银三百两，慕善居士宝纹银二百两，浔阳无名氏宝纹银五十两，汪坤寄宝纹银一十两八钱，上海吴兴同人宝纹银一十两，黄鹄山樵宝纹银五两，王子坚宝纹银四钱六分。

永怡轩主人英洋一千元，程钟荣英洋一千元，六合饼坊英洋八百元，洋河淮北饼坊英洋六百元，爱仁居英洋六百元，刘贯经英洋五百元，刘贯记劝英洋五百元，无名氏英洋五百元，敬节堂英洋五百元，拙记英洋五百元，张钜文在暹罗劝四次英洋四百二十一元六角七分六厘，钱云山、杨诏如、陈厚斋劝英洋四百十二元，王柏龄英洋四百元，诚求室英洋四百元，武林孟马氏英洋四百元，浙绍守心居士英洋四百元，西帮益记等劝二十七户英洋三百十三元，众参业英洋三百元，洞庭山延陵郡善男英洋三百元，南台崇德堂劝英洋三百元，杭州屠善姓英洋三百元，还读书屋英洋二百八十六元。

守拙斋董、养性居士、朱致和堂、孙树德堂、杨瑞霭堂、顾垂裕堂、武林贻燕堂、武林贻穀堂、四明甘露社、鹿门杨静记、乍浦九峰山、巽森行乡友、江西新安众商、汉口朱大全号、盖愆氏三次、隐名氏、树勋堂、危瑄璋、光裕会、继志堂、吴星衡、三余堂、思过轩、善书刻资移助、振华堂洋货公所提公款、无锡石塘湾无名氏、忠敬堂省迎学费、汉口补过氏劝、张钜文在安南劝三次、通州朱广生 海门刘曾三 劝、隐名氏和丰来，以上三十二户各捐英洋二百元。

蠡口诸善士英洋一百八十元，张钜文在广东劝英洋一百七十二元，师范会英洋一百六十元。

天香书屋、德润轩、苕溪生、四明公所长生会，以上四户各捐英洋一百五十元。

无锡常州溧阳各号、庆善，以上二户各捐英洋一百四十元。

处郡众善士二次英洋一百二十九元。

心田室、倚藤生、江西新安众商、隐名氏、集成、南台崇德堂二次五十户，以上六户各捐英洋一百二十元。

无名氏英洋一百十四元。

志成信劝、不能任事人、众义堂美玉成号及各善士，以上三户各捐英洋一百一十元。

陈企南劝英洋一百八元五角，练塘公泰典众友英洋一百四元，张堰方原璋姚裕廉劝英洋一百一元。

陈棣尊草堂、植善居、莫厘敦本堂、江苏隐名氏、补过居士、乍浦杨燕庆堂、崇一堂、百民氏、浙乍椿源森、补不足同人、俞乾房、寿颐草堂、隐名氏、尚志轩、众善居、鲤塘、乐善居士、申江不忍坐视人、众善居、蚁驼一粒会、恤会颍川氏、宁郡药商、碛石春甫氏、茶园、幸居福地同人、隐善氏、善记、乾公生、绍郡槐荫堂王、某烟作众友、文记、懿德堂坤记、大团林山草堂、尚志轩、善士翁、双寿堂、碛石泰丰号、杨燕庆堂、高粱业商船、云娥氏、周浦姚莘畊劝、浙宁张励氏、杭州湖墅纸业劝、唐道耕轩、同友广集、孙树德堂、金邑葛氏求愈、山阴姚槐氏、金邑无名氏顾、春园草庐、双林胡大成典众友、朱益斋、王志勉氏、忠敬堂、祥麟氏、浙湖沽周毅七十寿辰、朱征远、南浔乾裕典同人、松江朱征远、孟马氏、慕记、许春荣奉母命、毗陵无名氏劝、陈企南劝、朱征远堂、怀念子、石浦郑道隆夏品之赵仁芳劝、平湖古稀老人张留香、荣桂堂、庄记、兰溪安雅堂、慎记北号折各船神愿、祥兴进、陈企南劝、砚田余润、方辅臣、武林晋鼎恒、不书名，以上七十八户各捐英洋一百元。

隐名氏英洋九十四元四角，从吾所好居英洋八十七元，泉漳会馆英洋八十六元，嘉兴各号英洋八十三元五角。

不子居、清可轩、豫章氏、卓炳森、隐名氏葛、有心无力人，以上十户各捐英洋八十元。

嘉郡众商劝英洋七十七元，培记保病延年英洋七十二元，三湖乐输英洋七十五元。

采菽堂众友、招商局省节、青浦陆世维、德和成劝二十四户、桐乡诸善士二次、傅立煌，以上六户各捐英洋七十元。

海门厘局苏月渊、韦绎斋劝英洋六十八元五角，马家路各板户英洋六十五元一角四分四厘，揭邑流芳堂英洋六十五元。

济平典众友、乐善居士、善乐居、集善堂、彝叙楼主人、设身处士、隐善士、务本堂、愿人同善客、乌镇十批、怀安，以上十一户各捐英洋六十元。

青镇桶捐英洋五十八元，城外南北货各友小洋合英洋五十七元五角，嘉穀堂酬神省费小洋合英洋五十五元一角二分五厘，马云浦等劝四十四户英洋五十元七角，大东门大街折灯彩英洋五十三元，莫鲁斋千甘侯何菊斋莫小香英洋五十三元，集善堂英洋五十一元，乌镇众善士英洋五十一元，高王路各板户英洋五十元五角四分一厘，徐燮甫存兴堂应劝英洋四十九元，援生集众姓小洋并英洋五十一元二角。

　　石仓山馆曹、常锡溧众商、不求人知客、敦凤书屋姚、浦东人瑞堂、大丰洋货号、丛桂书屋刘、义顺泰众友、懿德堂堃记、众志成城氏、闵行承志堂、元成典众友、太原求记劝、寿萱氏、悟因氏、隐名氏、平湖省过斋、隐名氏、槐里子、知足子、休宁培德堂程、听雨楼、惟善氏、生母沈氏、城内十铺众姓公醮余款、乾发源劝、万和劝、姚先生劝、杨聿修、古润氏、江北众商、郑棣萼堂、自求省、隐名氏、敬恤会、遵厚堂、浙湖骥村严少川、汪衍庆堂、孙蔡氏、知过轩、隐名氏、寄云室、不求知斋、六合王徐氏、仁记交来、善善善、悟红道人、许春记、心禾堂、无名氏福幼、祥记二次并、郑锦标为母寿、求仁斋、洋布公所、庄博房、俭啬主人、丹阳荆鸿文、隐名氏、页夷士劝、恒丰昌、阜昌申、六宝旧区不书名吕、休宁程培德堂、董少记、许永源、隐名氏、阳泰典、春生典、乾泰兴夏心香、洽记、马莼翁劝、双林启泰典友、勉了心愿、黄渭南、双林义泰典众友、浔溪学馆穀、南翔洽昌典众友茹素、清远堂、凤阶桥南市赛会移赀、凤阶桥北市赛会移赀、孟慎远堂、□昌敦朴山房觉生氏节俭、祝萱寿、祝伯年、姑苏吴绣琴、无名氏、隐名氏、朱泾沈宜亭张书桥劝、荣桂堂、补拙居、西林林殿泽、六合志丹氏、宝叻天德堂劝、宁波王三元劝、知过轩、蒋笑山、补不足斋二次、砚田余润，以上九十八户各捐英洋五十元。

　　三记、慎余堂、吴耘夫劝援生集二十九户，以上三户各捐英洋四十六元。

　　纯泰庄劝英洋四十七元，角里堰仁大义英洋四十七元，各善姓劝五十六户英洋四十五元，马莼翁劝英洋四十五元，敬恤善士英洋四十四元，张子翔劝英洋四十四元，聚昌木行众友英洋四十二元，屠祥麟劝英洋四十一元三角，许厚甫、叶梅阁劝英洋四十元五角。

　　隐名氏、钧和二善士、卓恕庵、西善记、鼎丰、同亨、万悦西、知非氏、思过草庐、寸心居、杨善氏、张姓来隐名、善记、体仁社、灵岩居、李从善、绸缎业、隐名氏、无名氏、郭厚庵劝、立本堂、陈贻穀堂、李廷焯、椿萱并茂、众善姓贻成庄来、心与力违、嘉兴衣业同人、福安无名姓、聚星堂四宝记、不留名、马庆云、承德堂宋劝、腾越府陈、众善姓公醮余资、憩石生张大铺、铁畊子募刻润赀、鹤阳源记、无名氏、浙慈应懋德堂、周浦姚莘畊劝、李胡朱诸翁敬戏移赈、龙门书院肄业诸公、愿善堂，以上四十三户各捐英洋四十元。

　　陶凤山劝小洋合英洋三十八元六角八分七厘，张贻勤堂英洋三十八元。

　　酉生氏等劝三十五户、同仁和劝九户、扫叶坊劝七户、同人一文愿，以上四户各捐英洋三十七元。

　　嵩牛英洋三十六元，漅横湾各板户英洋二十四元八角九分。

　　王承兴劝九户、隐同人、平湖无名氏、桶捐、绍嵊县西乡人、梁溪孙仁寿堂、城隍庙七月中旬桶捐并、崔鉴记劝、绍嵊县西乡人恤士，以上九户各捐英洋三十五元。

　　众善士、浙宁无名人劝、慈溪葛棣周劝、洞庭湖瑞荪劝，以上四户各捐英洋三十四元。

　　诸胡家路各板户英洋三十四元七角二分六厘。

　　李信房、周凤歧劝、海门厘局韩锦来劝、朱泾陈春宇劝，以上四户各捐英洋三十三元。

　　项介眉、味义居挖肉生、冯慎余何永瑞何书种、亭林镇阮永大等六户，以上四户各捐英洋三十二元。

　　会德丰省醮费英洋三十一元八角，顾双桂等劝五十三户英洋三十一元六角，广兴顺花庄英洋三十一元二角，洪市镇桶小洋合英洋三十元五角，东街免悬灯费小洋合英洋三十元三角七分五厘，城隍庙桶众善士英洋二十九元。

　　各善姓、吴兴沈、劫余生、存心堂、胡小松募诚求室、量力人、湖州放生会、西帮乾泰劝十五户、祝寿萱、古竹茂记、嘉湖众商、思过草庐、修日新堂、不书名、三济堂、葛其凤、江存古堂、阙悟记、勤慎堂、法工部局友、徐勉俭居、福建戴古稀氏沈、乐汇堂、武林契石轩、江西修日新堂、绸缎客伙友、孙燕冀堂、潘万盛酱园众友、梁溪杯水轩、嶐南逸叟、永康、广聚源、无名氏、广恒昌、公善堂、朱保赤堂、江宁刘鑫源、隐善士、袁修记、徐乐记、洪盛、乌镇桶捐、金山毕翼如、寿椿萱馆、顾小弟华梵修、隐名氏、保安氏、嘉善汪胡二君中金、乌镇桶捐、设身处地人、无名氏、龙山同乐居、新塍无名氏、念萱氏、乌程县乌镇五次、浙慈应懋德堂、乌镇众善士、吴锡三、湖州各宝号、修德堂、瑞泰木行、乍浦公昇糖行各友、乌程并桶捐、竹山港厘局恤士、葛传朴、葛振亭、余施氏俭殡费、勤忍堂祈母病痊、陈勤修堂祈病痊安、射阳隐名氏、施仿生、朱泾莫西园劝、台海防营不书名、求病愈人、无名氏、潘万盛酱园众友、蒋笑山、挹邑流芳堂、介山拔云草堂，以上七十九户各捐英洋三十元。

　　山阴人寿堂劝英洋二十八元，王从之、洪辅臣劝英洋二十七元，张家路各板户英洋二十六元二分五厘。

　　无名氏、齐鲁栈劝三十户、永茂泉劝十一户、马莼翁劝、巨兴隆劝、台海防营不书名劝，以上六户各捐英洋二十六元。

　　海防刘润生劝英洋二十五元五角。

　　西帮同泰等劝三户、陆晓驷、锡山健笔堂、石门公泰典各友、艺载生行各友、德和三泰协大麻袋业充罚、宁波隐名氏、安昌延庆氏、乌镇桶并、退让斋、杨燕庆、秦张氏、金云记，以上十三户各捐英洋二十五元。

　　周家路各板户英洋二十四元八角九分。

　　合兴永劝六户、润州匿名众商、返本堂、无名氏、成大木行众友、榆兴厚记、马莼翁劝、海门厘局徐夑堂劝、沈霞章、金陵田雅南，以上十户各捐英洋二十四元。

　　配字、枫泾众善士、学诗礼斋劝、袁化镇援生集汇募、黄受益斋、张钜文在香港劝，以上六户各捐英洋二十三元。

　　兰言词馆憩石生、隐名氏、许为政、柱笏山房、一点、毕心善劝、庄史里众善士、叶谢镇郭恒昌等三户、浙江路仲镇各善士桶捐，以上九户各捐英洋二十二元。

　　永泰淦劝十一户、杨承栋懋猷四知、徐俞氏等、施坤记、杨子芳劝黄承殷等五户，以上五户各捐英洋二十一元。

　　柘湖张英洋二十元四角。

　　兰芬书屋、勉力氏、赵隐禄居、陆凤仪堂、蔡葆初、彭城氏、清记号、镇江仁济堂、摩尼宵郎室、延恩堂、恤怜道人、心耕堂、众绸缎庄、虞兆真、苕农粒粟氏、宝顺洋行、越民袁赵氏、留耕堂、南善记、载记、吾尽吾心处士、李葆初、安昌延庆氏、勤善堂、修日新堂、隐氏山人、韵登轩、章薮卿、隐名氏、诚求室、隐名氏、屠九思堂、隆茂恒、静一堂、镇江怀远堂、施代渔、消灾免劫、省闲室、峰园主合家、保安堂、瀛州倪振龙、石儒氏、绿荫草堂、宋刘氏、无名氏、暨阳孙诚氏、饮茗氏、王敦五、无名氏、荥阳氏、吴兴宝善士、结善缘、余生氏、集腋堂、敏哲斋、朱慎修堂、心兰室、扫闲居士、郑守慎堂、何麟洲、青溪守廉客、绣州扫闲居士、江西修日新堂、瑞记、林莱记、量力人、建聪氏、硖石韩广兴、不书名、南通州某氏、祥盛、陈读月山房、锦章、荣昌生、泰和、省俭氏、元生昌油行、增泰洋货众友、善记、可惜人、无名氏、隐名善士、刘玉鉴、同顺昌包筱村、不留名、张仁德堂、施敬修堂、黄纯伯、顺裕号众友、汤敦让堂、小同兰馆、崇礼堂、移醮作赈众善士三十户、乌镇共桶捐、九峰余石山人、隐名氏、花关煜、邓善士、屠甸寺公和典众友、雷诵芬堂、许闲居士、吴淞兰盆会、何闻人、嘉定文氏、隐名氏王、敦本堂、南汇山长王训导、张佑人杨梦仙劝、页夷氏、同吉祥二次、乐善居士、钱敦素、松江张佩玉来、钱振爱古、马九如、韩春辉、隐名氏、无名氏、补过室、蔡宝初、董厚记、彭城隐氏、渤海隐名氏、嘉定诸善士、汪振声、寓常保安氏、姚问槎、椿萱并茂子为亲节寿费、福安叶树德堂、华慎余堂、桐木镇桶、凤辉堂、施岱渔、闵省无名氏、松江答愿人、愿求萱寿子、严涤斋、三济堂、里仁居、祈病愈人酬愿、姚仲氏凤金、求事吉、九江祥发元、布业整规、勿药喜、徐山岩、隐名氏、隐名氏、金云记、不留名、九江祥发源、孙歘记，以上一百五十二户各捐英洋二十元。

修真观桶英洋一十九元，会稽朱王氏英洋一十八元三角。

嘉申提僦、李玉记劝、忘机子、天水劝不留名、问心道人罚赌，以上五户各捐英洋一十八元。

九峰余石山人、海防总捕府成舜乡汪伯昕、射湖忏石子，以上三户各捐英洋一十七元。

范海安劝英洋一十六元五角。

孝友堂、双林善士、隐敏士、了愿氏、孝廉船、花萼轩、兄妹四龄、金万盛船、李梅仙陇西居、沈霞章、钱台春等八户、平远山庄韵花书屋、金章氏、海昌敬性氏、麟洲渔隐、不留名、海门厘局韦绎斋劝、北平李亨裕，以上一十八户各捐英洋一十六元。

周坚盛、爱日唵庐、隐名氏、元记、海门厘局募十六户、无名氏、李华氏、陆静记劝、隐名氏、书记、无名氏、同诚氏、星聚楼记、元君会节费、城隍庙桶、庆余堂、嘉定望仙桥钱青田劝、钟彪生、沈葛氏、葛修本，以上二十户各捐英洋一十五元。

许仁昌等劝四十七户英洋一十四元八角，振华堂英洋一十四元八角，众善士二十六户英洋一十四元四角。

隐名氏、同济公记、隐名氏、武林继善、张培玉、福安白石镇连邦祯，以上六户各捐英洋一十四元。

苏帮众商、货捐北公所、张佑人、射阳忏石子，以上四户各捐英洋一十三元。

善记英洋一十三元五角，全盛北局各友小洋合英洋一十二元五角，苏守三等劝五十二户英洋一十二元一角。

载记、西帮同兴劝五户、许为政、馈余室、宝顺局微善氏、苏城世伦堂、元芳行众友、松江众善姓、集善堂、从善居士、乐汇堂、利记、毕种德堂、悟红道人、浙江朱庆余、滇捐局友、与人为善、嘉定望仙桥众姓、三墩泰顺典众友、上虞友人、陶凤山劝、黄渡李巢阿劝、横经书屋、章贞斋、知非子、姚容膝居、心意、谈子顺劝、柘林营邓有子周岁节费、各隐名善士，以上三十户各捐英洋一十二元。

合记、见善好输、庄恽氏、炉镇竹筒捐总二次，以上四户各捐英洋一十一元。

众善士英洋一十元五角，浔溪女红资英洋一十元一角。

不求知斋、不求闻达人、资生庄、世康庄、晋益庄、益康庄、源甡庄、通泉庄、慎记庄、瑞康庄、均和庄、晋德庄、德昌庄、廉善堂袁坤房、沈竹亭、陈慎斋、垂裕堂、礼本堂、汝南氏、延陵氏、永谐堂、上南盐公堂、诚求室、恒康庄、同乐居士、世德堂、隐名氏、怀德堂、道南堂、积厚堂、公善堂、无名氏、葛周氏、蕊秋女史、冶卿女史、朱笃初、余琴记、问心草堂、郑锦标、杨聿修、墨韵室、酬诸凤愿子、罗逸樵、茸城师恺堂、无名山人、知非氏、还珠书屋、兰芬书屋、云石草堂、从吾子、溪北书屋、余生氏、惟日不足、福裕宁劝、渤海高、沛国朱、信女古增、培记、老介福、思补轩、劝慎堂、同善居、隐名氏、浙西旅客、棣芬小榭、隐名氏、金美发、无名氏、不留名、留耕堂、隐名氏、无力氏、舒大湾、芹香斋主人、平江易安庐徐、王志勉、古松氏、桂馨书屋、书衍山房、无名氏、吴临泽、世德堂、程氏隐居、浙慈罗王氏、拮据氏、和盛、同盛、张大铺、彭溪氏、惠正记、崔春生、葛纪氏、众善氏、隐名氏、无名氏、山左张心庵、无名氏、彭城隐氏、蔡源远堂、徐李氏、三近堂、隐名氏、万福记、隐名氏、濠北草堂、王少山、学俭斋、绿筠书屋、袁念德居、华阳居士、屈张氏、山中心农、饶兴记、量力人、慎独庐、陆廷桂、为父做功德氏、延陵子、无名氏、孙蔡氏、陈子琴、褚记、鸿寿堂、梁友记、隐名氏、塘边病人、燕贺、徐见三、文德堂、谢兴记、众善姓、五龙山人、谢超、勤修堂、存诚堂、润东王氏子、海宁沈、怡记、宁波力不从心、澧溪耕记、汉隐后、朱善记、姚记、遗安居、也是主人、寿记、无名氏、三善居、青霞散人、陈徐氏、常熟一典众友、云间万源众友、吴履涵、惟善居、郭氏、作者逸民、沈芝九、培记、陈善氏、无民氏、池记、隐名氏、页夷氏、无名氏、惟心氏、广大、粤棉人氏、森元丝栈、庆泰号、浙西散人、泰日桥布业、古虞虞金氏、乐椿萱堂、福州善士、灌园室、古瀚四龄童子、虔州四龄童子、庆昌、德昌、顺和、万利、慎泰、瑞丰、祥记、童润记、陈巨梅、周文彬、赵福记、恒春永、包建堂、无名氏、无名氏、无名氏省节、众善氏、不用留名、芜湖毋自欺斋主人、心莲氏、梁积记、筹防局同人、退思斋、静记、乌渭山、无名善氏、冯元成、张堰益泰众友、周凝瑞堂、衍泽堂众友、濮勤忍堂、寥拱堂、雅宜、裕泰信、无名善氏、设身处地人、张大铺、西氏、桂馨室、延陵居士、顾筠庭祝神省费、仁德堂、义泰酬神省费、严汭三、济咸、隐名氏、寿萱氏、南阳居士、谦慎安众友、袁寿记、莺湖居士、平湖张寅山、唐华氏、聚星堂、森王登科记、嘤南逸叟、求安室、余礼耕堂、安乐堂、镕企桂、宋辉祖、武林寿萱室、宗何衢、裕长纸行、公信纸行、彭新定记、许善书、冷养余堂、翰林第严老太太、端本堂徐老太太、孔菊泉、北溪文至、泊庐轩培、惠记、姜叙福、隐名氏、九峰余石山人、华慎余堂、蓉湖一勺、义和庄、熙发、元和四九氏、华承裕堂、嘉定俊源木行、集贤居士、如皋庞忠怀、如皋铭心堂、吾爱园亭、浙东四留居士、山阴王、韬书氏、何星记、不留名、答善书愿氏、陈范氏观图心酸、徐介寿堂庄氏、钱蕉鹿居、友益诸友、玉山无名氏、不留名、顾贤堂、钱青田张佑人曹翔甫、何碧山、陈葛氏陆氏蔡俞氏、施仁高杨玖金玉金、华秀卿、即记、石经善士、蚁负氏、恒裕东号、万安典众友、不留名、朱慎修堂、朱日新堂、悟红道人、钱青田张佑人曹翔甫劝、乐琴书屋、寄寓罗店镇勉力、沙溪无名氏、锦溪不留名、徐听松、泗泾公大众友、了心愿、无锡陈文型、无锡陈丁氏、志合记、新塍无名氏、阁科无名氏、康德兰、歙县杨王旅客、节省奏厅会资、新塍老朝奉、山左张心庵、翰林第严老太太、徐介寿堂二次、徐老太太、求己斋陆陞衔、海宁桐木村诸善士、俞静山、李凤楼、吴子潇、吴陈记、周又春、端质堂、树资堂、不量氏、山阴金陶氏、京江天庆成同人、隐名氏杨、朱祖荫绣卿女史、杜唐氏、梁溪孙氏为母求寿、餐霞山人、南阳张氏患病祷安、认春舫陈先生劝、乐琴书趣、梓桂榕兰、武功溷完愿、盛鸣和、彭城隐名氏、山左晋泰号、隐名氏、海宁桐木村桶捐并、谭俊亭、元芳洋行各友省节、山左三合号、贲湖德滋堂、贲湖六旬老人保媳病愈、章佳记、许松龄甲、许松龄乙、张燮记、翰林第严老太太、心祝氏、叩记、徐介寿堂恒裕西号、遇安堂、苏长庚、苏长庚母郑氏、寓常保安氏、鸳湖清霞氏、刘式丹、崔蓉记、安坐室、不能任事、张五岳草堂、勉了心愿、高隐氏丙、叶洪达、欲求长生者、翰林第严老太太、徐听松缘窗、无名氏、泗泾无名氏公大典来、段氏、严何氏、无力氏汉口字号、九峰吟松书馆、高阳氏丁、葛仲华劝福幼一百三十三号、震泽戴闇记、沈词山、四明胡善士、瞿惠镤、鄞邑一妇二童、程定安、梁园旧游子、培记求病保愈延年、怀德居、林敦本堂、三友斋、协发号、马敦记、隐名氏、郑希记、苏州廉石山人、裕丰堂官眷、金陵布寓七善姓、知足子、再造人、寿萱室母病、陈曹氏祈痊、周太太还愿、金祝氏、武林载成氏、志远楼、问樵主人、徽州汪熙安、酿仙居等一十二户、四乡室陈爱卿、栖碧山樵、钱树春、无名字氏、郑桂峯、峈园主人、梁园旧游子、福建治安孙伊若、金陵抱愧翁百一诗价、顾廉卿、尚志堂、杏林春暖处、王眉记劝小洋合、松岩记、王槎记、永新记、王易安堂、鹿城会泰源、延寿堂，以上四百二十五户各捐英洋一十元。

不书名英洋九元八角七分，姚卓亭劝英洋九元五角，平雅勋英洋九元五角。

无名氏邹、南城广福堂、鑫记、无名氏、成乐轩、陈汝懋朱颍川氏、海昌众沙弥、定海大谢庄善姓、俞爱日等九户，以上九户各捐英洋九元。

黄渡李巢阿劝英洋八元五角。

培记、金绍堂、蔡福田、庆有余、砚六斋图头岸、为寿惜、古麈再生氏，芹香轩、顺发行各善氏、花周氏、四知堂、同志堂、黄楚卿、青芬室、深柳书屋、何承志、冷复莲、无名氏、燕石悔生、张宝树、睇红馆、吴春潮、沙头名心氏、养心居士、嘉定俊源木行、曹泾镇钱源茂杨悦顺、笔耕积余、徐静记、大千一粟、王店金世恩堂、叶秋记劝、公记不书名、芜邑崔四龄童病愈、台海关黄吉夫劝，以上三十四户各捐英洋八元。

冯卓堂、范恒夫沈六卿王秀堂、贻蕁堂、乐善氏、华阳桥敬神省费、王铸记劝、南汇门印、诸善者、凝妙斋等、敦敏堂、陈文澜、袁化东市捅捐、越东求子人、参透三昧生、礼成号、海门洪霭庭、不留名增记、叶启源，以上一十八户各捐英洋七元。

公益众友英洋六元一角。

倚舵楼、野香居、余庆堂、十三龄童子、冯积善、施少记、华不注山人、西帮万泰四户、席善姓、初觉子、沈凤祥、张朱氏、乐真堂、阴楼氏、孙望村、包兰亭、寸心居、沈寿记、隐名氏、江湖海、混沌余生、马诏勋、瑞泰友省费、郑何氏、张子敬劝翼化斋、休宁良水川、徐免过氏、吴淞江劝、顾张氏、丹阳无名氏、依仁斋、隐名善人、许幼弟无力生、善余堂侣松记、金幼山、元成公典、不留名、南京扬不留名、镇海忻孝年、怡云书屋、香溪生、嘉定望仙桥众姓、芸簏书屋、沈积福、不惟善、武原子、余杭王三和、公泰、张俊三劝、心元蕴源上人、睇红馆、济平公典、乐汇堂、乐得喜、睇红馆、长寿长寿宜长寿客、清静地侍者、石泉老人、睇红馆、承志堂、微尘里、练塘寸心居、孚记、杨稚竹劝小洋合、雨梧草庐小洋合，以上六十五户各捐英洋六元。

八仙桥巡捕房众友英洋五元七角，戚世德堂英洋五元五角，敦厚堂马英洋五元五角，张幼宝劝英洋五元五角，沈丽裳劝英洋五元五角。

李友德堂、惠康庄、成号、公号、臻祥庄、晋泉庄、惠成庄、正元庄、曹心孚、陈锦江、无名氏、莫厘渐记、平阳氏、正记、继善子、隆泰昌、慎修堂、张裕生医、徐信斋、武林涵虚子眷钱氏、翠英女士、韬华馆、陈慎修、陈惠恕房、隐名氏、礼惇堂、葛修本、陈庆记、母李氏、李氏长子、李氏次子、隐名氏、李友德堂、葛采蘩、树滋堂、端质堂、隐名居士、梦春生、同善居、程余庆、苏州翰辉堂、相在尔室、射阳蔗湖氏、云间闲鹤、江宁百忍堂张、无名氏、灌园室、章佳福、厚德堂、隐名氏、董良裕、董宝和、免忧氏、陈伊湘、陈耕山、黄锦川、陈香泉、郝馨园氏、丁培德堂、李小池、隐名氏、隐名氏、陈秀氏、黔山旅食子、众善氏、南邑朱竹坪劝、陆寿生、明静人、自省斋居士、广兴祥、培德堂信记、远春、元生号众友、集记、吾尽吾心处士、澧溪淦记、采菽堂、同成春号、浦左灶佑、新安无名氏、振元、懒为善者、再生陈邢氏、太怯生、张荣昌、义泰行众友、元君会省费、爱月轩、捕盗局众友、协昌源记、李万兴、麦培元堂、暨阳孙城氏、乐善氏、陈梁氏、无我氏、心愿堂、镜湖润棠氏、寄云生、大章众友、福寿堂、永绪堂、健笔生、肆记、恒顺行、瑞丰行、徐太和典、毕功甫、黄鹤寿、黄朗甫、陈惠恕房、罗殿邦、安厚卿、毋力氏、海阳氏、源成祥、同裕森、寄居杭就食氏、双林善姓、隐名氏、省非书屋、赵心庵合家、三省斋、施少遇、朱廷甫、槎溪陆梦吉、公善氏、永和氏、山民氏、诸善士沁手劝、无名氏、潘朝芳、顾德浩、蔡受业劝、清寒石士、梅里张九莲堂、页夷氏、松江宝善堂、王店清和中记、崇明聚和号、钱碧云、乐善无力人、吴陈氏、感天氏、隐山氏、居玉瑞云、陈达记、仙女庙天德药栈、习坎坊省熠口费、一粟书画社、勉力行善、庆长源、符鹤生砚田余润、隐名氏、乌西一粟书画社、杭城纸业、江西无名氏、勤补居、仁记、冯义盛、济结铨、蓉湖一勺、无名氏、杨谢氏、吴琨圃、力不从心主、载鼎和、俞贻穀、兆泰昌、水阁氏了凤愿、王厚斋唐子祥绘事余资、徽州胡有美、平湖隐名氏、镇邑朱瑞生、乾通庄、徽州苏长庚、武陵山人、隆恩堂、谢宝三、魏仲章、滋本堂朱滋仁、一粟书画社、庆长源、平江易安书庐徐小洋合、无名氏、正大行了心愿、不留名中秋省费，以上一百八十七户各捐英洋五元。

公记小洋合、诚求室，以上二户各捐英洋四元五角。

布捐局马、诚记、体铭堂、求仁斋、吴秀贵、姚梅溪、怡声、锄经书屋、曲江、随缘客、金绍卿、梁璞卿、无名氏、无名氏、金其顺、芝兰室、古月轩、隐名氏、无名氏、凝香书屋、陈传经堂、荣记、吴饶氏、吴宣氏、吴应泰、万克相、张庆丰、钱和牲、沈元山、平申货船、不书名、藏修书屋、朱兰如、毕心记、钮仙洲劝、陈震镛、勉善氏、承德堂、顾诚信、唐豫丰、张鼎盛行、吟兰书屋、公善堂、陈高氏、力不逮人、上元怀德堂夏、同和号、定芳氏、惟心氏、叶复生、章采生、曙海楼、移缓就急、徐慕韩、劳包村、陆秀康、免知斋、半世孤寒客、集园、霄鸿社、廉记江湾朱、陈汪氏、节修善士、隐名氏、钱塘三省子、王文玉王锦莲、江阴耕琴氏、钱传经范正典、朱聪训、乐输主人、有心无力、嘉兴无名氏、王容之左培之孙慕连吴益记、嘐城无名氏、李昺东、董载清、李振文、华石亭、从善保安、不留名黄、何朱氏、金锡蕃、七龄病童、张艺斋、王章侯、周爱莲堂、善士、青镇汛陆、惟心氏、智记庄、宗文宿、张逸舟、乐善居、恒源森、协泰诸友、志古斋等、黄豫成堂、持素斋、卢静岩、澧溪史青氏、隐名氏、安惠二记、庄燕翼堂、崇礼堂、睇红馆、惟心氏、双山氏、马凤记、盐溪一乐生、隐名氏、丁胜基、太仓孙、萧氏、海阳留耕堂、郑何氏、李合顺、恒泰东号、南阳氏、古虞善成、隐名氏、萧功大、吴杨卢周、浔溪百间楼里人、隐名氏、鹤舫居、合浦轩主人、汇源典、王节卿、宝生典、葆昌典、不惟善、读书台居士、沈九之、孙余轩、胡福堂、余杭无名氏、孙子抢、汪雨生、吴子薇、补读书斋、无名氏、华亭保正寿康、开泰庄、沈子记、结善缘轮香书屋雪香居桐石山房、朱庄俞氏、青镇汛陆、金松年、陈寻古书屋、挹翠轩、孤城荫楼氏、可闲居士、南汇县署宗厚堂赵、董二记、留余堂、龚迪生砚田余润、千恒丰大、钱古训、延龄斗坛、古梅居、凝纱斋、芝兰室、徽州无名氏余手、崔谱华、崔鉴记、代州五台王新元、汇源典、沈亦昌、五龄童连桂书润、徐恒裕西号、三十六瓦当文斋、求己精舍主人、省间屋、协茂坊、钱云山、味疏女史、同善缘、朱咏记、陆光迪、汪俊记、慈水微末生祈保母痊、乍川阳、惟心氏、应保安、代听松、耕心堂、知过氏、新记、隐名氏、无名氏、了愿氏、何郑氏、周蔡氏、周李氏、知过氏、咏德居、粤东吴子俊、益泰郑子叔、厦门张宝亭、郑锦标、吉阳山人、陆基康、王春山、宝生典、青镇司曹、黄菊人恤嫠、蓝玉记丝客、两宜居、以上二百八户各捐英洋四元。

清节内堂隐名士英洋三元六角，不如愿小洋合英洋三元五角，嘉定城内桶捐英洋三元五角。

沙溪顺源德泰诸友、杨辛夫次山、赵鋆、宝记、隐名氏、俭积居、忻郎记、无名氏、竹青轩、信丰号、复源铨、杭州航友曹、诚来、敬萱氏、郑桂峰、巡司曹、嘉定西门桶捐、不留名沈、隐名氏韩手、戚广业、钱彬桂碧云居不留名雷、海润和尚、孙恭余堂、赵鉴斋、潘薇卿馆、隐名氏、徐张崔氏、余崔氏、紫竹山馆主人、隐名氏、清和女绣工助赈、嘉定城桶捐、花香月满侍者、衢红纸封、隐名氏、久成、寿水生、无名氏、旭临堂、俞诒穀、陆景记、蕚雪草堂、恒隆行、廷记、旷如书屋、不留名柳、方协兴、怀德堂、魏鸿吉、兴和盛、禄记、树德堂、胡道记、张仁昭、华克源、守吾堂、梦花馆、无名氏、隐名知足氏、隐名氏、凌立甫、裘碧园、施开斌、隐名氏、张评兰、朱森和、武林汪戴氏、菊秀松蕤馆、节肴、瑞记、保记、隐名氏、隐名氏、戴炳生、允德庄友、中和、如愿山房、顾汪氏、何金氏、王宜劼、田畴、东郭氏、王企亭、全盛局敬神省费、隐名氏、王淞泉、秋廷正、应元记、小东善士、夷记、瑞记、王西仁和、黄葛陈、众善姓、森泰木行、省余斋、芳恒子、袁泳记、不留名、张雪记、卓斋氏、宗冠士、倪翁钟盛周徐诸君、刘瑞洲、朱广泰、隐名氏、隐名氏、乐善氏、吴幼童、隐名氏、隐名氏、王应麒、马善姓、隐名氏、李渭源、今吾居、香山氏求病速愈、汪梅亭、源昌兴、听雨轩、自惭无力人、不留名小洋合、松江不留名、戴少琴经劝萧山恩售画、嘉善程善士、以上一百二十五户各捐英洋三元。

泗泾中和小洋合英洋二元七角五分。

恒记、隐名居士，以上二户各捐英洋二元五角。

能任事人小洋合英洋二元七分五厘。

清和堂、恭寿堂、绿蕉医馆、四知堂、勤政堂、敦厚堂、耕本堂、古增倌、秦竹宝、宝记、仲记、无名氏、永浓、不留名、紫阳氏、熊春园、章浚川、王庆延、玉洲、朱美初、仁德堂、烂柯子、挺秀堂、拙修氏、凝纱斋、饫经堂、教学斋、太憨生、金粟轩、东篱书屋、伊蔚草庐、陈寿记、修敬堂、汤宝善、俞和记、鼎兴号、胜茂号、元裕行、冯仁德、潘春田、莫葛氏、华仙女史、亦庸子、十一龄童子、七龄童子、六龄童子、恬养书屋、和泰庄、鼎元庄、钜康庄、裕来号、涌沅号、信和行、杨悦盛、耕野、恒森、皮业公、戴少记、俞青崖、陶紫云、澹园、张月槎、盐公堂寓、合茂昇、陈世德堂、醉经书屋、何心泰堂、序记、省三屋、竹居士、吾庐室、味耕轩、通裕楼、耕读楼、陈仁瑞堂、顺远堂、庄振杓、王漫亭、葛兆翰、田桐圭、朱柳堂、姚绶成、怀仁堂、毛鉴堂、焦开运、隐名氏、汪丽滋、不忍坐视人、潘家鼎福、求安居、应鲁滨、吴成立、宋子蔼、宋吴氏、敬记、沈增记、四端堂、张畎涛、沈芳佩、锡邑曹锦云、周东福、张义昭、杨林氏、张升记、叶姓、张景记、宝记、翠竹主人、严瑞记、天和玉记、澧溪淦记、集记、敬身堂、九经堂、隐名氏、孙显卿、章声远、东海岩穴居士、郭近三堂、沈碧玲馆、幸居乐土人、黎阳叔子、吴氏、经养田、陈少庵、戴雪堂、李紫宣、张梅林、姜心培、王心培、新安小子、祝郫生、无名氏、秦登睦、莫厘俊记、隐名氏、载记、金记、陈日宣、陈裕章、陈志泰、陈均泰、陈祥泰、杜琢成、无名氏、陈俞氏、何善氏、葛子源、陈振昶、张仁记、暨阳孙城氏、秦新吾氏、生记、寒士寸心、宋仁记、庆记善士、润州寒贾、冯凝素顾善训、顾敦朴、洪万益、杨恒泰、叶光裕、侯忠孝、徐森兴、杨承典、杨振家、周镜甫钟春如徐松林、余啸记、朱泾彭范子、马凤记、晋记、义记、乐善斋、影香书屋、楚湘力不能、荣福祥众友、李记、柳清轩、欣荣庐、奉化善士、积福、缪德华、宋贵顺、炁义堂、翁名记、陈凤记、复茂、王义隆众友、俞永咸堂、张菊啸生峰、青莲精舍李、胡来宾轩、赵中寯、隐乐居、李小兰、侯听月楼、无名氏、信氏、无名氏、右记、珠安记小月记盛缪氏、茂记、烈记、纱园子、耐冬氏、应奎山樵、补过堂、华记、补过斋、李若泉、吾尽吾心子、无名氏、施旭初、张客、兴号、不留名姓、张爕康、鄞西赎愆氏、漱流枕石山主人、七龄童子、万茂众友、夏天福、斋记、梓记、保记、隐名氏、定记、益寿客、吴佩卿、蒋公寿、徐守梅、张梅萼、高十六龄、蔡献君、鼎丰号、刘晓山、范客斋、沈云卿、沈瑞记、钱子宣、隐名氏、桂春、坪记、伯记、建记、清记、宗豫之、史山甫、陈合义、鲁东川、阮王氏、升大行、陶金钦、车丕承、陈少亭、桂荣源、金云章、泰记、观曜氏、蒋雅棣、一点心、陈柳塘、汤渔记、树德、怡怡书屋、古月轩、金其顺、卢江老翁、人记、恒太木行、培昌孟、实无力、不留名王、郑鼎记、周宗耀、曲阿隐悟氏、崧镇知命人、行恕堂、同泰仁各友、澧溪贾刘氏、迹寄胸阳、谢学记、陈毅记、安愚四记、董伯记、辋川子、徐紫来堂、麟瑞堂老太太、孔东皋堂、宝生典、范丁氏、书记、蒋少兰、俞蔚人、钱兆棠、浚源木号、朱心田、王承兴作、公泰、罗松甫、四龄童子积得压岁、隐名氏、禾生氏、定记、金殿绶、吴六观、隐名王氏、汰城源顺、杨廷煜、姜隆兴、陆姚氏、吴氏、金子记、马楳记、马鹿记、朱兰舍、吴恭顺堂、隐名氏、诸善氏、海冶山氏、海阳居士、裘明扬、谈任斋、听涛书屋、京兆无名氏、王雨苍、顾润记、汪新记、善余堂、丙记、许愿施米、杏林书屋、华亭杨徐氏、卢方氏、张堰不留名、未能遂子初心者、宋自康、罗杨氏、信诚、无锡陈文锦、协记货船、钞园子、张炳记、沈^{振玉友记}、宏记、不留名、徐二森_{马味言}、谢祖成、马杏轩、周柳堂、钱箧山馆、南汇王召棠、乌程张伯申、吴端甫、周莲孙、王松孙、王仁甫、高又泉、汪子泉、汪笛舫、屠小园、马仲欣、崔小安、平湖方传霖、洪善姓、二宁士、叶晋明、滋仁堂、旋吉堂、礼中堂、保彝堂、德恒堂、松阳氏、志德堂、隐岩氏、四印堂、卿云堂、孙善士、吴城太原馥、金寿明、朱曹氏玉英、漱芳斋、栖迟居、傅品安、何二郊、余贵成、程大源、徐龙邻、伴石书屋、黄善女、东璧府、翰墨林、汪惺斋劝、听雨轩、绳武堂吴、乐善居士、纯绣仙馆、王蔼卿馆劝、恂斋氏、施晋裕、魏登云、平湖同窗四友、倪春泉、钱词金、金泽陈连氏、金泽不留名、乍川力簿子、唐笏溪砚力余润、耐冬氏颐节生、守俭书屋、董四维、麟征堂、赏奇书屋、陆礼记、紫竹山馆主人劝、保和记、永兴、清和妇绣工助赈、京江烝又堂、耕畬栈、涌源号、邵松舟、无名氏、徐维城、郑嘉秀堂、张廷焜、勉力热心人、蚁驮屑、愿心居、汪友光氏、合浦轩主人、董伯记、善余记、辋川子、眠琴小憩居士、天台小谪仙、三龄童子、醉香室、月樵和尚俞辰峰、朱渠堂、韩小金、黄承寿、何景元、池西草堂、陆小岩劝、周新泰、戴杨氏、俞公义、王荫三、王应麒、孙记、沈老太太、笏溪隐士、陈_{叶氏}、黄田村农、郑燕坡、隐乎尔、游氏、徐女氏、松筠记、陈福元、敬身堂、不留名、徐景安、省闷居笔资、林凤翔、明德堂、李渭源、幼女严金娥、三龄子马宝雄、团集窠、乔木氏、无名氏、陈曹氏、陈^{纫兰际云}、魏秋槎_{春波和尚}、顾余庆_{武陵居}、厦门周梦修、陈益堂、高远舟、凌云祥、勉力士荆、扶风君、杏花书馆、红杏书屋、抱惭子、异授室、许德馨堂、闽省高庆余堂、芜湖舌耕棉力人、仙源无名氏、折节、徐春泉、潘子明、金显扬、赵佩卿、方世昌、养和山房、金来复堂、李谷楼、金张氏、四龄童子高祖荫、慈水仲德轩、延生氏、张湘云、张蔚云、施中和、郭朗庵、吴蓝记对开合、恒泰祥小洋合、潘紫贵馆劝小洋合、永成、祥太木行、北记、尽心斋，以上五百一十一户各捐英洋二元。

不留名英洋一元五角五分。

平湖众姓、公裕众善士、嘉记、叶云峰、^{秋裕}记、盛连卿、无名氏、同人氏、梅雪居、余德贵、葛正常、甡记小洋合，以上一十二户各捐英洋一元五角。

奕氏英洋一元四角，朱寄鸥书润英洋一元二角，陈邴氏英洋一元一角六分，绿橘轩英洋一元一角。

听香居、宜寿堂、宝善堂、双峰堂、寿松堂、恒沅泰、金谷春、惠记、晋记、德素堂、忠信堂、悦来祥、务本堂、树德堂、义远堂、世德堂、怀德堂、介吉堂、爱莲斋士、沈笑堤、吴进郎、吴曹氏、协丰号、合盛、瑞来、祥顺、冠记、祥泰永、亮记、同盛昌、浓春、南阳氏、捐助、姚文记、汝南氏、徐春泉、钱小樵、信者史、俞义记、何仁记、陆振记、陆芝记、郑五记、秦文记、赓鹿斋、师善堂、吴沁记、倪春记、杨卓记、刘三记、胡芸古、陶芳霭、葛友山、张逸记、陆德记、金慎都、潘硕德、古梅居、锡盛行、恒裕行、裕森行、三影书屋、绿杉书屋、俞梦春阁、义兴弓弦作、三老姬、陶朱后人、太原伯子、萃吉庄、耦园、大生行、源昌行、大顺号、源记号、赵裕丰、义记行、北瑞泰、计裕生、陈茂记、沈恒记、鲁义昌、庆成公豫、封幼青、程咏琴、方俊卿、方芝香、蒋泖春、吴少秋、俞廷珍、俞仲毂、俞少安、俞水如、金笑梅、周金海、张雍睦堂、元孚庄、胡侣记、徐咏玉、翠云山房、碧云水榭、顺记、胡留畔、秦成裕、胡金荣、王廷骠、赵慧斋、顾仁亲、胡竹筠、陆源盛、吴门八龄童子、绪盛长、冯顺昌、金桂隆、谨修堂、恒茂、方雨记、王锦记、福森春、兴胜春、宋鹏龄、松云山房、龙山书屋、仁昌、恒泰、邢丽卿、聚泰、崇源堂、怡寿堂、葛安祥、葛俊心、张信玉、严希堂、刁广荣、求之、可得、包得元、吴迪生、李美辉、瑯瑘氏、兰陵书屋、隐名氏、隐名氏、许云泉、张倬云、蒋静轩、王杏堂、陈林氏、陈李氏、陈郑氏、徐吴氏、包祖祥、包景瑶、五柳堂、邶维生、刘岐山、沈建亭、张墨林、黄松筠、纪耀堂、吴正明、王渭堂、唐松泉、胡蓉初、叶燕亭、刘期恒、沈少云、阮伯山 龚达夫、陆子畦、金惟善、王春甫、余小松、王冠文、竹溪生、陈莲舫、吴永裕堂、徐墅野人、隐记、方昇、吴昇元、隐客、顾秋记、羊苕记、微谷氏、叶子香、王云祥、杨子芬、无力乡人、通州不敢具名人、微意氏、赵铭芳、张少华、张玉书、曹维城、胡唯斋、裕记、无名氏、馥记、潘复宝、潘华生、潘彩生、北蔡善人、漕溪补过、金邑隐名氏、无名氏、曹八相、方招记、无名氏、义记、绥记、梅花吟馆、洪陈氏、浦子颐、若禛氏、宜芬氏、中直堂、蒋善氏、怡然生、鲍承启堂、鹤峰山人、王助经堂、刘宏远堂、王永余堂、钟念慈堂、裁云仙馆、古香书屋、子记、慧德、沈洪记、澜记、唐醴泉、王报德、许铭新、集福庵、顾炳铨、马许氏、许雅峰、倪昌泰、敬业氏、倪德三、倪青山、倪寅香、稍施豫、李仪三、叶凤楼、沈芳记、不留名、李若甫、赵闻、集记、苏长春、张彦卿、鲍桂山 徐则林、马畹香、叶似兰 唐云甫、两益主人、戴颐记、张云记、诸九记、怡善室主人、何梅记、敦懋堂、晖芸堂、沈子记、合性自知、力不从心人、采记、丰记、戚永昌、新大、同茂、协和、慎记、春源、无名氏、无名氏、景德堂、万利顺众友、隆泰祥、潘朝芳、力不从心氏、听月眠琴馆、凤林居士、何进升、沈竹亭、三墩人寿堂、武林王宅、铭芳氏、陈正大、寄生斋、完白道人、胡双桂轩、绿荫山居王、紫藤书屋鲁、耕远堂虞、志义堂屠、莲筼山人刘、桐荫书屋华、华陛卿、无名氏、厚德堂章、无名氏、联芳堂梁、张厚德、周虞谷、周虞封、不留名、沈楚君、张莲堂、彩连、梁氏、董雨田、协和昇、老鸿号、叶大勋、平启秀、高迎旭、无名氏、声记、梁氏、便氏、无名氏、六龄童子、十二龄童子、张怀之、何引记、玉记、谨记、沈雨苍、郁崇德、陈雪峰、王子衡、郁衡卿、王松舟、郁佐美、姚义泉、沈竹坡、修我堂、隐乐士、许华堂、留庆、沈补金、蒋云舟、硖石王凝德、保合和、吴王氏、慎思堂、如庆堂、多多氏、茗州吴氏、隐远居、广大、钟子明、兴号诸善士、朱墨余、顾小斋、唐沈氏、泰顺集脁、严听聪、马克勤、唐云山、张堰衣庄友、十二龄童子、程记、宋 叶记、杨涌泉、不留名张、延龄老人、伴琴女士、张小舟 富益堂、张珊堤、桐荫堂方谷、亮记、文记、如记、陈敬义许茂记 郑容记、夏芝孙、蕴惠款、李容庄、陈廉记、王铸记、吴少莲、曹佳卿、沈颜士、王廷 陈翰记、查彦记、张云樵、朱乾泰、高十二龄、陆裕春、祥德庄、陈子端、嘉善朱善士、陈清士、戈幼舫、陶小鹿、陆悦堂、陆林记、汪晋记、汪张氏、张清记、马宗玉、天宝堂、吴永春、宗郭氏、张文钦、徒有愿、严润芳、朱春元、万源店、陈廷元、道记号、阮心竹、坤记号、春成堂、悦昌号、义泰号、刘理荣、郭晋源、宗蒲忠、无名氏、谢福昌、张心梅、秦辅廷、郑荣记、一亭子、叶光远、甡记、乐山书屋、后倪氏、赈代药、映雪草堂 潄润书屋、潘善姓、翟益泉、高天茂、李氏、陆崇雅堂、姚蒋氏、史沈氏、荣德堂、邹俊臣、邵善女、杏花春燕、王许罗、朱蕉卿、俞永锡堂、叶钱胡留、蒋义兴、清河氏、怡童、耕畲、牲号、黄仲彝、源盛祥烛号、曹蕴华、吴筠亭、恒和油坊、潘顺信米行、时遇安、徐砚耕、无名氏、胡爱堂、三影书屋、张少村、众善人、秦陈氏、何曼记、漱石主人、爱日吟庐、胡锦域、冯福记、五记、四龄童子、十二龄童子、三记、不忍视、忻霭记、忻孟记、王省三、王秋亭尹募、棣韡尹记、尹募秋记、尹顺记、戴茂记、俞鼎泰、耕石轩、周子记、饮香所、胡祝唐、无锡客、吴政记、敦记、毓秀余记、江芳蕴、吴焕章、张永顺、朱锦章、静远堂、刘天元、传礼堂、哺坊、朱光裕、陈恒善、无名氏、无名氏、迟日草堂、汤星茂、顾聚善堂、无名氏、无名氏、葛伟甫、补拙主人、长丰泰、吴铭甫、胡容德堂、汝南殷、隐名氏、隐名氏、如兰居、七笏山房、梦花书屋、鼎顺和、同善居、迎薰山馆、勤有堂、冯牲泰、隆昌、万年青、还远堂、顾渭滨、何正泰、黄元恒盛、心寿记、胡益裕堂、陆是政堂、积厚堂、万和、老昇盛、立本堂、仁泰衣庄、王木观、李广侯、王礼传堂、荣桂堂、三余书屋、秦世经堂、张午桥、无名氏、俞梅亭、徐少亭、具区人、东皋陈益泰、东皋陈福泰、养余记、张补余、唐若泉、同春众善、张梅村、顾焕贞、许瞻秀堂、蔡金元、顾双庆、大懋盛懋堂、顾锦文、金子良、金四航、贞女唐田妹、南汇寿母陈鞠氏、曹之域、毛日兴、张炳均、杨家塘杨、笠记、潘恒泰、张月珊、绿野草堂、顾永顺介眉、庆号、张德馨堂、仁记、诚心敬助、熙缉霭记、闻人杏记、马鹤记、耐冬老人、马乐记、茳香记、费宝善堂、马榖记、马麖记、马竹记、善与同人、如见心肝、唐新霞、唐蔚如、王源盛、汪镜明、第一楼、詹嘉和、德庆楼、绿云楼、元泰、无名氏、吟余小憩、黄万顺、仁荣堂、无名氏、张万祥、周寅甫、甘永兴、珠里百忍堂张惠记、沈金粟堂、胡徐氏、钟敦义、沈朗记、沈恭志、陆企记、陆在记、蒋如松、梅修仙馆、陆屠氏周陆氏、潘益善、潘楚宝堂、潘瑞记、崔香记、牡丹亭、弈棋草舍、天官堂、志仁堂、陆徐氏、杨善女、邵善女、李善氏、陆仁记、汤兰记、金孙方氏、同和、披图勉者、同心居程氏、隐名氏、朱祖荫、衍庆堂、绿杉野屋、龚子卿、陆少芹、戴云斋、利兴号、姚宝稼堂、姚润德堂、震丰泰、沈正大、王燿炳、屠竹村、宋四德、屠琴三、蔡景斋、李王和、谢成记、张珊记、吴集记、叩旭初、东茂源、久大、香山堂、敬爱堂坤记、沈芝史裕源祥、沈子榖程晓云、吴寿堂王香记、世昌、勤业鹤氏、沈兰亭、曹莲峰、朱毁氏、许秀荣、姚四、沈子云、后学、张堰不留名、碧溪渔者、李金水、袁化碧云坛、不留名、程鸣坤、任芝山、姚春和、贾隐生、崇沙余公彩、许丁卯堂、严孟崔、张藕塘、黄叶村庄、许时章、五云书社、宝生典友、洞庭山人、枕经书屋、丁叔文、王幼田、张荫谷、莫厘俊记、费勿斋、张吟甫、不书名、求充生、晚香书屋、鸣鹤堂、戚东生、蒋传经、不羁山人、水菓行、吴正德、葛杨氏、姚茂昌、管澜记、沈敬修、不留名、乐隐名、余纪堂、曹继昌、朱醉竹、骆表仪、黄寄生、叶克初、程晋余、杜冠珊即丛桂生三次、永思文记、徐春田、吴同盛、荣盛、陈怀朴堂、蒋元樾、张森山、张周氏、倪蒋氏、姚德泰、翟振盛、沈振昌、张荣昌、潘问之、徐永盛星记、沈永兴和、王雨记、王谓记、王同德、曹正福、余翠书屋、邵善女、时新记、金仁仁、夏惠记、虞鸣吉馆劝、吴阆鹤、汪慎泰、不留名、金尚义堂、钱永记张乐善堂、研香书屋梅雪草堂、同福四知堂、周谓记问心斋、吴敦德堂、朱子云成学、严辛一又山、周望溪馆劝、江幼桥馆劝、步云居、方仁德堂、张树本、江吉诚、仰山氏、朱慕亭、叶树敏、吴裕春、保安室、幼恬氏、沈理铃、王性存、朱云波、安定奇、余杏波、王吉斋、王锡奎、南汇洪益号、钟子琴馆劝、俞子莲、孙舜辅、黄守三、汪本仪堂、厉子谦、李瑛、韩文锦、俞秋槐昌言、李仙衡、两可居士、周宝信堂、思济集、仁寿堂、留青堂、保之堂、曹勤业堂、曹鹿华、潘荫卿、王秋记、邰蟾香、邰在天、畊云轩、吴正记、畊石轩、砚云书屋、纯厚煆诒堂、张宝善宝慈、徐笠渔、映雪轩、仁寿堂、陆黼卿、徐笠渔、恂子逶、沈少波、朱怀春、无名氏、萃和楼、倪荫记、钟曹氏、彻贫氏、严冰记、紫来草堂徐、春风草庐、孔东皋堂、挹香坛善余、严凫芗、徐阳正、女红、恒泰东号、东茂源、奎龄、熙缉霭记、勤业鹤记、扑觉一子、鸣和山人、松龄、金粟居、修竹居、安朴舍、隐名氏、俞汤氏、俞翠记、俞元记、俞奎记、洪滨居士、葛金氏、汤戈氏、汤张氏、陆志仁、时协亭、戈嘉树、思诒堂、陆义葆、盐公堂、俞锡祉、爱日吟庐、周五元馆劝、黄元良、汪三元、吴玉兰、王松华、汪殿奎、德聚、欧秀瀛、汪理邠、德茂、元昌、永新、森茂、隐名氏、徐耀庭、大茂、舒润甫、徐便堂、朱氏、张金氏、张鸿记、张绍奎、朱子雨、三敬堂、怡然居士、张玉碗堂、陈鞠堂、平昌鉴永金、胡思仁、沈秋堂、戈嘉树、邵三斯、柴会贞、高阳子、隐居士、丹桂轩、钱敦木、赵吴氏、息园、吴崔记、秦莲娥、方星台、戴锡东、东海氏、程万瑞、朱广源、陆学钧、余载之、俞康之、汪国樑、陈懋修黄宏琛、荫记、叶义源、程吉和、洞庭山人、许时章、饮香所阮、兰桂堂桂、树德堂沈、廉让居张、潘世昌、严紫卿、紫来草堂徐、邯郸道人、生大号、寿萱堂、夏少舫卢梨甫、徐善姓、减食主人、徐智堂、张文记、知足斋、不留名、杏余书屋、花屿居、怀读轩、不留名、俞水如、黄天成、戴登记、不留名、陈公茂、周琴山、林元茂、吴礼耕、施彩明、不留名、戈崇山、潘绿卿、俞芝湘、朱裕兴、费少庄、张星垣、姚恒德、陆三渔、张春舫、戈屺怀、通州潘姓募傅氏、劫后余生、焦龙观、解脱子、唐石泉、翁翼庭、严德聪、严悟非、孙卓成、倪保母寿、晤言一室、叶德沛、海昌震盛、益丰、范义昌、张禹侯、杜福安、漱流枕石山房主人、李聚源、丁显培、周黄氏、陶丁氏、周叶氏、池竹亭、陶小玉、吴玉枝、干晋年、蔡尊楼、毕翰周、时静孙、蒋道焜、韩卿楚、金万春、陈味耕堂、吴莲生、沈吟庵、吴栋昶、杏林三径、养仁药局、壶隐、周云泉、春及草堂、慎思山人、张秋渔、程吟涛、钱坡仙、徐振山、李松鹤、任莳生、唐幼梅、姚景三、乐善同人、应松原、丹阳魏鸿吉、肖舫居、力不足斋、童昆玉、畊心草庐、林一泉、陈子谦、杏林斋、傅氏、滋本堂朱滋谦、徐沛江、余礼畊堂、三乐堂、张竹和、新苍桶捐、切彬祥彩小洋合、五云书社小洋合、杨善女、傅成华女痊，以上一千二十五户各捐英洋一元。

奕氏英洋七角，周陈氏英洋七角，冯盛昌英洋六角。

麒记、德记、吟芳馆主、蔡景记、广兴丰、云霞书屋、顺泰、汪曜卿、熙记、龚效侯、程静夫、王者堂、朱隆兴、童厚堂、黄云楼、沈蕴山、潘坤芳、马又眉、王禹洲、陈芝庭、陈友山、王裕山、蔡伯、储全全、金玉田、宁波张启惠、倪南舟、夏松记、王鹿记、陈幼记、王少记、夏春舫、不留名、夏淡如、宋鸿儒、金惠庄、朱翠岩、陈春龄、周湘云、同善心、叶潄薇、傅杏芳、孙行三、申潄六、王书卿、唐书田、潘宝荣、孙春桥、倪信泰、顾顺魁、顾稻香、刘瑞荣、戚松卿、陆奶妈、高菊生、方子寿、沈子堪、省吾主人、沈在昌、青珊瑚馆、印岭梅、金文三、金石溪、顾云卿、南汇陈炳森、南汇陈炳熙、翁桂三、叶允斋、具区堂、顾吉甫、倪里亭、倪福金、夏荣荣、陶云德、叶万丰、胡金荣、叶秋荣、李涛涛、唐玉山、苏景峰、周桂春、陆树奎、张镇卿、叶庆华、王庆韶、张宝春、胡家小姐、霞记、正顺园、张承训堂、顾瑞堂、葛亦政堂、张筠梅、吟香书屋、沈怀德、还读斋、李怀祖、鹤避轩、吴庚麟、省僭子、补过氏、方嗣香、至德居、周逊庵、渔记、五云书社、嘉定顾理生、华林居、琢月堂、隐名氏、天顺烟行、胡简斋、姑苏相家沙文春、涂敬业堂、张正元、王心一、吴仙卿、朱卹氏、尚义堂金幼记、严张氏、钱莪士、邵傅贵苗大富、吴朴斋、辅农居士、沈万金吴佑昌、金方才、居九如、章敦信堂、居茂椿、陈维新、陈诒毂、叶玉树、朱源、戴茂记、凝香轩、陆春田、元珍全、沈念眲、王织云、戈寅记、苏金航、程松友、苏达五、胡廷烈、李泰霞、胡光斗、汪炳南、程曜文、胡慎之、汪羽仪、又达、吴维周、袁源隆、立大、王永明、余德和、汪来发、吴社明、曹汉成、董金卿、金益顺、胡雨山、余子英、漱芳吟馆、周逊记、张子槎、罗湘涛、徐允昌、知不足斋鲍氏、童厚堂、朱翠岩、耿村山、戴济川、僧达来、爱龄僧、朱幼香、释大江、黄韵樵、朱桐君、史兆春、吕东溪、孙桂芳、徐竹筠、周厚堂、官庆清、放生移赈、陈厚堂、朱瑞和、万丰义、邹镇隆、隐名氏、祥源、顾元发、符梅生、无名氏、静熙堂、丛桂轩、顾范之、张畊蓝、静憩居，以上二百户各捐英洋五角。

严得进英洋三角七分，戚天珍英洋二角五分，宝宝英洋一角二分五厘，吟香居英洋二角，容安居英洋二角，漱芳书屋英洋二角，吾尽吾心英洋二角，严凫苓英洋二角，不求人知英洋二角，钟蓉珍英洋二角，隐名氏英洋二角，严平甫英洋二角，无名氏英洋二角，与人同英洋二角，不留名英洋二角，见图黾勉英洋二角，悯人苦英洋二角。

射阳培兰氏本洋五元，王珠树本洋四元，无名氏辟如吃药本洋四元，松记本洋两元，铭记本洋两元，爱莲堂本洋两元，余庆堂本洋一元五角，山阳北牕居本洋一元，王德云本洋一元，乐善居本洋一元，余报生本洋一元，无名氏本洋一元，敦本堂本洋一元，群记本洋五角，不羁山人规元七钱二分、本洋一元，戴少琴劝大小洋合英洋六元五角、钱三百文，南汇各生童月课膏火饭菜钱三百七十七千八百文，乍浦钟见山劝计三次钱一百八千文。

地肺山馆主人、王敦五、南汇各举人会课膏火，以上三户各捐钱一百千文。

吴关记钱七十六千四十二文，陈曲江钱七十千文，公正典众友钱五十九千五百文，王大生号六次钱五十四千文，佑明斋钱四十千文。

乍浦许朗翁劝、海门厘局徐燮堂劝各善士、乍川罗秋山劝四十一户、杏林书屋、乍川钟见山劝，以上五户各捐钱三十六千文。

沪江学舍劝、立志书院肄业生童公捐膏火，以上二户各捐钱三十千文。

元吉泰豆行斛司薪水钱二十五千文，安仁堂钱二十千文，诵清室沈稷臣来钱一十五千文。

巢崇山、戴芦溪，以上二户各捐钱十四千文。

海盐徐古春号金钱十一千四百文，黄菊泉钱十一千一百十一文，隐名氏钱十千八百文，嘉兴沈子文定金敏之润笔钱十千二百四十文。

陈葵翁劝二十二户，练川彭城氏祈病就愈、东阳菊隐山房，以上三户各捐钱一十千文。

嘉穀堂钱九千六百文，陆砚锄钱九千文，许载如钱八千六百四十文。

陈辛卿、姜同泰，以上二户各捐钱七千二百文。

毛珠生、周挹山，以上二户各捐钱七千文。

思补氏钱六千一百文，待神折悬灯烛费钱六千文。

沈福堂、石菖蒲馆、不留名、徐文记、徐汤氏、蓉福记，以上六户各捐钱五千文。

程蔼如、五云书社孟吉记、务本堂吕，以上三户各捐钱四千文。

敦让堂钱三千九百六十文。

知非子、敦让堂，以上二户各捐钱三千六百文。

众姓钱三千一百六十文。

敬胜善记、朱榆仲、谢韩氏奉母命，以上三户各捐钱三千文。

沈秀君、杏林仙馆、陈橘隐，以上三户各捐钱二千八百文。

泰和众善士钱二千六百文，免吃药 冯月、吴顺 张晓、程石钱二千四百文，沈子西馆钱二千三百三 方春、沈如 十文。

同兴典、胡爱记五户、徐廉儒、钱辛记，以上四户各捐钱二千一百六十文。

严南屏馆、谨慎斋、朱万裕、莲记，以上四户各捐钱二千文。

张敬和钱一千八百文，郭珊卿馆钱一千六百五十文，徐笛秋劝钱一千四百三十文。

最乐居士、顾罗氏、喻宏庆、林诒梅，以上四户各捐钱一千四百四十文。

滋树堂陈、沈海珊、品莲号、公顺余，以上四户各捐钱一千四百文。

叶桐记劝钱一千三百七十文。

顺昌、隐士、吴燮记、潘竹君馆、董泰丰、嘉穀堂、普善堂，以上七户各捐钱一千二百文。

三义角省熠口费、江南制造局机器厂，以上二户各捐钱一千一百五十文。

桶捐三愿、王隆盛、吴世让、伍万和、丛桂堂、陆少堂、李蟾香、汲绠生、彦英堂、沈铭史、范东三、顾邨氏、沈孙氏、蒋觉庆、陈铁珊、元源、李修敬堂、余莲夫、郭兰波、陶紫云、黄问樵，以上二十一户各捐钱一千八十文。

杨永顺钱一千六十文。

永丰、恒顺、牲号、协成行、沈雪堂劝无名氏、同怡和、潘文龙、杨理堂、邵裕隆、裕泰号、义生兰、鞠永昌、鲍鸣玉、张瑞庚、汤合记、无名氏、合盛坊、周维记、赵纯记、零户、洪达记、奚大记、芦中小隐、无名氏、陶甓记、洪槐记、董吉甫、方梦花、恒德堂、戊上牧记、听彝堂、春昼堂、沈鉴秋馆、郑伯钦馆、生幼泉、瑞丰利、源亨、西恒裕、顺源、悭吝道人、无名氏、郑龙章、董晓江馆劝，以上四十三户各捐钱一千文。

无名氏钱九百六十文，潘慎之馆钱九百文，杨伯英馆钱八百四十文。

陈樟明 吴胜春 岑雨江 王钱氏、李隆兴、陈公盛、东恒裕、慎记号，以上五户各捐钱八百文。 黄文千

义兴顺钱七百二十五文。

王益斋、王毓村、仁寿堂、周云樵、钱二愿、钱二愿、钱二愿、杨恕桥、李江东、周敦叙、潘秋泉、陆清燕、冯少甫、夏添和、陶大生、鼎字顺、源和、叶鹤卿、戈茂德、赵

书记、赵传简、钱士良、四七龄童子、张巢氏、俞雅记、隐名氏、长寿居、陈琴士、贝戴氏、蔡少圃、杨芸甫、太盛、庆成、万泰、成懋昶、鼎字顺、姚少斋、徐晓江、俞聚海、林梅生、高敬安、余少山、余澄美、朱裕兴、周公盛、久成、张大茂、朱正大、陈公茂、四娘娘、尧夫氏，以上五十一户各捐钱七百二十文。

周沈氏、邵张氏、许张氏钱七百一十文。

长兴善士、源隆春号、潘春帆、胡信茂、立昌、无名氏、朱念慈、生生堂、赐侍堂、张万兴、带月庐、惜福居、协兴行、高曼伯馆、俞伯涵馆、端木茂兰 陈富顺 施荣秀、俞贤甫钱兰生、曹聚源、嘉善黄慎余，以上十九户各捐钱七百文。

劝助不力钱六百八十文，朱椿泉馆劝钱六百六十二文，潘五张 徐邙王钱六百一十文。

同泰森、乐品源、邨新泰、黄合和号、佐记、章信记、陈菊记、马伯记、陆杏香、梁锡祉堂、孙义兴、沈秀英、德泰号、潘觉斋、俞天奇、万盛春、顾孙桥、包集庵，以上十八户各捐钱六百文。

太和楼钱五百七十文。

朱九龄、陈锦耀、张馥棠，以上三户各捐钱五百五十三文。

无名氏、松鹤楼、无名氏、思豫山房张，以上四户各捐钱五百四十文。

吴时茂、方复兴、恒昌，以上三户各捐钱五百三十五文。

吴裕生钱五百三十四文。

沈丽裳馆劝、陆春江，以上二户各捐钱五百三十文。

义泰、正达恒、永泰源、大生堂、宋万顺、悦来号、计牧舟、许仁昌、万森、万昌仁、任梅清、源隆涌、胜泰来、潘万成协号、吴松乔、潘凤铨、复成号、顾二圃、林彩山、沈万兴、王永周、顾同盛、鞠裕泰、方正隆、赵正泰、金丽生、沈天生堂、金义春、濮元兴、爱莲主人、寿全堂、东苑堂、怀德堂、怀德堂、新泰、闲欧居、陈子悦、高素位、高凤城、朱少愚、王春田、兰和、陈信立、宋潮锁、袁化同人桶捐、严梅君、施回春、方万顺、致远堂、循道生、管又亭、张星六馆、曹先生馆、杨朱氏、乐善太太、孙问泉 俞五官、 庄笞苍 施敬庄、吴秀峰、朱勉卿、汪鼎隆、曹茂顺、王子安、张子中、沈松岩、王茂兴、孙恒丰、信泰、魏健庵，以上六十八户各捐钱五百文。

无名氏钱四百九十文，王朴庵钱四百八十三文，潘闻山馆钱四百五十文。

丰泰、无名氏、张寅恭、鸿号余记、义兴、吴信茂、奚长生、王洪昌、姚丽川、苏芗泉、方安治、陆老文、张春荣、诸云高、范配顺、龚叙兴、戴天成、义泰、陆文船、鲍恒昌、鞠一山、同顺号、泰山堂、三泰成、韩憩亭、毛林友、沈延龄、叶保记、俞笠记、严鹿记、马稚记、马次记、朱敦聚堂、王理堂、丰泰义、黄恒昌、王盛兴、宋森茂、朱玉燕堂、章瑞堂、宅家居、陈少白、陈耕明、陈胜和、陈耕读、周万盛、徐朱成 严东寅、有怀堂、张琴溪馆、叶李珍、周福寿 徐茂生、 朱世德堂 王瑞松、 天吉、万春楼、三兴馆、孙春轩、祥泰、师子端、唐恒盛、唐子英、程正大、陈添盛、包少峰、张仁伯馆劝，以上六十四户各捐钱四百文。

邵成源馆钱四百二十文。

谈杏村、朱兰槎、张杏亭、陆安卿、王鹤峰、陆梅岭、公正、吴恒丰、康玉卫、王永盛、傅星穌、姚晴江、东西协昌、王余芳、张冯氏、陈孟岩、吴炳南、不留名、傅荣春、傅海泉、保滋堂、周李氏、沈四观、陈妈、钱一愿、李少云、朱文焕、无名氏、朱清华、严殿抡、陈寿甫、李懋绩、沈大兴、沈吴氏、吴益记、吴吟香、崔临坦、崔星阶、崔玉麟、顺记、敦厚堂、徐少记、高乙然、陶聚兴、东敬天、毛茂森、陈保善、沈秀雅、静心居、钟宝斋、钟少记、延广堂时、时馥记、陆勤记、范容记、徐访秋、郭丽源、谢秋记、桃源洞、自省居、慎独斋、丁仙根、存诚室、凌云堂、复梦庐、职思居、嘉一居、编柳书屋、露蕉吟馆、正省斋、傅馨堂、屠月泉、吴辅臣、邹漱石，邹小汀、敬德堂、沈桂岩、周敦信堂、戴敬承堂、李聘甫、吴敦夫、震记、仁大义、姚桐韵、陈闻澜、陈观潮、陈听涛、朱静岩、邹俊臣、永祥、屈三益、沈乐三、屠瑞之、赵云亭、邹锦泉、叶荫香、徐铁甫、陈伊氏、陈莲娟、宏源染、陈文澜、善氏、善氏、阮潘氏、钱云轩、洪德茂、蒋徐氏、郑王氏、闵蒋氏、朱建亭、朱益修、姚李园、河间、大兴昌、乾太、朱九房、朱元聚、朱东记、桂芬书屋、朱筱洲、万隆、章隆盛、张吟记、夏序安、赵乾成、恒新、德大恒、泳德堂、鼎亨、源茂、李宝生、张寿堂、张圣源、张孚东、张增太、益源、恒润、恒泰、全元、新太昌、陈发典、信和、张静记、祥昇、义记、生源盛、南瑞泰、李芝山、南裕大、谢祥和、北瑞泰、徐鼎和、万义泰、孙德泰、老裕生、沈德顺、德丰、沈秀雅、陆大森、枕善居、朱苏生、张怀义、编柳居、仁记、陆缄记、日近堂、莲记、容安居、陈子记、鼎记、高蔚记、徐余房、简静居、蒋蕴卿、乐记、王维馨、济思集、沈森泰、寿仁堂、恒正书屋、花韵书屋、听涛居、富大苗、汪应记、夏蕙氏、何知氏、隐名氏、宝善堂、宝源、李聚五、徐雅琴、周辛岩、周耕礼、怡昌、周松亭、柳荣堂、张礼堂、曹万兴、徐文波、佘兰孙、唐雪亭、孙恒生、姚少斋、姜福堂、沈裕顺、戴月山、陈兴隆、朱献亭、张少山、周正全、俞永成、徐春泉、沈家娘娘、潘涌源、陆种德、林二太太、义昌、姚美谷、朱景春、陆二太太、戚源盛、西大茂、徐悦顺、陈与隆、盛琴斋、柳六相、蔡月楼、戚同元、龚月楼、东聚兴、西正兴、西聚兴、源兴、俞幼樵、戴义兴、陆品文、俞聚源、蒋信昌、凌锦昌、德胜馆、朱瑞春、徐受记，以上二百四十二户各捐钱三百六十文。

朱瑞春钱三百八十文。

鸳湖三畏、王善德许登连、益隆恒，以上三户各捐钱三百二十文。

董万茂钱三百三十文。

陈永清、协隆祥、徐福盛、方恒茂、方趾麟、孙小和、吴国良、施杏林、沈楚材、沈书绅、沈嘉泰、洪星南、不留名、无名氏、徐庆麟、王苹夫、朱秋亭、严子良、蒋义兴、刘锦泰、赵慎安、邝沛堂、唐泰兴、陆运卿、倪西白、陈鼎泰、叶天盛、黄国士、洪宝森、唐炳华、王子方、无名氏、宝俭堂、鲍松茂、孙永盛、顾立章、介景堂、宏经堂、敬爱堂、赵裕荆、邝丰记、崇本堂、彝训堂、唐公茂、李日增、叶筠盛、冯九华、厚德堂、德大烟店、陈朱氏、徐仁德堂、无名氏、行素堂、姚茂堂、艺积铨、纯伯、王嘉善、隐名氏、钟秀岩、永宁草堂、陈湘圃馆、勉力行善人、敬修堂、晋发、余少堂、宝成、陆少梅、王宏源、王宏顺、吕柏峰、吕灿、马国、余梅溪、张义丰、朱鸣歧、王同盛、张耀、唐仲和、源顺、义隆，以上八十户各捐钱三百文。

吕隆兴钱二百五十文，刘宗源钱二百四十文。

周子记、虞新记、沈万记、廉记、同生局、闵胜全、周银生、吴天生、谢正泰、黄春甫、沈如松、不留名、无名氏、邢瑞凝、朱镒源、王潞周、鞠万瑞、朱文香、厚成、岳义茂、张天顺、倪永丰、乐仁茂、倪梅林、鞠姓、唐茂椿、蒋遇春、顾莲卿、徐冶山、杜容轩、章罗友、沈郑友、乐冠轩、林绍元、唐太太、曾南记、章宝记、马后记、宋树记、天福斋、下帷斋、王赏侯、胡村记、包忆云、忠恕堂、薛悦卿、树德堂、自娱室、潘永、马世昭、王敬堂、程竹江、朱曹氏、章厚甫、沈松溪、木楚、穀怡堂任、郑启六、籍源昌、戴掌全、赵炳涛、陆锡春、金大睦、金小睦、金桂春、金还照、沈永清、许葆卿馆、左云泉馆、周望溪馆、丁子安馆、沈蕉农、楚祥茂、张二观、张荣堂、张聚兴、周松山、春华楼、裘永泰、周蘅香、姚雪记、唐老太太、沈松溪、蔡公道、吕仁斋、吴永兴、顾湘舟、徐月帆、王云裘、徐森茂、杨亦盛、曹凤、孙铭之、叶良和，以上九十四户各捐钱二百文。

吉云斋钱一百五十文。

葛子崧、冯周氏，以上二户各捐钱一百二十文。

恒吉祥钱一百一十文。

渐文、致和堂、苏协顺、程昌、单金、谢邵枝、三让斋、吴兆福、吴慰萱、启迪堂、吴炳生、延陵氏、吴兆祺、吴森全、概不闻、补不足、吴梅孙、汪遂炳、刘景、王正松、李芝兰、陈馥亭、陈文元、费永茂、沈厚卿、朱琴山、十二龄沈童、周裕山、陆庆云、张子卿馆、严访梅馆、陈一如、张绣仙馆续缴、戴礼兰、永华、张荆昌、程涛孙、聚仙源、陈茂顺、顾宝田、方旭初、谢东、高心斋、陶贯三、王竹华、韩锦园、岑亭皋、戚坤记，以上四十八户各捐钱一百文。

众善姓劝英洋二百二十五元、钱一千文，东岳会众善姓劝大小洋合英洋一百五十二元一角、钱四十六千八十六文，众善居大小洋合英洋一百三十一元六角、钱一千一百文，范康侯劝英洋八十一元、钱六百九十四文，枫泾许厚甫叶梅阁劝英洋六十七元、钱六百九十文，张子翔劝二次英洋六十六元、钱七百二十文，南市子净花业公醮移赈英洋六十四元、钱七百三十三，范永庆堂劝英洋五十六元、钱三百六十文，顾雨田、计牧周劝英洋六十二元、钱三百六十文，华阳桥布庄同昇等九户英洋五十六元、钱三千九百七十文，张子翔劝英洋四十七元、钱三百六十文，华阳桥各户英洋四十二元、钱二百八十文，桐乡学魏捐俸并同学廪粮英洋三十九元、钱六百三十三文，南汇署众人英洋三十七元、钱五百十文，孙韵甫苑三劝英洋三十四元、钱一千九百七十文，张堰各善士英洋三十四元、钱三百六十文，孙兰高英洋三十三元、钱六百九十文，横扇桶捐英洋三十一元、钱二百六十文，东岳会众善姓大小洋合二十九元五角、钱十千五百文，隐名氏劝英洋二十三元六角二分、钱十二千一百五十六文，申报馆众友英洋二十二元、钱一百六十文，瑞丰众善士英洋二十一元、钱一千六百文，再生敬性氏英洋二十元、钱一百三十八文，袁化镇笔花捐英洋一十九元、钱三千四十文，敬萱氏英洋一十八元、钱七百七文，角里堰仁大木行劝二十九户英洋十六元五角、钱七十五文，江南制造局机器厂英洋十五元五角、钱二十八千三百八十文，王言如英洋一十五元、钱五百三十文，新桥镇布庄朱永等四户英洋一十四元、钱一千五百九十七文，觉悟氏劝英洋十三元五角、钱二千六百文，饱食氏英洋一十三元、钱二百文，干桂山劝金山胥浦塘众善士英洋一十三元、钱七百二十文，鼎丰众善士英洋一十二元、钱二千六百文，制造局木艺李量川英洋一十一元、钱一百四十文，招商局桶并英洋十元四角、钱三十八千三百十八文，觉悟氏劝英洋一十元、钱一千六百文，糖捐局众友英洋八元、钱一千一百十文，华亭王寿康英洋八元、钱三百十文，汪西美劝二十二户英洋八元、钱一百六十文，桶捐并英洋七元五角、钱三十千九百二十六文，无名氏英洋七元五角、钱六百文，桐乡县青镇并桶捐银大小洋合七元、钱二十四千六百二十文，青镇并桶捐英洋七元、钱十千三百三十五文，永生众善士英洋六元五角、钱二百文，嘉定酱园劝英洋六元四角、钱五百五十七文，共并桶捐英洋六元、钱二十五千六百九十八文，碧云坛桶英洋六元、钱三百文，觉悟氏劝英洋五元五角、钱三千文，袁化援生集英洋五元三角、钱一千六百二十文，桶捐连竹筒并大小洋合五元、钱二十七千八百五十五文，海门厘局查验所刘润生劝英洋五元、钱一千五百文，三义角桶英洋五元、钱一千五十文，平湖同济典各友英洋五元、钱七百二十五文，不列名英洋五元、钱七百二十文，十三龄童子英洋五元、钱六百一十文，恒顺众善士英洋五元、钱二百文，李益三劝英洋四元五角、钱三百六十文，新仓桶英洋四元、钱一千六百文，大生善士英洋四元、钱五百文，泰日桥众姓英洋四元、钱三百七十文，程三泰英洋四元、钱三百二十文，无名氏英洋四元、钱八十文，三义角桶英洋三元、钱一千六十文，中和居众善士英洋三元、钱一千文，铲镇总英洋三元、钱八百三十文，恒源当移款英洋三元、钱七百文，徐藕斋馆劝英洋三元、钱七百文，俞忠爱英洋三元、钱三百六十文，鹿城求增萱寿子英洋三元、钱二百二十文，铲镇总英洋三元、钱五百二十文，福和英洋三元、钱五百二十文。

虞春曙、兰蕙生、张堰各善姓、不留名，以上四户各捐英洋三元钱四百二十文。

修真观桶并英洋二元五角、钱九千一百四十文，畅叙轩英洋二元五角、钱四千八百二十文，德生社英洋二元五角、钱一千四百文，共收桶并英洋二元、钱二十九千四百七十文，俞松茂堂英洋二元、钱二千四百文，朱薇三馆劝英洋二元、钱一千五百七十文，海门厘局桶英洋二元、钱一千文，三义角桶英洋二元、钱九百文，万顺英洋二元、钱五百六十文，袁化东市桶英洋二元、钱三百七十文，知非居英洋二元、钱三百六十文，养心轩英洋二元、钱三百五十三文，种德堂英洋二元、钱三百文，袁化碧云坛桶英洋二元、钱二百八十文，务滋堂英洋二元、钱二百一十文，居忆香馆劝英洋二元、钱二百文，奕氏大小洋合二元、钱二十四文，诒字一十四号傅秉卿劝众善姓英洋六十元、钱二百十六文。

钱砚斋、青村场署众姓、马桃记，以上三户各捐洋二元、钱四百文。

奕氏大小洋合一元六角、钱五百六文，徐一琴馆劝大小洋合一元五角、钱八百文，奕氏大小洋合一元五角、钱一百八十八文，奕氏大小洋合一元四角、钱一十文，大悲庵尼英洋一元、钱二千五百二十文，张英甫馆劝英洋一元、钱一千二百元，三义角桶英洋一元、钱九百文，积善堂英洋一元、钱六百七十文，敦仁英洋一元、钱四百二十文，顺记英洋一元、钱八百文，东市桶捐英洋一元、钱三百七十文，三义角桶英洋一元、钱三百三十文，爱古轩英洋一元、钱三百六十文，徐卓人馆劝英洋一元、钱三百文，朱伯英馆英洋一元、钱一千文，俞思安英洋一元、钱七百四十文，奕氏英洋一元、钱二百十五文，朱蕙庭馆劝英洋一元、钱一百六十八文，闲静居士英洋一元、钱一百四十文，存济堂英洋一元、钱一百二十文。

潘益善、树德堂、省身斋，以上三户各捐英洋一元、钱七百二十文。

永生泰、鉼城山馆、张楚衍，以上三户各捐英洋一元、钱二百文。

无名氏、郭梦花馆，以上二户各捐英洋一元、钱一百三十文。

朱懋臣、杨瑞之朱元成、顾和卿邨茂升唐秋屏、安庆堂、怡怡子、吴传经、吴范氏、干和记，以上八户各捐英洋一元、钱二十文。

火神庙大街免悬灯费小洋合八角、钱三千六百七十文，慎德英洋五角、钱一千文，东市桶英洋五角、钱四百七十文，升切彬祥小洋合五角、钱二百十文，切祥昇彩英洋四角、钱十二文，祥彬切彩英洋四角、钱五百文，祥切升彬英洋二角、钱六十八文，

<small>许氏 英洋二角
倪氏 钱四十二文。</small>

助赈物件售见：无奈力薄人字对三副、字屏四张、山水小画一幅、山水册页一本、人物横披一幅、计英洋十元；仙源隐名氏哆呗羽毛马褂两件，计英洋六元、钱二百文；南汇高仲子《渔隐丛话》、《律例图说》十六本、《隶辩》八本，计英洋四元五角；问心庐隐士人物花卉画两幅，计英洋四元；杨州程六云白纸篆字三十副，计英洋六元；古歙无力人旧布皮袄一件，计英洋四元；淞南居易夫人玉杯两只，计英洋三元；余鲁卿山水一幅，计英洋四元；王者香法帖一部，计英洋三元；古越东皋隐士《五代史记》一部，计英洋三元；奉贤不留名玉嵌茶壶一把、《四书》一部、《医宗必读》一册，计英洋二元五角；柏林莹洪银字四个、手铃四个、寿星一个、小镯一对、绢狮一对、锁镰一副，计英洋一元、钱三千九百七文；淮阴朱海峰自绘山水屏四张、松鹤图一幅，计英洋二元五角；香月窗户秋色图两幅、梅花一幅，计英洋二元、钱七百文；嘉善漱流枕石山庄主人嵌银丝水注一件，计英洋二元；炜记神画一幅，计英洋二元；不留名《笠翁十种》四十本，计英洋二元；无锡张树培、高丙书画屏四张，计英洋二元；徐善姓旧裱一只、银锁一件，计英洋一元八角；奉贤乡约社《四书典林》一部、《类典串珠》一部，计英洋一元五角；浙江末吏小板《康熙字典》一部，计英洋一元五角；自惭无力人银镯一对，重九钱七分，计英洋一元二角；居易庐锡烛筌一对，计英洋一元；青镇愧无力水晶章一方，计英洋一元；童子碑帖一册，计英洋一元；新仓桶捐旧首饰两件，重三钱四分，计英洋五角。

助赈棉衣：

万姓咸集	棉衣	四百件	（由招商局解天津晋赈局）
同人公具	淮衣	二百件	（输船冰河，无船觅寄，当由本堂本地施给）
晤红道人	新棉衣	一百件	（又）

助赈药料：如皋庞忠怀霍香丸一百二十八斤。碋石永康典众友痧药一千瓶。寄虹氏痧药四瓮。仁和栈神仙夺命丸五百包，卧龙丹五百瓶。诚意斋痧气丸一包。杭州涵虚子、求是子劝逐瘟丹十六料。三山怡怡堂喉药二百罐。

一、收规银三万三百八十四两五钱三分三厘。

一、收又㦙8银一千六百四十五两三钱六分，照来单申规银一千七百三十三两七钱九分。

一、收纹银五百七十六两二钱六分，申规银六百一十两八钱三分六厘。

一、收湘平银一百两正，申规银一百七两五钱。

一、收英洋五万八千八百七十六元六角四分九厘，㦙∥㦙合规银四万二千八百三两三钱二分四厘。

一、收本洋二十八元，㦙8合规银二十一两正。

一、收钱二千四百一十四千二百二十五文，∣✕8合规银一千六百六十四两九钱八分三厘。

共收规银七万七千三百二十五两九钱六分六厘。

利

同仁辅元堂

张佳梅、王祥国、曹骏、贾履上、郭学汾、曹基善、张益廷、梅益奎、杨本增、叶茂春、姚垲、姚天来等经募

不书名规元一千两正，采菽堂规元五百两正，惜寸余规元二百两正，东海滨氏赤金十两合规元一百九十四两六钱九分一厘，无名氏规元一百十两三钱七分八厘，松江不留名规元一百七两一钱四分三厘，承构堂规元一百两正，无名氏品记规元一百两正，仰山堂规元五十两正，郑氏侧规元五十两正，南京胡仲卿规元二十一两四钱四分六厘，汉镇朱记规元二十两正，愧无力规元十两四钱，林士心金戒指售规元九两一钱五分二厘，隐名氏纹银五两正，句邑沈庆堂汉平合规元四两七钱四分，隐名氏许愿规元二两四钱，朱翠峰纹银合规元九钱五分五厘，不书名纹银二钱六分，句邑沈戴氏规元八钱五厘、英洋二元正，松江赵慎修劝三次英洋二千八百五十九元，松江隐名诸善士劝三次英洋一千四百四十元，正修堂英洋四百元，松江不留名英洋三百元，徐桐生劝英洋二百三元，南京胡仲卿劝英洋二百元，诒字十三、十五号奚礼耕堂劝四次英洋一百九十元，仰山堂英洋一百二十七元。

松江隐名氏、丝线业崇义堂、德字不留名、为善最乐、饶生氏、保萱寿、施蕴氏、本堂省中元经忏费、诒字三十四号李晋山劝窠崇山、乐善主人，以上十户各捐英洋一百元。

蚁力画社英洋七十九元七角五厘，隐名善姓英洋六十四元九分，北市烟馆众友英洋六十元四角七分五厘。

余庆堂、日新居士、同人居士，以上三户各捐英洋六十元。

福幼申字八十二号王厚斋劝、清溪年记、雪石草堂、立发慎记、广缘氏、润身氏、施蕴氏、省身氏、室记、勉力行之、养性庐、卍莲居士，以上十二户各捐英洋五十元。

诒字二号郑锦标劝三十一户、演待天后签示助赈、不书名、移补居、云间居士、隐名氏周恤寒士眷属，以上六户各捐英洋四十元。

申字八十四号章芳□劝桑□先等十一户英洋三十六元。

火药局各友、奚礼耕堂劝众善姓，以上二户各捐英洋三十四元。

始平氏、行素堂、不留名耿、严州友节费、无名氏、屯溪无名氏、不留名、荣记、乐善堂存仁堂中元省费，以上九户各捐英洋三十元。

舒萍桥画社英洋二十九元七角九分，练塘隐名氏英洋二十八元，邵记英洋二十六元，仲平劝二十二户英洋二十五元。

钟子蔚劝、可炽洋行众友省膳、同人姓氏，以上三户各捐英洋二十二元。

力不足斋、苏州不留名，以上二户各捐英洋二十一元。

省浮费、承启堂众友、庆氏、菜根山人、陈厚记、隐名氏节酒、无名氏、预支千号、

承洪记、朱家阁善姓、夏心香、传经书屋、悟钝山人、吴字谢同泰、兰雪草堂、邗江隐名、浙东乡人保安、陈仁甫、林锦周劝十六户、润玉堂、夏心翁、钟竹亭、忠恕堂，以上二十三户各捐英洋二十元。

南桥众姓移醮英洋十七元一角三厘，谢意可英洋一十七元。

大经氏、沈俊甫，以上二户各捐英洋十六元。

总会各伙友、谢坤宁、不愿知名人，以上三户各捐英洋十五元。

无名氏、胡仲卿劝金陵桶捐，以上二户各捐英洋十四元。

公记英洋一十三元。

环堵主人、平心子、余吉林、启记，以上四户各捐英洋十二元。

无名氏英洋十元五角，皋记连小洋合英洋十元三角一分，天宁寺桶钱洋合英洋十元二角五分四厘。

甡记、川沙慎修堂、陈宝林、无名氏、南梁氏、南徐逸名氏、福余、隐名氏、留鹤山人、无名氏、吴益生众友、开泰、杨聿修、君竹、禁宝堂、南阳隐氏、龙门肆业诸公、无意劝善人、隐名氏、祈保平安、周积祯祈母病愈、申字八十一号张承启劝五户、正泰号、端节费、不书名、古槎一辛氏、新泰、蓬麓山人、朱信隆众友、孙将传、华漕酬神移、永盛记、景福堂、梁安周炽、出岫子、糕团业醮费、云间强善主人、唐锦记、苏帮肉庄醮费、顾钦三、杭州庐、不求闻达人、泰福记、退省山庄、裕通各友、郑荣记、诚求居士、觉非子、劫余生、斯善堂汪、南徐无名氏、兰如女史、古嘐顾氏、省新衣、寄居、南鉴、无名氏、沙头无名氏、寄居保婴、隐名氏保婴、嘉府吏金、篁里照心氏、毅记、金式焕、一心念佛氏、求廖凤病人、无名氏，以上六十七户各捐英洋十元。

济阳善姓英洋九元正，戴少琴劝英洋八元六角一分。

糖捐局众友、不留名张、寄居主人、裕大、郑荣记、诒字三十一号钟子蔚劝，以上六户各捐英洋八元。

薄力生英洋七元四角三分，可炽洋行茹素英洋七元九分，申字七十七号郭晋川劝连小洋英洋七元四分。

荆裕堂胡、槿乡章柳记、申字十三号南阳无名氏、松记，以上四户各捐英洋七元。

观海子英洋六元五角，洪善姓英洋六元一角八分七厘，槿乡观音堂、敕海庙、天宁寺英洋六元九分四厘，虹口恒泰劝英洋六元四分。

余生氏经资、恒记、三酉墅、严守臣、莱德堂、南梁氏、浙东乡人、隐安氏、王朝山、汪经训、寸善堂，以上十一户各捐英洋六元。

申字八十号曹奇耘劝八户英洋五元八角六分，安定氏英洋五元四角三分，裕通各友连小洋合英洋五元三角六分。

完经氏、恒泰丰、维心氏、刘丰权、林贤廉、刘永亨、刘夏氏、王孔氏寿费、不必书名、不留名恒记、荣记、溁记、元兴、保安丹余款、谈手拨、王启焜、为求病愈、砚手隐名氏，以上十八户各捐英洋五元。

泗泾张敦叙、平心子、陈德泰经资、无名氏、少记、湘西力不及人、绥成堂、孙克强、任益和堂、浦唐、书泽居屋、不留名、隐名氏、宁远书屋、铸印生林灌春酒烛票售见、裘宝森等唐姓中金、泗泾众善、沄记、代他惠、古歙蔡、众心子、费南浦，以上二十二户各捐英洋四元。

宝夫氏、良记、松鹤山人，以上三户各捐英洋三元五角。

谈手十户英洋三元三角，无名氏连钱并英洋三元一角五分。

大团安贫氏、无名氏、徐长源、苏州德泰、汝南、永记、霭记、沈凤梧、隐名氏、无名氏、金仁财、程善氏、裕通恒各友、愈记、谈手修记、范姓定契、隐名氏，以上十七户各捐英洋三元。

祥茂洋行连小洋合英洋二元九角八分。

松记、赵鸿涛、德昌典各友、循义子、寒素家风子、泗泾张敦叙、汪宝伦、王姓、宏农氏徐、宏农氏李、吴懋仁、省寿面、乐事轩、唐云龙、邢志勋、邢一良、越记、修吉庐、世寿堂张、六龄子、鸳湖螺溪外史、不留名孙、周徐氏、王姓、德记、徐长庚、怀吟隐氏、不留名、吟月山房、聊尽我心、金乾琮、蹇人、荫记、无名氏、不留名章、不留名、薛余庆堂、劝业书屋、张润之、杨小记、鸿记、张承训、吴兴女史、隐名氏、背郭茅堂蔡、爱吾大、林夫子节筵、抱病求善人、有记、倚修内史、林洪发、力绵氏、祈去病根子、裕大鱼行、徐雅山、云记、张唐氏、无名氏、谈手各记、北关公所、洛阳葛氏、瑞来、王端翔，以上六十三户各捐英洋二元。

申字八十五号郭晋川劝连小洋英洋一元九角九分，杨善姓连小洋英洋一元八角六分，得会本英洋一元五角，无名氏英洋一元五角。

奚姓连小洋合、陈郑朱姓连小洋合，以上二户各捐英洋一元四角三分。

方学成、徐丽东英洋一元二角八分。

范善姓、无锡隐名氏、煌记、慎修堂、分局不留名、思补记、听涛居士、式来合（祥发）、乾泰庄、陶仲甫、益大号、益源顺、隐名氏陆、朱黄氏、隐名氏王、渭隐氏、押岁拨、周榆记、枫江氏、古润洲、友记、亨记、许大顺、张孝燮、不留名、徐竹亭、沈滋轩、陈省三、不留名、杨春岩、金兰亭、李恂如、不留名、胡子香、恒升、彭德顺、中金捐、减膳捐、茶车费、王再香、王朱氏、唐仁寿堂、宝善堂、槐荫堂、慎思轩、静心处、张巨松、程竹三、蒋如茂、程旭初、奚竹堂、上取加奖拨捐、恒记庄、不留名、嘉榖记（积俭氏合、王理氏）、四柱居、仁德堂、金善姓、拳石山房、成方和尚、余庆堂、袁守记、朱九记、俞春茅庆、钟善姓、瑞和书屋、景苑、河间小莲氏、无名氏、冰心室、徐善姓、长津氏、上瀛王茅氏、三龄童子、许印玉历、袁允怀、王莲珠、孙慈生、凌祝嘏、吴善姓、隐名氏、石高如、心求冥福、棠荫庄、莫厘乏力子、无名氏、陶光富、恒顺源、无名氏、杨晋庭、无名氏、大源、朱升夫、福泰、研经书屋、冯善姓、钱有梁、奚竹堂，以上九十八户各捐英洋一元。

无名氏、裴谷安、裴氏、耀记、元源亨记、会利、王者香、王氏、崔姓、汪衡甫、唐子范、容孙氏、周仲卿、杨振铭、洪玉林、马莼翁，以上十六户各捐英洋五角。

炎珠氏、蚁驮居士、镜记、彬记、金手隐名氏，以上五户各捐对开合英洋四角三分。

永记、朱子莲英洋三角六分、一角八分，仁记小洋合英洋二角七分。

金陵箫捐：

第一次英洋三百十一元正，本洋二百十三元正，金饰七分、低金饰八分作规元二两六钱九分二厘，钱二百六十五文。

第二次英洋一十九元，本洋一十七元，钱换英洋五十二元，钱七百八文。

第三次英洋一十三元，本洋三十九元，钱九百十四文。

第四次英洋一十五元，本洋二元正，钱六百三十文。

第五次英洋七元正，本洋一元正，钱六百四十文。

城厢内外桶捐：

元号裕兴陈协丰收大小洋合三十八元七角九分，钱十九千六百一文，饰银九钱七分。

二号和丰收大小洋合九元一角，钱四千五百十一文。

三号日顺东收大小洋合八元六角七分，钱四千八百四十四文，饰银三钱四分。

四号通裕收大小洋合八元五角六分五厘，钱十三千九十一文，饰银二两六钱五分。

五号洽记收大小洋合三十八元，钱十八千四百五十七文。

六号万源昌收大小洋合三十五元一角三分五厘，钱二十一千四百九十七文。

七号万亨收大小洋合五十元九角六分五厘，钱十六千二百四十九文，饰银五分。

八号德盛收大小洋合六元三角六分，钱二千一百五十文。

九号泰昌收大小洋合八元三角二分，钱四千二十三文。

十号万全收大小洋合一百六元，钱二十六千三百三十文。

十一号介顺收大小洋合六十二元七角二分，钱三十四千三百七十三文，纹银七分。

十二号元昌收大小洋合五十元二角二分，钱十五千九百文，饰银一两三钱。

十三号源盛收大小洋合二十七元一角，钱三十一千六百十文，纹银五分。

十四号江乾裕收大小洋合十元六角八分，钱四千六百二十一文。

十五号大同收大小洋合十五元六角五分五厘，钱六千一百十二文。

十六号公泰收大小洋合二元七角，钱二千六百五十七文。

十七号复善堂收大小洋合四十七元三分五厘，钱四千七百七十四文。

十八号朱合盛收大小洋合五十二元四角二分，钱十五千七百八十二文。

十九号仁茂收大小洋合二十五元五角二分，钱十一千三百五十二文。

二十号正大生收大小洋合十七元二角四分，钱八千一百四十九文，纹银八钱八分。

二十一号大和元收大小洋合八元二角一分，钱四千六百七十四文。

二十二号恒裕收大小洋合九元一角八分，钱八千三百二十七文。

二十三号丁同兴收英洋一十元正，钱六千五百二十八文。

二十四号万源昌收英洋六元正，钱二十一千一十六文。

二十五号益茂收大小洋合五元四分五厘，钱三千二百一文。

二十六号南卡收大小洋合十二元二角六分，钱五千四百十六文，纹银一钱。

二十七号长义收大小洋合二十九元四角七分，钱三千二百二十文，饰银四钱。

二十八号源元收大小洋合八元四角五分，钱三千一十六文。

二十九号十六铺巡防总局收大小洋合四十一元二角四分，钱四千六百四十文。

三十号张克堂收大小洋合一元三角六分，钱五千六百十二文。

三十一号德亨收大小洋合五十七元六角七分，钱九千四百九文，饰银四钱八分。

三十二号鱼同泰收大小洋合三十八元四角二分五厘，钱十二千七百八十五文，饰银三钱五厘。

三十三号元亨收大小洋合二十四元三角三分，钱十二千六百九十八文，饰银二钱二分。

三十四号东源生收大小洋合八元七角四分五厘，钱四千七十二文。

三十五号凤祥收大小洋合二十七元九角一分，钱二十四千二百二十九文。

三十六号升和收大小洋合五十三元四分五厘（银盒在内），钱二十三千八百二文，饰银一钱。

三十七号义盛收大小洋合二十一元八角七分，钱十二千四百五十五文，饰银二钱三分。

三十八号湖心亭收大小洋合十二元八角二分五厘，钱五千四百六十四文。

三十九号恒裕收大小洋合二十二元七角，钱十四千六百八十七文。

四十号丰泰公收小洋作英九分，钱二千七百七十九文。

四十一号高逊斋收大小洋合四元三角六分，钱三千三百九十二文。

四十二号协泰收大小洋合十元五角四分，钱六千二百七十六文。

四十三号祥源斋收大小洋合十二元九角六分五厘，钱二十二千十五文，饰银一钱。

四十四号万泰收小洋合七角九分，钱三千三百三十四文。

四十五号义丰收大小洋合二元三角六分，钱四千一百二十文。

四十六号同益收大小洋合二十六元七角八分，钱五千四百四十八文，饰银二钱。

四十七号仁大收大小洋合二元四角三分，钱一千五百二十五文。

四十八号赵德大收大小洋合二十四元三角九分五厘，钱十三千八百四十五文，饰银三钱。

四十九号鼎和收大小洋合十三元一角五厘，钱十千四百三十六文。

五十号祥和收大小洋合一元一角八分，钱三千四百六十九文。

五十一号义泰收大小洋合二十一元九角三分五厘，钱十千九百八十三文。

五十二号余源茂收大小洋合五元四角二分，钱五千四百十二文。

五十三号乐广源收大小洋合二十元七角，钱十一千一百七十文，饰银五钱一分。

五十四号永茂收大小洋合十一元二角二分，钱四千七百五十八文。

五十五号彩成收大小洋合五元六角一分，钱四千三百一文。

五十六号邑庙东西道院收大小洋合六百八十五元九角七分五厘，钱六十九千五百八文，饰银一两。

五十七号振兴收大小洋合一元七角，钱五千五十三文。

五十八号招商局收大小洋合二十一元一角五分五厘，钱一千五百二十七文。

五十九号同元生收大小洋合九十一元八角五厘，钱三十七千六百五十八文，纹银一钱。

六十号顺泰收大小洋合二十六元八角一厘，钱六千七百十二文，饰银二钱六分。

六十一号洽大收大小洋合十七元六角九分五厘，钱七千三百三十三文。

六十二号大同收大小洋合三十七元四角，钱十千七百三十文，纹银九分。

六十三号汪大兴收大小洋合三元七角，钱七千四百十一文。

六十四号庆云收大小洋合三十一元一角四分，钱十六千七百八十文。

六十五号牲生泰收大小洋合八元一角四分五厘，钱五千一百五文。

六十六号席馥记收大小洋合八元五角七分五厘，钱二千八百三十文。

六十七号广和收大小洋合四十五元一角八分五厘，钱七十千八百四十六文。

六十八号隆盛收大小洋合六元三角五分，钱三千三百九十八文。

六十九号义园收大小洋合十三元九角七分，钱十千三百六十三文。

七十号聚丰园收大小洋合三十四元二分五厘，钱十千一百五十二文。

七十一号晋大收大小洋合十九元四分，钱九千六十一文，纹银一两九钱四分。

七十二号保安司徒庙收大小洋合五十二元九角五厘，钱二十六千五百六十一文。

七十三号保安堂收大小洋合一百八十七元三角四分，钱五十五千三百八十三文，饰银五钱八分五厘。

七十四号祥源收大小洋合三十五元二角三分五厘，钱二十五千四百十文，纹银一钱五分。

七十五号同源生收大小洋合八十五元六角三分，钱五十六千八百一十一文，纹银四分。

七十六号纯泰收大小洋合九十八元五分，钱三十六千九百四十九文，纹银一钱。

七十七号魁泰收大小洋合九十九元六角，钱四十三千六百八十三文，纹银四钱一分五厘。

七十八号大昌收大小洋合八十五元四角一分五厘，钱四十七千三百六十二文，纹银十两，饰银三钱六分。

七十九号仁济医馆收大小洋合二十八元九角八分，钱九千五百九十六文。

八十号吴花舫收大小洋合三十六元六角，钱十一千一百三十五文。

八十一号新顺记收大小洋合三十六元五分五厘，钱十二千二百二十四文。

八十二号义昌收大小洋合十七元四角一分五厘，钱五千三百六十文。

八十三号茂盛收大小洋合十八元二角八分，钱七百二十八文。

八十四号远昌收大小洋合二元七角九分，钱一千七百八十六文。

八十五号潘聚泰收大小洋合六元六角五分，钱二千一百七十三文。

八十六号万福楼收大小洋合三元九分，钱三千五百六十七文。

八十七号恒裕收大小洋合二元四角九分五厘，钱二千五百六十七文，饰银二钱五分。

八十八号苏新泰收大小洋合六元一角八分，钱三十一千八百二文。

八十九号恒茂收大小洋合五元六角二分，钱八千九百八十五文。

九十号石顺昌收大小洋合四元七角九分五厘，钱五千四百六十文。

九十一号成太昌收大小洋合九元一分五厘，钱九千七百九十三文。

九十二号生茂收大小洋合四十八元五角七分五厘，钱二十千五百六十九文，纹银六两三钱四分。

九十三号杨子湘收大小洋合一元四角四分，钱三千二百三十文。

九十四号顺泰收大小洋合一元五角八分五厘，钱十千四十四文。

九十五号杨子湘收大小洋合八元四角七分五厘，钱三千九百七十九文。

九十六号杨子湘收大小洋合一元三角六分，钱一千五百九十七文。

九十七号采彰收小洋作一角八分，钱二千三百五十七文。

九十八号雷允上收大小洋合三十五元六角五分五厘，钱八千三百七十四文。

九十九号万益收大小洋合一元九分，钱二千五百五十八文。

一百号唐永慎收大小洋合一元八角八分，钱二千九百六十九文。

一百一号石顺昌收大小洋合一元四角五厘，钱五百九十六文。

一百二号庄源大收大小洋合四元一分五厘，钱五千七百十五文。

一百三号协源收大小洋合十五元九角五分，钱五千一百九十一文。

一百四号生森泰收大小洋合三元二角一分五厘，钱三千一百八十二文。

一百五号至一百一十号六箱寄松江全节堂分设。

一百十一号本堂收大小洋合一百二十五元五角八分一厘，钱十四千四百五十文。

一百十二号育婴堂、也是园收大小洋合十五元四分五厘，钱十三千二百九十三文。

席馥斋桶四十一只（铁包角、洋锁链。）

辅字册：

元号方思屺堂劝二十七户英洋四十元，钱一百九十二文。

二号方思屺堂劝七户英洋三元五角。

三号方思屺堂劝一百户英洋四十六元，钱四百文。

四号方思屺堂劝三十四户钱四十千六百八十文。

五号方思屺堂劝二十户英洋二十三元三角，钱二十文。

七号林景周劝大小洋合二十六元四角二分。

八号李纯士劝十五户英洋三十六元。

九号槿乡同人劝一百户英洋二百十二元、本洋二元正。钱九千八百十文。箱捐钱二千五百十八文。

十号王厚斋劝二户英洋六十元正。

十三号天顺劝二十六户大小洋合三十元七角二分，钱二千七百文。

十四号协裕劝十八户英洋二十元正。

十五号不忍坐视子劝十二户英洋一十元正，钱四千三百文。

十六号万源昌花行劝三十三户英洋四十四元，钱六十文。

十七号陈半樵劝四十二户大小洋合二十八元一角七分。

十九号曹润甫劝二十九户钱三十六千七百二十文。

二十号方思屺堂劝二十八户英洋一十六元，钱七百二十文。

二十一号方思屺堂劝一百户小洋作三角六分，钱五十千七百六十文。

二十二号陈景华劝一百三户英洋一百三元二角七分。

二十三号湖州凌香泉劝二十五户英洋五十元正。

二十四号艾北屏劝二十二户英洋三十四元。

二十五号李子馨劝一户钱三千六百文。

二十六号姚子梁劝十五户英洋一元正，钱六千四百八十文。

二十七号姚子梁劝七户钱八十千文。

姚迪周钱五十六千文，景伦堂纸业钱四十千文，南市米业待神移赈钱二十八千文，元吉行伏斛司钱二十四千文，诒字二十九号吴少孚、廖贞甫劝二十六户钱十五千四百八十文，董实庵钱一十二千文，养福钱十一千二百六十文。

松盛米行、节饮食、宿志记，以上三户各捐钱一十千文。

乐善同人七次钱七千六百文，愿船堂钱七千二百文，鸿记钱四千八百文，古青墩同志居钱三千七百文，詹善姓钱三千六百文。

恒盛肉庄、大生肉庄，以上二户各捐钱三千文。

马春源移中金费钱二千一百六十六文。

姚确庵、蒋荇汀，以上二户各捐钱二千一百六十文。

不留名钱二千文。

隐名氏、新记、张乐侃、明照轩，以上四户各捐钱一千八百文。

奚隐名氏钱一千四百四十文。

谈手三户、恒源仁、慕双凤、纯祖堂、蒋闺秀、避华轩、浦锦江，以上七户各捐钱一千八十文。

陆贵堂翁、三乐堂邢，以上二户各捐钱一千文。

雅记、读书屋、源盛祥、济贫分典、寓廖无力氏、陈顺华、曹蕴华、复成号、程安国、与善堂、程泉艇、程霭卿、沈晴江、悦来、朱庆甫、蔡文苣、蔡午桥、贾尚龄、张承训、三径草堂、奚叔氏、蒋伯氏、光裕堂、隐名氏、宋森茂、陈木林、贻俭堂、夏隐氏、浦荣卿、良利，以上三十户各捐钱七百二十文。

汤顺元钱七百文正。

余隆顺、潘信顺，以上二户各捐钱六百文。

曹双桂、徐少泉，以上二户各捐钱五百文。

赵永泰钱四百文正。

昨是今非、夏尚义、王钱氏、张王氏、罗许沈、益和堂、王万益、徐华卿、沈德裕、陆须氏、龚恒隆、英记、隐名氏、仲记、君子居、周太太、陈丽生、洪昌源、华卿厚记、厚记、贤记、亦记、庭记、亭记、二记、日记、新记、奉记、朱记、无名氏、杏记、兰馨室、浩记、芝香居、兰香居、永安居、墨香居、翰记、娟记、张徐氏、李谢氏、李兰芸、陈源丰、俞仁美、福康、隐名氏、长丰泰、曹洪记、吴鼎丰、乾丰和、张春和、醒世主人、息游居、恒和坊、徐祥泰、隐名氏、春祺堂、陆杏香、庄同兴、张春圃、程阆峰、朱秀山、悦春寓、程桂山、朱典三、崇善堂朱、宋万顺、朱琴舟、朱雨生、枕经书屋、贻荫居、留余堂、怡园、曹惠甫、曹瑞甫、梅鹤氏、林同泰、孙荇香、顾老春、双茂斋、王永昌、树德堂、刘启泰、马昌记、姚树德堂、临川书屋、金涵斋、鉴秋、朱祥泰、王盛兴、冯九华、蔡祯祥、李蒔香、龚荣生、李太太、潘伯龙、曹俊甫、亦政堂葛、葛鉴汀、葛隐名、味根书屋，柳浦氏，以上一百二户各捐钱三百六十文。

连华卿、宝源、隆顺、馥记、蔡顺昌、徐信泰、永丰、李元兴、赵永顺，以上九户各捐钱二百文。

诒字八号赵慎修劝九十户英洋一百二十元、钱六百六十文，诒字二十三号程丽川劝六十户大小洋合九十九元三角、钱二十文，诒字十号赵慎修劝九十二户大小洋合八十四元二角六分、钱六十文，诒字六号赵慎修劝九十户英洋七十元正、钱七百八十文，诒字四十四号赵岵云劝二次英洋六十九元、钱一千七十文，诒字七号赵慎修劝九十户英洋四十九元五角、钱一百五十文，诒字九号赵慎修劝九十一户英洋四十八元、钱二百四十文，乐善女士英洋四十七元、钱一百八十文，南市钱业众友英洋四十五元、钱一百十千文，戴少琴劝一十二户大小洋合二十四元六分、钱一百文，诒字二十一号丁子常劝大小洋合十三元二角八分五厘、钱三百六十文，申字七十八号郑子田劝七户英洋六元正、钱三百六十文，王沈杨汪钱程郑王曹大小洋合四元八角一分、钱五百三十文，孙诗兴英洋三元正、钱四百五十文，笈记英洋三元正、钱三百二十一文，周子棠英洋一元正、钱七百二十文，钟子蔚劝前补诒字册众善姓英洋一元正、钱三百六十文，郭晋川劝申字七十六九号英洋十一元二角九分、钱二千四十文。

莫厘三善堂经募厘字册：

元号叶炜记祈母寿劝六十九户英洋四十一元、钱一百四十文。

二号许修诚劝十六户英洋一十元正。

三号郑企云劝英洋四十七元、钱六百九十文。

四号郑企云劝三十一户英洋二十元正、钱七百五十二文。

五号叶少园劝二十一户英洋十四元九分、钱一十二文。

六号陆道峰劝五十五户英洋四十元正。

七号陆柳村劝二户英洋九元正。

八号洞庭体仁局劝三十八户英洋四元正、钱十二千二百八十文。

九号洞庭体仁局劝二十三户钱二十五千五百六十文。

十号洞庭体仁局劝一百户钱二十九千一百六十文。

十一号洞庭体仁局劝四十二户钱十五千一百二十文。

十二号丁厚翁劝二户英洋四元正。

十三号勤思堂劝四十八户英洋三十四元、钱三百文。

十四号柳敦翁劝十七户英洋十三元正。

十五号洞庭存仁堂劝二十一户英洋一十元正、钱九百文。

十六号洞庭存仁堂劝十户英洋一十四元、钱三百六十文。

十七号洞庭存仁堂劝十二户英洋一十六元、钱三百六十文。

十八号洞庭存仁堂劝三十户英洋二十五元、钱二百文。

十九号莫厘三善堂劝二十七户英洋三十四元。

二十号姜兹翁劝六十七户英洋四十四元、钱九百六十文。

同庭山桶捐英洋四元正、钱二千七百二十文。

助赈物件售见：虞山禄园人寄枝生石砚一方、表一只，计英洋七元。镇洋县学赵法帖五部，计英洋五元。我亦效人行好事带钩二只、玉班指二只，计英洋四元。新报馆《吴谚集》二十八本，计英洋两元。愧无力子花卉册页十二帧，计英洋两元。无名氏少记闷表一只，计英洋一元。平心居碗窑盆一只，计英洋一元。五号桶内旧画一幅，计英洋五角。张承启劝银牌一块，计英洋三角一分。三号桶内玉器一小块，计英洋二角。六十二号桶内东洋银牌一块，计钱三百四十文。

助赈药饵：云怡堂善士救急灵应丸十料，配三室红灵丹三千瓶，邻溪书屋感应灵丹七百服，同仁辅元堂藿香正气丸十五料。

一、收规银二千四百八十四两八钱二厘。

一、收纹银二十五两五钱三分五厘，｜○丄合规银二十七两六分七厘。

一、收饰银一十两六钱一分，亖折合规银七两四钱二分七厘。

一、收英洋一万六千一百四十七元一角五分九厘，合规银一万一千七百三十八两九钱八分四厘。

一、收本洋二百七十四元，合规银一百九十八两六钱五分。

一、收钱二千一百二十四千六百三十一文，合规银一千四百六十五两二钱六分三厘。

共收规银一万五千九百二十二两一钱九分四厘。

保 婴 局

顾寿乔、高崧生、陆钟鹏、周昌炽、段朝端、张韦承、江振声、汤桂彰、朱征镕、顾寿臧、丁心诚、沈嵩龄、王松森、温善成、卫钟骏、叶成忠、顾秋园、徐淞涛等经募

彭城隐名规元五百两正，彭老太太规元一百四十六两三钱七分，河西兰士规元一百两正，盐官楷记规元□一两六钱四分四厘，无名氏规元五十四两一钱一分二厘，张仰记规元五十两正，知足斋主人规元二十两正，补过老人规元二十两正，居殿臣规元十四两六钱三分，延昌丝楼规元十二两五钱，守心居士规元一十两，楚黄毕规元九两三钱，李嘉林规元八两正，兰亭别墅王规元五两正，朱铭甫规元二两正，无名氏规元一两七钱五分四厘，华记规元一两五钱，伟记规元一两正，华瀛仙规元一两正，杭省善姓英洋五百元，翁思永堂英洋三百元正，余姚第四门常警省谢氏英洋二百五十元，隐名氏劝英洋一百五十元，陈詹氏英洋一百四十元，新昌营英洋一百三十八元，顺元庄劝英洋一百七元五角，太原雨记劝英洋一百五元，天津招商局英洋一百一元，植善居英洋九十三元，懒鸥英洋八十八元，南汇罚款英洋六十元正，王心如劝除户名外英洋五十九元，许俊寰劝英洋四十六元三角，广嗣堂徐英洋四十五元，施善姓英洋四十四元，富有船英洋三十九元，双惜局各善英洋三十二元，胡湘舟劝英洋三十一元，留贤书屋英洋二十四元，砚还斋主人英洋二十一元，王心如劝除户名外英洋一十八元，志仁书画社英洋十三元九角二分五厘，王三秀英洋七元五角，俞亨元英洋六元五角，福记英洋六元三角五分，顺记英洋六元三角五分，昌记英洋六元三角五分，卖票英洋五元二角，天裕祥总英洋四元七角，勉留名英洋三元九角，高阳氏水晶笔洗、银黄搬指售英洋二元五角，心兰室菜票并酒售英洋二元四角，李云帆英洋二元四角，易珠女史英洋二元四角，公记香余连小洋合英洋一元五角六分、钱七十文，公记英洋一元五角，东海微沤英洋一元五角，颍川氏英洋一元三角，文记英洋一元二角，同胜号英洋六角正。

杭州屠善姓、老顺记劝、三余堂、诚求室，以上四户各捐英洋二百元。

武林吴善姓、总诚记，以上二户各捐英洋一百二十元。

陆宣泽、愚轩氏、王振元、舜鹏年、方翁氏、吴兴黄氏、知足子、陈积庆、无名氏、守心居士、学痴散人劝、望麟人，以上十二户各捐英洋一百元。

籍虹氏、守吾氏，以上二户各捐英洋九十元。

卢三元、隐名同人，以上二户各捐英洋八十元。

王福森布号劝公记、潘菊朱遂记劝，以上二户各捐英洋七十元。

董文益、徐秉诗、慈溪婴会、留砚山房、延寿居士、曹清章、程培德堂、杏农氏、凝修堂、人瑞堂、醉月痴侬、知过轩、退让斋、守纳居、勉力从善、太原延记劝、徐淡岩劝善庆堂，以上十七户各捐英洋五十元。

李松昀、天香书屋、隐名氏、崇俭主人、吴门方氏，以上五户各捐英洋四十元。

徐淡岩、寿恺堂，以上三户各捐英洋三十六元。

徐晋宝、守虹氏、达手不留名、达山人、金雅泉、倪继来、东海老人、金合顺众、聚和堂陈、爱梅书馆、三多旧侣、宝善堂王、邱友记、无名氏、无锡无名、朱征远、石禄记、薛刘劝隐名、总诚记、雷岗不留名、敦厚、奚瑞凝东三房，以上二十二户各捐英洋三十元。

王徐氏、无锡隐名、涪震堂、奚^{赵盛}氏、太平洋商、苕溪山民劝，以上六户各捐英洋二十五元。

隐名氏、倪鹤记劝、史仲屏谢侣松徐三庚，以上三户各捐英洋二十二元。

陈黄氏、培德堂、算勿得、祥发元、招圣绵、存古堂、福海帆、瓦区氏、药行众姓、济善堂、庆有余、李新坪、隐名氏、无名氏、茶园、高浒记、汤锦记、汤燮堂、张留余、萱荫氏、无名氏、沈竹亭、祈安氏、源源堂、叶树勋、泰记号、陈绩生、杨紫溪、佩记、心畬氏、俞亨元、不求知、树本堂王、邓慎三、胡得龄、保安氏、尽心氏、桐月轩、达仁堂、两市侩、庆余堂、隐名氏、隐名氏、勤忍有容堂、乍浦书画社、苕溪萱寿堂，以上四十六户各捐英洋二十元。

世德堂、席竹峰劝，以上二户各捐英洋一十九元。

时乐成、尹肆好堂、隐名金、经资移赈，以上四户各捐英洋一十六元。

与人为善、黄煜斋、泰昌号、梁晋昌，以上四户各捐英洋一十五元。

剡源东善士、张家溇、淡泊居士、寄云众友，以上四户各捐英洋一十四元。

崇明教谕周安仁、大成，以上二户各捐英洋一十三元。

双惜局、沈何氏、云娥氏、郑甫劝、留德堂顾、诸葛氏、泰顺众友，以上七户各捐英洋一十二元。

叶珍瑞、古润氏、汪子安、大团兰盆会，以上四户各捐英洋一十一元。

本局徐松涛、宝善堂胡、醮记、徐秋阶、锡山隐名氏、广东隐名、信者氏、严焕之、戴吴氏、无名氏、徐荣轩、蔡雨琴、士记、济生堂、张文江、澄志居、施子卿、树德堂、韦敦义、东海微沤、春豫堂、吴兴氏、晋德庄、张立本、无莫居、烈记、峻德庄、三龄童子、吴贤铭、李成记、德昶庄、无隐乎尔益斋主人、隐名氏吴、薛明谷、慎康庄、钱云村、无名氏、王心如、安滋庄、濮乾水、叶祈孙、陈卓卿、勉力士荆、集贤居士、朱朴斋、陈善亭、省过居、其顺堂周、谢侣松、廷生庄、朱保赤、丙戌散人、沙逊帐房、乾德庄、求孙叟、古黔子记、陈竹记、征记、张家溇、唐静兰、公记、不忍闻见子、沈芝九、敦雅堂、吴顾氏、韩敬德、成德号、药业氏、王仁德、姜山培玉堂、存德堂、各无力、章记、三岁金麟儿、晓记、洽顺、^{袁良记丁方记}、幸生福地人、素心人祝母、盛遥斋、恒兴、郑晋卿、有心人、严芝楣、敦睦、恒德堂、惟心氏、陈德星、无名氏、无名氏、形逸人、崇德庄、阜丰庄、塘口善士、兴和茂、保子嗣、恒康庄、寄云室、洪久记、乐琴书趣、大有豫、鸿舫居士陈、赎过生、华慎余、延大庄、丹凤楼、寿萱室、王蠡斋、睫巢居、丁再记、东园子、素行堂、吴再生、蚁负氏、九思堂、三槎钓叟、须弥粒、根记、文德堂、无名氏、白下无名、乐育堂、耀记、朱慎修、射阳蔗湖氏、勉为善者、认春舫、谭俊亭、刘高铉、李桂馨、王颂甫、立愿人、求安人、朱养余、乐琴书屋、山阴人、王端姑、蒙古力薄子劝、强恕斋、完心愿、隐名氏、时乐成劝、省过人劝、甘贻书、量力人、量力人、王端、哭春梦人、藩字具、胡少亭，以上一百五十户各捐英洋一十元。

延陵子、奚世楷、奚世彬，以上三户各捐英洋九元。

勉力士、养和书屋、蒋文启、梁友三、纯佑四房、四友人、夏重禧、彭原氏、万里流徒，以上九户各捐英洋八元。

无名氏袁、夏鹤亭、无锡中元费移赈、不留名程、积记、叶三阳劝，以上六户各捐英洋七元。

北泰山、不留名丁、张培玉、源顺行、查二妙、最乐山庄、啸隐轩、潮诞生、刘传经、冰谷生、锦记、补拙生、敦仁氏、无名氏、朵仙、筵席省、隐名居氏、大隆庄、馥增、杨范堂、慎俭、无锡虞、朱慎绍记、保安堂、有道轩、祷椿萱、公所、吴柯仪、吴友梅众友、苕东骥士、湘江居士、颖园主人、乐志山人、泰昌永、公大庄、正号庄、吉泰庄、免病子，以上三十八户各捐英洋六元。

元记号、任春山、梁应棉、宁波隐名、钱周氏、善善堂、唐道绅、乐善堂、陈六峰、徐新甫、无名氏、一钱如命、叶子卿、邬恒洲、延陵氏、峻德庄、镇江梅记、心余氏、杨善之、朱吉甫、高松生、梓树堂、舜湖居士、培元氏、王善士、淡泊居、高协成、敦仁堂胡、陈师俭、孙文科、观音堂人、北关公所、澧溪淦记、永义泰、马源兴、豫章氏、沈文彬、邓俊生、栽记、顾璜朱生白、郭树栋、无名氏、代行氏、世德堂、无名氏、陈六峰、柳阴居、何敢云吾、诚心子、余锡范、山阴俞、尹寿芝、幸生福地儿、陈士良、无力氏、毕承志静记、忻自积、陈学师、胡彩汀、周莲记、项稚梅、韩养怡、宏泰号、孙云峰、朱锦轩、韩宝稼、信隆氏、姚子冈、黄锦春、叶孝敬、姚子冈、庄宅、卓英和堂、黄森记、东海士、万祥豆行、承顺堂杨、何铸卿、乐善居、赎过氏、和记、梦松书屋、寄居士、改过生、邬恒禧、丁谈善氏、定记、毛显亭、谦吉斋、傅统、页夷氏、泊庐轩培、冬荣书屋江、山阴俞、余德堂、何碧山、宣远堂、振德泰、陆秉、宝源祥，以上一百户各捐英洋五元。

问心草堂、凝远堂、公记、郭绍康、热心人、周宝仁、爱吾庐、郭大邦、衍泽发记、宁波俞、软心四友、延陵生、叶挺岩、求寿斋福增、张松鹤、山斗居、志德堂、张慈荫、隐名氏、田本原、胡界千、蠡斋、吴顺记、陈邢氏、隐名氏、章庆、信记油坊、不留名、仁庆堂、不忍坐视人、吴瀛洲、笔余生、全记、包渔记、朱群生、勉俭居、隐名汤、黄全记、本地许姓、义成、同生画润、王少莲、方张氏、邵憩堂、随安居士、钟棣芗、韩凤贵、同盛号、陶文耕、孙润川、仁余堂、爱莲书馆、无名钱、徐惟记、慎资号、祝酌张仙、爱日生、许警斋、海发船、怀少主人、郭千里、汪宝伦、余德堂、不才子、光裕记、公大典、和盛号、受记、倪明记、华娄公堂、张晋卿、花萼轩、兄妹四龄、云月光风、同志子、夏琴姑、爱庐居、苕西罗鹤年、退省、褒海，以上八十户各捐英洋四元。

殷济川、王顺记、可炽、冯志瑞、福兴泰、阮莲记、不留名、冯叶枚、虞立记、隐名氏、朱炳富、袁经元、宝山汪氏、隐名士张、善记、聊尽心、徽州无名、郑祖记、孙学士、隐耆者、王梅记、盛姓、沈槐卿、皖河刘、醉墨阁、集记、海上盟石生、印溪生、不除草堂、源远堂、朱炳富、张汉记、叶方氏、发记、金桂玉、不留名、潘柱石、朱聪训、金义记、易成子、梁翰屏、集记、瞿妙和、退闲堂、钟生泰、王心存、吴贵生、王裕生、留青书屋、陈春庭、雷尊费、公所、何天生、洪支全、七十六老人、臧桂记、槐荫堂王、不留名、培记、保安居、七宝盛、万昌园、北关公所、沈二梅、新开河众姓，以上六十五户各捐英洋三元。

虞郑氏、江湾不留名、宏茂昌、韩春记、嘉兴屈、奎记、怀德堂吴、惠恕堂陈、姚学崇、隐名氏、承德堂吴、隐名氏、醉六堂、倪楚记、叶朱氏、钟兴利、三槐堂王、王晓东、沈叶氏、汪景生、朱森茂、河南氏、松记、不留名、方文生、世恩堂姜、永泰号、奚湘兰、洞庭山人、不留名、四知堂杨、有畬庄、恒兴兰记、韩松桂、无名氏、杨谷怡、云记、张叶公、息养居、寿椿子、孔信荣、叶西浒、徽宁善士、沈九夫、李胜记、叶维梓、马韵珊、包仁和、信昌号、泰记、金长龄、永泰、复兴堂、施春山、不留名褚、不名氏、裕昌、王省记、不留名褚、陈斗南、王三益、无名氏、孙英德、书泽居屋、仙源氏、琴韵主人、节酒费、映绿山人、苏志堂、保安居、抱愧氏、协太友、合隆昌、书带堂、常州庄氏、汇记、胡慎斋、李昌扬、周照亭、郑敬业、隐名余、三童子、铺记、张吟记、赵陈氏、幸活生、存心氏、澄心仙馆、节押岁、蚁驮屑、北关公所、采手隐名、盛理卿、平吉生、武毅军刘、王桂祖、信义昌、胡慎斋、俞秋甫、无名宝手、杨晋昌、吴云甫、姚悦山、安记、求免灾人、钱森玉、听琴轩、沈志文、坚志堂、龙西池堂、心记、张慕恭、尊腰馆、张云岩、六一堂、稽古书屋、王善士、高秋泉、积厚堂、勉力子、补不足、祥丰昌、蒋秋山、大吉祥室、消灾子、金树德、张云门、培德子记、乔信卿、培兰士、夏怀德、臧观伦、六一堂、潇湘子、王振亭、马子衔、谢心畬、恨力绵子、无名氏、不留名、顾稻村、丁培德、张少山、寄尘子、吴兴子、汪有龄、祥生泰、云间逸叟、吴善姓、介福庐、隐名氏、云龙旧客、永茂子、仁寿堂、徽州隐名、隐名梅、乾泰庄、谭立生、无名氏全、无名秦、昌记号、莲荫山房、无名氏、味兰居士、无名氏、矜式山房、瀹州无名、凌楚卿、衍庆堂、无名善士、朱兆堂、姚燮臣、铁泪人、陈纶房、顾东垣、孙诚氏、金国臣、葆真堂、退思补、周存厚、刘成增、黄成章、朱葵阳、傅俭记、余宝善、公和、吴亦泉、不留名、朱树德、朱杨氏、心记、张崇德、稼砚居、绵力子、虞美蓉、耕石山房、张志卿、钮吴氏、施仁学、公和园、陈启元、朱炳虎、陆顺全、钟得师、叙丰、张坤玉、瞿龙山、澧溪步记、无名氏、黄炳元、邵佳孙、良水川、黄联卿、陈世来、陆姚氏、古靗、金丁氏、沈兰泉、虞维亨、章记、家记、印溪生二次、许昂千、徐淡岩劝怀德堂、金和龄、荫记、庆云堂，以上二百二十七户各捐英洋二元。

无名氏、柳溪氏、郑燕翼、仲仁房虞、成葛氏、无名氏、方桂荫、思居堂许、冯和斋、虞敬记、虞敦睦、同茂和、王锦和、复兴、翰氏、郁玲记、全发源、乾发、张凤祥、郁莲记、全源顺、吴润昌、凤鬻堂、张遇记、泰和、倪润和、贾焕章、顾禄记、椿源、不留名、无名氏、许寿记、杨乾记、隐名袁、隐居士、陶增记、老乾记、张姓、储芝兰、陈善姓、乾振源、王姓、王有德、陶胡氏、义兴、李姓、郁少记、曾恪权、积善士、隐名氏、永茂号、徐锦珊、源泰坊、乌恒福、映雪轩、姚静山、求子方、叶国祥、瀛洲书屋、平江敬德、慷慨夫、恒祜、谭春玉、钱茂隆、不足居、日泰、江耀东、寿水生、如愿居、曹廷荣、协兴号、奚景月、延寿堂、生有号、裕泰号、元源典、从乐堂、沈素正、福昌号、公益典、竹笆居、源记号、孙得春、张福绥、乔子田、武毅军杨、叶锦溪、平阿居士、不留名、不留名、乌镇善士、高敬谨、平阳志诚、金庚西、王善士、嘉陈人、张堰无名、方小樵、蒋庆元、桐华馆、不留名、王锡之、张善姓、容德堂、润记、鲍吉甫、郑理斋、安素居、洪桥生、鲍子宣、朱旌直、女兆氏、武毅军张、鲍子丰、杨孙氏、唐醴泉、武毅军孙、吴敦厚、勤业书屋、许质斋、高阳仲子、文星堂汤、张寄云、半隐居士、孙丽川、黄伯衡、周思诚、陈大和、瑞华、安定、张致堂、沈六顺、知足斋、春记、黄晓岩、苏州吴、甡甡、魏鸿吉、张庚山、晋山氏、尚书第孙、吴秉馨、康保诚、蕴轩氏、双塔吉记、朱源茂、顾德浩、承恩氏、何积善、张少山、力行堂沈、攸宁堂陈、松记、杨补拙、无名氏、顾宝林、天泰昌、季道生、无名黄氏、陆全记、纯泰庄、义昌、虞隐名、义隆、同泰园、义茂、卢万春、隐名氏、陈荷塘、锦源、不留名、魏鸿吉、徐竹亭、李裕丰、孙锦茂、江汪氏、石敦叙、不书名、不书名、庄陈氏、恒记庄、乾泰、不书名、通州范、胡子香、曹晋藩、三槐堂詹、杨盛明、曹大有、吴文魁、义昌、张悦记、殷叶氏、勉力士、叶春潮、同泰、润德堂姚、惟善居士、叶瞻山、竺祖环、醉乐居士、叶介康、无名氏、王赞廷、鄙夈人、叶宝亨、无闻氏、汤如先生、方忠孚、种德堂胡、叶明康、月提、李富庆、不留名孔、严庆国、瑞海、王宝琴、张心庵、方养吾、周仲赝、陈月珍、杨古云、书记、不留名、丁小恺、叶心如、圣卿、翠竹山房、无名善氏、定律堂、樊惠渠、夏阿春、吴少云、应星堂、贫愿斋、陈云安、周知足、陆家姐、陈史氏、无名氏、唐醉经、王瑞记、姚显记、苏有芬、顾浩如、隐名士、李铭记、明记虔、张芸晖、葛恒兴、王永禧、虔、益大、沈程氏、不留名邹张、孙诚氏、万源顺、不留名、侯坤宝、宝裕号、宋绍璟、隐名黄、蒋浩然、唐聚茂、程景文、黄麟趾、汤日新、状元楼、许章萱、兰芬堂、赵乾成、周星舟、朱卷石、杨恩荣、不留名、赤松子、杨则古、胡敦裕、不留名、罗文秀、冯瘦花、陈寿恺、徐生贵、不留名、耕读轩澄记、赵思补、叙伦堂马、华记、彭邱氏、永康堂、倪研山、张关祥、不书名、王定邦、姚来凤、苏鹤鸣、坤记、王桂祖、蒋春山、严凤山、潘润余、沈留耕、张恒森、马银江、方恭顺、张鲤庭、顾善姓、严友山、黄义记、郑蓉卿、王善士、无力生、荆乐居士、戴介福众、褚槐亭、清河傅、罗阿五、程信成、唐元昌、顾善氏、裕昌、朱桐园、傅子砺、张茂林、林宁朱、徐宪章、胡香亭、隐名谢、隐名胡、程子如、协和松、钱燮记、沈礼耕、练川舌耕氏、程蔼卿、杨振堂、王文彩、爱莲诸友、路紫山、刘维正、黄序亭、世驾堂、沈莲益、王瀛澜、顾松泉、树德堂、朱善庆、天知意外财、七十六老人、钱合泰、张韵晴、曾管忠、方敬良、张德馨堂、沈金粟、源丰泰、郑厚德、陈超台、蒋纯祖、绿荫书屋、有名氏、仙源堂金、曹秀峰、世德堂任、沈世德、不留名、孟春壶、泳兴隆、仁茂、天水书屋、灵绪乡人、杨谷香、杨余庆、霍丽泉、集福庵、姚元来、瑞生祥、陶增记、徐开、唐阿生、不书名、吴延璜、华见涛、张阿关、顾陈氏、锡清、黄生发、黄瑞乔、慎德堂朱、瑞仁记、陆兴垣、金兰芳、包阿金、无姓、朱玉衡、陆尚义、张永全、陈孟熊、郭绍球、陆再兴、李得量、惟善居、李建生、赵晋山、省吾氏、邹雨亭、施裕章、朱丕林、黄廷华、王文光、履谦、不留名缪、施大兴、江镐熙、停杯佐粒、不留名、邱绍良、王桂娟、张安素、郑步云、郭仲华、义成诸友、计朗记、石来顺、朱悦乔、德隆诸友、周湘记、蔡明标、陈秀芝、庄善士、沈少记、许阿秋、万成号、瑞记、成德、蔡朱氏、陶苏黄、汪罗氏、慎资、余庆堂庄、孙玉山、黄韵三、不留名、顾善氏、无名氏、翁馥亭、李少筠、顾朱氏、燕林书屋、朱子庆、慎德堂陈、刘正茂、退扫闲轩、潘虹桥、诒穀堂俞、乾和益茂、荫桂、谢海寿、冯甡泰、得砚斋、钟春麟、周芷香、德润堂、笑梅仙馆、沈碧峰、绿惟居、承记、敦本堂杨、万泰、不留名、森盛庄、吟香书屋黄、承启堂郭、明德堂、江锦廷、周怡然、陈望春、李少卿、王春源、张二铭、黄云帆、陶董园、曾士进、无名氏、唐思敬、崔林氏、曾氏、无名氏、金静斋、孙行山、燕翼堂、龙山泉、秦少卿、力不足斋、无名氏、曾赠华、董宝荣、叶乔卿、灿璋、九龄童子、裕元诸友、曾偪备、王氏、钱元茂包广茂无名、六龄童子、毛鹏云，以上五百六户各捐英洋一元。

包得元、晋泰、王禧、许怡记、嘉兴不留名、春和祥、吴梅记、褚桂厚、桂记、添生、沈莘记、姚瞿萧、虞彝记、老永盛、高平颂、沈三春记、贵春氏、不留名、镒成、蔡文甫、桐源、黄国金、元顺、王日新、乾源顺、陈善士、颍上人、邱阿林、程润昌、承德堂、吴松记、嘉德堂康、葛锦和、申记、听松居、积德堂龚、不留名方、计伯顺、沈棣华、陈惠泰、江子林氏、陈仲殷、朱安业、刘乾裕、张仁记、洪兴、徐芸书、薛炳云、不识字、祥泰和、不留名、陈子良、宁静堂许、程正大、不留名、杨学正、富福田、瞻在轩、不留名、怡清堂王、瞿得先、沈广利、奚玉斋、施仰山、严听聪、知稼书屋、顾宝初、卞兰芬、秦少卿、许放生、戚得配、陈春和、金袁记、张书庄、敬慎堂汪、王亮卿、力不足斋、周瑞华、苏雨亭、汪瑞生、郁雪堂、郑文浩、宋虹如、张永和、程应环、无遗氏、王荣甫、石碧香、隐名氏、姜义慎、许子卿、无名氏、周荣春、善记、陆瑞龙、王竺山、惟泰、厉松麟、邱凤章、鹤沙居士、顾汪氏、韩文成、余记、通生栈、不书名、不留名、俞云洲、千乘耜、仲白、秦湘槎、勉力士、赵兰亭、寿萱馆、周花卿、言礼居、同和信、黄仲兰、康泰丰、朱秋堂、朱庆甫、易楚珍、秦梦松、曾义顺、涓滴生、张哑杨、黄锦庄、松筠堂唐、粒粟子、方炳荣、吴楳亭、冯隐名、安在居、哑美、高云祥、浦荣卿、林兰滨、王步清、沈欣斋、詹致和、潘善姓、潘颂筠、费普全、昌泰庄、何耀庭、程振卿、罗寿斋、严晋帆、蜉蝣容、黄瑞和、陈光裕、朱熙生、舒蕉舲、黄蓝田、朱礼壶记、王云亭、王载华、顾丙臣、陈悦记、邢大和、何心田、无名氏、庆云堂，以上一百六十二户各捐英洋五角。

顾子嘉五十名、顾勉夫五十名，以上二户各捐钱一百三十千文。

待鹤斋四十名、梅花阁四十名，以上二户各捐钱一百四千文。

王敦五、顾兰舟、德星书画社，以上三户各捐钱一百千文。

丁厚甫二十名、计李氏二十名、星聚堂二十名、刘贯记二十名，以上四户各捐钱五十二千文。

邵撷苏、补过斋，以上二户各捐钱五十千文。

畚经书屋十名、萧种福十名、明远堂十名、棣华堂十名，以上四户各捐钱二十六千文。

书林堂五名、蔡舜臣五名、修月主人五名、清虚室史五名、道古堂五名，以上五户各捐钱一十三千文。

香雪居四名、钱胡氏四名，以上二户各捐钱一十千四百文。

东海微沤三名、隐名氏三名，以上二户各捐钱七千八百文。

告华堂、毗陵五，以上二户各捐钱六千文。

振记二名、无名氏二名、不留名二名、欲济舫二名、三余室二名、杏川,以上六户各捐钱五千二百文。

执中堂姚、归来草堂、小桃源馆、陆皆堂、邱怀德,以上五户各捐钱五千文。

敦睦堂伍、无名氏、黄久和,以上三户各捐钱四千文。

桐华馆、知韵草堂李、北关银号、眠琴生,以上四户各捐钱三千文。

右石轩一名、吴朴斋一名、陆继香一名、济美堂孙雪汀一名、魁伯鹤山一名、程元卿一名、张荣寿一名、施熙麟一名、贻辉堂一名、王许氏一名、慈云荫一名、禅记一名、叶炜记一名、沈公昌一名、黄秋江梅汀一名、卿记一名、游竹楼一名、金福宝一名、顾慎冯象记唐茂记叶止香一名、高阳氏一名、倪善姓一名、成美堂一名、慈云德一名、穆兰记一名、李吉生一名、德大恒一名、李泰蛟一名、吴铭士一名、辛本堂谢一名、叶介亭一名、毛德清一名、吉臣、种白,以上三十三户各捐钱二千六百文。

九斤儿、舜石斋、心田氏、敦本堂、无名氏、胡大本、郝箧记、杨延嗣、无名氏,以上九户各捐钱二千文。

陆应江半名、穆浚如半名、董甫卿半名、盛瑞堂半名、东海氏半名、赵信渔半名、顾子卿半名、徐宝洪半名、绍荣半名,以上九户各捐钱一千三百文。

月芳氏、曹岐山、孙雨香,以上三户各捐钱一千二百文。

鲍步骧、丁用夫、章道生、婉怀路、顾家叙,以上五户各捐钱一千文。

钮金粟、延陵生、无名氏、不留名,以上四户各捐钱八百文。

黄式权、奚韵三、穀诒、易秋帆、朱昌、海山、斗山居、陈世良,以上八户各捐钱七百文。

马瑞甫、京兆郡、顾介夔、夏长兴、陆少芹、顾恒泰、协和、周燮卿、李忠甫、陆焕山、胡瑞芳、李桂林、顾益斋、张梅泉、周锦松、陈锡镛、顾秋山、姚芷亭,以上十八户各捐钱六百文。

周舒文、绿云山房,以上二户各捐钱五百四十文。

西林众姓、陈金昌、严建卿、元记、丁张氏、徐桐家、谈景山、不留名、方见心、任佩之、黄东扬、补拙斋、潘如堂、秦建青、无名氏,以上十五户各捐钱五百文。

孙祥发、王协盛、孙桂岩、姚万春、戴义兴、言者氏、倪鸿记、隐名英、小秃儿、源源、张怀英、程墨亭、王慕陶、金杏溪、王永昌、褚惇叙、万丰、郁钟麟、裕盛荃、万隆、张东庐、庄信昌、施大来、包余氏、周会桥、曹维之、张义盛、闵情田、张泰来、吴石生、伟记,以上三十一户各捐钱四百文。

姚竹楼、周家记、杨文耀、高荣记、吴鉴衡、间邱仁和、收字纸、何象山、周菊如、张戒三、王祯坤、吟香书屋、隐名曹、江聚兴、裕丰、杨全松、唐湘舟、求知子、瞿文奎、不留名、吴根元、朱莲塘、贾鉴堂、求痊子、修竹堂姚、吴应男、汤顺隆、倪秀和、松风轩、宗秀堂丁、吴贞元、张端甫、毛春生、陇西郡、不留名、祝程氏、程梧笙、得秋轩、姚会山、方钰亭、梅存氏、王庆祥、胡金标、黄瑞明、德秋舒、得秋园、金同春、姚炳祥、破愚子、金松涛、帆影斋、苏渭斋、方谢氏、祝合兴、卢友松、瞿宝姑,以上五十六户各捐钱三百文。

印继安、樊汝成、范南松、徐全才、勉过子、江庆礽、三十岁孩、不留名、惠记、许德春、不求知、郝雨卿、金顺宗、李德和、孙赐经、林世孙、叶氏、费分和、郑永德、蔡朱氏、陈金元、高连生、刘金贵、采记、陈云福、王富有、陆志才、兰记、黄炳松、王泰丰、高广发、杨延则、郑瑞斋、谢维平、刘顺兴、吴杏年、无名氏、杨武元、李德楼、郝澍之、邢佩生、徐正荣、吴有明、吕恒斋、韩爱生、张熙胜、黄德全、刘大哥，以上四十八户各捐钱二百文。

无名氏、银号，以上二户各捐钱一百五十文。

不留名、吴朴斋劝，以上二户各捐钱一百四十文。

黄太太、庄丁氏、倪陶氏、心记、星记、戴华宝、王银寿、金恒隆、陈荣、俞永昌、王金寿、盛增宝、沈立兴、夏德兴、清河童子，以上十五户各捐钱一百文。

味闲主钱六十千文正，吟鸥舫钱四十千文正，鹤山堂钱三十千文正，无名士钱一十千文正，杭州吴刘氏饰银重八两五钱兑见钱十千七百八十文，程墨君女士画润钱八千六百九十文，童旭钱八千六十文，文会堂钱六千八百文，丰记钱五千六百三十六文，黄问荣钱四千五百五十文，张应烜钱三千七百七十文，澧溪秀记妇银镯一只重二两一钱五分兑见钱三千五百三十六文，林金华钱三千五百十文，会酌堂钱三千二百文，周璇飏钱三千一百二十文，宋文瑛钱三千一百二十文，施麟爱钱二千八百六十文，倪锡畴钱二千七百三十文，陈钟英钱二千七百三十文，味根书屋钱二千七百文正，沈钟英钱二千八十文，陆友梅钱一千九百文，剃头司务钱一千九百文，隐名氏钱一千六百文，虞邵氏钱一千四百文，公坛余款钱一千二百二十八文，黄熙钱一千四十文，李晋记钱七百五十文，垫拨麦捐钱七百二十文，漱霞女史钱五百七十五文，蔡祝年钱五百五十文，瞿子坚钱五百三十五文，还我书屋钱五百三十三文，唐新记钱五百三十三文，叶涤江钱五百三十文，柯寿山钱五百二十五文，梁松龄钱四百十二文，微薄山人钱三百八十八文，凝晖阁竹记钱三百五十文，吴大忠钱三百十五文，继园志诚钱二百七十二文，补缺士钱二百四十文，陈大炳钱二百十四文。

金养和英洋一百十二元、钱三百十八文，吴企记劝英洋一十二元、钱四百五十文，隐名韩英洋一十一元、钱一百二十文，季书升英洋七元正、钱六千七十文，不求名规元五两七分、英洋四元正，章聚兴总大小洋合五元二角九分、钱八百五十文，南京隐名大小洋合三元四角五分，龚骧骧英洋三元正、钱二百五十文，龚爱咸英洋二元正、钱五千九百十文，施楚浵英洋二元正、钱二千六百十文，大亨庄英洋二元正、钱一千二百文，省居氏英洋二元正、钱九百文，张善姓英洋二元正、钱四百文，谢香谷、程润卿英洋二元正、钱二百文，张应毂英洋一元正、钱一千二百十文，杨郭氏大小洋合一元八角六分，元亨店英洋一元正、钱五百五十文，邵莲峰英洋一元正、钱三百四十文，刘鹤舲大小洋合一元一角九分，隐名氏大小洋合一元一角七分，众善姓小洋合六角八分、钱五百文，我云求之小洋合四角二分五厘，美记号英洋二角正、钱一百文。

搭捐：戴少琴劝四十七、一百八、一百六十五号，大小洋合四十四元二角七分，钱四千五百九十文。章伯云劝二十一号，大小洋合十九元四角三分，钱九百四十文。温小冬劝八十一号，英洋五十六元正。邵撷荪劝八十二号，英洋四十二元正。胡子香劝三十九号，英洋一十五元正。无名氏二十五号，钱二十千文。蔡祝年劝四十号、一百四十八号，英洋十四元五角八分五厘，钱一千四百五十文。陈杏村劝大小洋合四元三角六分五厘，钱三百文。姚鸿溪劝十七号，钱四千五百文。吴淞武毅军一百三十六号，英洋五十二元正。盛葆卿、季正昌劝一百六十六号，英洋十九元五角。段蔗湖劝九十一、九十二、九十三、九十

四、九十七、一百号，山阳求补过氏英四元、山阳五龄童本二元、求是叁代劝英二十元、山阳隐名氏本二元、丁梦渔英一元、鸣珂堂英一元、孙戟门英二元、杨许氏钱一千文、□醮萱堂人钱四千文、百忍堂张钱一千文，并不列户共英洋一百五十三元，钱十千六百文。三墩劝赈处六十一、六十三、六十四、六十五号，一百八十八号内有马许氏二百愿，连□洋兑合英洋八十四元五角，钱二千八十文。王春泉劝一百、一百一号，英洋六十三元正，钱一千八百八十文。程王章劝四十一、四十二、四十三号，英洋五十元四角三分，钱一千七百二十文。胡四堂劝一百五十七号，英洋十二元五角。姚绥成劝二十六号，英洋五十四元正。礼记庄劝六十号，大小洋合四十九元三角。吴兴鼎荣一百七号，英洋三元正。钱畅庵劝一百五十八号，英洋六元五角。薛春畲劝一百十八号，英洋四元，钱一百文。谢章善士二十五号，英洋二元正。盛葆卿劝一百六十一、一百六十二、一百七十五、一百七十六、一百九十五号，大小洋合八十二元，钱九百三十文。刘传经、顾听记各五十愿一百五十九号，钱十千文正。怡和行劝一百八十三号，英洋六十四元正。朱南乔、陈韵甫、陈子望四十五、四十六号，大小洋合十六元三角四分。顾雨田劝一百七十一一号，英洋三十元正。高崧翁劝一百十六号，英洋十一元正，钱五百文。朱若愚劝一百十四号，英洋八元正，钱四十文。秦善士一、二号，大小洋合三元二角九分，钱二十三千三百五十文。无名氏二百七号，钱十千文正。无名氏六十二号，英洋八元正，钱八百四十文。王勉夫劝一百七十三号，英洋十三元正。蒋沁芗劝一百六十号，英洋五十四元七角六分五厘，钱二十文。钮仙舟劝五十二号，英洋五元正，钱二百六十文。王秉钧劝一百九十六号，英洋二元正。钱甘斋劝三十五号，钱六千四百文。西林庵僧二百二十五号，英洋一元正。梅绥堂、许维天劝八十八、八十九号，英洋四十元正，钱一百四十文。曹建昌劝六十七、六十八、六十九号，钱十八千文。程慎卿劝二百十六号，英洋七元八角。邱瞻香、桑岳卿劝四十四号，英洋八元正，钱六百文。钮葆生劝五十七号，英洋六元正。姚飞泉劝一百七十二号，英洋五元九角六分。许荻村、王省香一百三十五号，英洋十二元，钱一百文。王秀甫劝一百三十一号，英洋十五元。顾秋园劝一百十五号，英洋二元正。柴穆云劝十三号，英洋十元正。张子乔劝二百十一号，英洋三十二元，钱七百文。汤竹笙劝二百三十一、二百三十二、二百三十四、二百四十号，大小洋合二百五十四元。席竹峰劝一百六十三号，英洋三元正，钱五百六十文。金桂卿劝一百九十七号，英洋二十二元，钱三百六十文。马陈氏三十二号，钱六百文。季正昌劝一百三十八号，英洋五元正，钱四百五十文。张少堂六十、顾秋园二十五愿四十八号，英洋七元正，钱八百六十文。潘少根劝五号，英洋十二元。杨子明、唐秋农劝九十一号，英洋八元，钱七百七十文。三户一百十六号，英洋一元，钱八百文。群芳搭捐、周味翁劝大小洋合二百三十九元一角四分五厘。

砚田余润及塾捐：陆慎益规元四十八两，平安为记英洋一百元正，林景洲劝英洋四十九元二角，德星社钱五十千文正。

乍浦书画社、^{闻崧甫}戴静卿劝，以上二户各捐英洋三十元。程卓夫劝、清可轩，_{陆小农}以上二户各捐英洋二十元。严穆如劝连小洋合英洋十九元五角八分，上海学韩英洋十二元。

济如、渊如、穆如、鉴如、林志姜劝，以上五户各捐英洋一十元。金佩生劝大小洋合九元一角七分，不留名唐英洋三元正，醉经生英洋二元正、钱九十二文。

寿水生、世德堂虞，以上二户各捐英洋二元。徐慎之英洋一元正、钱一千三百八十七文，庄春田钱二千文，谐翁廪俸英洋一元五角。隐名氏、徐竹邻，以上二户各捐英洋一元。

墊捐共大小洋合三十七元九角七分，钱四十三千六百四十一文。

邑庙大柜：计大小洋合三百三十九元六角六分五厘，钱七十三千九百八十二文。银牌一块二钱三分五厘、镯一只一两三钱四分五厘、挖耳一枝一钱二分五厘、小镯六只二两五钱二分，共兑钱四千八百九十五文；镯条一根售钱一百五十六文，《高厚蒙求》六本售钱四百文，听月楼菜票一纸售洋二元二角，金无宝帽花一个一钱四分售洋二元、钱三百五十三文，小翡翠戒指一只售洋一元，矾面竹骨扇一把售钱四百文，计英洋五元二角，钱六千二百四文。

星宿殿二柜：计英洋三元正，钱一千八百五十一文。

六家石桥柜：计钱二千六百十六文。

虹庙柜：计大小洋合一百九十元四角分，规元六分，钱五十一千五百四十二文。

内园柜：计大小洋合二元二角，钱二千三百九十四文。

天妃宫柜：计大小洋合六元四角八分，钱四千八百五十九文。

龙华柜：计英洋二元二角，钱四百文。

沉香阁柜：计小洋合四角三分，钱十六文。

吴淞柜：计大小洋合二元一角七分。

丹凤楼柜：计大小洋合三元正，钱三千七百二十五文。

一、收规银一千九十二两九钱四分。

一、收英洋一万五千二百六十九元二分五厘，仝卅仝规银一万一千一百两五钱八分一厘。

一、收钱二千一百九十二千三百十九文，｜乂δ规银一千五百一十一两九钱四分四厘。

一、收本洋申水规银一十两。

共收规银一万三千七百一十五两四钱六分五厘。除拨本局保婴规银一百二十七两五钱六分八厘，实收规银一万三千五百八十七两八钱九分七厘。

同仁保安堂

瞿开椿、冯沄、谢荣施、瞿开桐等经募

平字册王增陛劝英洋四十五元四角五分、钱二千三百文，五字册同盛号劝，英洋三十八元八角、钱六千五百文，育字册椿记号劝英洋三十六元、钱八百四十文，常字册洪盛号劝英洋三十六元，毁字册王子振劝英洋三十二元，珍字册胡芝楣劝英洋三十元正，盖字册何顺泰号程仲坚、周戟门劝英洋三十元正，宾字册吴国均劝英洋二十五元，此字册何戴三劝英洋二十五元五角，夜字册胡芝楣劝英洋二十四元，敢字册曹古赓堂劝英洋二十三元五分，驹字册吴西林劝英洋二十一元四角，果字册朱春轩劝英洋二十一元，冬字册夏平叔劝钱二十二千四百文，字册李云帆劝英洋二十元正，岁字册朱桂堂劝英洋二十元正，致字册夏平叔劝英洋十六元八角、钱三百四十文，辰字册昇元庄劝英洋一十七元，汤字册徐载舆劝英洋七元正、钱十千五百文，往字册王本槐劝英洋九元正、钱五千八百文，秋字册谢鲁斋、陈士薰劝英洋一十四元，慕字册顾勤夫劝钱一十四千文，生字册沈绮云劝英洋一十二元、钱五百三十文，国字册高正卿劝英洋五元四角、钱七千四百文，木字册席旭堂劝英洋十二元一角五分，阙字册黄鼎珊劝英洋一十二元，列字册冯平甫劝英洋一十二元，身字册陈杏汀劝英洋一十二元，周字册陆少华劝钱一十二千文，体字册王国安劝英洋一十一元，黎字册徐载于劝英洋十元二角、钱一百七十文，迩字册汪炳斋劝英洋一十元正、钱二百三十八文，霜字册朱松泉劝英洋一十元正，张字册荫阶氏劝英洋一十元正，烈字册谢小山劝英洋一十元正，闰字册金少甫劝英洋一十元正，巨字册黄鼎珊劝钱十千四百文，元字册胡炳斋劝钱十千三百文，地字册刘伯充劝英洋六元一角、钱三千六百文，伏字册龚辛逸劝钱一十千文正，朝字册庄裕年劝英洋八元七角、钱一百五十文，大字册陈杏汀劝英洋八元八角，养字册徐新泰号劝英洋五元正、钱三千八百文，寒字册顾锦亭劝英洋五元正、钱三千五百文，垂字册张景春劝英洋八元正，云字册汪景生劝英洋八元正，宿字册舌耕士劝英洋八元正，黄字册胡炳斋劝英洋六角正、钱七千八百文，让字册丁宝声劝英洋六元五角、钱一千四百文，率字册顺泰船行劝钱八千三百七十文，凤字册甘杏泉、丁宝声劝英洋七元五角，莫字册金湘泉劝英洋五元五角、钱二千三百二十文，陶字册万裕酱园劝钱八千文正，殷字册万成酱园劝钱八千文正，宇字册谨仪堂劝钱八千文正，雨字册夏平叔劝钱八千文正，宙字册王鸣轩劝钱八千文正，腾字册汪景生劝钱八千文正，臣字册蔚湘氏劝钱八千文正，坐字册三省书屋汪劝英洋七元一角，成字册黄政卿劝英洋六元三角、钱八百一十文，制字册谢研亭劝英洋七元正，及字册张景春劝英洋七元正，恭字册孙龙海劝英洋四元四角、钱二千六百文，李字册刘让木劝英洋四元正、钱三千文正，奈字册王德余堂劝英洋四元正、钱二千八百文，始字册谢义原堂马至乡劝英洋四元五角、钱一千三百文，唐字册瞿耕莘劝英洋五元一角、钱六百二十文，羌字册卢懋昭、瞿梧笙劝英洋五元六角，女字册东来号劝英洋一元八角、钱三千八百文，妇字册沈少亭劝钱五千五百文，盈字册张松泉劝钱五千四百文，壹字册王国安劝英洋五元正，得字册邓星桥劝英洋五元正，岂字册袁子香劝英洋三元二角、钱一千五百六十文，发字册万昇酱园劝钱五千文正，王字册朱寿记劝钱五千文正，民字册聚源行劝钱五千文正，首字册李志堂劝英洋二元正、钱二千四百文，罪字册同顺行劝英洋三元五角、钱六百二十文，道字册汪聘侯劝英洋四元正，珠字册赵吴氏劝钱四千文正，代字册华荣昌号劝英洋三元六角，惟字册瞿耕莘劝英洋三元正，服字册谢觉源堂劝英洋二元二角、钱五百文，戎字册瞿梧笙劝英洋七角正、钱一千五百文，场字册太古洋行公和班劝英洋二元正，昃字册张香田劝英洋五角正、钱一千文正，乃字册谢研亭劝钱六百文正，白字册魁泰号劝钱六百文正，南市善与人同英洋七十一元，周天华、王岐昌劝各户英洋四十二元五角，周春山劝玉器业英洋二十六元，浙湖省民英洋一十六元，北关公所英洋一十五元，宋正兴号英洋十三元五角，织帝书屋英洋一十三元，北关公所英洋一十一元、钱二千二百文，广客无名氏英洋一十二元，吉林钜源鑫英洋十一元二角，方楚记英洋一十元正、规银一两作钱一千四百六十文，北关银号计三次钱十一千七百文。

望回头氏、北关公所、杨陆氏、洪裕善会、敦伦堂、孙宝善、姑熟逸客、张俞氏、感善居、北关公所、湖州无名氏、武林寿萱室，以上十二户各捐英洋十元。

王顺祚英洋二十元正，龙飞洋行英洋十二元三角三分，龙飞众友英洋十元二角五分，北关公所英洋八元正。

同纯泰行、湖州无名氏、陶凤山、润泰锠劝恒昌号、北关公所、休宁无名氏、杨沈氏、杨潘氏、陈尚文、叶听涛轩、尤大小姐、川沙毕茂铺、皖南无名氏、吴门程氏，以上十四户各捐英洋五元。

无名氏英洋四元二角。

东来号、钱毛毛，以上二户各捐钱五千文。

阙氏书塾各生及眷属节省三次钱四千二百三十文。

永福春、浙湖无名氏、同纯泰行、湖北田郑氏、无名隐儒、二龄童子、湖州心记、无名氏、鉴湖逸仙氏、勉力人，以上十户各捐英洋四元。

隐名氏、省膳氏、隐名氏、同诚社会、无名氏、公利局老班头、蛟川愧不足斋、古越勉力子、沈廷栋、延陵氏，以上十户各捐英洋三元。

北关公所钱三千文，阙氏书塾各生节省三次钱二千九百九十八文，钫记饰银兑见钱二千八百文，叶听涛轩饰银兑见钱二千三百二十五文，龙飞制造马车行铁匠友英洋二元六分。

龙飞制造马车行木匠友、龙飞制造马车行漆匠友，以上二户各捐英洋二元三分。

筹防局众姓英洋二元正、钱六十文。

李隐名、蒋隐名、沈隐名、湖北田郑氏、弇山王氏、裕大号、颐泽堂、省膳居、钟正高、仁德堂、江铭堂、无名氏、袁徐氏、姚宅、沈宅、代醮分、仙鹤草、乐安氏、叶隐名、北关公所、吴门陈氏、勉力之、夏乐氏、龙湖第一泉山房、金莲塘、屠少田，以上二十六户各捐英洋二元。

乐善堂钱二千一百三十八文，筹防局英洋一元正、钱六百六十文，连城氏英洋一元六角。

武林士润笔、隐名氏，以上二户各捐英洋一元五角。

无名氏英洋一元二角。

朱鸣岐、瞿瑞和号、停药居士、同纯泰行、维峰氏、隐名氏、杨朱氏、裕通庄、隐名氏、无名氏、苗国元、三龄童莲记、吕怙云、无名氏、俞锡卿、六龄女瑛记、潘宅、杨炳南、三槐堂、杨学乾、霭霭氏、王蒋氏、许福记、生昌号、存心氏、蒋基德堂、惟善堂、陆贞记女史、瞿云孙、胡敦厚堂、胡芾常、筹防局众姓、释疑氏、顾雅卿、历阳李幼女、龙飞行皮匠傅毛头、金赟轩、万成记、积善氏，以上三十九户各捐英洋一元。

义生号钱六百四十文，邱云记英洋五角正，龙飞行裁缝工三毛英洋三角正。

一、收英洋一千四百六十元六角五分，⎯⎮⎯合规元一千六十一两八钱九分二厘。

一、收钱二百九十八千四百七十九文，丨乄ⵄ合规元二百五两八钱四分七厘。

共收规银一千二百六十七两七钱三分九厘。

外有冯莲汀先生经劝昆、岗、水、阳、律、吕、出七册，英洋八百六十二元九角四分五厘，径交筹赈公所，照来户花名登帐矣。

安　节　局

徐宗德等经募

第一次规元一千两。第二次规元一千两。第三次规元一千两。第四次规元一千两。

共收规银四千两。

松江辅德堂

沈光璘、汪家桂、闵启祥、吴霈、胡锦曦、叶增祥、姚德风、王超、姚前璧、杨正修、汤剑光、沈庆安等经募

第一次英洋一百元正。第二次英洋二百元正。第三次大小洋合一百八元六角，规元九钱一分，钱六千四百十文。第四次英洋一百元正。第五次大小洋合一百四元三角，钱八千六百六十文。第六次英洋一百元正，钱二十九千九百文。第七次英洋一百二元，钱三百六十文。第八次英洋一百元五角，钱三千六百四十八文。第九次英洋四百三十九元正，规元三两五钱。第十次大小洋合一百二元五角八分，钱二十二千三百三十文。第十一次大小洋合一百一元二角九分，钱五千三百三十三文。第十二次英洋一百元正，钱二十二千六百五十二文，本洋六元。第十三次大小洋合八十七元九分，规元九两五钱，钱五千二百文。第十四次英洋三百十七元。第十五次大小洋合八十一元六角五分，钱九千一百九十二文。第十六次英洋九十七元，钱八百五十文。第十七次大小洋合七十元五角八分，钱一百五文。第十八次大小洋合九十三元二角九分，钱二十九千五百二十文。第十九次大小洋合五十六元九角三分，钱三十七千六百七十九文。第二十次英洋一百十一元正，钱十八千四百三十文。第二十一次英洋六十八元，钱十五千九百八十八文。

辅字塪捐：严悟非、王志勉劝六号，钱二万六千五百文。仁恕堂劝八号，钱二千五百文。潘书艇劝九号，钱二千四百文。姚少廉劝十一号，钱一千文。俞竹山劝十二号，钱十二千八百文。闻寅伯劝十五号，英洋五元，钱四十六千六百文。马逸溪劝二十一号，英洋二元，钱五千三百文。一乐居劝二十五号，钱三千一百五十文。郭翼贻劝二十八号，英洋二元，钱十一千六百八十文。顾福庭劝三十号，钱五十三千文。姚湘云劝三十一号，钱七百文。吴廉石劝三十七号，英洋三元五角，钱二千八百文。姜菊村劝三十八号，钱五千七百文。姜菊村劝三十九号，英洋十四元正，钱九千八百文。胡浩川劝四十号，英洋三十七元正。蔡霭云劝四十五号，钱四千二百文。林九牧劝四十六号，钱六千三百文。王淡然劝五十三号，英洋十六元正。冯云卿、莫文浏徐石楼劝五十六号，英洋四元五角，钱十一千六百文。姚湘云劝沈菊人医资六十四号，钱十千文、一千二百二十文。谦益斋六十七号，英洋二十元正。谢心畲劝三号，钱八千文。沈亦亭劝十六、二十号，钱十四千文。陈修梅劝二十四号，英洋二十一元，钱二十一千二百文。龚琴叁、吴晋三劝三十三号，钱十千九百文。吴廉石劝三十四号，英洋四元，钱八千文。沈菊人劝三十六号，英洋一元，钱七千九百文。顾寿石劝四十九号，英洋二元，钱三千九百文。朱少慈劝六十一号，钱十千六百文。辅字四省捐四号，英洋十九元，钱三百文。王东帆劝四省册，英洋七元，钱三千三十文。棉衣捐英洋二元五角八分，钱十三千三百三十三文。福幼捐五十一号，英洋十四元正。

以上各户捐数，皆交保婴局收。

云间书画社：第一次英洋五百元正，第二次英洋四百元正，第三次英洋一百八十元，第四次英洋一百二十元，第五次英洋二百十一元、钱三百三十文。

以上各户捐数，皆交果育堂收。

信元典、大德典、天和典、鼎丰典，以上四户各捐英洋二十四元。

杨诗盟英洋十六元正，张珠庆英洋十四元正，望衡馆放生会移钱洋合十元三角七分四厘，如不及斋英洋一十元，杨永兴英洋六元，天泰号英洋四元正。

唐德裕、叙兴裴文记，以上二户各捐英洋二元。

莫永兴、万萃、泰顺号、姜义盛、宋怡仁，以上五户各捐英洋一元。

以上各户捐数，皆交辅元堂收。

一、收规银一十三两九钱一分。

一、收英洋四千三百九十一元七角六分四厘，㣲㣲规银三千一百九十二两八钱一分二厘。

一、收钱五百三十四千九百八十文，㇑㇇规银三百六十八两九钱五分一厘。

一、收本洋六元，㣲规银四两五钱。

共收规银三千五百八十两一钱七分三厘。

松江全节堂

尹均德、沈福同、宋琳、耿昌龄、甘调鼎、余心农等经募

松字元号册英洋三十一元、钱三千二百四十文，又二号册英洋二十元、钱一千八百文正，又三号册英洋二十六元、钱三百六十文，又四号册英洋二十二元、钱一十二千一百九十文，又五号册英洋三十元正、钱三千六百文，又七号册英洋一十七元，又八号册英洋三十二元、钱四千五百五十文，又九号册英洋二十五元、钱七百二十文，又十号册英洋二十六元，又十一号册英洋十三元五角、钱二十一千四百四十文，又十二号册英洋二十五元五角、钱三千三百六十文，又十三号册英洋二十元正，又十四号册英洋三十元正，又十四号册英洋三十元正、钱三千六百文，又十五号册英洋七元正、钱十二千六百二十文，又十六号册英洋三十二元、钱一千八十文，又十七号册英洋三十一元、钱七百二十文，又十七号册英洋四元正、钱二千九百六十文，又十八号册英洋一十八元、钱四百二十五文，又十八号册英洋十元正，又十九号册英二十八元正、钱二千六百二十文，又二十号册英洋一十元正、钱八百六十文，又二十一号册英洋一十一元，又二十三号册英洋三十三元、钱三百六十文，又二十五号册英洋一十二元、钱一千二百四十文，又二十六号册英洋二十一元、钱二千八百八十文，又二十八号册英洋一十七元、钱五百六十文，又二十九号册英洋二十一元、钱七百二十文，又三十号册英洋五十六元，又三十一号册英洋三十二元，又三十二号册英洋一十二元，又三十三号册英洋五十三元、钱六十三文，又三十四号册英洋二十六元、钱六十五文，又三十五号册英洋二十四元、钱六十文，又三十八号册钱一百千文，三十八号册钱三十四千六百四十文，又三十九号册英洋二十五元、钱五百四十文，又四十一号册英洋二十六元，又四十三号册英洋二十四元，又四十四号册英洋九元，又四十六号册英洋一十四元，又四十七号册英洋三十九元、钱七百二十文，又四十八号册英洋二十元、钱二十八千八百文，又四十九号册钱一百六十千九百二十文，又五十号册英洋一百二十九元、钱二百四十文。

儒医沈菊人第一次英洋一十一元、钱十四千六百文，又第二次英洋一元、钱十五千八百九十五文，又第三次英洋一十四元、钱二十二千四百八文，又第四次英洋七元、钱二十

七千一百四十三文，又第五次英洋一十一元、钱三十七千三百二十六文，又第六次英洋八元，钱十九千一百六十四文，又第七次钱八千三百四十四文。

张堰长生局募第一次英洋一十元、钱一十二千文，又第二次英洋八元、钱二十二千文，又第三次钱四十千文，又第四次英洋八元、钱三十千文，又第五次英洋二十四元、钱一十千文，又第六次英洋五元、钱一十千文，又第七次英洋一元、钱七千四百八十四文。

全节堂第七次英洋一百元，又第十二次英洋九十六元、钱六百五十九文。

乐善居英洋六十元，张堰镇益泰范劝英洋八元，李小兰英洋六元，余庆堂蔡英洋五元，花梁庙丁壬宫社金英洋四元、钱三千七百二十文，丁经德英洋四元，张节裔来华节孝祠秋祭分英洋三元、钱四百文。

不留名仲手、顾成宝八次、城隍庙回堂社、大经堂雷，以上四户各捐英洋三元。

武帝诞社余十一次英洋二元、钱九千八十五文，公记英洋二元二角。

罗庆荣、清河竹记、张耀生、屠庆善、不留名仁记、乾泰源、陆继志、俞云卿、许泰和、谢金海、倪菊亭、府庙社余、不留名谢、朱秀堂、不留名、顾德善、不留名杨、不留名陈、钟庚元、王松林，以上二十户各捐英洋二元。

杨坤和、袁保滋、张绍昌、不留名姓祝劝、唐茂松、李水咸何惠生、紫微仙馆、马思敬、钟华田、郭秉德、郭仁德、钟寿奎、何春韶、施天顺、侯方记、俞瑞荣、王东来、张寄云、费静江、林根深二房、潘顺德堂、庆余堂张、毗陵瑞芝堂朱，以上二十三户各捐英洋一元。

陈衡甫英洋八角。

沈仁本堂、黄信孚、不留名余、庄庆泰、沈步声、王心元研润，以上六户各捐英洋五角。

文帝诞社钱八千六百三十五文，华真人诞社钱六千九百文，朱手不留名钱三千三百三十三文，张瑞金钱二千文，许瑞金钱一千文正，周春园钱九百文，吴吉甫研润钱八百四十文，施茂廷钱七百六十文。

心正堂朱、杨思仁，以上二户各捐钱七百文。

双桂堂陈、俞咸倌、张金海、张凤元，以上四户各捐钱六百文。

施荣倌钱五百六十文，王春波钱五百三十文。

许瑞春、张妥坤、沈秀松、金顺倌、不留名瞿、不留名周、陈有春、恒裕衣庄，以上八户各捐钱五百文。

马浩金钱四百五十文。

世德堂俞、鹤天鲸海朱、知本堂张、求己堂朱、秦益记、雪梅轩陆、双桂堂陈、劬怀室周、正修堂汤、蒋和倌、俞瑞倌、王金和、王炳秀、丁新会堂、吴文海，以上十五户各捐钱四百文。

小倌、袁和倌、顾宝在、薛三倌、叶金奎，以上五户各捐钱三百文。

李发洲、李泉荣、唐仲炎、史桐生，以上四户各捐钱二百文。

李金成钱一百文。

又交辅元堂收：

无姓名英洋三十三元，符寿萱英洋三十元正，达手英洋二十元正，游程劝英洋一十五元，费文蔚英洋一十四元，费鼎丰英洋一十二元，武帝诞分移英洋六元正、钱十二千四十文，范聿堂劝大小洋合四元四角三分、钱十千四百文。

慎手顾、杨手不留名、顾恒记、顾荷记、吴蓉裳手，以上五户各捐英洋一十元。

范悦堂手英洋一元正、钱九千文正。

三秀草堂韩、汪经训、张孝友、许定安、费树滋，以上五户各捐英洋八元。

公大典、不留名、雅不留名、府庙社分移，以上四户各捐英洋六元。

张云门、咏记，以上二户各捐英洋五元。

绿荫山庄、张廉客、汪鸣凤、胡补勤、张黄石、吴容安、韩敬德、汇源坊、一经书屋、不留名姓、金玉树、张庆麟、韩爱芬、张光远、石朱氏、顾李氏、王子云、万槐礼、仁手二户、费树根、寿怀德、沈慕和等十二人公捐，以上二十二户各捐英洋四元。

卷石、不留名王、不留名秦、不留名张、隐贤居费、会心处、裕元号、程不知名、养兰居、吴手三户，以上十户各捐英洋三元。

拜经书屋、跃云书屋、迎旭楼、五记、贻善、读抱山庄、不留名姓、汤存德二次捐、蒋光谔、不留名、闵德照、不留名绣记、瓣香室颂丰小筑、程明恕、陆不负、贻穀居、封永顺、屠培生、陈伟卿、诵芬堂、许安雅、史泰和、洪兴、万源顺、汪宝彝、徐竹亭、沈省耕、林问本、文记、顾凝和、王子乔、张子韶、黄子图、黄孟高、兰玉、梅记、溥记、杨居易、骧记读、秋妆山馆、陈耕读、张柑记、吴艾生、钱三宝、许庆宝、石柔记、盛安素、贻经堂、程九祥、薛不留名、啸不留名、张绿记、味吾味斋、撷经堂、沈二乐、王三槐、许宝善、朱余庆、吉记、施华萼、沈式古、傅经堂、黄中理、衡手、近手二户、蒋德星、蒋凝曦，以上六十七户各捐英洋两元。

庄济川钱二千文，金友芗英洋一元、钱三百六十文，周唐潘周英洋一元、钱三百五十文。

不留名、蔡记、惺记、诸记、贯记、骧记、不留名周、三和斋、慎记、锦福、不留名郭、红杏书屋、同顺、陈宝昌、醉月亭、无名氏、梅绿书屋、义记、何协昌、赋海西记、赵碧山、毕盛卿、张梅生、张四勿、朱金声、王文衡、不留名单、不留名张、荣记、曹玉树、明记、不传名、静中至乐、甘润香、唐升魁、不留名秋手、杨少村、唐德庆、不留名徐手、日河小筑、沈拙臣、钱福昌、竹庐居、王灵芝、徐晋记、不留名塘手、孙松亭、唐不留名、张宝稼、不留名姚、曹大有、益丰同、赵庆记、荣记、陈光裕、王树槐、不留名滋手、叶翼凤、仲述礼、李闾记、乾泰庄、马世宪、沈公正、朱永源、唐叙茂、嘉太、程正大、同泰园、朱恒隆、益大、夏天成、王少记、陆恒泰、周德泰、张书麟、陈思诚、范高年薛河东、朱润生懋、程明达、礼耕堂、王崇俭、曹桂荫、林惠泰、蔡诒经、姚慎修、彭晓云、骆恒昌、草庭嘉生、沈松记、沈杏记、沈作记、不留名沈、啸林居陈、宝顺堂高、钓隐山房朱隆茂陈福记、修志居、华帐房、胡不留名、黄不留名、朱手不留名、查莲舫、侯永和、姚莲峰、韶手不留名、黄克勤、顾笠亭、袁翼堂、丁松乔、沈蕙孙、胡若云、丁子石、陈松泉、锡手不留名、林印川、盛春园、张婉云、何鸿浦、张松岭、张梅君、张兰伯、周墨斋、沈元和、菊记、耿汤朱施、王槐荫、诸春山、徐凝素、封九华、何安遇、陈仁德、严庆和、姚少廉张三德、顾世德、赵正修、赵爱日、同泰坊、张林玉、许莲生、黄杭生、盛树德马积善、黄昭官、许康保、陆鹤松、吴孙、何义兴、荫蒙居、杨三省、程不留名、沈莲魁、黄鹤年、同丰、程培庄、云林问心室、荫槐王、朱咏莪、朱兰玉、不留名张、戴禹珍、黄姓、李绂麟、张梅记、王琴舟、沈遇记、杏林书屋、阮雪峰、朱子英、倪课花、陶玉泉 单方昌、凌毓财、凌圣荣等、西河、周三茂益、冯姓、阮峻德、姚菊坪、姚紫坦、沈菊秋、沈贾春、陆文亭、高大人、陈礼堂、张照胜、姚立亭、樊西墀、林印川、袁姓、朱余业、陈道义、朱手、石手、马顺时、邵懿堂、金永兴、冠者五六人、潘永德、金云卿、菉竹居、然松旧庐、书易居、凤记、鹤手募、毕光裕、叶礼和、许评月、易竹居、丁余善、胡良记、徐慎庆、惟善居、留青居、李椿农、程七实、程时香、碧梧居、施手、程兆镛、孙霭春、徐寿芝、隐名子、程八房 沈傅香、为善居，以上二百二十二户各捐英洋一元。

童子六七人钱一千文。

陆记、许莲生，以上二户各捐钱八百文。

同丰瑞记、胡慎德、盛昌、不留名吴、梅千不留名、姜玉森、朱传心、不留名李、顾也儒、谈遇春、庄少泉、不留名王，以上十二户各捐钱七百文。

合记钱六百五十文。

朱兰皋、朱存仁、朱春来、朱霭春、陈有亭，以上五户各捐钱六百文。

金熙和、沈三益、金宝和等，不留名赵，以上四户各捐钱五百三十文。

汪乐从、不留名夏，以上二户各捐钱五百二十文。

郎永隆、源泰、永泰、不留名金、广丰裕、万昌祥、乾泰、王义叙、曹菡江、陈书屏、不留名汤、黄菊畦、张英成、余象乾、龚海门、不留名、陆财耕、万记、亦记，以上十九户各捐钱五百文。

不留名陆、莲记、夏姓、钟姓、沈恒源、秋手、程二房、黄润滋、胡奶奶、豫记、四记，以上十一户各捐对开合英洋四角三分。

不留名陆、敬修堂盛、琳琅记、吴敦说、张福廷、惠迪记、汤钟德、张存伦、朱厚德、周庆安、朱兰芝、妙吉祥、叶廷章、陆淮全、张其清、谈银倌、吴手、孙仲甫，以上十八户各捐钱四百文。

杨肖卿、赵永新善，以上二户各捐钱四百二十四文。

崇明鞠钱三百二十文。

七太太、王秉礼，以上二户各捐钱三百十三文。

不留名珍、周希之、叶香亭、王瑞亭、不留名臧、淇子斌、周海亭、熊仪周、樊子亭、刘象乾、朱广福、樊宜斋、张成裕、郭松泰、王金秀、刘世高、范世林、萧广发、王锦春、卢荣业、李洪泰、瞿得茂、陈先生、刘尚明、王焕廷、潘先芝、俞添锡、王惟志、樊汝发、张得标、樊汝宽、李大宽、胡庆选、朱得成、齐仰先、王锦春、张尚清、殷加珍、谈和倌，以上三十九户各捐钱三百文。

明斋钱二百六十二文，无名氏钱二百八文。

不留名唐、莲记、黄旭东、凌佩卿、不留名吴、沈清和、锦心斋盛、吴鼎奎、沈光裕、复兴、沈听竹、朱藕龄、李鼎臣、蔡裕堂、蒋大才、吴聚臣、刘殿元、熊凤明、刘云漳、陆得胜、陈文焕、李加本、郑长发、李长春、王金元、郑应立、萧广于、刘尚贵、谭玉忠、戴守渠、周道生、吕得福、王明贵、李荫发、樊节芝、石宝兴、史桐生，以上三十七户各捐钱二百文。

尹同太、贾永銮、李合成、王金得、刘金贵、王护炳、郑崇感、李部忠、张步成，以上九户各捐钱一百文。

全节桶捐：五号大小洋合四元七角九分，钱十二千三百五十四文，饰银四两八钱四分，纹银二钱八分。六号英洋二元，钱三千三百二十三文。七号英洋一元，钱二千六十七文。八号钱三千三百六十一文。

府城隍庙桶捐：九号大小洋合三元九分，钱十三千八百八十三文。又大房钱二千二百六十八文，又二房钱二千五百二十文，又三房钱二千二百四十文，又四房钱二千六百八十八文，又海月山房钱一千五百四十文。

亭林桶捐一百十号，纹银四钱二分、大小洋合十二元五角四分、钱一百二千一十七文。张堰桶捐英洋五元、钱一千二百四十三文。

一、收饰银四两八钱四分，七折合规元三两三钱八分八厘。

一、收纹银七钱，｜〇丄申规元七钱四分二厘。

一、收英洋二千三百三十七元五角八分，丄｜丄合规元一千六百九十九两四钱二分。

一、收钱九百二十六千七百二十七文，｜乂ㄅ合规元六百三十九两一钱二分二厘。

共收规元二千三百四十二两六钱七分二厘。

贞

金陵同善堂分局

胡槐封等经募

第一次规元七百二十三两五钱四分五厘。第二次曹纹合规元五百三十五两六钱一分八厘。胡蓉卿募申字一百二十九号英洋四十二元。

一、收规银一千二百五十九两一钱六分三厘。

一、英洋四十二元，二川二合规三十两五钱三分四厘。

共收规银一千二百八十九两六钱九分七厘。

绍　兴

徐树兰、徐树蒌等经募

随检子募规银四钱八分、英洋一千十六元五角、钱三百三十七千五百六十文，杜汇占募英洋一百三十九元、钱一百二千十二文，容大庄募英洋二百九十六元、钱十六千八百三十一文，稣记庄募英洋九十八元、钱九千四百文，徐谷芳募英洋三百三十五元、钱七百七十四文，徐七子募英洋三百七元五角、钱十六千七百七十七文，徐滋芳募英洋二百八元、钱四十四文，徐信芳募规银二两四钱、英洋三百十三元、钱一千三百七十文，鲍益甫募英洋三百六十八元、钱五百十三文，陈玉泉募英洋一百五十三元、钱六十四千五百八文，许东晖募英洋二百七十一元六角、钱二十千一百四文，姚六瑚募英洋六百七十一元、钱三千一百九十五文，寿省三募英洋七十六元、钱四百文，朱曾三募英洋一百二十五元、钱三百五十文，赵晴初募英洋一百七十一元、钱三千三百二十一文，翁南辉募英洋二百三十四元五角、钱一千八百八十八文，陶心云募英洋二百四十元五角、钱一千三百五十二文，徐体三募英洋八元、钱四十六千九百十三文，王公茂募英洋六十二元、钱十三千一百九十七文，陈春亭募英洋一百三十二元，周蔽君募规银八两、英洋六十一元、钱三千八百文，永吉店、泰生店募英洋四十二元、钱七十三千九百三十七文，钱静斋募英洋五十七元、钱十七千七百二十七文，刘黻廷募英洋二百元、钱二十四文，范质夫募英洋九十三元、钱一千二十六文，宝成庄募英洋四十三元、钱一千三百七十一文，宋薇川募英洋一百三十元，亿锦轩募英洋二十六元、钱七千七百八十六文，信大行、亿锦轩募英洋三十二元、钱六百七文，庆裕绸庄募英洋一百十六元、钱四十一千三百五文，刘佐楠、陶琴士募英洋三十三元、钱六千七百三十六文，陈炳斋募英洋一百八十七元、钱一百五十文，周茂林、陈丽生募英洋四十七元、钱一千七百九十六文，罗香泉、金承勋募英洋八十元、钱四百六十文，屠元美募英洋五十四元、钱六千一百二文，贾允中募英洋六十六元五角、钱三十三千三百文，姜仲白募英洋一百四十六元、钱十千七百九十一文，徐祥瑞募英洋一十八元、钱七百二十文，屠居卿募英洋三十二元、钱六百八十四文，施长乐氏募英洋六十七元、钱三百六十文，马春旸募英洋一百六十五元、钱二十九千八百七十六文，沈伯庠募英洋一百六元、钱六百文，马文波募英洋一百四十元，章东辉募英洋一十九元、钱一千四百七十五文，杜莘郊、严桂林募英洋四十五元，沈芝庭募英洋八十三元、钱五十九千一百七十三文，范禹平募英洋一十八元，姚麟如募英洋二百六十二元八角、钱五十千九百一十七文，孙子康募英洋三十二元、钱四百三十文，章介千募钱五十一千一百二十文，娄历山募英洋三十一元、钱九百七十文，朱宝善堂、来记庄募英洋二百六十二元、钱十四千一百五十六文，任调夫、来记庄募英洋五十六元、钱二千一百六十文，来记庄募英洋九十二元，李长兴募英洋六十七元、钱七百九十四文，朱思泉募英洋一百四十八元、钱二百九十三文，杜奉常募英洋七十四元、钱一千四十一文，胡在兹募英洋一百一十八元，胡梅森募英洋五十元，包杉麓募英洋六十四元，孙润芗募英洋四十元、钱十二千六百六十五文，恒升庄募英洋九十一元、钱十五千六百九十六文，胡秋塍募英洋八十三元、钱二千五百二十文，沈瘦生募英洋五十一元、钱一千九百六十文，胡稚石募英洋二百一十七元、钱一百八十文，姜显甫募英洋一十一元、钱三百九十文，季姓募英洋六元、钱一百八十五文，李耀潮记募英洋一十九元、钱五百六十文，协隆昌募英洋三十二元、钱五百十二文，张幼亭募英洋三十二元、钱八百文，张诒庭募英洋五十三元、钱六百五十文，李国才募英洋三十四元、钱二千二百九十四文，沈芝骏募英洋六元、钱一千四百四千文，屠紫畴募英洋三十四元、钱三十千八十文，朱湘江募英洋六十七元，石子荣募英洋二十七元、钱七百二十文，姚敦纯堂募英洋三十二元，寿省三募英洋二十二元、钱七百二十文，范森棠、延茂庄募英洋六十九元、钱四百一十八文，杨合元、王镜湖募英洋八十元、钱二十四千九百十文，金璱章、金佩卿募英洋一百三十一元、钱三百三十八文，穗牲庄募英洋三十四元、钱三百七十四文，高滋生募英洋一百二十一元、钱一千九百十七文，章品三、韩润梅募英洋四十一元、钱十三千二百六十文，陈荣怀募英洋四十六元、钱四千六百八十元，孙纯甫募英洋五十三元、钱一千六十八文，朱焕其、蔡锦木募英洋四十元、钱三百文，朱亮其募英洋三十九元、钱七百二十文，徐爱竹堂募英洋二十元，张毅卿募英洋二十七元、钱二十五千文，唐广德募英洋三十二元，许笈云募英洋一百九十五元、钱四百一十一文，余晖庭、赵裕祥募英洋三十七元、钱四百四十四文，徐莲舟募英洋二百一十九元，余泮香募英洋二十元、钱一千一十四文，谢星桥募英洋三十元、钱一百一十文，屠紫畴募英洋六十一元、钱六十千八百四十文，秦秋伊募英洋四十元、钱二十三千六百六十六文，沈聚斯募英洋三十二元，李葆书募英洋一百二十四元、钱一千九百四十四文，余梓琴募英洋一十九元五角、钱三十三千二百四十文，杨应侯募英洋二十五元，申屠竹坡、竹泉募英洋五十二元、钱一千六百八十一文，鲍笙谱募英洋七十九元、钱五十文，会稽库募英洋一十六元，周揆初募英洋一十四元、钱一百五十四文，吴子萧募英洋三十五元、钱九百六十四文，徐步洲募英洋三十七元、钱八千四百文，陈云生募英洋五十五元，阮云帆募英洋四十四元、钱一百五十文，周液波募英洋三百四十九元、钱一千六十文，陈纯斋募英洋三十九元、钱六百八十文，陈月峰募英洋四十元、钱一百二十文，钟石帆、黄肖勉募英洋三元、钱一百五十八千九百文，陈勤补堂募英洋二百五十七元、钱二千三百五十二文，陈颖门募英洋一千二百九十一元、钱二百九十文，蒋萃轩募英洋六十九元，王望记募英洋三十元，孙天义募英洋三十三元、钱三十文，王锦如募英洋一十元，孔志轩募英洋二十二元、钱五千四十文，丁志安募英洋三十三元，任瓣云募英洋一十六元，萧然居士募英洋三十三元，莫肖东士募英洋五十三元，丁志安募英洋三十七元、钱八千三百文，杨梧村募英洋二十五元、钱七百一十文，陈晋新号募英洋三十三元，陈养正堂募英洋一十元，方文衡募英洋四十三元、钱二十七千三百六十五文，金承勋募英洋七十三元、钱四百二十三文，沈香林募英洋五十二元、钱七千二百文，启源当募英洋二百五十元，裘月轩募英洋九十八元、钱二百四十文，蔡宝和、伯来、仲甫募英洋九十四元、钱二百六十文，王恒盛募英洋一百一十一元，丁明煜募英洋三十一元、钱九百七十文，吴春轩募英洋一十八元、钱一百八十文，怀仁庄募英洋七十五元、钱三百八十文，竹锦川募英洋二十八元、钱二百六十三文，沈恐斋、童小泉、裘^{锦庄}_{亦樵}募英洋七十七元、钱一百九十文，婴局募英洋二元，张子翔募英洋一十八元、钱一百六十文，婴局魏廉募英洋一百四十五元、付还钱一百文，冯裕昌募英洋五十六元，吴久城募英洋四十六元、钱四十文，俞宝溪募英洋三十八元、钱二百九十文，袁亦江募英洋四十元、钱一百六十文，朱郁斋、王哲卿募英洋三十五元、钱八百文，市心街众姓募英洋二百二元，同德庄募英洋六十一元、钱五百七十二文，钱凤赓募英洋一百一十元、付还我钱二百七十七文，罗允福募英洋六十七元、钱五百四十一文，王东屏募英洋七十九元、钱一百八十文，罗允福庄、傅云玻募英洋七十九元、钱七百文，棠溪庄募英洋一百三十六元、钱六百文，童^{梅坪}_{懋斋}募英洋一百八十一元、钱一千五百四十五文，冯元喜、茹麓泉募英洋一十九元、付还我钱一百三十文，张敬轩、周锦亭募英洋二十五元、钱五百文，罗允福、蔡宝和募英洋一十三元、钱八百五文，王观猷募英洋五十四元、钱一百八十文，尹锡标募英洋八元、钱三百八十文，易宏怀、赵荣恩募英洋一十九元、钱六百五十文，梁西园募英洋三百四十元、钱一千六百四十四文，杨仁灿、梁西园募英洋一百二元、钱三百八十五文，魏也陶、阜泉号募英洋二百二十七元、钱十千四百二十九文，赵鸿文募英洋一十七元、钱五百三十文，梁西园、同丰号募英洋四十八元、钱七百三十文，梁西园、杨蔚德翁募英洋一十七元、钱六十六千四百文，冯裕昌募英洋九元、钱三百五十文，钱凤赓募英洋二十二元、钱二十千一百九十文，吴春轩募英洋六十六元、钱一百六十文，周敝斋、王槐三募英洋六十七元、钱五千九百十二文，阮晓林募英洋一百一十八元，容大庄募英洋一元、钱七百一文，周揆初募英洋一十一元、钱九百三十四文，张毅卿募英洋二元、钱一千八十文，随检子募钱三百六十文，陈玉泉募英洋一元，姚海槎募英洋二元八角，章品三募英洋二元、钱六百五十六文，汪又青募英洋一十八元、钱一百八十文，李萱盛募英洋一十六元、钱八百五十文，绍兴府城桶捐规银三两八钱五分、英洋四十三元、钱三十二千四百九十九文，随检子募英洋一百一十三元，徐七子募英洋二百六十六元、钱一千文，赵晴初募英洋三百一十元，王际云募英洋二十元、钱一千二百文，镜湖山人募英洋一十三元，陈云史募英洋一百元，李少芗英洋一十四元，徐信芳募英洋一十四元，骆稚卿募英洋六十一元，沈霭廷募英洋四元、钱二百六十六文，胡在兹募英洋八十一元，赵晴初募英洋一百二十元，冯裕昌募英洋十五元二角，启源当、蔡宝和募英洋二十元，怀仁庄、启源当募英洋二十一元，冯东辉、周莲舟募英洋二十元，俞黻臣募英洋三十六元，随检子募英洋五百五十元、钱五千四百文，柳北居士募英洋一十五元，随检子、穌记庄募英洋三十一元，张久香募英洋二十六元，悦名号募英洋六元，镜湖山人募英洋一百四十一元，宋竹卿募英洋一十七元、钱五百五十七文，沈露记募英洋一十四元、钱三百九十文，随检子募英洋一百四十五元、钱二十千文，何砚林募英洋二十二元、钱一千四百四十文，随检子募英洋六十二元五角八分二厘、钱三十九千八百文，随检子、觚记庄募英洋一十一元、钱四千二百文，宝成经募英洋八十一元三角二分七厘，张久香募福幼园二十二户英洋四十一元。

镜湖山人规银一千两、英洋二百四十元，徐树萱堂英洋一千元，心愿未了人英洋六百元，无名氏英洋五百元，无名氏英洋五百元，徐树萱堂英洋五百元，徐七子英洋四百元，徐七子英洋三百元，心愿未了人英洋二百元，心愿未了人英洋二百元。

一、收规银一千十四两七钱三分。

一、收英洋二万四千四十元三角九厘，ㄓ丨ㄓ规银一万七千四百七十七两三钱五厘。

一、收钱一千七百八十千五十三文，丨乂ㄖ合规银一千二百念七两六钱二分三厘。

共收规银一万九千七百十九两六钱五分八厘。

福　州

林景熙、唐静庵、莫澹如、谢春皋、王子芸、黄增、谭达堂、孙植斋、叶树民、李子亮、林明羲、莫梅峰等经募

第一次：

福公慎记劝三十户英洋二百二十八元五角五分，合规元一百六十三两四钱一分。

第二次：

广昌栈三户ㄥ丨、丨乂番银一百二十元、票银二元，福兴行二户票银一十元、英银二元，同孚行四户英银一十七元，张泽昶一户英银五元，天祥行四户英银二十四元，太平行十八户ㄥ丨、丨乂番银一百五十三元，昌兴行十户英银一十六元，其慎栈二户票银四十元，裕丰行七户英银一十元，兴泰栈八户英银一十二元，隆文行二十户ㄥ丨、丨乂番银三十一元四角，三山怡怡堂票银一十元，卢竹卿英银二元、票银二元，汇丰行二户英银五十元，太古行三十六户ㄥ丨、丨乂番银一百十四元九角。

共收ㄥ丨、丨乂番银合英银四百十七元八角一分、英银一百三十八元、票银合英银六十元四角九分，ㄥ丨三ㄥㄖ合规元四百三十九两八钱八分。

第三次：

广义昌十一户英银二十二元，招商局四户英银五十七元，王玉山一户城钱票二千文，协昌行一户ㄥ丨、丨乂番银二十一元，旗昌行吴俊票银一元，恕恭堂一户ㄥ丨、丨乂番银二百元，谭燕川一户英银一十元，乐善堂一户英银一十元，同祥行三户英银六元，双春高一户新议捧一十两，裕昌行二十户英银六十九元五角，锦泰隆一户票银七元，杨北安堂一户ㄥ丨、丨乂番银一百元，怡绍昌一户英银一十四元，怡善堂一户票银八十二元，新泰栈二户票银五元，文泰栈四户票银七元，大昌栈三十九户票银一百六元，太茂行十一户英银二十一元五角，怡善堂一户票银二十五元，杂货帮十八户英银七元七角、票银七元、城钱票九百文。

共收票银合英银二百二十六元八角二分、ㄥ丨、丨乂番银合英银三百十九元六角、英银二百十七元七角、新议捧合英银十三元五角、城钱票合英银二元五角，ㄥ丨三ㄥㄖ合规

元五百五十九两七钱四分。

第四次：

公祥和栈九户〢〩、〩乂番银一百五十二元，许祥安一户城钱票三千文，一念氏一户票银五元，义泰栈二十八户票银一百一十一元，公裕行四户英银一十二元，义利行二十八户英银十八元七角五分，生兴晋栈一户票银一十元，同和玉记十五户票银一百二元，陈维炳一户英银一元，良记一户票银一十元。

共收票银二百二十四元九角三分、英银三十一元七角五分、〢〩、〩乂番银合英银一百五十一元三角、城钱票合英银二元五角，〢〩合规元二百九十五两五钱四分。

第五次：

源胜栈二十户票银七十元，善益堂一户票银三十元，重金氏一户英银一元，紫气草堂一户英银一元，邓成德堂一户〢〩、〩乂番银一百元，诚意轩一户〢〩、〩乂番银一百元，隆顺庄一户票银一十元，恒社一户〢〩、〩乂番银一百元，冠芳楼三户票银六元、城钱五百九十五文，合成栈四十一户票银一百三十元，恒和栈十七户〢〩、〩乂番银六十二元，谭劝之一户英银一十元，怡善堂一户票银五十元，怡善堂一户票银二十八元。

共收〢〩、〩乂番银合英银二百九十八元六角三分、票银合英银三百六元二角一分、〢〩、〩三番银合英银六十一元七角三分、英银十二元、城钱合英银五角三分，〢〩合规银四百八十八两九钱五分。

又三山怡怡堂光英五十元，〢〩乂合规元三十六两四钱五分。

第六次：

林隐士一户票银三十六元，奉母命一户钱票六百文，同和行二十六户〢〩、〩乂银三十一元九角二分，华记行十四户英银六十九元，李大铺一户票银四元，怡善堂三户票银三十元，怡善堂八户票银五十八元，怡善堂钱票六百文，集捐不计名票银五十元，道山观、惜字会〢〩、〩乂银五百元，广发庄一户英银二元，协泰茶栈四十户票银一百一十二元，山左季兴洲一户英银一元，汤姓一户钱票四百文，齐尚怀一户票银一元，瑞承庄二十户票银六元，瑞承庄票银十五元一角三分，瑞承庄钱票五千四百文，永和堂四十一户票银八十四元，永和堂钱票六百文，三山怡怡堂票银一百元，挂剑堂票银五元，福字十八号裕丰栈劝钱票一百千文，福字十二号合春茶栈七十一户票银一百一十五元、英银二十二元、钱票六十九千九六十文，山左季兴周英银一元，裕昌行劝六户〢〩、〩乂银三十六元、票银一十元、钱票一十千文，裕昌行劝十五户票银二十五元、英银一元、钱票一百八十二千八百文。

共收钱票合英银三百十五元六分、票银合英银六百十五元三角八分、英银九十六元、〢〩、〩乂银合英银五百六十五元三角二分，〢〡〣〢〥δ合规元一千一百四十四两八分。

第七次：

阜昌行三户英银一十七元，福字二号裕昌行募十二户票银二十四元，裕昌行劝英银一元、钱票八千四百文，福字二十四号唐翰翁劝二十六户英银一百二十五元、票银二十二元，福字二十七号裕昌行劝三十一户钱票二百二十六千八百文，天裕行二户英银一十五元，林壏一户票银一十元，林捷元一户票银三元，福字十一号太古行一百二户英银五十元八角四分，东里氏一户票银五元，张泽昶一户英银二元，何霭臣一户英银四十元，福字二号裕昌行劝十一户票银五十一元、英银四十三元、钱票一千文，福字三十四号裕昌行劝七户票银四十七元，福字三十四号成泰木行劝十户票银五十八元、钱票五千文，保安堂王先生钱票五十千文，赵积善堂英银二元，黄成林堂英银二元，怡善堂劝二户票银四元，公成庄劝二十二户票银二十二元、钱票六千七百文，张泽昶一户英银二元，申字八十八号怡善堂劝十九户票银五十一元、英银六元，申字九十二号裕昌行劝五户英银三十七元，保安堂王先生钱票五十千文，泉永栈十一户票银二元、钱票五千三百文。

共收票银合英银二百八十二元五角八分，英银三百四十二元八角四分、钱票合英银三百三元九角二分，〣〢○一〢〸〇合规元六百六十九两七钱。

第八次：

同心堂八户钱票三千六百文，贫念子票银四元，持起氏英银六元，木易、人未氏二户英银四元，瑞承布庄五户票银四元、英银二元、钱票一千文，安和堂等五十六户〣〢、〢〤库一百元，公易行十户英银二十二元五角，吴存善堂英银一十元，张彬宜英银一十元，杨善德堂票银六元，福字三十三号华来劝四十三户票银四元、城钱一百四十千文，福字二十八号容光敏八户英银七元、票银五元，福字二十四号唐翰先生五户英银八元，陈阿意钱票四百文，欧阳晴村〣〢、〢〤库二十元，福字十八号裕丰栈劝二百户票银二元、钱票六十五千八百四十文，福字二十二号黄增先生劝钱票五十四千文，林云光、李圣培劝船政局〢〣库银五百两，黄永喜英银一元，张挹之新议银七两一钱二分，朱伯吹新议银七两三钱八分，申字八十八号邓仕观票银二元，申字九十号公成庄劝四户票银三元、钱票三千九百五十文，申字八十七号裕源布庄劝二户票银二十元，同春钱庄劝十六户票银一十元、钱票六千五百文，申字九十二号吴存善堂英银一十元，申字九十号天甡号劝六户钱票二千八百文，申字九十号怡善堂劝二户票银一十一元，申字八十八号德和号劝八户票银一十二元，申字九十二号张彬宜英银二十三元七角五分，陆兴木行劝八户钱票五十千文，欧阳晴村〣〢、〢〤库一十元，申字八十八号怡善堂劝二户票银一十四元，申字八十八号黄先生劝钱票三千文。

共收钱票合英银二百八十三元七角四分、新议银合英银一十九元五角八分、〣〢、〢〤库合英银一百二十九元四角五分、〢〣库银合英银六百九十一元七角七分、票银合英银一百一元一角三分、英番银九十四元二角五分，〣〢一〢〸〇合规元九百五十一两九钱九分。

第九次：

李圣培林云光船政局劝〢〣库银五百两，福字二号裕昌行劝三户票银一十九元、钱票三百二十文，普安堂劝高福康男女三十二户票银五百元，何履亨票银一十元，普安堂劝三成堂票银三十元，报李居票银四元，无名氏钱票十千文，裕昌行劝三户英银一十八元，太古行十八户英洋二十二元五角，谭劝之英银五元，普安堂劝高运昭等十户钱票一百千文，庆天堂票银二元，瑞春茶栈劝票银一百元，公成庄劝四户钱票二千三百文。

共收〢〣库银合英银六百九十一元七角七分、票银合英银六百二十八元五角、钱票合英银九十六元四角、英银四十八元二角五分，〣〢〢〸〇合规银一千五十两。

第十次：

自愧居一户票银二元，自愧轩一户票银二元，景福隆劝番银一十一元、钱票四千文，张弼甫一户钱票一千文，王辉仙一户票银四元，文苑堂一户英银一元、钱票二千文，种玉堂一户英银五角，宁德吴炳修、黄书田劝联封堂等三户〢〤银四十一两二钱，宁德吴炳修、黄书田劝陈万胜等〢〤银六十三两五钱，宁德吴炳修、黄书田劝布商抽天后回款〢〤银五十三两二钱，宁德吴炳修、黄书田劝蔡顾氏等〢〤银二十三两二钱，福字二十一号黄增翁劝钱票四十八千文，剑虹阁主一户番银四元，耶溪钓客一户番银四元，三山小书淫番银四元，晋安堂劝十一户番银一十二元、钱票二千文，恒成茶栈十一户票银二十六元，潘友竹一户‖乂银一百两，朱兰孙一户‖乂银一千两，培桂堂一户票银一十五元，星江人氏一户英银五元，李庆堂一户钱票一千文，杨秋园劝八户票银一十四元，朱朝杼一户钱票四百文，耶溪钓客一户番银二元，三山小书淫番银四元，剑虹阁主番银一元。

共收第九次清单存汇尾英银二十一元六角二分、番银合英银三十九元三角七分、‖乂银合英银一千七百七十二元四角、钱票合英银五十元一角七分、票银合英银五十九元五角四分、英银六元五角，〓‖合规元一千四百三两七钱一分。

第十一次：

瑞成布庄劝十户英银八元、票银一元，瑞成布庄劝镜银一两六分、钱票九千一百文，林芷怀一户钱票二十千文，怡善堂劝六户番银二元、票银八元，酒馆桶捐集番银一元、票银一元、钱票四千二百五十五文，普安堂劝一百四十三户钱票一百八十八千六百五十文、番银二元，普安堂劝聚沙成塔册一百二十户钱票一十二千文，莫霭楼一户英银五元，招商局劝长乐县天津帮票银五十元，招商局劝陈仁记等二十一户票银五十二元，通德轩一户〓‖、‖乂番银二百五十元，陈姓一户番银一元，林祖汀一户钱票一十千文，述经堂一户钱票六百文，余荫堂一户钱票二千文，黄灼枢一户钱票一千文。

共收英银一十三元、番银合英银五元六角九分、〓‖、‖乂番合英银二百四十八元八角六分、镜银合英银一元五角五分、票银合英银一百五元八角五分、钱票合英银二百十五元八角二分，〓‖〓‖８合规元四百二十三两一钱四分。

第十二次：

永兴泰票银四元，生太盛票银六元，王瑶轩钱票三千文，丰盛栈劝七户票银四元、钱一千四百四十文，荥阳堂票银五元，文苑堂票银一元，公成庄劝四户钱票十三千五百文，普安堂劝地藏会福光堂钱票六千文，沈有仁钱票一千二百文，李庸记劝十七户钱票八千一百十文，成泰木行劝如梦人票银六元，裕昌劝国亨钱票四百文，裕昌劝陈三典英银一元，合春劝杨善士票银二十元，船政局李圣培、林云光劝各善士‖乂库银六百四十三两七钱七分，广昌栈劝诚志轩〓‖、‖乂银四百元，吴宾衢英银一元，莫霭楼英银四元，三省堂城钱一千文，李庸记劝八户城钱四千九百五十文，万成号票银一元，吴嘉瑞票银一元，瑞成庄劝十四户票银一十五元、番银一十元、钱票一千文。

共收番银合英银九元四角五分、‖乂库银合英银一千二百八十八元五角、英银六元、票银合英银七十二元七角七分、钱票合英银二十三元四角四分，〓‖８合规元一千一两。

第十三次：

吴赞如劝殷余庆堂等三十户伏洋一百二十元，唐英斋劝四如堂三十七户伏洋一百一十七元，合成茶栈劝叶光福等二十三户伏洋四十七元、钱票三千一百六十文，刘世厚由沙县劝邹品兰等十三户英银二十元，瑞承布庄劝潘行素堂伏洋二十元，莫福溱英银一十五元，南游布衣伏洋一十一元，益牲布庄劝鉴湖主人伏洋一十元，三山小书淫钱票四千六百文，景福隆庄劝陈上达等十四户伏洋四元、英银四元、钱票十二千六百文，公成庄、孙翼垣等十一户伏洋五元，福兴行劝梁梅初妻伏洋一十元，咸泰木行劝蕙芳主人等四户伏洋一十一元，怡善堂劝林庆端伏洋二元，唐英斋劝励清堂等十三户伏洋四十元，普安堂劝陈荣藩等九户钱票十八千二百文，复利张九皋劝善士七十七户钱票五十千文，莫福溱英银一十五元，苏先生劝扬善士伏洋一十元，普安堂劝善士七十五户钱票五十千文，怡善堂劝不书姓名钱票四十千文，普安堂劝善士八十户钱票二十一千六百文，普安堂劝林养泉等十户钱票三千文。

共收伏洋四百十七元、英银五十四元、钱票二百三千一百六十文，合规元四百二十七两五钱。

第十四次：

怡善堂劝陔兰书屋伏洋二十元，升兴行劝六户番银二元、钱票十八千三百六十文，浙慈一耐轩妻病获痊番银四元，黄增翁劝各善士钱票四十五千八百六十文，普安堂劝善多名先缴番银一百元，广昌栈钱票三十千文，广昌栈劝敬心轩钱票一百五十千文，东里氏钱票六千文，裕昌行劝唐□远二十两唐培香八两合伏洋四十元，刘静修堂番银一十一元，鲍凤亭番银一十二元，莫敦贞堂番银六元，杨善德堂番银一元，林承业堂钱票六千文。

共收番银一百三十六元、伏洋六十元、钱票二百五十六千二百二十文，合规二百九十三两六钱一分。

第十五次：

福字四十五号何智泉劝各善士三十六户英银二十八元，福字四十五号三山不合宜人为祖母杨氏延龄钱票二十千文，怡善堂劝施泉兴钱票四百文，申字三十五号怡善堂劝邹元章三户钱票六百文，申字二号有利行劝崇隆庄钱票六千文，申字二号有利行劝春泰庄钱票六千文，申字二号有利行劝公成庄钱票六千文，申字二号有利行劝益泰庄钱票六千文，申字元号裕昌行劝郑遇安堂钱票六千文，申字元号裕昌行劝郑承德堂钱票一十八千文。

共收英银二十八元、钱票合英银五十八元九角六分，二｜合规元六十一两七钱四分二厘。

第十六次：

申字六十、六十一号裕昌劝怡善堂伏洋二元，慈善堂得差薪水新议银二十四两，申字六十一号莫履湘英洋二元，申字六十一号莫善宝堂英银一元，申字元号莫霭楼伏洋六元，申字一百四号林间、林廖、杜五君劝龙溪、龙岩各善士番银一百一十三元，申字一百一号徐宝铺劝各善士城钱二千四百文，申字一百十二号刘仲山劝各善士城钱八百文，福幼图陈兆利劝各善士城钱一千六百文，福幼图陈兆利劝杨雨田英银六元，申字一百四十二号徐宝铺劝各善士城钱三千二百文，申字一百四十四号叶澍民劝各善士城钱八百文，温州陈远舟英银一十元，杨雨田劝各善士城钱十九千五百文，申字三号方瀛舟劝各善士城钱一十三千文，申字四号双荣堂王劝各善士二户并城钱十九千三百文，申字三号胡桂珍劝各善士城钱一千二百文，甲字四十六号胡桂珍劝各善士城钱一千一百文，申字五十一号林养樵劝各善士城钱三千文，申字五十四号林廷芬劝各善士城钱二千二百文，申字四十七号方小汀劝各善士城钱三千文。

共收伏洋八元、新议银二十四两、城钱七十一千文、番银一百十三元、英银一十九元，合英银二百八元七角六分，二｜合规银一百六十一两七钱一分。

第十七次：规元二十四两一钱四分。

同志堂经劝：

继成堂、三房洪花洋一十元，新泉泰号花洋六元，王益发号花洋六元。

吴省老、温陵吏隐秦、镒安号、善德堂洪，以上四户各捐花洋五元。

庄为理老、庆福堂林、邱志龙老，以上三户各捐花洋四元。

如意轩王、源吉号、玉成号，以上三户各捐花洋三元。

贻燕堂陈、存益堂王、微心堂庄、琼南吴、张棋观、承益号、陈时英老、紫微堂、同善堂张、仰紫轩倪、吴当观、泉茂栈、振昌号、胜元号，以上十四户各捐花洋两元。

振春号花洋一元五角。

绿荫山房陈、钱德辉老、庄协修号、孔德含、桂林居王、林纶文、吴成德号、怀远居、龙江吴氏、成裕号、怡红轩林、石竹吟庐林、瑞裕号、濯泉轩、刘合成号、合发号、揖生堂、金灶观、益茂号、洽胜号、义胜号、涌源号、镒发号、张光炳官、建发号，以上二十五户各捐花洋一元。

黄源益号花洋五角。

瑞莲轩苏、西林林清周、西林林启焕、西林瑞祥荣、浯江长厚泰、六桂方硕声，以上六户各捐英洋十元。

碗行长义号、布郊黄朝榕，以上二户各捐英洋六元。

布郊蒋联顺、布郊聚德堂洪，以上二户各捐英洋五元。

碗行胜利号、碗行新合春、碗行德裕号、碗行振丰号，以上四户各捐英洋二元。

布郊顺意轩、碗行长益号、碗行长裕号、碗行裕丰号、碗行鹤楼号、碗行恒和号、碗行长裕号、碗行万兴号、碗行得春号、碗行源兴号、新门协顺号、新门裕生号、油行复春号，以上十三户各捐英洋一元。

钱店黄源泉英洋三元，钱店长美号英洋五角。

一、收规元九千五百五十九两八钱四分二厘。

一、收英洋一百六元五角，合规元七十七两四钱二分五厘。

一、收花洋一百十八元七钱，合规元八十二两六钱。

共收规元九千七百十九两八钱六分七厘。

甬　江

毛清藩、沈文莹、崔炳辉、张翊灿等经募

首册钟姓劝四十五户英洋三十八元五角、钱三十千文，元号恒孚行英洋三十五元五角，二号慎记庄捐二十四户英洋一十六元、钱十千八十文，四号乾泰劝十二户钱十五千八百四十文，六号乾泰劝八十二户英洋九十五元、钱十二千五百文，八号乾泰劝十二户英洋一十四元、钱六千七百二十文，九号乾泰劝三十二户英洋三十四元，十号乾泰劝二十一户英洋一十一元四角、钱六百文，十二号鼎元劝五户英洋二元、钱一千四百四十文，十三号鼎元劝九十四户钱三十四千五百六十文，十四号鼎元劝六户英洋七元、钱三千八百文，十六号鼎元劝三十六户英洋八元、钱二十三千七百六十文，十八号上门捐四户、鼎元继起捐十七户英洋三十四元、英洋三十二元，十九号晋泉庄英洋二十元，二十号豫成当英洋一百五十元，二十一号义成当英洋二十元，二十二号协义劝十四户英洋四元、钱五千六百八十文，二十三号合丰劝二十九户英洋二十四元、钱六千六百八十文，二十五号源甡庄劝十五户英洋二十四元、钱一千八十文，二十六号源甡庄劝十户英洋八元、钱一千四百四十文，二十七号源甡庄劝二十九户英洋一元、钱十千八十文，二十八号源甡庄劝三十户英洋三元、钱十九千四百四十文，二十九号源甡庄劝八户钱四千六百八十文，三十号德大王敦夫劝一百十六户英洋八十三元五角、钱十七千六百四十文，三十一号王敦夫劝三十二户英洋一十四元、钱十七千七百四十文，三十二号王敦夫劝三十四户英洋一元、钱十六千五百六十文，三十三号王敦夫劝三户钱三千二百四十文，三十五号励听和劝二户英洋七元，三十六号宝豫硕庄劝三十七户英洋六十四元，三十七号方怡和捐一百愿钱三十六千文，三十八号方怡和捐一百愿钱三十六千文，三十九号乾源油行劝十二户英洋一十四元、钱六千四百八十文，四十三号聚源行十九户英洋一元五角、钱五千四百文，四十五号余姚祥丰捐十二户英洋二十五元，四十八号沛生庄捐英洋五十元，四十九号上虞和丰捐三十一户英洋二元、钱十二千七百四十文，五十号沛生庄捐英洋五十元，五十一号聚丰劝九户钱十三千三百二十文，五十四号元昌建号捐九户英洋三十二元七角二分七厘，五十五号裕成劝十七户钱二十三千七百六十文，五十六号茂昌南二十四户英洋三十三元、钱二千一百六十文，五十七号徐九茎连山会馆劝英洋八十四元、钱十千八百文，五十八号大成荣劝五户英洋三十元，六十一号太和庄捐英洋一十元，六十二号正元庄捐二十一户英洋三元、钱十四千四百文，六十三号贞吉庄捐七十七户英洋九十七元五角、钱七千二百文，六十四号晋德庄捐英洋四十八元二角二分七厘，六十五号晋豫庄英洋一十元，六十六号德昌庄捐二十二户英洋六十元、钱二千一百六十文，六十七号晋恒庄捐二十户英洋二元、钱八千六百四十文，六十八号升亨庄捐五十一户英洋一十四元、钱二十四千一百二十文，六十九号源和庄捐英洋三十元，七十号臻祥庄捐六十六户英洋二十四元、钱三十三千四百八十文，七十一号惠康庄捐一百户英洋七十八元五角、钱十六千二百文，七十二号资源庄捐四户英洋三十一元，七十三号润德庄捐十二户英洋三十三元、钱十千八百文，七十四号天亨庄捐八户英洋一十二元、钱三百六十文，七十五号同和庄捐英洋二十四元，七十六号咸和庄捐十六户英洋一十元、钱五千四百文，七十七号慎康庄捐四十七户钱三十六千文，七十八号东瓯裕康捐三十七户英洋二十五元二角一分，七十九号通泉庄捐四十四户英洋二十六元、钱十四千七百六十文，八十号天知堂裘捐英洋三十元，八十二号世康庄捐四十三户钱十六千九百二十文，八十三号隆茂号捐五户英洋三十四元，八十四号隆茂号捐十九户钱三十六千文，八十五号余姚泰和劝捐二十四户钱四十五千七百二十文，八十六号绍郡泰来劝捐五十一户英洋九十五元、钱十千八十文，八十八号泰来捐一百二户钱五十四千文，九十三号泰来捐七十二户钱六十千一百二十文，九十五号柴桥捐二百二十八户钱一百五十三千三百六十文，九十九号柴桥捐二十五户钱十四千四百文，一百二号□□一庄捐英洋四十元，一百三号王恕房捐英洋一元、钱三十四千九百二十文，一百四号熙文店捐三十户□沛□捐十二户钱十八千文，英洋二十一元、钱十千八十文，一百十号源发建号捐九户英洋七十三元，一百十一号上门捐六十四户英洋三百二十三元七角七分、钱五千八百四十文，一百十二号九丰店劝英洋四十五元，一百十三号慎昌行劝英洋三十元五角、钱十千八十文，一百十五号宁顺行捐三十七户英洋二十八元五角、钱四千一百文，一百十九号永成仃劝英洋六元，一百二十号荣昌行捐十六户英洋二十二元，一百二十二号德昌行捐英洋一十二元，一百二十三号源茂行捐二十八户英洋二十三元、钱十千四百四十文，一百二十四号裕春行捐英洋九元、钱一千四十文，一百二十五号同福昌捐十一户英洋九元、钱一千八十文，一百二十七号元利行捐十二户英洋一元、钱十七千二百八十文，一百二十九号公泰栈捐英洋五十元，一百三十号同生捐六户钱二十千一百六十文，一百三十一号荣昌行捐二十二户英洋八元、钱八千二百八十文，一百三十三号万成行万瑞店捐三十九户钱三十三千文，一百三十四号元成行捐英洋六元，一百三十四号五昌行捐八户英洋三元、钱二千一百六十文，一百三十七号恒茂行捐十二户英洋一十二元，一百四十一号沈廷记捐英洋一十二元，一百四十二号泰生和捐三户英洋七十元，一百四十二号上门捐规银二百两、英洋五百六十一元九角、钱四千六百文，一百四十三号惠生庄扯去十行捐英洋五十元，一百四十三号洽和捐五十二户英洋五十二元、钱三百六十文，一百四十五号余姚泰盛捐六户钱十八千文，一百四十六号同源行捐二户英洋三十三元，一百四十七号同泰利号捐英洋三十二元七角三分，一百四十九号崧厦恒大捐五十五户英洋一百六十六元，一百五十一号源康捐三十三户英洋四元、钱十三千六百文，一百五十四号成丰行捐英洋二十元，一百五十五号万隆行捐五十八户英洋十四元六角、钱十九千八十文，一百五十七号顺生号捐十一户钱三十六千文，一百五十八号升丰行捐十二户钱三十六千文，一百五十九号恒久号捐七户钱三十六千文，一百六十号恒久号捐二十二户钱三十六千文，一百六十二号恒久号苏包氏捐一百愿钱三十六千文，一百六十三号恒久号苏包氏捐二户钱三千六千文，一百六十四号仁和行捐英洋一十元、钱五千四十文，一百六十五号同福和捐英洋十七元、钱七百六十文，一百六十九号瓯怡生庄捐英洋一百三十四元四角，一百七十一号春泉庄捐英洋三十二元七角二分七厘，一百七十二号懋记庄捐三十五户英洋四十三元六角、钱七千二百文，一百七十三号嵊同德庄捐五十二户英洋三十七元五角、钱十千七百八十文，一百七十四号嵊怀仁庄张积宁等捐一百三户钱一百十七千文，一百七十六号余姚杨鼎泰捐英洋七十元，一百七十七号余姚宣荣记捐英洋五十元，一百七十八号余姚义兴车捐英洋二十元，一百七十九号嵊罗允福捐二十一户英洋五十元，一百八十一号瓯以康捐八十七户英洋一百二十元，一百八十二号洽和庄捐英洋五十元，一百八十四号余姚春泉庄捐英洋三十二元七角二分七厘，一百八十五号亿成庄捐英洋一十元，一百八十六号春泉庄捐英洋三十二元七角二分七厘，一百八十七号春泉庄捐英洋二十元，一百八十八号益懋捐十七户英洋十五元九角三分、钱二千八百文，一百八十九号升亨庄捐六户英洋一十元，一百九十号升亨庄捐十一户英洋八元一角、钱二千八百八十文，一百九十一号定海恒丰捐二十九户英洋二十一元、钱十二千二百文，一百九十四号同泰捐五十六户英洋十六元六角、钱十七千八百四十文，一百九十八号瓯九成庄捐英洋二十元，一百九十九号瓯春升庄捐三十户英洋五十三元五角二分，二百号瓯春升庄捐一百一户英洋一百二元二角七分二厘，二百二十一号慈北陈四洲捐六十九户英洋二十四元、钱十三千九百六十文，二百二十二号玉环王迷如捐二十三户英洋三十二元九角，二百二十三号慈北陈四洲捐十二户英洋三元、钱一千九百八十文，二百二十四号慈北陈四洲捐四十四户英洋十元五角、钱十千九百二十文，二百二十五号慈北陈四洲捐十一户英洋一元五角、钱二千二百六十文，二百二十六号慈北陈四洲捐三十二户英洋四元、钱九千五百六十文，二百二十七号慈北陈四洲捐三十二户英洋四元五角、钱七千一百五十文，东瓯裕康二次捐英洋二十九元，春升庄一次捐英洋十元二角七分，味道堂一次捐英洋一十元八厘，不出家僧一次捐英洋二十元，同善堂一次捐英洋一十元，同善堂二次捐英洋六十二元，蜃海山人一次捐英洋二十元，淡水金万利南船捐英洋二百元，甬上洋货公所一次捐英洋一百元，益康来三次捐英洋六十三元，德康来一次捐英洋四十元，资源来二次捐英洋九元，正元来一次捐英洋五十六元六角七分七厘，世康来五次捐英洋一百四十七元二角六厘，王姓劝一次捐英洋一百元，云章绸庄二次捐英洋二十二元，刘源聚一次捐英洋五十元，萧山陈古余劝一次捐英洋六十元，六十三次汇到英洋七元。

晋水苏璋惠经劝：

第一次英洋一百一十六元五角，第二次英洋九十七元五角，吴协利英洋六元，张酢经愿英洋五元四角，吴盛观英洋四元，金进益英洋三元。

金胜隆、新成美、陈源福船，以上三户各捐英洋两元。

吴酬经愿英洋一元六角。

成泰船、新泰源船、金宝泰、金捷利、陈源发船，以上五户各捐英洋一元。

郭裕美、唐酬经愿，以上二户各捐英洋五角。

洞壶号花洋二十元，尤若章花洋一十六元，隐名氏花洋一十五元，陈玉麒花洋一十四元，生记号花洋一十二元，泰来号花洋六元。

吴金宝、陈道池、缘记、振益号、修远轩、陈淑声，以上六户各捐花洋一十元。

陈如试花洋五元，尤若盛花洋五元。

震泰号、吴泉胜、新长丰、鼎丰益、尤联益、王承裕、张春晖、苏源丰、陈邦记、泉和号、益源号、张顺记、崇德号、张长盛、东昌号、黄锦兴、复成号、陈嘉瑞、祯记号、谦谦号、郑荣隆、锦顺记、陈瑞珪、陈国经、谦德堂、敬助记，以上二十六户各捐花洋四元。

锦源号、黄益和、源泰号、三益社、张景春、陈春源，以上六户各捐花洋三元。

瑞和号、吴蔡氏、兴美号、黄氏、陈义顺、陈协顺、森泰号、连顺号、一心堂陈、周文若、锦丰顺号、鼎瑞泰、张绍德、黄进泰、泉顺号、金源号、震兴号、江琴、协震号、庆发号、广泉号、成隆号、邱瑞发、春泰号、金源兴、邱振成、隆美号、苏玉兴、振利号、黄益瑞、丰兴号、福人号、利源号、曾长胜、庆记号、义合泰、泉兴号、张锦鸾、翁吉记、陈和利、陈振记、陈柿、信成号、陈义胜、益记、陈鸿声、陈鸾声、施大珪、陈式熯、施斗山、陈桂龙、陈钓良、苏合春、陈金朴、黄登瀛、吴协芳、陈和利、陈桂五、翁吉记、陈锦诚、陈祥光，以上六十一户各捐花洋两元。

吴长兴、陈茂林、吴希扬、陈声井、吴清江、邱金贵、陈德元、陈祈福、心诚堂、黄昌记、黄毓炳、简振记、王丕鍊、王纯青、王懋甫、王丕田、王懋真、陈竹声、崇裕号、林清澜、陈炳煌、王猷、蔡谋钵、资记、益合号、陈丽泽、蔡澹、施海官、黄懋猷、利益、许合兴、蔡瑞滨、合顺号、陈成章、陈宇周、柯坤三、王江如、苏世钗、如意斋、陈黄观、许燕居、陈万盛、陈泉泰、新茂兴、吴九乞观、曾云赫、陈罗斗、张英锐、翁渚鸿、智心轩、新泉成、陈合裕号、陈取池、陈义懋、泉顺、倪培元、吴福记、林堆观、陈三益轩、济安堂、洪捷升、陈和怡泰、陈文焕、远成社、万成号、陈声怡、王瑞观、陈永月、张克超、吴秋柳、贻燕堂、詹联升、张克成、陈述甫、陈洪涛、陈宝书、弗人氏、陈承槐、陈夫登、张光俊、翁复生、陈炳官、陈瑞成、陈花瓶、吴天注、四吉堂、吴启芳、毓兰轩、吴为璋、黄浚渊、陈可珥、祥兴号、陈可伯、张祖瑾、陈万盛、蔡书夜、陈联丰、蔡肇章、陈毓士、陈弼士、陈家折、陈桂焜、如意斋、吴采卿、吴廷辉、陈兴利、李泉兴、尤复德、陈义美、合兴号、陈芳玉、陈永利、陈恒昌、张镊老、陈裕兴、张合源、王洽丰、陈永兴、陈汉记、王益丰、陈永贞、蔡庆美、合兴号、陈注川、隐名氏、陈监生、陈海森、陈顺荣、王懋甫，以上一百二十九户各捐花洋一元。

张锡德、芳玉典、芳记号、张维镊、林连捷官、春晖堂、詹仲彝、陈可贺，以上八户各捐花洋五角。

翁怡扬钱五百文，陈而举钱四百文，陈联春钱三百六十文，钟鸿逵规元二十一两。

蔡怀斌、吴朝阳、陈星聚，以上三户各捐规元一十四两。

王源规元八两四钱，施葆修规元八两。

施廷仁、齐履仁、陈望曾、熊兆飞、施毓堂、曾雨亭，以上六户各捐规元七两。

乐文祥规元五两。

罗树勋、刘华荣、施清瑞、施家珍，以上四户各捐规元四两二钱正。

张克忠规元二两八钱。

一、收规元三百四十六两正。

一、收英洋五千八百念六元二角一分八厘，七二合规元四千二百三十五两六钱六分。

一、收花洋五百三十元正，七钱合规元三百七十一两。

一、收钱一千六百念四千三十文，合规元一千一百念两二分一厘。

共收规元六千七十二两六钱八分一厘。

横　滨

郑典臣、俞响伍、范锡朋、郑文饶、陈玉池、罗朗卿、鲍子恩、郑敏夫、鲍庆云、缪辉堂等经募

正理事官范英银二百元，郑诵之英银五百元，俞响伍英银四百元，郑典臣英银三百五十元，陈玉池英银二百五十元，罗朗卿英银二百五十元，郑敏夫英银二百元，鲍荣燨英银一百五十元，鲍子恩英银一百二十元，缪达德堂英银一百二十元。

陈光远堂、郑荣三、郑启初、吴广霈、何达光、德记号、无名氏，以上七户各捐英银一百元。

陈慧生、合泰和，以上二户各捐英银七十五元。

关月洲、东同泰、顺和栈，以上三户各捐英银六十元。

忠和泰、广万泰、广福昌、公兴隆、振泰号、吴金炅、张芝轩、鲍戴之、陈海珊、郑强、郑徐氏，以上十一户各捐英银五十元。

永生和英银四十五元。

泰昌隆、均昌号、三盛利，以上三户各捐英银四十元。

郑昌藩英银三十四元。

梁丽堂、冯佐廷、慎亭氏、义昌号、袁锦涛、邓奇汉、卢阜光、无名氏，以上八户各捐英银三十元。

陈春亭英银二十五元。

严星衢、关耀楠、林颖斋、陈敏堦、梁秋浦、梁元珍、郑禹朋、马洪芬、郑秩锦、谭照、无名氏、广万荣、旧记号、永和号、丙宜押、乾一庄，以上十六户各捐英银二十元。

鲍庆云英银一十八元，合和栈英银一十七元。

崔苑香、吴宽畴、方瑞轩、关福、郑蔡氏、广昌号、昌记号、同安押、忠和泰各伴，以上九户各捐英银一十五元。

广记、鲍罗氏、陶五姐，以上三户各捐英银一十四元。

卢瑞锦、广成合、春源庄、合记庄，以上四户各捐英银一十二元。

卢景川、源信号，以上二户各捐英银一十一元。

陈光池、张家斋、黄沛泉、黄丽泉、苏信、邬玉枢、广荣泰、广利源、郑履堦、文经号、恒昌号、张心如、忻成汉、陈尧柱、郝九、陈佩之、五康庄、德泰号、张汝果、怡昌号、刘幹、月华号、蔡卓峰、缪绍材、高椿林、张子卿、李鸿、卢巨川、沪江震源客人、鹭江征记客人、泰来庄、陈丽生，以上三十二户各捐英银一十元。

郑茂棠、广隆泰、黎元珍、罗维、复兴昌、裕亭庄，以上六户各捐英银八元。

郑济川英银七元，冯裕铭英银七元。

柳云从、林霞川、全盛庄、无名氏、无名氏，以上五户各捐英银六元。

吴紫南、张奕之、冯镜如、谭禹岩、梁燝楼、苏福星、郑歧川、鲍守彤、陈中和、报本堂、黎恪臣、苏鉴垣、招相记、蛟川余氏、罗翼堦、潘坤业、陈杰卿、黎铨、蒙有恭、魏永年、卢亨、鲍守泮、黄祖兴、张光殿、兆昌押、德记号、茂昌号、随缘氏、姚月和、周来、李泰柏、均泰号、郭培、张万兴、邓业泰、盛朗秋、鲍瞻潮、冯浩长、鲍三垣、萍香号、和升号、无名氏、宝生栈、俞柏嵒、黄权、潘杰福、陈名武、管顺兴、卢延宽、卢锦章、汪以德、林锦有、林馨山、陈光、张居敬堂、西洋人末士加道，以上五十六户各捐英银五元。

陈昇冠、徐霭珊、柳炳章、杨符三、郑超伦、张尚景、无名氏、黄家芬、鲍观桥、曾略、陈锦辉、陈乐、罗宝森、吴晓堂、张金和、陈牛、张泽本、源昌号、刘桂巽、李如翰、黄如水、吴社福、简昆田、雅乐号、方庆福，以上二十五户各捐英银四元。

陈文裕、郑豫堂、蔡肇春、容祥永、陈湘、汤成就、姚连贵、李挺柏、郑锡尧、吴泰生、李妹、何明丞、李雅俊、赵显庭、郑凤勤、鲍益三、周孔章、无名氏、何庆照、采芝林、陈稳、邹寿岩、赛香号，以上二十三户各捐英银三元。

吴逊斋、梁清兰、何最光、周江、黄肇斋、何鉴卿、黄玉田、萧竹泉、郑康泰、崔必赞、缪炜庭、魏光华、张清泉、杨澄秀、陈文远、卢士眷、孙颂贤、何吉祥、钟勤、谭冠钊、南昌号、郭正才、毛宝福、鲍植芝、吴京庸、潘杰荣、佘玉、郑集英、易清、罗振英、吴逊皋、黄品中、梁荣礼、鲍赞、程春圃、管顺基、温遇贵、许就、李锦裁、许海霖、邓华、郑南坡、罗柱、佑隆店、陈继乐、周荣庆、黄朝英、潘翰、高森、盛锦祥、彭端、鲍炜昭、黄庆云、缪辉臣、梁高龄、梁秀藩、魏光余、李滋牛、张煜堂、李凤林、龚世凤、姚日春、邵乾义、卢世勋、铨号、李兴万、黄栩廷、义兴昌、绍德堂壬、廖建恩、何扳元、吴相福、朱荣、新记庄、罗奕隆、黄渭卿、吴税南、林裕宗、阿彩、魏光增、王天厚、张楚芳、张润庭、陈富、兴昌店、黄才、何敬铨、广利号、卢心盘、保和堂、荣利生、劫余生，以上九十二户各捐英银两元。

郑树兰英银一元五角，张汝庭英银一元五角。

李仁耀、鲍雨亭、吴德枢、周全、缪旭生、郑瑞参、萧直蕉、钟扨源、谭辉垣、郑期、吴济经、彭鉴亭、刘万顺、徐允和、李裕、张泽镣、沈时敏、郑允航、曾隆、李达昌、郑继卿、关启扬、缪名、张其秀、劳仁、郑荣明、陈年、许建臣、韩桂照、杨宝林、钱兆华、林永源、林大茂、吴一帆、无名氏、吴永杰、张垒、郑森兰、罗根、缪镜洲、郑日昇、张裕、吴杰臣、罗见恩、黄德贤、陆赞兴、鲍干常、穆景昌、陈海章、盛锦芳、张桥本、冯柏荫、郑锐锦、郑允兰、李梁、崔兆伦、蒙文波、阮静波、林金河、关坚、林仁光、梅保、唐盛隆、黎阿应、魏继荣、姚忠升、鲍琳、叶恭房、徐允恭、叶秋桂、姚赞廷、无名氏、曾悦良、唐茂隆、吴赖、李宗警、林琼、邓松溪、朱濂浦、麦应龙、罗石泉、缪乾清、郑曦亭、鲍福、戴生、邵润甫、曾琚、江大有、郑义兰、郑成、张炳林、易经、赵兆祥、王石泉、吴山、黄连祥、刘灿、霍联书、广和号、陈集、张玉泉、应全耀、孙定安、江夏氏、叶成堈、陆全有、周天贵、乌宗武、鲍宗任、李润璋、梁明、缪子良、卢仪、郭日廷、吴觐光、罗煜林、罗松轩、陈文寿、鲍守让、李丞宗、林顺、柴秉之、郑叙锦、吴桂彬、张良棠、郑丽锦、蔡凌、杨祖邦、卢允昌、冯广、宋旭祥、黎祖、欧易恩、广茂号、广德号、云逢岸、陈氏、徐宝兴、沈宗思、钱鸣和、蒋氏、杨宝金、邵德福、程氏，以上一百四十四户各捐英银一元。

朱凤标、张贵、陈芝卿、张玉善、贺道忠、李丞昌、曾二、陈友成、汪金田、何福顺、李国贤、黄氏，以上十二户各捐英银五角。

刘贵英银四角。

冯昆山、水履安、张圣械，以上三户各捐英银三角三分。

蔡履本金札一十二元。

柳焯泰、丹氏、梁贞祥，以上三户各捐金札三元。

陈丞普、张嘉玉、泰昌、钟氏、毕少和、梁氏、李氏、李氏、魏日球、陈丞文，以上十户各捐金札两元。

林瑞玉、魏永铨、魏朝春、魏朝寿、任兆彬、张恒丰、林修澄、陈钦模、郭炽斋、吴平、罗桃、应可升、邬祥兴、南盛、周福全、叶阿三、章恒大、郁昌銈、顾明志、胡卢姐，以上二十户各捐金札一元。

金堂金札六角。

黄礼福、沈阿裕、张燹山、梁贵庭、曾有、刘思福，以上六户各捐金札五角。

陈魁、东昌、南昌、麦会、梁七、容记、陆喧，以上七户各捐金札三角。

日本国人助赈台名：

无名氏英银三十元，茶屋顺之助英银二十五元，角屋吉平英银二十五元，冈野利兵卫英银二十五元，骏河屋茂兵卫英银二十元，静川丰治郎英银一十五元，松尾巴代治英银一十五元，松坂岁三郎英银一十元，小桥屋和七英银一十元，日本女服部氏英银一十元，柏木梅吉英银一十元，小泉伊兵卫英银五元，铃木熊三英银五元，守川英银五元，寺田夫差英银五元，大桥兼吉英银三元，濑古平左门英银一元，藤井芳治郎英银一元，无名氏英银一元。

杉村、掘越、矢泽、大谷嘉兵卫、原善三郎、茂木惣兵卫，以上六户各捐金札二十五元。

越前屋、平沼专藏，以上二户各捐金札二十元。

丁治、吉田孝兵卫，以上二户各捐金札十五元。

鹿盐屋、骏河屋新兵卫、若尾继造、手塚清兵卫、田中平八、仲屋、近太、鸭平、半田五郎、大黑庄、伊藤嘉兵卫、万福、福岛长助、吉田平之助、石川町斋藤寅吉，以上十五户各捐金札十元。

广房金札七元，信浓金札七元。

中里忠兵卫、小岛源次郎、上原四郎右卫门、外村雨平、上谷、伊田、马场、大报相邑、大坂和井田、大坂万左、大坂和井田籐助、东京西村、丸屋、棉屋、和泉弥助、西山、蔓屋，以上十七户各捐金札五元。

田部井金札三元，内田作右卫门金札三元。

郑诵之经劝规元二百三十两二钱七分五厘，无名氏金戒指一枚计重一钱兑见洋二元、钱五百八十八文。

一、收规元一百三十两二钱七分五厘。

一、收英银六千六百十元三角九分，除汇费十四元三角，合英洋六千五百九十六元九分，┴‖┴合规元四千七百九十五两三钱五分七厘。

一、收金札五百四十一元七角，｜8｜除合英洋四百九十九元二角七分，┴‖┴合规元三百六十二两九钱六分九厘。

一、收钱五百八十八文，｜乂8合规元四钱五厘。

共收规元五千二百八十九两六厘。

甬　江

蔡冕端、秦君序等经募

梦花子英洋一千元，餐霞仙馆主人英洋一千元，吟香书屋英洋一千元，挚善堂英洋一千元，侍珠仙史英洋一千元。第一次英洋二百元，第二次英洋二百元，第三次英洋一百六十元。

共收英洋五千五百六十元，┴‖┴合规元四千四十二两一钱二分。

嘉　兴

王震元、严嘉荣、魏焜栋、汪绳武、魏熙元等经募

禾郡北丽同人第一次英洋三百元，又第二次英洋四百七十二元八角二分四厘，禾郡北门大街各号英洋一百四十六元三角，禾郡塘湾街北丽坊各铺英洋六十三元、钱九百四十七文，新塍培元堂十二坊英洋四百十三元、钱二百五十文，第二次英洋二百六十四元三分三厘，沈半山劝秀嘉烧酒行英洋二百五十七元五角七分五厘，纾灾集棉衣英洋二百元，禾郡各烧酒行英洋一百五十元，张启人劝十次英洋一百四十一元，黄南屏劝十次英洋一百一元，来字集英洋一百元，朱洁泉英洋八十八元，张梅身劝英洋七十三元、钱四百四文，第八次英洋六十八元，黄子程募秀署二十二户英洋五十五元，秀署金葆斋募三十二户英洋五十三元，报恩子募英洋五十二元三角九分，潘蓝田募嘉字三十七号英洋五十一元，张梅身英洋五十元，张启人英洋五十元，巨兴英洋四十八元七角五分二厘，嘉善学汪英洋四十六元，姚岑梅募英洋四十元，永济英洋四十元，许桐生、柳植三劝英洋三十七元七角一分，董兰松募本洋二十元、英洋一十五元，周少逸募英洋三十二元二角九分、钱二百四十文，翁胪劝本洋六元、英洋二十六元，华埠公堂本洋二十八元、钱一百六十文，邵籽云募嘉署英洋二十七元，程灿庭募英洋二十五元，嘉善学汪英洋二十四元，第十三次英洋二十一元二角，董兰松手英洋二十一元，汤子泉募英洋十九元八角一分，沈鹤溪劝英洋十八元四角

八厘，桐学澹宁堂魏英洋一十七元、钱四百五十文，清爱堂英洋十七元一分八厘，申字十二号仳离图册英洋二十元，程灿庭募英洋一十五元，何昌号英洋十三元四角一分七厘、钱一百十三文，沈鹤溪英洋一十二元。

三元坊桶捐、程灿庭、姚星樵、罗少泉、郦清浦劝，以上五户各捐英洋十元。

非不悦道人英洋九元三角九分，程芷春英洋九元，郦清浦英洋八元六角九分二厘，茹古斋代竺山庙还愿英洋六元、钱七百二十文，王竹虚英洋六元，桐学魏募英洋五元八角、钱四十二文，汤子泉英洋五元，第十二次英洋五元五角，余啸松募烟记英洋五元，余啸松募会记英洋五元，武庙前桶捐英洋四元，罗少泉英洋一十五元、钱四百文，顾明斋英洋六元，章远嶂英洋三元四角二分三厘，桐学乐谦堂张英洋三元、钱九十文，章远嶂英洋三元，吟蕉山馆英洋二元七角，桐学魏劝英洋一元，双桂轩折会东钱五千六百文，疆为善节膳钱二千一百六十文。

嘉兴桶捐英洋二百三十元三角一分，又英洋二百一十七元七角一分四厘，又英洋一百五十四元一角三分二厘，又英洋八十三元五角五分，又英洋七十四元八角三分七厘，又英洋五十八元三角六分七厘，又英洋三元。

嘉善桶捐第一次英洋九十八元，又第二次规元二两六分一厘、英洋三十元五角，又第三次英洋一十五元，又第四次英洋一十二元，又第五次英洋一十四元，又第六次英洋二十元，嘉善桶捐第七次英洋一十二元，又第八次英洋一元、钱五百五十八文。

王店桶捐英洋三十四元三角六分，又英洋三十九元三角四分七厘，又英洋十九元五角二分八厘。

一、收规元二两六分一厘。

一、收本洋五十四元正，┴8合规四十两五钱。

一、收英洋四千九百五十三元八角七分七厘，┴‖┴合规元三千六百一两四钱六分九厘。

一、收钱一十二千一百三十四文，｜乂8合规元八两三钱六分八厘。

共收规元三千六百五十二两三钱九分八厘。

汉　　口

吴庆琦、郭桂良、刘东山等经募

怡和成募第一次规元八百四十两六钱，又第二次规元二百四十两一钱三分四厘，又第三次云梦县汉字四十一号钱二百千合规元一百三十一两一钱六分，又第四次规元三十七两七钱七分二厘，又第五次规元三十一两九钱三分九厘，又惜字会规元一十四两六钱二分，又第六次云梦县汉字四十一号找钱六十千合规元四十两五钱四分，德兴洋行募规元二百四十五两七钱六分五厘，刘恩采治臣募规元三百五十九两八钱八分七厘，裕通祥募第一次规元一百五十四两三钱五分七厘，裕通祥募第二次规元一十六两三钱六分七厘，又第三次规元一十四两四分一厘，裕通祥募第四次纹银合规元二两九钱八分，吴星衡规元一百两，朱大全规元一百两，东生和规元一百两，庆馀堂胡规元七十三两一钱，合隆栈七十六、八十一号规元四十六两三钱，合隆栈规元三十两一分五厘，韦曜村规元二十二两二分，福兴裕规元八两二钱七分，陆平安规元十四两六钱二分，合隆栈规元六十九两六钱二分二厘，萧紫文规元三十两六钱三分三厘，启成堂戚规元二十九两二钱四分，合隆栈规元三十三两六钱九分四厘，同孚庄规元二十三两九钱五分八厘，郭枫荫规元二十两二钱六分八厘，乾裕各友规元二十四两一钱二分二厘，安定趾记规元一十四两六钱二分，无名氏规元一十三两七钱九分，蓬莱仙馆规元七两二钱六分，刘慕萱规元七两二钱七分，茂记栈规元七两一分，荣发规元六角七钱六分，存心氏规元三两六钱五分，鹤鸣堂规元三两六钱三分八厘，黄景村规元三两四钱五分，李东圃等规元三两五钱三分二厘，陈留贤记规元七两三钱一分，萧镜圃规元二两一钱九分六厘，洽礼堂任规元二十一两九钱三分，无名氏规元六钱九分，杨鉴堂规元一两三钱八分，微助氏规元七钱三分一厘，怀远堂英洋五十元，韦耀村英洋三十元，无名氏英洋三十元，彭城氏英洋二十元。

尹藻田、王冠千、乐善堂、不留名、乾裕、吴阆珊、吴镜攴、唐宗干，以上八户各捐英洋一十元。

吴记英洋六元，六龄童子英洋六元。

树德记、黄谦记、刘俪珊、彭卓南、谭仲祥、宜记、河间氏，以上七户各捐英洋五元。

胡记英洋四元，无名氏英洋四元，吴杏舟英洋二元，吴伯桐英洋二元。

一、收规元二千九百六十一两二钱四分一厘。

一、收英洋二百六十九元，⊥‖⊥合规元一百九十五两五钱六分三厘。

共收规元三千一百五十六两八钱四厘。

安　庆

胡景樵、彭禄、孙翼谋、周星鬯、庄孙敏、陈镐、彭广钟、庄元植、杨铖、章廷杰等经募

第一次规元一千七十二两四钱六分九厘，第二次规元五百二十七两二钱九分六厘，第三次规元三百二十两八钱六分五厘，第四次规元四百三十两一钱七厘。杨子翁劝规元三百五十八两五钱六分八厘，庄子翁劝吴惠伯纹银一十两，庄子翁劝胡梦蟾纹银七两，又胡善之纹银七两，又不留名本洋五十元，又宋小畦本洋五元，庄子翁劝胡蕴生二次本洋四元，庄子翁劝吴乔年本洋三元，又曹子彭等六户本洋三元，又砚田本洋三元，又王姓本洋三元，又世德堂本洋二元，又无名氏本洋二元，又江夏女子本洋一元，又㤢西孀妇本洋一元。

一、收规元二千七百一十九两三钱五厘。

一、收纹银二十四两，申规元二十五两四钱三分八厘。

一、收本洋七十七元，⊥‖8合规元五十五两八钱二分五厘。

共收规元二千八百两五钱六分八厘。

钱　塘

姚浚常等经募

钱字元号沈丹垣募五十六户英洋三十元，钱字二号周吉生募十四户、章汝记募五户英洋二十二元、钱七百四十文，又三号周瑞夫募十七户英洋二十元，又四号王茂春募五十户英洋九十四元，又五号顾怡卿募十二户英洋二十元、钱七百四十文，又六号盛远房沈奏云募英洋二十元，又七号胡子熊等募共十户英洋八十五元，又八号徐子久募十八户英洋二十五元，又十号邱春生募二十四户英洋二十元，又十一至十五号西安吴汪募英洋三百元，又十六号姜晋禹募英洋四百一十五元、钱八百六十文，又十七号王春波募八十八户英洋八十二元、钱一百五十文，又十九号茅季恒募六十九户英洋三十四元，又二十号杜得斋募计二次英洋二百二十九元，钱字二十一号陈耕莘募四十六户英洋三十九元，钱字二十二号俞复初募十户英洋一十三元，又二十三号陈善夫、朱延甫募任意芳来英洋二十元、钱八百八十文，又二十四号俞固庵募二十三户英洋一十元、钱九百二十文，又二十五号邬树庭、韩廷玉、寿楚鸿募共三十五户英洋八十六元、钱七百二十文，又二十六号范绵堂公绮章广学范募共四十二户英洋三十三元、钱三百六十文，又二十七号严菊泉募五户英洋三十四元，又二十八号周吉生募二户、姚秋名募三户、嵊县学鲍文英洋一十六元、钱一千四百四十文，又二十九号吴草堂募六十五户英洋六十一元、钱三百六十文，又三十号王春波募九十二户英洋四百二十三元、钱五百八十文，又三十一号葛梅孙募九十三户英洋八十元，又三十二号新城学□募四十六户英洋二十一元，又三十三号汪子侨丽水学沈募六十三户英洋四十五元五角，又三十四号汪子侨募三十户英洋三十四元五角、钱五十五文，又三十五号王馨远、方振声、王锦云募共九十五户英洋八十三元，又三十六号邵镜湖募五十三户英洋四十元，又三十七号闻竹庐金寿伯募五十二户英洋四十三元、钱七百九十文，又三十八号王藕生募十四户英洋一十元，钱字三十九号王凤笙募四户郑嗣□孙茂和无名氏来英洋一十元、钱七百二十文，钱字四十号陶晓篑募十三户英洋二十七元，又四十一号□□□倪儒募五户七户曹纯甫来英洋三十三元，又四十二号陶薇耕募十六户英洋二十四元、钱三百文，又四十三号褚雨人募四十二户英洋三十四元、钱三百六十文，又四十四号褚雨人募十户英洋三十三元、钱三百六十文，又四十五号王载培募四十八户英洋二十七元，又四十六号孟和亭、王敦甫募十二户英洋一十六元、钱五百三十文，又四十八号庄坚白、郑书田募共三十四户英洋四十二元、钱八十文，又四十九号浙江盐经历傅募、钟仲光募五户英洋二十八元，又五十号王春波募九十户英洋二百六十元五角、钱八百六十文，第十八次本洋七十九元五角、英洋一百四十五元，仁字一百八十号毛芝堂募四十二户英洋一百一十二元，仳离图册英洋二十五元，福幼捐规银二钱二分五厘、英洋七元，第十九次四十六号册英洋五元，儒学姚劝福幼图本洋九十元、英洋一百二十七元、钱三百七十文，儒学姚劝英洋二元，儒学姚劝英洋一十元，钱塘、西安学集捐英洋五十元，又劝福幼图找英洋六元，钱塘学劝田心吾英洋二元，又劝陈李氏英洋五元。

钱塘学劝《孝经》五百本、《二十四孝日记》二百本寄怀庆慈幼局。

一、收规元二钱二分五厘。

一、收本洋一百六十九元五角，〢〇〆合规元一百二十七两一钱二分五厘。

一、收英洋三千五百一十九元五角，〢〢〢合规元二千五百五十八两六钱七分六厘。

一、收钱一十二千一百七十五文，〡〤〆合规元八两三钱九分六厘。

共收规元二千六百九十四两四钱二分二厘。

慈　溪

凌师夔、俞斯瑛、魏启万、冯镜清、俞斯皇、冯全塘、杨逢孙、冯善长、何麖祥、冯清藩、冯伟才、洪绍功、冯保燮、王恭寿、冯宏才等经募

仁记英洋二百元，宁字一百五号崔子记募众善士英洋一百一十八元。

琴石轩、董仲记、锦记，以上三户各捐英洋一百元。

存仁堂英洋六十元，董生阳号英洋四十三元。

锦记酬愿、谁房麟记，以上二户各捐英洋五十元。

方仰记、方瑞记、方肇记、张子记、无名氏、慎余轩、山北众善士、江房、山北众善士，以上九户各捐英洋三十元。

众善士英洋二十五元五角。

谷记募众善士、裘墅众善士、张听记，以上三户各捐英洋二十五元。

如愿主人、贞坊安愿、龙山书屋、应钦斋、希贤室、慈记永善轩、童维孙（小亭 亦亭）、翁录溪募、求萱亲寿而康、冯春记、章恒大房、冯福记、钱西记、隐名氏，以上十四户各捐英洋二十元。

溪上樵叟英洋一十九元五角。

众善姓、象山信泰当众友，以上二户各捐英洋一十八元五角。

谷记募众善姓、众善士，以上二户各捐英洋一十八元。

无名氏、盛抱瓮居、叶芝记，以上三户各捐英洋一十六元。

吾记募众善士、尹茂记、邁德堂、谷记募众善士、庆景室，以上五户各捐英洋一十五元。

戴炳记募众善士英洋一十三元，杨谷记募众善士英洋十二元五角。

方延记、陈丹雪募，以上二户各捐英洋一十二元。

众善姓、禄记、自爱庐、众善士、成德房、众善士、最乐居、董寿房、树德堂、双桂堂费、象山信泰当、罗寿龄、献记、郑忠房、洪均房、月记募众善士、魏宇春、陆义记、无名氏、张鼎募、鞍麓村人、善迷堂张、冯憩记众善士、郑姓、众善士、坚记、沈荇记、许雪痴，以上二十八户各捐英洋一十元。

王凤衡（馥林 棠栽）英洋九元五角。

众善士、众善士、侣记募众善士，以上三户各捐英洋八元五角。

冯修记、励嘉泰、张绍记、无名氏、董义庄、杜湖山人、张子记募，以上七户各捐英洋八元。

林元记、冯琴记，以上二户各捐英洋七元五角。

勤仁记众善士、韵记募众善士、纯仁堂钱、隐名氏，以上四户各捐英洋七元。

五房、庭记募众善士、乐房、韵记募众善士、洪芝记、退一步居、严亦洲、周汝南居、俞配金、陈芝记募、洪观记，以上十一户各捐英洋六元。

张勤房、主善居、素行堂、椿萱并茂、隐名氏、杨莘记、无名氏、杨缉记、庆馀堂姜、隐名氏、宾记、意记、守约轩、半塘书屋、九和当、钱柑圃、周惺甫、对峰轩、朱湘琴、费豫记、胡济川、养记、向平记募、仰记募众善士、杨琴记、徐大亨、吴文型、周益记、魏宇春募、方伯春、徐溪记、王永记募众善士、越记募、冯小记、洪和甡，以上三十五户各捐英洋五元。

同仁轩、俞季圭、张申记、励同善、姚兰记、公和当、张梅叔、协记、郑柏记、管子记、侣记募众善士、胡钟溶、合记、李承志堂、陈费氏、新房、谷记募、主仁记、无名氏、方再桥、王体山、胡义生、华德茂、李凝香居、恒升，以上二十五户各捐英洋四元。

存心堂英洋三元五角。

邵祥记、新记号、冯焕新、王氏等、俞媚记、韵记募众善姓、徐仰旃、陈葆记、培德堂、翁耐轩、永记募众善士、张挺周、周奂记、众善士、吉记、一大行、永和众善士、魏海如、隐名氏、王体记募、寸心草堂、复古轩、郑庆丰、永记募、滋大油车、陈穗村募、洪敏房、洪永年、凌闾记，以上二十九户各捐英洋三元。

徐韵翰手、祝屏手、王五记、楼昆林、方霭庆^{和春}^{晴严}，以上五户各捐英洋二元五角。

洪瑞记、周礽记、同善居、冯采记、王朴斋、俞澍记、应子穆、林雪帆、王赤南、贵记、孔记、钱子和、姜宜记、信记、孙记、同元、纪廷荣、无名氏、汇源号、森记、鸿昌、王嘉发、应行才、包维元、吉泰、保世堂、洪升房、陈森清、洪松房、徐圣佐、邵君锡、费老记、费巨记、费乐记、邵楚良、邵学敏、费曼记、钱善载、胡九彰、汪春圃、和记当、郑海记、义成当、徐宇记、冯逸亭、陆辰亭、罗逸仙、敦大号友、干长庚、罗乐园、王体记、庭记募众善士、震丰号、和记、杨鞠寿记韩子记、钱双九、应也桥、新采、郑荫楠、韵记募、张献记、郑景甫、存心堂、周介之、庄小记、陈论房、时滋大、励涤庐、宁顺祥、俞麟祥、隐名氏、郑粹斋焕文郑宾珪观茂、裘姓、冯子久募、谦吉庄、春源、陈厚房、裕成号、无名氏、陈明房、秦吉记、王寿记、景大、无名氏协兴行、周绥祉、翁松泉、留余轩、应揩记、王维记、方善煜、张顺兴、洪禹泉、洪时薰，以上九十三户各捐英洋两元。

折梅居、陈文熙、俞王氏、双桂轩、胡在机、乐善居、余廷勋盛益生童荣堂、胡舜服、孔傅才、马经募，以上十户各捐英洋一元五角。

楼元忠、楼少泉，以上二户各捐英洋一元二角五分。

林晋记、邵竹记、俞瑞记、佐记、方五江、林聚源、蕴德堂、王安甫、白氏、薛家人、胡锡堂、王元升、世芳堂、三星记、景记、王子敬、杨氏、应绵生、应兆庚、俞肇修、张水记、王樵记、宾记、谢天记、泰记、胡少梧、仲记、钱蓉史、茂泰、陈文才、职思居、日新堂、洪瑞记、梅房、洪仪生、文氏、敦厚堂、沈珊记、余长生、洪宾国、洪宗海、张葛记、姚陈氏、周时氏、元昌号友、徐味衡、徐德范、徐铭舟、姚童氏、张林记、姚张氏、徐师德、徐德卿、徐复卿、蒋恒久、蒋涉园房、邵余春堂、郑体刚、十二龄姑娘、蒋宝仁、柳荫轩、勿药人、王槐记、费新记、钱戎记、同元当、俞禾村、陈树仁、杨春生、杨星茹、祝西航、孙味秀、吟莲别馆、俞子记、林冠记、罗炳甫、罗季林、王茂千、崇文书屋、承庆堂、何东桥、洪春记、钱安记、罗牧园、潘志清、恒足、万隆、罗漪记、聚成号、源泰号、黄生记、无名氏、丁芝记、孙长庚、通生号、广润号、施华记、张贵记、久大号、牲记、包家人、洪介记、赵心田、隐名氏、如不及斋、善记、钱坤房、陈雨记、丁家人、盛篆记、赵九山、元昌、赵连登、邬晓山、金桂石作、徐萼槐、任宏林、胡钟全、胡万林、董镇夫、徐大亨、郑立甫、郑笙辅、郑遵甫、郑仰记、盛茗记、杜月记、回春堂、方轶记、善记、陈虞卿、公和当、郑勉甫、郑世钰、赵香甫、郑吉甫、陈菊轩、无名氏、无名氏、金定记、童云记、方郭氏、何紫记、张姓、无名氏、顺泰、汇源、徐氏、洪苏记、新逊昌、苏仁记、居易轩、文成、陶宗铿、钟立功、时启新、环江书屋、严金记、盛尧记、王德清、洪_{耀庭}_{立甫}、洪_{小钦}_{绍祖}、洪_允_梦记、洪琴记、翁启章、无名氏、王春阳、叶子香、_{周善纲}_{沈尧廷}、孔汉广、_{徐松记}_{沈珊记}、张锡祖、有大、炳记、万源、仁记、_{秦孔征}_{世义嫂}、林_{冠臣}_{耀记}、桂谱生、慎德号、郑_{秋帆}_{怀园}、郑南辉、郑_{南山}_{振新}、德昌无名氏、文溪山人、方柯庭、张仁达联记、方顾氏、葛姓、陈_福_{禄房}_{乌家人}_{陈禧房}、李家人、姚祥和祖本、叶安记、张廷泉、罗松研、乐房、射房、俞继善堂、洪奇文、陈祖均、竹香记、郑栽_桂_祺、郑景儒、郑泰勋、郑炳刚、郑春海_{翁大勇}_{郑道生}、洪稼丰房、张慈杓、赵_{先含}_{全福}、苏明德、方积佩、费允景记、郑维才、郑世贵、郑周生房、洪仲房、洪振英、洪万里、洪春樵、张增辉、赵国水、苏诗权、黄武京、_{马步瀛}_{潘观盛}、方善美、翁_{质堂}_{月溪}、_{费德安}_{郁雪卿}、费望卿、雅记、昌记、麟记、钱用记，以上二百三十四户各捐英洋一元。

徐星记、徐继成、洪九香、王立纲、徐铃记、罗秉章、杨冯氏诸姬、王冯氏诸姬、冯子粹、冯伟生、费佐臣、费克昌、无名氏、魏雪记，以上十四户各捐英洋七角五分。

保生轩、洪南记、惜粒居、洪榜记、赵安凝、王旦华、张家人、联记号、陈小青、陈贤和、陈兆鹏、味善轩、保安轩、张保记、诵经室、无名氏、张友记、王仙谟、费家人、二成号、陈文金、陈成献、汤周生、周家人、应清轩、王家人、李家人、傅太、合善、朱家人、毛氏、洪履生、胡方近、周听涛、陈仁海、徐以田、徐金木、孔钦和、孔南来、孔挺桂、蒋茗笙、童炳文、董冠英、徐庆龄、徐水东、孔荣生、孔子厚、蒋希何、孙启泰、介寿堂、李文烈、林元记、孙岑梅、大兴行、裘姓、冯琴记、陈树恩、陈省三、王墨林、徐新记、钱翼人、周孚友、陈春圻、王鲁得、桂萼记、钱芹记、钱掌史、周维章、周少甫、冯显文、唐钱氏、徐次章、姚维周、唐冯氏、源和、天成、悦森、王址记、徐爽泉、李新甫、潘廷赞、方玉记、杜昌海、万利、万生、恒利、俭元、应清记、盛鼎臣、洪怡亭、颜益、许嘉宝、王小记、胡禹梅、胡九安、王福记、胡在机、胡久钦、郑和赓、郑明甫、郑世贵、宋朱记、郑新周、郑小韩、郑德音、钱啸记、董子芬、徐冠亭、叶道和、怡大号、甫记、无名氏、胡善记、董可权、徐芝坪、董友湘、庄福生、耿记、如记、董孝记、顾蓉甫、顾锡华、董顺兴、翁子谦、应泉孙、费冯氏、顾倬辰、恒隆、翁立斋、林冠记、董冯氏，以上一百三十一户各捐英洋五角。

共收英洋三千一百八元，二川二合规元二千二百五十九两五钱一分六厘。

烟 台

何福谦、刘均、金兆榕、刘埙、谭赓尧、陶颖、何彬文、蒋祝堂、蒋秀峰、周葆苏等经募

第一次：

仪征让德堂英洋一十八元，姑苏怀德堂英洋七元二角，金陵四本堂英洋三元六角，金陵守朴堂蒋英洋三元六角，浙宁爱莲堂周英洋三元六角。

以上共计英洋三十六元。

第二次：

浙绍敦厚堂俞赵氏英洋十元八角，浙宁合顺号英洋七元二角，浙宁信盛号英洋三元六角，姑苏燕翼堂金英洋三元六角，山左孙嘉昆英洋三元六角，武林徐耀午英洋三元六角，直隶许亦琴英洋三元六角，浙宁王庆善英洋二元，无名氏英洋二元，镇邑武企峰英洋二元，镇邑竺韵亭英洋二元，镇邑竺易初英洋二元，慈邑冯蓉堂英洋二元。

以上共计英洋四十八元。

第三次：

浙江培义堂方英洋七十二元，浙江百顺堂徐英洋一十元，烟台华洋书馆英洋一十元，浙江张和轩英洋六元，浙绍映雪堂孙英洋四元，金陵启贤堂吴英洋四元，浙江陈心荃英洋三元六角，广东娱萱堂邓英洋三元六角，皖江吴少梅英洋三元六角，黔南刘仲冶英洋三元六角，浙江又新堂丁英洋一元，山东德泰利号英洋三元六角。

以上共计英洋一百二十五元。

第四次：

听桐吟馆主人英洋一十元，上海谨记号英洋七元二角，浙宁谨记号英洋七元二角，百川通号英洋七元二角，开轩面圃斋主人英洋六元，乌石山人英洋五元，培德堂叶英洋五元，万顺永号英洋五元，愤勉堂陈英洋四元，崇德堂余英洋四元，王起龙英洋三元六角，乾源涌号英洋三元六角，利安号英洋三元六角，忠顺堂赵英洋三元六角，洽礼堂魏英洋三元六角，滕培成英洋三元六角，敦叙堂许英洋三元六角，无名氏厘局英洋三元六角，无名氏大关英洋三元六角，无名氏大关英洋三元六角，严氏英洋三元六角，胡本欤英洋二元，敦裕堂韦英洋二元，余柏邻英洋二元，庸德堂曹英洋一元，邱芳耿英洋一元，公成号英洋一元，安雅堂朱英洋一元。

以上共计英洋一百十元二角，合规元七十九两四钱六分。

第五次：

金晋卿、周峻山等劝英洋一百三十一元八角，合规元九十五两七钱二分。

第六次：

福建陈云卿规元一十两，福建拱奎堂林英洋二十元，烟台口省堂李英洋一十八元，烟台怡顺号英洋一十元，福建孝思堂蒋英洋一十元，福建庄俊卿英洋五元，威海延海堂吴英洋三元六角，津门余庆堂徐英洋三元六角，京都富酉堂朱英洋三元六角，雍阳福善堂果英

洋三元六角，京都山泉堂韩英洋三元六角，广东梁仲仪英洋三元六角，福建高栓英洋三元六角，福建邵永清英洋三元六角，又王士标英洋三元六角，又柯天直英洋三元六角，又柯锡潭英洋三元六角，又柯天湿英洋三元六角，福建柯锡秣英洋三元六角，福建黄廷勋英洋三元六角，又柯锡竟英洋三元六角，又陈振德英洋三元六角，又苏清嘉英洋三元六角，又蒋长顺号英洋三元，又蒋老元兴号英洋三元，陈俊卿英洋一元八角，姜锦堂英洋一元八角，敬修堂英洋一元八角，郭仲长英洋一元二角，战恕堂英洋六角，王子久英洋六角，于顺也英洋六角。

以上共计规元一十两、英洋一百三十八元六角，共合规元一百十二两五钱七分。

第七次：

洋药公所英洋六元，永昌茂英洋五元，德盛号英洋五元，梁业阶英洋五元，礼业堂洗英洋五元，顺源号英洋四元，鸿源号英洋四元，永兴合英洋三元，郑顺利英洋三元，德昌号英洋三元，敦厚堂何英洋三元，姚莲舫英洋二元，杨振成英洋二元，福泰号英洋二元，敬业堂马英洋二元，思源堂英洋二元，带草堂郑英洋二元，有怀堂韩英洋二元，敬止堂京钱一千二百文，怀远堂京钱一千二百文，惠远书屋京钱一千二百文，山如南京钱一千二百文，乐善堂京钱一千二百文，赵昆裕堂京钱一千二百文，当行京钱三十六千文，王励相京钱一千文，钱行京钱二十一千六百文，杂货行京钱七千二百文，与善堂京钱一千串二千文，锡趾堂京钱一百千文，顺德堂张英洋一元，积庆堂钟英洋一元，也勉斋英洋五角，林飞桥英洋五角，周万集英洋五角，宋玉珉英洋五角，王世林英洋五角，唐叶候钱七千二百文，李子泉钱三千六百文，常山樵子钱三千六百文，周荫山钱三千六百文，汪竹亭钱三千六百文，宋、刘钱三千六百文，福兴栈钱二千文，温余堂钱一千八百文，王克恭钱六百五十文，张庆祥钱六百文。

又即墨县金口捐来：

吴少岩钱六千文，众油坊钱六千文，合泰公钱二千四百文，莱永春钱二千四百文，德春钱二千四百文，鲁凤廷钱一千八百文，杨显声钱一千八百文，杨蓉林钱一千八百文，鲁策臣钱一千二百文，徐铭鉴钱一千二百文，德茂栈钱六百文，慎馀钱六百文，同丰钱六百文，振德钱六百文，如春钱六百文，熙春钱六百文。

又蓬莱县捐来：

镜清堂钱七千二百文，有秋室主钱三千六百文，东牟疾人钱三千六百文，李步瀛钱一千二百文，宗於义钱一千二百文，郭善保钱一千二百文，杨重钱一千二百文，砚耕堂钱六百文，臧和堂钱六百文，元丰栈钱六百文，仁顺栈钱六百文，福泰栈钱六百文，合泰栈钱六百文，协丰栈钱六百文，泰昌栈钱六百文。

以上共计京钱一千三百六千八百文、英洋四元五角、钱八十四千八百五十文，共合规元五百二十七两六钱六分二厘。

第九次：

胶州税厘公所银二十两，福州宁帮张银五两。

又易记号、宁波义和栈、胶州仁和号、又义泰恒号、宁波李瑞庭、胶州元和号、宁波包志刚、又张笠晓，以上八户各捐银四两。

福州新长顺、新顺隆船、苏祥泰船、金裕和船、金永安船、金源发船、金咸和船、金乾和船、金鸿泰船、金顺福船、万年祥船、金元裕船、杨顺福船、金同丰船、金乾康船、金捷顺船、新同成船、金泉裕船、金骏祚船、同安金宝丰、金泰生船、浙宁费元禄、金允昌船、金允泰船、林瑞康船、费元宝船、新吉安船、金益利船、董祥庆船、庄源宝船、柯吉春船、新隆泰船、泉郡金源顺、金怡和船、晋江金长和船，以上三十五户各捐银二两。

灵口税厘局京钱一十千文。

永顺号、聚源号、福兴号、德增号、聚记号，以上五户各捐京钱六千文。

裕和号京钱四千文。

港口顺兴号、广顺号、源泰号、崇德堂、三太号，以上五户各捐京钱三千文。

顺和号、春兴德、同盛号、义成号、积德堂，以上五户各捐京钱二千文。

常山樵子钱三千六百文，黄邑郑瑞机黄平银十两六钱五分。

以上共计银一百二十七两、黄平银十两六钱五分、京钱六十三千文、钱三千六百文，共合规元一百七十两九钱。

第十次：

信盛号劝李念翁刺史规元四百三十七两二钱八分二厘，信盛号劝黄县锡趾堂规元六十九两九钱，又王善堂规元七两，李竹田钱四千文，谭颂三募规元一百五十二两三钱七分，谭颂三募规元二十五两四钱一分，瑞东募规元十七两一钱一分三厘。

一、收规元一千七百四十六两二钱二分七厘。

一、收英洋二百九元，⊥╢⊥合规元一百五十一两九钱四分三厘。

一、收钱四千文，｜✕δ合规元二两七钱五分九厘。

共收规元一千九百两九钱二分九厘。

金　　山

陈树棠等经募

第一批规元一千六百四十两。

共收规元一千六百四十两正。

长　　崎

冯晢华、萧敬辉、余璠、王廷圭、徐宗访等经募

第一次扎金五百八片二角五先士，作规元三百四十两二钱。

第二次扎金五百五十六片七角，作规元三百七十二两七钱三分。

第三次扎金三百九十六片八角，作规元二百四十九两九钱八分四厘。

理事官署各员捐俸作规元四百一十六两九钱三分九厘。

共收规元一千三百七十九两八钱五分三厘。

松　江

周桓、张礽杰、陈士翘、王曾玮、秦端等经募

桶捐十只共二十一次，英洋八百六十二元、钱一百七十二文。

同志堂金韫石、周虹如，以上二户各捐英洋四十元。

王企张、同志堂朱云台劝，以上二户各捐英洋一十三元。

唐劝英洋一十二元。

姚雪堂、姜屺望、杨宝善、单伯均、受恒记酱园诸友，以上五户各捐英洋一十元。

俞秋岩劝英洋九元。

赵寒香语花、诚心居，以上二户各捐英洋八元。

王子儒劝、火神社酒、松江痘神社，以上三户各捐英洋六元。

曹翼君、不留名、沈仁兴、许源大、周虹如，以上五户各捐英洋五元。

唐墨士、曹啸峰、张遂养、倪岱云、金龙四大王社酒捐、许待月、许姓、朱树德、金汝白、王乐濡、不留名、陆正恒劝、黄姓，以上十三户各捐英洋四元。

张天趣、沈瑞和、郭友松、水龙祉酒、金劝、陆继记，以上六户各捐英洋三元。

汤松云、胡子范、东同丰、许伴尧、张安素、姚维仁、徐义顺、许东伯、顾仪人、姜芝泉、沈希廷、沈景廷、孙湘云、唐彝训、赵姓、唐姓、张姓、郑余桂、陈春耀、朱文蔚、姚姓、周劝、任祥兴、许奉萱、陈掖门、□劝、胡劝、唐卓斋、俞师俭、不留名、王晋臣、王省之、鼎记木行、恒义木行、潘敦本、金劝、周梦飞、不留名、吴和乐、清和聋叟、沈祝椿、许安祚、松江水果行，以上四十三户各捐英洋两元。

陈姓、沈馨山、陈鹤舫、汤敬恕、吕伯仁、陈衡甫、顾梅卿、章子达金封山、宋心庵、吴蔚卿新倌、沈希廷、杜兰圃、夏文洲、沈桐秋、唐伯吹、秦研花、唐如山、王兰友、同记坊、王万兴、问俗亭、胡素三、雷务本、雷佩英、雷柳甫、沈季恂、唐根培、姚慎之、邱元卿、沈仲记、朱蒂生、王淡岩、王玉树、高小奎、陶姓陈、单敬止、叶勤慎、稽大成、宝和楼、许姓、沈姓、湛如和尚、张海泉、李子卿、陈静斋、张履之、戴笠卿、沈叔延、陈怡安、褚长发、李姓、杜留青、黄公硕、姚培德、陈耀林、张茉记、大观音堂、陈正大、朱宝德、陈□人、杨姓、黄劝、瑶圃周、张裕顺、黄佑启、李永兴、唐如山、胡杏庄、张杏林、高合兴、张姓、朱姓、许寿胥、许奉萱、杨龙川、王敦仁、杨怀德、陆顺兴、于山大雅、高义泰、顾凤川、褚恒善、许姓、袁杏生、六如居、长泰、王允三、庄菊如、徐姓、不留名、张象三、孙秀荣、叶敬胜、张秀全、钟希琴、怡逸居、沈永隆、朱云台劝、沈余庆、夏义隆、德昌、封肖松、王劝、不留名蒋、韩尚记，以上一百五户各捐英洋一元。

一、收英洋一千三百五十九元，三╱二合规元九百八十七两九钱九分三厘。

一、收钱一百七十二文，｜×δ合规元一钱一分九厘。

共收规元九百八十八两一钱一分二厘。

九　江

郑思贤等经募

九字元号册九三钱十千八十文，九字二号册‖乂纹一两四钱四分、九三钱七十八千四百八十文，又三号容蔼堂募洋合‖乂纹十一两二钱七分，又四号程让泉募洋合‖乂纹六两八钱三分，又五号英洋一元、九三钱十五千六百文，又六号英洋一十三元、九三钱七十六千三百二十文，又七号九三钱一百一千八百八十文，又八号本洋一十四元、九三钱四十二千文，又九号英洋二十元、九三钱一百三十八千文，又十号九三钱三十千六百文，又十一号九三钱四十三千五百六十文，又十三号英洋三元、九三钱三十二千二百文，又十二号九三钱三十六千文，又十四、五号黎源翁、高用彬募钱合‖乂纹四十五两，九字十六号余衡轩募钱合‖乂纹三十七两三钱五分五厘，九字十七号玉寿臣募钱合‖乂纹二十四两八钱一分五厘，又十八号凌笛生募钱合‖乂纹六十二两九钱四分二厘，又十九号英洋一十元、九三钱三十二千四百二十文，又三十号容子庄募洋合‖乂纹三十一两八钱五分，又三十五‖乂纹四十五两七钱、九三钱三十千四百八文、英洋一十六元，又三十六号凌笛生募钱合‖乂纹十二两九钱四分，又三十七号李荣昌募钱合‖乂纹二两四钱，又三十八号张渭君募钱合‖乂纹七十五两八钱八分八厘。

以上照来单共合规元八百八十二两四钱六分六厘。

汪清远、叠捐赈郑、郑容氏、郑炳勋、郑炳劭、郑观稣、郑观燊、郑阿榕、郑李氏、郑蔡氏、郑银姑、郑臻姑，以上十二户共捐钱一百二十四千文，合规元八十一两九钱六分三厘。

共收规元九百六十四两四钱二分九厘。

轮　船　捐

李乐斋、唐道绅、王心如、钱念萱、唐茂之、梁金池、李□云、袁鹤亭、周元坚、林香泉、陈干庭、郑凤台、唐如洲、蔡雨琴、刘郁池、陈猷亭、吴逊卿、邵菀馨、吴逸生、唐俊生、李三洲、范梅轩、李玉振、梁友山、陈业川、陈仪亭、徐善堂、王增福、尹子臻、李沧翘、郭芸初、陈桂亭、姚子英、丁渭初、陈鲲如、姚如珍、金雅泉、施紫卿、唐瑞初、徐履贞、毕俊川、唐冠卿、刘维忠、唐栋乔、袁介堂等经募

北京计二十九次，规元四百七十一两四钱九分四厘，英洋一百三元一角。

保大计九次，规元一百三十一两六钱六分六厘，英洋七十三元，钱四千一百文。

江宽计十三次，规元九十七两三分三厘，英洋二十四元五角，本洋三元，钱一千文。

镇东计二次，规元四两三钱三厘，英洋四十元，钱四千二百文。

汉口计十二次，规元九十四两六钱五分三厘，英洋一百五十一元五角，本洋一元，钱八百文。

镇西计三次，规元二十七两二钱九厘，英洋八元五角。

江永计十九次，规元三百十四两三钱五分一厘，英洋九元三角，本洋三元，钱一千一百五十文。

丰顺计七次，规元六十五两二钱七分五厘，英洋一十六元，钱一千文。

富有计四次，规元三十五两一钱六分八厘，英洋十三元一角，钱一千文。

上海计十二次，规元三十九两二钱八分，英洋六十一元六角五分，本洋一元，钱一千二百文。

新南涛计一次，英洋五十元。

和众计一次，规元二十四两三钱三分五厘。

海晏计四次，规元四十七两五钱三分一厘。

汉广计三次，规元四十四两七钱七厘。

江平计十二次，规元二十四两一钱三分，英洋二十三元，钱三百十五文。

江大计二十四次，规元五十九两二钱七分一厘，英洋一十九元二角五分，钱五千八百四十五文。

江靖计十三次，规元六十九两一钱九分五厘、英洋一十四元二角，本洋九元，钱四百文。

江孚计九次，规元四十九两三钱七分七厘，英洋三十七元二角，钱一千九百七十文。

怀远计二次，规元一十一两七钱四厘。

宁波计三次，规元四十六两八钱七分三厘。

江源计九次，规元九十一两六钱二分四厘。

海定计三次，规元五十七两三钱九分九厘。

有□计二次，花洋七十九元正。

利运计三次，规元二十二两九钱二分九厘。

牛庄计四次，规元七十六两二分六厘。

永清计二次，规元一十九两一钱三分二厘。

镇江计七次，规元一百一十三两九钱一分二厘。

海琛计二次，规元三十六两六分一厘。

福州计四次，规元二十二两七钱六分七厘。

汕头计一次，规元二十四两九钱七分五厘。

汉阳计四次，规元一十二两六钱三分四厘。

芝罘计三次，规元一十八两九钱五分二厘。

日新计二次，规元五两一钱八分六厘。

毡拿计一次，规元一十九两七钱九分八厘。

温州计二次，规元二十五两七钱六分。

惇信计四次，规元八两五钱三分九厘。

央思计一次，规元三两三分。

华利计一次，规元五钱八厘。

大有计一次，规元一两四钱四分七厘。

天津计一次，规元六钱。

魏嘉泉木桶四十只。

一、收规元二千二百十两八钱三分四厘。

一、收英洋六百四十四元三角，亠刂亠合规元四百六十八两四钱六厘。

一、收本洋一十七元，亠δ合规元一十二两七钱五分。

一、收花洋七十九元，七钱合规元五十五两三钱。

一、收钱二十二千九百八十文，丨乂δ合规元一十五两八钱四分八厘。

共收规元二千七百六十三两一钱三分八厘。

乡约舫捐

　　吴□山、□养恬等经募

　　化字元号□桥陈湘岩劝英洋四元、钱七十文，化字二号庄书岩劝英洋四十元二角，又三号范竹田劝英洋六十元，又五号南桥王子乔劝英洋三十元五角、钱三百八十文，又六号胡诚斋等劝英洋五十六元、钱七百二十文，又七号卫淇舟劝英洋四十五元，又九号陈湘岩、姚月生、挹泉源劝英洋五十五元，又十一号顾竹苹劝英洋六元、钱七百八十文，又十三号顾寿石劝英洋一十一元，又十四号南桥王洁甫劝英洋四十三元、钱一百四十文，又十五号王子乔劝英洋八十七元，又十六号曹云海劝英洋一十六元、钱七百二十文，化字二十一号余石山人乾吉泰劝英洋一百七十元，化字二十七号张堰苏子琴劝英洋一十五元，又二十八号塘南张观吉劝英洋二十四元，又二十九号张莲客、王鹿苹劝英洋二十元五角，又三十号张云门劝英洋三十七元，又三十一号守拙生劝英洋一十四元，又三十四号张堰陈兰圃劝英洋一十元、钱九千五百二十文，又三十五号陈柳溪劝英洋二十五元、钱三百六十文，又三十六号金镛斋劝英洋一十六元，又三十七号蔡慎斋、夏明如劝英洋五十六元，又四十一号赵蕴山、沈朗卿劝英洋一十六元，又四十二号顾廉泉劝英洋七十五元、钱五百文，又四十三号冯哲夫、张愚卿、顾廉泉劝英洋六十三元，又四十四号四浦堂林甘生劝英洋一十三元，又四十五号郁耘甫、蔡荻波劝英洋二十二元、钱八百文，又四十六号顾理甫、屠震孚劝英洋四十四元，又四十七号赵蕴山、沈朗卿、包寿泉劝英洋二十三元，又四十八号许侍庭劝英洋一十四元，化字四十九号枫泾陈雪峰劝英洋八元、钱四十文，化字五十号沈子卿劝英洋一十元，又五十三号胡俊芳劝英洋三十五元，又五十四号林端仁劝英洋二十二元，又五十六号钱丹桂劝英洋一十八元、钱一百八十文，五十八号英洋三十六元、钱四百二十文，又六十□号卫砚□劝英洋一十七元，又六十九号高松溪、周翰卿劝英洋五十四元、钱二十文，又七十号新坊乡劝英洋四十二元、本洋五元、钱九百六十文，又七十三号英洋三元、钱四百五十文，又七十四号英洋二元，又七十五号英洋八元、钱四百八十文，又七十六号英洋一十二元，又七十八号英洋一十三元、钱六百二十文，又八十一号冯椿桥劝英洋二十元，又八十三六号富菡芳、吴远香劝英洋七十元、钱一百八十文，又八十五号黄容□□□英洋三十三元，又八十四号朱松舟劝英洋三十元，化字八十□号查昆冈劝英洋九元，化字九十三号平湖沈竹君张梅先劝英洋四十元，又九十四号杨秉钝劝英洋四十元，又九十七九号马同颖堂劝英洋一百七十二元、钱三百七十五文，又一百号高崧生劝英洋一百六元，又一百一号怀俭氏劝英洋四十六元、钱三百六十文，又一百四号钱品三劝英洋一十元，又一百五号何刁庄刁王甀劝英洋三十八元，又一百六七号庄书岩、倪默生劝英洋六十元，又一百十二号挹泉源劝英洋六元、钱六百文，又一百十五号吴友仁、胡耀卿劝英洋一十五元、钱七十文，又一百十八号南桥汪之龙劝英洋一十元，又一百二十四号蒋次藩劝英洋二十七元、钱一百八十文，又一百二十六号孙家桥倪菊亭劝英洋六元、钱六百文，又一百二十七号新寺镇钱笏斋劝英洋八元，又一百二十九号梁敏卿劝英洋三十元，又一百三十^九号浦南卫竹轩劝英洋五十七元，又三百三号蒋崔崔劝英洋六十八元、钱七百二十文，化字三百五号史王唐胡唐五君劝英洋五十四元三角、钱二百文，化字册英洋二十六元。

杨静山劝英洋一十二元、钱十一千五百二十文，胡厚福英洋一十二元，于晓岑劝英洋八元、钱二百四十五文。

朱四舟等、张云门、姚谧卿，以上三户各捐英洋两元。

朱养心、盛世符、王幼珥、王振洋、王雨人、姚菊泉，以上六户各捐英洋一元。

桶捐英洋六元五角、钱五百文，震泽桶捐英洋五元、钱六百八十四文，洙泾桶捐英洋三元、钱一千七百五十文，胡家桥桶捐钱一千五百四十文，新市桶捐钱一千四十三文，庄行桶捐英洋二角、钱一千六百六文，叶谢桶捐钱七百四十九文，杜行桶捐钱四百七文，道院桶捐钱四百文，淞隐桶捐钱三百八十三文，船埠桶捐钱二百五文，亭林桶捐钱一百一十三文。

徐正记钱三百六十文，许太太钱三百六十文。

一、收本洋五元，$\perp 8$ 合规元三两七钱五分。

一、收英洋二千四百三十一元二角，$\perp \parallel \perp$ 合规元一千七百六十七两四钱八分二厘。

一、收钱四十二千三百一十文，$| \times 8$ 合规元二十九两一钱七分九厘。

共收规元一千八百两四钱一分一厘。

齐豫晋直赈捐征信录

清光绪年间刻本

（清）苏州桃花坞协赈公所 编

朱浒 点校

齐豫晋直赈捐征信录目录

首卷　四省告灾图启 ……………………………………………………………（5389）

卷一　东齐孩捐收支录 ……………………………………………………………（5451）

卷二　南豫赈捐收解录上 …………………………………………………………（5474）

卷三　南豫赈捐收解录下 …………………………………………………………（5523）

卷四　南豫放赈录一 ………………………………………………………………（5575）

卷五　南豫放赈录二 ………………………………………………………………（5604）

卷六　南豫放赈录三 ………………………………………………………………（5623）

卷七　南豫放赈录四 ………………………………………………………………（5641）

卷八　西晋赈捐收解录 ……………………………………………………………（5672）

卷九　西晋放赈录 …………………………………………………………………（5719）

卷十　北直赈捐收解录 ……………………………………………………………（5734）

卷末　北直支放工赈录 ……………………………………………………………（5797）

卷首　四省告灾图启

东赈雁塔图

窃好生恶死，人之常情，保赤诚求，古有明训。上年山东旱灾甚于江北，节经各善士集款往赈。现闻灾民子女鬻弃甚多，外国教堂收养四百余名，我人生同中国，亟拟集资赴东，另行设局，广为收养。所苦筹款不易，万不得已，仿照道光时水灾谢蕙庭先生筹捐成法，以五十文为一愿，只捐一次，十百千愿，各随心力。倘荷俯允，请即题名雁塔，以示救人一命胜造七级浮屠云。光绪三年五月同人公启

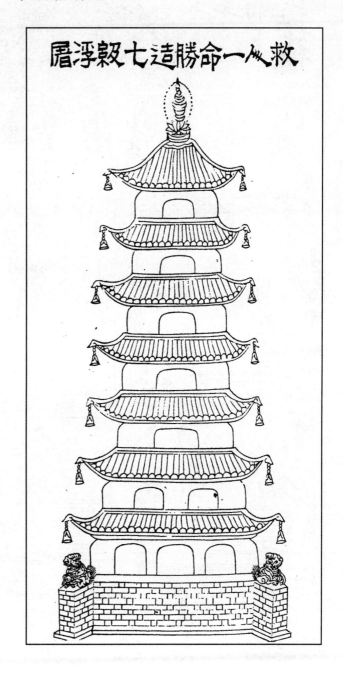

救一命胜造七级浮屠

豫饥铁泪图

久旱不雨下民悔祷

豫省旱灾，去年尤甚，占霖罔验，掘井皆枯。往陇上而呼天，跽田间而祷佛。卒之春麦不登，秋禾绝望，家无余粮之积，人皆悬耜而嗟。而况官仓积谷散亦无多，邻境乞粮，灾又相等也。自此而豫灾盛矣。

赤日当空，飞蝗蔽地，野无青草，户绝炊烟。或捕鼠，或罗雀，或麦柴磨粉，枯草作饼。呜呼！此何等食品乎？昔人有诗云：岸头挑尽无名草，树上磨光未死皮。真境当前，始信此言非妄。日食万钱者，盍分以杯羹？

树皮草根剥掘充饥

借贷无门
卖田拆屋

旱灾以后，薪桂米珠。借贷亲朋，彼此一辙。衣衫农具，典卖空空，燃眉势急，更不暇为后日计。于是数间破屋，几亩荒田，亦短价轻售，甚至求售不得，遂作饿殍，其情抑又惨矣。高堂华屋中人能弗怦怦心动耶？

同衾同穴，愿偕
白头，至于计无复之，
不得不忍而为此。谓
与其相守糟糠，终嗟
玉碎，何如分飞鸾凤，
犹得瓦全？无多身价，
儿夫且度晨昏；从此
天涯幼子，谁为乳哺？
牵衣歧路，哭断肝肠，
悲莫悲于生别离，
信哉！

夫妻生别稚子悲啼

四野流离
转填沟壑

四境皆荒，投生无路，一息尚存，谁愿饿死？携老扶幼，背井离乡，或东或西，皇皇靡定。求一栖止所不得，求一啖饭所不得，幕天席地，吸露餐风。饥寒中人，疾疬易作，跋涉数十百里，仍不免作沟中瘠、异乡鬼也。噫！

饥乌中夜声啾啾，负衰亲兮行道周。行行且止，但看血泪交流。嗟藜藿之不充，顾桑榆其既暮。非恤死兮有亲，欲求生兮无路。呜呼！刘平求菜，蔡顺拾葚，古有处患难之地而孝行益彰者，勿谓行乞中竟无是人。

扶亲乞食孝子呼天

遗弃孤儿哀
寻爹娘

中泽哀声，雏鸿最惨。覆巢遗卵，小鸟无归。陟屺岵以兴悲，耶孃何处？望里门而不见，踟蹰穷途。剧怜带水拖泥，沉疴仆地，竟使斜阳暮日，枵腹呼天，吁嗟乎！世无螺赢，命薄蜉蝣，我恐赵氏孤亡，若敖鬼馁矣！

有贸贸然来者，皆饥民也。匍匐以行，尽似於陵仲子；扬目而视，谁为齐国黔敖？喘仅如丝，踵无纳屦，昔之熙熙而来、攘攘而往者，今则踟蹰道旁，遇风辄倒也。天乎？人乎？何赋命之穷薄而长为饿莩乎？

鹄面鸠形迎风倒毙

饥寒交迫 悬梁投河

老朽龙钟，艰难步履；伶仃弱小，未惯驱驰。待尽穷庐，萧然四壁；寒生败絮，彻骨风尖。人尽羼桑，饥肠雷动；苍天不闻，赤地将遍。力尽计穷，生不若死，悬梁投河，处处皆然。伤心惨目，有如是哉！

君子食肉，尚远庖厨。奈此荒年，人竟相食。豫信云，有丧之家，每潜自坎埋，否则操刀而割者环伺向前矣。夫死者既不得食以死，生者欲食其肉以生，抑何忍哉！虽然，饥肠辘辘，死在眼前，欲其甘心槁饿也亦难。

饿莩载途
争相脔割

遍地尸骸鸟兽啄食

或馁而死，或寒而死，或病而死，或悬梁投河而死，纷纷藉藉，固棺不胜棺，埋不胜埋，而一任尸骸遍地也。呜呼！模糊碧血，鸟雀馂馀；风雨黄昏，狗彘夺食。伤矣！况尸秽之气必酿疠疫，谁为谋三寸棺、五寸椁耶？

苦旱两年，苍天悔祸；甘霖三日，绿野堪耕。甫集流亡，爰谋籽种，考土宜，准月令，所谓粱菽麦黍稷者，播种皆在四月前，今无及矣！惟荞麦犹可种，敢或失时，但田卒汙莱，屋无片瓦，得无绕树三匝而叹无枝可栖乎？

把屋荒田 给种
资遣

得雨墾荒農器典盡

幸哉此归乎！想当时琐尾流离，不作生还之望，今则裹我糇粮，复我邦族，仅矣！惟此一片荒郊，只余白骨，两番微雨，又扑红沙。欲补茅而结屋，蜗舍无存；将去草以芸田，牛犁尽失，徒手不足以耕也。伤心乎此归。

饿死不为盗，扶病以归乡，遗黎良可悯矣。倘令夏日如年，饥肠欲裂，秋成有待，望眼将穿，饭箩空兮儿啼，炊烟断兮灶冷，课田功而无力，将农事之就荒，安得给以口粮，延此一息，使长为输租纳税之民耶？

京外官吏连章入
告，帝恩浩荡，蠲赈
并行。传到誊黄，遍
贴穷乡僻壤；相扶垂
白，幸逢舜日尧天。
相彼小民，读数行
下，莫不镂心铭骨，
谓自今以后，所生之
日皆朝廷再造恩也。

果报之说，儒者不谈，然积善余庆，理无或爽。豫省灾旱以来，义粟仁浆，早已竭情尽惠，惟灾区至广，秋熟无期，沟壑余生，今仍待毙。披图三复，惨目伤心；倘蒙垂怜，生死肉骨。《传》曰"救灾恤邻，行道有福"，敢为仁人操左券。

休惕恻隐之心，人皆有之。惟外无所感，则内无所应。斯图之作，欲使有心人恍见河南灾景，而顿发其休惕恻隐之心者也。豫省荒灾较齐晋为甚，卖田庐，鬻妻子，树皮草根，万难生活，鸠形鹄面，四野流离。饥肠痛裂，死者不可复生；尸肉争啖，生者又将就死。五十余县皆赤地，百千万民乏生机。仁人于此救得一二人，则一二人蒙再造之恩，救得千万人，则千万人有更生之庆。济财发粟，量力而行，降福赐祥，惟人自召。披斯图者，尚于此三致意也夫！

中州福幼图

情急背
聘卖
女他方

北方俗俭，奁聘轻而婚嫁早，髫龄弱女，受聘居多。灾旱以来，艰难糊口，往送婿家，贫不能纳。此时此势，虽甚不愿为婢为妾为倡，亦有所不能矣。呜呼！摽梅待嫁，飞絮遭风，彼姝者子独非明珠掌上珍耶？

守节易，抚孤难，阿娘茹苦含辛，为此一点骨血耳。胡天不吊，降此鞠凶，娘不能活儿，儿莫复恋娘。谓他人父，忽承异姓宗祧；谋几日生，竟断一门香火。儿往哉！有日归来，收娘骨于阿耶之墓。

遗腹独
子远卖
求生

窮途兮
烧将
水嬰稾

祥征玉燕，汤饼三朝；梦协翠鸡，洗钱十万。此何等快事耶！奈何一样胚胎，竟同朝露，藐兹骨肉，倏付逝波。乞白粲兮谁家，儿何可保？先黄泉以待我，娘也将来。呜呼！安得与朱鄂州、任义兴恤此妇、保此婴？

草根尽，树皮完，初啖尸，继啖人；强肉弱，众暴寡，截行路，辄刀剐。黑夜昏天，杀人如豕。壮者或幸脱，少者无不死。惨矣哉！哀呼救命，耶不闻兮娘不应，宛转刀俎旁，肉重人命轻。呜呼！胡竟效易牙之蒸婴？

老娘饿不起，小女饿无声。女死可再育，娘死不复生。老娘命重女命轻，以命养命杀意萌。操刀直前心怦怦，手颤刀落声铿铿。自肉自痛血泪零，阿婆岂愿分杯羹？阿耶不忍将儿烹，送儿至市上，易米一二升。

客自灾省来者，言过屠门，类列人肉，一女子将就烹矣。急归，取钱往赎，至则已游釜中。红颜不见，空余一缕冤魂；白骨犹新，遭此几双毒手。肝脍杀越，岂人皆盗蹠耶？作旦夕之延，遂相率出此。吁！惨矣！

持钱赎命
已受宰烹

人肉充
肠转眼疫死

人死人食，人食
人死，人死成疫人疫
死，人食疫人人复
死。死丧接踵，家室
一空。藐孤子立，何
适之从？将沟壑兮委
填，或刀匕兮是供。
既食人之太甚，易灭
嗣兮绝宗。谁抚孤兮
延一脉，遗冥报兮终
无穷。

吁嗟乎！中泽哀声，雏鸿最惨；覆巢遗卵，小鸟何归？此真人种也，不谋抚养，将绝人烟。援成例于青州，免为婴鬼；救无知之赤子，同发婆心。所冀大力玉成，报获蓝田之玉；片言金诺，舍来丹穴之金。

河南灾孩苦况，图说具详。兹经延邀前办山东孩局之赵君崧甫、谈君任之在汴收赎留养，俟秋熟后给赀遣回，无家者就地抚绥，俾安故土。惟赈款支绌，必须另筹经费。倘有仁人赐助，当为汇解，掣票为凭。

仳离啜泣图

妇女就骖生还绝望

谁无妻女顺聚一堂？至于插标求鬻，真剜却心头肉矣。时也夫妻对泣，问何年破镜重圆？母女牵衣，知此去侯门如海。吁嗟乎！妻兮莫望夫，子兮莫望父。天长与地久，此恨极千古。来生孽缘在，骨肉当如故。

冤哉！此改适也。向之耕随冀缺，节慕罗敷，即所天之遽失，誓同穴其不渝，而乃志本靡它，饥偏驱我。有女仳离，此日菟丝何托？荒坟寂寞，何年麦饭重来？彼曰蘖也何害，此则死有余惭，独不闻有啾啾鬼哭声耶？

鬻为人妻故夫痛哭

痛哭思家中途被笞

渺渺前程，此行安止？茫茫去路，何处我家？爷娘沟瘠矣，夫婿饿殍矣，儿女婴鬼矣。身如飞絮，心类转篷。我本大家女也，一何沦落至此？泪潸潸兮不住流，声嚎嚎兮不能止。藤鞭三下，痛入骨髓，吁嗟拐贩该万死！

蝉翼为重，千钧为轻；黄钟毁弃，瓦釜雷鸣。世竟有名门闺秀，屈为婢妾之理乎？况夫狐威暂假，主人既横逆相加；狮吼时闻，大妇又睫眉难仰。早知今日，悔不当初。呜呼！天灾流行，方隅不限，独不念自家子女耶？

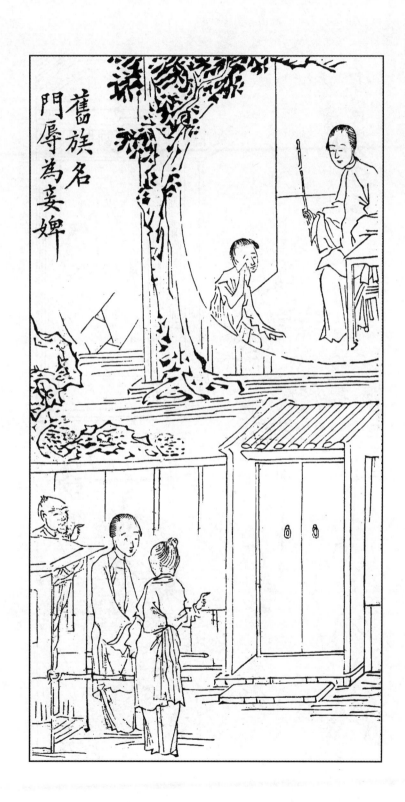

旧族名门辱为妾婢

诱卖娼
寮日受鞭逼

教化日衰，人忘廉耻；士习冶游，女工买笑。伤已！然或由孽报，岂曰无因？乃有乘危图贩，以贱诬良，强中泽之哀鸿，作迷楼之雏燕。暂为忍辱，未肯甘心，悔此偷生，横遭毒手，而今而后，甘作坠楼人矣。

呜呼！此何地乎？东家饭，西家宿，非荡妇之行乎？朝弦索，夜筝挡，非倡妓之术乎？我祖父簪缨累代，清白传家，忍此身之皎皎，受物之汶汶乎？身可杀，不可辱，莫说侬家颜如玉，死为厉鬼终宵哭。

义不受辱一死完贞

冥中感恩赎女罗拜

飞絮因风，小人有女；落花无主，君子垂怜。抛将十斛明珠，归此一双素璧。为他作嫁，煞费苦心；得适我天，相庄举案。此实高天厚地之恩，难为坠露轻尘之报已。生生世世，誓结草兮无穷；岁岁季年，共瓣香而尸祝。

天道无亲，常佑善人。捐金赎女，此行元必抡三；焚券还妻，有子揆宜叙百。虽儒者不谈果报，岂尽无因？况仁人广溉福田，必有余庆。瑞符种玉，铭康乐安燕之文；报获衔珠，符富贵吉祥之祝。谓予不信，借鉴斯图。

三月二十七日，凌、熊、李三君来信云，陕州一妇卖八十文，往赎已无及。潘君少安归云，道出亳州，见一大家女，能工书算，已鬻百千。贩鬻至安徽、江苏者，肩相摩、毂相击也。淞溪渔人、愿萱永寿子、螺青金公、三省老人、任君友濂、徐君翰波皆曾捐募银两，嘱供收赎之用，用心至仁厚矣。惟救人务求其广，集款不厌其多，倘有仁人闻风乐助，即为附解豫垣，存者养之，鬻者赎之，以仰副诸君子盛意。

晋赈福报图

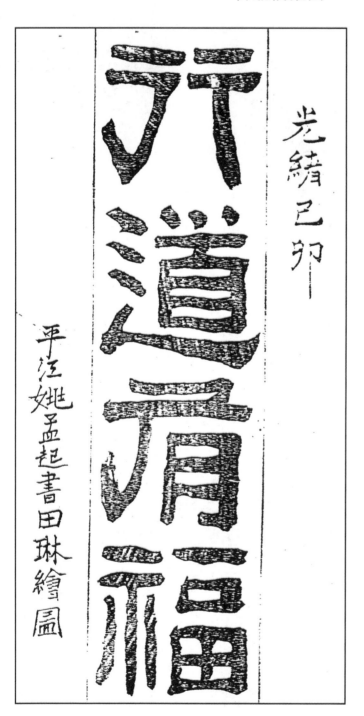

晋荐饥，使乞籴于秦。秦伯谓子桑：与之乎？对曰：重施而报，君将何求？谓百里：与之乎？对曰：救灾恤邻，行道有福。是救灾必有福报，语见麟经，班班可考也。今山西久旱矣，圣天子三诣大高殿拈香，曾爵抚奏请铁牌，祈求雨泽；又陈停止捐输后赈款艰窘情形，俱见邸报。潘振声诸君赴赈绛州，一再书来，亦云天久不雨，粮价昂贵，民不遂生，人将相食。欲克日以筹捐，已成竭泽；若坐视而不救，未免伤心。斯时也，正晋赈至急之时、集款至难之时、救命至易之时、造福至无穷之时也。夫恒情至歆羡者，莫甚于大富贵，亦寿考多福，禄宜子孙，然观伊古以来，助赈善报，诸无不备，虽有迟速之差池，断无丝毫之或爽。我用是图之说之，为乐善者操左券。呜呼！铁泪图等闲看惯，花样翻新杖头钱，肯解下来，华封有祝。莫笑事多附会，须知理有堪凭。是为引。

徐孝祥隐居吴江，家有小圃。偶栽树得金一瓮，掩之。越二十年，岁大祲，乃发瓮籴米以济之，银尽乃已。又越二十年，复于旧所掘处得金数十瓮，遂成巨室。子纯夫入翰林。

倪闪，沙县人，好施与。屡屈春官，人咸揶揄之，闪益自励。绍定四年大饥，道殍相望。闪罄家以济，活者万计。次年赴试，人梦闪高捷，门旗书：饘粥阴功，状元及第。榜发，果魁天下。

宋祝染，延平
人。五十无子，亲
族凌侮之，忿甚。
适岁凶，尽发所藏
赈济。明年生一子，
聪慧过人。应乡试
时，梦黄衣使者奔
驰而告曰：郎君捷
矣。天榜有"济饥
之报"四字。榜发，
状元及第。

太原布商刘全
顺乞袁柳庄谈相。
袁，神相也。一见
大惊，曰：大限只
在一月内。兼程归
家，病已沉重。时
岁大祲，遂罄家发
赈。越一月，无恙，
复往见袁。又惊曰：
君满面阴骘文，寿
延子贵矣。年八十
时，子登甲榜，又
越五年而终。

宋富文忠谪知
青州时，河朔大饥，
流民入境。公劝民
出粟，得十万斛，
借民舍十余万区，
散处其人。逾年赍
遣，所活甚多。帝
闻之，遣使慰劳，
即拜礼部侍郎。寻
与文彦博同相，朝
士相庆。寿八十，
封韩公。

河南按察使张孟球居官廉洁，遇年荒，自食菜粥，出己俸并夫人衣饰，籴米以济之。富户遂争相煮赈，所活亿万。子五人，学库、应造、绍贤、企龄、景祈，俱擢高科。

南昌熊兆鼎，精
医术，不计财利。嘉
靖岁凶，卖田以济，
活无算。八十诞辰，
恍惚见堂中悬泥金
贴，授福建城隍神，
遂沐浴坐化。

嘉庆丙子岁饥。李文璧父丧，延僧道资冥福，梦父告之曰：济饥功德比经忏百倍。李从之。父又示以梦曰：天锡尔富贵，我生大富贵人家去也。

天河水灾图

七年积荒，棉饼度生

严佑之诸君来函云，直省灾荒，连今岁已有八年，居民典尽卖绝，实无生计可图。棉饼素馁牲口，今每饼八十余文，灾民求之不得也。试问设身处地，如何下咽？

河水复漫，秋熟淹没

直省天河两属，地滨大河。本年五六月间，淫雨浹旬，水势漫溢。入秋更甚，秋禾尽陷，毫乏收成。农民日夜培埝以保田庐，至时尽成虚望，可慨也夫！

尸随波流，饱葬鱼腹

水势汹至，欲避无由，随波飘泊，呼救无人，气息奄奄，尸随波去。呜呼！性命悬于呼吸，鱼鳖争以为粮，情景真不忍问矣！

棺木漂翻，骨髓抛散

风激浪冲，无论浮厝之棺，尽行翻倒漂流，即古塚旧坟，亦多冲破。骨髓沉沦，棺木损坏，阴灵有知，当无不风凄雨泣也。

登屋攀树，黑夜号呼

堤工漫口，水势掀天，低处民房，屋檐几没，人多猝不及备。北地素少船只，逃生者皆登屋攀树，号呼待救，黑夜冒雨，惊惨万状。非有慈航，几无生路矣！

一片汪洋，树边认路

被灾之处，田中积水数尺，一望如湖，阡陌更无可辨。灾民出入，无舟可渡，但扶杖从树旁依稀认路而行，多有失足坠入深处者。此路正与黄泉相等。

断炊停机，破屋愁叹

缪君起潜、杨君殿臣来函云，此间男女营生所靠，编打芦席。至于纺纱织布，此间亦有其业。惟刻下芦草、棉花价甚昂贵，席布消价甚贱。既乏本钱，尤难获利，坐困情形，殊为可悯。

冲风冒雨，泥水淋漓

每逢阴雨，道途
泥泞，灾民冒雨乞食，
衣裤尽湿。夜无可换，
湿衣和睡，风寒入骨，
疾病由来。老弱不惯
奔驰，更有街头跌毙
者。安得设法留养，
免其速死耶？

白头父母，哭失儿孙

水患骤至，往往不及逃生，幼年儿女，岂能兼顾？没于水、弃于途者，不知凡几。老年父母，望眼欲穿，白发龙钟，倚门痛哭。此情此景，其何以堪！

黄口孤儿，哀寻爹妈

被灾之后，户口散亡，人丁稀少，往往有一人而兼祧数宗。或遗腹孤儿，攸关绝续者，不与扶持，人种将绝。此时饮食而教诲之，端赖重生父母。

携孤乞食，倒毙街头

灾区寡妇无以为活者不可胜计，往往携其孤弱，沿门乞食而不愿他适者。哀求终日，两手空空，稚子牵衣，猿肠寸断，忽倒毙于街坊，痛遗孩之孤露。天耶？人耶？

穷檐坐草，母子俱亡

饥年产妇，更为可悯，流徙之余，忍饥坐草，往往母子同毙。即幸尔无事，产后失调，艰于乳哺，亦鲜有得活者。恤产保婴之会，有心人急宜照办。

卖妻鬻女，临别牵衣

当卖已尽，妻女出售，事虽不情，实出无奈。谓与其相随同死，不如稍得身价，犹可两全。然离别之际，难舍难分，肝肠哭断，有不忍听闻者耳。

雪夜冰天，死亡枕藉

雪地冰天，灾民益困。乞食营生，无路可走。炊烟断绝，粮尽杜门。茅草一团，紧相偎傍。死亡之惨，有不忍目睹者矣。

穷途无告，冻饿自尽

身栖异地，告贷无门。交迫饥寒，生机尽绝。辗转思维，竟以一死了事，情亦惨矣！安得各处绅士随地截留，妥为收养，起生死而肉白骨，功德固是不浅尔。

愁云泣雨，神鬼夜号

死亡相仍，暴
露原野，家室流离，
无人收殓，甚为狗
彘所食，肢体分离，
孝子仁人不忍触目。
魂其有知，能无
号泣？

遍地冰海，春熟绝望

熊君菊生来函云，近津地方，积水均成冰海，麦种既难下地，明年春夏仍乏生机。闻任邱、安、雄等处情状尤惨。岂九泉之下尚有重渊耶？噫嘻！

宪恩奏赈，万民感戴

直省被灾后，爵相两次请赈。荷蒙恩旨，俯如所请。截漕赈恤，涸辙重苏，欢声载道。斯真苍生之福也。

以工代赈，口碑百世

严君佑之来函
云，直省水灾，多历
年所，非疏通下游水
利，重修千里等堤不
可。若使壮者以工代
赈，老弱如旧查赈，
洵属一举两得。昔林
文忠公谓本原中之本
原，真瞻言千里也。

乐善不倦，福报无涯

频年协赈晋豫，南中善士余力不遗。现当直省水灾尤关紧要，所冀仁人君子再发善心，源源接济，上纾宵旰，下救溺饥，将来福报，正未可限量也。

启者：直省灾区水仍未退，待赈灾民数逾百万，秋熟能种与否，现在尚无把握。九月分以前，停赈一日，即多一日饿毙之人。赴赈友人叠叠来函，催筹捐款，几若朝不待暮。南中捐款绝无仅有，为此万不得已，始从丹阳善士之说，刊册劝募，以五千文为大愿，五百文为中愿，五十文为小愿，愿数多寡，各随心力。捐款收到时，仍掣总分收票，并按旬刊登《申报》，事竣编录征信。伏求好善君子量力输助，迅速募劝，灾民有生之日，皆仁人再造之恩。同人仰藉转输，感激不啻身受也。同人拜启。

卷一　东齐孩捐收支录

山东留养婴孩捐启

窃好生恶死，人之常情，保赤诚求，古有明训。上年山东旱灾甚于江北，节经各善士集款往赈。现闻灾民子女鬻弃甚多，外国教堂收养四百余名。我人生同中国，亟拟集资赴东，另行设局，广为收养。所苦筹款不易，万不得已，仿照道光时水灾谢蕙庭先生筹捐成法，以五十文为一愿，只捐一次，十百千愿，各随心力。倘荷俯允，请即题名雁塔，以示救人一命，胜造七级浮屠云。光绪三年五月同人公启

山东留孩捐征信录

收支总数*

收款

安节局经收：

一、收子字册捐钱四千五百五十四千另五十文。

一、收鹏字册捐钱二千另七十九千文。

一、收汤字册捐钱四百另六千九百文。

一、收缪字册捐钱四百十四千七百文。

一、收陶字册捐钱二百八十二千一百文。

一、收方字册捐钱二千四百另五千三百文。

一、收酱字册捐钱九百七十二千四百五十文。

桃花坞江浙公寓经收：

一、收严字册捐钱一百七十六千八百文。

一、收顾字册捐钱五十一千四百文。

一、收姚字册捐钱五千九百另七千五百文。

一、收袁字册捐钱六千九百二十一千六百文。

一、收谢字册捐钱三千八百四十八千一百五十文。

两共捐钱二万八千另十九千九百五十文。

实收漕银三千另三十六两七钱七分。

实收规银二千四百九十七两六钱二分七厘。

实收洋一万五千另二十四元。

实收钱二千二百五十一千五百二十三文。

支款

安节局经手：

一、解江广助赈局转交留养婴孩局漕纹九百两，规纹一万另八百十七两九钱四分一厘，洋四百二十七元，钱二千六百七十文，棉衣五千五百念五件，善书、药六箱。

一、解潘吟湘、王赓保两君经办孩局漕平四百两，规银一千二百四十九两六钱二分七厘，洋四百元。

一、支刻印塔图收票公信司事谢仪信洋钱力洋水少串纸张等用洋二百八十四元，钱六十千另六百三十一文。

三共解支棉衣五千五百念五件，洋一千一百十一元，漕银一千三百两，规银一万二千另六十七两五钱六分八厘，钱六十三千三百另一文，书、药六箱。实支付庄折换衣药书价洋一万三千八百念四元，漕银二千另念一两七钱七分，规银二千四百九十七两六钱二分七厘，钱一千九百五十一千五百二十三文。

存款

一、存漕纹一千另十五两。（由安节局拨交李君海帆带赈山西。）

一、存洋一千二百元。（由安节局改拨善堂。）

一、存钱三百千文。（由安节局改拨善堂。）

子 字 册

吴颐卿、徐子春、杨子萱经劝

马佩珊募五百念七愿　沈铭之募一百愿　江兰藻等四十四愿　朱松山募（二本）九十愿　王子洗募一千三百六十愿　王右之募一百愿　汤吉甫募（八本）六百五十七愿　吴符卿募（四本）四百七十四愿　陶温如募七十七愿　吴颖芝募念五愿　钮仲卿募五十愿　程卧云募四千四百愿　敬甫等一百愿　汪桂生募三百愿　顾云庭募念二愿　汪初轩募一百愿　严葵吉募七十五愿　华友蓉募四百六十一愿　吴子亮募七十六愿　省修居二百念愿　吴子申募（二本）三百念六愿　吴枚臣募（二本）五百八十二愿　曹妙松等八十一愿　倪若舟募六百念三愿　倪芝仙募三百八愿　王祖锡募二百念愿　谈宽夫募一百另六愿　沈北山二百念愿　方锦山募十愿　谭姓二百念愿　黄梧刚募八十八愿　高仰生募五十愿 孟汀崔募三十五愿　姚侣菊募（四本）五百十愿　苏湘泉募一百愿　丁湘卿募（三本）三百十一愿　李清仪募一百愿　陶敬之募一百五十四愿　叶星辉募（二本）三百三十五愿　陶忆乔募一百愿　蒋廷圭募一百愿　秦子卿募一百愿　倪董氏募九十六愿　朱曾绥等一百愿　胡志鸿募四百三十愿　曹遂仪一百愿　钦云山募一百七十六愿　陈蟾香募一百愿　徐梅坡募念愿　沈鹿门募念二愿　吴九生等七十愿　高少霞八十八愿　吴子申募（二本）一百六十六愿　陈雨亭二百念愿　施寿卿募（二本）二百念愿　袁景吾募念七愿　蔚泰厚募一百愿　未书姓名一百愿　姚怀仁等一百六十六愿　程学圃募一千三百四十四愿　张石泉募念愿　张湘艇募九百另五愿　茂昌等一百愿　陈养梧等念六愿　戴仲甫募九十二愿　百善主人三十五愿　薛兰亭募一百七十六愿　陈恒升募四百五十愿　陆济卿募（四本）八百十九愿　顾仁寿等一百愿　吴馥庭募二千八百四十八愿　金缉甫募一百念五愿　未书姓名三十三愿　李彤伯募七百念三愿　华友蓉募三百五十六愿　方福江一百愿　如如一百愿　人和震记等三百五十六愿　蒋穉

芗募四百四十二愿　恒兴募一百另五愿　刘蔼亭募（三本）二千一百另二愿　徐兰艇募三百七十七愿　孙善甫募念愿　同泰庄等一百八十八愿　未书姓名念二愿　不题名一百愿　潘志裘念二愿　未书姓名十愿　怡安堂八十八愿　补过子八百八十愿　退思山房十愿　倪听松募二千七百六十愿　徐正隆募一千九百六十愿　无名氏一百愿　沈子泉四十四愿　周蓉汀三千三百愿　吴颐卿募四百四十愿　东记六百六十愿　同和室二百愿　许荫庭八千愿　陆凌九一百十愿　普渡会三百十五愿　李静锐二百念愿　陈少著四愿　琴清记四百四十愿　费芸舫二千二百愿　生康九十一愿　常公馆一百愿　退隐一千一百愿　谢行著一百愿　广昱僧二百二十愿　木青山人二愿　王振之募二十二愿　同盛和五十愿　尤金门八愿　吴子连募四十四愿　修德堂许二千二百愿　陆互斋、沈俊甫六十六愿　广东学院吴募三万二千四百八十愿　陆蔚生四十四愿　沈济之募一百七十九愿　诸善士书药捐四千四百愿

共九万一千另八十一愿，合钱四千五百五十四千另五十文。

鹏　字　册

袁子鹏、尤采山经劝

尤采山二万一千零四十愿　山记一千一百愿　王爱余二千二百愿　陈竺记二千二百四十愿　戴镛四千愿　方彦记二千二百愿　石记二千二百愿　复祥、永泰募六千六百愿

共四万一千五百八十愿，合钱二千零七十九千文。

汤　字　册

汤古甫经劝

蒋霭如募一百十愿　张湘舟募一百九十三愿　张存根募一百愿　启鳌闲房一百愿　李绍荣募一百愿　项纯卿募九十一愿　同吉祥募一百十二愿　张星堂募一百愿　归云翁募一百愿　惟新泰等六十六愿　吴颐卿募（四本）六百三十八愿　吴下钝者四十四愿　张星堂募八百七十愿　杨子萱募一百愿　俞蟾霖等五十愿　履康募一百愿　补过斋一百愿　吴符卿募（二本）一百八十五愿　殷同善一百愿　友记募二百六十七愿　叶星辉募（二本）七百六十愿　王聚堂六十九愿　苏粹加募一百愿　尚书第一百愿　沈采芹募九十二愿　王书林募（三本）三百七十三愿　曹小赓募七百零三愿　慎记一百十愿　卫仲清募七十八愿　履吉斋二百二十愿　陶温如募八十九愿　许积厚一千一百愿　宝书一百愿　陈质记诸善士三百三十愿　钱韵轩一百十愿　许绪安募七十五愿　观我室八十八愿　顾霭人募一百十五愿。

共八千一百三十八愿，合钱四百零六千九百文。

缪　字　册

缪起泉经劝

华友蓉募一千五百七十愿　吴诵芬募一百六愿　朱晓岩等二百八十六愿　翁荫槐等一百十愿　酿春庐募九十四愿　刘裕丰等四十愿　思过堂一百愿　彭耘民 李慕骞募一千零三十四愿　徐韵泉募六百二十愿　蒋养如二百二十愿　张万隆募二百八十八愿　殷太史第六百六十愿　丁苇杭募一千一百十四愿　周宫保第七十五愿　陶望山募一百愿　留韵堂等一千愿

徐明珠等二十愿　李直清募四百十八愿　宋梓荫募四百三十九愿

共八千二百九十四愿，合钱四百十四千七百文。

陶　字　册

陶望山、曹子千经劝

程荫记等二十四愿　曹春洲等二百三十五愿　郑子钧等一千二百五十七愿　景康居士等六十六愿　金再安等四百五十六愿　支硎山农二百二十愿　倪爕安等一百七十四愿　邱润泉募三十五愿　朱少兰募一千八百四十七愿　吴吉云等七十三愿　陶敬之募（二本）二百愿　三乐居等一百愿　朱忆萱募（二本）六百十六愿　黄唐氏等一百二十二愿　邱德记十九愿　汪仲记募一百愿　未书姓名六十六愿　德大庄等三十愿　崇德堂许二愿

共五千六百四十二愿，合钱二百八十二千一百文。

方　字　册

祝惕臣、方子厚经劝

陆步云募（二本）三百五十四愿　沈鹿门募一百愿　沈茂卿募二十二愿　公信行募一百愿　陶望山募六百八十八愿　张旭亭募一百三十二愿　徐沈氏等一百十愿　保寿一百愿　盛葆岩、陆爕军募八十二愿　晋祥号募九十八愿　冯利泰募一百愿　薛霁堂募（二本）一千二百六十六愿　陈瀛洲募二百十愿　秦葆荪募（二本）八十一愿　方启泰等九十八愿　祥发等二十五愿　陆仁卿一千一百愿　刘霭亭募一百九十八愿　吕桂馨等一百愿　顾菊泉募五百零一愿　不留名六百八十四愿　卢侃如募八十八愿　万有喜斋一百愿　熊纯权募一千六百二十愿　王建侯募四百四十六愿　补过斋一百愿　张菊溪募（二本）七百六十九愿　祝惕臣募（十九本）五千六百六十三愿　程桂山募二百零一愿　吴符卿募一百三十愿　陆玉山募一百三十七愿　朱其武募（三本）七百七十六愿　潘兰轩募一百十九愿　不留名等一百十一愿　徐子莲募三十六愿　读书焚香馆四百愿　许逵泉等一百愿　韩九兰募（三本）七百三十三愿　李仲甫募（三本）二百五十四愿　许严氏二百愿　修心氏等一百愿　顾蠡庭募一百五十七愿　隐善居等一百愿　不书名朱一百愿　吕桂馨募（二本）七十三十一愿　杨瑞芝募一百愿　沈瑞林（二本）二百愿　刘望屺募（三本）四百零七愿　徐翰波募（二本）三千四百七十愿　屠慎旃等一百十愿　杏庐等五百九十二愿　费惕忱募（二本）四百二十九愿　问钤僧募一百二十三愿　陈毓珍募一百十八愿　吴枚臣募一千一百愿　丁孟屿募三百六十愿　张魏氏等一百愿　周菊如募一百五十九愿　沈严氏四百愿　方玉麟募八十五愿　张刘氏一百愿　倪藻青募（二本）三百愿　沈左李氏一百愿　方葭湄募一百愿　严王氏四百愿　严树德募四百愿　汪子饶募（二本）三百六十七愿　敦号四愿　刘诵芬募一百七十六愿　纪兆衔募一百十三愿　严开裕一百愿　巢春田一百愿　张宝善等一百七十三愿　自怡斋八十八愿　马秉金八十八愿　大昌募四百五十六愿　张谦甫募一百愿　钱馥卿募五十愿　温秋心募（二本）三百六十六愿　刘惠宜募（四本）三千七十四愿　王若甫募七百三十五愿　乐善轩一百愿　徐方播募一千二百二十一愿　立记一百愿　平花余六十愿　艺耕堂一百愿　怡生募（二本）三百六十二愿　朱秋泉募二百二十九愿　燕翼堂二百二十愿　孙少山募一百六十六愿　吉祥止止斋一百八十八愿　刘侯生募二千二百六十三愿　沈亦泉募

（二本）二百四十二愿　恽叔来募二千愿　刘祖望募一百三十一愿　江锡嗣二千愿　崔硕甫募五十二愿　孙锦望二百四十愿　未书姓名九十愿　务本堂介寿堂徐八百愿　合成堂（二本）二百愿　寄寄草堂八十八愿　朱竹记（五本）五百愿　叶正芳二十二愿　全谊堂等一百四十愿　吴益辉二十二愿　赵惠生募（四本）五百四十二愿　郭培之二十二愿　严芝僧募（八本）二千九百二十九愿　洪吴氏八十八愿　西街王募一百七十愿　戴补笙募二百十六愿　王书林募（二本）二百另五愿　姚悦卿募（五本）六百三十六愿

共四万八千一百零六愿，合钱二千四百零五千三百文。

酱　字　册

酱园公所经劝

酱业公所募一万六千四百九十一愿　何厚甫募一百愿　李心伯募六百十五愿　冯涣卿募一百愿　潘荚庭募二百十愿　钱蓉初募四十愿　缪春畦募一百五十愿　叶山甫募三十愿　周琴孙募一百愿　无名氏募七十三愿　潘伯云募一百十二愿　韩长发募十二愿　江盛舟募十四愿　花桥韩长发募五十愿　寄云募一百四十五愿　贝义庄募十愿　潘友庄募五百愿　贝大有募一百愿　潘所宜募七十三愿　陈仁和募一百愿　潘和丰募二十愿　汪源隆募十六愿　同升义募四十五愿　张芹圃募八十六愿　龚敦号募十愿　蒋理卿募四十六愿　叶成泰募四愿　邵辰云募一百十二愿　叶乾泰募四十愿　卢选青募十五愿　彭裕盛募三十愿

共一万九千四百四十九愿，合钱九百七十二千四百五十文。

严　字　册

严保之经劝

戴晴岚一百愿　昌顺祥一百愿　孙景吕募一百三十六愿　蔡其相募五十愿　孙屿芝募（二本）一百七十四愿　毛恒风等一百愿　朱寿卿募一百愿　张子香募（二本）二百愿　养心居一百愿　郭兰亭募十二愿　大通裕一百愿　朱万甫募（二本）二百愿　郑祥泰等一百愿　陈绍卿募一百愿　徐韵舫募（二本）一百四十四愿　何寿朋募（三本）二百三十愿　朱莘耘募一百十二愿　马涵夫募（四本）五百十一愿　张菊村募一百愿　求放心斋十愿　潘吟春募一百愿　吴子和吴何氏四百四十愿　李式卿募九十七愿　吴曾源二百二十愿

共三千五百三十六愿，合钱一百七十六千八百文。

顾　字　册

顾时田经劝

袁子山募一百愿　朱裕愿募一百愿　方刘亭募（七本）七百二十八愿　韩少山募一百愿

共一千零二十八愿，合钱五十一千四百文。

姚　字　册

姚凤生、王解卿经劝

程子梅募（三本）三百零五愿　无名氏一百愿　吕静山募一百愿　无名氏一百愿　朱

少云募（六本）一千零九十一愿　马子骏募二百三十愿　毛陈合募一百零二愿　潘醴如募（五本）一千九百三十二愿　舒宗樑募八十一愿　方记等六十四愿　林叔殷募（四本）四百五十七愿　王柳堂募（六本）一千六百五十六愿　无名氏一百愿　观桂书屋一百愿　潘寿屏募（三本）三百五十八愿　黄树德募一百四十九愿　陆菊生募（二本）二百愿　树滋堂王一百愿　崇德堂一百愿　彭寿斋募二百七十六愿　徐子丹募（四本）一千八百九十五愿　张性卿募（二本）二百愿　陆济卿募一百愿　沈养云募一百愿　朱润生募（七本）八百六十八愿　沈莲伯募一百五十七愿　慎修堂一百愿　姚福生募五十九愿　程朗甫募二百零五愿　陶敬之募一百愿　叶子繁募九十愿　旭日进斋等念五愿　叶荔裳募一百愿　王槐荫募九百二十八愿　张小林募（六本）一千四百三十七愿　郭琴生募二百七十六愿　沈朗山募九十七愿　朱润生募（二本）四千四百四十八愿　汪少梅募（四本）三百十八愿　无名氏二千四百愿　汪韵卿募六十六愿　吴培之募（二本）一百七十九愿　长生号等一百十五愿　衡峰僧二十二愿　何尹甫募六十二愿　陶步丹募一百愿　澄怀轩一百愿　王襄卿募（八本）一千七百三十一愿　无名氏六百六十愿　不留名一百愿　寿记一百愿　谢新燕（二本）二百愿　华芹香募（六本）五百七十一愿　包星堂募一百愿　杨玉书募一百愿　王鉴山募（七本）八百六十八愿　曲园居士（六本）六百愿　汪佑之募一百另一愿　铁心花馆一百愿　盛尊德四十四愿　梧证尼募四百二十愿　王余堂二百二十愿　伯起居士一百愿　金信裕等九百二十愿　方惟澜一百愿　江记募八十九愿　杨洪源募一百愿　方养初募（二本）二百愿　徐佐羹募一百愿　思本堂吴一百愿　陈端甫募五十四愿　大成庄等一百愿　钟健堂等一百愿　姚吉庭等一百愿　恒记等一百愿　叶云章一百愿　乐记等一百愿　黄汤氏等六十六愿　尤祖藩一百愿　清辉书屋等一百三十四愿　恒吉等一百愿　享字等一百愿　无名氏一百愿　瑞记等一百愿　济泰典一百愿　济元典一百愿　徐端仁等一百五十愿　增福堂杨一百愿　福泰典等一百愿　苏州府正堂谭八十八愿　无名氏等一百愿　杨裕泰募（二本）二百愿　拙娱轩等一百五十愿　守愚堂吴一百愿　景远堂俞一百愿　振德堂沈一百愿　无名氏二百二十愿　何吉仪募（二本）一百五十愿　孔稚鱼募三十愿　贝蔚士募一百零二愿　桂馨阁募三十愿　诒穀堂八十八愿　吴绩臣募一百愿　施星若一百愿　葛稚珊一百愿　三珠堂王一百愿　张篠泉一百愿　恒义一百愿　有怀堂查一百愿　大有一百愿　程杏园募一百愿　悦来一百愿　成记六百愿　吴县正堂汪一百愿　邢小汀募（十七本）一千九百八十愿　张既耕募（十四本）四万三千另另三愿　不留名（六本）六百愿　无名氏四十四愿　太原王一百愿　殷祖保募三十愿　为善最乐（二本）二百愿　花尊堂一万愿　嘉定县许一百愿　不书名一百愿　江记募一百愿　陆养娱二千一百愿　包韵竹募八百愿　耕心堂一千愿　五研斋诸善士一百十五愿　半痴山人一千五百五十愿　倪师勤二百二十愿　孙养云等一百愿　同顺震等十愿　敬修堂等六十四愿　无名氏四十四愿　怡敬堂汪一百愿　高砚伯等一百十五愿　王松山等一百零五愿　徐纪生募八十二愿　陆景亭等四十愿　王有山募一百愿　颜聚福募一百愿　秦德渊等二十六愿　蔡永顺等五十愿　王达源募一百愿　全记号募一万六千愿　勤慎堂王（二本）一千愿　郭钟莪募四十四愿　羲经堂陆五百愿　无名氏八百八十愿　万里氏二百二十愿　江树记十八愿　华贞氏二百二十愿　宋云记十四愿　华亭记二十二愿　吴善书记五百五十愿　桂记六百六十愿　顾俊记二十二愿　存厚堂六八十八愿

　　共十一万八千一百五十愿，合钱五千九百零七千五百文。

袁　字　册

袁敬孙经劝

游桂馨募一千二百三十愿　施威卿一百愿　袁忆江募八十八愿　心记等二百七十六愿　吴企香募（七本）六百零九愿　汪耀伯募四十二愿　庆余堂胡六万二千愿　王栋臣募一百零八愿　桑都转募（三本）一千一百十愿　华少山募（一本）二百二十八愿　吴晋蕃募六十五愿　华仁潞十愿　江宁远四十六愿　傅存厚一百愿　欧阳宗德一百愿　蔡榴卿等六十愿　乾和募一百愿　蔡蓉轩等二十二愿　欧阳春生募（九本）九百愿　赵吉如募（四本）二百四十九愿　孙云翼募五十七愿　目不识丁等一百十愿　汪陶氏四十六愿　顾泳年募（二本）二百愿　鲍燮卿募三十六愿　徐乾斋等一百愿　沈蓉轩募一百十五愿　正泰诸善士一百十愿　顾筱卿募四百九十八愿　袁佑君募六百六十七愿　方峙斋募（二本）三百二十七愿　程子鸾募（二本）六千五百十七愿　赵良选募一百念五愿　勤公募四百六十愿　汪小安募一百二十二愿　周光益募（三本）二千一百六十愿　单慎绪一百愿　徐小海募一百八十二愿　胡玉丰等一百愿　胡练溪募九十二愿　龚右之募（十本）八千一百五十一愿　秀水沈募（五本）一万八千七百三十五愿　许邑侯募（二本）一万零八百零九愿　金霭堂募一百愿　新仓镇重募四千八百六十愿　吴枚臣募一千三百四十四愿　吕蔼人募（二本）一百四十七愿　近取一百愿　通珊氏二百愿　彭菊初募二十三愿　无名氏一百愿　无名氏一百愿　方正兴等一百愿　无名氏二百愿　清荫诸善士二百二十愿　王赓保九十二愿　祝麒麟十五愿　陶梓臣募二百三十三愿　金花溪募（三本）三百另二愿　周安雅四十六愿　单谓延一百愿　沈始言等一百四十七愿　徐舒三募一百愿　澹退斋一百四十六愿　欧阳大丰一百愿　王裕昌等一百愿　金杏林一百愿　朱正本等一百愿　金杏林等二百零九愿　孙东崖等一百愿　畲经堂等一千九百零九愿　郑培德等一百愿　周起霞募六十九愿　宋锷臣一百愿　江铁生二百愿　许月泉募四百八十七愿　余苹皋募三十愿　桑文浩二百三十愿　贝龚袁募八千六百六十一愿

共十三万八千四百三十二愿，合钱六千九百二十一千六百文。

课　字　册

施拥百、谢佩孜经劝

韩引之募二百二十四愿　朱念宗募（二本）一百八十四愿　谢勤甫募一百愿　倪若舟募（二本）二百六十六愿　钟亦堂募一百零八愿　金敏之募一百愿　洪杏园募一百愿　吴颐卿募一百愿　刘铁卿募三十愿　顾泳年八十八愿　朱睿羡募一百八十八愿　姜耘卿募八十九愿　朱少云募（二本）三百三十九愿　崔吟香募一百愿　夏小护募（二本）三千五百四十八愿　何东樵募一百愿　钱馥庭募（二本）二百愿　吴仰之募（三本）三百愿　金楚卿募一百愿　金燕记一百愿　汪薇轩募一百愿　江小珩募三十三愿　张新之募（五本）三百四十四愿　沈雪渔募（二本）五百十愿　金传远一百愿　江子佩募（十三本）一千三百七十八愿　沈谱梅募一百二十二愿　亦西斋募二十二愿　张师杜募（二本）二百三十一愿　蒋绷甫募一百零二愿　程子梅募一百愿　洪春江募一百愿　秦伯后裔等五百四十愿　江芷斋募（二本）二百二十八愿　马涵夫募一百愿　严西轩募五十七愿　孙小卿等一百愿　杨渥如募二百八十八愿　沈逸云募（二本）三百二十愿　汤宏绪十愿　严保之募一百零九愿　华文

卿募一百十一愿　钱菊陶募五十四愿　江履安募二百愿　钱月锄募六十愿　鲁子耕募一百八十四愿　卫端生募一百愿　钱吾香募十五愿　凌竹岩募二百愿　张如馨募（三本）二百四十二愿　石君秀募（二本）六十六愿　高静轩募（二本）一百五十八愿　王芝香募（三本）七百七十愿　何梅谷募（三本）二千二百愿　陶湘波募一百愿　王镜如等五百六十愿　陶敬之募（二本）二百九十五愿　同源祥等一百零六愿　吴润甫募一百三十二愿　陈锦亭募（三本）三百愿　陈桂生募一百愿　同协祥五百五十愿　虞柳春募七十二愿　吴自梅募五十二愿　无名氏一百愿　张凤书募九十五愿　醉酒子等一百愿　王蟾香募一百一愿　亢保之募一百愿　汪兰亭募八十愿　邹纯甫募一百十六愿　吴认卿募九十四愿　吴念孙募五十二愿　马惠轩募（二本）三百零九愿　张春渔募五十四愿　程根甫募一百二十八愿　福田僧募（三本）三百愿　魏子嘉募四十二愿　陈倚云募一百愿　汪柳泉募（二本）二百零八愿　□□甫一百愿　王复莘募（六本）二千一百六十二愿　吕梧卿等一百三十八愿　王远峰募四十八愿　刘秋泉募五百四十九愿　高慎卿募七十愿　许锄园募一百愿　太原伯仲李二百二十愿　张成之募八十二愿　华子乔募五百三十愿　王志远等九十四愿　辛垞募四百六十愿　李善成募（二本）二百七十五愿　费吉甫募二百愿　汪正远等二百十八愿　沈蒙叔募（三本）一千四百二十五愿　舜湖程等五百愿　吴菊村募（二本）三百七十六愿　石镒山等一百六十五愿　冯晋山募（二本）一百九十二愿　鹤瑞堂等二百四十愿　陆济卿募一百愿　爱吾堂等五百六十五愿　朱蓉庵募（五本）五百愿　沈迪光等三百愿　程启霞募四十五愿　贝松林募五十二愿　程菊亭募一百愿　蔡融堂募（二本）二百愿　卢泰记等一百念四愿　方滕氏一百愿　潘起凤一百五十愿　陈崦谷四十五愿　王晋笙募八十愿　司马友芝（十本）一千愿　贝敏之募七十六愿　邵步梅募九百九十八愿　周义庄六千愿　万春瑞一百愿　仁存堂等二百三十四愿　陆厚甫募一百愿　凌信昌等九百二十愿　王秋庭募三十愿　余星槎等四百十八愿　朱亦政（四本）四百愿　乐善居二百二十愿　曹小耕募一百愿　洪琢君募二百七十五愿　无名氏一百愿　谱经募二百五十三愿　徐也渔募二千三百三十二愿　王星伯募三百七十四愿　吴下钝者四十四愿　锡蕃堂等一百十愿　吕咏山募一百愿　蔡子渔募一百愿　吕涵卿募一百愿　陈步青募（二本）一百零七愿　金养记一百愿　马佩珊募六十愿　王襄卿募三百六十二愿　江严氏一百愿　徐彦如等九百三十九愿　施曜庚六百愿　心兰室一百十愿　王山晖募二百七十四愿　徐石臣募二百六十二愿　许其昌募三十愿　乐善居等三百七十五愿　无名氏十愿　陈薇农等一百愿　耀记二百愿　吴霭翁募一千零六十愿　多记二百愿　张忻翁募（二本）五百六十愿　陶敬修堂一百十愿　吴子均募（四本）九十二愿　培记四十四愿　郑调梅募一百四十愿　王佑皋募一千愿　丽记二百愿　兰记一百七十六愿　寿记六千四百愿　勉善子一千一百愿　培仁公所募一万六千愿　无名氏一千一百愿　袁海记二百愿　乐善子二百愿

共七万六千九百六十三愿，合钱三千八百四十八千一百五十文。

山东留孩征信录

弁　言

庚辰赈北直，严君以晋往，己卯赈西晋，潘君以豫往，戊寅赈南豫，熊、凌诸君以齐孩事激而先往。齐孩者何？丁丑齐灾，南人往赈之，于是有江广局之设。吴中人悯灾区子女，作不择之走，遂附庸江广，设青州留养婴孩所，未及期尽撤。言齐孩者惧无所征，因就吴人收之、吴人发之者，编录征信，并以识直晋豫赈实基于此云。

青州留养婴孩所收支总数

（光绪三年六月下旬设局，八月三十日移交潘君吟湘、王君赓保接办。）

收款

一、收江广助赈局银三十两兑钱四十五千文，洋一百元兑钱一百二十六千五百文，钱一千四百六十四千另六十二文。

共收钱一千六百三十五千五百六十二文。

谨按：苏州原解江广局共漕银九百两，规银一万另八百十七两九钱四分一厘，洋四百二十七元，钱二千六百七十文。除收此款外，抚教局谈君任之经收钱六百九十七千五百十七文，赵君崧甫经收钱八百五十千文，周君少泉经收钱四百千文，又九月分收若干数，缪君启泉经收钱一千五百三十千另另四十六文，约共银四千五百两，应余银七千两。于光绪四年二月留养所、抚教局同撤后，由苏州桃花坞豫赈公所收回江广局银三千两，余由李君秋亭移赈直省。至潘、王两君于九月初一日接办留养所后，至四年二月撤止以前，所用经费由苏州另解漕银四百两、规银一千二百四十九两六钱二分七厘、洋四百元，大约有绌无盈矣。

支款

一、支面饼（一万另另七十二斤，每斤三十六文，约扯二百五十人，留养七十日），钱三百六十二千五百九十二文。

一、支小米粥（曲斗十七石八斗二升五合，人数同上），钱九十四千一百九十二文。

一、支煤（三千八百十斤半），钱二十六千八百四十三文。

一、支粥菜，钱五千二百八十二文。

一、支布衫布裤三百四六付，长衫六件，裤二百二十四双，鞋一百八十八双，棉袄裤三百四十套，棉被八十九条，肚兜三百八十个，裤带四百付。俱放女工裁制（以上各件约以三分之二拨给抚教局各孩），钱七百三十五千五百四十三文。

一、支厨具器用，钱十六千二百三十六文。

一、支孩号芦柴（八百五十斤），芦席（七十条），钱十千另八百三十八文。

一、支收送小孩车费，钱五十七千二百八十九文。

一、支医药棺葬（病九十四名，死七人），钱廿千另二百八十四文。

一、支茶水、纸张、洗衣、艾绳、通宵更烛，钱廿六千五百八十四文。

一、支本地塾师两位、司事两位修金月费三个月，钱四十一千二百文。

一、支塾孩察课奖赏，钱七千五百文。

一、支门役厨夫四名、更童二十名工食奖赏，钱四十千另四百九十六文。

一、支房租修理，钱三十七千四百四十文。

一、支两董一使自苏至申、自申至烟台船价等，钱五十二千六百五十四文。

一、支又烟台至青州八站车价，钱三十八千三百四十文。

一、支又尖宿饭食九日，钱四千二百四十六文。

一、支途次给灾孩，钱十一千五百文。

一、支袁子翁回苏川费，钱四十五千文。

共支钱一千六百三十四千另六十文。

实存

一、存钱一千五百另二文。

新布 衫九件 裤六十九条，棉袄 二十三件 裤一百九十五条，鞋袜十付、肚兜十五个、小米七石三斗三升、煤一千八百五十八斤。均于八月三十日移交潘君吟湘、王君赓保即收。

出入人数表

	如号	保号	赤号	子号	心号	诚号	求号	之号	黜号	异号	端号	以号	崇号	正号	学号	差遣
六月下旬 收一百八十三人 去一十二人 存一百七十一人	二十人	二十人	二十人	二十人	二十人	二十人	二十人	二十人	居病之孩地暂	七人					读书处	四人
七月上旬 收一百六十九人 去一百零三人 存二百三十七人																
七月中旬 收三十四人 去三十八人 死二人 存二百三十一人																
七月下旬 收三十七人 去二十九人、 死一人 存二百三十八人	十七人	二十人	二十人	十八人	十八人	二十二人	十六人	十七人		十四人	十四人	十三人	十二人	十二人	十二人	十二人
八月上旬 收三十人 去一十三人 存二百五十五人																
八月中旬 收二十七人 去三十五人 死一人 存二百四十六人																
八月下旬 收九十四人 去一百一十七人、 死三人 存二百二十一人	邢顺儿十九等	刘田子二十人等	赵苟儿十二人等	夏九儿十二人等	章李儿十一人等	李二儿十六人等	李计儿十五人等	王花儿二十一人等		印巧儿十六人等	王八儿十一人等	窦寨儿十人等	赵英珠十人等	赵计儿十五人等	吴吕乐十一人等	值药一人 巡察一人 打扫三人 号门一人 剃头四人 值帐房二人

附录谈君任之收支抚教局各款（三年五月二十一日起，六月底止）

收款

一、收江广助赈局钱六百九十七千五百十七文

支款

一、支粮食面饼（约扯二百人，留养四十日），钱二百六十八千六百三十七文。

一、支小菜，钱十千另七百十九文。

一、支柴炭，钱四十四千六百六十六文。

一、支剃头洗衣油烛杂用，钱十四千一百三十八文。

一、支棺药，钱十千另另四十四文。

一、支义塾师点徒奖、纸笔工艺料本，钱十九千二百五十一文。

一、支孩衣，钱一百八十八千三百八十七文。

一、支工程置器，钱六十千另五百八十三文。

一、支工食送孩车力，钱十八千六百九十九文。

一、支婴孩家属，钱四十八千五百四十七文。

共支钱六百八十三千六百二十一文。

存款

一、存钱十三千八百九十六文。（移交赵君崧甫经收。）

附录赵君崧甫收支抚教局各款（三年七月初一日起，八月初十日止）

收款

一、收江广助赈局钱八百五十千文。

一、收谈君移交钱十三千八百九十六文。

共收钱八百六十三千八百九十六文。

支款

一、支粮食面饼（扯计每日二百五十人，约存小米五石），钱四百八十四千五百七十七文。

一、支小菜，钱二十三千八百七十五文。

一、支柴炭，钱三十八千五百十七文。

一、支洗衣油烛杂用，钱二十千另八百五十八文。

一、支医药棺殓（七人），钱十四千五百五十六文。

一、支义塾师修徒奖、谈任翁月费、纸笔工艺料本，钱七十五千二百九十六文。

一、支孩衣（袜七十七双，鞋四十双，被四条，衫裤十六件），钱三十七千五百九十七文。

一、支房租修理器具，钱五十六千一百二十一文。

一、支工师、夫役工食，钱三十千另另十八文。

一、支婴孩家属，钱五十千另七百八十六文。

共支钱八百三十二千二百七十一文。

存款

一、存钱三十一千六百二十五文。（移交周君少泉经收。）

附录周君少泉收支抚教局各款（三年八月十一日起，八月底止）

收款

一、收江广助赈局钱四百千文。

一、收赵君移交钱三十一千六百二十五文。

共收钱四百三十一千六百二十五文。

支款

一、支粮食面饼，钱二百四十六千三百四十八文。

一、支小菜，钱十一千一百四十二文。

一、支柴炭，钱五千四百九十七文。

一、支洗衣油烛杂用，钱十五千四百八十一文。

一、支医药，钱七千六百八十一文。

一、支义塾师修徒奖、谈任翁月费、纸笔工艺料本，钱三十六千九百七十四文。

一、支孩衣等，钱二十三千二百五十文。

一、支修理器具，钱八千三百七十一文。

一、支工师、夫役工食，钱十三千八百五十七文。

一、支婴孩家属，钱八千五百文。

共支钱三百七十七千一百另一文。

存款

一、存钱五十四千五百二十四文。（此项存款及九月分收支各款，未经开单寄苏，无从汇录。）

附录缪君启泉收支抚教局各款（三年九月十三日起，四年二月底止）

收款

一、收江广助赈局（原收银一千两作一千四百八十三千八百七十五文，又钱二百五十千文，除付还赈局钱二百另三千八百二十九文）钱一千五百三十千另另四十六文。

一、收周君移交钱二百四十一千二百三十二文。

共收钱一千七百七十一千二百七十八文。

支款

一、支小米绿豆面麦饼伙食贴同善堂孩饭（原支钱一千六百四十七千七百五十九文，除销二百另三千八百另三文，销豆五十千文，销小米七百七十千另九百五十八文），钱六百二十二千九百九十八文。

一、支柴炭油烛医药杂用，钱二百九十八千五百另三文。

一、支孩衣，钱一百十四千七百二十六文。

一、支学习馎饤、织布、织绫、纺纱、织带、裁衣、剃头、做鞋、洋铁、毛毡、烟筒工师料本（原支钱七百十三千六百六十二文，除销洋铁器九百二十文，销布一百另六十八百八十文，销绫九十三千另六十文，销乱丝三十千另六百文，销毛毡五千另二十四文，织带四千文，售出驴两只十九千五百七十五文），钱四百五十三千六百另三文。

一、支修理房屋，钱八千六百十一文。

一、支资遣婴孩、贴恤孩属，钱二百十五千九百十二文。

一、支书本奖赏，钱十一千九百二十五文。

一、谈^周同事月费，钱四十五千文。^缪

共支钱一千七百七十一千二百七十八文。

书 *

致李君秋亭（三月二十一日）

别来惟勤宣令德，望慰苍生，至以为颂。弟前月杪以资遣灾民之役，拟便道上谒，水浅舟胶，渡江而止。归后闻台从有齐鲁之行，生佛万家，福星一路，君实当之无愧矣。东省灾后，子女流离者不可计数，为他族收养者，闻有数百名之多。窃恐人心外属，异说横行，为邹鲁之大患。某才微力薄，苦不能裒集多金，助君一臂，使君跟迹济赈，竭力挽回,尚何说之辞?然区区之意,终不能已于言。闻之急则治标,标者何?幼孩是也。智识未开,情窦未通,若被他族蛊惑,更易更险,驱数百好男好女于陷阱之中,不能使其复为人,凡有血气者,能无锥心肝,竖毛发,亟图补救哉!拟章十二则,上尘台察,伏乞见诸行事,是所盼祷。

留养婴孩章程

一、此举专为无家幼孩流离道路,或遭迷拐出境起见,特设留养局暂为安顿,以便招属认领。凡有家可归,及年逾十四,已有知识,受赈自赡者,一概不收。

一、局董皆系客籍,且经费终有尽时,所望本地绅士仿照恤孤章程,筹款设局,庶可移交接办。万一不能接收,势必将来分送江浙留养。

一、凡无着幼孩,准由邻右地保开明姓名、年岁、父名、母氏,向住何处,即日报局收养。

一、局孩当知客省绅士捐资留养,无非仰体皇仁,固我正学,每日清晨,各宜恭诣至圣先师神位前行礼,并跪诵圣谕十六条,身体力行。

一、每孩每日给粥二次,随时给发衣服,五日一沐浴,十日一整容,兼雇老妇为之梳洗补缀。

一、五孩为一排,设排长一,五排居一号,设号长一,五号住一院,设总号长一,各给腰牌,依牌而居,日间不准出门滋闹,夜间不许点灯。如有违犯,号长禀董惩斥,不准私责。

一、男孩入局养息半月后,即别智愚,读书习艺,其有不可教诲者,令念浅近劝善歌词,均阅十日察课一次,分别奖罚。

一、另编号舍,专住女孩、幼婴,凡五岁以内婴孩,即令十岁外女孩照料,仍每号雇老妇二人,为之梳洗补缀。

一、另设病房,遇有孩病,即行移入,免致沾染,仍聘医生诊治,并雇工人专司汤药,殇则棺殓埋葬。

一、闲人不准入号,以杜诱拐。如有外方人来局查看,应先报明董事,酌量放入。婴孩亲属探视,亦须传孩出见。

一、灾孩如有犯规,重赖贤明局董妥为教导,若即斥逐,深恐我弃人收,遗滋隐患。

一、撤局之前一月,先榜孩名招领,并声明家属不早领归,绅士又不接办,不能不全数运南,运南之后,必有人领作子媳。如各孩中有一线单传,或已许配者,务祈本地绅士亲邻早为领养。

复袁君敬孙(五月初二日)

弟连日晤商各公,惟王右翁许助五十元,袁子翁允许同行,舌疲耳聋,不见成功。总之,越说得要紧,越无人肯捐。一双空手,几个穷朋友,做得出甚事来。今与阁下约,天下无办不成之事,只须认真。阁下既发宏愿,但须浙江托定筹捐之人,大驾飞速回苏,若仅书札往来,空延时日,非救急之道。尊处倘必孩到筹捐,弟当抵押三百元作为盘串。现在赶刻救命浮图,每愿只要五十文,可为极策矣。到东后有捐收孩,无捐即帮秋亭办赈,此行决不容已。再,查四月初二《申报》所载,烟台教士留孩之说,大约即近处所收,我辈即宜从此路入手。况秋亭既走清江，我辈更宜分路前进，断不宜挤在一处。

致李秋亭（五月初二日）

前奉一函，谅尘青察。乃顷浙友函来，谓闻山东一带弃孩甚多，其流入外道者，已属莫可挽回，其余想尚不少，亟宜设法安顿。如果无家可归，不如运送来南。惟留养之费有友担承，盘串骤难筹集，弟遍商戚好，四出筹劝。现经同人令弟及袁子鹏丈于望前后星驰来青，面商台端，酌量办理。务乞行旌所莅，先为留意，不胜企祷之至。

致苏友书（五月二十九日）

初九别后，即偕袁子鹏丈登舟，十二抵申，十五登轮舟，十七过黑水洋，大似坐快船下虎邱耳。十八日抵烟台，寓招商局，往谒法国领事哲美生，询悉一切。十九日谒同乡徐省三、何馥林先生，知烟台粥厂已撤，议复举，遂分三百金以为之倡。复谒法国教士倪惟思，言青州灾荒甚悉。迟至二十一日，始觅得一车两马以行，灾后牲口少也。申初登车，二十八日抵青州、益都界。此八日中，天微阴，车中穿棉褂，戴夹帽，绝无夏气。二十八日辰刻，冒雨开车，不一刻天晴，午刻抵青州城，卸装夥巷之江广局，天忽大热，不能衣，午后大雨如注，盈一尺，天其厚我乎？晤局友庄小山、赵崧甫，据言望日到此，李秋亭、韩仲万、王艾臣、施湄川四君在寿光局，杨殿臣、章秉彝、侯敬文三君在益都局，瞿星五、秦昕斋、朱寿崖三君在临朐局，谈任之、王星陬在抚教局。局为留孩之所，现收八十余名。闻临朐分局亦收百余名，临朐县宪自养数十名，青州府宪自养百余名，益都县宪自养八九十名，不日归并此间，统计已不下五百名矣。此外未经收留者，尚数倍于此。惟育孩经费，满望苏州筹集万金，现未如数，大为失望。然即此五百人运南，九站车费，三月留养，已非万金不办也。某方执运孩出境，恐开他人效尤之门，坚拟会同官绅设立常局，诸君云小孩只能运南，但求广为筹捐，暂留房屋邻近可租，姑俟秋翁到后，酌商租定，广为留养也。此间小米子每担六千六百文，高粱每担五千二百文，柴每担四百五十文，大米每担八千七百文，干面每担四千文。灾区则临朐全荒，寿光、益都荒六七成，临淄、博兴、昌乐、乐安荒四五成。各县户口以第二等灾况之益都论，统计全局地方，仅居十分之一，然剔除稍存余粮之户外，刻不待缓者，尚有四万户十万人，以现存五万金摊派，该县应得五千金，每人仅得数十文，其何以济！寿光局韩仲翁来函云，前月忽下冰雹，黍苗尽坏，先据东乡各保开来极苦之区稻田，南路二十五村庄，东路三十庄，北路六庄，西路三庄，西南路十五庄，西青龙乡正西正南七十余庄，统计一万四千户，除去有半月粮者，尚存一万余户，四万数千人。东乡已有此数，尚有三乡未查，照此核计，即每人百文，已须万金。又接临朐局瞿星五诸君信云、最苦者惠善、仁寿两乡，其次礼让、孝慈两乡，每乡二十余社至七八十社不等，每社一千余户至六七百户不等，每户二口至七口不等，以每乡五十社，每社一千户，每户四口核计，实有二十万口，照原约二万金，每人得银一钱。昨查大青一社，灾歉较海沭为重，当此麦秋之后，应较春间稍好，孰知仍有食柳叶者，食小米糟者，有一家病二三人者，有房屋甚好、家无粒粟者。某此来本为育孩起见，然睹此情形，不能不代抱杞忧。李秋翁又在寿光，拟即函请回青，筹商一切。诸公设法筹捐，原知不遗余力，惟此等情形，想亦未经料及，用敢拉杂缕陈，所望上体天地好生之德，并念国计民生之重，于无可设法之中，再为飞速劝筹，以多为贵，以速为贵，此间实有缓不济急、少不敷用之势，企望之殷，实与垂绝灾民同其急切。如有成数，务祈火速汇寄，真十万贯不厌其多，一文钱不敢嫌少矣。临池不胜激切待命之至。

又（六月二十九日）

三十日发信后，接李秋翁复函，知须初六七日回青，嘱为帮司赈事，当又飞函往商，略言此来本供驱策，但既受苏友嘱襄孩事，似难抛却本题，拟赴抚教局帮同办理，请示遵行云云。初一初二等日，抚教局孩叠被奸人图拐，拐犯一系临朐道士，一系府署差人，幸为赵崧翁、袁子翁截住。午后即谒富文甫太守，详商一切，留孩章程，富公之意不欲运南。初三日雇车至寿光，面商秋翁，仍嘱襄发益都赈款后，再赴抚教局。初四赶至益都，初五、六、七日襄发赈款四千二百十三千八百文。移榻抚教局，议定小孩每日两粥外，加给高粱饼二。初八监裁小孩衣裤，初九查点小孩一百十七名，结核支款，自五月底止，共二百二十千六百六十六文。因有面商秋翁事件，初十日驰赴寿光，酌议另设孩局。秋翁坚留作替，彼即回青，无可如何，代为发赈九日，计发钱一千一百九十九千五百文，高粱一千四百三十石另。初因拥挤万分，以贡院点名法治之，每日分八牌，先期出示一二牌，近村自三牌起，由远而近，详注村名，俾无紊越。每一牌毕，发粮处关照，点名处始发后牌之票。点名入门，只准坐地，以免拥挤。自此以后，静寂无哗矣。二十日赶回青州抚教局，与谈任翁议定，上等之孩归其教育，下愚之孩归我留养，另设一局，俾免人满之患。又议定各孩每日加发面饼一斤。二十六日始设留养所于黔巷，适粥厂停止，来者日二三十人，局屋仅容四百人，恐有人满之忧，惟添局不难，难得经理之人，且此间无父母之孩，大半早已饿死，现所收者大半家贫亲老，暂作依栖，或积惯乞丐，不受约束，现拟晓示各邑，令庄保将孤贫幼孩送局，或有实济。三四岁幼孩拟照保婴例，月贴钱文。如此办法，须用五千串（以八月底止）。运南立局，此间议论不一，苏郡须留二三千串，以备日后经费。弟俟缪起翁到后，方可回苏。大约孩事俟起翁到后，会同绅士设局为上策，此间本地善堂可成，全盘交出为中策，一律运南为下策，给资遣散为下下策，我弃人取，大可虑也。

致富文甫太守书（六月二十九日）

上年灾荒之后，平民糊口惟艰，致有鬻卖妻女之事。有志者不免因此伤生，忍辱者大半流为下贱，甚或抛遗子女，夭札频仍，年少孀居遂多改节，伤心惨目，莫甚于此。自经执事率属捐廉，广为周恤之后，天心相应以和甘，邻省闻风而助赈，秋收可望，民困宜苏。乃近来鬻卖之事，日甚一日，苟非有外来奸贩，本地游民，贩卖说合，藉端渔利，何致相习成风，恬不为怪！查贩卖人口，及媒娶有夫妇女，媒逼孀妇，买良为贱等事，皆为法纪所不容，况当户口散亡之际，岂容若辈纵狭售术！应请申明律例，严切示禁，并札各属一体晓谕拿究外，一面明查暗访，立将积惯贩媒拿究一二，尽法惩治，庶几火烈民畏，一惩百警。倘蒙俯采，实于荒政大有裨益。

拟青州同善堂章程（七月初一日拟稿）

一、董事宜公举也。现由本地官绅暨苏常绅士公举董正一人，董副一人，司月十二人，办理局务，司月、董事则按月轮办。凡有兴作，须公同商酌，然后举行。

一、司事宜请定也。由总董、司董公延老成谨慎练达才干者一人为管总，局中一切银钱，以及办理机宜，悉请妥为筹办。司事每人各勤其职，月送薪水有差，既不得徇情滥荐，亦不得人浮于事。

一、捐款宜广筹也。现蒙府宪暨江广镇扬绅士各助千金，除将此项存典生息外，应由董事仿照同善会例，妥为筹劝，以每月三十文为一愿，愿数多少，惟力是视。铺户则请官给示，挨户募劝，其钱按月凭两联局章收照收取。每年刊造征信录分送，并存府县存案。

一、经费宜节省也。董事薪水，轿马之费，皆由自备，概不致送。司事除额定薪水每月十四日支送外，概不准浮支借宕，雇役亦如之。

一、帐款宜查报也。朔日，上月司董监令司总开造四柱清册，具报董正存查，并于局帐结数加戳，所存银钱照册点验，如有短少，司总是问。

一、捐照宜详核也。每月掣票收钱之先，将两联收票由司事填明捐数，并立一送印四柱册，开列总数，呈送董正，加盖局章，另送司月加戳，再行发收。每逢月杪，由本月司董将收到捐款开除外，实在存票若干，核实登册，以便于下月初一日交付司董点验发收。

一、善举宜酌办也。现在经费未充，若恤嫠、保婴、施药、施衣、施棺、代赎、掩埋等事，皆非巨款不办，应候酌视捐款，陆续开办。现惟将义塾、惜字、乡约三项先为举行。其恤孤一事，尤为目今先务之急，应俟设堂之后，再行酌办。

覆西士李提摩太（七月初二日）

接展手言并章程说帖各件，具征一视同仁，不分畛域，钦佩良深。惟敝处业已集商官绅，筹捐定章，出示在案，碍难遽行改办。承示婴孩归并敝处，在阁下既善有同心，敝处亦义何多让，谨即扫除号舍，恭候移交也。复颂日祉。

致苏友书（七月初三日）

留孩一举，现在抚教局中共留三百五十余名，留养所中共留二百五十余名，现拟添屋扩充，惟青属向无善堂，孤贫子弟流露极多，西士已设局设塾，图久远计，并至此间再三熟商，意欲联为一气，初云我局出后，彼愿接办，昨又有函来，商设西法义塾，并许将所留七十人送来。覆函抄呈台览。弟等揆度情形，若将孩童运南，无论安土重迁之不宜，本地舆论之不孚，其如我辈去后，流露者如故，招诱者如故，不可不重为之虑。公同熟商，必设长局，所难者本地绅士无熟办善举之人，弟人地生疏，无从延访公正之士，现幸府尊倡捐千金，扬镇赈局、江广赈局各拨千金，设立同善堂，堂中司总已请缪启泉来青，拟俟此堂立定，即将两局婴孩归并办理。此项经费，拟将苏捐八千八百二十两内扣去留养、抚教两局截至中秋需费三千三百两外，所余五千五百二十两，及续后捐资，凑足万串，存苏生息，每年分四季汇青，永为成例，俟青郡办善有人，再行酌量变通。是否可行，即乞公裁示复。此间赈务可以勉强告竣，惟贫民田地尽行鬻卖，无田可耕，依然待哺，严佑翁有代赎田亩之议，曾为代商府宪，未必能行。李秋翁为青属贫民筹久远计，拟开羊角沟海口，庶目前以工代赈，日后商贾云集，借以谋生，亦一策也。

上当事禀（七月初六日代李秋翁严佑翁拟）

窃某等自司查赈以来，探悉上年被灾之后，富户短价收买田产者，各处皆然。贫民为饥寒所迫，值十仅得二三，所得既微，则所卖益甚，由是贫苦之家，田产百不存一，即今岁逢中稔，仍不免饥寒载道。窃恐民无恒产，因无恒心，荒年为盗贼之媒，失业尤饥寒之本，加以江北风气素悍，山东为近畿要地，若不亟为补救，隐患何可限量！当经遍商同志，佥言大荒之后，国计攸关，非抑贪无以安贫，非破格无以救急，拟请将江苏境内海州、沭阳、赣榆、宿迁、盐城、阜宁、兴化、宝应等州县，山东境内临朐、益都、寿光、昌乐、乐安、临淄、潍县等县被灾剧重之区，凡自丙子七月以后，丁丑七月以前，灾民所售田产，无论已未税契，于三年之内，悉准以光绪元年条漕串票、归户册籍为凭，备价回赎。一面由某某等会同各省绅士，多方筹劝，尽捐款之盈绌，贴赎价之多寡，以遂民生而安世业。惟开未有之创举，疑阻必多，所望一代之伟人，权衡独握。虽纷纭回赎，或滋讼累于一时，而册串可凭，无难真伪之立辨。况在置产者，田利已收，本无丝毫之损，而在弃产者，故园无恙，得安耕凿之天。某等为国计民生起见，用敢不避嫌怨，为江、东两省被灾州县亿万无业灾民沥血陈请于大人之前，伏求俯鉴愚诚，准予奏请施行，实不胜呼号祈祷急切延企之至。

招属领孩示（七月十八日代富文甫太守拟）

照得上年被灾以来，无家幼孩往往流离道路，或遭迷拐出境，业经本府函商江浙绅士筹集巨款，设立留养、抚教两局，暂为安顿，以便招属认领，其实无家可归者，亦经劝令本地绅富筹款设局，接办留养，以免流徙出境。两月以来，经本府倡捐购屋，协同绅士设立同善官堂，俾两局无着幼孩得以安居故土，习艺读书，业经分别办理在案。惟查局中小孩，前因希图入局，冒称父母已故，亲属俱无，实则有家可归者，甚属不少，际此秋谷登场，应可领归团聚，乃仍逗留在局，殊乖骨肉之情。更有一等刁诈亲属，昔则自居善士，捏称拾孩送局，今又捏称邻右，坚欲领孩归家，本局为慎防拐诱起见，未便给领，则又造作谣言，心怀怨望，似此观望逗遛，捏饰欺隐，其何以防拐诱而杜冒滥？为此剀切晓谕，除无家幼孩及无父孤孩，仍准送局留养外，凡有父母俱存，亲属可依之孩，逗留在局者，各该父母亲属速于十日内取保具结，赴局认领，勿再观望，亦不必再行捏说，致滋疑窦。倘仍捏隐不领，查出定行重究。

致苏友书（八月十七日）

留养局定于九月初一日遵谕移交潘吟翁、王赓翁接收，一切善后事宜缕述如右：

一、小孩决不运南。民间谣言方息，府县现方示慰，岂宜再运南省。

一、小孩有父者立即遣还，年逾十四、无父之孩，开正遣散。留养局现存二百五十五名，抚教局现存二百十五名，潘、王二公现往各处招罗，约可得孩一二百名，共约存孩六百七十名。除去留养局有父之孩七十五人，年逾十四、无父之孩三十人，抚教局有父之孩六十五人，年逾十四、无父之孩二十人外，应存四百八十名。如云十五岁小孩亦不宜遣，应之曰费有限制，额数宜定，十四岁外总算成丁，溢额不能不剔。如云何不送店铺学业，应之曰无人保荐，店铺不收。

一、抚教局留定二百五十人，归缪启翁兼办，留养局俟收定小孩后，酌定额数，归潘、王二公经办。抚教局孩剔除有父小孩及年逾十四之孩，仅剩一百三十人，拟以留养局孩移补。如云两局何以不合办，应之曰抚教局现设义塾，并拟推广工艺，潘、王二公拟办者，农桑等事，办法既异，不能不分。如云抚教一局何不归入同善堂，应之曰堂须绅士作主，局宜起翁作主，故不能合。

一、提钱五千串归潘、王二公承办之留养局，提一万串归缪起翁兼办之抚教局，存典生息。尊意欲将赈捐归赈，孩捐归孩，诚是，然叠次解交秋翁及存苏一千两，共计一万二千二百五十两，除开局至八月底止约支三千三百千文，本仅存钱一万五千有另也。

代李秋翁拟上江督宪禀（续禀东抚宪稿略同）

窃卑职等前禀沭阳等县富户收买灾民田产，请准赎田缘由，经蒙江藩宪抄录钧批，行知在案。奉此仰见大人痌瘝在抱，顾虑周详，于救弊之中，仍虞滋弊，捧读之余，莫名钦佩。顾愚衷所及，有不能已于怀者，用敢不揣冒昧，为大人一陈之。伏查乾隆五十一年，豫抚毕公因所属凶灾，议饬民间将四十九年以后卖出田产，备价取赎，三年为限，奏准遵行在案。良以民为邦本，食为民天，故名臣陆清献公亦尝云，疗贫之策不一端，卖田必不与也。即遇荒年，有田宅可守，必不至于大害，至若轻弃田宅而不顾，则无时不贫矣。民无恒产，因无恒心，古人所戒，奈之何弗慎？其言可与豫抚所奏相发明。惟利之所在，弊即随之，诚如明见，然当此七省灾荒，九重霄旰，不有此举，无以培元气而固国本，似不得不于窒碍之中，曲为疏通，况成案可循，施行较便，当经遍商同志，金愿广筹经费，将丙子七月以后、丁丑七月以前，灾民所售田产，照依契价，每户代赎一二亩以立其基，且开其端，余令自赎。印串已失者听之，虚立契价者听之，赎后仍卖者听之，业经转售则仍令原主回赎，并请严饬有司，维持调护，使中证无从舞弄，如此则田即不能尽复，实已开可赎之机，弊虽未必尽除，究不敌无穷之利。惟事属权宜，必多阻碍，是非援案入告，万难见诸施行，用敢不揣冒昧，为此再三之渎，并录乾隆五十一年原案一件，呈请察鉴。但得仁恩俯准，卑职等自无不竭心尽力，以副宪谕多尽一分心力，灾民多受一分实惠之至意。临禀不胜呼号祈祷之至。

又代拟致某书（致东省宪幕书略同）

启者：上年海属旱灾，南中诸君子谬举金镛等前往散赈，差幸春收中稔，藉得稍苏民困。惟产之已去者，永无生计可图，同志诸君许集巨款，酌量代赎。惟事属权宜，必多阻碍，爰于前月初上禀制军，奉批窒碍有四，而大要在后此复遇荒灾，无人肯买。窃思卖田苟延，本非善策，所贵救荒有政耳。愚民何知，原不当听其自绝，即下禁卖之令，亦岂嫌过？盖田在则荒仅一时，田去则无时不荒，本末轻重，了然可辨。至虑民难骤赎，则代赎以立之基，未必不可子母相生。若粮串已失，户册难凭，似必有印单可验，惟抬写虚价，无从质证者，自以契价为凭，赎否听便。至于中证挑唆等事，则惩一警百，良有司优为之。凡此数端，同人亦早议及，金不愿因噎而废食，即使赎而仍卖，亦足补灾民迫屈一时之憾，而夺豪强兼并之气。爰敢不揣冒昧，渎禀在途，惟此中曲折，禀牍难其辞，伏乞将鄙见转达，阴相成之。想阁下胞与为怀，同仁一视，用敢陈其大略，为海属亿万生灵请命。一启齿而天下受其福，微阁下，其谁与归？

代李秋翁拟上当事书

窃卑职等来青以后，每于散赈余闲，与一二野田父老讲求农政，知东省灾旱之故，限于天时者半，限于水利者半。欲为旱涝备，莫如大兴水利。姑就青州一属论，其至关紧要、易于施力者，莫如从海口羊角沟、分关、马家楼、三义镇一路辟达小清河，使商舶得以驶入。盖上年被灾之际，所恃该口转运粮食以济内地之穷，惟港口沙凝，商舶不进，一经车运，则脚价昂而利息微，遂致交易稀微，贩商裹足，邻境之转输迟滞，内地之馑饥莫救。窃恐积久之后，河淤商绝，遇灾遂无措手，杞忧所及，欲乘此灾旱频仍，民力易使，借就赈款之余，勉助官中之力，以工代赈，量为疏通。当经函邀江苏舆图局总董金绅德鸿来青勘估，计上要工程自羊角沟循分关而至马家楼，创开新河四十里，宽自十丈至十二丈不等，深自八尺至一丈二尺不等，约计土方五十余万方。自马家楼以达三义镇，迂曲四十二里，就旧河加挑四五六尺不等，约计土方十万方。两计工程八十里，土方六十余万方，核实估见经费一十万两。卑职等现核赈余，尽数凑集，不过二万，按照所估，尚缺八万之多。情知公款支绌，筹措维艰，不应仰渎宪聪，惟目击利病实情，不忍安于缄默，用敢不揣冒昧，绘图立说，附呈察核。

羊角沟辟达小清河议

青州内山外海，其可赖利者有干河三，曰洱河，曰溜河，曰小清河，皆西源山东委海。惟地势内隆外洼，且数十里中绝无湖荡潴蓄，支港通流，故潦则易盈，旱则易涸，商舶不进，田利亦薄。前此言水利者欲辟小清河尾闾，北达于海，又欲将小清河东达马家楼高堤，至王河口出海。按小清河尾闾正北入海之地，旧道无可踪迹，且施工太巨，王河口之南一片漫滩，施工又难，若就高堤直开，无口可就，盖深水正洪，在其东南羊角沟之外。因势利导，莫如就羊角沟西循马家楼、三义镇辟达小清河，最为便益。何言之？羊角沟西抵马家楼，均系新涨海滩，一片红蒿，无田亩坟庐阻碍，地皆平坦，高下易办，不须筑坝，不须戽水，易于施工，其利一。取河中之土，就北筑塘，就南筑堤，既便车马之行，又可北御风潮，俾内地不受海水浸灌，三四年后，数千顷斥卤之地，必能自成膏腴，其利二。羊角沟埠头夐远孤露，既虞风潮，又虑盗窃，南面旧河背弓而流，于堪舆形势亦不相宜，故富商大贾绝少存驻，若从羊角沟背面兜开，成两水围抱，必能聚市，一举而三患并除，其利三。新河两岸既有高堤，水陆俱通，就中站唐头营苏家寨一带，自成小集，不致沿海之地，荒凉太甚，其利四。马家楼以西，土人求水甚殷，常自间段挑挖，为下因川，必能事半功倍，其利五。留马家楼之坝，令东段通潮，西段蓄清，则灌溉往来并利，其利六。羊角沟、马家楼既有潮水上下，则中载之船可终年常通，自马家楼至锁镇，夏秋水发，且能用小船驳运，有半年内达之利，其利七。马家楼既成过坝埠头，则乐安亦可设卡，以资缉防之费，其利八。河身既深，储蓄可容，不致稍旱即竭，其利九。安、寿两境穷民极多，以工代赈，人夫易集，其利十也。惟自羊角沟西循分关而至马家楼，四十里中，一片平陆，故须创开一河，宽自十丈至十二丈，深自八尺至一丈二尺不等，约须土方五十余万方，自马家楼以迄三义镇，河路迂曲四十二里，虽有河槽，浅处极多，必就旧槽挑深四五六尺不等，约计土方十万方，自三义镇以西，河身虽窄而甚深，尚可因而不治。此羊角沟辟达小清河实在情形，为目前至要工程也。此外若溜河木桥头以至高堤，亦属淤浅应开，自羊角沟南至东洼，亦能纵开新道，直达洱河。若不因费巨而阻，则青州全属水利大兴，无患商贾不集，陇亩不沃矣。谨议。

此议创于秋亭十利之说，本于金少愚，特为削稿，并得王敬安润色之。议既上，以经费过巨，未经准行，存之以俟将来。

留致李君秋亭

不才承吴中善士不遗菲薄，推使求青，得随诸君子后，设局留孩，五月以来，日以苟简，虚縻滋庆，负己负人，良用愧恶。幸得阁下殚心抚教一局，并承赵君崧甫、谈君任之、王君星陬、周君少泉先后主理，咸能振刷精神，实事求是，藉以代赎愆尤。惟是愿力无穷，经费有限，不能不统维全局，借箸前筹。今按吴中袁君子鹏、徐君子春、袁君敬孙、汤君吉甫、王君佑皋、缪君启泉、陶君望山、吴君戊卿、严君保之、吴君颐卿、王君獬卿、曹君子洗、姚君凤生、方君子厚、杨君子萱、谢姪佩孜，共募收赈婴孩经费二万余串，拟提一万串归入抚教局，子母相生，月只得息百千，博施济众，势所未逮。酌理斟情，备陈三策。上策曰汰不合例之孩，节大不称之费，定额八十名，作千百年计；中策曰定额一百，作三年计；下策曰有留无汰，约五百名，作一年计。何适之从，不才不敢臆决，惟大德君子择焉。三者各拟办法：一、举董：上策则公延局董两人，驻青三年，随时延访本地真实公正绅士，以期接办；中策则仅延局董两人，亦驻青三年；下策则董一人，期一年。一、定额：上策则将抚教、留养两局现存小孩六百名，就中剔除十四岁外及有亲属者，现在时近岁寒，剔出亦殊可悯，拟为别筹督养之费，所存若干，除留养八十名及袁君敬孙处承留八十名外，添筹款项，量为廓充，或请命本地官绅，作何办理；中策则留百名，余同；下策则尽数收养，且任去者复来，来者不拒，少长咸集，不定额。一、筹费：上策则将现存一万串移请官宪发典生息，三年以内，无论何用，不准拨本，钱券存苏郡安节局徐君子春处，息折存抚教局，按月支息一百二十千文，每孩每日给饼四两，稀饭两次，约共三十文，柴菜、衣服、医药、学业之费，每孩每日约派十五文，综计每月需费一百另八千文；中策则本利兼支，月得一百八十千文，每孩每日给饼八两，稀饭两次，并连柴菜等费，日须六十文，综计每月需费一百八十千文；下策则存庄生息，随用随支，一切开销，格外优厚，凡有祈求，悉如所愿，月耗八百千，周岁即罄。一、授业：上策则设义塾一馆，剔选聪颖小孩十人肄业其中，十年出塾，艺塾七所，每所教习十人，别延塾师两人，教以读书写字，每日分为五班，每班授读一时许，三年出局，届时如接办有人，则每孩给资五千文，无人接办，各给一百千文，俾各成家立业，各铺户有愿领孩教习者，月贴膳金一千五百文，一年为满；中策则三年出局，尽所余二千串摊给赏本各二十千文，余同；下策则任塾师工匠自荐入局，局无定额，塾无定孩，不责成效，厚给奖赏，一年后任其乞食于四方。由是以观，上策可留八十人，可以办一百年，即可留二千六百四十人，即不幸而三年撤局，每人得给一百千文；中策可留一百人，可以办三年，出局时每人得给二十千文；下策则可留六百人，可以办一年。孰得孰失，高明自辨。定计之后，请将存款即日移府发典存息，以期久远。万一上中二策均不能行，不如于明春赈毕，每孩给赏一二千文，尽行遣散。盖设局留养，原欲使其成立，故较诸灾民万分优待，似不嫌过。如仍不能使之成立，则与灾民之无告者，苦乐似太不匀，留其赏以为赈用，较诸下策，实远胜之。然或起翁可以到局，此议可不必行，免致失信捐户。再，前据周少泉兄云，此来为增长识见，若安坐抚教局中，殊非本愿，且亦不能久驻等语，则若独留谈任翁在局，恐于讲教则有余，于董理则不足。且东、苏两省，人言可畏，盛名之下，宜善保全，似此局势，必得历练老成，宽严并济，能耐劳苦，有为有守，如缪起翁其人者为之主，于东事、乡评、盛名三者均有神益。至任翁为人，亦岂易得！若杂而用之，必致枉其所学，所谓道德之儒，不司钱谷也。起翁既为筹捐始事之人，自必直任不辞，若起翁无意入局，必启苏人之疑，而起翁不能专主，更起苏人之疑。况事权不一，虽请金少翁在局，亦必束手无策，此亦一定之理，务望界以全权。除讲童听任翁教习外，一切均听起翁调度，犹之进退州县，责在藩司，虽有抚军，仅画一稿，学宪则不顾问也。阁下犹抚军也，宜视起泉如藩司，任翁如学院，各循其分，不相越职，庶几可图久远，不致有极盛难继之事，而任翁亦得专其虑于乡约，自能相得益彰。不才到东后，受吴中责备者，可为极至，每一念及，癙寐难安，己所不欲，决不敢使阁下旋蹈其辙，故不惮详言，以为知己者报。再，现据徐子翁开来袁敬翁承募之捐，计七千串，若除在苏取过二千串外，应找五千串，请将一千串面交敬翁，四千串一并存息备案，存券盖印后交付敬翁。如阁下即日回南，请为转托少翁移稿一件，请教正施行移知事。案照敝局前同贵府会商江浙绅士，筹款收孩，设立抚教、留养两局，分别教养，当经苏省袁绅筹、徐绅宗德、袁绅培俊、缪绅起泉等筹捐经费四千串，常年经费一千串在案，兹准续交捐款一万六千七百串，并函称将此项经费内提留一万串，归入缪绅起泉董理之抚教局，提留四千串，归入袁绅培俊续设之农桑局。所有留养局小孩移交学习，其两项局款分别在东存息，以作常年经费，无论何项款饷不得借支。提拨三年以后，或将存本提出，或仍存典充费，届时再行酌办等因。准此除将制钱一万四千串发某当分别存息，按月由抚教局缪董赴当支利一百二十千文，由农桑局袁董赴当支取本利八十千文应用外，相应将该典存券两纸，移送贵府加印备案，准其存息充费，毋论何项款饷不得借支。提拨三年以后，再由袁绅筹等呈明酌办，仍请将存券移还敝局，转交该董收执，以昭信守。再，顷缪起翁至，快晤之余，知此行为抚教而来，惟孩额未定，不便入局，拟来章程一纸，与鄙意若合符节。又晤周少泉兄，知于局事竭力经营，斐然改观，亦来章程一纸，井井有条。弟再四商劝，似可驻青一年，若再经阁下竭力订请，想必许可。原章两纸，附呈台阅。弟曾晤徐子信丈云，办善必如谈任翁之宽，始为美善，所谓成大事者不拘小费，若于善举中靳惜小费，殊非善道。又云，他日同善堂立后，可将抚教局塾徒归入等语，并交下章程一纸，下附司事姓名，则为范竹溪诸人，而司总仍须南人留办。弟以为司总为承上启下之员，局中最为关要，非与董正司事声气联络者，势必于公事一毫无济，于怨恶独当其盛，况反客为主，断乎不可，即欲留人监察，断不可膺是任。现在起翁既为抚教而来，则同善一席，非得一视同仁、兼收并蓄如谈任翁者，必不胜任。且同善先办乡约、义塾、惜字三事，于任翁又极相宜，使之指示机宜，不司实事，似属两不相妨。徐公甚服任翁，尤必上下相孚，一举两得，无以过此。阁下大聪明人，当以为然也。赎田一事，江督宪批仍不准行，弟于此事颇为筹思，既地方官不能协力，必致义始怨终，海州一处只能罢议，万万不可再禀。东抚既经饬议章程，须听府县如何议覆，再行计及，恐未必不借窒碍之说，再行禀阻，万一禀阻之后，我局再禀再准，则与府县愈成水火，办理愈多掣肘。管见所及，亦万万不可再禀，盖一则事必无成，不须徒劳心力，一则经费无多，正可借此藏拙也。靳、严所助船捐提留，仍可尽此款项，密访无田之户，私与两造熟商代赎，不望普遍均匀，但求赎一亩是一亩，以每户十千文计，二万串即可保全二千家生计，似亦不为无策也。万一府县禀请我局经理，则又万万不可独任。若或商请我局拟章，则必云事关地方善政，应请主裁酌办。至我局前禀各宪曾有尽捐款盈绌，贴赎价多寡之议，现已先筹制钱二万串，拟凡极贫之户，两造业已愿赎，有印契可凭者，准其具报到局，一经核实，每亩准贴赎价制钱五千文，每户以二亩为限。惟当各省筹赈之后，东南物力亦形艰窘，此后捐款，多寡难计，只能就现筹之款，以二千户为限，日后如可扩充，再行移知推广，应请一并晓示等词移覆。如此办理，则事成不至难以为继，不成亦可告无惭矣。

致南中同人书（九月二十七日）

环复瑶章，藉稔一是。诸君协力同心，筹此巨款，远道闻风，惟有为三省灾黎望云九叩而已。此间赈务，统计临朐、寿光、益都、昌乐、乐安五县，共赈二十六万口，经费十五万串。青属虽小米高粱十分告稔，然秋谷黄豆仅收五分，此犹有田者也。无田可耕者，依然饥寒载道。赎田一事，苟不蒙准，则此间赈事，万无穷期。现拟分设粥厂，略资补助，至于博兴以北，青城、滨州一带，凡隶武定府者，本年春收不及五分，秋间未得透雨，高粱、小米、晚谷、黄豆有收一二成者，有一无所获者，春麦向于八月种齐，今尚丝毫未种。李秋翁胞与为怀，现往察看，来函云灾与上年之临朐若合一辙，入冬以后，必有求草根树皮而不得者矣。接界直隶之河间府，亢旱频年，情形更蔑。现在告乞至济南者，日数百人，青州亦稍稍至。秋亭诸君亟谋往赈，无如同事如瞿君星五、袁君子鹏、侯君敬文、王君星陬、赵君崧甫、朱君寿崖、韩君仲万、施君湄川均因查赈经年，暂已归里，秋翁及庄君筱山、王君艾臣均须回南一行，弟亦即日南下。李秋翁万不得已，议将青州总局克日移驻武定，专托金君少愚主之，而以杨君殿臣、秦君晰斋、章君秉彝、张君瀛洲诸公分驻青、滨，先设粥厂，一俟明春诸君毕集，即以全力查赈武属，所来棉衣四万件，亦拟分半至武，略济饥寒。青州同善堂义塾则留谈君任之教习，抚教局则留缪君起泉、周君少泉主理，留养局则归袁君敬孙、王君赓保主理，改设农桑学局尚未定议，两局共存小孩六百左右，现将有父母者随时饬领，年逾十四者明年遣散，其余常年抚养。缪君、王君均许驻青三年，经费则提款存息，以期久远。此现在大略情形也。惟吴中赈款所存无几，诸君兼为各省筹赈，固已余力不遗，然察酌情势，武定灾区广于青州，近接河间，又恐虏至，岂真此优彼绌哉！仍望诸君子同仁一视，先事豫谋，不胜翘企之至。

抚教局善后章程（九月二十七日）

一、前奉宪示，凡无着幼孩，于八月以前送留养局等因，现已逾期一月，实在孤弱，应已到局，毋庸再事添收。一、前奉宪示，凡有家可归、年逾十四者，一概不收等因，应将从前误收各孩显悖宪示者，即行遣散，每名给钱一千，招其亲族来领。一、义塾、乡约等举，现已设立同善官堂经办，应选义塾、乡约各孩可资造就者，一并移送，并延谈君任之前往襄理教习。一、现经本局选定十四岁以内无家幼孩若干名，在局教习织丝、成衣、鞋袜、洋铁、织带、织毯、织草鞋、剃头、麦饼、纺线等艺。小孩出局，断无大本营生，故教习各艺，均以不费巨本者为准。另延教读两位，以二十孩为一班，每日分班诣教读处读书习字，讲书一时许，务有裨于伦常日用。三年学成，即行给资出局，各铺户有愿领孩教习者，每月贴膳一千五百文，一年为满。一、本局除敦请本地正绅监理外，公举缪君起泉为董，周君少泉为副，凡支放银钱以及聘辞师匠、进退孩役、稽察工课，悉由商定办理，再行知照苏省各董，每逢月杪，将支放各项造册寄苏。一、本局教读董事司事薪水，均于月朔致送，工师工食每旬逢一分支，役夫工食每月十四日发给，不准悬宕分文，一切经费概从省俭。一、教读两人，局董两人，司事一人，每日均一粥两饭，常日一素一小腥，五日一肉；工师每日给饼一斤，粥两次；看门一人，厨房两人，局役一人，更夫一人，每日给饼八两，粥二次；小孩若干人每日给粥二次，饼各四两。一、本局经费，现在提留万串发典生息，按月支息应用，不准动用存本，以期久远。

卷二　南豫赈捐收解录上

苏州桃花坞收解豫赈征信录目次

卷上

条述

苏沪扬浙解款清单

收支总数四柱清单

各宪发款细数（自此以下即四柱清单内收款细数。其三庄按日拆息，因太琐屑，未刻）

扬州捐款细数

浙江捐款细数

铁泪图赈捐细数（佩砺纯翰柳獬湖步萱锡彦年惕厚凤黄太稼德采笙春符望吉西珊丹逢荡云山硤一四甘菩嘉万勺黎新琴盛震横浔昆租陆竺筵惠香脩发米佛必，共五十九字）

卷下

棉衣捐细数

药捐细数

士族捐细数

收赎捐细数（佩笙砺翰友纯柳镇獬云萱锡厚湖常荡青稼德吉春年盛山兰恭莲化采亚黄惕洲震嘉新琴丹昆金品，共四十一字）

冬赈捐细数（佩德稼笙年采吉柳洲獬厚凤黄砺纯翰云山黎震盛惕琴昆彦常锡萱丹善湖步新太品勺竺佛陆万租四一米物衣士补，共四十八字）

洋钱换漕平银清帐（此即四柱清单内付庄折换解豫之数。支款惟此项最易弊混，特标出之。此外因太琐屑，且亦无可弊混，不刻）

铁泪图募启

福幼图募启

仳离啜泣图募启

辞奖禀

报扬苏捐数禀

报领解各宪发款浙江捐数禀

论核奖书

条　述[*]

桃花坞公所承收代解苏扬浙协助豫赈征信录

一、此次承四方善士各自集惠，凡掣总收票七千号，每一号分掣小收票数纸百纸不等，约共十五万纸。兹录悉照总票存根分类汇编，恕不详载。

一、此次捐款名目甚多，册号不一，检查殊非易易，且汇编之时，不免误收门类。务祈输捐善士先自认明总收票所载何捐何字何号，按类寻索，庶不致漫无着落。

一、上海收款参杂直晋秦捐，另行编录，此间概不收帐。惟豫赈大半由苏代解，故于解款单中一并开载，以备查考而清眉目。浙扬两处巨款则另编册号，零款则杂入各册，势难一一划清，兹特并同入帐。至捐户细数，仍候各编征信。

一、此间仅司收解，解出即为了事，故仅录收解之数。若赈局报销，应归赴豫诸君事竣攒造。

一、此间收款有总分两联收照存根为凭，换银起解，往来拆息，有宝源、履康、荣泰庄折为凭，解款有汴局收信收票及将来赈局收数为凭，镳费洋力等款有承揽及细帐为凭。

一、公所开销，或自备，或分认，概不支帐。刻印奇荒铁泪图、豫饥铁泪图、福幼图、仳离啜泣图、直豫秦晋铁泪福幼画张、棉衣启、惜士启、惠而不费启、十譬如启、观音图、河南公信、总分收照纸张笔墨，均吴中善士捐助，亦不支销分文。

一、郡中绅士先于三年冬间集资赴豫助赈，其事由冯绅董理之安节局经理。敝处刊刻铁泪图捐册后，曾托安节代收，嗣议即归安节接济。严、孙诸君所设汴梁粥厂等用，此间不复收帐，现已由安节司总徐君另行编录征信。

一、此间以光绪四年元旦始，以五年三月十四日止。停止之日，即将所存收票图章票板分别截角销毁。此后如有捐款交到，概交原手带回。

浙江林越声、张廉泉、何梅阁，江苏王梅村、张亮甫、谢佩孜同识

解款清单

苏浙一批（苏局带去）	漕平银一万五百五十两二钱，洋一百元，钱一百千文
二批（四月初八解到）	漕平银四千九百五十两五钱六分六厘
三批（张瀛翁解）	三千六两二钱四分八厘
四批（扬局带去）	一万一千两
扬又	二万四千两
苏浙五批（五月廿九解到）	八千八十五两一钱四分
六批（六月初十解到）	一万一千八十九两八钱八分三厘
七批（申局带去）	九百一两八钱九分
又	洋一百元
扬又	漕平银二万一百六十五两四钱二分五厘
苏浙八批（七月十二解到）	一万七百三十四两九钱八分五厘

九批（七月初八解到）	一万一百五两五钱九分五厘
十批（七月廿五解到）	一万二千一百五十五两二分五厘
苏浙十一批（八月初二到）	漕平银五千一百两
十二批（浙局带去）	一万四千二百三十两
又	洋五百元，钱五十二千五百文
十三批（八月十三解到）	漕平银五千二百二十一两二钱八厘
扬　又	二万二千二百二十两
苏浙十四批（九月廿二解到）	一万五千六百四十两一钱
十五批（清江局带去）	一千六百两，洋六十元
十六批（十月初十解到）	漕平银一万七百六十一两九钱五分
十七批（九月廿汇到）	二千八百三十三两
十八批（九月廿一汇西安）	一千八百五十三两
十九批（十一月十八解到）	一万四千五百两
扬　又	六千五百两
苏浙二十批（十二月廿一解到）	九千一百九十五两五钱九分七厘
（划解药物悉照原价）	洋二千八十四元九角，钱一百四十一千四百二十四文
（划解盘串物件等项）	洋二百十二元九角，钱七十千七百八十九文
又	漕平银七十三两六钱
廿一批（十二月十三汇到）	四千五百两
扬　又	六千五百两
廿二批（十二月十八汇到）	四千两
廿三批（正月十五汇到）	四千两
廿四批（正月二十汇到）	二千两
苏浙廿五批（二月十五汇到）	一万八千五百三十二两三钱五分
廿六批（二月二十九汇）	一千五百两
廿七批（三月初十汇）	四千八百五十八两四钱二分五厘

○共解洋三千另五十七元八角，漕平银廿八万二千三百六十四两一钱八分七厘，钱三百六十四千七百廿三文。

申一批（苏局带去）	漕平银一万两
二批（张松翁解）	六千六十五两五钱三分
三批（张瀛翁解）	二千六十七两八分二厘
又	一百三十九两九钱九分
又	洋六十元
四批（扬局带去）	漕平银一万三千九百九十一两一钱六分
又	洋十元
五批（五月廿九解到）	漕平银五千两
六批（申局带去）	二万一千六百三十九两一钱三分
又	三百两，洋五百元
七批（六月初十解到）	漕平银四千两

八批（七月十二解到） 五千两

九批（西安汇票） 六千一百五十两

十批（八月十三解到） 二万五千两

（浙局带去） 洋一百元

申十一批（九月二十二解到） 漕平银一万五千两

十二批又 一万两

十三批（十月初十解到） 一万两

十四批（十一月十八解到） 五千二百七十七两八钱

十五批（西安汇票） 一千两

十六批（十二月廿一解到） 六千两

十七批（十二月十三解到） 三千两

（划解盘串） 二百七十两三钱八分

十八批（二月十五解到） 二千一百两

○共解漕平银十五万一千九百一两七分二厘，洋六百七十元合银四百五十五两九钱九分七厘。

大共解洋三千五十七元八角，漕平银四十三万四千七百二十一两二钱五分六厘，钱三百六十四千七百二十三文。

苏州桃花坞自光绪四年正月分至五年三月十五日止接解豫赈四柱清单

计开：

旧管

无

新收（所收钱洋随时向履康、宝源、荣泰三庄折换苏漕平银，均有庄折为凭。前后扯计贴水在内，每英本洋一元作银六钱七分三厘三毫七丝九忽一微，每钱一百五十八千八百四十七文合银一百两）

一、收藩臬宪发到银一万一百一十八两一钱二分六厘，又英本洋二千五百二十八元，又钱三千五百九十八千二百八十文。三合银一万四千八十五两六钱七分七厘三毫。（此系扯算之数，故与禀报现换之数不同。）

一、收扬镇收捐处交到银八万一千七百七十八两三钱三分七厘。

一、收浙江协济局交到银一万两，又英洋五万九千一十元。二共合银四万九千七百三十六两一钱七毫。（此外尚有另捐，故与禀报之数不符。）

一、收铁泪图等赈捐银一万八千一百八十三两六钱四厘，又英本洋一十万九千一百三十七元九角三分五厘，又钱五千六百九千二百六十三文。三共合银九万五千二百六两四分四厘八毫。（宜荆绅士捐款亦在其内。）

一、收棉衣捐银三千六百九十七两二钱三分，又英本洋二千二百三十三元三角三分三厘，又钱二千九百八十千二百三十八文。三共合银六千另七十七两二钱一分一厘二毫。

一、收药捐（作价实收）英本洋二千一百元九角，又钱一百二十三千文。二共合银一千四百九十二两一钱三分五厘二毫。

一、收周恤士族捐银一千四百七十五两二钱六分六厘，又英本洋四千七百九十二元六角五分九厘，又钱三百四十八千五百文。三共合银四千九百二十一两九钱三分六厘。

一、收收赎妇孩捐银四千三百四十九两四钱二分，又英本洋三万一千九百七十三元二角九分七厘，又钱七百九十六千六百二十七文。三共合银二万六千三百八十一两七分五厘九毫。

一、收冬赈捐银三千三百四十二两五钱一分，又英本洋七千三百三十元六角六分三厘，又钱四百五十千五百五十四文。三共合银八千五百六十二两四钱六分五厘三毫。

一、收宝源、履康、荣泰庄拆息银二百二十两九分七厘，又钱六百五十一文。二共合银二百二十两五钱六厘八毫。

大共收银一十三万二千一百六十四两五钱九分，又英本洋二十一万九千一百六元六角八分七厘，又钱一万三千九百七千一百一十三文。三共合银二十八万八千四百六十一两四钱九分二毫。

开除

一、支换解豫局银一十二万九千六百八十七两九钱七分五厘，又英本洋二十一万五千五十九元三角一分三厘，又钱一万二千四百八十五千九十二文。三共合银二十八万二千三百六十四两一钱八分七厘。

一、支实解划解豫局英本洋三千五十七元八角，又钱三百六十四千七百二十三文。二共合银三千二百八十八两六钱六分五厘一毫。

一、支范庆成（连代上海共解汴梁廿万，灵宝二万五千，归德一万）镳费银二千二百七十二两三钱四分，又洋五百五十七元四角四分四厘，又钱四百三十七千八百七十九文。三共合银二千九百二十三两四钱一分五厘九毫。

一、支汇票（一万八千两）贴费，银一百五十两。

一、支银箱（二百六十五只）内外银皮（五百三十块），药箱（三十七只），马铁药箱（五十只），送元宝力（五千三百只），捆篦扎下水力棉花（三百另二件），英本洋九十四元一角九分七厘，又钱一百七十一千七百九十四文。二共合银一百七十一两五钱八分九毫。

一、支湘平扬平规银贴水洋力少串废筹银五十三两二钱二分五厘，又洋一十七元七分，又钱二百九十一千四百八十九文，又已出票收帐捐找无归洋一十三元五分，又钱九千七十八文。五共合银二百六十二两七钱二分五厘一毫。

一、支马梅仙手墨稼社用洋八十二元，又钱五千六百九十一文，又青浦、金泽同人手收米行捐费钱五十五千五百七十四文，又吴江、莘塔、陈墓、昆山、荡口、湖州同人手收捐费洋二十八元三角一分三厘，又钱六十五千六文。五共合银一百五十三两七钱七分四厘七毫。

大共支银一十三万二千一百六十三两五钱四分，又英本洋二十一万八千九百九元一角八分七厘，又钱一万三千八百八十六千三百二十六文。三共合银二十八万八千三百一十四两三钱四分八厘七毫。

实在

一、存银一两五分，又洋一百七十六元五角，又存叶、谢书洋一十七元，又班指作洋四元，又廿个砂钱二十千七百八十七文。共作银一百四十七两一钱四分一厘五毫，付交得见斋善书坊方君子厚刻印征信录。如有不敷，同人再行凑出。

所有敝处刊刻铁泪图十二幅印九千六百五十本，福幼图八幅印五千本，豫饥图二十四幅印八百本，仳离啜泣图八幅印五百本，铁泪福幼图画张两幅印二千五百套，观音图一幅印三千张，公信二十三页印二千套，收赎章程七页印五百本，棉衣启一扣印一千五百本，惠而不费启、十譬如启、箫捐启、夏令节食助赈启各印一千套，总收票八千纸，各户收票十五万纸，册籍纸笔等费，均由吴中善士输助。收捐处执事六人、仆役两人饭食烟茶，或自备，或公捐，均不列报销。

各大宪发到捐款

臬宪薛发到棉衣捐：

常镇道沈三百两，常熟县郭一百元，苏州府钱六十千文，昆山新阳县金合捐一百千查劝收绅富捐一百千文，松江府博一百廿千文，吴江县陈捐五十元劝收泰与富捐一百四十千文，常州府毕捐一百廿元劝收武阳绅富捐一千串，震泽县王捐二百元劝收泰和德泰典四十千文，镇江府田一百元，华亭县杨一百廿千文，太仓州万一百元，奉贤县韩一百廿千文，太湖厅桂六十千文　娄县祥捐六十千文劝收绅富捐一百五十二元，长洲县吴一百元，金山县崔一百廿千文，元和县阳一百元，上海县莫二百元，吴县汪一百元，南汇县顾六十千文，幕友沈翼堂、谢筱珊、沈子良五十八千八百文，青浦县冯一百千文，武进县鹿一百千文，阳湖县王三十元。丹杨县帅六十千文，无锡县裴一百八十千文，金坛县李十元，金匮县倪一百廿千文，溧阳县朱六十千文，宜兴县刘捐一百廿千文劝收绅富捐六十千文，镇洋县谭一百廿千文，荆溪县潘捐九十千文劝收绅富捐四百另八千文，崇明县吴三十千文，江阴县谭捐六十千文劝收绅富捐三百千文，嘉定县程一百八十千文，靖江县叶捐四十八千文劝收绅富捐一百三十二千文，宝山县吴三百千文，丹徒县冯捐一百元劝收绅富捐一百廿元。

〇应共洋一千五百八十二元、银三百两、钱四千六百二十六千八百文，

实奉到第一次英洋二千二百卅元、本洋一百十六元、钱二千九百十四千五百卅文，第二次银三百两、钱五百六十九千九百五十文，第三次洋一百七十二元、钱一百十三千八百文，第四次英洋十元。

藩宪发到赈捐：

许霖追欠案内缴到补水银一千二百七十两，折实库平一千二百四十六两三钱二分，九八银四千两，折实库平三千六百十一两三钱八分四厘。

宝山县申解漕款内提捐库平银一百四十七两八钱九分。

〇共发库平银五千另另五两五钱九分四厘，换见苏漕平五千一百另六两五钱三分。

乾和等庄追欠案内缴到九八银四千九百七十四两七钱五分四厘，换见苏漕平四千六百十一两五钱九分六厘。

江西督销局江苏题补道张捐苏漕平银一百两。

〇共苏漕平银四千七百十一两五钱九分六厘。

大共收见英洋二千四百十二元，漕平银一万另一百十八两一钱二分六厘，本洋一百十六元，钱三千五百九十八千二百八十文。

扬镇收捐处交到捐款

一批 （严佑翁手）	一万八千两
二批 （侯敬翁手）	二千两
三批 （赵崧翁手）	四千两
四批 （经璞翁带去）	二万一百六十五两四钱三分五厘
五批 （七月初七日解苏）	二万二千二百廿两
六批 （十月初七日解苏）	六千五百两
七批冬赈	四千五百两、盘串一千两、赈小营庄等一千两
八批柳少翁交来	一百六十九两四钱一分二厘
又	五百两
又	七百两
李维翁交来	赈款二百两 赈小营庄二百两
靳春翁交来	五百廿三两五钱
又	一百两

大共收见银八万一千七百七十八两三钱三分七厘。

浙江协济豫赈局邹渭清太守交到捐款

一批赈款二千元	一批协济豫赈局款五千两
二批又二千元，	二批又三千元
三批又二千元，	三批又三千元
四批又三千元，	四批又五千元
五批又一千元，	五批又三千元
六批又一千元，	六批又五千元
七批又一千元，	七批又三千元
八批又二千元，	八批又五千元
九批又一千元，	九批冬赈四千元
十批又二千元，	十批又三千元

兰册周蓉江十元，十二又批五千三千元，十三批又五千两。

大共收见银一万两、洋五万九千另一十元。

钱泪图赈捐

佩字册 （共六百本）：

一号庄小山手（三户），三元。一，何楳阁手，三元、八百五十文。二，徐正隆手（十七户），十二元、三百文。三，莲记一元。五，五知堂顾，一元。七，王秋亭手（廿一户），四元、九百廿文。八，王春堂手（四十二户），廿五元、八百五十文。九，张声甫手（三十户），十元、四百廿文。十，吕梧卿手（九户），八元五角。十一，清记手（九户），十一两三钱八分一厘。十五，蒋世德手（五户），一两三钱五分。十六，蒋世德手（七户），十一两四钱七分九厘。十七，卢荣翁手（廿七户），廿八元、九百五十文。十七，杨征远，一两三钱五分。二十一，沈梓仲手（十四户），二元、三十文。二十二，陶颖卿手（廿户），四元、二百四十文。二十三，陶子京手（廿一户），五元。二十四，陶敬之手（三户），五元。二十五，张叔鹏手（四十户），十二元、一千一百〇六文。二十七，陶湘波手（三户），四元。二十九，何俊甫手（廿户），二元、四百文。三十一，严子猷手（廿户），三十三元。三十二，沈谱楳手（八户），四十六元三角、七十文。三十三，吴鼎甫手（九户），十六元、四百七十五文。三十四，汪子砚手（七户），七元、四百五十文。三十六，吴渊如手（十二户），五元。三十九，洽庵和尚手（十户）十六元。四十，唐老福手（八户），一元、五百文。五十六，王韪卿手（四户），二元、六百文。五十六，洪琢君手（六户），二千七百文。六十一，李秋亭手（二户），三十元。六十四，贝咏翁手（十四户），两元、五百文。六十六，李于香，两元。六十七，姚彦翁手（十六户），一百十九元。七十二，胡芳荣手（十六户），五十三元。七十四，李秋亭手（四户），三十三千文。七十五，又（二户），一百三十元。七十六号李秋亭手（十五户），一百三十八元、二千文。七十七，又（八户），二百十七元。八十，华逊翁手，七十三元。八十一，张友翁手（四户），十元。八十二，又（二户），四元。八十三，马仁德，一元。八十四，敦素等（七户），十元、六十文。八十五，刘竹荪手（三十五户），六十元。八十六，蒋巨新手（三户），一元。八十七，宝源手（八户），十三元。八十八，包星堂手（六户），四元。八十九，郑樵生手（九户），三元、二千三百文。九十二，陶敬之手（七户），一元、七百五十文。九十四，又（三户），七元。九十五，又（二户），六元。九十七号金丽泉手（十四户），九元，黄孟高，一元。九十八，倪听松手（三户），四元，冯调生手（十五户），廿四元。九十九，陶念乔手（六户），一元、五百文。一百，孙秋卿手（六十三户），六十三元，又（廿户），十七元。一百〇一，周兰棠手（三户），一元、九百文。一百〇二，沈山书屋，六元。一百〇三，佩记手（五户四次交来），十九元。一百〇四，吴潜夫手（八户），二元五角。一百〇五，卢吉安手（十户），十五元。一百〇六，张师杜手（四户），八元、一千文。一百〇八，邹芷香手（三户），五元。一百〇九，又（十四户），四元。一百一十，又（六户），三元。一百十一，施拥百手（十三户），十二元五角。一百十二，又（廿一户），五十四元、九百文。一百十三号又十三户十四元、一百文。一百十四，又（四户），十元、六百廿文。一百十六，又（二十二户），五元、八千五百文。一百十七，恒远堂黄，九元、二百七十九文。一百十八，李星海手（五十四户），十六元、九千七百八十文。一百十八，拥百手（十户），六元、一千七百四十文。一百十九，又（十四户），十四元。一百二十，王梦仙手（四户），四十八元、一千三百文。一百二十一，拥手（四户），十一元。一百二十二，朱石磷手（廿七户），四十六元、八千七百九十六。一百二十三，拥手（十三户），十二元、一百八十八文。一百二十四，朱石麟手（廿七户），二十七元、三千三百三十文。一百二十五，吴霭云手（六户），一元、七百三十文。一百二十六，朱石麟手（廿三户），廿二元五角、六百四十文。一百二十七，又（一户），十元。一百二十八号盛佑蓝手八户十七元、五百文。一百二十九，又（四十一户）十元、十九千一百五十文。一百三十，又十七元五角、一千二百文。一百三十一，其顺堂高，赐乳堂高，一百五十元。一百三十一，易安室金廿九元，王阁氏一。一百三十二，勤诒堂会三十元。一百三十二，诒经堂郑三十、董达记慕三十八户十五千文。一百三十二，怡道堂高，十元。

一百三十三，龚手（廿四户），五十元。一百三十四，陈锦江手（六十三户），一百二十二元、六十元。一百三十六，吴伯滔手（七户），六十元。一百三十七，胡菊邻（十七户），六十元。

一百三十九，自怡轩，五元。一百四十，陆云生手（四户），十元。一百四十一，陈锦亭手（十二户），八元、一千文。一百四十二号徐子安手（二户），一元、四百六十文。一百四十三，陶少槎手（十五户），八元。一百四十六，冯晋山手（十一户），十元。一百四十七，冯手（七户），十元。一百四十八，丹崖手（六户），十元另五角。一百四十九，又（三户），十三元、五百三十五文。一百四十九，胡小村，一元。一百五十，锦丰荣手（十四户），三元八百五十文。一百五十一，马蕙斩手（十一户），十四元。一百五十八，枪楼、铸铁厂（四十六户），二十四元。一百五十九，吴润甫手（五户），十元。一百六十，姚侣菊手（二户），五元二百〇四文。一百六十一，溧阳彭记，二十元。一百六十二，吕梧卿手（五户），七元。一百六十四，又（二户），三元五十文。一百六十六号，张既耕手（六户），十元、二十文一百六十八，黄管氏手（七户），三元、九百五十文。一百七十一，龚手（十三户），九十三元。一百七十二，杨佩瑷手（一百卅一户），一百四十三元。一百七十三，徐花农手（十九户），六十元。一百七十三，杨洵侯手（卅四户），五十元。一百七十四，龚手（六户），四十七元。一百七十七，又（四户），三百五十四元、四百四十文。一百七十八，孙星斋手（十一户），四十二元。一百七十九，黄质文手（廿一户），五十元。一百八十，吴子岩手（廿二户），廿三元、廿五文。一百八十一，张稚洛、吴子标手（卅八户），六十二元、一千文。一百八十二，金松友手（五户），十六元。一百八十三，钱椿等三户四华文记等六户六元。一百八十三，高子容手（廿七户），三十六元、四千五百文。一百八十四号，徽州平阳氏廿四户卅六元。一百八十五，纽头王姬手（廿七户），廿五元、二百五十文。一百八十六，汪颂年手（七户），七元。一百八十八，高子怀手（卅一户），四十三元五角、一千四百文。一百八十九，蒋稚鹤手（廿一户），十五元五角、二千九百文。一百九十，孙补山手（廿五户），五十六元。一百九十四，知仁庄手（廿二户），一百六十元。一百九十七，程根甫手（十二户）二元、四百文。二百，卢吉安手（六户），十三元。二百〇二，荡口华手（五十九户），一百八十三元。二百〇三，知仁手（四十三户），三百十四元五角、五百文。二百〇五，又（卅三户），一百十八元一千四百文。二百〇六，又（廿六户），九十七元。二百〇七，华承绪一百、德本一百元。二百〇七，荡口华手（四十七户），三百三十八元、一千三百五十文。二百一十号，知仁手（七十三户），二百六十九元、七百文。二百十一，钱福亭手（十二户），七元、四百二十文。二百十二，彭姬手（七户），四元、二百文。二百十三，朱蓉卿手（四户），四元。二百十四，潘甫田手（八户），六元。二百十五，朱莘耘手（廿四户），四元。二百十七，王春堂手（十户），十元。二百十八，徐正隆手（七户），一元、八百文。二百十九，又（十二户），廿一元。二百二十，江阴夏港镇（卅五户），十二元、一千零四十文。二百三十二，石痴生手（卅三户），三十四元五角。二百三十四，又（十一户），十五元五角。二百四十一，彭讷翁手（三户），七十二元。二百四十八，又（廿户），四十七元。二百四十九，又（廿户），三十七元。二百五十号，彭讷翁手（十三户），四十七元。二百五十一，陈谔士手（五户），十三元。二百五十四，汪兰生手（十三户），廿八元。二百五十六，俞友声、许贯之手（廿三户），八十五元、五百文。二百五十七，许子万手（廿三户），五十元、一千文。二百五十八，孙棣生手（十九户），十七元、六百文。二百六十一，贾景盈手（七户），五元。二百六十二，陈锦江手（十四户），廿元。二百六十三，又（十二户），三十元。二百六十四，方恭六房，廿元。二百六十六，秀芝堂手（十七户），廿一元、五百六十文。二百六十七，徐印香手（十三户），廿元。二百六十八，又（十七户），十一元。二百六十九，陆慕曾手（三十八户），四十八元。二百七十一，赵子朴手（廿三户），四十元。二百七十二号，秀芝堂手（十户），廿九元。二百七十五，赵孕晴，一元。二百七十八，俞雅平手（廿户），四十元。二百八十一，徐花翁手（廿户），四十元。二百八十二，陈步云手（卅七户），一百元。二百八十三，汇康手（十三户），十四元。三百零七，陈子斤手（六户），七元。四百三十二，何云谷等（卅二户），七十元另五角、八千六百文。四百三十五，何渔卿手（六户），卅二元、四百卅文。四百三十六，孙吉甫手（七户），二元。四百三十九，萧春帆手（十三户），二十四元。四百六十一，扬州永润手（六户），五十元。四百六十三，侯敬文手（廿一户），四十六元。四百六十四，永润手（十五户），廿一元。四百六十九，又（九户），十五元。四百六十九号扬州不留名一百元。四百七十一，马渔珊、周虎臣手（十五户），一百六十五元五角。四百七十二，张瑞崖手（四十五户），一百元、十千文。四百七十三，周善夫手（九户），五十元、九百六十文。四百七十四，张菉浔手（十七户），一百五十两、十五元。四百七十五，杨董手（八十七户），一百七十四元。四百七十六，大路镇，四十元。四百七十六，罗姓手十元 笺拈来二元。四百七十七，周善夫手（四十四户），三百十二元。四百七十九，周兰生手（五十七户），一百廿二元、一千一百文。四百八十一，陈星甫手七户十元 周少华十一户十九元。四百八十一，倪若洲手，六元。四百八十一，陈、周手（十五户），二十五元、七百文。四百八十二，王山晖手（三次交来），八元、三百四十文。四百八十二，明彻等（三户），一元、七百文。四百八十二号，倪若洲手（十三户）六元、三千九百文。四百八十三，刘河泰昌手（廿九户），四十一元。四百八十六，知仁庄手（八十一户），一百卅九元五角、六千六百四十文。四百九十，丹阳云记，四百两。四百九十一，东山泳泰手（四十一户），四十元。四百九十二，童申甫手（廿六户），六元、五百十八文。四百九十三，叶菊裳手（三户），五元。四百九十四，居小筠手（卅一户），五元、一千七百四十文。四百九十五，义荫手（四十六户），十四元、九百四十文。四百九十六，查翼甫手（六户），八元、九百文。四百九十六，蒋溉耕手（卅九户），四十二元、三百二十三文。四百九十七，居小筠手（三户），二元、五百文。四百九十九，施小亭手（五户），五元、三百五十三文。五百，又（七户），二元、三百五十三文。五百〇一，瑞芝堂，廿元。五百〇二号，李南山手（十三户），四十一元。五百〇三号，无名氏等（二户），三十元。五百〇五号，知仁手（十六户），一百廿四元。五百〇六，华禄记手（八十四户），四十五元。五百〇六，徐花翁手，六十三两六钱四分、一百廿元。五百〇九，傅张徐杨陈手（八十一户），一百卅六元。五百一十，高朗斋手（十四户），十三元、四百文。五百一十，张仁山募（六户），十一元。五百十一，黄慕亭手（八户），十二元。五百十三，李星海手（十八户），四元、二千三百四十文。五百十四，施孚庵手（十四户），十二元、六百四十文。五百十五，李小星手（五十二户），六元、六千六百三十七文。五百十六，朱晴江手（廿八户），廿元、六十四文。五百十七，金笠夫手二户十六元 十一户十六元。五百二十号，计养安手（十六户），十三元、三千三百九十四文。五百二十，施拥百手（五户），六元。五百二十一，黄采峰、邹鲁瞻手（廿四户），五十五元。五百二十二，程咏谦手（三户），三元、四百文。五百二十六，魏俊甫手（十户），十元、五百文。五百二十八，桑观察，廿八元。五百三十一，叶葵卿，十元。五百三十二，福记等（十六户），四十三元、三百五十文。五百三十三，蒋植夫、刘季翁手（四户），三十一元。五百三十四，恒顺手（十二户），廿五元。五百三十五，刘子谦手（九十五户），八十元、五百卅六文。五百三十六，石记等（十二户），三十六元、七百文。五百三十七，丁翼亭等（九户），廿三元。五百三十八，嘉兴恒顺手（四户），四元。五百三十九，徐子慎手（十八户），三十四元。五百四十，又（十五户），八元。五百四十一号，程松生手（卅九户），六十四元三角、一千五百文。五百四十二，又（廿六户），廿六元、七百文。五百四十三，陶军门手（六十五户），三百十九两八钱三分、五十二元。五百四十四，光裕等（四户），十两、九元。五百四十七，毛彦卿、周少芝手（十六户），十九元、二百文。五百四十七，又（廿户），廿三元、四百文。五百四十八，周少华少简手（六户），七元。五百四十九，刘正泰等（六户），三元。五百五十四，潘衡斋手（二户），一元、三百文。五百五十五，又（三户），两元、四百文。五百五十七，达源庄手（廿八户），五十元。五百五十七，又（五十七户），六十二元、三百五十文。五百五十七，姚筱湘手（廿四户），廿三元六角五分九厘。五百五十八，刘镜堂手（两户），六元。五百五十八，无名氏，一元。五百六十三号，白门冷隐，十元。五百六十四，钱厚甫手（五户），四元、八百文。五百六十五，蓉湖主人手（五户），廿三元。五百六十六，刘萩云手（三户），六元。五百七十，又（十八户），九元、五百二十文。五百七十二，张容甫手（五十六户），四十六元、二百文。五百七十三，张雪亭手（四户），五元。五百七十四，德昌手（廿四户），四元。五百七十五，沐芝轩手，廿元。五百七十六，陶均如手（五户），十元。五百七十六号，嘉兴恒顺手（卅九户），十五元、一千〇廿文。五百七十七，又（九户），三元、四百六十文。五百七十八，又（四十户），九元、一千〇十文。五百七十九，又（十六户），三元、一百九十文。五百八十，又（卅三户），五元。五百八十一，褚记，两元。五百八十一，田松筠等（四户），五元。五百八十二，查来王手（廿三户），十三元。五百八十三，碳石四明公所（六户），十元。五百八十四，退思，十元。

〇以上共洋九千六百三十二元二角五分九厘、银九百六十九两另三分、钱二百四十一千六百八十文。

山东江广助赈局拨款三千两，吴门寓客募六户三百八十五两另五分二厘，江南不书名二百两，泰昶手一百五十两，荣记、森记、积义居、无名氏、闇修子五户各一百两，公记三十两。

〇以上共银四千二百六十五两另五分二厘。

沈篠生二千元，浙衢西安捕署募五百二十元，不书名戴四百元，至义堂公记、徐花农募五十一户二户各二百元，庚道人等三户一百五十元，姚敬恕一百四十元，知仁募十六户一百另七元，元和学秦募、侯敬文手侯敬文手李松亭手、侯子庚、可人氏、生生会拨、盛泽兴盛当、昌盛当、王振甫募、蛟川矜记、黄埭各米行、丝行众友俸、三径遗老、顾怀德、澄江杨氏、小梦橡山馆十六户各一百元，如皋县董、蒋邬石诸君募一百廿三户两户各九十元，律风氏八十元，高龚翁手未报册户七十二元八角（此款查明补报），有耕堂庄、香草居士二户各七十元，金山陈兰圃手十二户六十二元，慎思堂公记、正修堂丁募二户各六十元，越中任蕙芳手五十二元，沈玉涵、泪铁生、张书槁手、张月槁手、林少云、溧阳善士、胡见山手、兰记本宓彰孝、闽浦厘局、周庄赵氏、钱和风、安裕庄手、蓁梧馆手四户、芹香书屋、汪延霖、姚经生、谢宝生十八户各五十元，同仁栈、金山张书槅手、梁溪公记、徐花麇手四户各四十元，悯荒客手九户三十八元，丹崖山人、石林世家、王募无名、常州瑞新泰、延陵氏手、张月槅、丹霞公所、映日居还愿八户各三十元，增康募七户廿六元，许子社、黄子言募廿四元，邹芝汀手十四户廿一元五角，沈逸翁手廿五元，又履记、祝记、全盛局友、俞笃行堂、浙江无名氏、心记、仁丰、余庆居、无名、铁业包丁殷钱陆、贯幹记、无名氏、墨琴山房、凌姓、裕泰隆诸友、不具名、绿荫居士、状元第一人、颐和手二户、调玉堂、守拙子、王仰韩还愿、有荣氏、包礼学初宇二十五户各二十元，周庄怀善堂房租十七元，蔬舍居、而立氏、吴兴会馆绸业、外跨塘六户、陆杏生、陆梧生、王东文各友、普度余赀、泰来典、任公蕙芳手、七浦司尤十一户各十五元，邹芝汀手十九户十三元，裕记、李廷桂、陶仪一、时行道人、无锡无名氏、林少筠售书画六户各十二元，知仁庄募、佑生二户各十一元，时泰典同人、宝源手、不书名黄、浙江无名氏、养疴庐、赵玉文、是记、丹崖手五户、吴江省味咸客、杭城无名氏、潘舫琴、胡雪耕、陈兰圃、至德轩、养疴庐、愧薄生、同吉祥、许子琹手、林记手、张沈氏、无名氏、石鼓山樵、豫章游客、天顺典各友、各善记、不求人、赵万兴、无名之名、火神诞祝献、丰记、聊斋居、恒翰斋、成美轩、万昌顺母命、陶子春、历劫余生、龚佑之手、溪上山房、蟊巢小隐、山阴王葛、诚裕手四户、放生会拨、袁万顺、赞记、无名氏、许顺兴、王易氏、许良记等十户、怡怡堂、张丽东、刘王氏、张师杜、张姓、陈材记、无锡夏布客、横港吴、杨升三、程朱氏、程募、朱善记、裕成典各友、后宅东镇各号、合记、泉记募、不留名、无名、泰昶手、孙友之、孙吉人、体健、杨松坡、钱观乐、华叙庆、无名氏、仁记、硖石无名士、洛阳蕴亭氏、沈让德、复祥手、无名氏还愿、陶简能室人还愿、吉安女士、后宅东西镇各号、吟花馆、曾幹记、徐瑞和、敦仁堂吴、徐焕祥、养素、冯朗甫、不留名、章承恩、谢心田、源记、鹃湖处士、仁和陈金氏九十六户各十元，七襄公所、悯荒客、凑助束薪生、刘伟记、仁丰各友、吴贵发、卢晓亭、无名氏、同善、陶记、回生童子十一户各八元，不具名、赵万兴各友、汝芳三户各七元，周少华手四户七元五角，徐正隆手、知佩氏、洪柳坡经募、代羹堂、补过斋、光福保源典、武邱方子、刘伟记、泰来典四户、无名氏、补过氏、张善士、潜史堂醮赀、怀心室十四户各六元，正修堂丁手五元五角，沈山书屋手、海粟山房、潘万成、宝源募三户、吴念劬、吴瑞征、鲍瀛州、金仁叙、华安谷、樊宅、刘西记、蒋先生、道隐斋、劫余生、修竹山房、朱恒德、唯德、仁和无名、颍川仲子、无名氏、高静轩、凝远堂、知仁手、九思、无名氏、廖周氏、无名氏、慧林斗坛、潘承钊、镜堂氏、后宅西镇诸号、述记、万昌顺、湖南无名氏、情痴生、又、九叙、林宝山、侯张姓、乐安山人、无名氏、林少筠、为心记、无名老人还愿、一念居士四十五户各五元，丹崖手五户、张志汶间绍、游启堂、黄埭天顺典、崔吟香、人全福、无名氏、隐名氏、周庆记、义利生、梅蕚邱、王桂生、凤鸣谷、莫厘隐名搬指、林少云、知稼民、莫厘隐名、梁溪无名、王玉章、杨周氏、无名氏、二宜堂、小善居、常健人、无名氏、汪昆友等公分、梅先生、查大小姐、程叙堂手、杀牛人三十户各四元，朱皆松手三户、吴喜生、逸记、别趣室、刘催记、林少筠、又、又、樊松泉、协泰隆、怀德堂、德清放生会、刘晓春、无名氏、又、又、诚裕手、潘中和、不留名十九户各三元，陈府小照二元五角，砺生助画资、沈山书屋募、无名氏、消灾居、月城徐王、亭记、天顺、张秀之、无名氏柯敬、钱曹宅、潘利丰、张韵香、尽心室、慈寿堂丁、金月亭、惠记、曹玉和、鉴心堂吉记、杨仙记、邱姓、不虚名、吴兴幼童、仁和汤、点铁山房、无名氏、王仰之、顾宅、碧螺隐名手三户、日升元、锡寿记、敦俭堂、王施氏、南阳信士、李单氏、刘季云手、无名氏、李无名、敦睦所、言记、隐名氏、心记、杨国良、严沈郑、吴俊伯、补过、无名氏、德清放生会、不留名、静观、李氏、自求安、王桂生、徐余善、补记、宜兴、陈滋生、蔡扬波、秦子乾、王周氏、积记、沈本植等四户、蒋李氏、知止老人六十三户名二元，邓姓一元五角，施子贞一元四角，暴方子、戚丽生、何俊甫手、王善士、无名氏、又、又、又、又、又、又、又、又、韦松飚、张方明、陈标、蒋麟、吴金氏、郁徐氏、冯贡三、一粟轩、襟爽斋、一善氏、恒元、程耕稑、何俊甫九户、陆赵氏、得饱思饥客、金姓、江梅村、周忆成、钮季粤、吴兴陆氏、梓荫、姜永福、苏慈定、孙叙源、彼心、方春生、袁鋆、吴召棠、许复兴、邹石泉、周和卿、张耕亭、徐、承安、郑、刘复记、敦素逸记、采山芟记、金祥记、前途刘、李子渊、李勋、陆金章、杏德堂、王袁氏、寿川渔隐、雨花庵、莫徐氏、杨集省味斋、吴王氏、居维周、汪少岩、陈史氏纺工、史镐、许悦来、吴焕章、章爱珍、垂裕罗、仲星五、林昆源、林桂山、王竹西画润、沈少孙等公分、张松云、十一龄、吴宝堂手六户、履中八十户各一元，郎姓二角。

○共洋一万另另念六元九角正。

宝源手一百千，敦裕堂程六十千，春归宝源四十四千三百三十四，陈凤记三十千，听松十千，吴江陈正隆十四千，公德堂七千四百六十，金子雨手四户一千另二十，洪柳坡手五千，崔刘氏、顾仁卿、无名氏、洪一考客四户各一千，荣泰银箱作价、荒一考客、凌癸辛三户各七百，曹德卿手三户五百四十，吴玉涵、赵姓二户各五百，颜文骐四百，施朗山三百，无名氏二百十，耿裕曾、修心居二户各二百，咸恒泰一百八十，吕姓、无名氏二户各一百，过客廿八。

○共钱二百八十一千一百七十二文。

陆远甫手（四户），五元、三百六十文。郭梅亭，三元、五百文。湖北廖江贺，二元、二百文。怡顺兴各友，八元、二百七十文。王宅针线钱，一元、一千文。唐瑞启金戒指，六元、九百七十文。洪柳坡手，二元、四百文。郑樵生手（十户），八元、六百五十文。无名氏，一元、一百五十文。泰和永各友，一元、二百廿文。又，一元、一百五十文。常州复溪镇（六十一户），九十元另五角、二千九百文。又，一元、一百五十文。力不足斋（金戒指银镯），八元、一百十文。湖南无名氏银镯，二元、八百廿七文。王公馆官眷，十二元、六百文。湖南无名氏（银锁红绿绉料），四元、五百七十一文。东桥吴恂卿手（十三户），十元、三千一百文。谦益庐，七元、五百文。彭云坡移寿星会，廿八元、三百廿文。日生祥各友，十一元、三百文。钱锡庭手（八户），廿五元、五百廿文。江阴顾山镇（一百九十五户），一百五十八元、四百八十二文。祁星翁手（卅二户），十四元、五百廿文。正义镇（廿二户），五十四元、一百五十二文。吴氏洋银饰，二元、四百文。益大诸友，三元、七百文。陆静安，一元、四百五十文。宋陆氏五元、一千文。公德堂，一元、三百九十文。无名氏，四元、五十文。靖江县正堂叶，一百九十元、廿两。益记，二元、五钱。无锡得昌手（三户），七元、五百文。不书名女小衣八件，七元、一千另五十文。眉寿，一元、四千二百五十文。杨吴，二元、二百文。保安堂，一元、四百廿文。无名氏，一元、七百文。邗上无名洋银饰，二元、七百卅六文。保安堂，四元、二百卅文。无名氏，一元、二百四十三文。隆兴，五元、三百六十文。湖南尹氏，二元、二百廿文。俞石泉，二元、八百八十文。杭德和（十二户），十元、七十八文。唐芝记，十四元、六百五十文。金竹生手（九户），二元、四百二十文。鼎泰募，五元、六百七十七文。严孟春手（三户），一元、三百六十文。吴江城内桶捐，三元、二千文。黄范氏手（二户），一元、一千另卅文。叶子谦，一元、二百廿文。月五号考客，三元、八百五十文。张成斋手（五户），一元、七百五十文。月七考客，一元、二百文。金叔卿手（四户），二元、三百九十文。升泰源手（三户），一元、四百五十文。钱迪生手（十户），二元、六十文。忘报生手，一元、四百文。金直之手（十三户），二元、四百廿文。张松云，一元、五百文。荒三号考客，三元、四百文。无名氏（三户），一元、三百文。叶子谦手，一元、五十文。

〇共银廿两另五钱、洋七百六十一元五角、钱三十八千七百九十六文。

大共应收洋二万另四百二十元另六角五分九厘、银五千二百五十四两五钱八分二厘、钱五百六十一千六百四十八文。

实在共收洋二万另五百十六元一角五分九厘、银五千二百五十四两五钱八分二厘、钱四百五十九千三百八十二文。扯算合符。

砺字册（共四百三十本）：

一号，陆实甫手（十二户），廿元、五百廿五文。二号，又（四户），二十八元。二号，陆畹九手（七户），二元七百文。三号，陆实甫手（三户），五十元。三，陆畹九手（廿三户），三十一元。四，蒋世昌手（九户），一元、二千一百文。四，陆畹九手（十户），十七元、三千三百五十文。五，刘质人手（五十二户），十四元。六，朱石耕手（四十五户），三十元。七，又（廿五户），廿三元。七，倪祝三手（三户），四元。七，陆畹九手（廿八户），九元、六千八百五十文。八，朱石耕手（五十二户），十九元、五百廿文。十，唐复虞手（九户），廿元。十，诸宝山手（七户），五元、六百文。十一，钱沈许手（五十八户），卅五元五角、一百四十文。十二，王筱庵手（四十二户），三十元。十三号，钱晓洲、邵少溪手（卅户），九元、六千二百文。十四，胡遂麟手（廿二户），廿三元。十五，陈达甫手（十六户），十六元。十五，邵少溪、许蓉汀手，五元五角、廿五文。十六，陆星槎手（七十八户），廿元、八百五十文。十七，钱韩手（六十二户），七元五角、六十文。十八，卫仲廉手（十三户），八元、六十文。十九，不留名，十元。十九，仲尊不手（十五户），廿四元。二十二，郁小轩手（卅二户），廿元、一百文。二十四，又（十九户），十一元、四百文。二十五，张秋园手（十二户），十元。二十六，凌忆亭手（七户），廿九元。二十七，朱乔松等（三户），卅元、二百四十文。二十九，刘序梅手（四十六户），十元。三十号，刘序梅手（卅三户），五十五元。三十一，艾竹村手（一百户），十七元、二百五十文。三十四，黄哲生手（卅户），五十一元。三十五，又（十四户），廿四元。三十六，又（卅户），四十四元。三十七，章韵芝手（八户），湘平卅两五钱二分三厘、一百另二元。三十八，宋静斋手（十六户），廿元。四十，王笈山手（十六户），廿二元。四十一，朱杏春手（十四户），六十四元。四十一，任松卿手（卅三户），四十元。四十一，钱梦莲手（廿户），一百元。四十二，孙静卿手（十三户），二元、七百五十文。四十四，熊菊生手（二户），十二元。四十五，陈达甫手（五户），十三元、七百文。四十五，不留名，十元。四十六号，梦池馆等（二户），十六元。四十六，陈忠记一百元 袁稚松五元。四十八，顾太和等（十九户），六十七元、七千六百五十文。四十八，宋向梅、金大奎手（七户），五元、廿文。四十九，陆星槎手（十一户），十一元、七百六十文。四十九，盛星垣手（廿五户），四十二元五角、一千一百文。五十，汪耀亭手（廿三户），十二元、五千三百文。五十一，方润之手（十二户），廿五元。五十二，蒋异田手（十一户），八十五元、一百文。五十二，陈少卿手（八户），四元。五十三，柳黼卿手（一百另一户），九十九元、八千二百文。五十三，张宝生手（七户）五元、四百八十文。五十三，陈讷生手（五户），十一元。五十四，鲍斋手（九户），十六元。五十四，陆稼甫手（六户），五元五角。五十五号，凌荫周手（十三户），廿一元、三千五百文。五十六，又（八户），四元、二百六十文。五十八，谭半坡手（十九户），一百元。五十九，胡春屿手（三户），二元、三百文。六十，潘少安手（七户），十一元五角。六十一，章诚斋手（十一户），十四元。六十二，陈莲舫手（廿七户），廿一元、七百四十文。六十三，盛铭之手（十一户），七元、八百卅九文。六十五，萧敬甫等（二户），十元。六十六，王升凡手（十一户），十六元。六十七，李芸谱手（六十户），六十四元、一百九十文。六十八，夏韫山手（九户），十三元。七十一，务本堂等（十三户），廿二元。七十一，邱质甫手（二户），十元、一百九十文。七十一，谈筱友手（廿五户），三十六元。七十二号，沈咏楼手（七户），五元。七十七，周崔亭手（五户），九元、六百四十文。七十八，盛书常手（七十七户），五十五元、五百七十五文。八十，谈筱友手（五户），十七元、八百七十文。八十一，陆实甫手（二户），七十元。八十二，陆柳溪手（五户），七元。八十三，陈子槎手（三户），十二元。八十四，潘乐亭手（六户），八元、二百文。八十五，两研斋，二元。八十六，陶庄诸君，十六元。八十七，陆实甫手（四户），十元。八十八，又（十一户），廿二元。八十九，同泰昌手（九户），二元、二千三百文。九十，陆实甫手（七户），二百元。九十一，又（十五户），二百元。九十二号，陆实甫手（廿户），八元、一千四百文。九十三，陈绩生手（十一户），十元。九十四，陆实甫手（十五户），二元、六百文。九十七，盛达翁手（十户），五元、六十文。九十八，盛佑蓝手（廿户）七十六元。九十九，朱兰舟手（卅九户），一百另八元。一百，王榜翁手（卅户），卅四元。一百〇四，黄梅龙手（十六户），五十元。一百〇五，凌磬生手（二户），五元、一百文。一百〇六，黄梅龙手（廿七户），四十元。一百〇七，又（十七户），十六元。一百〇九，张元之手（十八户），六元。一百一十，徐心畬手（八户），廿五元。一百一十二，徐晓春手（十二户），十九元。一百一十四，又（二户），四元。一百二十一号，余杭吴崔龄手，一百十一元。一百二十五，董杏溪等（三户），七元。一百二十八，李抱仙手（十五户），一百卅五元、六百八十四文。一百二十九，又（七户），七十三元、三十九文。一百三十，又（卅二户），一百五十二元。一百三十二、一百三十四，庄坚白手（五十八户），二百七十元。一百四十一，钱邱张手（五十九户），廿二元、四百六十文。一百四十二，戴静卿、程履园手（廿二户），六十三元五角、八百文。一百四十三，叶杏亭手（卅七户），卅元、七百七十文。一百四十四，吴子循手（九户），卅三元。一百四十四，顾菊舫手（二户），三元。一百四十四，嘉瑞堂，五元。一百四十五，姚若愚手（四户），十元。一百四十五，不留名，卅三元、三百五十文。一百四十五，胡陈氏，廿元。一百四十六号，钱晓洲、邵少溪、凌菊生手（卅八户），卅一元、五千九百五十文。一百四十七，周润卿手（十七户），廿元。一百四十八，陈翼然手（十三户），十一元、三十文。一百四十九，钱晓洲、邵少溪、陈翼然、顾华封、杨井春手（六十五户），三百廿三元八角、六千六百文。一百五十，陈吉甫、王梅溪手（十九户），五千九百文。一百五十，方在阳、夏惺垒、吴子美手（四十五户），廿一元、五百十文。一百五十一，杨柳甫手（二户），一元五角、二百文。一百五十二，胡霭亭手（五十户），七十二元、一百五十文。一百五十三，陈垫手（三户），六百文。一百五十四，钱晓洲手（十九户），六千五百文。一百五十五，又（十八户），十五元。一百五十六，陆缦华手（七十四户），十八元、十三千一百五十文。一百五十七，杨伯屏手（二十七户），十五元。一百五十八，陈王戴陈手（五户），七千四百七十文。一百五十九号，韩幹卿手（五户），一千五百文。一百六十，又，十元。一百六十一，汝淦生手（五十八户），廿二元、九千一百廿五文。一百六十二，顾健甫手（十八户），四元、三千一百文。一百六十四，陶庚芬手（五户），四元、一千二百文。一百六十五，黄憩生手（十六户），十四元、一百六十文。一百六十六，汝韵泉手（四十四户），十八元、九千九百文。一百六十七，陆亮时手（十八户），廿元、一百五十文。一百六十八，凌荫周手（二户），四千文。一百七十一，王少兰手（十二户），廿五元。一百七十四，李肖星手（四十一户），十三元、一千九百十文。一百七十七，卫子绥，九元、四百六十文。一百七十九，周崔亭手（十户），十元、二百八十文。一百八十，兰玉堂，十元。一百八十一，徐倬云手（七户），八元。一百八十二号，朱芝田手（六户），四元、五百文。一百八十三，郑书田手（廿九户），七十元。一百八十四，陆嵩桥手（廿户），五元、五千二百文。一百八十五，朱咏垒手（五十四户），卅四元、二百文。一百八十七，郑书田手（廿六户），四十一元。一百八十九，钱子平手（二户），一千文。一百九十，凌稚川手（三户），五元。一百九十三，徐丽江手（八户），九元、四百五十文。二百，杨琴堂手（十六户），三元、二千文。二百○二，梅冠百手（四户），七元。二百○三，又（二户），八元。二百○四，又（六户），卅八元。二百○六，无名氏等（五户），本三百元、英九百元。二百○七，礼畊堂等（八户），一百六十二元。二百○八，

他记等七户一百七十一元
纯记等七户八百五十五两四钱。

二百○九号，凌贯甫手（十四户），二元、四千一百六十文。二百一十，砺募程仪（十二户），一百七十八元。二百十二朱春江手（九户），一元、二百三十六文。二百十三弟字圩北吹（五十二户），十五元、三百五十文。二百十四，金礼堂手（卅五户），三元、三千六百廿文。二百十七，菊生手（二十九户），七元、二千一百八十文。二百十八，叶凤巢手（二户），二元。二百十九，南埭草堂，五百元。二百二十八，映雪居，二百元。二百二十九，陈南江等（卅五户），五元、六百卅文。二百三十，熊菊生手（二户），四十元。二百五十一，钱梦楼手（十三户），五十元。二百五十二，任友濂手（五十户），一百六十二元、七百十五文。二百五十三，盛星杉手（九户），十三元。二百五十四，朱雪卿手（八户），二元、七百文。二百五十五号，陈子访手（卅户），廿三元、一千三百文。二百五十六，叶子谦手（五十二户），廿二元、二百六十文。二百五十七，朱仰山手（十九户），廿三元。二百五十八，张来谷手（五十七户），五十元、一千文。二百五十九，金紫亭手（十九户），五十一元。二百六十，费礼卿手（卅户），四十四元、七百二十五文。二百六十一，章次柯、邵憩甫（十九户），十八元七角五分。二百六十二，丁友兰手（五户），廿元、一百文。二百六十五，方竹亭手（四户），四元、五百文。二百六十六，顾华峰手（廿九户），八十六元、三百十文。二百六十七，蔡容如手（十四户），廿九元、六十文。二百六十七，金昭甫手（卅二户），廿八元、三百廿文。二百六十七，盛书常手（十二户），四元、六百五十文。二百六十七，蔡容如手（十七户），卅五元、六十文。二百六十七，董梧门手（五户），十四元。二百六十七号，仲不留名等（四户），八元。二百六十八，程谨夫、陶隐耕手（十四户），四十七

元、七百文。二百六十九，陈英甫手（八户），八元。二百六十九，陈菊生手（九十一户），六十二元、八百九十五文。二百七十，青浦同人，一百千文。二百七十二，沈云生手（廿户），五十元。二百七十三，闵颂甫手（卅五户），廿元八百十文。二百七十四，朱范沈手（一百户），四十五元、二百八十文。二百七十六，徐子卿、朱秋泉手（乾坤二号桶），一元、九百卅九文。二百七十七，钱吴手（十四户），十二元五角、四百文。二百七十八，胡少庭手（十一户），九元。二百七十八，周崔亭手（八户），十三元、三百五十文。二百七十九，邵少溪、徐霭亭手（一百户），廿五元五角、四百七十五文。二百八十，李蒙泉手（十三户），三元、二百八十文。二百八十二，倪祝三手（十八户），五元。二百八十三号，倪幼霖手（八十八户），廿一元、三百文。二百八十五，唐芝田手（五十五户），廿一元五角、一百七十文。二百八十六，陈达甫手（九户），廿五元、一千八百卅六文。二百八十七，张雅漪手（廿三户），六元、六千四百文。二百八十八，沈云生手（廿三户），七元、九十五文。二百九十八，朱维谷手（五户），四元。三百〇七，张百生手（四户），一元、六百文。三百十一，陆锦甫手（廿三户），十二元、四百文。三百十二，又（七十八户），廿六元、三百五十文。三百十三，凌磬生手，一百九十八元。三百十四，陆锦甫手（四十四户），廿元、四百二十文。三百十五，陈翼亭、熊菊生手（五户），一百廿六元。三百十六，吴琦生、黄甘叔手（四十八户），八十六元、三百文。三百十七，陈翼亭手（六户），廿五元。三百十八，周琴斋手（十户），十元、一百五十文。三百十九号，钱丹桂手（十七户），廿一元。三百二十，吴琦笙、黄甘叔手（廿八户），七十八元、四百卅五文。三百二十五，陆亮时手（十六户），六元。三百二十六，许酿泉手（十三户），八元、七百廿文。三百二十七，陆琢如手（十九户），十九元、四十文。三百二十八，叶文卿手（十五户），十一元、七百卅文。三百二十九，赵秀山、杨贵堂手（六十二户），一百廿八元、二百七十文。三百三十，邱执甫手（七户），五元、一百廿文。三百三十，不留名郭，十元。三百三十一，福源手（五户），十一元、一百文。三百三十二，金昭甫手（六十四户），廿八元、四十文。三百三十四，吴侣韶（十七户），十八元五角。三百三十五，戚松山手十一户廿一元 金环销见一千一百廿文。三百三十八，蔡邱手（十五户），廿一元、二百十文。三百四十，钱少怀、潘镜波手（六十户），二百元。三百四十一号，陆畹九手（五户），二千文。三百五十六，凌仰山手（一百十四户），五元、十九千六百文。三百五十九，平望米业（十户），七十七元。三百五十九，平望添善寿坊（廿一户），十一元、二百五十文。三百六十，平望募（五十户），五十三元、六百卅文。三百六十一，平望（廿九户），十二元、七百五十文。三百六十三，沈梦堂手（八户），八元、五百文。三百六十四，顾中揆手（三户），十五元、五百五十文。三百六十五，陈九堂手（十二户），五元、一百六十文。三百六十六，叶竹琴、凌甘叔、潘少安手（二户），十三元、七百五十文。三百六十七，钱少赓信芳手（十一户），十元。三百六十九，陶毓仙手（八户），九元五角、五百文。三百七十，叶竹琴、凌甘叔、潘少安手（四户），四十五元、四百十文。三百七十一，又（四户），六元、九千九百文。三百七十二，又（三户），十三元、六千一百五十文。三百七十三号，叶竹琴、凌甘叔、潘少安手（三户），十元、十一千一百文。三百七十四，又（四户），十元、七千五百文。三百七十五，又（三户），十三元、十一千五百五十文。三百七十六，又（二户），三元、十一千二百五十文。三百七十七，又（二户），廿三千四百文。三百七十八，又（五户），七元、五千三百五十文。三百七十九，又（四户），五元、七千三百五十文。三百八十，又（六户），九元、九千九百九十文。三百八十一，无名氏，卅四元、三百文。三百八十二，凌雨亭手（四户），十六元五角、七千六百五十文。三百八十三，陆德顺，三千六百文。三百八十四，凌甘叔手（二户），八元、九百文。三百九十六，吴侍芬蟾仙手（卅七户），廿二元、三百文。三百九十六，李子农手、平望安宁太坊（十六户），十七元、四百九十文。三百九十六，吴梅隐捐画资，十三元、三百五十文。三百九十七号，平望恒泰坊等（九户），八元、二百四十文。三百九十七，平望里仁坊（十三户），九元、二百七十文。三百九十七，平望拱辰坊（十九户），十四元、六十文。三百九十七，吴楷孙，三元、八百五十文。三百九十八，平望陆子怡手（十三户），八元、一百十文。三百九十八号，平望翁少甫手（八户），三元、四百五十文。三百九十八平望南甲四坊（四十三户），廿元、七百文。三百九十九平望（廿五户），廿二元、一千另四十文。四百吴朴生手（廿五户），九元、八百文。四百〇二熊桐生手（二户），十元。不列郑远孚手九元、三百七十文。朱春翁手二元、四百八十文。陶庄惜谷会九元、四百十五文。费漱石手桶捐一元、八十文。金小苏手万人愿十四户二元、五百七十文。金慧通手七户一元、五百七十五文。叶早柏手三户二元、一百文。金幼竹手七户二元、三百九十文。

〇共收洋一万另一百六十七元五角五分，银八百八十五两九钱二分三厘，钱四百四十千另六百三十六文。

〇祝延益一千两，石湖居士五百两，费芸翁一百两。

〇共银一千六百两。

梅冠翁手、虞家骥手二户各二百元，费漱石手、王豫昌手、梅冠百手、虞家骥、黄陈氏、黄费氏六户各一百元，梅冠百手九十五元，不留名一百四十元，陈翼亭手十二户七十元，豫昌永、瑞丰、费松生、平望城隍庙茶捐一批、安定延寿氏五户各五十元，沈菊人四十七元，陆锦甫等四户三十四元，裕记庄、徐丽江二户各三十元，志远堂、正祥盛、无名氏、柳子屏手、平望城隍庙茶捐二批、凌其梅移荐六户各二十元，陈绩生手三户十六元，彭小汀手十一元，王江泾善堂、陈翼亭、无名氏、消灾氏、徐符浜手、陈墓无名、朱春波手七户各十元，洪绶甫手八元，陶怡轩薪水、平望各衣庄席费、柳养树斋席三户各六元，王姚氏、彭德生手二户二户各五元，朱甫堂二元，凌邦彦一元。

〇共洋一千九百五十二元正。

吴隐梅画赀二千文，金寿田手考客一千文，倪友兰九百文，庞舒卿手三户七百廿文，董荫珊手三户五百四十文，王翰题手考客四百文，金幼卿手三户三百八十文，盛省三手二户三百六十文，朱雪卿手二户三百文。

〇共钱六千六百文。

纯字册（共五十本）：

六号，诸宝生手（十五户），六元、一百八十文。七，蔡容如手（廿二户），八十四元、一百廿文。八，朱少岩手（廿九户），十八元。九号，邱执甫、朱少筠手（廿户），六十四元、一百八十文。十六，补愆氏手（二户），三元。十七，张南初手（十三户），十五元。十八号，陈撷之手，四元。十九，何农山手（四户），五元。二十，陈撷之手，四元。四十六号，陈庆堂等（卅二户），二十四元、三百文。四十七号，五元。

〇共洋二百三十二元，钱七百八十文。

翰字册（共三百本）：

五号、吴又觉手（四十六户），四十七元、二百文。六，陆酉岩手（廿八户），十二元、七百五十文。八，周产臣手（廿户），七元、六百文。九，芦川手（卅户），十一元、一千文。十，又（十一户），二元、五十文。十一，沈贵昌手（十四户），二元、五千二百文。十三，何子复手（十六户），十六元、一百五十文。十四，陈梦叔手（卅户），廿六元。十五，徐韵山手（六十一户），六十四元。十六，陈芝亭手（卅九户），九元、七百文。十七号，朱石耕手（八户），廿元、六十二文。十八，嘉善乾昌手（九户），五元。十九，活水轩手（四户），八元。二十一，梅冠百手（八户），七十一元。二十二，陈梦叔手（廿四户），十二元。二十七，顾如田手，三元。二十八，王铜士手（卅九户），十四元、四百文。三十一，陆酉岩手（八户），卅三元。三十三，秦卍卿手（八十五户），十二元、二千二百四十文。三十四，费潄石手（二户），二元。三十五号，秦卍卿手（八十九户），十一元、二百四十文。三十七，彭耘民手（四十九户），一百另五元、二百七十文。三十八，无名氏，一元。三十八，费楚珩手（十户），六元。三十九，鼎新手（七户），八元。四十、四十一、四十二，周禹臣手（七十五户），六十二元、一百卅文。四十三，又（廿五户），四两三钱、十六元、三百文。四十四，王少兰手（五十户），十元。四十五，张青士手（廿户），廿三元、七百卅文。四十六，毛秋涵手（十三户），十三元、五百卅文。四十六，集腋人，一元。四十七，连小亭仲愚手（廿九户），八十二元、五十文。四十八，朱静卿手（十八户），廿元、一百文。四十九，董湄村手（十六户），六元、二百八十文。五十，吴子循手（九户），洋廿元。五十号，黄哲生手（三户），一百另三元。五十，顾子振手（八户），四十九元。五十，谈笑有手（四户），十四元。五十，知闻远手（十三户），十九元五角。五十一，卞泽甫手（十二户），七千四百文。五十二，陆酉岩手（廿一户），十四元。五十三，柳子屏手（二户），五十二元、一百四十文。五十四，何迪甫手（八户），六元。五十五，王少兰手（二户），五元。五十六，许馨山手（十七户），廿元。五十七，连松翁手（七户），十元。五十八，方恒泰、萼锡记手（十九户），四元、六百四十四文。五十九，恒日升等（三户），一元、三百五十文。六十，孙柏生手（二户），二元。六十一，夏介眉（十一户），六元。六十二号，陆峻明潄石手（八户）八元、五百文。六十三，梁富奎手（二户），二元。六十四，保记，十元。六十六，杨乾顺手（四户），四千文。六十七，张庆廷手（十户），一元、三千五百文。六十八，朱静卿手（七户），五元。七十一，谢月樵手（五户），二元、六百文。七十二，朱静卿手（九户），一元、七百文。七十四，叶子谦手（十户），十一元。七十五，金小苏幼竹手（八户），八元。七十六，黄玉生手（七户），十六元、五百文。七十七，连柳堂手（六户），六元。七十八，不书名，三元。七十九，王申甫手（三户），廿二元。八十，陆畹九（六户），七元、十千另三百文。八十一号，王三槐手（十二户），二元、七百文。八十二，丁固之周禹臣手（六十三户），七十六元。八十三，曹春三手（八户），十八元。八十四，吴梅堂手（十七户），十三元、一百四十文。八十五，张稼吉手（十二户），十三元。八十八，梅翰芬，十元。九十，倪濂卿手（一百另一户），五十三元。九十一，鲁东侯手（廿户），一元、四千另八十文。九十三，杨和垒手（四十四户），十四元、二百三十文。九十四，沈松馨手（七户），一元、二百五十五文。九十五，冯赐堂，二元。九十六，唐小山手（廿五户），十五元五角。九十七，费廉卿手（十二户），四十元。一百，金小苏手（卅九户），廿七元五角。一百〇一，周立人手（五户），十二元。一百〇一号，屠子记，一元。一百〇六，王肇棠等（四户），十五元。一百〇八，宋静斋（九户），廿二元。

一百○八，朱锦安手（十户），三元、一千七百文。一百○九，陶楚卿手（廿一户），廿六元。一百二十一，许岩山手（十七户），五元、三千六百文。一百二十三，朱荣华手（四户），十元。一百二十五，蒋渭江手（七户），五元。一百二十七，朱嵩生手（廿五户），廿元另五角、九十文。一百三十二，朱嵩生、程梯云手（五十二户），十四元五角、十一千四百五十文。一百三十三，郑仲裴手（八十七户），八十八元五角、二百二十文。一百三十四，朱嵩生手（二户），二元。一百三十五，朱嵩生、胡辛耕（廿九户），卅七元、五百文。一百四十，朱石耕手（四户），八元。一百四十一，朱亦尊手（十四户），八元、六百四十文。一百四十三号，朱石耕手（二十七户），十二元。一百四十六，朱泮芹手（十二户），二元八角、一千三百三十文。一百四十九，胡霭亭手（三户），四元。一百五十，又（五户），四元。一百五十一，又（三户），两元。一百五十五，查万和等（十五户），廿一元、二百文。一百五十五，沈受之手（卅六户），九元、二百八十文。一百五十六，张福增手（八户），十元。一百五十七，郑仲裴手（十四户），五元、二百廿文。一百五十八，谢心畬手（卅五户），四十一元、三百十文。一百六十，黄锦詹手（卅二户），廿八元、二百四十文。一百六十，顾蔚如手，四千四百文。一百六十，唐芝田手，廿五元、廿千另一百八十八文。一百六十一，袁稚松，廿元。一百六十七，叶吉甫手（三户），四元。一百七十一号，丁子刚手（七户），十三元。一百七十二，地藏寺慧通手（七十六户），十四元、七百九十文。一百七十四，万寿庵闻一手（八十九户），十四元、二百六十文。一百七十五，徐翰波手（七户），一百廿七元。一百七十六，周立人手（二户），一元、二百文。一百七十八，赵渔杉伯昂手（九户），卅二元。一百八十一，毛秋涵手（十一户），四元、一百五十文。一百八十二，又（四户），卅一元。一百八十四，叶子谦手（廿户），廿四元、四百文。一百八十五，梁甫奎手（二户），五元。一百八十七，张裕堂手（十六户），四十一元、二百文。一百八十九，梅冠百手（二户），十四元。一百九十一，张少庵手（七户），廿一元、九百廿文。一百九十二，梅冠百手（十五户），五十三元。一百九十三，吴梅史、沈子纲、蔡少村、张春帆手（六十三户），三十二元。一百九十四号，陶毓仙手（十二户），十二元。一百九十六，费漱石手（十七户），六十二元。一百九十七，张甫廷手（七户），六元。二百，不留名等（四十四户），十二元、五百八十六文。二百○一，周晓山手（十六户），一元、五百五十文。二百○五，徐子明手（三户），六元。二百○七，沈子刚、张春帆手（廿七户），十三元。二百○九，毛烁涵手（五户），五元。二百一十，又（十一户），廿二元。二百十一，殷芝楣手（十八户），三十三元。二百十三，唐吉生手（十一户），五元、五十文。二百十四，不留名，五十元。二百十六，郁秋记手（十五户），八元。二百七十，黄海游人手（四十四户），廿元、三百五十文。二百二十一，费漱石手（三户），廿三元。二百二十二号，张幼愚，一元、三百四十文。二百二十三，夏介眉手（十三户），十二元。二百二十八，张三福手（廿三户），十元。二百三十九，陆酉岩手（廿户），五元。二百六十一号，金小苏手（三户），四元。二百六十九，张元之，廿八元、六百文。二百七十，屠子谦手（五户），三元、一千文。二百七十七，夏介眉手（廿四户），十一元、八十文。不列，乌有生，十二元。陈墓镇桶捐，六元五角、二百七十一文。陈墓镇各号（四十三户），廿四元、五百四十文。蒋文钦手（廿二户），四元、二千三百二十五文。夏介眉手（五十六户），廿五元、五百十文。无名氏（三千串合），一千八百八十六两八钱。陈墓桶，一千五百文。夏介眉、陆毅生手（五十四户），廿三元、五百九十六文。秦卍卿手（十三户），四元、一千二百五十文。徐翰波手未报册户，九十六元。

○共收洋二千八百九十一元三角、银一千八百九十一两一钱、钱一百另七千八百五十七文。

纯、砺、翰三册应共收洋一万五千二百四十二元八角五分正、银四千三百七十七两另二分三厘、钱五百五十五千八百七十三文，实收洋一万五千三百另二元另五分正、银四千三百七十七两另二分三厘、钱四百九十三千六百另四文。扯算合符。

柳字册（共三百八十本）：

一号，无名氏，十千文。二，焕手（七户），二千七百文。三，姜聘之手（十七户），十元。四，焕手（三户），两元、五百文。五，少手（卅户），廿八元五角、一千二百文。六，又（五户），廿二元、八百文。八，又（四十一户），十六元。十五，隐氏，九元、三百十文。二十，少手（十二户），三元、六千文。二十三，淮安孝友堂手，六十二元、二千文。四十九，少手（十户），二元、廿千另三百文。五十，又（十二户），十七元。六十四，又（十八户），七元、二千九百廿二文。六十七号，少手（卅三户），四十六元、四百文。八十六，又（廿一户），六十四元。八十八，柳祝山手（十九户），廿七元、一千另八十文。九十四，吴星南手（六户）、十四千文。九十六，洪泽中手（八十八户），四十千文。九十七号，陈诗仲手（卅户），四元、四十五千四百文。九十八，吴星南手（十四户），廿五元、四百文。九十九，又（十二户），廿九元、卅二千文。一百，又（七户），二元、六千文。一百○四，柏香手（十四户），一两、廿三元。一百○五，吴丽中手（卅四户），十四元、八十五文。一百○六，少手（五十户），一元、卅四千八百文。一百○七，又（廿三户），九元、二百文。一百十一，又（六户），二元、一千六百文。一百十七号，少手（六十二户），十九千五百十文。一百十九，又（一百户），七十三千八百文。一百二十，吴宏远手（廿四户），三十四元。一百二十五，汪品三手（六户），十千另六百文。一百二十六，少手（四十一户），六十三千五百五十文。一百三十二，又（九户），廿元。一百三十二，又（十户），一百五十五元。一百三十七，又（廿四户），五十元。一百四十一，又（十五户），廿六元。一百四十二，又（五十五户），一百卅九千二百五十文。一百四十四，焕手太平庵募（廿六户），四元、六千五百廿文。一百四十六，丁书农手（六户），五元、一百文。一百四十七，志广僧手（廿户），六元、五千九百文。一百四十八，柏香手（四户），二元。一百四十九，定慧寺手（十五户），廿一元、一千二百文。一百五十一号，焦山寺手（廿七户），四十三元。一百五十二，保卿手（廿三户），廿五元。一百六十，张锡斋，八元。一百六十六，志广僧手（二户），一千三百文。一百七十二，赵汉池手（五户），九千文。一百七十六，保卿手（九十九户），廿六元。一百七十七，吴洪翁手（四户），六元。一百七十八，桂香手（卅三户），四元、十六千文。一百七十九，金陵柏香居士手（九十九户），六十七两五钱、三百元。一百八十，保卿手（三户），五元。一百八十三，少手（廿六户），七千二百文。一百九十，又（十一户），一元、二千一百文。一百九十二，又（廿三户），廿八元。一百九十九，又（十九户），廿五元、四百文。二百○八，又（卅一户），六元、十千文。二百○九号，又（卅五户），四十三元。二百一十，又（十二户），十元、三百文。二百十一，又（十四户），六元、四百文。二百十二，留耕堂手（一百户），七十二元、四十文。二百十三，吴允功、汪秀岩手（卅二户），一百五十三元。二百十四，李研棋手（六十五户），一百元。二百十五，蔡古堂手（一百户），十四元、九千文。二百二十，乔练江手（廿三户），廿六千三百文。二百二十一，项赓虞手（六户），三十元、十千文。二百二十二，厉孟宾手（五十二户），四十一千五百文。二百二十三，又（八户），四十千文。二百二十四，张阆仙手（廿四户），六元、廿四千六百文。二百二十六，王树斋手（卅户），十七元、廿四千二百四十文。二百二十七，周载之手（十户），五十二千文。二百二十八，又（九户），四十五千文。二百二十九号，戴子余手（卅五户），廿五元、十一千九百文。二百三十一，无名氏等（五户），一百十三元。二百三十二，陈汉义等（十二户），十元、四百文。二百三十三，周鲁溪等（十五户），十二元、一百十八文。二百三十四，曹贻生等（十五户），十一元。二百三十五，碧梧堂许，三元。二百三十六，周小霞手（卅九户），卅六元。二百三十七，又（十六户），廿四元。二百三十八，又（四户），四十八元。二百三十九，又（卅三户），七十四元。二百四十，又（四十户），一百廿九元。二百四十二，汪品三手（三户），七十四元五角、二千五百六十四文。二百四十三，又（二户），二元。二百四十四，少手（四十七户），五十两、五十八千九百五十文。二百四十五，朱子英手（二户），六千八百文。二百四十六号，汪品三手（六户），四元。二百四十八，又（十一户），卅二元、十四千九百四十文。二百四十九，又（十六户），廿二元、十千文。二百五十，又（廿二户），十六元、十二千五百文。二百五十一，又（廿九户），廿千另九百文。二百五十二，又（廿八户），十七元、廿三千八百九十文。二百五十三，通州芝兰轩手（四十六户），一百廿千另八百文。二百五十三，吟楳馆手（廿户），七十九千二百文。二百五十四，汪品三手（卅一户），十四元。二百五十五，又（八户），二千三百文。二百五十六，邵午桥手（五户），一百廿两、十七千文。二百五十六，王树斋手（八户），十九元、四千五百文。二百五十六，汪品三手（六户），十元。二百五十七，又（十六户），廿元、五百文。二百五十九，厉孟宾手（廿九户），卅三千六百文。二百六十号，江甸安手（一百十五户），廿六千六百文。二百六十二，朱德甫手（一百另二户），十元、六十四千二百文。二百六十五，王树斋手（卅四户），十千文。二百六十六，又（五十一户），六十三千文。二百七十一，王健之手（廿五户），十元、七百文。二百七十三，周亚侯手（十八户），廿五元。二百七十四，王健之手（六十户），卅八元、四百五十文。二百七十五，又（一百另七户），七十七元、八百文。二百七十六，晏淡如手（四十户），一百廿千文。二百七十七，查一山手（一百户），五十三千四百文。二百七十八，又（一百户），八十六千六百文。二百七十九，王步翁募杨选翁、快书堂，一百千文。二百八十，陈文甫手（三户），四千五百文。二百八十六，王鸿飞手（廿六户），九元。二百八十七，钱石棠手（七户），四十二千文。二百八十八号，吴卿云手（五户），十五千文。二百八十九，唐贡珍手（二户），十一千文。二百九十，王树斋手（卅户），十九千七百文。二百九十二，朱手（五户），九元、三十二千文。二百九十三，乔练江手（十户），十四元。二百九十四，王鸿飞手（卅五户），廿三元、三百四十文。二百九十五，许从如手（十六户），九千六百文。二百九十六，又（一百户），三十二千文。二百九十七，杨㠉书手，十两另三钱七分、三十千文。二百九十七，又，七十千文。二百九十八，李睫山手（廿户），二百六十两。二百九十九，项赓虞手（八户），十三元、二千八百文。三百，陈诗仲手（九户），一两三钱、十四千一百文。三百○二，李书云手（廿六户），十五千一百廿文。三百○六，王树斋手（一文愿十一户），四十九千三百五十文。三百○七号，姜堰善士，五元。三百○八，吴星南手（十七户），一元、七千九百文。三百○九，又（九户），二千六百文。三百一十，如皋善士手（四十八户），廿四元。三百十一，阮佑卿手（十四户），廿元。三百十二，沈凌阁手（十七户），十七元。三百十四，唐廉臣手（十二户），八十元。三百十五，王步洲、周剑庵手（十四户），四百另七两一钱八分。三百十六，詹孟奇手

（十四户），十三元。三百十七，王树斋手（卅七户），九元、五十千另八百十七文。三百十八，刘授迁手（五十一户），廿八千八百四十文。三百十九，陈诗仲手（一百另九户），五元、三十千文。三百二十，居竹轩手（九十九户），三元、十八千一百廿五文。三百三十一，刘佑之手（六十四户），一百卅八元、五千七百文。三百三十二，又（卅四户），廿七元、七十五文。三百三十三号，刘佑之手（七户），六元五角。三百三十四，又（一百户），卅五元五角。三百三十五，（廿户），六元、五百卅文。三百三十九，项赓虞手（十六户），五十元。三百四十四，王健之成之手（五户），廿二元。三百四十四，葛开道等（七户），二元、二百文。三百六十七，陈文甫手（三户），六千文。三百六十八，吕小亭手（六户），十元。三百七十二，一生子，一元。三百七十三，曾顺兴等（六户），十六两。三百七十四，汪善士，四百文。不列，延寿堂，四十元。德永隆（诸友减肴二十元 一文愿十四元），逸氏一文愿，十元。润四号周家庄手，廿一元。无名，五元。徐文藻手，三元。人茂各友一文愿，三元。荫堂氏、续庭氏，二元。朱少卿二元 无名氏二元。陈善士二元 无名氏二元。张厚卿手（卅三户），十六元、三百卅文。济二百十四号周佩璜手，一百七十元、二千七百〇三文。乾和仁友（十四户），七元、九十文。鼎昌（十二户），六元、九十文。人和震记友，三千七百五十文。正茂祥手，九百七十文。镇江观音山桶，五元、十九千二百四十文。药业诸同人（十九户），三元、五十一千七百六十文。鹿手无名氏，五十两另一钱五分。玉记，六十千文。柳少翁手，三百九十四两二钱九分。

〇共收洋三千四百廿五元、银一千三百七十七两七钱九分、钱二千四百卅七千八百卅九文。

獬字册（共一百七十本）：

一号，为善字，五元。二，王彬如手（廿五户），九元、四百五十文。三，泰源昌等（七户），二元、四百文。四，高世德，十元。五，仁德堂等（十户），一元、五十文。六，祥吉丰手（一百户），四十二元、二百文。九，又（廿四户），十六元、四百六十文。十，又（五十六户），五十元、五百文。十一，叶菊裳手（三户），两元。十二，又（十四户），二元、一千一百文。十四号，叶菊裳手（三户），四元。十五，又（十户），四元。十六，吕静山手（四户），卅一元。十七，雷理卿手（十户），十元。十九，项赓虞手（四户），三元五角。二十，胡子琴手（八户），十元、二百文。二十一，无名氏（二户），三元、五百文。二十一，蔡轶卿手（三户），一元、四百六十文。二十一，邱耀亭手（七户），十元。二十三，无名氏，一百元。二十四号，柳募（四户），六元。二十五，又（十二户），十六元。二十六，祥吉丰手（六十二户），十四元、四百文。二十七，又（六十五户），一百六十七元、八百文。二十八，又（十七户），八十三元、一千一百文。二十九，又（廿二户），十九元、三百文。三十，又（八十七户），卅四元、七百文。三十一，沈凌阁手（廿一户），四十元。三十三，五柳堂（二户），六元。三十三，仙女镇吴记，廿一千文。三十四，项赓虞手（十三户），十元另五角。三十五，萱寿手（二户），二元、四百文。三十六，单绣声手（四十五户），十六元。三十七，又（十五户），十一元。三十九，吕先生手（十五户），四元、三千九百四十文。四十号，吴星南手（卅户），三元、十七千六百文。四十一，詹希伯手（十九户），廿三千三百文。四十二，乔练江手（廿六户），卅六千文。四十三，芮菊生手（十二户），四元、廿一千五百文。四十四，李纯斋手（五十三户），四十千另七百文。四十五，臧雨芗手（四十五户），二元、卅八千六百文。四十六，吴湘士手（廿户），十六元、十九千一百文。四十七，吕善士手（廿二户），廿八千一百文。四十八，姚山尊，廿四千文。四十九，刘健庵手（五户），三元、三千七百文。五十，李兰谷手（四十三户），一百九十四千文。五十一，方紫山手（三户），四元。五十二，焕手（六十六户），二元、十四千三百文。五十三，吕伯纯手（四十户），二元、十五千五百文。五十四，少手（十六户），二千二百文。五十五号，吴宏远手（十四户），二十一元。五十六，柳手（廿二户），八元。五十七，又（四十七户），五千文。五十八，又（廿一户），四千八百文。五十九，又（卅一户），四千五百文。六十，又（四十二户），五千二百文。六十一，吴士豪手（七十九户），七元、廿七千二百文。六十二，朱明卿手（三户），一元、十五千文。六十三，项赓虞手（九十四户），一百八十四千文。六十四，又（四十户），五十千一百文。六十五，周李朱手（卅五户），十九元、八十九千文。六十六，詹孟奇手（八十二户），八十八元、卅六千九百文。六十七，包善士手（廿四户），三千六百文。六十八，刘健庵手（卅二户），一百两。六十九，吴士豪手（七十五户），一百另七千六百文。七十号，晏淡如手（五十四户），六十四千四百文。七十一，周小霞手（十四户），九元、二千五百文。七十二，周松斋手（三户），二元、九百文。七十三，柳手（五户），三元、一千五百文。七十四，乐善堂，五元。七十五，荫后堂，五元。七十六，柳手（二户），二元。八十四，沈幼珊手（八户），八元。八十六，少手（卅四户），十元、十六千六百文。九十一，又（六十三户），卅元。九十二，又（卅四户），廿四元、卅七千文。九十四，又（六户），一元、四千九百文。九十六，詹竹屏手（卅三户），五十六元、五百四十三文。一百〇一，焕手（六户），一元、五千三百文。一百〇二，又无名氏，一元。一百〇六号，吴丽中手（八十八户），廿四元、一百十文。一百〇七，李召堂来，九元、四百五十文。一百一十，赵汉臣手（十户），二元、七千九百文。一百十一，焕手（十七户），十一元、十千文。一百十三，少手（廿户），十七元、一百五十文。一百十六，又（六户），廿二元。一百二十一，詹孟奇手（十四户），八元、十一千七百文。一百二十二，何又田手（一百七十三户），七十一元、九十三千一百文。一百二十三，晏淡如手（四户），廿千文。一百二十四，厉孟宾手（五十一户），廿一千二百九十文。一百二十五，又（廿三户），八元、六十七千文。一百二十六，徐修养，卅二千文。一百二十七，吴学潮手（五户），三元、廿三千文。一百二十八，陈诗仲手（八十户），十五元、五十千另一百九十六文。一百二十九，刘健庵手（廿八户），十六元、三十二两、一百十八千五百文。一百三十号，樊柳湖手（廿三户），一百七十四千文。一百三十一，溧阳署来（十一户），廿元。一百三十二，又（五户），十六元、五百六十八文。一百三十三，又（五户），十六元、五百六十八文。一百三十四，溧阳县赈房手（卅五户），四十六元、四百四十文。一百三十五，又（十九户），十六元、卅五文。一百三十六，朱兰荪手（四户），十元。一百四十六，镇府学陆手，廿元。一百五十，朱兰荪手（四户），卅元。一百五十八，周迁甫等（六户），十二千文。一百五十九，李复胜等（六户），十二两、六千文。一百六十一，廉石等（十五户），五元五角、三百卅文。一百六十二，薄命叟，二元。一百六十三，吴斡卿手（六户），五元五角。一百六十五，善记，一元。二百二十五号，张阆仙手（二十户），一元、十九千七百文。不列，春草庐，十元。张筠庭，二元。王登甫，一元。周子良手（八十三户），六十一元八角八分九厘。徐子丹，十元。郝小庄，五元。无名氏，一元、二百文。

〇共收洋一千五百六十六元八角八分九厘、银一百四十四两、钱一千八百四十七千三百四十文。

　　柳、獬两册应共收洋四千九百九十一元八角八分九厘、银一千五百念一两七钱九分正、钱四千二百八十五千一百七十九文，实收洋九千另三十七元八角八分九厘、银二千一百三十七两六钱八分正、钱一百六十八千六百二十三文。结存洋一千一百九十五元八角五分，系惜阴书屋垫款。

湖、步字册：

　　一号，赵仰宸、王莲溪手（六十二户），一百四十六元七角五分。二，凌四翁手（十四户），九元五角、八百文。三，陈韵兄手（卅九户），四十二元。四号，莫六兄手（卅五户），四十六元七角、六百文。四，丁晓芳手（二户），三百五十元。五，俞笠农手（六户），十五元。六号，王子仪手（四户），二元、二百文。七，李镜寰手（十二户），三十六元。八，王莲洲手（八户），十九元、二千一百文。九，卓顺兄手（四户），四元。十，嵇子樵手（三户），二元、一千五百文。十一，周仰山手（二户），四元。十二，俞苹江手（十户），五角、二千四百文。十三，沈六兄手（四十一户），一百另六元、一千五百廿五文。十四，朱范陈手（十二户）十三元、四百文。十五，朱寿禄手（五户），六元。十六，沈砚禄手（廿四户），一元、十二千六百文。十七，平汉文手（二户），廿元。十八，平莲青手（十二户），八元、一千七百文。十九，_{周嘉钦助十元}宋漠昌手四十户十三元、六千文。二十，丁长芝手（十户），十元。二十一号，李韵涛手（七户），六元五角。二十二，凌灵翁手（二户），廿元。二十三，费谦兄手（廿户），十五元、三千另四十文。二十四，赵近记手（七户），六十八元。二十五，徐福棠手（六户），四元五角、七百文。二十六，潘二江手（五户），九元、五百文。二十七，陈子庄手（六户），七元。二十八，朱频州手（五户），十元。二十九，水口手（十四户），九千三百五十文。三十，蒋大生手（廿四户），十三元、十千○二百文。三十一，陈雪泉手（卅四户），廿六元、一千五百七十五文。三十二，宋汉昌手（五十三户），六十九元二角五分、十千另三百五十二文。三十三，俞英甫手（八户），十元、二千一百文。三十四，_{汤莲伯手三户二元范容生手四户五元}。三十五，陆云卿手（四户），十九元。三十六号，亩桥手（廿四户），六元、七千三百五十文。三十七，尹金波手（四十一户），九十八元五角、四百文。三十八，下昂汪前洲手（八十户），八十五元五角。三十九，陈晓岚手（六十七户），十六元、廿千另七百另八文。四十，蒋东山手（十九户），六元五角、二千八百文。四十一，杨杏杉手（九户），十三元。四十二，郑佐廷手（三户），二元、二百文。四十三，蔡蓉轩手（十户），十二元。四十四，闻杏邦手（一百四十八户），二百五十一元五角。四十五，俞松泉手（九户），十八元。四十六，高薇州手（七户），三十一元。四十七，湖趺手（六十二户），卅九元五角、十千另七百文。四十八，马标足手（四户），三元、二百文。四十九，周金波手（六十五户），七十二元五角、六千四百九十文。五十，金宪章手（四十二户），八十元。五十一号，周振声（七户），五十五元、七百文。五十二，冯芹波手（七户），三十四元。五十三，邱芳圃手（八户），廿三元。五十四，谭松樵手（十一户），十五元。五十五，邵淦三手（廿二户），廿三元、二千九百文。五十六，姚礼权手（廿五户），一元、九千一百文。五十七，周振山、沈凤楼手（廿二户），四十元。五十八，沈栞轩手（四十一户），十千另二百文。五十九，芳松樵手（廿户），十七元、六千一百六十五文。六十，曹连庄手（十三户），三十三元。六十一，吴炳坤手（十三户），十一元五角、五百文。六十一，李梦楳手（三十户），五元、五千三百文。六十二，倪龙田手（七户），廿三元、四百五十文。六十三，张荔裳手（五户），十二元。六十四，臧子石手（十五户），廿四元。

六十五号，范幼樵手（四户），四元。六十六，金甫田手（十一户），十六元五角。六十七，姚复信手（十四户），十五元五角、一千另五十文。六十八，陆杏生、陈敦甫手（卅户），十九元、二千六百廿五文。六十九，张朴臣手（十户），十元另五角。七十，邱少崔手（十二户），十元。七十一，安吉邑尊手（四十六户），三百另四元、六千三百五十文。七十二，赵育椿、莫子培手（四十九户），六十一元、二千五百文。七十三，陆紫霞手（三十八户），十元、七千四百廿文。七十四，周牧斋手（十一户），卅元。七十五，郑应绅手（十四户），四元、三千九百文。七十六，李希三手（四十四户），十二元、七千文。七十七，凌惠翁手（五户），四元五角。七十八，沈勉斋手（十三户），卅元。七十九，巴正兄手（八户），十四元。八十号，施福兄手（三户），一元、三百文。八十一，卢云帆手（九户），十九元。八十二，汪兰亭手（十三户），十一元五角、五百三十文。八十三，虞福林、徐大本手（十七户），十五元、四百文。八十四，赵心泉手（十户），十元。八十五，陈牧斋手（廿户），十三元、二千六百文。八十六，陆应珂手（十九户），十一元、二千九百文。八十七，沈达心手（卅户），七十四元。八十八，王坤翁手（廿八户），十六千八百文。八十九，沈德俊、史云绮手（五十六户），六十一元。九十，丹崖主人、陆苹江手（卅三户），八元、十千另七百文。九十一，姚礼权手（廿一户），二元、六千一百文。九十二，同裕庄手（九户），五元、七千五百文。九十三，府学手（廿七户），三元、八千八百文。九十四，孙少庄手（十四户），廿六元。九十五号，楚记手（十二户），九元。九十六，府学手（六十五户），三十一元、廿二千九百文。九十七，潘炳斋手，十一元五角、八百文。九十七，潘雨山手、王朗斋手，十八元五角、三千四百廿五文、六十六元。九十八，钱学潭徐手（廿五户），十七元、六千三百文。九十九，奚二江手（廿户），十七元、三千二百廿五文。一百，双林蔡手（卅户），五千四百文。一百〇一，蔡允伯手（五十四户），十五元、十一千一百文。一百〇二，梁海帆手（九十一户），十二元、十八千一百文。一百〇三，邱云兄手（十户），六元五角、四百文。一百〇四，闻杏村手无名氏七元五角倪龙田手潘姓一元。一百〇五，王希翁手（廿五户），卅五元五角。一百〇六，蒋海珊手（廿九户），卅八元、九千五百文。一百〇七，方介眉手（卅二户），十五元、五千三百文。一百〇八，杨松涛手（十户），五十六元。一百〇九号，骥村子手（十九户），卅二元五角。一百一十，周义伯手（五户），十元。一百十一，闵菊坡手（九户），三千三百文。一百十二，王鲁风手（五十一户），一百另三元。一百十三，朱芝良手（廿七户），五十五元。一百十四，许雨竹手（十九户），四元、九千一百六十文。一百十五，杨洪兄手（七户），三十五元。一百十六，张咸昌手（廿三户），十三元、五千六百四十文。一百十七，赵仰宸手（六户），七十五元、一百千文。一百十八，王莲溪手（三户），四元、六百文。一百十九，张小山手（八十户），六元、三十九千二百文。一百二十，陈奎如手，廿二元、四千七百四十文。一百二十，赵小山手，七元、五百二十五文。一百二十一，杨志良手（卅三户），六十四元、五十千〇四百六十六文。一百二十二，孙小庄手（十三户），廿元。一百二十三号，费翔圃手（五十一户），九十二元。一百二十四，钟雪樵手（廿五户），五十元。一百二十五，姚本延手（九户），十六元、一百文。一百二十六，复信手，十元五角、一千另五十文。一百二十七，杨德臣手（七户），七元、五百文。一百二十八，张竹溪手（一百八十八户），一百七十三元、廿七千二百卅一文。一百二十九，溧阳手（三十一户），一百另九元。一百三十，汤申夫手（廿二户），廿四元。一百三十一，刘竹堂手（七十三户），三百十六元五角、三钱六分、四千二百文。一百三十二，黄笑如手（六十四户），九十元。一百三十三，双林巡政吴手（四十八户），三十九元、六十八千九百九十文。一百三十四，陈四翁手（十四户），九元、一千○五十文。一百三十五，陆集成手（十四户），七千五百文。一百三十六，陈文采手（廿户），廿元五角、四百文。一百三十七号，沈曾三、姚玉麟手（十三户），十四元。一百三十八，莘子轩手（十四户），廿七元五角。一百三十九，张小圃手（六户），三元、一千○三十文。一百四十，递铺手（五十三户），一百○二元。一百四十一，安学手（三十八户），卅三元、六千七百十文。一百四十二，府学手（一百十八户），八十九元二角五分、廿六千七百八十文。一百四十三，安学手（三十五户），三十八元二角五分、二千二百廿五文。一百四十四，胥分府手（八十三户），八十八元五角、五千八百六十文。一百四十五，王绍廷手（十一户），二百五十五元。一百四十六，马乃生手（廿户），廿四元。一百四十七，沈研香手（七十八户），二百另六元、十四千四百五十文。一百四十八，姚伯民手（卅五户），六十五元。一百四十九，沈拔鹿手（卅六户），二元、十千另五百文。一百五十，许元丰手（四十户），二元、九千一百文。一百五十一，唐灿如手（卅三户），六十五元。一百五十二号，莫砚山手（六十三户）一百○五元、一千三百三十文。一百五十三号，沈芝庭手（六十四户），三百元。一百五十四号，局收（一百廿户），九百十四元、一百十七千○卅五文。一百五十五号，菱湖陆、金手（一百卅户），四百另六元、一千八百文。

　　○共银三钱六分、洋七千五百○七元七角、钱八百四十七千二百○二文合洋八百○六元八角五分九厘。

　　武康学二百步□慕清道人一百元。蓉湖书院生童膏火，四十五元。严逊斋，六元。爱山书院七月花红，四十四元、四百六十文。绍兴任姓，十元。爱山书院六月花红，廿八元、六百文。府学施来，一百○二元。安定书院膏火，五十六元、二百文。爱山书院生童膏火，一百廿元九百文。武康学杨，四元。安定书院六月分花红，九元、五百五十文。第廿一批，四十七元七角五分、一千二百九十文、二钱。

　　○共洋七百八十一元七角五分，银二钱，钱四千文。

　　共应收洋九千另九十六元三角另九厘、银五钱六分、钱四千文。

　　实收到洋八千八百八十一元七角五分、银一百另四两九钱九分五厘作洋一百八十元另五角又银五钱六分。钱四千四百八十五文。结少三十三元五角九分九厘。

萱字册（共一百七十本）：

　　一号，涌源等（廿九户），六十三元。二，子萱手（五户），十元。四，又（七户），十二元。五，东记，四元。六，李楳阁手（十二户），五元、一千七百二十文。七，万利手（十五户），十四元、六十文。八，张蓉亭手（卅四户），七元。九，沛国等（四十三户），六十元。十二，冯云衢手（廿二户），四十元。十三，又（十六户），四十元、五百文。十四，又（四户），十元。十五，又（七户），十二元。十六，又（卅二户），廿二元五角。十七号，洪子贤手（三户），五元。二十一，何汉泉手，六元。二十二，陈桂翁手（四户），二元五角。二十三，又（廿三户），六元、六千三百文。二十六，徐植耘手（十四户），卅三元。二十七，李缙云手（卅二户），四十三元。二十八，范宽夫手（八户），十六元。三十，何汉泉手（廿二户），四千二百文。三十二，洪泰源，二元。三十四，陆竹亭手（六户），三元、九百五十文。三十五，蒋兰阶手（六户），一元、一千三百文。三十六，张宝儒手（十三户），二千三百文。三十七，又（廿二户），六元五角。四十号，潘骏一等（八户），五元。四十三，无名氏（二户），四元。四十四，邵祥林（九户），卅三元。四十五，古松手（七户），十元。四十六，程竹亭手（二户），十元、十千文。四十八，范伯廷手（十八户），十四元。五十，沈莲翁手（二户），十二元。五十一，子萱手（二户），二元。五十三，通源，四元。五十四，徐凌记，一元、四百二十文。五十七，丁漱卿（四十户），二百廿元。五十八，华笛翁手（廿九户），十四元。六十一，李楳阁、华小屏手，三元。六十五，李楳阁手北七房（六户），三十元。六十六，熊大本手（二户），二元。六十七号，彭菊亭手（七户），二元八角。六十八，又（七户），二元四角。六十九，又（八户），三元五角。七十，赵敬川（七户），三元、七百五十文。七十一，汤子泉手（十三户），廿元。七十二，彭菊亭手（十六户），廿四元。七十三，又（四十户），十一元、二百四十五文。七十四，又（廿八户），廿元、五百文。七十五，汪道生（廿一户），十五元。七十六，许致和，四元。七十七，彭菊亭手（二户），三元。七十八，又（十八户），九元、七百七十六文。七十九，又（廿四户），六十六元。八十一，隐名氏，五十元。八十一，不具名，十元。八十一号，徐子慎手（十五户），廿元。八十二，童月波手（卅四户），十八元、四百四十文。八十二，张锡侯手（五十一户），廿二元、七百文。八十五，唐子监手（十七户），卅元。八十五，林竹山等（十一户），卅六元。八十五，唐子监手（十三户），廿四元。八十五，李杨手蔚庄，五十元。八十五，顾子厚、李楳阁、孙清扬、孙宰和手，五十元。八十五，唐子坚手（九户），十元。八十五，蔚庄募，十六元。八十六，李楳阁、陈少鹏手廿二元青肠镇善士八百八十五文。八十六，杜息轩（十三户），四元、四百廿文。八十七、八十八，朱梅阁、范显洲、范振达、范耀卿手（一百四十户），一百卅八元、二百文。八十八，汤近记（二户），四元。九十九，秦子美手（六十三户），十五元、二百四十文。九十九号，秦子美（八户），十四元、八百廿文。九十九，毛菊初手（四户），廿二元。一百，韩兰泉手（四户），一百元。一百〇六，杜雪轩，四元。一百〇六，卫屺堂，四元。一百〇六，秦焕彩等（三户），八元。一百〇七，李唐吴手（十都五图），廿元。一百〇七，张国忠等（二户），四元。一百〇八，孙永德等（十一户），廿五元。一百〇九，李楳阁手（廿八户），十四元四角。一百一十，又（七十户），五十元、六百文。一百一十，王亲仁等（十八户），廿元、三千一百文。一百一十，贝沙桥刘等（七户），廿一元、五百八十二文。一百十四，唐瑞发等（八户），四元五角、二千另八十文。一百十五，李楳阁手（四户），二元、一千七百文。一百十六号，李楳阁手（卅四户），六元。一百十九，又（三户），十二元。一百二十，李梅阁、顾兰谷手（四户），十元。一百三十二，吴柏福，一元。一百四十七，唐华氏等（十三户），廿八元五角另八厘。一百五十一，彭菊亭手（七户），二元八角。一百五十二，王绍武手（十六户），十三元。一百五十三，彭菊亭手（六户），十一元、二百文。一百五十四，又（八户），三元。一百五十五，又（七户），二元五角。不列，金阊同诚诸信士公醵，一百另五元五角、六百六十文。张月槎手洛社下塘（廿九户），五十六元、三百廿文。宋子建、王士丰手（卅三户），四十元另二角、四千一百四十文。李楳阁（十七户），廿七元、五十文。张月槎手洛杜下塘（六户），十七元、五百文。许理亭次云手，十五元、五百五十文。张李手洛社下塘（十一户），十四元、三百五十文。秦子美手（十五户），十三元、一千文。又（十二户），八元、一百九十二文。朱鉴等（廿五户），六元、八百八十文。北庄前村（十二户），六元、四百五十文。李梅阁手（十二户），六元、三百文。王士丰手（八户），二元、九百九十文。诸善士，二元、一百七十文。沈芳斋、蓉湖钓徒、张云和（一百另六户），五百元。张月槎手（四十三户），二百十九元。洛社上塘十一图、十三图、许丽亭、许次云手，一百七十元。沈芳斋手（廿八户），一百六十一元。沈芳斋手北塘各豆行，一百五十元。又三里桥各米行，一百五十元。徐陈氏，一百元。胡西庚、赵子筵手，五十二元。沈芳斋手（廿九户），五十元另三角。冯云记，五十元。天台会，五十元。汪培记手（十一户），四十元。张月槎手洛社下塘（五户），三十六元。洛社上塘十三图手，三十四元。刘芸宪手，三十三元。顾子厚手（七户），三十二元。李楳阁、沈光耀手（廿一户）三十二元（无锡四批）。丰裕药行（移财神会酒席），三十元。洛社上塘（八户），廿九元。李梅阁手（十三户），廿七元。严厚卿手（八户），廿二元。俞子良手，廿一元。徐芳官手（六户），廿一元。李楳阁手（六户），十六元。汪柏筠手（四户），十六元。又（廿户），十五元。安镇一文愿，十四元。许次云理亭手，十元。汪柏筠手（四户），八元（无锡三批）。沈用和手（四户），六元。王桐珊客，五元。沈光耀手（三户），五元。锡邑正一坛，五元。双琴居士，四元。沈绍记手，四元。李楳阁手（二户），三元。孟里镇（三户），三元。清廉子四书大全卖见，二元。荣昌馆，两元。无名氏（二户），二元。学善众，一元。萧三宝，一元。张宝儒手，一千五百文。陆竹亭，一千文。

〇共洋四千三百四十一元九角另八厘，钱五十五千另四十文。

锡字册：

清名桥桶十二元七角，又六元一角五分，又一元一角，又，二元三角二分一厘，又，二元五角七分二厘，又，八角一分一厘，北城门口桶，六十六元九角三分二厘，又，四十四元五角另四厘，又，六十一元三角一分九厘，北城门口桶，六十九元六角五分，又，十九元五角八分三厘，又，廿六元另五分，西城门桶，二元一角五分四厘，又，八元四角另四厘，又，二元七角六分七厘，又，四百八十七文，又，十二元，江阴巷口桶，二元三角八分四厘，江阴巷口桶，九元、九百十文，又，廿七元一角八分，又，二元，又，一元四角四分，又，一元四角八分，又，二元，大桥桶，三元九角七分一厘，又，十一元七角一分二厘，又，十四元九角六分二厘，又，廿四元三角五分，又，四元五角七分四厘，又，二元一角八分八厘，又，一元、八百文，又，五角七分，又，二百六十八文，南黄泥桥桶，二元，又，十一元四角二分二厘，又，二元三角三分三厘，三里桥桶，三元一角另七厘，又，三元九角，又，一元五角四分，又，二角八分七厘，又，一元六角七分三厘，大市桥桶，五元、四千文，又，一千文，又，二元、一千文，又，一元、二千文，又，三元、一千文，又，一元、二千文，又，十元、一千文，又，十九元、一千文，又，三元、三千文，又，七元、二千文，又，一元、二千文，又，一元、一千文，又，一元、一千文，七元、四千文，又，二元、一千文，又，一元、一千文，又，七元、五千文，又，二元、一千文，又，一千文，又，六元、一千文，又，二元、一千文，又，一元、一千文，又，三元、一千文，又，一元、二千文，又，一元、一千文，又，一千文，又，三元，又，一千文，又，一元、一千文，又，一元、一千文，又，一千文，又，一千文，又，一千文，又，一千文，又，一千文，又，十元、二百文，又，一千文，又，一千文，又，二元、七百文，又，一千文，又，一元、三百文，又，一千文，又，十元，又，二元，又，一元，又，一千文，又，一千文，又，一千文，又，二元、六百五十文，又，二千文，南门桶，十五元七角七分三厘，东亭镇桶，十一元一角五分，东亭镇桶，三元四角一分，雷祖殿桶陈茂苑手，十一元，东门亭子桥桶，二元、六百文，大盐场桶，一元九角五分九厘，惠山桶，一元，长兴桶，三百八十五文，茶馆捐（七月初五至十五日），五十八元五角四分七厘，又，廿五户，廿四元五角一分六厘，又，南门，廿元，又，近水等十二户，廿元另四角八分五厘，又，十二户，八千另八十文，又十九户，十一元六角二分二厘，又，十二户，五千八百四十三文，沈芳斋手（一百廿九户），四百四十一元六角二分三厘，又四十三户，一百三十九元，穆宝翁（十户），一百十元另七角另五厘，金念生妻（病愈还愿），一百元，宝和堂，五十元，丁嘉禾，五十元，寿亲氏，五十元，各米行等（九户），卅一元八角二分九厘，叔本手，廿八元，忍益堂，廿元，陆引南手，十八元，北塘米行，十八元，沈芳斋手（八户），十六元八角二分二厘，陈茂苑手，十五元二角，裕源栈，十元，沈芳斋手（十二户），九元七角一分，张凤梧，八元，杨叔赓手，七元，四、五、六号各无名，六元，赵姓节汤饼会，六元，无名氏，五元，徐紫英，五元，东亭镇（三户），五元，殷老师（感应书款），四元六角七分三厘，王记，四元，无名氏，四元，陆荫南，四元，杨叔赓手，四元，五云书屋，三元，许鲤庭手（二户），三元，黄泥桥、川渎坝米行，二元九角六分五厘，刘寓昌、侯记、土少琴、过姓（四户各二元），八元，许理亭、王汉章手（二户各二元），四元，锡署朱姓、顾道清、陈泉健、钱耀文（四户各一元），四元，鲍月坡、周和保（二户各一元），二元，倪老太、永茂祥（二户各一元），二元，陈桂山手，二元、二千九百十文，沈用和手（八户），六元、一千三百文，朱厚甫手，四元、一千文，西米行，一元、八百卅六文，陈士镇等（三户），二元、十千文，钱厚甫，二千文，协兴，七百四十文，义丰许亦山，五百文，荣乐斋、陈嘉福堂（二户），七百二十文，蒋正兴，三百文，顾珏，一千串文。

　　〇共洋一千九百九十元另另七分九厘，钱一千另九十九千五百廿九文。

　　萱、锡两号应收洋六千三百三十一元九角八分七厘、钱一千一百五十四千五百六十九文，实收洋六千三百五十七元一角二分二厘、钱一千一百念八千一百七十三文。

彦字册（共二百六十本）：

　　一号，王信昌手（廿九户），七元、四百六十文。二号，又（十二户），十六元、六百文。三号，王信昌手（廿九户），七元、四十文。四，周梦英等（十八户），五元、三百文。五，王信昌手（廿二户），十三元、一百廿文。六，又（二户），六元、五百文。七，常州保婴局手（十二户），四十五元、三百九十文。八，王信昌手（十四户），三元、七百文。九，徐氏等（四十三户），廿八元、二百四十文。十，王信昌手（十二户），六元、七百十文。十一，又（十一户），二元、一百五十文。十二，又（十八户），六元、五百文。十三，秦耀茂等（五十九户），廿五元、四百八十文。十四，王信昌手（五户），十三元。十五，又（卅九户），十二元、二百二十三文。十六，又（卅二户），六元。十七，又，一元。十八号，王信昌手（十九户），六元、六百卅文。十九，又（十一户），二元、一百文。二十，又（八户），十元。二十一，孙范氏等（二户），六元。二十二，姚育生手（十户），九元、七百四十八文。二十三，庆远堂等（五户），十六元。二十四，不书名等（十八户），十元、二百另六文。二十五，姚彦翁手（十一户），十元、七百卅五文。二十六，黄先生手（十三户），五元、七百八十文。二十七，顾吉庆手（廿三户），四元、一百二十文。二十八，姚育生手（十五户），七元、二百卅六文。二十九，顾吉庆手（十三户），一百廿八元五角。三十，王信昌手（廿七户），四十六元、五百廿七文。三十一，不书名等（十二户），卅五元。三十二，谢理明手（廿六户），四十八元、四百卅二文。三十三号，不书名等（九户），五元、一百十文。三十四，王道用手（十六户），二元、九百文。三十五，王信昌手（十户），四十元、三百文。三十六，又（七户），三元、一百四十八文。三十七，又（卅二户），八元、九百八十八文。三十八，又（五户），二元、二千文。三十九，又，一元。四十，又（十九户），八元、一千、五十文。四十二，陆耀卿手（十九户），十六元、五文。四十三，徐振之、周耀青手（九十一户），六十元、七百五十文。四十四，费耀堂等（廿二户），八元、六百五十文。四十五，周云松，四元。四十六，王信昌手（卅一户），三元、五千二百九十文。四十七，段省子手（廿七户），十元、卅文。四十八，又（六户），三元、七十五文。四十九号，王信昌手（廿五户），八元、九百文。五十，又（卅户），廿二元、三百文。五十一，姚秉彝手（十四户），十六元。五十二，陆耀卿手（四户），五元。五十三，郑善孚手（三户），三元。五十四，不书名等（九户），九元、五百文。五十五，汪虎臣手（卅二户），五十三元、四百五十文。五十六，姚秉彝手（八户），十四元。五十七，又（六十三户）五十五元、二百文。五十八，庆记，四元、七百文。五十九，吴永南等（四十一户），十一元、六百四十文。六十，郑安记等（二户），十元。六十一，屠润芸手（十一户），八十二元、三百五十二文。六十二，姚友生手（五十一户），一百十二元、六百文。六十四，陆耀卿、韩柳堂手（五户），一元、一千六百文。六十五号，陈高氏等（十四户），七元、五百五十文。六十六，陆耀卿手（廿六户），十九元、二百九十五文。六十七，王信昌手（廿二户），廿八元、一百十四文。六十八，又（廿六户），廿二元、九百八十五文。六十九，又（一百十九户），六十四元、二百〇二文。七十，亦恩堂等（十五户），三十元。七十一，金雨生手（四十一户），廿八元、六百廿二文。七十二，张华庆手（十七户），十八元、五百文。七十三，陆耀卿手（四十三户），廿二元、廿文。七十五，王信昌手（廿九户），五元、七百八十五文。七十六，夏佩镛手（廿户），十一元、八百文。七十七，吴吟香手（十户），五十八元、五千六百文。七十八，丰南乡诸善士，四十二元。七十九，张敬善，一元。八十，秦伯琴手（四户），四元。八十一号，张沛堂手（十一户），廿元。八十二，刘子佩（四户），五元、二千一百文。八十三，王信昌手（廿二户），十六元、七百五十二文。八十四，又（四户），一元、一千一百二十文。八十五，成美堂等（五十一户），十二元、四百七十一文。八十六，又（十二户），六元、一百七十元。八十七，梅芳芝，三元。八十八，姚育生，一元、三百廿五文。九十一，姚兰生手（三户），十三元。九十二，又（廿七户），八元、八千八百七十文。九十三，王信昌手（九户），六元、一千〇十文。九十四，缪傅年，一元。九十五，张企堂手（十二户），十五元。九十七，刘子荣手（六十七户），廿二元、五百五十文。九十八，尚宜卿（十八户），廿五元。九十九号，顾洪昌手（四十七户），廿九元、六百文。一百〇一号，常州焕记，十五元。一百〇二号，谢三宝等（四十户），廿元、九百九十五文。一百〇三号，钱学文等（廿八户），卅元、八百四十文。一百〇四号，薛轶能等（廿四户），十七元、九百十文。一百〇五号，王少卿手（六十四户），卅三元、八百九十文。一百〇六号，陆耀卿手（廿五户），十九元、一千〇五十文。一百〇八号，钦凤卿、张锡之手（三户），二元、四百文。一百〇九号，马福川等（二户），二元、六百文。一百一十号，曹序朝等（四十三户），十八元、九十文。一百十一号，邹发荣手（二户），十六元。一百十二号，陆耀卿手（三户），三元。一百十四号，不书名，二元。一百十五号，陈厚之手（二户），五元。一百十六号，邹履和手（十户），十四元、四百五十文。一百十七号，黄道隆，一元。一百十九号，邹履翁手（廿六户），卅三元、四百六十八文。一百二十，又（五户），十二元、七

百卅文。一百二十一，又（十九户），三十五元。一百二十二，邵发荣手、通江乡十二圩^{三十六}，
廿元。一百二十三，邹履翁手（廿六户），十五元、六百四十二文。一百二十四，又（卅户），
廿三元、七百文。一百二十五，又（十七户），十五元、六百五十文。一百二十七，王紫峰
手（四十三户），七元。一百二十八，又（卅六户），廿五元、一百五十五文。一百二十九，程
仲衡等（五户），十元、八百十文。一百三十，王紫峰手（卅户），廿一元、五百〇五文。一
百三十一，孙陆氏（六十三户），五十五元、二百十三文。一百三十二，陈燮阳、赵式之手
（二户），一百七十一元。一百三十四，王紫峰手（六户），一元、七百卅文。一百三十七号，
容德堂等（十一户），廿三元、八百四十文。一百三十八，赵荫泉手（廿八户），廿一元、二百
文。一百三十九，孝西乡怿如清、巢吉廷手，二百八十元、一千三百〇六文。一百四十，
罗墅湾诸善士，一百六十元。一百四十一，谈吉生手（卅三户），十六元、一千〇廿六文。
一百四十二，赵荫泉手（廿四户），廿元、三百卅五文。一百四十三，怀南乡（廿六户），十二
元五角、九十文。一百四十四，又（卅四户），十四元五角、二百六十文。一百四十五，王
长本手（卅五户），一百六十二元。一百四十六，胡清瑞手（六户），五元、二百卅文。一百
四十八，章刘庄手（七十二户），四十五元、六百九十五文。一百四十九，王世章手（十七
户），六十五元。一百五十，又（二十户），十七元、一百五十文。一百五十三，不书名张等
（六户），二元、一千文。一百五十四，太宁乡八图，十四千文。一百五十五号，河间等（五
户），五元、五百卅文。一百五十六，胡殿荣手，六元。一百五十七，吴乾泰手（七十三户），
十九元、一百十文。一百五十八，戚惠芳等（一百另七户），五十九元。一百五十九，阳邑升
东乡（七十六户），六十八元、七百卅七文。一百六十，何崔汀手（五十户），十八元、十千〇
二百二十文。一百六十一，升西乡六都六图（十二户），廿元。一百六十二，杨兆秀手（十五
户），十五元、五百十八文。一百六十三，王兰廷手（四十一户），一百廿元、六百八十八文。
一百六十四，又（九十三户），一百六十四元、五百九十二文。一百六十五，杨秋渠手（卅六
户），卅元。一百六十六，又（九十户），一百另五元、十五千〇卅文。一百六十七，管佑
生、庄子金手（廿七户），二廿四元、八百五十文。一百六十八，又（卅五户），廿七元、四百
八十五文。一百六十九，马佩绅手（十四户），一百六十七元、六百四十五文。一百七十号，
薛童手，一百廿元。一百七十一，章其明手（廿户），十六元、六百卅六文。一百七十二，
张士洪手（一百另一户），四十二元、一千〇卅四文。一百七十三，钱械桢手（卅七户），廿七
元、二百卅四文。一百七十四，刘日初手（八户），二元、七百廿文。一百七十五，丰北乡
下角（八十五户），五十九元、九百卅七文。一百七十七，安东乡（卅户），卅九元、一千五百
文。一百七十八，潘性堂手（八十六户），卅三元。一百七十九，依东乡（卅一户），四十五
元、四百七十四文。一百八十，丰西乡（十二户），卅七元、七百卅文。一百八十一，南寿
等（廿六户），廿一元、七百另五文。一百八十二，赵荫泉手（廿四户），四十元。一百八十
三，又（四户），四元、四百廿五文。一百八十四，又（二户），一元、九百廿三文。一百八
十五，周行奎等（六十七户），十八元、七百五十文。一百八十六号，草二主人，本八元。
一百八十七，赵荫泉手（九户），八元、二百〇七文。一百八十八，刘景翁手（十七户），四
十五元、五百六十三文。一百八十九，王信昌手（三户），本一元、四百廿文。一百九十，
赵承卿手（十七户），五十四元。一百九十一，赵成庆手（十六户），七十二元。一百九十二，
苏午泉手（三户），十二元、一千文。一百九十二，马仲湘手（七十六户），卅二元、五百八十

文。一百九十四，延政乡（廿六户），八元、四百卅五文。一百九十六，章志和手（十六户），十五元、五百卅九文。一百九十七，万友禄等（十八户），卅元、一百三十五文。一百九十九，徐淑祺手（三十八户），五十元。二百，周济堂手（廿户），十元、一千文。二百〇一，大有手（四十户），十六元、一千〇卅文。二百〇二，孝仁乡（十五户），十二元。二百〇三号，丰北乡下角（八十五户），卅三元、七百五十文。二百〇四，又（九十九户），六十二元、四百卅五文。二百〇五，姚彦立手（七户），四元、六千三百文。二百〇六，又（四户），十元。二百〇七，大宁乡（五户），四元、三千文。二百〇八，又上角一图，九千四百十二文。二百〇九，又，十千文。二百一十，承楚香手（十四户），一百十五元、七十文。二百十三，储洪德手（七十二户），廿四元、六百九十文。二百十七，高姓，四百文。二百十八，王信昌手（七户），十元、廿文。二百十八，宋彦卿手（二户），四元、一千〇卅二文。二百十九，王锡嘉手（廿八户），卅六元。二百二十，蒋柏顺等（一百〇五户），十八元、一千〇十四文。二百二十二，武阳放生会拨，五元、六百十五文。二百二十三号，徐振远手（二户），一元、六百文。二百二十四，朱五大，一元。二百二十五，袁徐氏等（二户），二元。二百二十六，邵发荣手（通江乡正十一圩），十七元。二百二十七，陈燨阳手（三户），三元。二百二十八，徐振远（二户），六元、二两四钱八分、五百文。二百二十九，善记手（二户），九元、三百廿五文。二百三十，不书名张，五元。二百三十一，张有筠手（四户），五元、四百文。二百三十二，郑善孚手（二户），四元。二百三十三，善记，四元、七百文。二百三十四，又（二户），九元、三百廿五文。二百三十五，梅芳芝手（廿六户），九元、一千〇六十文。二百三十六，又（廿二户），三元、八百九十文。二百三十七，又（卅八户），六元、四百八十文。二百三十八号，梅芳芝手（廿四户），三元、五百九十文。二百三十九，又（四十四户），九元、一千〇五十五文。二百四十，又（四十六户），九元、一千〇五十五文。二百四十一，郑善孚手（十四户），二元、一千〇五十文。二百四十二，又（五户），二元、一千〇七十文。二百四十三，又（八户），二元、一千〇五十文。二百四十四，金庆全，十三元。二百四十五，武阳放生会拨，十三元、九十文。二百四十六，邹发荣，十元。二百四十七，又，十两〇一钱二分。二百四十八，姚达庵，十元。二百四十九，郑善孚手（三户），六元。二百五十，静斋祝斗诞心愿，三十元。二百五十一，陈万氏，八元。二百五十二号，郑善孚手（四户），五元。二百五十三，又（六户），三元、三百九十文。二百五十四，又（三户），十四元。二百五十五，又（二户），三元、一百四十文。二百五十六，又（四户），六元。二百五十七，又（二户），六元。二百五十八，又（二户），六元。二百五十九，不书名金，七元。二百六十，郑善孚手（五户），三元、一千〇十文。不列，不书名金，五十元、五十两〇〇九分。武进县鹿示劝桶捐，一百九十一元七角五分、六百十三文。单梦翁交来武阳两邑桶捐，一百千〇〇九百四十二文。单梦翁交来武阳两邑茶捐，四百七十三千六百七十三文。

　　〇共收洋五千六百九十一元二角五分、银六十二两六钱九分、钱七百五十三千九百九十四文。

年字册（共二十本）：

　　一百〇一号，集善手（十五户），五十元。一百〇四号，不自量力人，五十元。一百〇四号，凌寿燕，十元。一百〇五号，毓秀堂等（廿一户），五元、四千八百廿文。一百〇六号，听训堂等（九户），二元、一千二百文。一百〇七号，兰言等（三户），三元。一百〇八号，戴耕书屋等（五户），廿元。一百〇九号，冯三益等（十五户），十元、九百五十文。一百一十号，凝德堂等（六户），七元。一百六十二号，光福新安等（十七户），五十八元、八百四十文。一百六十三号，胡氏等（四十一户），二元、五千八百五十文。不列、似玉公记，五百两。双鱼洗斋，二百五十两。不列、鲍永思补水银二百另二两二钱七分三厘。王文翔又，六十七两四钱二分四厘。陈慎德又，六十七两四钱二分四厘。崇德又，卅三两七钱一分二厘。胡裕记又，卅三两七钱一分二厘。黄花书屋又，廿三两五钱五分三厘。朱瑞凝又，廿两另二钱二分七厘。映雪又，十三两四钱八分五厘。协记，二百元。崇厚堂等（四户），八十元。无名氏，廿元。徐记，十五元。吴兴寒士，十元。不列，孙蕴翁手，四元。

〇应收洋五百四十六元、银一千二百十一两八钱一分、钱十三千六百六十文，实收洋五百五十二元、银一千二百十一两八钱一分、钱七千四百念文。

惕字册（共六十本）：

一号，曹仁厚手（八户），十元。二，朱锦蓉手（卅一户），五十元。三，夏念庵手（六十八户），三十五元、一百文。四，赵慎斋手（廿一户），三十四元。五，崇厚堂手（三户），三十元。五，张洪记手（廿九户），九元、十二文。六，陆熙英手（九户），十六元。七，许尚志手（六户），七元。七，包笺经手十户十四元
沈承宗手九户十一元。八号，无名氏手（六户），十三元、六百文。九，李饰之手（卅一户），五十五元。十一，王顷波手（廿五户），廿一元。十二，张子铭手（七户），九元、六百。十三，王次垫手两次来共，十八元、七百六十文。十四，张五甫手（九户），十三元。十五，无名氏手（四十三户），廿元。十六，张文俊手（十五户），六元。十七，无名氏手（十三户），三十七元。十九号，无名氏等九户九元
洪泰源劝十。二十，吴枚臣手（八户），七十八元。二十一，不书名手（五户），五元。二十二，马仁泰，六元。二十三，月城桥郑等（四户），五元、六百文。二十四，江阴王氏等（六户），六元。二十五，陈连庆等（九户），十三元。二十八，郑荫南、赵省三手四十三户一百另六元
顾锡思等八户五十元。三十，周庄镇募（一百〇六户），五十四元、三百八十文。三十一，叶庆椿手（七十一户），六十一元。三十二，惕翁手六户六十二元
吴枚翁十元。三十四，吴见贤等（七十六户），廿六元六角九分五厘。三十五，崔义昌等（四十七户），十七元三角〇五厘。三十七，蒋泽山手（九十七户），四十一元。三十九，仲元璋等（卅一户），廿四元。四十号，汪沄江手（五十一户），八十元。四十一，（三户），十八元。四十二，爱竹轩等（廿七户），十一元、五百文。四十三，恒茂等（廿四户），卅五元。四十四，沈述曾等（卅七户），八元。四十五，恒翰等（卅八户），十四元、五百八十八文。四十六，陈世绶等（六十三户），卅三元、七十文。四十七，补过居，六元。四十八，朱景祥等（七十六户），五十八元、五百八十六文。四十九，静观等五十六户五十
郭毅甫子馨五十三户五十元。五十，惕翁手（九户），廿三元。五十一，吴海云手（六十八户），廿五元、五百六十文。五十二，节妇龚沈氏手（四十九户），五十元。五十三，引年居等（四十一户），十五元、六百文。五十四，吴国富等（八十七户），五十二元、一千二百卅四文。五十四号，赔，一元。五十六，潘德高等（卅七户），十五元、一百六十文。五十七，章锦尚等（九户），九元、八百廿文。五十八，张万仓等（廿八户），十一元、七百文。五十九，徐信昌等（五十四户），三十元、六百二十文。六十，李锡书来（十三户），七元、四百四十文。不列，陆家桥（六十九户），二百元。仁太昌手无名氏，五十元。秦惟善，三十元。不书名等八户，十二元。吴楳宋、郭云桂、祝介彭手（三户各十元），三十元。乌有

等二户，八元。朱小湖，五元。章研香，四元。陈先儒、无名氏（二户各二元），四元。陆咏记、无名氏、钱祖记、无名氏（四户各一元），四元。华墅无名氏等（三户），七十八元、一百文。谢尔澈手，十九元、二百八十文。无名氏等（廿八户），十七元、一百廿五文。月城镇（七户），八元、四百六十三文。

共收洋二千另六十二元正、钱十千另八百九十八文。

厚字册（一百五十本，附凤太黄字册）：

十五号，何俊甫手，二元、七百文。二十一号，江桂峰手（十户），五角、四千二百文。二十三号，江桂峰手（五十户），卅五千二百文。二十四，又（三户），八元。二十五，又（九户），卅四元、四百文。二十六，钱煃孙等（七十四户），一百元、廿二千一百文。二十七，袁永年等（七十八户），六十二元、三十九千一百七十五文。二十八，刘月岑等（五十四户），廿九元、廿二千九百四十文。二十九，养心等（二户），十一元。三十一，邓子明手（四户），三元。三十一，薛霁塘手（六户），九元五角。三十一，又（五户），三元、八百廿文。三十一，邓子明手（四十五户），廿元、八千一百六十文。三十二，余万兴等（八户），十元。三十二，峒岐等（十二户），十三元、三千一百四十文。三十二，薛霁塘手（八户），六元、一千七百文。三十三，又（七十户），四十四元五角、三百五十文。三十三号，薛霁塘手（十四户），十四元、五千二百另五文。三十三，麋敦臣加捐，六十文。三十四，薛席珍手（四十一户），卅二元、七千三百文。三十四，又（四户），六元。三十五，卓莲生手（六户），二百元。三十七，崇善堂，十元。三十九，是光斗手（十八户），十二元。四十，又（二户），二元。四十二，王建侯手（六户），廿三元。四十四，无名蔡记，廿元。六十二，刘河吕先生手（四十一户），五十一元。六十二，济生等（廿户），三元五角、三千八百文。六十六，周开泰等（五十二户），卅元。七十七，青躬居士，五十六元、四千一百六十文。七十八，沈凤翔手（十四户），九元五角。八十一号，梅里镇合兴森手（五十五户），六十四元。八十二，赵景亭手，四元、八百文。琴川手（六十一户），三十二元、七百四十二文。龚和相等（十一户），十元、二百九十文。八十五，东塘市手（六十二户），一百另一元、四百十六文。八十六，吴掬尘手（三十八户），五十元、六千七百文。八十七，又（三十二户），十二元、七百六十文。八十八，（八十三户），五元、三十千另六百四十文。九十号，吴掬尘手（三十户），十元。一百零一，方仰峰手（十五户），一百元。一百一十，洪世桢手（卅九户），五元。不列号妙真同人手（三户），卅九元、一千文。地藏殿进香善士，一元、八百八十一文。进香桶捐，二元、四百七十文。又，一千文。

○共洋一千二百五十九元五角、钱二百另三千一百另九文。

陆仁卿一百元，倪子朴手九户四十五元，汪伯筠手廿五户四十元，又廿六户三十元，凤四号吴凤池手三十二户廿一元，天成庄廿元，卓戴氏、卓汤沈氏、双桂崇善、仇光耀、安定室、江阴东门外惜字会、王聘三手、吴翔九手江阴惜士项、太字册徐香士手九户（以上九户）各十元，不留名卖书八元，江阴东门放生会、吴姓（二户）各六元，塔图徐翰波手六户五元，吴翔九手四户、黄三号天成手二户（二户）各四元，五路堂进香桶捐三元，叶挺岩、顾善士寿筵（二户）各二元，郭姓书销见、荣云轩（二户）各一元，金太史场吴未报册户三十七元另五分。

○共四百二十五元另五分。

应收洋一千六百八十四元五角五分、钱二百另三千一百另九文，实收洋一千八百六十三元、钱十五千三百三十四文。扯算合符。

稼字册（共一百五十本）：

三号，吕梧卿手（廿四户），四元、六百八十文。五，彭问泉手（六十六户），十四千七百文。七，胡心龙手（廿二户），九元五角。八，又（廿一户），九元五角。十六，王锦山手（六户），十元。二十一，朱渠泉手（十户），五元五角。二十二，祥记手（十四户），廿二元。二十三，黄介眉手（三户），三元五角。二十四，启顺手（一百户），十八元五角。二十五，黄介眉手（一百户），十四元、三百文。二十六，又（十六户），十六元五角。二十七号，黄介眉手（四户），十一元。二十八，又，十一元。二十九，又（三十七户），卅三元。三十，又（八十七户），十元。三十一，郁研卿手（十八户），七元。三十二，又（廿一户），八元。三十三，又（廿八户），十七元、五百文。三十四，又（廿五户），七元五角。三十五，又（十四户），四元五角、五百五十文。三十八，王芝生手（六户），四元、八百文。三十九，周以兰手（十户），九元。五十二号，沈福堂手（二户），二元。五十三，上虞留连耕山房，四十元。五十四，沈福堂手（卅五户），三钱三分、九十六元。五十六，孟记，五十元、五十元。五十七，程灿亭手（廿三户），廿二元、五百九十五文。五十八，邵鲁传手（十五户），卅二元。六十，程灿亭手（六户），卅六元。六十四，张竹亭手（十五户），廿三元。七十一，叶作舟手（十户），十元、二百六十八文。七十二，又（四户），卅元、三百七十文。七十三，又（十二户），一百四十三元、五百五十文。七十四，又（五户），十八元。七十五，又（五户），十元、一百十文。七十六，又（四十户），五十元。七十七号，叶作舟手（十户），六十元、三百五十六文。七十八，又（十九户），廿一元。七十九，又（三户），二元五角。八十，又（十二户），八元。八十一，又（八户），十五元、九百四十文。八十二，海盐县司，五十元。八十三，严蓉孙手（卅三户），一百八十六元。八十四，叶作舟手（卅四户），四十八元。八十五，徐花农手（三户），五十元。八十九，严蓉孙手（廿户），四十二元。一百五十二，吴戟门手（一百户），一百千文。一百五十三，黄介眉手（十七户），十一元五角。陆子如手（廿八户），卅四两、三十千文。又余，廿一元、二两二钱六分五厘。长安厘局劝（许村镇卅六户），五十一元五角。长安厘局劝（许巷镇八户），十元。

应收洋一千四百念三元五角、银三十六两五钱九分五厘、钱一百五十千另七百十九文，实收现洋一千一百另三元五角、汇彭葆豫信洋八十二元、现银六十九两四钱九分三厘、汇彭葆豫信银一百九十四两六钱九分一厘、钱二千五百念九文。

结少洋三十八元五角五分，收入冬赈帐。

德字册（共一百本）：

一号，彭诚济手（五户），五元、一百文。无名氏等（八户），九元、五百四十文。三，钟芝庭手（四十九户），卅七元一角。六，彭诚济德生手（廿八户），七十八元二角。七，孙友泉手（九户），十四元。十，吴绣琴手（廿四户），八十二元五角。十一，江菉卿手（十四户），八元。十二，海昌濮义和手（二户），廿三元。十四，睿诚书塾，七元。十五，欣然独笑庐，五元。十七，章丽生手（六户），十一元。十九，九章号手（廿四户），卅元。二十一，何寅初手（五户），十元。二十三，章如星手（九户），十六元。二十二、二十三，严子猷手（一百七十六户），一百卅八两七钱五分。二十五，彭诚济陆杏生手（十七户），十三元、四十文。二十六，裕记庄手（廿四户），十三元七角。二十七，程善夫手（十四户），十五元另二分五厘。二十八，葛子思手（五十五户），一百廿元。二十九，孙小云手（十三户），十五元。三十，彭诚济手（四十一户），卅八元五角。三十二，岭南邝福仙手，卅元。四十一，许载儒手（五十户），卅七元。四十二，又（五十八户），六十六元、六十文。四十三，李子远手（七十六户），四十二元。四十四，沈锡盛手（廿五户），廿五元。然黎张氏手（八十一户），五十九元、八百八十文。四十五，平湖然黎氏手（四十九户），六十二元。六十八，彭诚济手（四户），六元一角五分。五百七十一，陆张蒋手（八十户），四十五元、三百十文。石耳樵者，九十五元、二百五十文。王积庆堂（规元四十两兑见），五十五元、二百五十五文。金免痴画润，二元、七百五十文。又，廿千文。随缘子书画资，三百廿文。章丽生手（廿三户），四十元。彭诚济两次募，四十元。八十老人寿筵，十元。唐姓，八元。王松山（四户），五元。不留名，五元。许士登科，二元。陈可容、不留名，一元。李月林，一元。无名氏，一元。无名氏，一元。

共收洋一千一百八十六元一角七分五厘、银一百三十八两七钱五分、钱二十三千五百另五文。

采字册（共四十本）：

元号，尤勺山手（十二户），六十七元。三，顾来记（十一户），三元。四，严清记手（三户），五十两。五，尤松荫手（七户），廿二元。六，又（五户），十六元。七，顾春波手（九十八户），廿四元。九，张甫堂手（七户），十九元。十，陈星联，一百两。戴晴记，一百元。墨香馆主，五千文。十二号，朱少峰手（十五户），四千文。十三，吴吉人等（十六户），四千二百文。十四，黄润垒手（一百另二户），十四元。十六，安怀堂吴，廿二元。十八，吴召棠手（十户），十八元。十九，又（九户），廿七元。二十一，留耕，七十两。二十二，乐余，五十两。二十三，晚香馆，五十两。二十四，采菊，五十两。二十五号，采记，七十三两九钱八分四厘。三十六，许筱安（六户），十六元。三十八，又（九户），一百元。三十九，尤府，十元。四十号，许筱安手（三户），十元。采记，十四两五钱五分五厘。汤饼会，五十两。万松山手，十元。

共收洋四百七十八元，银五百另八两五钱三分九厘，钱十三千一百文。

笙字册（五十本）：

二号，叶福保等（六户），三元、三百六十文。三，沈荷汀手（三户），四元、八百八十文。四，高阳氏，二元。五，沈荷汀手（十一户），十三元。七，惇公义等（十一户），十四元。十一，王梅生手（九户），四元。十二，怀德堂陈手（九十七户），五十元。十三号，郑祥泰手（十四户），六元、五百文。十六，吴继成手（廿三户），三十八元、五百二十文。十七，何莲塘手（十二户），二元、六百七十文。二十一，陆菊生手，七元。二十三，潘寿屏手，廿二元、七百文。二十七，吴星记，二元。震元庄，一元。二十九号，程梦石手，五元、六百文。三十，沈清源，廿元。三十一，尤募，二元。三十三，陈季梅手，十一元。三十四，嘉荫堂，三十元。三十七，庞珊洲手，十元。四十一，王乾生手（十二户），五元。四十二，又（六户），十元。四十三，胡采珊手（十六户），十元。四十四，张叔朋手（廿五户），十元、二百文。四十七，碳石同善堂，四十元。四十八，周莲青八户，十八元。二百九十三，塔图金茂亭，五百文。不列，郑祥泰各友，六元、三百四十文。祝记，五十两。云岩衲子，廿两另一钱九分。留有余等（三户），一百元。葆手，一百元。叶菊裳手（九户），四十。俞公馆，廿一元。李子明手（七户），廿元。补过居士，十元。长春窝，四元。素安堂，四元。石研垒，二元。

共收洋六百四十六元、银七十两另一钱九分、钱五千二百七十文。

春字册（共三百本）：

一百一十五，吴厚卿募（三户），一元、八百文。二百六十一，金景之手二户十二元四户七元。金右之手，十元。王蕴斋手（九户），十一元、六百文。松江刑钱帐席，六元。杨未垒手（五户），五元。

符字册（共十本）：

一，戴耀祖手（廿四户），五千七百文。七，二户，二元、二百文。九，朱其武手（十九户），六元、三百文。十，二户，四百文。八，协泰仁（十四户），二十元。二，郑雨辰手（五户），二元。攀云阁，五十元。暗香，五十元。丁贻生手（三户），一百元。

望字册（共十本）：

朱织孙手，六元五角。

吉字册（四十本）

三十一，周哲云手（廿五户），三十一元。三十二，又（四户），廿六元。三十三，王民卿手（二户），十二元。

西字册（十本）：

六号，夏乃西手（十四户），十元、铜二元。

珊字册（十本）：

一号，陶仲虎手（廿五户），八元。古月僧，一百元。

共收洋四百七十七元五角、钱八千文。（按：此处应为春、符、望、吉、西、珊各册募捐助款之总和。）

丹字册：

束季胡少翁手，一百元。束季翁手（六户），卅二元。聚和行，十二元。周洪昌，五元。北门粮食行，五千文。丹阳桶，八百二文。皇塘村各户，一百元、七百十文。袁杏亭手，十三元、九百十三文。束元泰手，十二元、五千文。西门粮食行，七元、四百三十七文。丹阳酱业十五户，六十二元。前艾庙各户，十五元。束季翁手（七户），九元。祝达珠手，二元。朝阳门粮食行，一千九百八十三文。孙先生手，三百文。陵口镇各户，四十二元、三千文。姜楚卿手，十二元、六千文。荆涣卿手，九元、六百三十三文。春生泰手，二元、一百文。

共收洋四百三十四元、钱念四千八百七十八文。

逢字册（宜荆同人手，自刊征信录）：

一批，二千元。二批，二千元。三批，二千元。四批，二千元。五批，一千元。六批，一千元。七批，一千元。八批，一千元。九批，五百元。十批，五百元。十一批，五百元。十二批，六百七十四元。

共收洋一万四千一百七十四元。

荡字册：

华筠溪手（七十八户），七十九元、五千一百五十文。朱采衢手（廿五户），十六元、三百文。众姓，六元、六百七十二文。甘露桶一次，二元、二千三百九十三文。又二次，二元、一千四百文。又三次，六元、四百六十五文。^{大衖口卖鱼桥}桶，^{一千三百六十七文四百另四}文。又，^{二千另九十五十四}文。又四次，二元、二十九文。荡口诸善士，廿四元、七百三十五文。颜王华手_{（三十六户）}，十五元、五百廿四文。双板桥同人，六元、二百六十文。大衖口桶捐_{（四户）}，五元、七百十五文。卖鱼桥桶，一千另廿六文。啸傲泾各号，四元、八百廿文。不书名，一元、八百廿三文。啸傲泾各号，八千文。和风，四十二元。荡口镇众姓，廿五元。厚桥镇日捐，廿二元。无名氏，十元。钱吴，五元。曹荫阶手_{（廿三户）}，五元。西仓镇桶，二元。华乐志，三元，桶捐，二元、二百十二文。朱氏卖布，一元、三百六十文。安平室，七百文。严镇五户，卅九元。邹饮古等八户，廿四元。荡口镇各号，廿一元。杨复兴手_{（二户）}，八元。无名氏席费，四元。戒酒氏，二元。永源禄手，二元。安镇，二元、三元。无名氏，三元。各店，三元。吴曦堂，一元。陆氏，一元。

共收洋三百九十八元、钱廿八千四百九十九文。

云字册：

丰城万，六百两。徐雯青手_{（五户）}，二百九十四元。周静卿手_{（四户）}，二百元。翁弢甫手_{（四户）}，六十元。俞碛庵，五十元。庞诒縠，二十元。因村典友十人，十元。顾容记助，五百六十元。曾君静手，一百六十元。王荫记，一百元。吴雀轩手_{（三十七户）}，五十三元。雪滩钓隐，三十元。能安居，十元。梅花馆主，八元。

共收银六百两、洋一千五百五十五元。

山字册：

潘振翁手_{常州来}，一千六百两。槐荫楼，四百两。庄曜翁手_{常州来}，五百一两八钱一厘。京都来_{松平换见}，三百十三两七钱八分。赐福寿堂，三百两。斋庄中正堂，四十六两九钱四分。淑秀主人，一百元。静安堂吴，十元。裕隆等六户，八元。富润行，二元。惜阴居，一元。濮院增福集，廿元、一百五十文。俭腹生，二百文。果贻山人，二百两。宋镜记，三十两。王少兰手，五十元。日新书屋，十元。赵芳廷，二元。乳龄人，一元。团蕉窝，二元。有余草堂，五百三十文。

共收洋二百另五元、银三千三百九十二两五钱二分一厘、钱八百八十文。

硖字册_{（硖石善捐）}：

褚薇伯，二百元。丝业省戏，八十元。吴友梅，二百元。善善同人，四十元。师竹居、祥云轩，六十元。求修善果、吴石云，四十元。林继春，十元。十五户，铜^{三十五元二角五分二元}_{一两四分}。金簪兑见，二元、九百五文。梨花馆西麓，六十元。磁业，十五元。和春祥、宝昌森，十元。十七户，五十五元。桶捐，二十三元。又，三十二元、四钱。

共收洋八百六十四元二角五分、银一两四钱四分、钱九百另五文。

一字册_{（锡苏扬三处一文愿）}：

锡六十，八元、一百六十文。七十一，王登平手_{（八户）}，三元、四百廿文。五十二，无名氏，一元、三十文。一百七十三，一元、一千八十文。六十九，陶苇敷手_{（七户）}，二元、二百八十文。安镇，十四元。六十四，马姓，三百六十文。十，九户，三元、六十文。一百零七，周锦明等十户，四元、七千五百六文。沈芳翁手_{（廿一户）}，五十元。三百五十六，华义泰等九户，三元七角七分二厘。三百六十三，窦晓湘等十六户，五元四角三分五厘。四十八，廉容塘手（二户），七百廿文。三十，四元、八百十文。寨门严手，三十三元、三百六十文。三十七，林少云手（六户），二元。二十，华焕亭手（七户），三元、四百八十文。丽生手（十一户），十五元。苏分四号，一元。十七号，四元、四百七十文。可倪介生，一元。二十号，三元、四百八十文。三号，一元。一号，一千九百八十文。十二号，一元、一千六百文。十九，徐学圃手（三户），三元。七十三，赵秋泉手（五户），五元。十一，赵伯仁手，三元。六十七，丁藕舫手，一元。九，六户，三千六百文。无名氏，四元。荣盈斋手，廿三元三角三分三厘。孙念友手，三百六十文。分十三号，三元、九十文。二十号，二元、六百文。可倪尊德，一元。十号，三元、四百八十文。胡庆余，一元。十一号，一元。七、八号，三元、三百十文。可九号，三元、四百二十文。音十号，一元。六号，七百文。十九号，一元。力十六号，三千四百廿文。二十号，五千四十文。五号，一元、九百二十文。王，三百五十文。二号，一元。九号，七百文。扬州阜大当各友，廿三元。韦隆泰等（九户），四元、六十文。瑞记众友，十三元。熊醒樵，二元。沈白新募布业，五十千文。音六号，三元。五十四号，三元、六百文。十六号，三元、四百八十文。力十一号，一元八百文。十七号，三千七百八十文。二号，一元、二百九十文。八号，一元、二百文。玉十九号，三元、四百八十文。五号，一元。獣十四号，三元、十文。正茂祥，一千三十文。海昌，五元、三十文。陈欣欣，二元。谈筱翁手，十元、三百四十文。恒大成，十千文。棣华书屋手，一元。马椿杉，一元。无名氏，一百八十二文。王树鋆募药业，五十五元、四百四十五文。毛秋涵、邱毓芝手，二元、一千文。

共收洋三百六十元另五角四分、钱一百十三千五百六十七文。

四字册（上海四省册指豫捐，其晋秦直捐随时交上海公所收帐）：

桃一，永名氏，一元。芹香，五十元。六，单雨辰，二元。十一，石莲舫手，十九元。十六，朱诚记手，四十一元、六百文。吴亮采手，廿一元、二百三十文。十七，胡福堂手，一元二百二十文。十八，陶仲虎手（八户），三十六元、三百文。桃二十，知足子，二十元。二十一，思补主人，二十元。二十二，陶仲虎手（三户），三十元。二十三，又（三户），三十元。化十三，七十七元、八百七十文。六十二，谈任斋手（廿九户），三十六元。六十四，横扇来（七十二户），三十五元。六十五，浔北栅募，三十四元。化六十六，浔北栅募，四十五元、一百八十文。七十一，吕砺生手（卅五户），十七元、九百三十文。化五十一，朱松石募，六十五元。

共收洋五百八十元、钱三千三百三十文。

甘字册（甘露茶桶日捐）：

蔡永吉，二元。屠容池，一元。甘露桶，九千一百七十文、二千七百四十文。又，二千二百卅一文。茶馆捐，八百五十文。各号日捐，廿六元、四十四文。又，十元、五百文。又，八元、四百四十五文。又，七元、七百五文。华岵瞻手，二元、八千三百三十八文。

共收洋五十六元、钱二十五千念三文。

善字册（嘉善十文捐）：

曹鸿逵移荐先，十元。吴紫筺手（十一户），四十元、九百四十五文。又（十三户），廿七、元七百文。又（十三户），廿三元、七百五十文。周秉文手（十六户），廿元。又（十户），十八元、七百十文。又（十六户），十六元、五百四十文。屠似鱼手（廿五户），廿元。又（廿六户），十七元、九百五十文。屠似鱼手（十八户），九元、四百七十文。朱廉泉手（九户），十四元、八百文。徐蕴山手（十六户），十一元、六百八十文。又（十二户），十一元、八十文。又（十八户），九元、九百四十文。吴树人手（廿五户），三十五元、六十文。又（十九户），廿七元、三百五十文。又（十八户）廿五元、二百廿文。又（十五户），廿一元、二百五十文。

共收洋三百五十三元、钱八千四百四十五文。

嘉字册

朱兰舟手（六户），四百八十元。思补斋，二百元。和泪子，三百元。张鸿渚手（十四户），一百五十五元。葛辛垞手（八户），一百四十一元。张瓯香手（卅户），一百廿八元。王云江手（廿四户），八十二元。程绍庆，十五元。程恒庆，五元。石莲舫手（十三户），一百十八元、四百廿文。陈鲁峰手（廿六户），八十二元、九百十文。张竹亭手（十八户），六十四元、三百文。嘉兴桶，一百四十元。顾杏淦手（廿户），一百元。吴少圃手（四户），廿七元。程信记，十五元。程德记，五元。陈绎如手（十七户），八十八元、一千二十文。唐生甫手（五户），六十四元、五百六十文。

应收洋二千二百九元，钱三千二百十文、实收洋二千二百十二元。

万字册（彭诚济堂万利图）：

一批，二百元。二批，二百元。三批，四十六两二钱五分。四批，一百元。五批，十一元八角。秋声馆一元。晚报乡手一元。

共收洋五百十三元八角、银四十六两二钱五分。

勺字册（黎里勺水枯鳞捐）：

竹，一庄广生手，二千五百文。一，张运甫手，六千五百文。七，范子龙手，六元、一千四十文。七，邵传经手，二元、九百八十文。九，反求斋手，九元、五百五文。十，王宝传手，二元。十三，袁鲤亭手，十元。十六，又，七元、六百八十文。十七，黄仲玉、顾少兰手，四元五角、二百文。十八，朱杏春手，七元、七千五百文。二十一，丁钱手，五元。二十二，卫紫缦手，十九元、二百八十文。二十四，彭朗山手，二元、三百八十文。二十五，唐芸舫手，二元、五百五十文。二十六，陆应甫手，五千九百文、一角。三十四，迮惕卿手，五千四百文。三十八，张受之手，八十元、廿文。三十九，沈笠卿手，五元。四十二，朱听泉手，廿元。四十三，又，二元。四十四，又，十元。四十六，吴容伯手，一千文。五十，徐篆香手，四元、一千九百文。五十一，又，一千二百文。青一，徐藻涵手，二元、三百文。二，叶朗君手，四元五角、二百廿五文。三，毛秋涵手，十元、五百十文。四，叶竹素手，四元五角、二百廿五文。五，金海秋手，八元、廿文。六，顾朗如手，九元、五百五十文。七，钱缉庵手，二元、九百文。九，钱肖堂手，廿三元、七百五十文。十二，柳顺之手，廿五元、三千五百卅文。十三，顾僖虞手，五元、二百五十文。十四，王访沂手，三元。十六，钱稚鹤手，四元、九百五十文。十九，陶藕舲手，四元、五百文。二十二，范兰汀手，四元。二十四，陈翼亭手，九元、二百文。二十五，汝淦生手，二元、七百五十文。二十八，金少岩手，四元、六百六十文。二十九，汝颂华手，二元、六百八十文。三十，丁选甫手，一元、九百四十七文。三十二，徐秋泉手，一元。三十三，程百民、程益三手，三十五元。三十六，陶选岩手，八元、二百文。

王星伯手，六元、五角。经二，郑映珊手，二元、九百文。三，张少江手，二元、一百八十文。五，徐仲万手，二元、八百八十文。八，张菊溪手，五千文。九，张晓山手，五千文。沈馨斋，十八元。芝一，陆梅生手，三元、九百文。二，王云川手，四元、一百十文。指七，沈史手，一元、一千一百十文。

共收洋四百零五元一角、钱六十二千六百七十二文。

黎字册 （黎里众善堂一文愿）：

皆册 （三十户），九千七百二十文。我册 （四十四户），三元、三十二千四十文。兄 （五十一户），四元、一百六十六千三百廿文。又，王三槐克记，五元。弟 （五十八户），六十四千八十文。之 （九十户），廿元、一百八十七千二百文。颠 （廿八户），六十四千四百四十文。又，汝永盛，一千八百文。连 （三十五户），五十千四十文。又，沈永盛，一千四百四十文。而 （廿七户），五十千七百六十文。无 （五十三户），七元、一百廿三千一百廿文。告 （四十户），四十七千一百六十文。者 （四十八户），一元、三十九千三百四十文。也 （四十三户），五元、四十七千五百二十文。茶捐，十文、砂钱廿八千八百九十文、一百八十五文。桶捐，廿二元、五百一文。又，一元。又，九十四文。太苦生画润，廿元。安阜当友五年闰修，七十元。又省费，廿元。又手，十元。无名氏，六元。

应收制钱八百八十五千五百八十五文、洋三百七十九元、砂钱二十八千八百九十文，实收洋一千二百十五元、钱四千六百七十文。

新字册 （新市业捐）：

朱士楷却病，卅元。朱三荣手五户，八元。桶捐，二元。葛龙之手廿户，十三元五角。石门湾，二千四百文。茶业，十一元、三千一百十文。茶漆业，九元、八百九十文。徐佩之手四户，廿元。邱客，六元。葛君龙，一元。油饼业，廿八千三百七十八文。桶捐，九百五十文。符瑞生手，十元、八百四十文。油车业，六元、九百六十文。衣业，五元、九百文。沈砚香，三元八百五十文。桶，三元、一千廿二文。颜料业，二元廿四千一百四十文。

共收洋一百念九元五角、钱六十四千四百四十文。

琴字册 （常熟桶捐）：

一号、义盛手十次，五元、三千七百五十二文。二号、安盛手九次，八元、六千一百五十五文。三，义隆手十一次，十三元、十四千七百四十一文。四，源发手十一次，廿二元五角、十七千另十三文。五，潘晴波手十一次，廿一元一角五分、十四千三百五十六文。六，慎裕手八次，六元、四千七百三十七文。七，大源祥手五次，四元、一千一百五十四文。八，万裕手，一百十八文。八，万兴祥手三次，六百五十一文。九，合兴森手七次，十二元、四千二百四十三三文。十，协盛手九次，十一元、三千三百七十文。十一，大昌手十一次，二元、五千三百六十文。十二，慎和祥手九次，五元、十三千六百五十七文。十三，唐用生手五次，十四元、二千三百七十二文。

〇共收洋一百廿三元六角五分、钱九十一千六百七十九文。

慎裕手 （四户），十二元、八百卅一文。又 （二户），一元、三百十四文。慎和祥手 （七户），五元、二千三十八文。又 （五户），五元、九百六文。隐名等 （四户），五元、一千二百廿文。逸记，一元、二百文。慎泰昌手，十五元、七百九十文。周万丰手，一元、一百九文。毛杏村，五元、三百七十五文。陈莲溪手 （三户），五元、四百八十二文。殷质成手

（一百十二户），三十六元、二百文。虞山书画社一期，十一元、五百九十文。二期，廿三元、九百五十六文。三期，廿元、六百四十四文。四期，廿元、二百卅文。

○共收洋一百六十五元、钱九千八百八十五文。

芹香书屋五十元，徐雯青手三十一元，张棣华廿元，慎和祥手十二元，时丰各友十一元，陆鹤巢、正大、松柏书屋（三户）各十元，正大各友十一户、义隆募二户（二户）各六元，无名氏、又、张手、陈手、孙明甫、云汀、鳜鹤（七户）各五元，周姓铜洋、周凤林（二户）各四元，无名氏、隐号各友省莘、张贞甫、柏桂村、无名士、妙真手二户（六户）各三元，汪轶如、孙姓、谭兆卿、无名氏、又、又、周姓、李厚卿、隐名、张苶云、芹香、陆伯溪、龚养氏、陆从德、合兴森、省昧、杨和记（十七户）各二元，顾君陶、吴建如、周四观、蒋姓、乡下人、惺惺道人、公记、桂记、小石、黄幼帆、虎头、乐善、刘姓、力不足、惠贞、无名、刘介眉、土记、瑞记、顾鸿福、马静记、张姓（廿二户）各一元。

○共洋二百八十三元。

永兴省莘四千文，无名氏三千文，永兴、又、又、又手（四户）各二千文，永兴等、桑柘村手（二户）各一千八百文，万和手二百九十一文，丁芸生四百文，不留名六百四十文，山塘泾钱二百四十文，常州人二百文，隐名五百四十文，字内拣出票八百十文，孙万记手四百十二文。

○共钱廿二千一百三十三文。

共收洋五百七十一元六角五分、钱一百二十三千六百九十七文。

盛字册（桶捐）：

元号，汪永亨等四户，三元、一千七百八文。二号，半笠幼童等八户，十二元、一千一百五十文。三，元和顺等十一户，五十七元、二百七十四文。四，永昌西等十一户，卅七元、六百文。五，祥发声等十五户，八十五元五角、二百九十九文。六，吴瑞锦等八户，廿三元、六百文。七，永昌东等十四户，卅八元、二千零八十一文。八，博文等三户，二元、七十八文。九，仁德堂等五户，十三元、一百廿二文。十，石廷恩等六户，五元、七百一十五文。十一，不忍等三户，八元、二百七十文。十二，无名氏等三户，三元、九百八十文。十三，沈善士等三户，三元、三百四十六文。十四，三省氏等四户，六元、四百五文。十五，无名氏等二户，五角、七百七十四文。十六，庚辛老人等五户，五元、七百七十八文。十七，邱善士等四户，五元、八百八十三文。十八，悯荒等四户，七元、一百八十五文。十九，程岷江等二户，十元、一百卅五文。二十，程善士等二户，一元、一百廿五文。二十一，吴仲氏等三户，二元、二百文。二十二、二十三，空忙等十三户，廿一元、九百七十文。二十四，木易等二户，一元、二百十六文。二十五，汪永亨等三户，十元、二百四十六文。二十六，受生等三户，四元、一百四十五文。二十七，无名氏等三户，二元、四百九十二文。二十八，程瑞盛等二户，六元、一百十九文。二十九，叶存诚等三户，六元、二百一文。三十，凝远堂等二户，廿元、四百文。三十一，钱大太太等三户，六元、三十二文。三十二，周新歧等二户，一元五角。三十三、三十四，一百十四文、廿文。三十四，章若洲，一元、二百卅文。三十五，叶存诚等二户，一元、廿文。三十六，贻文书屋等三户，二元、一千廿文。三十七，叶存诚等，六元。三十八，恳寄等二户，二元、九十五文。三十九，二角、四十二文。四十，修楔等二户，二元、廿一文。四十一，二户，十元、五十五文。四十一，桶，二百七十七文。四十二，一元、一百二文。四十三，宗柳记，一元、三十文。四十四，二百八十七文。四十四，二户，一元、一百廿一文。

○共洋四百三十元七角、钱十八千廿三文。

百文愿一次，九十三元、四百九十文。二次，九十二元、六百四十文。三次，十八元、七百四十文。四次，十一元、十文。万善愿一次，六十元。二次，一百十六元、十四千四百九十二文。三次，三十一元、八千九百廿七文。四次，廿元。五次，一百三十二元、七百廿文。六次，六元、七百八十文。七次，六十四元、十八千三百五十文。八次，廿八元、四千三百二十文。九次，十一元、九千五百卅五文。十次，十一元、四千六百七十文。十一次，十元、五千五百四十五文。十二次，八元、三百四十文。汪永亨洋厘，三十元。程相记洋厘，五十元。邹合记又，廿元。元和顺又，五十元。永昌顺又，十八元、八百六十五文。又，十七元、一百六十文。又，十六元、八百六十八文。载记又，十元。东记又，三元、一百廿文。又，九元、四百七十六文。又，一元、一百二文。京口绸业，一百元。悯荒客手（九户），三十七元二角五分。云册邵手（十九户），二元、八百六十文。王持敬荐先，十元。云册吴配阿等十户，二元、五十文。云册杨三叔等四户，五元、六百十六文。怀清堂，二元。祈安氏，十元。隐名氏病痊，五元。福禄寿喜，四元。邵手桶捐，一元、九百八十三文。邵手桶捐（二户），五角、九百六十七文。又，一元、三百十九文。邵手又，九百十七文。

○共洋一千一百十四元七角五分、钱七十六千八百六十二文。

共收洋一千五百四十五元四角五分正、钱九十四千八百八十五文。

震字册（桶捐）：

保赤局桶捐，铜二元、六十一元二角、五百九文。又，三十四元二角五分、一百八十五文。又，五元、五百卅八文。又，铜一元、十四元、三千七十五文。又，一元、二百廿文。又，十元、三百九十六文。又，八十八文。又，一元。又，四元、二千二百文。又，一元、二千七百文。又，铜二元、三元、三千九十七文。义兴手桶捐，铜一元、廿一元五角、六百四文。同善堂桶捐，铜四元、九元、八百文。同善堂桶捐，五元。又，二百七十三文。又，一元、一千八百廿八文。又，二元、三千三百廿文。又，六百廿六文。又，八元、六百七十七文。又，十元、一千八十九文。又半铜饰五件兑，一元、六百卅文。又，一元、一百八十文。又，铜六元、八百九十文。震泽丝业，一千元。同善堂助掩埋，五十元。吐丝各行，七十八元、九百五十文。沈世勋，二元。严墓桶，六元、一百六十八文。生记，一元。

共收洋一千三百四十五元九角五分，钱二十五千四十三文。

横字册（桶捐）：

吕芷堂手，廿六元、五百七十文。又，四元、四百文。吕砺生手（十六户），廿九元、六十文。吴梅堂手（十一户），十六元、三百六十文。

共收洋七十五元、钱一千三百九十文。

浔字册（桶捐）：

一批，三十九元。二批，廿四元。三批，八元、二百三十三文。徐佩之手，三元、八百廿文。

共收洋七十四元、钱一千五十三文。

昆字册（正心崇善局一命愿）：

吉三，十二元、六百文。十六，十六元。十八，葛沂香手（三户），三元、四百廿文。二十三，剑虹，四元。三十六，俞惠泉手（六户），三元、四百廿文。王阳叔、石蕴生手（十一户），廿七元、四百五十文。二十四，钱瑞刍等三户，五元、一百五十文。四，方子英手（三户），三元、四百五十文。四十二，徐瘦君手（二户），七元。季又堂，六百文。祥五十二，费友棠手（五户），六十元。祥，胡仲华手（廿六户），廿九元、一百五十文。茶馆捐（八户），四元、五十三千五百五十一文。茶馆捐（十九户），廿元、八百三十文。安徽帮各铺，一百元。浙宁绍帮各铺，一百十三元。昆新各铺，二百十二元、三百十三文。朝阳门大街房捐，二百五十一元、七百卅文。嘉定戴，十元。顾第山手（十七户），二十元、八百六十文。知止老人，三元、四百廿文。汗字主人，三千六百文。华叙堂还愿，廿七元、一百八十文。华萼堂代还愿，十一元、三百四十文。

共收洋九百五十元，钱六十四千六十四文。

租字册（郡绅租米捐）：

汪诒丰二百千文，丰备仓、王鸿鬈义庄祭号附栈二栈各一百五十千文，吴滋德一百千文，丁树艺怀新七十千文，顾丰和六十千文，顾仁寿五十千文，潘敏慎四十二千文，彭介寿、汪耕荫二栈各四十千文，汪存余三十二千文，顾庆余、顾安时、金永丰、冯思树、潘通恕五栈各三十千文，潘松鳞廿八千文，丁义庄、吴彝经二栈各廿四千，沈居易廿六千，张耕畲、潘敏德、蒋世德、蒋平余、彭敦悦五栈各廿千，吴锡蕃语记十六千，殷树谷、殷畯喜二栈各十四千，彭味腴、陆萼辉、严安义、金履素、王符德、戴怀德、蒋养时、东号、严丰记九栈各十千，陈敦礼七千，沈附记、方谦益、钱荫桂、严裕和王怀寿合、严静娱五栈各六千，潘容安、沈廉德、李慎修、彭慎裕四户各五千，袁俭以三千五百，范山笏、戴蔚君二栈各四千，黄淳叙、陈业记二栈各三千，许玉润、连惟善、乐记、严心耕、葛诒卿、陈广裕六栈各二千，俞尚义、张志远二栈各一千四百，陈翼记一千一百五十，陈仁记、许纯碫二栈各一千，叶凤记六百，陶顺甫五百。

○共钱一千五百十三千五百五十文。

同里四十五栈二百三元，震泽庄坚白手一百五十元，黄埭吴仁夫手廿四栈八十三元，北圻逍小浦手四十一栈五十二元，横扇廿栈五十一元，江义庄各记、和安、吴江费恭寿、同庆四栈各五十元，顾山辉四十七元，陶义庄四十元，憩闲庵顾、吴畲经、谈云顺、王洽礼四栈各三十元，汪三有、顾安时二栈各廿八元，吴义庄、卫敦和、顾友琴募三栈各廿五元，范忠厚廿四元，锡记、祭记、程资敬、潘存诚、吴叙和、程慎远、朱素行寿记、潘至德、顾慎修、殷日新、恤艰氏、张佐夔、陆义经十三栈各廿元，彭味初、经记二栈各十九元，胡仁寿十八元，彭思慎、汤锦波、唐存诚、孙翼之手四栈各十六元，徐凤楼、沈济成、尤留耕、程伦叙、凌芝字五栈各十五元，吴月波、张荣禧、严玉记、朱保滋四栈各十四元，彦记、凌隆字二栈各十二元，凌兴字十一元，杨盈丰、陆孝友、张含乐、寄记、杨大有、贝义庄经畲、谢来燕、蝶㲄、黄经德、振记、周爱莲、养气、薛抒怀、朱世德、煦记、苏盈玉、王恒稔、董敦复、无名氏、味经、仲行素述礼、安定费、练塘了心愿、玉吉、朱义庄、王有恒、潘礼耕、凌兰字、潘瑞善、无名氏、府崧生、凌寿字、吴古处、徐益丰三十三栈各十元，王荫若九元，潘金萱、持平栈、守恕轩、张孝友、陈德庆、凌圣字、公记、府稽门、方寸地、费春生、方敏慎、吴昭新十二栈各八元，中和、能虑、蒋承志、尤清凤、仁善局、王寿松、尊雒堂七户各七元，沈敦丰、漱六、孙东昌、高持保、张屡丰、张崔松、顾凝碧、费松记、吴玉丰费世德五户、吴玉丰、王元丰合、卢退耕十二栈各六元，全思贻、翁义祭、眠云、张义庄、吴存德、龚义茂、张金玉、王读易、王仲叔、凌天庆、凌知氏、吴景兰、姚清泉、吴慎德、冯朗甫、彭敦裕十六栈各五元，不留名、夏瀚之、卫星记、荣记、乾记、沈雍睦、张余庆、存裕、张紫凤、蒋孚吉、徐怀德、甫里小补、荣庆善、袁松寿、蒋三益、乐又新、胡安庆、袁益善、沈臣南、邹三省、张孝友、叶世德、李霭香、赵怀仁、瞿源丰、何余荫、凌如松、李斯兰、倪复初、倪子兰三十户各四元，徐三裕、邹春怡、沈仁德、李德高、高枫记、王芳孙、邱敦仁、朱凝远、范恒德许眉寿、钱世谨、张瑞记、蒋氏、周学古、凌仁字十四栈各三元，凝瑞、潘耕心、周待月、顾衍庆、沈恒丰、徐豫丰、袁树德、袁保艾、袁垂裕、袁延春、铜井、许漱芳栈、徐素行、唐垂裕、袁余庆、袁礼义、沈义记、刘玉照、袁汉雪、包宁德、金六顺、凌荫字、朱慎余、俞有余、张养浩、凌赓记、钱仁耕、沈子调、赵谦吉、方顺德、范惠卿、叶懋花三十二栈各二元，芮翰香、沈崇德二栈各一元五角，远记、一善、朱绍新、笃庆、无名氏、周敦纯、王丽泉、陈庆萱、沈敬德、陈延锦、赵余庆、胡裕丰悟非子、袁崇德、黄种德、华厚堂、范子闿、邹敦本、钱凤山、刘葆和、刘楚宝、陈复兴、万大生、王少记、王秋记、龚增寿、朱敬德、朱馨德、包慎德、张永庆、李无名、郁思安、顾恒丰、朱馥记、金丰宜、彭安雅、李旭亭、张丹记、吴云记、徐养穀、同仁堂、张养记、沈衡堂四十二栈各一元。

〇共洋二千五百五十四元。

慎德，一元、五百五十文。正义王安甫手（五十二栈），一百十八元、五百六十文。柳质翁手（三十一栈），六十七元五角、三百七十四文。震泽庄坚翁手（五十二栈），四十六元、七百六十文。吴江谢祠，九元、四百六十文。震泽房租四十三户，三百廿三元、九百文。汪承志，十九元、一百四十五文。凌有字，廿五元、三百文。凌义字，六元、二百文。柳养树萃和官庆二加，四十八元、一千七百廿文。顾怡泰，三元、八百五十文。柳质翁手（七栈），十三元、五百廿文。逯海帆，七元、六百五十文。冯思树，廿八元、六百文。铜坑顾，一元、八百文。周从野，一元、二千四百十文。眉寿，五十六元、二百六十文。许传经，四元、八百文。陆萱寿，一元、九百五十文。李怀川、任发濂手（一百十五户），七十一元、三百廿文。

〇共洋八百四十七元五角、钱十四千一百廿九文。

共收洋三千四百另一元五角、钱一千五百念七千六百七十九文。

陆字册（五十文愿）：

一批，五十元、一百七千文。二批，一百元。三批，五十元、六十五千五百文。四批，二百元。五批，一百元、九千文。六批，一百元、廿千文。七批，一百元、七千文、五钱。八批，一百元、三钱、二千文。九批，六十元、廿千文。十批，一百元、六千文。十一批，一百元。十二批，一百一元、九百文。

共收洋一千一百六十一元、银八钱、钱二百三十七千四百文。

竺字册（十譬如捐）：

同吉祥韦手三十户，七元、二百卅文。李隆盛徐手十二户，二元、四百文。汪坤如手四户，一元、八百文。张蓉亭、徐锡廉手三十户，二元、三百十文。诚昌许手十四户，七元、一百七十八文。吉昌公手，二元、三百文。泰和永手四十四户，十六元、二百卅文。林少云手廿三户，二元、二千六百文。祥泰手七户，四元、二百文。赵星斋手三户，二元、一百文。顾健甫手廿七户，一元、二千六百文。沈菊亭手卅四户，十五元、六百卅七文。郭洽兴手四户，二元、三百文。张裕翁手十户，二元、五百文。张裕翁手五户，三元、一千文。谢树基手三户，二元、四十八文。其昌坊等十五户，一元、七百五十文。周云荪手三户，五元、八百文。朱朗霞手十二户，四元、二百文。陆酉岩手廿五户，六元、二百十五文。王万泰手廿四户，十元、一百卅六文。周云生手六户，六元、四千文。正余诸友六户，一元、五百文。张秋樵手十二户，八元、二千四百文。夏潘陆手三十七户，十三元、二百文。周云生手，廿七元、五百六十文。章锡记手十三户，六元、四十文。迮小亭手四十一户，九元、九百五十文。陈英甫七十户，十三元、四百六十文。赵小坡手八户，二元、三百文。钮吉孙手十五户，四元、六百八十四文。李缦卿手八户，五元九角、十文。无名氏交来十六户，廿三元、一千二百五十文。贺师友等五户，一元、一千六百文。

○共洋二百十四元五角、钱二十五千四百八十八文。

安裕庄手廿一户三十八元，同源等六户三十元，赵小浦手卅三户廿六元，李锡翁手九户廿五元，张秋樵手十九元五角，姚正和手十八元，无名氏、时丰诸友、隐名氏、戚玉亭手廿二户（四户）各廿元，震元手卅一户十五元五角，人茂布号等二户、知足子手九户（二户）各十五元，王东文各友、时亨各友、不留名、周韫记、履和堂（五户）各十元，升泰源手七户九元三角，张裕翁手十七户九元，沈柏卿手十户、纸箸公所（二户）各八元，曹宝申手七户七元，恭记、王际云手廿四户、曹乾甫手廿户、李信隆手二户、无名氏、升源、吴仪卿、毛秋涵手廿四户（八户）各五元，怡善堂、乾七十九号、时泰、咸恒泰手四户、慈邑来二户、包承祐手十四户（六户）各四元，生康、乾丰祥手十户、福隆祥公和永友、无名氏、又、张渭川手（六户）各三元，德昌手十二户二元五角，林少云手十四户二元二角五分，张子仪、无名氏、信泰祥十四户、葛永利等十五户、许石随缘、黄指龙手十四户（六户）各二元，李春畬手一元一角五分，高姓、何俊甫手九户、贝鹿记等四户、何姓、叶子谦手四户、毛秋涵手、广顺昌五户、陈松亭（八户）各一元，湖州人五角。

○共洋四百八十一元七角。

葛杏林手廿一户四千八百，杜春江募三千八百，高益寿友三千六百，毛春园手八户一千三百，王春芳手一千二百，朱万氏等、钱徐氏等、黄金根、华正乾等（四户）各一千，吴松泉手、许顺和等（二户）各九百，吴考余等八百，蔡顺龙等、高张氏等（二户）各六百，叶子谦募五百，竺卅四四百，陆松霞二百。

○共钱二十三千六百文。

共收洋六百九十六元二角、钱四十九千八十八文。

筵、惠字册（端阳中秋席费，附香字、修字）：

东中市六十户，七十一元、三百廿四文。蒋恒信，二元、四百文。郭子成手，四元、五百七十六文。柳春缘手（二户），二元、一千一百文。吴一山手（四户），三元、七百文。毛秋涵手（三户），二元、一百文。

○共洋八十四元，钱三千二百文。

人和震记、人和诸友、咏勤堂（三户）各五十元，潘镜波手十户廿四元，汪镜川公分廿四人廿三元，德永降诸友廿元，振源永、乾号有记、复祥（三户）各十六元，诚裕十二元，济元十一元，履康、荣泰、艺兰、慎泰昌、汪锦川寿筵、隐名氏、合兴森、大有恒、冯利泰、裕成、湖州会馆、济亨、济泰（十三户）各十元，大信、和丰、泰昶、保容、济元分当、郭子刚手、陈江轩手（七户）各八元，杭州公信七元，宝源、万康、济康（三户）各六元，沐泰山、筲青草堂、公信、李隆盛、郑祥泰、王大生、义大信、王杜氏、泰和永、济泰分典、济隆（十一户）各五元，宋丽夫、凝远堂、程人和、祥泰、同春、潘锦记、赵小浦手三户、平望萃丰车（八户）各四元，祥发、诚昌、万利、济大、德茂、同福义、启泰、无名氏、沈子筠手、连朴斋手（十户）各三元，福来康、古松、江怡泰、吴同茂、王忆笠、戴眉峰、顺昌、成昌、维德、省飧、泰来焕、益大、协利、蔡仁茂、丁志宏、永昌裕、乐记、无名氏、同泰义、德泰森、大源绥、费漱石募二户（廿二户）各二元，潘镜波手一元五角、杨叔美、孙鼎元、朱子耘、茂昌义、天益、同源、金源兴、怡兴隆、乐善、万通、源昌义、泰兴、周德生、陈济氏、信大（十五户）各一元，体亲堂五百文。

〇共洋六百七十六元五角、钱五百文。

香册华府三户三十元，修册颐寿堂、悼素堂（二户）各六两，青毡客节敬六百文。

〇共洋三十元、银十二两、钱六百文。

共收洋七百九十元五角、银十二两、钱四千三百文。

弢、米字册（米行捐）：

程弢安手苏城米业，一百八十四元。丹阳南门外，三千二百文。青浦一次，一百十元。青浦二次，一百元。青浦三次，三十四元。青浦四次，八十六元。丹阳东门外，二元。金泽十二户，三十五元、二千九百八十七文。

共收洋五百五十一元、钱六千一百八十七文。

佛字册（观音图）：

一号、二户，九十六文。二，三户，一百四十四文。三，十户，九百十二文。四，十户，一千一百卅二文。五，四十八文。六，七户，九百廿文。七，七户，三百四十四文。八，二户，一百四十四文。九，五户，一元、三百卅六文。十，金姓，九十六文。十一，无名氏，四百八十文。十二，五户，六百廿四文。十三，八户，六百七十二文。十四，二户，九十六文。十五，无名，四百八十文。十六，二户，七百八十文。十七，十一户，六百七十六文。十八，四户，一百九十二文。十九号，华春宝手，二元、三千六百六十文。二十号，十八户，一元。二十一，庄景煜，四元五角、七十五文。二十二，徐镛世塾，四元五角、七十五文。二十三，三户，三百四十文。二十四，无名，一百文。二十五，九户，一元、二百五十六文。二十六，五户，一元、七百廿文。二十七，十五户，一元、一千六十四文。二十八，九户，二元、七百卅二文。二十九，六户，八百文。三十，赵妙尘手册六户三千六十文、无名氏四百四十八文。三十一，张老太太一千文、郁妙莲手十七户一千二百文。三十二，梦池馆五户，二千三百四文、三百八十四文。三十三，金小苏手（廿八户），七元、六百卅一文。三十三，七户，三元、七百六十八文。三十四，严汪氏手（五户），一元、八百七十文。三十四，许馨山手，一元、一千一百八十文。菩提心者手（十九户），十二元。叶善□手（廿五户），四元、一百十文。无名氏，一元八角五分。三十五，常州保婴局手，廿九元。三十六，程岷江、姚楚珩募，四十五元、五百五十八文。三十七，十户，一元、八百六十四文。三十七，廿四户，四元、七百五文。三十九，十三户，二元、四千八十八文。四十，九十六文。四十一，二百四十文。四十二，吴德甫、席蔚堂手（八户），十元、一千廿文。四十二，长乐等二户四百八十文南前周氏一元。四十二，定慧，四十八文。四十四，周禹臣募（廿一户），二元、一百九十六文。四十五，赵妙尘手（十七户），八百六十四文。四十六，邱寿生手，二百四十文。四十六，甘露镇，六元。四十七，王施氏等十户，三元、六百三十文。四十八，王念乔等十九户，五元、六百四十八文。四十九，曹荫阶手（十七户），八十元。五十，韩芝记一元何云卿二户一百九十二文。五十一，王燮卿等二户，一元、九十六文。五十二，生元坊，二百四十文。五十三，史峻岩手，一元、一百二文。五十四，顾滨华手一元费淦二百文。五十五，施拥翁手（五户），一元、四百文。五十六，凤翁手，一元、四百廿文。五十七，甘露镇，二元、七十文。五十八，甘露镇，三元、二百八十三文。五十九，洞庭吴募（十七户），六元二角五分、一钱五分。六十，金沈氏手（十一户），一元、三百卅二文。

共收洋二百五十四元一角，银一钱五分，钱四十千九百六十一文。

必字册（必定如意图）：

酱八十，三户，十三元。一百二十，井养手，四元、八百文。一百九十五，三元、八百廿文。问心居，十元。彦记，二百七十文。

共收洋三十元，钱一千八百九十文。

大共收赈款洋一十万九千一百三十七元九角三分五厘、银一万八千一百八十三两六钱四厘、钱五千六百九千二百六十三文。

卷三 南豫赈捐收解录下

棉 衣 捐

京都松江平一千两，合苏漕平九百五十八两四钱四分。

苏州府宪谕劝：济元、济亨、济大、益济、济昌、久大、裕成、裕源、慎和、致祥、泰源、时泰、洪裕、大信、和丰、万康、福泰、仁太、福源、同昌、保容、时丰、时升、时亨、济康、润源、震大、大德、善昌、保源、泳泰、萃元、源源、恒和、济成、济兴、公裕、公顺、同泰、同丰、永和、同和、同兴、大有、悦来、恒义、大亨、信大、大正、万裕、同裕五十一当，各二十千文。

○共银九百五十八两四钱四分、钱一千零二十千文。

山册延陵氏，五百千文。京都寄来，三百九十二两四钱、一百八十七两七钱七分。常健居，三百千文。延寿老人，十元。唐信臣，十元。留后居，三百元。启幼书屋，三十千文。王芝翁手（廿六户），廿元、九百四十文。

云册食旧德斋，一百两。太仓州正堂吴，三百千文。沧海赘人，三百千文。陆哲夫，十元。吴鹤翁手（十八户），五十元。赵小翁募（茶馆捐），二十元。王芝翁手（六户），二十四元。

禹册一，赵依竹等（七户），廿元、五十文。二，映雪孙，廿元。十，沈升伯手（四户），四元。十三，汝苕溪手（十一户），廿八元。十八，曹春山手（七户），六元、六百文。二十，永康室，卅十二元。二十一，毛秋涵手（六户），五元。二十二，王锡卿，廿十元。二十四，毛秋涵，十元。二十五，毛秋涵手（二户），一元、一百五十文。二十六，陶振昌，三元。二十七，毛秋涵手（八户），十七元。二十八，毛秋涵手（七户），一元、二十文。二十九，毛秋涵手（二户），三元。三十，毛秋涵手（十三户），十二元。三十九，沈宽夫，五十元。四十一，陈直甫手（四户），卅十七元。四十七，冰怀氏，二元。四十九，沈子和手（四户），廿七元。五十一，王巢阁，六百文。五十三，虞韵泉手（五户），十元、二百六十八文。五十五，裘紫卿、丁固之手（七户），十三元、一百六十一文。五十七，张清承手（三户），六元。五十九，陶芝仙手（三户），四元。六十，陶芝仙手（四户），三元。六十一，张清承手（三户），五元。六十三，姚文甫手，五元。六十四，张清承手（四户），五元。六十六，周丹记手（六户），六元。六十七，周丹记手（四户），四元。六十八，张清承手（二户），七元。

萱册杨宝善，十元。茅篷祇园寺，十元。放生会，三元。阅耕楼，一元。听雨草堂，一元五角。汪鉴人手（十户），十二元二角四分三厘。

锡册二铭书屋，一元。黄葵圃，二元。无名氏，十四分之十元。正一坛等（二户），四元。邓子明手（五十九户），四十元。周霁初（十四户），十元四角九分。

常册三，王信曷手（二户），廿五元。四，时永全等（廿一户），十九元。五，郑善夫手（十二户），九元、二百廿文。七，李仁源，五元。八，李春佩手（十四户），廿元。九，程成保募（七户），二元、廿文。十二，醵资移助（五十户），廿九元、三百七十四文。十三，亦仁坛手（三户），十六元。十七，王信昌手（三户），三元。十八，李钱氏，十元。

青册三，泖部农手三户十五元五角二户二元。汪秋轩手（三户），三元。

笙册天益手（九户），六元、二百六十文。刘炳卿手（五户），四元。

佩册岁寒堂，湘平五百两。化吉生，六十二两九钱八分五厘。柳念曾廿元知止老人二元。柳邱氏，十六元。寄生庐，二元。金陵浒震堂十元会龙山人三十。东海秦一乌镇善士一元。王敏树六元邵祥叔六。敦仁堂吴，十元。庄友恭，十元。瓶兰花馆，五元。蕙室氏，五元。韩芝生，五元。杨叔赓手，五元。洞庭山来（四户），四十七元、一百八十文。章宝桥，四元。杨舍社课，十元。琴川手（三户），十五元。叶姓募（十三户），廿元五角。叶凤楼手（十三户），四十四元、十文。彩衣堂，三元。贞松室，廿元。三十二，慎余堂郭，二元。三十三，敦诗堂，六元。三十五，经畬堂，四百八十千文。三十五，平安室，四元。四十二，吴颐卿手（卅一户），八十四两三钱八分。四十三，朱致大，一元。四十三，刘金谷手，一元、二百文。四十四，吴颐卿手（七户），廿三元。四十六，吴颐卿手（三十三户），三十三元、三百三十文。四十七，又手（十一户），十八元、四百文。四十九，又手（五户），十一两二钱五分五厘。五十一，陈墅镇等（四户），十六元。五十六，黄海游人手（廿六户），五十元。五十九，王悦来，一元。五十九，仁泰昌，五元。五十九，陈少鹏手（十四户），廿四元。六十，惟日不足斋，六千文。六十三，杨信臣手（七户），三元。六十五，何汉翁手（四户），五元。六十六，树荫山房，五元。

平册一，吴滋兰手（七户），四元。二，沔寿堂等（十户），五元、二百文。三，吴晒堂手（八户），四元、四百五十文。四，卫砚耕手（九户），六元、二百四十文。太湖留防右营公捐，卅千文。

洲册十四，无名氏三百廿千文合，二百两〇〇九钱九分五厘。

荡册元吉盐栈，五元、七百五十文。无名氏，二元、三百文。陈子镕，三元。

春字册小和记，廿元。

友册程义劝三十元凌义劝三十。土地堂僧，四元。遯村道士，五元、七百五十文。梅冠百手（五户），十元。

砺册胡少庭，十四元。恒源祥，一千七百十五文。陆尊乐手（五户），卅二元。陈济川等（二户），三元。不留名，一元。陆述甫手（四户），五元。芦墟节省奏乐，五元、三千文。

盛册施拥伯手（七户），廿二元、七百七十文。

翰册陈撷之，七元。陆畹九手（六户），五元。朱之安永吉，一元。梦池书屋，三元。

震册保赤局手七户十元五户四元。

年册祝遐龄一百元。延禧一。

嘉册和泪子手，一百元。

碟册丹崖手（五户），廿元。

新册带经草堂十王季朴手九户十元。钱纯夫（十三户）五元、三十文。

昆册龚少卿手（十二户），十元、六百七十文。费善士，七元、五百八十文。龚少卿手（四户），四元。

湖册谢星崖，三十元。

恭册高手（四户），五元。

獬册薄命叟，一元。

〇共洋二千二百三十三元二角三分三厘、银一千五百三十九两七钱八分五厘、钱一千九百六十千另二百三十八文。

应收洋二千二百三十三元二角三分三厘、银二千四百九十八两二钱二分五厘、钱二千九百八十千另二百三十八文。

实收洋二千二百三十三元二角三分三厘、银二千六百九十七两二钱三分、钱二千九百八十千另二百三十八文。

结存银一百九十九两另另五厘，系惜阴书屋垫款。

药　　捐

鼎记，太乙丹一料。槐荫，红灵丹一千瓶，蟾酥丸四千八百瓶。子萱手，胡氏避瘟丹一百服。吴中居士，卧龙丹一千瓶，太乙丹半料，回生丹一百四十服。雷允上，正气丸三百廿两，蟾酥丸一千瓶，太乙丹一料。来燕，巴膏十料。吴中居士，蟾酥丸三千瓶，卧龙丹三千瓶，痢疾药九百服。吉芸草堂，蟾酥丸二千四百瓶，红灵丹二千服。沐泰山募各号，太乙丹十料。众善居，太乙丹十料。湖郡仁济堂，混元丹八千五百服，正气丸一千五百服。汤吉甫，痢疾药五百服，雷公丹三百服，疟疾膏一千个。尤采山，太乙丹六料。湖郡仁济堂，蟾酥丸十三两。无名氏，太乙丹四料，卧龙丹二千六百服，正气丸一百服。平余氏，又一千六百瓶。蟊巢小隐，正气丸一千。茗雪居士，五虎达腹丹一千五百服。沐泰山，土牛膝汁粉三瓶，珠黄欢喉丹一料，喉风夺命散三瓶。湖郡仁济堂，神犀丹八百服。知止老人，太乙丹一料，卧龙丹一千四百瓶。郭宅，太乙丹一料。德永隆，蟾酥丸五千瓶。孙春记，太乙丹十料，正气丸十料。居易室金，正气丸十三料。常州同人，又十六料。尚思堂，正气丸一千服，辟疠丹一千服，辟瘟丹一千服，太乙丹二千服。冯利泰，又三百服。宝记，飞龙夺命丹三百服。泰和庄，又一千服。同吉祥樊韵璈，药茶一千二千七百服。董姓郑金氏，卧龙丹二百服。郑秋翁，红灵丹一千服，青鹿茶三百。胡庆余，辟瘟丹一百服。梁观发，药茶一百服。吴竞成，正气丸一千服。丁松翁，救疫丹一千三百服，卧龙丹一千瓶。陈孙云、雍子钧，七液丹廿六斤十二斤。青浦学祁，玉枢丹二百锭。

〇共作价洋二千零五十五元九角、钱一百二十三千文。

正修堂丁，洋四十元。徐翰波手，洋五元。

〇共洋四十五元。

大共作价实收合洋二千一百元零零九角、钱一百二十三千文。

周恤灾区士族捐（七月朔以前收入赈捐收赎捐中）

学宪林劝谕新进文童项下：

金匮学廪保十六人、童生三百另一人，三十六元、二百五十文。又文生三十二人，三千二百文。无锡学张，三元。苏州府新生十八人，廿五元。长洲学陈，十元。又新生十七人，十七元。元和学张，十元。又新生廿六人，三十八元。吴县学张，十元。程，十元。又新生廿八人，五十元。镇阳学新生十四人，十五元。崇明学又三十二人，五十五元。无锡学文童三百六十七人，三十五元。又文生二十一人，一千八百三百文。又募唐姓，三元。昆山学新生十六人，十八元。新阳学又十七人，廿一元。吴江学又十九人，廿元。震泽学人十三人，三十五元。常熟学文十二人，廿六元。昭文学又廿人，廿一元。太仓州学又廿人，廿四元。嘉定学又十八人，廿二元。宝山县新生十五人，十八元。

　　○共洋五百廿五元，钱五千五百五十文。

桃花坞同人经劝项下：

柳册延陵氏等，十一元。昆暑中秋节费，十元。史午生等，廿元。周濂昉手，四元。荒册四号，二元。佩册德润身，五十元。陁道人，一百元。梅叔，三十两。林少云，廿五元。颐塘书院，廿元。瓣香讲合，十元。佩册修身氏，十元。佩册陈成德，四元。问心书屋，四元。徐慎乃，二元。盛葵翁手九户，十元。鼎隆惇泰仁泰，七千文。程濂溪，一元。沈谱梅，廿元。寿亲民，十元。培子氏，十元。代醮事，十元。省过氏，十元。

鹫峰，七钱五分。荣达斋，五元。王芝翁手三户，二十元。顾怀德手，一百零三元。朱静卿祚记，一元。陆彦俌手十一户，七十两。余时卿手，二元。章定安，二元。戴咸九，四元。赵少棠手，三元。王芝生手七户，十七元。谦受益，二元。高龚甫手，八元。钱晓洲手，十一千一百文。砺册柳润之手十六户，三元十千零六百文。盛册矜恤会廿七户，四十六元、九百五十文。俞二桐手，五元。荡册无名氏，五元。荡册无名氏，五元。翰册慈善沙社，三十元。醉经书屋，一元。砺册松滬同人，二百元。庄子封来一次，二百十五两五钱。又二次六十三户，三百八十七两另二分四厘。又垫款，十二两九钱七分六厘。又三次，二百九十八两○○九厘。又四次，四百三十两○四钱七分七厘。金圭钦等手八十五户，五十六元五角、六百文。邱执甫等手十三户，六元。吴佩生手七户，五元、一千零六十文。钱少怀、金妙香手五户，三十五元。

陶沁村，四十元。铭心书屋，二百元。常二、徐振远手，三元、七百文。四、郑善孚手，九元、七百文。五、徐振远手，一元二角五分、一千文。六、郑善孚手，七十元。七、刘子佩手，七元。八、赵荫泉手，廿四元、一千三百十一文。九、不书名，十元。十、严子沅手，一元、四百十文。选一、夏介眉手，八元。二、又五户，十四元。四、沈居易等三户，十二元。五、陆德甫，一元。青册汪经训、四元。选册无名氏，四元。夏介眉、郑仕传手四十六户，廿八元。平一、秦廷璜手九户，六元、二百文。二、蒿目子等，三元、六百六十文。三、吴梅隐等，九元、五角八百廿五文。仙册王泽沂四户，四元、一百文。王梦龄二户，二千文。獬册十一户，十四元。厚九、五户，六元。十、洪世桢手二户，十四元。云册还读斋，三十两。一、王翰题手十户，一元、五十文。三、钱信芳手二十户，四元、一百廿六文。十一、梅玉堂手，十元、五百廿六文。琴册陈手十六户，三十三元。

张子琴手，十六元、一百七十五文。昆册崇善局手七户，十元。王子蔚，一元。

〇共洋一千四百七十元另二角五分、银一千四百七十四两七钱三分六厘、钱四十千另另九十三文。

书画社润项下：

墨稼社一次，四元、四千四百文。又二次，六元、六千八百文。又三次，四十五元、三百五十文。又四次，廿八元、十千零八百文。又五次，十八元、六千一百文。又六次，五十一元、一百文。又七次，三元、三千八百五十文。又八次，八千文。又十次，六元、三百文。又十四次，八百文。抚松馆润资獬手对价在内，四元、八百四十文。虞山社五次，廿四元、八百四十二文。又六次，廿元、七百十五文。又七次，十九元、五百四十文。安仁社一二次，八元、九百十九文。又三四次，十二元、六百廿九文。又五次，六元、六百九十文。吴梅隐画资二次，十一元、三百四十文。又三次，廿元、八百文。吴梅隐、陆九琬、顾渊如润，十二元。锡山书画社五次，四十二元、三百八十文。

又，四元、八百四十文。又，四元、八百四十文。又，四元、八百四十文。又，四元、八百四十文。又，三元、十七文。强为善书画社，三十元。沈雪渔荷汀逋梅润，十八元、二百廿七文。锡邑北郭画社，三十元。听湖外史画润，五百文。可园润资，七百文。

〇共洋四百三十六元，钱五十二千九百九十九文。

无锡百福惜士会项下：

锡一，晓湘手，三千文。二，子延手，五千八百五十文。三，仰之手，四元、三千文。四，子成手，七千二百文。五，莱卿手，三千二百文。六，秉章手，三千文。七，酉山手，四千三百文。锡八，省臣手，两元、九百文。十二，仪亭手，四元一角四分三厘。十三，可庭手，二元、三千文。十四，锦堂手，一元九角五分三厘。十五，心一手，三千三百文。十六，松筠手，九元、二千八百文。十八，伯谦手，三千文。锡二十一，桂芬手，八角五分七厘。二十二，子乾手，三千文。二十五，佩扬手，三千文。二十七，硒香手，二元八角五分七厘。二十八，又，五元一角四分三厘。二十九，竹舟手，三千四百文。三十一，子敬手，二元八角五分七厘。三十三，云浦手，三千六百文。三十四，小芳手，三千文。三十五，锡堂手，三元另八分四厘。三十六，又，二元八角五分七厘。三十九，殿卿手，二元八角五分七厘。四十，成伯手，四元。四十一，保良手，一元、三千文。四十二，子敬手，二元。锡四十五，公甫手，七千六百文。四十六，小云手，八元五角、二千一百六十文。四十八，公记，二元八角五分七厘。四十九，陈茂苑手，三千文。五十，黄旭初等，二元八角五分七厘。五十一，叔嘉手，二元、一千六百文。五十四莱卿手，五角六分。五十五，又，二元。五十六，季臣手，七元、四百五十文。五十九，自初手，一元、一千一百文。六十，成伯手，七元。六十一，又，二元八角另五厘。六十二，又，四元。六十三，小芳手，三千文。六十四，又，三千文。锡六十五，小芳手，三千文。六十六，又，三千文。六十七，又，三千文。七十六，召堂手，三千文。九十二，绥之手，二元、九百文。九十三，自修手，一元、一千八百文。九十四，心陛手，六元、三百五十文。九十六，汪雨金手，一元。一百〇六，德大等，二元五角一分二厘。一百〇七，裕记等，二元五角一分二厘。一百〇八，梅泉手，二元七角九分。一百〇九，王手，三元二角四分三厘。府十，顾心渔等，八元五角七分一厘。园五，二元、二百六十文。七，三千六百文。园七，击柝生，九百文。八，三训堂等，六千三百文。又范经等，二元、六百廿文。又，一元、七百五十文。九，延绿阁等，一千八百文。又华仲馨，九百文。翰二，十元、四十文。十，二元七角一分。墨三二户，二元。四，张伯芬等，三元、四百八十文。又二户，二千七百文。又，二元四角另六厘。又，二元九角二分三厘。五，杨懋记等，三元、六百文。又无名氏等，一百另一元。墨五，月课生二元，唐三十元。九，邹新甫手，三十元。林二，钱道士等，五百文。四，八元、五角六分。五，二元、八百六十文。九，无名氏二户，二元。树六听雨手，二元七角六分二厘。又，四角七分二厘。远六徐之幹手，九元。不列汪符翁手，十四元、七百五十文。华锡山手，十二元。曹械卿手，三元、四百五十文。蔡朗如手，八元、六百文。王汉章手，八元、六百文。又，六元、六百文。不列王汉章手，六元、四百五十文。又，六元五角六分三厘。杨树斋手，四元、九百文。孙小梅手，三元、六百文。邹项寿手，二元、六百文。无名氏，二元。又，八百文。又，二元、三百文。又，一元。又，二元。杨保纶，一元、七百五十文。余时卿，一千文。陈葵记等十一户，八元、九百六十文。钱伯陶等十三户，十一元、八十文。吴慕莲手，十元。杨叔赓手，十元。又，廿五元。又，六元。又，十八元。又，十三元。又，十元。又，十七元。又，廿四元。又，十元。王锡章手，三元。王小亭手，七元。棣华，一元。汪宝俭，一元。又，一元。杨恒刍手，一元。华禄记，一元。无名氏，七元。赵子延手，六元。又，三百文。杨子佩手，二元。丁厚卿手，二元。又，九百文。宝琴翁手四十四户，廿一元九百四分二厘。又八户，六元一角七分二厘。余仲清，一元。顾静畦，五角七分一厘。周梅坡手九户，十元、一百六十文。荡口华手三户，五元、一千文。席咏棠手六户，六元、三百文。林少云手，一元。胡俊卿手，三元。又，一元。沈兰溪手，三元、二百五十文。倪芝泉手，三元、五十文。杨恒刍手，一元、三百文。沈林一，八元。曹笃甫手，二元二角六分五厘。徐湛之手，一元四角二分八厘。胡捷三手，三元、三千五百六十文。又，三元。固山司，二百文。薛近方募童生，一千九百文。蔡心庭培，二百六十文。世经堂，九百文。高文龙，三百文。荣盈刍手，一元五角九分。

共洋六百九十六元一角七分九厘、钱一百三十八千六百四十文。

黎里中州惜士会项下：

余三十四，龚心友手，三十九元。三十八，又，十三元。三十九，顾德懋手，七元九角五分。四十，陈耆英手，九元三角五分。余四十六，姚芷翁手，五十六元。四十七，太仓镇洋两学劝举贡生监八十九户，九十三元、五百零六文。又四十六户，五十元。四十八，汪伯韦手，八元。余四十九，嘉定学手，十七元、七百文。一百〇二，毛秋涵手，五元。一百〇三，萧石臣手，两元。一百〇四，张久安手，七元、铜四元、三百四十文。一百十六，庄兼伯手，廿元。一百二十，倪禹泉手，二元。一百二十一，虞韶泉手，十元。一百二十四，丁固之、张新甫手，二元、四百八十文。一百三十一，周禹臣手，二元、二百文。一百三十二，张元之，一元、四百五十文。一百三十五，周子叔手，二元。余一百四十，富励庵手，三十四元。一百四十二，沈升伯手，二元。一百四十五，汪菊韵手，八元。一百五十四，陶佛楞手，六元、九百廿五文。一百五十五，陈蕴友手，四元。一百五十八，姚文甫，五元。一百八十三，屠儒刍手，一千三百文。一百八十八，康健子，廿元。一百八十一，两户，六元。沈纪平等手，四元、二百六十文。郭小溪手，七元。李绪曾，五元。

○共洋四百五十一元三角、钱五千一百六十一文。

销售书画物件项下：

王步翁手善士助《晨钟录》一万部（除销净剩三千另七十七部）：

步手销出阮申仲一百四十本，凌尘余、许从如、邰琴谷三户各二百本，陈子香、李子衡、翁春生、钱香谷四户各廿本，毛月樵、赵澡儒、又轩、戴玉持、陈文甫、石子韩六户各一百本，杨诚斋廿七本，笪芝畴廿五本，朱琴轩、德安二户各五十本，厉仲岩七十五本，邰琴谷十一本，黄小舟曹雨人一百另一本，汪冰臣一百三十本，柳少云一百十本，李小兰一本，朱养儒、邹仲宾、郭漪园、詹孟奇四户各一百本，顾子固十一本，钱香谷四十本，陈虎卿、李寿琦、魏芷田、祖鹤亭、容璇圃五户各廿本，朱明卿三十五本，晏淡如、刘健安、朱子英、赖树臣、务义、吴向门六户各五十本，黄小舟九十本，曹宝卿六十本，邰琴谷廿四本，吴士豪十本，朱芝庭八十一本，陈子香七十一本，朱琴轩四十六本，曹木卿四十九本半，笪芝畴十七本半，吴仲远八十本，易莐臣、黄丙湖二户各三十本，尹抡元二百本，雷蔚才、宗鹿宾、王平之、查阜伯、胡采章五户各五十本，石子韩一百本，严岑甫、梁逸樵、饶弼谐、廖可亭、杨待堂五户各廿本，何秋辇十本，毛月樵二十五本，叶佐平三十本。

○共四千二百本、收洋七百六十一元，钱三百十五文。

桃鸥销出高赞清三百本，尤采翁二百本，尤鼎翁一百三十四本，大生一百十本，陈绩生、又、怡怡堂、又、阮申仲、獬手、叶作舟、周宅八户各一百本，刘家浜八十七本，吴亮翁五十二本，凤记、沈凌阁、又、又、又、又、又、叶季卿手、绥手金学殷九户各五十本，王手四十九本，周立人三十二本，方子厚三十本，王手三十六本，钱香谷、李景卿、帅参府、王省三、刘荻翁、留庵六户各廿本，潘寿屏十七本，杨可园、黄南墅二户各十五本，杨可园、杨叔赓二户各十二本，方大人、王引之、唐廉臣我、王手四户各十本，金学九本，黄南墅八本，华凌洲、杨可园二户各六本，孔樛园、沈季眉、方善士三户各五本，谢手四本，门售、胡心义、何俊甫、汪符生四户各三本，金学、唐售二户各一本，士记一百五十本。

○共二千七百廿三本，洋三百三十七元九角三分，银五钱三分，钱一百七十四千四百八十六文。

申报馆交到《百一诗》二百本（除销净剩八十五本）：

现售五十六本，曹月卿售四十四本，金学售十本，唐姓售五本。

○共销一百十五本，洋八元，钱三千另七十一文。

申报馆交到《昔柳摭谈》一百部（除销净剩九十八部）：

门售。

○共钱五百二十五文。

《顺天易生编》二百本，王步翁售，廿千文。松陵道人庙堂碑，一元。邱姓画屏一堂，六百文。慈善社钟馗轴，四元。读书盦（雄精关圣玉拱璧），七元。梅先生人物堂轴，五元。安阜典铜粉幢，一元五角。

○共销洋十八元五角，钱廿千另六百文。

大共应收洋四千七百另四元一角五分九厘、银一千四百七十五两二钱六分六厘、钱四百四十一千四百四十文，实收洋四千七百九十二元六角五分九厘、银一千四百七十五两二钱六分六厘、钱三百四十八千五百文。

惺惺居士助《孝经》，五十部。深读书助《孝经》，一百部。以上俱解河南。

魏君《袁文牋正》，一百部。腹庸人羽毛，二疋。古桂山房汉玉佩，一件。顾宅王山谷代笔山水，一轴。顾宅李松溪花卉，八幅。知足子字典，一部。吟梅花馆画屏，四纸。惕五十七号砂壳，三千个。留婴堂来玉蟾一件 琥珀珠11粒。苇塘翠佩，一件。唐再培砚，一方。梅先生无字对，一付。安阜典手炉一件 狮镜一件。徐翰翁来研，二方。荡口来温虞公碑，一册。以上待销。

福幼伉离啜泣图收赎留养捐

佩字册：

一号、何汉泉手（八户），一百七十三元。二，又（八户），廿元、五百文。三，张公馆手（九户），四元、三百五十文。四，敦诗堂，六元。六，宝源手（廿二户），十六元、二十文。六，张撷芳手（九户），一元、二千文。七，无名氏手（十一户），一两十四元八百文。八，杨秉学、钱镕之手（十七户），一百三十元。八，七老班手（二户），二元。九，无名氏二元 无名氏等十二户三十七元。九，杨叔赓手，三元。十一，黄筠屏、王篋圃手（四户），一百三十元。十二，积善堂，五十元。十三，仁和等（三户），二元、五百三十五文。十八，朱晴江、沈星和手（十六户），廿九元。十九，杨宝林手（卅四户），廿六元、一百七十文。廿，施孚龛手（廿四户），五十八元。廿一，又（廿户），三十元。廿二，思诒堂手（五户），六元、三百六十文。又，又（八户），廿九元、四百六十文。廿三，宜窝手（十一户），六十二元。廿三号，姚研怡，一元。廿四，金笠夫手四户三十五元 三户四十五元。又，无名氏，四元。廿五，李星垞、沈星和手（十二户），廿八元。廿六，朱湘溪手（二十八户），廿五元。廿七，章西卿、郑瀛仙手（十三户），十一元、三百文。又，虞亚卿、唐程卿手（廿二户），廿一元。廿九，徐佩青手（十五户），廿三元。卅，盛诜荪手（四户），廿二元。卅一，汪子砚手（五户），九元五角、二百文。又，沈莱台，一元。卅二，傅秉卿手（廿一户），廿四元五角、四百三十二文。又，又（十三户），廿二元。卅三，徐石卿手（十一户），十一元、二文。又，沈铭之手 静之（四户），十元。卅四号，贝汇茹手四户四十元 五户五两。卅五，吴鼎甫手九户五十一元 四户八百文。卅六，潘骏一手，十元。卅九，何尹孚手（十六户），一元、六百文。又，陶手一元 修心居手十元。四十，陶敬之手（四户），五元、五钱。四十一，陶念乔手（二户），四元。四十二，钱蓉斋，二元。四十三，无名氏手（九户），八元。四十五，张楚封手（五户），廿八元。四十六，汉口来九户，六十一两九钱七分。四十七，敦裕堂，五十元。又，学福等三户四十元 公正等六户十四。四十九，劫余生手（十一户），四十八元。又，周少华手（卅二户），十三元五角、二百五十文。五十，汉口来十三户，廿四两五钱四分。五十一，陶仲虎手（五户），十元。五十二，王晋翁手（二户），四元。五十三，王晋翁手十二户廿元 徐莘夫手五十。五十四，宋秋渔手（十二户），廿元。五十五，王晋翁手（四户），六元。五十七，张叔鹏手（七户），五十元。六十，严叙人手五户五元 王万泰手八。六十一，补过生手（十四户），十六元五角、十二千八百文。六十二，知仁庄手（三户），六十五元。六十三，又（三户），廿三元。六十四，又（廿户），十六元。六十五，又（廿二户），廿一元。六十六，无名氏，廿两。六十七，补过生手（五户），六元。六十八，知仁手（廿户），三十元。六十九，又（廿户），廿元。七十，无姓等（四户），十二元、二百文。七十三，缪衡甫手（廿四户），十元。七十四，李调卿手（廿九户），十元、五百七十五文。七十五，吕姓手（三十七户），四十八元。七十六，时宽夫手（廿四户），廿五元。七十七，又（卅九户），十五元、四百文。七十八，清芬堂手（九户），三十九元。七十九，又（十二户），十八元。八十，时宽夫手（廿九户），十三元五角、一百四十文。八十二，沈逸云手（十五户），七十元。八十三，启昌手（九户），十元。八十四，沈逸云手（十一户），十二元。八十五，琴福氏十元。琴善记十。八十五，顾萱寿、无名氏，十六元。八十九，郑调梅手（七户），九元、二百文。九十三，吴鼎甫手（四户），十元。九十四，彭城树德，四十元。九十五，邱英甫手（二户），廿元。九十六，沈捷之手（十一户），八元、二百文。九十七，恽叔翁手（十户），廿一元、四百文。九十八，周少华手（卅四户），十二元、六千九百文。九十九，又（二户），一元、二百文。一百，信源泰手（四十八户），廿七元。一百〇一，汪品芳等（廿一户），四十七元。一百〇二，马仁德，一元。一百〇四，蔡仲翁手（三户），十六元。一百〇五，又（十户），八元。一百〇六，沈谱梅手（三户），四元。一百一十，蔡仲翁手（二户），廿四元。一百十三，邵同兴手（二户），三元。一百十四，何俊甫手（六户），五元。一百十六，又（四户），五元。一百十七，朱子英手（十九户），五元五角、三钱、六百文。一百十九，吴星斋、王山辉手（廿一户），廿元、九百五十文。一百二十，王山辉手（七户），十元。一百二十一，江建霞手（十户），九元。一百二十二，又（十四户），十六元。一百二十三，张叔鹏手（九户），卅元。一百二十四，又（八户），一百另二元。一百二十五，徐竺卿手（七户），四元。一百二十六，又（四户），四元。一百二十七，潘衡斋手（五户），十四元。一百二十八，吴韵甫，五百文。一百三十，义茂手（十户），四元五角、二千一百九十文。一百三十一，又（十一户），三元、二钱、一千三百六十文。一百三十一，梅里镇来十四户十八元 孔枝翠等二户四元。一百三十二，张方明手廿四户，十三元。又，丁山镇手五户，一元、一千一百文。一百三十四，愿慈康寿廿 祈萱疾愈女廿元。一百三十四，侍慈散人，廿元。一百三十五，顾云搏手（十四户），一元、一千五百文。又，林友隆等（九户），一元。一百三十九，周韫记，十元。一百四十四，小清秘阁，十元。又，林少云手（八户），八元。一百四十九，饭颗手（七户），十元。一百四十九，贝汇茹子八户十二元、 会和等三户二元五角。一百五十，陈近仁等（四户），五元。一百五十三，达源庄手（十户），二百七十二元。又，詹姓，十五元。又，邵乐居，十元。一百五十四，姚筱湘手（八十二户），五十三元九角七分三厘。一百五十五，周大钟等（四户），一千四百文。又，吴颐卿手（十户），十三元、二百文。一百五十七，又（十户），六元。一百五十八，又（五户），十元。一百五十九，福源等六户，卅元。一百六十，吕梧翁手，五元。一百六十二，顺承堂杨手（廿一户），一百元。一百六十三，王镜如手（六户），十一元。一百六十三，黄来峰、邹曾瞻手（廿二户），五十元。一百六十四，席咏棠手十二户廿元 夔俭记五十元。一百六十五，席咏棠、华优卿、陈于镕手，廿八元。又，菱湖友等九户，卅四元。一百六十六，崇庆等廿户，四十二元。一百六十七，包沧洲手（十二户），七元。一百七十，席咏棠手（廿二户），卅七元。一百七十一，席咏棠、华仲衡手（十一户），十元、一百五十文。一百七十二，兰汀咏棠仲衡手（六户），十四元。又，胡小松手（十户），五元。一百七十三，胡小松手（七户），二元、九百十六文。一百七十四，张秋樵，十元。又，位育等廿二户，九元、四百六十文。一百七十五，王宝书等十七户，四元、一千四十文。一百七十六，游息等十五户，四元、一千二十文。一百七十七，刘子谦手（十五户），十元。一百七十七，恒顺手（四户），四元。一百八十，席咏棠手（十九户），十元。一百八十三，琴川默安居，卅元、廿六两九钱四分。又，无名氏等三户，一元、一千廿三文。又，华友蓉手，二元。一百八十五，碛石戴永大手（八十一户），一百卅七元。一百八十八，刘永之手（四户），卅元。又，又（五户），卅元。又，又（廿户），一百廿元。一百九十一，王韡卿手（十户），七元、一百文。一百九十二，三泖部农手（二十七户），卅二元。一百九十三，刘获云手（八户），一百五十三元、三百文。一百九十四，又（四户），十元。一百九十五，沈宇春手（六户），七百文。一百九十七，敦诗堂，六元。一百九十八，叶季卿手（十一户），四十四元五角。二百，王振夫手（十一户），四十五元、五钱。二百〇一，抚竹居等三户，五元。二百〇二，德昌手（廿三户），六元。二百〇四，戴永之手（六户），十二元。二百〇□号，碛石来十三户，十三元、五百六十文。

○共洋四千三百三十五元四角七分三厘、银一百四十两另九钱五分、钱四十五千八百三十三文。

江南隐名氏，ⅡⅢ银三百四十三两钱五分。金陵塔捐余款，二百九十八两九钱一分。江南不书名，二百两。知足乐斋，一百两。积义居二户，一百两。叶佐平，扬平ⅡⅢ宝六十两。淞溪渔人，五十两。仕友濂，廿两。

○共银一千一百七十二两六分。

敬恕堂张手八户一百四十元，愿萱永寿子、协恤记、养亲氏、嘉兴吴琎轩等、祈育麟五户各一百元，求嗣主人、劫凡子、修心居、修心居手、碛石徐古盐五户各五十元，澄江隐名六十元，怡和茶行方手茶业、会龙山人两户各四十元，澄江不书名、又隐名氏、浏河泰昌三户各三十元，常州屠同茂四户廿七元，金陵浲震堂、又、林少云、昆署来四户各廿五元，悯荒客五户廿三元，蔡子得手十户廿一元，澄江无名氏、又因求子、保合记、沈逸云手、三泖部农人、安镇王姓、弗记、美意延年室、莳门彭杨氏、陆吉卿十户各二十元，沈逸云手十五元，叶慕周手十四元，蒋世德七户十三元，敦仁堂吴十三元，无名氏十二元，沈逸云手无名氏、三和德、因求孙、强为善、乡老、庄友恭、种福、香余客、知止老人、合记、郁春霆、留余堂、蠡巢小隐、江阴夏寿、念慈堂、寿椿萱室、方重瑜、元和四九氏、眠云小巢、高启秀、程绍庆、对薇吟馆廿一户各十元，陈凤轩手九元，亦再堂及宝聚堂及知止老人、谢选青手四户、怀心室三户各八元，无名氏七元，留青堂、庐州府经厅谢二户各六元，四龄童子、吴致远、无名氏、叔冥庆、追荐愿心、嘉定珩善氏、潘承剑、沈季记、三泖手七户、省因勉子、西阳氏、钱泰吉手、致和堂程、程恒庆、徐竺翁手募不书名十五户各五元，不署名、蠡巢小隐、隐善氏、益山氏、媚兰、吴寿铨、宝记七户各四元，孙泮香、留青堂柏、无名氏、孙榜花、朱万记、黄海游人二户、无名氏、保婴人八户各三元，恭禅客、张古台、乌镇十二龄童子、公记、古香五户各二元，辽西四龄、不书名、无名氏、朱又记、志静氏、浲震堂六户各一元。

○共洋一千九百六十二元。

皖北衍庆堂，五十两六钱六分、本五十元。恻隐居等十一户，六元、一百九十文。隐名氏等九户，四元、二百八十三文。高静轩手（十六户），五元、四百七十二文。叶手十户，七元、四百四十文。

　　○共洋七十二元，银五十两六钱六分，钱一千三百八十五文。

　　湖郡厚记，一百千文。长庚官押岁钱，二千文。王文朴押岁钱，四千八百文。敬脩乐安助《家常必读》二百本，三千六百文。

　　○共钱一百十千零四百文。

　　共收洋六千三百六十九元四角七分三厘，银一千三百六十三两六钱七分，钱一百五十七千六百十八文。

笙字册：

　　一号，石君秀手（十三户），二十五元、二百文。二，又（四户），十五。四，又（十一户），十九元五角。五，又（十一户），廿六元。六，无名氏手（八户），十元。七，雷滋蕃手（七户），十三元。八，留耕堂手（八户），十二元五角。九，陈润卿少甫二元、雷滋蕃手十户七元。十，慕善子（十一户），五元、一百六十文。十一，张性卿手（十二户），十六元。十二，叶子香手（八户），十六元。十三，徐子丹手，一元。十四，雷诵芬手（七户），八元五角。十四号，百不如人手（二户），二元。十五号，潘寿苹手十元、无力子一。十五，慎余等（六户），九元、二百文。十六，陈敬甫手二户六元、沈居易廿。十七，从善子，廿元。十八，张性卿手（廿一户），十六元。十九，尤手（四十八户），一百四十三元、九百四十文。二十，江花卿手（二户），六元五角。二十一，汪理仲手（十二户），十五元。二十三，陆菊生手（四户），五元。二十四，潘福苹手（十一户），二元、七百文。二十五，张性卿手（廿户），廿二元。二十六，少记手十（二户），十四元。二十七号，不书名五十元、无名八十四。二十八，壶客一百文、养拙一元。又，无名，一元。三十，陈兆霖手（九户），三十元。三十一，姚福生手（四户），五角、五百文。三十二，赵五卿手（七户），一元、五十文。三十三，唐恒发手（十一户），一元、二百六十文。三十四，马敦和手（六户），四元五角。三十六，姚福生手（五户），四元、一百六十文。三十七，柳荣森手（十一户），四元、六百八十文。四十，马敦和手（廿八户），十五元、三钱三分、二千三百九十文。四十一，松江署手（九户），六十元。四十二，魏盘翁手（廿二户），廿元。四十三，汪秋厓手（十二户），十五元。四十四号，金景之手廿二户八十元、十廿七元。四十六，宜兴署手（十户），十二元征。四十七，嘉定署手（四户），十元。四十八，荆溪署手（十三户），三十四元。四十九，陆云翁手，十六元四角五分、六百文。五十一，娄县署手（十七户），廿二元。五十二，华亭署手（七户），廿八元。五十三，金山署手（十一户），十四元、二百三十文。五十四，川沙署手（十二户），十四元。五十五，上海署手（廿户），三十元。五十六，青浦署手，六十元。五十七，南汇署手（十一户），一百元。五十八，奉贤署（七户），十五元。六十一，华达卿手十（六户），二元、五千文。六十二，孙东记手（十户），十七元、一千七百廿七文。六十三号，孙靖斋、华达卿手（十一户），八元、四千文。六十四，华达卿手（十九户），六元、十八千五百文。六十五，陈意楼手（十四户），廿一元、四千文。六十六，隐名氏手（三户），九元。六十七，义泰庄手（十一户），四十二元。六十八，金景之手（廿二户），廿五元。六十九，连芝泉、马启臣手（十一户），十三元、五百文。七十，姚起龙手（七户），六元。七十二，钱柏荫手（九户），七元、廿文。七十三，雷滋蕃手（五户），八元。七十六，怀德堂手（十三户），十一元。七十八，胡小山手（十三户），八元、六百七十文。七十八，无名氏，三百五十文。七十九，隐合氏手（二户），三元。八十，王裕坤手（二户），二元。八十一，余手十（二户），十三元、二千一百文。八十二，祥泰和手（三户），三十三元。八十三，不书名赵手（七户），廿二元。八十五，乾记手（十户），三十元、五千五百文。八十六，玉树堂手（十一户），三十元。八十八，盛手（三户），五十五元、五百文。八十九，黄浚明手（十一户），七千文。九十一，王喻梅手六户廿四元、张纯卿二户廿四。又，叶菊裳手十九户，四十一元。九十二，叶菊翁手（十一户），六元五角。九十三，张念修手（十五户），十四元。九十四，又（十四户），廿一元。九十五，顾受滋手四户六元、张纯卿手四户五。九十六，李升兰手三户三元、叶菊翁三户三。又，琴石居等，三十三元。九十七号，张纯卿手三十一户九十三元、无名氏三户九。又，张纯翁手（三户），五元。九十八，曾君静手五户三十九元、无名氏四十四。又，叶菊翁手（五户），六元。九十九，殷厚培手，八元。一百，张纯卿手两次，五十九元。曹汉鼎等（十户），十一元、四百文。一百〇一，陆怀古手（十一户），六元、三百八十文。一百〇二，陈达夫手（三十一户），十五元、一百文。一百〇三，李伟柏手（十一户），三元、一百文。一百〇四，平阳氏手（十五户），六元、二百二十文。一百〇六，金棣华手（二十五户），六元、七百文。一百〇七，凌秀甫手（三十三户），九元、六十文。一百〇八，王鸿发手（四十户），八元、七百五十文。一百〇九，光大堂手（二十一户），六元、二百四十五文。一百一十号，陆鄮生手（十九户），五元、九百文。一百十一，无名氏，一元。一百十二，顾少棠手（廿户），廿元。一百十四，汪理仲手（十一户），十一元、三百六十文。一百十五，又，十三户，十八元。一百十六，徐佐羹手（廿二户），廿六元、五百廿文。一百二十一，姚宝生手（四户），六元。一百二十三，中善堂，十元。又，从善堂，十二元。一百二十四，粤棉人手（廿二户），廿二元。一百二十五，石仲兰手、金匮署（七户），三十元。一百二十六，安乐居手（八户），八元、二百文。一百二十九号，仁记，三百元。一百三十四，王兰卿、刘望屺手（廿二户），一元、九千三百文。一百三十五，少怀氏手（十四户），十九元、三千五百文。一百三十六号，林泰和手（十二户），一元、七千六百文。一百四十，刘手（四户），五元、五百文。宋文茂手（四户），一元、一百四十文。佩记手（九户），五百另二两六钱六分。周义庄，二百另二两二钱七分。无名氏金锭兑，一百六十二两。周南记，五百元。郭琴生手四户三十元、雷诵芬四户三。宋文茂手廿四户三十元、郭琴生三户十二。辰记十四元、马少原四。程宋江，三元。

共收洋三千二百另四元九角五分正、银八百六十七两二钱六分正、钱八十三千零十二文。

砺字册：

元号，徐彦生手（四户），廿四元。二，陶楚卿手（廿八户），三十元。三，凌甘叔手（三户），三十元。六，昆山县金手十四户三百五十七两二钱一分、陆实甫手（八户），廿五。七，陆实甫手（十三户），一百元。八，沈奏云手（八户），十二元。九，徐丽江手（廿六户），廿七元、二千五百六十文。十，汝韵泉手（廿七户），廿九元。十一，梅冠百手（五户），五元。十二，凌荫周，一百元。十三号，柳蒂卿手（十二户），廿一元、三百文。十四，郑远翁手八户十五元、无名氏五十。十五，陶厅仙手（九户），廿四元、无名氏五十。十六，凌甘叔手（十一户），一百另三元。十七，柳颂禧手（廿户），一百十四元、一千六百文。十八，黄指龙手（九户），十二元。十九，毛秋涵手（四十户），七十二元五角。二十，竹庵道人，十元。二十一，胡翰甫手（十七户），一百十三元。二十二，邱金毕手（四十六户），六十三元五角、二十文。二十三，泖西一渔手（十四户），六元、六百五十文。二十四，沈云生手（十四户），六元、九百九十文。二十五，陈轶凡手（十三户），一百三十五元。二十六，陆实甫手（十三户），一百元。二十八，同盛典省中秋席费，十五元。三十一号，凌仰山手（六户），八元。三十二，周龄等（五十九户），三十六元、二百卅文。三十三，王榜花手（十五户），四十七元。三十五，凌稚川手（二户），十二元。三十七，蔼春手（廿户），三十五元。三十九，韵记等（七户），十四元、二百十文。四十，补勤书屋等（七户），十四元、一百卅文。四十二，陆西岩手（五十四户），五十元、七十文。不列，沈菊人，四十六元、一两。胡少亭手（七户），四元、四百五十文。钱晓洲手（三户），一元、一百五十文。亭林镇修庙费，五十元。毛秋涵手五十元。费榛十元。费明才十元。六一堂五。费钟十元。陈鲁山手十元。不列，陆述甫手（四户），五元。不列，不留名，一元。

共收洋一千七百五十五元正、银三百五十八两二钱一分正、钱七千三百六十文。

翰字册：

三号，且安居手（五户），五元、五十文。又，秦卍卿手（十七户），八元、六百九十文。四，艾竹村手（十二户），十六元、二千三百文。五，黄海游人手（二十三户），十三元。七，徐翰波手，五十两。八，朱砚香五（十四户），十六元、一百四十文。九，梅冠百手（四户），廿二元。十，周禹臣手（十户），三十元。十二，彭耘民夏介眉手八户，四十七元。十三，吴子华手（四十户），十七元、一百十文。十五，蒋翼临手（七户），十七元。十六，周立元等（二户），十四元。十九，汪涤刍手（十户），三十一元。二十，叶子谦手（五户），廿八元。二十二，何迪甫手（九户），十元。二十四，周立人手（四户），三元、四百七十一文。二十五，朱颉翁、丁固之手（八户），八元五角。二十七，赵渔珊手（九户），十七元、五百文。卅二，保记，一元。卅四，梅冠百手（四户），二十元。卅六，青浦陈撷之，四元。卅七，又，四元。卅八，周吉甫手（五户），一千二百文。卅九，费漱石手（二户），二元、一千一百四十文。四十二，叶子谦手（二户），二元。四十三，周雨臣手（二户），一元、八百廿文。四十四，黎里桶捐，一千另另四文。不列，周娴范金挖耳兑见，十元、五百文。不列，世德堂音记，八元、四百五十文。不留名，一百元。又，一百元。未书名，七十三元。周陈氏，五十元。养记，本四十六元。徐添寿，三十元。陆尊德陈氏二户，廿四元。邱姓，十二元。邱毓芝手省灯费，二元。

共收洋七百九十一元五角正、银五十两正、钱九千三百七十五文。

友字册：

元号，友手（四十六户），四两、一百元。二，又，（四十户），五十一元、一百九十文。五，谢拓人手（十户），廿一元。六，朱杏春手（十七户），五十三元、四百文。八，王次甫手（八户），一百三十元。九，费恂卿手（十五户），廿二元。十号，倪廉卿手（九十一户），四十四元。十一，友手（三十三户），一百另五元。十二，费少泉手（五十九户），五十元零五角。十四号，袁端甫手（八十二户），一百元。十五，王骏甫手（八户），十四元。十六，朱仰山手（四十二户），四十六元五角、一千文。十七，张广川手（二十户），廿一元。十九，朱仰山手（十三户），十五元五角。二十，承朴主人，五十元。二十二，倪于卿手（十四户），卅二元。不列，倪廉卿手（七户），十三元。任友濂手（三户），九元。

应收洋八百七十七元五角，银四两，钱一千五百九十文。

实收洋八百七十八元三角，银四两，钱八百十四文。

纯字册：

元号，秦山钱氏，四十元。二，黄哲生手（十二户），二十元。四，章用之手（六户卅五元）。又，又十六户，六元、九百八十文。五，沈菊人二 养志等十五户二十元。九，蔡容如手（十四户），廿二元、三百四十文。又，钱少怀手（八户），廿元。十，彭耘民手（十六户），一百元。十一，胡少亭手（十二户），四元、六百文。十一号，夏介眉手（九户），三十元、五百廿五文。十三，菊生手十八户五十四元 陈金和等二 二元五角。十四，田肚村（十户），五元、二千二百文。十六，菊生手（十六户），十七元、八百文。十七，陈翼亭手（二十户），卅四元、五百卅文。十八，陈子槎手（二户），十元。十九，马啸云等（十八户），卅四元、一千七百文。二十，陈翼亭手（廿八户），廿一元。不列，朱征远，一百元。

共收洋五百九十一元五角正，钱七千六百七十五文。

柳字册：

元号，萱寿堂，五十两。又，周濂舫手（三户），五元。二，又（二户），五元。三，张莲士手（廿一户），六元、一千五百廿文。四，吴遵祁等（七户），二元、二百文。六，芹香堂，一百两。七，徐励刍（二户），十一元。八，李秉之手（三户），六百文。九，辉碧等（三户），二元、三百七十文。十，沈季眉（四户），六十五元。十六，翟佑廷等（二户），二元。十七，永昌顺，一元。十八，包炳南等（十户），十八元。十九，王健之手（四十一户），四十六元五角、八百十文。又，山角隐名（四十七户），六十一元。十九号，无名氏，一元。二十，杨辰卿手（九户），一元、三千文。二十一，周筱霞手（十二户），卅八元、八两。二十二，又（八户），十九元。二十三，周莲舫手（廿二户），卅五元。二十四，隐娱室等（廿一户），四十一元。二十五，周莲舫手（廿五户），卅十元。二十六，狼山镇署手（十二户），十元。二十七，又，廿七户，廿五元。二十八，又（十五户），八元、六百廿文。三十，又（廿一户），廿一元。卅一，又（十九户），十九元、五百四十五文。卅二，又（十二户），七元、四百六十文。卅三，又（四十三户），五十五元。卅四，又（卅三户），九元。卅七，狼山镇署手（卅四户），七十七元。卅八，又（三十户），廿八元、五百卅文。卅九，又（十三户），十元、八百廿文。四十三，又（三十户），十元。四十六，又（廿九户），十元、八百九十六文。四十七，又（卅六户），十元、九十文。四十九，又（十七户），一百九十元、三百文。五十，又（十二户），一百元。五十五，又（七户），五元、九百六十文。五十六，沈凌阁手（六户），五元。五十七，又（三户），五元、三百八十文。五十九，孟鼎源手（廿三户），四十元。六十，李德刍，十元。又，王桂林等（八户），廿二元。六十一，张莲士手（八户），三元、二百六十文。六十二号，张莲士手（三户），七十元。六十三，又（六户），十一元。六十五，唐廉臣手，十元。七十五，无名氏等（廿二户），十四元。七十七，协昌盛等（廿二户），十元。八十，隐名氏，一百元。九十六，天然室，一元。九十七，刘佑之，四元。九十八，沈兰卿手（四户），三元、四百文。九十九，姚大源等（三户），一元五角、四百文。一百，沈兰卿手（七户），七角五分、三千另八十文。一百〇一，王西雠手（十二户），十元。一百〇二，纪砚亭手（八户），十元。一百〇三，又（三户），二元。一百〇四，通集书舍等（八户），三百六十九两六钱。一百〇五号，纪砚亭手（八户），廿二元。一百〇六，丁兰刍手（五户），十三元。一百〇九，无名氏等（七户），十八元。一百十一，汤祝封等（二户），三元。一百十二，康郑氏，一元。一百十三，龚问堂（廿一户），六元五角、二千二百六十文。一百十四，张少记手（十二户），十一元。一百十五，徐月樵手（卅二户），十四元。一百二十，王健之手（六户），八元。一百二十八，纪研亭手（四户），七元。一百三十一，周筱霞手（十二户），十三元。一百三十二，周莲舫手（二户），四十一元。一百三十三，周筱霞手（二户），三十元。一百三十四，沈苹林等（十一户），六元、五十文。一百三十五，诒经堂等（四户），八元。一百三十六，刘佑之手（八户），十四元五角、七百文。一百三十七，卯金氏，一元。一百三十九，德甫记，一百元。一百四十，隐名氏，一元。一百四十一，唐廉臣手（三户），三元、二百文。一百四十二，顽石山人，廿元。一百四十三，太湖中营各哨，六十元。一百四十三，李廉樵，四十元。一百四十四，刘华轩，四元。一百四十五，福禄寿，廿元。一百四十六，李云仙，十两。一百四十七，易竹修，四两。一百四十八，太湖水师正前营各哨，三十六两。一百四十九，张少霞，五两。一百五十六，董石卿等二户，六元。一百六十，唐刘氏，十元。不列，扬州惜阴拆息，一千一百六十文。六合祥吉丰来，九十四元、五百文。又，二百元。又，九十元。唐方玉，五十元。无名氏，五元。程根柏，一元。免祸斋，一元。

镇字册：

柳少翁塾，六百两。又画余，一百七十二文。

共收洋二千三百三十七元七角五分、银一千一百八十二两六钱、钱二十一千二百八十三文。（按：此处应系柳、镇两册捐款之总和。）

獬字册：

一号，陈记等（三户），五两一钱一分、十六千文。二，无名氏（六户），廿两、十三元。四，春修堂等（八户），一百八十千文。又，味芸书屋等（十三户），十七元。六，蔡惟三等（九户），六十两。又，华芹香手（八户），四元、一千五百文。七，邹源记等（二十九户），五十七元、十文。又，万源通（九户），三十二千文。八，张同兴（四户），十六千文。十二，徐诒燕堂（八户），廿千文。十五，力不从心等（十一户），二元二角五分、二百文。十六，求安等（八户），廿五元。十七，吕静山手（十户），十七元。十九，倪春茂等（十七户），二千文。二十，浔阳等（四户），六百文。二十一，保容等（四户），四十元。二十二，无名氏等（四户），二元、二百文。二十三，金澄怀轩等（五户），廿五元、二百文。二十四，正元手（五户），十一元。二十五，华芹香等（九户），七元五角。二十六，华铸臣手（八户），十二元，华芹泉手（三户），一元五角。二十七，勉之，二元。二十八，味腴堂二元，蒋希山四百文。二十九，张小林手（十三户），廿六元。三十，无名氏等（廿七户），廿元。三十一，潘佑臣，十元。三十二，徐修养，本三十元。三十四，从德堂等（二户），十六元。三十五，运甓斋，十元。三十九，祥裕隆手（十三户），廿三元。四十一，元亨等（四户），六元。四十二，宝森等（五户），十四元。四十三，姚无名等（廿四户），卅九元、五百七十文。四十四，协和等（十户），八元。四十六，撷华，二元。四十七，吴槎翁等（六户），二百卅元。五十，楞枷山樵等（八户），五元、一百五十文。六十一，子良手（九户），七元二角五分。六十二，伯华手（九户），六元六角一分一厘。六十三，与斋手（四户），七元。六十九，百和来（十二户），十四元。七十，勿之手（三户），三元。七十一，惇泰手（六户），卅四元。七十二，汪子开，一元。七十三，沈凌阁手（八户），十元。八十二，华芹香手（六户），七元、一千文。八十三，二德等（十三户），十二元五角。八十四，张显文等（廿四户），十九元。八十五，沈耕泉等（廿五户），六十六元。八十六，梅影等（廿五户），廿四元。八十七，钱厚甫手（五十二户），四十三元。八十八，平阳居士等（廿六户），廿八元。八十九，汪崇德，一元。九十一，德荫等（五户），九十元。九十三，颜士俊酬愿，廿八元、三百廿文。九十五，钱寿记，七元。九十九，黄戴氏等（八户），五元。一百，保赤等（十四户），六十七元。一百〇一，江阴来（廿一户），廿四元。一百〇四，钟载龄等（六户），十元。一百〇五，善记，六元。一百〇七，生泰手（十三户），八元五角、二千八百廿五文。一百二十二，谦吉春手（十五户），四十元。不列，福记，一两。汪我庚，二元。披云居，一元。薄命叟，一元。

共收洋一千二百五十元另一角一分一厘、银八十六两一钱一分、钱二百七十三千九百七十五文。

云字册：

元号，隐名等（十二户），十五元。二，沈□峰手（十一户，十元）盛达庵（五户，四元五角）。三，太仓吴来卅九户、丁恭甫手廿六户，四十二元五角。五，悟空等（廿四户），廿八元。六，统领武毅营右军吴来（六十户），二百元。七，史觐臣手（三户），二十元。八，江阴冯来（六十六户），一百七十元。九，程序东手（十四户），十元、七百九十文。十号，吴江陈来（六户），八十六元。十三，李辛垞手（四户），七元。十四，连筱亭、潘永之手（十三户），七元、六百五十文。十五，九思堂，八元。又，慎思手（十户），一百十四元、六百二十文。十六，赵渔珊手（二户），二元。十七，雨砚等（四户），七元。又，姚芷轩、汪护根手四次来，四十二元。十八，倪燕屏（十四户），十六元、四百九十一文。十九，吴署汪来（四户），八十六元。又，张显堂、徐雅泉手（廿二户），廿七元、十文。二十，程福五手（三户），四十二元。二十一，邵少棠手（廿八户），五十六元。又，丁子勤手（三户），二元、五百文。二十二，陆馨吾手（卅一户），六十五元。二十三，李迈堂手（十八户），七十五元。二十四，费福堂手（十六户），五十元。二十五，胡诵槐手（十五户），八十四元。二十六，松石山房，八元。二十七，梅冠伯手（八户），廿元。二十八，丁固之手（十五户），十五元。二十九，叶吉甫手（三户），三元。卅，无名氏，十元。卅二，黄指龙、刘雨坪等（十三户），七十二元。卅三，沈子和手（六户），十元。卅四，钱少兰手（六户），十八元。卅七，龚心友手（卅二户），九十五元。卅八，刁梅清手（卅六户），三十四元、二百五十文。卅九，杜伟卿手（廿七户），五十一元。四十，胡诵槐手（九户），十五元。四十一，顾青来、李筠谱手（廿四户），五十元。四十二，王荫槐（十二户），卅五元。四十三，王闰生手（六户），六元。四十四，又，（五户），九元。四十六，抚署来，一百另五两一钱四分、八元。四十八，丁炳卿等（二户），二元。四十九，常熟宗手（四户），十三元。五十，狄纯甫手（五户），六元。五十一，赵少华手（九户），十元。五十二，张王手（十五户），三十一元。五十三，徐理梅手（九户），四十元。五十四，俞金门手（七户），十六元。五十五，汪豫川手（十四户），一两三钱四分、十六元。五十六，长州万来（七户），一百另二元。五十七，柳子屏旦卿手（卅三户），一百元。五十八，纪善亭手（廿六户），五十六元。五十九，桐荫等（十户），五十七元。六十，刁石磬等（六户），十三元。六十二，严义记（六户），十三元。六十四，吴涌泰等（十二户），卅七元。六十六，金锟等（十七户），十一元、八十文。六十七，卢理垒手（四户），六元。七十，又，九户，十二元、一千文。七十一号，周禹臣手（十七户），十元、九十九文。七十四，张蕙生手（十户），五十二元。七十五，不所名等（廿一户），十两另八钱、廿六元。八十一至八十五，杨在川手，十元。九十一，马逸溪、曹云骧手（五户），十三元。九十二，又（卅二户），廿三元。九十三，又（卅七户），卅元。九十四，又（廿五户），八元。九十五，又（九户），十七户。九十六，盛巽卿手（二户），卅元。九十七，周姓等（五户），十二元。九十八，正心宗善手（七户），廿九元、五百五十文。九十九，无名氏等（十一户），卅元。一百〇五，光裕堂等（八户），卅元。一百〇七，许裕后，十元。一百〇七号，沈根源，廿元。一百〇八，角直保婴局，廿元。一百十一，彭耘民手，十元。一百二十一，振古等（二户），卅元。一百二十二，周子均（廿户），五十二元。一百二十三，祝宝卿等（五户），卅元。一百二十四，正心局手（十三户），廿元另五角。一百二十五，刘云卿等（三户），十六元。一百五十一号，诒谋老人，九十五元。一百五十五，仁寿堂等（十九户），一百元。不列，悔过叟，三十两。吴祥翁，十两。慎思主人，一百元。徐小希手十二户，廿一元。徐理梅手二户，廿元。柳子屏，十二元。

　　共收洋三千一百六十二元五角、银一百五十七两二钱八分、钱五千另四十文。

萱字册：

　　元号，陈达夫手（廿四户），三元。二，松华寿年，二元。三，周以记手（十一户），十三元。四，负德可叹，十元。五号，无名氏等（卅二户），五十元。六，吴颐卿手（廿一户），十六元。七，沈善记，卅千文。七、八，湖州六都，四十元。九，吴颐卿手（廿二户），四十四元。十，宝记等（卅二户），三十元。十一，宋云峰等（五户），十二元。十二，诸恭叶客（廿二户），卅六元。十三，吴颐卿手（七户），十元。十四，孙宝华等（十二户），十元。十五，李玉照等（二户），九元。十七，唐华氏等（二户），十一元另九分四厘。十八，黄泥桥米行等（五户），廿一元八角三分一厘。十九，清晖草堂代作佛事，十元。二十，隐名氏，三元。廿六，无名氏，二元。不列，徐杨氏等（十七户），卅三元、二十文。李有容，十元。雷诵芬，十元。朱厚甫手（三户），七元。蟫隐居，二元。

锡字册：

　　元号，无名等（十三户），廿一元。二，过世德等（三十户），卅九元。三，梁溪某人等（廿二户），十元。四，又 汪符生手十六户 五，卅七元 十二元。六，陈茂苑手（十二户），十一元。七，华海初手（卅一户），四十八元五角。八，无名氏等（廿九户），四十四元。十，张云和手（五户），六元五角。十一，沈芳圣手（十一户），十三元、四百文。十三，听雨手二户，七元。月课生，二元。又，又 无名等三户 三，十八元 七。十三号，无名氏，五元。不列，蔡荫庭，十元。梁溪会，八元。无名氏，三元。王瀛洲，三元。馥园，二元八角五分七厘。杨绍良，二元。

　　萱、锡两册应收洋七百三十一元七角八分二厘、钱三十千另四百廿文，实收洋七百三十一元七角八分三厘（多收洋一厘）、钱三十千另四百二十文。

厚字册：

　　二号，黄澄之、缪蘅甫手（廿六户），十九元。四，钮吾省等（十三户），十三元。五号，九龄等（二户），四十三元。又，琴川等（二户），三元。五号，孙明甫，三元。又，顾月岩等（三户），四元。又，时丰典各友，四元。又，养性等二户，王镜如等三，三元。四。六，陈缪手（四十二户），十二元。七，李施手十四户，八元。施文明手二户，四百、五百文。八，赵少棠手（廿一户），十三元、一千九百八十文。九，缪蘅甫手（六户），七元。十，张陆张手（八十一户），廿五元。十一，太仓北乡某茂才助银顶牙伙银牌银章金挖兑见，五两二钱三分、三元、一千五百六十一文。十二，洪世桢手（五户），十元。十三，陆锦祥手（六户），七百五分、二百十五文。又，刘德良，二百文。十五，缪蘅甫、徐彦彬手（廿八户），廿三元五角。十七，浮桥镇（十五户），十五元。十七号，施少怀顾施张徐手（二十九户），二十七元。又，顾施徐张顾施张徐手（四十二户），十四元六角。十八，徐王沙张（二十二户），六元、三百四十文。又，徐子声（六户），二元、三百四十文。又，又手（十四户），三元、四百廿文。又，又（五户），一元、二百四十文。十九，又手（卅六户），廿二元。廿二，方仰峰手（十五户），一百元。卅一，李复周手（八户），三元、二千三百文。卅四，戊寅子，十元。卅八，周黄王缪手（廿一户），廿三元、卅六文。四十，椿萱并茂（二户），三元。四十一，吕桂馨手（十四户），廿六元。四十二，徐韵泉，五元。五十一，无名氏，一元。不列，陈嵩龄押岁，十元。述古轩，十二元。平安吉庆，十二元。不列，无名氏，五元。尤蓉江，五元。时亨各友，二元。

共收洋五百另三元二角五分、银五两二钱三分、钱八千四百三十二文。

湖字册：

二号，长兴学手，三十七元。十一，又（四户），八元。十二，诚于中等（三户），一百元。十三，罗老师、金稺春手（卅一户），五十七元。十四，查彦云手（十二户），三十元。十五，木道人手（十一户），十元。十六，楚军水师新右营哨员弁勇夫，一百另六元。十七号，郭子龄手（八户），十五元。十八，晓峰手（十二户），十元。十九，双林厘局手（廿六户），廿一元、八百四十文。二十，汤澹吾，八元。二十五，颜少翁手（廿四户），六十五元。五十一，钱体仁手（六户），十七元。五十四，善连镇手（六户），四元。六十四号，安吉县正堂程手（六户），四十元。六十六，武康学手（十一户），九元、七百文。六十七，五户，八十九元。六十八，武康学手（十六户），十元、九百廿文。不列，俞朝光，一百元。沈姓手，七十二元。张瑞之，六十四元。武康诸善氏，五十元。陈云霞等，四十元。芦汀手，三十六元五角。刘竹堂手，三十元。查彦云手，三十元。乌程县右堂手，三十元。武康诸善士，廿九元。仁济堂六月十一来，廿元。不列，谢杨氏，廿元。朱晓岚，廿元。武康学杨手，十五元。安吉县右堂王，十五元。刘霭士，十三元。仁济堂六月十一来，十元。武康县刘，十元。刘竹堂，十元。沈庐汀手，九元。塘栖闻杏村（五户），九元。长兴周箸泉手，九元。湖州府学施，六元。孙树元，六元。刘竹堂手，五元。武康县左堂刘，四元。不列，安吉学沈，四元。武康县右堂顾，二元。乌程学张，二元。沈姓等（五户），八十二元五角、一百三十六文。诸楚良、姚鸿飞手，十三元五角、二百廿五文。诸楚良手，一元、四百四十。慎鸿等（二户），一元、三百六十文。

共收洋一千四百四元五角，钱三千六百念一文。

常字册：

元号，吴刘氏等（十八户），七元、一百八十文。又，毋自欺室，四元。二，敬枝堂等（六户），八十元、九百十文。三，汤记等（二户），四十两。四，怀南乡、陈渡桥惜谷会，廿一元、六百文。五，吴潘手（二户），廿二元、二百九十七文。又，不书名，二元五角。六，苏午泉手一元、九百廿三文、陈燮阳手三户三元。七，路记四元、七百文、不书名张十元。八，高荣须等（七户），十二元、七百五十文。又，郑善孚手（五户），三元、九百文。九，王信昌手二户一元、三百文、郑善孚手二户十八元。十，王信昌一元、杨耀振二元。十一，不书名，五元五角。十三号，不书名张，二元。十五，刘兆炳等（十二户），四元、七百廿五文。十八，郑善甫手（六户），十一元、五百廿五文。十九，又三户，十六元。二十，刘日新手（十八户），四元、六百七十文。廿一，秦仲达，五元。廿二，不书名闵，三元。廿三，朱鸿模，二元。廿四，张玉书等五户，一元、一百廿五文。廿五，力不足斋，九元、三百廿五文。不列，不书名金戒指兑见，十一元七百卅六文。培远堂手（四十户），十元、二百七十文。显宗名下，五百元。培远堂赵手（十三户），十四元。保艾居士手（五户），六元。怀北乡女省烧香，一元。不书名省药，一元。隐名，一元。

共收洋七百九十八元正、银四十两正、钱八千九百三十六文。

荡字册：

元号，席咏棠手（四户），四元五角。三，黄采峰手（十二户），三十一元。四号，安云岩等（五户），廿四元。六，王作霖手（五十二户），三十八元五角、二百六十文。七，华仲英手（十九户），十四元、七百廿五文。八，采于山人等（廿一户），十五元、一百七十文。九，徐念椿、钱仲高手，四十一元、七百六十文。十，胡杏山等（廿七户），廿八元。十三，曹茂椿等（七户），十六元。十五，周吟仙手（廿二户），七元、六千九百四十文。十六，周席手（十户），七元、八百八十文。十八，浦祝春手（七户），十六元。又，姚仲嘉，二元。十九，华芙蓉手（华芙生华友），九十九元、四千〇十文。二十，周席手（卅二户），廿七元、二百十五文。廿一号，胡东村手（十一户），三元、七百六十文。廿二，彩云洞主等（四户），一元、八百文。一百六十六，黄采峰手（六户），四元、五十文。一百六十八，华献人手（五户），六元、五百文。又，周晴轩手（十五户），十五元。一百八十二，卫寅谷手（四十八户），十三元、六百文。又，周吟仙手（十九户），廿二元、三千六百卅文。一百八十四，华瑞芳，一元。不列，席咏棠手（三户），四元、一百文。华桂福手，三十元。邹履和，十元。念萱生祈母病愈，十元。蔡眉寿，一元。

应收洋四百九十元、钱念千另四百文，实收洋五百元、钱十千文。

青字册：

二号，邱汪金手（十九户），廿二元五角、四百十文。又，邱执甫手（四户），四元。三，熊心澄手（十三户），三十元、五百八十文。五号，夏九余手（七户），十二元、七百四十文。盛少恒，李盘生手（廿二户），十五元。三泖部农手（十二户），十元五角。

共收洋九十四元、钱一千七百三十文。

稼、德字册：

一号，汪少勋等（六户），八元。二，敦怡堂等（五户），三十九元。三，慎言堂等（十四户），五十元。德，瓶兰花馆，四十元。四号，吟香等（十七户），五十一元。五，隐名等（十户），十八元。彭润洼汤饼会，廿元。德，无名氏，一元。

共收洋二百念七元。

吉字册：

一号，吴季亮等五户廿元 徐少甫三十元。三，吴备我等（六户），七十二元。四，沈坪舟手（卅户），五十一元。五，陆义经，本廿元。六号，钱西正兴等（廿二户），卅一元。八号，沈萍舟手（十六户），廿六元。九号，曹仰之手（九户），廿五元。

共收洋二百七十五元。

春字册：

一号，瑞雪等（四户），卅四元五角。五号，退省等（十二户），五十元。

共收洋八十四元五角。

年字册：

一号，还读等（十一户），廿二元。二，心斋居士，卅元。三，晋德等（十八户），十一元、一百文。四号，崇寿等（三户），三元。七，同泰隆等（十一户），五十元。

共收洋一百十六元、钱一百文。

盛字册：

一号，培元堂手（八户），廿元。三，陈楚斋手（六户），十二元。四，吴秋波手（三户），十四元。五，和卿，二元。又，怀德堂，三百文。六，舜湖平安等（十七户），廿元。七号，杨处仁等（四户），八元。八号，唐谱经手（六户），十二元。九号，邵少云手（五户），十元。十号，延陵等二户，（六元）。十三号，无名氏，（十元）。十四号，俞二桐手（十三户），廿元。沈穉坡手（三户），十元。又，（二户），二元。延年主人，五角。矜孤恤寡会（卅三户），五十元、三十文。又，（十一户），十六元、五百文。

共收洋二百十二元五角、钱八百三十文。

山字册：

元号，春永堂沈，十元。又，濮院中心散人，四元。二，祥顺荣等（九户），廿元。四，雨研等（五户），五十五元。七，大有等（十三户），卅二元。八，仁厚堂等（十一户），廿五元。九，习静居，五十元。又，范庆成手（十六户），四十元。十号，杨豫隆等（八户），廿八元。十一，培芝室，一百元。十二，屈见行等（十八户），廿二元。十三，仲秋坪等（二十一户），廿四元。十四，杨柳堂等（十八户），十四元。十五，石门玉溪镇（七户），廿四元。十六，存古堂等（三户），五十九元。十七，尔室，五十元。十七号，吴硕记，卅千文。十八号，濮院来（五户），一百五十一元。十九号，吴鹤轩手（廿五户），一百四十六元。二十号，凌阳氏等（卅四户），一百元。诸善士，二百三十两、一百零四元。褉湖小隐，一百元。启幼室，五十元。枕善居，廿元。

共收洋一千二百念八元、银二百三十两、钱三十千文。

兰字册（附恭字）：

二号，六一堂等（廿四户），六十千文。三，红梨馆，一元。四，朱受禄等（廿六户），四十二元。五，雷凤生等（十八户），三十元。七，知不足手（十三户），五十五元。八，心口居等（十二户），三十元。十号，乐寿堂（五户），一百元。私不入公，廿元。朱衣点，十元。江梅生，五元。小松师，二元。王陆氏，二元。恭五，严聚和等（十二户），十四元。

共收洋三百十一元、钱六十千文。

莲字册：

一号，周蓉江，十元。三，保赤子等（三户），廿元。四号，卓莲生手（十一户），四十三元。五，鸣鹤等（九户），廿五元。

共收洋九十八元。

化字册：

一号，景含誉等（十一户），五十七元。三，常寓庸等（四十一户），六十三元。五，杨佩瑗手（五十二户），八十三元。七、八、九，（三户），一元。常履云手（十二户），五十元。

共收洋二百五十四元。

采字册：

一号，新桥镇等（廿户），十八元、三百五十文。二，陈庆余竺记，一百元。四，戴晴岚，九十五元、二百五十文。又，扶盾堂汤，十四元、三百文。五，承志栈等（廿三户），六十元。六，采手，十元。九号，履康等（十一户），九元。十，万松山等（二户），七元。十一，不书名等（六户），廿八元。福神殿移助，十元。诒砚厾等（卅九户），廿二元、一百五十文。

共收洋三百七十三元，钱一千零五十文。

亚字册：

一，王湘之手（二户），七元。又，王健之手（六户），十一元。四，又（八户），十四元。五，周亚侯手（六户），八十元。六，豫源手（卅九户），廿六元。七，张玉山手（十一户），十七元。九，洪溪诸善士（七户），四十一元。十，景记手（十七户），廿二元。

共收洋二百十八元。

黄字册：

一，青躬居士手（二十户），卅元。三，姚筱湘手（一百十六户，）卅五元三角八分。五，无名氏，一元。六，吴凤梧手（廿九户），十八元。七，黄葆仁手（廿五户），四十元。八，盛惟源手（四户），六元。九，韩道生手（四户），二元。

共收洋一百三十二元三角八分。

惕字册：

骥全等（九户），廿一元、五百卅文。宜健，十元。

共收洋三十一元，钱五百三十文。

洲字册：

一号，厉孟宾手（十四户），五十元、十千七百四十文。二，邰琴谷手（三户），九元。又，厉孟宾手（七户），十元、廿五千四百五十文。三，项庚虞诗侣手，四十六元七千文。四，又手十（五户），六元、七千。六，无名氏，五千文。八，王树斋手（十户），廿二元。九，陈诗仲手（十户），四元、一两、五千八百文。十，查阜伯手，七十四元。十五，刘健庵手（十二户），卅五元、廿六千文。十六，朱子英手（七户），廿五千文。十七，阮申仲、王鸿飞手（十九户），十二元、七千三百文。十八，梅花书院等（八户），十元、八千五百文。廿二，无名氏等（五户），十八元、四千文。廿四，薛砚耕、王树斋手，十元、二千五百五十五文。又，晚香室主人，五十两。廿五，厉仲岩手，十千文。廿六，查一山手（四十七户），五十九元、一千二百文。廿七，又手（五户），三元。廿九，项庚虞项诗侣手（三户），三十元。卅一，刘授迁手（十一户），十四千文。又，钱香谷手（二户），二元、四千六百六十文。卅四，吴星南手（二户），一千文。卅五，王鸿飞、宋穆清手（十二户），十一元、三两三钱三分、一千五百文。卅六，朱养儒手（十一户），八元、五十两、廿千文。卅八，洪泽中、吴峻封手（一百另二户），卅五千五百九十一文。卅九号，叶佐平手（十五户），十八千文。又，邰琴谷手，廿千文。四十，叶佐平手（十六户），廿六千四百文。四十二，朱明卿手（四户），十四元。四十三，梁松甫手（十七户），二元、十二千四百四十文。四十九，吕老先生手，十元。五十，芮润翁，三千八百文。五十五，蒋振先手（十户），廿二千文。五十七，陈文甫手（三户），六千文。六十，陈文甫手（三户），四元。六十二，项赓虞_{项诗侣}手（四户），十三元。七十二，安宜五福堂严记，五十两。扬州退思主人手，四百廿五元。学悔子，八十千文。又，廿千文。唐海青，一元、一百文。

应收洋八百八十九元、银一百五十四两三钱三分、钱四百三十一千另三十六文，实收洋一千九百十元、钱念千另一百文。结存洋四百十三元六角一分，系王步翁垫款。

震字册：

一号，庄星泉手（十一户），九元五角。二，又（五户），四元五角。三，庄星记手（十四户），十七元。四，毓秀等（十八户），十八元。五，黄继绪等（十一户），十元、四百文。六，周仲阮手（十二户），十一元。七，太原老人手（廿三户），卅七元。八，邹永宁手（廿三户），廿九元。九，一乐居手（廿六户），卅四元。十，杜田氏手（五户），十元。十一，乾记等（十六户），四元、五百五十文。十二，周仲阮手（十二户），十七元。十三，保赤局手（十四户），廿三元。十五，周仲阮手（十四户），十三元。十六，蒋元春等（九户），十元。三十八号，王郑卿（十九户），四十六元八角。广善堂，一百元。保赤局，一百元。普济工程，一百元。恒义_{大有}_{恒义悦来}，一百元。米业，七十三元。存心堂，五十元。德慎堂，五十元。恒源、泰丰，廿七元。秋珊心，廿五元。顾同义，廿元。柏记，十元。周谦三，九元。沈芝生，六元。宋友卿，五元。罗文寿，四元。吐丝各行，五十六元、七百五十文。吐丝各行，四十六元、四十文。沈忠恕各户，二元、二百六十文。

共收洋一千零七十六元八角、钱二千文。

嘉字册：

厚一号，唐少岩手（二户），四十元。又四十三，张鸿渚手（三户），三十元。又四十四，_{耕烟山民一元}_{省吾叟十五元}厚四十四号，寄生草庐，五元。又又，心田氏，一元。又四十五，朱兰舟手（十六户），一百另八元。

共收洋二百元。

新字册：

周翰屏手（十户），十元。查来玉手（十户），十元。碧云坛手，四十元。南货业，廿七元、十四千三百卅文。酱园业，十三元、二百三十文。洋药业，一元、十七千一百五十文。湖郡无名氏，四元。席业，八元、八百文。酒业，一元、七千九百九十文。烛业，十四元、一百文。绸布业，十三元、二千一百十文。药业，四十五元、二百七十文。木业，七元、二千另九十文。腌腊业，十元、一百八十文。_{苏葛苏手十一元}_{海昌诸善士七户九百四十文。}烟染窑货、羊毛袜铺五业，四十四元、一千六百零九文。丹崖山人手（十二户），三元、八百六十文。又，（六户），六元、二百文。

共收洋二百六十七元、钱四十八千八百五十九文。

琴字册：

书种轩，六十元。

_{徐益功十元}_{张砚宾二}虞荆溪，一元。丁炳卿，一元。

共收洋七十四元。

丹字册:

王金咸,五元。访仙桥孙手,十二元、二千七百文。王柳桥手 (五十一户),九十八元、五两另六分、四百文。

共收洋一百十五元、银五两六分、钱三千一百文。

昆字册:

李辑侯,一元。正心崇善局手 (五户),八元、二百四十七文。龚少卿手 (十一户),九元、三百文。

共收洋十八元、钱五百四十七文。

金字册:

五号,谢心畬手 (廿四户),九十三元。六,又手 (廿一户),四十二元。七,叶东轩手 (十二户),十二元。八,叶东轩手 (十三户),十七元五角、二百廿文。十四,南汇陈,四十元。

共收洋二百四元五角,钱二百廿文。

品字册:

履一号,岑韵笙 (四十七户),九千五百文。又,韩本绅,十元。又二,又,十元。又四,叶泰联手 (八户),四元、二千文。又五,陈秋舫手 (十九户),六千四百文。又六,鹤皋同八手 (五户),十二元。又七,张桐柏手 (十户),四千文。又七,叶泰联手 (十九户),二元、二千八百文。履八号,叶焦生手 (二户),六元。又十,叶衣言手 (十一户),六元、八千五百文。又十一,叶乔卿手 (九户),十二元、二百文。又十二,叶泰联手 (七户),七元、二百文。又十三,韩寿荣手 (十四户),廿七元。又十四,韩蓉舟手 (卅二户),四元、八千九百文。又十四,岑韵生手 (九户),四千一百文。又十五,鹤皋同人手 (五户),十元。履十八号,鹤皋同人手 (五户),十元。又又,叶炳臣手 (六户),三元、四百文。又十九,楼望溪手 (四户),二元、六百文。又二十,张梅叔手 (九户),三元、一千一百文。又二十一,叶雪庄手 (廿二户),四元、五千三百六十文。又二十三,周文照同室孙应氏,四千文。履二十六号,叶焦生手 (二户),七元。品三十六,鹤皋同人手 (五户),廿二元。又三十七,又 (七户),廿二元。又三十八,又 (七户),廿二元。又三十九,又 (十四户),卅元。厚八十,又 (五户),十二元。

应收洋二百五十四元、钱五十八千另六十文。,实收洋二百七十五元。(结少钱三十四千九百六十文。)

大共收洋三万一千九百七十三元二角九分七厘、银四千三百四十九两四钱二分、钱七百九十六千六百念七文。

冬赈捐(四年十一月十六日起,五年三月十五日止)

佩字册:

赈捐 毛宝泉,念五元。徐杨谢莫手 (六十七户),六十二元。问心居,四两。无名氏,四百文。蓊溪,四十五元。履中,七钱五分。赵云林手,十四元。三省老人,二百元。章门寓客手二十八户,又三兰廿三两七钱八分、四十九千八百七十一文。李缦卿手 (六户),十二元。杨禹门，四元。燕翼堂张，十元。李垄耕，五十元。毗陵吴陈氏，一元。求病愈，七百文。洪敦朴，十元。高龚甫户，十七元。泰记，十元。章门寓客手（三户），一元、又8六千文。高桂主寿贞，四元。德清考主会，二元。求病愈，三元。梅花书屋刘，四十两。子疾已愈，十元。金小苏手，三元二百廿文。王维记，二元。张书桥手，四元。乍浦桐吟书馆，十元。朱德甫，八元。河南怡山堂，又二七两一钱。兆麟氏，廿四元。汤饼会，十元。无名氏，八元。陶春波手廿八号，一元、五百五十文。求中，三元。醉稊兰生，念元。不书名钱，一元。辛记，五元。瑞余堂桂，川二九十八两二钱。卍字香寮，十元。浙员袁君寿分，八十一元。恒沙会，十元。金诚斋手，八元。长白贻安堂，廿元。蔡云峰手，二千文。不服药，十元。高龚翁来三百另五、三百另六号，八元。刘望屺手，一元。隐名氏，十元。席蔚堂、吴德甫手，十元。许心斋手，五十元。辅德堂手（三户），九元。求安氏，十元。本士楷，四十元。病愈敬助，五元。大墙门桶，一元。周寿卿，八元。常州谢手，十元。礼记，四千三百七十五文。思饥客，一元。黄阍伯，五元。不能任事人，四十元。求萱病愈，九两八钱。存诚氏，廿元。

○共洋九百四十六元、银一百八十三两六钱三分、钱六十四千一百十六文。

收赎捐　张厚卿手四、一百五十一、一百五十二号，七元、四千六百文。纤纤女子，十元。章门寓客手，六元、又8五千七百文。潘骏一手，十元。薛席珍手，六元、一千文。孙学海手，四两、廿三千文。叶姓，二元。无名氏，七元、五十文。万年书屋，十元。章门寓客手十五、二十号，又三二三两、又8三十六千四百三十五文。南阳氏募，十元三角。蔡云峰手十四、二百另九号，八千文。陈云生手二十三、二百十一、一百八十七号，一百廿五两、一百廿一千文。刘望翁手，四元。李吉人，一百元。辅德堂保赤图捐二十二次，一百○三元、一千○○五文。顾守愚手，三元。刘濂溪，一元。云间辅德堂二十二次，九十三元、七百九十文。蔡仲翁手，五元。郑远孚手，廿四元、廿五文。

○共洋四百另一元三角、银一百三十二两、钱一百九十一千六百○五文。

德字册：

赈捐　严子猷手五十五、五十七号，七十四元九角、十文。
○共洋七十四元九角，钱十文。

稼字册：

赈捐　十八号，五元、五百卅文。补交赈捐结欠，卅八元五角五分。
○共四十三元五角五分、五百三十文。

笙字册：

赈捐　陈竹泚手一元。王　记一元。四川德盛昶手，一百一两八钱九分五厘。彭源生，一两。
○共洋两元、银一百另二两八钱九分五厘。

收赎捐　管贻安手，十一元、七千五百文。无求子手，三十六元、四百文。庄嘉生手，四元。卞手，十五元、四千文。存朴堂手，十一元。不留名，二元。史容孙手，廿六元。谢蓉生手，五元、三千四百文。屠刘手，二元、六千二百文。汪刘手，三元、三千文。凝香等（四户），十四元。吴切卿手，三十元。

○共洋一百五十九元，钱廿四千五百文。

年字册：

赈捐　慎独庐忏费，五元。余依仁忏费，七元。

○共洋十二元。

采字册：

收赎捐　采手，十元。

共洋十元。

吉字册：

赈捐二十四号，八元。

共洋八元。

柳、洲、獬字册：

赈捐　馨记手，‖七，二百两。竹记，‖亠，二十两。郜琴谷手金牙杖兑，‖亠，十五两。不留名信女，十元。惜阴书屋，一千两（此款言明七年分付，现由诸善士贴利三百七十两，改为现兑）。映藜堂，十元。程少塘等（十一户），十元。蒋仁记等（八户），十一元。仙女镇诸善士，八元。郜手信女还愿，五十千文。郜琴谷手（二户），四元、四千文。吉公和，二千四百文。王森卿、范蔚庭手，二百九十四两八钱。

○共洋五十三元、银一千五百两八钱、钱五十六千四百文。

收赎捐　谦吉春手，十三元。奇兵营潘手，十二元。

○共洋二十五元。

狼山镇手、三十五、三十六、四十、四十一、四十二、四十四、四十五、四十八、五十一、五十二、五十三、五十四册，一百八十六元、十八千七百六十文。佩弦，四元。授诗等（三户），十二元、一两三钱。谦吉春手，七元。王森卿、范蔚亭手八十三、三十二号，一百卅七两。

○共洋二百九元、银一百三十八两三钱、钱十八千七百六十文。

查赈捐内柳洲字册结存垫款洋一千一百九十五元八角五分，收赎捐内洲字册结存垫款洋四百十三元六角一分，两共洋一千六百另九元四角六分。今补掣收票如下：

柳二百八十一，谢爱堂手，四十一千文。柳二百八十二，张同兴，四千文。柳二百八十三，谢爱堂手，十一千文。柳二百八十四，信诚行，二千文。柳二百八十五，谢爱堂手，十六千文。柳三百八十六，李培之手，卅三元。柳三百六十九，吕老翁手，四千文。柳二百十九，李兰谷手，十五元。柳二百六十一，吴国柱手，六千六百文。柳三百三十八，詹孟奇手，一元、三千六百文。柳三百七十，陈文甫手，一元、一千五百文。柳二百九十一，王树斋手，二千文。洲十，项廪虞，十二元、一百十千文。洲十一，李培之手，十九元。洲六十六，正新号，十千文。洲六十九，谢爱堂手，十千文。洲三十三，周剑庵，二元。洲四十一，王燮堂手，十八元、十二两、十千五百文。洲五十八，陈文甫、吟梅馆、王香翁，三百千文。洲四十八，王树斋手，三千文。洲二十五，留余芳馆，五千文。洲三十六，项廪虞书侣手，一元、一千六百文。洲三十五，又，一千八百文。洲三十七，又，七千六百四十文。洲六十一，又，廿六元、六千七百二十文。洲五十三，张根钱手，五元。洲五十二，又，十一千文。洲二十三，王树亝手，六元、五百文。洲八十五，项廪虞书侣手，十二千七百文。洲八十四，又，七千四百文。洲张春华手茶业一文愿，十二千二百文。洲七十一，王逊之手，五十六千四百五十二文。洲四十五，大文堂手，一元、二千文。洲三十，詹孟奇手，四元。洲五，无名氏，十元。洲十二，查阜伯手，一元、四千文。洲十三，查阜伯手，六元、三千五百文。洲四，刘健庵手，二十八两。洲一，詹孟奇、王鸿飞手，五千五百廿文。洲十九，吴朗卿手，八千六百文。洲八十六，项 麇虞手，二十元。洲十三，碧香吟馆，一元。洲五十九，陈文甫手，四元。洲五，范蔚亭手，十八元、五百文。洲二十一，陈文甫，三元。洲十五，陈文甫手，七千文。洲三，曹雨人手，六两、九元。洲六十四，刘岚溪手，三元、八千一百文。洲三十二，无名氏，二千文。洲二十八，李万青手，二千文。洲二十七，何又田手，廿五千二百文。

共洋二百十九元、银四十六两合洋六十八元一角四分八厘、钱七百廿六千六百卅二文合洋六百六十九元七角另七厘。仍存洋六百五十二元六角另五厘，作为惜阴书屋捐款。

凤、厚、黄字册：

赈捐　黄葆仁手，十五元、二百五十文。凤一号六十户，十三元、九百五十文。凤二号廿五户，廿二元、三千六百八十文。凤三号十一户，一元、三千九百六十文。怀下四五图，十八元、八十文。

○共洋六十九元、钱八千九百廿文。

收赎捐　赵少棠手，三元五角、五千文。济阳童子，二百文。黄八号盛湘卿手，九元。

○共洋十二元五角、钱五千二百文。

砺、纯字册：

赈捐　瑞记，一元、一百文。张云伯手，八元、五百卅文。怀子瑾手，七元。陈士良手，一千文。柳养树、友庆_{莘和、二加}，二百元。莘溪渔隐，二百元。熊嘉会手，五十六元五角。义和糖栈，廿四元。松郡善士三户，十元。养心居，卅三两七钱五分。公存拨，二百两。退思山房，廿两二钱五分。馥记，三十两。耕凿，六两七钱五分。琴鹤轩，卅三两七钱五分。生生，五十两。补过，十三两五钱。塔影廊，廿两二钱五分。归璞记，七两六钱四分三厘。谦益堂，卅三两七钱五分。补梅，廿两。守愚记，十二两。王荫生忏赀，三两三钱七分五厘。听钟居士，廿两二钱五分。爱五，卅五两。勉记，六两三钱六分九厘。日省记，廿四两。锄梅，三两一钱八分五厘。乐山，七两六钱四分三厘。培记，一百两。士立记，一百两。梁溪钓徒，卅三两七钱五分。林屋山人，十五两二钱八分七厘。桂馨书屋，廿七两。陆丹楼手，九元。不留名，卅元。吴少梅手，十元。苏善士，一元。青浦各图捐，六十元。

○共洋六百十六元五角、银八百五十七两五钱二厘、钱一千六百三十文。

收赎捐张云伯手，八元。纯八、叶尚记手，七元、七百卅六文。陆西岩手四十三、四十四号，十五元。纯六、谈骏卿手，八元。

○共洋卅八元、钱七百卅六文。

翰字册：

赈捐　叶吉甫手，九元。不留名提公款，五十元。一百○二，无名氏，两元。梅冠记，六元。侯湛庵、朱松生手，廿元。叶与九手，十元。叶子谦、陈子访手，二元、二百六十文。

〇共洋九十九元、钱二百六十文。

收赎捐　陆晓修手，三元、四十文。

〇共洋三元、钱四十文。

云字册：

赈捐　承朴堂庞，一百元。一号三户，二元五角。二号七户，十一元。三号十四户，十三元五角。十号三户，三元。

〇共洋一百三十元。

收赎捐　陈宗元手，二元。龚心友手，八十一元。潘勤补手一百、一百〇一、一百〇二、一百〇三号，四十五元。徐来复，十元。陈子仪手，三元。卧月等，四元、一百文。汲溪天灯，二元。丁固之手，三元。尹金波手，八元。

〇共洋一百五十八元、钱一百文。

山字册：

赈捐　简庵，一百元。强为集，廿二元。

〇共洋一百廿二元。

黎字册：

赈捐　永成和记，四元。

〇共洋四元。

震字册：

收赎捐　庄兼伯手十四号，十元。

〇共洋十元。

盛字册：

赈捐　矜恤会三户，三元、九百七十文。万人愿，一元、一千十文。隐名，五百文。

〇共洋四元、钱二千四百八十文。

惕字册：

赈捐　状元第一人，十元。李鹏龄等九户，四元、三百六十文。罗锦华等廿户，十一元、三百文。庄用康等，十元、三百十文。

〇共洋三十五元、钱九百七十文。

琴字册：

赈捐杨集省味，二元。收赎捐杨蕙记等，二元。

〇共洋四元。

昆字册（附一命愿）：

赈捐　王瓣云手，十三元、五百文。葛善侯手，三元、四百廿文。张浦镇诸善两次，廿元。唐，三元。王漱六手，一元、一百四十文。陆桐轩手九十一、九十二号，六元、七百五十文。戴祖同手，八元、四百四十文。汤建庵手，三元、四百五十文。朱继美手，二元、二百八十文。孙文吉手，十元。友于书屋，三元、四百廿文。王竹汀手，卅六元。王养泉手吉二十五、二十七号，三元、九千八百八十文。汤建庵手，三元、九十文。周芝善手，六元、七百八十文。顾剑舟手，四元。善与人同，三千六百文。李铭庆手，十七元。方慈卿手，二元。诒燕堂，一元。胡仲华手五十五、九十七册，六元、三百九十文。吴仲卿手，三元、四百廿文。杨伯颐手，五元。陈竹坪手，一元一角。陆慰萱手，两元。胡仲华手，三元、四百廿文。季方观手七户，一元。张浦各善士，二元、三百文。周手七户，三元、三百九十文。

○共洋一百七十元一角、钱十九千六百七十文。

彦常字册：

赈捐 九十、一百十三，陆耀卿手，六元、一千七百八十文。六十三，谢建初手，三元、四百文。七十四、二百二十一、一百三十六，王信昌手，廿元、五百卅文。二百一十六，徐振远手，十元、二百文。二百二十六、二百一十三，邵发荣手，四十五元、五百九十一文。一百一十八，徐振远手，二元。一百九十三，王信昌手，八元、七百文。一百四十七，沈善兴，一千文。九十六，夏仁和手，四元、四百八十文。一百三十三，文昌会公捐，五元。一百五十二，王信昌手，五元、七百文。二百十二，刘映溪手，廿元、一百七十文。常十三、十四、十五、十六，二千文。一百九十五，不书名黄王，二元。一百七十六，刘杏溪手，十五元。二百十一，张启堂手，四元、六百四十五文。

○共洋一百四十九元、钱九千一百九十六文。

收赎捐 四，沙仲沅手，五元。三，郑京生手，八元、七百十文。二，夏仁和手，九元、二百廿文。十二，陈春圃手，五元、二百五十文。十四，蒋万顺手，一元、六百文。十六，刘朗轩，三百文。十七，丰北头图，四元。十九，玉遮山房，一千文。十八，宝砚堂，一千文。十七，循陔，一千文。二十，藤花书屋，一千文。九，二户，一千五百文。十，勤补堂，八百文。十一，循陔堂，六百文。十二，颐志堂，六百文。

○共洋三十二元、钱九千五百八十文。

锡萱字册：

赈捐 北城门桶，三元、二百七十文。绿荫居士，二元。孙鉴堂手，一元。沈芳翁手，十九元。和记，六十七两。成记，卅三两五钱五分。俞子良、刘芸聪手，二元、五百四十文。愧迟子，三元、六角五分。

○共洋三十元六角五分、银一百两五钱五分、钱八百十文。

收赎捐 顾守愚手，十元。

○，共洋十元。

再，无锡东亭镇可园同人经劝箪捐、赈捐、收赎捐、惜士捐、棉衣捐等，约共洋三百二十元。主其事者杨君叔赓，分募者华燮三、顾守愚、邹政琴、钱榕初、冯嵩甫、华凌洲、程春圃、李逸清、冯月江、杨仲贤、冯道初、华耀庭、许伯谦、邹新甫、蔡芝亭、冯大采、张少泉、杨馥亭、蔡铭竹、周茗山、陶子琴、强步洲、陈履初、邹鲁瞻、毕荫池、吴桐轩、张伯吹、杨衡宰、尤厚堂、张蔼琴、陈晓廷、张克竣、钱菊田、华介亭、俞立卿、胡凤山诸君。捐户姓字，知已实贴通衢，自毋庸示明详载。所来捐款，因杂入锡字、佩字等册，又未载经募姓字，谨为补识于此。

丹字册：

赈捐 书记，五十元。张永春，二元。

○共洋五十二元。

善字册：

赈捐 钱莲舫，四元。

○共洋四元。

湖、步字册：

赈捐　王继堂、许士奇手，十五元。补收赈款结少，三十三元三角一分三厘、三百文。

〇共洋四十八元三角一分三厘、钱三百文。

新字册：

赈捐　棉绸业，三元、五百九十文。酒业，一元、八百文。

〇共洋四元、钱一千三百九十文。

太字册：

赈捐　二，张笑谿手，十五元。四，毛同人手，六元三百文。

〇共洋廿一元、钱三百文。

品字册：

收赎捐　品四十四户，廿二元五角、八千九百二十文。品十七户，十七元五角、钱五百文。

〇先收洋四十元。

此款及收赎旧帐未收齐之款，因甫经掣票，尚未寄到，散处业已截止停解，无可再为接收。当俟寄到时悉数退还，由输捐、领募善士自行移作他项善举。

勺字册：

竹四，沈朱手，一元。竹五，王吉云手，二元。六，叶竹琴手，一元。十二，陆友岩手，二元、五百文。十四，反求刍手，一元、三千九百文。十五，沈少书手，一元、三百五十文。三十，聚庆堂沈，四元。三十一，蒋槎甫手，七元、二百五十文。三十五、三十六，德善手，九千六百文。四十七，吴季炎手，二元、七百文。四十九，吴菡青手，二元、一千一百文。五十四，雷乃查手，二角、八百文。五十五，雷乃鉴手，五百文。五十六，金少厂手，一元、一千五百文。，娄三棋手，二元。三十七，清河郡手，四元。珂四，潘永之手，一元。珂五，陶振昌，二元。锦一、二、三号，叶蔡手，廿一元、一千四百卅文。经四、七，殷涵初手，十四千文。经一，俞赋村手，一千五百文。六，无名氏，六百廿文。十，朱荫乔，一元。青十五，王访沂手，一元。青四十一，无名氏，一元。吴鉴田手三户，一元、八百廿文。

〇共洋五十八元二角、钱三十七千五百七十文。

竺字册（十譬如捐）**：**

郑善孚手四户，一元、三百文。竺号五户，五百文。张裕堂手七百三十七、七百三十八号，三元。

〇共洋四元、钱八百文。

佛字册（观音图捐）**：**

周雨人手，四户。

〇共钱八百八十文。

陆字册：

有二十，邱执甫手。

〇共洋四元。

万字册（万利图）**：**

彭诚济交来。

○共洋五十元。

租字册：

蒋保德，十元。卫敦和手十八户，七十七元、三百十文。吴江在城各栈，一百○一元、一百廿文。费恭寿，二百元。蒋宝翁手，四十元。庆七号，四元。屠玉如手四户，五元、二百六十文。徐天元，七元。金晓涵，十元。世廿八号，六栈，十七元、六百八十五文。陆景福栈，廿七元、四百五十文。

○共洋四百九十八元，钱一千八百廿五文。

四字册（四省图）**：**

桃二，盛刘募，三十五元。西街无名氏晋，十元。化四，顾绶君手，十一元、三百六十文。

○共洋五十六元、钱三百六十文。

一字册（一文愿）**：**

锡三，马逸夫手，一元。锡五，马逸夫手，一元、七百廿文。玉四，孙翼之手，六元。玉十八，王少塘手，五元、五百九十文。锡，许佩扬，五元。玉六，尤鼎翁手，一千二百六十文。力三，陆粹之手，七百廿文。力九，曹实甫手，六百文。十，曹实甫手，三元、三百九十文。十二，陈六皆手，三元、三十文。十九，陈直甫手，四百五十文。孙清华手，六元、七百八十文。猷五，吴慎伦手，二元、四百廿文。猷六，吴慎伦手，一元、十文。九，又，三元、三百六十文。锡，吴星渚手，一元。苏，毛秋涵手，九百文。苏，邵少溪手，七元、三百八十文。可十五，体仁堂，一元。力二三、音一二八、分十九、可三、猷十五，十八元、七百廿文。

○共六十三元，八千三百三十文。

米字册：

青浦五批，七十二元。又六批，七十四元。青浦七批，四十元。又八批，二百元。又九批，一百卅四元。又十批，一百七十元。又十一批，九十七元、四十六千六百八十二文。金泽二批，八十六元。金泽三批，十四元、九千二百卅三元。莘塔，八元。

○共洋八百九十五元，钱五十五千九百十五文。

物字册：

《晨钟录》旧存三千另七十本

门售一本，宜兴学六十六本，王莳翁六本，太仓手十一本，徐月声十本，大生手九十二本，查翼甫廿本，朱寿翁九本，宜兴学廿二本，周立人十四本，潘寿平三十三本，徐翰波三十本，陈端记三本，徐玉蟾三本，听雨四本，周立人十二本，周亚侯六十本，朱绶翁六本，萱寿手一百本，赵售七本，寿革手六十八本，禹人手廿本，方手二本，柳手六十本，萱寿手六十九本，金学六本，绶手廿二本，庄来十六本，滋树手三十八本，沈凌阁手一百本。共九百十本。

○共洋九十五元，钱七十七千七百七十文。

许蝶仙、李秀峰、胡采五、许秉衡、吴叙卿、袁耀宗、邓乾初、乔鸣皋、龙茂生、萧受田、袁明轩、熊安艖、梁启堂、顾道存、吴树甘、陈秋翰十六户各廿本，陈鳌峰、潘敬亭、刘玉山、周扶九、陈辉宇、卢性田、吴焕亭、余耀章、杨香浦、刘显庭、陈兰生十一户各五十本，步手未报捐户四百十本。共一千二百八十本。

〇每本二百，共收银一百六十两。

步手交浙江四百本，又交无锡消剩三百本，桃坞交浙江收捐处一百八十本。共八百八十本，销售后各善堂充费，无存。

《昔柳摭谈》旧存九十八部，吴景周又助三十部，除交扬州镇江收捐处三十二十部，销出后就地收帐，实销出七十八部，每部或二角五分或一角八分，无存。

《百一诗》旧存八十五部，申报馆交来四百十八部，除交扬州浙江镇江收捐处一百一百五十部，销出后就地收帐，实销出一百九十九部，每部一角，存五十四部。

《袁文笺正》旧存一百部，除交扬州镇江收捐处廿二十部，销出后就地收帐，寄还原主四十四部，实销出三十五部，每部二角，无存。

吴景周助《制艺偶见》五百部，除交扬州浙江镇江，收捐处一百一百八十部，销出后就地收账，寄还原主七十六部，实销出一百四十四部，每部一角六分，无存。

望炊助《和约汇钞》十二部，除交扬州镇江收捐处三二部，销出后就地收帐，实销出七部，每部三角，无存。

扬镇善士助《书法》三百本，除交浙江收捐处一百五十本，销出后就地收帐，实销出一百五十本，每本一百，无存。

同文书屋助《四书》十部，全销，每部八百，无存。

尤氏助《顺天易生编》八十部，全销，每部一百，无存。

八种共销洋五十四元三角五分，银十一两四钱，钱廿七千五百四十文。

旧存手炉一件销，一元、五百卅五文。唐友申助画轴扇面销，一元、六百文。可园售诗，一元。嘉兴魏助书价，十元。时敏助宋史销，十八千文。又助金磬销，十六元、二百七十二文。

〇共洋廿九元，钱十九千四百七文。

捐存羽毛二疋、玉佩一件、山水一轴、花卉八幅、字典一部、画屏四纸、砂壳三千、玉蟾一件、珀粒八粒、翠佩一件、石砚一方、笺对十五付一付、狮镜一圆、石砚二方、温虞公帖、鬼谷师像，务请输捐善士尽闰三月以内，持票换回原物。逾期即送善堂销售充费。

衣字册：

常，王信昌手，九元五角、一千四百文。常，夏仁和手，六元、七百廿文。刘子佩手，六元。李春佩手，三元、二百六十文。蒋鸿翔手，三元。玉遮山房，一千文。又，二元。藤花书屋，一千文。举贡生监三十五人捐公车等费，一百元。不书名，五百文。王培照手，二元、九百文。八号两户，一千文。邵发荣手，三元。不书名，一元。柳，沈凌阁手，四元、八百四十文。锡，杨叔赓手，三元。锡，杨叔赓手，八元。顾邹强手，十三元。慈一号，五元。杨叔赓手，六元。杨步赓手，四元。又，二元。佩，吴府，三元。佩，刘望翁手，一千二百文。刘望翁手，十七元。梦亭柯仪，十二元。佩，李丕卿手，一元、六百另五文。佩，蒋佑生手十二户，二元、十六千二百五十文。善与人同，五千文。章门寓客手十户，六千八百另八文。杨少瀛手十六户，廿千文。章门寓客手，四十三两。

济隆当，十八元、八百卅文。叶慕周手，十元。蔡云峰手，三千文。章门寓客手，六千文。彝生，二元。知仁，二元。叶慕周手，六元。徐秉斋手，三百文。辅德堂手、平安为记，二元。勉力子手，十六元。邹政琴手，六元。禹，王槐荣堂，四元。禹，沈陈法，一元。榆隐小筑，十元。马耀卿手，九元。醒世道人，四元。丁固之手，一元、六百另六文。石记，二元。凌口和，一元。张世荣，二元。无名氏，二元。新，筼翠书屋，三元。化，徐花翁手_{杨佩}，六十七元。申，姚筱梅等六户，卅九元。仙，拳石居，八元。昆，同人居，二元、三百文。湖，魏笏棠，十一元。翰，陆酉岩手，五元。青，南埭草堂，五十五元、六百文。青，张心庵手，七十六元五百廿文。吴子循手，八元、三百六十文。洲三，天树堂李，八两八钱九分二厘。洲，惜阴垫款，六十九两七钱一分一厘。

〇共收洋五百八十七元五角、银一百廿一两六钱另三厘、钱七十千另九百九十九文。查棉衣捐款旧帐，惜阴垫款银一百九十九两五厘，加入此次垫款，合共银二百六十八两七钱一分六厘。补掣收票如下：洲十三，詹希伯手，六十千文。洲十八，姚如九等，八两。洲四，钱香谷手，两元。洲八，吟梅馆、王香翁手，一百廿千文。洲一，王树斋手，十二千文。洲七，詹希伯手，九元。洲六，詹希伯手，十一元。洲十五，阮申仲、卞赓岩手，十五千四百文。洲二，无名氏，十千文。洲十二，刘健庵手，廿千文。洲十，叶佐平手，九十八千四百文。洲十六，陈子香，二元。洲九，还愿信女，五十千文。洲十一，刘健庵手，卅千文。

共银八两，洋廿四元合银十六两一钱二分八厘，钱四百十五千八百文合银二百四十四两五钱八分八厘，三共银二百六十八两七钱一分六厘。合讫。

士字册：

云，朱少松手，二元。云，张柳三手，一千三百文。邱寿荪手，一千文。孙质先手，三元、九百廿五文。范咏三手，一元、〈一〉百五十文。无名氏手，一元、五百五十文。钱万隆，二元。徐秋谷手（三户），三元。佩，墨稼社九期，廿三元、三千二百五十文。佩，赵少棠手，三元、三千一百六十文。叶作舟手星算，六元。倪鹤舲手星算，五元。李玉甫又，五角。周慕侨又，五角。保赤局手，一元、一百四十文。保赤局手，三元、九百廿文。薛席珍手，三元。赵秋泉，一元。蔡云峰手，二千文。章门寓客手，四元。墨稼社找，卅二元、九百文。汪撄卿手，五元、六百文。叶慕周手，八元。温次言手九造，七元。周慕桥手两造，一元。佩，惺惺居士四造，二元。道光戊申，五角。紫微星算，二元。余，周峨卿手，六元。余，汪伯韦手，二元。汪少寅手，十三元、九百十三文。徐宗石手，十元。徐崇德，一元。徐中燮，一元。独悟庵，一元。康健子，十元。孙崇勋，一元。叶安甫，二元。赵渔珊手，三元。丁固之手，一元。丁固之手，一元、七百四十文。又，一元、五角一千文。沈升伯手，二元。虞韵泉手，二元。周禹臣手，十一元。柳子垂，一元。周禹臣手，七元、二百卅文。吴景周手售出《昔柳摭谈》，十六元。俞忆慈购制艺，四元。锡，王显屏，六千文。锡，子真手八户，一元、三千七百文。菊圃手，九百文。馨山手，一元。俊年手，二千九百文。杨叔赓手，三元。锡，周寿庆，四元。锡，问耕手八户，三千一百卅六文。杨叔赓手，二元。余时卿手，一元、一千文。杨叔赓手，二元。杨叔赓手，一元。园，六号，二千四百文。常，王信昌手，廿三元、七百十文。常，郑善孚手，十元。乐志堂，一千文。

二号两户，二千文。玉遮山房，一千文。藤花书屋，一千文。选，刘荫之手，廿元。选，知足子山水画轴，五元。盛，施拥百手四户，四元。翰，云梦山人，一元。柳，周宅手，三元。砺，张海香等六户，十元。学宪谕劝吴学新生吴振祐、蒋勤龙、朱骏良，三元。学宪谕劝赵均、汪毓辉，二元。

　　○共收洋三百十二元、银三两七钱八分、钱五十二千六百五十文。

　　常州塾捐　黄梦九手，六元。薛退诗手，三元、一千文。薛铃生手，一元、一千文。沈文明手，五元。高恂九手，六千四百文。刘子川手，七千七百文。薛其相手，一千文。杨介藩手，一千二百五十文。顾文彝手，一千七百文。马毓生手，一千文。味经堂手，一千二百文。刘松泉手，一千文。赵手，一元。张衡矶手，二千五百文。繁衍堂手，二元。存朴堂，一千文。汪云舫手，四元、廿文。陆尔和手，一千四百文。许文耀手，三元、二百文。赵初生手，一千一百文。韩魏寓，一千一百文。史冠千手，一元、七百文。盛我蟠手，一元、一千八百文。虞翔云手，一元、一百文。蒋文海手，一元。王子厚手，二元、五千七百五十文。王少峰手，一千三百文。王卓甫手，八百文。王子厚手，一元、三千三百文。王霭吉手，一元。姚鼎珊手，一元。羊企岘手，六百文。王广仁手，六百文。毛子周手，二元、三百四十文。张朝栋手，一千文。薛则夫手，廿七文。朱省斋手，二元、一百文。黄浚明手，一千四百文。谢伯远手，一千六百文。王星衢手，一元。姜吉人手，二元、一千文。钱佐廷手，二元、一千文。钱黼臣手，六百文。不书名手，六百文。苏午泉手，五百文。不书名手，一元、一千文。卜手，一千文。薛咏沂手，八元、七千文。黄国光手，一元、五百文。藉惠庭手，一元、五千四百文。傅谓矶手，四千三百文。卞宝善手，一元、九百五十文。白麟昌手，一元、六百文。李初芙手，一元、二千五十文。朱运溪手，二千六百文。庄璞生手，二元。冯理卿手，六百文。蒋黼廷手，一元、三千八十文。杨芷泉手，一元、五千九百八十文。周镜凡手，一元、一千九百五十文。丁汉卿手，四千二百文。刘质甫手，一千一百文。黄会远手，五百文。恽教之手，二元、一千五百文。陈常经手，八百文。恽友樵手，三千四百文。白伯楠手，一千一百文。王滋砚手，一千文。冯禹臣手，三千五百文。刘祖堂手，一千六百文。赵遗珊，四元、六百廿文。戴荣桂，一元、二百廿文。刘亭五手，九元、九百卅文。管贻安手，二元、三百六十文。刘望屺手，四元、四千五百文。刘诵芬手，一元、四千七百文。谢康侯手，三元。吴序东手，二元、六百文。谢馥堂手，二元。谢谷生手，一元。谢叔兰手，一元、一千四百文。惜阴堂，五百文。树德斋，二元、一千文。张手，一元、五百文。韩莲舫手，一元、一千一百文。卞宝和手，一千文。马毓森手，二千四百文。丁濂溪手，七百九十文。丁福宜手，六百八十文。白麟昌手，一千三百文。金乾甫，五百文。杨汝霖，一元。吴双福，二百文。薛宝田，二百文。杨姓，二百文。恽沛亭手，六百文。居友莘手，五百文。恽培心手，一元。张英华手，五百文。陈毓珍手，七百文。赵榴生手，一千二百文。潘宗涛手，一千文。王惟铺，七百文。

　　○共收洋一百二十七元、钱一百三十八千二百八十文。

补字册：

　　一，汪曾馀，洋两元。二，潘寿屏手，一两五分、廿文。三，王来耀手，十一元、五角。四，十三行宝，一元。五，陆骏骙手，卅六元。六，郁梦飞手，六元。七，瀛洲书院生童膏火，廿一元、七百八十文。八，沈式亭手，六元。九，倪鹤舲手，二元。十，景溪居士，一元。十一，辅德堂手保婴捐廿三次，廿七元、一百五十文。十二，辅德堂手保赤图廿三次，九十三元、四百十文。十三，茂记手，一元。十四，辅德堂书画捐，卅四元。十五，销出对，七百文。（查王獬翁手募到各色裱成笺对共九十五副，连此副共销出八十副。以前销出之钱，均收入士族捐抚松润资之内。）十六，谈筱友、石赏旃、叶文卿、石稷卿、钱愚泉募，十四元、四百五十文。

○共洋二百五十五元五角、银一两五分、钱二千五百十文。

大共应收洋六千八百九十八元三角六分三厘、银三千三百四十二两五钱一分正、钱九百十二千三百三十九文。

实收洋七千三百三十元六角六分三厘、银三千三百四十二两五钱一分正、钱四百五十千五百五十四文。

洋钱换漕平银清帐

四年正月分：

十九日荣泰换，二百五十元，（去水净换）一百六十八两七钱三分五厘。

二十一日又，二千四百元，一千六百四十四两四钱。

二十三日又，二千三百元，一千五百五十六两五钱二分五厘。

二十六日又，二百元，一百卅五两二钱五分。

二十八日又，一百九十九元，一百卅四两二钱二分五厘。

三十日又，二百四十九元，一百六十八两二钱。

二月分：

初一日荣泰换，五百另二元，三百卅八两四钱二分五厘。

初二日又，二百元，一百卅四两六钱。

初三日又，一百九十六元，一百三十一两七钱一分。

初四日又，二千元，一千三百四十九两五钱。

初五日原换来，二百十一元，一百四十二两一钱六分一厘。

初七日荣泰换，一百四十二元，九十五两九钱。

初七日又，三百六十八元，二百四十八两二钱一分六厘。

原换来，三百元，二百零一两八钱。

原换来，五百元，三百三十七两一钱二分五厘。

又，二百元，一百卅三两五钱七分五厘。

又，二千元，一千三百四十七两。

又，二千元，一千三百四十四两。

又，二百元，一百三十四两。

初八日宝源换，一千五百另一元，一千另十二两五钱。

十七日宝源换，五百元，三百三十六两八钱一分。

十九日又，一千四百五十四元，九百七十七两八钱一分五厘。

二十日又，八百八十元，五百九十两另七钱四分。

二十一日又，六百四十八元，四百三十四两二钱五分八厘；一千四百八十六元，九百九十九两七钱另六厘。

二十五日宝源换，二百元，一百三十四两三钱五分。

二十六日荣泰换，一百七十四元，一百十六两八钱五分八厘。

二十七日宝源换，二百元，一百三十四两四钱五分。

日又，六百元，四百另三两九钱。

日又，五百九十八元，四百另四两四钱四分五厘。

三月分：

初二日宝源换，五百元，三百卅六两六钱二分五厘。

初五日又，五百元，三百三十八两六钱二分五厘。

初六日又，一百元，六十七两六钱五分。

初八日又，六百五十元，四百三十九两四钱五分。

初十日又，三百五十元，二百三十六两七钱六分。

十一日原换来，三百元，二百另一两九钱三分五厘。

十一日荣泰换，一百元，六十八两另二分五厘。

十二日又，一百元，六十八两另五分。

十二日宝源换，四百元，二百七十二两。

十三日又，三千元，二千另卅六两九钱二分。

十五日又，一千一百另二元，七百四十六两五钱八分。

十七日又，六百五十元，四百四十二两五钱九分四厘；二百元，一百三十五两九钱五分。

二十日荣泰换，一百元，六十七两九钱二分五厘。

二十一日宝源换，四百元，二百七十二两六钱五分。

二十二日又，五百元，三百四十两另八钱七分五厘。

二十四日又，三百十元，二百十两另二钱七分五厘。

二十七日又，一千另四十元，七百另七两三钱一分。

又荣泰换，五百元，三百四十两。

日宝源换，九十元，六十一两一钱另九厘。

四月分：

初一日荣泰换，一百五十元，一百另一两八钱三分五厘。

又宝源换，一百九十元，一百另八两六钱三分五厘。

初四日宝源换，二百元，一百卅五两二钱五分。

初六日又，四百九十五元，三百卅三两另四分；六十元，四十两零五钱。

初七日又，一百五十五元，一百另四两三钱五分。

初八日又，一千八百元，一千二百十二两四钱。

初九日又，二百元，一百三十五两一钱五分。

十一日又，一百五十元，一百另一两另六分。

十二日荣泰换，一百四十元，九十四两二钱六分。

十四日又，二百五十元，一百六十八两八钱三分五厘。

十五日又，三百十元，二百另八两七钱八分五厘。

十六日又，二百元，一百三十四两五钱二分。

十七日又，八百元，五百卅八两八钱。

又宝源换，一百五十元，一百两另九钱五分。

十八日宝源换，二百卅五元，一百五十八两六钱二分五厘；十五元，十一两二钱五分。

又荣泰换，三百元，二百另二两二钱七分五厘。

十九日荣泰换，一百元，六十七两三钱。

二十四日宝源换，一百元，六十七两四钱七分五厘；四百廿二元，二百八十二两九钱五分六厘。

二十五日宝源换，二百五十元，一百六十七两四钱二分五厘；三百元，二百另二两三钱。

二十六日又，二百九十二元，一百十七两六钱一分；八元，五两五钱九分。

二十六日荣泰换，五十元，三十三两八钱一分。

二十七日宝源换，六百五十元，四百四十两〇〇三分五厘。

二十九日宝源换，一百五十元，一百另一两四钱。

三十日又，二百元，一百卅五两。

五月分：

初一日宝源换，四百五十元，三百〇三两九钱一分。

又荣泰换，二百元，一百卅五两二钱。

初二日宝源换，五百元，三百三十九两五钱。

初三日又换，一百元，六十七两八钱五分；二百五十元，一百六十九两二钱一分。

初四日宝源换，一百四十元，九十六两〇〇五厘。

初五日又，五百元，三百四十一两。

初六日又，二百元，一百三十七两一钱六分。

初七日又，三百九十八元，二百七十一两一钱七分五厘。

初八日又，四十元，廿七两一钱三分；四百六十二元，三百十七两五钱另六厘。

又又，七十二元，四十九两五钱三分六厘。

初九日又，二百廿八元，一百五十六两三钱二分五厘。

初十日又，二百元，一百三十四两七钱七分五厘；二百元，一百廿六两八钱八分五厘。

初十日又，一百元，六十八两三钱一分。

十一日又，三百四十元，二百卅二两二钱九分；九百六十元，六百五十四两七钱六分。

十二日荣泰换，二百五十元，一百七十两另九钱二分。

十三日宝源换，四百元，二百七十三两〇六分。

十四日荣泰换，一百元，六十四两一钱〇五厘。

十五日宝源换，二百五十元，一百六十九两四钱三分五厘。

十六日宝源换，三百元，二百〇二两五钱一分。

十七日宝源换，五百元，三百卅七两七钱五分；三百五十元，二百卅四两九钱六分。

十九日又，五百元，三百卅九两一钱二分五厘。

又荣泰换，一百元，六十七两六钱。

二十日又，五百元，三百卅九两。

又又，三百元，二百〇三两一钱三分。二百元，一百卅五两七钱。

又宝源换，一百元，六十七两六钱。

二十一日又，四百元，二百七十两〇三钱八分。

又荣泰换，二十五元，十六两八钱八分。

二十二日宝源换，一千元，六百七十四两五钱五分。

二十三日宝源换，九百五十元、五十元，六百七十八两五钱另五厘。

二十四日又，八百元，五百四十一两一钱。

二十六日又，一千三百元，八百七十四两八钱二分五厘。

二十七日荣泰换，二百元，一百卅四两八钱。

二十八日又，七百五十元，五百另七两八钱；一百元，六十七两四钱。

二十九日又荣泰换，五十八元，三十九两〇七分八厘。

二十九日又，六百五十六元，四百四十一两九钱六分。

又，一百十元，七十三两七钱六分。

又，二百卅元，一百五十四两九钱〇五厘。

又宝源换，九百元，六百〇七两一钱一分五厘。

六月分：

初一日宝源换，八百五十元，五百七十两〇一钱八分五厘。

初二日又，三千另五十元，二千〇五十五两五钱一分。

初三日又，九百五十元，六百卅九两七钱三分五厘；四百三十元，二百八十九两二钱五分。

初四日又，七百念元，四百八十四两五钱五分。

初五日荣泰换，五十三元，卅八两一钱六分；三百六十四元，二百四十三两五钱七分五厘。

又宝源换，五百四十元，三百六十三两八钱九分五厘。

初六日又，一百十九元，八十两〇一钱四分。

初七日履康换，二百廿七元，一百五十二两八钱二分五厘；十元，六两七钱三分五厘。

又又，一千三百十三元、五十元，九百十五两一钱六分五厘。

初八日，三百五十元，一千六百四十六两六钱六分；又，二千一百元，一千六百四十六两六钱六分。

初八日又，三十四元五角，廿两〇四钱〇五厘；七元三角，四两四钱三分。

又宝源换，二百元，一百卅四两五钱。

初九日荣泰换，一千三百元，八百七十四两一钱六分。

初十日又，一千四百元，九百卅九两四钱五分。

又履康换，二千元，一千三百四十五两。

十一日宝源换，六廿九百元，四百廿三两三钱一分五厘；一百廿一元，七十八两三钱五分五厘。

十二日宝源换，六百元，四百〇三两一钱二分五厘。

十三日宝源换，一千六百元，一千〇七十三两四钱。

又宝源换，一千三百五十元，九百〇七两二钱。

十四日荣泰换，七百元，四百六十八两七钱五分；十四元七角五分，八两五钱六分。

十五日宝源换，五百五十元，三百六十九两三钱八分。

十六日履康换，六百五十元，四百卅七两四钱五分；六十元，四十两〇四钱一分。

又又，八百三十元，五百五十六两五钱一分五厘；十元，六两七钱五分五厘。

十七日，二十元，十三两五钱二分。又，三百卅元，二百廿二两七钱一分。

十七日履康换，一千一百元，七百四十两〇六钱六分。

十八日荣泰换，一千二百元，八百〇七两四钱。

又宝源换，一千三百元，八百七十五两五钱五分。

又履康换，二千三百十六元〇二分一厘，一千五百六十二两一钱五分五厘；一百元，六十七两九钱五分。

十九日宝源换，七百元，四百六十九两九钱一分。

二十日又，一千三百元，八百七十七两一钱七分五厘。

又荣泰换，一千七百元，一千一百四十六两一钱七分五厘。

二十一日履康换，九百五十元，六百四十两〇三钱；三百五十元，二百卅五两五钱。

二十二日宝源换，一千九百元，一千二百八十三两二钱八分五厘；二百三十元，一百五十五两三钱九分五厘。

又履康换，一千元，六百七十一两九钱七分五厘。

又宝源换，一千元，六百七十五两三钱七分五厘；八百元，五百三十九两九钱五分。

又荣泰换，一百九十三元，一百卅二两〇四钱二分。

二十四日荣泰换，六元八角，四两五钱九分五厘。

又履康换，一千三百十八元八角五分三厘，八百九十一两五钱四分五厘。

二十五日宝源换，一千三百七十元，九百廿五两六钱四分。

又又，三十元，廿两〇三钱八分五厘。

二十六日荣泰换，一千八百元，一千二百十六两二钱五分。

又宝源换，一千元，六百七十六两二钱五分。

二十七日履康换，一百三十七元，九十一两一钱一分；四百九十三元，三百卅三两二钱七分。

二十八日荣泰换，七百元，四百七十三两八钱七分五厘。

二十九日宝源换，一千元，六百七十八两三钱。

三十日履康换，一千元，六百七十九两。

又荣泰换，四百五十元，三百〇四两六钱。

七月分：

初二日宝源换，八百五十元，五百七十四两三钱五分。

初三日荣泰换，四十一元，廿六两六钱五分；八百五十九元，五百八十两〇一钱一分五厘。

初四日荣泰换，七百元，四百七十一两三钱五分。

初五日履康换，六百四十七元九角三分五厘，四百卅六两九钱另五厘；一百元，六十七两五钱五分。

初六日荣泰换，一千二百元，八百十两另三钱五分。

初七日宝源换，一千八百五十元，一千二百四十九两八钱。

初八日又，一千三百元，八百七十七两八钱五分五厘。

又履康换，七百元，四百七十一两四钱七分五厘。

初九日荣泰换，七百五十元，五百〇三两〇一分。

初十日又，四百元，二百七十两另一钱。

十一日又，二百元，一百卅二两三钱。

十二日又，六百元，四百另二两三钱五分。

十三日履康换，一千元，六百七十七两九钱七分五厘。

十四日又，四百五十元，三百另三两另四分；五十元，三十六两五钱。

十五日荣泰换，八百廿二元八角四分一厘，五百五十四两九钱一分五厘。

又宝源换，二百元，一百卅四两九钱五分。

又履康换，六十元，四十两另五钱。

十七日宝源换，五十元，卅三两七钱三分五厘；五百九十三元，三百九十九两三钱五分五厘。

又宝源换，七元，五两一钱八分；一百元，六十七两四钱六分二厘。

十八日履康换，六百〇三元五角四分七厘，四百〇六两四钱四分五厘。

十九日又，一百九十八元，一百卅三两六钱五分。

又荣泰换，一千八百七十九元，一千二百六十八两三钱二分五厘。

二十日履康换，九百五十二元，六百四十一两六钱。

又荣泰换，一百廿一元，八十一两六钱七分五厘。

又宝源换，三百五十八元，二百四十一两四钱七分五厘；十二元，八两〇四分。

二十一日荣泰换，七百七十四元五角七分，五百廿两〇七钱六分五厘。

二十二日宝源换，六百元，四百〇五两二钱二分五厘。

二十三日又，十五元，八两一钱。

二十三日履康换，六百八十五元，四百六十二两三钱三分。

又荣泰换，二百五十元，一百六十八两八钱六分。

二十五日宝源换，六百元，四百〇三两九钱二分。

二十六日又，五百五十元，三百七十两〇六钱八分。

二十七日履康换，二百元〇〇四角二分三厘，一百卅四两三钱六分。

又宝源换，一千一百廿元，七百五十四两五钱二分。

二十八日宝源换，七百五十元，五百〇六两二钱五分五厘；铜六元，一两六钱二分。

二十九日荣泰换，四百五十元，三百〇三两一钱。

八月分：

初一日荣泰换，四百元，二百六十九两二钱。

初二日履康换，一千元，六百七十三两五钱五分。

初三日宝源换，七百廿元〇六角三分二厘，四百八十六两九钱二分五厘。

初四日荣泰换，四百元，二百七十两〇一钱。

初五日履康换，四百〇五元三角，二百七十四两三钱九分；一百九十五元四角四分五厘，一百九十九两六钱七分。

初六日宝源换，五百九十二元二角三分，三百九十八两二钱；八元，四两八钱八分。

初七日荣泰换，八百元，五百四十二两七钱一分五厘。

初八日履康换，六百五十元〇五角三分六厘，四百卅七两七钱九分三厘。

初九日又，四百五十元，三百〇二两五钱四分五厘。

初十日又，八百元，五百四十两〇五钱五分。

十一日荣泰换，四百元，二百六十九两六钱五分。

十二日又，一千二百十六元五角，八百廿两〇七钱四分五厘。

十三日又，一百五十元，一百两〇〇四钱七分五厘；十六元，九两二钱八分。

十四日又，六十五元，四十三两四钱五分。

又履康换，三千元，二千〇廿五两三钱七分五厘。

十五日荣泰换，三元，二两〇二分五厘。

十五日履康换，一百十元〇七角九分，七十四两八钱一分。

十六日宝源换，三百元，二百〇一两六钱七分五厘。

十七日宝源换，一百七十二元，一百十五两二钱三分。

又又，廿八元，廿一两一钱九分五厘。

又又，三百元，二百〇一两九钱七分五厘。

又又，二百七十元，一百八十一两四钱一分。

十九日履康换，三千元，二千〇十三两。

十九日荣泰换，二百七十五元七角二分，一百八十四两二钱四分。

二十日荣泰换，五百五十元，三百六十八两四钱五分。

二十一日宝源换，七百元，四百六十九两七钱。

二十二日又，三百五十元另七角六分，二百卅二两三钱九分五厘。

二十四日又，五百五十元，三百六十七两七钱八分五厘。

二十五日履康换，二百元，一百三十三两七钱六分；五千元，三千三百五十七两五钱。

二十六日又，一千二百廿元，八百十八两五钱；八十元，五十三两七钱二分。

二十七日荣泰换，四百〇二元六角八分五厘，二百七十两〇二钱二分五厘。

二十八日履康换，四十三元七角六分二厘，廿九两三钱八分五厘。

二十九日荣泰换，二百元，一百卅四两三钱。

九月分：

初三日宝源换，四百七十元，三百十五两二钱二分；三十元，廿两〇一钱五分。

初五日又，五百元，三百卅五两六钱七分。

又履康换，五百元，三百卅五两九钱。

初八日又，一百廿二元七角七分七厘，八十二两二钱九分一厘；三百七十八元，二百五十两〇九钱九分七厘。

初九日宝源换，十八元，十二两六钱；二百卅九元六角三分，一百五十一两〇一分。

十三日又，一千一百八十八元，七百九十一两五钱三分五厘；十二元，八两八钱二分。

十五日又，四百五十元七角，三百两〇九钱七分；三十二元〇五分，十八两八钱五分。

又荣泰换，四百元，二百六十八两。

十七日宝源换，三千四百元，二千二百八十二两三钱。

十八日又，三百元，二百〇一两〇五分。

十九日又，四百元〇〇二角七分，二百六十七两九钱八分。

又又，一百廿五元八角五分二厘，八十四两〇六分五厘；一百元，六十六两八钱二分五厘。

二十一日又，四百元，二百六十七两。

二十二日荣泰换，二百元，一百三十三两八钱。

二十三日履康换，五百七十元，三百七十九两二钱〇五厘；三十元，廿二两二钱。

二十四日荣泰换，二百五十元，一百六十六两五钱五分。

二十五日又，三百元，一百九十九两七钱二分五厘。

二十六日履康换，一百元，六十六两九钱二分五厘。

十八日荣泰换，二百五十元，一百六十六两六钱六分五厘。

二十九日宝源换，四百元，二百六十七两四钱。

二十九日宝源换，六百元，四百两〇〇七钱五分。

十月分：

初一日履康换，二百八十元，一百八十六两四钱七分；二十元，十三两四钱二分。

初二日宝源换，六百七十四元，四百五十两〇七钱五分；三百廿六元，二百一十八两七钱六分。

初三日荣泰换，七百元〇〇七角八分七厘，四百六十七两七钱五分五厘；铜四元，一两二钱一分。

又又，二千二百九十六元，一千五百四十九两二钱五分五厘。

又又，三百元，二百〇一两一钱五分。

初六日又，二百元，一百卅三两七钱五分。

初八日又，二百元〇四角二分三厘，一百卅四两四钱八分五厘。

初十日又，七百元，四百六十七两一钱五分。

十一日又，三百元，二百两〇四钱二分五厘。

十七日又，一千七百七十三元，一千一百四十八两五钱六分五厘。

又宝源换，八百八十六元，五百九十四两〇六分三厘。

又履康换，七十五元，五十两〇二钱五分。

又宝源换，四百元，二百六十八两五钱五分；二千六百四十九元七角一分，一千七百七十六两二钱三分。

二十日又，二百元，一百卅五两一钱；四百十八元六角九分二厘，二百八十一两一两。

二十一日，八十二元，五十五两三钱〇九厘。

又履康换，五百卅元〇三角三分六厘，三百五十四两四钱〇五厘。

又荣泰换，三百元，二百〇一两九钱五分。

又宝源换，八百六十九元一角一分三厘，五百八十六两〇八分五厘；十元，七两一钱。

二十九日荣泰换，一百元，六十七两二钱四分五厘。

十一月分：

初二日荣泰换，三千元，二千另廿五两。

初五日又，四百元，二百六十六两六钱。

初六日又，二百五十元，一百六十七两七钱五分。

初八日又，一百元，六十七两三钱七分。

初九日又，二百五十元另五角九分，一百六十八两七钱六分。

初十日又，二百六十元，一百七十四两七钱四分。

十一日又，一百三十元，八十七两六钱七分。

十三日履康换，三元七角五分，二两一钱五分。

又，一百八十六元，一百廿三两四钱八分。

又，二百元，一百卅四两三钱。

十五日又，七十元，四十七两一钱四分五厘。

十六日宝源换，六百九十六元三角三分三厘，四百六十三两七钱一分五厘。

二十日又，五千〇四十元，三千三百七十八两〇六分。

又，三百元，二百两〇〇六钱五分；一百十元，七十三两六钱九分五厘。

二十二日又，三百三十八元，二百廿五两八钱四分；六十二元，四十一两六钱八分。

又荣泰换，五百元，三百三十四两〇七分五厘；八十元，五十三两九钱八分。

二十六日又，四百元，二百六十五两。

二十九日履康换，五百五十元，三百六十五两三钱。

三十日荣泰换，一百十元，七十两〇九钱九分五厘；九元，六两〇七分。

十二月分：

初六日履康换，四百元，二百六十八两四钱。

初九日又，四千三百元，二千九百〇六两四钱。

十四日宝源换，一百元，六十五两一钱。

又履康换，一百元，六十四两七钱。

十八日又，二百七十二元，一百八十二两六钱五分。

十九日又，五百五十元，三百五十九两四钱六分。

又宝源换，一百廿元，七十九两〇七分。

又原换，四元，二两五钱八分五厘。

二十日履康换，六十七元，四十三两四钱。

原换，十元，六两七钱一分；一百元，六十七两一钱。

二十一日履康换，二百元，一百廿六两六钱五分；四百五十元，二百九十九两四钱二分五厘。

五年正月分：

十二日宝源换，三千元，二千〇十五两二钱五分。

二十日履康换，二百元，一百卅四两一钱。

二十六日又，五千元，三千三百五十五两。

二十八日宝源换，二百五十元，一百六十七两二钱三分七厘。

原换，十元〇九角，七两三钱〇六厘；一元五角，一两〇〇八厘。

二月分：

初四日宝源换，四百元，二百六十七两二钱五分。

十三日又，二百五十元，一百六十六两九钱七分五厘。

二十三日又，三千二百四十五元，二千一百八十九两六钱一分五厘。

原换，五十元，卅三两五钱一分二厘。

又履康换，一百四十元，九十四两一钱六分五厘。

三月分：

初二日宝源换，五十元，卅三两七钱七分五厘。

原换，廿四元，十六两二钱三分；十五元，十两〇一钱四分四厘。

又，八十四元，五十六两三钱另一厘。

初六日宝源换，一百八十四元，一百廿三两七钱九分。

十四日原换，三十九元，廿六两二钱六分二厘。

十五日又，四十五元，三十两〇二钱八分九厘。

共换出洋二十一万五千五十九元三角一分三厘，实换入补水漕平银十四万四千八百十六两四钱一分七厘（抱除银三分三厘，每元扯换银六钱七三三七九）。

四年正月分：

初五日换，一千一百九十文，（去水净换）七钱六分四厘。

初八日换，一百廿三千七百四十文，七十七两七钱四分五厘。

二月分：

日换，十千文，六两三钱六分五厘。

日换，六千〇十六文，三两九钱一分六厘。

日换，四百五十四文，二钱九分四厘。

四月分：

日换，十三千一百文，八两五钱一分。

五月分：

十一日宝源换，四十五千文，廿九两三钱一分五厘。

日荣泰换，九千〇十一文，五两九钱三分八厘。

六月分：

宝源换日，十千文，六两四钱五分。

初五日又，一百五十千文，九十六两二钱一分五厘。

初五日荣泰换，四百五十文，二钱八分七厘；五十一文，三分三厘。

初六日履康换，二百八十千文，一百七十九两二钱五分五厘；三十千文，十九两二钱五分五厘。

初八日宝源换，四十五千文，廿七两二钱。

初十日荣泰换，八十千文，五十一两四钱四分五厘。

十三日宝源换，二百五十千文，一百五十九两七钱四分五厘。

十五日又，四十千文，廿五两五钱六分。

十七日履康换，一百九十四千文，一百廿三两五钱六分五厘。

十九日荣泰换，一百千文，六十四两一钱。

二十日宝源换，一百八十千文，一百十五两三钱八分五厘。

二十一日履康换，十千文，六两四钱一分。

二十二日宝源换，六十千文，卅八两五钱八分五厘。

又荣泰换，三百四十六文，二钱二分二厘。

二十四日履康换，十千文，六两四钱一分。

二十六日荣泰换，六十千文，卅八两五钱八分五厘。

二十九日宝源换，一百千文，六十五两〇二分。

三十日荣泰换，七十七千文，五十两。

七月分：

初二日宝源换，五十千文，卅二两二钱六分。

初三日荣泰换，三十千文，十九两二钱九分。

初五日履康换，廿千文，十二两七钱八分。

初六日荣泰换，八十千文，五十两。

初十日又，廿千文，十二两九钱另五厘。

十二日又，四十千文，廿二两九钱五分。

十三日履康换，十千文，六两四钱五分。

十五日又，一百千文，六十三两七钱九分五厘。

十八日又，一百廿二千文，七十八两七钱一分。

十九日又，九百十九文，五钱九分。

又荣泰换，六百六十六文，四钱二分八厘。

二十日履康换，廿千文，十二两八钱八分五厘。

二十一日荣泰换，一百四十千文，八十八两七钱。

二十三日履康换，九十千文，五十七两八钱七分五厘。

二十六日宝源换，廿千文，十二两三钱三分。

二十七日履康换，五百千文，三百廿二两五钱八分。

八月分：

初三日宝源换，廿千文，十二两九钱四分五厘。

初四日荣泰换，廿千文，十一两七钱六分五厘。

初六日宝源换，六十五千文，四十一两六钱三分。

初九日履康换，廿五千文，十五两六钱二分五厘。

十二日荣泰换，一百十三千文，七十三两〇四分五厘。

十三日又，四十五千文，廿八两六钱四分五厘。

又，一百四十二千一百五十五文，九十一两一钱四分；三十五千文，廿二两六钱二分五厘。

十五日又，三百四十九文，二钱一分九厘。

又履康换，四百文，二钱五分八厘。

二十二日宝源换，廿千文，十二两八钱二分。

二十七日荣泰换，三十千文，十七两九钱五分。

九月分：

初八日履康换，三千五百六十文，二两二钱六分。

又宝源换，一百九十二千九百二十文，一百廿一两八钱七分。

初十日又，八十千文，五十两〇七钱九分五厘。

十三日又，六千文，三两七钱八分五厘。

十七日履康换，三百千文，一百八十八两〇九分。

十八日宝源换，六十千文，卅七两六钱一分五厘。

十九日又，五百八十千文，三百六十四两〇九分五厘。

二十一日又，三百千文，一百八十八两三钱二分五厘。

二十三日履康换，廿千文，十二两六钱六分五厘。

二十八日宝源换，四百八十千文，二百九十九两八钱一分。

十月分：

初一日履康换，三百千文，一百八十九两〇三分五厘。

初三日荣泰换，三十千文，十八两八钱一分。

初四日又，二千九百十四千五百卅文，一千八百廿七两二钱九分。

初十日又，十千文，六两三钱一分。

十六日又，四十千文，廿二两〇四分。

十七日宝源换，二百八十一文，一钱七分七厘。

十七日荣泰换，一百七十五文，一钱一分。

又履康换，三百四十二文，二钱。

二十日宝源换，十千文，六两二钱七分。

二十一日履康换，三十千文，十八两八钱四分五厘。

又荣泰换，一千千文，六百廿七两七钱四分五厘。

二十八日宝源换，廿千文，十二两五钱四分。

十一月分：

初二日履康换，一千〇廿千文，六百四十一两五钱一分。

初八日荣泰换，八十千文，五十两〇三钱一分五厘。

十一日又，八十千文，五十两。

十三日履康换，三百六十一千八百十六文，二百廿六两五钱六分。

十五日又，二百〇八千一百卅四文，一百卅两〇三钱三分。

十六日宝源换，廿八千文，十七两五钱四分五厘。

二十二日荣泰换，一百四十千文，八十七两三钱三分五厘。

二十六日，八千五百五十文，五两二钱三分。

十二月分：

初一日原换，乂8，一百五十五千一百九十文，九十一两〇〇六厘。

十八日履康换，一百十三千八百文，七十二两〇二分五厘。

原换，一百五十五千文，八十九两五钱九分五厘。

二十日履康换，五十六千四百文，卅五两〇六分。

原换，三千七百四十三文，二两三钱五分四厘。

五年二月分：

初四日宝源换，廿千文，十二两四钱九分。

十二日履康换，四千三百七十五文，二两七钱四分。

原换，四千文，二两五钱一分六厘。

三月分：

初二日宝源换，廿一千文，十三两二钱〇五厘。

原换，一千二百卅九文，七钱七分九厘。

二十六日宝源换，五百九十文，三钱七分六厘。

原换，六百文，三钱七分八厘。

共换出钱一万二千四百八十五千九十二文，实换入补水漕平银七千八百五十九两八钱。（又抱进另头银二分八厘，每两扯钱一千五八八四七。）

豫饥铁泪图募启

豫省旱灾，去年尤甚，占霖罔验，掘井皆枯。往陇上而呼天，跽田间而祷佛。卒之春麦不登，秋禾绝望，家无余粮之积，人皆悬耜而嗟。而况官仓积谷，散亦无多，邻境乞怜，灾又相等也。自此而豫灾不堪问矣。久旱不雨，下民悔祷。

赤日当空，飞蝗蔽地，野无青草，户绝炊烟。或捕鼠，或罗雀，或麦柴磨粉，枯草作饼。呜呼！此何等食品乎？昔人有诗云：岸头挑尽无名草，树上劙光未死皮。真境当前，始信此言非诬。日食万钱者，盍分以杯羹？树皮草根，剥掘充饥。

旱灾以后，薪桂米珠，借贷亲朋，彼此一辙。衣衫农具，典卖空空，燃眉势急，更不暇为后日计。于是数间破屋，几亩荒田，亦短价轻售，甚至求售不得，遂作饿莩，其情抑又惨矣。高堂华屋中人能勿怦怦心动耶？借贷无门，卖田拆屋。

四境皆荒，投生无路，一息尚存，谁愿饿死？携老扶幼，背井离乡，或东或西，皇皇靡定。求一栖止所不得，求一啖饭所不得，幕天席地，吸露餐风。饥寒中人，疾疢易作，跋涉数千百里，仍不免作沟中瘠、异乡鬼也。噫！四野流离，转填沟壑。

生者异地，死者黄泉，惨何如矣！顾又有生死两难者，白头二老，桑榆暮年，黄口孤雏，宗祧一线，既乏佣身之地，忍为卖履之谋，生不得俱生，死不能遽死，此固问天搔首、跃地拊膺而叹无可如何者也。呜呼！孝子节妇，忍饿吞声。

好男好女，岂愿生离？至于计无复之，遂不得不各寻生路。谓与其阖门性命至死相随，何如两地分离更生可望？无多身价，耶娘且度晨昏。从此天涯骨肉，永难团聚，欷歔临别，哭断肝肠，悲莫悲于生别离。哀哉！卖男鬻女，肠断分离。

饥乌中夜声啾啾，负衰亲兮行道周。行行且止，但看血泪交流。嗟藜藿之不充，顾桑榆其既暮，非恤死兮有亲，欲求生兮无路。呜呼！刘平求菜，蔡顺拾葚，古有处患难之地而孝行益彰者，勿谓行乞中竟无斯人。_{扶亲乞食，孝子呼天。}

天乎！人乎！比岁不登。父兮！母兮！畜我不卒。陟岵岵以兴嗟，白云红树；望里门其谁是？赤日黄沙。剧怜带水拖泥，沉疴仆地；竟使斜阳薄暮，枵腹呼天。吁嗟乎！世无蝶嬴，命薄蜉蝣，赵氏孤亡，若敖鬼馁矣。_{遗弃孤儿，哀寻爹娘。}

坐草临盆，有关生死，况沟壑余生，奔波方急，风霜异地，托足无从。乞道上数文钱，难谋饘粥；借阶前一席地，权当床帏。斯时娘且不保，儿更何言？骨肉难完，竟付逝波而去；昙花一现，岂真应劫而来？伤心惨目，其何以堪！_{穷途分娩，母子俱死。}

有贸贸然来者，皆饥民也。匍匐以行，尽是於陵仲子；扬目而视，谁为齐国黔敖？喘仅如丝，踵无纳屦，昔之熙熙而来、攘攘而往者，今则踯躅道旁，遇风辄倒也。天乎！人乎！何赋命之穷薄而长为饿莩乎！_{鹄面鸠形，迎风倒毙。}

老朽龙钟，艰难步履；伶仃弱小，未惯驰驱。待尽穷庐，萧然四壁；寒生败絮，彻骨风尖。人尽斸桑，饥肠雷动，上天无路，入地无门。力尽计穷，生不若死，悬梁投河，处处皆然。伤心惨目，有如是哉！_{饥寒交迫，悬梁投河。}

君子食肉，尚远庖厨。奈此荒年，人竟相食。豫信云，有丧之家，每潜自坎埋，否则操刀而割者环伺向前矣。夫死者既不得食以死，生者欲食其肉以生，抑何忍哉！虽然，饥肠辘辘，死在眼前，何其甘心槁饿也亦难。_{饿莩载途，争相脔割。}

或馁而死，或寒而死，或病而死，或悬梁投河而死，纷纷藉藉，固棺不胜棺，埋不胜埋，而一任尸骸遍地也。呜呼！模糊碧血，鸟雀馁余；风雨黄昏，狗彘夺食。伤矣！况尸秽之气必酿疠疫，谁为谋三寸棺、五寸椁耶？_{遍地尸骸，鸟雀啄食。}

本年各处告灾，此独蝗不为患。入冬以后，六出纷飞，太史书大有年，比户上屡丰颂，斗酒烹羔，围炉笑语，以视被灾之地，鹄面鸠形，相与咨嗟太息，为无雪杀蝻，无雨插麦，来春绝望，生死难知者，夫亦判若天渊矣！_{南方瑞雪，比户腾欢。}

成灾之后，廷臣请赈，渥荷天恩，遣官发帑，加意拊循，属在灾民，罔不欢欣鼓舞。惟灾区广数十州县，灾民至数百万众，嗷嗷待哺，粮运艰难。圣主视民如伤，不欲一夫失所；大吏仰承德意，比亦竭蹶经营，不遑告瘁矣！_{宪恩奏赈，地广人多。}

苦旱两年，苍天悔祸；甘霖十日，绿野堪耕。甫集流亡，爰谋籽种，考土宜，准月令，所谓粱菽麦黍稷者，播种皆在四月前，今无及矣。惟荞麦犹可种，敢或失时，但田卒汙莱，屋无片瓦，得无绕树三匝而叹无枝可栖乎？_{给种资遣，田荒屋圮。}

幸哉此归乎！想当年琐尾流离，无复生还之望，乃今裹我糇粮，复我邦族，幸矣！奈何一片荒郊，只余白骨，两番微雨，又扑红沙。欲补茅而结屋，蜗舍何存？将去草以芸田，牛犁尽失，徒手不足以耕也。伤心乎此归。_{得雨垦荒，农器典尽。}

饿死不为盗，扶病以还乡，遗黎良可悯矣。倘令夏日如年，饥肠欲裂，秋成有待，望眼将穿，饭萝空兮儿号，炊烟断兮灶冷，课田功而无力，将农事之就荒，安得给以口粮，延此一息，使长为输租纳税之民耶？_{盼望秋成，屈指期远。}

京外官吏连章入告，帝恩浩荡，蠲缓并行。传到腾黄，遍贴穷乡僻壤；相扶垂白，幸逢舜日尧天。相彼灾民，读数行下，莫不镂心铭骨，谓自今以后，所生之日，皆朝廷再造恩也。_{恩诏蠲征，万民感戴。}

果报之说，儒者不谈，然积善余庆，理无或爽。豫灾以来，义粟仁浆，早已竭情尽惠，惟灾区至广，秋稔无期，沟壑余生，今犹待毙。披图三复，惨目伤心；倘蒙垂怜，生死肉骨。《传》曰“救灾恤邻，行道有福”，敢为仁人操左券。善士解囊，诸神锡福。

福幼图募启

北方俗俭，夌聘轻而婚嫁早，髫龄弱女，受聘居多。灾旱以来，艰难糊口，往送婿家，病不能纳。此时此势，虽甚不愿为婢、为妾、为倡，亦有所不能矣。呜呼！摽梅待嫁，飞絮遭风，彼姝者子独非明珠掌上珍耶？情急背聘，卖女他方。

守节易，抚孤难，阿娘茹苦含辛，为此一块肉耳。胡天不吊，降此鞠凶，娘不能活儿，儿莫复恋娘。为〔谓〕他人父，忽承异姓宗祧；谋几日生，竟断一门血脉。儿往哉！有日归来，收娘骨于阿耶之墓。遗腹独子，远卖求生。

祥征玉燕，汤饼三朝；梦协翠鸡，洗钱十万。此何等快事耶！奈何一样胚胎，竟同朝露，藐兹骨肉，倏付逝波。乞白粲兮谁家，儿原无命；先黄泉以待我，娘也将来。呜呼！我安得与朱鄂州、任义兴恤此妇、保此婴？分娩穷途，将婴弃水。

草根尽，树皮完，初啖尸，继啖人。强肉弱，众暴寡，截行路，辄刀剐。黑夜昏天，杀人如豕，壮者或倖脱，少者无不死。惨矣哉！哀呼救命，耶不闻兮娘不应，宛转刀俎旁，肉重人命轻。呜呼！胡竟效易牙之蒸婴？道路孤儿，黑夜诱杀。

客有自灾省来者，言过屠门，颇列人肉。一女子将就烹矣，急归囊钱往赎，至则已游釜中。呜呼！红颜不见，空余一缕冤魂；白骨犹新，遭此几双毒手。肝脍杀越，岂人皆盗跖耶？作旦夕延，相率出此。吁！惨矣！持钱赎命，已受宰烹。

老娘饿不起，小女饿无声，女死可再育，娘死不复生。老娘命重女命轻，以命养命杀意萌。操刀直前女哀鸣，手颤刀落声铿铿。自肉自痛血泪零，阿婆不愿分杯羹。阿耶且莫将儿烹，送儿至市上，易米一二升。饿亲垂毙，杀女堕刃。

人死人食，人食人死，人死成疫人疫死，人食疫人人复死。死丧接踵，家室一空。藐孤孑立，何适之从？将沟壑兮委填，或刀匕兮是供。既食人之太甚，易灭嗣兮绝宗。谁抚孤兮延一脉，遗冥报兮终无穷。人肉充肠，转眼疫死。

吁嗟乎！中泽哀声，雏鸿最惨；覆巢遗卵，小鸟何归？此真人种也，不谋抚养，将绝人烟。援成例于青州，免为婴鬼；救无知之赤子，同发婆心。所冀大力玉成，报获蓝田之玉；片言金诺，捨来丹穴之金。金人后裔，天赐佳儿。

仳傐啜泣图募启

同衾同穴，愿偕白头，至于计无复之，不得不忍而为此。谓与其相守糟糠，终嗟玉碎，何如分飞鸾凤，犹得瓦全？无多身价，儿夫且度晨昏；长此天涯，幼子谁为乳哺？牵衣歧路，哭断肝肠，从此萧郎似路人。伤哉！夫妻生别，稚子悲啼。

冤哉！此改适也。向之耕随冀缺，节慕罗敷，即所天之遽失，誓同穴以不渝，而乃志本靡它，饥偏驱我。有女仳傐，此日菟丝何托？荒坟寂寞，何年麦饭重来？彼曰嫠也何害？此则死有余惭，独不闻有啾啾鬼哭声耶？鬻为人妻，故夫痛哭

谁无妻女顺聚一堂？至于插标求鬻，真剜却心头肉矣。时也夫妻对泣，问何年破镜重

圆？母女牵衣，料此去侯门如海。吁嗟乎！妻兮莫望夫，子兮莫望父。天长与地久，此恨极千古。来生孽缘在，骨肉当如故。<small>妇女就鬻，生还绝望。</small>

渺渺前程，此行安止？茫茫去路，何处我家？耶娘沟瘠矣，夫婿饿殍矣，儿女婴鬼矣。身如飞絮，心类转蓬。我本大家女也，一何沦落至此？泪潸潸兮不住流，声嚎嚎兮不能止。藤鞭三下，痛入骨髓，吁嗟拐贩该万死。<small>痛哭思家，中途被鞭。</small>

蝉翼为重，千钧为轻；黄钟毁弃，瓦釜雷鸣。世竟有名门闺彦，屈为婢妾之理乎？况夫狐威暂假，主人横逆相加；狮吼时闻，大妇睫眉难仰。早知今日，悔不当初。呜呼！天灾流行，方隅不限，独不念自家子女耶？<small>旧族名门，沦为姜婢。</small>

呜呼！此何地乎？东家饭，西家宿，非荡妇之行乎？朝弦索，夜筝搊，非倡伎之数乎？我祖父簪缨累代，清白传家，忍此身之察察，受物之汶汶乎？身可杀，不可辱，莫说侬家颜如玉，死为厉鬼终宵哭。<small>义不受辱，一死完贞。</small>

飞絮因风，小人有女；落花无主，君子垂怜。抛将十斛明珠，归此一双素璧。为他作嫁，煞费苦心；得适所天，相庄举桉。此实高天厚地之恩，难为坠露轻尘之报矣。生生世世，誓结草兮无穷；岁岁年年，共瓣香而尸祝。<small>感恩赎女，罗拜冥中。</small>

天道无亲，常佑善人。捐金赎女，此行元必抢三，焚券还妻，有子撰宜叙百。虽儒者不谈果报，岂尽无因？况善人广溉福田，必有余庆。瑞符种玉，铭康乐安燕之文；报获唧珠，应富贵吉羊之祝。谓予不信，借鉴斯图。<small>全人名节，文闱显报。</small>

赴豫助赈诸君上^{豫苏}抚宪禀

窃绅等伏读邸抄，<small>苏抚宪宪台</small>片奏苏省助赈一案，有在事绅董，应俟事竣，咨行宪台、豫抚宪核奖等因。绅等厕名其间，曷胜惶惧！盖清夜自思，实有万万不可邀奖者，请剀切陈之。绅等<small>来赴</small>豫之际，不过因同乡善士中，有以千文百文助赈，与夫隐行其惠，不愿著名邀奖者，均无可投交捐局，议由各处善堂承收，交由绅等散放，稍效涓埃之助。绅等抵豫后，运粮查户，节节迟钝，凡事机之遗于见闻、绌于思虑者，兢兢此衷，负疚实甚。设复掠公义于一己，归劳绩于数人，外以欺世，内以自欺，此固天地所不容，鬼神所不许，绅等虽愚，敢不熟思而审处之乎？岂矫激自鸣高哉！此次赈款，始自江浙，遍及各省，僻壤穷乡，妇人小子，甚而孤寒丐乞之人，仰体朝廷暨列宪轸恤深仁，无不剜肉补疮，踊跃捐助，半无姓名之可考，何有奖叙之可加！岂绅等藉手其间，反可腼然邀奖乎？况自赴豫以来，分设厂局，其同时效力者，或司纪载，或任奔走，人数不知凡几，绅等承乏其际，所谓仗众人之力以为力也，遍奖则滥，独受则欺矣。至于南中各善堂局，经收捐款者约不下二百处，每处经劝善士各数十人，捐赀之后，始汇交苏、申、扬三处，三处善堂绅士又不下数十人，各处散募善士奔走筹劝，极著劳瘁，然均不敢仰邀奖叙，则何论于苏、申、扬绅士，更何论于绅等之因人成事者哉！宪台暨苏、豫抚宪诚为激扬末俗，嘉许捐生起见，何如<small>咨详</small>查经收捐款之各善堂局，给予匾额，嘉其义行，恩出既溥，公义自惬。若必使绅等上邀奖典，腼然膺冒滥之功名，则绅等既无以对一心，亦无以对众人，且无以对数百万之饥民。天壤虽宽，何以自立？且以义始，以利终，绅等受人讪笑者犹浅，后此凡有义举，人皆引绅等为鉴，不敢复与一事，则攸关于地方义举者甚大。爰敢不揣冒昧，沥布寸忱，伏祈宪台俯赐矜全，推君子爱人以德之心，免绅等无地自容之愧。实不胜感激之至。

光绪五年二月初三日，奉苏抚宪吴批：来禀阅悉。候抄禀咨明河南抚院查照酌核办理可也。此缴。

凌淦、谢庭芝报收解苏、扬民捐豫赈并请据情咨照禀

敬禀者：窃淦于上年会同各绅赴豫助赈，庭芝留苏收解各缘由，节经禀明在案。自上年正月起，截至本年二月底止，除蒙各^{宪局}发交捐款七万四千七十八两八钱七分五毫，另行禀报外，据绅士李培松、李培桢、毛凤音、延凯、柳昕、靳文泰交到扬镇一带集劝银八万一千七百七十八两三钱三分七厘，又据江浙绅士熊其英汇交银一万两，王瀛汇交银一万两，费延庆、费延厘、潘欲仁、王伟桢、吴鸣皋汇交银一万两，陈兰蕊、谈鸿儒、凌澍、任艾生、徐耀、熊祖诒、庄元植汇交银一万两，湖州仁济堂汇交银七千两，姚岳钟、郑定国、巢序铺汇交银五千五百两，李金铺汇交银五千两，金福曾、徐琪、高保康、李继蟠、秦炳斗、陈任旸汇交银五千两，华文汇、宣敬熙、陈荫椿、沈承祖、唐锡晋、汪煦、杨殿奎、张树培、蔡凤治汇交银五千两，吕耀斗、潘民表、李金桂、汪柏筠、杨廷杲汇交银四千两，陆懋修、孙毓松汇交银三千两，顾来章、蒋德澂、顾彭寿汇交银三千两，庄人宝、徐汝楷、谈熊江、吕芷堂汇交银二千五百两，朱锡祺、盛卿玮、王震元汇交银一千八百两，昆山县知县金吴澜、绅士盛凤标、吴沐三、黄兆棠汇交银一千五百两，祝誉彬、吴应生、徐文濂、郭沄桂、柳宝诒、曹佳、叶楚善、朱君玉、唐亦如汇交银一千五百两，查人英、杨文涛、吴仁培、碤石留婴堂汇交银一千五百两，方仁坚、卓炳森、赵锡卿、王庆资、薛景清汇交银一千五百两，王鼎元、吴溱、王炽昌、王昌福、董启麟汇交银一千五百两，彭起凤汇交银一千四百两，周荣植、周骏声、周承曾汇交银一千三百两，江惟金、李慕良、高辅廷汇交银一千二百两，尤锁汇交银一千二百两，沈光锦、蔡丙圻、王树藩、张鸣驹、朱元麟交银一千两，狼山镇汇交银一千两，邵少云汇交银一千两，施绍书汇交银一千两，席桢、黄奎藻、华锡元汇交银一千两，彭锡恩、叶济严、曾铨汇交银一千两，吴韶生、宋俊严、元铭、汤肇基、徐宗德、吴中行、严宝枝、孙传鸬、谢家福汇交银一千两，周邻表、丁桂琪、邱炳镕、潘廷湛汇交银一千两，常熟水齐善堂陈惇年、谭潮瀛、赵元琪、陈钟秀、庞洪坤、庞洪兴汇交银一千两，束季符、徐绳祖汇交银一千两，新进文童捐、当捐、米行捐及各省府州县绅商士庶零星交到银一万五千二百四十八两五钱五分四厘五毫、洋三千五十七元八角、钱三百六十四千七百廿三文，各善士垫款银二千两，统共苏漕平银二十万三千四百二十六两八钱九分一厘五毫、洋三千五十七元八角、钱三百六十四千七百廿三文，均由庭芝解交在豫专司转运绅董李麟策承收，分交淦及苏、沪、扬、浙各绅分道散放，随时将放赈总数具报豫抚宪在案。所有经收各省善堂绅士汇总交到捐数，理合禀报宪辕，听候奏咨。惟此次捐款，实系各处绅商士庶零星杂凑，急切劝输，且恐干碍奏办捐输大局，先有不请奖叙之说，互相传布，故劝者皆无望奖之心，输者亦无合奖之款。户数极多，姓名半隐，即汇交捐款各绅士姓名，亦仅凭来函开载，有不能举其官阶住址者，有并未知其姓名者，所来捐款有无自输银两，是否经劝，抑系转交，亦难遍考，惟有仰恳宪台咨商豫抚宪，曲遂各善士阴行其德之心，悯念绅等乞诸其邻之愧，于奏报江苏

民捐总数时，俯据下忱，声明捐款无可核奖，绅等不敢掠美实情，实为恩便。除赶紧查造详细征信录，刻成禀送，并上海捐款另自禀报外，肃泐具禀。

光绪五年三月初六日，奉抚宪吴批：已照录二禀同粘单，咨请河南抚院查照汇案核奏矣。仰即知照，仍由该绅等补禀藩司查核可也。此缴。粘单附，另禀粘发。

凌淦、谢庭芝报领解豫赈捐款并请咨行备案禀

敬禀者：窃淦于上年会同各绅赴豫助赈，庭芝留苏收解各缘由，节经禀明在案。自上年正月起，截至本年二月底止，除据各处善堂绅士交到捐款，另行禀报外，经宜荆绅士任锡汾、任期曼、储廷荼、李毓林、徐光熙、徐保庆称，奉宪台面谕，将所劝赈款径交绅处，先后交到漕平银一万两，又奉藩宪发到许霖追欠案内库平银四千八百五十七两七钱四厘，宝山县解捐库平银一百四十七两八钱九分，乾和等庄追欠案内九八规银四千九百七十四两七钱五分四厘，江苏题补道张捐漕平银一百两，臬宪发到苏州府申解各县捐棉衣款二七宝银三百两、本洋一百十六元、英洋二千四十二元、钱三千五百九十八千二百八十文，转辗交由庭芝发庄转换苏漕平补水银一万四千七十八两八钱七分五毫。又经浙江协济豫赈局三品衔浙江补用道邹绅仁溥陆续捐募，并汇交到浙江官绅捐款漕平银五万两。三共漕平银七万四千七十八两八钱七分五毫，均由庭芝解交在豫专司转运绅董李麟策承收，分交淦及苏、沪、扬、浙各绅分道散放，随时将放赈总数具报豫抚宪在案。所有领解捐款数目，理合粘具换银清单禀报宪辕，听候分别奏咨备案。再，宜荆绅士交到捐款，据经面禀宪台请广学额，浙江邹道交到捐款，据经在浙禀请核奖，理合声明，肃泐具禀。

报某君论核奖书

伏承手谕，以豫赈数巨，晋灾未已，议奖百两以上，以劝来者，合并百两以下各捐，移奖易银以助晋。反复讨论，期于必成，智仁妙用，不可谓非全策矣。第事有粗举之而见为利，详审之而不能无害者，此类是也，请为执事引伸之。此次捐款，百两以上者，十不逮一，然不能禁人自为并合，恐奖案一定，无一非百两以上者，欲复得资以助晋，其实难矣。晋灾未已，诚如尊论，假令豫款四十余万全数核奖，又不能如浙中之全数移奖以济晋，其不侵晋捐地步者几希，是求益而损之也。我辈无以利晋，敢塞晋捐之源哉！善士输捐，本乎恻隐，加以奖叙，诚足鼓舞，然好行其德者，往往不欲请奖，视收据如弁髦，比闻惜字担夫争集收据，为鬻售计，万一有张三捐钱，李四得奖之事，微独无以劝来者，转恐灰善士之心。况核奖一事，谈何容易！此次收捐，非如大宪设局，先可慎择名流，择而与之，何以示公普？不择而与，何以副圣天子慎重名器之心？其难一。上年秋间，弟有全案核奖充赈之议，继接豫中来函，谓捐款如须核奖，必先造作报销，求合例案，且须分出人手，先造册籍，某等只能实用实销，先尽救命。今若全案核奖，又值此截止之时，必将缓数万人之性命，急数百人之顶戴，而使查赈者停赈以造册，其难二。捐款可以根究者十之三，自行投交者十之七，弟手无冷铜，安能遍为晓谕？即使申报可登，然奏报之日期甚促，捐生之道里不齐，若举其近者亲者，遗其疏者远者，非特人言可畏，问心何以自安？其难三。核奖保举，事实相因，一经核奖，弟等安坐收捐者，楼台近水，势必上邀奖典，

诸君之辛勤集募者，反或以人众见遗，欲使此心无慊于诸君，诸君无慊于散募诸善士，必无万全之法，其难四。苏、沪、扬同事因此数端，载经集议，终以不奖之害在旁观，核奖之害在大局，遂就所知分募各处及亲故中曾言奖者，分别函商，剖陈曲折，皆不复言奖，始将各宪发款曾见案牍者，禀请奏奖，其未经案牍、未见履历者，概不复有所求。凡以重名器、顾全局，且抑民劝以崇官捐，而归权于上也。非然者，弟虽至愚，肯舍此美利之事哉！来示又引海沭燕齐以为例，不知此三案者，银数巨，捐户少，非如此次经营积累，琐琐屑屑为之者，故不可以概论。至谓不奖以鸣高，未免儗不于伦，弟始终未捐分文，本无奖之可核，又何高之能鸣？至谓局外不谅，必为慷他人之慨，诚是诚是，然捐户不开履历，不赴捐输局上兑，而必潜名隐姓，交弟等转解，是捐户自为慷慨，非弟之代为慷慨也。来示又虑失信于众，具征关爱，然弟叙铁泪图曰行道有福，未尝曰行道有奖，又何失信之有？客秋所议奖事，专主移奖充赈，非为善士核奖，前书或尚在台端，可资印证。弟叨附末班，初不欲自抒论列，辱问敢布区区，天日为鉴。

卷四　南豫放赈录一

豫赈征信录

弁言卷首

比年西北大祲，燕、晋、豫、秦相继。豫当天下中，地势要于晋而广于燕、秦，贤有司承朝廷德意，振恤之政至周也。薄海内外，如草偃风，甚或节减衣食，捐弃物产，争相赒恤，又推某某居于乡，掌收纳，某某历灾区，任查恤，于以佐长上之劳，尽救恤之谊。两年以来，计縻白金四十有二万，亦盛举哉！虽然，一钱一粟，无不有主，用或失当，与用之而不知所以用，皆非所以慰善士之心，用辑《豫赈征信录》八卷，以资稽考。录中不能达之隐，条述左方：

赈局本一气相生，往者则分数起，且忽合忽分，事势然也。就其可分者各为一卷，仍列收支总数于首，以清眉目。灾重丁稀，口分从厚，一定之理也。有灾况重而口数多者，扬州局之于获嘉，上海局之于灵宝，浙江局之于新安、渑池，皆值赍遣回籍，故反见其多。有灾况重而口分轻者，苏州局之于济源初次，修武初次，及林县被雹各庄，江浙局之于登封、偃师等邑，皆值赈款缺乏，故反见其轻。

各局领袖自备资斧，南中善士捐助局费薪水等款，除扬州局外，皆已收入苏申捐款之中，故仍作正开销。惟就局费言，放粮者运费四倍于运钱，放钱者运费十倍于运银，放棉衣者运费二十倍于运银赎衣，且天时有晴雨冰雪之殊，地势有山险平坦之殊，道里有远近水陆之殊，而车马夫勇之费亦异，合县统查繁而易，挨户摘赈简而难，足此达彼迟而易，同时并举速而难，于是乎人手薪水有多寡之别也，相形之下，勿疑其滥。

受赈灾民盈八十万，姓氏不能尽登，名门旧族耻受人怜，姓名不忍详载。惟夫孤儿弱女，或迫勒于土豪，或淫掠于拐贩，见闻之下，刀剑齐鸣，详列姓名，系以事实，以暴拐贩土豪之恶而动仁人君子之怜，惟名门女子之先世名字官阶从隐。（豪强之家值此灾年，有娶妾四五人者，事实册所载第几房妾，犹言第几妾也。名门旧族往往沦为下贱，可慨也夫！）

初次水灾，以工代赈，时或讶非分，或嫌无益，任事者救命为急，不屑计也。重阳风雨，河水再漫，新筑极坚之埽坝，犹且十去其五，使或并此无之，修武、武陟一带尚堪设想哉！河属查赈，将届麦收，有田者犹足自赡，无田者依然待毙（被灾之区往往先售田产，每亩仅数百文，灾年既过，生计寂然矣）虽经清查摘赈，终虞枯溢，遂兴渠井各工，以开百世之利而济查赈之穷。若代置应差车马，足抵放赈十次，详阅上陈当事书，自悉原委。凡此三端，皆与挨户查赈之初议不同，实则远过之也。

慈幼一局尚留数百孩童，无一非合家香火之所系。现实无可撤止，暂留谈任之、陈春岩两君办理，然越国鄙远，断难持久，豫中贤士大夫顷已妥筹接办，有举无废，喁望孔长。

此次豫灾，百年未有，不知被灾之情状，必不解数十万金如何消却，爰将豫中来函选登十五，俾输救命钱者一经披览，恍然见灾民环列，涕泣号呼，往赈者承流布泽，滴滴落在饥民肚里。

申君所记豫中赈局，极为详赅，用弁卷首，以资考核。惟南中筹赈，姓氏遗漏尚多，赖有苏申收解征信录一一详载，不代添注。

记

岁光绪丁丑，我乡大祲，江苏吴君韶生得灵宝方侯告灾书，谋于宋俊诸君，议由苏州安节局司捐事，以徐君宗德主之，严君宝枝、袁君涛、蒋君子彬请前行，遂以是冬来豫，是为江苏助赈始。时灾况日深，赈款日绌，诸君驰回南中，为灾民请命，苏州熊其英诸君投袂而起，别谋于乡之善士，另设筹赈公局于桃花坞，刊布铁泪图捐册，集款十五万有奇。上海则王君承基、郑君官应、葛君绳孝、林君嵩华、李君麟策、张君斯臧、王君宗寿、经君元善设局宝善里，集款十五万有奇。扬州则李君培松培桢、毛君凤音、延君凯、柳君昕、靳君文泰、严君作霖、赵君翰设公局于城之东关，集款八万有奇。浙江则邹君仁溥、梁君恭辰、应君宝时、金君曰修、丁君丙、高君保康设协济局于杭之同善堂，集款五万有奇。此四局者，事则通筹，款则汇解，并心壹志，乃克有济。熊君其英、凌君淦、李君麟策遂于戊寅春二月至自苏，凡赈济源、原武、荥泽、获嘉、郑州、林县、汤阴、武涉、修武、汲县、灵宝、孟县、新乡十三邑，设慈幼局二，嫠妇局一，助遗局一，转运局一，工赈局六，共糜白金十一万有奇。先后至者，李君庆荣、潘君民表、熊君祖诒、瞿君家鑫、江君振恒、程君福田、陈君常、潘君少安、张君松筠、张君文炳、陈君金荣、蔡君芥山、张君荣、司马君书绅、张君庆钊、经君随宜、谈君国樑、徐君春生、卫君家寿、陆君裕基，是为苏州局。四月间，严君作霖偕赵君翰、邵君醲、包君培源、李君延干、侯君大中、袁君庆龄、仲君克昌、殷君起彪至自扬，凡赈获嘉、修武、辉县、延津、新乡、阳武、原武、武陟八邑，共糜白金十二万五千有奇，是为扬州局。六月间，胡君培基、经君元仁、经君元猷至是沪，同事者陆君笏堂、黄君竹亭、梁君芷卿、周君柏卿、陆君少秋、任君佑生、顾君亮庭、俞君秋田、经君开基、黄君鼎卿、经君大定，凡赈陕州、灵宝、阌乡、新安四邑，共糜白金六万二千有奇，是为上海局。六七月间，浙江议举代赎子女事，于是苏省绅士协与之谋，先后抵豫。其专理怀庆代赎留养局者，赵君翰、谈君国梁、包君培源。其先办开封、陈州、归德三处代赎局，继办新安、渑池、洛阳、登封、嵩县、偃师、宜阳、孟津、汜水、陕州、灵宝、阌乡十二邑冬赈春赈及水利车马局者，金君福曾、熊君祖诒、朱君惟沅、林君继良、许君澍、杨君镐、严君翰、薛君景清、梁君芷卿、刘君晋阶、徐君昌龄、叶君溶光、陈君家本、彭君銮、陈君书秋、傅君恩、王君汝骥、金君猷巽、瞿君家鑫、王君仁甫、陈君谨甫、蒋君兰亭、林君子健、吴君春山、徐君尔权、吴君道明。其专理开封代赎局者，姚君彦苏、吴君玉庭。其专理清江代赎局者，严君宝枝、宋君珊室、孙君传鸬、董君威、祝君晓峰。共糜白金十二万有奇，以其江浙协谋也，谓为江浙局。都计苏、扬、沪、江浙四局来豫绅士，凡七十有四人，积劳病故者二人：熊君其英、袁君庆龄。其由豫中奉派会办者四人：安君灏、赵君完、王君竹农、邸君锡炳。就地延邀者，如李君峻岭、陈君东垣、范君忠恕、翟君凤祥、孙君广盛、叶君长清、尹君蓂臣、邹君文甫、瞿君月梧、张君西林、郭君恂五、郭君景潭、徐君霁塘、郭君秀山、李君玉甫、杨君子芳、王君清源、谢君梅生、赵君敬江、韩君品一、韩君梦郊、董君长清、张君成德、周君芸舫、杨君仙洲、赵君文澜、王君云章、刘君景山、赵君孟九、楚君子和、李君甫生，凡三十有一人。始事于戊寅正月，告蒇于巳卯四月，受赈者八十万人，共縻白金四十有二万。若丹阳无名氏经办周口粥厂，严宝枝诸君经办汴梁同善厂，孙传鸬诸君经放原武籽种，袁涛诸君经办汴梁留孩局，李君玉黼经放氾水、偃师、荥阳麦种诸款，因别为一局，不与此数。伯裔承南中诸君不弃，得与闻一二，爰就所见诸君子行事，及南中函牍所载，综其颠末，告我乡人，俾无忘生死肉骨之恩焉。光绪巳卯六月，陈留申伯裔谨记。

协助豫赈征信录汴梁转运局收解总数

李麟策核造

一、收苏州桃花坞收解公所、浙江协济豫赈局，银二十万另另五百八十五两八钱五分，洋一百元作银六十八两八钱，洋二千九百五十七元八角，钱三百六十四千七百二十三文。

一、收上海江浙闽广筹赈公所，银十五万一千九百另一两另七分二厘，洋六百七十元。

一、收扬州筹赈公所，银八万一千七百七十八两三钱三分七厘。

共收洋三千六百二十七元八角，银四十三万四千三百三十四两另五分九厘，钱三百六十四千七百二十三文。

一、解苏州助赈局，银十一万另六百七十五两五钱五分，洋二千四百五十七元八角，钱二百八十二千二百二十三文（细数列第一卷）。

银一万二千二百三十八两八钱九分，钱三十千文（此款由潘君振声携赈山西）。

一、解扬镇助赈局，银十二万五千另四十两另七钱一分四厘（细数列第二卷）。

一、解上海助赈局，银六万二千五百九十三两九钱二分五厘，洋五百元（细数列第三卷。）

一、解浙江助赈局，银四万六千一百二十六两八钱八分九厘（细数列第四卷）。

一、解江浙助赈局，银四万八千七百十二两九钱三分八厘（细数列第五卷）。

一、解代赎赀遣局，银一万一千四百三十五两六钱五分五厘，洋六百元，钱五十二千五百文（细数列第六卷）。

一、解修武慈幼局，银一万四千另四十四两九钱六分（细数列第七卷）。

一、解清江代赎局，银一千六百七十四两另二分七厘，洋六十元（细数列第八卷）。

共解洋三千六百十七元八角，银四十三万二千五百四十三两五钱四分八厘，钱三百六十四千七百二十三文。

一、存交桃花坞收解公所，银一千七百九十两零五钱一分一厘，洋十元。

当由桃花坞解直赈银一千五百两，留刻征信录银二百九十两另五钱一分一厘、洋十元。收解两讫，无存。

协助豫赈征信录卷一　苏州助赈局

青浦熊其英纯叔、吴江凌淦砺生、上海李麟策玉书、常州潘民表振声、青浦熊祖诒菊孙同纂

苏州助赈局收支清册 陈金荣，张文炳，江振恒核造

收款

一、收苏申扬浙交到银十一万零六百七十五两五钱五分、洋二千四百五十七元八角、钱二百八十二千二百二十三文。

一、收余平银五百七十一两九钱三分八厘。

大共收洋二千四百五十七元八角、银十一万一千二百四十七两四钱八分八厘、钱二百八十二千二百二十三文。

支款

一、支济源县赈局项下

（瞿星五、张松云、程福田、陈春岩、江清卿、邹文甫诸君同办，四年四月初七日设局，五月二十八日撤局。）

赈王屋 六十一庄，四百二十三户，大一千零四十口，小四百四十九口；邵原 一百二十五庄，一千六百二十三户，大三千五百九十六口，小一千七百七十一口；西阳 一百零七庄，八百十三户，大一千七百五十三口，小七百七十九口。大口共六千三百八十九口，小口共二千九百九十九口，每大一千五百文，银四千六百八十九两三钱二分，钱一千三百二十一千六百二十文。

寒士五十三户，银二百零七两二钱，钱三十六千文。

寡孤一百九十六户，钱三百五十千八百文。

掩埋，钱六十五千二百文。

施药，银八十七两五钱。

伙食杂用、运钱查户车马、弁勇书差粮食，钱二百八十千零五百文。

（二次瞿星五、陈少兰、司马书绅、张如馨、尹荩臣、叶长清、孙广盛诸君分办，四年七月初四日设局，七月二十二日撤局。）

赈龙潭二十七庄，九百六十一户，大二千二百八十一口，小九百八十一口；清上三十庄，七百七十六户，大一千八百二十三口，小七百二十一口。大口共四千一百零四口，小口共一千七百零二口，每六钱四，银三千一百四十三两二钱。

伙食杂用、运银查户车马、弁勇书差粮食，钱二百六十千零三百十文

〇共支银八千一百二十七两二钱二分、钱二千二百七十九千四百三十文。

一、支济源慈幼局项下 （张君步洲同办，四年四月十八日开局，五月十七日移局。）

粮食（留孩四百二十六名），钱二百十七千九百三十五文。

资遣（贫孩三百九十二名，每四百文），钱一百五十六千八百文。

柴火杂用，钱四十五千零十一文。

〇共支钱四百十九千七百四十六文。

一、支济源赎衣局项下 （张桂一、尹荩臣、瞿凤祥、范忠恕诸君同办，四年十一月初六日开局，十二月初五日撤局。）

代赎义成当棉衣三千九百二十六号，舒兴本利一千九百四十三千八百三十七文，银一千四百九十五两二钱五分九厘。

童生卷费（每名一千文，三百四十二名），银二百六十三两零七分七厘。

零恤孤贫三十三两五钱，二十九千八百五十文，银五十六两四钱六分一厘。

伙食车马工食，银一百六十七两九钱七分九厘。

一、支济源春赈局项下（陆瑞丰、张桂一、张如馨、范忠恕、翟凤祥、陈东垣、李峻岭诸君同办，五年二月初八日开局，三月初九日撤局。）

赈王屋、邵源、西阳、长泉，四厘五千零七十户，大共一万零七百十二口，小三千五百四十八口，每六钱三，银七千四百九十一两六钱。

周恤寒士名门，银八十五两五钱一分二厘。

掩埋，银五十一两八钱二分一厘。

伙食杂用运银进山车马薪水口粮工食，银三百五十两零三分六厘。

（济平较漕平每两申二分五厘）合漕银一万零二百十两零四钱三分。

一、支原武县赈局项下（瞿星五、陈春岩、程福田、谈任之、江清卿、尹莘臣分办，四年五月二十九日开局，八月初十日撤局。）

赈东乡，二千九十一户，大六千七百十一口，小三千三百六十八口。南乡，二千一百二十二户，大五千零九十三口，小二千九百零四口。西乡，一千六百十九户，大三千九百九十五口，小二千二百五十口。北乡，一千二百户，大三千一百三十三口，小一千三百五十九口。城厢，一千零四户，大二千七十三口，小九百十四口。补赈，大五百四十六口，小五百二口。

大共二万一千五百五十一口，小一万一千八百零一口，每一斗五升，高粱二千五百石，钱一千二百二十五千七百五十文。

赠文童七十五人每一两，士族七十三户不等，银一百十两零五钱，钱八十三千二百四十文。

赀遣难民三百七十口，高粱二十六石五斗，钱五千九百五十文。

掩埋，钱四十二千一百文。

施药，银二十七两八钱。

棉衣，银五百两。

伙食运粮查户车马薪水口粮工食，钱四百九十七千八百二十文。

籴买原武存仓米石贴补运脚，钱二百千文。

〇共支高粱二千五百二十六石五斗、银六百三十八两三钱、钱二千另五十四千八百六十文。

一、支原武慈幼局项下（张君步洲同办，四年五月十八日开局，七月三十日移局。）

留养（婴孩五百六十八名），小米一百十四石七斗二升五合。

资遣（婴孩四百四十三名，每名五升），小米二十二石六斗。

暂留（五十七名），小米十五石八斗三升。

棉衣，钱二十八千五百文。

柴火工食杂用，钱一百八十七千七百四十七文。

〇共支小米一百五十三石一斗五升五合、钱二百十六千二百四十七文。

一、支原武老妇局项下（张君步洲同办，五月二十六日开局，六月十七日撤局。）

留养二百二十三名，小米十九石七斗。

资遣（每名一斗），高粱二十二石三斗。

柴火工食，钱十六千八百三十四文。

〇共支小米十九石七斗、高粱二十二石三斗、钱十六千八百三十四文。

一、支荥泽县赈局项下（陈春岩、邹文甫、江清卿、程福田分办，局附原武，不开局用。）

赈黄河北岸七庄九百六十九户，大共二千十四口 小二千四百十六口 每一斗五升，大米二百六十三石九斗五升，钱四十一千二百五十文。

极贫二十一口加给，钱十千零三百文。

查户运粮车马，钱三十七千一百五十文。

○共支大米二百六十三石九斗五升、钱八十八千七百文。

一、支郑州赈局项下（同上）

赈黄河北岸四庄二百三十七户，大共五百零七口 小三百十二口 每一斗五升，大米五十六石八斗五升，钱四十七千二百五十文。

查户运粮车马，钱二十七千六百二十文。

○共支大米五十六石八斗五升、钱七十四千八百七十文。

一、支获嘉县赈局项下（同上）。

赈毛庄、王庄、丰禄三庄一百六十一户，大共四百三十口 小二百六十八口 每一斗五升，大米五十六石四斗。

回籍九户，钱八千四百文。

查户运粮车马，钱八千三百四十文。

○共支大米五十六石四斗，钱十六千七百四十文。

一、支林县赈局项下（侯敬文、瞿星五、尹茇臣诸君分办。）

赈河顺东冈被雹二十一庄，大三千二百四十九口，小二千二百五十三口；城厢三关，大九百五十口，小五百八十一口。大共四千一百九十九口 小二千八百三十四口 每八百文四，钱四千四百九十二千八百文。

查户运钱车马饭食，银五十两，钱三十八千七百二十文。

○共支银五十两、钱四千五百三十一千五百二十文。

一、支汤阴县赈局项下

赈西乡八里、城关一里三百三十三户，银一千七百二十九两四钱九分六厘。

留养婴孩，银二百三十三两四钱七分一厘。

周恤名门，银二十两。

分赠岳武穆贤裔，银二百零二两五钱一分。

高升桥工，银一百两。

往来车马等用，银三十七两零三分三厘。

○共支银二千三百二十二两五钱一分。

一、支武陟县赈局项下（陈春岩、邹文甫、江清卿、程福田诸君同办，七月初四日设局，二十日撤局。）

赈东乡三十四庄二千三百零七户，大共五百九十零九口 小三千二百十四口 每一斗五升，大米七百五十一石六斗。

赈魏村等四庄一百十一户，大共二百七十三口 小一百五十五口 每三百一百五十文，钱一百零五千一百五十文。

零恤回籍灾民，大米一石四斗五升，钱三十千零一百文。

伙食车马薪水口粮工食，钱一百二十七千三百十四文。

○共支大米七百五十三石另五升、钱二百六十二千五百六十四文。

一、支武陟工赈总局项下

（瞿星五、陈春岩、邹文甫、张佳一、蔡戒三、江清卿、尹荩臣、程福田、张步洲、陈少兰、张如馨、司马书绅、翟凤祥诸君分办，四年七月二十三日开局，十月二十九日撤局。）

赈老龙湾内七庄二百十一户（该处系决口顶冲，仓卒给发，不分大小），大共五百八十三口 每一两，小共二百三十四口 银八百十七两。

赈老龙湾内三庄二百五十户（该处系决口次冲，仓卒给发，不分大小），大共七百九十六口 每五钱，小共三百十六口 银五百五十六两。

赈原村口内被水五十一庄三千六百八十户，大共九千二百二十二口 每一两，小共三千四百三十七口 五钱，银一万零九百四十两零五钱。

寒士五十八户，银一百四十两零九钱。

置给灾民小车一百三十部，钱一百三十三千一百五十文。

零恤武陟、修武等处灾民，银三百五十八两五钱九分，钱一千一百五十一千一百零四文。

棉衣七百五十件，银三百七十七两。

暂留难孩护送车饭衣药棺木，钱六十三千四百七十二文。

抢堵决口树木绳索赏号，银五百四十两零二分。

查户水勇驮夫船只等费，钱一百十八千七百文。

局用伙食督催运料车马，钱二百八十千零五百六十文。

弹压押运弁勇口粮差保工食，钱一百五十千零二百文。

〇共支银一万三千七百三十两零零一分、钱一千八百九十七千一百八十六文。

一、支虹桥工赈分局项下（同上）

灾民抢筑续修埽坝（畚土工价，柴木麻料），银二千八百九十七两六钱二分五厘。

灾民筑修工食，银三百五十一两九钱八分五厘。

第一段磨盘埽长七丈、宽二丈五尺、出水一丈二尺。

第二段埽长五丈三尺、宽二丈、出水一丈二尺。

第三段磨盘埽长五丈、宽三丈、出水一丈三尺。

第四段埽长三丈、宽一丈七尺、出水一丈一尺。

第五段埽长七丈、宽二丈、出水一丈二尺。

第六段埽长六丈、宽二丈、出水一丈二尺。

第七段埽长八丈五尺、宽二丈、出水一丈二尺。

第八段埽长八丈、宽二丈五尺、出水一丈二尺。

第九段埽长九丈、宽二丈五尺、出水一丈二尺。

第十段埽长五丈五尺、宽二丈、出水一丈二尺。

第十一段埽长八丈、宽二丈、出水一丈二尺。

第十二段埽长六丈五尺、宽二丈、出水一丈二尺。

第十三段埽长六丈、宽二丈、出水一丈三尺。

第十四段埽长六丈五尺、宽二丈、出水一丈三尺。

第十五段大坝长四丈五尺、上甲宽五丈五尺、出水一丈五尺。

第十六段埽长八丈、宽二丈、出水一丈二尺。

第十七段埽长七丈、宽二丈二尺、出水一丈。

第十八段埽长六丈、宽二丈、出水九尺。

建造大虹桥_{渡口通清化镇
往来大道木桥}工料，钱四百九十六千零四十四文。

（长二十七丈，宽二丈，二十空，桥塥填土路长二十八丈，宽二丈，高三尺。）

伙食车马薪粮工食，银六十五两九钱零六厘。

○共支银三千三百十五两五钱一分六厘、钱四百九十六千另四十四文。

一、支五车口工赈分局项下（同上）

灾民抢筑续修埽坝（畚土工价，柴木麻料），银八百四十两零九钱一分七厘。

灾民筑修工食，银一百二十七两二钱三分九厘。

第一段埽长七丈、宽四丈、出水一丈二尺。

第二段大坝长九丈、宽六丈、出水一丈二尺。

第三段埽长八丈、宽三丈、出水一丈一尺。

第四段埽长六丈、宽二丈、出水一丈二尺。

第五段埽长五丈三尺、宽二丈、二尺出水一丈二尺。

第六段埽长七丈、宽二丈、六尺出水一丈二尺。

第七段大坝长六丈、宽三丈、出水一丈四尺。

第八段埽长六丈、宽二丈二尺、出水一丈二尺。

第九段埽长七丈、宽二丈五尺、出水一丈二尺。

赍遣山西灾民四百九十口，银九十九两五钱，钱三百零三千三百五十文。

赍遣各县灾民八十七口，银三十一两五钱。

伙食车马薪粮工食，银一百十七两三钱五分六厘。

○共支银一千二百十六两五钱一分二厘、钱三百零三千三百五十文。

一、支大樊口工赈分局项下（同上）

灾民抢筑续修埽坝（畚土工价，柴木麻料），银二千一百五十七两七钱八分九厘。

灾民筑修工食，银四百九十九两二钱七分四厘。

第一段埽长六丈、宽二丈二尺、出水一丈一尺。

第二段埽长五丈五尺、宽二丈五尺、出水一丈一尺。

第三段埽长七丈五尺、宽二丈六尺、出水一丈一尺。

第四段埽长六丈、宽二丈五尺、出水一丈。

第五段埽长六丈五尺、宽二丈、出水一丈一尺。

第六段埽长六丈、宽二丈、出水一丈一尺。

第七段大坝长八丈五尺、宽五丈一尺、出水一丈二尺。

第八段埽长四丈五尺、宽二丈二尺、出水一丈一尺。

伙食车马薪粮工食，银六十四两一钱五分八厘。

○共支银二千七百二十一两二钱二分一厘。

一、支陶村工赈分局项下（同上）

灾民抢筑续修埽坝（畚土工价，柴木麻料），银一千二百三十九两一钱六分二厘。

灾民筑修工食，银一百四十二两七钱八分五厘。

第一段埽长五丈六尺、宽三丈、出水一丈三尺。

第二段埽长三丈九尺、宽二丈八尺、出水一丈二尺。

第三段埽长六丈五尺、宽三丈、出水一丈二尺。

第四段埽长四丈八尺、宽二丈五尺、出水一丈二尺。

第五段埽长三丈八尺、宽二丈四尺、出水一丈一尺。

第六段埽长七丈四尺、宽二丈八尺、出水一丈一尺。

第七段大坝长十丈三尺、宽五丈五尺、出水一丈三尺。

第八段埽长五丈、宽二丈八尺、出水一丈一尺。

第九段埽长六丈、宽一丈八尺、出水一丈二尺。

第十段埽长八丈一尺、宽四丈、出水一丈二尺。

伙食车马薪粮工食，银三十五两四钱九分九厘。

○共支银一千四百十七两四钱四分六厘。

一、支方陵工赈分局项下（同上）

开渠泄水给发九十二庄民夫工食，钱一百三十八千九百三十文。

（长五百丈，面宽二丈，底□□□□□五尺。）

车马饭食，钱七千八百三十四文。

共支钱一百四十六千七百六十四文。

一、支修武县赈局项下

山内十二庄八百四十户（瞿星五、尹荩臣、陈少兰同办，四年六月二十一日设局，七月初三日撤局），大一千七百七十四口 小六百八十口 每一两五钱，银二千零二十四两八钱七分，钱一百零一千二百零九文。

伙食车马薪粮工食，钱一百五十七千五百文。

共支银二千零二十四两八钱七分，钱二百五十八千七百零九文。

（陈春岩、卫守廉、张如馨、张西林同办，四年八月十六日开局，十二月初一日撤局）赈阖邑四乡，大共 小 一万六千一百二十一口 八千零二十二口 每一两五钱，银二万零一百三十两。

棺木，银三百五十两。

贴粥厂柴火，银二百零二两三钱七分。

代赎棉衣，银一千四百七十一两七钱一分一厘。

伙食车马薪粮工食水夫渡船，银三百三十两零九钱一分七厘。

○（修平较漕平每两短一分六厘）合漕平二万二千一百念七两一钱三分。

一、支汲县赈局项下（陈春岩、张桂一、张如馨、范忠恕、翟凤祥同办，四年十二月初七日开局，五年正月二十八日撤局。）

赈府君庙等被水四十一村庄，大口共四万另八十六口 小 一千九百另六口 每八百文，银二千九百八十六两八钱六分。

放小米谷种一百十石（计一千一百户，每户一斗），银二百零五两三钱一分。

又，银二千两。

城关孤贫寒士零恤（计二百二十四千八百文），银一百六十两零五钱七分。

代赎棉衣恒庆典一千零二十一号、宝兴典六百六十七号本利，银七百六十二两零四分。

伙食车马薪粮工食，银一百五十二两五钱九分三厘。

○共支银六千二百六十七两三钱七分三厘。

一、支黑壖助遣局项下（陆瑞丰、卫守廉经办，四年十一月二十七日开局，正月三十日撤局。）

资遣（流民大三千九百四十九口、小一千另十口，一千一百五十七千五百文，兵勇家属六百三十八两），银一千三百四十八两四钱四分。

零给贫民，银二十两零三钱一分五厘。

伙食车马薪粮工食，银一百两零零八钱一分。

○共支银一千四百六十九两五钱六分五厘。

一、支汴梁转运局项下（李君海帆、经君瑞生同办，四年四月初六日设局，五年闰三月十五日撤局。）

归德一带沿途给恤灾民、埋葬尸骸，银三百二十五两五钱。

汴城给恤士族、灾民资遣助葬，银二百四十两。

随局雇夫收拾字纸，钱四十七千三百文。

捐到太乙丹等原作价及添备喉症药，洋二千零八十四元九角，钱一百四十一千四百三十四文。

捐到弟子规及善书并添备荒政慈幼局书，洋一百十三元三角，钱二十八千七百九十四文。

协助灵宝县籽种，银三千两。

协助孟县籽种（合曲斗二百石），高粱三百二十石，钱一百千文。

协助新乡县籽种，银二千两。

江苏乡贤祠乐善堂修善堂捐，银九十两。

倾镕元宝改作小锭工耗，钱六十千文，银二百四十五两一钱三分。

轻平，银二十四两零九分二厘。

护解头批银两炮船马队赏号，银二百五十四两。

运银至河北车价，钱一百八十六千五百文。

镳司酒力，银十六两。

运银至陕州镳费，银四十两。

苏州起程到汴舟车饭食（上下十二人），银二百四十二两五钱，洋九十元，钱一百千文。

押解苏州二批银两张步翁川费薪水，银四十二两五钱五分一厘，洋二十元。

押解上海三批银两张松翁瀛来往川费保险，银一百六十六两零六分一厘，钱一千一百文。

蔡介三、张桂一到汴川费，银七十三两六钱，钱十千文。

瞿星五、谈任之到汴路中零川，洋四十元。

掩埋夫到汴川资，钱二十一千一百四十文。

苏州划付各局司事薪水，洋八十七元六角，钱十千零七百二十文。

苏州划付江浙助赈收赎局司事薪水，银五十五两五钱二分九厘。

潘少安、司马书绅、卫守廉、程福田、徐春生、陈少兰回南川资，银一百零八两，钱二十三千二百二十九文。

凌砺生、张步洲、蔡介三、江清卿及家人回南盘费，银二百十二两四钱二分九厘。

李玉书、瞿星五、经瑞生及家人回南盘费，钱一百三十千零七百七十五文，银十六两。

熊菊生、徐寿伯、张桂一、张如馨及家人回南川资，银一百八十八两五钱四分二厘。

局使沈福病故归榇川费，洋十二元，钱一百三十五文。

常年伙食各友到局养病费用，银二百五十六两八钱一分八厘，钱二百六十六千七百十六文。

〇共支银七千五百九十六两七钱五分二厘、钱一千一百二十七千八百四十三文、洋二千四百五十七元八角、高粱三百二十石。

大共支银八万三千二百三十四两八钱五分五厘；钱一万四千一百九十一千四百另七文，丨三合原钱二百八十二千二百二十三文，银一万另六百九十九两三钱七分二厘；洋二千四百五十七元八角；高粱二千八百六十八石八斗，连周口运费合乄一亠乄一银一万一千九百四十五两九钱七分；小米一百七十二石八斗五升五合，连周口运费合乄乂丨乂8银八百五十两零三钱六分；大米连高粱换大米总共一千一百三十石零二斗五升，扯川乂乂亠乄银四千五百十六两九钱三分一厘。六项总共支洋二千四百五十七元八角，银十一万一千二百四十七两四钱八分八厘，钱二百八十二千二百二十三文。

（另有彭葆豫捐钱五十千文，严信厚捐银四两二钱，零恤灾民讫。）

禀报放赈总数稿

（凌淦）

敬禀者：绅于本年二月间，在江苏会同各绅集赀赴豫，三月初旬行抵归德，饥民载道，目击心伤，时因河北灾荒更为吃紧，济源一邑逼近山右，被灾更重，当即会同各绅驰赴该邑西山一带，查户放赈。一面由曲兴集采办粮食，亳颍等处购运制钱，陆续济放。五月间移赈原武，就近郑州、荥泽之黄河边岸村庄，及获嘉之丰禄等村，武陟之马营等村，一并酌放钱米。其时各邑告旱，措手不及，除林县、灵宝、汲县、新乡、孟县、汤阴等县一时不及前赴，分别济助银米，或延拨绅士，会同各县地方官查放外，亲赴修武之北山，济源之孔山，查给银两。时值炎暑，感冒时症，迟至七月间，将次竣事，适值大雨连旬，沁河决口，绅由济源之武陟，路过陶村、大虹桥、赵樊、五车口等处，河流冲漫，势甚岌岌，当据本地居民环木抢筑，以保危堤。时值河北崔镇在工，当与会商拨款，赶紧堵筑，绅与局友本不谙悉河务，惟念以工代赈，亦属一举两得，自七月底至九月初，崔镇昼夜督工，民夫踊跃从事，四处堤工均将告竣，重阳风雨，十有余日，河水陡涨，已修之堤稍被冲啮，旋复补筑完固。惟被水之区灾民房屋坍塌，秋成淹没，惨不可言，当就决口被冲之原村、老龙湾两处亲查户口，优恤银两。查绅到豫之时，灾荒尚属吃紧，幸值大人随车甘雨，苏遗黎于沟壑，秋获有收，流亡渐复，绅经手事件粗有就绪。现拟速装回南，合将查放灾民银钱米粮各数开具清折，呈请鉴核。再，修武水灾抚恤及冬赈未了事件，悉归熊绅其英暂留经理，合并声明，肃泐寸禀，敬请钧安。伏希垂鉴。

禀陈下忱请免给奖稿

（凌淦）

窃绅等伏读邸抄苏抚宪片奏苏省助赈一案，有在事绅董，应俟事竣，咨行宪台核奖等因。绅等厕名其间，曷胜惶惧！盖清夜自思，实有万万不可邀奖者，请剀切陈之。绅等来豫之际，不过因同乡善士中，有以千文百文助赈，与夫隐行其惠，不愿著名邀奖者，均无可投交捐局，议由各处善堂承收，交由绅等散放，稍效涓埃之助。绅等抵豫后，运粮查户，节节迟钝，凡事机之遗于见闻、细于思虑者，兢兢此衷，负疚实甚，设复谅公义于一己，归劳勚于数人，外以欺世，内以自欺，此固天地所不容，鬼神所不许，绅等虽愚，敢不熟思而审处之乎？岂矫激自鸣高哉！此次赈款，始自江浙，遍及各省，僻壤穷乡，妇人小子，甚而孤寒丐乞之人，仰体朝廷及列宪轸恤深仁，无不剜肉补疮，踊跃捐助，半无姓名之可考，何有奖叙之可加！岂绅等藉手其间，反可腼然邀奖乎？况自赴豫以后，分设厂局，其同时效力者，或司纪载，或任奔走，人数不知凡几，绅等承乏其际，所谓仗众人之力以为力也，遍奖则滥，独受则欺矣。至于南中各善堂局，经募捐款者约不下二百处，经劝善士各数十人，捐赀之后，始汇交苏、申、扬三处，三处善堂绅士各不下十数人，实不仅费绅延厘、王绅伟桢、经绅元善、谢生家福已也。各处散募善士奔走筹劝，极著劳瘁，然均不敢仰邀奖叙，则何论于苏、申、扬绅士，更何论绅等之因人成事者哉！宪台既苏抚宪诚为激扬末俗，嘉许捐生起见，何如咨查经收捐款各善堂局，给予匾额，嘉其义行，恩出既溥，公义自惬。若必使绅等上邀奖典，腼然膺冒滥之功名，则绅等既无以对一心，亦无以对众人，且无以对数百万之饥民。天壤虽宽，何以自立？且以义始，以利终，绅等受人讪笑者犹浅，后此凡有义举，人皆引绅等为鉴，不敢复与一事，不肯复输一文，则攸关于地方义举者甚大。爰敢不揣冒昧，沥布寸忱，伏祈大公祖大人俯赐矜全，推君子爱人以德之心，免绅等无地自容之愧，实不胜感激之至。再，此禀曾会同故绅熊其英及在豫北助赈之严生作霖等斟酌定稿，合并声明。除在豫南助赈之金绅福曾等、在籍回籍之费绅延厘等均经分别面禀宪台暨苏抚宪外，肃泐具禀，敬请勋安。诸惟垂鉴。

光绪五年二月初一日，奉豫抚宪涂批：查苏省各士绅远念豫省灾荒，劝捐助赈，不惮烦劳，集成巨款，山川跋涉，亲历灾区，急公好善之忱，实所罕觏。前经咨照苏抚部院饬查前后出力人员，暨捐资各户口衔名，愿得何项奖励，咨复到豫，分别核办。兹阅来函，以均不愿请奖，不矜不伐，谦抑之气，情见乎辞，至诚之言，理应曲体，然恤邻之功，志士虽不求闻达，而奖善之典，朝廷所以答贤劳。本部院已据情咨商苏抚部院查明酌核见复办理矣，希即知照。此复。

呈报修、济、汲县冬赈赎衣助遣等款开支实数稿

（熊祖诒）

敬呈者：窃本局自去年二月由凌绅淦、故熊绅其英偕赴河北各邑助赈，十月中凌绅回籍，当将济源等邑所用银数开折申送，并熊绅留办冬赈缘由，禀明宪台在案。伏查故熊绅其英于八月中即至修武，时值沁河老龙湾决口，全势北注，该县地处低洼，适当其冲，被水村庄地段甚广，故绅以一手一足之烈，奔驰泽国，按户亲查，遇有迫不及待之民，即行随时资助。时入冬令，深悯无衣，当经禀蒙札谕当商让利一分，由局备资代赎。腊月初移办卫辉冬赈，一如在修。其间又分拨局友俊秀陆裕基赴黑墥口助遣流民，从九张荣赴济代赎棉衣。故绅擘画维周，心力交瘁，竟以积劳成疾，殁于局次。绅正月初驰赴卫郡，即央孝廉潘民表、从九陈金荣等赶速查放，于二月初挈同本地绅士候选令窦镇山、闸官陈垣及南来友人俊秀张庆钊等分头查户，所幸人手尚敷，局事得以早蒇。现在即日回南，所有已用银数，理合开具清折，呈送宪核。恭请钧安，伏惟霁察。

光绪五年闰月二十二日，奉豫抚宪涂批：据称局务告竣，拟即挈友南旋，来牍存案备

查可也。至绅叔故司训功德在民，家尸户祝，清门盛德，继美竹林，异日藉甚，声华美报，正无既极，跂予望之矣。此复。折存。

戊寅三月二十七日致南中书

（熊其英）

别来敬维，台候并胜，式如遥祝。其英等自二月十八日抵袁浦，会学漕紧差并发，车辆一时雇觅不到，留滞十日，上巳方过徐州。初八抵归德，闻汴省艰食而兼钱荒，恐赍银前去，无异资章甫而适越，凌砺生孝廉因偕同事一人，先轻骑驰往察看，有此曲折，计在宋耽阁凡十有二日，到汴已三月二十三日矣。皖北乞籴之说，曾作罢论，旋拟放粮及筹给籽种，仍循原辙。砺生由归德赴颍寿采办去后，一局遂分两起，其英在汴部署定当，当即北渡，往怀庆一带再看情形，然后开局，计合并当在清和雨乍晴时，至此才得一滴到口。待赈者有眼欲穿，而放赈者无翼能飞，马瘏仆病，行路倍难，既愧驰救之义，又无以仰副诸君子轸念急切之意，此心钦钦然，极为焦灼。省垣自袁钦使痛哭陈书，为民请命，拨款稍稍而集。惟是荒区连片，死者什四五外，流亡四塞，已成一往不返之局。各路栖流，日增月益，岌岌皆忧不继，若欲截留资遣，谈何容易！故现虽得雨，而秋种一关，尚无把握。天下事履之而后艰，平日读书抗论，尝以移民易粟为末策，今则欲施一末策，下手亦戛戛其难。鳌戴三山，蚁驮一粒，每与同事论此，惟有尽其心力之所能为，他非所计也。自过彭城入豫境，一路见闻，无非惨惨之状，嗷嗷之声，道殣相望，乌狐争食，则为赋残形之操，弃孩在路，哀号失母，则怕见乳燕之飞，回念我乡堂局，视呱呱者真若子孙，而又在春令掩骼之时，能无惊心动魄耶？至于飞絮一堕，不知何处，不幸作女子身，岂能兼顾？所难堪者，悲莫悲于生别离耳。种种情状，流民图所绘已可想见，及目击之，转觉无涕可挥，岂姚江所谓不宜重为尔悲者耶？汴城物价，食贵衣贱，此等不终日之计，更非寻常挖肉补疮可比。其尤弃之如泥沙者，古今书籍，乃知累累之中，殆不乏我辈人也。此外台椅橱箱等物，往往以称称之，视柴价为低昂。珍如端砚玉佩，辄值一二百文，可为贱乎！然闻陕州有一妇卖八十钱，一客往赎，则已悬刀俎间矣，然则人命为最贱，而此犹贵也。凡汴之西北，人相食之境，其英等此时尚未历到，谁谓荼苦，其甘如荠，岂地狱真有十八层耶？家乡雨旸调否？当此暮春，菜花油油，枌榆结社，民气和乐，间招二三素心，参玉版禅，为踏青之游。此等风景，向来虚度，初不知自爱景光，及今忆之，宛然天上神仙，因聊为知福得福者有味言之。涂阆轩中丞绕道荆襄，居民望之如岁。此间士习民风，泄泄沓沓，有天变不足畏之态，经此荐饥大疫，死者无算，而胥吏中乃有忍心害理、侵渔赈款者，筹备局方向民间借款，月加息一分，当道之竭蹶甚矣，而为富不仁之户，仍紧握双拳，不施一粒，甚或清歌漏舟，痛饮焚屋。由是观之，奇荒之来，虽曰天命，亦人事有以酿之，然蚩蚩果何罪也耶？筱坞侍郎支持败局，独为其难，看来高而无位，大有曾文正起手办团光景，大局如此，末如之何？其英等协局惟有拿定小题小做，及竖做而不横做之一法，如何下手，献策者甚多，各有见地，事机移步换形，既不可举棋不定，亦不能胶瑟而弹。崔季芬总镇之言曰：无论如何办法，要在滴滴落在饥民肚里。一矢破的，最为确论。统俟绕道浚县，晤见莘芝观察后，商定一切，当以章程邮报耳。其开办能持久与否，全恃后路借筹。年来我省协山东西，又协中州，凡在输捐之列，均属高义可风，亦知用马者不当尽马之力，惟念此次奇灾，实为二百年来所未有，而中州垂毙之民，向来贫瘠，大半混沌未凿，问其姓名年岁，辄有不了了者。连年罗掘忍饥，甘心一死，而绝不为乱，尤可悯恻，以是引领东望，发棠之请，尚有希冀，总期多集一分，即可多救数命。施恩当厄，七级合尖，是所期于仁人君子。再，整款须立定章程，亟而用之，沿途急切零星之用，俯拾即是，尽有一二百文钱实可买得一命者，或完人父子夫妇，切心为之，皆所费无多。同事留归德之日，曾各解私囊为之，而惜乎区区之易罄。有起而相助者，其英等愿为之代耘福田。譬之用兵，正兵外须别筹一枝游击之师也。汴省食物向以麦为大宗，此时食面者少，肤秕豆饼之价极昂，秕每斤三十二文，豆饼二十八文，饼如牛庄而色黑，不知其味何如也。尤可怜者，自人甘刍食，而草料大贵，斤每十六钱，所有牲口都饥疲不堪，每一揽辔，见毒鞭施之饿骡，未尝不动爱物之心，然念灾黎有畜之不如者，则亦有所不暇顾耳。明日车辆已齐，当发灯檠。无聊拉杂泐布，乞转抄数纸分寄，亦藉慰诸同仁之恳恳也。敬请同安，诸惟鉴照。不宣。

四月十四日致南中书

（熊其英）

前月二十三日抵汴，月之八日渡河，中间曾发两信。其时张松翁、步翁先后到来，承诸君子群策群力，泛舟相继之恩，涕零感激，弟实与灾黎共之。未审前函得达否？东望停云，惟有驰念。刻下情形，省中不可无人，玉翁竟常川驻会馆矣。弟到济后，硚生尚无信来，皖北采办，路远任重，值此车辆维艰之时，此行颇贤劳也。河北一路，有土皆坼，无树不童。弟在归德曾有句云：诗人长楚伤心泪，洒作垂杨一抹青。至此见柳无绿叶，又变一格，夫亦何忍再述耶？济局于本月十三日开设，在城内屏山书院。查县境共廿一里（里犹我乡之保，非一里也），邵原、西阳两里境最大而灾极重，饿鬼夜号，积骸遍地，死者已矣，区区孑遗，若不急援，则人种将绝。瞿辛兄偕程君福田曾入山察看一次，一俟户口粗有眉目，即拟克期散放，迟一日不知要死多少人，此时办理万紧，恨不能化身作千手佛也。其余四武等县，惨状与济略同，弟等蒿目所存，极欲推广，以期仰副诸君子乐善之宏愿，所苦人手之少，不敷支应，只得就题论题，做到那里算那里矣。今日是纯阳子诞日，犹忆在扬州向吕庙乞签，有"此日瑶池初赴宴，声歌响亮水晶宫"之语，昨翻《济源志》，王屋山有王母瑶池，然则从济源下手，匪徒原议则然，岂暗中亦有数存耶？玩初字则此地要非止境，特不知晶宫在何处耳。月之初八九日，甘雨如澍，秋粮正可下子，无奈逃亡过半，其仅存者又苦无牛犁。此时第一要义是给仔督耕，尝与崔季芬总镇极论之，而惜无胜任此局之人，付之空言长叹。细思惟急赈一著，得寸则寸，既留人种，或冀苗种亦从此以留耳。窃所欲乞于台端者，人才最要，此后如棠不可发则已，尚有大赐千万，为遴招数人以来。前月二十八日，汴省有大风昼晦之异，飞沙平地数尺，虚窗皆成暗室，天乎欲坠，气象怕人。是日瞿辛翁方就道，露宿河堤一夜，食沙如饱，譬之唐僧取经，此是第一魔难，而辛兄略无退志，崎岖山路，奋勇争先。弟乐述之，想阁下亦乐闻之也。涂中丞于初六日抵任，有甘雨随车之应，方冀大局从此转机，而袁星使即于初七日以喉风暴卒，人事之不齐耶？天意其孰从而测耶？李秋翁不来矣，为燕庆，一念又为豫民痛。严保翁到来，方筹续添归德粥厂，为截留张本，亦系正办。沪上不及通书，望代抄致。汇票等款，计此时汴城当接到，而此间距大河，无从悬覆，彼此如痒不可搔，惟依依而已。一切尚容续陈。

四月三十日致南中书

(凌淦)

启者：弟于二十六日抵济。查济源一邑，东南滨水，地小灾轻，西北界山，地广灾重，而犹以王屋山中邵原、西阳两堡为最重，去冬冻饿死者数万人，皆填煤洞中，居民每取其肉而食之，尸骨枕藉，户口零落，走二三十里，只查得数家。山径崎岖，马不能前，非腰脚轻健者不能查。邵原仅已查过七甲，皆系极苦，有拾骡粪而食者。极拟随查随放，无如离城窎远，道路崎岖，往返押解，在在需人，而李玉翁常驻汴局，李海翁周口运粮，陈少翁、潘少翁皖北运钱，熊纯翁赵庄接粮，张步翁专事收孩，剩此三数人，岂能分头查放？只能于另星酌给之外，俟十甲查遍，即行放给后，再查西阳堡。现在河北均曾得雨，可以播种，惟是饥饿余生，籽种尽绝，农具室庐，典卖一空，惟有急为赈给，庶得命之余，可再谋及也。再，淦因察看各邑情形，渡河后绕道滨〔浚〕县、汲县、新乡、获嘉、修武等邑，人口则逃亡过半矣，妇女则贩卖略尽矣，房屋则拆剩四壁矣，牲口则或宰或卖矣，农具则当柴烧尽矣。比较各县灾况，以济源之西北乡及获嘉、新乡、汲县、修武四县之全境为最重，济源之东南两乡及滑县、浚县次之，河内又次之。弟等济源查竣后，如来源不竭，可以续办修武。修获接壤，可与严佑翁互相照呼也。

五月十五日致南中书

(凌淦)

一、弟于三月十三日在汴发一函，廿七日在亳州交晼香一函，四月初八日由亳抵汴，又发一函，想均达览。连日大风两次，过河折回。十一日雇车渡河，将近河干，大风骤起，狂吼怒号，对面不见人，咫尺不辨言语，沙高数尺，车不能行，幸有车行伙计同伴以绳系腰，拉两骡以行，仍回汴城。入夜头晕发烧，至下旬始得到济。向闻穷乡僻壤，人肉充饥，今则人皆垂毙，骨瘦如柴，既无割人之力，又无可食之肉，奈何奈何！

一、济源之邵原、西阳等处，已查得一万一千余口，皆从深山穷谷中搜剔得之，瞿星五、张松云两君独当其难。但刻下查竣之户，大口每给一千，小口折半，以山路崎岖，驼运万难，小米贵至每斗二千六百文，不能不少宽其数，每人得此数升之资，杂以草木粉屑，敷衍度日，哀哉孑遗，能存百分之一，斯为幸耳。松翁回津，挽留不得，程福翁、陈春翁帮查，想能胜任。李海翁经办之粮，拟运赵庄，以备原武、修武之用，海翁运粮事竣，即日来局。

一、应赈灾民，黄河以北总在百万之外。若仅事放赈，实在无底之壑，现届雨后，所冀及时播种。涂中丞赍遣招集，诚先务之急，惟籽种赀本，官款实不敷放，苟能相助，便可务农，秋成有望，赈事始完。若不量为济助，以补官赈之不足，则今可力田者，久亦奄奄待毙，况一过五月，即难插种，弟等若守此一隅，置之不理，错此机缘，岂不造孽！万不得已，就地择延司事，腾出同事，分起办理。约计二十左右，弟淦同二三人驰赴原武。俟济源查清，弟其英即多带司事，前赴修武，分别给赀查赈。盖查赈须亲历遍查，不能假手于人，给发赀本，则仅就回籍之民，点验给放，人手不费，作弊亦难，实属事半功倍。此事万难刻延，所苦同事无多，不能再分数处。揆之事势，断难拘泥，拟择灾分最苦之区，不论官绅，中有结实可托者，即协助一二千金，庶多给一分赀本，即可多种一分田地，亦可早了一天赈事，一俟确有把握，即当毅然行之。至于奄奄待毙，不能力作，必须赈给者，仍按户亲查散放，以符原议。惟现在赈款，弟等因事势急迫，不得不专尽籽种一事尽数给发，以期釜底抽薪，事收实效，而各邑嗷嗷待哺，不能力作之民，与现可力田、仍须给赈以待秋熟者，就济源、原武、修武三邑论，不下四十万口。盖黄河以南灾民，现均赍遣北渡，河南事觉轻松，河北大为喫紧矣。务祈厚集赈款，多方接济，俾不止中途而止，事属徒劳，敢为数十万灾民代为吁祷。

一、保婴为荒政之一，惟弟等自归德以至怀庆，路见贩子驱妇南下者，百十成群，此时实无孕婴之可保，惟有收养难孩，为灾区留些人种。已就济局留养四百余名，极欲设法将妇女截留收赎，限于人手财力，只能于给赈时量加优恤已。

五月二十五日致南中书

（凌沄）

顷得惠函，知贵恙已平，忻慰欣慰。二十日所发公信，想已投览。此次办赈，先从济源下手，殊觉事倍功半。济源距汴梁实有五百余里之遥，出西门三十里即是山麓，盘旋曲折而上五十里为王屋，又三十里为邵原，又二十五里为西阳，又十五里为蒲掌，又十五里为白鹅，接山西界。此百余里乃被灾极重之区，地方辽阔，甲于河北诸邑，山势险峻，奇峰矗天，非腰脚轻捷者，断难从事。人家又零落散处，穷一日攀跻之力，所查无几，非得瞿星五、张松筠二君之奋勇，此篇文章如何交卷？星五带写手两三名，三日即皆病归，仆人顾福一病几殆。小队数名亦畏缩不前，加给口粮方听指挥。刻下西阳已放毕，邵原放过三分之二，王屋尚未开放，月杪约可告竣。统济源之全境论之，东南近水，较修原之灾为轻，北乡一带，现得宋霞翁将所领东漕查赈，霞翁人极明白，办事认真，现既赈款不多，不能不先顾修原。惟济源愈查愈远，人手愈费，十五日熊纯翁率领大帮入山后，局中只剩任之、清卿两人，运钱镕银，照顾小孩，烦琐已极，且下人无一不病，反须以上事下，弟本拟稍迟一二日，驰赴原武，至今亦无可脱身。又因修武有违言，是以改候济源事毕，竟将全局移至原武。原令高云帆悃悃无华，状如村学究，聆其言论，条理井然，非世俗所谓迂夫子，惜凡为邑令者不能尽如高君也。汲令赵鹤翁设局收孩，新乡令胡雪翁设厂收女，灵宝令方庆翁办赈一年，不遗余力，须发尽白，汤阴令杨亦翁为民请命，至为急切，孟县令李珍翁官声甚好，丁忧回籍，灾民攀留，竟不成行，现仍寓孟，崔总戎季芬不但倡捐巨款，极为留心赈务，此数君子又皆能尽心民事者。熊纯翁初来济源时，昼则躬亲琐屑，夜则悲悯天人，几无一日不哭，精神顿减，形容顿瘦，今甫复原，又复入山，勇哉！谈任翁仁厚长者，难孩之慈母也，与弟商确，欲于原武设福幼抚教局，仿青州之例而变通之，拟请南中筹款之外，募化《弟子规》、《二十四孝》、《学堂日记》、《小学》、《千家诗》，以备课孩之用，并请赵崧翁到原同办。闻崧翁将到获嘉，已函致严佑翁矣。抑弟更有请者，大荒之后，寒士最苦，书院停课，富家辞馆，日来卖男鬻女，士族转多。偶于局中见三孩举止异常，急命之来前，一则姓王名锡祉，年十四岁，住牛舌村，父名凤仪，号石坡孝廉也，病故已三年，家有祖母，年七十余，姊于三月间卖与河南县皇甫家，继悉其家世，赠米送还，现始由刘绅作伐，嫁于士族矣。一为李福印，十一岁，读《诗经》。一为李福翰，九岁，读《孟子》，乃同年李庆昌号世香之子也，住栲栳村，询知其父于去夏病故，大哥继殁，大嫂抚两侄在家，以榆皮度日。二哥名福荣，年十六，在西乡课蒙以养母，母病月余矣。且泣且语，弟亦下泪，亟送还其家，各赠银数两。两孝廉皆济邑敦品积学之士，我辈甚足寒心。今日接公函中，有淄溪渔人来银五十两，欲救衣冠中之不能自存者，与鄙见适相符，敬当照办。惟淄溪渔人究系何人，请明以告我。弟此行除捐款外，另携银二百两，专办此等事，早已告罄，能否遍告同人，另筹此项捐款，由弟与纯翁、佑翁经手，访查确实，决不稍有冒滥，将来另行造册报销。学校中善士尚多，倘能设法，最为近切，亦兔死狐悲之意也。承询带来不饥丸，吴福堂兄曾试食一丸，饱闷异常，因之卧病，至今方愈。久饥之人，肠胃浅薄，断非所宜，万万不可再来。江浙得免水患，螟子不至为害，未始非善气挽回，可喜亦甚可危。严佑翁处自当有无相通，同办此事，岂有畛域可分？弟与诸同事幸皆和衷共济，不致稍涉意气之私、鲁莽之见，至或失之迟钝，则时势限之，无可如何已。日来天气渐热，昼则苍蝇声如牛，夜则蟊虱猛如虎，幸顽躯托庇粗安，堪以告慰耳。此间寄书，由济至汴，难于由汴至苏，曾致玉书兄信，有迟至十余日者，有竟未达到者，驿递甚不足恃也。兹有崔镇专足之便，拉杂书此，聊布胸臆。如有未是之处，仍望随时赐示为要。诸君子及舍弟处无暇为信，祈将此纸转达为幸。此布，即请筹安。

六月二十五日致南中书

（熊其英）

苏、申、扬局诸先生大人均鉴：

一、济获赈毕。济事于六月六日了局，获事于六月望了局，两处统共查赈五万余口，弟淦、文炳、国樑先于五月廿六日赴原，弟其英等于六月初三日全赴原局，弟作霖、翰先于十五日抵原，汇商后即将获局全移修武。

一、现办原武情形。原议修武查赈，原陵给籽，自严竹君、孙屿芝来此，有给发锄地钱文之举，遂改议清查，双管齐下，并行不悖。查原邑沙碱之地斥而不广，居民于乐岁尚杂和树叶为食，比岁大饥，死者什七，其灾状视济源尤甚，非查户普赈，不足以起涸鲋。月之十一日，人手取齐，其时曲兴所购之粮从赵庄折回马渡口，陆续运到，随分四路开查，户口计二万有奇，现尚有两路未查竣，故其数不及眉列奉闻。原邑乏粮之区，定议尽放高粱，不足则凑之以钱，自廿一日开放，至今日每日自辰至酉，唱筹之声不绝，大约随查随放，再足四五天可以放清，每大口给高粱一斗，小口半之，际此水穷山尽之时，施颇当厄。据高云翁云，无此一赈，当再死万人。此皆仰赖后路接济之力，其未放前半月奄奄而不毙者，则严孙之功不可没也。共放若干大小口，容后信开列清单以报。

一、分办修武情形。修武北连太行山陬，灾分极重，为必办之作，先因多所顾虑，拟别办一县，继仍前议从事。惟摘赈山中而不办山外，冀收近效而参活著，嗣弟作霖卜之于神，全赈吉，遂分苏、申款一万六千两查赈山外，亦分亦合，更得机势。弟淦已于廿二日力疾偕瞿星翁、尹莀臣自原起身，往修查办，与弟其英等分起，仍作束上起下之格。修武情形，俟有眉目，当由弟淦、作霖具函奉报。

一、续办河滨情形。查河滨北岸有犬牙相错地一片，计二三十庄，分属河北之武涉，河南之郑州、荥泽，瘠苦万状。严孙在原，高云翁以此为言，两君有志焉而未果。此等三不管华离之地，无人顾问，殊可悯念。现拟局驻原武不移，带查带办，赈票亦用借印，以期速了，计算村庄不多，户口零落，总期于月杪月初了此。

一、续拟合赈延津、林县。河北灾区连片，一手一足之烈，顾此失彼，前弟作霖到豫，弟淦等极以为快，然济源距获嘉三百余里，不即合并，亦其势然也。修武一局，先后定议。遂有山内山外分办之事，分有分之妙，合有合之妙，修原事竣，拟合办延津、林县等处，戏将收场，脚色转多，或亦好看也。

一、慈幼局面。留养难童，为赈务中应办之件，要不失保婴之本意。济源开局，弟文炳主之，后皆资遣，仅留六名在局当差。弟翰、国樑系专办此事而来，不能不极力为之，惟赈局不常厥居，而此项须立一有定之局，以收无定之孩，现议设局怀庆府城，凡各路无家可归之幼孩，总以此为归宿。其必在怀城者，有崔季芬军门照应，便一；河内殷富，冀日后可就本地筹款，以为退步，便二；一切医药物件易谋，地局宽展，便三。廿二日，弟淦、弟翰同车取道修武，抵郡部署安妥，弟国樑将近日所收百余名解去，从此弟翰、国樑并心壹志，专办此局矣。其随赈局暂为留养者，仍归弟文炳照料，其费由赈款开除，甄别入怀局后，乃由慈幼项下支给，以此事为日较长，四竿之数，须留地步也。如此布置，未知当否？

一、施药效验附呈散法。前来药件，除交同善厂外，计共十三箱，可谓富矣。豫省自频年荐饥，死气积而为疫，几乎十人九病，正在无可奈何之时，得此布施，配合既道地，加以施者救人之诚心，服之灵效无比。内尤以太乙丹、正气丸为适用，即以十丸收一丸之用，计之不知活多少人。局中施送，概用散之又散之法，除查户便带亲送外，分给几遍卫怀，打包则纸为之贵，复信则腕为之脱。续来数箱，当仍以前法办理。

一、灾况。屡次得雨，谓归耕有望矣，不知沟壑余生，皆是鸠形鹄面，待毙不暇，力田何望？资遣归里者，既无半椽可托，又无一锄可耕，责以垦荒，难乎不难？有力耕种者，十中亦有一二，然荒区方谋下子，秋成尚无指望，小米现市十三千文一挑，生计真岌岌矣。其书香子弟，庠序寒儒，手不能提，背不能负，足不能奔涉者，此时苦况，较齐民尤甚，卖男鬻女，此辈为多，狐悲兔死，将奈之何！

一、同事病况。局中下人病无间断，凡一百五十日矣。仲配翁抵获而病，弟翰抵汴又病，弟其英脑后生大疖，今皆愈矣。弟家鑫积劳于王屋山，弟淦赤白痢，事势紧迫，不得不力疾从事。来教时日宜长，诸同人深虑人困马乏，努力为之，未知能不辱命否也。

七月十三日致南中书

（熊其英）

苏、沪、扬诸先生大人均鉴：弟淦于前月二十一日驰赴修武，与弟作霖办山外，互相呼应，现已将山内毕放，计折实大口二千一百十四口，各给银一两。月之初三日，自修偕瞿星五、陈少兰、尹蒉臣、司马书绅、张如馨诸君前赴怀庆，将查赈孟县之西北岭，即以回顾济源之孔山。是处前此拟赈，而以原事急舍旃，其苦万状，终不欲遗却，故兼筹之。所有修武山外及孟济山中办理情形，由弟淦、作霖随时另行奉报。其原武一局，弟其英与张步洲、江清卿、陈春岩、程福田诸君支持其间，步洲、福田现患痢疾，计自六月二十一日开放，凡查一城四乡，三百有七村庄，七千八百三十五家，补遗及遣回三千四百八十四家，大小三万三千一百八十二口。接查荥、郑、武交错之地，又补查获局亢村四庄，已给者凡一千八百八十家，大小六千六百六十四口，各给银一两，或原斗高粱一斗。办事不能不用人，靠得住人极少，局队、庄头、差保，无一不思侵扣，严防密察，时苦未周，查户放赈，不能不事事躬亲，同事幸尚踊跃。现在四武光景，惟阳武秋种较多，武陟东乡沙碱之地，待赈嗷嗷，此时办理，惟就未下秋种及种而不实者摘赈，故户口不多，奔走特甚。明日诣查武陟之乔庙九村，次及富一二、善一二、大一二六都，此间当有一大片文字。计弟淦、作霖、其英三局合并，要在此数处办清之后，既合，或办河北之延津、封邱，或南渡及于荥泽、中牟，此时带赈荥泽，仅错入北岸王禄营一角，能办与否，总以来源为断，不敢期必也。此时河以北大象，其种秋者新陈不接，又方苦旱，月初以来，各县急急求雨，尚未透应，且因下种失时，致秀而不实者甚多，其无秋可望者水穷山尽，惟恃青草为食，苦况不减春夏。更有赉遣回来者，资遣薄赉，路中罄尽，到家仰屋，并有无屋可仰者。试思距人相食之时几何，而人心中遽以为已安已治，甚欲粉饰太平，悲哉！遗黎将于何处求生路耶？灯下杂报，泪汗交挥。弟麟策与经瑞生、徐春生两君仍驻汴，专司收解。瑞生亦病痢，余均粗适。赴赈灵宝诸君已驱车前进矣。敬请均安。

七月十四日致南中书

（凌淦）

飞启者：弟于初九日在怀庆发书后，初十驰赴济源之孔山，先查龙潭、请上两堡。该处自四月十八得雨后，又苦旱亢，补种之粮大半枯萎，待赈十分急切，惟因林县新受雹灾，已约纯翁、佑翁将郑州、荥泽、武陟、修武、延津、济源各邑赈事，赶于月内办竣，以便会合驰救。乃昨日又接崔季芬军门专足来函云，林县雹灾极重，秋种尽坏，灾民纷纷逃至彰德，愁惨之状难以笔罄，目前能否暂舍各处，急救林县云云。今日又接高云翁来函，原武自六月初八日后，未得滴雨，蟥蝗滋生，田陇间已如蜂屯蚁聚，秋成行将绝望云云。伏念弟等自渡河以来，幸赖南中诸君之力，得驰赴各处，分济一月半月之粮，使灾民得以续命，初不料林县忽被雹灾，原武又生蝗蘖，非常之灾层见叠出，令人顾此失彼，疲于奔命，一至于此也。为今之计，原邑蝗灾惟有认真搜捕，如已伤及禾稼，又须续赈；林县办法，惟有将逃亡彰德者截留赉遣，一面确查灾区，分别赈给粮种。惟时届秋令，收成更难期望，嗷嗷待哺，为日甚长，一届深秋，饥寒交迫，粮种之外，又须赶给棉衣。现查局中赈费，就郑、荥、武、修、延、济六邑全行摘赈，不敷尚巨，林县、原武已成无米之炊。（林县处万山之中，周围二百余里，地大灾广，恐非五万金不办，原邑则三万成数在。）汔今续惠，在途者不知若干数，南中非不竭之原，灾民无可生之路，仰天搔首，坐立难安，仍惟有仰恳诸君大发慈悲，救人救彻，前功不至尽弃，此恩便如身受。弟等承乏奔走，惟有竭力尽心，仰副威德，断不敢因时事孔棘，畏难苟安，青松白石，共鉴此诚。专此飞布，日望德音。

七月二十四日致南中书

（凌淦）

飞启者：怀庆一带，自七月十五起，二十二日止，连日狂风暴雨，时而白昼晦冥，气象愁惨。沁水陡发，二十日河内、武陟两处同时漫口，河内之亢村地方抢险堵住，幸而无患，而武陟西乡原村地方，离城五里，竟漫口七八十丈，泛滥横决，淹没村庄无算。闻难民逃出者避居高阜，颠连之状，有非铁泪图所能绘者。弟初九日由怀庆寄函一通，十四日由济源寄函一通。孔山之龙潭、请上两堡于十六日查竣，于十七、十八两日开放，因连日风雨，廿一日始放毕，大口给银六钱，小口四钱，大约计六千口，尚未结算。廿一日季翁专差来函，廿二清晨弟即赴怀庆，路上泥淖难行，乘季翁坐车，两驴绝健，傍晚始至。昨日向河内索车四辆，赴济接星五诸君，一面预备驴马，俟诸君到后，同往武陟，拟将露处难民先行设法赈给。该处一经水淹，车不能行。昨晚风雨交作，黄昏大雨倾盆，三更方止，决口地方有不堪设想者。林县赈事，已函致纯叔赶紧前赴矣。先此备闻，详细情形，容俟到后续布。

八月初四日致南中书

（凌涧）

径启者：七月廿四日由怀庆发递一函，计将达览。五日，弟与星五诸君驰往武陟，急欲抚恤被水难民，崔季翁军门亦率队数十人前往，意欲至老龙湾抢险。原村在南岸，老龙湾在北岸，相距三四里，恐此处一决，修武、获嘉、新乡适当其冲。行不二十里，闻老龙湾于二十三日三更时漫口百余丈，属武陟者共淹二十余村。是夜宿王顺，次日五更起程，至武陟，适纯翁由原武亦至，遂同商议，纯叔回原移局，来办南岸，弟与星翁先办北岸。岸口只有渡船两只，一济难民，一备我们往来，季翁拨善泅者十人为拉船之用。二十七日，弟与星兄渡河，先查中封村，水势急溜，船不能近岸，弟等用水夫负而趋岸。村中水冲之后，寸草全无，泥淖没胫。查该村房屋向有六百余间，今仅存一百余间，向有六七百人，饥疫死者三百余人，今存一百七十五人。房屋存者泥土充塞，墙都裂缝，亦不能住，难民尽在高冈上露处，雨霖日炙，殆无人状，妇女幼孩啼号之声，凄然欲绝。随带馍数百斤，先行给发，点查户口，不论大小口，每给银一两，尤苦者倍给，或三四倍之，赈票不收回，以备将来绩放。即择村中诚实者来城中办粮食、锅子、席片，带往村中。次日查李梧槚村，情形亦复如是，计大小口一百三十一名。二十九日查岳梧槚村，傍晚原局陈春翁、邹文甫至。初一日移居木兰店，借居王姓空宅。今日查梧槚，星翁与文甫往。此目前办理北岸被水各村之情形也。弟廿六日由王顺而来，晨过蒋桥地方，即大虹桥，有居民数十人跪道旁泣求，云该处之堤危险异常，数十村庄难以活命，急求拯救云云。季翁与弟即往堤上察看，闻水声如雷，岸上已塌十余丈，正在指顾间，忽一声震动，又塌去丈余，离我两人行走之处亦不过丈余，令人胆裂。又行六七里，至五义口，水势更猛，堤上塌去过半，大树随波而去。遂与纯翁、星翁定议，谓与其焦头烂额，何如曲突徙薪，于是用以工代赈之法，即招原村一带难民负料运土，为之堵筑虹桥，嘱张如馨、尹芟臣司其事。昨又嘱陈春翁往五义口，请陈少兰、司马书绅司其事。季翁派熟悉堤工之王守备在虹桥，而自己亲往五义口督理，约十日可以告竣，两堤修费约计共五千余金。至原村老龙湾堵口工程，由官经办，我局概不预闻。此以工代赈、修筑两堤之情形也。林县一节，我局势不能兼顾，且水不骤退，道路难行，现扬镇局侯敬翁在辉县，弟拟请其就近往办，已函致矣。赵崧翁仍在修武，尚未移局怀庆。昨晚卓友翁来函云，修武水淹九十余村，东南较重，新乡城四面皆水，获嘉惟南门可通往来，刻拟专足至修，探听确实。佑翁现办延津，日上未通音问，常州潘孝廉振声于前月到原武，往林县勘灾，回来云雹灾十余村甚苦，余秋种尚好。昨日来局，人甚朴实，且能耐苦，今晨同星翁查户去矣。弟痢疾已止，顽健如常。前月廿八日接紧急家报，正在踌躇，昨得芸兄惠函及舍弟家书，快慰奚似，内人病入膏肓，今得转危为安，实为万幸。继自今惟努力办公，慎之又慎，冀得免于罪戾，幸甚！草此布覆，敬请均安。

八月十五日致南中书

（熊其英）

连接公函，所以为豫谋者，至纤至悉，充诸君子好善之量，竟欲出遗黎而衽席之。大款源源，挹彼注兹，恻隐所发，蒸为风气，此南省之祥，其应主和风甘雨，翘首海云，东望飞舞。惟是后路前驱，一气呼应，诸君子既竭尽心力以谋之如此，而弟等承其乏者或有贻误，其负疚于神明为何如？以是顾瞻前后，此心钦钦然，益切力弱弓强之惧。计自七月来，原修了手，方冀河朔一隅秋收在望，休养之责，当道任之，协局可从此渐作收束。岂料事机万变，林县之雹，延封、原武之蝗，沁河之决口，层见叠出，念彼灾黎七零八落，将痛定思痛之不暇，雪上著霜，其何以堪！弟等自移局木栾，救旱之局忽一变而为行水，哀鸣嗷嗷，集于中野，惨矣！哀鸣嗷嗷，集于中泽，惨更不可言。大波为沧，小波为澜，有此一折，水局紧而冬局亦从此长矣。弟等自顾菲材，力小任重，秋风动处，归思飒然，然承诸君子之委托，又目击河以北惨惨之状，无所控告，思欲息肩而不得。所有现辨情形及九十月间布置，谨一一陈于左右，伏希公鉴核夺，不厌往复，幸甚盼甚！

一、现于前月廿七日移局武陟之木栾店，开查北岸老龙湾决口顶冲各村，随查随放，不论大小口，给银一两，（次冲仍当分大小）计共放银一千三百两有奇。一面南口原村一带，方次第清查未毕，其惨苦之状，一言难尽。查户至此，真觉天地为愁，泥涂胼胝，所不暇顾矣。

一、决口后，沿河居民待尽须臾，抢险之举刻不容缓，因思以工代赈，并可保全民命，遂即兴工，抢堵五车口、大虹桥两口，经费约须五千金，出入均我局主之。现各下过十余埽，非崔军门之力不及此。有此工程，饥民藉负薪挑土以全活者无算。尚有两险口，一大樊，一桃村，惜其半途之废，拟即续办。

一、各路闻赈逃回者，自七月来不绝于道，其不由官遣、自来自往者，尤优离可悯。弟等前在原武，曾拟从河口截恤而未果，今设局在工次，其山西阳凤及济源、温、孟一路，灾民必取道于此，现察看酌给每日二三十千不等，刻资字号小票，将来汇核。

一、林县自潘振翁到后，即驰往察看，比其返而接有水局，因函致辉县局侯敬翁就近移赈，并于月之八日倩瞿星翁、尹莒臣带二竿以往，合前拨获局余剩之一竿，凡三千两，尽放被雹之区，藉了此心愿。

一、此次决口被灾，以修武为最重，计九十余村，离居荡析，待赈孔迫。赵嵩翁设慈幼局于此，每日捐馍一千个，下乡给发，真是活命之实，其急可想。昨刘大令来招呼，明日议由弟其英一人先往，偕谈任翁、邵天翁乘船开查。一俟此间事了，弟淦即移全局就之。以上五节，一时并举，足八九两月销磨矣。

一、新乡、获嘉，水亦波及，前函致佑翁，请其自延津折回，就办新获，俾弟等得专力修武，顷闻其先顾获邑，即日开办矣。

一、灵阌一起独为其难，可称后劲。近由弟麟策抄示小翁、璞翁来函，知新安、渑池极苦而势不能回顾，弟等于未有水局之前，亦曾议及于此，徒托空言，南望负疚。现疑俟金苕翁到后，分出人手，会合朱九翁一起前往，有此一枝与灵阌局呼应，大妙也。

一、慈幼局一节，总以怀庆为归宿，赵嵩翁为主办，张步翁合而离之，得之目击，袁子翁离而欲合之，得之耳闻，皆周旋为难。七月来，其局设修武，局条曰收养遗孩所，木戳用慈幼字样，水退当即移罩怀矣。

一、收赎事忽起大波，想见诸君子精心结撰，但后时为之，极费周章，俟有眉目再说。将来或遂，呵成一气，未可知也。

一、张裕翁昨日到来，悉沈颿翁独树一帜，伊有信来招程福翁去，因遂留裕翁补福翁之缺，其来办汤阴邪？抑遂留天津邪？福翁到彼会合，当有端倪。以上五节，旁枝关涉，谨以附及。

一、抚恤水区一关，粗了计算，当在九月之杪，此后留冬之局，极难措手，以旧创新病，相迫交乘，届时当又道殣相望。欲设大厂乎？数百里争趋，及至不能容，必示以限制，是号召之来死于厂外也。欲分设各处乎？安得有许多人手，许多经费。弟淦与弟英再三商酌，忽得一极笨之法，其法如何？现所给票，放过概不收回，八月武陟、九月修武毕后，十月再往济源加赈一次，十一月往武陟，十二月修武，正月又是济源，二月打回帆鼓归来。此数月中，认定最苦之三处，如环无端，庶尽救人救彻之义。原武亦极苦，所以舍却原武者，以有贤令高云帆在此，尚有四千赈米可敷衍。至如上三处，目击情形，不如此办理不活，零外提出一分，作为游击之师，随所见零星给之。其法如是，可谓笨矣，然以简御繁，以逸待劳，以静制动，较之疲于奔命，转有把握。旧书不厌百回读，此其引证也。此节最关紧要，伏乞裁夺飞示，以便遵行。

一、人手少固不可，多又有壅肿之患，冬局当有一番出入，所谓强莫大于裁兵也。俟去留定后奉报。

一、购粮苦于转运，狠不易办。（前次曲兴专仗海翁一手经理。）顷查得卫辉至修武，一水可达，而粮价钱价相悬，因采崔季翁之议，试买三千两，由陈春翁去，我有旨蓄，亦以御冬，此带办之一事也。

一、沁口由官办者，现已委潘莘翁勘估，将来兴办，贫民有推土经营，亦可藉以糊口。而土车大半卖却，现由我局打造数百辆，拟给于房屋毁淹之户，以营生计，此变通给农具之法，采之窦君莫高者。

一、棉衣已从怀郡买洋布新料发制，计需五百文一件，银二千两可得四千余件，仅能择老者施之。其余周恤寒士等事，当随地留心设法，不及一一具陈。

九月二十三日致南中书

(熊其英)

中秋日肃陈一函，由李海翁带交，计已达到。其时水局虽紧，尚可收拾，冬局虽长，犹有津涯，所拟各条，原冀全始全终，藉手以报诸君子见委之勤。十三日在木栾局接读赐书第十三号，千里此心，相喻无言，当日复函，即由弟承稿，但有决辞而无疑义，此望前可止则止情形也。岂知事机万变，目下情形竟成欲进不得、欲退不能之势。河朔自九月初六日起，凡十有三日，淫雨不止，大风拔木，太行积雪，一白无际，天气奇冷，一日之间，由袷衣而裘，同人在外，未带棉衣，无不受冻。前淹水区，水未退尽，至此更成汪洋一片，比前次之水更高五尺。西自济源，东抵卫辉，文报不通，周流大路，渡船冲沈，各县运赈米土车数十辆都陷泥中，失路不得归之人处处皆是，民间房屋，坍塌不计其数。但见白浪起处，沙尘上飞，则华屋数架已忽焉无有，大树小车随波而去，此弟于十八日乘船从老龙湾决口东下目击如此。其灾民无食无衣无居处，并无柴火之惨状，更不忍为诸仁人告也。居民向烧煤火，断煤十余日，今则都烧房屋料，弟在小营，见太史第一扁劈以为炊，为之一慨。数日来，窃不自量，随同水夫从水国泥淖中往来，饥寒困顿，略一亲尝，时局至此，非但不忍言归，亦不敢言苦。伏念豫省奇荒本糜烂难收，惟三月到此，譬之失火，透顶之时已过，乃可补苴一二，逐渐下手。今有此一波，乃知从前尚是笼统救荒，此时方真是救命，而惜乎南方之力穷也。往时曾文正公在祁门，慨贼势之炽，尝自怨自艾，以为福薄，恐不足了此。以大喻小，无嫌不伦。前接七月中来教，尝与砺翁私抱才不胜任、德不副名之惧，今则濡尾之象大显，火中寒暑乃退，深悔见几之不早，处此时而言退，则又有就易避难之罪，如何如何！进退维谷。更念诸君子为豫谋者，可谓竭忠尽智矣，数月来覆陈函启，但述现办情形，而不欲以悉索敝赋之语上渎，诚以诸君子之用心，大河共昭，辱在同舟，惟有感激。今而有此告急之书，鸿雁南飞，江海在望，区区苦衷，亦望共亮而已。崧翁、佑翁、砺翁大约均有函奉闻，弟率抒臆见，故一时不及会同耳。武陟刻已开放，修武查而未放，两处均需推广，以荡析离居之状，非复前比，更迫冬令，尤难为计。所修堤工四口，此次风雨有走埽之急，顷方再事抢险，仍请崔军门办此。若无此举，则四口必开，尤不堪设想矣。附布不尽百一，顺请同安万福。

九月二十四日致南中书

（凌淦）

月之十三日接读惠书，覆函系纯翁主稿，由汴寄奉，计想达览矣。重阳风雨，自初六日起，至十八日始止，沁水大发，较前决口之时，更涨四五尺，新修四处堤工，大埽冲去其二，小埽冲其五。十六之夕，五车口来报险工，潘振翁与瞿星五诸君黑夜冒风雨而往，悬赏下大树十数株，始能挡住。振翁查原村一带，遍历各乡，以原村口子水虽退出，而下游数十村庄尚有积水三四尺，能节节疏通，逐渐放出，则行者不至病涉，麦子亦可补种，遂与潘莘翁商议定夺，于最低之方陵村开二尺许口门。弟即属其口门旁安排土袋、木桩、麻绳等物，预防黄水暴涨，倒灌而入也。初十至十四五间，水已退去过半，讵风雨之际，沁河仍从原村决口漫溢而入，较未放之前更高尺余，坍塌房屋无算，事机不顺，非人力所能挽回。老龙湾地方，水势顺流而下，平地波涛汹涌，修获等处大受其害。就目下情形论之，实有不可收拾之势。纯翁、佑翁、崧翁俱发公函告急。鄙意以我乡既糜如此巨款，本非不竭之源，且去腊新春，淦亦曾经募劝，深知出钱诸君实系诚心为善，勉力输将，且有剜肉以补疮者，转辗思维，殊不知计之所出。为德不终，弟等固难辞办理不善之咎，然亦时势使然，无可如何，天乎？人乎？谓之何哉！纯翁水乡查户，憔悴可怜，振翁忧形于色，时而夜不成寐，弟时劝解之，恐其致疾也。若翁回汴后，中丞派往周口，办收赎事，闻贩子正法一名，救出妇女四十余名。鞠孙仍在归德，新沩之行，叶君梨轩、严君子平与若翁令弟选青兄任之，会同浙局并办两邑。经璞翁昨有函至，云陕、灵、阌于十月杪可以竣事。专此布告，敬请均安，不尽欲言。

十一月十七日致南中书

（熊其英）

顷在修武接到十月二十五日台函，砺公已先四日自汴动身，谨由弟等代拆。藉稔两次水灾，又烦精筹，良苦良苦。此间自领班去后，又有一番布置，腰场后戏，不过小做小唱，岂有可观？乃内场锣鼓，三而不竭，勉承脚色之末，不敢不尽气为之。所有眼前办理情形，略陈如左：

一、赈款济局其收过十三万有奇。现截清前局，以木栾撤局，清卿交陈春岩接办为界限，净连各局寄存有银三万五千八百两有奇。若欲丝丝入扣，还却溢用慈幼收赎之款，赈款不敷散放，现融为一气，不分彼此，视其当用者用之，将来报销，条分缕析可也。

一、李玉翁一席，南镶一日未清，即一日不能脱手，前请霁塘接替而不果，不得已，玉翁已允明春言旋。此公之留冬，各局之大幸，此后镶批仍照旧承收，由伊奉复。

一、修武归入后局，除前局承放过八千两外，接查接放，大约尚需二万，乃粗了水事。连句专办此段，与获一气相生，此月杪总期一律告竣。

一、救人救彻，邵西必须加赈一次，修事了后，移局而西，此砺公临别时节度也。顷以浚县被水，待援孔亟，改议留邵原于春恤，而先从事于浚。天寒暮短，努力为之，未知岁除前能办了否。

一、浚与内黄，民气强悍，其被灾与修获略同，助以一赈，足消伏莽隐忧，此不容不办者也。惟未接公等今日来信之前，核算款项，办浚则力不及黄，办黄则不能及浚，曾约严佑翁各担一县。佑公任事最力，日上有回音，必投袂而起也。

一、代赎冬衣，费不多而衣被甚广。经莲翁教我办过，乃知其妙。获局佑公赎七千号，修邑赎六千号有奇。济源于初六日开办，今晨来信，亦已赎得四千余号矣。一号有数件，费乃仅扯三百文一号，何乐而不为？此月底尚拟分一起至新乡开赎，斯亦冬赈正面文章也。

一、省中官设赀遣局，昨有丹徒同乡奉委到来，知为数尚多，春融不了。官中所定，每名给银六钱，现已归入粥厂，不给遣而不资，道途狼狈，情殊可悯。自十二月朔起，拟于汴西门要路开一助遣局，凡各处有局者，第给以票，诣各局领钱，无局者凭官票酌给。此项前已错过，此回做两三月好卖买云。

一、收赎事随时有得，其一家完聚，喜气实足以弭灾褉而召祥和。内有数起作婢妾，被嫡凌虐，身无完肤，从火坑中拔出之，尤为得意。既开手，四处求赎纷纷，一日红禀递局有数十。此是细腻文字，方将以办赈办孩余力细细为之，惜乎省局将撤，怀局势孤，不能办矣。所有各段情节，少暇当按名记之，将来并身契呈览。内田华、李翠藏两节极风雅，令人闻而喜悦。有田姓买同村张姓田房都尽，其一儿出四百五十钱，契上写世世为奴字样，大户之无人心如此，此大灾之所由来也。闻此事又令人发欲上指，刀剑齐鸣矣。

一、孩局自第二次被水后，名数实多，合寄养不在局者，千名以外。局中近又添设两塾，先生头脑冬烘，而谈任公以一人为众孩无乳之母，尤为辛苦非常。明年移局，其难无比，只好办到那里是那里，此和尚撞钟法也，脱却湿布衫，谈何容易！

一、此间孩局，三人一刻不能脱离，赈局仅留四人，亦在左支右绌。幸月之十三日，陆瑞峰、卫守廉两君从天津绕道而回，后路文字乃不露窘态。月初已定一起新乡，一起浚县，一起助遣，居然三路分办。

一、砺公归后，便似收束局面，悉索愈难，即承用愈不容易。弟等愚拙，何以堪此！

捐数既截，只好就料做料，慎勿以弟在外有劳，无泉掘井。至留事规划，一一经砺公分付，当勉为追随，以落下文。

一、登封、嵩县，灾分不下新渑，经此次茗、佑、砺三公会议，由瞿星兄入山办理，极为中肯。星兄已马首欲东，留之亦一缘也。以渎始，以岳终，岳渎有灵，尚鉴诸君子好善之诚。专此布覆，不尽缕缕，顺请筹安。

十二月二十六日致南中书

（熊其英）

叠奉公函，至四十三号为止，并致各友信件，一一照收。汇票万四千金，已抵省局，当遵来函，酌分应用。诸执事筹画焦劳，不遗余力，俾岁暮穷黎咸登衽席。弟等奉书之下，既喜且惧，赈款多来一分，即多一分责任，筹款非易，用款益形郑重。济源局于本月初六日移至卫辉，局设城外马市街，始办代赎棉衣，以人数众多拥挤而止。原议先赈浚县，嗣悉汲县更苦，因即先其所急，通邑中最苦之区共七八十庄，均系被水极重，秋禾全淹。此外灾分稍轻者，亦只有一二分收成。刻已查过三十余村，随查随放，浚县、济源须迟至明春矣。其英忽患冬瘟，病势甚重。弟翰闻信驰至，斟酌服药，现已大有转机，可以无虑。适届岁暮，翰即仍回修武。获邑冬赈，除被水各庄如旧普赈，余就无告之民酌给，辉、新二邑亦仅赈被水各庄，腊月望后，三处粗了。作霖正思回南，适接续款，当再推广阳武冬赈，现已粗有头绪。慈幼一局，翰以不能远游之身，暂时承乏，明知多留一日，或可多尽一分心力，无如倚闾望切，拟俟来春移局府城，访查小孩有家可归者，赶紧资遣，无家可归者，采访公正绅士接办，事定即行回南，设南中有愿来接办之人，更为妥善。收赎一局，已经赎回赍遣者三十余人，报局后不能代赎，或本妇不愿还家，或已故，或转卖者，共百余起，此事之难办，想早在洞鉴之中，无须赘述。惟现在河南送来河北灾妇，到局即为交卸，籍隶各县，远及山西，均须招访家属，有遣人往访，迟至一二十天始得查悉者，有家属均已饿毙，仍须代为择配者，种种棘手，较之代赎为尤难。修武积水虽退，污沙堆积，耕种无期。武陟之老龙湾近始合龙，被水村庄未种一麦。原武自罹蝗患，一片荒郊。济源乞赈之书迭至，邵西二里尤极困苦。此数处均于夏秋给赈一次，时越数月，早已待哺嗷嗷，来岁青黄不接，难免死亡满目。若置之不顾，未免前功尽弃。核计现来赈款，除办浚、汲二县外，已无所余。补办春赈，极少尚须二万金，犹冀诸君子设法筹济。河南赈事，前接金茗翁来函，欲推广登嵩等处，经费不敷，弟等思公款公用，何分畛域，但因河南局中人手不多，是以仅拨五千金。现闻新、渑、登、偃均已开赈。再，闻山西临汾、闻喜一带，尚有颗粒无收、人仍相食之处，据此情形，更甚河北。此时南中捐款几已搜括无遗，倘以至难之款，拯至重之灾，零树一帜，前往助赈，更为至妙。菊生曾以为言，但不知彼处情形究竟何似？尚祈确探留意为感。肃泐，敬请均安。

己卯正月初十日致南中书

（李麟策）

献岁以来，惟德祺曼福，定符下颂。顷接阳武局严佑翁插翼专函，惊悉熊纯叔先生于初四日未刻仙逝，不禁肝肠欲裂，徒唤奈何。回思家乡动身，一同抵汴后，因各任一路，临岐分手，不料竟成永诀，言之惨心。河南协局，自纯叔先生首创查赈以来，精筹全局，夙夜不遑，悯念时艰，彻旦不寐，时而涕泗滂沱，对天悲泣，事无大小，一一身亲，同事因而激发。所办修武水赈，坠水数次，不肯稍休，又因查赈下乡，离局较远，适遭大雪，未带寒衣，因而僵冻乡间，积受风寒，经春便发。得病后，终日喃喃，以赈务为念，实属心力交瘁，死而后已，言之令人扼腕。此刻严佑翁已赴卫局料理，一面已飞信熊菊翁等，请其速至卫局商办一切。弟得信后，亟欲前赴，无如局款尚未提清，不敢擅离职守，幸严佑翁、潘振翁、赵崧翁、熊菊翁，各局领袖均已星驰前赴，所有纯叔先生后事，及河北赈务，均可安妥。再，腊月十二日赐书，并日升昌汇票四千两，业已接到，二十汇兑，惟晋豫局信尚未接阅。专此飞布，驰请台安，恭贺新禧。

<h3 style="text-align:center">三月初二日致南中书</h3>

（熊祖诒）

前月在怀恭肃两函，计均达览。旋于初五日由怀越济，初八日至邵源，分六路开查，先西阳里及邵源之下五甲，次王屋、长泉等里。祖诒所分地段在极北太行山中，昨甫回局，今日凌晨即往邵原放银。邵原放竣，再往西阳，别属桂翁诸人于初六至初九，将长泉、王屋一律放讫。此数里地面，宽袤在二百里外，皆深沟大坡，荆榛塞路，其最深邃之处，须除道而入，野狼三五成群。居民之苦，真惨不忍言，大率以稗草、柿皮、野蒿煎和充饥，所号一二大户，去年略有秋成，均以秋换麦，藉以播种，麦价昂而秋至贱，出入之际，秋其能有存乎？惟余糠覈磨粉为食，即已不多觏矣。前路见驱车而西者，问之皆以妻女在宋郡等处易得者。古云卖剑买犊，今有卖人买牛，此种情形，有心人无不为之酸鼻，而当局忍为之，噫！亦岂其得已耶？此间山川之胜，道书称为天下第一洞天，曰小有，在王屋山东坡，即王母洞，最高为天坛，夜半可见日出东海，唐人有登天坛望海日出赋，盖不诬也。岭有太乙池，为济水之真源。昔人言下通北海，历代祀北海之神，即于其地，至本朝始移于混同江。天坛，古轩辕祀帝之所，如广成子、浮邱伯皆栖息于此，唐玉真公主修真于此，故宫观崇峨，历代尊奉。将及岭十五里，均以铁索曳绳而行，真奇境也。二十七日，因查户便道入析城山，中凹而外耸，四围如城，共得平地四十里许，无巨枝杂木，所生草皆以三寸为极，奇花异卉，煊染殆遍。有成汤庙，宋崇宁时，祷雨有应，诏赐"齐圣广渊"之额，至今崇奉。有八十余道泉，以黑龙洞为最胜，入洞门三四丈，有巨流亘于中，深不可测，土人云下通黄河也。仝行者七人，祖诒偕一亭长先行半里许，有虎伏于岩侧，不觉，后五人者至，乃出，眈眈相视，幸有利械，不敢逼，曳尾而去，三四跃已远，祖诒亦幸而不见也。山西去者常州潘振翁，新安刘牌董、济源瞿凤祥可任查户，陆瑞翁可以坐镇料理，银则各局括凑万二千，此去亦觉生色矣。

<h3 style="text-align:center">豫 行 日 记</h3>

（潘少庵）

三月初五日，随熊纯叔、凌砺生、李玉书、瞿星五、陈少兰、程福田、江清卿诸君自徐州开车，见灾民陆续南下，皆失人形，食树叶，若甚甘。宿王家店。初六日，砀山东门外尖，宿难民厂中，病者十人，而九给太乙丹甚效。在西关埋尸一名。初七日，一路见死者甚多。夜宿马牧。同瞿星翁夜行，遇一修武县病孩，张姓，年十四岁，父母兄姊均途中病故，商托茶室中张老柱者代为收留，许其重酬。夜半遂弊张家，即托埋葬。初八日，午刻至归德府。途中见鸟啄死尸甚惨。灾民南下者，行数步辄扑地，或竟扑地而死，哀呼救命之声，呻吟垂毙之声，不绝于耳。熊纯丈题壁云：春自南来我北征，车轮转处客心惊。河东闻说人相食，访古愁过谷熟城。十里长亭更短亭，饥鸿哀叫不堪听。诗人芟楚伤心泪，洒作垂杨一抹青。流亡道殣，想过客皆见之，当厄之施，惠而不费，题诗旅店，尚冀仁人之恻然动念焉。初九日，入市易钱，探悉汴城有银不能换钱，有钱不能换粮，并谣言灾民聚众，城门已闭等语，于是进退两难。凌砺丈同陈少翁轻车冒险而前，嘱我等在归守候，遂卸车余家店，同诸友散步，见路毙五十余人，饬勇王士刚督理埋葬。初十日，进城，将各友自带零银换钱，给发未收入厂之灾民。埋尸十七名。熊纯丈题壁云：磨盾横刀气逼云，十年关外去从军。也教手荷刘铃锸，痛绝龙场瘗旅文。崇武军小队王士刚从行，见饿莩动心，买一锸归来，为前途收埋之用，诗以纪之。十一日，同熊纯丈、瞿星翁到北门粥厂并各庙中，见难民垂死者无数，各给钱药。下午同星翁至西门普济桥，给路过灾民钱，埋尸六十六口。熊纯丈题壁云：在寓见灾民逐队南下，饿者潘君予以钱，病者江君予以药，斯亦无济之施济也。只缓须臾死，伤哉续命钱，空存旧皮相，无泪落君前，大药太辛酸，尝来伤我肝，饥民何足病，要服不饥丸。十二日，同程福翁至普济桥发钱，遇怀庆灾民王姓卖八岁儿于本地人，言明二千文，其孩在乃父身边大哭不止。问何事卖儿，则因母病不能南下，厂中人满不留也，即以二千文赎之。熊纯丈题壁云：路有鬻儿者，同事程君赎之，父子复完。一掬分离泪，三春大地寒。二天何处戴，真当子孙看。埋葬路毙七口。是夜有一扬州人同寓，带有十六岁以下女子五人，云自陈留县买来，价共十二三千文。十三日，同星翁到白云寺，给过路灾民钱。见凤阳客由汴来，带女六人，又见绍兴客带女三人，自睢州来，内有四女号哭不止，客皆用鞭扑之。余等盘诘再三，知因二女已配夫家，一女父系秀才，一女念夫。询客身价，不肯实告，我等欲代赎，则一云是河南候补府买归，一云是绍兴官场所买，无可如何也。埋尸五口。熊纯丈题壁云："郁郁商邱道，中州第一程。假涂来下邑，考古得新城。杨柳弄春色，骡驼嘶倦声。夜来浑不寐，转辗为饥氓。"十四日，同星翁至白云寺西路给钱，酉刻回寓。途见贩女者数十人，在桥与兵相斗，因兵不放行，用刀伤兵一手，兵少不敌，予等更不敢开口，代为气闷而已。埋尸六口。十五日，雷雨后，同星翁到普济桥给钱，见病者给太乙丹，无不应验。埋尸十一口。街中灾民将衣服、铁搭、铁插出卖者无数。十六日，同星翁到普济桥给钱。埋尸八口。夜来一凤阳客，贩浚县女子五人，又哭了一夜，纯丈闻之，亦哭了一夜，我等亦几乎哭了出来。熊纯丈题壁云：寓有凤阳客，买四五女郎以来。是夜，比邻陕客方招歌儿度曲，见闻忉怛，感而成谣。有女有女来大梁，车驱车驱转他乡。飞絮一堕不知处，杨柳不集双鸳鸯。一顾远兄弟，再顾别耶娘。眼枯忽作溺人笑，天涯海角长相望。君不见前村嫣然姊妹花，薄命风摧兼雨蹴。十年爱惜掌中珠，一旦淋漓几上肉。我闻此语发长唉，夜深沉沉起徘徊。新月自圆歌自瘖，此心要使如死灰。有酒不饮何为哉，丝声咽，竹声裂，凭唱子夜歌，莫唱无家别。是日市价：干面四十二文，小米三十二文，高粱三十六文，绿豆二十五文，均小秤。十七日，仝纯丈、星翁、江清翁至普济桥、白云寺给钱，见死尸二口被犬吞食，所存者一身枯骨，其头在百步以外，即将犬打开，饬寺僧帮埋，不肯，余即自行动手，葬讫即归。熊纯丈题壁云：苦乏点金术，愁过普济桥。饥民都在眼，春雨咽萧萧。招得白云侣，来寻白云寺。惟佛最慈悲，可下苍生泪。酉刻，砺丈、少翁自汴回来，粮只能办一二百石，银只能兑五百两，一切谣言影迹，无踪定见。予同砺丈、少翁赴皖办粮，诸公赴济源先行查户。是日埋尸五口。十八日，等候义袋不至，东城散步，见一获嘉灾民卖女已成交，计三千文。其人一家共七口，前在睢州已卖一女，十七岁，今卖者十三岁，即为代赎。仍至白云寺给钱。埋尸六口。十九日，到普济桥发钱，因钱乏，入城兑换，见街上出卖田器者无数，因思即使得雨，如何归耕，可叹之至。埋尸五口。义袋车到。二十日，守车，同砺丈到北门给钱。埋尸十四口。二十一日，守车，埋尸八口。酉刻，汴梁来大车轿车五乘，共装妇女二十名，探知是睢州贩来。妇女如此贩卖，日后河北灾民尽无家室，奈何！二十二日，车到，骡病，不能运银，无可如何，仍到白云寺给钱。埋尸十四口。二十三日，始开车，宿亳州五香集。麦苗青葱。四月初一日，任畹翁到亳，始定见兑换钱文运汴。初三日，砺丈雇车回汴，少翁赴皖，予至西门外，见牛车十余辆，载女四五十名，哭声载道，闻河北人居多。初七日，辰刻开船运银赴寿，全日开行七舟，均装妇女，共四十三名。初八日，至北龙王庙，见有武弁买一妇，年二十四五岁，系河南修武人，能工书算，身价八十九千文，其夫文质彬彬，大约读书人。其别离之状，余见之肝肠亦断。此后余病日甚，勉强抵寿后，即归。

查赈条议（采录来函）

款出众人，费用不可不节，诸君子自备资斧，丰俭各从其便。在外司事诸君，烟点、仆从、应酬诸费，每人每月极多以六千文为率。至若行尖寓宿，必用饭食，往来查户，必用车马，押护银两，必用勇弁，编查户口，必用书役，想权衡在握，万不至因公苟减，尤必能善为樽节也。

设立总局，以备支应。刻就两联赈票，内载某县某庄某户大小口，刷成送县用印后，即分四乡查户，每乡董事极少三人，书差亦如之。再分两路，按庄邀同庄董地保，挨户清查。除富室外，点口填给赈票，极贫酌加者注明加给几次，临给同发。若灾民迁徙守候，伪饰贫困，希图冒领者，宜示庄董，一户舞弊，合庄停赈。更虞书吏舞弊，浮开口数，赈票必须过目，存根则务须亲笔，口数宜从大写，如无小口，宜注无字，用○则可改四字，用△则可改一字也。一户查毕，门拍灰印，一庄查毕，即查别庄，稍有停顿，差保即敛钱索食，为灾民累。查赈者随地觅寓，不必逐日还局，以免行役之劳。一乡查竣后，先日大张晓谕，某日某时第几牌放某某庄，大口各若干，小口各若干。凡第一二牌须放极近者，第三牌起自远及近，每日以二千户为极则。另请地方官出示，克扣包揽，严究重罚，买票顶替，扣除不给，赈票被窃，先期报局。届期离放赈处半巷之隔，查对赈票，先用高脚牌传呼几牌某庄灾民，鱼贯至验票处，呈验符合，加盖逐日换用之戳，即持赴放赈处，坐地候给，不准站立踊跻。放赈处放毕第一牌，知照验票处后，方得再验第三牌赈票。如放粮石，须另备钱文，以便折给老弱之不胜负重者。差保如沿途索费，许喊究。

任大事者不避嫌疑，然苟无益于公事，似便于私图，则亦不可不避。假如朋友托置滕妾，托买物件，终属嫌疑，且上行下效，仆役必相效，尤涓滴成河，货物亦可购运。充其弊之所极，必有冒充局中，淫诱拐骗偷漏厘税之事，不可不防其渐。局中公事但能善善从长，自不至两贤相厄。至于当地官绅，必须谦恭相接，极诸车夫寓主，亦不妨稍示优容。总之，存一乞赈他乡之心，以为助赈之事，则无适而不当，高明以为然否？

卷五　南豫放赈录二

协助豫赈征信录卷二

扬镇助赈局

丹徒邵醴天录、丹徒包源培养中、金陵李廷干少亭、丹徒侯大中敬文、丹徒袁庆龄鹤千、丹徒仲克昌配之、维扬殷春庭起彪、丹徒严作霖佑之同纂

扬镇助赈局收支清册

收款

一、收苏申扬浙交到银一十二万五千零四十两零七钱一分四厘。

一、收零自交到捐款一银八百零九两二钱三分五厘。

共收漕平银一十二万五千八百四十九两九钱四分九厘。

支款

一、支赈获嘉县项下

初次 大三万一千三百六十二口 小一万六千三百六十一口，每八百文 四，钱三万一千六百三十四千文。

水灾 大五千二百四十五口 小二千一百九十八口，每一两 五钱，银六千三百四十四两。

补查 大三百六十五口 小一百四十七口，每一千六百文 八百文，钱七百零一千六百文。

贫生，银九百三十八两六钱五分五厘

贷赎冬衣（七千三百三十二号、每号一件数件不等），钱二千六百五十千零四百七十七文。

安村修桥，钱一百五十千文。

恤嫠（连本地捐八千余串一并发典生息，通详立案），银一千两。

冬赈鳏寡孤独 大八千六百一十一口，每七钱 小九千三百七十一口，每五百文，银六千零二十八两零五分、钱四千六百八十五千文。

〇共支银一万四千三百十两零七钱零五厘、钱三万九千八百二十一千零七十七文。

一、支赈修武县项下

初次 大一万七千二百五十六口 小五千三百六十四口，每八百文 四，钱一万五千九百五十千零四百文

春赈被水村庄 大八千九百四十三口 小五千六百二十七口，每八百文 四，钱九千四百零五千二百文。

〇共支钱二万五千三百五十五千六百文。

一、支赈辉县项下

初次 大一万九千九百九十七口 小六千七百五十八口，每八百文 四，钱一万一千五百千零零八百文。

水灾 大一千五百零三口 小四百八十六口，每一千六百文 八百，钱二千七百九十三千六百文。

冬赈^{大一千六百二十五口}^{小一千一百十七口}，每^{一千}_{五百}文，钱二千一百八十三千五百文。

〇共支钱一万六千四百七十千九百文。

一、支赈延津县项下

^{大二万二千四百九十八口}_{小八千九百八十七口}，每^{八百}_四文，钱二万一千五百九十三千二百文。

贫生，银四百三十四两一钱五分

共支银四百三十四两一钱五分、钱二万一千五百九十三千二百文。

一、支赈新乡县项下

水灾^{大四千五百七十四口}_{小三千三百六十一口}，每^{一千}_{五百}文。

〇共支钱六千二百五十四千五百文。

一、支赈阳武县项下

春赈^{大一万七千八百五十二口}_{小九千三百七十六口}，每^{八百}_四文，钱一万八千零三十二千文。

儒寡（连本地捐八千串一并发典生息，通详立案），钱一千千文。

〇共支钱一万九千零三十二千文。

一、支赈原武县项下

春赈^{大八千二百七十四口}_{小七千七百九十八口}，每^{一千}_{五百}文，钱一万二千一百七十三千文。

零发小麦（生童每人一斗、大口每二升五合、小口每一升二合半），共三百三十石，银一千六百九十四两二钱三分二厘。

恤嫠，钱一千七百千文。

〇共支银一千六百九十四两二钱三分二厘、钱一万三千八百七十三千文。

一、支赈武陟县项下

放东八里原村老龙湾被水村庄，春赈^{大一万三千八百四十口}_{小一万三千三百十六口}，每^{八百}_四文，钱一万六千三百九十八千四百文。

路给饥民，银五十五两零四分。

〇共支银五十五两零四分、钱一万六千三百九十八千四百文。

一、支杂款

原银欠平，银五十二两四钱九分。

饭食舟车，共银二千六百二十八两零七分，同人自备，不作支销。

〇共支银五十二两四钱九分。

大共支漕平银一万六千五百四十六两六钱一分七厘、钱一十五万八千八百零五千六百七十七文，｜乂8二夂合银十万零九千三百零三两三钱三分二厘。

两共漕平银一十二万五千八百四十九两九钱四分九厘。

严作霖禀捐办获嘉恤嫠恳请立案饬当生息由

光绪四年十一月初八日，奉河南抚院涂批：据禀该生等拨银一千两，善士许芸田、刘方平等捐钱六千五百千文，拟交获嘉县生息，仿照江苏恤嫠章程，专恤穷嫠。具见乐善不倦，已札饬该县遵照妥议章程，认真筹办，并不准以后藉公拨挪，以垂永久矣。仰即知照。缴。

同日奉河南布政使裕批：据禀已悉。该绅等远道而来，挈挈为善，迭经筹集巨款，赈济灾黎，已属不遗余力，兹又情殷捐助，为穷嫠谋及万全，其有加无已之心，实堪嘉尚。所请将捐款存典生息，凡遇他项公事不得挪借等情，自系为经久起见，仍须由该绅等妥定章程，禀明核办，以期允协。除如禀行知获嘉县外，仰即知照。此缴。

严作霖禀捐助原武阳武恤嫠发典生息并放赈总数清折由

光绪五年闰三月廿二日，奉河南抚院涂批：据禀以助赈余赀充恤嫠经费，创行义举，不惜巨资，益见济困扶危，孜孜不倦，深堪嘉尚。仰候札行有司，将捐款发当生息，不拘何项公事，不准擅挪。勒碑以垂久远，庶不负诸绅济世婆心也。另折一扣已悉。此缴。折存。

三十日又奉河南布政使德批：据禀该官绅商捐助钱文，发当生息，以为恤嫠之资，洵属善举，应准立案。惟现据该绅等面禀，捐助阳武县恤嫠经费发当生息，请照获嘉成案，以每月一分二厘行运，藉资取用。此次捐恤原武县嫠妇，自当仿照办理。除已于该县吴令禀内批令会同商办，将议定章程由县给示勒石，用垂永久，并取具该商领状三纸，分呈县府司备案。凡遇地方他项公事，无论官绅局董不得将此款藉端挪拨，以杜侵蚀。仰即查照。缴。

四月二十九日致南中书

（严作霖）

弟等四月十五清江开车后，见自归德以北，熟麦全无，秋稼亦少。饥民络绎不绝，均向颍亳寿徐一带逃生，均有风吹欲倒之状。饿死沟壑者，兽食鸟啄，不一而足，更有未死而兽即食者弟亦亲目睹之。以前所谓极贫者久经饿死，目下有余之家亦变为极贫之户。若在归德一带送往迎来，亦属保全之道。到省会晤李玉翁，得悉凌熊诸君已往济源山中查户，海帆在曲兴集办粮，运往济源。诸君实心实力，弟等钦佩之至。河北粮价虽贵，现在尚可采办。灾民苟有钱文，即可籴食，故弟等定见放钱。所恨者银价只一千一百八九十文，且少现钱。河南银价一千三百余，皆系用票。访问多人，万不能在河南易钱。弟等定于初一渡河，先到获嘉，一面查户，一面托人购钱，以应急需。弟作霖布置一切后，即驰往济源，会同凌熊两君商办各事。现惟获嘉饥民尚有十五六万之众，每口五百文，即须六七万串，弟等带来之款万不敷用，必须诸君子续筹接济。若修武一带景况亦苦，得能源源接济，推广赈给，尤为无量功德也。

五月十四日致南中书

（严作霖）

谨启者：弟等现寓获邑净云寺。初六日下乡，分作四路，先查四北乡。亲历之境，有全家饿死者，有逃亡仅剩老人者，有大人死亡、仅存将毙之小孩者。房屋十室九空，人民十家九病，有岌岌乎朝不保夕之势。弟思查户与给钱，日期相去总有半月，伊等迫不及待，只得各带钱票若干，遇有万难苟延之户，酌量先给，藉以续命。查过二千余户，无一家有一粒粮食者，尽食杨槐、草根、树皮，竟间有垂死之人，肉亦食之，皆弟所目睹。其凄惨情状，实非笔墨可以描绘者，较之山东之灾，何止十倍。至十二日，已将西乡之半查清，人数一万五千余口。以此类推，阖县约有十二万余。弟拟查一乡发一乡，大口每名给钱八百，小口减半，此乃斟酌再三，减无可减。八百文不过可买六七升米粮，和以树屑，藉延残喘而已。尤可虑者，二十日之内无透雨，则偏荒之处所种秋稼又全损矣。十七日先发西乡，拟临清之钱运到发北乡，至于南东两乡，款项全无，不能举办。弟迭次具函，哀恳诸公早为设法接济，未悉陆续已集若干矣，务乞飞速筹劝，一面筹垫，派妥友押解前来。弟等八人，侯敬兄、殷春兄往临清购钱，李绍翁往清化买钱，包养翁留局，邵天翁由省运钱至获，疲于奔命。袁鹤翁卧病，半由炎天旭日，十分辛苦，半由款项不充，万分焦灼所致，幸饮食尚好。弟等托庇粗安，不胜仰望者，缺少之数，除却诸善长之外，无处可告，又急不待缓，日夜不安，专盼诸善长大发慈悲，救灾黎之命，即是救弟等之命。书至此，同人皆涕泪交流矣。谅诸善长树德务滋，见善如不及，断断不忍弟等束手待毙，难以生入玉门关也。谨九顿首拜，手启。

七月二十六日致南中书

（严作霖）

日前两具芜函，备承一切，谅达台签。兹陈各事如左，统祈鉴核。

一、获嘉赈事于六月廿四日告竣。计大小口五万有奇，折实大口四万余口，遂于廿六日撤局，前赴修武。

一、修武内山归砺翁查放外，弟等所查山外东北两乡，西南及沿山一带二百余庄，通查大小口，折实大口二万有奇。因运钱迟滞，至七月二十日方竣，即撤局赴延津。

一、弟等于四月廿四日抵延。延邑事更难办，查户运钱，车辆缺少，大约二十余日方能事竣，随后再为奉申。

一、侯敬翁因临清运钱，探悉辉县内山灾况极苦，当于七月初五日同李少兄等四人携银四千两、钱七千五百余串，前往查赈。昨接来函，知于廿四五日可以告竣矣。

一、弟与砺翁虽同在河北，而设局不定，有时相隔二三百里，或相隔四五百里，会面固难，通信亦不易。遇有要务，非专差不可，所以信件往来不甚联络。

八月初二日致南中书

（严作霖）

启者：延津赈事于七月二十五日开查，约十余日可完，户口约四万有余。惟运钱车辆掣肘万分，欲速不得，令人闷闷。能于中秋前放毕，已是幸事。弟作霖由修武至延津，路过新乡，河水暴涨，平地水深数尺，弟车下坡，车翻入水，自揣必作波臣，不意起来竟安然无恙，此皆仰托福庇也。河北秋稼本好，不料近日延津、阳武、封邱各属又出蝗蝻，为害不浅。河南荥阳、汜水因山中雨大，山水骤发，被水淹死者不计其数，房屋冲坏亦多。顷又接修武来信，南乡一带全被水灾，田房屋宇冲坏无数，邑侯又来请赈，并悉武陟一带有决口之事，天乎天乎！何灾难如此重乎？弟本拟将延津办毕，束装回南，不意仍须推广。昨奉七月十三日公信，知现寄弟作霖处赈银九千七百九十五两四钱，加赈士女银二千四百两，延津应可敷衍。又弟翰处赎妇留婴银五千两，收赎之事最妙，但现在未必甚多，如在二三月内，更不知成全多少人家。留养小孩一事，弟翰于七月下旬在修武收养四百余名，所收者多是无父母、无家可归者，约于本月下旬移局怀庆，日后或就地设法，或移局省垣，若何安插，再为斟酌。率此布复，即请台安。

八月二十八日致南中书

（严作霖）

昨奉八月初四日手示，辱承褒奖，益增惭愧。所示奇灾之后，无田固宜加赈，有秋者冬赈难缓，诚仁人之言也。况秋收之际，蝗蝻四出，沁河决口，山水暴发，武陟、修武、获嘉、辉县俱有偏灾，旱继以涝，其何以堪！收赎之事，非若春间之随地皆然，不如改办冬赈，未识诸君以为然否？节妇幼孩，赈宜从厚，鄙意亦如是。周恤寒士，前在延津时方知此举，已遵示照办矣。弟等现查获辉两邑水灾，邵天翁与熊纯翁同办修武水灾，砺翁办武陟水灾，侯敬翁、瞿星翁、潘振翁现办林县。弟意被水饥民更宜从厚，已信致砺纯两翁矣。弟自恨力薄才鲜，凡事不敢轻易托人，赈款不敢丝毫乱动，以期无负诸大善士之苦心耳。尚乞赐我箴言，以匡不逮。专此布复，即请台安。

己卯正月十二日致南中书

（严作霖）

一、熊纯翁于客腊抱恙，日渐沉重，自服药后，虽觉稍减，而积之久，发之暴，不意竟于新正初四日未刻仙逝，实出意料之外。纯翁之品学，作霖等心折已久，恨不能常亲教益，遽作古人，痛惜之至！翰、作霖先后抵卫，祖诒于初八日亦至，奔视已晚，抢呼无地。一切身后事宜，均已妥为料理。本拟于十三日开吊后，及早扶枢回南，只以诸同人傅〔传〕述先叔临终谆谆赈务，不得不仰承先志，俟二月底济源竣事，扶枢回南。

一、翰、作霖到卫后，与民表公同商议，拟将汲县尽月内查竣后，卫辉一局即行裁撤，民表与陈春翁即并入阳武局，与作霖通力合作。阳武事毕，原武次之，剩多剩少，补赈武陟老龙湾一带及修武沿山极苦村庄。其济源之邵西二堡，纯翁久有补赈之志，由祖诒与张如翁往办。该处与新渑一河之隔，可就近为将伯之呼也。

一、济局旧存新到款项共一万七千余金，内除纯翁提留济源春赈六千八百两仍归济源，日后由祖诒并归新渑报销，拟以三千两归汲县，日后归陈春翁开报，以五千两留备修武、武陟之用，以二千余两归阳武之用。阳武、汲县如有余款，亦尽归修陟之用，将来由作霖报销。

一、内黄、浚县现款无存，人手亦少，未敢骤议推广，拟俟修陟事竣，如有续款再议。

一、兹幼局事。翰定于二三月间回南，据闻陈春翁、谈任翁可以留至秋间，薛霁翁、叶梨翁将来可来接替，未知确否，抑仍归本地绅士办理？即乞示遵。此复，即请善安。

协助豫赈征信录卷三　上海助赈局

（光绪四年五月二十日在上海起程，十二月初一日回上海）

余姚胡培基小松、上虞经元仁璞山、上虞经元猷耕阳同纂

上海助赈局收支清册

收款

一、收苏申扬浙交到银六万二千五百九十三两九钱二分五厘,洋五百元作银三百四十两零八钱四分五厘。

一、收余平银一百零三两三钱七分三厘。

一、收浙江崇庆堂自备资斧(此项不入上海收征征信录),银五百两。

共收漕平银六万三千五百三十八两一钱四分三厘。

支款

一、支灵宝县赈局项下

城关四牌二十八里三百九十六村,共大口一万九千四百五十七名,每名一两,库平银一万九千四百五十七两。

又小口八千七百二十名,每名五钱,库平银四千三百六十两。

冬赈粥厂会同官绅施给,细帐由地方官详院,库平银二千五百两。

抚恤幼孤保婴局,会全官绅开办,细帐由地方官详院,库平银一千两。

棉衣袄裤四千套,每套一两四钱三分,会全薛绅制给,库平银二千八百六十两。

留养难民、资遣回籍,细帐由地方官详院,库平银一千两。

创设惜字局,会同薛绅通禀立案,库平银一千两。

周恤寒士文生一百四十名,每名四千五百,武生八十名,每名三千五百,书斗费十二千,共钱九百五十千文 | 一夂,库平银七百九十八两三钱一分九厘。

施送戒烟丸散,通详立案,库平银一千两。

○共支银三万三千九百七十五两三钱一分九厘, | ○ | 三申漕平银三万四千五百八十六两八钱七分五厘。

一、支陕州赈局项下

会同官绅散给赈银,细帐口数由地方官详院,库平银五千两。

冬帐粥厂,会同官绅开办,细帐由地方官详院,库平银二千五百两。

制备棉衣袄裤一千六百套,每套 | ㄨ川,会同官绅散给,库平银二千二百八十八两。

周恤寒士,会同儒学散给,库平银五百两。

○共支银一万二百八十八两, | ○ | 三合漕纹一万四百七十三两一钱八分四厘。

一、支阌乡县赈局项下

会同官绅散给赈,细帐口数由地方官详院,库平银五千两。

冬赈粥厂,会同官绅开办,细帐由地方官详院,库平银二千五百两。

制备棉袄裤一千六百套,每套 | ㄨ | 川,会同官绅散给,库平银二千二百八十八两。

周恤寒士,会同儒学散给,库平银五百两。

○共支银一万二百八十八两, | ○ | 三合漕纹一万四百七十三两一钱八分四厘。

一、支沿途善举项下

拨付新渑代民应差车马,银一千零十八两。

灵宝及陕阌收埋骨殖并西安沿途埋费共钱七百四十六千二百文, | 一夂合银六百二十七两五分八厘。

灵宝县考棚设局修理捐助经费库平银一百两，｜○｜〓合银一百一两八钱。

给陈留、荥阳、新安、渑池、硖山驿、阌底镇、孟村及潼关饥民随路赍遣不计数目，除隐名善士捐助外，共银四百七十两三钱六厘。

西安全浙绍兴会馆义冢掩埋捐助，银三百两。

汴梁江苏会馆及浙江乡祠留养捐助，银二百两。

灵宝留养无籍饥民以工作赈钱共三百八十六千四百文，｜一夂合银三百二十四两七钱五厘。

○共支漕平银三千零四十一两八钱六分九厘。

一、支舟车盘费项下

上海镇江轮船上落驳挑银箱行李力钱八千六百九十文，｜〓乂合银六两四钱八分五厘。

给轮船水手酒资洋四元，亠〓合银二两六钱八分。

由镇江至清江南湾子船二只，每只计钱十五千二百文，加酒钱一千四百文，共三十一千八百文，｜〓乂合银二十三两七钱三分一厘。

由镇江至清江大号红船一只不计价，给水手工食神福酒资洋十六元，亠〓合银十两七钱二分。

红船南湾子坐客饭食二十八人，共钱三十九千九百文，｜〓乂合银二十九两七钱七分六厘。

船车灯旗油布等共钱九千九百三十一，文，｜〓乂合银七两四钱一分二厘。

沿途雇拉短纤钱四千二百六十文，｜〓乂合银三两一钱七分九厘。

给清江鼎成、仁豫二庄栈司当差酒钱五千六百文，｜〓乂合银四两一钱七分九厘。

给清江粮台随使勇目钱三千文，｜〓乂合银二两二钱三分九厘。

清江停车住宿客栈房饭共二十八人，内十七人十天，十一人二十天，每人每日一百四十，共钱五十四千六百文，亠〓合银四十两七钱四分六厘。

由瓜洲水师营派勇十四名护至清江，连哨官茶敬洋三十六元，亠〓合银二十四两一钱二分。

清江搬运银箱行李装车驳力钱五千九百五十七文，｜〓乂合银四两四钱四分五厘。

加捆银箱粗布麻袋钱四千三百八十二文，｜〓乂合银三两二钱七分。

捆扎药箱油布绳索钱十八千七百五十文，｜〓乂合银十三两九钱九分二厘。

蒲包粗纸装车垫底钱十四千五百二十文，｜〓乂合银十两八钱三分六厘。

清江看守银两更夫小趾食钱四千三百文，｜〓乂合银三两二钱九厘。

铁锹扛捧斧凿沿途扛车及去淤泥钱六千八百四十三文，｜〓乂合银五两一钱七厘。

头批由清江至汴车十六辆，每辆十三千五百，共钱二百十六千文，｜一夂合银一百八十一两五钱一分二厘。

头批车辆住日贴料，每辆四千，计钱六十四千文，｜一夂合银五十三两七钱八分一厘。

头批车辆至汴酒钱四千八百文，｜一夂合银四两三分四厘。

头批十七人至徐州，车夫包饭六天，钱三十千六百文，｜－夂合银二十五两七钱一分四厘。

头批十七人自徐至汴九天，打尖饭食钱二十六千四百七十五文，｜－夂合银二十二两二钱四分八厘。

头批沿途住宿客店及灯油更夫等酒钱十一千七百三十一文，｜－夂合银九两八钱五分八厘。

二批由清江至汴车十三辆，每辆十三千五百，共钱一百七十五千五百文，｜－夂合银一百四十七两四钱七分九厘。

二批车辆住日贴料，每辆三千，计钱三十九千文，｜－夂合银三十二两七钱七分三厘。

二批车辆至汴酒钱三千九百文，｜－夂合银三两二钱七分七厘。

车夫病疫，雇人替代钱一千六百文，｜－夂合银一两三钱四分四厘。

二批十一人至徐州车夫包饭钱十九千八百文，｜－夂合银十六两六钱三分九厘。

二批十一人自徐至汴打尖饭食馍馍小米稀汤钱二十千七百文，｜－夂合银十七两三钱九分六厘。

二批沿途住宿客店及灯油更夫等酒钱十千九百文，｜－夂合银九两一钱六分。

泥泞车陷雇人扛抬填沟牛车拖驳钱二十五千九百八十文，｜－夂合银二十一两八钱三分二厘。

车行水中、招人引路、前后二批共十八次、钱五千四百文，｜－夂合银四两五钱三分八厘。

二批至汴、由汴至灵、沿途灯笼烛共钱四十八千一百三十九文，｜－夂合银四十两四钱五分三厘。

商邱境内倒毙牲口贴车夫钱五千文，｜－夂合银四两二钱一厘。

给淮扬镇标步队六名盘川代犒，洋七元、亠亠钱十三千二百文，｜－夂合银十五两七钱八分二厘。

给清江粮台马勇二批十八名盘川代犒，洋二十元、亠亠钱二十一千四百文，｜－夂合银三十一两三钱八分三厘。

给归德镇标马队二批十六名盘川代犒，洋十元、亠亠，钱十四千八百文，｜－夂合银十九两一钱三分七厘。

汴省抚标马队护送至灵宝盘川代犒，钱三十三千七百七十五文，｜－夂合银二十八两三钱八分二厘。

由汴至灵驴车二十一辆，每辆三十五千，计钱七百三十五千文，｜－夂合银六百十七两六钱四分七厘。

由汴至灵驴车二十一辆，每辆车夫酒钱二千，计四十二千文，｜－夂合银三十五两二钱九分四厘。

汴省扣车津贴食料钱五十六千文，｜－夂合银四十七两五分九厘。

三次车行装车规例钱四千九百文，｜－夂合银四两一钱一分八厘。

汴省广庆堂看守银箱北役十名，计十一天，每天一百二十，共钱十三千二百文，｜－夂合银一十两九分二厘。

汴省广庆堂停车厂费钱二千四百文，｜一夊合银二两一分七厘。

汴省江苏会馆栈司管丁钱五千文，｜一夊合银四两二钱二厘。

由汴至灵十九人午尖住宿馍馍麦饼计十一天，钱八十三千七百四十五文，｜一夊合银七十两三钱七分四厘。

由汴至灵茶水灯油更役店伙钱十千三百文，｜一夊合银八两六钱五分五厘。

凤翅岭翻车损轮断辙修费钱二千七百文，｜一夊合银二两二钱六分九厘。

渡顺清河、两道、七浦、汜水河、黑石渡五处渡船钱六千七百四十二文，｜一夊合银五两六钱六分五厘。

初次至西安交银并买米石往返车马，去三辆，还七辆，钱一百二十八千二百六十文，｜一夊合银一百七两七钱七分一厘。

西安往返店家住宿饭食、绍兴会馆住宿饭食共钱二十一千六十四文，｜一夊合银十七两七钱九厘。

至潼关买皮纸装钉联票及车马盘费钱二十四千七百文，｜一夊合银二十两七钱五分六厘。

来往陕州、阌乡二处车轿挑夫四次钱五十五千八百二十文，｜一夊合银四十六两九钱八厘。

来往陕州、阌乡午尖点心茶水钱十二千五百六十八文，｜一夊合银十两五钱六分一厘。

差弁至汴局提取银两往返盘川钱十八千八百文，｜一夊合银十五两七钱九分八厘。

差弁至新安往返盘川，银四两。

赴泾阳收汇票银往返盘川钱六千八百文，｜一夊合银五两七钱一分四厘。

灵宝撤局回西安、车七辆、每辆十六千文，计钱一百十二千文，｜一夊合银九十四两一钱一分八厘。

灵宝回西安沿途饭食点心，七人七天，计钱二十一千八百文，｜一夊合银十八两三钱一分九厘。

西安绍兴会馆住宿十一天，钱二十八千二百二十八文，｜一夊合银二十三两七钱二分一厘。

西安至龙驹寨驴驼十五头，六天，每头银五两六钱，银八十四两。

西安至龙驹寨轿三乘，计六天，每乘银十两八钱，银三十二两四钱。

西安至龙驹寨沿途饭食住宿靠火，银三十七两八钱。

驴架困〔捆〕札打包人工及灯笼号旗钱四千六百文，｜一夊合银三两八钱六分五厘。

秦岭跌伤马夫资助回陕钱六千文，｜一夊合银五两四分二厘。

龙驹寨至紫荆关船四只，计四天，连饭食纤夫酒资，银二十七两四钱二分。

紫荆关至老河口船四只，计四天，连饭食纤夫酒资，银三十两二钱五分。

老河口至汉口五舱扁子船一只，十三天，船价饭食柴炭神福，银三十五两七钱四分。

汉口至上海轮船客位六人，每人规银六两，计三十六两，夊川合银三十三两四钱八分。

由灵宝回汴十二人，至洛阳雇大车十辆，每辆二十五千，计钱二百五十千文，｜二合银二百八两三钱三分三厘。

由洛阳雇柏子船四只渡黄河至汴，六天，每只钱二十二千，计钱八十八千文，｜二合银七十三两三钱三分三厘。

由灵至汴十二天，客位饭食纤夫等共钱三十五千一百文，｜二合银二十九两二钱五分。

由汴至清江雇驴车十四辆，车价饭食酒资等每辆十九千五百文，共钱二百七十三千文，｜二合银二百二十七两五钱。

由汴至清江十四天尖宿点心等钱十九千六百文，｜二合银一十六两三钱三分三厘。

由清江至镇江船二只，六天，每只连酒资神福十二千，共钱二十四千文，｜三乂合银一十七两九钱一分。

船上饭食十二天，每人每天七十五，六天，连炭火钱七千文，｜三乂合银五两二钱二分四厘。

镇江至上海轮船客位十二人，每人规银一两二钱，计十四两四钱，夊川合银一十三两三钱九分二厘。

〇共支漕平银二千九百四十二两九分八厘。

一、支局费项下

笔墨信纸红白禀封银硃及印色等共钱十千三百七十二文，｜一夊合银八两七钱一分六厘。

帐簿草簿包碎银皮纸户口清册纸张计钱二十千三百文，｜一夊合银一十七两六分。

手折八千个，换小票用，钱四十二千六十文，｜一夊合银三十五两三钱四分三厘。

竹板箱五只，计钱七千四百二十文，｜一夊合银六两二钱三分五厘。

打扁铡碎元宝六百三十只，剪一两五钱三钱小块亏平折耗，银五十六两八钱二分。

元宝六百三十只，招铁匠开炉铡块，每只钱六十，又酒钱三千二百，文共四十一千文，｜一夊合银三十四两四钱五分三厘。

铡银炭火四十担，每担七百，共钱二十八千文，｜一夊合银二十三两五钱二分九厘。

灵宝二十八里派八路编查户口，计六十五天，饭食点心灯烛杂用钱一百二十二千二百三十五文，｜一夊合银一百二两七钱一分八厘。

八路查户，书办六名，民壮十二名，听差八名，及乡地工食计六十五天，钱一百十七千九百四十文，｜一夊合银九十九两一钱九厘。

二次放银，八路饭食点心灯烛共钱八十七千七百文，｜一夊合银七十三两七钱。

二次放银，民壮挑夫工食钱四十六千二百文，｜一夊合银三十八两八钱二分三厘。

局用粮食小米大米麦粉绿豆钱一百八十五千三百四十七文，｜一夊合银一百五十五两七钱五分三厘。

局用伙食及油盐酱酒等共钱一百七十六千九百五十三文，｜一夊合银一百四十八两七钱。

局用柴草煤炭共钱八十二千四百文，｜一夊合银六十九两二钱四分三厘。

置备铺床木板家伙芦席碗盏篮篓扫帚一切等物共钱四十五千九百二十二文，｜一夊合银三十八两五钱九分。

局用油烛灯火等钱二十八千五百六十四文，｜一夊合银二十四两三厘。

茶叶水旱烟共钱二十四千四百九十八文，｜一夂合银二十两五钱八分六厘。

西安提银买箱八只，连牛皮条钉绳共钱五千八百七十文，｜一夂合银四两九钱三分三厘。

局雇号头辛工钱二十一千文，｜一夂合银一十七两六钱四分六厘。

局雇挑水下灶辛工钱十二千文，｜一夂合银一十两八分四厘。

麻袋钱包蒲包钱三千一百八十四文，｜一夂合银二两六钱七分五厘。

局用雨伞二十把，计钱四千八百文，｜一夂合银四两三分四厘。

给范庆成镶局何姓酒资，银八两正。

给汴梁来灵专足盘川，银二两。

修理天平银夹剪刀钱二千六百八十文，｜一夂合银二两二钱五分二厘。

给潼关道马勇护送西安银两四名盘川，银一十二两。

苏村庙焚化僵尸雇工给钱十千文，｜一夂合银八两四钱三厘。

劝解河滩村民械斗息讼钱十二千八百文，｜一夂合银一十两七钱五分六厘。

书办誊录清册六名，计十天工食钱十八千五百四十文，｜一夂合银一十五两五钱八分。

九月十二日大雨，局房倾圯修理，银三两一钱九分三厘。

局中长雇牲口三头，三个月喂养草料钱五十一千七百文，｜一夂合银四十三两四钱四分五厘。

置合行军散药驱辟瘟疫钱二十一千四百文，｜一夂合银一十七两九钱八分三厘。

七厘散药钱七千六百文，｜一夂合银六两三钱八分六厘。

陕州分局派司抽查，饭食点心牲口挑夫工食杂用，共钱一百八十四千五百文，｜一夂合银一百五十五两四分二厘。

阌乡分局派司抽查，饭食点心挑夫工食牲口草料等钱一百六十五千七百四十文，｜一夂合银一百三十九两二钱七分七厘。

〇共支漕平银一千四百一十七两七分。

一、支司事薪水项下

顾亮庭	英洋七十元
俞秋田	英洋五十六元
陆少秋	英洋五十六元
黄鼎卿	英洋五十六元
经大定	英洋五十六元
周柏卿	英洋五十六元
陆笏堂	英洋七十元
任佑生	英洋五十六元
梁资卿	英洋五十六元
经开基	英洋五十六元
陈金福	英洋五十六元
黄竹亭	英洋二十四元

〇共支英洋六百六十八元，亠亠合漕平银四百四十七两五钱六分。

一、支下人薪工项下

项辛宝	钱五十四千文
李　福	钱四十八千文
陈锡蛟	钱四十八千文
许　升	钱三十六千文

〇共支钱一百八十六千文，｜－又合漕平银一百五十六两三钱三厘。

大共支漕平银六万三千五百三十八两一钱四分三厘。

附记办赈各司事姓氏

计开：

胡小松　管理城局总务，兼抽查灵邑头三四排户口散放银两。

经璞山　抽查陕、灵、阌赈务并押解秦省银两粮食。

经耕阳　管理往来文牍信札，城局一切，兼抽查二排户口散放银两。

陆笏堂　司局中帐务，兼查灵宝城内户口，并管银钱。

顾亮庭　查阌乡户口，兼查灵邑三排。

周柏卿　司掩埋暴路，兼查城局各赈。

梁资卿　查灵邑四排佛庙、盘龙、宋曲三里户口。

俞秋田　查灵邑四排宋阳里户口。

陆少秋　查灵邑四排凤凰、福店二里户口，兼查陕州散赈。

经开基　查灵邑头排七里户口，兼查陕州散赈。

黄鼎卿　查灵邑三排七里、四排古驿里户口，兼查陕州散赈。

经大定　查灵邑二排七里户口，兼帮办粥厂。

任佑生　查灵邑头排七里户口，兼帮办粥厂。

禀*

敬禀者：窃绅等前谒铃辕，禀请助赈，仰荷优容抚劳，训示周详，感幸寸私，莫可名喻。辰下敬维大人荩勋锡福，褆履凝厘，允孚颂企。绅等自上年七月设局灵宝，并分赴陕州、阌乡，随宜助赈，十月竣事。绅培基回至汴城，当将办理情形禀述大略，旋即叩辞。绅元仁、元猷因赍解陕款，又闻讣丁母忧，先由西安取道南旋，均在匆遽之际，未将缕结下忱，上陈宪听。兹回沪后，会晤经理民捐各绅，检示上年七月间邸抄。苏抚宪奏江南民捐情形，疏称在事绅董，应俟事竣，咨由河南查明核奖等因，并将绅等职名叙入疏内。伏读之下，惭悚无地。伏思绅等此次来豫，惟因南中捐户乐输颇众，每持民捐民办之说，闻豫省灾区甚广，前往各绅不敷分任，属令一行，是以感此真诚，愿效奔走，又值大人秉节中州，沪上商旅绅民，无非昔年治下，一切措理，更可禀命而行，免于贻误。初未尝有一毫自私之心计及荣奖，即捐户与筹捐各绅所以相信任者，亦仅此区区也。自襄事以来，限于才力，绌于计虑，遗憾之处，不知凡几。在各该州县重念邻谊，上体宪怀，详报情形，自必善善从长，不嫌溢美，而绅等事后追忆，疚悔实多，不遭施者之责，不致饥黎之怨，已为至幸，何堪觍然受奖，自重厥愆？且非特绅等已也，凡经理赈捐之人，俱以事赖众擎，谊难袖手，即捐赀大小各户，亦以施归善举，力可随心，本无名利之心，岂有矫饰之隐？在诸人于赈务有益无损，尚不应专美居功，况绅等经手代施，功罪难定，循名责实，无一可安。若以数月作客之劳，遽蒙分外叙功之典，何以自处？何以对人？用敢披沥上陈，仰祈大人俯察下情，俾安愚分，事竣奏报，不复齿及职名，则悃愊之见知，更荣于甄叙之下逮矣。再，沪上捐已截止，现在开具收解清折，禀报苏抚宪，并请以不敢邀奖实情咨达宪台。谨先录稿附呈，更祈恩垂鉴照，曲予成全，感戴高厚。临禀无任惭悚兢迫之至。专此肃丹，恭请钧安，伏乞崇鉴。绅士胡培基、经元仁、经元猷谨禀。

七月十七日致南中书

（经元仁、胡培基、经元猷）

初四日在汴发寄第六号公信，由李玉翁处转寄，定投台览。培基等于初六黎明开车后，晓行夜宿，十六日行抵灵宝。由汴省至中牟县，道途平坦，不过尘沙扑面。出郑州西界十五里，渐见崎岖，两面田地，高有十余丈与五六丈不等，峻削壁立，中间一线车路，如钻地洞。过荥阳县汜水虎牢关至巩县，则一路石山石子，其虎牢关一带，最高之处何止六七百丈。偃师、洛阳稍见平坦，从新安、渑池、陕州到灵宝，则万山重叠。同人中无一日不徒步而行，车夫下泪者不少，皆因车子牲口万分吃苦，无怪在汴梁祥符县封车时，以三十五千文尚不愿意也。汴省之东尚有大米见面，汴省之西素无大米，即小米、面粉、高粱，无一项不贵，麸皮价每斤六十文，面粉每斤一百念文，喂牲口之草每斤十五六文。沿途所过之处，均是一片旱地，全要靠天道雨旸时若，可望丰收，而三四年久旱，即今春得雨亦少，所见高粱、小米，叶色转黄，秋收亦无可望。同人中受尽艰辛，患腹泻痢疾者不少，惟元仁与俞秋田、陆少秋、任佑生、顾亮亭五人不过黑瘦，尚无病患。道路崎岖，天气久热，灾荒之后，继之瘟疫，臭秽之气，无处无之。袁子翁偶有微恙，留汴不来。回忆同伴某君在沪临行时，亦说灵宝山路难行，不若以济源相近处推广施赈。由沪至汴，无不如此说法，培基等既承诸善长见委，何敢畏避不前，今不料如此之难，惟有激励同人稍耐苦劳，以副诸善长之重委。笔难尽述之处，逐条开明，以就简便，并附呈豫省道路全图一纸，统希台电。

一、汴省见涂中丞，颇为器重，并说及筹赈来银不少，非特饥民受惠，即我亦万分感激云尔。

一、培基在汴省较元仁多住九天，知常熟帮有二人随带银五千两，欲至汴省施赈，见归德一带年成约有七八分可望，当将银带回常熟。此公若见河北情形，不怕他鼻子不酸，若见河南府距汴省四百二十里陕州一带，无一处不要下泪。天道之待南人，可谓独厚矣。

一、沿途成灾极重者，新安、渑池、陕州、灵宝、阌乡，均是死伤过半，非特鹄面鸠形，并且树木剥皮，白骨遍野，鸡犬全无。新安至陕州一带，五月内尚有人肉出卖。现今盗贼虽无，道路尚算太平，而夜间饥民伺候于狭路，遇有单身孤客，中途截杀，以充饥肠。如此奇荒，可怜可怜。

一、沿途所过两面高地峻削壁立，中间一条车路之处，幸叨诸善长福庇，不遇著雨。据护送马勇说，同治三年分夏季，有马队过境，在汜水、巩县交界处，适遇大雨，连人带马，淹死四五百人马。此番培基等走十一天不遇大雨水，未始非苏扬沪诸善长善愿宏深所致也。

一、荥阳令徐本华，号桐村，湖州德清人。培基过境，当即来拜会，因知是同乡，颇加亲热。询其境内共十四堡，有八百余村庄。未报灾时，总计户口十三四万人，今年只剩得六万余矣。官赈上共收过一万五千两，作二次开放，真是杯水车薪，徒叹奈何。

一、过新安时，见有设立筹赈局名目，培基等为博访周咨起见，是日培基腹泻难行，由元仁往筹赈局，云新安不称都图，以排立名，境内共有五十二排。未遭灾时，有十五万余户口。去年编查，分极贫次贫名目，今则所剩灾民户口约在六万，今岁极字号均已死净，次字号又变为极贫极苦矣。局内司事各章程均尽善尽美，滴滴归公。培基、元仁、元猷皆谓不见不闻则已，既是筹赈，何分畛域？当即送去宝银二十锭，该局出立印单收据，并局中董事全列名押。为先陈明冒昧之处，尚祈鉴宥。

一、渑池令周寿朋，号友松，镇江丹阳人。培基等过境时，即来拜会，并为民请命，代求兼顾渑池饥民。培基覆他指名灵宝，断难分款。渑令周友翁再三相恳，曾答其发扬镇两处求救之信，已零致信李韵兄矣。官赈上领过银两与荥阳相同。

一、陕州知州查以谦，号㧑庭，直隶宛平县人，乃兄现在江苏署新阳县事，亦欲留培基等兼顾陕州，亦是覆他苏省筹捐，罗雀掘鼠，搜括殆尽，目今灵宝一县恐不敷，行有余力，再当从命。

一、灵宝县方庆甫大令已于七月初三日卸事，调署南阳，现任王春生大令，安徽滁州人。境内饥民户口，去年有十五六万，今岁死者不少，目今尚有九万余人。官赈领过银两与各州县相仿。培基等拟部署后，即欲下乡编查清楚，再行续报。

一、郑州过西至灵宝，所见穷家小户，均是穴土而居，上面是田，底下是屋。铁泪图上之卖田拆屋，还是有屋可拆之处，今所见者，更觉苦而又苦，无屋可拆。沿途所见土屋，十室九空，一点不是虚话，非独见之凄惨，闻之亦当下泪。

一、银价洛阳每两一千二百四十，平砝较苏漕平每百大二两。渑池每两一千一百零五，平与洛阳相同。陕州每两一千一百念，灵宝以下每两一千二百四五十，平与上相同。因车上不能重载，逐站换钱付车夫，所以晓得如此清楚。粮价之贵，实系旱路搬运，本属较难，加之崎岖山径，焉得不贵？

一、元仁在灵宝住三天，拟十九日即赶往西安省，往返计在十天。后路转运，俟到西安会同蔚丰厚、协同庆两家票号商量定妥以后，两家之中汇到西安，托该票号雇镖局包送。此事元仁抵西安再当信达。

一、阌乡较灵宝更苦，涂中丞亦是此说，若能兼顾阌乡更好。容俟部署定妥，再当续报，因陕西流民目今不致来豫。

一、本局现设在灵宝县署西首，借用考棚，局条上写"协助豫陕义赈局"，以后来信，照此写寄。

一、保婴、养济、收养弃孩以及掩埋等事，均欲次第举行，盖掩埋亦是以工代赈之法。容与灵宝县会商后，再定行止。

一、安邑县之运城镇乃通衢大道，亦有票号，方庆甫大令关照，以后转运后路，较西安更近，离灵宝二百里。若沪上汇来时，只须运城烦票号代雇镖局包送灵宝，一面先发信来，请江苏中丞或臬宪发加紧排单马递，以便接头，庶不延误。即寄信来，亦请于臬台处发排递寄灵宝县亦可。因灵宝寄信甚难，万山重叠之中，非此不可。此番寄呈公信，因有护送马队回汴销差之便，以后定无此便当也。

一、灵宝灾民现九万余人，想闻风来归者势必不少，邻界以亲及亲，带入混称者，容或有之。后路筹捐，尤仗诸善长竭力筹募，广为设法。河北虽则遭灾，而培基、元仁等入豫后博访周谘，省西灾荒重于河北数倍。诸善长之接济获嘉、济源，尚且如此踊跃，今则陕洛灾重，实有过之无不及，无俟培基、元仁等再三渎陈。如现下随带银两，只敷一次开放，倘后路绝望，使同人等何以回南，与灵阌饥民同作饿莩乎？诸善长之赐惠，不特饥民受惠无穷，即培基等亦恩同身受也。恳切祷切，千叩万叩。袁子翁留汴，谭子安、郭朗轩二人随子翁而去，黄竹亭因到汴后大病难走，留住江苏会馆，托李玉翁有便人搭伴回南。肃此布达，敬请善安。

八月十七日致南中书

（经元仁、胡培基、经元猷）

前月二十三日曾具第八号公信，排递寄交甘黔皖局内投呈转递，此后元仁已往西安、往返车辆不便，逐站由官倒换，兼之蔚丰厚平砝不准，又至阌乡县体察情形，来往多费时日，始于八月十六日仍返灵宝。培基、元猷及各司事皆下乡编查，分作六路去查，只有元猷、书秋二人已先回来，其培基、梁资卿、俞秋田、黄鼎卿、经开基、任佑生均未查齐，逐时有信报来。因地面辽阔，大约非重阳不足以了事。局中只剩得陆笏堂、顾亮庭二人，又随时要分一二人至阌乡，去会同印官并地方绅耆下乡查户计口，以致局内无作覆之人。兹元仁回来后，阅八月初四日接到沪上六月二十九日发第三号公信，又八月十三日奉到七月十二发第四号公信，同日又奉到七月二十三发第五号公信，读悉一切。知苏、申、扬三处汇解至汴银两，苏、申、扬诸善长筹备后路，心力交瘁，非特豫省饥民翘首东南，拜颂各捐户施济大德，即培基、元仁等既已来此远地，目击灾区情形，无一处不要下泪，竟与饥民无分彼此，故亦颂祷不已也。发来三件公信内所应详覆者，事已重叠，只得逐款详后，其不甚要紧者，一概缓覆。

一、培基等立定主意，尽管专心先办灵、阌两处，如行有余力，则折回陕州、渑池、新安三处与灵、渑两县相埒之处，断断不入关中。盖赈务不在办地方州县之多，而在施于当厄，救人救澈。况关中之灾，恰无豫省之重。汴省西路至秦关一带，地道形势，全要靠天，水利固难设法，即开一池塘亦不能蓄水，田高过路数十丈，至少十余丈，均是沙性，因此平日小康之家亦无积蓄之粮。一经奇荒，较关中河北有些水田之处，更觉其苦。请问之走过虎牢关以西者，方知非虚语也。

一、阌乡令刘兰毓，号秋浵，公正廉明，上次领到官赈，放过一次，重复编查一次，亲自下乡，实心实力。如此亲民之官，不易多得。元仁与培基会商，先解去五竿之数，请顾亮庭、陆笏堂二人中随同元仁常川往来，先将阌邑之东乡开办起手，因东乡系灵阌交界之处，必须先查，以免混淆。俟灵宝查完，支放时当分人至阌邑也。

一、灵、阌两邑，民户之外，零有一等屯军，散处四境，向归陕西管辖。素来官赈民间，不准军户混入，而陕西大吏以为既入豫地，又概不给赈。培基、元仁等鄙论，同是朝廷赤子，我辈又是义赈，何分屯户民户，故已一概编入户册给赈。

一、沿途情形，只得附元猷寄罗午庄日记呈览，以就简便。春作赤地千里，概无收成。秋作汴省之西，中牟到洛阳七州县中，通扯四五分光景，从新安到阌乡五州县中，不过一二成可望。今冬籽种能下地与否，亦难预计。培基、元仁等能在十月底了事更好，否则极迟十一月望，总要一概告竣。

一、金莒翁等至汴省办留养，甚为善举。惟流民之出境者，从湖北襄阳以及陈州之周家口者居多。省中饥民有官办赈抚局，甚为认真，皆涂中丞实事求是之力。培基、元仁悬拟，省中不必如此巨款，可否请诸善长参酌其间，函致金莒翁、熊鞠翁二位，如省中得以裕如，竟分派人手到渑池放赈。盖新安尚可支持，而渑池一县，全数地丁钱粮只有八千零，历年成案均归留支，概不解省，地方皆是贫民，素乏小康，遭此奇荒，更为可怜，山路崎岖，绝无商贾搬运。诸善长酌之，至要至要。

一、保婴局寄来泾阳汇票一纸，计九月底期布平银一千两，附呈回信，乞照收转交。其沪局收票由李玉翁处转呈，以后银两还是西安较近，除票号外，客货行店切勿汇来。

一、灵阌两邑赈银，以五月二十起程，随带现银三万，至汴省又汇用黄霁川钦使处一万，以后三局匀派五千两，除还袁于鹏先生苏款一千两，今又来一万六千两，连保婴局一千，前后共六万一千两之数，指明秦赈之一万，各归各算。若论灵、阌两邑后路，至少再得二万，可以将就敷衍。此外更有宽裕，才可分办陕州。从此逐段返东，折回汴省。倘前后合计八数左右，只敷灵、阌两邑。后此派寄灵宝局之银，总期赶在十月望日以前，实以道路更远，不得不订定一的期，以免岐误，至要。

一、此处换钱甚难，并且无钱，即历次官办，均是放银，因买卖交易，碎银通用，只得将宝纹轧成二三钱块头。近日在局同人连元仁、元猷一共五人，即此一事，已忙得眼花撩乱。周柏卿兄专管掩埋暴露。沪上各亲友中之来信，概无闲空作札，见时统求原谅是幸。

一、第四号来信内问同州北山荒灾情形，元仁入关，由华阴、华州、渭南、临潼与同州较近之处，体访就地人民，均说遭灾恰重，幸而抚宪开办得早，较豫省早得赈粮。若问死亡流离之苦，秦人说秦苦，豫人说豫苦，官民皆是如此说法，非亲阅其地，即培基、元仁、元猷等亦断难取信，怪不得不肯发善心者以谓事多饰观，亦不曾目睹灾区之故。

一、灵宝疆域，北路黄河不过五里，东乡西乡均有三十里之遥，止南乡与雒南交界，以及西南乡、东南乡三处，均有一百八九十里之遥，重峦叠嶂，甚属难走，编查一事，因此迁延。合行详告。肃泐，敬请筹安。

灵宝县知县王鸿图禀浙省绅士胡培基等在卑县助赈银三万三千九百七十余两开具清折呈恳汇案奏奖由

敬禀者：窃照浙省绅士胡培基、经元仁等因豫省荒旱较重，由苏捐集银两，禀奉苏抚宪给咨来豫，声明灵宝一带随宜施赈，于本年七月十六日行抵卑县。当因秋收有望，散赈尚可从缓，会商秋后再行办理，禀请宪鉴。嗣因秋收仅止中稔，民情仍形困苦，即由该绅士等带同南来亲友，分投下乡，编查合县城关四牌二十八里，贫民一万一千九百七十八户，计大口一万九千四百五十七名，小口八千七百二十名，按大口给银一两，小口五钱，于九月二十日起，十月初五日止，分赴各乡一律散讫，共计赈银二万三千八百一十七两。卑职因思时届冬令，应宜置备棉衣，庶灾黎余生，御寒有具，更须设立粥厂，计口授食，俾无冻馁之虞。复念农田因旱成灾，砚田荒苦更甚，寒士自应格外周恤。至卑前任方令留养灾民妇女，需用不敷，尚须添助遣散，俾得回归安业。并目睹乡民不惜字纸，亦应筹款收买，以重圣迹而迓天和。历奉宪札，禁种罂粟，恐吸烟者断瘾为难，须设戒烟丸散以绝根株，并施棺木、抚恤幼孤，皆系当时要务。又陕州、阌乡二处，诚如藩宪示谕，与卑县同一灾区，自应量为助赈，俾免向隅。历与该绅士等会商筹办，兹据移称，以棉衣库平银二千八百六十两，抚恤幼孤银一千两，业经发交邑绅薛国昌分别置造散给。惜字经费银一千两，亦交薛绅置产生息收买，零由薛国昌禀案外，周恤寒士银七百九十八两三钱一分九厘，已由儒学查造清册，按名给领。施送棺木、戒烟丸散二项银一千两，系交典史经理。所有冬赈粥厂银二千五百两，留养遣散灾民妇女经费银一千两，一并移交办理。并称原捐携带银两四万两，现在灵宝境内共助赈银三万三千九百七十五两三钱一分九厘，下余银两，业已遵照藩宪示谕，分给陕、阌二处赈恤等因前来。查该绅士等念切邻灾，不分畛域，筹集捐银，远来助赈，殊属乐善好施。迨抵灵宝以后，带同亲友编查户口，登山涉水，宿露餐风，必躬必亲，无遗无滥，俾寒士贫民均沾实惠，实属目所罕睹，心所共钦者。卑职忝司民社，既感其助赈之谊，又念其乐善之诚，不敢壅于上闻，理合开具清折，据实禀请大人查核，转请汇案奏奖，以示鼓励。再，卑县冬赈粥厂由该绅士等派留司事经大定、任贤祺二人帮办，除赶紧购买粟米、设厂散放及将灾民妇女分别留养遣散，另行禀报外，肃此具禀，恭请勋安。除禀各宪外，卑职鸿图谨禀。

陕州知州查以谦禀^{藩宪抚台}^{赈抚局本道}，禀陈江浙善士胡培基、经元仁等

两次拨给卑州助赈银一万二百八十八两，恳乞宪恩转请汇案给奖由

敬禀者：前因本年七月间，有江浙善士胡培基、经元仁因豫省西路灾伤较重，民不聊生，由上海等处捐集银四万两，带同司事十余人，前赴灵宝县助赈。路经卑州，住宿城内，经卑职以陕、灵、阌同系灾区，若果独赈灵民，则陕州近在邻境，该灾民闻而兴感，不无向隅之泣，随即前往拜谒，告以灾荒苦情，恳其量为分赈，以免偏枯。据该善士复称，此次所携银两，系独赈灵宝灾民，事已在籍议定，不能为他处分润。至陕、阌、新、渑等处灾重民困，伊等目击深知，俟到灵后，必当函会上海捐局筹银协济等语。旋于九月初八日接据灵宝江浙协助义赈分局善士胡培基、经元仁来信，以由上海局续寄银两来豫，拨给卑州银五千两，派令司事陆宝寿、黄武焯、经开基三人先行解银到州助赈，并云俟后帮款银汇到，再行拨济，以践前约。当即选派城乡襄办赈务绅董，协同义赈局派来司事陆宝寿等分赴四乡，清查户口，一面将解到助赈银数、办理缘由禀报宪鉴在案。兹于十月十七日又得江浙义赈局善士胡培基、经元仁解到冬赈粥厂银二千五百两，周恤寒生银五百两，冬衣棉袄裤一千六百套，每套工价银一两四钱三分，合银二千二百八十八两，共计库平银五千二百八十八两，嘱为开厂施赈。伏查卑州现当灾祲之余，今岁秋收仅止中稔，民间十室九空，困苦万状，无以聊生，若将解到银两按照应赈大小户口，给银散放，核计每名得银多则不过一钱余，仍属无裨实济。目今时已冬令，四乡乏食贫民以及逃荒在外、甫经归来各穷黎，饥寒交迫，谋食益艰，必须设法妥为抚绥，方免填乎沟壑。昨经卑职禀商宪台、本道宪，拟将江浙义赈局先后拨济冬赈共银七千五百两，作为今冬粥赈之需，在于城乡择要分设粥厂，查明乏食贫民，逐日计口授食，俾资果腹，庶可聊过残冬。但卑职现值交卸在即，未及办理，已将前项银两照数存寄库内，俟后任严牧到任移交，分别随宜核办，以期款不虚糜，民沾实惠。其周恤寒生银五百两，即经由学核实查明应赈文武贫生，造册按名给银散赈。冬衣棉袄裤工价银二千二百八十八两，发交城局绅董购买花布，赶为

制备，遇有无衣蔽体贫民，随时散给，藉以御寒。统由后任严牧酌量施赈，开造清册呈报。惟该善士胡培基、经元仁并派来司事陆宝寿、黄武焯、经开基，两次拨解卑州赈银一万二百八十八两之多，殊见乐善好施，且能救灾恤邻于数千里外，登山涉水，不辞劳瘁，远来助赈，使卑州寒士贫民均沾实惠，尤为世所罕有。虽该善士好善心诚，不肯邀请奖叙，而卑州官民感其助赈之德，情难自已，理合禀请大人鉴核，俯赐转请汇案奏奖，以示鼓励而昭激劝，实为恩公两便。肃此具禀，恭请勋安。伏乞垂鉴。除禀各宪外，卑职以谦谨禀。

阌乡县知县刘兰毓禀江浙善士经元仁等两次拨给卑县赈银
一万二百八十八两，呈请汇奏核奖由

敬禀者：窃卑职前闻江浙善士胡培基、经元仁等带同司事十余人，并携劝捐助赈银四万两，赴灵宝境内赈济，未闻有协济卑县赈银。因思去秋以至今夏，卑县境内荒旱不减于灵邑，灵民受惠，阌民未免向隅。正拟往商间，适值善士经元仁带同司事前赴陕省，道经卑县，卑职接见，将经元仁款留署内，备陈卑县小民大被奇灾，日不聊生之苦，恳其一律赈救。善士经元仁云，伊等远在江苏，传闻汴境奇荒，众兴善念，集银助赈，未知何县被灾最重，因于神前默祷拈阄，应赈灵宝，是以仅赈灵邑，现在至此访问灾黎，始知卑境被灾亦重，亦欲拨银助赈，遂经胡培基、经元仁选派司事六璇、顾昊二人，拨带赈银五千两前来卑县，协办赈事。伏查卑县城关各乡，极次大小男妇贫民一万三千三百五十四户，内分大口四万六十二名，小口三万五千五百八十五名，历次赈济，具禀宪鉴在案。惟思前此贫民有七万数千之多，系在秋稼未收以前，刻下收成虽歉，而贫民中间有秋获稍能餬口者，未便再予食赈，致虞冒滥。况善士胡培基、经元仁等乐善好施，无分畛域，登山涉水，艰苦备尝，携带赈银，不远千里而来，既不惜捐助之资，又不惮风霜之苦，此等善举，诚今昔所罕闻，尤官民所钦感，卑职如不为其核实散放，不特有愧于善士，且恐无以对大廷，当即选派各乡帮办赈务绅士，随同司事陆璇、顾昊分赴城关各乡，逐一复查。凡贫民中现有收获、稍可餬口者，悉予扣除，查明实系无地或有地无获及老弱男妇，贫而无告，准领赈银者，共有大小男妇贫民六千四百三十八户，分大口二万五千四百八名，小口一万三千八百六十一名，以银五千两核算，每大口一名应赈银一钱五分，小口一名应赈银七分五厘。卑职会同司事陆璇等及帮办赈务绅士郭源润等，督率银匠席燕温等在署设炉，将银尽锤小块，按名如数兑足封固，盖用图记，于九月二十日当堂将银按名核实赈放完竣。此次共赈银四千八百五十两七钱七分五厘，下余银一百四十九两二钱二分五厘。司事陆璇等因见卑县育幼堂尚有留养无主幼孩二十一名，逐日需款筹赈，而卑县缺本瘠苦，加以灾后，已将无款可筹，该司事等嘱将余银留作育幼堂之费。贫民现受赈惠，庶可稍延残喘，无如瞬届隆冬，无衣无食之民固然不少，荜门圭窦之士，穷乏亦多，若不未雨绸缪，何以卒岁？不免仍有冻馁之虞。卑职正在设措无资，因闻善士经元仁等续接江浙赈款，复与熟商，幸承该善士等慨然允许，兹又拨给卑县冬赈粥厂银二千五百两，周恤寒士银五百两，筹备棉衣银二千二百八十八两。现将冬赈粥厂银两发交绅士采购粮石，棉衣价银亦发制做，一俟粮石购到，速即择日开厂赈粥，棉衣做齐，即发实系无衣之人，并俟移学查明极寒贫生若干，按名将银核给。惟善士经元仁等两次拨给赈款一万二百八十八两之多，使卑县贫生贫民均有饱暖之欢，厚德及人，实非浅鲜，亟应据实上陈，恭候汇奏核奖。除俟

开设粥厂有期，再行禀报，并将各项赈款零行造册详报外，所有江浙善士拨给赈银缘由，理合禀请大人查核。肃此具禀，恭请勋安。伏乞垂鉴。除禀抚宪、藩宪、赈抚局宪、本道宪外，卑职兰毓谨禀。

卷六　南豫放赈录三

协助豫赈征信录卷四　浙江助赈局

浙局委员朱惟沅九兰、林继良次岩、杨镐士竹、许澍淇筠同纂
苏局绅士金福曾苕人、熊祖诒菊孙

浙江助赈局收支清册

收款

一、收苏申扬浙捐银，大共四万六千一百二十六两八钱八分九厘。

支款

一、支新安县籽种局项下（四年九月初三日设局，四年十二月二十九日撤局，叶黎轩、许淇筠、陈本禄造报。苏局严绅子屏、叶董梨轩、金董选青、王董耳峰、陈董本禄、刘董晋阶、徐董寿伯、郭董景潭、郭董秀山、杨董子芳、王董清源同办，浙局王董仁甫、陈董谨甫、蒋董兰亭、林董子健、吴董春山同办。）

给发籽种（五十二牌半，七百二十村庄），申合漕平银一万五千七百二十七两八钱七分正。

极贫九千二百五十二口
次　三万五千七百四十八口 不分大小每口五钱
三钱，共市平银一万五千三百五十两四钱，申合前数。

抚恤士族（浙局手五十二两五钱，余苏局手），银七十九两七钱五分，钱二十四千三百十七文。

资遣流民（浙局手），银五十七两九钱一分。

本城贫户米（浙局手），钱一百零二千二百九十四文。

添备施衣三百零六件（浙局手），钱一百零七千一百文。

修理桥渠（苏局手），钱三十千五百五十文。

掩埋骸骨（浙局手），钱五十三千零七十四文。

惜字施药（浙局手），钱十五千八百二十一文。

设立义塾（浙局手），钱五十千文。

苏局手下乡查户车马饭食，银十两零二钱，钱二百十千零七百三十七文。

又浙局手，钱六十一千三百四十八文。

汴梁运载棉衣银两到新车价，钱三百零六千一百五十三文。

镕化宝银剪块平包亏折，银四十四两一钱一分，钱三十千文。

刷印赈票查造册费纸张笔墨，钱四十二千二百二十四文。

苏局手伙食，银五十四两四钱三分，钱一百二十四千九百九十三文。

又浙局手（自汴至木栾店伙食在内），银九两六钱六分，钱二百二十三千零九十七文。

苏局手房租杂用置办物件，钱八十一千三百五十一文。

又浙局手，银十两，钱二十九千八百零六文。

苏局各董薪水（绅士不支），银二十两，钱一百四十五千零五十二文。

浙局委员各董薪水，银四十九两二钱六分，钱二百九十六千四百十三文。

苏局手往来车马护勇局使听差工食，银五两，钱一百八十八千零三十二文。

又浙局手，银三十二两零七分，钱七十三千二百八十三文。

○共漕平银一万六千一百两零二钱六分，钱二千一百九十五千六百四十五文，｜一夂合漕纹一万七千八百零二两三钱一分。

一、支滉池籽种局项下（四年十月十日设局，五年二月三十日撤局。许淇筠、叶梨轩造报。苏局严绅子屏、叶董梨轩、金董选青、王董耳峰、陈董本禄、刘董晋阶、徐董寿伯、郭董景潭、郭董秀山、杨董子芳、王董清源、赵董敬江同办，浙局王董仁甫、陈董谨甫、蒋董兰亭同办。）

给发籽种_{极贫一万四千三十六口}_{次贫二万七百三十七}每_{五三}钱，银一万三千二百三十九两一钱。

城中里，四百五十七户，极贫五百十七口，次贫九百三十五口。

城东里，五百户，极贫六百八十六口，次贫九百零二口。

城西里，四百九十七户，极贫一千零八十四口，次贫七百七十八口。

城南里，四百二十五户，极贫四百五十四口，次贫七百五十九口。

城北里，三百九十六户，极贫四百七十口，次贫六百九十五口。

东一里，三百九十六户，极贫四百四十五口，次贫四百八十口。

东二里，三百户，极贫五百二十八口，次贫二百二十五口。

东三里，四百八十八户，极贫六百二十四口，次贫六百零一口。

东四里，八百十六户，极贫一千二百六十七口，次贫一千一百八十二口。

东五里，五百零三户，极贫五百七十口，次贫八百九十二口。

西一里，二百六十三户，极贫二百五十口，次贫五百六十二口。

西二里，二百八十六户，极贫四百六十八口，次贫四百十一口。

西三里，五百八十九户，极贫八百二十八口，次贫一千二百零七口。

西四里，四百五十九户，极贫六百十一口，次贫八百五十五口。

西五里，六百四十四户，极贫四百零一口，次贫一千五百二十七口。

西五里，二百六十二户，极贫四百九十口，次贫三百九十七口。

南一里，三百五十一户，极贫二百三十五口，次贫五百四十六口。

南二里，四百二十五户，极贫一百八十九口，次贫一千零三十一口。

南三里，三百十二户，极贫二百三十六口，次贫四百三十四口。

南四里，四百七十一户，极贫二百六十口，次贫八百七十一口。

北一里，四百五十五户，极贫七百二十三口，次贫七百八十五口。

北二里，四百七十八户，极贫四百九十九口，次贫一千零七十三口。

北三里，八百八十九户，极贫七百十二口，次贫一千五百九十一口。

北四里，三百九十二户，极贫三百五十八口，次贫五百九十口。

北五里，四百八十七户，极贫四百五十一口，次贫六百二十四口。

卫里，三百九十六户，极贫六百二十一口，次贫六百八十口。

补遗，七十八户，极贫五十九口，次贫一百零四口。

抚恤士族（苏局手二十八两四钱，余浙局手），银八十两九钱。

资遣流民，银十二两，钱四十一千九百九十四文。

本城贫户米，钱一百零二千二百九十四文。

施衣折钱（一百零二件），钱二十千零四百文。

建万寿、昌义二桥及修路，银一百零七两三钱六分，钱五百四十一千七百十六文。

掩埋骸骨，银一两五钱，钱八十五千八百三十六文。

惜字，钱二十千零六百十五文。

设立义塾（浙局手），钱五十千文。

下乡查户车马饭食，钱二百十三千一百二十四文。

汴梁运载棉衣银两到渑车马，钱二百八十六千零九十八文。

镕化宝银剪块平包亏折，银二十两九钱五分五厘，钱四十九千二百十七文。

刷印赈票查造册费纸张笔墨，钱四十八千九百二十九文。

伙食，银九两零三分，钱四百八十五千一百零九文。

房租杂用置办物件，银八两四钱九分五厘，钱一百四十九千一百十八文。

浙局委员董事、苏局董事薪水，银三十五两一钱，钱二百八十四千一百文。

往来车马护勇局使听差工食，银四十八两，银二百五十九千四百文。

○共漕平银一万三千五百六十二两四钱四分，钱二千六百三十七千九百五十文，｜三｜漕平银一万五千五百七十六两一钱四分。

一支新安县春赈局项下（五年二月二十七日开局，五年闰三月十五日撤局，王耳峰造报。苏局严绅子屏、徐董寿伯、王董耳峰、郭董景潭、李董峻岭、王董清源、董董长清、张董桂一、陈董本禄、郭董秀山、陈董谨甫同办。）

赈款钱米，（合苏漕平）银二千五百五十二两。计五十二牌，五千五百三十六户，大小一万零二百十三口，每口三百五十文。

资遣流民，钱一百二十三千六百三十文。

周恤寒士，钱十四千九百五十文。

捐设倡善堂存元发典生息银一千两，｜乂申，银一千零二十四两。

下乡查户车马饭食杂用，钱一百零五千八百四十文。

赈票造册工费纸张笔墨，钱七千一百三十四文。

伙食，银十八两四钱一分，钱六十四千九百五十六文。

房租杂用，银七两七钱七分，钱三十五千六百八十一文。

各董薪水，银三十两二钱六分，钱七十四千四百零五文。

往来运钱车马勇丁听差局使工食，银九两五钱七分，钱一百五十八千七百七十一文。

○共漕平银三千六百四十二两零一分，钱五百八十五千三百六十七文，｜乂合漕平银四千零六十两零一钱二分九厘。

一、支渑池县春赈局项下（五年三月初一日设局，五年闰三月十一日撤局。许淇筠造报。浙局委员四人：蒋董兰亭、王董仁甫、王董清源、赵董敬江同办。）

赈款，银米共合银二千三百十七两四钱七分，钱七百六十五千五百二十文（内有钱二十三千八百文，抵合银十五两七钱一分）。

城中里，二百十户，四百十七口。城东里，二百五十二户，五百口，除未领六十九口。

城西里，三百零五户，五百四十四口。城南卫里，三百五十九户，六百五十七口。

城北里，三百零九户，八百零七口。东一里，二百五十六户，四百七十四口。

东二里，二百四十九户，五百四十口。东三里，三百十八户，四百四十三口。

东四里，四百九十三户，五百七十七口。东五里，二百六十一户，四百四十口。

西一里，一百七十九户，四百六十三口。西二里，一百八十二户，四百七十六口。

西三里，一百五十九户，三百三十四口。西四里，三百户，七百七十二口。

西五里，二百十二户，六百零五口。南一里，三百六十四户，六百六十九口。

南二里，一百二十二户，三百四十一口。南三里，三百五十一户，六百六十六口。

南四里，二百十三户，三百七十三口。南五里，三百二十五户，七百七十口。

北一里，二百七十六户，六百二十二口。北二里，二百八十二户，七百十三口。

北三里，六百三十四户，一千四百三十口。北四里，二百四十四户，四百九十五口。

北五里，二百九十六户，五百九十九口。卫里，一百二十二户，一百九十二口。

补遗，一百五十三口。

共七千二百七十三户，大小一万五千零十口，内二千六百四十九口，每给钱二百八十文，共七百四十一千七百二十文；一万零八百四十三口，每给米十四斤，合银共二千零二十九两五钱八分；一千五百十八口，每给银二钱，共三百零三两六钱，扯合现给数相符。

抚恤士族，银二十五两六钱。

资遣流民，钱二十六千一百文。

收埋骸骨，钱四十千一百四十文。

收买字纸，钱六千四百三十六文。

捐设肇善堂存元泰典生息银一千两，‖ㄨ申，银一千零二十四两。

禀交陈董谨甫留办掩埋，银二百两。

下乡查户车马饭食杂用，钱一百六十五千九百八十一文。

赈票造册工费纸张笔墨，钱十四千七百八十九文。

伙食，银二两四钱，钱一百三十四千六百四十三文。

房租杂用，银二两，钱五十七千六百三十四文。

委员董事薪水，银一百零三两八钱二分，钱十五千四百文。

往来钱米运价车马勇丁听差局使工食，银十两零二钱五分，钱八十一千九百三十九文。

○共漕平银三千六百八十五两五钱四分，钱一千三百零八千五百八十一文，‖ㄨㄨ合漕平银四千五百九十四两二钱八分。

一、支代民应差车马项下 （徐寿伯造报。苏局徐董寿伯采办。）

周家口买骡马六十匹 （二千零三十四千文，‖δㄨ合银），银一千三百二十一两一钱五分。

周家口买发渑池车二辆 （四十八千文，‖δㄨ合银），银三十一两一钱七分。

新安买车十辆 （一百八十千文，‖ㄨ‖合银），银一百二十六两七钱六分。

渑池买车八两〔辆〕 （二百十六千文，‖ㄨ二合银），银一百五十二两一钱九分。

渑池添买车二辆、骡六匹 （二百四十千文，‖ㄨ二合银），银一百六十九两。

以上骡马六十六匹，发交新安民户三十匹，渑池三十六匹，车二十二辆，发交新安民户十辆，渑池十二辆，领纸移县存案 （胡绅捐办车马，不在此款之内）。

在路喂养及周口陆续买喂至新渑到局后留养麸料，钱二百三十八千文。

沿途照料骡马人夫十七名，每日工食钱四千三百文往返二十日，钱八十六千文。

采办董事往来车价店宿及周口房饭川赀，钱四十三千一百文。

车上皮套杂物骡马绳件，钱十一千三百八十文。

捐岁贴经费（交洛阳元泰元发典当生息，备案取结），二千两申银二千零四十八两。

○共银三千八百四十八两二钱七分，钱三百七十八千四百八十文，｜δ乂合漕平银四千零九十四两零三分。

大共支漕平银四万六千一百二十六两八钱八分九厘。

报放赈总数禀

（金福曾、熊祖诒）

敬禀者：窃绅等于上年九月禀明宪台，前赴新安、渑池两县助放籽种银两，当由浙省委员朱大使惟沅偕同苏局友人先往经理，绅祖诒嗣于十月间前往，奉有照会，会同查户助赈。十二月初，绅福曾由汴垣赴登封查放冬赈，岁底到新渑，会商一切。绅祖诒以事改赴河北，即由绅福曾续办偃师、洛阳、孟津各县春赈，兼及汜水，嗣又酌展新渑两县春赈。其宜阳、嵩县两处，在奉拨胡绅培基缴存赈款银一万三千内，与河南府朱守商拨银九千两，由朱守派员会同局友办理。各局同时并举，挨户亲查，穷山极险，遍历荒村。同时办事者，朱大使惟沅而外，尚有林照磨继良、杨巡检镐、许典史澍暨浙友数人；苏局友人叶溶光而外，尚有监生薛景清分办偃师，严翰专查新渑山中极苦之处，其余各友尚有十余人，或任查户，或司银钱，无不同心奋勉，实力从公，而又得朱守为之提倡主持，各县地方印官亦皆会同照料，查放亲临，故能迅速藏事，尚无贻误。合将放过赈款、历办各善举，及运脚、局用开支一切银数，缮具清折，呈乞大人察核，存案查考。再，前项银两皆系江浙等处民捐济用，内请奖之款无多，业由苏抚宪咨报在案，合并声明。肃泐具禀，敬请钧安。伏希垂鉴。

光绪五年四月初五日，奉豫抚宪涂批：所陈协赈西路及各善举用过银数清折并办理情形具悉，足征乐善不倦，条理精详，从兹嵩洛民生咸安耕凿，何幸如之！此复。折存。

禀辞查开衔名核奖稿

（金福曾）

敬禀示者：窃奉宪台函谕，饬将在豫办赈河南北各局，及驻汴之绅董司事，转为函询，分别等差久暂，开送衔名，听候核奖等因。具仰大人录及微劳，不遗葑菲之至意，下怀钦感，愧佩同深。惟阜府与南中同人上年自苏相约而来，先有不敢邀奖之议，及至汴垣分办各局，不过尽所应尽之心，为所能为之事，究于豫中大局毫末何裨。且必先有出钱之主，而后方有办事之人，出钱者尚不乐求名，办事者又岂容掠美？今乃仰蒙恩谕查询衔名，业已遵照驰函，分致熊庶常祖诒、严生作霖、赵丞翰、吴令保祥、李生麟策去后，嗣接南中公信，知在事诸人均不敢仰邀奖叙情形，业已禀明宪案，并据各局函复，大略相同。局中司事友人奋勉相从，亦只激于公义，未敢有图名之念。内惟浙委四员，本在浙垣需次，奉檄而来，似情形稍有不同。又间有豫省官绅在局帮同办理者，或俟局竣之时，据实开单，听候量予恩施。云云。

捐设新安渑池善堂禀

（金福曾、熊祖诒）

敬禀者：窃绅等在新安、渑池两邑助放籽种春赈，现将事竣。每见地方困苦情形，流亡未尽，旋复荒莱，未即开垦而差徭繁重，地处冲途，民皆凋敝，灾祲之后，触目伤心。所幸宪台轸恤穷黎，无微不至，固无俟绅等为之筹虑。惟念江南各州县历来皆有善堂，经办一切善举，绅等拟仿照章程，为新渑两邑各立善堂一所。只以赈余银款无多，现每县各拨捐银一千两，存当生息，拟每年即以息银试办恤嫠、收埋、惜字等项，聊为诸善之倡，仍俟异日扩充办理。再，南中善堂遇有地方官下乡相验，所需尸场经费，准由善堂代给，凡随带仵作、书役人等，皆有一定工食，不再派诸民间，庶乡愚免意外之累，书役无索扰之权，似亦恤民除弊之一端。自后新渑两县相验经费，可否援章照办，由善堂代给，每起以十六千文为定额。酌拟清单，呈候宪核。倘善堂经费不敷支给，议由本地绅董筹款公捐，归堂经理，照章给发。前款银两，无论何项公事不准挪动，俾得垂之久远。绅等为倡设善堂、恤民省累起见，并拟送章程清折，是否有当，伏乞训示。如蒙俯允办理，并乞饬由河南府朱守通禀立案遵行。敬请钧安，伏希垂鉴。

善堂章程

一、恤嫠拟先有定额也。堂中经费无几，嫠额不能多给，今拟先定二十名，专就青年守寡者，每名每月酌给钱三百文，稍资贴膳。俟堂费扩充，再议添增额数。

一、收埋须经久举行也。目前助赈各局兼办收埋，所葬骸骼已属不少。然大灾之后，暴骨尚到处累累，今议每年清明前后，由善堂派友各处收埋，并稍置义冢，其无主者即由堂埋葬，有主者劝令亲属限期安葬。

一、字纸须雇工收埋也。本地不知惜字，随处狼籍，亟宜劝导挽回，今议由堂雇设字纸担数人，在城乡各处收取，每于朔望焚化，以昭敬重。另备空白纸簿，换取妇女线簿之用字纸者，并请地方官出示，凡店铺包扎记号，改用花样，不准用字亵渎。其制造还魂纸张处所，应请出示，严行禁止。

一、相验拟由堂给费也。尸场验费，往往不但事主受累，兼有派扰邻右，甚且远及同村者。灾荒之后，民力日艰，闻竟有命案而不敢呈控，虽未必尽确，而凡恤民省累之方，似亦亟宜筹及。江南各州县相验经费多由善堂代给，历有定章，今议仿照办理，每遇命案，地方官下乡，酌带刑招书二人，约给饭食每日各三百文，仵作一人，饭食每日五百文，差役二人，伞轿夫路近者五人，远者九人，饭食每日均各二百文，跟丁二人，每日各四百文，总不过十余人，临时应用之布段、纸张、酒醋及地保搭厂等费一概在内，拟以十六千文为定，统由善堂给发，不准再派民间分文，以杜扰累。

光绪五年□月□日，奉豫抚宪涂批：查该绅等抵豫以来，力行善事，不胜枚举，兹复以赈余银两，拟在新渑两县仿照南省章程设立善堂，倡行各善举，均属有益于民之事，应准照行。惟该绅等创始于前，尤在本地绅董率行于后，庶期扩充尽善，永垂勿替。仰赈抚局转行知照，并饬该管府县督率绅民认真经理，毋使滋弊，致负初心，是为切要。此缴。禀抄发。

代民捐办新安、渑池两县车马应差并捐银存当生息以充经费，拟议章程请示禀

（金福曾　熊祖诒）

敬禀者：窃绅等在新安、渑池两县查赈，见其地当孔道，差务殷繁，现值灾荒之后，民困不堪，骡马更属稀少，力难支应。河南朱守每与绅等谈及，深切踌躇，渑池周令亦屡以为言，绅等因议捐置车骡，代民支应。商之本地绅董，众情俱洽。现已专派局友赴周家口买到骡五十四头、马六匹，于前月下旬行抵新渑，又另发车价钱文，在本地购齐车辆，计新渑每县应各派得骡马三十匹、车十辆。又，上年江浙胡绅培基等捐给新安车马局银款内买成骡马十五匹、车五辆，专归新邑贴差之用，又续添渑邑骡马六匹、车二辆，合计新安共得骡马四十五匹、车十五辆，渑池共得骡马三十六匹、车十二辆，业经交由本地绅董转发附近城关之殷实农民具领，并取具保领各状，议定承领之户自行喂养，有差则领价应差，无差则听留耕作。至逐年车辆器具，必得岁修，骡马倒毙，尤需添补，现由局捐银二千两，交存洛阳县当铺生息，专为前项修理添补之用，并经会商朱守，筹议章程，另开清折，呈送宪核。所有代民捐办车骡，分交农户喂养应差，并捐银存典、拟章办理缘由，合肃禀陈，伏乞大人察核，训示祇遵。再，此项车马商请朱守通禀立案，俟奉批示后，勒石遵行，以垂久远，合并声明，敬请钧安。伏冀垂鉴。

捐置新渑两县车马章程

计开：

一、绅局代新渑两县民户各捐骡马三十匹、车十辆，上年新安有江浙民捐银五百两，已买成骡马十五匹、车五辆，又续添渑池骡马六匹、车二辆，计新安共得骡马四十五匹、车十五辆，渑池共得骡马三十六匹、车十二辆。

一、骡马现已购齐，发交新渑两县车马局绅士，觅到近城殷实农民承领喂养，取具领状，并切实保人保状，一俟车辆购齐，即将保领各状移送河南府朱守发县存查。

一、领车之户，自备喂养，遇有差事，新安县东去发给钱二千文，西去给钱二千五百文，渑池县东去给钱二千五百文，西去给钱五千文，如无差事，听留牲口在家耕种。

一、开车之日，如遇大雨泥泞，视日之多寡，酌量加价，寻常微雨，不在此例。

一、骡马皆须烙印，车辆亦应编号，轮流调用，周而复始，不准任意越调。每车由县发给对牌，县署、车户各执半面，以昭信守。如逢差事，须见对牌方准支应，以杜架冒雇用之弊。

一、车辆骡马恐有塌坏倒毙，必须预筹添补经费。兹定每县再捐银一千两，发郡城两当，按月一分生息，遇闰加增，典中立有合同，手折发交绅董收存，如支取利银，绅董到府禀明，批当照发，一面行县知照。若不奉府，但凭手折，该当无须付给。领回之后，发给车户，包费亦须官绅同场照发。此项本银禀明各宪立案存当，无论何项公事不准挪用，将此载入折内，以便查阅。

一、骡马既有倒毙，车辆亦须修整，车上器具尤应随时添置。兹议每车每年各给包费银十两，在生息项下动支，按半年给发，比照驿站倒马之法，无论添置器具若干，骡马有无倒毙，既经给领，包费过用则赔贴，节省则有余，皆听本人自为，官不过问。惟承领骡马年久齿老，难任奔走，自应按时作价，兹于给领之日，传牙户估价，骡马某匹现值若干，即于领状内逐一填明，日后如不愿承领，缴还骡马，仍由牙户按时估价，所短若干，

即著领户照数缴还，由局绅随时代为贴换齿轻牲口，另觅领户承领。

一、新渑两县支应差车，向有兵差、流差之别，今既捐置车马，自应不分兵、流，一体承支。向时所设兵、流两局，亦应归并一局，以节靡费。

一、车马按月由局董验视一次，每半年送本官验视一次。如有喂养失宜，赶紧退回，另派妥人承领。每验一次，骡头即为打髻，马匹则打半髻，庶易辨认而杜朦混顶验之弊。验视车马不必先定的期，如逢差事少而存车多，即行送验，有一二车不齐，俟回日补验。

一、局发骡皆有烙印，如有遇病倒毙，该领户虽愿赔偿，亦须由保人报明车马局董，请官按册验视，不准隐匿，以杜抽换。

一、凡遇大差过境，或各差汇集，局车全发，尚不敷用，应由车马局董照章在各里均匀添雇，惟车价宜量为加给。

一、局董每月将用车若干辆，用钱若干千，榜示局门，一面造册报县存案。惟此项纸张杂用及每年局董赴郡领取息银川资，尚无所出，准以逐年遇闰典息动支，虽为数无多，概须樽节，此系为因公息民起见，本地绅董各关桑梓，谊无可辞。

光绪四年□月□日，奉豫抚宪涂批：来牍并折均悉。所有捐备车骡代民应差并捐银存典各节均极妥善，所拟章程亦详审周密，具征恤邻雅谊，轸念穷檐，但期有益于灾区，无事不纾夫民困，岂特轻徭？民乐颂德同声，即官斯土者，诸赖匡襄，亦所裨不浅矣！兹已札饬河南府朱守，通禀立案，勒石以垂久远。此复。

十月二十七日致南中书

（熊祖诒）

前奉一函，曾将赴新缘由奉闻。兹于十七日抵局，即令江浙两局一切火食，均归一处支销，并酌定查户章程，发种银数，以归一律。时朱九翁已赴渑池，诒即乘骑驰往，晤商定当，仍回新局。局中同事，计共浙委四员，司事五人，苏局董事七人，现以浙委许淇翁、苏董陈本翁主帐房，以严子屏、金选青、王耳峰、刘晋阶四君辅以浙司四人，分头查户，诒与叶黎轩轮流，一人在局，经理造册包银诸事，一人在外帮查。新邑凡分五十四排，排犹都也，其已查过念余排，拟俟诒今日赴乡查办窝拐妇女回来，先将已查者散放。此间本系汉函谷关口，两路山径尚平，北望邱山韶岭，马迹不通，非得步骑全才不能从事，幸叶、王、金、刘诸君，长于骑行，严子翁捷于步履，此篇文字当可交卷。新邑既按户查放，渑池似当仿行，容俟新邑事竣，再行酌办。一切灾状，书不尽言，九翁已先布闻，恕不赘及。约计两邑灾民，数在十万之外，我局赈款现存二万九千金，闻灵宝局中可以见拨万两，当尽数办事。诒在此间，于查户之事，尚能躬亲，惟归德局事方殷，诒与诸君相处有素，稍觉易办。此间本系苕师主持之事，九丈系旧交老辈，论理则宜随事禀承，论事则又须稍参鄙见，欲求斟酌尽善，正恐才办不胜也。

己卯正月初二日致南中书

（金福曾、熊祖诒）

去腊十八日，曾在偃师渑上一函，诒于二十日在渑池渑上一函，想已达览。叠奉四十二、四十三号公函，并赈款八千均领悉。曾由洛阳至渑度岁，会商一切。洛阳之西北乡、孟津之西乡、偃师之南北坡皆在北邙山麓，袤延数十里之遥，上年得雨较少，秋收独歉。

灾余之民，家室未复，旨蓄全空，已有以榆皮糠草充饥者。明年春闰，为日甚长，似此沟壑余生，流亡甫集，必有青黄不接之虑。目前存款，所缺甚巨，尚有宜阳、嵩县等处，事同一律。同人公议于三月前尽力赈查洛、孟、偃、宜四邑，即行回南，现已分延林次岩、陈本六、金选青三君往办孟津，薛霁翁、刘晋阶会同赵莲塘诸君查办偃师，瞿星五、梁资卿、邵蓉舫、杜丹坡诸君查办洛阳。曾在洛阳设局府署，往来各局，就近照料。所有登封赈事已告竣，共放银六千数百两。新渑两邑赈事，诒与朱九丈遇事商确，每浙委一人查户，必有苏董一人同之，各顾门面，愈益踊跃奋勉，可抒公廑。九兰丈所带赈款五千金，杨士翁经手无锡华氏捐银一百两五钱五分，均已交明诒处收入大帐，即请绥翁处补付收条，转交华氏。新安查放已毕，共计五万四千余户，给银一万五千八百两零。渑池将次竣事，户口相等。尚留浙委二人，司事三人，苏董叶梨轩、严子屏等四人，朱九丈即赴省城代赎局，协同吴玉翁经理局事。诒以家叔有感冒，本日驰赴卫辉，所有渑池局事，一切已有成法，且事已将半，不久可竣，已嘱梨轩竭力支持，足纾仁注。新渑苦况，首在差徭，蕞尔一隅，而当古汉函关之地，支应往来，日不暇给，地丁所派，虽现在地方官竭力减除，尚难免此重困。现当大祲之后，必须竭力代为设法，以免无数骚扰。拟各置车十辆，并备添补之费，杜胥役之科派，即培灾民之生气，关系甚重，不能不破格为之。至于灾后情形，最惨者无如白骨山积，现已分投收埋，尸骸渐少，此由朱九丈之力居多。至浙局诸公，如许淇翁专司会计，林次翁亲查户口，杨士翁随时放银，无不与苏局诸同人争先赴善，和衷共济。专此敬请同安。

己卯二月二十六日致南中书

（金福曾）

昨奉二公函并银六千一百金，敬稔种切。覆陈各节，谨条登于左。

一、昨严子屏兄云：新渑接壤山西，闻垣曲、闻喜等县，入尚相食，费银数钱，可救一命，坚拟赴赈。弟思于豫赈垂成之际，作偏师另出之举，似无不可。惟款项已竭，而闻此凶荒，不能不怦怦心动，姑拟于各局中樽节括凑二、三千金，交严子翁、梁芷翁渡河试办，以了诸同人心愿，未知有当尊意否？

一、洛阳西北查放完竣，现查城关节妇约五百口，即行赈放。偃师之信智二里亦已放竣，义仁礼三里尚在查放，孟津之西三镇已放竣。现查柿汉两里，其东三里情形稍胜，因粥厂已停，亦拟酌量减放小米，每口十斤，共连登封冬赈用银二万八千两。

一、宜阳之止字里、北二坡，接壤新安，先经清查。嵩县之石码等八九十村庄，在万山之中，不通水道，现由朱九翁、谢梅翁、王耳翁、韩、王二绅前往查户，尽拨放之九千金赈给。

一、新渑两邑，代民捐办车马二十四辆，牲口七十二匹。该处差徭之苦，甲于豫中，此举远胜助赈。新安为涧河所经，本有水利可兴，咸丰初，有南人在新试种稻田，旧迹尚在，昨与朱曼翁周历其地，即拟以工代赈，开办渠工，并俟孟津事竣，全局移渑，择两邑中极贫之户，重查给票，再放春赈，共须八千余金。

一、曾自赈登封至今，奉拨南款及奉发万三千金，除陕属四千外，实收到四万七千一百两，现除应支外一无所存。各局春赈，三月望间可竣，曾即先赴汴梁清理帐目，为南旋之计。渠工留交叶黎轩、王耳峰及选青弟，严子翁如决计赴晋，曾亦不及观成，实因目疾至今未愈，必须回南调治，否则恐成毛病也。

上当事书

（熊祖诒）

敬启者：窃尝思《易》之为理，否极泰来，困极亨至。承平既久，泄沓相安，必至奇灾殊祸，决裂糜烂之际，然后人心渐动而天心乃转。法不穷不变，弊不极不更，前史所载，往往然也。豫省荒歉，亿兆涂炭，幸得执事移节南来，汰不急之征，除无名之费，中州孑遗如获再生，此固豫中生灵一大转机，而亦豫中政令一大变机。祖诒分系客绅，明知被发缨冠，古人所戒，是以地方公事，从不妄干。自抵新安，每遇乡之父老，咸谓公等意良厚，然吾民厄于岁，尚不及厄于役之为苦万万倍也，纵给多金，一遇差徭，行复罄耳。及其言之恳切，虽永州捕蛇之说，石壕老杜之诗，无以过之。目击心伤，何忍坐视！现又值新政振兴，实事求是之会，失此不言，后将何待？不揣冒昧，谨就新安一邑见闻所及，试备陈之。查新邑僻处深山，所有著籍地亩，大率从丛岩绝壑中撼石劚榛开辟而出，其田之等，有以一亩为一亩者，有以五六亩为一亩者，幅员悬殊，生息略同，岁收所入，不足给居民一岁之食，常恃他项贸易，藉博微利，以资其生。地瘠民贫，亦云已甚，而地当古汉函谷之首，为秦晋豫三省要冲，徭役浩繁，倍于他邑，相沿成习，又无善章，遂使奸胥蠹役，盘据成窟，种种弊窦，莫可穷诘。总其大略，盖有三端：一曰兵差。凡遇客省本省之兵移营换防，及采购军械、装运勇饷车一辆，东至洛阳钱三千五百。西至渑池四千五百，马一匹东去二千，西去二千五百。解回游勇，用护送二名，每名东去四百，西去六百，署解马一匹折钱三百，署解差一名一千二百，此项银两在地丁项下均匀摊派。当同治时，军务繁兴，差役綦重，地丁一两派钱至十千以外。嗣于十二年，兵差局改胥办为绅办，按季开具清单，张贴示众，似乎民困可以苏矣！而积重难返，陋习依然，除舞弊侵渔外，每年定规稿案、签稿、钱粮、杂务诸门曹，各用钱六十六千，用印十七千，执帖十八千，跟班四十八千。去年季冬，正值奇荒之际，尚每季每两派至七百余，一项如是，其他可知，此一弊也。二曰流差。凡星使往来，及本省客省官员奉公差遣，及并无公事而持有差信者，支应车马与兵差同，皆由衙役代雇，乡民出钱，五十二牌轮流值差。咸丰二年，冯邑令设局定章，衙役气夺，而人亡则政息，法久则弊生，其为新邑漏卮，仍复如故，此又一弊也。三曰杂差。驿站马号旧有五十二匹，由五十二牌公同喂养，马匹时有倒毙，而喂养永无裁减，每交草一束（三斤为一束），折钱二百三百不等，麸一斗折钱五千六千不等，约计大牌每年出钱二百千，小牌九十千，粮行交料每年共三百石，油坊每月共支油四百斤，碗窑每年共支碗千只，肉肆每日出肉百斤，以四十斤为官价，斤四十文，以六十斤为民价，勒令肆中出买，以其赀偿官价外，尚获赢余。城北十牌倚邙山而居，民业烧煤，每年两次各纳窑口钱四百余千，新令莅任加纳一次。五十二牌每年支正票煤车四百八十辆，句票二百四十辆，摊票一百二十辆，每两〔辆〕折钱二千三千不等，牙行每年出官骡折银二百四十两，新令莅任亦如之。夏季支凉棚杆数百根，冬季支木炭万余斤，句炭、摊炭、年炭无定数。鸡廿只、鸭四只为一票，五日一支，每只折钱七百余文。每逢过差，出木槽、铡子、床椅、器皿各数十。要之，衙署内外起居日用，无一非取之于民，而又实用一分，出票多至四五分。差役下乡，又多逾分诛求，刻下各铺闻风不敢复业，而胥役之敲骨吸髓，仍是憨不畏死，此亦一弊也。兹三者当无事之时，相安已久，尚可勉力支持。自去岁大遭灾歉，苦瘠万分，执事方仰体朝廷德意，散银给种，轸恤优加，乃正供可减，而胥吏之陋规如故也，国赋可蠲，而衙署之苛派依然也。目前百姓虽稍有起色，然田亩荒芜者十之五，户口死亡者十之六，应差之源日塞，而派差之流日来，民亦岌岌乎殆哉？夫国家定制，南则赋重而役轻，北则赋轻而役重。支应差使与完纳钱粮，同为小民维正之供，践土食毛，谊无可诿。顾赋有定额，而役无定章，有定则颛蒙亦难骤欺，无定则胥吏即易为弊。民非敢畏差，谓差而无定，则上不能入国，中不能入官，而徒饱吏胥私蠹耳！律州县衙役不得过五十名，现新邑皂快壮各分头二两班，每班约数百名，此数百名者，既无生业，又无田产，而顾日日饱食暖衣，试一思之，果何所从来乎？乡间里长六十余名，地保五十二名，每当更替之际，里长出投认钱十七八千，地保四五十千，而牌中殷富之户，私赂差役，求免点充，往往有费至数百千者。以上各条，如差使不能不应，必须明定章程，科派不能尽除，必须大加澄汰，衙役恃势横行，里长投充巨费，尤宜急为裁革。其究应如何厘订之处，执事折衷至善，自有权衡，局外书生，何敢妄参末议？只以目睹民艰，不忍不据实以告，伏候采择一二，不胜惶悚待命之至。再，新邑函关，驿额设马五十二匹，现缺额与否，尚难熟悉，要之，不敷供给。前此尚有宜阳等腹地州县津贴车马，现此项银两久已裁革，无米之炊，廉吏难为，其能不取之于民者几希。兹拟由局捐银二千两，于新安、渑池两县购买车马，以备支应，如蒙俯准，再当拟章呈鉴。

　　以上各弊，于光绪五年二月奉豫抚宪涂通饬各属一律裁革，贤有司咸仰承德意，相与有成，豫民庶有豸乎？祖诒识。

协助豫赈征信录卷五　江浙助赈局

（光绪四年七月十五日自苏州起程，五年四月二十八日回苏）

秀水金福曾茗人、青浦熊祖诒菊孙同纂

江浙助赈局收支清册

收款

一、收苏申扬浙交到，大共漕平银四万八千七百十二两九钱三分八厘。

支款

一、支洛阳县春赈局项下 （五年正月初一日开局，五年三月初九日撤局。周芸舫、彭芥帆造报。杨委员士竹、周委员芸舫、彭董芥帆、梁董芷卿、陈董书秋、杨董仙州、王董云章、刘董景山、叶董长清同办。）

　　赈正北路各乡各保、西北路各乡各保、正西路四乡正北一保，共六千零四十五户，大一万一千七百七十九口每银四钱，银六千另六十两另八钱 （内有折放钱二千五百九十七千文，｜乂一合银）。小六千七百四十六二

　　抚恤寒士士族节妇，银四百九十九两。

　　加给另给粥厂极贫灾民，银四百五十一两九钱四分。

　　买建义冢收埋骸骨，银一百十一两六钱二分。

　　查户车价饭食杂用，银十三两四钱，钱一百另九千另五十七文。

　　由汴运解棉衣银两到洛换钱运乡车价，钱八十三千八百四十文。

　　镕银剪块秤包工费，钱十三千二百文。

　　赈票造册工费笔墨纸张杂用，钱五十六千九百另三文。

伙食，钱八十七千四百八十三文。

员董薪水，银二十两，钱四十六千文。

往来车马专差信力听差局使工食，钱八十一千二百八十文。

○共库平七千一百五十六两七钱六分、钱四百七十七千七百六十三文｜乂一合库平三百卅八两八钱三分八厘，申漕平七千六百七十九两四钱九分二厘。

一、支登封县冬赈局项下 （四年十一月初九日设局，十二月二十八日撤局，彭介帆造报。瞿董辛五、彭董介帆、梁董芷卿、叶董长清、孙董广盛同办。）

赈西三里二百七村三千五百十二户，大六千九百十三口每六钱、小三千七百十四口每四钱；城关极贫大一百九十四口每三百文、小二十四口每一百五十文，次贫大一千六百一口小三百九十四口，每二百文共合银二百八十四两一钱三分四厘，银五千九百十七两五钱三分四厘。

周恤寒士，银一百六十两。

补恤回籍灾民，银一百二十九两，钱七十八千八百文。

车马饭食，钱七十三千八百十六文。

由汴运解棉衣银两至登、自登运衣换钱至乡车骡脚价护送勇役工食川资，钱一百七十七千八百六十八文。

镕剪碎银装钱袋索，钱十八千六百五十七文。

赈册赈票笔墨纸张工费，钱四十八千零七十三文。

伙食 （连度岁各用在内），钱七十千二百八十二文。

往来车马专差信力听差局使工食，银一两二钱，钱五十七千二百二十文。各董薪水，银三十四两，钱二十五千五百七十二文。

○共库平六千二百四十一两七钱三分四厘、钱五百五十千另二百八十八文｜乂夂合库平三百六十九两三钱二分一厘，申漕银六千七百七十三两六钱一分二厘。

一、支偃师县春赈局项下 （四年十二月二十日设局，五年闰三月初七日撤局，薛霁堂造报。薛董霁堂、赵绅连堂、赵绅孟九、刘董晋阶、楚董子和、李董甫生、张董成德同办。）

赈款六千二百五十三千四百文，｜乂｜三合银，银四千四百二十五两六钱一分九厘。

仁里四、五、九、十图十七村庄，四百四十五户，大六百五十五口、小二百六十五口，补遗大八口；义里一、二、三、六、八、九十图三十四村庄，二千九百六十三户，大四千六百三十八口、小一千八百三十四口；礼里九图三村庄，八十四户大一百另九口、小五十三口；智里一、二、三、四、五、六、七、八、九、十图九十八村庄，二千三百七十二户，大三千五百七十一口、小一千三百二十九口；信里一、二、三、四、五、六、七、八、九、十图九十三村庄，二千七百六十户，大四千三百三十七口、小一千一百五十口。共大口一万三千三百十八口 （每口四百文，共五千三百廿七千二百文），小口四千六百三十一口 （每口二百文，共九百廿六千二百文）。

加给粥厂贫民用小米一百六十石计银四百六十四两六钱，又一切运费三十八千二百五十文，｜乂｜二合银，银四百九十一两六钱七分。

优给贫生，银一百四十一两五钱四分三厘。

加恤名门士族九十七千七百八十二文，合银六十九两二钱另二厘。

置买义地掩埋棺骨工费芦席二百二十四千四百三十四文，合银一百五十八两八钱三分五厘一毫。

建造字炉收买字纸三十八千一百文，合银二十六两九钱六分四厘。

加恤赈后回籍贫民士族银七两六钱二分、钱十七千三百四十文，共合银十九两八钱九分二厘。

换钱转运车价一百七十四千四百四十五文，合银一百二十三两四钱五分七厘五毫。

下乡查户车马饭食杂用五十五千一百廿文，合银三十九两零零九厘。

赈票造册费笔墨纸张五十一千一百六十八文，合银三十六两二钱一分二厘。

伙食一百零一千九百文，合银七十二两一钱一分六厘。

各董薪水四个月共四十九千六百文，合银三十五两一钱另三厘。

往来车马专差信力听差局使六十六千九百另九文，合银四十七两三钱五分二厘四毫。

〇共漕平银五千六百八十六两九钱七分五厘。

一、支孟津县春赈局（五年正月初十日设局，五年三月二十日撤局。陈本禄造报。林委员次岩、韩绅梦郊、韩绅品一、金董选青、陈董本禄、陈董书秋、郭董秀山、叶董长清同办。）

赈款，银五千八百十两另六钱五分，钱二千五百七十千另二百五十文。

内计河里一百六十五村_{大九千二百四十五口}_{小三千二百九十二口}，每_{五钱}_{二钱五分}，共四千五百六十三两七钱五分，一千二百三十四千四百五十文。

柿上里、汉上里、汉下里、东扣□一百十一村，大小一万另四百廿二口，每口小米十斤，共合一千二百四十六两九钱。

柿上下里、汉上里五十七村_{大二千七百六十四口}_{小二千一百五十一口}，每_四_二百文，共合一千三百三十五千八百文。

优恤寒士、士族五十九户，银一百五十九两。

资遣过境、回籍灾民，钱一百三十六千零五十文。

收埋骸骨，钱三十一千八百文。

下乡查户车马饭食杂用，钱七十八千六百八十九文。

赈票造册工费纸张笔墨，钱十一千六百九十六文。

房租杂用，钱二十二千一百十文。

伙食，银十五两二钱九分五厘，钱一百三十七千八百七十七文。

员董薪水，银十两，钱一百零四千二百文。

解钱车价往来车马护勇听差工食，银十两，钱一百六十千五百七十七文。

〇共库平六千零零四两九钱四分五厘、钱三千二百五十三千二百四十九文｜乂二合库平银二千二百九十一两另二分，申苏平八千四百九十九两九钱六分四厘。

一、支汜水县春赈局（五年闰三月初五日设局，五年闰三月二十五日撤局。赵莲塘，刘晋阶造报。赵绅莲塘、赵绅孟九、刘董晋阶、傅董篠庄、赵董文澜经办。）

赈款：东乡四仓五十七村，九百二十五户，大小一千四百五十五口；南乡五仓一百十九村，一千另廿四户，一千八百六十五口，西乡六仓九十九村，一千四百廿六户，二千四百十口；北乡三仓二十九村，七百另二户，八百二十口。共六千五百五十口，每口二百文，钱一千三百十千文。

贫生三十名，钱三十千文。

普济堂养济院孤寡贫民，钱一百十四千文。

查户车价，钱三十三千四百二十八文。

伙食杂用，钱二十七千零四十八文。

各董薪水，钱十千文。

听差局使书役工食，钱七千七百三十文。

〇共钱一千五百三十二千二百零六文，合漕银一千零五十二两八钱四分五厘。

一、支嵩宜陕灵阌春赈项下（谢梅生、王竹农造报。）

嵩县春赈（谢绅梅生、周委员芸舫、王董耳峰、韩绅梦郊、郭绅沟五同办，五年二月初八日设局闰三月十五日撤局。）

义六里极贫大二百五十七口、小六十四口，次贫大八百九十七口、小三百三十七口，补极贫大一口。

古城里极贫大四十一口、小十四口，次贫大三百另八口、小一百三十一口，补极贫小二口。

西岩里极贫大二百七十一口、小八十八口，次贫大一千七百三十九口、小五百七十口。

豫洛里极贫大五百另二口、小一百七十七口，次贫大一千七百七十四口、小七百七十三口。

源头里极贫大五百另三口、小一百六十六口，次贫大一千五百七十口、小六百四十一口。

〇共极贫大口一千五百七十五口，每五钱；共极贫小口五百十口，每三钱。共次贫大口五千八百八十八口，每四钱；共次贫小口二千四百五十二口，每二钱。

宜阳县春赈（王委员竹农、彭董介帆、梁董芷卿、王董云章、刘董景山同办，五年二月十三日设局，闰三月十五日撤局。）

止一里五百另六户，大九百七十七口，每四钱；小二百九十八口，每二钱。

止二里六百十一户，大一千二百九十口，每四钱；小四百十一口，每二钱。

止三里八百四十九户，大一千九百十一口，每四钱；小七百七十八口，每二钱。

北二里一千二百二十四户，大二千六百十四口，每四百文；小九百三十九口，每二百文，共八百六十三两七钱四分。

泊一里，大一千八百五十五口，每三钱；小五百五十四口，每一钱五分。

泊二里，大一千五百九十九口，每三钱；小四百五十四口，每一钱五分。

拨银九千两。

以上两县，会同河南朱大守办理，除支赈款银七千八百五两七钱四分，及恤士、埋骨、局用伙食等项，统由朱太守造报，如有盈余，亦由朱太守拨办善举之用。

陕州粥厂，拨银二千两。

灵宝粥厂，拨银一千两。

阌乡粥厂，拨银一千两。

以上三县系由地方官经办。

○共一万三千两。

一、支水利工赈局项下（叶董梨轩、金董选青、杨董子芳、李董峻岭同办。）

留办新安渠工井利，银二千零二十两零五分。

留办渑池渠工井利，银一千两（以上两项俟事竣由叶董梨轩、金董选青造报）。

留办洛阳渠工，银三千两（此项俟工竣后零行造报）。

○共银六千零二十两零五分。

大共支漕平银四万八千七百十二两九钱三分八厘。

捐助新安、渑池水利银三千两，业已开工试办，并拟章程请示禀

（金福曾、熊祖诒）

敬禀者：窃绅等在新安查赈，见涧水萦流，长亘县境，东西七八十里，虽非巨川，而自发源渑池，东流入洛，中间小水之入于涧者，凡二十有五。夏秋暴雨，盛涨数丈，常时则涓流不绝，蜿蜒如带。其南北两岸沿滩地亩，宽狭不等，每逢山脚衔抱水流环转之处，皆可开渠灌地。水高地低，天然形势，纯是土工，则用力甚易。若乱石堆叠，挑浚较难，或高岸拦阻，必得穴地通渠，或山脚环绕，间须沿山疏凿，则施工更费。旧时废渠遗迹，在在皆有，绅等因即会商河南府朱守偕往勘视，西自铁门，东至磁涧，原有龙涧、庙头两渠，上年大旱之时，该处村庄竟不被灾，已有明效。此外可以引水开渠者，如尤彰、羊镇、上桃源、巘山等处尚多，而总以青龙寨一渠为最大，工费亦较巨。绅等议定捐银二千两，由府谕派本地绅董会同局友分段估工，先行试办，已于三月初二日开工。现届春雨稀少，麦田干旱，如赶紧集夫开浚，一月之内先有一二处工竣，便可引灌麦地。至沿河高岸，渠水所不能及者，查现有旧井不少，大都缺少水车器具，已由绅等嘱令绅董告知各该业佃，赴局报明，代为购办水车水斗等器具，分别给领，并由局觅到工匠仿做南省水车，为沿河车戽之用，将来并拟逐村给发，如有可续添之处，一并查勘估开，以资车灌。惟是涧水来源不旺，虽有各小水会合入涧，下流稍形舒畅，而每开一渠，究属灌地有限，且恐开渠过多，更或不敷灌溉，倘遇涧水暴涨，冲决渠道，又易于淤塞，此中蓄泄之法，再当讲求办理。再，渑池水源更小，现拟另捐银一千两，如能酌开渠工，或多开沿河井利之处，即当逐一勘估举办。但期办一分有一分之利，施之目前，更得以工代赈之意。谨会同朱守酌议章程数则，开折呈送，是否有当，伏乞大人察核，训示遵行，合肃具禀，敬请钧安，伏乞垂鉴。

敬再禀者：新渑渠井工程所费不多，询之本地农民，据称向时旱地每亩收麦二斗，如得水灌两次，加之粪壅，可收四五斗不等。每斗四十八斤，每顷约多二百千文，秋收尚不在内。核之经费所需，每开一小渠不过一二百千文，至少亦可灌地二三顷，竟不止十倍之利，以故近日甫经开办，人情即十分踊跃。合并附陈，再请钧安。

渠工井利章程

一、工费不可过省也。往时开渠引水，凡得沾水利之地，皆须借资民力。今议灾荒之后，本寓以工代赈之意，无论本处村庄或外来农民，一体佣雇，应给土方工价，酌中估给，固不能概从宽滥，亦断不肯过事节省，以示体恤。

一、水利不准龙〔垄〕断也。往时每遇天旱，上流有渠之处，就河中筑堰，将水截断，专注本渠，以致下流无水可灌，争讼之端亦由此起。今议傍渠筑堰，必须中开一洞，但能束水缓流，而不准全行筑断，以期上下流通，均沾水利。

一、秋麦宜酌抽储备也。此次工程既全不借资民力，每年麦秋收获，必须议定每亩酌抽数升，由本村公正衿耆会同经理，先尽挑渠挖废之地，偿其租籽，次提作逐年岁修之用，有余则存充本地社仓，遇有灾歉，即为本村贫户备赈，仍逐年报县存案备查。

一、开井可不论砖土也。往时开井，砖井或百千数十千文，土井不过十千八千文。今在涧河近岸掘土，不过数丈即可得水，如旧有砖井坍废，尽可赴局请款验明修浚，若现开之井，或砖或土，听民自便，其费由局给发，总不过十千文为率。若须再添工费，应令本户自行承贴，庶有限制。且新淤土性坚结，只须井面砌砖，已可经久，溉用大率通行土井。至每年秋麦收粮，亦应酌定抽存若干，以充社仓公用，岁修仍应归本户承管。盖井为一家私利，渠为众户公同，原应分别定章也。

以上四条，先就大略情形所及，如有未尽事宜，随时酌拟办理。

光绪五年□月□日，奉豫抚宪涂批：水利可兴，无虞旱潦，借人力以补天地之缺，用地利以济天时之穷，故凿井穿渠，讲求宜亟，旱则资灌溉之利，潦则有疏泄之功，洵养民之至计也。所议章程，均甚允洽，诸绅董既捐资而创办，复合力以督工，今当大祲之余，更获以工代赈之益，心存利济，竭力经营，求其事之必成，谋其事之经久，将见涧河左右，变洿卤为稻粱，当拭目俟之矣。如有未尽事宜，随时与朱守会商办理可也。此复。另单并清折存。

禀请拨款开办洛渠稿

（金福曾、熊祖诒、赵翰）

敬禀者：昨由河北递到宪台发交凌部郎复函，因系公件，当即公同传阅。知以浙江任藩司筹解之五千金，饬为慈幼局置买地亩，或发当生息，以资长久等因，具仰宪筹深远，钦佩同情。伏查慈幼局于本年春间，陆续在武陟一带境内买地二千余亩，又另典地一千余亩，约用银三千余两，并又发当生息银一千两，恰与宪意相符。此款系在助赈项下拨付，绅翰于正月间驰书南中，请即另筹慈幼专款，以便划还，现因赈务已竣，尚有余银，即以前项置地发当银两拨归慈幼局内，无须另还。凌部郎未知此间近日情形，故有浙款五千金拨发慈幼之请。绅翰于三月下旬会商绅福曾、祖诒，以洛阳县南乡与宜阳交界之涧河口，旧有渠形，可引洛水，沿南山脚至龙门四十里入伊河，两岸约宽十里，计可灌地约十五六万亩，以水地较旱地每亩约多收麦二斗，每斗四十八斤，约可得钱二千文，通计每年麦收约可多得钱三十万串，秋收尚不在内，诚为莫大之利。现拨河南府属赈余银三千两，以备兴工，尚属不敷，拟将凌部郎所请五千金，改请拨归洛阳渠工，绅翰早经会商，业有成议，相应合词上请，如蒙允拨，拟请径发河南府朱守暂行收存。现届麦熟，且值农忙，须俟秋后方得开工，届期公议延派薛生景清、严生翰到豫，会同现今留豫经办新淤渠井工程之职员叶溶光等，随时禀请河南府朱守督率办理遵行，是否有当，伏乞大人察核示遵，凌部郎处已由绅等专函知照，合肃寸禀，敬请钧安，伏希垂鉴。

四月初二日覆谢君书

（金福曾）

二十五日排递一缄后，昨奉闰月十六日来函，拜聆种切。新渑渠井并非大工，涧水萦亘数十里，因势利导，每开一渠，长不过数里，宽七八尺，深五六尺，名为渠，实则沟也。拦河筑堰，无用闸坝，挖挑沟内之泥，以填堤上之土，无用木石，每渠工费，数十千至数百千文不等。有青龙寨渠，可溉二十里之地，从山脚开通，引水而下，计费八百千文，已为第一大工。岁修最关紧要，议每亩提麦三升，岁修之外，代还挖废地租，有余则积社仓，禀稿章程回南面奉。井口砌石，以下皆土，每井不过十千文，少者七八千，议溉一亩地者，给费一千文。渑池亦有渠，较新安更小，溉地不过三四顷，费不过一二百千文。现议开之洛渠，规模阔大矣。自洛阳县南乡至宜阳交界之涧河口，旧有渠形，可引洛水，沿南山脚至龙门四十里入伊河，两岸约宽十里，计可灌地十五六万亩，以水地较旱地每亩约多收麦二斗，每斗四十八斤，可得钱二千文，通计每年麦收约可多得三十万串，秋收尚不在内，实为莫大之利。惟经费非万余串不办，因会商赵崧翁、熊菊翁，禀请浙款，专注此用，并约定薛霁翁、严子翁秋间来此，与梨轩共任之。梨轩血性办事，而才足以济其识，英俊无比，风尘中未易观也。弟承朗帅谆嘱，秋间同来办理洛渠，此事决不敢允。盖不赴山右而留办洛渠，则轻重失宜，既归里中而重游洛下，人且以为藉此出山，借他人之捐款，图自己之进步。弟虽愚，断不肯出此也。种树一法，记得经世文编中亦有此说，而尊示更明切确畅，惜接信已迟，不及试办，已将此说陈之中丞，请出示劝种，事在必行。弟明日开车，到京口后，尚须金陵一行，抵苏已在月底。朱九翁诸君初一已行，鞠太史二十八到亳州。附闻至晋省情形，前函业已奉复，不赘。倚装泐复，祗请台安。

附　录　来　函

豫晋并灾，大都有广狭之殊，而无轻重之别。前闻晋重于豫，颇疑未确，此次子翁往勘，竟言豫甚于晋，亦恐未加详察。福之适齐也，策马而过黄潍诸邑，有酒如渑，有肉如林，异乎见闻之不侔。洎历穷乡僻壤，则垂毙余生，依然待毙，始知通都大邑，不特农工为生活者，不足验灾区之情状。子翁于旬日间历七州县，而见市面却好，深恐所见者市面，所未见者穷乡。还望详加探察，幸而无当臆揣，甚妙甚妙。万一鄙言适中，仍请俯照前函，一面尽数移赈，一面详示灾状。扬沪两处已为代呼将伯，浙苏则将进趑趄，欲言嗫嚅也。渠井一举，好极好极。水利为荒政本原，救旱灾于西北，尤以水利为本原中之本原。新之渠耶，渑之井耶，实大梁之甘露醴泉也。人事尽于下，天心应于上，甘霖渥沛，千里普沾，我公此举，人天嘉许矣。惟渠利极迟，施工极难，修护更难。豫地高燥，滨河飞沙决水，皆足以壅溃渠工，不识此次工程修浚欤？抑竟新辟束堤欤？抑仅开挖，坝闸有无？木石何具？宽深若干？修护谁责？井养之利，尤足通渠工之穷。惟北方地厚，土井不深不得水，深浚又易松塞，一砖井可沃五亩田，然非三四十千文不办。执事为豫中开百世利，必能斟酌万全，便乞详示。前函所示嵩水石淙泉渠工，似宜循旧疏浚，断不可自我开辟。该处地势崇高，下流必急，恐不能有利而无害，还祈细察为要。抑福更有请者，闲尝考究中西载籍，有种树一法，谓可吸引地泉，上蒸润泽，疏通地脉，下泄积潦，于水旱均有极大裨益。又有渠旁种柳，可培渠堤，旁树开井，必有泉源。诸说是种树之利，又与渠井相维系，诚得大君子广劝栽植，亦不费之惠。他时乔木万章，荫为膏土，憩树林而闲话者，必曰此皆戊巳年间平湖金公、镇江严公教我栽植者也。数十年无水旱灾，我豫民实利赖之。召棠郇黍，永永无极矣。

卷七　南豫放赈录四

协助豫赈征信录卷六　代赎资遣留养局

（光绪四年七月十五日在苏州起程，五年闰三月十五日撤局。）

秀水金福曾茗人、青浦熊祖诒菊生、常州姚岳钟彦荪同纂

代赎资遣留养局

收款

一、收苏申扬浙交到漕平银一万一千四百三十五两六钱五分五厘、英洋六百元作漕平银四百零五两、钱五十二千五百文作漕平银三十三两七钱六分。

一、收余平银六十二两八钱四分五厘。

大共收漕平银一万一千九百三十七两二钱七分。

支款

一、支汴梁局项下（吴绅玉庭、谢绅梅生、瞿董月梧、徐董际唐、陈董书秋同办，四年八月二十日开局，五年闰三月十五日撤局。）

妇幼代赎身价（五十四名），银四十七两七钱，钱一百三十八千二百文。

本局赎出
各局解到妇幼五十四口、二百四十三口，资遣盘川，银四百十六两四钱，钱八百五十五千九百零九文。

本局赎出
各局解到妇幼五十四口、二百四十三口，留养饭食衣服，银五十两，钱三百七十二千二百七十九文。

求赎妇幼亲属留养饭食川费（三百三十案），银十七两一钱，钱二百五十九千二百九十文。

过路灾民资遣回籍大三百另五口、小七十三口每六钱、三，银一百四十四两九钱。大六百另九口、小二百八十口每一千五百文，钱七百四十九千一百十文。

归德、周口两局给票至汴递遣灾民（一千四百八十八户），钱七百四十四千文。

新郑县代赎棉衣，银二百两。

采办棉衣六千八百二十九件（连转运费），银二千三百二十二两零一分。

分解新滍局三千四百件，登封局七百件，洛阳局七百件，偃师局一百件，修武局四百件，孟津局二百件（余另给），钱一百四十七千六百七十一文。

汴城九月间大雨坍屋给恤三百八十四户，钱二百四十千七百文。

收埋助葬（七十三户），银八两四钱，钱一百另六千二百五十文。

名门孤寡（二十九户），钱一百零六千四百八十七文。

岁底加给粥厂灾民（二千一百九十四人），钱四百三十八千九百二十文。

翻刻弟子规、小学诗印二千、五百本，钱五十一千零八十九文。

捐助会馆善堂，银二百四十两一钱五分。

修理房屋添置器具纸张笔墨，钱一百二十三千一百七十三文。

护送守提弁勇书役局使薪粮工食，银十五两，钱二百十七千八百零六文。

伙食（河以南各局绅董往来伙食在内），银五十七两五钱五分，钱三百五十七千五百五十九文。

局友薪水（押送妇婴路用在内），银一百四十四两二钱，钱一百五十六千一百文。

办公车马专差信力，银五两零三分，钱一百三十二千四百八十六文。

清江难妇十三名带汴盘川，钱一百五十千文。

绅董十四人、家人六名从苏沪常至汴川资，银七十三两一钱二分二厘，钱二百四十七千七百七十九文（金、熊、姚绅贴川在外）。

○共支银三千七百四十一两五钱六分二厘、钱五千五百九十四千八百另八文｜８８合三千六百另九两五钱四分四厘，合共漕平银七千三百五十一两一钱零六厘。

一、支归德局项下（安委员敬、薛绅霁堂、徐董寿伯、傅董筱庄、赵董文澜同办，四年八月二十四日设局，十一月初八日撤局。）

代赎妇幼身价（一百四十五口），钱三百四十六千三百文。

资遣本局代赎妇幼（八十六口，余由汴局给发），银二十一两六钱，钱四十八千一百六十文。

暂留妇幼（本局赎出一百四十五口，投到四十四口，清局解到十七口，皖局解到八十五口），钱一百十千零十文。

招领妇幼亲属留养赍遣车马（九十一起），银七两二钱，钱一百二十千一百二十八文。

代赎下乡购线截拐奖赏（一百四十五起），银九两五钱，钱二百三十八千九十四文。

资遣过路灾民（二千四百五十名），银一百十两零六钱七分，钱一千四百八十千零二百十文。

赎出妇幼、过境灾民棉衣（五百五十七件），钱二百十四千五百八十九文（在外收清江局来棉衣五十件）。

粥厂贫民及商邱灾民（一千另八十五口），钱一百八十二千七百五十文。

棺敛掩埋（十四起），钱十六千二百十文。

兵役工食局用杂款，钱二百零一千六百三十八文。

薪水，银五十一两一钱五分，钱七十五千三百四十六文。

伙食，钱九十四千零零七文。

徐尔翁、吴道翁来汴川资，银四十三两八钱。

○共支归平银二百四十三两九钱二分、钱三千一百二十七千四百四十二文｜二三合归平一千八百六十一两五钱七分二厘，申作漕平银二千一百二十六两七钱七分六分（每百两申一两）。

一、支周家口局项下（彭董介帆同办，四年九月十六日开局，十一月初八日撤局。）

贷赎妇幼身价（三十四口），银六两，钱四十千文。

资遣妇幼回籍（二十七口，余解汴局），银三十四两，钱一百九十千零十二文。

妇幼留局饭食（三十四口），钱二十六千一百文。

资遣过境灾民，银四十一两，钱四百十八千九百九十文。

过境灾民、赎出妇幼棉衣，钱三百六十五千九百五十四文。

局用工食专差杂项，钱七十二千六百五十文。

伙食，钱四十五千八百八十文。

往来车价，钱七十五千四百十文。

委员董事薪水，钱四十八千文。

徐尔翁、吴道翁回南川资，银九十九两，钱六千九百七十四文。

〇共支银一百八十两、钱一千二百八十九千九百七十文｜ㄥㄨ合口平银七百八十六两五钱六分七厘，申漕平银九百七十一两四钱二分二厘（每百两申五钱）。

一、支各局代赎项下

偃师县赈局（身价遣费三十七口），银一百十一两二钱四分九厘。

洛阳县赈局（身价遣费三口），银四十两零六钱八分六厘。

孟津县赈局（身价遣费一口），银十两零五钱。

渑池县赈局（身价遣费六口），银八十四两五钱八分。

〇共支银二百四十七两零一分五厘。

一、支浙江赈局、本局、江浙赈局核办报销经费、回南川赀、另恤项下

伙食车马杂用（闰三月十六日起），银十九两六钱，钱一百十六千三百九十八文。

三局委员、董事薪水找，银一百零四两五钱九分二厘，钱二十六千六百九十五文。

书识工食纸笔，钱二十一千九百九十四文。

三局员绅、董事回南川赀，银五百八十七两八钱七分五厘，钱二百零二千零六十八文。

赏犒各局兵役并找工食，银六两五钱，钱八十六千七百文。

修善堂等捐，银二十两。

沿途资遣零恤，银七十五两，钱二十四千二百五十文。

王家营风灾给恤压伤男妇，钱二百零五千七百三十二文。

〇共支漕平银八百十三两五钱六分七厘、钱六百八十三千八百三十七文｜ㄥ｜合四百二十七两四钱，共合一千二百四十两另九钱六分七厘。

大共支一万一千九百三十七两二钱七分。

呈设局收赎妇孩并拟章呈送稿

（熊祖诒、金福曾、姚岳钟）

窃绅等奉苏抚宪吴饬赴豫省，禀请宪示，办理收赎资遣择地设局等因，奉此绅等即于七月二十一日自苏起程，本月十八日抵豫。伏查大股贩鬻妇女，自经宪示严禁，业已闻风敛迹，惟恐有已经卖鬻尚未出境者，拟请札饬地方官查明办理，仍由绅等照章收赎。其刁贩串运，及地棍窝藏，应行分别严惩。谨拟办理章程，并赎回妇女设局留养资遣事宜，开折呈乞大人酌核出示，通饬遵行。云云。

酌 拟 章 程

一、贩鬻妇女，现经宪示严禁之后，此风渐绝。惟恐有已经卖鬻尚未出境者，拟请札饬地方官查明送局，给赎价钱四千文，照章收赎。如系刁贩串同本地衙蠹土豪暗中窝藏，乘间售运牟利，以及图奸掯留，种种藐法，尤为可恨，拟请通饬立限，勒令将前项妇女交出送局，一面责成地方官严行稽查。如在限内，照章给赎，逾限之后，经官查出，将该贩

及窝留之人尽法惩办。倘由局访有前项贩窝确切情事，随时商请地方官办理，并报明宪案查考。

一、各处圩寨皆有圩董，凡贩鬻窝留，必不能瞒过本地圩董。拟请札饬各州县，传集各该董，严谕勒限，着令查交。如逾限不交，经官查出，即系徇庇窝顿，似应一例严办。

一、难妇尽有清门旧族，如经拐贩卖入娼寮，本妇不愿依从，准其赴县或赴局声诉，查明情节，由局照章收赎。

一、赎回妇女应由省局暂行留养，询明该妇女夫家及母家亲属，由局分别资遣送回。倘送至该处，已无亲族承领，拟即送交地方官，会同本地绅士设法收回安顿，仍不准差保官媒经手，以绝弊端。其该妇本无亲族，不愿回籍者，拟随时分别归入本地善堂，或由局知照地方官，会同本地绅士妥为安顿。

一、留养难妇应设省局，拟即设于江苏会馆，并于归德、周口等处设立代赎资遣局，随时资送汴局，分别办理。遇有应行公牍，借用地方官印信，以昭郑重。

光绪四年八月二十日，奉豫抚宪涂批：该绅等远自苏省，携资来豫，设局收赎被贩妇女，具见乐善为怀，深堪嘉尚。现已酌定章程，通行晓谕矣。仰即知照。

呈拟章程稿

（熊祖诒）

窃绅于十九日叩辞就道，二十四日驰抵归德，即日开局报明在案。伏查大股兴贩人口，自奉宪示禁止后，现已寥寥，而此外灾民多有因颠沛流离，不能存活，遂将妻子贱售，至有以粟一斗易人一口者。迭据各灾民纷纷来局陈诉，求为代赎等情。查买妻买婢，固无例禁，而乘灾民急迫之余，破人骨肉，似与寻常情节不同。况其中或本出名门而压良为贱，或已经许字而强令再婚，饮泣吞声之状，有令人耳不忍闻，目不忍睹者。更有狡诈之徒，初与灾民故作周旋，借给籽种，赁住房屋，随后即将其妻女抵扣，勒令立券以偿，如此刁风，尤干例禁。当灾民等卖妻鬻子之时，原属出于无奈，现在西北元气渐复，流民均切思归，来则团聚一家，去则只身茕独，痛定思痛，悔恨实深，自宜推广，分别代赎，以图完聚。谨就管见所及，酌拟章程八条，恭呈鉴核，是否可行，伏乞迅赐批示遵行，实为公便。

一、凡买难妇为妻者，如本妇守节，不愿依从，准赴局申诉代赎，即为完聚。

一、难女本已许字，及系童养过门，现因无奈他卖者，如买主尚未成婚，准令赎回，即为完聚。如已经成婚者，概不代赎。

一、先经扣留妇女勒抵房价债负者，准赴局申诉，由局查明确实情形，分别代赎。

一、难民妇女，尽有名门旧族流入婢仆等类者，由局确查代赎。

一、幼孩亦应推广收赎，惟情节不同者，拟随时酌量办理。

一、本夫父母卖鬻妇女，自得价十千以外，即系图利，不准代赎。

一、灾民如有串党设计，伪作卖鬻情形，希图赎价分肥，查出送官严究。本地土著假冒灾民生事者，一律重办。

一、此事头绪繁多，地方官势难遍究，拟请凡属代赎事件，径由本局知会地方官，派差随同局友往查照赎，倘有不遵代赎者，再行送官究办。

光绪四年九月初五日，奉豫抚宪涂批：据禀及另单均悉。所议章程八条，均属妥协。

现将本部院前定章程发去一纸，仰即查照参酌办理可也。此缴折存。

乡民来局求赎酌拟情节申请赈抚总局转饬办理并乞通饬请示由

（金福曾）

敬禀者：窃汴城代赎局近日乡民纷纷来局求赎者甚多，拟由卑局择尤申请赈抚总局转行各地方官核办，业经面禀宪鉴在案。伏查灾荒以后，夫卖其妇，父母卖其子女者，所在皆是，如系出于彼此情愿，本无别项枝节者，断难准其回赎，致启纷更滋扰之端。惟有非本夫及父母所卖者，或被旁人拐带，或为贩棍转卖，又如逃荒窘迫，受人数斗粮食，或欠房饭未清，遂将妇女扣留，一家骨肉，顿作路人，饮恨吞声，仳离莫诉。更有父母年老，或孤孀无依，或贫难再娶，只生一子，饥困之余，得钱无几，将子抵卖与人，在得之者不过添一佣奴，在失之者遂致绝其宗祀，言之实可痛心。又有幼年闺女，早经许配夫家，流离颠沛之中，或以欠钱被人掯留，或因贫急将女再卖，此在主婚者原有应得之咎，其女如年长失身，自属无可追道，倘在十四五岁以下，则异日前夫执词具控，深恐又滋案牍之繁。以上各节，大致均遵宪颁章程妇女不愿相从一条为准。卑局现于乡民求赎之中，择其事理确直而情尤可悯者，逐起申请赈抚总局酌核，转饬各州县办理，由局酌给该乡民等川资饭食，分赴各地方官衙门，听候传讯。惟事属灾民，情应轸恤，非寻常词讼可比，拟请酌定限期，速讯速结，庶免乡民守候劳费之难。是否有当？伏乞大人察核，训示祇遵。再，现在归德、周家口两局均撤，乡民求赎之案，各处皆有，倘蒙核定准行，可否并乞通饬各州县，遇有乡民求赎者，一体遵照，参酌办理，以恤穷黎而完骨肉，实为德便。肃泐具禀，敬请钧安。统希垂鉴。

光绪四年十一月二十九日，奉豫抚宪涂批：仰赈抚局会同按察司详细核明，通饬各属，如遇此等案件，务须随到随讯，立时断结，以恤穷黎，不准稍有拖延，并饬该守遵照。缴。

十二月初四日，奉赈抚局批：阅禀，用意良厚，自系为拯救仳离起见。已据禀札饬各府州，饬属遵办矣。仰即知照。缴。

报代赎局经支银两总数禀

（熊祖诒、金福曾、姚岳钟、赵翰、吴保祥、朱惟沅）

敬禀者：窃绅祖诒、福曾、岳钟上年七月奉苏抚宪吴檄饬照会，来豫办理代赎被灾难妇资遣回籍事宜，并奉宪台饬于汴城、归德、周家口等处设局开办。绅翰奉苏抚宪咨明宪案，饬于怀庆地方会商筹办，绅保祥因绅岳钟于上年十月回南，禀明宪台接办汴局，绅惟沅奉浙抚宪梅檄委，偕同林照磨继良、杨巡检镐、许典史澍来豫会办代赎，先后抵汴。旋以新安、渑池等处赈务方殷，会同绅福曾等前往助放籽种。本年正月，绅惟沅回赴汴局。闰三月初旬，绅福曾以河南府属冬春赈务告竣，回汴会同绅保祥等清厘一切，禀请于本月十五日撤局。计自上年八月开办至今，已逾半载，赎出妇幼资遣回籍暨来局求遣资送回籍者，共三百七十八名，皖、徐、清江等处暨豫省各州县解送到局、资遣回籍者，共一百二十七名，通计用过代赎身价、资遣川资、优恤安家、留养饭食，以及另行资遣过境回籍难民各种善举，共银一万六百九十两，分别开造册折呈送，伏乞大人察核，存案查考。再，前项银两均由苏、申、扬、浙等处民捐济用，出于乐善之诚，不敢仰邀奖叙，业由苏抚宪咨报在案，合并声明。肃泐，敬请钧安。伏希垂鉴。

光绪四年四月初五日，奉豫抚宪涂批：诸绅董捐办资遣代赎各事宜，凡所以矜恤灾民者，固已无微不至，或故乡之重返，或破镜之能圆，惠遍穷檐，到处歌功颂德，美报曷有既极耶！此复。册折存。

代赎妇幼姓氏名口册

汴局代赎资遣五十四名

尚孙氏　年二十岁，辉县人。夫可喜佣农，被父孙犁牛卖与汴城易姓，由局赎回，交本夫具领。

张女　年十三岁，封邱人。已许字，因荒卖汴城陈姓，由局赎交伊父张光顺具领。

吕张氏　年二十四岁，祥符人。因被拐卖，投局求赎，由局赎交本夫吕光庆具领。

李陈氏　年十八岁，孟县人。被人拐卖省城，由局赎送回籍，有孟县回文。

王孙氏　年二十四岁，获嘉人。被母卖出，由局赎交本夫王四海具领。

田海玉　年六岁，获嘉人。逃荒欠房饭钱五千文，被祥符东乡张姓扣留，由局赎交伊母田张氏具领。

朱软花　年九岁，获嘉人。已许字，因荒卖与汴城仓姓为婢，由局赎交伊母朱刘氏具领。

李杨氏　年二十三岁，原武人。因荒拐卖汴城易姓，由局赎交本夫李集成具领。

邹雪妮　年十六岁，陈留人。被父邹继贞卖与宁陵吕姓，由局赎交伊翁牛星黄具领。

王香妮　年十二岁，获嘉人。已许字同邑史姓，父王绍德因欠商邱蒋玉垣高粱一斗、钱四百文，被蒋扣留，由局赎交伊父具领。

邱小银　年十三岁，郑州人。因荒被卖与通许张姓为子，伊父保妮声称四房剩此一子，由局赎给具领。

蒯秋妮　年十五岁，获嘉人。许字同邑秦姓，因荒卖与汴汴城李姓为婢，由局赎交伊父蒯于仁具领。

葛邓氏　年二十一岁，巩县人。因荒被卖汴城李姓为妾，由局赎交伊兄邓清华具领。

王春兰　年十九岁，修武人。拐卖为娼，由局赎出，申请赈抚总局送交伊母王氏、兄王嘉会具领。

小玉　年十岁，不知父母住址，卖与陈姓为婢，由局赎送慈幼堂留养。

王痴赖　年六岁，封邱人。随母卖出，伊父王开庆求赎，由局赎交具领。

张二柱　年八岁，祥符人。被卖同县李姓，母寡子独，由局赎出给领。

萧桂花　年九岁，阳武人。已许字，随父萧虎臣逃荒，欠徐州萧县时家房饭被留，由局赎交伊父具领。

郑祥妮　年十二岁，祥符人。许字同邑曹姓，因荒卖汴城李姓为婢，由局赎交伊母郑何氏具领。

周张氏　年二十八岁，温县人。因荒被卖中牟吕姓，由局移县赎交本夫周思德具领。

薛张氏　年四十二岁，山西绛州人。故夫薛唐金商于汴，该氏寻夫流落，由局解送山西委员张牧遣回。

李刘氏　年二十岁，辉县人。拐卖汴城杨姓，由局赎回，送交伊父刘西太具领。

陈黑叶　年十三岁，修武人。许字同邑王姓，随父清瑞逃荒，欠陈留孙家粮食三斗被留，赎交伊父具领。

李张氏　年二十六岁，修武人。拐卖阳武县段姓为妾，由局赎交本夫李生林具领。

王刘氏　年二十五岁，祥符人。夫王余妮已故，奸贩王国顺诱娶待卖，逃回伊兄刘祥家，由局移县讯明，即交伊兄具领。

王小儿　年四岁，即王刘氏子。

杨张氏　年三十九岁，获嘉人。拐卖睢宁县道士王姓，由局赎交伊夫杨清相具领。

杨双喜　年七岁，即杨张氏子。

陈吴氏　年二十四岁，新乡县人。逃荒至陈州连文锦家，为佣被留，由局移县讯明，给伊夫陈隆庆具领。

陈小酉　年四岁，即陈吴氏子。

吴红孩　年十三岁，修武人。随父吴作仁逃至宁陵郑根家，易高粱一斗，现因独子求赎，移县赎交具领。

刘小汉　年十岁，修武县人。随父刘永年逃至宁陵曹玉先家，易高粱一斗，现因独子求赎，移县赎交伊父具领。

王喜儿　年十三岁，修武人。随母马氏逃至宁陵陈家佣工，因欠饭钱被留，由局赎交伊兄王万选具领。

赵丁成　年五岁，修武人。随父赵堂逃至太康马家，易钱一百文、糖三斤，现因独子求赎，移县赎交具领。

刘福成　年十岁，修武人。随父刘鸿年逃荒至永城李家，易钱一千六百文，现因独子求赎，赎交具领。

邵粉姐　年十二岁，新安人。随父邵光先逃荒至永城郝家，押钱一千文、高粱二斗，赎交伊父具领。

刘景妮　年十五岁，祥符人。许字同邑卢才，因荒卖与商邱朱姓，移县赎交其父刘天治，订期完姻。

安连姐　年九岁，犯〔汜〕水人。永城县解到，由局赎交伊父安广运具领。

夏来喜　年十三岁。山西平定州人，父夏玉和。由局资送清化分府，转送回籍。

（夏来喜至刘来顺六名，皆由归粮厅安俸在薛家湖地方查出送局，所有赎价由汴局给发。）

康多儿　年十五岁，直隶完县人。送赈抚总局，派员解回原籍。

王秀娟　年十四岁，直隶行唐县人。送赈抚总局，派员解回原籍。

刘二了头　年十五岁，直隶行唐县人。送赈抚总局，派员解回原籍。

刘喜遂　年八岁，不知籍贯，送慈幼堂留养。

刘来顺　年八岁，不知籍贯，送慈幼堂留养。

李久妮　年七岁，新乡人。许字同邑赵姓，随母董氏逃至淮宁杨家，易面一碗，由局赎交其母具领。

郭花妮　年十三岁，原武人。许字同邑刘姓，被拐卖与淮宁李家，由局赎交其父具领。

周水仙　年十五岁，辉县人。已许字，因荒被卖，由局赎交伊母周刘氏具领。

秦刘氏　年二十二岁，修武人。因荒被卖，由局赎交伊兄刘月华具领。

尚丑妮　年九岁，汲县人。许字同邑牛姓，随父尚金章逃荒至商邱杨家，欠高粱二斗被留，转卖梁姓，由局赎交其父具领。

浮赵氏　年三十四岁，获嘉人。逃荒至新蔡县，被张化龙揞留，由局移县，提交伊夫浮冠英具领。

浮狗胖　年九岁，即浮赵氏子。

尚舞妮　年十四岁，汲县人。随母尚杨氏逃荒至商邱丁家，欠粮七斗、钱五千文被留，赎交其母具领。

王锁妮　年十三岁，获嘉。随父王禄逃荒至杞县杜万盛家，被留不放，移县提交伊父具领。

郭冬花　年十五岁，汲县人。许字辉县杨雷之子，随父郭振明逃荒至商邱，被毛克均拐卖于陈姓，移县提交伊父具领。

汴局由各州县送到转遣回籍十二名

张小称　年十四岁，辉县人。移县传属具领。

管小春　年八岁，不知籍贯，送慈幼堂留养。

李梅姐　年八岁，同上。

乔小唤　年六岁，同上。

小妮　年四岁，同上。（以上五名杞县解来。）

梅金妮　年十岁，禹州人。送交伊叔梅春具领。商水县解来。

王豆妮　年十六岁，洛阳县人。送交伊母王袁氏具领。

常柱妮　年十七岁，彰德府人，送交伊父常明具领。（以上二名铜山县解来。）

李张氏　年二十岁，济源县人，送交伊夫李小巨具领。汴城朱委员送来。

颜李氏　年二十五岁，山西凤台县人，局友助赈绛州，带送回籍。

陈李氏　年二十三岁，河内县人，送祥符县转解回籍。

陈凤娇　年五岁，即陈李氏女。（以上三名商邱县解来。）

归德局赎出解汴转遣一百三名

施王氏　年二十三岁，修武人。被拐至宁陵，为义士郑金均截留送局，送交伊翁施唐具领。

赵董氏　年二十九岁，山西陵川人。被拐卖与商邱马清嘉，马自送局，给发赎价外，送赈抚局委员解回。

韩宋氏　年二十二岁，辉县人。被拐卖与商邱张清魁，逼娼不从，送局，转送赈抚局解回。

韩女　年四岁，即韩宋氏女。

王蓝田　年十四岁，洛阳县人。父耀南，生员，已故。流落归德，送交伊母王吕氏具领。

翟女　年十岁，不知籍贯，新安姚玉堂领作义女。

翟女　年五岁，不知籍贯，新安侯平领作义女。

娄刘氏　年二十六岁，郑州人。被拐卖于商邱王姓，赎交本夫娄西成具领。

娄锄头　年六岁，娄刘氏子。

郭李氏　年三十岁，原武人。被拐卖于商邱王姓，赎交本夫郭荣具领。拐贩谢淑兰移县严办。

赵张氏　年三十五岁，武陟人。被拐卖于永城李姓，逃回，又被史姓截卖陈姓，赎交本夫赵月楼具领。

薛卢氏　年三十四岁，济源人。逃荒至商邱，本夫病故，因欠房饭不能回家，由局代给，送交家属具领。

薛顺儿　年十二岁，薛卢氏子。

王赵氏　年三十九岁，武陟人。逃至商邱，本夫病故，因欠房饭不能归家，由局代给送回。

王银儿　年十六岁，王赵氏子。

王五儿　年三岁，王赵氏子。（以上三名均交武陟县。）

刘李氏　年二十二岁，山西阳城人。

韩马氏　年二十九岁，山西阳城人。以上二名拐至宁陵，为吕枫江截留送局，转送山西委员张牧解回。

张李氏　年三十八岁，新乡人。拐卖商邱王家，赎交本夫张旺具领。

张大儿　年十二岁，张李氏子。

张遂由　年七岁，同上。

张赛由　年三岁，同上。

王春姐　年十岁，兰仪人。已许字，卖于睢州王家，由局赎回，送交伊父王殿选具领。

张张氏　年三十八岁，封邱人。卖于商邱李姓，赎交本夫张青山具领。

王郭氏　年三十四岁，滑县人。被拐贩卖商邱张姓，赎交本夫王家旺具领。

王女　年十四岁，王郭氏女。

陈马氏　年二十六岁，辉县人。被拐贩卖商邱周刚为妻，矢志不从，赎交伊兄马林具领。

萧李氏　年三十五岁，封邱人。随夫逃荒。至商邱，夫故，因欠房饭被留，代偿遣回。

萧双成　年五岁，萧李氏子。

王粉姐　年十二岁，新安人。同翁姑逃至永城，因欠刘姓粮食被留，转卖陈姓，赎交伊翁黄书堂具领。

张女　年十七岁，滑县人。被贩拐卖宁陵乔姓，矢志不从，赎送原籍，访明伊父张志兴给领。

周女　年六岁，祥符人。被贩拐至商邱，经王凤美截获送局，由局送交伊叔周占标具领。

王王氏　年二十一岁，获嘉人。被拐贩卖商邱何家为妾，赎交胞兄王四海具领。

王司氏　年三十岁，新乡人。被拐贩卖商邱吴家，赎交本夫王法道具领。

王同牛　年九岁，王司氏子。

王任氏　年二十三岁，辉县人。逃荒至睢州，欠张宝珠杂粮五斗，被其捎留，赎交本夫王镇邦具领。

王美妞　年三岁，王任氏子。

蔡徐氏　年二十三岁，祥符人。本夫已故，被贩拐至归德，由客店截留送局，交伊叔徐玉麟具领。

吴杨氏　年四十岁，中牟人。被贩拐至商邱，居民截留送局，交亲属张文明具领。

吴女　年十六岁，吴杨氏女。

阴魏氏　年二十一岁，郑州人。被人诱卖归德郭家，赎交伊夫阴汉章具领。

冯张氏　年四十一岁，修武人。逃荒至柘城，被冯姓霸留，其女控提到局，一并转送回籍。

冯女　年十六岁，即冯张氏女。

李张氏　年十九岁，祥符人。被人诱卖归德汪家，赎交伊父张卓具领。

陈刘女　年十五岁，渑池人。已许字陈三泰，被贩拐卖归德刘家为娼，赎交伊父刘大发具领。

张女　年十六岁，获嘉人。许字李姓，随父逃荒，欠归德石姓钱五千文被留，赎交伊父张国良具领。

王女　年十六岁，获嘉人。许字赵姓，随父王春仙逃荒，欠商邱张姓粮食被留，赎交伊父具领。

王张氏　年二十四岁，修武人。被贩拐卖睢州马家，赎交本夫王四保具领。

陈景女　年十五岁，汤阴人。被贩拐至归德，因病被弃，东关卖面人收养报局，送交伊父陈万芝具领。

刘柳氏　年三十三岁，封邱人。被贩拐卖宁陵薛家，赎交本夫刘芳具领。

刘墨头　年十五岁，刘柳氏子。

刘双根　年四岁，同上。

王张氏　年二十八岁，荥泽人。被贩拐卖商邱王家，赎交本夫王运来具领。

王女 即王张氏女。

毛甄氏　年二十四岁，直隶长垣人。被诱卖于商邱王明相为妾，不从，赎送回籍，交本夫毛留成具领。

毛女 名珠儿，即毛甄氏女。

孙女　年十三岁，汲县人。被拐卖于宁陵岳青元家，不从，赎交伊父孙士阶具领。

赵窦氏　年十八岁，汜水人。被贩拐卖宁陵乔家，赎交伊叔窦水具领。

李李氏　年十八岁，修武人。被贩拐卖宁陵李家为妾，凌虐不堪，邻右报局，提送原籍，传属具领。

宋郭氏　年四十三岁，洛阳人。同夫逃荒至商邱，氏夫病故，因欠杜姓粮食，不能回家，代偿遣回。

宋六一　年十六岁，宋郭氏子。

焦黑大　年十二岁，偃师人。流落宁陵，送交其父焦味芭具领。

节妇赵贾氏　年三十一岁，修武人。夫凤梧逃荒失散，传言已故，自鬻于商邱刘兰江家为婢，以身价养其母。贾李氏并其子赵启秀严于守身，刘家起敬送局，由局给赎奖赏，送交其弟贾闰具领。禀明豫抚宪行知修武县，以时存恤。

郭鲍氏　年二十三岁，辉县人。被贩至宁陵，为武生郑敬忠强留作妾，提交本夫郭进芳具领。

王张氏　年二十二岁，修武人。被贩卖于吴姓，赎交本夫王宝具领。

贞女宋大姐　年十八岁，获嘉人。许字同邑汪圈妮，随亲逃至宁陵高家，其父许与作妾，该女誓从原配，涕泣守贞，邻右报局，资遣回籍，复在鹿邑访得其夫，代备衣饰，优给银两，为之成礼，并报明豫抚宪在案。

宋职氏　年三十七岁，即大姐之母，一并资遣回籍。

陈女　年十岁，修武人。赎送原籍，传属具领。

高曹氏　年三十九岁，阳武人。逃荒至归德，欠程姓房饭被留，由局代偿，送交伊夫高芳具领。

高女　年七岁，即高曹氏女。

杨姬氏　年二十三岁，偃师人。被人诱卖商邱刘姓为妾，赎交亲属姬大生，传令本夫具领。

杨儿　年三岁，杨姬氏子。

潘郭氏　年四十一岁，封邱人。被拐卖于商邱陈家，赎交本夫潘国荣具领，拐贩田辉勋移县究办。

潘女　年八岁，即潘郭氏女。

高李氏　年四十岁，封邱人。被贩卖于商邱赵家，赎送原籍，传属具领。

高小猪　年十岁，即高李氏女。

王小留　年七岁，即高李氏甥。

董马氏　年三十二岁，祥符人。逃荒至商邱，全家卧病，自鬻张家，赎交本夫董永旺具领。

董七斤　年十一岁，董马氏子。

董八斤　年七岁，即董马氏子。

董九斤　年四岁，即董马氏子。

葛女　年十七岁，阳武人，胞兄葛太升具领。

（葛女以下至李泥鳅十五名，系归德撤局后，粮厅安倅资送汴局，未叙案由。）

王帅妮　年十岁，洛阳人。胞兄王问一具领。

李郭氏　年三十一岁，孟县人。夫兄李东林具领。

李小罗　年三岁，即李郭氏子。

熊徐氏　年二十一岁，获嘉人。本夫熊得升具领。

熊钰　年五岁，即熊徐氏夫弟。

张贺氏　年四十岁，获嘉人。本夫张文选具领。

张小儿　年四岁，张贺氏子。

谢李氏　年三十六岁，巩县人。本夫谢得贵具领。

王杨氏　年二十四岁，汜水人。胞兄杨全具领。

赵张氏　年二十五岁，修武人。本夫赵青树具领。

赵金珠　年五岁，即赵张氏子。

王周氏　年三十七岁，获嘉人。本夫王庆云具领。

李刘氏　年四十一岁，新乡人。本夫李克贵具领。

李海妮　年十四岁，李刘氏女。

李泥鳅　年五岁，李刘氏子。

康王氏　年三十六岁，修武人。逃荒夫故，因欠房饭被留商邱客店，赎交伊姑具领。

康宝姐　年十一岁，康王氏女。

孟吴氏　年三十一岁，荥泽人。流落商邱朱秉彝家，朱送局资遣。

孟瑷妞　年七岁，孟吴氏女。

孟扶妞　年五岁，同上。

王同春　年九岁，汜水人。因荒卖于商邱陈姓，现在母寡子独，赎交伊母王吴氏具领。

归德局赎出径送回籍四十二名

薛周氏　年二十八岁，考城人。随翁夫逃荒至商邱，欠秣粟二斗，将氏抵留，赎交氏翁薛立成具领。

崔李氏　年二十二岁，获嘉人。同姑逃荒至宁陵，因欠房租，被房东揹留，赎交伊姑崔浮氏具领。

张云玉　年十三岁，祥符人。已许字同邑朱姓，被诱卖于宁陵许姓，赎交伊父张斌具领。

郭阮氏　年二十九岁，汲县人。被诱卖于商邱吴姓，赎交本夫郭俊会具领。

郭阿玉　年十岁，即郭阮氏女。

孟李氏　年四十五岁，新乡县人。被诱卖于商邱赵姓，赎送回籍。

刘女　年十三岁，荥阳县人。已许字同邑王姓，被诱卖于商邱贾姓，赎交伊父刘德馨具领。

李女　年十二岁，辉县人。随父逃荒至商邱，因欠房钱抵留，赎交女父李俭具领。

张大儿　年五岁，孟津县人。随父逃荒至宁陵，欠李姓高粱十斤抵留，赎交伊父张同心具领。

陈苏儿　年六岁，睢州人。被诱卖于商邱陈姓，赎交伊父陈廷诰具领。

王雪妞　年十岁，获嘉人。随父逃荒至商邱，欠李占鳌杂粮三斗抵留，赎交伊父王渭滨具领。

陈郭氏　年四十一岁，修武县人。拐卖商邱李家，赎交伊伯程仁夫具领。

陈章成　即程郭氏子。

段宋氏　年二十七岁，修武县人。被贩拐卖至商邱，截留到局，由归粮厅传属给配。

鲁恼牛　年八岁，封邱县人。卖于永城戚姓，得钱二百文、高粱一升，赎交伊父鲁雨苹具领。

王得妞　年十三岁，荥泽人。卖于商邱高姓，得价六百文，赎交其父王保儿具领。

郭盖春　年八岁，孟津县人。随父逃荒，卖于睢州马姓，赎交其父郭卢具领。

李春儿　年九岁，辉县人。随父逃荒，卖于睢州焦姓，得杂粮二斗，由局赎交其父李金具领。

王女　年十岁，获嘉县人。已许字同邑张完义之子，随父逃荒至永城，因欠粮食，被洪姓扣留，赎出交伊父王绍禄具领。

孙许氏　年三十岁，杞县人。随夫逃荒，被拐卖于归德谢姓，赎交本夫孙克俭具领。

张王氏　年二十五岁，杞县人。随夫逃荒，因欠商邱朱姓秣粟六升，连伊女一并扣留，赎交本夫张郊忠具领。

张女　年七岁，即张王氏女。

王和儿　年六岁，洛阳人。卖于商邱张姓，得钱六百文、高粱一斗，现因独子求赎，赎交伊父王锡爵具领。

宋福禄儿　年八岁，获嘉县人。随父逃荒，卖于宁陵何姓，得钱一百二十文，赎交伊父宋丕平具领。

张王氏　年十四岁，武陟人。已许字张姓，被诱卖于商邱周姓，赎交伊母王冯氏具领。

钱女　年十岁，孟县人。随父逃荒至商邱，被人诱卖于王姓为婢，赎交伊父钱秉奇具领。

姬女　年十三岁，渑池县人。许字同邑冯姓，逃荒至商邱卖于王姓，赎交女父姬小臣具领。

郭留姐　年七岁，汲县人。诱卖于商邱李氏，赎交伊父郭有袁具领。

李波姐　年十二岁，杞县人。随父逃荒，卖于商邱贾姓为婢，由局赎交女父李义具领。

吴李氏　年三十九岁，杞县人。因荒卖于商邱李姓，赎交本夫吴青云具领。

吴女　年十三岁，即吴李氏女。

吴女　年三岁，即吴李氏女。

刘王女　年十三岁，杞县人。因荒卖于商邱张姓为婢，赎交女翁刘运具领。

王悦来　年十四岁，延津人。随父逃荒，卖于商邱张姓，得粮食七升，赎交伊父王承曾具领。

郭国柱　年五岁，汲县人。随父逃荒至商邱，欠薛姓高粱二斗抵留，赎交伊母郭李氏具领。

李一句儿　年五岁，祥符县人。因荒卖于商邱王姓，得钱六百文，赎交伊父李香山领回。

刘五儿　年四岁，祥符县人。随父母逃荒，卖于商邱吴姓，得过高粱二斗，赎交伊父刘文具领。

娄闫氏　年二十三岁，通许人。随翁娄百朋逃荒，欠永城翟姓高粱二斗、钱十千文，氏与弟媳悉被扣留，赎交伊翁具领。

娄长生　年四岁，即娄闫氏子。

娄杨氏　年二十岁，即娄闫氏弟媳。

蔡女　年十二岁，延津县人。卖于商邱孙姓，赎交伊母蔡李氏具领。

许小猫　年十岁，陈留县人。许字同邑王姓，随父逃荒，被诱卖于永城刘姓，赎交伊父许文才具领。

归德局自行求遣暨各衙门送局四十四名

尹珠儿　年十三岁，兰仪县人。父故，流落商邱，送回原籍。

潘须儿　年十六岁，孟津县人。逃荒流落，送交伊父潘凤巢具领。

薛晏氏　年六十岁，济源县人。逃荒流落，送回原籍。

高薛氏　年二十九岁，即薛晏氏之女。

张王氏　年六十五岁，封邱县人。交伊子张青山具领。

王吴氏　年五十五岁，汜水县人。夫故流落，送回原籍。

王锡儿　年十五岁，即王吴氏侄。

张喜珠　年十二岁，汲县人。逃荒流落，资送回籍。

王何氏　年四十七岁，获嘉县人。伊子王四海具领。

李小马妮　年十三岁，祥符人。伊姑母朱李氏具领。

韩张氏　年五十岁，阳武人。送阳武县传属具领。

韩小驴　年七岁，即韩张氏孙。

颜王氏　年二十三岁，河内县人。被贩拐卖柘城，差弁截留到局，送交胞弟王喜具领。

周常氏　年三十九岁，获嘉县人。本夫周士举具领。

周大儿　年十二岁，周常氏子。

周二儿　年七岁，周常氏子。

康常氏　年四十九岁，济源县人。由局交伊妹夫周士举具领。

常赵氏　年二十岁，延津县人。本夫常文秀具领。

罗张氏　年三十七岁，修武县人。夫故，连同幼子流落，资送回籍。

罗儿　年二岁，即罗张氏子。

余李氏　年二十岁，孟津县人。因荒流落，资送回籍。

孙魏氏　年六十二岁，获嘉县人。资送回籍。

孙应女　年二岁，即孙魏氏孙女。

王李氏　年四十三岁，新乡县人。弟王魁山具领。

王张成　年十一岁，即王李氏子。

郜杨氏　年三十岁，新乡县人。本夫郜贵禄具领。

郜儿　年四岁，即郜杨氏子。

张梁氏　年二十九岁，汲县人。本夫张德具领。

郭杨氏　年四十五岁，获嘉县人。资遣回籍。

郭儿　年三岁，即郭杨氏次子。

张郭氏　年六十五岁，新乡县人。本夫张成秀具领。

张儿　年七岁，即张郭氏孙。

范李氏　年三十二岁，洛阳县人。氏送交本夫范新元具领。

范儿　年五岁，即范李氏子。

崔廷妮　年十四岁，汜水县人。胞兄崔马妮具领。

张常氏　年六十五岁，温县人。亲属郑见兰具领。

葛宋氏　年五十七岁，阳武县人。子葛太升具领。

葛老小　年十四岁，即葛宋氏次子。

张女　年十二岁，杞县人。资送回籍。

薛高氏　年六十岁，考城县人。资送回籍。

薛陈氏　年四十二岁，即薛高氏媳。

时朱氏　年二十岁，杞县人。资送回籍。

时儿　年五岁，即时朱氏子。

蔡李氏　年五十二岁，延津县人。因荒流落，资送回籍。

周家口赎出暨各衙门送局解汴转遣七名

王赖氏　年十九岁，山西凤台人。被贩拐卖淮宁董姓，董自行送局，移交山西委员解回。

杨氏　年二十四岁，偃师人。被诱出卖许州方姓，赎交伊父杨全具领。

牛女　年十一岁，安阳人。由周口分府送局中，请赈抚总局派员解回。

王许氏　年二十四岁，密县人。被人诱卖至西华，赎交伊父许凤林具领。

武李氏　年二十八岁，嵩县人。被贩卖至西华，截留到局，送交伊父李鸣盛具领。

陈郑氏　年二十三岁，密县人。被诱卖至周口黄家，黄自送局，送交伊母郑白氏具领。

陈久妮　年六岁，即陈郑氏女。

周家口赎出暨各衙门送局及自行求遣径送回籍二十七名

刘王氏　年三十八岁，西华县人。由县送局，由局传令本夫刘清元具领。

缪张氏　年二十岁，济源县人。被诱卖于娼家，不从，赎送淮宁县择配。

王郭氏　年三十岁，洛阳人。被诱转卖周口笪姓，由县送局，由局送交本夫王成都具领。

王长安　年六岁，即王郭氏子。

杜姚氏　年三十三岁，洛阳县人。被贩转卖，由县送局，由局送交本夫杜保具领。

何玉姐　年十六岁，郑州人。由县送局，由局送回原籍。

陈韩氏　年十七岁，渑池县人。被贩拐卖百川，拐至周口，由厅送局，由局送交本夫陈乐善具领。

吕氏　年十五岁，洛阳县人。同上。

李氏　年十六岁，洛阳县人。同上。

马氏　年十六岁，洛阳县人。同上

韩李氏　年三十五岁，巩县人。被人诱卖至周家口乔姓，赎交本夫韩长具领。

刘玉姐　年十五岁，登封县人。许字同邑王姓，被人诱卖与周口土窑，赎交伊母刘袁氏具领。

王雷氏　年十八岁，汜水县人。被人诱卖于周口胡姓，由县送局，由局送交本夫王有具领。

孙杨氏　年二十九岁，长葛人。被人贩卖至商水夏家，由县送局，由局送交本夫孙长有具领。

马李氏　年四十岁，尉氏县人。

马必儿　年二岁，即马李氏子。

陈李氏　年四十三岁，尉氏县人。

陈金奎　年十二岁，即陈李氏子。

陈金珠　年六岁，即陈李氏次子。

海丁氏　年六十一岁，尉氏县人。

赵海氏　年三十三岁，尉氏县人。

赵苟儿　年八岁，即赵海氏子。

赵发儿　年六岁，即赵海氏子。

张金氏　年四十岁，尉氏县人。（以上十名均送回籍，有尉氏县回文。）

寇朱氏　年三十八岁，太康县人。伊兄朱荣儿具领。

寇女　年二岁，即寇朱氏女。

张周氏　年十四岁，上蔡县人。胞兄朱娃儿具领。

清江未开局以前带至汴城十三名

杨孙氏　年二十八岁，济源县人。本夫杨庆堂具领。

杨云儿　年七岁，即杨孙氏女。

刘富得　年十五岁，彰德府人。父母均故，祖母张氏具领。

赵邹氏　年二十岁，延津县人。本夫赵禄具领。

杨马氏　年二十二岁，山西陵川县人。送交山西委员张牧解回。

李吴氏　年二十二岁，新安县人。（以上六名奉漕宪发交。）

杨兰馨　年十三岁，祥符县人。女父杨德具领。

张毛氏　年二十三岁，滑县人。被贩至清河，由县交局，伊侄毛延贵具领。

王福有　年六岁，山西人。清河县交局，送汴城育婴堂。

幼女　年七岁，不知籍贯，清河县交来，送汴城慈幼堂留养。

李史氏　年十七岁，林县人。清河县送局，资遣无家，由彰德府龚都司从岱给马兵赵金印为妻。

陆氏　年十九岁，山西潞安府人。桃源县交来，送山西委员张牧转解回籍。

刘氏　年十九岁，山西高平县人。桃源县交来，送山西委员张牧转解回籍。

清江开局以后赎出解归局转解汴局资遣十七名

王女　年十六岁，来文误作祥符县人，实系滑县人。申请赈抚局派员解回，女父王老黑具领。

贾女　年十四岁，祥符县人。胞兄贾邦林具领。

杨白妮　年九岁，新乡县人。胞伯杨保全具领。

陈平儿　年十二岁，洛阳县人。胞叔陈忠恕具领。

李小全　年十二岁，济源县人。解至修武局病故。

贺秋桂　年十三岁，济源县人。资遣无归，择配韩保定为妻。

高玉兰　年十七岁，汲县人。胞侄高芳卿具领。

温大妮　年十三岁，汲县人。伊父温芳春具领。

段吴氏　年十九岁，汲县人。来文误王井妮，堂伯吴樑具领。

王大惠　年十六岁，孟县人。伊母王氏兄王表具领。

赵儒儿　年十三岁，直隶长垣县人。送交胞兄赵四具领。

郭燕子　年十四岁，山西辽州人。送山西委员张牧转解回籍。

武瑞儿　年十三岁，偃师县人。胞叔武英具领。

钱腊妮　年八岁，武陟县人。女父钱林具领。

焦麻花　年十二岁，林县人。伊父焦禄具领。

赵来弟　年十六岁，汤阴县人。伊父赵叶具领。

周富儿　年十八岁，汝州人。曾许字范老谟，过门未久，尚未成亲，因荒被夫家卖出，转卖至徐州清江，该女以死自誓，经徐州道赎出，送局到汴，资遣回籍，本夫范老谟未归，交胞兄周起龙具领。

归德局接递皖省解汴转遣七十九名

郑王氏　年二十四岁，祥符县人。伊母王马氏具领。

李李氏　年二十九岁，汲县人。本夫李才具领。

李换姐即李李氏女。

王刘氏　年二十九岁，新安县人。本夫王锡凌具领。

王小苗　年九岁，即王刘氏子。

毛陈氏　年二十四岁，孟县人。本夫毛文秀具领。

毛小猪　年四岁，即毛陈氏子。

权毛氏　年二十六岁，孟县人。本夫权天申具领。

王郭氏　年二十二岁，济源县人。夫王秀邦未归，交寄父毛本善具领。

刘卢氏　年五十六岁。济源县人。

刘全发　年十六岁，即刘卢氏子。

卢吕氏　年四十五岁，济源县人。

卢东行　年十五岁，即卢吕氏子。

卢孔氏　年六十一岁，济源县人。

卢正得　年十四岁，即卢孔氏孙。

卢贵得　年九岁，即卢孔氏孙。

卢兴得　年七岁，即卢孔氏孙。

卢苗得　年三岁，即卢孔氏孙。

卢条儿　年十六岁，本夫李起发一同资遣。

孔王氏二十四岁，济源县人。本夫孔宪三一同资遣。（以上十二名均资遣回籍。）

马小便仔　年十三岁，修武县人。由赈抚总局派员解送回籍。

耿改仔　年十三岁，襄城县人。母耿栗氏、胞兄耿长喜具领。

李张氏　年十六岁，不知籍贯，送慈幼堂留养。

侯朱氏　年三十岁，济源县人。夫侯中旺种田为业，由赈抚局派员解送回籍。

刘郑氏　年二十一岁，洛阳县人。本夫刘宝成具领。

范姐　年十七岁，修武县人。已字同邑杨姓，胞兄范旦具领。

马张氏　年三十四岁，济源县人。夫马永快种田为业，由赈抚总局派员解送回籍。

胡女　年十五岁，济源县人。由赈抚总局派员解送回籍。

施马氏　年二十二岁，济源县人。夫施海云，由赈抚总局派员解送回籍。

王王氏　年三十六岁，伊阳县人。胞兄王大来具领。

聂张氏　年三十六岁，洛阳县人。伊兄张金梁具领。

许侯氏　年十九岁，氾水县人。本夫许云来具领。

王女　年十一岁，郑州人。伊叔王俊杰具领。

谢何氏　年二十五岁，山西闻喜县。交山西委员张牧转遣回籍。

柏女　年十一岁，阳武县人。胞叔柏聚具领。

周氏　年二十岁，山西陵川县人。交山西委员张牧转解回籍。

郑牛氏　年二十三岁，济源县人。本夫郑黑具领。

王李氏　年二十五岁，渑池县人。本夫王学荣具领。

高女　年十九岁，尉氏县人。伊父附生高全文领回。

张杨氏　年三十岁，宜阳县人。交本夫张秋具领。

张王氏　年二十二岁，叶县人。本夫张闹具领。

张女　年二岁，即张王氏女。

刘张氏　年三十九岁，郑州人。胞兄三麻具领。

常万氏　年三十九岁，洛阳人。夫常金点逃荒未回，伊侄常敬一具领。

侯女　年十三岁，武陟人。母冯氏，叔名水牛。由赈抚总局派员解送回籍，传属具领。

王葛氏　年二十二岁，怀庆府清化镇人。送清化分府，遣送回家。

程女　年十八岁，鄢陵县人。许字同邑马姓，交胞兄程国喜具领。

王康氏　年二十四岁，修武县人。夫兄王福全、夫嫂段氏具领。

王女　年六岁，即王康氏女。

韩氏　年十八岁，巩县人。伊父韩毛具领。

陈氏　年二十八岁，新乡县人。由赈抚总局派员解送回籍，传属具领。

穆任氏　年二十二岁，武陟县人。本夫穆秀三具领。

王恒姐　年十七岁，中牟县人。许字同邑娄万仓，伊父王甲科具领。

刘藏姐　年十五岁，阳武县人。许字同邑毛姓，伊父刘合顺具领。

李花姐　年九岁，中牟县人。伊父李玉成具领。

王刘氏　年二十四岁，辉县人。胞弟刘金贵具领。

王满成　年六岁，即王刘氏子。

张李氏　年十八岁，郑州人。父李应保、夫李庆云，送回原籍，传属具领。

张罗氏　年三十岁，河内县人。堂兄罗兆顺具领。

孙女　年十八岁，尉氏县人。胞叔孙寿具领。

韩女　年十六岁，渑池县人。伊母赵氏具领。

李女　年十六岁，洛阳县人。伊父李纯具领。

瞿焦氏　年十七岁，孟县人。伊父焦元香具领。

李王氏　年二十九岁，荥泽县人。本夫李叙和具领。

马女　年十二岁，郏县人。父母均故，家无亲属，送汴城慈幼堂留养。

张郭氏　年二十六岁，获嘉县人。本夫张梦卿具领。

孙女　年十四岁，郏县人。胞叔孙维生具领。

翟女　年十五岁，尉氏县人。胞兄翟青龙具领。

李周氏　年三十岁，济源县人。送回原籍，传属具领。

李女　年三岁，即李周氏女。

朱李氏　年十七岁，禹州人。叔翁朱双印具领。

任张氏　年二十二岁，河内县人。家无亲属，送修武局择配。

李平女　年十八岁，郑州人。送回原籍，传属具领。

杨冯氏　年二十三岁，山西陵川县人。送交山西委员张牧转解回籍。

丁女　年十二岁，偃师县人。伊父丁元具领。

冯张氏　年二十一岁，河内县人。夫弟冯年生具领。

沙凤姐　年二十七岁，济源县人。胞叔沙太成具领。

罗金姐　年二十岁，新乡县人。父母均在，许字同邑许姓，送回原籍，传属具领。

李瑞　年十二岁，祥符县人。双目失明，送慈幼堂留养。

归德局接递皖省径送回籍五名

吴丁氏　年二十七岁，杞县人。送回原籍，有杞县回文。

吴慈妮　年十岁，即吴丁氏女。

吴拗妮　年六岁，即吴丁氏女。

曹陈氏　年三十三岁，睢州人。由归粮厅送回原籍。

曹女　年十三岁，即曹陈氏女。

亳州径解汴局转遣十名

刘张氏　年四十七岁，巩县人。交本夫刘永彦具领。

胡刘氏　年二十四岁，即刘张氏女。

姚妮　年二十岁，祥符县人。家无亲属，送慈幼堂。

王大妮　年十九岁，祥符县人。家无亲属，送慈幼堂。

张妮　年十六岁，封邱县人。由赈抚总局派员解送回籍。

王妮　年十六岁，辉县人。由赈抚总局派员解送回籍。

梁五妮　年十三岁，武陟县人。由赈抚总局派员解送回籍。

周小宝　年十岁，河内县人。由赈抚总局派员解送回籍。

秦宋氏　年三十七岁，修武县人。本夫秦祥具领。

孙谷氏　年二十二岁，郑州人。伊父谷马驹具领。

偃师局赎出径送回籍三十七名

苏孟娃　年十四岁，偃师县人。逃荒至禹州张姓家居住，因欠饭钱被扣，由局代赎，交本夫杨拴具领。

车齐氏　年二十五岁，偃师县人。逃荒至襄城地方，被拐贩卖，由局赎出，交本夫车和具领。

张焦氏　年三十岁，偃师县人。因荒被卖，由局赎出，交本夫张耀具领。

李李氏　年二十八岁，偃师县人。因翁父病重，卖身医病，由局代赎，交本夫李渠具领。

符常氏　年三十一岁，偃师县人。因夫不家，被人拐卖，由局赎出，交本夫符顺具领。

萧董氏　年二十七岁，偃师县人。因荒被父出卖，由局赎回，交伊夫萧林具领。

曹秦氏　年二十四岁，偃师县人。被母卖与徐姓为妾，由局赎出，交本夫曹多具领。

岳玉姐　年十六岁，偃师县人。因荒被卖为妾，岳女不愿，由局移县赎出，交本夫都小垲具领。

刘根良　年十岁，偃师县人。因荒被卖与嵩县何老四为子，由局移县赎回，交伊母刘王氏具领。

李鹅妮　年十二岁，偃师县人。已许同邑杨载为妻，因荒复许王姓，由局移县赎出，交本夫杨载具领。

李黄氏　年十五岁，偃师县人。因荒出卖，尚未成婚，由局移县赎回，交本夫李同元具领。

姬高氏　年三十岁，偃师县人。因荒被婆母卖出，由局移县赎回，交本夫姬奠具领。

陈董氏　年二十九岁，偃师县人。因荒得过刘四冈米豆三升，将董氏被扣为妾，由局移县赎回，交本夫陈双喜具领。

杨姬氏　年二十三岁，偃师县人。因荒被妻父出卖为妾，由局移县赎回，交本夫杨小月具领。

贾段氏　年三十岁，偃师县人。因荒被卖曲姓为妾，由局备文移县，差提到案，当堂赎出，交本夫贾毛一具领。

左高氏　年二十八岁，偃师县人。因荒被父出卖，由局移县赎出，交本夫左庚子具领。

张李氏　年三十岁，偃师县人。因荒被婆母卖与山姓作妾，由局赎出，交本夫张地具领。

李刘氏　年二十八岁，偃师县人。

铁董氏　年二十五岁，偃师县人。因荒被卖洛阳县王姓为妾，由局赎出，交本夫铁法顺具领。

王李氏　年十八岁，偃师县人。因荒被卖与同邑段稳祥为妾，由局赎出，交本夫王根具领。

秦白氏　年三十岁，偃师县人。因荒被卖与同县董万为妾，由局赎出，交本夫秦原禧具领。

高魏氏　年二十八岁，偃师县人。因荒被卖于王黑子为妻，由局赎出，交本夫高先甲具领。

杨李氏　年二十六岁，偃师县人。因荒被卖于崔西来为妾，由局赎出，交本夫杨次伟具领。

张李氏　年二十二岁，偃师县人。因荒被卖于孙夺为妻，由局赎出，交伊父张有法具领。

杨李氏　年三十二岁，偃师县人。因荒被卖于张大喜为妻，由局赎出，交伊夫杨进元具领。

杨陈氏　年二十四岁，偃师县人。因荒被卖于段维为妻，由局赎出，交本夫杨广成具领。

许王氏　年十九岁，偃师县人。因荒被卖于郭苟思为妻，由局赎出，交本夫许聚财具领。

董凤娃　年二十一岁，偃师县人。因荒于本县王段氏为义女，由局赎出，交本夫宋四进具领。

杨李氏　年十八岁，偃师县人。因荒被卖于邢禄仁为妾，由局赎出，交本夫杨亮具领。

李林氏　年二十岁，因荒被卖于铁遂顺为妻，该氏不愿，由局赎出，交本夫李明泰具领。

朱姬氏　年二十五岁，偃师县人。因荒被卖于段格信为妾，由局赎出，交本夫朱明具领。

刘连氏　年二十一岁，偃师县人。因荒被卖于赵岳为妻，由局赎出，交本夫刘炳耀具领。

曹小扭　年十九岁，偃师县人。因荒被卖于张太为婢，由局赎出，交其母曹王氏具领。

杨李氏　年十七岁，偃师县人。因荒被卖于王高氏为女，由局赎出，交本夫杨载之具领。

董李氏　年二十三岁，偃师县人。因荒被卖于杨老余为妻，由局赎出，交本夫董正金具领。

晋董氏　年二十岁，偃师县人。因荒被卖于许泉水为妻，由局赎出，交本夫晋炳耀具领。

蔺王氏　年十九岁，偃师县人。因荒被卖于曹姓为婢，由局赎出，交其翁蔺五经具领。

洛阳局赎出径送回籍三名

李孙氏　年二十岁，洛阳县人。因荒被兄诱卖与同县段崇仙为妾，由局移县赎回，交本夫李十具领。

王武氏　年二十一岁，洛阳县人。因荒被弟诱卖与偃师人李元为妾，由局移县赎回，交本夫王聚具领。

杜李氏　年三十岁，洛阳县人。因荒被兄诱卖与偃师杨四为妻，由局移县赎回，交本夫杜莫具领。

孟津局赎出径送回籍一名

柴翟氏　年二十三岁，孟津县人。因荒，又以婆母病重，卖与同县韩姓为妾，由局移县赎出，交本夫柴銮具领。

渑池局赎出径送回籍十名

刘孟氏渑池县人，因荒被祖母背卖与同县王克勤为妻，由局移县赎出，交本夫刘玉瑶具领。

张古氏渑池县人，因逃荒短少房饭钱文，将氏抵押，转卖与汴城杨姓，由局赎出，交本夫张小宽具领。

赵王氏渑池县人，因逃荒至汝州，借钱无偿，将氏抵押，由局移州赎回，交本夫赵成美具领。

贾崔氏渑池县人，被人背卖与同县李鸣岐为妾，由局移县赎出，交本夫贾长海具领。

贾郝氏渑池县人，逃荒郏县，被卖于郭姓为妻，由局移县赎回，交本夫贾小黑具领。

周何氏渑池县人，逃荒被人背卖与董文振为妻，由局移县赎回，交本夫周乙未具领。

安崔氏渑池县人，因荒被岳父背卖与刘福田为妻，由局移县赎出，交本夫安长盛具领。

王赵氏渑池县人，逃荒在外，被岳父卖与周梦娃为妾，由局移县赎出，交本夫王二流具领。

刘马氏渑池县人，因荒被岳父背卖与刘振河为妻，由局移县赎回，交本夫刘映奎具领。

萧马氏渑池县人，因荒被母家背卖于曹老五为妾，由局移县赎回，交本夫萧银升具领。

修武局赎出三十九名

赵女　年二十岁，修武县人。夫故，被母卖与同县王金楼为妾，由局赎回，交夫家亲属具领。

侯马氏　年二十岁，修武县人。被卖于获嘉杨芳为妾，由局赎回，交本夫侯楼具领。

张苔　年十八岁，修武县人。被卖与本村武生田清秀，世世为奴，身价四百五十文，由局赎回，并代赎庄地，令其安业。

赵翟氏　年三十岁，林县人。被夫兄卖与张姓为妻，由局赎回，交其父翟九具领。

赵女　年十三岁，修武县人。被卖与获嘉谢姓为妾，由局赎回，交其父赵正光具领。

赵李氏　年三十岁，修武县人。被岳父李怀清卖与新乡李法清为妾，由局赎回，交本夫赵廉具领。

薛大姐　年十七岁，修武县人。先已许亲，因荒卖与武陟常应元为妾，由局赎回，交其父薛久安，招其本夫完聚。

郭秋妮　年十二岁，修武县人。被继母卖与刘姓作婢，由局赎回，交本夫范马具领。

田华女　年二十岁，修武县人。逃荒至颍州府，经本地孝廉方正刘文楷救出，专足至修局送信，即招女兄田鸿，由局给资往接，回局给领。

李马氏　年二十三岁，修武县人。随夫逃荒至东明县，被土棍徐小五霸留，由局赎回，交本夫李秉忠具领。

王孙氏　年二十五岁，辉县人。因欠王子元钱文，被诱强勒成婚，该氏来局求赎，即交本夫王学纯具领。

张巧妮　年十六岁，山西人。卖于祥符县北乡陈姓为婢，陈姓情愿放赎，由局赎回，择配修武胡宝山之子为妻。

王狗女　年十三岁，修武人。被卖乡间为婢，王姓族中来局求赎，由局赎回，择配修武金薛氏之子为妻。

张构妮　年十九岁，修武县人。卖与同县魏金桥家为婢，由局赎回，交伊翁吴章年同本夫粉头具领。

闫李氏　年二十五岁，修武人。随夫逃荒至金乡县，被母弟李胡芦诱卖，由局赎回，交本夫闫万英具领。

李李氏　年二十五岁，修武县人。随夫逃荒至东明县，被苗二合霸留，由局赎出，交本夫李宝德具领。

柴王氏　年二十五岁，修武人。随夫逃荒至东明县，被土棍周明月霸留，由局赎回，交本夫柴相明具领。

柴崔氏　年二十三岁，修武人。随夫同子逃荒至东明县，被周明月霸留，由局赎回，交本夫柴德曾具领。

王杏女　年十九岁，修武县人。被卖与东明县卢姓为婢，由局赎回，交其父王恒修具领。

赵秦氏　年二十五岁，修武人。随夫逃荒至东明县，被土棍赵马等霸留，由局赎出，交本夫赵国贵具领。

王金枝　年二十岁，修武县人。被母卖与获嘉县李著梅为妾，由局赎回，交本夫卢悬具领。

王狗蓬　年十九岁，修武县人。被母卖与同县王锡三为妾，凌虐不堪，由局赎回，移县择配。

薛金妮　年十六岁，修武县人。卖与同县王凤文为婢，由局赎回，交其母薛氏具领。

申改妮　年十四岁，修武人。随母逃荒至本县周庄佣工，被大户周全盛霸留，由局赎交其母申氏具领。

范张氏　年十七岁，修武县人。被父背卖与李槐为妾，由局赎回，交本夫范月福具领。

王铜环　年十二岁，修武县人。卖于同县马子林为婢，由局赎回，交其母王张氏具领。

刘柳氏　年二十三岁，修武县人。因母病，卖妻养母，并遗有三岁婴孩，由局赎回，交本夫刘光喜具领，并代赎地亩，令安其业。

梁桂妮　年十五岁，修武县人。卖于同县杭殿为婢，由局赎回，交其母梁王氏具领。

李赵氏　年二十岁，修武县人。卖与同县王金楼为婢，由局赎回，交其母赵张氏具领。

刘李氏　年二十三岁，修武县人。卖与同县王姓为妾，由局赎回，交本夫刘长举具领。

冯李氏　年十九岁，修武县人。卖与开州谷金家内，由局赎回，交伊母家具领。

庞陈氏　年二十一岁，修武县人。卖与同县陈姓，由局赎回，交本夫庞苟妮具领。

张周氏　年二十三岁，修武县人。其夫出外，被土棍李平诱卖于获嘉人贩，转卖崔姓为妾，由局赎回，交其本夫张长喜具领。

杨枝女　年十二岁，修武县人。因父杨明金欠本村张姓钱文，将女抵债作婢，由局赎回，交其父杨明金具领。

王桂荣　年十七岁，辉县人。被夫兄李二金卖入娼家，其父求赎，由局赎回，交其父王九方具领。

赵菊花　年十一岁，山西人。被人骗卖于修武娼家，其父求赎，由局赎回，交本夫杨希宝具领。

薛马氏　年二十七岁，修武县人。薛青山之妻，因荒卖与获嘉韩元德为妾，其子年十岁，到局求赎，由局赎回，交伊族人具领。

史李氏　年三十六岁，修武县人。夫故，该氏偕幼子顿儿逃荒至开州，其子给与李万书为义子，投局乞养，询其志在守节，令人往开州赎回幼子，由局代赎地亩，令其安业。

常全妮　年十四岁，修武县人。被卖于同县刘福来为妾，凌虐不堪，伊母常祁氏求赎，由局赎回，即交其母具领择配。

协助豫赈征信录卷七　修武慈幼代赎局

（光绪四年四月二十五日在扬州起程，五年四月十五日回籍。）

丹徒赵翰崧甫编纂

修武慈幼代赎局收支清册

（包养中、谈任之、陈春岩诸君同办。四年六月二十一日开局，五年二月十五日撤局。）

收款

一、收苏申扬浙交到银（吴佑之捐五两，姚伯兰捐五钱，朱菊兄捐三十五两，李旭兄捐三两，金锡蕃捐十二两，包养中捐十两，祝小峰捐六十四两五钱二分，吴少平捐五两三钱，袁子翁手一百两另另四钱六分，养手捐六十五两四钱六分五厘均在其内），银一万四千零四十四两九钱六分。

一、收另捐（捐饥民钱九千九百文，县捐材一百千文，养手八千九百文，姚伯兰一千四百文，庞材一千六百文），钱一百二十一千八百文合银八十九两一钱八分五厘。

一、收余平，银四十三两三钱四分四厘。

○共收银一万四千一百七十七两四钱八分九厘。

支款

一、支留孩一千另六十五名小米，钱六百十八千八百九十五文。

一、支又饼馒，钱四百九十六千八百十八文。

一、支柴火煤炭，钱二百十二千六百七十六文。

一、支布被衣帽席，银十二两三钱，钱五百七十七千四百另五文。

一、支鞋袜线带，钱一百零二千零五十九文。

一、支各役工食成衣工，钱一百十六千零八文。

一、支义塾束修纸墨笔砚（四塾），钱一百七十二千五百七十三文。

一、支油盐菜蔬（修武赈局伙食亦在其内），钱二百五十五千一百六十九文。

一、支碗筷盆桶芦席，钱四十五千三百零七文。

一、支寄养乳婴（二百九十七名，每名每月九百文），钱一千零七十三千二百七十文。

一、支赀遣难童（每名一千文），钱二百九十九千八百九十五文。

一、支原武、获嘉、卫辉、辉县、武陟、新乡、阳武等县共收贫孩一千九百八十一名，饼馒柴火车价，钱三百八十六千二百二十三文。

一、支周恤寒士名门旧族，银三十三两，钱三百九十三千六百二十四文。

一、支埋葬枯骨尸骸，钱十八千七百六十五文。

一、支修武刘庄等处水中救出灾民给发赈钱，又木筏水夫工食，钱四百六十五千零四十三文。

一、支收买字纸，钱十三千七百六十一文。

一、支施棺（每具一千六百文），钱六百四十三千一百五十文。

一、支收赎妇女五十一口（内有十二口系未开局时所收），银二百零四两九钱八分五厘，钱一百七十五千六百二十文。

一、支本局汴局收赎妇女资遣川费，银一百零四两七钱八分五厘。

一、支代赎穷鳌田地，银二十一两，钱三百九十五千零六十三文。

一、支恤鳌，银六十一两六钱七分。

一、支拨袁君子鹏汴梁慈幼局，银一千五百两。

一、支张司事修，银九两。

一、支上海划付谈任翁陈春薪水，银一百七十两零二钱八分。

一、支谈任翁零用，银二十一两六钱五分七厘，钱十七千三百七十六文。

一、支怀庆买地，银一千零零二两一钱一分。

一、支交崔镇典地，银一千零十四两零六分。

一、支存典生息，银一千两。

一、支凌砺翁手交崔镇典地，银一千二百七十两零二钱二分。

一、支移交怀庆慈幼局^{陈春翁}_{谈任}，银二千四百八十八两五钱八分四厘，钱七百三十四千零四十八文。

〇共支银八千九百十二两六钱五分一厘、钱七千二百十二千七百四十八文｜三 合银五千二百六十四两八钱三分八厘，合一万四千一百七十七两四钱八分九厘。

四月二十九日致南中书

（谈国梁）

启者：承委至豫襄办留养婴孩，弟即于初五日由申乘轮，初六日抵镇江，初七抵扬州，初八同严猷之诸君启行，十四至清江，廿七抵汴梁。见李玉翁，悉凌熊诸公已到济源查赈，小孩已收百余名云云，弟定于五月初一日起身，前往济源会见凌熊两君，商酌办理。所有一路灾民情形开列于左：二十日，在徐州府铜山县界，见扶老携幼、叫天呼地、鸠面鸠形者，不可胜数，同人买得面饼，沿途给发，灾民如获至宝。询问何县最荒，俱云济源、清化、修武、获嘉、洛阳五县没有人来放赈。二十二日，宿在萧县永靖寨，见有灾民张天荣者，据云年四十三岁，济源人，一家十九口俱已饿死，三间瓦屋籴不得三升小米，叫我如何度日。说到其间，泪流满面，看其动静，有风吹欲倒之势，当给饼数枚，大钱数百文。其夜诸同人相对而泣，夜膳均未下咽。廿三日，在砀山县马昂里，见男女尸骸无数，东倒西横，犬鸦争食，目不忍睹。询及土人，何不埋掩？答云：老爷吓！天天有饿死的，叫我们那里埋得尽。又问逃来灾民，乡里灾民尚存若干？答云：有三分逃荒仍然饿死在外，有三分买与外省为儿为女为妻，尚有四分在家，如无人放赈，亦然饿死。其日宿在商邱县马牧镇上，店主云：活至今年七十九岁，从来未见如此之荒，饿死如此之多。灾民逃来，停不数天，三个只剩一个，闺女妇人俱买在外省人为儿为女为妻为妾为娼。最苦者，前月二十八日，上天大降红沙，有三寸厚，麦苗尽行损坏，家家不免饿死。廿五日，见道上弃孩不计其数，坐在道上呼爷呼娘。收了两名，一姚小牛，十四岁，济源人，一家五口俱已饿死；一李小汉，十六岁，父母俱亡。照此情形，如何收法，拜求诸大君子格外想法，募捐来豫，庶灾民得有生路，否则俱死矣。祷切祷切。续捐原是难事，见字望诸君勉力设法，千乞千乞！拜祷拜祷！

九月初三日至南中书

（赵翰）

叠奉赐书，领悉种种。近惟筹祉佳胜，为善日益，致以为颂。弟自五月下旬抵豫，奉寄一缄，渡河后东西奔走，局事倥偬，未获另函奉申，疏忽之愆，尚希原谅。兹幸略得坐定，忆及沿途所见，并开局后开办各条，率陈于左，伏希鉴核。幸甚！

一、河南被灾情形，陆续由凌严诸君详报，不赘。惟弟所目击者，计自五月初八日由清江起车至汴，见流民尚逐队南下，大半鸠鹄其形，仳离可悯。一日午后开车，轮声独辘颇异，扬帘看视，轮乃从枯骨上辇过。一路累累散布，无人顾问，间有整尸横于当路者。弟以银车负重，不敢逗留，掩埋之法，苦无所施。六月初七日，由汴运钱。渡河至获嘉，河北遗尸曾有人掩埋，惟其地沙土甚松，入土不深，仍为犬残者不少。尤惨者，垂死饥民随风吹倒，气息未绝，亦被犬噬，此真目不忍睹而今亲见之。六月十五日，由获嘉至原武。其时赈局自济源移来，开办查赈。其地沙碱瘠苦，四境一望荒芜。弟到原后，每赴亢村、王禄营一带收留难童，与谈任翁分任其事，所至村庄，房屋十拆五六，人烟稀少，鸡犬不见。偶过王禄营一破庙，内有一尸，数日无人收埋，臭气达里许，蛆出户外，掩鼻入视，其尸将化水，急雇人埋之，竟无人应者。本村零落，十户九病，又时方酷暑，恶臭不前，不得已远往邻村雇人，许以每名给钱二百文，得三人焉。先令其饱饮烧酒，以蒜塞鼻，然后从事。席一条，绳两根，觅之大户王姓，掩毕，挑水数担，将庙洗涤一过，臭乃少减。如此类者，时或遇之，乃知疫气之来，皆由尸气积成。即一端之荒象，亦概可想矣。

一、自六月二十一日开局至今，合获、原、修三处共收五百八十余名，除各县就近资遣外，现存二百八十七名。每号长领十人为一号，计一百三十六名，当差者即从其间挑取轮换。婴孩号二十名，四五岁至六七岁女孩号二十八名，均归老妇管领，与婴号同。义塾读书者三十七名，局中延塾师二人，教习四书五经，并课神童诗。局外寄养七十八名，系一岁至四五岁，局中万难收养，因变通有此一例。或本妇，或其戚姨与姑，有送局者，查实给一腰牌，每日给钱三十五文，五日一领。此例一开，其父母极苦，藉婴以活者不少。局例早晚放小米两粥，中午给饼，饼视年岁大小、气体强弱为多少。统计人数并不为多，而照料已形竭蹶，幸局运托庇尚好，夭札及病者不多，是则可慰遥厪者耳。

一、开办之先，与同人熟商，以为当先立有定之局，然后收无定之孩，以怀庆府为归宿，此众议佥同者。所以必在怀庆府者，有崔军门在此登高之呼，既资照应，而河内又殷实，将来或可设法就本地筹款，为脱手地步。数月来局设修武大王庙，原系暂羁，不久拟迁，会以沁河口决，道路不通，就题做题，遂留不动。方水之波及，局门外一片汪洋，小米腾贵无市，局中煮粥几乎绝粮，此七月杪之情形也。此时水渐退，可以迁矣，而局事方有端倪，兼办各项，枝枝叶叶，无不关苦人生计，一旦变动，恐失望者不少。且修武为荒区，河内为沃土，两者相衡，修武之局似以留过冬天，春融北迁为便。零星善举，惟在极苦之区，俯拾即是，适彼乐郊，便少见闻，此又不能一时遽移之情形。同人汇商，以为当变通办理如此。

一、施衣一节，北地早凉，本局婴孩所用，已购备新料，招近地穷老嫠妇早来晚去，在局裁制，一针一黹，均亲自检点。非敢好为烦琐，是区区者，或亦以工代赈之意。至冬令施送，以无褐者多，及购办之艰，殊无把握。近见公函，有代向典赎一语，极佩其妙用。如此办理，一衣之费可收两衣之用，当即设法遵办，惟数局统筹，费亦不少。

一、运孩南下云云，弟由扬起行时，同乡偶有此议，只因款少，难以持久，姑备一说。及渡河后，得悉集有巨款，专办留养，前说作罢论。况豫省饥民死亡十六七，幼孩乃人种，极为吃重，焉忍带往他乡！来函云就地安插，足征高见，但安插二字谈何容易！必须议定南友四人，分两班瓜代，能三年之久，庶几有成效可观，否则后顾弥长，前功亦可惜耳。

一、福幼图之刻，用心微至，写作俱佳，尤其余事。前惠寄之一册，传观未遍，尚望封寄一二十本。此图为婴局本题，局中不可少之书也。其余训蒙善本，若小学韵语之类，并寄尤感。

一、局条曰收养遗孩，所用木戳慈幼二字。中州民教之辨最严，凡有血气，正宜鼓舞而作兴之，岂敢触犯以取罪戾。然周行耶路，划然截然，此时办理，不敢画蛇添足，而亦岂能因噎而废食？前函所论要当，相喻于无言耳。

一、收赎事，阅寄来章程，周备已极，仁人用心亦良苦矣。惟本题文章甚少，弟处自六月至今，仅回赎得妇女数名，所费不多，要未足以充诸君子之量。因商议三策附正：

一、嫠妇弱女宜抚恤也。水灾后秋收绝望，其房屋毁塌者，哀鸣集泽，情更可怜，若不随时周济，嫁卖在所不免。现遇此种，查实后到局领牌，照寄养婴孩例，每天给钱数十文，五日一付，路远者十日为期。

一、儒嫠宜厚恤也。其法访得耐苦守节之妇，实一无所有、困苦不堪者，或有田产，当卖已尽，查明代为回赎，由县内存案，俾安故土，以资糊口。刻已试办一户，崔李氏子女各一，代赎地四亩，计用钱五十九千，此款由另友所捐百金内开支。

一、施棺宜创办也。河北瘟疫大行，乡间十户九贫，交秋后死亡甚众，或撇下寡妇孤儿，既无力掩埋，又无可度日，虽欲不嫁不卖者，势有所不能。更有夫父俱死，仅存子女者，同庄亲族乘此时，或将女子出卖，名曰代办丧事，实以藉此渔利。此种情景，实属伤心惨目。现于收赎款中酌提一二百金，除施棺外，更恤其丧，其数察看情形酌给。以上三条，虽非正面文章，亦足清贩鬻之源，是否有当？伏乞裁定。至局事实赖谈任翁之仁慈笃至，包养翁之老诚坐镇，乃粗立定，想早蒙公鉴。弟力小任重，惴惴焉惟恐不免于罪戾，未审爱我者何以教之？手此，敬请德安。

九月十三日致南中书

（赵翰）

月之三日曾条列一函，由李玉翁处转交，谅可达览。近维善祺昌吉，履祉绥和，定符遥祝。兹者七月中旬沁河两处决口，波及获、修、新乡，饥民苦上加苦，幸赈局诸君分县办理。孰意九月以来，连朝雨急风狂，并下雪珠，水势大泛，天气寒冷异常。初十清晨，局内前后院水流有声，帐房书屋地形较高，尚未有水，老妇婴孩衣履棉被湿透，移时水向书屋而来，年老妇人倾跌水中呼救，顷刻间，救命声、啼哭声、呼号声、风声、雨声、雪珠声，一时嘈杂不堪。随派人赶将幼孩抱至书屋，时水已平书屋阶沿。当此之际，心胆俱裂，急将帐房天井通水沟塞住，欲移往城内居住，奈水深数尺，舟只板木全无，又值风雨交加，无可设法，言念及此，人心惶惶，想应遭此大劫，原无可逃，惟二百余名难童，乃河南人种，且数月来颇费心机，设有不虞，为之奈何。正焦灼间，忽有一妇人冒雨涉水而来，哭呼救命。询其端底，乃刘桥一带房屋坍倒，四围水深丈余，求局内设法救命。此妇母家住在刘桥，其时自顾不暇，遑及他人，因设法雇人函致刘大令，嘱其觅人往救，该费局内开支。幸十二日水退数寸，帐房可保无虞，遍地已经湿透，此水系由墙脚侵入。各友冬衣未带，当此极冷天气，犹住水阁凉亭，柴米仅够十日，大米已罄，门外一片汪洋，米菜均无买处。熊纯翁水阻乡村，两赈局音问隔绝。下午远望太行山，积雪如粉，暴寒令人难受，此局内情形也。至乡间饥民，忽遭此变，更不堪设想。此番之水较前尤甚，况天气骤冷，各村庄饥民被水淹死者不少，苦无法可救。水中逃去者均露处高阜，号寒啼饥，朝不保暮。水势略退，拟将十里以内村庄就近抚恤，深恐赈局诸君各就所近办理，一时缓不济急，暂以收赎款借用。惟灾民房屋及器用一切尽付洪涛，非从优发给，断难存活，务恳将此情形遍告诸位仁人君子，从速募捐，以期接济。明知悉速敝赋，筹款非易，而目击心伤，实不忍坐视，用敢代数万生灵号呼乞命，想大君子痌瘝在抱，当不以为无厌之求也。专此布恳，即请台安。

再，十一日查被水淹死之人，均给棺木，抬至高堆，俟水退掩埋。刘桥被房压死者未及办理，十二日早，复雇人用木筏乘至该庄，将尸拖出，装入棺木内，尸身青肿，肚腹破裂，手足毁折不全，直至申刻甫毕其事，盖水深难以下手之故。此乃左近一二里村庄情形也。想如此者指不胜屈，水阻路远，无可为力，此番之惨象较前又加十倍，实不忍为诸君尽告矣。

协助豫赈征信录卷八　清江代赎资遣局

长洲严宝枝保之、昆山宋俊珊室、长洲孙传凤兴芝、常州祝铭勋晓峰、常州董威少云、钱唐何其坦梅阁同纂

清江代赎资遣局清册

收款

一、收苏申扬浙交到银一千六百七十四两零二分七厘，洋六十元。

一、收苏州安节局交到银二百零三两七钱。

共收银一千八百七十七两七钱二分七厘｜δ乂川、洋六十元，共兑见钱二千九百六十四千九百九十一文。

支款

一、代赎津贴，钱一百八十千二百文。

一、留养搭厂，钱三十二千四百文。

一、灾女安家，钱二百零八千三百零四文。

一、灾女棉衣袴被，钱二百零八千八百三十二文。

一、拨归德局棉衣袴，钱二十三千二百十六文。

一、护送兵勇，钱三十二千四百文。

一、差役工食犒赏，钱九十五千二百八十四文。

一、火食杂用油烛笔墨器具，钱二百七十五千三百廿八文。

一、房金，钱六十四千八百文。

一、司月薪水，钱一百零七千三百文。（孙甫之廿四千文，马嘉甫廿四千文，章忆萱六千文，孙贯之廿四千文，顾桂森越林廿四千文李荙臣五千三百文。）

一、来回船只，钱七十六千五百十六文。

一、局使工食，钱二十七千四百八十文。

一、扬庄分局局费，钱一百零九千六百三十二文。

一、扬庄局司事张荙臣薪水，钱十千文。

一、桃宿分局局费，钱十千零七百三十六文。

一、清江城外河北岸分局局费，钱七千文。

一、司事刘馨之手，钱五千七百文。

一、蒋坝局司事陆小砚薪水，八千文。

一、头批资送山东直隶灾女二八名来回车船费一切，钱三百十千零四百十五文，张友松、马

嘉甫、张习之送。

一、二批资送河南灾女二口来回车费一切，钱八十三千四百十九文，孙甫之、孙贯之送。

一、三批资送河南灾女十五口来回车费一切，钱一百三十一千九百六十六文，严保之、李苠臣送。

一、四批资送直隶灾女九口 民六十七口 自苏起程来回车费一切，钱六百九十八千四百九十一文，宋珊室、张友松、孙芝亭送。

一、灾女九名安家，钱六十三千五百九十四文。

一、沿途赍遣灾民回籍安家（六十七名），钱一百五十一千九百七十八文。

一、司事孙芝亭薪水，钱廿四千文。

一、下人工食，钱十八千文。

大共支钱二千九百六十四千九百九十一文。

代赎资遣妇女清册

吕菱豆　年十岁，直隶吴桥县人。十月初四日由贵州镇远府刘太守恩浚回籍带去。

丁女　年廿五岁，直隶景州人。随带幼孩一名，九月十二日夫兄丁德贵具领。

刘兰花　年十六岁，山东德州人。父母俱故，叔名老二，已配刘葵云，仍令领去。

齐琴儿　年十七岁，山东德州人。父母俱故，兄名老三，已配戚永芳，仍令领去。

马唤儿　年十二岁，直隶景州人。父母俱故，山东济阳县熊大令茂林之使女，仍由熊戚氏领去。

郭大姐　年十三岁，直隶景州人。父名玉山，已配邹立文，仍令领去。

孙女　年八岁，山东东昌府人。父故母嫁，十一月初十日安徽泾县人赵庆恩领去。

以上七名分别给领，未经遣送。

瞿老六　年十一岁，直隶景州人。父名安惠，母白氏，送交具领。

许喜子　年十一岁，直隶景州人。父名瑞海，送交具领。

张二姐　年十二岁，直隶沧州人。父名海儿，送交具领。

赵稳子　年六岁，直隶五子迤人。父故母嫁，送交本籍。

王香儿　年十六岁，直隶南皮县人。父故，母董氏，送交具领。

谭女　年三十一岁，直隶满城县人。夫名老方，送交具领。

余小金　年九岁，直隶唐县人。父名小五，送交具领。

徐当儿　年十二岁，直隶清河县人。父名文德，送交具领。

吴银儿　年十四岁，山东东阿县人。父名金鳌，送交具领。

窦三儿　年十一岁，山东聊城县人。父故，母王氏，送交具领。

以上十名，于四年十月初八日赍送回籍。

王秋套　贾顺子

以上二名，于四年十月十六日移送归德收赎局，年岁已详汴局总册。

周富儿　杨白妮　郭燕子　李小全　陈平儿　贺秋桂　高玉兰　温大妮　王井妮　王大惠　赵儒儿　武瑞儿　钱騰妮　焦麻花　赵来弟

以上十五名，于四年十一月十四日移送归德收赎局，年岁已详汴局总册。

赵女　年十八岁，山东茌平县人。送交其父杨远、母柏氏收领。

陈女　年十七岁，山东馆陶县人。送交其父秀之、母汪氏收领。

赵女　年十五岁，直隶保定府人。住城内，送交其母王氏收领。母子既见，相抱大哭，并据其母云，三日前梦人谓之曰：汝女三日内当归来云。

葛了头　年十岁，直隶保定府人。住南门外，资遣回籍，无从觅其家属，带至天津，择配郭姓。

戴九梁　年十岁，直隶保定府人。住北关大市，送交其父小福、母陆氏收领。

李问儿　年十四岁，直隶沧州人。送交其父十儿收领。

杜仁儿　年十岁，直隶天津人。住城内，送交其父安身收领。

李申儿　年八岁，直隶天津府人。访觅无家，送交天津广仁堂留养。

马三儿　年十三岁，山东清平县人。父名有明，截留时知在茌平所买。女不能言里居，因送至茌平，遍觅其家，查无影踪。夜宿城隍庙，女忽梦寐中自语云，我系清平县大新集人，我祖系举人，曾为山西知县，我父名有明。遂得送回其家，比至女家，知其父因卖此女，为合族所弃，今得送回，合族称庆，遂交其父母及族长收领。本局截遣各妇女，当以此举为最快。

以上九名，于五年三月分赀送回籍。

代赎子女章程(此系谢家福拟稿)

窃自豫省灾后，妇女鬻卖一空，日后婚配之难，更胜江浙十倍。鳏夫求偶，酿为淫风，弱女无辜，沦为下贱，犹其小者，流民既无室家，即无系恋，犯法之事，何惮不为！机括甚微，关系甚大。现奉豫抚宪遴派练军扼扎槐店，出示严禁，悉数查拏。因念贩鬻既申严禁，妇女宜善抚循，非加厚赈粮，代为收赎，无以清外鬻之源。豫中既虑疏防，邻省宜为堵截，非协拿贩运随时遣还，无以尽相恤之义。为此公同筹商，酌拟办法，其大要则不外乎官截民遣，期为豫民安全生集而已。

一、设局须冲途也。查贩鬻出境，约有三路：一自归德而趋徐州，一自陈州而趋安徽，一自光州、汝宁而趋湖北。若开封、怀庆、归德、周口，或系冲途，或系市集，必须择地设局，以备截赎后暂留待遣地步。至若清淮一带为皖汴之下游，一体设局截留。

一、截赎宜并行也。奸拐贩鬻，一经大宪严禁，势将所贩妇女装作眷属，希图漏网。拟请转饬地方官会同营汛关卡，遇有买运河南妇女南下者，不论是否拐贩，详慎探查，如系拐贩，即行截留送局。凡在三名以内，买作女媳，本人不愿者，每口给价二千文，由局赎回。凡在三名以外，奸拐贩鬻者，拐贩由官严办，获贩之兵丁差弁，按照拐贩所带妇女口数，每口给赏二千文。倘遇幼孩，一并赎送。

一、买主准自首也。一经严查之后，凡有客民买妇，妇不乐从者，买主惧查截之严，必致转辗鬻卖，流入拐贩之手。应请出示，准令买主自首，由局查实后，每名给赎价钱二千文。倘有转鬻情事，即与贩卖无异，应请照例严治。

一、收领须的保也。局中暂养后，即为访觅父夫，随时饬备父夫及里邻亲族切实保结，并给赈票一纸，按月赴局领赈。如有捏卖串赎、旋赎仍卖等弊，即惟本父本夫及里邻亲族是问。

一、安插须得所也。凡截赎妇女无家可归者，须觅土著择配，流寓客商概不给领。至经办之人，即使领作女媳亦不准行。幼孩亦就地习业，俾安故土而滋生息。

一、妇女须加赈也。现给赈银恐不足资糊口，妇女既少，不妨量从其厚。拟于查赈时遇将鬻妇女，加倍赈给，庶以清贩鬻之源，维流民之心。

卷八 西晋赈捐收解录

收解晋赈征信录弁言

筹款豫赈之后,盛难为继,然各处善士竭蹶经营,半载以来,捐数得豫之半。使非观感于上,孰能与斯?事竣编录征信,用识数语,发凡起例。

一、是录所载收解款项,以光绪五年三月十六日始,十月二十九日止,此后续收续解,均归直赈征信录报销。其九月分所解直赈,此录中抵作存款,亦归直赈支销,以免牵混。

一、杭州收款,业经按旬将细数登报,现在仅列总数。苏州收款垫款均登申报,报中于实在扣收之数未能相符,故仍照所掣总票,一一登列,内如松江辅德堂、常熟水齐堂、无锡孙绅经收之款,均照分户票登载,故与总票不符。

一、录中所载苏州领发之款,系掣总收票、复用公牍者,代解之款系就其来数掣发总票,未知其捐户姓氏者,经收各款系掣分户票者。

一、上海、扬州、镇江三处收款,此录概不阑入,以清界限。其四五月分代解上海、扬州捐款,虽曾掣付收票,现已分别禀报,理合剔除。

一、此间仅司收解,故仅录收解之数。若赈局报销,应候潘君振声、严君佑之、金君莟人回南核造。

一、公所开销,或自备,或分认,刻印若作霖雨图、魁星册、公信等件,亦有善士认捐,一概不列报销。

一、录中所载苏州经收洋钱作银之价,系照庄帐滚算,计每洋一元扯作六钱七分三厘四毫二丝,每钱一百五十六千六百七十六文扯作银一百两,庄帐全录,可资考核。

用作霖雨册募启

晋荐饥,使乞籴于秦,秦伯谓子桑:与之乎?对曰:重施而报,君将何求?谓百里:与之乎?对曰:救灾恤邻,行道有福。是晋赈必有福报,语见麟经,班班可考。今晋久旱矣,圣天子三诣大高殿拈香,曾爵抚奏请铁牌,祈求雨泽,又陈停止捐输后,赈款艰窘情形,俱见邸报。潘振声诸君赴赈绛州,一再书来,亦云天久不雨,粮价昂贵,民不遂生,人将相食。欲克日以筹捐,已成竭泽,若坐视而不救,未免伤心。斯时也,正晋赈至急之时,集款至难之时,救命至易之时,造福至无穷之时也。夫恒情至歆羡者,莫甚于大富贵,亦寿考多福,禄宜子孙,然观伊古以来,助赈善报,诸无不备,虽有迟速之差池,断无丝毫之或爽,我用是图之说之为乐善者操左券。呜呼!铁泪图等闲看惯,花样翻新,杖头钱肯解下来,华封有祝。莫笑事多附会,须知理有堪凭。是为引。

酌拟收解章程

一、严佑翁准于六月初旬起程，抵晋后与潘振翁合为一局，局事准由佑翁主裁。金茗翁准于七月初旬起程，抵晋后与严佑翁分道查放。局虽分而为二，仍宜互相联络。

一、自金严二君携带第一批银两为始，事竣之后，各自报销。所有前此解交潘振翁各款，应由振翁造报。

一、浙沪扬苏捐款，拟仍循照豫赈统收匀解之例，分解金严两君，惟严君起身日期早于金君一月，应多解银一万五千两。

一、上年禀报豫赈，浙扬均附于苏。此次苏州捐款业由浙苏同人在苏州桃花坞经收，凡有捐款起解、应咨晋省者，均归浙省咨报，如上年苏州代报浙款之式，解款仍浙归于苏，以取便捷。沪扬两处应由经办绅士自行分别禀报。

一、金严两公抵晋后，局无定所，函札难投。现拟南中票函由苏请由大宪加封，递交怀庆慈幼局专足探投，晋中来函亦由慈幼局转递苏州。

一、福报图捐册，浙沪扬苏均系一式，远近同仁欲取捐册，浙在杭州同善堂，沪则在法租界太古公司内筹赈公所，扬则在扬州东关街、镇江打索街两处，苏则在桃花坞公寓。

留致同事书

豫赈已悉索敝赋，此次筹捐毫无把握，所望各处同志均能代为接收，庶自愿发心者，随地可以投交。鄙人已函恳二三十处，地址姓名均载捐簿存根上。所苦知交寥落，未甚推广，尚祈诸君子细细摸索，择相识中恂恂无华之士，切实函托，发信后亦将姓名住址附识捐簿底册之上。至于有事为荣、专做门面之人，断不可托。

现在各处同志已允代为收解者，均曾发过捐簿，本数字号已载根册。续有承允之处，即恳每处先发捐册五十本，亦即注明根册，函中须与声明。如果捐簿嫌多，暂请留存，将来无可筹募，尽可空白交还，万一竟来退还，祈将根册注销捐册所编字号，宜就其地名中字，以便检查（如苏州归苏字册）。凡遇缴还及报失者，根册均须注明。

潘振翁一有信到，立即写样裁开，分刻赶印二千纸，连夜寄致各处。总之要人踊跃，必须信息灵通，各处来信，务祈随到随复。如须转商者，先复一信以慰之，马上转商，商定即复，信札不必作客套，亦不必多灌米汤，言非衷出，不动人听，且天下有血性丈夫，必不因此而始踊跃，尚是一派真诚，或可感发人之善心。

现定往来之钱庄均靠得住，收到捐款必须逐日付庄，一则杜侵挪之渐，一则时价有长落，随到随换，最为心安理得。付庄之后，即照庄折所载换数录帐。

收票须逐户掣发，然户数过多，则将来征信录难于照登，故用总分收照两种。总收照即双联票，除不由捐册捐到之款均掣总照外，凡遇捐册所募，每本掣一总照，照上加一另掣分户收照戳子，再将每户各掣分户收照，照上须将总照号数登明，庶将来易于检对。各户细数粘在总照存根上，将分照按对户名，盖用骑缝图章，庶执简驭繁，无可弊混。其有捐户不须收照者，仍写掣收照，立刻焚化，庶几捐不离票。

逐日出入款项，须一一登载草流簿，由此而过入分户清册，（入款分捐数、日总、兑换庄利、垫款四项，出款分解款、兑换、汇费、洋力四项。）每十日结一总数，再将总结数过入旬总簿上，上至于汇票、信札、禀牍，均宜列册存稿。

捐款宜备日收一本，（上条所言捐数日总乃逐日总数，此则按日细数），照总票存根挨次登载，如某字某号某人捐若干，掣某号总票，每逢十日一结。再备捐款分户一本，每一字为一类，照日收所载，依类过入，亦十日一结。庶遇查核捐款者，或但记交捐日期，或但记捐册字号，均易检查。再须将十日一结之数写成一表，如历本上节气表式样，将某月某旬写在盛京等处地步上，将某字册写在雨水等节地步上，将十日一结之数写在某月某日几刻几分地步上，庶横算即是每月总数，竖算即是各处总数，将来征信录不劳而理也。

河南捐未请奖，人人知我们经手底捐是无奖底了。如果要奖底，此次断不交来，然看现在情形，却是十分踊跃，可见各处善士真正善士。往日惑于人言，竟疑要奖底，十人而七，豫赈不奖，自塞捐路，而今而后，方始放胆。惟现在捐输已停，或有捐户须奖，也未可知，毕竟能否请奖，此时毫无把握。如有捐款交到，必须请奖底，暂时原璧奉还，切勿含糊，至要至要。

此于光绪己卯五月下旬，将赴浙沪扬镇，留告同事书也。倚装率录，不成语句。惟救荒有政，筹捐有道，收捐则无成法可师，此其大纲也，故存之。望炊楼主识。

浙江案牍 *

浙江巡抚部院梅批

如禀办理，仰候札饬藩运二司遵照，仍候藩库借拨银两交到，一并咨明山西爵抚部院查照。其金道委札，即由该道转给，一俟藩司先拨银两解到，即行转交散放，以资救急。缴。光绪五年六月初二日

浙江巡抚部院梅札候选道金绅福曾

照得近闻晋省灾荒更重，亟宜劝捐助赈，以活孑遗。兹已札饬藩运两司，转饬各典铺盐商捐银助赈，以资集腋，并先于藩库借拨银五六千两，发交梁道恭辰转交该道，兼程驰往山西，会同在晋之苏省举人潘民表、禀生严作霖，亲赴绛州等处，分别散放，以救穷黎。合行札委，札到，该道即便遵照，一俟前项银两交到，即行会同妥办，是所厚望，切切。特札。光绪五年六月初四日

桃花坞收解赈款公所绅士呈会同浙省
续筹晋赈并报解款恳请转咨由

敬呈者：窃照上年豫晋重灾，各省善士慷慨捐资，延嘱淦、祖诒会同苏沪扬浙各绅赴豫助赈，节经报明在案。本年三月间，豫赈告成，晋灾未已，祖诒适在豫北放赈，地接山西，疮痍目睹，议由苏局潘绅民表携带豫赈余款一万二千余两，先驰往赈，一面由浙局金绅福曾、扬局严绅作霖会同祖诒回籍告灾，五月初旬行抵南中。家福已于四月初接准潘绅来函，情辞急切，当承扬州李绅培松等交到银二千两，上海郑绅官应等交到银一千五百

两，苏州各善士交到银一千五百两，解交潘绅讫。洎金严两绅回籍，述闻晋灾情状，愿备资斧，冒暑往赈。浙江补用道邹观察仁溥、前江苏臬司应方伯宝时、候选道金观察曰修、分发江苏知县丁大令丙等谊笃恤邻，慨然以倡筹助赈为己任，嗣因所分捐册波及苏常，嘱世祁等即在桃花坞豫赈公所代司收解，沪扬各绅当仁不让，先后设立公所，广为劝筹。公议酌照豫赈办法，每逢解款之时，会合沪扬浙苏捐款，汇总匀解，相形之下，绅等义不容辞。惟当豫赈悉索之后，本省赈款寥寥无几，计自本年闰三月起，六月二十八日止，剔除代解沪扬赈款外，共解浙局金绅福曾、苏局潘绅民表、严绅作霖银三万八千两零，内由浙江协济局交到者二万两，下余一万八千两零，均系浙苏善士径交桃花坞公所。浙款苏款骤难分晰，是以概由世祁、家福报明浙江协济局附同起解，徐俟事竣之后，再行分晰造报。除沪扬赈款另由该两处绅士分别禀报外，谨先将会同浙绅续筹晋赈情形合辞呈请察核，合无仰恳宪台咨报浙江、山西抚部院查照之处，伏候均裁。光绪五年六月三十日禀。

江苏抚宪吴批：据禀并另单均悉。候抄禀咨明浙江、山西抚院查照，其余代递各禀已分别咨行核办矣。仰即知照。缴。七月初二日。

江苏潘宪薛批：据禀晋省赈捐现又集成巨款，解往散放，具见诸绅士一片血诚，始终不懈，可嘉之至。仰苏州府转饬知照，并候抚宪批示。缴。七月廿六日到。

浙江协济晋赈局（杭州同善官堂、苏州桃花坞寓）

收 解 总 册

（光绪五年四月初一日起，十月二十九日止。）

旧 管 项 下

无

新 收 项 下

杭州同善官堂经收各款：

一、收发款捐款垫款漕平银三万九千二百九十六两，宝银三十两，规银二百两，英洋三百元。

一、收桃花坞代收汇票贴进漕平银二百八十五两七钱六分九厘。

共合苏漕平银四万两。

苏寓谢家福奉文领解各款：

一、收苏藩宪薛谕劝苏松太三属各州县募英洋三千九百二十六元八角二分四厘，库平银二百七十二两四钱三分三厘，钱二千七百二十五文。共合苏漕平银二千九百二十三两五钱七分一厘一毫。

一、收江苏督学江南监临宪夏吴札行江藩提调宪转饬各学劝谕应试士子助赈田苏藩宪薛发到英洋二千七百五十六元，本洋九十九元。共合苏漕平银一千九百二十二两六钱一分四厘一毫。

一、收^{江苏智学江南监临}宪夏吴札行^{江藩提调}宪转饬各学劝渝试士子助赈，由苏藩宪薛发到英洋二千七百五十六元，本洋九十九元。共合苏漕平银一千九百二十二两六钱一分四厘一毫。

苏州桃花坞赈寓代解各款：

一、收豫赈转运局、苏州局、桃坞收解所拨款漕平银一万二千二百三十八两八钱九分，宝银一千五百两，洋三元，钱三十二千三百文。共合苏漕平银一万三千七百五十八两二钱二分六厘。

一、收常州府宪、绅交到武进、阳湖、宜兴、荆溪、靖江城乡公捐漕平银四千另另三两六钱另五厘，宝银四千两，洋一千三百八十八元，钱三十二千六百四十五文。

共合苏漕平银八千九百五十两零七钱八分三厘。一、收江阴保婴局交到漕平银五百两，宝银九百八十九两八钱二分，洋一千五百四十元。共合苏漕平银二千五百十八两九钱九分二厘。

一、收江宁公所交到上下江士子月饼腿蛋捐等漕平银一千八百九十四两五钱四分六厘，洋一百元。共合苏漕平银一千九百六十一两八钱八分八厘。

苏州桃花坞赈寓经收各款：

一、收苏字册漕平银三百十四两七钱五分，宝银一百三十两另八钱，洋八千三百八十九元七角五分，钱一百七十六千七百十文。共合苏漕平银六千二百另四两八钱八分七厘五毫。

一、收桃字册漕平银三千另十四两二钱五分，宝银五百另一两另六分，湘平银二千一百六十九两八钱，规银一百两，洋八千七百六十五元七角，钱七百三十三千七百二十八文。共合苏漕平银一万二千一百另一两五钱二分六厘七毫。

一、收租字册洋三百另七元，钱一百七十一千八百八十文。

共合苏漕平银三百十六两四钱四分四厘一毫。

一、收安字册洋四十六元，钱四千九百八十文。共合苏漕平银三十四两一钱五分五厘八毫。

一、收雨字册漕平银五百另四两，宝银二十九两五钱七分，洋二千二百另一元三角三分，钱四十四千九百十五文。共合苏漕平银二千另四十三两九钱八分八厘。

一、收莘字册洋九百九十八元二角五分，钱九千八百八十五文。共合苏漕平银六百七十八两五钱五分一厘二毫。

一、收黎字册漕平银一百五十两，洋四百八十五元五角，钱一千七百四十五文。共合苏漕平银四百七十八两另五分九厘一毫。

一、收盛字册漕平银五百两，洋五百七十二元二角五分，钱十七千一百八十五文。共合苏漕平银八百九十六两三钱三分二厘。

一、收震字册洋三百八十三元四角，钱二十二千一百十三文。共合苏漕平银二百七十二两三钱另二厘八毫。

一、收望字册洋八十一元，钱二千六百十一文。共合苏漕平银五十六两二钱一分三厘五毫。

一、收熟字册洋一千六百六十八元四角一分七厘，钱二十九千六百八十六文。共合苏漕平银一千一百四十二两四钱九分二厘四毫。

一、收昆字册洋一千一百十七元五角，钱四百八十一文。共合苏漕平银七百五十二两八钱五分三厘八毫。

一、收松字册洋一千一百三十四元八角七分五厘，钱十一千一百文。共合苏漕平银七百七十一两三钱三分二厘五毫。

一、收青字册宝银二钱八分，洋七百七十一元，钱五千三百三十三文。共合苏漕平银五百二十二两八钱八分一厘。

一、收魁字册洋五十三元，钱二百五十文。共合苏漕平银三十五两八钱五分另六毫。

一、收常字册洋六百三十一元，钱五十七千三百九十五文。共合苏漕平银四百六十一两五钱六分一厘。

一、收锡字册洋八百六十元一角另二厘，钱一千一百十文。共合苏漕平银五百八十三两九钱五分八厘九毫。

一、收锡字册孙绅募洋三千一百十九元五角。共合苏漕平银二千一百两另另七钱三分三厘七毫。

一、收荡字册洋二百八十七元五角，钱六千七百三十七文。共合苏漕平银一百九十七两九钱另八厘二毫。

一、收镇字册漕平银一两七钱五分，洋一百四十八元，钱八千九百四十四文。共合苏漕平银一百另七两一钱二分四厘六毫。

一、收丹字册洋六百元。共合苏漕平银四百零四两另五分二厘。

一、收天字册，共合苏漕平银四百八十二两八钱一分。

一、收太字册洋七百三十元另五角，钱五千二百四十文。共合苏漕平银四百九十五两二钱七分七厘八毫。

一、收罗字册洋五十五元。共合苏漕平银三十七两另三分八厘。

一、收浏字册洋二百廿二元七角五分，钱三千八百七十文。共合苏漕平银一百五十二两四钱七分四厘七毫。

一、收扬字册洋三百五十七元，钱三百八十八千三百六十八文。共合苏漕平银四百八十八两二钱九分另六毫。

一、收兴字册洋一千七百九十三元。共合苏漕平银一千二百另七两四钱四分二厘。

一、收当字册洋六百三十八元二角五分，钱三千一百文。共合苏漕平银四百三十一两七钱八分八厘五毫。

一、收新字册洋一百二十八元，钱一千四百六十文。共合苏漕平银八十七两一钱二分九厘六毫。

一、收物字册洋一百七十五元五角，钱八千八百二十六文。共合苏漕平银一百二十三两八钱一分八厘二毫。

苏州桃花坞赈寓另收各款：

一、收汇费贴进共苏漕平银四百另五两一钱。（尚有二百八十五两七钱六分九厘归作浙款。）

一、收钱庄拆息共苏漕平银三十一两一钱七分七厘。

共收苏漕平银六万三千六百二十二两六钱四分七厘。

共收宝银七千一百八十一两五钱三分，折入苏漕平银七千一百五十四两三钱八分五厘。

共收湘银二千一百六十九两八钱，折入苏漕平银二千一百二十五两八钱二分。

共收库银二百七十二两四钱三分三厘，申入苏漕平银二百七十七两四钱三分。

共收规银三百两，折入苏漕平银二百七十八两九钱二分五厘。

（以上四项轻水申平，各于捐款细数中逐一详登，理合声明。）

共收英、本洋四万六千八百三十九元八角九分八厘，合见苏漕平银三万一千五百四十二两九钱二分四厘。

共收钱一千七百八十五千三百二十二文，合见苏漕平银一千一百三十九两四钱九分九厘。

（以上两项兑换细帐，详照庄折开列在后，理合声明。）

七项大共收苏漕平银一十万六千一百四十一两六钱三分正。

开 除 项 下

正项

一、解晋爵抚宪库平三千两，由邹渭清观察禀解。

共合漕平银三千零六十两。

一、解浙江局金绅、江苏局^严_潘绅漕平银九万一千八百四十四两二钱一分七厘，洋二百四十七元，钱三十六千文。

共合漕平银九万二千零三十三两五钱二分七厘一毫。

另项

一、支洋力汇费少串废钱钱一百三十九千四百九十七文。

共合漕平银八十九两零三分三厘。

大共支苏漕平银九万五千一百八十二两五钱六分另一毫。

实 在 项 下

一、应存苏漕平银一万另九百五十九两另六分九厘九毫。（拨归直赈帐报销。）

所有用作霖雨册捐启两页、福报图九页，系桂香书屋王氏捐刻。浙局用捐册一千本，申局用捐册一千二百本，扬局用捐册一千五百本，湖局用五百本，苏寓用捐册一千八百本，系吴中善士捐印。寓中茶饭，同人自备，均不支销。

解交浙局金绅、苏局^严_潘绅晋赈细数

第一批：

一、解潘绅苏漕平银一万二千七百八十八两八钱九分。（闰月初五日周京堂画解五百五十两，余系豫赈局画解。）

一、解潘绅三十千，合苏漕平银一十九两一钱四分六厘。（同日画解。）

第二批（是批上海同解一千五百两，扬镇局同解二千两）：

一、解潘绅苏漕平银一千五百两。（四月十五日汇）。

第三批（是批扬镇局同解九百九十四两六钱七分三厘）：

一、解严绅苏漕平银八千另另五两三钱二分七厘。（五月十四日汇解。）

一、解严绅苏漕平银四百两。（同日杨殿翁手画带江阴捐款。）

一、解严绅苏漕平银十六两八钱三分五厘五毫。（同日杨殿翁手画带洋二十五元合见。）

第四批（是批扬镇局同解二万七千六百两，上海局同解一万一千两）：

一、解严绅苏漕平银五千两。（六月初七日汇解。）

第五批（是批上海局同解一万九千两，扬镇局同解六千两）：

一、解金绅苏漕平银二万二千六百两。（六月廿八日带二万二千五百两，又薛霁翁、缪启翁各五十两。）

一、解金绅苏漕平银一百另一两另一分三厘四毫。（同日带现洋一百五十元合见。）

一、解金绅苏漕平银五十二两三钱一分五厘二毫。（缪启翁手画药捐三十六元，画镇江捐三十六元六千文。）

第六批（是批上海局同解二万二千两）：

一、解金绅苏漕平银一万另五百两。（七月初十日汇。）

一、解严绅苏漕平银一万另五百两。（同日汇。）

第七批（是批上海局同解二万二千两）：

一、解金绅苏漕平银四千两。（八月初五日汇。）

一、解严绅苏漕平银四千两。（同日汇。）

第八批（是批扬镇局同解六千两）：

一、解金绅苏漕平银五千两。（九月初十日汇。）

一、解潘绅苏漕平银五千两。（同日汇。）

第九批：

一、解金绅苏漕平银二千五百五十两。（十月底代划直省二千五百两，划交叶姓五十两。）

共解金绅苏漕平银四万四千八百另三两三钱二分八厘六毫，共解严绅苏漕平银二万七千九百二十二两一钱六分二厘五毫，共解潘绅苏漕平银一万九千三百另八两另三分六厘。

捐洋换银细数

四月分：

初四日宝源二十元，（去水换见）十三两六钱六分五厘。

十三日又十八元，（去水换见）十二两八钱九分。

廿一日又三十七元，念五两六钱九分五厘。

三十日又念元，十三两八钱八分。

五月分：

初四日宝源二十九元，十九两八钱六分五厘。

十三日又二百元，一百三十六两三钱。

十五日又五十元，三十四两一钱九分五厘。

二十日又一百四十元，九十五两六钱七分五厘。

廿四日又五百元，三百四十两另三钱八分。

廿九日又一百九十元，一百念八两八钱一分五厘。

六月分：

初二日宝源二百元，一百三十五两一钱一分五厘。

初三日又一百元，六十七两七钱六分五厘。

初七日又三百五十元，二百三十六两五钱三分五厘。

初八日又一百九十九元，一百三十两另五钱七分五厘。

初九日又四百另一元，二百七十两另六钱七分五厘。

初十日又一百五十元，一百另一两另四分。

十一日又一百八十元，一百念两另九钱七分。

十二日又二百元，一百三十五两另另五厘。

十三日又五百元，三百三十七两六钱五分。

十四日又一千二百六十五元，八百五十三两五钱。

十六日又四百元，二百六十九两四钱五分。

十六日履康五百元，三百三十六两五钱六分。

十七日宝源三百元，二百另二两一钱七分五厘。

十九日履康四百四十元，二百九十五两八钱另七厘。

廿一日宝源三百元，二百另一两五钱二分五厘。

廿二日履康三百元，二百另一两七钱二分五厘。

廿三日宝源四百四十八元，三百零一两三钱五分四厘。

廿四日履康五百元，三百三十五两七钱六分。

廿五日宝源四百五十元，三百另一两一钱。

廿六日又四百元，二百六十九两。

廿七日又一千元另另另五角，六百七十二两三钱。

三十日又二百元，一百三十四两七钱。

三十日履康九百元，六百另五两八钱一分二厘。

七月分：

初一日宝源五百五十元，三百六十九两一钱七分五厘；又履康一千元，六百七十二两七钱五分。

初二日又六百五十元另七角，四百三十五两五钱四分。

初四日又七百五十一元三角七分，五百另三两一钱二分二厘。

初五日宝源五百四十二元七角三分，三百六十四两八钱五分。

初七日履康五百元，三百三十五两七钱二分五厘。

初八日宝源五百五十一元五角，三百七十一两一钱三分七厘。

初九日履康六百三十元另二角五分，四百念二两三钱一分。

初十日宝源七百念六元，四百八十六两九钱二分七厘。

十一日履康三百五十元，二百三十四两七钱一分。

十二日又三百元，二百零一两八钱二分五厘；又宝源二百五十元，一百六十七两三钱五分五厘。

十四日又一千三百五十元，九百另九两九钱九分。

十五日又四百九十六元三角七分二厘，三百三十五两另八分。

十六日履康二百五十元，一百六十八两四钱二分。

十七日又七百元，四百六十九两另七分五厘。

十八日宝源二百五十元，一百六十八两四钱二分。

十九日又一百五十一元五角，一百另二两另三分五厘；又履康十二元五角，八两二钱。

二十日宝源三百十元，二百另八两。

廿一日又八百元，五百三十八两二钱。

廿二日又一千元，六百七十三两三钱二分五厘。

廿三日履康六百八十元，四百五十七两五钱四分五厘。

廿四日宝源一百七十九元，一百十九两九钱六分。

廿五日又二百九十九元，二百另一两四钱。

廿六日又一百五十元，一百两另另三钱八分七厘。

廿七日履康三百五十二元一角五分，二百三十六两一钱二分六厘。

廿八日又六百念元，四百十七两另八分七厘。

廿九日又一千五百念二元二角五分，一千另念三两四钱九分。

八月分：

初二日宝源一百四十元，九十四两一钱二分。

初三日又四百元，二百六十八两七钱八分。

初四日又一百念元，八十两另一钱另五厘。

初五日又六十元，四十两另三钱八分五厘。

初六日履康二百五十五元，一百七十一两六钱四分五厘。

初七日宝源一百元，六十七两二钱二分五厘。

初八日又一百四十元，九十四两另六分。

初十日又二百另一元，一百三十四两七钱二分五厘；又履康二百元，一百三十四两三钱。

十一日宝源一百念元，八十两另七钱三分。

十四日又一百元，六十七两另八分五厘。

十六日又一百七十元，一百十四两一钱九分五厘。

十七日又一百五十四元，一百另三两三钱。

十八日又一百念四元八角三分，八十三两四钱。

十一日又一百三十元，八十七两三钱一分。

二十日又五百四十三元五角，三百六十四两九钱另五厘。

廿一日又一百五十元，一百两另另七钱一分五厘。

廿二日又一百念元，八十两另另四分。

廿三日又八十元，五十三两八钱五分。

廿四日又一百三十元，八十七两六钱六分八厘。

廿五日又三十三元，念二两二钱二分五厘；又履康二百元，一百三十四两六钱四分。

廿七日宝源一百元，六十七两七钱九分五厘。

廿八日又一百元，六十七两一钱七分五厘。

九月分：

初一日履康二百五十元，一百六十九两一钱一分。

初三日宝源三百元，二百另三两六钱二分五厘。

初五日履康七十一元五角，四十七两七钱二分五厘。

初七日又一百四十元，九十四两另九分五厘。

初八日宝源二百五十元，一百六十八两七钱一分五厘。

初九日又二百五十三元，一百七十两另另二分七厘。

初十日又五十元，三十三两三钱七分五厘。

十二日又五十元，三十三两六钱八分。

十三日又四十九元五角，三十三两三钱八分五厘。

十四日又九十五元，六十四两一钱五分。

十五日又六十元，四十两另五钱。

十六日又五十元，三十三两七钱六分五厘。

十七日又三百九十元，二百六十三两三钱六分五厘。

十八日又七十一元五角，四十八两另六分。

二十日又七百三十元，四百九十三两二钱一分。

廿一日又四百元，二百七十一两一钱五分。

廿三日履康三百元，二百另二两九钱五分。

廿四日宝源二百四十元，一百六十二两一钱。

廿四日履康三千五百念三元，二千三百八十二两八钱三分。

廿五日又三百九十元，二百六十二两六钱三分。

三十日宝源一百五十三元五角，一百另三两六钱四分五厘；又履康一百十元，七十四两四钱二分。

十月分：

初一日履康一百六十元，一百另七两七钱二分。

初五日又一百元，六十七两五钱七分五厘。

初八日又五百元，三百三十八两八钱七分五厘。

初九日又九百五十四元，六百四十六两九钱四分。

初十日又三百三十元另八角七分，二百念四两三钱九分五厘。

十一日又一百四十元，九十四两八钱。

十二日又五十元，三十三两九钱一分。

十五日又一千三百六十八元，九百三十两另另八分。

十六日又十元，六两八钱三分五厘。

十七日又一百元，六十七两八钱。

十八日又三百五十元，二百三十八两一钱五分。

廿一日又四百五十元，三百另五两八钱五分五厘。

廿三日又一百五十一元七角五分，一百另三两二钱二分。

廿六日又二百八十一元，一百九十一两六钱另五厘。

廿九日又八百五十元，五百八十两另三钱四分五厘。

十一月初二日又二百元另另七角五分，一百三十五两六钱八分。

初五日又一百五十元，一百另一两九钱五分五厘。

原换来一千八百另九元三角七分六厘，一千一百八十六两八钱另七厘。

共换出洋四万六千五百六十六元八角九分八厘，共换见银三万一千三百五十九两另六分一厘。

扯换每元银六钱七分三厘四毫二丝。

捐钱换银细数

四月分：

初四日宝源七千四百五十七文，四两七钱另五厘。

五月分：

初四日又九百九十二文，四钱七分五厘。

十五日又念千文，十二两五钱三分五厘。

六月分：

初二日又七十千文，四十三两六钱四分。

初七日又十千文，六两一钱九分。

十三日又十千文，六两二钱另五厘。

十四日又五千文，三两另八分六厘。

十五日又二百念千文，一百三十六两另五分五厘。

廿六日又四百另六千五百四十文，二百五十一两二钱六分。

三十日又十千文，六两一钱六分。

七月分：

初一日又十千文，六两一钱二分七厘。

初四日履康念一千八百文，十三两三钱三分。

初十日宝源一百千文，六十一两九钱二分。

十四日又三十千文，十八两五钱五分。

廿三日履康九十四千二百八十二文，五十八两四钱一分五厘。

廿五日宝源十九千二百文，十一两八钱八分八厘。

八月分：

初四日宝源一百千文，六十一两七钱三分。

九月分：

三十日履康三十千文，十八两三钱九分五厘。

十月分：

初五日履康七十千文，四十三两。

初九日又三十二千六百四十五文，念两另另九分。

十五日又一千八百念五文，一两一钱二分五厘。

廿六日又五千文，三两另六分五厘。

廿九日又一百千文，六十一两三钱五分。

原换来二百三十四千六百五十七文，一百七十七两九钱一分六厘。

共换出钱一千六百另九千三百九十八文，共换入银一千另念七两二钱一分二厘。

扯每百两一百五十六千六百七十六文。

各庄拆息细数

四月分收宝源，十两另另四分。

五月分收宝源，念两另八钱三分五厘。

七月分收宝源，念五两一钱四分。

七月分收履康，三两二钱五分四厘。

八月分收宝源，三两另五分五厘。

九月分收宝源，七钱一分五厘。

十月分收履康，十二两八钱三分三厘。

六月分付宝源，念两另另一分五厘。

六月分付履康，四两七钱一分。

八月分付履康，十八两七钱六分。

九月分付履康，一两二钱一分。

除付净收银三十一两一钱七分七厘。

杭州同善堂经收发款捐款垫款（细数已详登《申报》，不复载）

第一结（库平银三千两，申见）银三千另六十两，第二结银二千另三十四两，第三结银三千两，第四结银一千另二十两，第五结银四千两，第六结银一千另二十二两，第七结银六千一百二十两，第八结银三千另六十两，第九结银五千一百两、洋三百元第十结银四千另八十两、宝银三十两，第十一结银二千八百两、规银二百两，第十二结银二千两，第十三结（此项于十二月分补收）银二千两，桃花坞代汇票余银二百八十五两七钱六分九厘。

共收漕平银，三万九千五百八十一两七钱六分九厘，共收宝银三十两（轻水一钱九分五厘）合漕平银二十九两八钱另五厘，共收规银二百两（水十三两六钱）合漕平银一百八十六两四钱，共收洋三百元换见漕平银二百另二两另二分六厘。

苏藩宪薛谕劝苏松太三属各州县募款（计呈捐册一百本）

计开：

元和县宪陈谕劝洋二百一十元（雨字册二百三十七号，沈宽夫等十八户），洋二十七元（雨字册九十六号，钱蓉亭等四十九户），钱八百五十文（又），洋一百五十元（长庠俊生欧阳元良助）。

昆山县宪金谕劝（另归昆字册项下）。

吴江县宪陈谕劝洋四十元（雨字册二百二十九号，吴鹤轩、费吉甫募），洋三十二元（雨字册二百三十号，沈月帆募七户），洋六十八元（雨字册二百三十一号，十一户），洋一百元（雨字册二百三十六号，王梦仙募二十八户）。

震泽县宪张谕劝洋十八元（雨字册一百十三号，四户）。

常熟县宪郭谕劝洋三十九元（雨字册二百二十一号，翁录卿募三十三户），洋三十一元（雨字册二百二十五号，曾伯尉募八户），洋一百二十六元（雨字册二百二十三号，庞昆圃、叶耆云募八户），洋一百四元（雨字册二百二十四号，杨书成募九户）。

昭文县宪陈谕劝洋一百元（雨字册二百三十一号，管高发、徐允福募十三户），洋五十二元（雨字册二百三十二号，徐雯青募二十五户），洋二十元（雨字册二百三十三号，李宗弼捐），洋五十元（雨字册二百三十四号，魏葆卿募三十户）。

太湖厅宪桂谕劝洋四十五元九角五分六厘，洋一百三十七元八角六分八厘（绅董捐）。

华亭县宪杨谕劝洋四十六元（雨字册一百一号，六十四户），洋九十八元（雨字册一百二号，三十八户），洋一百四元（雨字册一百三号，五十户），洋一百二十元（雨字册一百四号，六十四户）。

奉贤县宪韩谕劝洋五十元（雨字册二百五十三号，明德堂等三十八户），洋二百五十四元（雨字册二百五十四号，仁寿堂等三十六户），洋一百七十五元（雨字册二百五十五号，唐检石、周紫珊募五十四户），洋五十一元（雨字册二百五十六号，庄问裕等四十一户）。

上海县宪莫谕劝库平银九十两另六钱八分六厘（雨字册二百四十九号，李菲生募十六户），洋八十六元（雨字册二百五十号，张补之募十七户），洋四十三元（雨字册二百五十一号，郑吾亭募十一户），洋六十七元（雨字册二百五十二号，裘过斋募十七户）。

南汇县宪吴谕劝洋一百二十一元五角（雨字册二百四十一号，马元德募五十四户），洋一百七十五元（雨字册二百四十二号，李日就、周锡瓒、王庭钧、王庭铨募五十八户），洋三十八元五角（雨字册二百四十三号，王仲宾、韩文祥募三十四户），洋一百六十五元（雨字册二百四十四号，陈尔赓募十六户）。

青浦县宪冯谕劝洋二十六元（雨字册二百四十六号，蔡容如、朱少沩募二十六户），洋二十元、钱二百五十五文（雨字册二百四十七号，十九户），洋三十五元、钱七百二十文（雨字册二百四十八号，六户），洋二十元（雨字册二百四十五号，知味轩助）。

川沙厅宪陈谕劝库平银一百八十一两七钱四分七厘（雨字册二百十三号，丁世棣、唐树奎、顾维纶募六十二户洋五十六元，二百十四号，冯镜涵、徐德佑、顾亮、徐廷佐募六十二户，洋四十九元五角二百十五号，蔡育圻募五十五户洋一百元，二百十六号，二十六户，洋四十元五角，合成此数）。

太仓州宪万倡捐洋一百元。

镇洋县宪谭倡捐洋一百元。

崇明县宪邓谕劝洋五百元，洋一百元八十一元，崇明瀛州书院诸生捐膏火钱九百文。

宝山县宪吴倡捐（另归当字册项下）。

共收库平银二百七十二两四钱三分三厘（申四两九钱九分七厘），合漕银二百七十七两四钱三分。共收英本洋三千九百二十六元八角二分四厘，合漕银二千六百四十四两四钱另一厘八毫。共收钱二千七百二十五文，合漕银一两七钱三分九厘三毫。

督学监临宪夏吴札行各学劝谕应试士子捐

计开：

苏松常镇太各学应试士子捐英洋二千五百五十七元，本洋五十七元。

安徽庐州府、合肥县两学诸生宾兴捐洋八十元。

江宁府、县两学应试士子捐英洋一百十九元，本洋四十二元。

共收英洋二千七百五十六元，合补水漕银一千八百五十五两九钱四分五厘五毫。共收本洋九十九元，合补水漕银六十六两六钱六分八厘六毫。

豫 赈 拨 款

计开：

豫赈苏州局拨款银一万二千二百三十八两八钱九分，钱三十千文。

豫赈转运局交到各局回余宝银一千五百两。

豫赈桃花坞收解所销见物件洋三元，钱二千三百文。

共收漕平银一万二千二百三十八两八钱九分。共收宝银一千五百两（轻水三两三钱），合漕平银一千四百九十六两七钱。共收洋三元，合漕平银二两另二分另三毫。共收钱三十二千三百文，合漕平银二十两另六钱一分五厘七毫。

常州官绅交到捐款

计开：

武阳两邑城乡公捐第一批银二千两，宝银二千两，银三两六钱另五厘。

又第二批宝银二千两。

又第三批银二千两。

宜荆县捐款一、二批洋一千一百五十四元，钱三十二千六百四十五文。

靖江县捐款洋二百另五元，本洋二十九元。

共收漕平银四千另另三两六钱另五厘。共收宝银四千两（轻水八两三钱六分五厘），合漕平银三千九百九十一两六钱三分五厘。共收英本洋一千三百八十八元，合漕平银九百三十四两七钱另七厘。共收钱三十二千六百四十五文，合漕平银二十两另八钱三分六厘。

江阴保婴局交到捐款 (计交去捐册六十本)

计开：

一批四百两，二批四百元，三批一百两、一百元，四批湘平五百两合见宝银四百八十九两八钱二分，五批宝银二百两，六批七百元，七批三百元，八批宝银三百两，不列号庄慎余堂求病愈四十元。

共收漕平银五百两。共收宝银九百八十九两八钱二分（轻水七两八钱九分五厘），合漕平银九百八十一两九钱二分五厘。共收洋一千五百四十元，合漕平银一千另三十七两另六分七厘。

江宁公所交到捐款

吴君韶生、胡君愧封、吴君振宗交到

上下江士子月饼腿蛋捐（庐江钱鼎臣、金渐逵，桐城姚遇龙，无为州翟礼门、吴靖峰、黄裳翁、程幼伊、

丁穆如、丁翊清、汪荩臣，含山胡芳名，扬州何子周、张小杉，丹徒郭漪园、刘少臣、程煦春诸君募），本洋十二元、英洋一百八十三元换银一百八十两六钱七分七厘，八开洋二元、十六开洋二元换银四钱，钱八百六十七四百八十二文、砂钱三十二千五百文换银五百二十八两四钱六厘。

魁星册各考寓士子捐（镇江严子卿、张子安募），本洋一百二十三元、英洋一百二十三元换银一百六十七两七钱二分三厘，对开洋两元换银五钱九分，九八票纹十两换银九两八钱，钱一百六十三千四百十一文、砂钱五十五千五百文换银一百二十八两五钱三分。

缸桶捐（祝善隆经收），本洋二百另七元、英洋八十五元换银一百九十九两八分六厘，钱一百一千五百八十二文、砂钱二十二千文换银七十二两五钱六分，九八票纹二钱换银一钱九分六厘。

霖雨册（吴君子和、吴君莲生募），本洋三十元、英洋一百七十六元换银一百四十两四钱五分，对开洋二元换银五钱九分，钱十五千四百三十三文换银九两六分七厘。

公所门收（祝善隆经收），本洋二百十一元、英洋一百四十五元二角，黟县乡试同人捐英本洋九十七元，盐城士子捐米六石售洋十三元八角，三项换银三百十八两四钱，钱六十九千六百十二文换银四十两八钱七分一厘。第二批银十九两二钱、洋一百元。第三批银七十八两。

共收漕平银一千八百九十四两五钱四分六厘，共收洋一百元合漕平银六十七两三钱四分二厘。

苏字册（计发捐册五百本）

苏州绅士交到

一号，陶仪一醮费，十元。一号，连筱亭等八户，八元。周庄怀善局，十元。周庄茶捐，十元。周庄茶捐，五元。五号，无名氏，念元。五号，无名氏，念元。无名氏，念元。顾子厚募三户，念二元。孙仲耕、顾子厚募三户，三十三元。七号，杨又芷募十二户，十六元。八号，顾守愚来九户，三十五元。八号，邹翼纶让乡居士，二八元。十号，程恒庆，八两。十号，益寿居，三十元。水石居，念元。十一号，保滋堂史，二元。十一号，张立三募十户，十六元。十三号，崔松圃手二户，念元。十四号，复祥募二十九户，一百元。十五号，恨力簿，十四元。十五号，惭无力，十四元。愧力不足，十二元。十八号，悦昌交手六户，五十元。十九号，唐鸣盛，五十元。二十号，唐方玉，四元。二十二号，方少云来二十八户，念元、八百念文。二十三号，兰香室，十元。二十四号，阮楚材，五元。二十八号，沙大人募四十二户，四十元。二十九号，沈凌阁募二户，十元。三十号，沙大人募二十八户，四十三元。三十一号，高雅三募六十五户，三十八元二角五分。三十二号，燕誉堂，五十元。三十三号，王健之募四十八户，五十二元、六百文。三十四号，宽仁氏，六元。三十六号，龚吾楼募四十一户，四十四元、六百十文。三十七号，复祥，两元。四十号，汤子祥来廿九户，七十五元。四十五号，王省三募廿三户，八元、十六千文。四十六号，六星门募十三户，十三元。四十七号，朱士雄，十元。四十八号，冯泰乔手十一户，三十二元。五十号，蔡兆蓉募四户，三十五元。五十三号，周安仁募七户，十八元。五十五号，龚心友来十二户，三十元。苏镇右营，十元。五十五号，苏镇海门营，七元。苏镇陆防中营，六元。不书姓名，四十元。五十六号，狼山镇宪募二十二户，十元、九百四十文。五十六号，陈南勤，三十元。泰州各营哨，十元。五十八号，周莘庄募六户，六十六元。五十八号，龚润斋募三十四户，四十一元、六百文。六十号，狼山镇王手十三户，一百六十一元。六十一号，通州游府周募四十户，六元、三百五十文。六十二号，通州游府募七十七户，十九元、四百五十文。六十三号，吴永功手三十户，五十八元。六十四号，通州游府募二户，六十元。六十五号，又募三十一户，十三元、九百五十文。六十六号，王蓉记来九户，三元。六十七号，又，十四元。七十二号，沈广茂，二元。七十三号，仁和震记，廿元。七十三号，凤生氏，十元。七十四号，无名氏等三户，一百另二元。七十五号，徐若梁，八十元。七十五号，周耀勋，一元。七十六号，吴亮采募十一户，十二元、五百文。七十七号，无名氏，一元。七十七号，陆炳文，三百六十文。七十八号，庄小三手九户，七元、八百二十文。七十九号，沛名记，一元。八十三号，魏俊甫募八户，十元。八十四号，吴凤梧手三十二户，廿二元。八十五号，吴亮采、朱致云手五户，十五元。八十七号，谦吉春募十五户，六十元。八十八号，德永隆募八户，三元。八十九号，陈遇安手五户，十五元。九十五号，刘华轩，六元。九十六号，太湖营务处李募，廿九元、廿一千八百文。九十七号，二十二户，三十三元、二百廿文。九十八号，善善主人，四元。九十九号，蚁立襄士，六元。一百号，鼎隆庄等二户，四元。一百零一号，叶春泉等十四户，六元五角、三千一百六十文。一百零二号，求病痊等四户，十七元、一千另七十文。一百零三号，缘助等十三户，十一元五角、九十文。一百零四号，健笔生募廿户，三十七元。又八户，四十三元。又四户，廿四元。又九户，二十元。又十户，廿元。一百零六号，乾号有记，二元。一百零七号，王厚卿募四户，宝银十两、十五元。一百零八号，寿亲氏，一百元。一百零八号，萱长代捐，五十元。马云泉募无名氏，二十元。椿泰氏，五十元。无名氏，二元。存裕氏，一千元。一百零九号，慈竹轩董，五十元。一百十一号，再求平安人，十元。一百十二号，德永隆手二户，三元。一百十四号，泰和永募四户，三元五角。一百十八号，德永隆手七户，十元。一百十九号，高竹隐，四元。协同周恤，一百元。不愿留名，十元。彤华书屋，四元。癸丑生求嗣，五元。胡敏，二元。愿求儿孙无病，十元。邱辅良求侄病痊，五元。一百二十号，钱汝源等八户，四元。一百二十九号，嘉荫堂，五十元。一百三十号，无名氏，十千文。一百三十号，彭杨氏金镯售，六十五元、一百八十七文。一百三十二号，护根堂等三户，二十七元、一千文。一百三十三号，姚少华募廿七户，五十元。一百三十四号，复祥手十五户，十五元。一百三十五号，古松堂募三户，五十七元。一百三十六号，叶慕舟来三十二户，七十三元。一百三十七号，金坛县官民，十元。一百四十号，薛觐方，一元。一百四十号，薛子督，一元。一百四十五号，敖季和手七户，十二元。一百五十号，淞北营叶，十元。一百五十五号，武毅军，十元。一百五十八号，恒茂公募五户，六元。一百六十号，三户，十元另五角。一百六十六号，和记，十五元。唐廉臣，二元。李云波，二元。李明桥，一元。一百七十二号，庆升恒，六元。一百七十三号，邱玉书募，四元。一百七十四号，祥茂永募，一元。一百八十一号，仪征游府潘，四元。一百八十六号，德永隆来廿一户，二十元。一百八十七号，又廿五户，十元。一百八十八号，怀德堂，一百两。一百八十九号，存仁堂，一元。一百九十号，嘉福号，一元。一百九十七号，王康衢来二户，四元。一百九十八号，崇明司署募二十二户，六十五元。一百九十九号，同善诸人，十元。

一百九十九号，烜炘合，二十元。二百零一号，不书名，二元。二百零二号，潘念椿，二元。二百零二号，徐星斋，十元。二百零五号，徐星斋来七户，四元、一千五百文。二百零六号，不书名，十元。二百零七号，二户，五元。二百零八号，十户，五千文。二百零九号，朱佩之募十户，十一元。二百二十五号，淮郡十三户，四元、二千五百文。二百二十九号，安宜手八十四户，宝银五十四两。二百三十号，朱仲修、刁介卿等，一千另二十四文、一千另六十文。二百三十二号，安宜手廿七户，宝银三十两另八钱。二百三十五号，锡山旅客手，三十元。二百四十九号，八户，四千文。二百五十号，五户，九元。二百五十一号，清和堂，十元。二百五十三号，太湖右营公捐，五十元。二百五十五号，二户，十元。二百五十七号，新质营募，六十元。二百五十七号，周汝骧，十元。二百六十号，丁松泉，三元。二百七十三号，陆菊生手四户，七元。二百七十五号，陈砺卿来三户，二十元。二百七十五号，周晋记，二百元。二百七十七号，黄玉书手九户，十三元五角。二百七十八号，刘河客募十九户，十四元五角。二百七十九号，又四户，六十元。二百八十号，刘河人募十一户，十二元。二百八十一号，刘河客来十一户，四十三元。二百八十二号，又十二户，三十六元。二百八十五号，邹^{敬斋振远}募五户，六元。二百八十五号，邹敬斋募十九户，九元。沈明德，一元。二百八十九号，爱吾庐，二元。顾守愚募四户，八元。二百八十八号，杨蓉塘、邹安道、钱蟾谷募十三户，二十五元。二百八十九号，邹翰仙募十四户，四十二元。二百八十九号，崇仁居士来十四户，二十七元。二百九十号，养心居强，十元。二百九十号，无名氏安，五元。顾守愚手廿五户，三十九元、二百四十文。嘉颂堂强，十元。二百九十一号，周士达，十元。二百九十二号，邹省记来六户，二十一元。又四户，七元、四百文。二百九十三号，有名氏五元。二百九十五号，顾守愚、邹政琴、邹新甫募十六户，三十八元。二百九十八号，顾守愚、顾眉轩、邹叶占募十七户，三十二元。二百九十九号，崇仁手廿一户，二十三元。三百号，顾守愚、丁天宝募无名氏，四十元。又，四十五元。又，十五元。又，一元。又，一元。三百零一号，养疴主人，十元。三百零一号，枕善居，五元。蒋世德，十千文。三百零一号，虎头小生，一元。三百零二号，白门冷隐，十元。三百零四号，张菊溪募四户，一百二十元。三百零五号，威孚记，十元。三百零六号，金小苏募十二户，十四元。三百零七号，潘宅来十二户，七十四元、七百文。三百零八号，集益居手十八户，六元、二十九千二百文。三百零九号，无名氏金簪售见，五元、二百二十九文。二十二户，一百另四元。三百一十号，三十七户，十七元、十五千八百文。三百十一号，竹林贤等八户，十一元。三百十二号，沈祥记等十一户，二十一元。三百二十一号，沈稚波募五户，五元。三百二十一号，邵合记募七十六户，十五元。三百二十二号，徐祖羹募四十八户，四十八元。三百二十九号，沈居易，三十元。三百二十一号，井手三户，十七元。三百三十一号，怡闲主人，十元。榆隐书屋，九元。吴恩翁，一元。三百三十二号，周省心、邹补拙募廿七户，二百另六两、一百二十七元。三百三十三号，省过居，五十元。三百三十四号，沈莲伯募廿户，五十五元、七钱五分。三百三十五号，厚记二十元（尚有沈逸云手十五元、二十五元归桃册）。昆山谦益堂，二十千文。三百三十六号，知过斋，五十元。三百三十九号，同颖书斋，二元。三百三十九号，邵辰云募十四户，八元。三百三十八号，延生氏，一百元。三百三十九号，吴小山募六户，十九元。三百四十号，雷听翁手六户，八元。三百四十号，余生子，一元。

三百四十三号，沈月帆、潘永之募十一户，十四元。三百四十五号，珮记母病愈，十元。三百四十六号，萱寿室募三户，三元。三百四十七号，周雨人、潘永之募五户，九元。永康室荃记，二元。永康室凤记，二元。三百四十八号，且安居募廿八户，三十元另五角、二百二十文。三百四十九号，朱子才募十二户，十三元、三百八十文。三百五十一号，潘佑之，二元。三百五十一号，竹叶散仙，二十七元。三百五十二号，周悔余，十元。三百五十四号，潘卓记，一元。朱鲁记，一元。陶均翁手十三户，二十元。又手四户，五元。三百五十六号，陈小庄、陈子仪、沈旭初募四户，十五元。三百五十七号，晋介恒成元记，四元。三百五十七号，红杏尚书，二元。潘寿苹来席费，二十一元。三百五十八号，王仙翁手，一百元。三百八十七号，高淳县学募五十四户，一百二十六元。三百九十三号，幽篁精舍，四元。抚竹居，五元。隐名氏，一元。横翠山房，二元。四百零三号，恽兰翁手二十三户，宝银三十六两、九十四元。又，十六千文。四百零四号，恽叔翁手十二户，二十七元。四百零五号，恽永麟，十元。四百零六号，古欢阁等七户，十一元。四百十六号，严芝僧募十四户，二十元。四百十七号，玉溪集雅堂沈，十元。四百十八号，祈病保安子，一百元。四百二十四号，吕芷塘募廿三户，五十一元、五百文。四百二十六号，丁韵清手十四户，六元、四千六百五十文。四百二十七号，严芝翁募三户，四元。四百三十号，严芝翁募廿一户，十六元。四百三十一号，长生日喜室，十元。四百三十二号，严芝翁募四户，四元。宋德兴来十户，二十元。四百三十四号，乌青镇警心会余，四十元。四百三十六号，炉镇沈，六元。四百三十六号，培英馆许，四元。四百三十七号，严铁轩手十户，二十元。四百三十八号，严铁轩手三户，六元。四百五十八号，王树斋募四户，十元。四百五十八号，王树斋募二户，二元。五户，四元。五百四十九号，又二户，一元。朱山民，五元。又三户，三元。蔡唐氏，二元。蔡蓉卿募七户，二元五角、一百三十文。五户，三元。四百七十二号，南汇署募五户，十元。四百七十三号，奉贤署募廿五户，十三元。四百七十四号，川沙署募八户，十元。四百七十五号，上海署募五十户，五十元。四百七十六号，金山署募七户，十元、一千一百文。四百七十九号，松江署募五户，三十六元。四百八十号，敬舆堂来二十七户，三十一元。四百八十一号，魏桨阿手募二户，八十二元。四百九十号，顾守愚募五户，九元。四百九十一号，孙律风来三户，四十元。四百九十二号，孙铭之募四户，四十元。四百九十三号，盛霁峰、沈敬夫募十九户，二十六元、二百五十文。四百九十四号，徐静澜、陈仲熙来三十户，四十一元、九百文。四百九十五号，善邑同人募廿户，四十四元。四百九十六号，善邑同人募七十五户，一百二十九元五角。四百九十五号，丁韵清手九户，十四元、四百文。不列号，吴慰若手，一百三十元。不列号，吟香书屋，二元。省味斋，十元。张竹安，二元。太湖左营各哨，五十元。太湖中营各哨，五十四元。祥吉丰募，二百元。吴菡青来四户，二十六元。李慕良找来，二十七元。郑宝山，十元。

共收漕平银三百十四两七钱五分，共收宝银一百三十两另八钱（轻水三两二钱七分五厘）合漕平银一百二十七两五钱二分五厘，共收洋八千三百八十九元七角五分合漕平银五千六百四十九两八钱二分五厘五毫，共收钱一百七十六千七百十文合漕平银一百十二两七钱八分七厘。

桃 字 册

唐方玉、唐听彝、吴有邦、查桂华、沈畏之、费延庆、殷如珠、高文奎、董启麟、李义臣、顾道原、潘荣、严辰、孙毓松、王炽昌、尤镆、潘廷湛、杨廷杲诸君交到

岁寒堂，湘一千一百两、平一千两。周小棠京堂，五百两。尤氏集济急保安会，五百两。培仁公款，三百七十七两三钱九分。桂荣书屋、果育山房，三百另二两二钱四分。孙募无名氏，二百两。朱蕙生父母康健，二百两。皖北衍庆堂，宝二百两。惜阴书屋，一百六十六两四钱另七厘。爱戴氏，一百三十两。尤留耕，一百另一两五钱一分三厘。前丹阳县王，一百两。集记，规七十两。寒衣启佩二十七，宝银六十二两九钱七分一厘。悔过生，六十八两。诚一堂，五十两。求应氏，五十两。成康宾总戎，湘五十两。惟精堂，宝银四十九两六钱。六安麻埠，四十四两一钱五分。六安流波礁，四十四两五钱五分。铁心花馆，四十两。追远堂李，四十两。皖北积善堂张二十七，川二宝银三十两另另九分。桂香书屋，三十两。升岳浮海客，三十两。铜记，规三十两。福幼图佩二百十七，宝银二十九两五钱九分一厘。寒衣启佩二十八，银宝二十三两六钱七分三厘。颍川如记目疾无患三十两。相助人，湘十九两八钱。会稽王德记，宝银十三两二钱五分。寒衣启佩，二十六宝银十一两一钱八分六厘。福幼图佩，二百零八宝银八两八钱七分八厘。铁泪图佩，五百八十六，宝银五两九钱一分九厘。又佩五百九十一，宝银五两三钱二分七厘。福幼图佩二百一十五，宝银五两。仳离图佩二十一，宝银五两。铁泪图佩五百八十八，宝银四两一钱一分。报劬轩，宝银四两。寒衣启佩二十九，宝银三两七钱二分九厘。惜士会佩二十二，宝银三两三钱一分五厘。惜士会佩二十七，宝银二两九钱。寒衣启佩十一，宝银二两。福幼图佩二百一十三，宝银八钱八分八厘。

　　○共湘平银二千一百六十九两八钱，漕平银三千另十四两二钱五分，宝银四百七十一两四钱二分七厘，规银一百两。

戴星垣，四百元。李慕良募六合，二百三十元、二百二十元。杨王氏花甲，二百元。寿萱堂，二百元。补石山房，一百五十元。周芸本募一百十户，一百四十六元。陶敬修堂助奠仪，一百十三元二角。钱宏远，一百十元。仇沈氏节省寿筵、售卖贡缎，一百另三元六角八分。延寿堂，九十元。徐雯青来豫记，八十元。含香堂合，八十元。潘廷湛募十七户，五十一元。武毅军，四十九元泗安巡检黄募十二户，三十二元。沈逸云募六户（苏字三百三十五号），二十五元。絿记，十六元。方用九募六户，十六元。集粟村，十四元。江阴无名氏，十三元。求仁堂，十一元。王康衢，八元三角二分。徐友仙，七元。同昌，四角。尹元章，四角。俞元泰，三角五分。朱方茂，二角五分。

　　○共英、本洋二千三百六十六元六角。

仪封人、弥缝氏、隐全氏、朱芝记、补过氏、谦益同人、王振翁募无名氏、无名氏、留春堂平安、紫阳氏、徒抱杞忧、留有余募、吟梅居士、三木氏、移父母八十冥诞费、浦城无名氏、乞偿痴愿、求安室妾难产生男、求安室祈子无疾、侯荫翁手，二十户，各一百元。○共二千元。朱士楷、强恕斋、徐学淦子宝桂求病愈、得陇望蜀、古式居、桂香书

屋、陆方伯、安乐乡、淦记、枕善居、新昌营、惇裕堂周、金粟主人、杨陈氏寿筵、徐学淦子宝柱病愈续助、涵乐山人、桂芳居士、朱蓉舟手、莫兰晖祈父病愈、崇厚堂徐、慎德堂陈、永思堂鲍、东海无名。二十三户，各五十元。〇共一千一百五十元。

杏荪居士、福记、王友奎手、郑真臣手、如戊氏、古盐官人、朱士楷却病延年。七户，各四十元。〇共二百八十元。

扬州百祈堂募、律风氏、王春德堂病愈、丁有珩乡间川费、陆春林、赵哲如、吕史氏、会龙山人资亲冥福、沈逸云募、长安朱、秦梅修募、蔡桂初。十二户，各洋三十元。〇共三百六十元。

潘万成、泰记、古松堂、桂香王氏、程保记、耿大小姐、张蔡氏、无名氏、慎远栈、欣然独笑庐、费士俊、王槐荫贞房、浒浦无名氏、片玉斋、北湖居募、欣然独笑庐、王郑卿、刘佑之募、惇求父母康健、癸巳生、寄渔氏、陶志伊募九户、心恻隐人、朱士楷消灾、还心愿、睿识书屋、松溪渔人、赵孟记、心祝居士、麟趾堂、无名氏、黄熙堂、华同善、求母疾愈、日三省斋、张叔鹏手、启泉手无名氏寿记、郭鉴记募、恒记、静爱庐病愈、海宁讽字室、双桂崇善书屋。四十二户，各二十元。〇共八百四十元。

怀善局茶捐、隐名氏、松荫书画润、苏三百二十五号，沈逸云募三户、王槐荫贞房，五户。各十五元。〇共七十五元。

最乐堂、浒浦无名氏、玩索居、卢治良、顾滋培募十三户。五户，各十二元。〇共六十元。

知止老人、夏遇尧、不书名、光裕堂、唐李氏、孙品旃、彭万卷斋、寿椿萱室、悟月子、无名氏、延生氏、齐眉人、古松堂火帝诞费、淞南称堂氏、不具名、钱榕初手、逸名氏、蔬心居、长安桥三户、蝶龛病愈、郁宗桂手、唐刘氏、无名氏沈手、海阳素位居、王门钱氏、庄蓼民女痊、为父祈冥福、荫思记、金兰室病愈、朱姓、夏遇尧经资、陈琛树莲记、杏村莲氏、菰芦隐舍、李鸿翔祖母冥福、庆善堂冬米、槐荫智房、张福子、郑升记、种德堂、月求子、森桂山人、赵门何氏、虞记、怀善局茶捐、芋记、思补阙斋、程资敬、保赤子、吕存仁募、王氏设帨、兰香室、卓莲生修脯、太和公所、乌镇祝锻氏、无名氏喉症求愈、湖郡药业、蒋沈氏母病痊、朱蓉舟来、王苤庵病愈、悔过病痊、无名氏、徐菊生、潘萼甫病愈、程殁安来、福记、艺兰女士、缪启泉手镇江无名氏、俭德堂、徐溥泉、顾恭寿、张菊溪、求安室妻痊、富阳无名氏、悔过生销不可录、李滋培德增移忏费、中一氏、潘颂臣、范一瓢画润、向青女史、长元和酱业公醮、凌浩然。八十二户，各十元。〇共八百二十元。

知止老人、全城四龄童子、窦雨村、何留春平安、吉记、莺湖补过子、凝远堂、安定仲子病愈、金陵浡震堂、程曼庆。十户，各八元。〇共八元。

墨香处、杨叔赓来乐器捐拨、梅殿标、积善堂胡、无名氏、吴蓉麟、凤宝楼，七户。各六元。〇共四十二元。

正直斋、无锡心氏、淞南构堂氏、颍川仲子、云南舜氏、永安、山阴吴大丰、王献周、京都无名氏、竹园居士、心有余氏、杨志奎、王春德病痊、无名氏、庆记、沈森茂、松荫书画润、林张氏、无名氏、无名氏病愈、颍川仲子、孙承鉴募、无名氏病愈、缪启泉手四知堂、轶记、戴眉峰妻愈、张承珠、张叔鹏募、杨仁照画润二十九户，各五元。〇共一百四十五元。

泰记售自鸣钟、泰利记、莫厘隐名氏、亦爱庐、宋静永、省过斋还愿、天香深处、王公远追荐先母、东山叶募、吴门陆氏母痊、李正英荐先、梁安两人寿筵、莫厘隐善、继彬甫平安、彭恩移焰日费、留庵主人、六晋生、愈记、宝善调记、免悔室、荫思记、王程氏、兰香斋、无名氏华、无名氏、夏忏愿、求目愈、康记元记、养真书屋、洪敦朴、陈冀卿，三十一户，各四元。〇共一百二十四元。

杨叔赓、无名氏、补拙子、李湘南、吴鼎元、知止老人、李维鳣、孙黄村母命、退思、鹤云笙记寿筵、蔡融堂、林记、郭衔芝手、韩墨林、邵景福、荫思源、吴易氏。十七户，各三元。〇共五十一元。

菽水子先妣冥福、寄生庐资亲冥福、怀安氏、绍兴人、隐名氏、连子亭、安平氏、见心氏、常州民人目愈、尽心室、清广堂、屈强生子愈、江阴不书名、刘铨之、知止老人、麓记、麓记、荫思记、保安康、芝记募、省记经募、不量人弥月酒筵、荫思愿、吴留余、施济美、无名氏、安定、太原顺卿祈愈、不书名、保安幼童增寿、荣阳记、徐聘君、文治求聪慧、省月饼费、无名氏、北湖居士、四勿斋、无名氏、孔记、裘翼经、蔡锦台、熊邦瑞、候选未入流、素心居士、赵紫纶、意佳堂、周居之安、南翔病鹤、章竹溪、孙德生、魏笔仲、玉宝堂儿愈。五十二户，各二元。〇共一百另四元。

履中、殷宝安、不留名、潮阳无名氏、毗陵东角、筱圃居士、吴文星、余博源、潮阳无名氏、恒号、王姓、山阴居士、锡山居士、冯式亭、力薄氏、无名氏、潮阳无名氏、又、恨力薄、常州三人、嘉会书屋、颜香如、严桂香、汪罕秋、章方义、椿荫堂、夏觉生、张晓峰、金陵不留名、庄诗岑针黹、顺德堂曹、忏余氏病痊、叶荫卿、培耕子、丁绳祖、寿重慈、澄记、听蕉轩、无名氏儿愈、玉杯珠柱斋、联珠阁、不知名氏、王明记足愈、常州民母愈、曼陀罗花馆、红杏出庄、范绍熙、徐准生、彭景萱、吴佑之、吴若瞻。五十一户，各一元。〇共五十一元。

修己以安人、詹士兰、愈明趾、德甫、环珠官、太史第洪。六户，各五角。〇共三元。

义隆、春明庐、钱姑奶奶、望月楼、俞源长、研生、资福堂、陈敬章、贝元如、倪福龄、宝善堂。十一户，各三角。〇共三元三角。

俞静斋、孙森茂、锦荣、霭吉斋、褚松轩、保大、方山书屋、方二小姐、恒长隆、爱宝、单吉甫、费方之、李三、朱隆生、静观、方孙氏、八官、施兰卿、朴庄、爱山居、云明庵、王长富、临渊、春姑娘、月阶、朱妈吴妈、巡抚第、徐亦堂、正裕、小姨太太、宝官、巧小姐、方先生、方长生。三十四户，各二角。〇共六元八角。

丰备仓，一百五十千文。顾正心，一百千文。汪子安，五十四千二百八十二文。潘敏慎，四十二千文。汪治丰，五十千、二十千文。盐公堂，五十千、五十千文。高世承，五十千文。陶莲森，五十千文。潘松麟，二十八千文。恒大成，二十千文。振述记本庄程仪，十四千文。顾庆誉，十千文。无名氏，十千文。公义局，一千五百文。高龚翁找，四百四十文。铁莲润笔，二百二十文。四明宏农，六百文。永和捐信力，一千文、一百五十文。永和捐信力，一百五十文、一百八十文。又，一百六十文、一百五十文。蛇架皮，四十文。

〇共七百另二千八百七十二文。

许常乐金镯，八十一元、三百三十文。癸巳生金镯，七十元、十一文。寒衣启佩三十，宝银十两另五钱一分三厘、一千四百文。无隐书屋等四户，十一元、二百文。陈星悟募丰利场廿户，二元、十九千二百文。长兴粮厅江募五户，五元、三百五十文。王荫之募十一户，四元、三十二文。薛门谢氏银镯，三元、六百六十二文。震川书院十六户，五元、八百文。缪启泉募昌林和尚，一元、六千文。延绿轩，一元、五百四十五文。无名氏轮船铺盖，一元、二百文。寄生庐合宅平安，一元、四百文。孔樛园募，十五元、六百文。方姓求病愈，宝十九两一钱二分、二元。鹿三人，二元 吴一人，一百二十六文。

〇共洋二百另四元、宝银念九两六钱三分三厘、钱三十千另八百五十六文。

共收漕平银三千另十四两二钱五分，共收宝银五百另一两另六分（轻水三两四钱三分五厘）合漕平四百九十七两六钱二分五厘，共收湘平二千一百六十九两八钱（轻水四十三两九钱八分）合漕平二千一百二十五两八钱二分，共收乂兰规一百两（轻水七两四钱七分五厘）合漕平九十二两五钱二分五厘，共收洋八千七百六十五元七角合漕平五千九百另二两九钱九分七厘七毫，共收钱七百三十三千七百二十八文合漕平四百六十八两三钱另九厘。

租 字 册

苏州顾君来章交到（另有捐款收入桃字册）

吴滋德，六十四元、五百六十文。顾时安，五十千文。汪耕荫，四十元。陶义庄，四十元。潘通恕，四十千文。汪三友，念八元。顾丰和，三十千文。贝义庄，念元。张耕畬，二十千文。顾庆誉，二十千文。潘敏德，十八元、三百八十文。潘存诚，十八元、二百文。吴彝经，十四元、七百四十文。蒋平余，十元。吴畬经，十元。顾山辉，十元。徐凤栖，十元。吴锡蕃，十千文。卫敦和，五元。退耕居士，五元。耐寒主人，五元。谢来燕祭义，五、五元。

共收洋三百另七元合漕平银二百另六两七钱四分，共收钱一百七十一千八百八十文合漕平一百另九两七钱另四厘一毫。

安字册（计交捐册五十本）

苏州徐君宗德交到

积钱单六户，三元、二百四十文。成昌来十户，三千三百文。灶君诞余赀，六元。蔡滋翁募（四省册），三十六元。巴勤善，一千四百四十文。马佩珊，一元。

共收洋四十六元合漕平三十两另九钱七分七厘三毫，共收钱四千九百八十文合漕平三两一钱七分八厘五毫。

雨字册（计发捐册四百本）

本寓同人转托善士经募

三号，徐佑记，五元。张星记，五元。总记，八元。八号，高诚永荫堂，十元。八号，津南女史，一元。会稽董氏，五角。孙季华，三角三分。德暖堂，十元。丛桂山房，二元。平江汪氏，一元。十三号，王景卿来十四户，三元、七百二十文。十四号，又募十三户，一千文。十九号，无名氏，四元。十九号，补过斋，二元。无名氏，二元。二十二号，储梅村募十六户，九元。二十五号，张宝贞病愿，二元。二十八号，徐鸿图募三户，二元、五百文。三十号，钱菊陶募八户，一元、三百十五文。三十一号，沧海赘人，三百两。益健居，二百两。三十五号，无名氏，十元、十元。三十五号，不书名，一元。四十二号，寿萱堂，六十元。四十二号，星联室，五十元。蕉荫书屋，四十元。补拙山房，三十元。艺兰草堂，七十元。日新庐，五十元。六十一号，荣阳骏氏，四两。六十二号，又，六元。六十三号，从心居，十元。六十四号，荣阳毛氏，十元。六十五号，无名氏，二元。七十号，丰裕同人省财神酒，三十元。八十一号，余庆堂，一元。八十一号，不书名，二元。八十二号，姚晋卿募六户，五元。八十五号，宁界市，二元。八十六号，宋润余募五户，五元。八十七号，保弟病愈，三元。八十八号，惧感斋，念元。八十九号，吴亮采手，五元。九十号，樵隐子，二元。九十一号，黄埭汛募九户，十三元。九十二号，崔中戎募廿三户，三元。九十三号，西城汛李募十六户，十元。九十四号，社坛汛杨手十二户，十五元、四百文。九十五号，浒关汛周募六户，七元。九十六号，枫桥汛李募十户，十元。九十八号，崔中戎募十四户，七元、二百文。九十九号，崔中戎来三十八户，五元。一百号，又五户，十七元。一百四十二号，陶仲虎来，五元、二百文。一百四十三号，吴菊畦，十元。一百四十六号，汪子研来六户，七元、二百文。一百四十七号，又七户，七元、八百文。□号，德永隆来四户，七百文。一百六十二号，邹新甫手三十五户，念七元、五百念文。一百六十五号，秦^{蓉舫}_{梅修}来五户，十二元。一百六十六号，陈^{芳谷}_{子清}来十户，三十六元。一百七十号，邹树祥，五角。一百七十号，邹杏锦，五角。邹翰仙、王孟康、浦蟾香手廿六户，三十一元。一百七十九号，沈济翁募十户，二千文。一百八十号，又六十四户，七千一百文。一百八十一号，又五户，念一元。一百八十二号，又二户，十二元。一百八十五号，贝铭之来八户，五元。一百八十五号，恒丰申泰，五元。一百八十七号，吴树翁手二户，五元。一百八十八号，又二户，念元。一百八十九号，洪柳翁来，八元。一百九十一号，立昌等廿八户，念八元。一百九十三号，通裕和等十一户，十一元。一百九十五号，不书名手十二户，十一元。一百九十七号，许同兴，一百元。一百九十七号，许果亭，五百元。二百零九号，汪寅生手十二户，十一元。二百一十一号，又手十三户，十三元。二百三十八号，崔中戎来二十六户，二十一元。二百五十五号，镇洋县署，十元、四百文。二百六十六号，张小翁来二户，二元。二百六十七号，又二户，二元，二百六十八号，又二户，二元。二百六十九号，病痊得子，五元。二百六十九号，朱笃初祈病愈，十元。獬手二户，二元。二百七十号，张小翁来四户，四元。二百七十四号，彭讷翁手五户，五十元。二百七十五号，又十二户，十五元。二百九十三号，江蓉翁来三十六户，六十五元、一百文。二百九十九号，同日升手五户，八元。三百号，江千厘局手二十八户，五十元。三百零八号，王芸生手五户，十元。三百一十三号，蔚记募二十二户，三十二元。三百一十五号，又十二户，三十三元。三百二十二号，戴子千手十二户，十二元。三百三十一号，潘麐翁来四十户，一百元。三百三十二号，亢惕翁来七户，念七元。三百三十三号，王尔宜三户，四元。三百三十七号，无名氏，四元。三百三十五号，陶幼翁手十一户，八元。三百六十四号，从善堂，五元三百六十九号，黄垆徐叶四户，四元。四百零五号，金学殷来二十八户，宝银念九两五钱七分。四百一十九号，彭竹记手十六户，四元。四百二十一号，刘铁卿手三户，二元。四百二十二号，刘振古，五元。四百三十三号，集益居募十五户，十五元。不列号，俞朴园，念元。不书名杨，念元。绚秋书怀稔，三元。济通典同人，十一元、一千七百文。渔渡墩人，二千文。保泰典同人，七元五角、一千三百文。裕成典同人，十一元、三千五百文。永裕典同人，三元、一千八百文。郭戴甫，二百文。孙翌昌，三百文。允济典同人，二元。益大典同人，六元。锡豫庄同人，三元、一千五百文。济顺典同人，十五元五角、七千二百文。代饥留余，五元。济顺分典同人，十元、四千四百文。六六峰苦人儿狐挂，十二元。公有余食，一元。吴谦吉，一元。启祥栈，一元。泰和庄，一元。不书名，一元。吉雅堂，一元。力不从心，五角。恒隆庄，一元。元丰，五角。源义，五角。洪泰，五角。张玉成，五角。德记，五角。协成，五角。不书名，五角。李长源，五角。沈殿扬，五百文。无名氏，七百文。陆义山，五百文。湘生氏，五百文。沈存仁，三百文。杨梅初，五百文。杨万安，二百文。唐万兴，二百文。陶君智来三十四户，五十元。卢老太，二百文。朱信甫手五典三户，十五元、五元。顾友琴、周少华募四户，十三元。六六峰诸友省月饼，七百六十文。陈步山，五百文。马佩珊手十二户，七元。遂初氏，一千文。

共收漕平银五百另四两，共收宝银念九两五钱七分（轻水六钱七分）合漕平银念八两九钱，共收洋二千二百另一元三角三分合漕平银一千四百八十二两四钱二分，共收钱四十四千九百十五文合漕平银念八两六钱六分八厘。

莘字册（计交去捐册七十本）

吴江吴君鸣皋、张君裕堂、赵君小浦、徐君耀、朱君雪町诸善士交到

二号，陈叔美募五十三户，四十元。六号，徐翰波手六户，九元。八号，陈霁川募二十七户，十八元。十号，戴商隐募七户，十元。十一号，乞盂子乡试会钱赆仪十三户，九十二元、八百八十文。十二号，朱开伯募十三户，念六元。十三号，郭晓江、朱仰山募廿六户，三十元。十八号，徐翰波来，十元。十九号，俞访梅募十一户，五元、五百四十文。二十号，胡邃麟募五户，念二元。二十八号，张云伯手六户，五元五角。吴月斋，一元。三十一号，西塘同人募十七户，念元。三十三号，求安室祈保怀麟，五十元。四十号，殷芝楣募十七户，三十元。四十一号，赵小浦募十五户，九十二元。五十一号，无名氏，九十一元、八百十文。五十二号，吴鹤轩手二十户，念元、二百文。五十四号，吴鹤翁募五户，十元。六十二号，张裕堂手九户，四元五角。六十三号，张裕堂手五户，五元、五百文。六十四号，又募廿七户，三十元。六十七号，陆友严募十五户，四元二角五分、七百四十五文。不列号，砺手四十二户，一百五十元。不列号，江夏氏，一百元。梅冠翁手六户，六元、二千四百文。贾椿年，十元。又募无名氏，十元。黄最乐募十六户，七十七元、七十文。黄最乐，十四元、七百四十文。省过斋，六元。殷氏满月，三千文。

共收洋九百九十八元二角五分合漕平纹六百七十二两二钱四分二厘，共收钱九千八百八十五文合漕平纹六两三钱另九厘二毫。

黎字册（计交去捐册三十本）

吴江　沈君光锦、王君树藩、朱君元麟、周君、蔡君丙圻、张君鸣驹、邱君炳镕、费君交到

一号，承朴堂，二百元。二号，雪滩钓隐，十元。三号，梅花馆主，一元。四号，且安居手五户，念四元。五号，王耀三手七户，八元五角。六号，王翰题手六户，十元。七号，徐翰波手廿六户，十元。九号，顾辛庵子愈，念元。十一号，沈君光锦手七户，四元、二百文。十二号，蔡介眉手七户，念五元、六百文。十三号，张青士、钱霖若募十五户，十六元。十四号，张青士手七户，二十一元。十五号，又手八户，十五元。十八号，汝荐仙、王榜花来十一户，十六元。十九号，蒯友屿来五户，八元。二十二号，周式如手二户，一元、四百文。二十三号，沈月帆来十户，十二元。二十四号，王屏之手二户，十四元。二十五号，沈月帆来十二户，四十九元。二十六号，汝仲花来二户，一元、五百四十五文。二十九号，王屏之募三户，十元。不列号，食求德斋，一百两。不列号，存诚室，五十两。求安室妻愈，十元。

共收漕平银一百五十两，共收洋四百八十五元五角合漕平银三百念六两九钱四分五厘四毫，共收钱一千七百四十五文合漕平银一两一钱一分三厘七毫。

盛字册（计交捐册二十本）

吴江邵君隆卿、吴君壎交到

初一日八户，十六元、三百四十文。初二、三日四户，二元、二百七十二文。初四、五日七户，四元、二百七十五文。初六、七日七户，八元、二百六十五文。初七、八日五户，四十七元、四百另四文。十一日五户，八元、四百三十三文。十二日十一户，念五元五角、二百另四文。邵合记，念元。十四日一户，一百三十一文。十五日六户，十六元、二百三十七文。公善堂募六户，十九元、五百十文。十六日四户，十二元、三百念八文。十六日二户，四元、一百十五文。十七日三户，十元、五百四十一文。十八日四户，七元、六百六十文。念一日五户，四元、五百六十二文。三户，念元、一百十文。廿四日四户，二元、六百二十文。程相记，十元。众善，二百另四文。古稀老人，五元。廿日四户，二元、一千另十文。众善，一百四十文。尘舫书画润，一元、一千四百文。众善，一百三十三文。寄易草堂，五元。无名氏，一元。众善，一百念文。书画润六户，三元、三百念文。乾记，十元。众善，一百十文。三户，十五元、二百文。四户，八元、三十文。矜孤恤寡会念九户，五十元、三十文矜恤会三户，五元、一千文。德宏堂，二元。众善，三百六十四文。五户，七元七角五分、二百六十文。四户，四元。二百五十二户，念三元、六十八文。销贸易须知，十三元、七百文。后舟人，一元。一林道人，一百文。众善，五百另九文。徐筠夫，五元。众善，三百另一文。简捐，二元、一千七百六十九文。矜恤会廿四户，四十三元、八百四十文。百文愿，六元、三百四十文。尘舫书润，一元、六百八十文。

种善堂交到

仁寿公室,一百五十两。后贤兆记,一百两。裕后韶记,七十两。似玉秀记,七十两。小和绍官,四十两。文梅室,七十两。陈薇农,十元。希堂畅园,念元。评经精舍,五元。新溪为善最乐,十元。盛震厘局刘,五元。赋馨草堂,五元。黄恒远堂,五元。陶方之,一元。安定氏,一元。陶德润,五元。王新翁来五户,十元。隐名氏,三十元。金小苏募四户,四元。王来十八户,十四元、五百五十文。

共收漕平银五百两,共收洋五百七十二元二角五分合漕银三百八十五两三钱六分四厘,共收钱十七千一百八十五文合漕银十两另九钱六分八厘。

震字册(计交去捐册二十本)

震泽徐君汝楷、谈君熊江、庄君人宝、颐塘书院交到

一号,十三户,念元。三号,庄蓼民女愈,念元。四号,十户,三十六元。十六号,无名氏,十元。十六号,二户,四元。十八号,颐塘书院同人捐宾兴费,计二十五人,五十三元、三十元(均掣大票,恕不详登)。

不列号,丝业公所,一百元,不列号,广善堂,五十元。保赤局,五十元。颐塘书院同人捐,九角、二百文。恒义典前桶六月分,五角、五千七百十二文。恒义桶七月分,六千二百七十三文。山泉室桶六月分,一千三百四十七文。山泉室桶七月分,二千三百五十八文。悦来典前桶六、七月,三千八百七十三文。泰丰行前桶七月分,二千三百五十文。清远书屋,五元。祝寿萱,一元。颍川居士,三元。

共收洋三百八十三元四角合漕银二百五十八两一钱八分九厘,共收钱念二千一百十三文合漕银十四两一钱一分三厘八毫。

望字册(计交去捐册五本)

震泽吴君沐三、黄君兆棠交到

一号,十三户,三十六元。二号,二十七户,十三元、二百十文。三号,二十五户,十四元、四百三十一文。四号,二十六户,五元、九百四十文。五号,三十八户,十元、三百文。接婴公所提,三元、七百三十文。

共收洋八十一元合漕银五十四两五钱四分七厘,共收钱二千六百十一文合漕银一两六钱六分六厘五毫。

熟字册(计交去捐册二十本)

常熟陈君惇年、谭君潮瀛、陈君钟秀、郭君尚忠、庞君洪兴、赵君元琪、庞君洪坤、陈君鸿泗交到

用作霖雨册:

不列号。保幼室、依红舍人二户各廿元。黄幼帆、停云馆陆、金养心、省我居、世义堂时五户各十元。其昌堂、熊耀彩二户各六元。剪红词馆五元。颍记、朱氏代募、万记三户各四元。西城达氏、溯莲书屋、宗月锄三户各二元。双兰轩三元。季近恩、周锦芝、张

芝春、乐志堂翁、无名氏、坤记、鸿记、六宪记八户各一元。

一号慎和祥徐木君募。桂馨安、保幼室、补过子、又四户各十元。蒋沈氏、陈惟善二户各五元。周嘉宾四元。无名氏三元。万记二元。补拙斋、张载扬、无名氏、又、印善书拨五户各一元。

二号胡少田募。移宽补急、施仁山、不书名、方翔泰、翼化斋、钟灿记、张如椿、王永义、鼎隆德九户各二元。松铭堂、熊霭堂、汪星洲、汪春远、隐名氏、春阳、无名氏、大潍和、曹来盈、汪荥之、吴少林、汪源裕、汪同泰、朱子樵、汪同盛、包凤楼、薛郭氏、吴源泰、不留名、毓秀堂、汪广成、黄松林、闻惨不忍、何春田廿四户各一元。汪荣堂、王三才、杨笏庭、顾云山、吴云甫、汪富元、冯保和、陈福兴、章汇川、汪菊芳十户各五角。隆兴亿、叶幼莪二户各六百文。祥记、乾一房、无名氏、沃氏、王立泰、王荫三、吴生号、张云达、无名氏、吟香书屋、安善堂、方秀山、勉募二册、张祝如十四户各五百文。徐惇裕、王馥堂二户各四百文。童叙室、俞葆轩二户各三百文。补过氏二百文。

三号徐辅臣募。求福先氏三元。福亲居士、三茂祥二户各二元。来青书屋、无名氏、公正盛、瑞丰泰、陆乾昌、乐善居、赐福堂王、吉记、杨仲华、王信记、昌盛、无名氏、悔过轩、义兴、怡顺兴、周文英、恒泰祥、不留名、义和泰、罗春瑞、赵义泰二十一户各一元。南记、诒德堂、和丰、蒋恒和、语溪道人、鼎记、黄东园、于万丰、无名氏、德善居、周丰泰、无名氏十二户各五角。聚景堂五百四十文。

四号东塘市修德堂募。伴闲居、隐姓祈痊二户各十元。殷陆氏、集和居二户各五元。韩许氏、徐稽氏二户各二元五角。赵殷氏、无名氏、程柏氏、莲瑞堂、华山仙裔、蒋少林、殷凤珍、邵张氏、祈萱延龄、朱梅江十户各二元。桂香居士、诚记、无名氏尼、莲照、殷唐氏、龚蕴源、张贞甫、合经堂、友石山房、龚桂亭、沈亮灿、程柏氏、许罗氏、尼伽空、锄云书屋、方元大、愿萱超升、程龚氏、毛吴氏、愿椿延龄二十户各一元。谭增观、张砺轩二户各五角。

五号陈宝聚募。陈日菖、顾伟文二户各十元。补心斋同人八元。施敬斋、柯文澜二户各一元。

六号胡少田募。万兴祥五元。胡少田、吴恒和、史燮桂、复春、方蓉初五户各二元。胡隐名、无名氏、冯永源、贺源兴、刘同吉祥、义和泰、庞瑞卿、王永昌、周毓皎、吴兰卿、恒茂源、无名氏、张振山、吴元顺、诸厚甫、陈兰溪、黄鸿昌、汪尔常、树德堂、洪盛之、冯润斋、钱玉海、同盛号、童茗轩、柳仁仁、吴乾泰、戴万和、金学古、无名氏、震昌、沈文奎、周悦卿、周永康、华市宝丰三十四户各一元。王义顺、陈兆卿、无名氏、王复源、肖山、无名氏、槐荫氏七户各五角。汪锡元、毛懋堂、周洽盛、吴叙堂、王俊贤五户各六百文。徐钟、无名氏、义和生三户各五百四十文。袁也宜、陈祥茂、同元发、吴松亭、史善奎、藕舲轩、无名氏七户各五百文。友石山房四百文。退补山人、胡永祥二户各三百文。

七号慎和祥募。顾莲汀十元。力不足八元。碧爽斋七元。王念庵六元。丁荫记五元。施不足、厚记、道记、复记、缪亦政五户各二元。瞿孟氏、善记、粹记、徐凝瑞、义锱、汉记、元发、虎头后人、徐雨岚、无名氏、补衮山庄、王祥记、陈积善、畊兰室、万记、纳记、乾记、遂记、钱锡记、烟霞钓叟、福记、萧孟渔、红杏山房廿三户各一元。代物来一元、八百十文。又一千八百文。陈秀龙五百文。

八号恒德堂募。众姓廿二户七千八百文。

十号陈如山募。桑砚香一百元。镜心仙馆、四宜楼二户各三十元。守朴子廿元。心畊堂、世义堂二户十元。三寿堂、集义堂二户各五元。俞致和四元。鱼乐轩、循善堂、梦花馆三户各三元。德让堂、李耐庵、黄潄芳、朱五福、树德堂、朱阆仙、高显邦、世义堂利记、朱德寿九户各二元。时兰记、钱竹卿、世德堂桂记、李锡谦、金少松、吴廉记、余半村、陈莲珍、守愚子、吴彦章、玉树堂、陈云亭、集义堂云记、孙子琴、式好堂十五户各一元。

十一号昌盛庄王墅田募。德本堂五元。邹易知三元。黄敦伦、易知堂邹手二户各二元。余义记、永义昶、吴忠经、义兴、王镜三、谢联筐、蔡晓峰、咨善堂、万丰、怡顺兴十户各一元。

十二号金俞记募。时亨各友、时泰各友、时丰典栈各友三户十元。无名氏六元。韩备三会酒四元。无名氏三元。草窗轩、映雪书屋、端本堂、荆乐氏、周蔚辅记五户各二元。申蕙田、朱少章、吴庆堂、陈吉甫、徐少并、沈半耕、严子钧、万丰、映月轩、无知无识、冯记、顶金记、听鹂仰记合、诚记、沈祥照、吴亮甫、席少山、孙芳洲、沈奏钧、席梓丰、无名氏、又、又、兰愚记、隐名氏、汪记、吴义兴、河间氏畲各氏、双凤记、朱保之、吴磻溪、施润生、吴信甫、沈子诏、席子刚、吴听香、者香书屋、合记、徐静秀、无名氏戴手四十户各一元。无名氏、云氏二户各五角。

十三号徐雯青募。保恕安三元。存心愿、俞崇礼、西渠生三户各二元。宗忠武、持志士、无名氏、祝雨亭、陆子庄、杨琴生六户各一元。严存息一千七百四十文。祝瑞芝一千文。徐文全、项菊人、王燮卿、项新之、协盛昌五户各五百文。管吉人四百文。汤忠甫、任雨岩、严泳文、曹春涛、祝一亭、史和卿、言天记七户各三百文。

十四号杨品三募。陆鸣刚二元。陈用舟、徐德森二户各五角。

十五号义隆庄程君良募。荣方阁五元。莫厘清河氏三元。大生、正记、协成三户各一元。

十六号陈亦裁募。公记四元。桂芳堂、怀保斋二户各二元。孙绥之、顺德堂、邹若金、瑞芝堂祝、潘敦仁、陈月汀、葛诞华、三余堂八户各一元。

十七号庞也梅募。双桂书屋念元。心安室十元。合记六元。陈启发三元。叶大观一元。

二十号华子诚、翁拙斋募。邹义庄、邹茂溪二户各十元。邹华氏、张承恩二户各四元。无名氏二元。邹士希、刘陈氏、邹眉山、华椿芝、孙少泉、袁文彬六户各一元。

○共洋一千另另二元五角、钱三十八千一百十文。

书画润资：

晚香书屋五次，三元、三千八百十文。宗君幼谷三次，一元、三千六百五十六文。淡竹轩胡一次，一千文。宗君亦舟一次，一千六百文。滕君省三四次，五元、九千四百三十五文。夏君敏斋一次，六百文。张君古痴二次，六百文。张君莲槎一次，五百文。张君莘墅一次，四百文。庞太史手，六元。许君鹤仙一次，一百六十文。

○共洋十五元、钱念一千七百六十一文。

一文缘捐：

一号赵显臣募　种莲果、赵宗耀、陈梅生三户各七百二十文。张棣华、张叔梅、赵凤记、赵月珍、王次安、程仲良、无名氏、苏心庵八户各三百六十文。

二号周德昌募　许兰泉、无名氏二户各一千八十文。周含章、张秋田、顾锦铨、周赓扬四户各七百二十文。洪松亭、钱聿丰、徐峻涛、无名氏、周含章、张景山、吴研耕、宋雨亭、王丽才九户各三百六十文。奚寿昌、魏耀亭二户各二百文。无名氏一百五十文。

三号王湘兰募　王朝栋、王梦蘧、王星轩、王芙江四户各一千八十文。王受昌、钱玉歧、顾永顺、金逸先、王聘三、王怡如六户各三百六十文。

五号自送来　骏烈堂五元。陈佛千、章思永二户各一元。黄福记五百四十文。金狄襄、无名氏二户各三百六十文。

六号裕泰成募　槐荫七百念文。徐木记、钟关禄、李永年、力不足、不留名、沈万隆、钱绍基、奚恂如、蔡锦昆、朱章表、无名氏、又、又十三户各三百六十文。

七号庆成号募　留余堂、载福堂、合泰、同仁泰、黄昆玉、孙成英、三茂、万泰、守恒堂九户各一千八十文。邵蓉川一千八百文。槐村居士、致远堂、大昌、半间居士、童承启、盛记、香雪居、汲古斋、源远堂、荫香氏、王亦岩、沈成嘉十二户各七百念文。不书名、诸顺德、乐亭士、李秀芳、梦花书屋、李谷寿、朱隐逸、周亲仁、毛抱经、董聘夫、周裕丰、隐名氏、宋增寿、瑞香书屋、周看茶、吴敦本、赵容德、陈竹亭、徐湘帆、楼四达、朱长庆、三槐居、高咏德、陶五柳、董养心、周亦是、启秀堂、金成元、万泰友、徐竹甫、王茆记、李松筠三十二户各三百六十文。

十一号陈湘渔募　不留名一千四百四十文。无名氏、不书名陈二户各一千八十文。金松茂七百念文。李天祥、不书名张、无名氏三户各三百六十文。屈氏一元。不应试生一元。

十二号曹研霞募。周寿之、陆子庄、沈永之、沈养和、吴介堂、汪素行、朱仰山、钱汉阳、刘达卿、陆绶卿、曹明之、曹星村、曹仲英十三户各三百六十文。

二十二号沈君美募　承德堂、智惠、柏锦川、陈唐氏四户各一元。周堂、三余堂、徐郁氏、徐养亭、孙少岩、彭徐氏、潇湘之七户各七百二十文。彭徐氏五百文。无念记四百文。增益、张正兴、吴礼让、张次候、仁寿堂、顾凤翔、邵吕氏、守德堂、施殿卿、赵龚氏、无名氏、守一堂、顾凤洲、苏顾氏、陈秀亭、无名氏、德星堂、守仁居、陈杏芳、吴少卿、龚养亭、曹张氏、张文卿、北大亨、嵇琅卿、王恒兴、韩其湘、石近仁、同利和、孙晓记三十户各三百六十文。尼伽空、陈沈氏二户各三百文。

二十九号沈君美募　龚邵氏一元。宜尔乐、钟金重二户各一千八十文。蔡念记、蒋瑞廷、无名氏三户各七百二十文。德泰成五百四十五文。徐郁氏三百八十文。世启堂、王锵如、养拙轩、龚兆燕、顾柏记、沈恒源、殷质成、□翔青、祥泰源、陈蓉轩、蔡苏氏、徐毓斋、问心居、赵南山十四户各三百六十文。杨信裕、瞿荣祖、守拙轩三户各三百四十二文。无名氏二百文。

又募普度费　韩成美二元。静修居二元、一百八十三文。众善居一元。张元恭、朱同桂、友石山房、张金源、朱成熙五户各五百文。龚成标、龚文渊、朱昌校三户各四百七十五文。赵元溥、谭熊二户各四百七十文。孙旭开二百八十五文。徐金培二百三十八文。唐村亭二百念五文。罗竹亭一百九十文。

三十二号陈石泉募　范来生、崔信甫、石老大、陶安素、石记、吴逸耕、屈诵芬、何竹香、唐鸿达、周锦春十户各三百六十文。

四十二号慎和祥募　万记一千八十文。瞿增益、李幼芝、吴纯甫、张书礼、吴大相五户各五百文。张恒丰、陈积善、戴麟祥三户各三百文。金玉章、魏关金、陆敦厚三户各二百文。陶谓兴一百文。

四十三号又募　八咏楼一千八百文。沈滋桂三百六十文。

四十四号又募　钱翔麟、裕椿堂、言盛卿、李文铨、言张氏、无名氏六户各一元。无名氏三百六十文。

四十五号又募　无名氏、又、又三户各七百念文。陆子审、品记二户各三百六十文。

四十七号又募　顾月岩、诚信二户各一元。好暇人、周兰生、李雪岑三户各七百念文。姚印三五百四十文。

四十八号又募　周忠一元。王义一千四百四十文。再记、生记二户各七百念文。樵记、继宗二户各六百八十四文。时记、秀记、立记、巧记、竹记、蔚记六户各三百六十文。炳记二百十六文。

五十号又募　椿萱茂室、金畦记二户各二元。王心穀、金友记、金琢记、王仲达、金和尚五户各一元。陈苍山、金三余二户各七百念文。金附骥四百五十文。邓居德、金月芬、金玉如、金逸凡、无名氏、守约轩、金力绵、金永斋、庞芝阶、王岳生、王训畲、陈同昌、顾修竹、金宝之、崇恕轩、金然庵、王承志、不名子、金梅卿、金澍培、金秀三、王训畲、周显邦、崇善堂、杨文卿、王守真、王金良二十七户各三百六十文。

五十一号慎和祥、周俊良募　陈恒泰一千四百四十文。无名氏、汤保和、不留名三户各七百念文。项锡元、吴王氏、糜彩章、陈慎疑、邓湘舟、王菊生、孟裕香、董仁寿、陈子英、殷纯甫、陈心斋、钱云亭、黄冕亭、周芝仁、殷古树、周沁凉、刘松茂、孟凤轩、唐仲英、金定甫二十户各三百六十文。时金安一百八十文。

五十五号李伟卿募　叶渭舟、三捷堂、谪仙居三户各四百文。王丽才三百六十文。陈晓记、黄顺泰二户各二百七十文。三让士二百文。

五十八号龚子安募。杜源丰、徐雨岚、张四本、李宝伦、言文学五户一元。张啸云、张仁蕴、钱德忍、王亦山、徐品山、黄念亭、徐定珍、唐亦桥、陆灿亭、张锡章、蒋沈氏十一户各七百念文。沈钱氏、丁张氏、唐存仁、无名氏、问心居、虞蒋氏、归少华、徐舜年、徐载南、张修永、陈星斋、张蒋氏、赵子美、戴注礼十四户各三百六十文。

五十九号陈耕莘募　姜源茂四元。周裕隆二元。高杏生、自记、同裕、张关顺、同丰、晏振和六户各一元。朱成章七百念文。

六十三号吴松泉募　碧梧居士、希凤山人、宝善堂、务本堂、世德堂、耐之氏、拙修主人七户各一千八百文。荷月堂一千二百六十文。四知堂一千八十文。恒禄堂九百文。吴万兴、吴聚和、吴盛兴、黄裕泰四户各七百念文。醉墨道人、陆万和、陈燮堂、苏德堂、还读主人五户各五百四十文。慎秀书屋、敦仁堂蔼记、周同泰、邢信顺、王长兴、留余堂、安吉堂俊记、怀德堂佑记、余庆堂、亦爱山斋、邢信泰、瑞镜堂田、小隐书屋、积善堂鹤记、邢元泰、吴万顺、邢信昌十七户各三百六十文。积善堂镇记、吴盛和、王茂司、袁吉祥、翁升大、瞿文益、世寿堂义记七户各一百八十文。

六十六号毛子云募　徐文潞、毛俊章、冯也三、毛鸣歧、毛鸣冈、王洲六户各三百六十文。

六十七号杨耕莘、胡少田募　退思居、补拙斋、张竹记、未留名、无名氏、一德堂、同善轩、隐名氏、同茂泰、保安乐、源丰泰、归四太太、王乐君、森泰、广大仁、从善居、乐善堂、义成、龚乾记、同茂、炳忠、乾昌、义源、永裕仁、毛金斗、钱银海、钱士桢、松寿堂、姚裕源、徐云山、平安愿、曾恒义、王万兴、张源茂三十四户各三百六十文。

七十号刘月岑募　蔡仁记、周绍基、马怀记、问心居四户各一元。

七十一号又募　程姓、陆福记二户各一元。吴姓五角。庚耕读七百念文。王秀新、王友泉、季福堂、程宅四户各三百六十文。

七十二号又募　董义庄、宝泰、语雨仙馆三户各一元。焦雨轩六百文。董棣昌五百文。

七十三号又募　马兰田二元。王仲堂、陈显和、周国桢、蒋云樵四户各一元。

七十五号郭希梅募　无名氏一元。俞秉乾一千八百文。朱锡亭、莘记、周纯一、徐信顺四户各三百六十文。

七十六号陈君修募　孝友居二元。周琴村、徐润之二户各一元。李青莲、陈勿庵二户各五百四十文。

七十八号庞生净募　郭又兰七百念文。

七十九号张永甫募　合兴昌、归梦草二户各七百念文。寿萱茂荆室、诚求斋、合志斋、俞宝善、劝善堂、徐张氏、怀惭居、求志斋、如我意庐、少记、问心室、张半月、和顺堂、仁寿居、俞黄氏、顾宝永、德助斋、信善堂十八户各三百六十文。

八十号瞿静之募　幽竹居一千八十文。枕善居、半舫居二户各七百念文。耕憩堂、猗录堂、郑鸿钧、郁莲秀、陆茂成五户各三百六十文。

八十一号陈麓亭、瞿裴卿募　瞿斐卿、无名氏、瞿星槎三户各一元。陈朱氏一千八十文。陆上逵、瞿雪轩、虞遗正三户各七百念文。陈麓亭、丁有成、夏亮卿、夏秉斋、夏积善、屈一经、无名氏、又、刘焕卿、马春田、陆静生、陆惠卿、余锦章、顾慎铨、金玉芳、陈仲清、吴树声、丁梦松、不留名、夏有梅、陈可斋二十一户各三百六十文。

八十四号俞砚田募　青云书屋一千四百四十文。丁绍亭、福记二户各一千八十文。周宝山、瞿慎之、丁绍良、邵益山、蒋黄氏、无名氏、又、姜文斌、陈俊英、徐李氏、刘俊山十一户各三百六十文。俞省点一元、三百四十文。

八十五号马兰坡募　二如斋、秋声书馆二户各七百念文。胡永庆三百六十文。

八十六号黄芝台募　黄敦善一千八十文。黄叙卿、飧霞室、崔仁山、朱东文、张玉岑、若水氏、黄叔梅七户各三百六十文。

八十九号陈子安募　赵苑记七百念文。沈毓卿、姚履安、孙协泰三户各三百六十文。

九十号黄芝轩募　丁子威二元。彭秉诚、黄勉卿、缪少村、无名氏、听涛书屋、宝善堂、沈泳㳽、芝秀堂陆八户各一元。贻安堂七百念文。德厚堂、陈苑书二户各三百六十文。黄九如六元、六百文。

九十一号僧明月募　王用宾、帅德宣、朱烂章、言松樵、姚增庆、朱晋铨、朱菊村七户各三百六十文。

九十四号又募　张刘氏、张宗燹、张宗炜、夏晓初、程朱氏、程薛氏、程宗氏七户各三百六十文。

九十五号又募　卞三壬记、殷娘娘、王敦林三户各二百四十文。明月一百四十文。王元观、余砚成二户各一百念文。

九十六号僧西蕴募　无名氏、无住姓二户各一元。

〇共洋九十六元五角，钱二百六十三千五百另一文。

各善士径交本寓各捐：

方联三募三十七户，五十元。语溪修德堂募十八户，六十三元五角。大生，三十元。乾生正记，念元。昭文求学斋，十二元。存诚氏，十元。黄干记，十元。赵东皋，十元。王清晖，十元。昭文古香书屋，十元。七十四老人减肉，十元。琴川邵氏病愈，十元。古润求福亲氏，念元。常熟协记，八元。方联三募十三户，三元、四百六十文。戒子鸡豚奉亲，三元。率妻女省费，二元。率儿媳省缝工，一元。率女妾省缝工，一元。平梁倪棨明，一元。宝应王妈，三百六十文。

〇共洋二百八十四元五角、钱八百二十文。

〇四项应共洋一千三百九十八元五角、钱三百念四千一百九十二文。

共收洋一千六百六十八元四角一分七厘，合漕银一千一百二十三两五钱四分五厘四毫；共收钱二十九千六百八十六文，合漕银十八两九钱四分七厘。

昆字册（计交去捐册三十本）

昆山金邑侯吴澜、崇善堂绅董盛君凤标、周君鸿罢交到

一号，程步洲，五十元。局募四十九户，一百念五元、三百七十一文。二号，局募三十四户，四十四元。三号，孙桂堂募卅户，一百元。四号，局募十四户，四十元。五号，局募三户，七元。五号，赵履安凤楼孙月槎同募七十户，一百元。六号，夏韫山募十二户，二十元。七号，马逸溪募三十户，三十一元。九号，县署募三十户，二百念元。十二号，无名氏，二十元。十五号，李卿云、沈星源募，四十五元。十七号，局募八户，念七元。十八号，局募廿六户，念元、七十文。十九号，六禹三募七户，九元。二十一号，局募廿户，四十四元。二十七号，华友兰募七户，十七元。二十七号，邵蓉亭手十六户，十三元。二十七号，邵竹香来二户，二元。二十八号，局募三十三户，三十八元、四十文。二十九号，崇善局来十一户，十五元五角。不列号，聚记，十元。不列号，公记，十元。勤忍堂病愈，十元。不列号，保婴局拨茶馆捐，三十元。洋龙所又，三十元。牛痘局又，二十元。栖流所又，二十元。

共收洋一千一百一十七元五角，合漕银七百五十二两五钱四分六厘八毫；共收钱四百八十一文，合漕银三钱另七厘。

松字册（计交去捐册一百本）

松江辅德堂闵君启祥、沈君庆安交到

豫赈移款（捐户细数已刊辅德堂豫赈征信录，不及复载）：

保婴捐三元、三十一千另一十文。上海保婴局交还十二次内亭林三文愿六元、三百六

十文。又十三次内三百文。又二十次内五角。保赤捐十四元。书画捐六十一元、三百七十文。

○共洋八十四元五角、钱三十二千四十文。

用作霖雨册捐：

一号沈西园劝　沈贻榖四元。窦长春一元。田大生、方汇记、衡泰祥三户各五角。沈清和七百文。杨德升、殷天盛二户各五百文。赵万泉四百文。

二号闵月生劝　栝林顾绶记四元。

三号宣鸿庆劝　懒鸥十元。

四号缪岭南劝　刘欣之古稀齐眉六元。周贻善、又续捐、枕善居三户各四元。朱二乐、陈啸峰、谢斐章三户各二元。唐少园、沈同申、谢嘉镇、谢葆钧、谢葆圻、谢婵瑛六户各一元。闵寿之、闵瑞之、闵勤之、闵衡之、嫄记、新记六户各五角。不留名王五百五十文。

朱旭卿劝　缘筼山庄四元。

沈春筼劝　张溪封德坤等移兰盆会费二元。

五号谢裴章劝　周友莲二元。不留名盛、清河氏二户各一元。钟西耕三百文。唐友高二百文。

六号沈健庵劝　中山仲子、东海氏二户各六元。冰谷生二元。溪湖山人、勾章女史二户各一元。瑞小姐、莲卿氏、佩卿氏三户各五角。

七号沈咏楼杏翘劝　不留名三元。藕花馆二元。不留名、又、又、又、王隅平、汪思义六户各一元。不留名、吴纯记、陈书记、沈一声、仁山别墅、沈福禄康六户各五角。

八号吴咏裳、李和茂、李飞卿、李恒春、姜振兴劝　邱溶卿二元。陆桂、吴小和、杨荣、顾卯、顾万楚、姜寿宝、顾小湘、李飞卿、李和茂、朱胜全、陆德荣、姜美、杨祥十三户各一元。

九号姜丽甫劝　朱少慈手二元、七百文。

十号闻寅伯劝　闻蕴章度关解厄赦罪消灭、武林梦叶居七七官二户各四十元。庚申难裔四九子二十元。武林吴兴氏、武林俞氏求祖母康泰、华娄公堂三户各二元。胡万春、张万泰、张万成、周文记、同泰、杜晋泰、宏茂、裕元、查人和、不留名丁、启新、沈桂荣官习字圈钱、协源、仁兴、武林俞专美合求曾祖母健、源大、陈仁寿、万泰、又店友、不留名黄、不留名王、同协盛大兴、不留名姚、不留名胡、蔡燕誉、石鼎记、唐补祥廿七户各一元。不名名姚五角。润大店友六百文。广恒丰二友、德大二友、元昌、永泰、巨兴、汪坤生二友、李起桢七户各四百文。

十一号耿思泉劝　闺秀十四元。耿师恺仲宣、耿秉彝赓记刷送玉历赀二户各十元。顾梦熊、清河济阳记二户各四元。唐子文、费鼎丰二户各二元。陈寿生、蕉天梅月、凝间书屋三户各一元。寿则虞、许味腴二户各五角。

十二号耿思泉劝　耿师恺移嗞经赀念元。耕绿堂胡十二元。邬记朱记六元。汤承志四元。丁敦仁、吴嘉榖二户各二元。姚允中、黄承启、阮四美、陈尚德四户各一元。

十三号姜菊村劝　冰谷生二元。

十四号赵少棠劝　娄一保十七图各户一元、七百文。

十五号赵仲昂劝　隐名氏四十元。不留名八元。诒燕楼主、语花室赵、十龄童子压岁钱二户各五元。张崇训四元。寒香别墅赵、瀛洲仙馆赵、吟华馆主、云耕静得四户各三元。冰玉主人、香榖草堂、拳石山房三户各二元。峰洲山庄、陈国安二户各一元。泰记七百文。章厚记五百文。开记、勤记、福记、不留名四户各二百文。卢颂年手诸善一元、九百文。

十六号胡子香劝　裕康典四元。程秋塘、张经畲、益大、祥记、同泰、不留名李、源康、嘉泰八户各一元。

姚湘云、李泗渔劝　仁泰典、峰大典、恒升典、恒益典、全大典五户各四元。知过氏、黄辅堂二户各二元。师竹居、陇西氏、勉力氏李三户各一元。

二十一号吴子循劝　课实斋勉力人、延庚庐、不留名三名户各一元。不留名六百文。敏学斋、淡然居、寄松山人、不留名陈四户各四百文。

二十二号顾勤补劝　吴从洪、顾勤补金舒斋、唐鹤亭、马鉴彬四户各一元。严味之、胡菱溪、朱蠡舫三户各五角。杨晓峰、朱子延二户各三百文。

黄子安劝　方氏五元。

二十三号同立人劝　胡蓉初消夏会二十一元。

二十四号曹翼君劝　不留名五元。金记二元。唐辰伯、不留名朱、陈余庆三户各一元。

二十五号胡浩川、姚湘云劝　古稀老人黄十元。汇丰典、源康典、公义典、同和典四户各二元。胡浩川一元。方尔安、香涛画屋二户各五角。

二十六号沈馨山劝　如南山斋十元。

二十八号汪汝梅二如劝　汪经训八元。裕康典四元。京兆求安、不留名、又三户各二元。隐名李、吴燨斋、不留名方、徐三星、忍让求安、雅记六户各一元。

三十号叶树棠劝　小读书堆四元。留余室、醉花庐二户各二元。叶树棠、谢嘉裕、望云子、同升、广丰、褚德茂、徐森兴、张永盛、侯聚庆、素心室、杨永兴、叶康济十二户各一元。侯忠孝五角。复源、张合兴、席莲记、协兴四户各七百文。席静记六百文。杨大房、朱成泰、益太、周大顺、杜升泰、程恒丰、郭长兴、公记八户各五百文。顾启承、许宗慎、王仁安、恒元祥、范义泰、陆源泰、姚永兴、吕三源、杨复兴、凌佩记、孙合顺、杨恒泰、杨大源、张永顺、杨昌泰、冯东益升、陆恒升、徐永信、奚永元、王同和廿户各四百文。周顺昌、王叙盛二户各三百文。朱敬仪二百八十文。王永兴、褚汇茂、冯西益升、范正兴、黄颐和、夏源兴、张聚兴、褚荣茂、蒋顺裕九户各二百文。

三十一号于子葵劝　保安子四元。章芳记、彭城子、冰谷生、寄鹤居、日泰、于香雪六户各一元。不留名、又、又、不留名丁四户各五角。不留名二角五分。

三十二号胡蓉初劝　周立人消夏会十元六角。

三十三号又劝　汪汝梅十元。

三十四号吴佩生劝　黄质人、无名氏、钱德馨三户各二元。潘永和、吴赐砚二户各一元。

三十四号陈再棠劝。不留名杨、不留名倪、又三户各一元。不留名石、不留名撤二户各五角。

三十六号谢斐章劝　悠贫斋二元。

三十七号诸贯如劝　种锄经十元。含章阁、比邱不留名二户各二元。不留名沈一元。

三十九号胡纫之劝　张思本一元。森春阳五角。不留名秋记二角五分。

四十号汤燮堂劝　端子平安十元。不留名尚记四元。不留名金记二元。不留名庚记一元。

四十三号俞蓉甫、唐少园劝　新桥恒德堂三元。乾诚、延陵八龄童、王蕴经三户各一元。

四十五号谢斐章劝　达生四元。

四十六号王镜甫劝　王镜甫五角。副营中哨、又左哨、又右哨、又前哨四户各二千文。顾宝三四百文。杨少村三百文。王安澜、源昌、马子琴、不留名、徐小兰五户各二百文。

四十九号吴廉石劝　吴兴小学生杏园梅生、不留名二户各二元。吴庆云、赵养心、赵承志、天水三龄婴孩、安吉居士、不留名、张雍睦、程修志、不留名、不留名姚、顾甡禄十一户各一元。恭慎居、倚松居二户各五角。延秋十龄女一千二百文。萧秋山、吴经畲二户各七百文。不留名五百五十文。张朱记、绣云山房张、钟安雅、静记四户各四百文。倪德丰、不留名、不留名顾三户各三百文。吴兴九十三龄女、二龄童、衡泰祥三户各二百文。

五十一号雷谔卿劝　彭城仲记二元。

五十五号王东帆劝　始平则记十元。始平水记、始平在记、始平乾记三户各二元。

五十七号嵇少泉劝　王谦吉一元。

五十八号王跻堂劝　琅琊氏、胡竹溪二户各二元。胡顺泰、胡源记二户各一元。

五十九号张少穆劝　天元一元。凝翠居、禾秀、马楚宝、黄式玉、小钓渔生、张宝德、张田澹、恒通八户各五角。

六十号许宝伦劝　不留名一元。

六十一号杨守知劝　湛宗和尚二元。不留名王、徐伯成、王张氏、王思瑚、朱愚溪五户各一元。

六十二号宓也春劝　祥泰二元。日泰、日升、阜成、甡源四户各一元。

六十四号丁杏楼劝　何伯葵一元。

六十七号项芹香劝　祈嘉会六元。

六十八号朱舫渔劝　沈隆裕、朱德基二户各一元。

六十九号姜丽雨劝　沈鹤峰四元。

七十号张心庵劝　聊可槃斋、十二琴楼主人、双桂楼主人、塔影楼主人、金秀芳、方务本六户各一元。清河柔记、小墨林主人、叶珠树、戴求己、褚经谊五户各五角。张锡恭乡试卷费二千文。朱安业七百文。曹启龙五百文。沈秀余、戴存仁、徐枕山、钱乐善四户各四百文。

七十一号程雪轩募　耕心书屋姜、补过斋程二户各二元。朱文蔚、寄松书屋胡、篆香书屋赖三户各一元。益志张、全记二户各七百文。程三惜、亦峰、绩氏三户各五百文。但求寄适斋袁、生茂、不留名三户各四百文。张韵竹、善记、鼎成和、泰山堂、分绿小窗沈、陈长安、程香甫、仁昌、同益豫、德邻堂、朱守藩、吴登云、正德十三户各三百文。

沈恒顺、汪思义、吴运记三户各二百八十文。善本顾、吴三让、叶泳兴、吴义兴、张九芝、信记、倪昌亭、梯云书屋、胡明浩、尤春兴、云礽泰、倪恒兴、著手成春室、阮义兴、青云书馆、藕香居士、钟聚森、不留名、张鸿初、春浮书屋、王爱吾、张春畲、耕云居士吴、梁兴盛、沈嘉会、不留名、孙宝卿、郁新畲、不留名、素来仲记、恒远堂三十一户各二百文。

七十二号沈亦亭劝　沈亦亭一元。金寿生五角。张旭洲四百文。唐乾元、陈少华二户各三百文。杨静香、王少白、冯宝仁、孙信卿、许吟庵、卫瑞卿六户各二百文。

七十三号胡蓉初劝　吴亦泉十元。

七十四号叶小亭劝　胡春岩一元。

七十七号林筱涟劝　求己草庐、求山安乐、锱铢思晋三户各五元。章厚德、顾芹泉、张茂华、郭禄多、钱振古、镜古斋、游竹楼七户各一元。钱鞠舫一千二百文。横溪堂六百文。鞠轩斋五百文。黄菊初、徐晓汀、唐安吉、周子琴、姚润德、华三余、沈瑞林、沈瑞芳八户各四百文。华三乐、华月书屋、不留名三户各三百文。汪景贤、吴子逸、黄友箴、钱教忠、朱雨亭、方吉人、杨禾斋、俞吉甫、郭厚庵、刘访舟、程同庆、郭文河十二户各二百文。

七十八号倪肯堂劝　致敬斋、学古斋、兰言次、孙一帆四户各一元。

七十九号吴叔虞劝　华邑典业同人八元。

八十号沈稼山劝　书带草堂二元。不留名、徐吉人、郑文巢、洒生节费四户各一元。徐琴记、张容德二户各五角。

八十一号卢省吾劝　益志堂四元。张氏二元。恒通、盛心余、九峰山人、九经书屋、余石山人、惟日不足、世美同兴、祥和同泰、周永成陆茂孚、姚敦仁十户各一元。

○共洋八百四十三元六角、七十八千五百二十文。

另收各捐：

宁海县左堂丁、西垫厘局史、宁海聚成当三户各念元。通惠友、宁海县右堂徐、宁海守府周、宁海鼎新盐号、华亭朱肖昉五户各十元。不留名郭节中秋费二元。徐赔陆和记、借助生二户各一元。一命数来、不留名钱二户各五角。程振兴七百文。养心六百文。

○共洋一百十五元、钱一千三百文。

○三项应共洋一千另四十三元一角、钱一百十一千八百六十文。

共收洋一千一百三十四元八角七分五厘，合漕银七百六十四两二钱四分七厘五毫；共收钱十一千一百文，合漕银七两另八分五厘。

青字册_(计交去捐册五十本)

青浦谈君鸿儒、陈君兰蕊交到

一号，黄哲生募十二户，十二元。不留名，一元。二号，陈江轩募十三户，念四元、四百文。四典润余，四元。三号，陶槐三来十七户，五十元。又来八户，八元五角。许汪许程陶施募四十九户，十七元二角、七百四十文。四号，李子甘募三户，三元。五号，周许程、汪许募二十八户，一百四十一元五角、宝银二钱八分。六号，梅瘦居士、泖西一渔募五十七户，念九元五角。七号，陈逸驷募五户，二十元、二百廿二文。八号，陈韵友来，四元。九号，陈少卿募念户，念七元、一百文。十一号，吴沧舟募六户，十一元。十一号，邱哲夫手九户，六元三角。邱哲甫，一元。王景云募五户，十四元、四百文。十四号，李福卿、陆苇於募廿三户，念元、六百文。十五号，顾华封、张春泉募廿四户，三十九元、五百文。十七号，志古轩，一元。十九号，诸菊辅手十一户，六元、八百文。二十号，胡翰甫募十四户，一百三十二元。二十一号，胡少庭手六户，十元。二十三号，陈逸驷手三户，四元。三十一号，戚少垣募三户，两元。三十五号，王申凡手三十三户，十三元。不列号，金泽各米行捐九户，二元、五百五十五文。又十一户，六元、五百十六文。积谷仓募米行捐，九十元、五百文。又二批，七十二元。

共收宝银二钱八分（除水一分），合漕银二钱七分；共收洋七百七十一元，合漕银五百十九两二钱另七厘；共收钱五千三百三十三文，合漕银三两四钱另四厘。

魁 字 册

青浦卫君家寿交到

一号，钱晓洲、卫守廉募十二户，十八元。二号，邵爱棠、邵憩林，二元。三号，胡毓之手五户，五元、二百文。五号，翁雨峰、钱卫翁募三十九户，念八元、五十文。

共收洋五十三元，合漕平银三十五两六钱九分一厘三毫；共收钱二百五十文，合漕平银一钱五分九厘三毫。

常 字 册（计交去捐册一百本）

常州姚君岳钟、吴君保祥、郑君定国、韩君义崧交到

一号，六户，四十四元。二号，大宁乡焦垫镇，十元。六号，不书名，一元。柏荫堂朱粳稻廿五担售见，念五元。百寿堂粳稻廿五担售见，念五元。十一号，不书名，二元。十二号，吴玉庭募廿四户，三十二元、一千另七十文。十三号，王信昌手六户，念七元、五百文。十四号，吴玉庭手二十户，十九元、四百四十文。十五号，又手十五户，八元、五百五十文。十六号，王信昌手十五户，十元、五百五十文。十七号，周耀奎手廿八户，一百四十五元另九分、三十文。十八号，经毓手十一户，三元、五百廿文。十九号，郑善孚手三户，四元。二十号，不书名，一元。二十一号，奚三阳手三十六户，一元、四千二百文。二十二号，周耀奎手三户，三元、五百五十文。二十三号，陈凤书募三十六户，七千一百文。二十四号，郑善孚手三户，三元。二十五号，又募七户，十五元、四十五文。二十九号，又手三户，三元。二十七号，岳丽川手，一元、一百文。岳不书名，一元、一百文。二十八号，郑善孚募六户，九元。二十九号，陆耀卿手不书名，十元。三十号，郑善孚手四户，一元、一百文。三十一号，吴玉庭手二十户，十五元、七千三百文。三十二号，李静斋超生，十元。李春培，一元。三十三号，经毓来十一户，一千九百文。三十四号，李慧真手二户，十一千文。三十五号，吴玉庭手二户，九元、一千另十文。三十六号，又手九户，五十四元、六十文。三十九号，广巷图，二元、一千另五十文。四十号，四户，五十三元、八百九十文。四十一号，姚达荪手三户，一元、五千文。四十二号，周

耀奎募六户，念一元、三百文。四十三号，董耀芹募二户，五元九角一分。四十五号，王盘大、周通元，二元。四十六号，钱顺增、世德堂，二元。五十八号，安手二户，二元。六十号，毕耀宗手四十二户，二元、九千五百三十文。六十一号，潘先生手定东乡五都一图，二元。六十二号，周耀奎手六户，四元、二千文。六十三号，陈凤书手十七户，三元、七百文。六十四号，姚彦立募丰北乡二十八都一图公捐，十四元、八百文。六十五号，周耀奎手四户，五元。六十六号，靖手经捐，念元。

共收洋六百三十一元，合漕平银四百念四两九钱二分八厘；共收钱五十七千三百九十五文，合漕平银三十六两六钱三分三厘。

锡字册（计交去捐册三十本）

无锡沈君承祖、诸善士交到

一号，清宜居士，三十元。沈芳斋募十户，念六元三角七分二厘。叶守和、赵时甫，七角三分。叶筱亭募叶姓，三元。二号，张全泰手三十一户，四十三元。三号，健笔生手十一户，一百七十元。又手廿三户，一百四十五元。又手廿一户，一百元。又手九户，十三元。黄裕堂，四元。四号，中余合，三元、一百十文。五号，中余记，二元。大有恒来廿五户，五十元。沈芳斋来九户，八元、三百文。六号，严居士，二元。过清芬等十五户，三十四元。八号，沈芳斋募十八户，十八元。十号，又募四户，四元。十五号，杨子萱来廿四户，四十元。秦昞斋来二十九户，三十元。十六号，悟莲师，一元。二十三号，知仁庄募七户，十九元、七百文。二十四号，又来三户，五元。二十五号，又来廿九户，十一元。三十号，又来五户，五元。不列号，杨叔赓募乐器捐拨，四元（先有六元收入桃册）。不列号，陶志伊四十户，四十五元。王干记，三十元。又募十户，十元。绚秋书屋难产生男，十元。

共收洋八百六十六元一角另二厘，合漕平银五百八十三两二钱五分另四毫；共收钱一千一百十文，合漕平银七钱另八厘五毫。

锡　字　册

无锡孙君勋烈交到

孙源大一百十六元，第八批畸零总捐九十五元，刘资生六十元，无名氏六十元，贾吉云五十元，贾长林五十元，秦阿川四十五元，十二四图总捐念四元、十千另一百四十文，孙戴和念八元，唐根荣念五元，云溪念五元，黄应福念二元，管一桂念二元，马廷茂念一元，邵坤培十七元，冯豫度十六元，王恒裕十三元，孙毓记九元，章孝友三元五角，许阿荣、郑文玉、许正玉、陈开大三元一角，周南兴二元二角，吴恒昌二元一角，双喜一元四角，南刘巷一元二角五分，沈兴茂九角，周梅福六角，时茂忠四角，尹仁增庆福合一千四百五十文，蒋巷一千另七十文，边阿大一千另六十文，李春茂五百五十文，孙宝城（另有一元在后）五百文，张永泰（另有一元在后）二百文。

○共洋七百十三元四角五分、钱十四千九百七十文。

孙任记、经畲堂孙、清宁庵三户各四十元。〇共一百念元。

钱如玉、计绍堂、张慎余三户各三十五元。〇共一百另五元。

无名氏、刘铜饰店、无名氏、施务本先正四户各三十元。〇共一百念元。

孙宏顺、吴恒泰、孙齐记、唐云桥、陈祥丰、缪家岸余款、张起祥锡堂乾表坤和、孙世安堂、刘宝凤九户各二十元。〇共一百八十元。

张博厚堂、钱如玉、无名氏、徐文茂、吴让德、周尊德、宋锡坤、孙洪耀八户各十五元。〇共一百念元。

严少峰、张锦亭、无名氏、孙如茂四户各十四元。〇共五十六元。

五四三图、无名氏、陈省三、钱培记、辛春草五户各十二元。〇共六十元。

张东、韦荣英、秦长庆、薛焕荣、郑恒和、孙雅训三户各十一元。〇共三十三元。

顾文记、许荣堂、孙龄生、孙定生、唐裕仁、张景亭、张菊夫、刘源丰、张庆仁、张宝树、须德昌、张万和、过务本、严裕庆、陈锦堂、刘兴记、刘金记、刘叙茂、俞遗安、唐云桥、无名氏、周尊德、吴三乐、姚听彝、章玉记、陆云轩、唐同兴二十七户各十元。〇共二百七十元。

孙望坪、孙良记、邓文甫、陈湛如、李金观、章顺记、杨子厚七户各八元。〇共五十六元。

俞杏山、陆永益、张松亭、沈三庆顺保、张兰生、陈永丰、吕义太、陈德隆、孙宝珍、匡云林、孙济美十二户各七元。〇共七十七元。

孙裕源、孙逸记、荣福楼、孙仁茂、严其中、严其湘、许贻安、邵昆备、陈桂山、章兰方、章源裕十一户各六元。〇共六十六元。

张伯愚、丁大陛、不书名、谢太安、周仁山、孙三益、张秀谷、唐挺秀、黄正茂、无名氏、陈仁乾、殷茂森、严垂裕、陆不书名、沈闰三、孙廷桂、周树德、刘梓生、杜继德、赵时吴、刘裕坤、刘财源、刘树德、孙永德、中陶巷、无名氏、徐兆明、洪寿方丈、张梅初、隐名氏、惠云庄、孙逸培、倪桂生、唐安雅、杨葵之、杨子铭、杨献甫、吴梅亭、徐和卿三十九户各五元。〇共一百九十五元。

兰芬书屋、源盛兴、陆继龄、孙雪记、唐望之、杨文炳、韩增茂、朱玉丰、须永盛、唐正福、徐阿五、黄福记、邓乐善、陈裕良、张金宝、邓承裕、张金元十七户各四元。〇共六十八元。

孙戡初、陆春观、无名氏、张恒丰、周奉阶、德恒裕、查茂兴、张家修、倪元发、丁增福、许增荣、张锡美、余富贵、许增绪、另户、张万隆、永治丰、马裕记、管春茂、姚阿双、顾文炳、章木书名、唐涌聚、陈根大、刘三宝、韩德盛、刘仁庆、冯源茂、徐春度、周万益、邓敦厚、张国忠、时仁清、黄公记、孙凤亦、倪培坤、潘裕源、杭水渠、小木桥合助、无名氏、刘复升、唐又福、吴少亭、唐闰福、广生木行四十五户各三元。〇共一百三十五元。

周永德、王廷曾、刘增宝、程新盛、孙未观、小陶巷合助六户各二元五角。〇共十五元。

邓敏斋、唐涌聚、张万成、陈生生、周恒成、钱献之、毛蓉德、不书名、刘景福、谢荣庆、郁莲生、张桂令、许兴宝、陆雪书、陆顺喜、张梅春、许同兴、许记、郁修敬、刘清华、叶再南、许耀文，吴宗伯、张函廷、黄惠伦、许鼎茂、周惟贤、严顺昌、孙养元、孙晓初、朱经善、朱纪生、李合兴、丁邦基、濮元福、无名氏、丁龙福、刘惟善、徐德泰、徐廷良、许金春、杨大川、徐子贤、刘寿根、刘桂福、俞秉义、唐三寿、王伯厚、黄公记、石裕昌、刘思成、俞公记、时仁山、强和尚、贾静安、盛德裕、沈耀泉、朱韵清、吴可均世昌、吴信恩、施仁生、施友庆、周尚川、方荣春、周义昌、徐壬泰、徐瑞金、濮恒泰、陶德信、袁大生、黄金法、施庆生、丁双福、黄金记、无名氏、过怀经、不书名、贾锦灿、严连玉、张合兴、平金川、陈春甫、李征祥、奚大庆、尤宽记、陆丕基、杨履安、杨福昌、杨庆德、赵凤桂、凌万兴、徐子勤、唐复兴、吴公堂、陈喜宝、高永德、孙邓氏、倪金生、叶记、严洪庆、华菊甫一百另一户各二元。○共二百另二元。

周浩金、张漱泉、邢关宝、陈大观、许锡范、许锡康、陆茂华、言三观、蒋德兴、钱玉树、吴洪法、李永正华林、王国正、盛容端、徐廷奎、徐双喜、孙麟桂、周兆全、王云宝、孙金桂、管应大、叶二狗、阿松、钱金生、祝永泰、郑荣茂二十六户各一元五角，○共三十九元。

金阿元长、顾阿荣、马金大、匡玉正、无名氏五户各一元三角。○共六元五角。

阿万、顾凤菊、叶正法三户各一元二角。○共三元六角。

张万兴、沈祖德、李生茂、李增泰、许源茂、李关观、盛复兴、张源兴、张继生、唐明如、钱宏绪、钱宏德亮、毛唐氏、唐关观、唐五大、张钟秀、张明孚、张茂祥、唐义大、钱寿庆、毛惟孝、彭云祥、严炳仁、陈心泉、陈阿洪、刘浩喜、刘洪顺、刘嘉文、刘嘉秀、刘凤仪、刘持福、邓廷桢、邓大喜、张裕庆、张明扬、王五观、吴双喜、谢阿春、陈阿茂、张子荣、臧关龙、张阿连、臧庆裕张桂元、张文蔚、张阿大、张福喜、郁全生、郁涌泉、郁仁宝茂生、张方二、郁春桂、张春桂、张庆生、李云观、李大林、李桂林、李寿昌、李荣令、李和福、张尔坚、高川大、费永昌、胡永丰、吴南林、吴新宝、钱四观、钱大昌、张时玉洪喜、顾公记、李长元、杨永和、倪巧生、黄士兴、黄阿文、黄春喜、强才兴、强上宝、强永仁、强洪高、强庆德、叶西庚、朱经洪、吴才初、周明山、许阿开、许世培、吴星炳、吴敬斋、吴斌堂、吴巧吉、吴星耀、王经源、王锦焕、王永茂、谢大海、强祥兴、钱洪太、戚祥福、许岳林、高永德、王瑞昌、零户、陆阿关、沈三官陆百太、蒋时福、许次云、许理庭、刘玉宝、俞叙龙、俞加茂、俞德宝、俞耀川、朱金荣、顾云溪、顾全宝、丁二保、蒋大茂龙、李春煦、丁川观、汤肇宁、李有叙、濮潮贞、陈永茂、蒋耀祖、袁秉钧、莘介生、陈德茂、张继义、戈徐氏、胡洪禄、张清芳、张元昌、吴玉桂、丁聚兴、黄龙宝、冯二福、叶恒和、刘清保、许茂德、汪其宝、马浩荣、马渭川、马玉堂、徐福记、徐宝源、管信川、管大法、徐中良、徐兰桂、徐源茂、徐顺大、徐廷选川桂、陆祥荣、陆明德川桂、胡阿全、胡宝大、唐桂川、曹公寿、施培芝君、曹敖福狠大、陆廷寿曹川宝、徐龙宝、顾廷鈫、邓忠善、邓履吉、邓德善、周小宜、王阿喜、强洪福才元、吴大照纪忠、吴大川强才福、张逸斋、张公和、助宗氏、时桂生、冯喜宝、金阿大黄爱大金官、黄进贤、黄佛元金喜福德裕、盛尚忠何国正、王会裕王万茂正、徐纪春、盛勋时、王寅元、盛修意、金维德、张金开、张志荣、王文才才丰 单增喜丁明德、盛文赋增 和培春、谢大昌、朱茂丰、朱巧官、刘德庆、杨兆庆、叶盘二 戴狗三、李金福 万生、张大德、张大奎、施旭皋、施祖兴、吴贵庆、吴裕昌、吴洽茂、吴兰福、吴才庆 贵春、强显耀、吴四福 焕荣、刘裕兴、刘汀源、刘二福、刘竹山、刘孝祥、刘考春、孟金福、余加炳、秦敖富、刘炳南、刘龙福、余根富、刘仁福、刘才丁、徐茂秀、唐春洪、符桂喜、周继度、徐阿宜、周双喜、孙寿记、周继成、殷廷芳、方竹卿、方桂祥、徐维新、周用霖、周绍濂、冯永昌、周子德、周洪高、周承业、周永昌、亨茂庄、周季良、周义良、周泰郎、周阿桂、孙五福、冯聚生、蔡春达、冯源兴、沈金玉、邓和顺、徐阿桂二 徐丰金 荣香、沈梅窗、沈森桂 画堂、冯耀山、濮元顺、荣子山、黄福记、刘巷、高三元、高阿喜、贾贵富、贾纪大、鲍大升、鲍大德、刘文玉、张巷、刘五观、丁仁庆、丁凤记、丁喜二、贾凤林、胡富伦、强福记、丁仁裕、丁兰亭、陆灿廷、石新元新 堂德昌、强庚盛 吴元福、严记、徐安福、长法正、吕忠桂、徐阿星、钱金山、金茂、汤双桂、唐文方 明、信记、匡德方、匡儒珍、匡佐儒、匡大保、管大和、蒋永兴、朱长泰、徐才裕、张开元、国泰、吴中汉、金记、孙凤章、张永泰、强日升、潘恒升、孙天顺、潘易丰、李逸亭、陈金记、顾纪生、冯涌宝川 宝壬生、薛万昌、许留兴、王阿开、陈万金、黄龙桂、冯和宝、华锡纯、沈松记、严寿康、严训经、过仲甫、过永德、孙宝城、沈春和、陶惠初、不书名、丁家村、计焕文、杨金耀、赵元善、周浚泉、杨春茂、杨甫秀、丁南仁、周春福、杨漱泉、杨雪堂、杨达泉、杨子山、赵逸山、赵德禄、杨金川、窦观宝、姚如观、姚三观、周恒义、凌八官手、三茂、周恒昌、宋景仙、支生茂、龚二官 蒋凤介、徐子祥、唐仁桂、郁浩法、张阿伴、中立、刘长生、俞明秀、邵开发、李德记、秦梅林、华希曾、俞凤泉、陈裕玉、唐川观、杨恒标、唐丰年 邵喜保、华正发、孙道士、祝元茂、单凤鸣、郑义全、徐巷三百七十八户各一元。○共三百七十八元。

邓汉俊、强富林、陶金昌、吴振泰、沈公茂五户各七角。○共三元五角。

无名氏、臧万庆、臧增寿、许庆桂、许和宝、许时新、张阿生、陆来宝、陆金德、陆宜庆、陆双喜、张星灿、金纪官、沈二官、时壬福 三元、张添庆、时巧福、许荣官、谢洪茂、许春桂、陈二福、韩如法、余川贵、张光修、钱阿金、俞次瑶、刘大安、俞连喜、彭阿法、孙成美、李正大、李狗观、张洪良、顾日明、顾余法、顾梅亭、顾洪富、徐永昌、徐俊德、王洪元、莘介德、吴元发、吴金川、唐阿全、李四喜、黄维先、黄余德、金来源黄 悙信阿宝、贾秀德、吴元仁、吴文元、周荣桂、张玉兴、时兆华、周阿仁、徐圣德、叶茂春、尤浩金、王荣庆、王三五、王正富、盛万和、盛增元、王义太、丁东福、盛茂正、盛容直、盛允中、盛兴祖、吴大富、王旭初、陆耀兴、徐文彩、徐宝林、徐嘉夒、平圣宝、尤浩泉、周玉良、孙瑞德、周壬发、王渭川、方玉富、周金荣、符尚桂、符兆龙、钱虎文，周锡源、周兆麟、周增福、周阿五、吴恒信、强朝元、吴义丰、强福桂 增庆、吴顺喜、计文秀、计叙林、杨涌泉、唐三福、缪巧福、冯细狗、许廷秀、陈宝元、陈阿胖、顾洪福、邵金川、张耀锡、邓文钦、丁同兴、钱经过、宝凤楼、张云卿、张同泰、隐名氏、许廷昌、陶丰裕、杨涌裕、杨晋华、陈三兴、颜良仁、李顺龙、濮大荣、丁明德、沈馨凤、杨福观一百二十五户各五角。〇共六十二元五角。

吴仁兴、无名氏二户各三角。〇共六角。

黄宝记三户合、黄正记四户合二户各一千五百文。〇共三千文。

朱吴记、姚朝裕、庵街三户各一千四百文。〇共四千二百文。

蒋其祥、李正福、李巨村、顾义良、顾日升、陈旭歧六户各一千文。〇共六千文。

徐圣祥、顾凤歧、张增茂、张洪高、张继裕、莘介元，吴仁发严氏、周洪顺、青芝堂、杜龙兴、周玉根、廉恒丰、杜增喜、周富根十四户各七百文。〇共九千八百文。

应共洋三千另八十五元一角五分；钱三十七千九百七十文。〇合洋三十四元三角五分。

共实收洋三千一百十九元五角，合漕银二千一百两另另七钱三分三厘七毫。

荡字册（计交去捐册十本）

金匮黄君奎藻交到

二号，华芙生手三十六户，五十六元、二千九百另二文。五号，黄采峰手八户，二十八元、五百文。八号，邹宗棠募四十四户，五十六元五角、二千四百五十文。九号，朱秋湄募二十八户，十七元、八百八十五文。不列号，钱和风，三十元。顾景高、黄采峰募五户，十七元。滕季美、黄采峰募二十一户，五十九元。啸傲泾、钱启业等四户，二十一元。奇缘子，二元。黄采峰手，一元。

共收洋二百八十七元五角，合苏漕银一百九十三两六钱另八厘二毫；共收钱六千七百三十七文，合苏漕银四两三钱。

镇　字　册

常州赵君赞清交到

一号，赵映泉手十八户，三千九百文。二号，又手二户，十二元。三号，又二户，四百文。四号，又二户，五十元。五号，又十三户，五十二元、一两七钱五分。五号，又三百八十文。六号，又三户，二元、八百文。七号，又七户，二元、四百十文。八号，又念五户，二元、四百另四文。九号，又三户，三元。十号，又六户，五元。十一号，又四户，二元、八百文。十二号，又四户，一元、一百文。十三号，又三户，五百文。十四号，又六户，二元、三百五十文。十五号，又二户，三元、二百文。十六号，又十一户，七元。十七号，又二户，一元。郑安吉来四户，四元、七百文。

共收漕平银一两七钱五分；共收洋一百四十八元，合漕平银九十九两六钱六分六厘；共收钱八千九百四十四文，合漕平银五两七钱另八厘六毫。

丹字册（计交去捐册三十本）

丹阳束君士雅、何君恩孚、周君步瀛云锦何君恩煌交到一号，束士雅交来六十三户，七十元。又交来四十户，三十六元。二号，束士雅手九十户，二百元。四号，周步瀛募三十八户，一百十七元。十一号，林礼堂募十六户，十元。不列号，周云锦募周氏，一百元。蔡巨卿，十元。马月轩节省费，十三元。譬如人宾兴费，二元。至成子求肝病速痊不发，十元。何润生来，十二元。又来十一户，十元。又来七户，十元。

共收洋六百元，合苏漕银四百另四两另五分二厘。

天字册（计交捐册三十本）

丹阳束君允泰交到

一号，六户，四两七钱。二号，敬善堂，七两四钱五分。三号，八户，二十两另八钱八分。五号，四户，三十八两三钱五分。七号，竹云仙馆，二十两另三钱八分。八号，五户，十八两七钱六分。九号，十一户，二十四两三钱二分。十五号，四户，五十一两八钱。十九号，锡祉堂，四十七两九钱五分。二十号，怀雪书屋冯，三两七钱六分。苏榆荫斋，三两七钱六分。乔柏年，九两三钱八分。廿二号，宜司农，四十六两六钱。

应收苏漕平银二百九十八两另九分，实收苏漕平银四百八十二两八钱一分。（透收一百八十四两七钱二分，归直赈帐合算。）

太字册（计交共捐册三十本）

太仓赵君锡卿、王君庆资、邵君少麓、缪君朝荃、周君蘅香、诸善士交到

一号，杨鹭俦来三十四户，三十六元五角、二百十六文。二号，徐子声来四户，三元。三号，陆樾溪手二十五户，二十七元。又手二户，四元。四号，邵少麓募二十户，十六元。五号，顾梅溪，一元。王砚溪、来复堂，一元。六号，缪蘅甫募吴少村，十八元、四百七十文。师不争斋，十元。听蕉轩，一元。缪蘅甫募十户，二十三元。七号，缪蘅甫募七户，八元、八百十文。又募九户，八元。十号，缪蘅甫、邵少麓募三户，十二元、一千九百六十四文。十五号，吴泰昌来十七户，七元、一百八十文。赵少棠来镇海卫刘，十元。又募吴海云，一元。王品山手三户，十一元。十七号，碧梧轩，一百元。沙溪接婴局同人手二十户，六元。二十号，凌少云手六十三户，八元、二百文。又手十三户，一千四百文。二十三号，施文明求母病愈，二十元。二十五号，诵芬居杨，一元。碧梧轩主人，七十二元。二十七号，吴泰昌来四户，七元。二十八号，洪械亭、徐月帆募三户，三元。不列号，赵少棠、陆樾溪来七户三号，五十元。冯世楷为亲资冥福，五元。履冰子，十元。仰高氏为求病愈，一百元。隐名氏为子病愈并求合宅平安，一百元。黄门陈氏，二十元。杨炳官，一元。赵三薇堂，二十元。杨炳官，十元。

共收洋七百三十元另五角，合苏漕银四百九十一两九钱三分三厘三毫；共收钱五千二百四十文，合苏漕银三两三钱四分四厘五毫。

罗字册（计交捐册二十本）

宝山　沈君宇录、朱君昌杰、金君良袠、潘君履祥、孙君燽、诸善士交到

一号，孙吟泉募十八户，六元。

二号，沈企阮募二十六户，二十元。

三号，潘春生募二十二户，十二元。

四号，朱松乔募十七户，十三元。

五号，金佩湘募金德记，四元。

共收洋五十五元，合苏漕银三十七两另三分八厘。

浏字册（计交去捐册四十本）

镇洋洪君世桢、周君趾祥南生交到

一号，洪炳彝，五元。二号，马寿贻，四元。洪耕心，一元。三号，王品山、洪炳彝募四户，五元。五号，横泾济泰典，二元。六号，洪炳彝募七户，十六元。七号，周子安、吴苏同募十六户，十五元、三百十文。八号，张子成笠庵手十户，三元、七百二十文。九号，王品山、洪炳彝募七户，四元、六百文。十号，郁倚衡、张庆堂、朱星渝募四十户，十七元、四百四十文。十一号，徐子声募八户，二元、二百二十文。十二号，洪炳彝、陶养和募九户，一元、三十文。十三号，陶子玲为慈亲十周年追荐省费，二元。十六号，顾一峰募七户，四元、四百八十文。十七号，项忻伯手三十二户，念一元、二百四十文。十八号，张秀峰来五十六户，念二元、二百四十文。十九号，金祉侯募五十二户，十六元、三百八十文。二十号，项忻伯来四户，二元、二百十文。二十一号，周趾祥南生募十九户，二十五元七角五分。二十七号，又募六十四户，二十五元。不列号，有耳氏，三十元。

共收洋二百二十二元七角五分，合漕银一百五十两另另另四厘三毫；共收钱三千八百七十文，合漕银二两四钱七分另四毫。

扬 字 册

代收扬镇捐：

靖江县叶劝（宝塔捐），三百八十六千五百四十文。王其相来（哀鸣册），一百元。沈凌阁（三百五十三号哀鸣册），二元。添工欣喜人（三百五十四号册），四元。小和尚病愈（三百五十六号册），十元。佩弦中人妻愈（三百五十七号册），四元。小和尚周岁（三百六十三号册），十元。徐芝田（哀鸣册），一元。方壈（哀鸣册），五元。方瞻之（又），两元。方穀募五户（又），十二元、六百文。方穀助金戒二只（又），九元，四百十七文。熊升记金戒一只（又），三元、八百十一文。端万清（又），四元。

查蔚文、左芷林募绸厘：

春源馥，四十二元。德永隆，三十元。邵合记，十八元。仁昌慰，十二元。惇泰，十二元。瑞泰，十五元。锦隆，十元。震丰鸿，八元。德丰润，七元。仁泰，六元。李宏兴，四元。乾号有记，四元。人和瑞，六元。钱德隆，三元。唐佩玉，四元。泰隆昌，三元。鼎隆，三元。正生，二元。吴恒泰，二元。

共收洋三百五十七元，合漕银二百四十两另四钱一分一厘；共收钱三百八十八千三百六十八文，合漕银二百四十七两八钱七分九厘六毫。

兴字册（计交去捐册十本）

　　浙江嘉兴绅、商交到

　　一号，王筬记募十三户，六元。二号，王容甫募，十二元。三号，铭新书屋募，三百七十元。四号，思补过斋手，一百八十五元。五号，诚意书屋来，一百八十五元。不列号，嘉属四票酱坊抽酱销盐厘，五百元。嘉属四票盐号抽盐厘，五百元。增大升来六户，三十五元。

　　共收洋一千七百九十三元，合漕银一千二百另七两四钱四分二厘。

当字册（计交去捐册三十本）

　　平湖金君茗人、南汇谢君家树、平湖张君雪亭、嘉善吴君仁培交到

　　一号，徐雅泉、李子远募二十三户，二十八元。二号，种福生，一元。二号，补过氏，二元。三号，崔鉴湖、陈怡斋手三户，三十八元。四号，朱丽川来十二户，四元、二千八百文。五号，平湖三登桥金来十六户，二十八元。六号，吴树人募五户，五元。九号，陆寿田手四户，三元、三百文。十四号，新场谢心畲来七户，五十元。十七号，又来十三户，五十元。十八号，又募五户，二十四元。二十四号，平湖顺遂募四十八户，七十六元二角五分。二十八号，张雪亭手五户，二十元。二十九号，姚彬斋手十五户，十二元。不列号，宝山县正堂吴，一百元。梅子衡，二元。张鹿仙，十元。钱慎宜堂，二元。王花匠，一元。沙姓，一百元。梅花书屋，七十二元。补过生延年去病，十元。

　　共收洋六百三十八元二角五分，合漕银四百二十九两八钱一分；共收钱三千一百文，合漕银一两九钱七分八厘五毫。

新字册（计交去捐册五本）

　　浙江新市镇查君人英诸善士交到

　　二号，查来玉手二十九户，二十四元。三号，周梅卿募四户，二元。徐佩之募，八元、七百六十文。四号，求无悔斋来十八户，二十二元。五号，张竹溪募十二户，十二元。不列号，查砚云手六户，三十五元。无名氏，五元。鼎裕油坊诸友节费，二元。复吉油坊诸友节费，二元。愈品芳，五元。荆辉堂，一元。听雪斋，二元。双林厘局秦手十七户，七元。王韩卿募五户，一元、七百文。

　　共收洋一百二十八元，合漕银八十六两一钱九分七厘八毫；共收钱一千四百六十文，合漕银九钱三分一厘八毫。

物字册（金银首饰随到即售者，各归各册收帐，不在此列。寄还者不录）

　　莫厘隐名氏，古铜香炉一只，销洋四元。

周雨人、潘永之交来，紫铜手炉二只，销洋两元。

堪令人管氏，玉饰十二件、茶晶眼镜一付，销洋八元。

冯式亭，白石盆一只，销洋五角。

日精草庐
媚兰草堂，铜豆、铜盆两件，销洋八元。

代三晋稽首人，千里镜一个，销洋两元。

百祚庵，半开犀角（实系天马角），销洋五角。

通泰典来，银索时表一只，销洋三元。

澹定居士，玉带钩二件
茶品镜，销洋四元。

山左女史简芬，翡翠三套、圈一付、珠荃一只，销洋四十二元。

张朱氏，点耶表一只，销洋三元。

思补居氏，播威表一只，销洋四元。

懒道人，新宁绸单袍一件，销洋十元。

镇扬公所，笔势碑一部，销洋两元（存四部）。

铁华仙馆，拓本条幅八堂，销洋两元四角。

徐克生，画屏一堂，销洋一元。

王云史、郑远孚、施拥伯，书画扇面二十页，销洋三元八角、钱三百文。

六合多情子，感应篇屏二堂、山水琴屏八张、寄园寄所寄一部、十仙假山一座，销洋三元六角、钱一千另九十文。

同文书屋，四书十部，销洋六元四角、钱一千三百文。

王阳叔募，妇婴至宝四百八十部，销洋三十五元、钱二千五百二十文（另外寄浙申扬五百部，山西二十部）。

无名氏，晨钟录、易生编，销洋三元五角，钱三千六百十六文。

吴景周来，不可录一百五十本，销洋七元五角（另外寄浙五十部）。

鸳湖居士，两般秋雨庵、阅微草堂各一部，销洋二元五角。

不能了事人，瘦吟词十八本，销洋一角。

沈遂溪司马，灯架一堂，销洋七角。

浙局，兰亭一部，销洋一元（存九部）。

方子翁来，了愿助字一轴、黄鹂一轴、清河士画一轴，销洋十五元。

共收洋一百七十五元五角，合漕银一百十八两一钱八分五厘二毫；共收钱八千八百二十六文，合漕银五两六钱三分三厘。

卷九　西晋放赈录

查放晋赈征信录弁言

岁光绪己卯三月，协济豫赈甫毕事，晋省又以不雨闻。常州潘振声孝廉先挟余赀往，秀水金苕人观察、丹徒严佑之明经亟告灾浙沪扬苏四处，于是江浙闽粤诸善士复设公所，筹捐款，如豫赈例，金、严二君遂得以七月下瀚挟赀就道。涖晋后，金君别为一局，赈虞乡、永济、芮城、平陆、垣曲、沁水、阳城、石楼、永和、蒲县，凡十邑。大祲之后，地广人稀，诸同事于虎狼出没之地，攀崖越涧，踏雪履冰，按户清查，无遗无滥，实赈灾民七万口，糜银七万二千两，迨明年春三月始克竣事。严君附于潘君局，分赈临汾、汾西两邑，实赈灾民三万六千口，糜银二万二千两。十月间，直隶又罹水灾，遂分局而东。潘君涖晋最早，历时最久。其始至也，旱灾正盛，赈款未集，南中同事仅一人，诸形棘手，复寓工赈于掩埋中，仁周生死，事益繁杂。在晋十阅月，查赈绛州、曲沃、太平、闻喜、解州、稷山六属，活灾民二万五千口，埋尸棺二万三千具，糜银二万六千两。此晋赈大略也。事既竣，例得编录征信，用识简端。

查放晋赈征信录总纲

一、收浙江同善官堂、苏州桃花坞寓报解（照原解数已除去移直银四万另六百两，其豫局余款亦在内）银五万一千四百三十三两五钱二分七厘一毫。

一、收上海公所江浙闽粤同人报解（照原解数已除去移直银三万两）银四万五千七百六十二两八钱五分五厘一毫

一、收扬州、镇江公所报解（照原解数已除去移直银二万两）银二万二千五百九十四两六钱七分三厘。

一、收严佑翁局（天手无名氏捐六百三十二两，殿翁手清江宿迁捐一千一百九十八两七钱七分五厘，许澄翁手四百两另另另二分，无名氏一百三十两，无名氏八百两。除去已归苏局帐内四百十六两八钱三分五厘五毫，已归扬州帐内一千一百五十两，移带直省七百三十一两六钱八分五厘）银八百六十二两二钱七分四厘五毫。

一、收金苕翁手豫赈局清江风灾余款（计钱二十九千文）银十八两五钱。

一、收金苕翁局余平贴水（抵除申公砝欠平外）银七百五十六两一钱五分三厘。

大共收银一十二万一千四百二十七两九钱八分二厘七毫。

一、支金苕翁报销（细数见第二卷）银七万二千二百四十两另八钱三分六厘七毫。

一、支潘振翁报销（细数见第一卷）银二万六千四百五十八两七钱一分六厘。

一、支严佑翁报销（细数见第一卷）银二万二千二百五十四两二钱三分。

一、支拨河南慈幼局（划除振翁收数）银四百七十四两二钱。

大共支银一十二万一千四百二十七两九钱八分二厘七毫。

查放晋赈征信录卷一

常州潘民表振声经办

收款

一、收浙苏沪扬公所银二万六千四百五十八两七钱一分六厘。

支款

一、支绛州赈局（光绪五年闰三月开局，四月二十三日撤局。陆瑞丰、翟凤翔、田大有、范忠恕、陈东园、娄兰亭同办。）

赈城关六十村二千四百五十一户，大三千一百七十三口（寒士一百二十二人）、小一千二百三十七口，每一千文（二千五百），三十合银二千九百六十七两二钱七分九厘。

孤寡四十九户另恤施药掩埋，银一百三十五两五钱八分。

捕狼枪药赏犒，银一百十九两八钱四分五厘。

司事薪水、护勇猎户土工口粮、局役差保工食，银八十六两七钱六分五厘。

车马运费伙食，银八十八两另八分四厘。

共支银三千三百九十七两五钱五分三厘。

一、支曲沃县赈局（四月廿五日开局，五月二十六日撤局。翟凤翔、田大有、范忠恕、陈东园、娄兰亭、陆瑞丰同办。十月十七日开办掩埋局，十一月二十二日撤局。陈谨甫、翟凤翔、田大有、任其骏、郭镜轩、梁绛州、杨孟津、张河南、孙广盛、南绛州、行曲沃、郝赓飚、詹亮卿同办。）

赈一百十八庄五千五百九十八户，大六千五百六十四口、小二千三百七十二口，每八钱四钱，银六千一百九十九两二钱。

掩埋骨四千一百三十五付、棺七千二百四十五具、散骨不计数工食义塚地价税契立石，银四千一百三十七两另另五厘。

寒士孤寡施药，银四百另八两六钱四分六厘。

捕狼枪药赏犒，银三十二两四钱另九厘。

两次局用伙食车马绳席，银四百四十六两一钱三分一厘。

司事薪水、猎户护勇口粮、局役差保工食，银一百六十六两六钱八分七厘。

共支银一万一千三百九十两另另七分八厘。

一、支太平县赈局（五月二十七日开局，八月初四日撤局。翟凤翔、田大有、范忠恕、陈东园、娄兰亭同办。）

赈五十五村庄二千一百三十五户，大三千五百七十九口、小一千三百口，每八钱四钱，银三千三百八十三两二钱。

寒士孤寡，银五十八两二钱九分三厘。

局用伙食、车马运费、掩埋绳席，银一百二十九两四钱七分。

司事薪水、护勇土工口粮、局役差保工食，银九十二两八钱另一厘。

共支银三千六百六十三两七钱六分四厘。

一、支闻喜县赈局（八月初五日开局，十月十四日撤局。十二月十七日设掩埋局，二十八日撤局。陈谨甫、翟凤翔、田大有、任其骏、郭镜轩、梁绛州、杨孟津、张河南、孙广盛、南绛州、行曲沃、郝赓扬同办。）

赈五十三村庄二千另九十五户，大一千八百口、小七百八十三口，每一千文五百，188合银一千四百十三两八钱七分一厘。

掩埋整骨三千八百另五付、棺三千六百四十二具、散骨不计数工食，银一千九百二十一两九钱二分九厘。

寒士孤寡一百六十五人施药，银一百六十六两三钱九分三厘。

捕狼枪药赏犒，银三十一两八钱三分九厘。

司事薪水、护勇猎户口粮、局役差保工食，银一百六十五两一钱四分六厘。

两次局用伙食车马运费掩埋绳席，银三百另四两四钱七分二厘。

共支银四千另三两六钱五分。

一、支解州赈局（十月二十五日开局，十二月初八日撤局。孙广盛、田大有、任其骏、郝赓飚、行曲沃同办。）

赈四街四乡一千六百四十九户大二千另七十六口小六百九十三口每一千文，｜δ⸺合银一千五百四十二两九钱九分四厘。

掩埋整骨九百另三付、棺八十六具、散骨四十大坑工食，银二百二十八两五钱九分九厘。

寒士孤寡一百六十七名，银四十四两九钱七分九厘。

司事薪水、护勇猎户口粮、局役差保工食，银二十二两四钱四分一厘。

局用伙食车马掩埋绳席，银一百五十八两八钱六分五厘。

共支银一千九百九十七两八钱七分八厘。

一、支稷山县赈局（十二月初九日开局，二十八日撤局。梁绛州、杨孟津、张河南、翟凤祥、关稷山、张稷山、陈谨甫同办。）

赈三十七村庄八百六十四户大一千另另七口小四百四十一口每一千文，｜δ十合银八百十二两九钱一分四厘。

掩埋整骨一千六百八十付、棺六百二十六具、散骨不计数，银五百五十四两另四分。

寒士孤寡三十九户施药，银四十三两一钱二分三厘。

捕狼枪药赏犒，银十两另五钱九分六厘。

司事薪水、护勇猎户口粮、局役差保工食，银二十一两六钱二分九厘。

局用伙食车马运费掩埋绳席，银一百十两另七钱九分。

共支银一千五百五十三两另九分二厘。

一、支公用

同事往还盘费，银二百七十五两三钱三分五厘。

平亏，银一百七十七两三钱六分六厘。

共支银四百五十二两七钱另一厘。

大共支银二万六千四百五十八两七钱一分六厘。

丹徒严作霖佑之经办

收款

一、收浙苏沪扬公所，银二万二千二百五十四两二钱三分。

支款

一、支临汾县赈局（光绪五年八月初三日设局，九月初四日撤局。邵天禄、仲配之、张少兰、杨殿臣、唐亦如、谢文虎同办。）

赈 大一万一千一百七十二口 小七千一百八十二口，每一千五百文，钱一万五千八百六十三千文。

一、支汾西县赈局（九月初九日设局，十月初九日撤局。）

赈 大一万二千五十二口 小五千一百四十五口，每八四钱，银九千八百十二两二钱九分，钱二千九百三十三千二百五十七文。

掩埋棺骨，银二百十九两四钱一分。

又潘振翁手钱二百千文。

共支银一万三十一两七钱，钱一万八千九百九十六千二百五十七文合银一万二千二百二十二两五钱三分。两共银二万二千二百五十四两二钱三分。

潘民表等禀带豫赈余款助赈晋省由

山西抚院曾批：来牍具悉。贵绅等不远千里，来赈晋豫之灾，具见风俗敦庞，人民向善，而诸君子跋涉远劳，惠普灾黎，同深感佩。现既移局绛州，即檄饬该州并行属邑妥为照料矣。希即知照。此复。光绪五年闰三月十二日。

禀晋抚宪曾

敬禀者：窃生前经会同金绅福曾、潘绅民表议将豫赈余款交由潘绅来晋赈放，业已禀明在案。生回籍后，适晋省今夏得雨较迟，南中诸善士续募捐赍，嘱生邀约同事，自备资斧，会同金绅来晋助赈。抵晋后，金绅至蒲、解，潘绅至绛州，生至平阳，各设局查放，亦经先后报明。生将临汾、汾西赈毕，正拟移局宁乡，适接南绅来信，知直省水灾甚重，秋禾既被淹没，春麦复难播种，一届冬令，饥寒交迫，待赈孔殷。窃思救灾恤邻，何分畛域？拟留金绅一局在晋办理，生等于已收晋款内分拨银六万三千两，随带至直，查放冬赈，一面函致南中，嗣后续款，晋直分解。为此叩求宫保大人移咨直隶督部堂查照，并乞札饬沿途护送，以资妥慎。是否有当？伏乞垂察。敬请钧安。生作霖敬禀。光绪五年十月发。

禀晋抚宪

敬禀者：窃绅于本年闰三月由豫赴晋，在绛州、曲沃、太平等处查放助赈银两，以携款无多，未能远及。秋间金绅福曾、严绅作霖等先后由江浙来晋，分赈平阳、蒲、解等属，南中捐款亦陆续募集汇解。绅分办曲沃、闻喜、稷山、解州一带，摘赈贫户，掩埋棺骸。绅所收南中汇款，及此间分拨，前后仅计银二万六千余两，其余均由严绅作霖收放。惟现有续来南款，分半晋赈银八千两，接准南中公信，应归严绅及绅经收济用，此时严绅早已抵直，绅拟将此间经手事件赶紧料理清楚，即带前项银八千两移赴直省，就水灾较重之区，会同严绅酌量查放。应否一体咨明直隶爵阁督部堂李查照立案，伏祈训示遵行。专肃，敬请钧安。绅士民表谨禀。

掩 埋 条 规

一、掩埋大号棺每具给钱五百文，小号棺每具给钱四百文，连挖坑堆墓工钱在内，坑深五尺。

一、掩埋席包尸骨，每副给钱三百文，连席价挖坑堆墓工钱在内，坑深四尺。

一、如有发墓合葬者，每具加工钱二百文。如有夫妇合葬者，亦照两具给钱。

一、凡有零碎尸骨不成副者，总挖一坑掩埋，视坑大小，酌量给钱。

一、本户有坟地者，各归本坟挖埋，无坟地者埋高燥宽阔公地。务将两砖对合，中间以石灰书写男女姓名，埋入墓中，编立号簿存庙，以备或有子孙回家查认。

一、查验棺尸、散给小票后，限五日内将坑一律挖齐，将棺抬至坑边，俟本局验埋后，给总票领钱。其席包尸骨仍置原在房屋，俟验埋时再行搬抬，以防狼狗拖散。

一、挖坑深浅，须照条规。如有不到尺寸者，定罚格外开深，毋得自误。

一、凡有无主棺骨，及浮厝于墙根荒野者，务望搜埋净尽。其有主而无力营葬、情愿即埋者，亦照例给钱，其不愿者听。

汇录潘君振声书

弟于本月初五日由修武起身，初六至怀庆，初八至清化。待陆瑞翁到后，十三日雇骡起行，十五至周村，入山西界。十九至翼城关换车，廿一日至绛州。一路所经，但见破瓦颓垣，尸骸枕藉。现在时近麦收，而绛州、绛县、曲沃、翼城、太平等处，自春至今，尚未沾雨，麦已大半槁死。出绛州城十里，坡上一片旱地，麦死十分之七。昨同诸君将极苦村庄挨户清查，但见荒田破屋，有千余人村庄今存百余人者，有著名巨富，房屋拆尽，饿死无一人者，有高堂大屋，仅存一二寡孤，朝不谋夕者，拆屋卖人，相习为常。北交太平，南连闻喜，东至曲沃，情形相同。现拟将曲、太极苦之区接界绛州者，次第查赈，俟此数处查竣，视款多寡，再定行止。光绪五年闰三月二十八日。

绛州于月初得雨未透，贫户麦既歉收，秋又未种，现已将极苦数十村赈竣，大口给钱千文，小口半之。太平、绛州得雨尚不及寸，去岁有力之家，收成尚觉可观，贫民典衣借债，以二三十金买一石之麦种，于雨后工本既乏，所收无多，情形更窘，已择就近村庄稍稍点缀。廿五日移局曲沃之候马镇，现就余款尽数查放，大约五月半前可以告竣，届时拟回绛州，再候来示，以定行止。晋省全局情形，自绛州以南，曾得微雨，秋禾已种四五分，绛州以北本系瘠区，去岁秋收甚少，亩不及斗，现在麦已枯焦，不得畅雨，不堪设想矣。自遭歉岁，人死十分之八，禽兽逼人，狼患日甚，竟至三五成群，白昼出入城市村野，所伤无日不有数十人。局中现出赏格，尚无大狼获到，岂人心未转，天又降之罚耶？四月二十七日。（潘君振声云，发此信时，方庆得雨，拟请金、严两君暂停行踪，书成未发，鬼啸有声，入夜竟至现形，三五成群，往来虚窗之外，如泣如诉。斗室中灯光惨淡，阴气逼人，遂付原书于火，易此邮寄，鬼散而寝。）

此间均报透雨，惟连年灾旱，元气就衰，补种一事，谈何容易！此时此势，实灾民生死绝续关头。今来五竿，足可救五千人性命，不禁代垂毙灾黎多多叩谢。曲沃于二十内可以查竣，每口发银八钱。此后再有大惠，当择汾、临最苦之乡查放。目下死丧之惨，惨不胜言，所至各村，往往全尸在屋，蛆虫满地，或野兽吞食，首身异处者。赈事毕后，非大办掩埋不可。更有高门大厦，寂无一人，门户洞然，仅余白骨，访诸遗老，云是富家不忍弃其财产，合门吞金以死者。可慨哉！五月十五日。

初十日由绛启行，过临汾、洪洞等处，直至灵石，折回汾西。汾西在四山中，被灾最重，平时十二万户，今存二万余人。各邑望雨甚切，临、洪稍得雨，气候已迟，不及种秋。平阳各属秋苗多已槁死，拟俟苕、佑翁到，即行商办。六月廿六日。

晋省情形，自灵石、赵县以北，秋收尚可，平阳所属，丰歉不等，临汾左近种秋较晚，地本瘠若，佑翁诸君已往赈济矣。蒲、解等属早秋尚有数分，晚种大减，猗氏、临晋为尤甚，粮价亦昂。解州北乡亦苦，平陆原上蝻孽未净，尚未播麦，绛属亦有旱区，兼之硕鼠伤苗。弟本拟同佑翁办赈，因各处暴露尸棺无地不有，实难恝置，赈务有佑翁实力主持，多弟一人，于事无补，是以与佑翁相商分办，早办一日，早清一日疠气，虽为死者计，实为生者计，且亦未始非以工代赈计，故毅然行之。八月初九日。

弟于八月初至闻喜，人手既少，阴雨兼旬，两月有余，掩埋始行告竣。接办曲沃，现始撤局。通共两县埋葬尸棺一万七千余具。死者既入土为安，贫家亦藉工度日，似属一举两得。解州未葬尸棺不过千余，孤寡之户亦只就极苦者给赈。稷山尸棺三千余，尚有被旱二十余村，极速十二月可竣。晋省蒲、解、绛、平等处夏秋缺雨，加以鼠食虫伤，收成极好者四五分，少者不过一二分，所幸人民稀少，且有苕翁留晋，尽心摘赈，俾遗黎共免饥寒，此亦南中诸君无穷功德也。十一月廿五日。

弟于去腊十五日由稷山至闻喜，摘查极苦五十余村，廿七撤局，元旦至平陆。计自去年闰三月至今，时经十月，查赈、掩埋前后八局，计支银二万六千两有另，印收八纸，赈册两箱，恳请苕公回苏带奉。弟本无能，谬膺重托，散赈则审择未确，恐无食贫民反致遗漏，掩埋则搜寻未遍，恐无主骸骨仍有抛残，局用则裁抑未精，恐无益浮文未能全减。计代劳之十月，实片刻之难安，所有效力不周之处，尚乞格外见原为祷。六年二月初五日。

汇录严君佑之书

怀庆奉布一函，谅投台电。弟等于七月二十日由青华进山，二十七至绛州，一路壁立千仞，洞深万丈，崎岖险阻，不禁有撼辔踟蹰之虑，转念灾黎困苦，亦只得视性命如鸿毛，置生死于度外矣。所过阳城、曲沃等县，秋收仅有一二分，田鼠又从而伤之，房屋拆毁固多，空屋无人者亦复不少，人民已十去七八，狼患犹不绝于耳，可胜慨哉！光绪五年七月二十八日。

弟等于初三日抵平阳府之临汾，询知汾水以西皆系水田，东皆旱地，上年秋收极薄。现拟抽查鳏寡孤独之户，以资实惠，山中苦庄，月内可以告竣，此后接办汾西，离平阳百八十里，全在山中，闻人民已去其八。蒲、解一带灾况更重，议归金苕翁办理。八月十五日。

临汾于九月初四日赈竣，约放一万六千口，每大口千文，小口半之。时届种麦，裨益不小。初五日撤局，初九至汾西，阖邑仅剩三万余丁，十月初必可告竣。乡间尸骨甚多，振翁专办此事，未始非一大功德，惜人手太少，难以遍及耳。昨阅李爵相奏陈直灾情形，殿翁诸君拟分晋款济直，弟以南中输捐均指晋赈，势难挽回，惟另行筹款方妙。诸君子恫瘝在抱，自必早见及此，所冀事宜从速，毋落后尘，若虑无人往办，弟等均有志焉。九月十五日。

附录桃坞赈寓复函

直省报灾后，上海、扬州诸君子倡募银一万两，衣一万件，解赍督辕。苏州竭蹶经营，备银五竿，适李秋翁在申，函请便道查放，尚未接复，正深惘怅，忽承赐书，除抄送上海、扬州、浙江三公所公议另复外，就苏而论，欲再另行筹款，未免先已失势。如果诸公确见直灾重于晋灾，决欲赴赈直省，似除移款赴直之外，别无妙法。然晋款赈晋，经也，晋款移直，权也。如果到直之际，已落后尘，比较晋灾，事同一律，则不宜以他人赈晋之钱代为移直，宜守经而不移。如果晋省灾民不赈不死，直省灾民不赈不生，则虽拂人本愿，宜达权以救命。尊虑捐户指晋，究竟捐户所以输捐者，为灾不为晋，事苟得当，何恤人言？所恐直省情形因时而异，将来所见未必尽如所闻耳。若如殿翁来函，议同启翁携带万金赴直，似不去则已，去则携款太少。至言山西山田尚有五分收成，不论大家小户均有数月之粮，究竟确切否？若就一隅而论，并非全省如此，则最苦之区较诸直省情形，又不知轻重若何，又何以诸君子来函，均无此丰年气象？某远在南中，不登泰山而左右顾，断难握进止之权衡，务祈诸君子迅速确探，并候各公所复到，比较确当，权衡得中，经当执则择晋省最苦之地如常办理，不必卜之于神，权当通则苏局皆行，不必多所顾虑。灼见既操，便宜行事，是所切祷。九月廿七日。

殿翁诸君注意赈直，弟意俟南中信到，再定行止，诸君以往返函商，似非救急之道，弟思之亦大有理。十三日在武庙拈阄，移直吉，复拈弟同去与否，同去吉。现俟汾西赈毕，全局皆行。此间有苕公在，无患向隅也。九月十五日。

弟等于初九日由汾起程，十六至太原，十七谒见宫保，禀明移赈直隶，请其备案移咨。现俟汇银舒齐，立即起身。嗣后如有续款应派弟局者，请即汇津为祷。再，赈事重大，弟实才力不及，务祈另请一二人来直领袖，免致隔越贻羞，是所切祷。十月十九日。

查放晋赈征信录卷二

秀水金福曾茗人经办

收款

一、收浙苏沪扬公所银七万二千二百四十两另八钱三分六厘七毫。

支款

一、支虞乡县赈局（严紫萍、王耳峰、郭镜潭、金升卿、梅俊三、徐寿伯、金亮甫、陈谨甫、全谋愒、郭望林、陈洛、李春园同办，五年八月廿一日开局，十月三十日撤局。）

赈四门三乡三千七百一户大七千六百二十七口小一千七百六十口，每一两五钱，银八千五百一十一两。

贫生五十四人、名门四户、节妇六十人，银六百十八两。

掩埋赎地，银三十六两九钱。

车马，银四两、钱五十三千四百十六文。

查户公用，钱五十九千一百五十五文。

册票包银纸布捶银造册工费，钱二十千三百四十八文。

伙食，钱五十五千五百四十五文。

差保工食，银四两，钱十七千六百九十文。

共支银九千一百七十三两九钱，钱二百另六千一百五十四文｜8川8合银一百三十四两三钱另二厘。两共银九千三百另八两二钱另二厘。

一、支永济县赈局（薛霁堂、梁芷卿、刘晋阶、李甫生、缪起泉、张明缘、王耳峰、郭镜潭同办，五年九月初一日开局，十月二十日撤局。）

赈城关〔一百十四村〕二千三百十六户〔大四千五百十一　小一千另二十五〕口每一两〔五钱〕，连换钱亏水共银五千另七十七两七钱八分二厘。

贫生五十七人、节妇七人另恤，银一百七十两另九钱二分五厘。

车马，钱五十五千二百另五文。

查户公用，钱五十八千一百六十文。

册票纸布工费，钱十八千另七十五文。

伙食（郓城伙食在内），钱七十一千四百十文。

差保工食，钱十七千二百文。

共支银五千二百四十八两七钱另七厘，钱二百二十千另另五十文｜乂一合银一百四十九两六钱九分四厘。两共银五千三百九十八两四钱另一厘。

一、支芮城县赈局（薛霁堂、梁芷卿、刘晋阶、李甫生、张明缘同办，五年十月初一日开局，十二月二十日撤局。）

赈城关三厢四十四村〔四都二百五十九村〕七千七百廿八户〔大一万二千三百九　小四千另六十六〕口每一两〔五钱〕，连亏水共银一万四千三百八十二两。

贫生七十人、节妇三十四人、名门十八户，银三百八十六两。

掩埋赎地，银七十六两三钱三分。

给发炭厂经费，银八十两。

捐修陌底镇大桥，银一百二十两。

车马，钱六十五千八百文。

查户公用，钱五十八千八百五十一文。

册票纸布工费，钱九千七百五十二文。

伙食，钱六十千另三百十四文。

差保工食，银一两五钱，钱三十二千六百五十文。

共支银一万五千另四十五两八钱三分，钱二百二十七千三百六十七文｜δ百合银一百五十一两五钱七分八厘。两共银一万五千一百九十七两四钱另八厘。

一、支平陆县赈局（严紫萍、王耳峰、郭镜潭、金升卿、梅俊三、金亮卿、杨子芳、刘宗汉同办，五年十一月初六日开局，六年正月初八日撤局。）

赈五路四百七十六村三千八百二十四户〔大六千五百五十一　小一千九百二十五〕口每一两〔五钱〕银七千五百十八两五钱。

贫生六十四人、节妇二十八人、名门十四户，银二百九十三两。

掩埋，银九十三两六钱五分。

捐置支差牲骡三十疋，银一千二百另七两三钱二分。

捐置支差牲骡发商生息钱八百千文，二次拨给，合银五百十九两四钱八分六厘。

修茅津渡口车路，银二百二十七两二钱七分三厘。

浚魏公渠工费，银一百三十两另另六分五厘。

车马，银四十七两八钱八分，钱三十五千四百十文。

查户公用，银四两九钱八分，钱一百三十六千一百另五文。

册票纸布公费，钱十九千八百六十文。

伙食房租，银十二两六钱，钱八十千另七百八十五文。

差保工食，银二十五两三钱，钱六十四千三百另一文。

共支银一万另另八十两另另五分四厘，钱三百三十六千四百六十一文｜ㄆ乂合银二百十八两四钱六分。两共银一万另二百九十八两五钱一分四厘。

一、支垣曲县赈局（叶黎轩、金亮甫、杨子芳、韩春宇、陈□同办，五年十一月十一日开局，六年正月三十日撤局。）

赈城关两坊四乡三百十五村三千六百八十二户大四千九百二十六口小九百四十六口每一两五钱，银五千三百九十九两。

贫生节妇名门旧族另恤掩埋，银一百十八两七钱七分八厘。

捐置支差牲骡十二头，银四百八十四两五钱一分。

捐存支差牲骡发商生息，银一千另另九两四钱。

捐修皋落堤工，银一百五十两。

车马，银十五两六钱五分，钱六十五千一百六十九文。

查户公用，银十五两四钱四分，钱二十三千四百七十文。

册票纸布工费，钱二十七千二百八十文。

差保工食，银四两，钱三十七千九百文。

伙食，钱四十五千九百文。

共支银七千一百九十六两七钱七分八厘，钱一百九十九千七百十九文｜乂彐川合银一百三十五两六钱七分八厘。两共银七千三百三十二两四钱五分六厘。

一、支沁水县赈局（梁芷卿、王耳峰、刘宗汉、刘金华、陈谨甫同办，五年十二月十六日开局，六年二月三十日撤局。）

赈城关一百九十三村二千七百九十二户大四千二百六十一口小一千六百九十五口每一两五钱，银五千一百另八两五钱。

贫生六十人、节妇二人、名门三户，银一百三十六两五钱。

掩埋，银二十二两另六分二厘五毫。

捕狼赏号，银三十两。

车马，银二两，钱七十一千四百五十一文。

查户公用，银十四两五钱五分，钱十九千一百九十二文。

册票纸布工费，钱十九千七百三十九文。

伙食，钱四十四千六百七十五文。

差保工食，银九两，钱三十三千另五十文。

共支银五千三百二十二两六钱一分二厘五毫，钱一百八十八千一百另七文｜彐百合银一百十七两五钱六分七厘。两共银五千四百四十两一钱七分九厘五毫。

一、支阳城县赈局（金亮甫、杨子芳、杨研农、王耳峰同办，五年十二月廿一日开局，六年三月初六日撤局。）

赈两乡二百廿七村二千七百廿七户大三千九百七十三口小一千五十五口每一两五钱，银四千五百两另另五钱。

贫生五十人另恤，银一百另八两。

车马，钱十九千六百四十文。

查户公用，钱五十五千八百六十文。

伙食，钱五十八千二百五十五文。

差保工食，钱二十三千八百九十文。

共支银四千六百另八两五钱，钱一百五十七千六百四十五文丨8╳合银一百另二两三钱六分七厘。两共银四千七百十两另八钱六分七厘。

一、支石楼县赈局（薛霁塘、刘晋阶、李甫生、翟风祥同办，六年二月初六日开局，三月三十日撤局。）

赈十二里四百四十六村二千九百四十二户大三千七百另九口小三千一百五十六口每一千五百文，钱四千七百八十七千文。

贫生五十人、名门十三户掩埋另恤，钱二百二十千另六百二十文。

车马，银三十二两五钱八分，钱五十二千八百十文。

查户公用，钱五十二千九百二十三文。

伙食册票，钱五十九千五百六十八文。

差保工食，银六两，钱八千另九十文。

归途另恤，银六两，钱十千另三百三十二文。

共支银四十四两五钱八分，钱五千一百九十一千三百四十三文丨80╳合银三千四百四十两另二钱五分三厘。两共银三千四百八十四两八钱三分三厘。

一、支永和县赈局（严紫萍、刘宗汉、刘金华、郭镜潭同办，六年二月廿一日开局，三月三十日撤局。）

赈三百二十五村二千一百八十五户大三千九百五十一口小一千三百十六口每一千五百文，钱四千六百另九千文。

贫生七十二人名门旧族另恤，钱三百二十七千五百文。

车马，银三十九两九钱五分四厘，钱五十四千一百十文。

查户公用，钱十四千五百十文。

伙食，银十六两，钱十八千四百十文。

差保工食，银四两，钱二千四百七十文。

共支银五十九两九钱五分四厘，钱五千另廿六千文丨8丨8合银三千三百十七两四钱九分二厘。两共银三千三百七十七两四钱四分六厘。

一、支蒲县赈局（郭镜潭、刘宗汉、刘金华、李甫生同办，六年三月初一日开局，三十日撤局。）

赈三百七村一千二十九户大一千五百八十一口小四百七十九口每一千五百文，钱一千八百二十千另五百文。

贫生五十五人名门旧族另恤，钱一百五十五千五百文。

车马，银十七两九钱六分，钱二十六千八百八十文。

查户公用，钱八千一百六十八文。

伙食册票，钱六千六百另二文。

差保工食，银十一两八钱四分，钱八千文。

共支银二十九两八钱，钱二千另二十五千六百五十文合银一千三百二十两另九钱五分五厘。两共银一千三百五十两另七钱五分五厘。

一、支公款

拨运城粥厂，银二千两。

拨运城、蒲、解牛痘局，银一千两。

拨解州渠工，银三百两。

拨河南渑池义塾，银三十两。

薛霁翁、梁芷翁、缪起翁手另恤各县灾民，银四百八十二两三钱一分五厘二毫。

汇银等费，银二百七十五两六钱三分。

南友十九人、家人四名来回川资及公赴太原、运城盘费饭食，银一千六百九十两另五钱三分。

各友薪水，银五百六十三两三钱。

共支银六千三百四十一两七钱七分五厘二毫。

大共支银七万二千二百四十两另八钱三分六厘七毫。

禀晋抚宪

敬禀者：职道前奉浙抚宪梅札委赴晋助赈云云，职道已于本月十六日行抵运城，晤商河东江道，知河东所属，尚有十余州县情形较苦。现拟先赴虞乡、永济、芮城等县，分派妥友，遍历各乡，挨查贫户，择其尤为穷苦者，分别大小口，填给印票，请地方官出示，定期给放银钱。另呈查放章程清折一扣。伏乞宫保爵宪察核示遵。肃泐驰禀，敬请钧安。职道福曾谨禀。

谨将现拟查户放款章程呈请宪鉴：

计开：

一、查户：从来查赈必先核户，每查一县，先请本地绅士逐村造册，由局友携册下乡，逐户亲历查看粮食牲口多少，有无验明丁口，应否给票，临时核定。

一、散票：票上注明丁口大小若干，盖用地方官印信，临时由局友亲填交给本户，票根留局存根，至发银多少，票内暂不填明，俟查竣一乡，察看情形，通盘定数，由地方官大张晓谕，大口给银或钱若干，小口若干。

一、放款：南中带来多系宝银，先行捶碎后，查见户口，核定每口若干，逐包秤好。假如大口给银八钱，小口四钱，则自八钱起以至几两几钱为止，各式酌备若干包，临时验票分给，以归便易。再，穷民领银换钱，必被钱庄克折，如概给钱文，又无处兑换多钱，且恐运脚不便，或一两以外给银，一两以内给钱，姑俟临时斟酌。至散放处所，总在各村庄一二十里以内适中之地，以便穷民亲自赴领。

一、核实：此次民捐民办，不由役保人等经手，即本地绅董除造册之外，亦不令其干预。惟局友查户时，如须此村送至彼村，其引路之人一律给与饭食，庶无流弊。

禀晋抚宪曾在平陆县捐置牲口代民应差会议章程由

敬禀者：窃职道秋间自豫至晋，道出茅津，近又在平陆县查放助赈银两，因之访询本地情形，并节次与刘令晤商，以平邑不通车道，向时过往差使专用牲口，由通县养牲之家按牲派费支应。向章每行一里，给价十文，逐年所派之费，浮于所用之价，良由经办未能核实，及至临时雇牲，乡民又往往畏惧官差，不肯应雇，无从支办，不得已，遂将沿途过往牲口任意拉用，相沿成习。其中转辗滋弊，民累实深。刘令抵任后，深知此弊，立意革除，正与乡城绅士议商。职道因谓不如在助赈项下捐拨经费，酌买牲口，代民应差，既无须通邑派费，又可免临时拉牲。经刘令与诸绅士往返筹议，均谓事属便民。惟当捐办之初，议立章程必须郑重，今拟捐置牲口三十疋，每疋给价银二十两，另给喂养资本二十两，听凭住近县城及茅津之殷实农民邀具妥保认领，每月每牲支差六天，余日听由领户自行耕作营运。核计通年支差牲口，已可用至二千余疋。现蒙宫保大人轸恤闾阎，厘减差徭，定章晓示，平邑本非孔道，如有此项捐置牲口，由地方官樽节支应，似已足敷差遣。万一通年核计偶有不敷，自应仍以前项牲口轮支。惟恐领户支差过多，或须赔累，以后即不敢认领，议由地方官照旧章每里十文，自行捐资酌贴，给予脚价。此项为数无多，亲民之官自无不乐为体恤。茅津距城二十里，为往来津要之处，差事冗琐，应延司帐一人常年经理，另雇跑夫二名，分住茅津县城两处，传调牲口，每年酌定薪工经费共八十六千文。职道先后共拨捐钱八百千文，交县转发生息支用。刘令念切爱民，每谓此次定章之后，永不准通县按牲派费，亦不准沿途拉牲应差。大浸之后，为休养民生、力除积弊起见，合将会同刘令采取众议，酌拟捐置牲口代民应差章程六条，开折呈送，是否有当，伏乞宫保大人察核，训示遵行。合肃禀陈，敬请钧安。职道福曾谨禀。

山西抚部院曾批：来牍及另议章程八条，详明妥协，应即照办。第以晋民之差徭，远烦邻绅之拨助，盛情高谊，岂惟该县民人尸祝难忘，即本爵部院谬膺高位，未能将此邦困弊情形预筹苏息，读诵仁言，且惭且感。候札饬善后局先行立案，一俟刘令禀详到日，再行饬司转饬，勒石遵行。希即知照，章程存。此覆。光绪五年十二月二十三日。

垣曲县薛令元钊禀查县属雇骡支差与农民客骡多有不便，现由江浙助赈局拟拨捐银一千四百八十两买骡供差，永免骡柜名目，以除积弊妥议章程请示祗遵由

晋抚宪批：据禀及另折均悉。查该县差徭，既已禀经金道由江浙赈捐项下酌拨银两，买备骡只，支应差使，系为便民除弊起见，洵堪嘉尚。仰即如禀办理，并将所拟章程勒诸珉石，以垂久远，暨候札饬善后局知照。缴。光绪六年二月十三日奉到。

禀晋抚宪捐拨郓城、蒲州、解州牛痘局银一千两、郓城粥厂银二千两由

敬禀者：窃职道前晤蒲州穆守、解州马牧，以本地民间幼婴皆种牛痘，官为设局，大浸之后，局亦停撤，遂无种痘之事。嗣与河东江道会商，以向章本在郓城、蒲、解三处施种牛痘，现拟由职道处酌拨捐银一千两，移交河东道发款生息，以息银延请痘师，在郓城、蒲州、解州三处每处各种三个月，以全灾后之婴。又在郓城接晤监掣同知张丞元鼎，以郓城举办粥厂，经费不敷，请由职道酌拨等因，伏念郓城大浸之后，生意顿减，穷民糊口无资，今冬如办粥厂，似于灾后穷黎尤沾实惠，素稔张丞办事认真，当即拨捐漕平银二千两，移交领办。合肃禀陈，伏乞宫保大人察核示遵。敬请钧安。职道福曾谨禀。

山西抚部院曾批：来牍具悉。查牛痘一事，关系保婴，粥厂一事，拯救穷饿，而河东地面，或因款项无出，未能举办，或以经费不敷，难于持久，均蒙贵道倡拨巨款，藉手告成，具纫胞与为怀，心存利济，曷胜感佩。候札善后局并行河东道，将此项施种牛痘银一千两如何立局办理之处，立即妥议章程，发商生息，藉垂久远。其捐助粥厂银二千两，并饬张丞核实散放，奉慰贵道勤施不倦之至意。十二月廿三日。

禀晋抚宪接苏绅来信，直隶水灾尚重，拟拨银一万两分赈并请查案移咨由

敬禀者：窃职道昨接江苏缪绅起泉从直隶安州来函，云彼处自被水灾，情形实在万苦，嘱为设法分助。窃查晋赈银两，先由严绅作霖禀明宪台移赈直隶，为款已属不少，职道处所收南来分半晋赈银两，除分赈各县外，所存亦不甚多，惟有前次拨交潘绅民表银一万二千两，除由潘绅散放闻喜等处银五千两外，尚存银七千两，此次即交潘绅带赴直隶。再，有严绅作霖处续到晋赈银二千五百两，应派分职道经收，业由职道函致严绅就近酌拨。又缪绅十月初间赴直时，先由职道拨交银五百两。以上三项合共银一万两，现与潘绅民表定议，即在职道所收分半晋赈项下拨充直赈。可否仰乞宫保大人查案咨明直隶爵阁督

部堂李，饬知严绅作霖作收，以清款目而重赈需。临禀无任悚渎之至，肃泐，敬请崇安。职道福曾谨禀。

山西抚部院曾批：来牍具悉，自应如禀办理。候咨会直隶爵阁督部堂查照立案，希即知照。此复。正月廿八日。

禀晋抚宪

敬禀者：窃职道于上年八月抵晋，携带江浙民捐银两先至郓城，会商河东江道，在前两年旱灾最重之虞乡、永济、芮城、平陆、垣曲、沁水、阳城、石楼、永和、蒲县等处陆续查户散放。现在事竣回南，所有查放户口银钱，均系会同地方官办理。其捐置各项经费银两，均系移交各县官绅分别经理存放，以期久远，并于办竣一县或数县之后，先行分晰开具清折呈报在案。兹再将经放晋赈及捐置地方各项经费，暨续拨直隶赈款，连同局用银两，一并开具总折，呈送宪案，伏乞宫保大人察核，训示祗遵。专肃具禀，敬请钧安。职道福曾谨禀。

汇录金君茗人书

福曾偕缪起潜、张少兰、王耳峰诸君、升卿舍弟，于十二日清江开车，二十三日抵汴。薛霁堂诸君于廿八日抵汴。遍访晋人之在汴者，知南路灾况本甚，得雨后补种晚秋，丰歉不一，平、蒲、绛、解所属亦有几县最苦。现今查赈，必在西南一路，同人皆从洛陕过茅津，至郓城再为察看，即从最苦处入手。福曾因怀庆慈幼局为转运总汇之故，拟偕缪起翁、严紫翁至怀庆酌商，再由清化入晋。严佑翁于十四日由汴起程至清化，到翼城访晤潘振翁，再定查赈之处，想已有信驰布矣。光绪五年七月二十八日。

福曾至怀局后，初八日改赴洛阳，十六日抵郓城，薛霁翁诸君先已到此。严紫翁、缪启翁于初六日在怀庆走山路入晋，访晤佑翁、振翁，约定中秋会齐，至今未到。详询山右旱灾，省南甚于省北，而省南又以蒲、解为最甚，蒲州又以虞乡之东乡、永济之南乡为最甚，解州尤以芮城、平陆为最甚。虞、永两邑面河背条，土厚水深，芮城灾后，人死十分之八，近复田鼠为患，平陆东南乡丛山密涧，人迹罕到，死亡十之七八，今年又有蚂蚱食禾。此外若蒲州属之荣河县东南乡，平阳属之临汾县东北乡，洪洞县东南乡，浮山、汾西、吉州、岳阳各州县，霍州属之灵石县，绛州属之垣曲县，隰州属之太宁、蒲县、永和等县，或被灾极重，或人口已少，均属可悯。明日福曾即赴虞乡开办，霁翁二三日后即赴永济开办，将来续办芮城、平陆，已入冬令矣。此间灾遗之民不过十分之二，极贫次贫者已尽，幸存者粮食仅支至十月而已，冬春之际，不堪设想。南来赈款大有功德，不负诸大君子一片婆心，且穷民得食，便可垦荒，救目前之急，并救将来之急，尤为一举两得也。八月二十日。

曾等现于二十一日抵虞乡，同行者郭镜潭、王耳峰、陈谨甫、金升卿、金亮甫、梅俊三诸君。薛霁翁分赴永济，同行者刘晋阶、梁资卿、张明缘、李甫申诸君。连日会商本地绅董，虞邑先放东乡、东北乡，极贫之户约计不过一万余口，每大口给银一两。现发赈银，一不准债主索偿，二不准买吸鸦片，三不准抵扣差徭，均与县中说明，出示晓谕，章程已定，明日即分路下乡查户。霁翁于廿五六可到永济南乡之永乐镇设局，曾俟虞邑开查，即赴永邑察看。此次虞、永放银约各一万数千两，芮城约二万，加以平陆，计现来之银，所余亦不过再办一县，此外被灾各县赈款尚无着落，想诸君闻之，犹必熟筹也。八月二十二日。

潘振翁从闻喜来，带到桃坞公所票示各件，并由佑翁处分寄汇票二万二千五百两，福曾正盼振翁、佑翁消息，不禁甚喜。佑翁办平阳各属，现闻临汾将竣，振翁另办闻喜等处，以收埋为主，兼查户口，将来经费不敷，曾处尽可分拨也。天雨，自廿三至今未霁。狼出食人，白昼相搏，前日虞邑近乡被食两人，捕之无法，将如之何！再，河南孟津县寡妇葛王氏今春助银十两，不料渠将三代棺木安葬后，亲至渠工局叩谢，回家后自戕以殉，真奇烈也，不易得之事，谨以附闻。九月初一日。

刻下虞乡正在查户，愈查愈苦，永济县之永乐一区，其苦最甚，可见此赈之不容已也。曾昨到芮城，苦更万状，城关屋已拆尽，荒凉可惨，其故由于炭厂歇闭，以致拆屋为薪，曾已与县中商酌，由局发本二百金，招商开厂。灾民则生者皆失人形，死者尸骨枕藉，芮邑赈事必须通县全查矣。民间粮食，最富不能到明春，其次不能过冬，其次不能支旦夕，实因秋间田鼠为灾，盈千累万，穴地以居，捕无可捕。其食禾也，啮根即断，顷刻数亩，芮邑竟无一分之收，虞永秋收不及三成，所以粮价难平，民食仍窘。至于粮价之所以不昂者，实由人少，并非丰收也。然无田之家，粮价虽贱，总要钱买，十室九空，将奈之何！此间查赈之外，兼及保节，优给之外，分别禀请旌表给匾，或亦维持名教之一端也。九月十二日。

顷接严佑翁函，以直省水灾，拟俟汾西赈毕，全局移直。惟佑翁既去，曾不能不留办晋赈，或去或留，各行其是，想大君子必以为然也。以后未解之款，曾不敢预必至，已解之款，本系两局分派，自应仍遵前约。倘续款告罄，就此完结，私心未始不便，惟蒲、解之外，即如佑翁原查之平、汾两属，中间皆甚苦，佑翁来信亦以补查为嘱，以后能否查及，总视捐款。此际权衡，乞即通筹熟审，或能如前分派，则平、汾所属亦得兼顾。即乞酌裁。九月廿四日。

现办芮城、平陆，山径崎岖极矣。平陆东乡二百余里，悬崖绝险，人皆望而生畏，民居又少，奔走数十里，所查无几，真是难事。冬春之际，粮食不接，一如上年豫中光景，此一赈得力不少。曾有句云"村墟昼哭狼巡尸，禾粟秋空鼠啮田"，盖纪实也。查户友人，自缪起泉赴直，陈谨甫赴振翁局，升卿回南后，人手更觉不敷，现添请豫局友人郭镜潭、杨子芳、刘镜新、叶黎轩就近来晋，以便查赈垣曲。十月廿二日。

此次芮城赈局，薛霁翁司之，平陆赈局，严紫翁司之，垣曲赈局，叶黎兄司之。刻因时逼岁暮，迫不及待，曾即驻平陆，腾出紫翁赴沁水设局，并嘱黎兄带放阳城。似此五邑并举，明正可以完竣矣。垣、平等处，苦况不下豫中上年情形，平陆刘姓鬻女完粮，垣曲杨姓拆屋为薪，皆近日事也。十一月二十六日。

此间自初十大雪之后，山路阻绝，查户诸君来信，冒险深入，动有性命之虞。平、垣、阳、沁，年内恐不得了。沁水东乡内有十七里已报新灾，现已先行查放。福曾拟新正赴沁阳，望后能办完，即移局北路。十二月十二日。

福曾历抵石楼、永和，山路之难行，地方之穷苦，实为晋中所罕见。以县属汾、隰，当时漏略，一切情形，详致潘皋信中，另抄呈览。石、永、蒲三邑大约三月望可竣。福曾今日先到郓城，即回闻喜，俟沁阳同人到齐，报明帐目，起身抵洛，总在廿四五矣。拟四月朔自洛起身赴津，一访佑翁，交付余银后，海程南下。薛霁翁石邑事竣，径赴直省，在津相候，再行查清帐目禀报。六年三月初六日。

抄致晋藩臬宪书

曾登程后，于十八日行抵石楼，一路坡岚盘曲，积雪甫融，牲口随起随倒，两旁荆棘丛密，荒凉艰阻，行旅稀少。到县后访晤王大令景羲，知县境皆山，背阴多寒，岁仅一稔，亩收斗许，乡民多以草子充饥。草子俗名面蓬草，先用灰和水浸，石碾碾过，淘去灰壳，磨细作饼，亦有搀入榆树皮者，大荒之后，已为上品。另有两种名沙蓬子、名莠壳者，不如面蓬子远甚。此等草子如不和粮同食，便即受病，不图今日尚有穷困至此者，谨封呈少许，用备垂览。二十一日由石楼抵永和，九十里中，仅见居民四五十家，有李姓者现充牌长，稍称殷实，以小米子之壳碾食，其余可想。抵县后，城郭依稀，人烟寥落，晤询赵大令英璧，此邦往岁亦仅一获之入，地无半里之平，去岁鼠灾特甚，沟壑余民，生机尽矣。曾所过者尚系县境最好之处，西南两路苦况更不忍言。约计现存人口，两邑不过万二三千之数。拟以现余银两择给，较之南路赈银，大为减少，愧疚良深。曾明日即赴平、沁，求雇一骡，通县不可得，牲口之少，亦民力之艰也。大君子疴瘝在抱，用敢枧缕以闻。

卷十 北直赈捐收解录

收解直赈征信录弁言

直赈继豫晋后，三而竭矣。时方有事防海，壁垒之旁，哀鸿集泽，国人皆知其不可，于是倾囊橐，捐物产，举世同风气。是果拯灾心切乎？抑报国谊重乎？观于此，益见圣朝厚德，入人者至深，中国民心固结而可恃，上下五千年，纵横九万里，若无可仿佛者矣。故事，凡有义举，必编录征信，是录之编，岂仅征信已哉！例言列后。

是录起光绪五年十一月，迄光绪六年九月，补晋省赈捐之遗，开直省工赈之先，实为《晋直征信录》中卷。

此次赈捐适当弩末，桑孔复生，无可为计，所赖上下一心，多方设法，函启备载可征焉，公牍列起迄二禀，凡同事辞奖、捐款请奖各禀，均俟补录。

四柱清册为纲，捐款细数为目，兑换细数则纲与目之引征也。先后次序如晋赈例，浙杭收款载总数，沪扬收款别载，亦从之。

所载洋钱作银之价，仍以庄帐滚算而得，计每洋一元作银六钱七分七厘九毫六丝九忽七微，每钱一千六百四十九千五百三十七文三毫作银一千两。

公所饭食仍各自备，刻印天河水灾图四千本，别有吴中善士捐备，捐册三千本，半以晋赈残册补缀而成，亦不另项支销。

此次同事甚少，款目较繁，录中别类分门，恐多舛误，鲁鱼亥豕，未及端详，阅者谅焉。至银钱收支是否核实，则请问诸钱庄。

禀*

桃花坞收解赈款公所绅士禀移解直赈恳请核咨由

敬禀者：窃上年秋间，晋赈未已，直又告灾。叠经赴晋严绅作霖等往复函商，拨带晋赈银六万三千两，潘绅民表拨带晋赈银八千两，金绅福曾亦将晋赈项下拨交潘绅银一万两，先后禀明_{直隶爵阁督部堂}_{山西爵抚部院}往直助赈在案。各处善堂绅士，因念地当畿辅，于无可设法之中勉为筹凑，交托代解，共自光绪五年十一月起，六年正月底止，绅等经收直赈银三千二百六十五两九钱三厘一毫，晋赈项下银一万九百五十九两六分九厘九毫，浙江绅士托解银五千两，统共银一万九千二百二十四两九钱七分三厘。先后解交李绅金镛转解银六千四百七十四两九钱七分三厘，解交严绅作霖等银一万二千七百五十两讫。兹接严绅来函，知已分赈任邱、安州、文安、大成等邑，商嘱续筹接济，所苦协赈频年，搜罗尽净，能否续解，当视来源。所有移解直赈情形，理合禀明宪案，应否咨请直隶爵阁部堂查照之处，伏候宪裁。光绪六年二月初一日禀苏抚宪。

桃花坞收解直赈公所绅士禀解直赈银两总数由

敬呈者：窃绅等收解直赈以来，截至光绪六年七月十五日止，曾将解款总数分晰报明，又于八九两月续解严绅作霖银一万八千两，又代浙江协济局起解银一万五千两各在案。伏查前项捐款，由苏省民间乐输、指交严绅散赈者，业已随时起解，有垫无存。入秋以来，螟螣蟊贼害我田稚，苏松尤甚，愚民不免灰心，智者亟图自顾。况经竭力于从前，更无敝赋之可索，继自今乐输之款，势已绝无仅有矣。其由绅等禀蒙宪台（请苏抚藩宪）分册饬劝，以及茶米两捐，叠荷照案发解，仁宪（各大宪）轸恤邻灾，兼筹标本，治赈治工，但求实济。除从前发款，禀明解交严绅作霖散赈外，兹于九月三十日起解直隶筹赈局（宪局）银五千两，留备工赈之用，理合禀明宪案（作为第七次解款，伏乞　察收）。综计前后共解严绅作霖十五次，银六万六千七百四十两，又解严绅等晋赈余款移充直赈银二万三千一百两，又代浙局汇解严绅等晋赈余款移充直赈银一万七千五百两。又代浙局汇解直藩宪衙门十三次，银六万五千两。又苏州府转饬注册，另交吴绅大衡带直银一万两。又共交李绅金镛报解及现解直隶筹赈局（贵局）七次，银一万二千九百七十四两九钱七分三厘。六项通共银一十九万五千三百十四两九钱七分三厘。应否（转详将现解银两发交南绅留备工赈并转详直督宪）（抚宪苏藩宪）备案之处，伏候宪裁。除呈直隶筹赈局宪（苏藩宪）转详直督宪（苏抚宪）外，肃泐芜呈，敬请崇安。伏祈垂察。十月初五日呈苏藩宪、直隶筹赈局宪。

启 *

代解直赈告启

启者：同人于上年秋间协筹直赈，交解李君酌量分赈，嗣因经理乏人，来源又罄，公议于十月底停止收解。嗣于冬间接准严明经作霖、潘孝廉民表来函，知已由晋赴直，协赈任邱、安州、大成、雄县等邑，叠叠书来，无非为灾民请命，又以鄙人筹画不周，严加劝勉，略云青齐豫晋，如彼振作，何至直赈，便从恝置，勤始怠终，实执事先为之倡，窃为执事所不取。旋接李秋亭太守来函，并示所奉札文，知其奉饬赴直，并在南省设法筹捐，可照部定章程请奖。又接杨殿臣二尹来函，谆嘱振作精神，尽力为之。又接吴晓沧太守来函，略言春抚难缓，爵相奏调李秋翁来直总办，并札委杨殿翁帮办，尚祈广为劝化，助殿臣一臂之力。同人奉此，既患来源已竭，无可搜罗，又虞头绪纷烦，力难肆应，惟既交相劝勉，不得不稍事匡襄，特将酌拟代解情形，缕陈清听。

一、南中捐款早已搜括净尽，无可措筹，是以未刻捐簿，专候善士自为解囊。如欲知灾区情状，有吴中善士所刻《天河水灾图》留存敝处分送，可以随时函索。

一、凡善士输捐，不须邀奖者，一经交到，仍掣总分收票，积有成数，汇交严、潘两先生经放，仍刊《申报》及征信录为凭。其有指交李太守、杨二尹者，先祈示明，免致舛误。

一、凡善士输捐拟须请奖者，请换定库平银两，开明姓名住址，一并交下，以便代解，李太守、杨二尹掣发印收，转交收执。至于奖章若何，何时核办，同人向非熟手，无可代为经理，应请先自查核。其有指交严、潘两先生者，亦祈示明，免致舛误。

一、此次经手代解，系因诸君敦迫，勉效微劳，惟同人各有本业，碍难穷年累月舍己芸人，拟以四月为止，如有仁人惠助，务祈以速为贵。

一、敝处历年承解赈款，专赖各处绅士广为集交，此次来函，皆称力竭，所冀推广来源，或收微效。因念三年以来，乡僻善士往往专诚买棹，来寓输捐，十室之邑，必有忠信，所苦隐居僻处，无由使之闻之耳。倘蒙各城镇善堂绅士代将《天河水灾图》及公启来信等件代为传播，吾知自愿发心者尚不乏人，天河两属地关紧要，念此时艰，共宜竭力，如蒙同仁俯如所请，不胜感幸。

一、严君佑之来函，略言直省致灾之由，未必非堤工失修、水利未兴所致，倘得大有心人输助巨赀，以工代赈，尤为本原至计。敝处近见爵相札文，业已简调贤员，妥为举办，并函咨邻省官绅协筹接济。倘蒙当代仁人特捐巨赀，襄助要工，功德益无涯涘。此等捐款，尽可禀请官长汇解，将来并可核奖，如委敝处代解，甚愿代为效力。

通致各善堂绅士书（正月十六日）

敬陈者：前昨两年，敝处收解豫晋赈款，荷蒙贵处诸善士惠交代解，为数不菲。客秋勉可息肩，实不愿悉索敝赋，致碍本地善捐，当于九月间停止收解。不图入冬以后，南中赴直善士，以及直省官绅函札纷来，嘱为募劝。值此艰难时局，似属义不容辞，惟南中协赈，数载于兹，酌察情势，万难续筹，所冀广为通知，或有善士自愿发心，庶不碍本地善举，亦可救灾省残黎，用是不揣冒昧，寄呈水灾图四本、公启十纸，可否仰乞台端饬纪粘贴街衢，以资传观。大君子好义性成，自必俯如所请也。

续致各善堂绅士书（二月十八日）

敬启者：上年仰承鼎力，提倡一方，赈晋之款，源源而来，某等仰藉转输，感激不啻身受。兹已编刊征信，理合送呈台览，惟是西晋残黎方荷生全之德，畿南各属又遭汛滥之灾，某初以为奏请截漕后，赈款裕如，惟据赈董来函，尚需南中凑济。伏思天河两郡地当畿辅，拱卫神京，当今有事海防，垒壁之旁，岂容哀鸿集泽？大君子关怀时局，念切民依，必尚肯舌粲莲花，广为说法，或者借重鼎言，鼓舞兴起，得有捐款交到，万求汇总下颁。某亦知搜刮频年，万无可筹之款，故不敢率呈捐册，所冀诸善士仰体德意，自愿解囊耳。临池不胜盼祷之至。

三致各善堂绅士书（三月十五日）

启者：叠接严佑之诸君函，云大成即日赈竣，文、雄款尚不敷，低区水无去路，春麦尚未下地，灾黎待哺，刻不容延。伏思自古迄今，断无有百万灾民嗷嗷境内，而可以外固海防之理，亦断无公款支绌，官上焦劳，士民竟漠然坐视之理，此次赈捐，势不能不罗雀掘鼠，冀其有济矣。某亦知东南财力究非不竭之源，惟念圣朝二百数十年以来深仁厚泽，加惠东南者至优极渥，食毛践土，应无不感而思奋，能为直省活一灾民，即为海防多一壮士。凡我中国人民，素来仗义，以是翘首云天，尚余奢望，发棠之请，不惮再三，我辈小民，无可报国，乘此时艰叠困，代效微劳，亦稍尽草莽臣涓埃之报。大君子德高望重，冠冕东南，尚鉴愚衷，匡其不逮。临池九顿，翘盼为劳。

四致各善堂绅士书（三月廿八日）

苏州桃花坞直赈公寓同人熏沐顿首敬奉书，各处诸贤长大人阁下：窃敝处自入春以来，转输直赈，荷蒙远近同仁源源筹济，已不帝竭泽而渔，敝同人藉手其间，同深感仰，何敢复有所请！惟叠接严君佑之来函，略言灾区积水至今未消，灾民望赈，如婴望乳，文安、保定、雄县赈竣，款已有绌无盈，及时赶解，方可接查接放。李君秋亭来函云，抵宝坻后，弥望无涯，浸成泽国，情形之苦，难铁泪图不能绘。采访民情，据云七八年颗粒无收，连年吃赈，伊于胡底！深望浚河消水，筑堤防汛，目击此情，恻动予怀。经君莲珊来函云，津城以北皆成泽国，灾重者十余州县，次者二十余州县，然皆有数十村庄浸于水中，或数尺，或及丈，总之秋熟能种与否，现在尚无把握，九月分以前，停赈一日，即多一日饿毙之人，实在没法等因。辞气之间，无不各具热肠，情辞急切。敝同人窃计严、经诸君两处查放情形，以人手计，每处每月可查四万口，以赈款计，每处每月即需二万金。苟非预解是款，留置局中，或解不足数，司赈者决不敢先行查放，致受灾民困逼。现在约计时日，款将告罄。且金茗人、薛霁堂诸君现于四月朔自晋赴直，目击情形，又必待款赈给。是均须急筹续解者也。惟自一月以来，剔除代解款项外，举凡核奖、不核奖、指交严潘、指交李杨诸君四项捐款，仅收到三千元有另，已属艰苦经营，八方筹集，一如丐乞而得之，沪扬镇浙或稍过之，然亦半从垫解。及此一月之内，南中不能凑解三四万金，往赈诸君势必进退维谷，行止两难，虽天下无不可恝置之事，同人无应行筹赈之责，惟诸君子目击情形，既急灾民之所急，同人奉到来函，能不体诸君之心为心乎？用敢详述情形，广为哀告，伏愿海内仁人慈心速发，或另设公所，广为筹收，或另刻捐册，多方募劝，或先酌垫，或竟倡捐，赶于月内就近惠交沪扬浙苏各公所，刻日汇解，实为无量无边功德。倘碍于无册可募，则有常熟水齐堂所刻捐启留存敝寓，可以随时函索。至有好善之士代策筹捐之法，苟不侵官长之权，不涉勉强之势者，赐示遵行，更不啻百朋之锡。敝同人实已筋疲力尽，计绌智穷，而偏值此欲罢不能之际，万不得已，再为此无厌之求，不情之请，务乞诸大善士悯其苦志，谅其愚衷，多方设法，互相集济，感激私衷，实与垂毙灾黎同深唧结。敝同人承此大惠，别无图报，惟有不稍侵赈款之钱，不独受赈案之奖，区区之忱，即以为报耳！临颖九顿，无任延跂待命之至。同人再拜。

卖卜先生来函

自从山东、山西、河南、直隶灾荒，诸先生倡设收解公所，刊刻各式灾图，年复一年，现看《申报》，知悉天河等属灾民待赈，如婴望乳，惟晚辈细算苏申扬浙收捐清单，均不见佳，而见急筹续解启中，拟于四月中凑解四万，真是为难，每为诸先生担忧。又见上谕，上年直隶被水州县仍多积水，麦未播种，只能补种，秋稼收获尚远，饥民待哺嗷嗷，而诸先生所出告白，拟以四月为止，因此又为灾民担忧。晚辈每想盗贼总由灾荒而起，譬之长毛之际，各人捐饷，从来无人不肯，长毛到后，全家奉送，亦从来无人不肯。此时放赈，如同招抚，消患在无事之先，而且铜钱又省，性命又省，只要不论军民，每人捐五百文，尽可养灾民到九月，连以工代赈，尽管足毂。我等皆是大清朝百姓也，靠皇帝洪福，安安稳稳，有今日之下也。皇帝说道，饥民嗷嗷待哺，殊堪矜念，不知想着灾民，心中如何担忧也。我等皆是大清朝百姓，难道不动念头，听凭灾民死活，让皇帝去担忧也？我等是大清朝吃粥吃饭的百姓也，可否求诸先生出一告白，请不论军民，上等人捐五千文，中等五百，下等捐五十文，请诸先生收到十月份为止。晚辈小时不习上，到今日之下，测字为生，不能算中等人了，幸而天气渐暖，专诚当去棉被一件，寄上足钱五百文，请即笑收，千乞千乞。再，诸先生告白云，专候善士自为解囊，看来总难，可否将三等捐法立一捐簿？字致桃坞赈局诸先生，无名氏拜具。

复卖卜先生函

展诵赐函，仰见至诚恻恒之言，悉根亲上爱民之性，三复回环，五体投地。诵至吃粥吃饭百姓一语，尤不禁涕泪交流，侧身无所。我朝厚泽深仁，古未曾有，是以灾荒虽甚，民不为非，贫困之家亦知助赈。然未有如先生之清寒若此，慨慷又若此者也。承惠五百文，意重心长，足抵五万金之赐，敬为灾黎代申叩谢。晚等频年以来，因人成事，但司收解，未效劝筹，来教匡其不逮，深感盛情。三等劝捐之法，苟其人尽如君，百万金钱何难遽集？姑悬先生之言以为鹄，俟有领募之人，即行如命刊册。至于截止期限，容再酌看来源。裁书奉报，不尽神驰。

直赈捐启

启者：直省灾区水仍未退，待赈灾民数逾百万，秋熟能种与否，现在尚无把握，苟其停赈一日，即多一日饿毙之人。赴赈诸君叠叠来函催筹捐款，几若朝不待暮。南中捐款绝无仅有，为此万不得已，姑从丹阳善士之说，刊册劝募，以五千文为大愿，五百文为中愿，五十文为小愿，愿数多寡，各随心力。捐款收到时，仍擎总分收票，并按旬刊登《申报》，事竣编录征信。伏求好善君子量力输助，迅速募劝，灾民有生之日，皆仁人再造之恩。同人仰藉转输，感激不啻身受也。附呈水灾图册，并求垂览。

浣花书堂来函

天未厌祸，直省又灾，助赈者虽仍不乏解囊，而数见不鲜。米捐不能再抽矣，膏火不肯再提矣，设鮊筒而无人举手，持捐册而几将生厌，诸君子集思广益，致函日报，可为天河续饥民之垂绝者，函致贵寓，立见施行。鄙意有司衙门中，设或居停为之倡，帐房也，刑钱也，书启也，征收朱墨也，下至钱漕、稿案及于书差，必能人人解囊，况转辗募劝，绅富必然踊跃。诸君子既为灾民造福，可否禀请上宪，将捐册、水灾图求宪加函，通致各府县玉成其事。现居青黄不接之时，以后捐款，日见其绌，诸君子只能大振精神，为灾黎延已绝之命。

若耶溪边客来函

直灾待赈，似无了局。尊处一经停止，各公所更难劝募，未识诸君子公议及此否？设蒙惠念灾民，竟从展缓，亦须筹一结实来源。晚思苏府各处向有茶馆捐，专充本地善举者，各镇并未全捐，外府更未议及。又如米行中每米一石提捐二文四文不等，以济庙捐者，亦未必处处皆有，能否设法一律举办，实为大宗捐款。

（自三月廿八日驰书四出后，仰承诸善士教以筹捐之法者，凡三百余函，此三者见诸施行，录之，俾不没倡议之盛意。）

通覆诸善士（四月十八日）

旬日以来，叠荷惠教，薰香庄诵，感佩难名。所示募捐之善士，多分捐册，核奖再助五成，移助端午席费，醮金，香金，忏金，放生捐，求神许愿之钱，师巫斋献之费，署捐，幕捐，营捐，卡捐，膏火捐，塾捐，租米捐，书画捐，医捐，蚝桶捐，业捐，当捐，房捐，田捐，薪水捐，逐户一文捐，禀发捐册，禀移善堂发款，禀售封禁房产，垦荒收租，以及烟妓诸节，仰见筹画苦心，各有见地，盛情所逮，如锡南针。此次直灾情形，赈抚诚当务之急，然积水一日不去，赈务一日不了，欲求水归其壑，非筹百数十万金钱，浚河筑堤不为功。直省官绅现方急筹巨款，以工代赈，各省大吏畛域不分，相与筹济，业捐等事苟可施行，必已举办，其未举者亦宜为官中留筹捐之地，俾水利有藉手之资。月之三日刊布公函，谓不侵官长之权，不涉勉强之势者，此也。若官中所难行，同人所能行者，或举而鲜效，或倡而无和，或再而难三，同人焦思五夜，所以无策可筹耳。三复赐示，尚是募捐之善士、多分捐册两节，为枯窘题中第一阔路，究竟积少成多，尚有把握。即使册募千文，万册即盈万串，所冀海内仁人多取捐册，各就僚友分道劝筹，倘得巨赀，固所深愿，即或集募无多，虽五十文亦征盛意，甚而一无所得，尽不妨以空册掷还，各随心力，敢有苛求，但得分册广多，尽人传览，广种薄收，积微成巨，守小题小做之法，安民捐民办之常，求效于有意无意之间，程功有至巨至速之妙。区区之忱，窃慕此耳。螟巢先生之言曰：册不多不速，捐不微不广。深识之言，良堪服膺。至若秋熟无期，四月底不宜停赈一节，赐函叠叠，同人极应遵循，惟来源日细，放赈者既难无米为炊，收捐者亦难守株待兔，且寓中并无经费，同人各有正业，苟其于事有济，原不妨公而忘私，若竟无捐可收，似不必虚有此寓。既承谆谆劝勉，是当酌看来源，稍宽时日。凡我同志，幸谅苦衷。沐手濡毫，仁人共鉴。

上诸当事书

窃某自西北荐饥，东南筹赈以来，荷承父老委事转输。比接严生作霖来函，略言直省灾区水仍未涸，秋种料难下地，灾黎待哺嗷嗷，地当畿辅，且近海疆，安辑抚绥，万不宜缓。复奉直督宪文札，即属南省同人设法接济。念此时艰，敢不效力。惟此时筹劝，其势甚难，千金之款，须赖数千人集凑而成，殊不足应严生等急切赈放之用。伏查上年晋赈，曾蒙薛藩宪分颁捐册，饬属劝输，浙省绅士累年筹赈，亦蒙牙厘局提调函致局卡，发册劝筹，四民因以激劝。此次直赈，早蒙宪台率属捐廉在案，惟思各属所捐，大都整款，上行下效，必尚有心余力绌之人，可冀另星凑集，倘蒙援照前事，函谕苏、宁两属各厅州县厘捐局卡、防营镇标，并发捐册各若干本，令于僚友绅士中，不计多寡，酌量劝助，似乎事半功倍。用敢不揣冒昧，谨呈册式一本，伏乞察鉴。倘蒙俯如所请，并求将酌分捐册之数先行赐示，再容禀呈。某一介书生，分不应干冒尊严，惟念直赈至急，筹款至难，内恤灾民，即以外固海防，似非寻常赈务可比。用敢冒昧陈请，宪台爱民如子，在远不遗，登高一呼，众山皆应，从此哀哀鸿雁，胥沾再造之恩，安耕凿而卫畿疆，岂惟结草衔环，图报盛德已哉！某谨禀。

护抚宪谭公赐书

顷展惠笺，具悉壹是。足征疴瘝在抱，钦佩良深，所属零星集捐一层，闻上届已办有成效，目下直省待赈孔亟，多捐一分，即多济一分之灾，自当仿照薛廉访章程，函致各属，酌量劝谕。望将捐册交下，以便转行，惟捐数若干，不能预定也。

杨敏斋太守赐书

昨奉惠械，谨悉畿疆区水未涸，待赈孔殷。弟忝居权局，自应仿照浙省成式，广为劝助，以副廑怀。拟请将来册一本暂存局中，俟各卡因公晋省，当商诸督办何子永先生，婉向友人善为劝募。如愿捐资，不拘多寡，即嘱其径赴贵所投缴，以为集腋成裘之举也。

何菊轩太守赐书

昨奉琅函，并收到捐册、灾图各一百本。诵悉之余，当即赴辕面呈许方伯，请其转核分送，方伯亦已允许，随即饬发。惟恐时道艰难，将来所得，不免车薪杯水耳。

许藩宪发册劝捐书

敬启者：四月二十八日奉护抚宪函，谕以直隶水灾待赈孔亟，前接李伯相来函，业经护抚宪以次诸寅好，暨一二绅捐赀解济，兹复据云云等语，谕令弟处于所属府州县各处分别劝捐，无论绅民，随缘乐助，能施一分之惠，即少一饿殍之人，并发捐册、灾图各八十本到弟处。查上届晋豫奇荒，该生等亦曾刷刊捐簿，劝输解济，嘘枯起瘠，灾黎蒙惠不浅。今直隶被灾甚重，想已饥己溺，各绅商定有同情，素稔阁下疴瘝在抱，见义勇为，自必乐于从事。兹特呈上捐册、灾图各二十本，务祈转发所属厅县，分别劝捐，无论绅士商民，不拘捐数多寡，随缘乐助，积少成多，俾天河两处灾黎共登衽席，皆出自仁者之施，不胜企祷之至。捐款收有成数，即希连同捐册，或寄弟处，或径寄直赈公所汇解，均无不可，并祈查照该生等所请，于半月内交到尤感。

无名氏抄示告神文

敬禀者：窃旱干水溢，冥司难握其权，而御患捍灾，明神实专其责。比年以来，北省告祲，圣天子廑怀黎庶，恩诏叠颁，江浙各行省大宪体朝廷怀保之忧，捐廉提倡，发册劝输，凡下恤灾民之困，上慰宵旰之忧者，亦已尽忠竭爱，无以复加矣。神隆膺位号，只受明禋，二百数十年以来，固犹是受禄天家，拜恩朝阙，义切靖共，既阴阳为一体，情殷轸恤，宜筹画之多方。谨沥下忱，陈请三事云云。一求缓刑劝捐也。阳世逢赦，除十恶不宥外，本有减缓之条，流徒各罪，尚许纳镪自赎，比者阳民疾病，每助赈以求安，倘蒙恩施法外，准予减缓，一经输捐，便示明验，则因势利导之余，劝赈尤为得力。以上三则，皆阴司独握微权，阳世无可效力者，幸念圣圣相承，无不超三迈五，元元有众，又皆服教畏神。二百年俎豆之恩，不容少负，数十万沟渠之瘠，宜保残生。活直省一分灾民，固国家一分元气，神灵赫濯，俯准施行。肃禀，虔请爵安，伏惟昭鉴。

　　此文想入非非，然于寄示后，因病许愿、病愈还愿者特多，或竟上邀神鉴欤？故录之。

普活百病第一灵方

此方能治男妇老幼内外诸科大小百病，无论远年近月、怪症恶疾，皆能医治，极简便，极灵验，药到病除，百发百中，真天下第一良方也。历来各处照此治验者，不可悉数，如丹阳木澄子染疴，誓助直赈两元，不日果愈。苏州陆晓峰之母口角患疔，危险，许愿助赈百元，脓溃而愈。钱塘戴程氏患痫症，许助直赈五十元，即不狂叫。秣陵邓子平因病助赈，不日病愈。震泽朱君毓桢中虚寒热，许助直赈廿元，夜即汗出而愈。浏河泰昌友人之妻难产，许助廿元，平安产下。震泽了心愿人祈病已愈，助赈十元。乌镇同善堂令亲病重，助赈十元，日渐见松。思诚居士令弟病重，祷助五元即愈。以上皆桃花坞赈寓所述年内近事，皆有来函可证。他如散见于前年《申报》者，如金念生夫人先患霍乱，既成痰膈，以百番助赈，日有起色；山阴李少尉老年痰喘，势已岌岌，其妾鬻饰助赈，即转危为安；丹徒赵陈氏痧症危殆，以针锴余洋助赈，疾即渐瘳；古越天鉴子老亲痰喘，医药束手，祷天助赈，即有转机；武林冯姓孙患童子痨，祖母鬻物助赈，病遂全愈；海盐沈荡镇某姓女腹坚如石，奄然垂毙，其母誓愿助赈，旋得一药而愈；周庄陶简能妻怀孕五月，忽腹泻，日夜百余次，危险万分，助赈十元即止；求增萱寿子之母染病，即取赈捐收票焚服而愈。他如持数十百银洋先行捐助，求愈某病者，更不知凡几。或闻业已霍然，或闻渐见轻松，种种奇验，匪夷所思。呜呼！或许放生戒杀以延年，或许烧香媚神以求愈，许愿者多矣，皆不闻有斯灵验。兹者直省患水，天河两属被灾尤重，田庐漂没，人民流离，播种无方，饥馑相望，灾民死生危迫，几乎朝不保暮，而赈捐渐竭，散放不敷，因思疾病痛苦，人所常有，倘能酌分医药之资，省免师巫之费，从速惠交各处赈局，俾饥者续命，病者延生，一举两得，孰过于此乎？

右系何子虚先生来稿，并助对开洋两元、碑帖两种，嘱为刊布者也。先是，元妙观前贴有此纸，未审何人手笔，方深悬拟，今得来书，并承抄示，细读一过，既钦其用之心细，复仰其救灾之切，谨即删节付梓，以副雅怀。抑鄙人更有说者，助赈原极灵验，然医药究不能废，务祈有病之家并行不悖，庶几外修里补，日起有功。附识数语，诸祈垂察。

请各善堂劝茶米捐启

启者：天河灾状，严君言之详矣。救灾之道，以查赈治标，以浚河治原，不查赈无以拯目前之急，不浚河无以弭方来之患。就盛君、严君所言赈工之款，急须三十万金，当此办防之际，官中支度甚繁，能多筹一分赈款，即多救一分灾民。南中人士无不被圣天子厚恩，直省灾黎无一非同中国赤子，此时欲为报国计，不妨先为恤灾计，即不愿为恤灾计，忍竟不为报国计乎？第南中筹赈，数载于兹，输财者早已剜肉补疮，劝赈者无不唇焦舌敝，既不能强人所难，又岂能竟从恝置？敝寓同人所以筹思转辗，束手无策也。顷得若耶溪边客来函，备言苏属善堂向有茶捐，神庙向提米捐，为款不菲，轻而易举，果如所言，广为推办，何患捍格不行，赈款不继乎？惟事甚烦琐，仰赖众擎，一处推诿，则处处散劲，工赈成败，系此一举，各善堂诸先生或簪缨望族，或表率士林，物与民胞，果已早萦于方寸，救民报国，允宜小试其端倪，此犹膜视，安用我侪？一息尚存，岂容少懈！苟上体君相保民之忧，天地好生之德，各勤心力，迅速劝筹，合此塔尖，拯彼及溺，内以苏畿甸之民，亦外以壮中国之气，关系似非浅鲜也。谨启。

致各处善士催捐书（五月二十日）

启者：敝处于月前所分捐册，未荷各处惠还者，尚有四百余本。所呈尊处各册，凡未寄远处者，可否仰恳鼎力，即日催收，册捐并交，以资转输。实因严佑翁来函叠叠，催款殷殷。广东、福建、江西三处，向倚为大宗捐路，今因雨水过甚，自顾不暇，此时此势，直隶之望救于江浙者更切，江浙之来源更少，万不能速募速解，以济急需也。日者天久不雨，秧田龟坼，农夫待泽，与直赈同其急切。惟查前三年齐豫晋赈至急之时，南中亦飞蝗蔽天，恒雨恒旸，江浙人心惟知协赈邻灾，绝不为其所动，毕竟蝻蝗有知，不敢伤我苗稼，天心昭格，依然其庆丰登。倘蒙仁人募款，源源而来，定卜甘霖渥沛，沟浍皆盈，雨随书去，捐共雨来。临池不胜望云待泽之至。

再催捐款书（五月二十六日）

敬恳者：一，昨以晴燥经旬，新秧枯槁，大君子或思患豫防，或静待机缘，今幸三日甘霖，四乡沾足，农老欢呼，米价已定。此一尺雨不止黄金百万。惟南中虽已得雨，直省依然待赈，还望诸先生速发慈心，添取捐册，广为劝募，迅速下交，月杪月初，总须大批起解。千万设法，各惠多金，腾南中之善气，酿今岁之丰年，直省幸甚！江浙幸甚！

上护抚宪谭公书

再，某叠接直隶筹赈局盛道宣怀、江浙协赈局严绅作霖五月廿四等日来函，均言淫雨经旬，河水顿涨五六尺，骆驼湾又闻决口，新筑任邱堤工甚为危险，溃堤之处甚多，被水州县本无麦收，秋禾又难布种，灾况恐不亚于去年。复于五月廿六日奉李傅相谕，函内开顺直下游州县，尚藉南绅众力续放秋赈一次，库藏匮乏，尤苦无款可筹，尚祈设法接济，使在直之南绅得以安心查放。至应办之河工，自当饬令局员会同南绅探本溯源，预为勘估，尤盼善为接济等因。某伏念畿辅水灾原难猝置，惟南绅乐输之款，实已筹无可筹，所赖大人德泽旁敷，关怀饥溺，谕发捐册，广令劝筹，巨款源源，藉贲拯救。兹谨将六月初三日止，荷蒙_{苏藩牙厘局}宪发到捐款开具清折，附呈宪鉴。窃查此次各州县劝捐之款，以吴江县城乡茶馆捐为最巨。茶馆一捐始于苏城，藉充清道、安节经费，饮者仅加一文，受者遂成巨款，最为惠而不费，近邑善堂渐有仿效。伏闻苏城茶捐每月可得五六百千文，前年常州绅士抽助豫赈三个月，亦收四百七十余千文。又查苏城安节局向有米行一捐，每米一石由买户捐钱二文，岁计甚巨。上年青浦绅士抽助晋赈三个月，约收三百千文，镇江筹赈绅士亦曾劝捐，均无窒碍行市之事。若得公正绅士善堂经劝经收，除已归善堂经费不再加捐外，以苏省计之，茶米两捐每月约可得钱二万串。某前因直省水利不兴，赈无已日，曾于二月间禀辞李爵相札调时，略及河工之语，旋准直隶筹赈局盛道宣怀函，云必宜开办之河工约有三道，一引滹沱入子牙，消泄下游九州县水患之半，需款十余万，业已筹集；一浚大清河，消文、大、霸、保水患，须款十万，即照所指备用；一系天津三义河下开一减水河，由唐家湾另途出海，以泄五大河之涨，并分大沽海河之势，使畅尾闾，需款三十万，此间只能认筹一半等因。伏思当今急务，莫重于防海防边，要其原，莫急于固结民心，培养民力。灾祲为事患之原，畿辅为天下之本，则尤以赈恤直境灾民，消疏直境水利，为固结培养之首务。工赈所需，多而且急，南中苟可措筹，义难膜视，然欲于不病商民之中，筹十余万之巨款，似除茶米两捐外，更无轻而易举者。尽饮茶而必入肆，本非撙节之道，即令多费分文，何虞吝啬？籴米而以石计，断非贫乏之民，每石劝捐两文，何虞勉强？倘令各属绅士善堂妥为劝收，汇解州县，由州县汇解司库，但得江浙两省，月收四万串，半年之间已得二十四万串。除直省秋冬赈款酌提数万串外，余充浚河工费，庶直省三要河工均属有款可指。俟过伏秋凌三汛后，即可同时并举，以兴百年之利。某前禀分发捐册，已蒙宪恩俯准，实不敢再请谕劝，第念善政推行，无间遐迩，用献刍荛，以资采择而已。六月初三日。

谭潘宪饬各府劝办茶米捐札文

查接管卷内，奉苏抚部院衙门札开云云，据此查前年晋豫奇荒，江苏绅民捐输最为踊跃，现在直省水灾，又属不遗余力，若再议捐助开河之资，力量恐有未逮。惟所禀茶米两捐，尚属轻而易举，且常镇青浦等处前曾劝济晋豫赈款之用，行之有效。现除苏省城内茶捐，业经拨归清道、安节经费，应毋庸议，并此外捐归善堂者，亦不必再捐，其余各处能否仿办，有无窒碍？至江北除扬属之外，茶馆甚少，亦非产米之区，徐海等属更兼不食大米，均以面食为生，与江南情形迥不相同，究竟能否一体仿照捐办，杂粮可否酌捐，亟应酌议举办。合亟札饬，立即通饬各府州一体遵照，迅速确查所属，各就地方情形察酌妥议。事关善举，总期有益于公，无累于民，限十日内禀复核夺等因。

奉劝各县善绅劝捐茶米以济直省工赈启

伏闻救灾恤邻，何分轸域？愚言明纳，不废刍荛。矧当畿辅重灾，艰难时局，虽欲旁观袖手，忍不借箸前筹哉！诸执事政声洋溢，乡望著称，同人蒙被仁风，仰钦硕德，俱可言不与之罪，体同人一视之心，请将直赈情形为诸执事详陈之。方四月之杪，叠接严绅作霖来函，谓直北洼区积水如故，秋冬赈赀计须十万。满拟六七月间浙苏沪扬四公所筹足五六万金，俟七月以后，劝举茶馆、米石两捐，就中提出数万金，以济赈款之不足，余以资河工之用，标本兼筹，息肩有日。不意六月中旬以后，叠接严绅六月初八、初九、初十、二十、二十二、二十四、二十六等日来函，备言五月二十日以后大雨大水情形，谓秋冬赈款即须三十万金，非复前日事势尚可兼筹工费也。又不意各处收款日少一日，自今七月朔起，初八日止，共收不及三千金。察看情势，欲于七月以内凑解三万金，不可得矣。七月以后，捐款更茫无影响矣。私心窃计，尚冀有茶米两捐可资挹注，乃今各处来函，或云本邑出米不多，不屑以区区之款取怨众人；或云米厘已提造庙出会之用，难再劝捐；或云地方枯瘠，茶捐难行；或云茶馆同业不肯加收。同人闻此，实不能不为灾民乞命于诸执事之前矣。伏查米捐一款，以一邑计，原非过巨，以通省计，实属不菲。现在所请者，石仅两文，即已归善堂，再助两文赈捐，亦何不可之有？惟恐一堂而收两捐，不无窒碍，原禀中故有不再加捐之语，而犹望诸善事斟酌变通，可加则加。至于庙捐等项，断非善堂经收，有何窒碍，而欲援善堂以为例乎？试以近事征之。青浦一邑，或栽靛青，或植棉花，出米并不见多，而亦非无桥庙之捐者，然前年豫省赈捐，赖有谈笑有诸君苦心劝收，三月之中共收钱一千二百七十五千三百八十二文。金泽，一青浦小镇耳，另由陈君绩生所经收，三月之中亦收洋一百二十一元，又钱十二千二百二十文。可见米捐一项，以江浙两省半年计之，足可收钱十五万串，且必有盈无绌也。至于茶馆一捐，向仅苏属清道局、安节局、保婴局有之，初办之际，诚觉艰难，然能如常熟博济善堂之先行布告，将现在灾赈之急、捐款之难，剀切善导，茶客肆主具有天良，何虞格不相入哉！如谓地方枯瘠，则丹阳一县于镇属中可为瘠地矣，然本年四月间，经何润生、潘馨谷、林理堂、束仲常诸君极力劝办，一月之中，居然收洋一百十八元七角四分六厘，然仅城内附郭及珥陵一镇，而非通县全捐也。江浙各县，情形胜于丹阳者多，不如丹阳者少，折中以丹阳为衡，则茶馆一捐，就江浙两省半年中计之，亦可收八九万串，而非绝无把握也，所难者经理之人耳。然十室之邑，必有忠信，诚蒙诸执事于城乡善堂及士庶中选才经办，半年之后，给匾额以劳之，行肆有不从者，先剀切以导之，此举断不难行也。即地瘠民贫，产杂粮而无大米，有虎灶而无茶馆，亦当各就地宜，如现在青浦各绅士于茶米两捐外，另劝靛捐，每洋一元捐钱四文，酌量变通，以此济彼，则所约二十四万串亦不虞其缺乏矣。苟其如天之福，仰蒙各省大宪采择仿行，赈款有余，兼资工费，则尤灾区之大幸，不敢请而固所愿耳。同人事不干已，原不应喋喋烦言，所最难忘者，被灾之畿辅，固我朝之畿辅也，垂绝之灾黎，固中国之灾黎也。率土之滨，莫非王臣，四海之内，皆我兄弟，而况若诸执事之民瘼关怀，公忠体国者乎？数十万灾黎之生死，数万家鬼魂之香火，悬于诸执事一言一稿之间，仰企云天，不禁于人鬼呼吁中祈恩望泽之至。

江浙协济直赈局 ^{杭州同善官堂}_{苏州桃花坞寓} 收解总册

（光绪五年十一月初一日起，六年九月三十日止）

旧管

无

新收

晋赈项下：

一、收晋捐移解，共苏漕平银一万九百五十九两六分九厘九毫。（细数见晋赈征信录。）

一、收赴晋各绅报解余款，共苏漕平银四万六百两。（内计浙款一万七千五百两，苏款二万三千一百两。）

一、收苏省大宪续发晋捐，合苏漕平银二千九百九十四两六钱八分五厘六毫。（自此以下皆有细数列后。）

发款项下：

一、收浙局司道宪发款，共苏漕平银六万五千七十二两七钱五分。

一、收苏省大宪发州县捐，合苏漕平银一万八千二百三十七两一钱七分六厘七毫。（内有程绅廷垣捐漕银一万两，系府宪行令注册之款。）

一、收苏省大宪发盐场捐，合苏漕平银三千三百八十三两二钱四分九厘一毫。

一、收苏省大宪发厘局捐，合苏漕平银二千九百十八两六钱八分五厘。

一、收苏省大宪发武营捐，合苏漕平银七千一百念三两九钱六分九厘七毫。

一、收外省宪捐，合苏漕平银三百七十三两五钱三分九厘。（尚有捐款四千余两，收入苏字册。）

一、收苏省各宪发茶米捐，合苏漕平银九百九十五两一钱四分三厘六毫。（善堂绅士经收者亦在内。）

一、收浙江督销局宪发酱缸捐，合苏漕平银四百二十二两九钱四分另七毫。

另捐项下：

一、收应方伯寿分，合苏漕平银三百八十三两七钱三分一厘。

一、收书画润赀，合苏漕平银一千一百十七两四钱四分。

一、收物件销见，合苏漕平银一千三百五十二两四钱六分二厘七毫。

一、收代烧香捐，合苏漕平银三十四两五钱七分六厘四毫。（尚有二百余元收常字册。）

捐册项下：

一、收天册（东季符诸君在京师、天津捐来），共苏漕平银七百四十九两四钱七分。

一、收苏册（本省外省绅士捐劝），合苏漕平银二万一百六十九两一分四厘一毫。（雨字、柳字附。）

一、收萱册（杨君子萱经劝），合苏漕平银一百二十九两四分八厘八毫。

一、收莘册（吴江各善士劝），合苏漕平银一千三两四钱九分八厘二毫。（黎字附。）

一、收盛册（盛泽邵合记劝），合苏漕平银二百三十两一钱五分九厘一毫。

一、收震册（震泽各善士劝），合苏漕平银四百六十八两三分五毫。

一、收熟册（常熟博济堂劝），合苏漕平银六百六十八两三钱六分二厘五毫。

一、收昆册（昆山各善士劝），合苏漕平银三百六十五两四钱八分八厘。

一、收松青册（松江府属各善堂劝），合苏漕平银七百四十一两六分九厘二毫。

一、收昆常册（常州保婴局及各善士劝），合苏漕平银四百八十八两四钱七分六厘二毫。（江册附。）

一、收锡册（无锡各善士经劝），合苏漕平银一千十五两三钱二厘。（金册附。）

一、收可册（东亭杨叔赓、顾守愚两君经手），合苏漕平银一百六十七两五钱五分八厘四毫。（另有捐款收苏锡册。）

一、收太册（太仓各属善士劝），合苏漕平银四百八十七两六钱三分五厘七毫。

一、收丹阳册（丹阳诸善士劝），合苏漕平银二百八十两六钱三分一厘四毫。

一、收士册（镇江张君筱杉经劝芹香捐），合苏漕平银五十八两六分五厘四毫。（另有捐款收苏册。）

一、收宁册（江宁公所、柏香居、保幼堂三处经劝），合苏漕平银一千三百二十二两五钱二分五厘八毫。

一、收刊册（扬州东营五巷王公馆内赈寓经劝），合苏漕平银二千四百九十二两三钱七厘九毫。

一、收鄂册（扬州地官第项寓经劝），合苏漕平银一千五百九两四钱六分一厘九毫。

一、收浙册（浙江各善士经劝），合苏漕平银二千五百四十四两四钱九分五厘八毫。（兴册附）。

一、收湖册（湖州各善士经劝），合苏漕平银三百八十三两九钱三分二厘二毫。

一、收海册（海宁州许村场宪金经劝），合苏漕平银二百十二两八钱二分九厘。

另款项下：

一、收汇票贴余，共苏漕平银一千三百另三两四钱一分一厘九毫。（付出汇费另行支销。）

一、收钱庄利金，共苏漕平银三百九十一两五钱四分五厘。（细帐在银洋兑换账内。）

大共收苏漕平银十九万三千一百五十一两七钱五分九厘二毫。

内计实收苏漕平银十三万六千五百念八两八钱九分八厘九毫；宝银七千五百七十二两一钱八分七厘，折合苏漕银七千五百二十三两二钱八分二厘；湘平银三千五百五十二两五钱一分六厘，折合苏漕银三千四百六十八两五钱四分三厘；规平银一百念三两八钱五分，折合苏漕银一百十四两三钱五分五厘；库平银三千三百另一两八钱三分九厘，申合苏漕银三千三百四十三两六钱九分九厘；洋五万五千五百另五元七角二分七厘五毫，换苏漕银三万七千六百三十一两一钱九分九厘九毫；钱七千四百九十一千八百四十一文，换苏漕银四千五百四十一两七钱八分一厘四毫。

内中银色亏折，详见各捐细数总结中；洋钱换见细数，详见兑换细帐；未见兑换帐者，系径行付出之款。

开除

解款项下：

一、支苏府宪行令注册，由吴绅大衡带解直督宪兑收，共苏漕平银一万两。

一、支由李绅金镛代解及径行呈解直隶筹赈局宪，共苏漕平银一万二千九百七十四两九钱七分三厘。

内计五年九月二十日解一批一千五百两，九月廿三日二批三千五百两，十月十五日三批一千两，十月廿三日四批四百七十四两九钱七分三厘，六年二月廿一日五批一千两，四月廿一日六批五百两，九月三十日七批五千两。

一、支代解直藩宪任浙款，共苏漕平银六万五千两。（内二批贴平十两，三批贴平五十两，在汇费内支销。）

内计正月廿一日报解严绅银五千两，二月廿四日解拨严绅银五千两，三月初三日解拨严绅银五千两，三月十三日四批银五千两，四月廿五日五批银五千两，五月十四日六批银五千两，五月廿八日七批银五千两，六月十三日八批银五千两，六月廿六日九批银五千两，七月十三日十批银五千两，七月廿七日十一批银五千两，八月廿四日十二批银五千两，九月初五日十三批银五千两。

一、支解江浙协赈局严君，共苏漕平银十万另七千五百五十五两九钱三分。

内计晋赈各绅移交四万六百两，五年十二月十三日一批六千二百五十两，六年正月廿一日二批一千五百两，二月廿四日三批四千九百九十两，三月三十日四批三千两，四月廿一日五批三千两，五月初四日六批五千两，五月廿六日七批五千两，六月十三日八批五千两，六月廿六日九批五千两，六月三十日十批五千两，七月十三日十一批五千两，七月廿七日十二批三千两，八月十三日十三批五千两，九月初五日十四批五千二百十五两九钱三分，九月廿八日十五批五千两。

支款项下：

一、支晋赈司事回川等，合苏漕平银七十八两六钱四分四厘五毫。

一、支刻印查放晋赈征信录，合苏漕平银六十两一钱另二厘。（以上两项，因晋赈局分文尤存，代为支付。）

一、支咨送直隶灾民李墨林等廿八名由苏至申上轮川粮，合苏漕平银十七两八钱八分六厘六毫。

一、支各善士嘱登《申报》告白、刻印劝赈告启，合苏漕平银三十九两一钱八分六厘七毫。（捐册、灾图另有善士捐备。）

一、支刻印收解晋赈征信录，合苏漕平银八十四两七钱五分五厘三毫。

一、支银洋汇费解款补平废票筹钱少串，合苏漕平银二百十八两四钱七分三厘。

大共支苏漕平银十九万六千另三十五两九钱五分一厘一毫。

实在

一、欠各项，共苏漕平银二千八百八十四两一钱九分一厘九毫。

内计欠交核奖公所、留春堂库平银六十六两六钱四分、杨陈氏库平银二百两二钱二分一厘，合漕银二百七十二两一钱四分三厘；免记、福记共漕银一百两；周二田洋五十元，合漕银三十三两八钱九分八厘。

欠还借垫各款：承记钱五百千文，合漕银三百另三两一钱一分一厘；惜记共漕银九百六十四两四钱另七厘八毫；鄂记共漕银一千另九十二两三钱六分二厘一毫；爱莲记洋一百七十四元四角四分八厘，共漕银一百十八两二钱七分。

兑换钱洋细数（钱庄利金帐附）

十一月分：

履康十四日，二百六十三元，去水换见一百七十八两二钱五分五厘。

十八日，九百四十三元，六百四十五两九钱四分。

十八日，三百十五文，一钱九分五厘。

三十日，五百六十一元，三百八十一两三钱四分。

三十日，六百文，三钱七分五厘。

十二月分（收履康庄利五十一两二钱六分二厘）：

履康初三日，三百九十八元五角，二百六十九两七钱四分五厘。

十一日，念五元，十六两五钱八分五厘。

十一日，一百五十文，九分。

十三日，念五元，十六两九钱二分五厘。

十八日，四十五元，念九两九钱。又，一百九十四元五角，一百三十一两另九分。又，二千六百十文，一两六钱。

廿一日，一百另八元，七十二两九钱五分九厘。

廿一日，一千一百文，六钱七分六厘。

廿八日，念四元五角，十六两六钱一分。

六年正月分：

履康廿一日，三百三十九元，三百三十八两一钱九分（此项连利并结）。

二月分（收履康庄利三两二钱四分五厘）：

履康初一日，八百另二元，五百四十二两三钱五分五厘。

初二日，一千千文，六百十九两另另五厘。

初二日，七元，四两七钱五分。

初五日，二百五十元，一百六十九两六钱八分五厘。

初七日，一百四十二元，九十六两三钱另五厘。

初八日，一千元，六百七十八两二钱五分。

十三日，七十一元，四十八两二钱六分。又一百元，六十八两。

十六日，八十八元，五十九两九钱一分。

二十日，九十一元，六十一两六钱八分五厘。

廿四日，二百十八元，一百四十七两八钱四分。

廿九日，一百十一元，七十四两另八分。

廿九日，六十七元，四十五两五钱四分。

三月分（付履康庄利六钱，收宝源庄利八两九钱六分五厘）：

宝源初二日，三百六十四元，二百四十七两二钱五分。

初三日，一百四十三元，九十六两九钱另五厘。

履康初三日，九十四元，六十三两九钱八分五厘。又，三百三十三文，二钱另二厘。又，九十九元，六十七两三钱三分。又，三百文，一钱八分七厘。

初八日，二百九十元，一百九十八两六钱一分五厘。又，九百七十五文，六钱。

宝源初八日，七十六元，五十二两一钱三分五厘。又，三十千文，十八两五钱二分。

初十日，一百五十八元，一百另八两一钱九分五厘。

十一日，一百三十一元九角，九十两另七钱。

十四日，一百三十六元，九十三两另三分五厘。

十七日，一百四十二元，九十七两三钱四分五厘。

履康十七日，一百三十九元，九十五两一钱五分五厘。又，五十文，三分。

宝源十九日，一百九十三元二角，一百三十二两四钱六分。

廿二日，一百念元，八十二两二钱九分。

廿三日，一百元，六十八两三钱五分。

履康廿四日，一百五十三元，一百另二两二钱一分五厘。又，七百八十文，四钱八分。

宝源廿七日，五百七十四元，三百九十二两二钱二分。

廿八日，一百五十四元，一百另五两四钱三分。

廿九日，三百五十七元，二百四十四两四钱一分五厘。

三十日，一百七十四元，一百十八两五钱八分。

履康五百另六元，三百四十六两二钱九分五厘。

四月分（收履康庄利三两，收宝源庄利廿六两九钱三分五厘）：

宝源初二日，七十元，四十七两九钱三分五厘。

初三日，一百九十二元，一百三十一两二钱七分。

初四日，四百另八元五角，二百七十八两另七分。又，十九千六百文，十二两另六分。

初五日，一百七十元，一百十六两一钱二分五厘。又，五百千文，三百另七两五钱另五厘。

初七日，二百五十四元，一百七十二两五钱八分五厘。又，一百千文，六十一两三钱五分。

履康又，二百六十四元，一百七十九两四钱另五厘。又，七百八十二文，四钱七分八厘。又，一百另六元，七十二两一钱六分。又，念五元，十七两另一分二厘。又，五百八十八文，三钱五分五厘。

宝源初八日，六十八元，四十六两二钱。

初八日，一百另四元，七十两另六钱八分五厘。

初十日，七十五元九角，五十一两六钱三分。

十一日，一百四十八元，一百两另另七钱六分五厘。又，五十千文，三十两另六钱三分五厘。

十三日，二百三十六元，一百六十两另二钱七分五厘。又，一百念二千五百文，七十四两九钱七分。又，一百八十九元，一百念八两九钱五分五厘。

十四日，一百另七元，七十二两六钱四分五厘。

十五日，一百六十元，一百另八两一钱二分。

十六日，一百六十五元，一百十一两八钱七分。

十六日，五千文，二两九钱九分。

十七日，二百九十元，一百九十六两四钱三分五厘。

履康十七日，六十一元，四十两另五钱五厘。又，三百文，一钱八分。

宝源十八日，一百念七元，八十六两一钱五分五厘。又，十四千文，八两五钱三分五厘。

十九日，二百另五元，一百三十八两九钱五分。又，十二千六百文，七两六钱八分五厘。

二十日，二百念四元，一百五十二两六钱二分。

廿一日，一千五百六十六元一角，一千另六十九两二钱三分。

廿一日，三千文，一两八钱三分五厘。

廿二日，一百元，六十八两三钱二分五厘。

廿二日，三十八元五角，念六两二钱五分。又，十二千二百文，七两五钱一分。

廿三日，一百四十二元，九十七两另九分。又，八千九百念八文，五两三钱九分五厘。

廿四日，一百七十四元，一百十八两二钱五分五厘。

廿五日，一百九十八元五角，一百三十五两五钱八分。

廿六日，四百念二元，二百八十八两八钱六分。又，五十千文，三十两另七钱一分。

廿七日，八十四元，五十七两四钱另五厘。又，二百千文，一百念二两八钱五分。

廿九日，三百十九元九角，二百十八两二钱一分。

三十日，一百九十四元，一百三十二两三钱一分。

五月分（收宝源庄利五十九两五钱五分八厘）：

宝源初一日，十元，六两八钱二分。又，一百十三元七角五分，七十七两一钱九分。又，一百八十八千一百五十四文，一百十五两另一分。

初二日，一百十一元，七十五两五钱一分。

初三日，二百七十三元九角，一百八十六两七钱五分五厘。

初四日，四百七十二元，三百念两另九钱六分。

初四日，十一千二百文，六两八钱七分。

初五日，七十九元四角，五十三两六钱另五厘。

初六日，一千三百十四元，八百九十三两三钱五分五厘。

初八日，四百九十八元，三百三十八两八钱一分五厘。

初九日，一百九十八元，一百三十四两五钱一分五厘。又，八十九元另另三文，五十四两七钱七分。

初十日，一百九十五元，一百三十两另另四分五厘。

十一日，一百十四元，七十七两二钱四分。

十一日，三十千文，十八两四钱五分。

十二日，五百九十七元，四百另二两八钱六分。

十二日，一百四十四千一百三十文，八十八两五钱三分。

十三日，三百八十二元一角，二百五十九两八钱一分五厘。

十四日，一百四十三元五角，九十七两四钱四分。

十六日，三百九十五元，二百六十八两七钱九分五厘。

十六日，念四千一百八十一文，十四两八钱一分五厘。

十七日，一百念三元七角一分二厘，八十四两另四分五厘。

十八日，一百念元，八十两另九钱一分五厘。

十九日，二百另八元，一百四十一两另九分五厘。

十九日，六千文，三两六钱七分。

二十日，九十四元，六十三两五钱一分。

廿一日，四百另二元，二百七十一两四钱五分。

廿一日，五十三千四百文，三十二两四钱七分五厘。

廿二日，二百十四元，一百四十四两一钱三分。

廿四日，二百九十三元，一百九十七两四钱四分五厘。

廿四日，一百十一千文，六十七两四钱七分五厘。

廿五日，三百十一元，二百另八两五钱二分五厘。

廿六日，六百五十五元，四百三十九两八钱。又，一百另八千文，六十五两八钱四分。

廿八日，二百十四元八角，一百四十四两五钱六分。又，四十二千文，念五两五钱八分。

廿九日，三百念九元，二百念一两八钱另七厘。又，一千四百文，八钱五分五厘。

六月分 (收宝源庄利五十六两八钱一分)：

宝源初一日，一百念元另五角，八十一两一钱一分五厘。

初二日，九十二元，六十二两另三分。

初三日，一千七百七十二元，一千一百九十四两二钱三分。又，三十六千三百八十文，念二两三钱六分。

初四日，一百五十八元，一百另六两四钱六分。

初五日，一百另五元，七十两另九钱。

初六日，一百十六元五角，七十八两四钱二分。

初七日，五百六十九元，三百八十三两六钱一分。

初七日，六十三千文，三十八两四钱一分五厘。

初八日，一百六十四元，一百十两另五钱。

初八日，七十九千五百文，四十八两四钱七分五厘。

初十日，二百八十五元，一百九十二两另另五厘。

初十日，念七千文，十六两四钱一分五厘。

十一日，四百九十元，三百念九两五钱八分五厘。

十二日，三百十三元五角，二百十两另二钱九分五厘。又，十九千三百三十四文，十一两七钱一分五厘。

十三日，八百四十三元五角，五百六十六两七钱二分五厘。又，一千一百三十五千三百一十文，六百八十八两四钱八分。

十四日，一百七十七元，一百十八两七钱七分。

十五日，四百八十二元，三百念三两六钱另五厘。

十五日，一百七十八千五百文，一百另八两一钱二分。

十六日，一百三十二元，八十八两八钱二分五厘。

十七日，七百八十三元，五百念五两三钱。又，一千四百文，八钱四分五厘。

十八日，八十一元八角二分五厘，五十四两四钱二分五厘。

十九日，一百八十七元，一百念五两另七分。

十九日，六千四百文，三两八钱五分五厘。

二十日，七十六元，五十一两另四分五厘。

廿一日，二百念元，一百四十八两三钱另五厘。

廿二日，一百九十八元（内病九元），一百三十一两五钱五分。

廿三日，一百三十八元，九十三两另八分一厘。

廿四日，三百五十三元五角六分二厘五毫，二百三十七两五钱二分。

廿四日，八千文，四两八钱二分五厘。

廿五日，一百八十元，一百念一两二钱二分五厘。

廿六日，一百三十一元，八十七两九钱九分。

廿七日，一百三十四元，八十九两九钱一分五厘。

廿八日，四百十一元，二百七十五两九钱二分。又，三十五千一百文，念一两另四分五厘。

廿九日，二百九十元另五角，一百九十四两九钱四分五厘。又，念三千五百文，十四两另九分五厘。

三十日，九十五元，六十三两二钱。又，五十千文，念九两七钱六分五厘。

七月分（收宝源庄利九十八两八钱二分）：

初一日，一千二百九十八元，八百七十两另四钱九分五厘。又，九十二千八百四十六文，五十五两六钱三分。

初二日，一百三十五元，九十两另四钱三分五厘。又，一千五百文，九钱。

初三日，一百六十二元，一百另八两二钱三分五厘。

初四日，二百另三元五角（病洋念四元），一百三十两另八钱三分五厘。

初五日，二百四十八元，一百六十五两八钱九分五厘。又，三十一千七百八十文，十八两九钱。

初六日，七百九十九元，五百三十四两五钱三分。

初七日，三百八十元，二百五十四两六钱六分五厘。

初七日，五百念千另四百九十八文，三百另九两六钱九分八厘。

初九日，二百另九元，一百四十两另另八分五厘。

初十日，二百七十五元（病洋九十二元），一百五十二两九钱八分五厘。又，六十二千一百三十九文，三十七两一钱四分。

十二日，三百元，二百另一两二钱三分五厘。

十三日，一百五十九元五角，一百另七两一钱五分五厘。

十五日，二百四十六元六角五分，一百六十六两一钱六分。又，四十千文，念三两八钱八分。

十六日，一百八十五元，一百念四两八钱另五厘。

十七日，四十三元，念八两九钱七分。

十八日，三百五十七元，二百四十两另八钱七分。又，一百六十七千五百七十文，九十九两九钱七分。

十九日，一千另另五元，六百七十七两九钱一分五厘。又，一百七十七千另八十六文，一百另五两七钱二分五厘。

二十日，一千二百四十九元二角，八百四十四两三钱五分五厘。

廿一日，六十元另五角，四十两另八钱一分。

廿一日，四千文，二两三钱九分。

廿二日，二百三十一元，一百五十五两七钱二分。

廿二日，三百六十七千三百文，二百十九两二钱八分五厘。

廿三日，一百另七元，七十一两三钱九分。

廿五日，一百念六元，八十二两六钱五分五厘。又，念二千五百四十文，十三两四钱六分五厘。又，三百三十三元五角，二百念五两二钱二分五厘。

廿七日，一百四十一元，九十五两二钱。

廿八日，二百十四元五角，一百四十五两另二分

廿九日，一百四十八元九角，一百两另另四钱四分五厘。

三十日，四百十四元，二百七十九两六钱二分。

八月分（收宝源庄利十八两一钱一分五厘）：

初一日，二百七十二元，一百八十三两八钱七分。又，三十千文，十七两九钱八分。

初二日，一百六十一元，一百另八两七钱一分五厘。

初三日，一百五十三元，一百另三两二钱五分五厘。

初四日，三百四十二元，二百三十两另八钱另五厘。

初六日，八十七元，五十八两七钱三分五厘。

初七日，一百六十九元，一百十四两一钱二分五厘。又，九千另六十五文，五两四钱四分。

初八日，一百三十二元，八十九两一钱六分五厘。又，二千文，一两二钱。

初九日，五十九元，四十两另另九分五厘。

初十日，三百七十元，二百五十两另一钱二分。

十一日，二百八十一元，一百八十九两九钱二分。

十二日，三百七十九元，二百五十七两另五分。

十四日，一百六十三元，一百十两另四钱二分。

十五日，七十二元二角，四十八两七钱六分五厘。

十六日，九十六元五角，六十五两二钱九分五厘。

十八日，三十元，念两另二钱九分五厘。

十九日，七十七元，五十二两一钱三分。

二十日，七百三十七元，四百九十八两九钱另五厘。

二十日，三百三十五文，二钱。

廿一日，一百四十八元，一百两另另四钱三分五厘。

廿一日，一百千文，五十九两八钱八分。

廿二日，九十八元，六十六两一钱八分。

廿二日，一千三百文，七钱八分。

廿三日，一百八十一元，一百念二两七钱六分五厘。

廿四日，二百七十三元，一百八十五两二钱三分。又，念五千五百六十文，十五两三钱五分。

廿五日，三百八十元，二百五十七两三钱。又，念千另三百文，十二两二钱七分。

廿八日，九百十六元，六百念一两二钱七分六厘。又，三千八百文，二两三钱另五厘。

廿九日，一百五十四元，一百另四两，五钱四分。

九月分（收宝源庄利六十五两四钱三分五厘）：

初一日，七十元，四十七两五钱一分。又，六百文，三钱六分五厘。

初二日，五十八元，三十九两三钱六分五厘。又，九百八十文，五钱九分五厘。

初三日，一百五十九元，一百另八两。又，念五千文，十五两另一分五厘。

初四日，九十六元，六十五两一钱八分五厘。又，三十五文，二分。

初五日，一百另九元，七十三两九钱。

初六日，二百另三元五角，一百三十七两九钱八分。

初七日，五十五元，三十七两二钱四分。

初八日，六十九元，四十六两四钱八分。

初八日，二千一百另五文，一两二钱七分。

初九日，一百十五元，七十七两四钱三分五厘。

初十日，五百四十八元，三百七十一两另一分五厘。又，念九千二百三十五文，十七两五钱八分。

十一日，七十三元，四十九两二钱九分五厘。

十二日，二百元另另五角，一百三十五两五钱八分五厘。

十二日，九百九十文，五钱九分五厘。

十三日，一百另七元，七十二两三钱三分二厘。

十四日，七十元，四十七两三钱三分五厘。又，一千四百三十五文，八钱六分五厘。

十五日，一百六十三元五角，一百十两另五钱八分五厘。

十五日，念三千六百九十五文，十四两二钱三分。

十六日，一百元，六十七两七钱一分二厘。又，五百另五千三百六十文，三百另三两四钱五分五厘。

十七日，一百三十四元，九十两另五钱六分五厘。又，六十五千四百文，三十九两二钱三分。

十八日，一百元，六十七两六钱五分。又，一千五百文，九钱。

十九日，一百三十七元，九十二两五钱九分。又，一千四百文，八钱四分五厘。

二十日，二百九十二元，一百九十七两二钱八分。

廿一日，一百七十三元，一百十六两九钱另五厘。

廿二日，七十四元六角，五十两另五钱八分。又，二千文，一两二钱。

廿三日，一千二百十九元六角五分六厘，八百念八两九钱一分。又，五百八十四千七百文，三百五十两另四钱四分。

廿四日，八百七十九元，五百九十八两另六分五厘。又，六千文，三两六钱。

廿五日，三百念八元五角，二百念三两七钱七分。又，二千四百文，一两四钱四分。

廿六日，二百三十三元，一百五十八两七钱九分七厘。又，念千文，十二两另一分。

廿七日，一百八十一元，一百念三两五钱八分。

廿八日，一百四十七元，一百两另另五分五厘。

廿八日，二千文，一两二钱。

廿九日，四十四元二角六分，三十两另另五分。

三十日，一百五十二元，一百另三两九钱三分；三百九十五元三角，二百七十两另一钱九分；二百念六千文，一百三十五两七钱四分；五元另另一厘，三两三钱；三十五千二百另二文，念两另五钱七分。

共换出洋五万五千二百八十九元八角一分六厘五毫、钱七千八百念四千二百五十九文，换见漕纹三万七千四百八十四两八钱二分一厘、四千七百四十三两三钱另六厘。

统扯洋每元合六钱七分七厘九毫六丝九忽七微，钱每一千六百四十九千五百三十七文三毫合银一千两。

苏省大宪续发晋捐（雨字册）

臬宪薛发苏州府毕，一百元。藩宪许发太湖厅劝，二十五元册二本。

臬宪薛发松江府劝，二百念二元八十八户。藩宪谭发娄县劝，二百六十元二百廿一户。

臬宪薛发嘉定县劝，九十四元五角、二千三百十文册三本。藩宪许发崇明县劝，一百十元一角册三本。

常州府官绅发武阳两县劝，一千元、一百六十一千五百七十文。常州府官绅发金匮县涗捐，一百元。

常州府宪发江阴县宪劝三次，一千一百念二元。三邑宪会发宜荆两县劝，一千二百另六元。

靖江县宪发，三十一元<small>九户</small>。

共收洋四千二百七十元六角，换见漕银二千八百九十五两三钱三分七厘六毫；共收钱一百六十三千八百八十文，换见漕银九十九两三钱四分八厘。

浙局司道宪发款<small>（浙字册）</small>

第一次，五千两。第二次，五千两。第三次，五千七十二两七钱五分。第四次，五千两。第五次，五千两。第六次。五千两。第七次，五千两。第八次，五千两。第九次，五千两。第十次，五千两。第十一次，五千两。第十二次，五千两。第十三次，五千两。

共收漕平银六万五千另七十二两七钱五分整。

苏省大宪发州县捐<small>（发字册）</small>

藩宪谭发苏州府宪劝一百六号册无名氏，二百元。

苏州府宪行令注册程绅廷相捐，漕一万两。

藩宪谭发太湖厅宪捐，五十元。

藩宪许发长州县宪劝，三百元。

藩宪许发元和县宪劝，念元、十千文。

藩宪许发吴江县宪劝<small>（内有黎里茶捐一百元）</small>，五百十六元、五百文。

吴江县宪劝芦墟镇茶馆捐，五十元。

吴江县宪劝莘塔镇茶馆捐，五十元。

吴江县宪劝北库镇茶馆捐，四十五元、五百文。

藩宪许发震泽县宪张<small>捐劝二户</small>，<small>二百元一百元</small>。

藩宪许发，震泽县宪劝五十四户，三百元、九百三十文。

常熟县宪发到罚款，十元。

藩宪许发常熟县宪劝，一百七十三元。

昭文县宪劝一百<small>九十</small>册三十八户，四十元。

藩宪许发昆新县宪劝，一百元。

昆山县宪劝<small>守拙子无名氏</small>，<small>十六元四元</small>。

藩宪许发松江府宪劝一百十二号册十五户，八十元。

又发华亭县宪劝一百廿三号册一百二十户，一百六十一两五角二分。

又发娄县宪劝，一百廿<small>六七</small>号册一百三十一户，八十三元一角三分六厘。

又发南汇县宪劝，一百十三、十四、十五号册一百廿一户，二百十六元。

又发奉贤县宪劝一百十九、二十、廿一号册七十一户，一百元。

又发金山县宪劝，一百廿<small>八九</small>号册三十三户，五十八元。

又发上海县宪劝一百十一、三十号册九十三户，一百元。

又发川沙厅宪劝一百廿<small>四五</small>号册三十二户，八十元。

又发青浦县宪劝一百十六、十七、十八号册三十五户，一百元。

又发武进县宪劝六十八、九、七十一册四十八户，一百元。

金匮县宪倪^捐劝七十六，七册廿一户，^{一百元}一百四十元。

靖江县宪叶^捐劝六十六、七册十一户，^{十元}四十元。

藩宪许发镇江府宪劝，一千千文。

又发溧阳县宪王劝一百卅^七_六册廿九户，一百四十元、七百文。

又发太仓州宪劝一百四十九、五十册八十六户，二百元。

又发镇洋县宪劝一百四十一册四十三户，一百元、一百八十文。

又发嘉定县宪劝一百四十^七_八册四十二户，一百八十六元五角六分二厘五毫、二千四百四十二文。

又，宝四两八钱五分。

嘉定县宪劝黄渡靛行，四十元。

藩宪许发宝山县宪劝二百四十^五_六册四十八户，二百五十元。

藩宪许发崇明县宪劝王伯青缴租钱，二百元。

又发崇明县宪劝王士达捐租钱，五百八十四千七百文。

六合县宪劝二百卅^七_八册一百四十五户，二百三十五元。

漕宪谭发盐城县^{宪张}_{绅王}劝一千串，合宝五百八十六两五钱一分。

安东县宪劝二百四十四册，四元、六十五千文。

藩宪许发泰州宪劝，宝一百四十九两七钱四分六厘、库二百七十六两九钱八分三厘。

通州宪松劝二百卅九、二百九十一册五十二户，二百六十七元。

泰兴县宪张劝一百九十五、六、七册六十户，二百五十六元。

藩宪许发阜宁县宪于拨，库六十两。

又发^{海州}_{沭阳县}宪^廖_杨捐劝一百八十^六_七册七十一户，库七十二两七钱一分三厘。

又发扬州府宪何捐，库二百两。

又发^{江都}_{甘泉县}宪^刘_秦捐劝，库一千三百六十二两五钱二分。

又发仪征县宪周捐劝一百六十三册一百廿二户，四百三十二元。

又发高邮州宪捐垫，二百元。

又发如皋县宪劝一百九十三、四册一百另五户，库五十一两七钱九分四厘、一百七十八元。

又发徐州府宪劝一百七十七册七户，库一百十二两五钱。

又发铜山县宪劝一百七十八册七户，库一百两六钱三分。

共收漕平一万两。共收库平二千二百三十七两一钱四分，（申廿八两五钱）合漕银二千二百六十五两六钱四分。共收宝银七百四十一两一钱另六厘（亏一两四钱九分一厘），合漕银七百三十七两六钱一分五厘。共收洋六千二百三十一元二角一分八厘五毫，换见漕银四千二百二十四两五钱七分六厘七毫。共收钱一千六百六十四千九百五十二文，换见漕银一千另另九两三钱四分五厘。

苏省大宪发盐场捐（发字册）

海分宪劝惟新局等二百十八册八户，五十八千文。乐知堂等二百十九册三十八户，一百九千文。存仁堂等二百二十册十户，五十四千文。复盛汉等二百五十五册十五户，五十千文。承德堂等二百五十六册八户，四十九千文。永益局等二百五十七册十二户，三十四千文。约礼堂等二百五十八册十三户，五十三千六百念文。合兴盛等二百五十九册十五户，五十千文。敦善堂等二百六十册十户，六十千文。诚意堂等二百六十册十二户，七十一千一百八十文。顺兴局等二百六十二册十八户，七十千二百文。大伊山卡员陈二百六十三册，五十千文。太平局员梁等二百六十四册二户，五十二千文。中富局员韩等二百六十五册三户，六十一千文。西坝卡员二百六十六册二户，三十七千文。太平朐山垣商二百六十七册，一百五十千文。中富垣商二百六十八册，七十千文。余善堂等二百六十九册二十四户，六十千文。种德堂等二百七十册三十户，六十千文。不求知等二百七十一册十七户，四十二千文。西临垣商二百七十二册，四十千文。兴泰公等二百七十三册十三户，五十千文。临浦垣商二百七十四册，四十千文。守约斋等二百七十五册四户，一百八十九千五百文。四户倡捐二百七十六册，四百千文。

共一千九百六十千五百文，合宝银一千一百六十二两七钱六分七厘。

通分宪劝吕四场严倡募二百七十八册，一百千文。丰利场高倡募二百七十九、八十册，二十八元、六十八千文。金沙场倡募二百八十一册，一百八十千三百文。掘港场王奉母蒋太夫人，二百八十三、四册，宝一千另念三两四钱（原收苏字册）。余东场倡募二百八十五、六册，一百六十千文。通分宪晋倡捐二百八十七册，五十千文。石港场沈倡募二百八十八册，一百七十七千三百六十文。角斜场许倡募二百八十九册，六十千文。拼茶场倡募二百九十册，九十九千文。余西场周倡募二百九十一册，四十元。

共洋六十八元，宝银一千另二十三两四钱，钱八百念二千六百六十文。

泰分宪劝十一场，库平银六百五十两二钱九分四厘。

共收库平六百五十两另二钱九分四厘（申七两三钱三分五厘），合漕银六百五十七两六钱二分九厘；共收宝银二千一百八十六两一钱六分七厘（亏五两三钱七分），合漕银二千一百八十两另七钱九分七厘；共收洋六十八元，换见漕银四十六两一钱另二厘；共收钱八百念二千六百六十文，换见漕银四百九十八两七钱二分一厘一毫。

苏省大宪发厘局捐（发字册）

苏州牙厘总局发下：

奔牛局宪李，三十元（原收苏字册）。又募念六元、五十五千五百文，内计四百五十一册募十户、四百五十二册募廿八户、四百五十三册募六十九户、四百五十四册募廿户、四百五十五册募三十五户。

宜荆局宪韩，五千文。又募十九千文，内计四百五十六册募三十四户。

南渡局宪程梦庚，十元、四元（原收苏字册）。又募，四十元，内计四百五十八册募七户、四百五十九册募十九户。

锡金局宪方，四十元。又募一百元、六十三千文，内计四百六十册募十二户、四百六十一册募四十一户、四百六十二册募三十五户、四百六十三册募四十一户、四百六十四册募四十五户。

苏城局宪钱，五十元。又募一百五十元，内计四百六十五册至四百六十九册。

木渎局宪王，一百元。又募一百三十一元，内计四百七十册募五十七户、四百八十册募两户。

同里局宪钱，念元。又募九十元、五千八百文，内计四百七十二册三十八户、四百七十三册十二户、四百七十四册沈月帆一户。

盛泽局宪刘，四十元。又募一百八元、七十四千二百四十文，内计四百七十五册三十六户、四百七十六册四十七户、四百七十七册绸业一百元、四百七十八册廿一户。

海口局宪赵，十元。又募一百念二元、五百另五文，内计四百八十册一百户、四百八十一册十四户、四百八十二册三十二户。

下游局宪吴，念元（内有十元原收苏字册泚上吴受生户）。又募九十二元、六千四百文，内计四百八十三至四百八十七册募四十七户。

上游局宪查，五十元。又募七十四元、漕念两、一百七十四千五百文，内计四百八十八册五十二户、四百八十九册四十三户、四百九十册四十四户、四百九十一册八户。

内河局宪洪，念元（四百九十六册）。又募五十七元、收七十五千一百文，内计四百九十二册八十户、四百九十三册廿八户、四百九十四册四十六户、四百九十五册二户。

车坊局宪胡，十六元。又募九十九元、十九千三百三十四文，内计四百九十七册九十户、四百九十八册六十一户。

江阴局宪曾，十元。又募八十四元、六千四百文，内计四百九十九册四十四户。

另发娄门局宪李募梅花书屋两次，六十元。

枫桥局宪劝，十五元（四十二册六户）。

○共洋一千六百六十八元，漕平银念两，钱五百另四千七百七十九文。

松沪厘局发下：

五库局罗募四百一册四户，六十元。

闵局募四百二册三十八户，一百十二元、二百文。

震局募四百三册三户，九十一元。

浏河局募四百四册四十六户，一百十六元。

吴淞货捐局募四百五册六十三户，五十五元。

镇募四百六册六十四户，二百念二元。

沙钓船捐局募四百七册二百八十三户，七十一元、一百十四千八百三十六文。

崇明新开河局福募四百八册一百二户，一百念元。

施局募四百九册，一百五十七户，二百元。

吴募四百十册廿一户，三十六元。

虹局募四百十一册三户，五十元。

严家桥局李募四百十二册　四十一户，四十千三百十文。

东沟厘卡捐四百十三册，念千文。

帖募四百十四册六十五户，四十四元、一千三百念文。

北募四百十五册四户，四元、十七千五百文。

货捐北卡委员募四百十六册二户，五十元。

丝募四百十七册廿九户，一百十元。

泉募四百十八册六户，四十元。

南募四百十九册廿三户，五十元。

布货捐局募四百廿册十八户，念二元 。

绸募四百廿一册十六户，三十千文。

出口厘局募四百廿二册仪封人，一百十一千文。

布捐局募四百廿三册廿户，四十元。

糖募四百廿四册四十五户，二百十三元。

上药募四百廿五册八户，三十元。

船木捐局四百廿六册，十千文。

货总募四百廿七册六十四户，念一元、十七千一百文。

谢募四百念八册廿三户，念六元、六百念文。

无名氏四百廿九册，念千文。

程募四百三十册十四户，三十一元。

○共洋一千八百十四元，钱三百八十二千八百八十六文。

共收漕平银念两；应共洋三千四百八十二元，共洋三千六百念九元，挽见漕银二千四百六十两另三钱五分二厘；应共钱八百八十七千六百六十五文，共钱七百念三千另四十八文，换见漕银四百三十八两三钱三分三厘。

苏省大宪发武营捐

江南提宪李，湘五百两。提标亲兵营唐鸣盛，一百元。提标亲兵营唐四箴，十二元。提标亲兵中营，一百元。提标亲兵副营，一百元。提标亲兵后营，五十元。提标募金山营，六十元。提标募金山营，十四元、五百四十文。提标募青村营，念二元、漕十五两九钱六分、六百七十七文。提标松江营募，十六元。提标募三百六十册，三十五元、七千七百册。提标中营三百八十二册，三十六元、四百三十文。提标募左营三百八十四册，念三元。提标亲兵营勇丁三百八十五册，念五千六百文。提标募前营三百八十七册，念四元。提标城守营三百九十册，念四元。提标募柘林营三百九十四册，宝念两。提标青村营三百九十六册，念五元五角、念千四百八十文。提标募朱调山手三百九十八册，八元五角、六百文。绿荫募三百九十九册，十四元。

○共漕平十五两九钱六分、湘平五百两、宝银念两、洋六百六十四元、钱五十六千另念七文。

福中镇宪雷劝吴淞、川沙左营募三百六十九册，二百五十六元、五百文。练营募三百八十八册，念四元二百四十文。左营三百八十七册，念元、十五文。南汇营募，八元。南汇营募，七十六元。

○共洋三百八十四元、钱七百五十五文。

崇明镇宪滕劝各营捐。〇共洋五百念二元。

狼岭宪王劝营官弁三百六十一册，一百七十元。掘港营官弁绅商三百六十二册，一百四十元二角。通州右营官弁三百六十三册，一百九十九元。三江泰兴、泰州营官弁三百六十四册，一百念五元。

〇共洋六百三十四元二角。

太湖水师新昌营捐一百十七元、六十一千文。新质营捐一百三十六元、七十五千文。中营捐五十元、一百六十六千六百文。左营捐一百念四元、六十三千八百文。右营捐一百八十二元、六十二千五百文。正营捐一百八十二元、六十一千文。内河左营綦捐，一百六十元。内河右营张捐，一百四十元。淞北营捐一百元。淞南营捐一百元、三百文。

〇共洋一千二百九十一元，钱四百九十千另二百文。

徐州镇宪董倡捐，湘一百念两。营官赵赵徐陶董，湘八十两。镇标中营三百四册十四户，宝念七两。城守营三百五册九户，宝十五两。睢宁汛马募三百七册五十七户，宝一百十五两四钱三厘。营官董募三百十一册廿八户，宝十一两二钱七厘。萧营三百十五册七户，宝八两。宿州营三百十七册十四户，库念两。

〇共库平念两、湘平二百两、宝银一百七十六两六钱一分。

统领吴淞防营武毅右军吴，湘一百两。前后左右 五营 营管带，湘一百念两 中营帮带哨官，湘七十五两。
文案 湘四十九两，勇丁二千一百廿人 湘六百三十六两 。

〇共湘平银九百八十两。

淮阳镇宪欧阳捐劝各营捐，宝银一千两。

苏府标中镇府韩漕三百两合，库二百九十四两四钱五厘。又劝练军左营五哨官弁兵夫五百五人，湘三百五十三两另二分。又劝五十二册三十四户，三十一元、五百文。统带亲兵营刘劝，湘四百三十两。管带亲兵水师两江候补都司焦，二百元。统领练军右营崔劝官弁兵勇四百八十四人，五百十四元、一千六百五十五文。

〇共洋七百四十五元，库平银二百九十四两四钱另五厘，湘平银七百八十三两另二分，钱二千一百五十五文。

共漕平银十五两九钱六分；共库平银三百十四两四钱另五厘（申四两二钱八分），合漕银三百十八两六钱八分五厘；共宝银一千一百九十六两六钱一分（亏十六两另五分），合漕银一千一百八十两另五钱六分；共湘银二千四百六十三两另二分（亏六十一两八钱九分），合漕银二千四百另一两一钱三分；共洋四千二百四十元另二角，换见漕银二千八百七十四两七钱二分六厘七毫；共钱五百四十九千一百三十七文，换见漕银三百三十二两九钱另八厘。

苏省各宪发茶米捐（各善堂绅士经手者附录）

丹阳县（何润生、束仲常、潘馨谷诸君经收）：

仿陆大钱四千五百七十八文，小钱五百三十一文，砂钱八百六十七文，少串一百念九文。

同庆大钱一千八百十三文，小钱二百十文，砂钱三百四十三文，少串五十一文。

松鹤大钱二千另四十三文，小钱二百三十七文，砂钱三百八十七文，少串五十七文。

兰泉大钱二千九百三十八文，小钱三百四十二文，砂钱五百十六文，少串八十二文。

新新楼大钱五千一百九十七文，小钱六百另三文，砂钱九百八十三文，少串一百四十六文。

云源大钱二千三百五十五文，小钱二百七十三文，砂钱四百四十六文，少串六十六文。

北源大钱七百念七文，小钱八十四文，砂钱一百三十八文，少串念一文。

福源大钱二千八百九十三文，小钱三百三十五文，砂钱五百四十八文，少串八十二文。

北门城外大钱六百八十一文，小钱七十九文，砂钱一百念九文，少串十九文。

方来大钱三千另另四文，小钱三百四十八文，砂钱五百六十九文，少串八十五文。

义乐大钱二千三百五十六文，小钱二百七十三文，砂钱四百四十六文，少串六十六文。

甘露大钱一千三百十八文，小钱一百五十三文，砂钱二百五十文，少串三十七文。

叙乐大钱五千另念二文，小钱五百八十二文，砂钱九百五十一文，少串一百四十一文。

紫阳轩大钱一千一百十七文，小钱一百三十文，砂钱二百十一文，少串三十二文。

迎春楼大钱三千三百五十二文，小钱三百八十九文，砂钱六百三十五文，少串九十四文。

迎凤园大钱四千八百三十一文，小钱五百六十文，砂钱九百十四文，少串一百三十六文。

太平轩大钱一千五百三十四文，小钱一百七十八文，砂钱二百九十文，少串四十三文。

西园大钱二千六百念三文，小钱三百念文，砂钱二千八百八十一文，少串一百四十四文。

如意轩大钱一千六百七十八文，小钱一百九十五文，砂钱三百十八文，少串四十三文。

松泉大钱二千六百九十六文，小钱三百念八文，砂钱二千二百四十二文，少串一百四十八文。

今顺园大钱三千一百七十五文，小钱三百六十八文，砂钱六百另一文，少串九十文。

福园大钱二千六百另七文，小钱三百十八文，砂钱二千一百六十七文，少串一百四十三文。

乐安大钱四千四百另三文，小钱五百十一文，砂钱八百三十四文，少串一百念三文。

六也大钱一千六百另九文，小钱一百九十六文，砂钱一千三百三十七文，少串八十八文。

品泉大钱二千九百念三文，小钱三百三十九文，砂钱五百五十三文，少串八十二文。

鸿福楼大钱二千另七十七文，小钱二百五十三文，砂钱一千七百念七文，少串一百十四文。

聚贤楼大钱四千三百念七文，小钱五百另二文，砂钱八百十九文，少串一百念一文。

福寿园大钱三千三百念六文，小钱四百另五文，砂钱二千七百六十五文，少串一百八十三文。

万福楼大钱三千六百五十五文，小钱四百念四文，砂钱六百九十二文，少串一百另三文。

安乐园大钱四千一百三十文，小钱五百另四文，砂钱三千四百三十四文，少串二百念六文。

文澜园大钱五千二百六十二文，小钱六百十文，砂钱九百九十六文，少串一百四十九文。

以上共大钱九十二千二百五十文、小钱十千另五百六十文、砂钱念九千三百念九文、少串三千另四十四文，换见洋一百另三元七角四分六厘。

珥林镇林君理堂手，十五元。何润生捐经费，五千一百八十三文。

（除付经费五千一百八十三文）○净收一百十八元七角四分六厘。（尚有珥林镇茶捐，收入丹字册户内。）

吴江县（尚有黎里镇茶捐一百元、莘塔镇五十元、芦墟镇五十元、北库镇五十千文，收入州县发款内。）：

黎里镇众善堂经收五、六、七、八、九月，四百十元（原收黎字册）北圻镇赵君小浦经收六、七、八、九月，一百五元。

○共收五百十五元。

常熟、昭文县（原收熟字册）：

博济堂经收，三百元、六十七千八百文。

（除付博济堂经费三十元、六十七千八百文）○净收二百七十元。

青浦县（原收青字册）：

米捐找谈绅笑有手，念二元、四百八十文。茶捐谈绅笑有手，三十四元。靛捐谈绅笑有手，六十五元。朱家角茶捐朱绅云台、潘绅镜波手，五十元。

○共一百七十一元、四百八十文。

金山县（原收工字册）：

黄雪樵、丁俊三、沈谊亭、张康侯诸君交来八月分，○共二百元。

金匮、无锡县：

金匮县宪倪发金匮米行八月分，一百千文。无锡米行八月分，二十千文。金匮各乡茶捐杨绅叔赓手九月上中旬，念三千一百三十五文。锡金城内附郭茶捐。九月上中两旬，七十二千三百十七文。

○共二百十五千四百五十二分。

共收洋一千二百七十四元七角四分六厘，换见漕银八百六十四两二钱三分九厘六毫；共收钱二百十五千九百三十二文，换见漕银一百三十两另九钱另四厘。

外省宪捐（发字册。此外捐款尚多，因系捐册所募，各归各册）

江西九江道宪洪，漕二百九十八两八钱六分四厘。江西湖口县宪章，宝念两另六钱六分。湖北淮军转运局江、德安清军府蔡募，漕五十四两二钱一分五厘。

共漕平银三百五十三两另七分九厘；共宝银念两另六钱六分，（去水二钱）合漕银念两另四钱六分。

浙江督销局宪发酱缸捐

督销局宪杨倡捐五十千文，长元吴各酱坊二百七元、七百文，江震各酱坊一百三十七元，锡金各酱坊五十一元、六百七十文，宜荆各酱坊四十三元九角，丹徒各酱坊念三元七角，丹阳各酱坊四十元一角，溧阳各酱坊六十三元二角，建平各酱坊五元，金坛各酱坊七元。

共收洋五百七十七元九角，换见漕银三百九十一两七钱九分八厘七毫；共收钱五十一千三百七十文，换见漕银三十一两一钱四分二厘。

应方伯寿礼

倪澍畦明府，二百元。吴明府，一百元。金螺青明府，一百元。耿思泉都转，二十元。尹君子铭，二十元。金君念生念穆，二十元。冯已亭明府，二十元。钱伯声太守，十元。申宜轩明府，十元。汪耕渔观察，十元。赵秉镕明府，十元。刘蔚卿观察，六元。邵步梅直刺，四元。陈仲荃观察，四元。陈念慈明府，四元。沈君嘉澍、刘君鸣高，四元。本寓同人，四元。又，四元。俞荫甫太史，三元。吴政庵太守，三元。罗少耕司马，三元。娄县蔡，两元。万君廷鸿，两元。彭君锡恩，二元。童君宝善，一元。

共收洋五百六十六元，换见漕银三百八十三两七钱三分一厘。

书画润赀

松江扬仁社（所有开销贴垫等项，系全节堂绅董耿思泉、姜丽甫两先生捐助）：仇先生竹屏，一百四十七千七百文。魏先生樊仲，一百八十六千一百七十五文。祁先生浩泉，三十一千文。沈先生元咸，八十二千九百文。杨先生古醖，二十一千文。周先生友翘，四千三百文。章先生韵之，五千六百七十五文。沈先生约斋，十七千另六十五文。张先生绿初，四十八千三百文。胡先生蓉初，十九千八百九十文。宋先生养初，二十九千二百文。唐先生辰伯，四千六百文。黄先生公硕，二千八百文。汤先生子眉，三千五百五十文。张先生叔木，十千另一百五十文。姚先生梓棠，五千三百六十文。杨先生荫盒，七千三百三十文。耿先生伯斋，十二千七百文。陈先生子愚，六十一千三百文。陆先生似楳，念千另七百八十文。祁先生紫枢，十二千八百文。王先生子乔，三十六千一百文。陈先生寿菱，念千另三百文。朱先生守初，十一千文。蒋先生仁侯，十七千文。潘先生云峰，八千七百文。沈先生星槎，十一千四百文。胡先生松寿，五十五千文。沈先生兰生，三十千另五百文。赵先生仲昂，七千五百念文。张先生心庵，十六千八百文。张先生少循，二千八百文。闵先生颐生，十五千一百念五文。张先生菊盟，二千八百文。沈先生子华，十二千九百五十文。仇先生次屏、姚先生松泉、吴先生佩生、姚先生桐士、侯先生慎卿、宋先生养初、姚先生梓棠、耿先生伯斋，六十千另八百文。以上自七月十六日起九月初十日止。郭先生友松，四千另六十文。刁先生蔼人，十千另六百五十文。庄先生恕一，十七千六百七十文。蒋先生卓如，一千二百六十文。何先生燮卿，一千八百文。顾先生孟平，二千八百文。顾先生梦熊，二千二百文。李先生蓉江，六千七百念文。钱先生小斋，六千三百文。俞先生粟庐，五千一百念五文。刁先生百遂，十千另三百文。王先生汉章，四千七百文。双桂楼主人，六千六百五十文。陈先生木吾，十二千文。钱先生韵梅，七千二百五十文。何先生苑生，二千一百文。顾先生七艻，四十五千五百五十文。夏先生少谷，三千八百文。宋先生醒鸥，五千五百三十文。叶先生绶紫，三千八百文。王先生赓九，三千二百文。邓先生沁香，一千一百念文。张先生伯润，四千另八十文。骆先生莼舫，二千文。赵先生竹农，三千一百五十文。张先生菊庄，一千七百念文。袁先生杏生，一千四百六十文。何先生于凤、刁先生颂廉、刁先生型士、李先生梦花，六千八百文。（以上自七月廿五日起，九月初十日止。）○共钱一千二百念七千一百六十五文，合收洋九百九十七元、钱九十五千五百八十五文。

李方伯眉生，共洋一百十六元。

南汇同仁社：诸先生，○共洋八十六元、钱念千另五百十文。

常熟虞山社：诸先生，（除付社费洋六元）○净共洋五十七元、宝银二两六钱二分、钱八千八百念六文。

苏州同善社：诸先生，○共洋一元五角，钱四千文。

苏州桃坞社（代扬仁社、同仁社、虞山社收润共一百九十余千文，均归入各社款内）：凌先生子兴，三十三元九角、六十九千七百另六文。王先生楚宾，十九千六百文。杨先生叔赓，一千另念文、两元。施先生拥百，一元、四千三百文。王先生莘揖，二千七百文。王先生梦仙，三千七百文。张先生沂木，一千九百文、二角五分。施先生亮畴，一千六百文。王先生星伯，二千二百文。徐先生子芬，三千七百文、二角。沈先生菊峰，四千五百八十文、一元五角。沈先生祥叔，一千六百文、二角五分。施先生稼成，三千文。李先生辛坨，一千文。徐先生选青，二千九百文、三角。吴先生鸣卿，二千六百文。沈先生雪渔，三千五百文。沈先生荷汀，二千七百文。沈先生逋梅，三千三百文、一元五角。朱先生六正，八百文。王先生云卿，七百文。梅先生霭君，八百文。姚先生凤生，二千另八十文、七元八角。沙先生山春，四千六百七十文、一元五角。钱先生霁塘，两元、一千二百念文。张先生青士，一元、一千九百八十文。徐先生克生，四千六百三十文、四元六角。郑先生远孚，一千八百文、二角。王先生云史，六百文。蒋先生厚轩，六百文。蒋先生桐生，八百文。王先生剑耘，五百文。徐先生藻涵，八百文。黄先生骐生，八百文。沈先生捷知，八百文。周先生立人，八百文。黄先生蔚若，一元、八百文。周先生慕侨，一千文、两角。邱先生寿荪，二角五分、六百文。彭先生伯音，六百文。吴先生庆余，五千四百三十文、两元六角。吴先生小圃，一千九百文。石先生君秀，一千一百文、三角。林先生叔英，一千四百文。吴先生小艻，六百文、两角。沈先生采侯，一千一百文。谢先生寿田，一千四百文、两角五分。陶先生问琴，四百文。陆先生廉夫，二千四百文、一元四角。谈先生恂如，一千文。姚先生侣梅，一千文。任先生友濂，八百文。沈先生梦渔，八百文。任先生莱峰，六百文。马先生子骏，一千三百文。叶先生绶卿，一千二百文。钱先生肖云，六百文。陶先生诒孙，一元四角、一千二百文。胡先生肖寅，念六元。代销大字样廿四本，十一元、一千一百一十文。○共洋一百另两元六角，钱一百八十八千三百念六文。

大共应收洋一千三百六十元另一角、钱三百十七千二百四十七文、宝银二两六钱二分。

实收洋一千四百三十八元，换见漕银九百七十四两九钱二分；实收钱二百三十千另七百七十文，换见漕银一百三十九两九钱；实收宝银二两六钱二分。

物件（以所收助赈物件作一千分，每分一元，掣签分物）

邗册扬州诸善士助：蜜腊朝珠一挂，汉玉手串十八粒，老八件表二只，汉玉班指一只，汉玉剑勒一件，墨晶眼镜二付，端砚三方，李鱓画一轴，大涤子山水一轴，翡翠手镯一只，挂钟一架，架白班指三只，板桥题山水一幅，汉瓦古砚一方，南碧花簪一枝，祁刻说文九部，洋脂玉佩一件，翡翠扇坠一件，成亲王对一付，金农梅花一轴，银镶翠如意一只，陈鸿寿对一付，汉玉七星挂件一件，梁同书对一付，伊秉绶对一付，翁方纲对一付，王澍对一付，金农对一付，白玉小牌一件，青晶烟壶一个，法蓝朝珠一挂，南碧耳扒一件，甘黄佩一件，白玉烟壶一个，冲伽南朝珠一挂，玛瑙烟壶一个，白玉牌一块，白玉大龙圈一件，寿星麻姑一幅，士女一幅，玛瑙扣十粒，淡晶镜一付，古铜炉一只，小水壶一只，《拓本小楷帖》廿四部，《十三行》一部，鸡丝乌木骨扇五百四十把，翠镶玉圈一件，翡翠套圈一件，汉玉笔架一件，唐碑条幅一付，拓福寿一轴，钢边眼镜一付，柘屏幅五十五堂，《聊斋》一部，善恶图一付，《茅山志》一部，洋金搭连一个，《和约汇抄》二部，《制义偶见》廿四部，《江浙文荟》廿部，《明文》一部，香珠两串，图章两方，银牙千一付，玉帽器一件，晶顶一个，真金镜套票夹两个，拓魁星廿幅，拓对八十六付，《六种新编》六部，《摭谈》十部，拓扇面五百六十个，《见闻录》五十部，眼镜套一个，玉手器一件，红木笔筒一个，帖一部，《乌夜啼》二百三十本，《百一诗》四十本，《好生录》二本，《达生编》四本，《妇婴至宝》三本，《直讲》二本，《影本》廿四本，《帝王谥号》十本，《醒闺编》十本，《易生编》四十部，《晨钟录》十本。

苏州默祷子助：《玉溪生集》一部，《敬史君碑》一部。

同文书屋助：《四书》十部。

遗墨轩助：何子贞对一付。

王远尘助：白玉翎管两个，西碧绰板两片。

不敢求福人助：《杜韩集韵》一部，《乡党图考》一部。

爱吾庐助：银痰盂一只，银桃杯一对。

晋赈存：《兰亭帖》九部，《笔势碑》四部。

黄高峰樵助：《两汉金石记》一部，《定武兰亭帖》一部，《曾文正文集》一部，木盒歙砚一方，双款贡扇四把，粗窑乳钵连捶一付，笔架一个，楠木文具盘一只，楠木帽架一付，骨牌一付，折扇两把，徽墨两匣，《破四书合讲》一部，破黄庭经三张，泥红顶一个，《平苗纪略》一本，《辟邪纪实》一本，《课徒草》二本，《项太史稿》一本，《瓣香亭古文》一部，《小题正鹄》初、三集，拓米襄阳字三张，《劝戒录》两部，《栖云楼文》一部，《今白华诗文》一部，《带耕诗文》一部，《金华文萃》一部，廿四忠图一付，《家塾模楷》一本，《敬信录》一部，《金刚经》一本，铜方笔套三个，印色缸一只，铜尺一件，红木帖架一个，著色湖北图一张。

玉鱼僧助：玉水盂一只（珊瑚柄镂超紫檀座），汉铜盆一只。

延寿室助：王良常墨迹一部，徐俟斋山水一轴，吴王册页一部。

星江无力子助：腊石圆带板一块。

蓉江不名助：风帽一只，漆合一只，折纨扇两把，纸四张，时文六本，策母二本。

以上各件经常州保婴局销洋一百五十元，刘望翁销洋六十元，扬州赈寓王氏销洋五百九十九元，本寓同人销洋一百九十一元。

〇共收银四百另四两三钱二分五厘，洋四百另一元。

何子虚助：《拓临庙堂碑》一部，《缩印九成宫》一部。

澹定居助：新鹏毛扇一把。

周悦来助：《笔势碑》一部。

慕善仁助：《感应图》一部。

三余学士助：山水一轴。

东吴生助：沈石田蟹一轴，祝允明字一轴，岁朝图一轴，春风富贵图一轴，仰山画龙一轴，姜笠人荷鹭一轴，何维熊和合一轴，王鉴册页一部。

求病愈人助：旧狐皮女袄铣一件。

李秋亭助：圣帝像一轴。

讷讷子助：晋唐字临本一幅。

徐荫嘉助：《不可录》二百本。

汝韵泉助：《化度寺碑》一部。

无力人助：《渊鉴类函》一部，翡翠三套圈一付，无字对一付。

凌子与助：拓左侯相、陈曼生对二百付，汉碑三十种，武梁祠造像全分，真蜜腊朝珠一匣，银脚墨晶眼镜一付，金孝章、翟琴峰墨梅册页一部。

蒲香室助：旧铜印一方，旧琥珀料烟壶一个，洮河绿石砚连匣一方，假伽南手串真坠脚一串，水坑旧玉扳指一个，水坑汉玉云龙佩一件。

江右半痴子助：七巧八分图廿部。

张筱衫助：古绣鏊一对，《大清律例·附洗冤录》一部。

晏淡如助：香珠一串，白玉牌一块，殆玉扳指一个，八件表一个。

叶佐平助：翡翠带钩一个，尔雅图一部，天青缎夹马挂一件，二蓝呢夹袍一件。

曹实卿助：《祁刻说文》十部（每部八本连史纸），《临唐宋画册》一部，《汉隶》一部，《颜鲁公笔势论》一部，《郭家庙碑》一部，大圆端砚（有盒）一方，小方端砚（有盒）一块，朱拓大福字二张，蒋华甫单款对一付，蒋华甫册页二张，蒋华甫小条幅一张。

项氏助：古大端砚一方，真茶青镇纸一块，真端砚一方，墨晶眼镜两付，真大理石一块，古瓷水仙花盆一个，封带玉件全副，白玉牙签圈一个，汉玉三件，青田图章五方，青田图章三方，青田图章两小方，真鸡血长图章一块，细窑仿古水池二分，李梅生真迹扇面一张，马元驭画一轴，李庆山水真迹扇一把，《五经囊括》两部，真牙泥金女扇一把，《见闻续笔》四部，《阴隲文图证》一部，嘉定竹刻图书盒一个，香珠一串，墨斗一个，挑花眼镜袋一个，挑花梹榔袋一个，搭连两个，带版五付，洋磁溜金茶壶一把，老八件表一个，《广事类赋》一部，《理瀹骈文》一部，《灵飞经帖》一部，水晶盒八宝印色二分，硃扬绫裱十言对一付，细骨杭扇一柄，硃搨裱成篆字屏六幅，硃拓邓石如隶书屏六幅，紫沙茶壶一把，硃拓裱成祁中堂字屏四幅，硃拓董临兰亭字屏四幅，硃拓兰竹画屏四幅，《戴文节全集》一部，《荫图诗钞》一部八本，《瑞芝山房文钞》一部，朱朵山法帖四幅，王履吉法帖两纸十分，千字文帖四分，国初诸名人法帖（每十分共八十分），柳公权法帖两分，身世金丹一部，《翰院临文便览》一部连套，《崇经堂制艺》二部，《经验汇编》八分，《座右醒言》共八分，《梦华杂志》三部，《经验百方》一本，玳瑁槟榔叶扇一把，海梅小墨床一个，细磁痰盂一个，张翰云岁朝图条幅一张。

惜阴书屋助：象牙柄真雕扇一把，鸡苏木团扇一把，梅竹团扇一把，玉竹团扇一把，粽竹五十方杭扇一把，海梅帖架一座，黄杨木棋篓一对，乌木骨折扇二百三十把，海梅笔筒一个，《顺天易生编》一百本，《晨钟录》一百本，《撴柳闲谈》十分，《张都转千字文》十本，《阴隲文》影本廿六本，《百一诗》十本，《绣像封神》一部，《翰院合书感应笺注》部（板全），水晶球一个，成化窑水盂一个，粉定磁杯一对，金边小挂镜一个，海梅盒镜一个，海梅大盒镜一个，真金雨缨一个，水晶砚池海梅座一个，《乐毅论》《洛神赋》《麻姑坛》《道德经》四种计廿一分，《格言联璧》七十部，京墨盒三分，硃拓梅兰竹菊四幅，程梧冈画幅一轴，《晨钟录》七十本，《初刻说文》八本。

上海公所移交：吴念椿行书横披一幅，京鹿皮靴页一只，滋蕙堂墨拓一本，《诹吉便览》二本，《尊闻阁诗选》十本，京铜墨盒一只，《初学检韵》四本，《四书合讲》六本，《都门汇纂》六本，《小说》四部，《诗韵》四本，《丰溪存稿》二本，《试律》四本，《使西纪程》一本，《养蒙金鉴》二本，《传奇》三部，《塞上吟》二本，《钓诗帖》一本，《诗经》（体注）四本，《序辨》一本），《褚临兰亭》一本，《诗律大观》正续十八本，苏公像一张，愿学堂碑一张，红木瓶座一只，观善堂碑一张，《捕蝗要诀》一本，《皖江诗钞》一本，《文腋》八本，《时文》二本，《唐诗》两本，《书法》二本，《旧窗试帖》一本，《蘅华馆诗》十部。

以上各件经惜阴书舍销三百元，鄂不轩销五百元，桃坞敝寓销二百另一元。

○共收银五百四十两、洋二百另一元。

共收漕平银九百四十四两三钱二分五厘；共收洋六百另二元，换见漕平银四百另八两一钱三分七厘七毫。存紫貂马挂、外套各一件，王逊翁助。

黎里众善士助《回天宝鉴》四百五十本，无名氏助腹泻药两料，江右王宅助午时茶二百服，金明府助药茶四百服，江右有心无力助午时茶廿服，赵镜泉助正气丸一千服。

代烧香捐（尚有二百余元收常字册）

敦记、潘毛氏、李沈氏三户各十元，共三十元。陆王氏五元。力不足四元。祈安氏三元。郭李氏二元。李德增、杨元铁、杨朱氏、资善堂王、李秉镠、杨赵氏、沈冯氏七户各一元，共七元。

共收洋五十一元，换见漕银三十四两五钱七分六厘四毫。

天 字 册

京城无名氏松二百两。积厚棠张松一百两。则古昔斋、德三氏三户各松五十两，共一百两。费里赤、华必乐、欧理斐、毕利干四户各松念五两，共一百两。乐宜堂松念两。饱经堂松十五两。凤山、退足斋、得桂堂、兆星堂四户各松十两，共四十两。上海协记规十两。浚源书室、松安、谭宝琛、延宸伯、延仲穆、延叔元、延季云七户各松八两，共五十六两。敬畏堂、清瑞、徐树钧、汪朝棠、福通、额勒精额、陈倬、霍顺武、凌行均、黄元文、张照南、任朝栋、廷恺、范鸿谟、寿春堂、睡棠轩、同善堂十七户各松六两，共一百另二两。有恒堂、来鹤堂、寿华堂、寿德堂、寿芝堂、梦兰堂、希孟卿、裕公馆八户各松五两，共四十两。复复轩、味琴仙馆、绍荣、世杰、明通、宝曙楼、积福堂廖、希志远、知菜根味轩、万本敦十户各松四两，共四十两。李庆延、受福堂曹、永康堂吴、希惠庵四户各松三两，共十二两。倪梦白漕十一两五钱二分。怡怡斋、涛华馆、居易斋、乐安室、槐阴书屋、新语堂、吹蕚吟馆、槐初仙馆、有泰、陈达、青草堂、三十树杨柳书屋、双梧堂、张度生、潭溪精舍十五户各松二两，共三十两。学善堂、敬善堂、敬心堂三户各漕六两一钱，共漕十八两三钱。徐莲卿、朱筱珊、李晓源、余岫珊四户各一两一钱五分，共漕四两六钱。嘉会堂松一两。悟云草堂漕九钱六分。粟斋平余漕四钱。蒲编堂、孝友堂二户各十元，共念元。于绍香、世德堂二户各六元，共十二元。思诒堂、余庆堂、槐荫堂、庆小亭、王兰生、钱梅修、张菊甫、唐云台、宝善堂、礼耕堂田、三乐堂韩、日新堂赵、无名氏、红棃花馆、寄隐轩十五户各四元，共六十元。天津李姓祈母愈钱念千文。

○共漕平三十五两七钱八分，松平八百五十六两折实漕平八百十九两二钱，规银十两折实漕平九两二钱四分，洋九十二元折实漕平五十八两一钱四分，钱念千文折实漕平十一两八钱三分。

应共漕平银九百三十四两一钱九分，（除晋赈帐内天字册透收一百八十四两七钱二分）实共收漕平银七百四十九两四钱七分。

苏字册（附晋捐苏字、雨字、柳字册）

二号，济顺典募（三十二户），三十元、四十文。四号，钱六生募（六户），十元。六，不留名瑞记，十元。六，泰昶募（十五户），十元。七，惠安堂募（三十九户），廿一元。七，天香深处滋兰书屋，三元、两元。八，泰昶、洞庭募（三次共廿七户），二百元。十，强复昌募（十三户），念元。十一，万君手（十一户），七元。十二，又手（十三户），十元、五百五十文。十三，又手（八户），十元。十四，又手（三十户），十七元三角、十三千三百廿文。十五，又手（四十八户），廿五元。十六，又手（五十二户），三十二元。十七，又手（十八户），十元。十八，又手（廿六户），三十元、一百八十文。二十，又手（三十户），廿二元。二十一，六合李慕良募（十户），五十元。二十二，周逸蟾周汤氏，十元。二十二，陈竺记，十元。二十六，福山中营游府沙募（六十四户），七千七百文。二十七，又募（六十四户），廿六千五百五十文。三十一，周惇裕杭记，廿元。三十二，江干局周募（三十五户），五十元。三十四，同日升胡募（十八户），三十三元、五百文。三十五，闸口局胡募（六十三户），一百另四元。三十八，沈广茂丁松泉，两元。四十一，周庄怀善局茶捐，十元。四十二，陶子春捐醮怀善局茶捐，四元。四十四，诵芬夫募（十四户），六元。四十五，勉效棉力子募（十一户），十八元、三百文。四十六，王剑云募（二户），两元。五十二，赵映泉募（四户），一千二百文。五十三，又募（四户），一千五百廿文。五十五，常州赵映泉募（廿户），十元、三百文。五十六，又募（十五户），宝五钱，五千四百五十文。

五十七，又募（三户），三千三百二十文。五十八，又募（三户），四元。五十九，又募（三十九户），四十九元、一千三百文。六十一，勿药老人，六元。六十二，张悦帆募（十一户），廿三元、一千另六十四文。六十三，又募（廿五户），五十元。六十五，张玉臣，二元。六十六，何梅谷、邹仙洲募（十一户），宝廿二两。六十八，钱芳翁募（三十三户），宝四十两。七十，沁泉来（六户），五元。七十一，凌子与手何右田募（三户），廿六千四百二十文。七十二，又手林佩洲募（五十二户），十八元、八十千文。七十三，又手王楚宾、席小斋募清河无名氏，二百千文。七十四，又手王小圃，十千文。七十五，又补过生，五千文。七十五，凌子与、王楚宾募余莲公，一百七十三千一百五十四文。七十六，又募兰荣合，十九千五百二十文。七十七，凌子与募（二户），一千九百六十文。七十八，又手严岑甫募（廿八户），十二元、宝六两七钱三分四厘。七十八，又（二户），四元。七十九，又募十六户，三元、五十二千八百十九文。八十，又募（四户），五元、四千四百二十文。八十六，徐榭亭募（十七户），廿一元。八十七，又募（十二户），八元。八十八，王惟三募（七户），廿五元。八十九，又募（六十三户），十五元。九十六，尤来（十四户），十七元。九十七，徐子春募（九户），十一元。九十八，顾庆誉，十五千文。九十八，顾安时，四元、四百八十二文。顾东安，五千文。顾妙香，五千文。贝经畬，四元、五百文。孙师俭，四元、五百二十文。沈留余，五千文。一百，朱理堂手（九户），两元、二千四百文。一百，谢病愈，两元。一百○二，燕誉堂无名氏，五十元。一百○三，周募（六户），五元、四百文。一百○四，又募（十户），四元、三千二百文。一百○五，又募（十户），廿元、五百文。一百○七，朱汪氏求病痊，五千文。一百○八，安裕手（十四户），十四元。一百○九，尹文膏募（六户），十七元。一百一十，周承德，漕一百两。周庚五募（五户），十元。一百十一，娱隐园，十元。一百十二，叶星榆募（四户），三十八元。一百十三，达源庄募（七户），一百另六元。一百十四，顾森伯募（十九户），一百廿四元。一百十五，王浚兰募（十户），十元。一百十六，施直堂，五百文。一百十七，求病愈，一元。一百十八，陈问梅募（五户），廿九元。一百十九，陈问梅募（二户），廿一元。一百二十三，王大生募（二户），十一元。一百二十四，王大生募（十二户），十一元。一百二十五，潘湘之募无名氏，十元。一百二十六，讷言募无名氏，五元。一百二十六，凌忆寿、张寿萱，十五元。讷言居士，三十元。一百二十七，汪品三，三元。一百二十八，吉生，十元。一百二十八，怡如，十元。养心居士，十元。一百二十九，鲍燕亭募（廿二户），十五元。一百三十，余庆堂郑室人病愈，廿元。一百三十，沂溪钓叟，五元。戴纬生募（廿八户），十元另四角。一百三十一，汪理仲募（十三户），二十元。一百三十二，程梅峯募十四户无名氏，七元。一百三十三，尹仰之募（五户），十六元。一百四十四，云蓝阁募（五户），七元、五百文。一百四十五，戴伯穀募（七户），四元。一百四十六，戴商隐募（九户），十元。一百四十七，顾春生募（十四户），七元、三千五百文。一百四十八，俞竹安募（十九户），四元、三千一百八十文。一百四十九，叶侣云募（十五户），五元、三百七十五文。一百五十，莫厘隐名募（八户），十一元、二百文。一百五十一，程子和手（廿四户），十六元、四百九十二文。一百五十一，张小翁募，廿一千一百三十文。一百五十一，张筱翁募，二千文。一百五十二，张筱杉手悲屺祈母汪太孺人冥福，十元。一百五十四，萱永堂，五十元。一百五十四，张小轩，四元。一百五十五，张手徐正卿募（四户），两元、一千六百六十文。一百五十八，又手成金圃募（廿户），八元、五百十九文。一百五十九，张筱杉手郭漪园、胡少初募十三户，廿五千五百九十八文。一百六十一，又手蒋克嶷募（十三户），五千五百八十六文。一百六十二，又手王縠孙募，五元。一百六十二，又手王縠孙募（十九户），三元、二千六百九十五文。一百六十三，又手孙鹤笙，三元。一百六十四，又手汪松筠募（四户），七元。一百六十五，孙立本募（十四户），廿一千文。一百六十六，又手翟礼前、程幼伊募（五户），廿六元。一百六十八，又手张少轩募（五十户），十五元、四百五十文。一百七十，又手汪松云、王云峰募（十五户），廿七元。一百七十，同盛和募（十户），十七元、一百文。一百七十二，万君募（十五户），廿一元、一百文。一百七十四，乾昌募（三十七户），十三元、三百文。一百七十五，吴冀阶募（十九户），十三元、宝一钱一分。一百八十一，朱幼伯募（五户），八元、六百文。一百八十二，协美募（十二户），十元。一百八十三，嘉定人募（五十六户），一百另七元六角、五千四百文。一百八十四、一百八十五，王春堂募（一百三十五户），四十元、四百六十文。一百八十六，蒋憩生募（六户），十元。一百八十七，又募（九户），十元。一百八十八，海口局赵募（廿一户），十五元、一千一百文。一百八十九，县左堂潘募（十二户），十二元。一百九十，盐运判孔、福山守府叶募（三十三户），十八元。一百九十一，王蓉记募（四户），四元。一百九十二，张维蕃募（八户），七千二百文。一百九十三，又募（四户），二千八百文。一百九十四，庞静山募（六户），五元。一百九十五，何润生募（二户），二元五角。一百九十六，吴亮采募（二户），六百文。一百九十七，履泰丰手（六户），四元。一百九十八，吴亮采募（八户），八元。一百九十九，王晋义募（十户），八元。二百，无名氏，一元。二百○三，王厚卿募（四户），廿三元。二百○四，泰和永募（十六户），二元、五千八百文。二百○五，陈长茂募（九户），十二元。二百○六，陶辰卿募（十一户），十元。二百○七，袁海翁募（三户），廿八元。二百○八，贝伟如募，十元。二百○八，潘熙年募，九元。二百○九，丁香巷吴募（二户），十元、五百文。二百一十，汪履仲募（五户），十元。二百一十一，尤宅募（七户），一百十四元、五十千文。二百一十一，补过居士三龄童子，七元。二元。二百一十二，严保之募叶涛，十八元。广平桂记，五元。二百一十四，恨力薄，五元。二百一十五，古松堂募（五户），五十元。二百一十七，强恕斋，十元。二百一十八，南阳氏，两元。二百一十八，恽菽元募（六户），六元。二百一十九，江蓉翁募（四十七户），八元、十八千八百文。二百二十，谢雪翁募（二户），六元。二百二十一，又募（四户），四元。二百二十二，永荫堂乐安氏，一元。二百二十三，彭讷翁募（八户），四元、五百八十文。二百二十四，文舟茂堂募（六十户），三十一元、七百八十文。二百三十一至二百三十三，顾云锦，五元。二百三十四，震泽巡斤杨募（三十六户），十八元五角、一百九十五文。二百三十五，又募（九户），十六元五角。二百四十一，不书名（十户），五千文。二百四十三，吴亮采募（十一户），五千四百文。二百四十三，薛珊贡募（四户），十二元。二百四十四，赵姓募（七户），三元。二百四十五，芹香募（十七户），十一元。二百四十六，王经伯募（廿二户），六元。二百四十七，王履安募（廿八户），五十三元。二百四十九，江阴学张募（六十户），五十六元、五十五文。二百五十，棠湖无名氏募，六元。二百五十一，陶志伊募（九户），七十元。二百五十二，野秀堂募（三户），十元。二百五十六，吴亮采募（六户），七元、五百文。二百五十七，南塘隐名募（十二户），五元。二百五十八，混堂巷丁募（八户），六元、一千文。二百五十九，丁募（三十六户），三十二元、十千另二百文。二百六十，吴以英募（二户），一元、二千。二百六十一，罗兰亭募（六户），一元、一千九百文。二百六十二，梅尊堂，五元。二百六十四，程梧村募（四十三户），规五十二两三钱五分。二百六十五，惇澂堂钱，十元。二百六十七，振源募（廿三户），一千四百五十文。二百六十八，陈新轩募（二户），二元。二百六十九，杨春圃募（四十三户），七十五元。二百七十，徐有成募（四十四户），十五元、十二千五百九十文。二百七十二，柏亭募（廿七户），二元、五千一百五十文。二百七十三，刘佑之募（十三户），二元、一千八百文。二百七十四，五湖渔孙募（四户），五十三元五角。二百七十五，笑鸿庐募（十四户），八元、七百三十文。二百七十五，江蓉翁募（十户），六十八元、五千文。二百七十六，又募（三户），十一元。二百七十六，半痴道人募（五户），四十六元五角。二百七十七，碧梧山庄募（廿八户），十八元、五百九十文。二百七十七，江蓉翁募（四户），三元五角。二百七十八，叶穗生募（十三户），十二元五角、二千一百文。二百七十九，刘崧甫手（十户），十元、一百二十六文。二百八十，缪明达，十二元。二百八十一，宝泰典募（廿五户），九千二百文。二百八十二，宝泰典募（六户），二千九百文。二百八十三，吴伯焘募（十户），十三元、二百七十文。二百八十四，吴伯焘募（八户），五元。二百八十五，又募（七户），十二元、三百文。二百八十六，又募（四户），四元、九百四十文。二百八十八，吴诚庵募（十户），廿九元。二百八十九，宜荆学庄姚募（四十六户），廿七元、一百五十文。二百九十，武阳公募，十元。二百九十一，马驮沙居士，四元。二百九十二，吴伯焘募（十二户），六元、五百文。二百九十四，江阴力不足，六元。二百九十六，周玉圃募（卅五户），五元、七百文。二百九十七，周玉圃募（五户），四元。二百九十八，又募（四十二户），廿一元、四百五十文。二百九十九，马筱沅，一元。三百，周玉圃募（四户），二元、四百文。三百〇一，秉光僧募（十一户），十六元、五百文。三百〇二，秉光僧募（七户），十元、一千文。三百〇三，无名氏全生，两元。三百〇四，退修募（十九户），廿一元。三百〇五，俞笙诗募（七户），六元、一百九十文。三百〇六，许益成募（十三户），十二元七角七分八厘。三百〇七，徐岩、徐耀卿、吴少楳、崔少槎募（四十八户），四十一元七角二分二厘。三百〇八，王者香募（四十三户），廿六元。三百〇九，公信行募（三户），一元、一千文。三百一十，公信募（廿五户），十三元、九百六十文。三百一十一，又募（十八户），十六元、一百五十文。三百一十一，延宁会馆，廿元。三百一十二，公信募（八户），二十五元、三百文。三百一十五，张心田募（卅二户），廿三千五百文。三百二十一，九江关朱募（廿三户），漕十六两八钱五分三厘。三百二十二，德化县姑塘募（十户），宝十七两一钱四分。三百二十三，九江关朱募（八户），四十七元。三百二十四，江西姑塘厘局募（卅六户），宝二十一两四钱七分。三百二十五，平陵彭城募（十五户），宝十三两四钱五分、三十九文。三百二十六，南泉利730府募，漕四百两、一百两。三百二十七，湖口县署募（五十六户），四元、宝三十三两七钱四分四厘。三百二十九，九江关朱募（四十八户），三十六元。三百三十，九江关朱募（廿六户），漕一百十两另三钱。三百三十一，黄高峰樵募（三十八户），湘八两五钱四分五厘。三百三十二，又募（廿七户），宝六两六钱八分、洋二元。三百三十五，又募（四十三户），湘三十三两三钱七分六厘。三百三十六，又募（四十八户），湘十六两另七分。三百三十七，又募（十六户），湘九两八钱六分五厘。三百三十七，又募（三十五户），湘十五两二钱。三百三十八，又募（九户），湘六两四钱四分。三百四十一，徐子翁募（五户），十元、二百文。三百四十二，徐子翁募（七户），十三元。三百四十六，无名氏，三元。三百四十七，式古堂保嗣生，三元。三百四十九，张筱杉手（佑光子募三户），三元、一千五百文。三百五十三，又手李辉亭，廿千文。三百五十四，又手郭何募、林张捐，十元。三百五十六，又手王廉浦募（二户），廿千另一百四十文。三百五十七，又手王佑卿募（廿七户），六千六百十五文。三百五十八，又手郭漪园、王秋农募（二户），十六元。三百六十二，杜韶九手（九户），三元。三百六十三，又手张建元募（廿七户），廿一千文。三百六十五，又手徐正卿募（四户），二千四百五十文。三百六十六，又手陈瑞堂募（十七户），五千六百八十四文。三百六十七，黄履堂目愈，十元。三百六十八，寿萱轩，一元。三百七十，徐子翁募（九户），四元、四百文。三百七十一，张手孙陈募（十一户），三十三元。三百七十九，张筱衫手、梅少舟募，六元、三百文。三百八十，张筱衫来朱纯卿愈，四元。三百八十一，陶小云募（九户），十元。三百八十二，丁仲波、谈仲懿募（五户），四元、十八千文。三百八十四，俞笙翁手（七户），四元九角一分。三百八十四，吴吟轩手（十六户），八元。又，戴仲臧募（十八户），四元六角二分二厘。三百八十五，王晋蕃募（三十二户），廿一元二角六分。三百八十七，陶友三募（十一户），二元七角七分五厘。三百八十七，俞笙翁手戴伟翁募（三十七户），十一元八角。又，又（九户），六元四角。三百八十八，又手许慎仪，三元。又，啸秋馆主，十元。又，手（三户），八元。俞笙翁募（三户），一元七角。三百八十九，洪子安募（廿三户），廿元七角四分。三百九十，俞笙翁手王者香、夏平叔募（十七户），十四元二角。三百九十一，又募（二户），一元五角。三百九十三，求平安人，五百文。三百九十四，王薇阁募（十户），四千六百四十四文。三百九十五，徐次川，三千文。三百九十六，王薇阁募（十一户），一元、三千四百五十文。三百九十七，思补斋募（十七户），五十八元。四百〇一，皖省乐善募（十户），二元、四千文。四百〇四，又募（廿一户），十六元、十八千九百五十文。四百〇五，留香馆，一元。四百〇八，凌子翁募（二户），七千八百四十文。四百〇九，丹徒李小岩画润，四千文九百文。四百二十二，方鼎翁募海门（八十一户），一百二十一元、一百九十文。四百二十四，公信募（十三户），十三元、一千文。四百三十五，哈密大臣转运局委员窦募（十一户），宝九两二钱。四百三十六，又募（廿五户），宝六两另四分八厘。四百三十七，又募（十六户），宝廿一两一钱六分八厘。

〇共洋四千三百三十六元二角另七厘、湘银八十九两四钱九分六厘、漕银七百廿七两一钱五分三厘、宝银一百九十八两二钱四分四厘、规银五十二两三钱五分、钱一千一百另八千另九十二文。

不列号：沈玉书手（十六户），五元、五百文。德永隆来（三十二户），十八元、六百文。华亭来（二十七户），十四元、一百五十文。泰记，二元、七百七十一文。杨子翁手无锡来（七十四户），三十元、一千六百九十文。虞祷子追荐先室，宝二十八两四钱六分、十七元。无名氏，一元、三十七文。国记等（三十三户），三元、九百文。半舫居士，一元、四百文。苦难氏，四元、六百文。安定氏，十五元、七百四十五文。继义堂陈，七元二角、宝二钱。无名氏，一元、六百文。吴霄堂、朱润生垫款，九元、五十千文。传流植桂轩，四元、六百文。从心氏，廿二元、五百八十文。吕记念佛，一元、二百文。铁耕子酬醮移助，三十一元、九百文。无名众氏烧香省节，一元、一百四十元。无名氏，六元、五百五十文。徐素行，一元、六百文。时泰当中元节费，二元、二百文。吕灿庭念佛，一元、一百。徐王氏节省，四元、五百文。张琢生募（六户），二元、二十文。春阳美记，五角、三十六文。庞芸翁募（十二户），五元、四百文。王姓手，宝四两、六元。无名氏，八元、五百文。无名氏，一元、三百文。郁研渔，四元、三百念文。永春，二元、一百廿二文。澹定居士，两元、宝一两三钱二分。上海正心氏，一元六角、一千二百四十八文。

○共洋二百三十二元三角、宝银三十三两九钱八分、钱六十四千三百另九文。

善士自交来银款：众无名氏宝二千五百两，岁寒堂湘一千两，丁有珩漕一千两，昆陵闻木樨香馆漕三百两，怀德堂宝一百六十八两，又宝一百十两，祈瘳凤疾冀延一线漕一百两，惟精堂忠宝五十四两二钱四分，顾正心来宝五十两二钱，胜莲花室漕五十两，隽山手无名氏宝四十七两九钱，毗陵已兰馆宝三十两，施南协镇柏宝廿八两七钱七分，惟精堂宝廿八两六钱三分，知悔过人宝廿两另一钱，同延益氏漕廿两，乐安子资先人冥福漕廿两，同心兄弟求亲愈宝九两五钱，宜兴任豫苏漕八两，延寿主人漕六两七钱九分六厘，曙记酒樵手漕六两一钱三分五厘，管不书名寿仪宝六两，吴永丰宝四两，求病速愈人漕二两四钱，王庚媳愈漕二两一钱三分七厘，铅山蒋王氏了心愿宝二两，江西隐名氏宝一两八钱，陈室人病愈漕一两七钱三分，铅山蒋荔裳病愈宝一两，闻风兴起人漕三钱。

○共宝银三千另六十二两一钱四分、漕银一千五百十七两四钱八分八厘、湘银一千两。

善士自交来洋款：退禅主人四百元。悔迟子求子病愈三百元。病愈还愿人二百五十元。妙慧通、张悦帆募陆连贵、长寿山民、长生客、热肠冷面人、二乐居士、日升子求父母长寿、关荣涛、张翰卿九户各二百元。共一千八百元。如不及斋一百八十元。问心草堂一百六十元。隐名氏祈保病愈一百五十元。种兰山馆一百四十元。扬州敬善德一百二十元。三槐堂、陆晓云母愈、南浔张源泰、星江寡过未能、三槐堂王、瑞珍祈冥福、梦梦生、无名氏、江载亮、留春堂、燕山樵子父病愈、稻香募周王李、大有恒手无名氏、杨澄求愈、吴佑生病愈、潘陆氏病愈、洗蕉第二子求速愈、留春堂、病愈还愿、严竹君来无名氏安、留春堂二十一户各一百元，共二千一百元。朱恒泰九十五元。蔡仲翁募四户、孙闾如二户各七十元，共一百四十元。黟山汪耆龄求愈、务本堂祈病愈、无名氏病愈三户各六十元，共一百八十元。孙手无名氏、戴程氏求愈、上海谢诗记、上海知止居、上海柔隐居、武陵祈健斋、戴程氏祈愈、无名氏、榆记、成李氏率子、无名氏、今有人、扬州求安堂、刘河泰昌募隐名氏、铭手无名氏、潘善士募十一人、张刘氏求愈、王手无名氏、纪小亭妻愈、王念均、松溪渔人求病速痊、炳生子痊、炳生父愈、悔过母愈二十四户各五十元，共一千二百元。新昌营各哨官、邗江庑客、三元子祈父母长寿、周允翁病愈、吴兴隐名病痊五户各四十元，共二百元。万逸翁募三十五元。彭稼生劝节酒茶资三十三元。礼德堂杨三十二元。忆笠氏、诚祷子女愈、莫厘先生、唐彭氏冥福、武功福福子、穆伸氏子愈、了心愿人、广申源、无名氏、白门冷隐资先冥福、益寿延年室、何必名、袁宅、留耕轩、潘锦记十五户各三十元，共四百五十元。张翰泉二十八元。种德堂、吴荫蟾二户各二十六元，共五十二元。程氏求病愈、费屺翁来二户各廿五元，共五十元。狼右守府千把外、俞振记二户各廿四元，共四十八元。敦厚堂、宣善裔、蔡仲翁募八户、胡慎记、望松雪斋、邓子平祈愈、崇本堂叶、因女求病愈、自愿勿药、乐善堂、仁生氏、强福环、胡慎记求愈、茶峰小筑、撷兰室、僧秉光、吴记、心愿、玉笋生、聚顺堂、一点赤心、未资培母愈、德修堂徐、程名记、抚署吴、徐培次孙求愈、京兆荐七、扬州敬善堂、萍记、抚署无名、知非主人、一粟居、南阳氏善书、袁记、许金氏求愈、杨盛元、丹霞公所、曹养拙子孙病愈、祈父康母愈女工、助鹤典众友、陈裕仁求愈、隐名氏、知足子求平安、庄涤梅寿费、无名氏病痊、徐易安愈四十六户各廿元，共九百廿元。李宣斌手、保安居士二户各十八元，共三十六元。黄介眉酒茶十七元。无锡无名氏、长春子病痊、渤海书屋、徐心培募四户各十六元，共六十四元。润德堂、强侯柏、强子明、祝萱生质衣、蕉山书屋、仲孙烈氏货厘、悲岵子求母汪氏冥福、留有徐、广陵百福堂、无名氏、金鸿小子求愈十二户各十五元，共一百六十五元。山阴钱胡氏、渔隐氏醵费、楚北无名氏、颜余庆、胡慎记五户各十二元，共六十元。浙西缉私水师等、无名士、端万清、李志广、大仓卫刘、任范氏求愈、武陵子、顺心书屋、尔室、夏厚庵女痊、日辉氏、汪燕喜、怀善局茶捐、平心居祈愈、映雪生冬米、汪梅轩子愈、求病愈人、顺远堂租费、顾润记、沈平舟手信记、求愈夙病、味云居、佩记、锡来隐名氏、寿萱庐、偶然得意、求安室、勉效棉力、怀善局茶捐、时泰当、补过氏、孙鹤皋、无名氏、王望子、澄江勾余氏、荡口祈病痊、莹记目愈、静芬堂、孙卜臣、燕翼堂荐母周忌、徐棣山、寒松堂、李吉安痢愈、源记、高立本、易安庐徐、炘记、戴小江节费、龚手无名、上海德昌、思补堂、鲍永思忏金、沈润田代、沈手无名氏子病愈、蕉山书屋儿愈、金延寿、无名氏病愈、刀下余生、勤植堂、宾贤记、无名氏求安、心慕义、婿荐岳、侄荐叔、蕉山书屋荐先考妣、姊婿荐内弟、京兆在苦荐七费、无名氏身健、诚求合家安、征兰子、火神诞费、佩如女史、吴祖熊妻愈、吕锡龄患除、研兰书屋、无名氏、乐善居士孙愈、吾蓬居士求病愈、归宏农乐安氏、萧华氏、全记、海记、吴佩芝消灾、同益祥药茶、宝应王手无名氏、愿生产平安母子延年、郑俞氏求愈、桐川筱鹤氏、王干记、寿春山人、藏锋逸史、屈莱峰求愈、真璞斋朱、兰花馆女史、求母病痊、徐心培、颜宜人冥福、三元入学、吴守抡、娄东贫士、惜物轩、周庄茶馆捐、祈保平安、会稽范世清了愿、练祁力不从心、问花居妻愈、戴眉峰妻愈、俞振庭、了心愿人、赵文渚求愈、潜牖子病愈、刘孙氏全愈、汪班记全愈、祈愈病子、吴名氏求愈、无名氏、主善为师、海岛求孙女愈、李荣卿求愈、潘真果求安、保无病、金泽病愈、淡如轩兄愈、无名氏、树德堂病痊、清臣手、柳秋霞病愈、周庄茶捐、义兴免灾、求病速愈、丁蕊卿室生男还愿、马诒安荐母舅、慕虞延残生、吴程氏、无名氏、仁记、程兰卿求痊、锡山无名先人冥诞、吴承祖、陶定夫病愈、张叔鹏来、赵马氏求愈、武陵朱积堂、屠致均棉衣、章德修、吴荫余、无名氏求儿免灾、崇礼不服药、裘募无名氏、有恒心斋病愈、跻岳氏、传庆堂病愈、吴徐氏一百五十三户各十元，共一千五百三十元。先母七十冥忏费九元。郑六有、表诚、补过生、知不足、泰昶端午席、无名氏、吴程氏、戴程氏夫愈、周季谦、胡慎记善书移、天和烛号年醮费十一户各八元，共八十八元。吴清记来八人七元五角。万君来折息七元一角八分。补过子、邱玉书手、秀野堂省醮、潘真果先母忏费四户各七元，共二十八元。谢佑求安子、顾恭寿、棉力堂、省过庐、钱六生募各船户、映雪堂孙、目颜记、眉寿山房、焦东移德堂山阴平安子、许陆氏忏费、王徐氏求愈、陈陆氏病痊、心记、吴枚臣、补过诵芬氏、爱莲书屋、祈病勿药等三户、徐学湛、徐宝记父愈、缪日鉴、超度宗亲廿一户各六元，共一百二十六元。蔡少阶、龙德元、求安氏、钱谭氏率子六生、贵记、曹飞鸿延年室、丽记求子、有心无力人、思诚居弟愈、复祥、听桐书屋、求愈疾免刼、钱六生来隐名氏、补愧心、钱顾氏、资善堂、无名氏、偶然得意、望声氏求愈、荫思代源求、素位居、无名氏、颍川仲子、慎独庐求痊、无名氏祈友痊、河间韵记求子愈、荫思土记、勉力善士、英记、慎独庐代忏、贻仁堂祈愈、张子仁、林元助安、无力炳氏、求母冥福、日晖氏、怀德堂、随缘室、娄东祖香馆、金匮无名氏、华芙记、贻仁堂免疾、愧不如人、钱顾氏保舅姑寿健、王贝氏求愈、钱六生募各船户、湘记、王手无名氏、王姓、补过生、梁溪无名氏、顾绳高祈愈、杨手无名氏、沈代徐鋆、力不足者货利充赈、袁养珊、崇善堂、但求人口安康无病、林恭记、徐吕氏求愈、顺心书屋叶、米山书屋、寓禾名子祷除癣疾、上海兆丰、报竹平安室求愈、愿平安人、易胜芳病愈、天和烛铺、成记足愈、杨氏临盆佑安、时雨斋同人、无名氏王手、颍川仲子、梁溪佣蠢、射阳筱晴氏子汤饼、王蔡氏、石蕴生求愈、赵手求母寿、求痊主人、方沼发母康、保安康、蒋元鋆身健、吴聘杏女、林肃记求安、顺心书屋叶求子安、南浔无名氏、胡树猷妻愈、李记、隐名氏病愿、鲍氏耳愈、钦孙镜嗣子、日辉氏、许文彬父痊、叙彝氏妻愈、海岛居子愈、胡宝全女痊、吴祖熊妻愈、蟠谷主人、如斯堂振记、钱六生募、椿荪子求痊、有缘为善、无名氏、胡树猷速愈、仁寿堂一百另五户各五元，共五百二十五元。马锦繁、沈玉书手九户、右营游府吴、移粟氏、福幼斋、西湖拙宧、兰陵季子、种德堂、信仙子、孙佩鸿、李祥田、蔡润卿、焚香燕寝、寒海子、明静草堂、瓣香室、清芬福愿、王植三、明静草堂、巴溪有心求母愈、长庆堂、胡郁记、廷瑛氏放生、程子和求愈、苏台伯子、求消灾、陈祝三、诚意主人等四户、听桐书屋、戴程氏夫愈、康记、钱六生求各盐船户、紫阳膏火、无名氏、无力子、溧阳宝泰典来、诚求子子痊、求安居士、程守箴病愿、陈陆氏求痊、谢氏荐先、痔病省药、蜺江钓叟妻患即退、渤海医赀、衡记夏氏、巴溪有心室人求愈、范立夫、吉祥止止室印经赀、探源头、范陆氏外症愈、霓裳仙子、杨作霖求安、李衡山、李幹甫、燕山女史求愈、张立斋病愈、智稼民子愈、黄墨村病痊、娄东完愿、雨生氏父愈、宝泰李手、苦难氏子愈、陇西速愈、不名、一峰氏货利、李室人生育、三惜堂家安、萱保安、张立斋忏费、王小竹七十户各四元，共二百八十元。长安无力衣料销三元五角。思乐书屋、陈登瀛、袁斗垣、韩爵廷、何东樵募三十五户、公记、颐寿记、沈殷氏求愈、澹定居士、陈木吾、枕善居、易记、凌衔保儿、俞鉴湖、陈心斋、无力子寿斗、金静记、马鹤生募无名氏、眼记、无名氏、曹月记、海阳黄同心居、徐心翁募顾府、隐名氏、诚心乐善人、溶川兄冥诞、无名氏、海阳黄同心居、王以和母忌、婆人子子愈、隐厘书屋、范廷裕、绿晓了心愿、延陵沙忏赀、济阳室人病愈、王嘉淦、无名氏、钱六生募各盐船户、不书名、留寿堂、句容求勿药人、锡记、广东无名氏、求病愈、保安吉孙女、王孟康秦春林陈大奎合、乐子居士、素英四十八户各三元，共一百四十四元。尤鼎翁募二元五角。卢良甫、李雨亭、刘松筠、周寅阶、谢俊德、粟鉴廷、王虎臣、王星阶、葛驾山、晋三十九号无名氏、冒铭棠、陈东旸、章梅亭、本澄子病愈、慎思书屋、环佩绅、安徽无名氏、莺湖补过、椿荪子、安定氏、寄岳氏、王念记、王馥庭募、李姓、善根、知止老人、竹隐山房、程卿记、祝萱生、健诚、昌记、陈宏记、上元金寓、张李氏、免灾氏、许定臣、罗星桥、湘中人、南阳氏、吴姓、包祖同膏火、三新居、李湘南、无名氏、东莱氏、移花馆、戴颖生、曹耕轮、王兆甲求父母冥福、春记、半老衰翁求男、许姓、连子亭、叶汪氏、三百堂、王情记、僧洽庵、吴鼎元、无名氏求祖母愈、尽心室四十寿、江阴力不足、力不足、汪清卿绶臣、王礼祥、不留名、溧阳彭、太仓无名氏、董记、陈永镍荐母廿周忌、有心无力人、易记、无名氏、邵传潎、无名氏、棣咢楼膏火、萱阴樊、合记节物、浠门无名氏、抚署无力氏、杏德堂、澹定居士、安平氏、无名姓、东海诵芬氏祈平安、王韵记、杏花居士求侄愈、虞仲平、无名氏、虞募无名氏、消灾平安氏、庆余生、沈少梅募无名氏、李姚氏目明、张诵先求愈、章朱氏、鹏飞氏、华小园、孙琢卿子愈、荫思病愈、节义堂、沈惠仓、屈莱峰、追荐江卢氏忏、守寒人、杨永康辛俸、公记、新安求母愈、冕记、王嘉淦、求子不发憨病、安徽无名氏、丁松年母痊、松鹤居孕安、王以和严命、心广体胖消灾降福、梦萱草堂、隐名氏、无名氏、邵家琥、泉州会馆省中元费、补过使者、廉记、石子和妻愈、求耳疾愈、云孙氏病愈、愿萱长寿保母康宁、半时佛子、乡曲庸医、魏梓敬病痊、杏花馆文士祈愈、漳州会馆省中元费、莆田县卢、锡山孙记、慈北半农子、无名氏、陆云生、省身轩、省书名氏、米山书屋、有心无力求妻病愈、祥记、怡善堂孙、濑水旅客内人求愈、张镜荷、燕喜堂张、俞朱氏求愈、求佑子、求佑子、芸经堂、钱顾氏子愈、王傅锦祈愈、屈敦礼、完愿人、池上草堂、拾到失票、夏退思、求身还原并得头采、力不从心中秋修捕、陈鸿磐母健、空青斋、徐士副宅邓氏求愈、安隐庄妻冥福、产后寒热即退、无名氏、有心无力病愈还愿、求女关通、一粟庐子愈、含复室胎宁、张仁寿子愈、锡山五云居病愈、祖香吟馆、张燕喜、了心愿、水木清华客祈愈、莲池草堂、不书名病助、莳溪隐名速愈、曹耕粹喘嗽愈、思罔极子亲愈、高朱氏子愈、室杏保平安、求愈父疾、谷禄生、夏存学病愈、平陆郡积记愈、隐名氏、顾褒衫、陈端生求无病一百八十八户各二元，共三百七十六元。吴兴无名氏、又、又、陈维玉、陈文采、陈眉卿、江步青、葛怀远、青浦无名氏、许荣恩子愈、许姓、期敏子、陈煨记、求子、无名氏、王寿记、江右长宁曾寓、陈春园、许小记、七龄童子、李星记、单绍文、唐希坚求愈、默祷子、静闲主人、澹如轩、兹幼人子愈、不书名合、劬蓼室求资冥福、顾刘氏、嘉树堂、叶秀庭、张少梁、公和永、王姓、范祝氏、范柏年、许维新、挽誓子、刘善夫、盐官刭遗氏、叶焦氏、端木殿、陈振记、季子庐陈、慎仪氏、病愈氏、持心小室、诚记、求堂上安康、志欲子、无名氏、醮愿移、严毓记、望云楼、江右喜树堂、潘记、金记、子求寿母、力不足、有心无力人、聊尽心、无名氏、何子虚、谢募不书名、又、不书名程、无名氏膏火、无名氏、周记、巴子驯、孙慰望、不书名段、不书名吴、不书名、又、不书名张、不书名钟、应䀹氏、无力子、赐笏堂膏火、无名氏膏火、无名氏、燕道人、月师、陈士镛、安定生、枕流居、合记、恽季申、恽北生、无名氏、顾静山、了心愿、顾映泉、嘉树堂杨、沈少奶奶、默祷子、赵姓、无名氏、荫思肇基合总、荫思松记合、荫思新槎合、荫思恒陈合、无名氏、严徐氏祈延年、忠颖氏、池上草堂、凤池氏、留安书屋杨、丁未求痊、乐志弃烟、吕子和南、李福垠、不书名、无名氏、淮安无名氏求母寿、戒烟移赈、俞王氏求安、祈安氏、保安山人、王宅、椿荪子、颜记、慕善仁、慎记、镜记、养性主人、彭明珠求愈、顾尚研、景记、楫记、乞嗣生、积地藏锭、彭润生腹愈、查石林、钟九如、杨张氏、未撇氏、王之卿、有心无力人、十龄童子、吴周伯、知非子、池上草堂、不书名程、汪松崖、德符堂王、延裕记、代瓣香求保平安人、扬州客、汪松岩、无名氏、金姓、求堂上安康人、求病愈、方姓、毘陵无名氏、松云轩张、梅里无名氏、隐名子求安、隐名氏母痊、瑞卿女史女工、免灾为安氏、菊记、俞朱氏病愿、许季田、周寿德、求病愈、稚三书屋、力不从心、陈志英求安、昆山了心愿、太仓无名氏、愿平安人、金荣记、贺师桢女痊、陈丹山、钱华氏病愈、程小姐、力不从心香金、求妻病愈、河阳子、常熟无名氏、力不从心祈室人愈、十一龄童、无名氏、又、徐三裕、徐恰亭求愈、念椿子父愈、无名氏、雍睦堂祖母母亲寿、无名氏子愈、求终年无疾、活水轩觜愈、陆似山、梅生余求愈疾、陶莲仙、钱谭氏、留德堂子愈、池上草堂、愿天常生好人二百另三户每一元，共二百另三元。活水轩主六角。邹华氏、华传祺、汪伯记、许步记、留耕堂、思患惠安子、俞笙诗、梅花庵主、嘐麓氏、无名氏香烛阡费十户各五角，共五元。无名氏四角。

○共洋一万二千七百四十元另六角八分。

善士自交来钱款：承荫堂、承朴主人二户各五百千，共一千千文。双鱼洗斋、注礼堂、顾正心、隐名氏四户各一百千文，共四百千文。仪封人八十九千另另三文。黄介眉等十人车费、顾正心二户各五十千，共一百千文。冯沈氏起疴三十千文。顾正心、又、又三户各二十五千，共七十五千文。恒大成廿千文。刘健庵手无名氏十九千六百文。徐节席六千文。扬州来节席五千八百八十文。五一老人、易庆堂、清贵堂、保素堂、校书堂五户各五千，共二十五千文。顾方高合、唐赵程霍贾纪合、不书名三户各一千二百文，共三千六百文。华王氏、恕中堂二户各一千文，共二千文。施天柏、进香人、郑品芳三户各七百文，共二千一百文。申友灶书六百三十文。董叶马黄朱沈合、陈颖川、宜芬氏、至义堂、无名氏五户各六百文，共三千文。无名氏五百五十文。莺湖客五百二十文。陆李氏、李耀记、丹阳无名氏当棉褯、有心无力氏、平江沈氏、金陵无名氏、施直堂、不书名汪、秦子漱、邓里庭、培远堂、笃祜堂、方姓、王姓、张姓、陈姓、周姓、虞炳记、有志未逮人、自省斋、无名氏、冷面书生、张春林廿三户各五百文，共十一千五百文。有心无力人四百九十二文。无名氏、王锡魁、不书名钟、无名氏、宜芬氏五户各四百文，共二千文。姚公记三百六十五文。铁莲润、陆华氏、萧炽记、培鑫招、昭忠后裔、息余氏、庄登祥子愈、力不足祈病愈、陆心逸九户各三百文，共二千七百文。潘伯华二百四十五文。赵鉴臣二百四十文。寒松子、寄苏人、赵序记、朱太太、拾遗凑济民、大有恒店使、彭义茂、举笔同心氏、鞋钱移九户各二百文，共一千八百文。无名氏一百文。华杏浓五十文。

○共钱一千八百另二千三百七十五文。

应收二千二百四十四两六钱四分一厘，实收漕平二千二百四十六两另二分一厘。

实收宝银三千二百九十四两三钱六分四厘，（亏二十三两四钱另九厘）合漕银三千二百七十两另九钱五分五厘。

实收湘银一千另八十九两四钱九分六厘，（亏二十二两另八分三厘）合漕银一千另六十七两四钱一分三厘。

实收规银五十二两钱五分，（亏三两九钱五分九分）合漕银四十八两三钱六分。

应收一万七千三百另九元一角八分七厘，实收洋一万七千四百七十七元七角另七厘，换见漕银一万一千八百四十九两三钱五分五厘。

应收二千九百七十四千七百七十六文，实收钱二千七百八十二千六百廿六文，换见漕银一千六百八十六两九钱一分另一毫。

萱 字 册

一号，不求知名移先慈忏金，廿元。二，刘少如募（六十四户），六千另五十文。三，刘少如募（六十四户），廿九千三百文。四，又募（六十四户），一元、十二千文。五，刘少如募（六十四户），四千九百五十文。六，张荔裳募（六户），十五元。七，张秀夫募（十二户），十一元七角五分、五十文。八，三山怡怡堂，廿元。九，刘少如募（六十二户），六十四千二百文。十，何衣言募（六十五户），十千另九百文。刘少如，廿元。不书名，一元。

○共应洋八十八元七角五分、钱一百二十七千四百五十文。

实收规银七十一两五钱，（除水平五两五钱另五厘）合漕银六十五两九钱九分五厘。洋九十二元六角二分五厘，换见漕银六十二两七钱九分七厘六毫。钱四百廿五文，换见漕银二钱五分六厘二毫。

华字册（附黎册）

一号，金陵求佑斋，十元。三号，吴鹤轩募（十一户），二元、六百五十四文。三，倪廉卿募（五户），五元、二百文。又十一户，五元、四百文。四，朱雪卿募（四户），一元。五，张采谷募（十三户），二十元。六，陆廉夫募（四户），十元。七，赐福堂募（五十六户），六元。八，僧慧通手（十九户），一元、三百文。九，毛秋涵募（廿一户），五元。十，徐翰波募（二户），二元。十一，王屏之募（七户），五元。十二，又（五户），四元、六百文。十三，沈子和募（九户），五元、五百文。十四，沈子和手（四户），一元、五百六十文。十五，蒯友屿募（六户），六元、二百五十文。十八，徐石臣手（七户），十二元。二十，王屏之手（三户），五元、一千文。二十一，同兴典募（十二户），二元、二百三十文。二十二，汪迪斋募（五十一户），十四元。二十三，朱濂溪手（三户），五元、五百文。二十四，吴菊圃募（十一户），一元、四十文。三十四，陈子畏募（三户），四元。三十五，项兰亭募（十户），十一元。三十六，王稚松手（廿六户），十五元、七百七十文。三十七，黄声孚募（九户），四元、二角一千三百五十文。三十八，顾蓉初募（廿五户），十三元、七百三十文。三十九，黄云史、顾偲虞手（七户），十元。四十，南云子手（十一户），五元、六百文。四十一，金小苏募（放生会移三十一户），八元、四十文。四十二，叶子谦手（四户），六元、二百六十文。四十五，求安室手（二户），三十六元。四十六，陶毓记，二元。四十七，北库海饼六合捐（六户），十八元、八千八百七十六文。四十八，迮松樵募（十二户），二千一百文。四十九，殷子美手（十户），十元。五十一，李葵生手（五十六户），十元。五十二，刘汝梅募（三十三户），九元。五十三，又（七户），三千二百文。五十四，又（三户），二元一百文。五十五，又（五十二户），十五元九角、一百七十五文。六十六，吴菊圃募（九户），一千八百文。六十七，张少岳募（廿二户），二千七百文。六十九，陈芝槎，二元。七十，保安室，三元。七十二，树萱堂，十元。七十二，梅冠百募（四户），十元、八百文。七十七，张三福、宋静斋募（二户），四元、二百文。八十八，保记，一元。八十一，金新卿，一元。八十五，毛且安募（六户），五元。八十六，赵笠泽，四十元。八十八，何农山募（三户），三元。八十九，陈少卿手（廿七户），三十三元。九十一，费松生，四元。九十二，愈则良、王绍其募（九户），一千五百文。九十三，卫守廉募（二户），一元、二百文。九十四，朱云台手（八户），五元、一百八十文。九十五，唐再培手（十一户），五元。九十六，潘振和募（十二户），九元。九十七，陆瑞峰募（廿三户），四元。九十八，金会记，二元。一百，陈济川募（二户），三元。一百○三，沈少岩，一元。费益记，二元。一百○五，金万清手（廿五户），十五元、九十文。一百○六，凝香室手（十四户），五元。一百十一，陆茂亭手（八户），四千文。一百十二，宝琳和尚，二元。一百十四，朱芝田、孙翼之募（七户），十二元。一百十五，游艺书舍，九十元。一百十六，毛秋翁募（四户），十四元、四百文。一百十八，金鹤亭手（廿户），三元、五百二十五文。不列号，项天应，二百七十五元、二百五十文。延年益寿，四十五元、九百五十文。毛锡龄，六元、八百文。徐翰波手（九户），五元、一百二十五文。刘锦如、顾小莱、南阳居士，一元、四百文。周仲阮太夫人寿仪（四户），二元五角、四百文。

〇共洋九百念九元六角、钱三十八千七百五十五文。

另捐：求安室保儿痢愈一百元。曹鲍氏求病愈五十元。赵小甫手六户三十元。思亲子、求安室、朱梅峰、延寿室、史祺彭五户各二十元，共一百元。张茞谷十二元。金陵洊震堂、顾新记保康子、补过子、曹鲍氏、王恒源、吴润泉、倪静远、吴润泉、吴鹤轩募、树萱堂、补过子、赵渔珊疟愈十二户各十元，共一百念元。周秋山、黄小庄、朱静卿三户各九元，共廿七元。张雨研斋六元。陆梧生、平阳允垣、倪友兰、杏林馆病愈、平阳允垣五户各五元，共念五元。费吉记、张璘彩、朱彦生、商琴室、静意完愿五户各四元，共二十元。祈病速痊、王子亮、梅冠百、夏端甫、叶秀伯、平阳允垣还汪小峰存款、松陵无名七户各二元，共十四元。董周氏、沈叔序、陆兼甫、保寿萱、求安室、德润、广昌、李柳庄、弁阳居士、振昌十户各一元，共十元。倪廉卿、沈圣荣二户各四百，共八百文。蒋馨山、范友笠二户各三百五十文，共七百文。石姓五百五十文。

〇共洋五百十四元、钱二千另五十文。

应收洋一千四百四十三元六角，共收洋一千四百六十三元六角，换见漕银九百九十二两二钱七分六厘四毫。

应收钱四十千另八百另五文，共收钱十八千五百十文，换见漕银十一两二钱二分一厘八毫。

盛 字 册

一号，元和顺等（二户），三元。二号，王润泉，二元，二百四十文。二，徐梅江手（六户），四元、四百八十文。四，邵合记手（五户），六元。七，程岷江手（十户），四元五角、一千二百四十文。九，朱耀卿募（五户），六元、四百五十五文。十，程岷江手（五户），八元。十一，邵少云手（七户），一元、八百八十文。十二，王新翁手（二户），八元。十二，芳谷主人，二元。十三，王蔚卿，二元。十四，黄慕庭募，二元。十五，计少荃募（十五户），十五元八角。十六，归曜甫手（二户），一元。十七，椿记，一元。十八十九，归曜甫手三户，一元五角；二户，一元。二十，衡记，五角。二十一，邵合记手（四户），四元、二百文。二十一，维记，四元、七百四十六文。二十三，无名氏，五百文。二十四，沈仿翁，二元、二百六十文。二十五，无名氏、倪二兄，二百文；二五。三十一，王新翁募（二户），十元。三十三，邵少翁手（六户），十元。三十四，刘爱庐，一元。四十一，拥百来（二户），五角、四百文。四十三，孝友读书堂，十元。印华吟馆、宾曦主人，三元。退然居，五元。施拥百募（三户），八元。

〇共洋一百念七元八角、钱六千一百另一文。

另捐：邵合记、金陆南记、二户各二十元，共四十元。悯荒客、汪梅村、元和顺、益源仁、心愿遂子五户各十元，共五十元。隐名氏、姚翁氏、振记、吴仲氏、仁存堂杨、后舟人、鲁氏七户各五元，共三十五元。经纶堂史、恒公、吴孙氏病痊、三户各四元，共十二元。枕经书屋三元。辛乐居、邵程氏、退省居、衍觉子、寄易草堂、无名氏、留耕堂季、范景安、莫三六、焚如居士、太原氏、王景春、寿萱堂、大有裕、谏果书屋十五户各二元，共三十元。不留名、金端坊、合茂、兴泰、隐名氏、增盛、大兴、越郡福记、鼎泰升、赵国祥、平阳氏、姚公茂、容膝居、高端坊、吴仲氏、扶风氏、书带草堂十七户各一元，共十七元。程丹卿五角。史经纶二元、二百八十文。大有裕十一千文。春源馥二千五百文。邵合记二千文。荣阳逸史五百六十五文。庆馀堂、费湘波、吴吉卿、严晋三四户各五百文，共二千文。仲记一百文。

○共洋一百八十九元五角，钱十八千四百四十五文。

应共洋三百十七元三角，共收洋三百三十三元八角，换见漕银二百廿六两三钱另六厘三毫。

应共钱廿四千五百四十六文，共收钱六千三百五十一文，换见漕银三两八钱五分二厘八毫。

震 字 册

一号，平望吴募（二十五户），六元。二号，又募（十二户），十元。三，又募（廿九户），四元、二百文。四，又募（廿六户），三元。五，又募（五户），一元。六，吴琦笙募 王子星募 南麻严募（十二户），十一元、六百五十文。七，平望吴募（三户），四元、一千五百文。八，又募（十三户），三元、七百五十文。九，王子星手胡滨增邱（十二户），十八元。十，平望吴募（二十户），三元、一百文。十一，徐募（七户），十元。十二，程泳苹募（二十户），念六元。十三，郑吉甫募（十三户），念二元五角。十四，頔塘书院手（十四户），十三元。十五，程泳苹募（廿三户），念六元。十六，保赤局募（六户），念四元。十七，保赤局募（八户），十二元、五百文。十八，又募（三户），十一元。十九，徐诚士病痊 保赤局节席，十元。二十，吕祖祠放生会，十元。二十七，横扇同人募（十九户），十七元。二十八，又募（十户），十一元。二十九，谢载卿募（十三户），三元、五百六十文。三十，秦子江 张子耕募，（十三户），八元。

○共洋二百六十八元五角、钱四千二百六十文。

另捐：挖肉补疮、丝业公助二户各一百元，共二百元。广善堂五十元。保赤局三十六元。恒有念四元。朱毓桢病痊、谈慎诒二户各二十元，共四十元。吕鸿遇求愈、了心氏病愈、为善最乐、诚如居、居衡书屋愈五户各十元，共五十元。同鹤思病痊、周姓二户各五元，共十元。凌沄药资、汪姓病痊、病愈还愿、世美堂四户各二元，共八元。

○共洋四百十八元。

应共六百八十六元五角，共收洋六百八十八元五角，换见漕银四百六十六两七钱八分二厘一毫。

应共四千二百六十文，共收钱二千另六十文，换见漕银一两二钱四分八厘四毫。

熟 字 册

一号，作嫁衣人手廿一户，十三元、一百廿文。二号，又募廿一户，十元、九百八十元。三，尽心子手四十五户，念二元。四，殷渭泉手十户，六元五角。五，周同福手十九户，十三元。二十，谢心田手，十六元、三百四十文。二十三，协成手五户，二元。二十四，彭珍谷手六十五户，五十一元。翁周氏，四十元。修德堂募廿二户，廿八元。翁远记、翁桐华、翁禄记三户各念元，共六十元。无名氏求愈、又、修德堂募廿八户、徐手无名氏、吴鉴如、杨钱氏、七弦琴生膏火捐七户各十元，共七十元。周同福、冯义兴二户各五元，共十元。周郭氏求愈、万丰庄、虞山妇人、同盛来、有心无力子愈五户各二元，共十元。王香记、朱云亭、彭逢原病愈、王双成四户各一元，共四元。虞山三善士三元、三百五十文。钱秋畦二元、四百六十文。宝记八百文。

共洋三百六十元另五角，钱三千另五十文。

博济堂经劝：慎和祥、李明山、凝善堂、庞也梅、徐棣卿、严韵和、鉴心阁、谭松岩、平孚吉、郭少岑、金眉仙、殷少白、陈介眉、查渭秉、杨库同善堂、吴松泉、胡少田、钱少孚、丁焕亭、吴竹轩、陈兰溪、缪含章、俞金门经募

李泰和手大悲会四十一元。宋诒惠四十元。钱锡章祈风气愈二十元。顾湘舟筹十四元。无名氏、守道堂、折东四留居士、不著名、全手募、省吾居、兰菊簃七户各十元，共七十元。无名氏八元。同志斋七元。全德堂、合志斋、王亦侃姚树德合三户各六元，共十八元。翁桐记、非我也谷、修德子、知过老人、守静公、寄虞子、无名氏、半笏轩、桑翠记、韩存德、乐忍居士、屈徐氏、琴南十四童、周郭氏十四户各五元，共七十元。时丰典、殷陆氏、代放生、庞敦裕、万兴祥、李信义六户各四元，共念四元。吉放翁、俞公茂、自下、不书名四户各三元，共十二元。时逢泰儿愈、味澹轩、蒋吴氏、郭沄桂、隐姓氏、同轶群、敬信陈、王陆氏、不书名、张玉照、飞云阁、陈月帆、陈湘如、章益友、张庆香、瞿燕翼、善氏万记、履庆堂、黄念亭、无名氏、保幼室、程芳洲、胡少田、吴松泉、邹浩文、钱锡章、逆水行舟、实记、归敦仁、为子病痊、三十户各二元，共六十元。怀保斋、蒋岷源、桐畦居士、隐名氏、周凤林、陈兰溪、无名氏、不留名、冯不留名、周勉哉、周玉书、吴品记、钱随记、许罗氏、邵张氏、张砚卿、张织云、华山后裔、代荐先、尼莲照、悟虚子、徐稽氏、桂香居、无名氏、答恩子、王心兰、卞恒辉、无名氏、大盛合、陈秋帆、月记、徐瑞卿、王晴崀兰谷、徐鸿翥、无名氏、渭记、虞静夫、冯友兰、务本堂、顾陈氏、双桂轩、王庆昌、寄琴伯友、章敦仁、章惠永、不留名、无名氏、王楚川、徐月卿、同盛、无名氏、周菊生、无名氏有心无力、力不足无名氏、屈杨氏、陈绾之、不书名、求免病人、少记、程楚翘、徐应繁、消孽障、徐绥云、顾寿增、卧游记、吴绍祥、徐归氏、归庞氏、严素岭、李记、万苏载顾佣七十一户各一元，共七十一元。养真居、大顺、王三才三户各五角，共一元五角。兰簃膏火宝十九两五钱。善氏万记一元、八百八十五文。总祈安二元、八十文。徐茂根一元、二百九十文。纯义阁二元、三百六十文。合保康三千八百文。罗豫章二千文。丁焕亭一千五百文。无名氏一千一百文。无名氏、吴竹轩二户各一千，文共二千文。张陈氏九百六十六文。无名氏、张佣福二户各八百文，共一千六百文。周蒋青七百文。质记、仁寿堂二户各五百五十文，共一千一百文。程亮生、重庆、崇德三户各五百四十文，共一千六百二十文。黄肇益、春晖堂、敦义堂、曹贻谷、祝平、邱宝生、无名氏、赵留馀、蔡子萱、朱氏、曹氏十一户各五百文，共五千五百文。毛懋堂四百六十文。姚士英、无名氏吴茂堂、谭松记、周寿卿四户各四百，共一千六百文。李周氏三百七十六文。尼莲照、陆李氏、程柏氏、尼伽空、蔡念椿、黄孟氏、朱松亭、沈王氏、朱毓溪、

附骥尼、徐绍庭、合经记、许伽净、汪荣堂、勤益斋十五户各三百六十文，共五千四百文。求为人三百念文。不留名、程鹤溪、平安氏、蔡廷来、无名氏、协兴庄六户各三百文，共一千八百文。柳村居二百八十文。王兰记二百七十文。汪兰峰二百文。三魁一百九十文。

○共洋四百六十二元五角、宝银十九两五钱、钱三十四千三百九十七文。

水齐堂百文愿：^{殷惠泉募}^{王者香募}：庆怡堂一千二百。补过子、不留名二户各一千一百。萧继香、无名氏二户各一千。周兰江八百。周记、草窗轩、万丰庄、王兰清、沈兰言、沈廉清六户各五百。孙叙三、金正方、董铭之、王佑之、俞绍周五户各三百。胡雪文、大记、王利泉、崇德堂、程叔贤、吕丹五、王少华、周末庵、吴新泉、无名氏、尹良甫、虞问樵、李子欣、张慎方、孙振扬十五户各二百。不留名、邢次周、方子林、陈云泉、程幼山、陈翰屏六户各一百，共十四千三百文。吴松泉募：世德堂八百。周同泰七百二十。春辉堂三百。郭善堂、陆小芗、积善堂、余少堂四户各二百，共二千六百念文。同与室募：代人悔过子十元。杜源丰二元。龚存性一元二十文。徐雨岚、程品纯、陶松溪、陶竹溪、郁王氏五户各一元。任学礼、沈德庆二户各五百五十五文。蒋沈氏、无名氏二户各五百四十文。张仲仪五百五十。不留名、王芝生二户各二百七十文。共十八元三千三百。郭少岑募：镜心仙馆三元。嘉会堂、省养居二户各一元。李念祖、王源兴、倪关全、戴麟祥、渔乐轩五户各四百。张文荣、殷召丕二户各三百。魏永亭二百。桑调甫一百十二。共五元、二千九百十二文。查惠泉募：俞又兰一元。钱石生二百。共一元二百文。沈君美募：冯曦亭四百。徐逸亭三百。邵吕氏、罗竹亭、龚秀岚、石近仁、沈信泰、周堂、怀橘子、殷希范、谭兆卿九户各二百。殷高氏、周任氏、毛吴氏、王凤叔、沈君美、赵承德、龚薇卿、徐毓球、欧阳备、念慈居、季绥之、朱守一、吴俊洲、赵南山十四户各一百。共三千九百文。^{黄孟氏募}^{沈王氏募}：汪王氏、张袁氏、龚顾氏、张世钧、陆树樟、汪永春、许彩之、俞顾氏八户各二百。贾徐氏、朱陈氏、王树德、黄城、徐复兴、王季章、龚徐氏、沈任氏、陈郑氏、龚郑氏、薛廷梅、芮王氏、谢善根、龚丁氏、谢宝根、沈张氏、张沈氏、赵梧亭、沈濮氏、赵张氏、华朱氏、顾界祥、陆徐氏、陈金奎、金纯、龚洪基、王标、龚绍基、龚涛、闵胡氏、黄恒、王仲卿、高芳之、陆树堂、王有樛、黄祖寿、丁良记、徐沈氏、周孝山、龚陆氏、龚铁山、龚根善、希安居、华郑氏、谢云根、金王氏、李四小姐、翁叶氏、程杨氏、龚丹和五十户各一百。共六千六百文。张水月募：张棣华二千。鬶云一千一百。王皎月一千一百。不留名五百。无名氏二百。共四千九百文。也梅募：查王氏共一元。慎和祥募：蓉江不留名五百四十。嘉荫堂四百。庞高氏四百。夏娃三百六十。溥德堂二百。嘉荫堂二百。庞仙记一百。潘宣宝一百。共二千三百文。崔裴卿募：崔裴卿二千。崔第卿一千。何许人七百。刘焕亭、汤兼三二户各六百文。陈丽亭五百。陈仲青、余锦章、居兆兰、丁有成、陈悦亭五户各四百。陆蔚卿、无名氏、不留名、崔振庭四户各三百。陆关坤、无名氏代烧香二户各二百。共九千文。陈亦才、褚亦良募：钱怀远五百。无名氏四百七十。共九百七十文。殷少伯募：殷汝楣三元。韩戌英二元。殷陆氏一元。邵张氏一元。陈陆氏、徐陈氏一元。朱同桂、朱成熙、殷汝栋、徐秬氏、韩许氏五户各四百七十五。沈宗范、龚成标二户各四百七十文。尼伽空三百。罗竹廷二百。共八元、三八百十五文。刘月岑募：马怀溪、马敦裕、周丽亭、问心居、陈显和五户各一元。周绍堂八百。蔡仁记、陆福记、修竹记、蒋云樵四户各五百。尹逸梅三百。刘桂亭三百。共五元、三千四百文。俞砚田募：俞积善一元。郭达卿一千一百。半痴人七百。范秀卿六百。孙永祺六百。范达忠、存义记、姜文斌、姜声九四户。各五百文。周云樵四百。张增留三百。思牛子二百。共一元、五千九百文。沈君美募：曹张氏、蒋冯氏、张贞甫三户各一元。程杨氏五百。龚薇卿四百七十。赵韩城四百七十。王沈氏三百。彭徐氏三百。朱盛氏二百。黄孟氏一百。共三元、二千三百四十元。徐仲明募：无名氏共二元。

　　〇共洋四十四元、钱六十六千四百五十七文。

　　应收洋八百六十七元，共收洋九百五十元另五角，换见漕银六百四十四两四钱一分。

　　应收钱一百另三千九百另四文，共收钱七千四百另二文，换见漕银四两四钱八分七厘五毫。

　　共收宝银十九两五钱，（亏水三分五厘）合漕银十九两四钱六分五厘。

　　结少洋三元、钱二百七十文。十月分收讫，归入下次帐内。

昆　字　册

　　一号，正心局募（祈保平安），念元。顾逸卿募（廿八户），五元、四百文。二，正心局募（八户），四元、一百四十文。汤鉴安募（廿四户），十二元、二百文。三，正心局募（八户），六元、一百文。张省吾募（六户），十三元、二百四十文。四，唐小村募（七户），四元、五百廿文。正心局募（六户），十三元、七百六十文。五，正心局募（四户），廿四元、一百四十文。徐小村募（十三户），三元、三百四十文。六，俞仰文募（十一户），四元、五百文。正心局募（三户），十六元。七，正心局募（四户），十八元。又募（七户），十八元、七百六十文。八，又募（廿一户），四十元。徐小村募（十七户），三元、二百七十文。九，正心局募（二户），一元、三千一百廿文。张松泉募（廿六户），十五元、九百七十五文。十，胡仲华募七户，五十元。三户、十二元。金春山募（廿九户），十三元。十一，三省老人募（九户），三十二元、四千一百八十文。正心局募（五户），八元、三十文。十二，三省老人募（十四户），八元、三百四十文。十三，三省老人募（十二户），十七千九百文。十四，正心局募（三户），十五元、六百文。十五，正心局募（五户），十四元、九百六十文。三省老人，念元。邵竹香，念元。知足斋求愈并子成才，念元。胡明经堂求媳痊，念元。求母健儿安，十四元。求安氏，十元。建业朱，十元。会泰源移醮费，六元。渔隐氏求安，六元。邗上朱，四元。宿疴未除氏，三元。李宾翁，二元。昆山不知名，二元。友渔，二元。李半山，一元。

　　〇共洋五百十元，钱三十二千四百七十五文。

　　共收洋五百三十五元，换见漕银三百六十二两七钱一分三厘八毫；共收钱四千四百四十五文，换见漕银二两六钱九分五厘。

松　字　册（附青字册）

　　三十一号，耿思翁募（廿八户），七十五元。三十二号，又募（六户），七十元。三十三，徐荫嘉募（八户），五元、五百文。三十五，又募（二户），四元、六百念文。三十六，谢心畚募（三户），三元、五千文。三十六，又募（二户），二元、三百文。三十七，明善堂募（廿三户），十四元五角。三十八，钟萃斋募（十户），四千文。三十九，方戒山募（廿九户），一元、五千五百五十文。四十，张凤山募（十五户），十四元五角、三千九百五十文。四十一，蔡吉人募（三十五户），念五元。四十二，瞿翰募（廿七户），六元五角。四十四，何省三募（廿户），念元。四十八，南汇保婴局募（二户），二元。四十九，南邑募（三十二户），五十一元。五十，南汇保婴局胡募（廿六户），廿四元、饰银兑钱八百八十五文。五十五，顾勤补募（三十四户），十元。五十八，金严生募（六十户），念四元。五十九，王鼐伯募（廿七户），十一元五角。六十一，胡慰堂募（三十户），二元、十二千五百五十文。六十二，姚小荫、韩雅山募（十九户），十四千二百五十文。六十三，谢心畚募（二户），二元。七十一，欹肩瘦人募（廿九户），一百另一元五角、宝十五两二钱五分。

○共洋四百六十八元五角、宝银十五两二钱五分、钱四十七千六百另五文。

辅德堂经募晋赈余款：三十七号诸贯如募：不留名二元，叶存俭一元，西溪别墅一元。三十八号王淡然募：顾雅亭四元。三十九号胡纫之募：不留名姚四角五分五厘。四十六号王镜甫募：副营后哨一元五角四分五厘、三百文。四十七号王芝园募：王诵芬五元，徐秋记三元。四十九号吴廉石募：不留名一元，又一元，又五角，又五角。六十六号叶湘帆募：（老德茂、泖滨舍、张月记三户）各二元，居不留名、禄记郁、王不留名、同昌泳、不留名郁、福记郁、同记、广丰成、野人居郁、郁以文、源润、广昌兴十二户各一元。八十五号徐勤圃募：黄兰毓一元，徐少竹一元。

○共洋四十一元、钱三百文。

辅德堂董闵杏南、沈平叔交来直隶赈捐：一团和气三十元。松江顾荐先移助二十元。寒香别墅赵、瀛洲仙馆、张夬斋、江夏隐名氏四户各十元，共四十元。十一龄童子七元。不留名韩、沈鹿苹求痊、痴生、通奉第顾、顾万源五户各五元，共二十五元。炜记、善书愿移、寄鹤居冯、少记、顾浩如五户各四元，共二十元。淮城薛启源、琅琊芹记二户各三元，共六元。成泰、集善居、万成德记、益寿、朱芝农、黄求仁、金仁寿恭记、三敦明善堂董事金、又司事唐、又王、又倪、同人严、章庆、静怕书屋、金雅记、力不从心、汪经训、不留名薛、味经草堂、胡耕绿、张德宗二十一户各二元，共四十二元。隐名氏、沈大雅、同升、不留名、薛手不留名、湘蘋遗屋、德师堂钟、梦花馆姜、东海五龄童子、世恩堂姜、研经堂姜、乐善居士、求是堂孙、倪肯堂、朱少慈、莫厘山人、一粟子、沈蕴山、马鉴彬、周锦甫、幸生福地人、拜经书屋、杨振记、徐森兴、张永盛、顾善训、潘四荣、杨永兴、叶树棠、隐名氏、五茸人、徐广丰、赵莲洲、谢嘉裕、怡怡堂顾、冯凝素、读画轩、于也泉、张子山、张咏沂、成泰、炜记、惟善氏、梦西居、马逸溪、潘镜波、费梦祥、黄月波、孟仲馀绩卿、胡调卿、黄积善、倪建峰、孙星甫、严金三、黄葵卿、张世泽、朱少慈、胡凤喜、黄泰记、蔡文叙、郁成华、郁振海、廉让居士、顾世德、漱六书屋、少记、沈亦亭、陆庆安菊记、黄求仁、胡廷樑、陆庆安达记、杨吴氏、戴虎金、陆庆安建记、罗遵训、俞王氏七十六户各一元，共七十六元。潘词垣一元五角。陈惠甫、天成、凌子青、味根书屋、汪一峰、永记、董梅村、泰生、金汝白、金行记、倪策鳌、戚松卿、王利川、孙行三、张启惠、盛莲卿、隐名氏、杨万顺、公记、顾友竹、汪坤生、吴纯记、杏手、张隆顺、沈大雅、顾手、沈代笔钱、金玉树、顺昌裕、严史堂、沈子渔、朱松筠、冯德良、沈洽庭、孟慎馀
良贵、范书亭、王益昌、张桂堂、周慎基、蔡锡祥、曹柳汀、张德容、马成龙、洪雅娱、马应心、顾殿人、同泰园、叶葆初、泰丰行、王俊嘉、邱水泉、郁蓝泉、郁祥云、王翰臣、顾修梅、顾甘霖、顾荫余、顾鑅锋、朱艾生、季墨卿、陆有章、谈肯堂金听彝、姚雨楼昆仲、不留名陆六十四户各五角，共三十二元。张云寿、张才记、张书勋、张梯云、张昌颐五户各二角，共一元。水仙庙放生局五千文。娄城隍庙节省社费三千六百文。吴姓罚款二千八百文。张买徐屋中费、许兴徐屋中金二户各一千六百文，共三千二百文。中金一千二百文。郭长兴、浙湖力不从心、蔡一隅、随缘乐助、不留名沈、不留名沈六户各七百文，共四千二百文。沈建甫六百文。如吉堂张五百六十文。须陀渔室五百五十文。翁翼庭、李渭渔、仁丰源、蔡子明、戚松山、李守钦、姚云岐、沈心葵、顾自天、范聚廷、不留名黄、不留名黄十二户各五百文，共六千文。集成轩四百八十文。不留名徐、鲍柏森、徐东垣、不留名杏手、张永丰在记、蔡聚源、何灿章、邹合顺、姚克樵、鼎隆、朱余业、沈法元、戴养甫、不留名、郑文樵、庄咏和十六户各四百文，共六千四百文。江葵卿三百八十文。钟春如、夏时行二户各三百六十文，共七百念文。不留名钱三百四十文。张游余三百三十文。胡东增、张彦卿、徐则林、徐松林、洪韵笙、彝伦堂、白泾草堂、何正隆、沈庆祥、汪枰斋、不留名沈、徐富庚、张卅怡、张心怡、张凤来、世德堂十六户三百文，共四千八百文。倪莲生、张子才、周纯卿、严颖坤、不留名、补拙斋李、不留名杏手、又、但求亲寿永、随缘、许锦荣、求巳、何品梅、耕礼书屋、留香馆、许万大、邵月如、高式之、张孝亲、吴印川、周世琛、金式如、戴长生、不留名蓉手、品就、现交、杭兰根、张会彩、姚会彩、张茶余、张会彩、顾书田、王茂耕、顾浦田、张象忠、诸近仁、徐吉甫、潘不留名、朱延益、叶恒新、钱永盛、叶德和、徐立仁、王耕古四十四户各二百文，共八千八百文。三龄童子禄记一百四十文。潘海村、林保山、张紫帆、不留名、周胜坤、陈坚清、王悦和、补拙、不留名杏手九户各一百，共九百文。

〇共洋三百元另另五角、钱五十一千文，合洋三百四十五元五角、钱五百十文。

全节堂经收直隶赈捐：不留名火醮移，念元。天马山世医李肖云、沈德天、瞿冠卿、吕伯仁医资，十千文。受祉烧香，四元。李廷翁募陈仲英，三元。姚若愚募姚仁和，三元。又芸晖堂，二元。又不留名，二元。李廷翁来王少莘，二元。不留名中秋席，二元。姚若愚募曹桂庐，一元。又李谦益，一元。又仲古愚，一元。

〇共洋四十一元，钱十千文。

青浦积谷仓募：一号，顾蓉生募（九户），四元、二十文。二，沈诗斋募（廿九户），三千七百文。四，方润之募张，十元。十一，黄渊圃募（二户），四元。十二，周介如募（十五户），六千二百文。十三，胡浩川募（九户），十一元、七百文。十三，沈诗斋募（六户），五千五百文。十四，谈筱翁来（廿户），十六元、三百五十文。二十一，袁友于，二元。二十二，何农山募（四户），六元、一千文二十三，清芬书屋，宝一钱七分。二十四，陆君来（五户）洋一元、宝银十两、二千文。二十五，陈达夫募（八户），四元、八百五十文。二十七，高行素募（四十户），九元。晋捐十一号，吴沧舟、邱执甫募（十三户），十三元。晋捐三十二号，李小石募（八户），十元。

〇共洋九十元，宝银十两另一钱七分，钱念千另三百念文。

应共洋九百八十六元，实收洋一千另四十一元，换见漕银七百另五两七钱六分六厘七毫。

应共钱七十八千七百三十五文，实收钱十六千五百三十文，换见漕银十两另另二分二厘五毫。

实收宝银念五两四钱二分，（亏一钱四分）合漕银念五两二钱八分。

常字册（附毘册、江册）

一号，董耀芹募（十户），二十三元、八百八十文。二号，高礼真说文售见，二元。三，保婴局募（廿六户），二十八元、四百四十八文。四，秦应科，一元。五，羊信真募（二户），一元、一百文。六，郑杨氏求病愈，十元。七，保婴局募（六户），一元。八，郑湘溪募（九户），四元、三百九十文。九，陆效卿，一元。十，羊朗斋募（三户），一元、一百文。十一，李春培募（十二户），三元、六百五十文。十二，张步瀛募（三户），三千文。十三，沙仲沅募（十三户），八元。十四，吴玉庭募（八户），二十五元、一千文。十五，吴玉亭募（十户），七元、八十文。十六，李竺真募（十四户），二元、三百九十文。十七，李竺真募（十四户），三元、二千五百五十文。十八，夏仁和募（十六户），三元、三百三十文。十九，不书名，三元。二十，郑善孚募（二户），一元、一百文。

另捐：志勤堂一百元。毘陵子、又（两户）各五十元，共一百元。不书名了愿、紫琅星客（两户）各十元，共二十元。郁张氏九元。丁子培求愈三元。恽叔翁小结费两元。毛鸿逑、孙鸣凤、沈绍先、赵烜、张清瑞、薛健鹏、薛咏梅、屠光孚、刘翰、杨日升、费邦俊、吴一鹏、刘棨棠、白鸿文、蒋桂馥、恽徵甫、史久华、王翰、杨荫春、沈济清、赵翼清、徐卤尊、羌荣藻、张维、奚文蔚、沈灏、杨尔镣、邵珍、陶宗尧、杨乃楫、杨鳣、俞汝谐、方淦、刘炎（三十四户）各一元，共三十四元。武进无求子、又资祖母宾福（两户）各二十千文，共四十千文。无名氏二百六十文。

○共洋三百九十五元、钱五十千二百七十八文。

毘陵烧香捐：慎思堂何六十元。不书名沙十二元。胡朴真、不书名史（二户）各十元，共二十元。程逸云募八元。元通坛七元。王新真、陈国梁、高阶平（三户）各三元，共九元。仁寿堂、徐屠氏（二户）各二元，共四元。丁福二、贡济真、不书名、沙敏真、同茂、锦记、沙恒椿、源盛、沙钜记、邵发荣、陆文泉俞氏、陆黄氏、邹豫春、宣甫大、童张氏、信隆唐三、沈龚氏、张一真、蒋周氏、不书名姚、赵绍福、许汝安、王林生、刘博甫（廿四户）各一元，共二十四元。羊信真募六元、一千文。种莲主人五元、五百文。吴五寿三元、一千文。臧何氏二元、三百六十文。刘震之募一元、三千八百八十文。刘子佩一元、三千七百文。不书名一元、一千六百文。徐乐真一元、六百四十文。徐振远一元、五百九十文。华太一元、一百文。解何氏七千五百文。许瀛洲七千二百文。朱紫蘅五千文。吴小鲁四千文。惜谷会三千另六十五文。李思真二千一百六十文。马长生一千八百六十文。霍顺富募一千八百文。董成一千六百二十文。何炳荣一千四百四十文。夏佩镛一千四百四十文。陈晋明一千二百四十文。积善会、杜福景、蒋酬真、戴双年（四户）各一千，共四千文。沈平甫、瞿寿生、陈晋生、陈元聚近斋、不书名、殷凤起徐才子、仲祥聂裕顺、钱秉文、薛柳亭（九户）各八百文，共七千二百文。徐孟氏、陈钟翰、余英灿、陈荫林、贻谷堂卜、蔡郑氏、李顾氏、李巧增、唐锡奎、周二、施义顺、森顺、唐锡增、李杏生、源泰、同发、赵源顺、许锦记、法和（十九户）各七百二十文，共十三千六百八十文。朱茂昌、陈潘氏、王秉真（三户）各七百文，共二千一百文。郑善孚六百六十文。钟张合、杨霍氏（两户）各六百文，共一千二百文。邱文彩五百五十文。徐富德、蔡善荣、孟义兴、陈兴高、沙仁桂、宣兆品、张义盛、杨倪氏、芮兆瑞（九户）各五百文，共四千五百文。颜荣发四百八十文。颜秦氏、大亨、梁金怀、梅增大（四户）各四百二十文，共一千六百八十文。金蓉照、曹福昌、王吴氏、陈童氏、许大小姐、周殿清、余司直、鲍鸿宾、蒋耀山、薛静溪、薛本初、张受祺、瞿孙氏、庄渠生、沙春泉、程衡孙、曹庆寿、孙豫生、杨灿祥、张受朋、张谢氏廿（二户）各四百文，共八千四百文。刘金氏、刘陆氏、秦顺银、苏德芳、徐羊氏、黄孟氏、徐子芹、董子沂、宣二保、孟羊氏、徐二保、尤梅氏、黄涌康、黄耀生、徐耀斗、尤荣大、徐郑氏、钱徐氏、徐元荣、董徐氏、宣尤氏、薛王氏、孙程氏、王子清、不书名、卞大小姐、唐春鸿、唐锦鸿、朱镒大、卞传保、张马氏、张韩氏、张沛良、唐锦林、刘汤氏（三十五户）各三百六十文，共十二千六百文。承童氏、宣祥大、顾清云、刘赵氏（四户）各三百文，共一千二百文。董氏、颜仲金、文安、梁陈氏（四户）各二百八十文，共一千一百二十文。颜龙庆、行法、盈生、李顺松（四户）各二百十文，共八百四十文。宣祥隆、吴伏大、宣书二、阿七、兆大（五户）各二百文，共一千文。刘汤氏一百八十文。梁阿金、周品大（二户）各一百四十文，共二百八十文。宣传、童腊苟（二户）各一百文，共二百文。

〇共洋一百六十六元、钱一百十三千五百六十五文，实收洋二百六十六元、钱九百六十三文。

江字册：十八，祝惕臣募（四户），一元、八百文。十六，祝惕臣募（七户），十二元。

〇共洋十三元、钱八百文。

应共洋六百七十四元，共收洋六百七十九元，换见漕银四百六十两另三钱四分一厘四毫。

应共钱五十二千另四十一文，共收钱四十六千三百九十一文，换见漕银二十八两一钱三分四厘八毫。

锡字册（附金字册）

一号，荣霭亭募（十二户），十元、三百文。二，张全泰募（廿一户），十元。三，汪逸泉募（廿六户），三十千文。四，陶裕泰等（七户），三元、七百六十二文。四，荣廷谟募，三元。五，胖观，五百文。六，沈芳斋手（十八户），一元、八千四百文。七，沈芳斋募（二户），九百文。十一，张达泉等（五户），五千六百文。十二，知仁庄募（十六户），十二元。十三，凌惟善，一百元。王槐卿，五十元。无名氏，五十元。俞月记，一元。江复兴，五元。知仁募（五户），二千二百文。十四，知仁募（三户），一元、一千三百文。二十八，顾守愚邹鲁瞻募（三户），八元。二十八，顾守愚募（十四户），三十八元、四百文。三十五，华晋阶手六（十七户），三十二元、十文。三十六，华晋阶募（六户），十五元、六百文。三十八，华晋阶手（廿户），十元、六千三百三十文。四十，宝应宣禄堂，库一百两。四十一，沈芳斋募（三户），六十一元七角一分二厘。四十三，沈芳斋募（三户），六元。

○共洋四百十六元七角一分二厘，库银一百两，钱五十七千三百另二文。

另捐：知仁手五百元。获幸生病愈三十二元。稽阆仙三十元。蔡老太太二十元。张庆丰十五元。安镇养心室保病愈、裕和昌、养性斋、胡嘉记四户各十元，共四十元。顾怀德手七元。求愈痼疾六元。邹蔡氏、邹政琴、丽生、钱谭氏孙女还愿、陈振卿病愈、疯疾省药六户各五元，共三十元。徐友仙、顾怀德、恒翰斋三户各四元，共十二元。施星斋子愈三元。秦云伯、玉宝堂、查家桥无名氏、知仁手四户各二元，共八元。得仁毕、秦梅修、秦竹君、朝楫、敬业居士、让乡居士、菊如、卓卿、杜子久、二泉居士十户各一元，共十元。方云衢五百文。

○共洋七百十三元，钱五百文。

金字三号：孙伯瑜太守手十八户，五十元。九思堂，五十元。孙集记，三十元。各户总，十四元。求痊子，十元。孙贻远，十二元。

○共洋一百六十六元。

应共洋一千二百九十五元七角一分二厘，共收洋一千三百十二元七角一分二厘，换见漕银八百八十九两九钱七分九厘二毫。

共收库平银一百两，（申水一两七钱四分五厘）合漕银一百另一两七钱四分五厘。

应共钱五十七千八百另二文，共收钱三十八千八百九十二文，换见漕银二十三两五钱七分七厘八毫。

可 字 册

一号，华望岵募奚迪卿捐，五元。二号，杨髯翁募（七户），四元、二百文。二，顾守愚募金匮钱姓，十元。三，杨髯翁募（三户），两元、四百文。三，华耀亭手（三户），二千五百文。冯道初来（三户），一元、一百文。李逸清募，四百文。四，杨髯翁募（四户），三元。四，自怡主人募（三户），六元。五，张赞支募无名氏，三元。五，冯道初募（八户），一元、六十文。六，杨髯翁募（二户），一元。六，华玉亭募（二户），两元。七，顾守愚募（十二户），十元。七，华耀庭募无名氏，二元、三百文。八，杨静芝、许兆峻募（三十四户），二元、三百五十文。八，华让德募（廿八户），十元。九，杨髯叔募（三户），一元、五百文。十，李逸清募（三户），一元。十，华锡三，七元。十，杨懋仙、杨珊柯募（三户），五元（诗润入社册）。十一，又募江陂（四户），六元。十一，华锡三续助，二元。顾守愚募百福会十子缘，一元。丁子常募，一元。十二，陶子和募保裕同人，五元。十二，顾守愚、张筠庄募雷尊忏款（四十五户），四元。十三，又（四十一户），三元、一千文。十三，李菊轩手（二户），二元。华竹虚、杨珊柯募（三十四户），三元。杨髯叔、华介亭募保裕同人，五元。十四，赵子兰手（七户），二元、二千八百文。十四，丁子常手（二户），一元、七百文。十五，周竹村、顾守愚募，五元。十五，杨髯叔手（廿二户），二元。十六，丁子常手张双桂，一元。十七，武陵氏售铜器，三元。十八，曹清华，二元。十八，冯道初找，四百二十文。十九，杨馥庭募，一元、五百文。二十四，顾守愚募强嘉颂，十元。二十四，又募（四户），十元。又募（七户），五元。又同邹叶瞻募（五户），四元。二十五，又托邹敬斋芝汀募（四户），三元。三十二，又募（七户），四元。三十四，又托华少梅、邹敬斋、张春山、周免南

募 (十四户)，四十元。三十五，又募 (六户)，十七元。三十七，又来王孟康募 (二户)，九元。三十八，又来周竹村斋募 (五户)，九元。四十六，又来蔡荫庭募 (二户)，二元。

〇共洋二百三十八元、钱十千另二百三十文。

实收洋二百四十四元，换见漕银一百六十五两四钱二分四厘六毫；钱三千五百二十五文，换见漕银二两一钱三分三厘八毫。

太 字 册

二号，陈砺生募 (廿户)，九元。三号，陆越溪募 (十三户)，三十元。六，赵来、杨鹭俦募 (十一户)，六元、七百五十文。十一，程砺卿、赵少棠募 (二户)，三元。十九，蘅道人花红，五百六十文。二十二，朱松乔募 (廿四户)，十一元。二十四，孙吟泉募 (五户)，六元。二十五，潘春生募 (十六户)，七元五角。三十一，连南山募 (七十四户)，二十六元、六十文。三十二，沈稼棠手 (六十五户)，三十五元、九百文。三十三，钱谦伯募 (四十户)，一元、五千一百五十文。三十四，公和典募 (廿一户)，十二元、四千文。三十五，沈竹亭手 (十一户)，二千文。五十一，泰昌手 (九户)，一百五十元。五十二，无力老人募 (三十八户)，三十一元。五十三，金紫侯、顾一峰募 (四十六户)，十一元、五百八十五文。五十四，张秀峰手 (六十二户)，十八元、五百三十文。五十五，嘐农募 (四户)，一元、五百五十文。五十五，娄东公廨手 (五十五户)，四十五元五角。

〇共洋四百另三元、钱十五千另八十五文。

另捐： 遗善堂、瑞庆堂 (二户) 各五十元，共一百元。虔诚子祈愈三十元。钱谭氏率子六生助、王述夫妻瘖愈 (二户) 各二十元，共四十元。太仓无名十五元。嘉定公和十一元。知足子、未遂子、险产即生、琅玡氏、高阳星 (五户) 各十元，共五十元。吾尽吾心、邹仲椿妻愈、太仓无名、静雅散人 (四户) 各五元，共廿元。太仓署同人、石稑记 (二户) 各四元，共八元。怀古居、滋兰堂 (二户) 各三元，共六元。张敦本、三寿作朋、赵募 (六户)、无名氏、杏花村农、延年室 (六户) 各二元，共十二元。勉力子、王艾生、忏心室、冰壶、寿萱堂、忆慈 (六户) 各一元，共六元。留余轩、不留名、醉雪山房，自愿出 (四户) 各五角，共二元。贻砚楼两角。觉悟子七百文。澄心室、悦研居 (二户) 各五百，共一千文。勉力烟霞客四百文。贻穀堂三百文。司厨力金、无名氏 (二户) 各二百文，共四百文。隐名氏一百文。

〇共洋三百元另另二角、钱二千九百文。

应共洋七百另三元二角，共收洋七百十六元二角，换见漕银四百八十五两五钱六分一厘八毫。

应共钱十七千九百八十五文，共收钱三千四百念文，换见漕银二两另七分三厘九毫。

丹 字 册 (茶捐归工册)

晋赈余款何润翁手十五户，七元、三百十文。又二次八户、三次十四户，十一元、二十元。

直赈一次何润生、潘馨谷、束仲常募五十四户，三十四元、三百文。又二次七十五户，一百二十三元、六百文。又三次（廿二户），廿四元、五十文。又四次（四十七户），六十七元、七百八十文。又五次（六户），二十四元九角六分九厘、十五文，又六次（十五户），三十一元。又七次（三十五户），二十元、一百五十文。又八次黄塘镇募，五十元。

共收洋四百十一元九角六分九厘，换见漕银二百七十九两三钱另二厘六毫。

应共钱二千二百另五文，共收钱二千一百九十文，换见漕银一两三钱二分八厘八毫。

士字册（扬字张君筱衫手芹香捐）

十号，朱穆卿募（十六户），三元、六千九百文。十三号，曹雨人募（十五户），二元、五千三百文。十三，倪耀庭节省早膳，十元。十八，华藕舲募，一元、一千二百文。十九，华藕舲手，一元、九百文。二十，陈云叔募，两元、二百九十四文。二十一，王穀孙募，一千另二十九文。二十七，又募，一百五十文。二十九，王穀孙伟卿募（七户），一元、三百六十文。六十一，耿葆斋募，二千三百五十二文。六十七，翟鱼门手，两元、五百文。八十二，周雨生、程子穀募（十二户），二十三元、七百五十文。一百，杨兆蓉募，五百八十八文。

附遂庵劝节茶米捐六，郑小舫手（十五户），二十三元、八百文。

应共洋六十八元，共收洋八十四元，换见漕银五十六两九钱四分九厘四毫。

共收宝银五钱一分。

应共钱二十一千一百二十三文，共收钱一千文，换见漕银六钱另六厘。

宁　字　册

江宁公所经收：晋赈找款，六十八元。直捐一批，六十元，宝四十四两。直捐二批，漕二百另五两七钱三分七厘。又三批，漕一百两。又四批，漕一百两。

○共洋一百二十八元、漕平银四百另五两七钱三分七厘、宝银四十四两。

金陵保幼堂经收：第一次，一百四十元。第二次，三十元。第三次，一百元。

○共洋二百七十元。

金陵友柏香居士乔梓经收：第一次，四百五十元。第二次，一百元。济君募，五十元。关荣卿募（廿五户），二百另六元。颜余庆保邓莲孙痊，四元。念劬子膏火荐先慈蔡孺人，一元。宁字二十一册募（十八户），一元、三千另五十文。宁字二十二册募发愿人，一元、二百二十五文。宁字二十三册募（十七户），三千文。宁字二十四册募（三十四户），一元、六千一百文。宁字二十五册募（十户），四千八百文。辅手（四户），宝十九两六钱另五厘。联手上新河北街各店友百文愿，宝六两八钱二分。子手（十户），宝十四两八钱另五厘。

○共洋八百十四元、宝银四十一两二钱三分、钱十七千一百七十五文。

共收漕平银四百另五两七钱三分七厘。

共收宝银八十五两二钱三分，（亏三钱一分）合漕银八十四两九钱二分。

应收洋一千二百十二元，共收洋一千二百二十七元，换见漕银八百三十一两八钱六分八厘八毫。

应收钱十七千一百七十五文，共收钱无。

邡　字　册

一百〇一号，邰琴谷募无名氏，三千二百文。一百〇二，又募（三户），一千五百文。一百〇五，又募（十一户），念二千四百文。一百〇六，又募（廿三户），十三千一百六十二文。一百一十一，刘健庵募（三户），四元、十千文。一百一十二，舒友轩募（廿二户），一百千文。一百一十四，张庭弼募（六户），念五元。一百一十五，谢爱堂、吴玉和募（十户），十元。一百一十六，谢爱堂、吴玉和募（八户），六元、廿六千文。一百一十七，又募（廿八户），五元、五十四千文。一百一十八，又募（十二户），四十千文。一百二十四，刘健庵募乾顺泰，十千文。一百二十六，江子云募（二户），念千文。一百三十一，邰琴谷募三省斋陈，宝四两六钱一分、二元。一百三十二，邰手赵幼翁募刘君，念元。一百三十三，邰琴谷募（二户），三元、四千文。一百三十四，邰郁声募无名氏，五十千文。一百四十四，邰琴谷募吴箕翁，十千文。一百四十六，和记朱明卿，八元。一百四十七，朱明卿募蒋佩濂，宝五两九钱。一百四十八，郁茂薆、郭翰之募（七户），五元、一千九百文。一百五十，查策之募（十六户），三十五千五百五十文。一百五十一，洪泽中募（八十户），六元、念七千一百五十文。一百五十二，吴峻封募（二户），一千二百文。一百五十三，张恒泰旗移同善月捐，念八千四百文。一百五十三，王香士募佑安霍然，五千文。一百五十五，广益堂，五千文。一百五十六，众仙同咏，五千文。一百五十七，朱明卿募德成昌凤记，五元。一百五十八，又募德成昌翰记，五元。一百五十九，乔练江募攀桂，念千文。一百六十，乔练江、吟梅馆募（十三户），一百千文。一百六十一，朱明卿、蒋慕诚募（十二户），念七元。一百六十二，王燮堂募丁泰生，十千文。一百六十三，朱明卿募、蒋慕诚募（五户），四十三元。一百六十四，曹实卿募（五户），一元、五千七百文。一百六十四，曹实卿、袁静山募（五户），四千文。一百六十六，晏淡如募（四户），十二千文。一百六十七，厉仲升、晏淡如募（七户），八千文。一百六十八，又募谦吉升，十千文。一百六十九，晏淡如募（六户），十一千二百文。一百七十二，邵天曹实翁募，四千九百文。一百七十八，曹实卿募无名氏，一千文。一百九十，詹孟奇、朱子金募（十三户），一百另五千另七十文。一百九十，詹孟奇募（五户），二元、一千八百文。一百九十一，詹孟奇、朱子金募（四户），二百三十千另一百文。一百九十三，莲仙女史，二元。一百九十三，叶佐平手殷子蓝，十千文。张有志，七百九十文，涵青阁手无名氏，十六元。无名氏等（七户），十千文，素轩阁主人母愈，十元。涵青阁手江、程、吴、许、鲍、江、吴、王、程诸君书画润，八元、三十三千九百五十文。业记，三元。古月轩，宝四钱。省馈主人，五百文。一百九十八，曹实卿募（四户），三千五百文。二百，程子縠总戎募（二户），宝十两另一钱八分、四元。二百零一，吴星南募（三十四户），念元、一百念八千二百五十文。二百一十，恒大、恒益募（七户），念四千文。二百一十一，肇庆恒募（十一户），念千另八百念文。二百一十二，王树斋募（廿户），念千文。二百一十三，王树斋募（十八户），六十六千文。二百一十四，同顺和募（廿一户），念千另另念八文。二百一十五，江小琴募（六十一户），四十千文。二百二十一，刘严氏祈愈，饰五两、十元。二百二十二，朱采芝募淮南公所，四十千文。二百二十三，王燮堂募勤俭堂，宝八十两。二百二十四，朱树斋募（十一户），十元、十五千文。二百二十五，江西信士无名氏募（三十九户），宝六十五两另五分。二百二十五，江西无名募信义生，四千文。二百二十六，刘健庵募（八户），十二千文。二百二十七，刘健庵募承泽堂，二百元。二百二十九，又募不留名，七千文。二百三十三，江子云募和裕兴，十千文。二百三十七，张云陔、范蔚庭募（廿五户），十五元、十四千九百文。二百三十八，余鲁卿募（四十一户），三十元另六角三分。二百三十九，又募（九十七户），三十一元八角一分四厘。二百四十，阮申仲、卞璞园募（二户），二千二百五十文。二百四十一，又募（九户），宝一百四十二两一钱三分。二百四十五，王逊翁募（十二户），念七千一百文。二百四十六，又募（三十一户），四十六千四百四十二文。二百四十七，又募（六户），五十七千五百文。二百四十八，又募（六十四户），十千文。二百四十九，周戴之，十九千五百念文。二百五十三，詹孟奇募惇裕堂，四十元。二百五十三，詹孟奇募（二户），二元。二百五十三，又募八十四号（二户），二元。二百五十五，朱撎生募（五户），六元。二百五十六，又募（五户），四元。二百五十七，又募（二户），五元。二百五十八，朱子金募胡氏，二元。二百六十四，朱子金募（五户），十元、六百五十文。二百八十九，裘石轩售画轴，四元。二百八十九，王树斋、薛研耕募焦雨山房，一元、五百文。二百九十，又募（四户），七千文。三百零九，金绶门、顾凤池募（四十九户），一百六十二千文。三百一十一，邹瑞庭募（九户），一百另一千九百文。三百一十五，任善夫募（廿四户），五元、十二千五百文。三百一十八，朱明卿募（二户），宝十两。三百一十九，朱明卿募（十五户），十四千八百六十文。三百二十，余募桂林书屋，四十元。三百二十二，厉仲岩募（十一户），十二元、宝十四两四钱、一千五百文。三百三十五，吴少模募（四户），三元、十九千文。三百三十六，吴星南募（七户），九千三百文。三百三十七，又募（十八户），十六元、十六千三百文。三百三十八，吴星南募（四户），十五千八百五十文。三百三十九，又募（廿九户），十千文。三百四十，王诗堂募（四十六户），三元、十四千文。三百四十一，王逊翁手华哲翁募（六十二户），四十二千三百九十六文。三百四十三，王逊翁募（七十五户），五十六千另六十文。三百四十四，又募（三十四户），十千文。三百四十九，余鲁卿募（七十五户），六十元另六角三分四厘。三百五十，又募（一百八十八户），三十七元七角。三百五十一，丁桐孙募（十一户），六元、十一千五百文。三百六十六，崔应中募，六元。三百九十八，杨〔扬〕州府宪何募务本堂，六百千文。四百零一，余鲁卿募（五户），一元六角六分六厘。

○共洋八百另四元四角四分四厘、宝银三百三十七两六钱七分、钱二千七百四十五千六百四十八文。

共收漕平银二千三百九十七两三钱九分二厘二毫；共收洋一百四十元，换见漕银九十四两九钱一分五厘七毫。

鄂 字 册

二号毛平甫募十四户，三十四千八百三十文、十二户，念千文。三号，邹福祥，四十千文。四，耕兰室，一百千文。五，黄元太，三十千文。七，同兴安，五十千文。八，张同兴，五十千文。九，严苓甫募（四户），十三元。十，又募（五户），一元、二千文。十一，颐合泰，十千文。十四，欧阳静山募（五户），二百千文。十五，陈雪岩募盛利隆，四千文。十六，杨澄斋，念千文。十七，毛聘廷募生昌信记，十千文。十八，又，十千文。十九，杨香浦募仁昌厚，十千文。二十，又，十千文。二十一，毛平甫募（八户），十三元、三十五千文。二十四，梁启堂募（十四户），五千九百文。二十五，吴焕亭募（四户），十元。二十六，又募（六户），十元。二十七，卢性田募（十九户），九千五百文。二十八，卢性田，念千另五百文。二十九，萧怡丰，三十千文。三十一，金耀章募裕大仁，念千文。三十二，金耀章募裕泰运，念千文。三十三，熊应嘉募胡美堂，念千文。三十五，胡采章手吉祥诚，四十千文。三十七，朱稼轩募怡和义，四十千文。四十一，朱养儒募升恒，四十千文。四十三，许秉衡募（三户），十千文。四十四，许秉衡募程锦泰，十千文。四十五，王平之，四十千文。四十九，雷蔚才募信义生，十千文。五十，又，十千文。五十一，汪宜之募（五户），十三千文。五十二，又募（七户），四十六千五百三十文。五十三，陈守庭募（七户），五元。五十四，项稚笙募张竺斋，念元。五十六，金显斋募（四十三户），二十二元、五角九百六十文。五十六，又募（七户），十八元。五十七，金显斋募（八户），六元五角、一百六十文。六十三，陈松田募（三户），十二元。六十六，廖可亭募本立生，念千文。六十七，又募廖义仁，念千文。六十七，又募同亨，十千文。六十八，袁耀忠募裕隆全，四十千文。七十四，许秋槎，三十千文。七十五，汪宜之募许愿人，五千文。七十六，陈兰生，念千文。七十七，张承业募（十六户），二十元。七十八，高英甫募（二户），一元、四千文。八十九、九十、九十一、九十二，许君子双募，六百元。九十五，戴玉持募（十八户），三十八元、七千三百二十文。九十六，又募（十九户），三十六元、五百文。九十九，朱锡公手，六十四千文。一百，又手如意堂等，四千六百文。一百三十一，求愈疟人，十元。一百三十二，浙萧保合寓平安，十元。一百四十五，李少桥募柳少云妻病愈，十千文。鄂不轩，二百千文。许从翁募有余堂，宝十五两。又募乐知堂，十五千文。又募四好堂，六千文。又募处中堂，六千文。又募修德堂，六千文。又募省疚生汪，宝二十两、三十千文。又募有容堂，三千文。又募崇德堂，三千文。又募景西堂，三千文。又募不求知，三千文。

〇共洋八百四十六元、宝银三十五两、钱一千五百三十二千八百文。

共收漕银一千另七十两另一钱三分七厘九毫；共收洋六百四十八元，换见漕银四百三十九两三钱二分四厘。

湔字册（附兴册）

一，恒丰顺募（六户），八元。一，又（三户），六元。三，王树斋募（三户），四元。三，史景堂求愈，四元。四，德清募（十五户），六千文。五，李瑞柳，六百文。五，王树斋募（四户），六元。德清王君来（三户），四元。八，吕芷香募（十八户），五十七元。九，吕芷芗募（十四户），四十三元。十五，立志书院字课奖，三十六元、四百文。二十一，刘霭士手（二户），十八元。二十二，集益居士募（十四户），八元、六百文。二十四，许汉山募（二十二户），二十元、五千二百五十文。二十五，叶作舟手（八户），十元。三十一，陈沁泉募（十一户），二十九元。三十二，陈沁泉募（二户），三元。三十三，又募（六户），二十三元。三十五，海昌睿识书塾，十元。三十六，戴礼门募（十三户），十二元、四百五十文。三十七，

张雪亭手 (六户)，一元、二千二百六十文。三十八，又募 (三户)，一元、七百文。三十九，又手 (六户)，一元、六百文。四十，又手 (三户)，一元、四百文。四十一，范少莲募 (十五户)，七元、二百文。四十二，查彦云募 (十九户)，二元、十千另一百六十文。四十二，乐善堂募 (三户)，二千文。薛企泉募 (十四户)，四元。四十二，薛企泉募 (十一户)，三元、二百五十文。又募 (七户)，二元。四十三，吴树人募 (十三户)，七元。四十五，徐韵珊募 (五户)，四元。五十，朱尹如募 (九户)，四十元。五十一，拱宸居士募 (二十六户)，八元。五十四，菱湖逾龙氏质衣，二十四元。五十五，顺和号友端节折席，二元。五十六，朱廉士、陆驾山、盛镕卿募 (十一户)，十六元。六十，乐安主人，一元。六十一，求如愿人，一元。七十，费矩卿募 (九户)，二十元。七十六，聊表寸心不知名，二元。七十七，沈凌阁募 (十三户)，四元、九百二十文。七十八，童望征募 (五户)，二元、一千四百文。七十九，吴鉴三募 (六户)，六元。八十，金志丰募 (十七户)，二元、六千五百文。八十一，环翠山房手 (五十三户)，十二元四角。八十三，惇太募 (三户)，三元、二百文。八十三，无名氏移午席，五元。八十五，杭州隐名氏募 (三户)，五元。八十六，庞芸皋余杭募 (五十户)，二十元。九十，庞芸皋手 (十二户)，三十四元。九十一，又募 (六十四户)，二十元、五百文。九十二，又募 (五十五户)，十四元、一百七十文。九十三，庞芸皋募 (七户)，八元。一百〇一，许汉三募 (十九户)，二元、四千六百五十文。一百〇二，李容甫募 (十二户)，十九元。一百〇三，刘尚斋，二元。一百〇四，卢子远募 (二十户)，三十元。一百〇九，湖州盐栈募 (九户)，二十六元。一百〇九，张菊溪手 (十户)，四元、五百文。一百一十，倪寿亭、庄少麓、张留耕募 (四十二户)，廿一元、三百文。一百一十一，沈梓馨募 (二户)，六元。一百一十二，张菊溪募 (十九户)，二元五角、二千八百文。一百一十三，又募 (六户)，三千三百文。一百一十四，查麟振募 (三户)，二元五角。又募 (十户)，六元五角、三百文。一百一十五，德清厘局募 (十五户)，八元、九百文。一百一十六，赵楚珩募 (六户)，八元、九十文。一百一十七，隐居募 (十三户)，七元。一百一十九，何衍甫手 (九户)，十六元。一百二十，南浔厘局徐募 (廿六户)，十三元五角。一百二十一，南浔厘局手 (九户)，十一元五角。一百二十二，杨砚泉募 (六户)，三元、五百文。一百二十七，周筱泉募 (四户)，十元。一百二十八，徐子佩手 (十二户)，廿元。一百三十，周敬庵募 (十户)，十二元。一百三十二，蔡小飘募 (廿户)，十三元、一百六十文。一百三十三，熙绩氏手 (十二户)，三元、一千八百五十文。一百三十四，夏棣卿募 (三十三户)，十五元、四百五十文。一百三十六，周景仪募 (六户)，一千六百文。一百四十一，清风明月庐募 (六十四户)，廿元。一百四十二，又募 (四户)，五元。一百四十六，石莲舫、黄镜州募 (十四户)，廿元、八百五十文。一百四十九，石莲舫、王店镇手 (七户)，六十元。一百五十，石莲舫、和同源募 (廿户)，六十四元。一百五十一，石莲舫手 (十户)，三十一元、八百文。一百五十二，石莲翁募胥塘 (五户)，廿九元、一百文。一百五十三，石莲翁、大有典募 (廿九户)，廿元。一百九十六，赵新吾募 (七户)，十三元。一百九十七，赵铭芳手 (十一户)，三十元。附兴字一号，濳川氏募 (七户)，一百元。附兴字二三号，又募 (廿户)，三百元。附兴字四号，石莲舫手 (六户)，一百元。

〇共洋一千六百四十五元九角、钱五百十八千七百十文。

另捐：思补过斋垫款五百元。子寿姚氏、虎林隐名病愈、聚星堂李三户各一百元，共三百元。麟湖尽心子母愈六十元。海宁张存诚五十元。西塘公兴典友省酒席四十元。张募广恩氏、会龙山人、乐善童子、世德堂黄四户各三十元，共一百廿元。濮院十九户、大有同事省席二户各二十二元，共四十四元。张雪亭手、陆树德寿分、寓杭求速愈、南陵逸史、戴程氏许愿、朱士楷、双清寄庐、桂荫求安、平安堂、夏棣萼母愈、店口村求痊十一户各二十元，共二百二十元。张雪亭募四户十三元。乌镇求病愈、朱士桢却病、湖州求安居士、羊端书、无力老人、碌石不留名、诚心堂忏移、思补阙斋、欣然独笑庐、双桂崇善主人、又求戴程氏病愈、月道人、朱经纬母愈、双桂崇善家安病愈、钱修钦求愈、双溪草庐、星洲氏、张菊溪、页夷士、会龙遭风无恙、唐柏桂来无名氏、苕溪慎心子廿二户各十元，共二百二十元。徐王两姓、戴程氏善书移二户各八元，共十六元。李德增荐先、又荐伯父母二户各七元，共十四元。锦记、赵铭芳二户各六元，共十二元。听海庵、沈凌阁手、又、又、又、李蓉甫、寡过居士、退补生、朱尹如募八户、朱砺斋、身健胃强、管稚岩、大有当友月俸、朱德聚十四户各五元，共七十元。舒衡甫、孙王氏求痊、平湖补过生、守来子、腾周氏祈健、石门沈氏、麟湖尽心子、裕后堂、愿人同善客、退补生、无名氏妻愈十二户各四元，共四十四元。鲍余庆、勤中行、问月轩、李蓉甫募、诚信居士、朱元裕、汪前洲、凌衔求保婴、有心无力人、由车不量人、湘湖居士十一户各三元，共三十三元。余锦坤、砚拙山人、王益亭、陈姓保病、乐安守真子、文治省点、杨合兴、朱永盛、拱宸居士、朱石龄、鸳湖居士、朱金祺、龚宝钧、沈稚卿、徐仁记、边可樵、湘湖居士、孙炳、章定贞母痊、墨花生妻愈、章鸿藻保母痊廿一户各二元，共四十二元。昌号、戴祯祥、龚含山代亡者求福、朱夏氏又、周李氏又、余博源、邹建伯、姚益远、邱耕心、徐尚志、唐尚德、朱永盛、朱云记、天叙堂、耕道堂、吴莱卿、孙乐善、沈顺福、慕仁堂、卢务本、亦是楼、延增氏、蒋幼初、盛镕卿、沈凌阁找、黄叶村民、吴光炘求痊、保安氏、退补生、东峰荫记、程灿庭、石门五龄童、黄叶村民、朱砺斋室针萧、摄生要术士、海昌寒士、张复兴、南浔总局同人月饼、凤藻堂三十九户各一元，共三十九元。陆元伯洋五分。鸳湖清霞氏一百千文。查彦云来无名氏五百文。海昌诗伯一元、五十文。张圣源募六户洋一百廿二元、钱五千文。

〇共洋一千九百六十元另另五分、钱一百另五千五百五十文。

应共洋三千六百另五元九角五分，共收洋三千六百三十四元九角五分，换见漕银二千四百六十四两三钱八分五厘八毫。

应共钱一百六十四千二百六十文，共收钱一百三十二千一百五十文，换见漕银八十两另一钱一分。

湖 字 册

一号，仁济堂来天水裕记，二十元。二号，又来 胡大成众友 三户，六元 一百元。四五，又来 吴侣兰妻孕安 廿二户，四元、廿五元。二十二，包衡村来（十七户），廿一元五角。二十三，环翠山房手（三户），十一元、三百廿文。二十四，环翠山房来（十一户），十二元。二十五，又来（十一户），六元、四百五十文。二十六，又来（七户），十元另五角、二百文。二十七，又来（十八户），三元、四百四十文。二十八，又来（四十七户），廿四元、一百五十文。二十九，又来获冈（四十八户），十三元五角、四百五十文。三十，又来（廿户），十五元。

刘心柏一百元。丁杨氏子愈念元。莫诚斋募十七元。不留名十五元。湖府学施、武康学杨、清品子、嗣善堂放生会、张小圃、志学（六户）各十元，共六十元。湖府学施太太（二户）共八元。无名氏、乌程学张、但愿平安（三户）各六元，共十八元。不留名、不留名、沈桂林（三户）各五元，共十五元。武康学许、不留名、武康学杨太太（三户）各四元，共十二元。悯灾居士、盛泽画润（二户）各三元，共六元。德清学俞、长兴学卢、张永茂、仁溪钓徒、朱报增母愈、惜阴居士（六户）各二元，共十二元。不留名、徐竹村、沈保仁、省过轩、陈永铨、仲彩祥、无名氏、包募、又、沈福兴、无名氏（十户）各一元，共十元。

共收洋五百六十四元五角，换见漕银三百八十二两七钱一分三厘八毫。

共收钱二千另十文，换见漕银一两二钱一分八厘四毫。

海 字 册

一号，许村场宪金募（九户），十元。一，金松圃，一千文。二，许村场宪金募（十八户），十一元。四，又募（六户），十九元、七百八十八文。六，章晋庵募（十户），十五千文。七，盐业（十三户），十一元、三百九十文。八，章晋庵募（九户），二元、二千一百文。九，场宪金募（十八户），十元。十一，场宪金募（十八户），廿二元。十四，心祝多寿室，十元。十五，章晋庵手（十六户），十六元、二百三十文。十六，金伯也募（十三户），四元、四千四百文。二十一，杨升吉手（十户），三元、三百九十文。二十二，海宁署钱席金募（廿二户），四元、三十二千一百文。二十三，张福曾募（三十户），三千七百文。二十四，又募（三户），三元、五百文。二十五，章仁寿手（八户），五元、一百十文。二十七，沈柏手（廿户），四元、二十文。二十八，金伯也募（九户），二元、四十文。二十九，蔡参戎手（四户），四元。三十一，曹奎手（十五户），二千一百文。三十二，蔡参戎手（四户），六元。三十四，章吉募（三户），一元、一千文。三十五，张惠手（十二户），六元、二百文。三十六，于彝生募（廿六户），廿一千文。三十七，又募（十三户），五元、二百文。三十八，邵峻之手（十七户），三元。三十九，朱峻德堂，二百文。三十九，彭金官，五百文。四十，淦堂公周忌忏费，十元。四十，杨云祥募（十一户），两元、一千文。不列号，钟灵毓秀，十元。不列号，赵旭翁募（四户），十元。范王氏，十元。赵新吾，十元。各灶先捐，十元。地黄宙三堡灶捐，十元。

〇共洋二百三十三元、钱九十千另六百六十八文。

共收洋三百十二元，换见漕银二百十一两五钱二分六厘五毫。

共收钱二千一百六十五文，换见漕银一两三钱另二厘五毫。

谨启：敝寓先将光绪六年九月底止征信录编出，所有十月分起后再补报。

卷末　北直支放工赈录

查放直赈征信录弁言

　　光绪五六年间，直隶整海防，而水旱不已。大吏请天子，命截漕赈之，继则贷粟东南。东南人士相聚而语曰：因之以饥馑，其奚可哉！谋及父老，迄于妇稚，咸输财粟无吝色，谓拯灾即以卫国也。积二十二月之久，得银四十万，于是金君荟人治大清河，严君佑之赈任邱等九邑，皆赖以济，有余则以资各州县之不足。一时称盛举焉。事竟，如齐豫晋赈例，编录征信，用弁数语于简端。

查放直赈征信录总纲

收　款

一、收浙江同善堂、苏州桃花坞公所项下
　　由严绅经收晋赈余款，银三万七千一百两。
　　由金绅经收晋赈余款，银三千五百两。
　　由严绅经收苏捐十五批，银六万六千九百五十五两九钱三分。
　　由直督宪衙门经收苏解程绅廷垣捐款，银一万两。
　　由直藩宪衙门经收浙捐十六批，银八万两。
　　由筹赈局经收苏解河工捐十一批，银三万一千四百七十四两九钱七分三厘。
　　由筹赈局经收浙解核奖捐三批，银四千四百另三两六钱四分。
　　共银二十三万三千四百三十四两五钱四分三厘。
一、收上海公所项下
　　由严绅经收晋赈余款，银三万两。
　　由严绅经收沪捐九批，银三万六千七百五十两。
　　由直督宪衙门经收解款，银二万九千一百五十七两六钱五分。
　　由筹赈局经收解款，银一万七千一百九十四两三钱四分。
　　共银十一万三千一百另一两九钱九分。
一、收扬镇公所项下
　　由严绅经收晋赈余款，银二万两。
　　由严绅经收解款八批，银一万六千二百三十九两另五分。
　　由直督宪衙门经收解款，银六千八百四十六两。
　　由筹赈局经收解款，银一千九百九十八两四钱一分。
　　共银四万五千另八十三两四钱六分。

大共银三十九万一千六百十九两九钱九分三厘。

支　　款

一、支严绅报销项下（细数列后），银二十万另七千另四十四两九钱八分。

一、支金绅报销项下（细数列后），银九万七千五百六十七两三钱九分五厘。

一、支筹帐局开报项下（细数列后），银八万七千另另七两六钱一分八厘。

大共银三十九万一千六百十九两九钱九分三厘。

工赈细数（秀水金福曾苕人经办）

收　　款

一、收浙苏扬沪解款，银九万七千五百六十七两三钱九分五厘（内计晋余苏款三千五百两，筹赈局拨交浙苏扬沪原解银九万四千另六十七两三钱九分五厘）。

共收银九万七千五百六十七两三钱九分五厘。

支款（细帐极为明晰，因其繁碎，故录总数）

一、支大清河工挑河方价（共土三十八万一千九百三十方八尺五寸一分），津钱二十二万八千六百另二千九百二十八文。

一、支又切坎方价（共土一千九百三十六方五尺八寸），津钱八百六十五千八百九十二文。

一、支又堡船水工方价（共土三千十一方四尺七寸五分），津钱一千八百四十千另六百二十八文。

一、支又拆坝方价（共土二千九百四十九方八尺二寸五分），津钱一千六百六十一千二百七十六文。

一、支又筑坝三十一道工价桩木苇料，津钱一千六百八十千另五百七十二文。

一、支又筑埝工料（长二千二百七十五丈五尺八寸，宽一丈，高三尺五寸），津钱五千九百八十四千四百十六文。

一、支又民夫戽水工价（水五万七千一百二十方），津钱二千二百八十四千八百文。

一、支营勇戽水饭食船川，津钱一千三百六十七千文，银三十二两。

一、支水车水斗绳钉木料（水车八十辆，水斗三千五百六十只），津钱一千一百九十六千七百文，银四百七十七两九钱九分二厘。

一、支修理水车木匠工食，津钱一百八十一千四百四十文。

一、支备段民夫赏号、给还河地民房屋基价值、贴补出土压没麦地、运钱到工船力、捆包、绳索、工饭等，津钱二千七百另一千四百三十二文。

一、支又员绅司事薪水、天马丈量平局使地保更夫差役兵勇工食、房租席棚、坐船、雇车、绳标、牌、灯、纸笔、油烛、器具、药料，津钱三千六百另五千另三十二文，银三千八百六十两另五钱八分九厘。

以上大清河工共支津钱二十五万一千九百七十二千一百十六文，扯合银七万八千三百七十二两三钱七分，又银四千三百七十两另五钱八分一厘，共银八万二千七百四十二两九钱五分一厘。

一、支中亭河工（内津钱一万一千七百五十三千五百七十文，以三二一四合银三千六百五十六两九钱九分一厘），银三千八百二十四两九钱九分一厘。

一、支千里堤工（计津钱一万四千四百六十一千二百四十六文），合银四千四百九十九两四钱五分三厘。

一、支静海县闸工，银三千两。

一、支另赈等项，银三千五百两。

以上共银一万四千八百二十四两四钱四分四厘。

大共支银九万七千五百六十七两三钱九分五厘。

<h2 style="text-align:center">附录监工员绅姓名</h2>

总监工：章兆蓉

总稽查：盛富怀

支案：庄殿华　李廷桢

银钱：谢庭芝　杨承露

支放：朱清澜　金福新

各段监工：张世祁　章兆玉　经元佑　金鼎　俞廷献　冯庆铺　沈桂修　李继昌　刘集勋　毛润身　徐昌龄　章定尔　苏必寿　张潮　段斌　叶溶光　高振冈　章以潘　孙熙泰

收工：何锐

弹压：狄善　孙鹏万　姜瑞荫　薛景清　沈嵩龄　杨培

放 赈 细 数

（丹徒严作霖佑之经办）

收 款

一、收浙苏扬沪解款晋移余款，银二十万另七千另四十四两九钱八分。

一、收晋局另捐余款，银七百三十一两六钱八分五厘。

一、收晋局潘绅缴还掩埋余款，银十八两三钱五分五厘。

一、收陈锡祺捐十两另五钱、武强县陈捐三十两、河间府札捐四百五十两、柳少云手一百五十二两四钱、恽彦记廿两、杨殿翁手桶捐八十一两六钱、朱学宪二百二十两，银九百六十四两五钱。

一、收银号利息换银申平，银二千二百三十两另二钱八分九厘。

共收银二十一万另九百八十九两八钱另九厘。

支 款

一、支任邱县五年冬赈

大四万二千一百五十八口每八百文
小三万一千三百六十八口每四百文，钱四万六千二百七十三千六百文。

一、支安州六年春赈

大二万一千五百五十八口 小二万四千另七十六口 每八百文 每四百文，钱二万六千八百七十六千八百文。

一、支大城县春赈

大三万二千二百四十四口 小一万七千九百四十八口 每八百文 每四百文，钱三万二千九百七十四千四百文。

一、支文安县春赈

大四万五千六百五十口 小三万六千二百八十五口 每一千文 每五百文，钱六万三千七百九十二千五百文。

一、支保定县春赈

大五千八百三十口 小二千六百四十口 每一千文 每五百文，钱七千一百五十千文。

一、支霸州春赈

大八千一百十三口 小五千九百九十六口 每一千文 每五百文，钱一万一千一百十一千文。

一、支静海县春赈

大一千五百二十五口 小一千六百五十七口 每一千文 每五百文，钱二千三百五十三千五百文。

一、支雄县春赈

大一万四千八百六十八口 小九千三百另四口 每一千文 每五百文（经莲翁经办），钱一万九千五百二十千文。

一、支宝邸县大邓庄一百一村

大一万一千五百六十八口 小一万一千另二十四口 每五百 每二百五十 文，钱八千五百四十千文。

一、支宝邸县高家庄九十五村

大五千八百八十八口 小四千三百另二口 每八百文 每四百文，钱六千三百七十五千二百文。

一、支宝坻县小芦庄五十二村

大一千三百九十四口 小一千一百四十九口 每一千文 每五百文，钱一千九百六十八千五百文。

一、支文安县冬赈

大二万另二百十二口 小一万四千五百另三口 每一千文 每五百文，钱二万七千四百六十三千五百文。

一、支大城县冬赈

大四千一百十四口 小二千五百另一口 每一千文 每五百文，钱五千三百六十四千五百文。

一、支霸州毕家房外八村冬赈

大五百另五口 小四百十口 每一千文 每五百文，钱七百十千文。

一、支霸州大宁口等三十二村冬赈

大三千一百二十八口 小二千三百五十口 每八百文 每四百文，钱三千四百四十二千四百文。

一、支保定县冬赈

大一千一百十一口 小六百十口 每八百文 每四百文，钱一千一百三十二千八百文。

一、支任邱县冬赈

大八千一百廿二口 小六千二百廿七口 每一千文 每五百文，钱一万一千二百三十五千五百文。

一、支安州冬赈

大六千二百十八口
小五千六百六十一口　每八百文，钱七千二百三十八千八百文。
　　　　　　　每四百文

一、支雄县冬赈（经莲翁手）

大三千八百二十八口
小二千七百八十九口　每八百文，钱四千一百七十八千文。
　　　　　　　每四百文

一、支津贴雄县堤工（经莲翁手），银四千两。

一、支津贴京都广仁分堂（经莲翁手），银二千两。

一、支缪启翁手（安州另赈银四百四十九两八钱六分，大成另赈银一百五十八两三钱一分，文安散给银五十四两，大成拐案赎妇三十九两七钱一分，途次另给灾民银六十三两五钱，不敷银两另行捐付），银七百五十两。

一、支潘振翁手山西汇银到直汇费，银九十两。

一、支散给灾民施棺并津贴贞节妇女郭陈氏等，银八百九十八两一钱五分五厘。

共支银七千七百三十八两一钱五分五厘。

共支钱二十八万七千七百另一千文（内二十二万六千九百三十五千五百文，扯一五八二二一八换银十四万三千五百十两三钱八分七厘。又钱六万另七百六十五千五百文，扯一七二五价换银三万五千二百二十六两三钱七分六厘），扯合银十七万八千七百三十六两七钱六分三厘。

大共支银十八万六千四百七十四两九钱一分八厘（一切费用均系另备）。

实　　存

一、存交筹赈局银二万四千五百十四两八钱九分一厘。（原报存银五万一千七百四十四两二钱六分一厘，嗣因此款内有借用官款二万七千二百二十九两四钱，理应划还，现经算清，实存此数。）

收 放 细 数

（直隶筹赈局开报）

收　　款

一、收浙苏沪扬解款，银八万七千另七两六钱一分八厘。（查四公所原解督宪衙门、藩宪衙门、筹赈局共银十八万一千另七十五两另一分三厘，除拨金绅河工款银九万四千另六十七两三钱九分五厘，实收此数。）

一、收严绅交存，银二万四千五百十四两八钱九分一厘。

共收银十一万一千五百二十二两五钱另九厘。

支　　款

一、支南绅郭之桢经放武清县五年冬赈，银五千另三十四两二钱。

一、支又饶阳县五年冬六年春赈，银二千另十九两一钱八分七厘。

一、支又雄县五年冬工赈，银四千另五十六两六钱三分五厘。

一、支又宁河县五年冬赈，银三千六百两。

一、支又河间县五年工赈，银一千八百三十两另另五分二厘二毫。

一、支又天津县五年冬六年春赈，银五千七百另一两。

一、支又天津县五年工赈，银三千一百二十六两八钱七分五厘。

一、支又定州五年冬赈，银一千五百两。

一、支南绅李金镛经放任邱县六年春工赈，银七千二百九十二两八钱八分六厘。

一、支又安平县六年春赈，银四千六百两。

一、支又雄县六年春工赈，银六千两。

一、支又武清县六年春工赈，银八百两。

一、支又武清县北运河东头六年工赈，银四千四百六十五两三钱九分九厘。

一、支又高阳县六年春赈，银一千二百两。

一、支又高阳县六年春工赈，银二千一百四十二两二钱。

一、支又无极县六年春工赈，银一千两。

一、支又蓟州六年春工赈，银一千九百八十八两五钱二分五厘。

一、支又天津、宁河县六年春修叠道工赈，银一万一千四百八十三两三钱四分六厘五毫。

一、支史道台开挖滹沱减河拨款，银四万二千四百两。

一、支唐道台疏浚金钟河工拨款，银一千三百两。

共支银十一万一千五百四十两另三钱另五厘七毫。

<h2 style="text-align:center">实 在</h2>

一、不敷银十七两七钱九分六厘七毫。

<h1 style="text-align:center">禀 直 督 宪</h1>
（严作霖）

敬禀者：窃生上年十月自山右移赈到直，迄今一载有余。初到之时，仅有晋赈分款银六万三千两，嗣经南中竭力募劝，陆续解济，浙苏申扬四公所及各处零星捐助，共收到银二十四万一千二百十九两一钱七分九厘。先后查放各州县上年冬赈、本年春冬两赈，共银十八万九千四百七十四两九钱一分八厘，另开清折，呈候钧核。除已放外，现尚存银五万一千七百四十四两二钱六分一厘，本因河决东明，拟往查放抚恤，昨奉宪台面谕，决处河工业已合龙，地方灾况甚轻，无须查放，生适又接到南中公信，以大江南北本年冬旱特甚，田皆龟坼，麦未播种，江北流民有渡江就食之谣，万一有之，扬州即须截留议赈，飞函促生星速南旋。窃思今冬旱象，南北皆然，而苏省自江以北情形较甚，虽成灾轻重尚未可知，而桑梓所关，生去固无济大局，不去尤难对同人，踌躇至再，只可即日言归，赶于年内抵里。所有前项赈余银，暂仍分存天津西号。生拟俟到后察看光景，如南中不急需赈，请以此项银两拨助明春开浚大清河工程，即交金道福曾动用。倘南赈即须举办，则邗上既有截留之议，别处亦需放之资。款巨事繁，恐仓卒无从筹措，拟乞将前项银两汇拨南中，已与盛道宣怀商妥，届时再当酌度具禀，伏候中堂鉴核遵行。再，生上年自晋来直助赈，仰蒙中堂褒嘉逾格，并有事竣请奖之奏，自顾何人，岂不知感？惟念筹赈首重捐资，次则经募，如生奔走其间，但虞丛过，何敢言劳？曩日山东豫晋各省赈案，皆不滥列刿章，非矫情也。出钱者既不欲求名，辨〔办〕事者又岂容掠美？伏乞宪台鉴此愚忱，成其初志，将来直赈即有奖案，万勿滥及生名，感荷成全，莫名悚祷。肃此，敬叩爵绥，统希垂鉴。

直隶阁爵督部堂李批：禀单清折均悉。南省富庶，好义者多，如果因旱议赈，必可就地设法集劝，所有此项赈余银五万一千七百余两，本系该绅等专为直隶筹备，自应仍作直隶赈济要用，无须汇回南省，仍候行筹赈局司道随时核实拨放，务使涓滴归民，不准经手员董丝毫弊混，庶无负南绅一番苦心。该绅悯念畿境异常贫瘠，灾黎困苦无告，定能终始矜全，不忍顾彼失此也。至该绅迭办山东豫晋赈务，上年又移助直赈，历时甚久，活人甚多，厥功甚伟，乃力辞奖叙，盛德谦光，益令人钦仰无已，惟出力情形仍须于事竣后奏咨，以彰事实，并由筹赈局届时详办。缴。

汇录直省来函

弟等于初六日抵河间，知直省被灾廿余州县，极重者八九县，如任邱、安州、雄县、高阳、文安、武清、大城等处，仍是一片汪洋，困苦情形，万言难尽。弟等移带之六万三千金，据愚见看来，一县尚恐不敷，盖春麦既难下地，直须明秋有获，方有生机，嗷嗷经岁，为日正长，若贪多普散，则博而无功，若专办一县，又未免偏重，拟先办两县，俟有来源，再行推广。务求诸大君子一面速筹续款，一面多约同志，来直设局分办。弟实才力不及，非过谦也。明日即赴任邱，到后再当详布。己卯十一月初八日严佑翁来函

弟于十月初五日由蒲州动身，二十九日至直省保定，探知佑翁尚未到直。十一月初二日先到安州，三门皆水，只有北门圩岸可通，宛如杭州西湖之湖心亭。灾民十去其三，所存之户均无粮草衣裤，盖水灾已及八年矣。今年五、七、八月三次大水，安州、文安为九河下游，水势大于前年，是以寸草全无，民间编芦为业，芦价甚昂，无利可图。官赈每户每月给米十五斤，房屋拆卖甚多，儿啼女哭，不忍听闻。十一月初八日缪启翁来函

此间情形，以前之死亡不如山西之惨，目下之情形实较山西为急。山西已死者不能复生，此间被水之民，现在将死未死，不救则亦归于死。连年被灾，十室九空，而户口却未甚减，是以得赈愈难。被灾二十余州县，大都一片汪洋，已成冰海，试问能种春麦否？任邱二百余庄，人口约二十余万，官中于九万南漕中派到六千石，择最苦百余庄散放，人数已有十万，每口给粮六升，能活几时？此外百余庄，名为次贫，然春收无望，一样待毙。一县如此，他县可知，若不急救，必如山西一样矣。十一月初九日严佑翁来函

直灾之苦，书不胜书，谨将灾民所食之物寄奉，台阅即知。大概棉饼系喂牲之物，目下人尽食此，然犹七八十文一块，极苦者求之不得。南中人易地以观，可能下咽否？同一人也，上苍待南人如此之厚，待北人如此之薄，祸福虽云自取，然天地之缺憾，必藉人力以弥缝。若身受大造栽培而不思补救，何以对天？直省为近畿之地，南中兵燹以来，朝廷宵衣旰食，凡为我民计者，德泽何等深厚，使身受国恩而不思图报，又何以对君？诸善士或为搢绅之族，或为富厚之家，有力有心，及时种福，祈诸执事鼎力劝募，若能凑集巨资，于散赈外，疏通津河下游，修筑任邱堤工，以工代赈，尽除十余年之水害，岂不大快人心！弟一介寒儒，无能为役，所望南中诸善士激发天良，输将踊跃，是所切祷。十一月二十五日严佑翁来函

弟同严祐〔佑〕之、唐六如兄于十一月初九日抵直，设局任邱，分头下乡，遍历水区，家家尽吃草子、糠皮、棉花子饼等物，死亡相继，苦不忍闻。任邱约查七万口，每给大钱八百文，嗷嗷待哺之户，得此可延性命。然灾区甚广，积水成冰，春麦难于播种，春

抚万不可少。十一月廿九日杨殿翁致保婴局书

任邱赈务，缘车马不通，船只不行，查户运钱，无不履冰涉水，以致节节迟钝，十二月十四日方始竣事，计放大钱四万六千余串。十六日移局安州，正月初八日告竣，约放二万七千串。初十日移局大城，仅剩万五千金，约可敷衍一县，大城事竣后，即拟查赈文安、雄县。此时直赈正在生死关头，得赈则苟延性命，不赈即束手待毙。务祈布告四方，设法筹助，原知至四至五，无处可筹，然只能尽人待天。弟之行止，以南款有无为定，如有款来，弟必全始全终，以报委托。再，奉桃坞主人来函，领悉一切，但天河两属水患已久，执事于青齐豫晋如彼振作，何至直赈便从恝置，若以体未复原为解，则有一分力尽一分力，旁观者断无以贻误事机见责。一处推手，则处处退阻，是勤于始而怠于终，执事先为之倡，窃为执事所不取。今日直赈实有欲罢不能之势，灾黎困若，较执事所见山东情形，何止加倍！弟为灾黎请命，用敢直陈。庚辰正月十七等日严佑翁来函

大成赈事，二月可竣。接赈文安以后，如有续款，拟先赈雄县。此间低洼之区，水无去路，春麦并未下地，灾黎嗷嗷待哺，而病者颇多，细察苦情，较《天河水灾图》过无不及，夫亦何忍再述耶？人生如白驹过隙，行善亦当及时。前至河间，札太守情意殷殷，捐廉之外，率属输助，方谓官长仁慈，灾黎蒙福，曾几何时，已作古人，岂不惜哉！我辈一息尚存，此志不容少懈，诚知东南财力，究非不竭之源，惟念圣朝二百数十年深仁厚泽，加惠天下臣庶者，较父母之恩尤加十倍，食毛践土之伦，谁不感而思奋？能为直省活一分灾民，即为国家培一分元气。凡我中国人民素来仗义，以是引领东南，尚余奢望，发棠之请，不惮再三。我辈书生，无可报国，乘此荒区一片，灾民待哺之时，为南中善士代耘福田，亦稍尽草莽臣报国之分。区区私衷，伏祈公鉴。总述正月二十八等日严佑翁来函

顷于大城寓此奉到正月下旬、二月初二日各赐函，并赈款一万四千两，一一照收。诸善长苦心筹劝，众善士竭力输将，大款源源，挹彼注此。以每口给银七钱论，足活二万人一月性命，再造宏恩，不独集泽哀鸿零涕感激，即奉扬仁风者，藉手有资，多所全活，钦仰之余，感同身受也。此间自杨殿翁赴津后，一局遂分两起，人手既少，弟又不才，勉与缪启翁支持残局，心日惴惴，南望停云，惟冀一二同心惠然顾我。日间杨殿翁书来，以李秋翁将至，又云金苕翁不日抵津，邀令启翁前赴，不便屡却，将次束装。弟处不闻苕翁来津之说，惟闻潘振翁即日莅止。此间下旬竣事，即可同赈文安也。大、文两邑隶顺属南路厅，东滨子牙河、盐河，北滨中亭河，西滨同河，南滨滹沱河，地如釜底。明时东西两淀淤塞，浑河泛入雄、霸诸邑后，陆坤、吴尚义诸公始筑堤防。康熙中因以为千里长堤，亘雄、霸，保静、大、文诸邑之间。北方沙土遇风即飏，堤工时虞渗坏，一遇淫潦，畿内六十余河之水无不漫堤而过，淀池既淤，不受蓄水，即散流各邑，大、文两邑地势最低，一经受水，并无去路，非修固堤防，不能御将来之水，非疏淀开渠，亦无以消已积之水，否则大旱一二年方可涸复，所以历来水灾，惟大、文两邑受病最深，邻近之任邱、安州、雄县、肃宁、保定、武清、霸州、静海、交河、阜城等邑，亦无不水高于地。上年五月中旬后，雨水过多，西北边外山水亦无不顺流南下，汇入各河，漫堤散注，水势之大，为十数年来所未有。虽经官民合力，培埝疏消，然低洼之处在在积水，入冬皆成冰海，入春雪泽应时，天不加旱，地不肯漏，春麦能种与否，秋熟能望与否，灾民待哺与否，赈事能停与否，执事揣情度理，似不待弟缕述矣。所幸者朝廷加惠，官宪仁慈，截漕筹款，保有此百余万灾民，以至今日。然现在堤工等项，需款已不胜其繁，岂能遍十余州县处处放粮，人

人给赈，以待田里涸复后，播种、收获而后已哉！弟等助赈一举，似亦万不容已。叠承大惠，真是立地救命之钱，分文皆收实效，并非救穷恤困已也。往年晋豫助赈，皆在死亡枕籍之后，故灾民少而赈款省，此次直隶灾民尚在将近死亡之际，故赈款费而救命亦多。总之，一经绝粮，便成饿莩，生死关头，救援宜急，弟所以引领南望，不敢再请劝募，又不忍不详述灾状，代为告哀，幸祈察核为荷。综述二月十八等日严佑翁来函

弟等查放文安，尽月内可以蒇事。至直省水患，非开浚河道不能宣泄，惟工程浩大，一时难办。即时有款，而赈抚不能偏废，如文大一带，赈款未放之时，天津建造房屋，在文大收买旧砖，不过八毫一块，既放之后，无砖可收，此即明效大验。弟每日查户，所经之处，见灾民扶老携幼，带水拖泥，纷纷自邻邑来者，鹄面鸠形，虽郑侠流民图无其凄惨也。潘振翁因会试期迫，径已赴都，携来银款，现嘱缪启翁往取，俟其回来，大约文安可竣，即与启翁同办保定，事竣当在四月初矣。三月初八日严佑翁来函

弟等别后，于十三日过黑水洋，波浪大作，卧不能兴。十六晚抵紫竹林，上大昌客店。今晨至广仁堂，悉缪启翁于初五进都，收取汇款后，就近直抵雄县。弟等拟将随带五千金携往，先过文安，与佑翁会商分办。至于该处灾况，众口一词，此刻虽未目睹，而出天津南门不及一里，已一片汪洋，渺无涯岸，水患情形，略见一斑。恐到雄县后，因邻及邻，赈有万不容已，款则万难为继，至进退失据之际，未能仰副诸执事救人救澈之心，反不如不到此间，不见不闻也。三月十七日经莲翁、沈小翁来函

弟等于昨午过文安之苏桥，会见严佑之兄，见其刻苦自励，胼胝辛劳，可敬可佩。文安、保定业已查楚，三五日内文安毕，即放保定。核计赈款，连潘振翁携来所余拨办雄县者，仅一万三千四百两，合之弟等随带五千金，大约雄县所缺无几。霸州于文安毗连之处，佑翁已查放十六庄。昨霸州牧宋君亲至苏桥请赈，佑翁因无余款，未敢遽应。弟等汇商，准于保定竣事后，佑翁接查霸州。计议两刻，即行鼓棹，承佑翁调派同事仲配之、陈子颜二君相助为理，今日傍晚始抵雄县。见城内寥寥数十家，满目荒凉。晤邑令汪镜涵明府，询悉水患已十年于兹，被淹共七十庄，明日即拟往史阁庄设局查户。弟等一路而来，沿途所见左右堤内居民宛在水中，鹄面鸠形，惨不忍睹，况水不宣泄，地难锄种，日久终至死亡。譬之同一病体，晋豫之症如伤寒，患在天时，死生呼吸，然对症一剂，立可回生；直隶之症如风瘫，患在地理，若不扶土理湿，即日服参苓，亦难奏效也。三月二十四日经莲翁、沈小翁来函

浙款五千昨已发来，即以查放霸州，现值青黄不接之时，多放一分赈款，即多救一分灾民。文、大、雄、霸、任、安六属中，地形较高者，田里稍已涸复，苟非给发籽种，安能指望秋收！地形较低者，仍有八九百村庄，皆在水中，非赈不能存活。弟意续放一赈，庶几救人救澈，惟经费须得十万八万方可敷衍。官赈局急筹款项修筑堤工，俟过秋汛方可开河，自是釜底抽薪之计，然非工抚并行，则他日办工之丁壮，目前已作饿莩，未能任工之老弱，又将何以图存？若欲兼营并顾，官中亦觉艰难，仍祈鼎力劝募，以济赈需，是为至要。水利一节，如有善士轸念时艰，另集捐款，俾于明春兴工，一劳永逸，真百世之利也。四月十六日严佑翁来函

前月耳峰诸君自洛起程，奉致各械，应已达览。曾于十六日起程，初二午刻到津，即至广仁堂，恰好佑翁、殿翁均在，霁翁诸君亦于初一先到，畅谈种种情形。佑翁即往宝坻补赈，月内可毕。惟洼区连年积水，非上游开浚河道，断不能除下游水患。现议筹款大

举，知以大清河工属诸南捐，曾已历次函商，听候酌办。顷见盛杏翁面商，云秋间即可相度源流，筹定办法，为工赈大举之计，然非百万金不可。天津下流河工，实为天河两属农田民命所关，除害即所以兴利，较之散赈一时，功效倍蓰，曾亦愿任其役，惟须回南一行，冬间再来。所与杏翁详议各条，另抄奉览。五月初六日金苕翁来函

日昨得读手致佑翁、莲翁书中言，查赈断断不可停歇，一歇便难再振，又言民捐只可专赈，拟另筹捐款，专解苕翁开办河工。反复默诵，我公身在南中，而为北省擘画者，胜于弟等终日踌躇、漫无一策多多矣。谨将此间工赈两层实在情形，为公详陈之。去年被水州县，实以文、大、霸、保、任、雄、安、宝、武九州县为最重，佑翁已任其七，秋翁任其二，而秋翁身在千里堤，且无捐款接济，故宝、武未免向隅，弟是以请佑翁复赈宝坻也。近日雨水甚多，天气甚凉，今年秋潦十有八九，矧被水州县本无麦收，秋禾亦未必能种，是秋赈万不能已，而九州县实为其尤。弟与苕翁筹议，谨考尊论，拟请佑翁、振翁更替复查文大等邑，先发秋赈，条据毋庸注明钱数，届时视被水之轻重，收捐之衰旺，再定给放之多少，则北省查赈可不歇，南省劝捐亦可不停，此南绅助赈之一端也。直隶河工不办妥当，赈济伊于胡底？弟博采舆论，大约有三道河工必宜开办：一系引滹沱之水以入子牙，可消下游九州县水患之半；一系开浚大清河，可除文、大、霸、保等县水患之半；一系天津三叉河下开一减河，由唐家河另途出海，以泄五大河之涨，而分大沽海河之势，使畅尾闾。此三道如能同时开办，则水患除而水利兴矣。今幸诸君子已洞知此间河患，而我公每发一议，尤能将办事者许多为难处处道破。弟持尊函，与苕翁面商后，随即禀商伯相，拟将大清河一道，专请南绅筹办，约十万金即可竣工。阁下所筹之十万金，准即另为存储，专备南绅开河拨用。秋后拟往勘估，开年二月初开工，五月内完工，苕翁亦允前来以成其事，此南绅办工之一端也。其余两道，引滹沱入子牙需款十余万，业已筹集，拟明春史道台往办，唐家河出海一道，非二三十万不可，此间只能认筹一半，我公尚有妙法否？直中人才固不少，尊论古贤臣君子每于微贱时先意人才，诚为不刊之名言。公具远谟，办赈其体而已，其用必有可观。伏望珍重柱躬，当以民生社稷为己任，幸甚幸甚！再，佑翁在文安时，借拨浙江捐款一万两，系预仅南绅开河专款，此次赴宝坻时，借拨局款一万两，系预备史道台开河专款，但望民赈有余，可以划还办工。阁下致敬生函中有云，以民捐替出官力办工，真是一语破的，能不令人五体投地。查佑翁、莲翁所放七州县，用银十四万，宝、武尚在其外，秋赈即减半散放，亦须七万，此时佑翁处剩款无几，全仗我公大声疾呼，与浙沪扬镇合力通筹，以济佑翁、振翁秋赈之需。得秋赈而活数十万人，得民捐以济，秋赈而成，河工以兴，数百年之水利，皆公与诸君操成败之权也。五月十四日盛杏苏观察致桃坞公所函

直隶民贫地瘠久矣，户鲜盖藏，加以水旱频仍，民生更形困苦。推原其故，良以水利失修，久晴则灌溉难资，久雨则泛滥为害，地方官急则治标，惟有议蠲议赈，暂济燃眉，而杯水车薪，何裨大局？幸赖执事存己饥己溺之心，尽救灾恤邻之义，设立公所，筹协赈需，接济灾区，不遗余力，此所以数年来直属叠遭荒歉，民庆更生，灾不为患，皆由诸君子关怀大局，乐善好施，非独全境灾黎蒙仁戴德，即弟与僚属深资臂助，尤为受惠匪浅，感谢莫可言宣。现在洼区水尚未涸，穷黎待哺嗷嗷，官赈不敷，仍赖集捐接济。弟曾与苕人、佑之、莲珊诸君面商，以顺直下游各州县，尚藉南绅众力续放秋赈一次，庶使再生之民命，不转沟壑于半途，且以直省水患不除，则灾赈将无已日，故不查赈无以救旦夕之

命，无工赈何以除泛滥之灾？统计工赈所需，多而且急，尚祈执事念切痌瘝，有加无已，再行设法妥筹，仍劝士商随缘乐助，庶几众擎易举，源源解济，使在直之南绅得以安心查放，所保民命必多。至应办之河工，弟自当饬令局员会同南绅探本溯源，预为勘估，一俟款齐，即可择要开办。尤盼执事善为筹济，俾水利之疏浚，杜灾欸之频仍，国计幸甚！生民幸甚！五月十八日李爵相致公所函

弟于初六日至宝坻黄村设局。通县未种春麦者二百余庄，未种秋粮者又共二百数十庄，困苦情形，笔墨难罄。现在按户赶查，以期早日散放。连日阴雨，天气甚寒，大有发水之虑。总之直省今年即使雨水调和，断无停赈之望，况天时未可知耶？现就极苦之九县续放一次，每人仅给八百文，已非十余万金不办。在局同人办赈一年，未有一日之停，实已人困马乏。苕翁曾云潘振翁可以来直，万望尊处就近飞速函催，迅请起程，至要至要！五月十六日严佑翁来函

弟初到宝坻时，查看情形与前年河南水灾相似，庐舍半圮，器具全无，流离死亡之余，人皆面黄肤肿，食惟榆叶水草，然较诸大成、文安，已觉稍胜，盖就中偶有高区，尚得数分春收也。不意即自五月初六日起，阴雨连绵，天气甚寒，二十日后连日大雨倾盆，洼下之区积水六七尺、二三尺不等，间有种秋之处，现在均在水中，秋收竟成无望。旧时高地所收三四分春麦，大半堆场，霉烂生芽。就宝坻而论，共有九百余庄。弟初到时，拟查百余庄而止，目下秋灾又成，势不能不逐户放赈，就宝坻一县，即须三四万金。又闻上游州县官堤民埝于雨势极盛之时，处处有溃决之虑。先闻骆驼湾倒口，又闻高阳溃堤，又闻雄县共决三口，水势波及雄、霸、安三州县，大成、文安仍复汪洋一片，房屋田庐俱在水中，又以驿路俱被淹没，信息皆从驿马传来，究竟被水几县，淹毙若干人，尚无实信。今仍满天雨气，以后不知若何景况，即从此晴霁，秋冬之赈万不能已。后顾茫茫，为之奈何？明知累年以来，南中善士早已尽忠竭欢，发棠之请，殆不可复，然见此惨状，岂能不代为告哀？南中如有可筹之款，尚祈飞速筹济。南望云山，不识故乡诸父老将何以教我乎？六月初十日严佑翁来函

宝坻于十六日告竣，实因赈款乏绝，不得已十户中拣放三户，已共银一万一千两。十八日起身来津，方谓水势可定，不意十七日高阳所属水势陡涨四五尺，所筑之堤势难保守，一有不虞，任邱地当下游，亦必波及，现已有贤员驰往堵筑，未知能否无虞也。二十六日由津抵文安，一路河水渐长，文邑较前长至尺外，骆驼湾又报决口，任邱、安州实当其冲，保定亦波及。文、大本无秋成，宝、武必须补查。被水者情形如此，高地则望雨甚殷，相隔数百里之内，判若霄壤也。七月十二日严佑翁来函

昨有人自冀州来者，经过河间各属，干旱异常，秋稼尽皆枯槁，通扯不过二三分秋成。直省十数年来非旱即水，人民何辜，遭此大患。上年水灾，犹幸各处丰收，粮价甚贱，灾民逃至外县，还可求生。今岁秋收欸薄，入冬粮价必贵，孑遗之民何以堪之？盛杏翁来函云，南四府及河间所属旱灾已成，纷纷请赈，属赈水乡略从节减。然水区情形非赈不活，弟意将现在之款尽发六县水赈，以后捐款归入旱赈。惟望竭力劝募，源源接济，弟生死不忘大德，否则目击心伤，空手无策，区区之命难保生还，早知如此，恨不早日忍心脱手，作归计也。情急之辞，尚希原谅。七月十七日严佑翁来函

前布各函，想邀洞鉴。文、大两邑业经查毕，择其极苦者与之，犹有五万余口。现分查霸、保、任、雄四邑，约十月半左右可以查竣，散放必至十月终矣。所有赈票概不收

回，有续款则续放，无款则止。弟思十数年来，天灾流行，当以挽回人心为第一要义，故于办赈之区劝办恤嫠，诱人为善，并非尽以赈款为恤嫠之用，然此可为知者道耳，不敢求解于局外也。九月初九日严佑翁来函

宝坻共放三万三千余串，文、大两邑倍之，任、雄、霸、保尚未查讫。杏翁初八由津启行，查访河工，约弟在苏桥会议，弟因七属冬抚，兼劝恤嫠，年内恐难竣事，河工又系门外，故未从命。务祈速催莒公来直，莒公经济才，定有一番卓见也。十月初十日严佑翁来函

大、文、任邱三邑冬抚，每大口给钱一千文，霸、保、安、雄四邑每大口给钱八百文，小口均减半。代赎棉衣一节，无奈仲配兄、谢啸兄俱于初十回南，局中只有三四人，人手既少，势难兼顾。南来棉衣，由弟代放者，已觉力不胜任矣。昨盛杏翁来函，云东明县黄河决口一百四十余丈，急须赈抚，伯相欲嘱弟等往赈。弟拟将此间放毕，至津会商，再赴东明。惟该处三省交界之区，不卜究竟有几县被灾，必得到地后，方有实耗。诚恐灾区过广，人款两绌，奈何奈何！十月廿八日严佑翁来函

到津后忽沴一缄，度蒙惠照。明春拟挑大清河段，已往看估，约长三十里，有一半紧接东淀，两面皆水，几成巨浸，且老芦丛密，入土根深，带水挑泥，工程不易，必先两面打埝，中间戽水，方能开挑，土方加倍，尽是难工。明春开办，已在二月望后。台头一带，恐须三月水落方得开工，五月即须完工，亦真不易。原估工价约需十五六万金，此时河水冰而未坚，舟车皆不能通。全河未及通看，大约清河下流三十里开通，于上流必有大效验。此工询之六七十岁老人，皆云未见开过也。惟工款所缺尚多，不识奖款、茶米捐日渐生色否？十一月初十日金莒翁来函

文、大等七属放竣后，即于十八日赴津。讵知事势变迁，到津后知东明河工业已合龙，无须抚恤。后迭奉台示，得悉家乡冬旱，麦未播种，恐来春需赈，嘱弟星速南旋。谊属梓桑，当于明日即行南旋，以副台意。所有此间所放数目，开折呈阅。十二月初三日严佑翁来函

河工同行诸君现已赴文安帮放棉衣，鄙意即请在彼小住，究于工所相近，可以探问情形，不至临时无措。廉泉兄已到，明敏非常，欣幸之至。佩孜兄长才，亦所久仰。明正到此，亦来得及。明春续来者尚有几位？弟与佑翁商邀张少兰兄前来，少兄人极可靠。承示物色一节，最为题中纲领。霁翁已经商邀，严子屏兄闻作都门之游，恐无从寻访。营勇做工，非归统领不能调遣，似于势未宜。机器本有两船，东淀水深不能施工之处，拟以此开挖，然闻此船已有数年，殊少明效也。文安有盐店短斤一案，傅相委弟前赴查办。明年文安春抚及佑翁劝办七邑恤嫠未竟，亦委弟办理。明日即赴文安也。十二月初六日金莒翁来函

南中同人十九日到工，接奉惠函，并悉佑翁北来之信，欣慰无已。刻下春抚不能再迟，昨已专函往催。从前查赈诸君，此时皆在河工，结实勤奋。河工以春寒过甚，甫经筑坝，明后日可以开工，地下尺余尚有层冰未化，恐须三月方可畅挑。廉泉、耕阳兄在中亭河独当一面，俟三月望间工竣后，认办最难之工，一鼓作气，人心自奋。民夫到者万人，聚集河干，将来恐有疾疫，南中前年所合丹丸极有效验，望转合数十金速寄，功德无量。二月廿五日金莒翁来函

沈小园兄到工。接奉手示，具稔筹祉，安善为慰。耕阳兄移办清河下股，劳不可言，廉泉兄日内亦须移股，弟亦忙冗之至。全工皆水，真是难办。现在上半截六段十六里已工竣请验，闻外间人颇谓此工为近来所罕见，以严子屏诸君视之，则尚有未能惬当之处。过承推许，深自惭耳。四月十一日金莒翁来函

日前诸君回南，此间情形定经缕述。此工原估十五万金，现仅开支八万二千数百两，皆谓工大费省，然薪水至三千八百余金，不为少矣。南来诸君精勤奋勉，颇为江浙生色。始初事事掣肘，至下半股风气一变，今乃知办事之难也。李相临工验收，适值风雨竟日，但观大致而已。左相过此，业已开坝，河道深通之至，谒见二次，颇承嘉许，亦所不料。堤工及坝工至今方得清楚，弟明日准可回津矣。六月十四日金苕翁来函

答问担粥厂章程书

清光绪五年刻本

（清）陈介祺　撰

惠清楼　点校

答问担粥厂章程书

　　光绪己卯冬，邑人士以前施担粥厂章程问余，应之曰：灾已成而始救之，古无此善政也。不得已而设糜粥，亦非良法也。章程何足云？夫天灾之行，水旱为大。水则尚有高田，尚生菜藻，水涸尚可种植；旱则涤涤山川，赤地千里，不获不播，其凶太甚，民生之所大畏也。古圣人救荒之政，今无可闻。其备荒之政在经籍者，惟《礼·王制篇》冢宰制国用之言为最要。其曰耕三余一年食，耕九余三年食，耕三十年余九年食。夫有九年之食，则虽尧九年之水，汤七年之旱，亦何所忧？其曰虽有凶旱水溢，民无菜色，则无流亡可知。其曰五谷皆入，然后制国用，则以井田公田所入一分之谷数计之，而天下之谷数、四方之水旱丰年可知。其曰量入以为出，则自天子以至于庶人，皆量其谷之所入以为出，其用之有节制可知，又何须灾已成而始救之乎？三代以后，尧舜孔孟不作，无有备之政，无外王之学。天灾流行，民命殄矣。朱子出而始创社仓之法，以弭无备之患。利微心苦，事倍功半，至今无以逾之。下此则惟施粥耳。夫天地圣人之大，不能人人而食之也，使之能自足食而已。不能自耕其土地也，德至而人归之，人至而土归之，有德此有人，有人此有土而已。旱灾之大，百姓所最急者，莫大于有田而无食。为之上者，将使其民不死不散，地不荒不鬻，因势导之，亦莫大于使之有田即有食而已。有田而无食，则先鬻衣物、田具、耕畜以求食，再鬻田、鬻屋以求食，再鬻妻子以求食。其少有路费者，再逃他方以求食。至于田荒人毙，而大利归农之本无矣。遑问财赋乎？固本之计，发帑之始，即须先及此。贷以钱而质其地。地之直，以其人口与耕畜之食，可至来年春夏收获为定。以秋收后，或次年秋收后，交钱赎地为期，以一分为息。力不足者，先交一半。余半再展一年，仍加一分息。必使人与田与田具、耕畜俱存为要，则收成之后，发帑仍可归还，财赋仍可接征。费帑过重，则一府接济一邑，一省接济一府，数省接济一省。再不足，则节天下之用给之。如此重大，犹不敌古制三年之蓄，不过保农宝稑，为邦本之计，胜于帑项虚糜耳。其无田之士工商无力自活者，则不能不用施粥之法矣。施粥之弊，一患保甲久不实行，户口无日可清，饿者计日而毙，宜使速清而实。一患粮米不足，宜广开运道，招徕商贩，免其关税，增其价值，使速而且多；且患钱少不能买米，宜零升平粜。一患聚食粥厂，不能他营，奔走露处，拥挤蒸疫，宜使速领速散而不少留。欲不少留，则莫如担粥矣。担粥，须用插箸不倒米中加豆热厚粥，使可耐饥。担粥可赡粥户。担多，可令粥户担夫分粥，易于随到随领买粥，可省设厂煮粥一切费用弊病。司事者，不过事事时时躬亲，尝粥冷热厚薄，验粥多少、有无搀杂坏米、黏粉、灰矾、药人诸弊，及不使停留拥挤、蒸为疠疫、践踏伤损、奸拐骗卖、遗失偷窃、冒领争领、抢夺斗殴而已。呜呼！今日大吏无不知积谷之善矣。小民不能奉行者，良由取陈食新，不能如甫田之易。不出故则必腐，不偿新则必竭。既无德以化之，又无政以维之。而于凶旱之至，徒斤斤焉求公正保人，切实保状，逐户亲察以求实。给户口牌，以稽领数，标桉日牌，以防重领；设火印，竹木二领粥签，以防伪造；易循环领粥签，以便次日再领，以便照偿粥值；筑台以便阅历；冬北春南，作棚以避雨雪；及日晒汗蒸疠气，立门以稽出入，设栏以分内外，分男女厂以示有别，设局、立簿、收保、发牌、发签，而不发粥。在厂发粥，于栏内每日验户口牌，查问领粥人，令说住址、丁口、姓名、年岁、人数、粥数。不必全到，标桉日牌，于本日上分记圈点。执事人在内接签，并接粥器、发粥器，并发循环签。随领随出，不许在厂内食粥。兵役弹压，不许索粥人观看。人无牌者，一名入厂，以扰领户而滋事端。谷将登，则易粥为粮，十日一领，以便农事。如是焉而已，是谋之至下者也。自问疚心，无以对宗族、乡党之转沟壑者甚矣！何章程之足云？十月十八日戊午。陈介祺拜复。

户部咨行荒政条奏

清光绪五年刻本

（清）彭世昌　撰

惠清楼　点校

户部咨行荒政条奏

户部咨行山东道监察御史彭世昌条陈荒政一折，
钦奉上谕并原奏清单

安徽巡抚部院裕札布政司为钦奉事。光绪四年五月初九日，准火票递到户部咨派办处案呈山东道监察御史彭世昌条陈荒政一折、清单二件。光绪四年四月十一日内阁奉上谕：御史彭世昌奏条陈备荒救荒各事宜，请颁发举行，分别开单呈览一折，著户部详细酌核，择其可行者颁发各省，妥筹办理。单二件并发。钦此。钦遵由内阁抄出到部，自应遵奉谕旨，将该御史条陈清单逐条详细酌核，除勤开垦、兴水利、裕仓储、禁罂粟、发仓招商、开捐劝捐、请协资遣、清庶狱等条，业经先后遵旨饬行遵办，其禁闭粜、赎罪、弛禁、暂质四条，均属易滋流弊，未便举行外，惟原单通变一条，内称时势不同，有宜于昔不宜于今、宜于此不宜于彼，是必随时立法、因地制宜等因，自系通达之论。本部现将原奏清单全数刷印，飞咨各直省督抚、府尹等一体查照。并咨现在办赈省分各该督抚再行酌核，择其有益赈务，并无别项流弊者，妥筹办理。并将如何办理缘由，随时报部备查可也。计刷印一本。等因到院。准此，除火票存俟汇缴外，合就札行。札到该司，即便刊刻装订成本，移行遵照办理。此札。

计开原奏清单：

山东道监察御史臣彭世昌跪奏为敬辑荒政全策恭呈钦定，并拟请饬发各省次第举行，恭折仰祈圣鉴事。臣维荒政者，国家之仁政也。有豫备于未荒之前者，有补救于已荒之后者，全在大小官吏因时制宜，多方筹办，庶有裨于民生。然非博采旁询，确有成见，则布置难期其周妥。且非准今酌古，都为一编，则查考恐惑于纷歧。用不揣冒昧，谨遵我朝成宪，广取古今之说，悉心融萃，期于篇幅不繁而纲目悉备，辑为备荒事宜十有四条，救荒事宜四十有二条，另缮进呈，恭候钦定，拟请饬发各省循照办理。不但已荒之区宜力图补救，即未成灾地方，亦宜先事豫防，有备无患，固非止为一时计也。是否有当，伏乞皇太后、皇上圣鉴训示施行。谨奏。

光绪四年四月十一日内阁奉上谕：御史彭世昌奏条陈备荒救荒各事宜，请颁发举行，分别开单呈览一折，著户部详细酌核，择其可行者，颁发各省，妥筹办理。单二件并发。钦此。

备荒事宜十四条

一曰重农事。自古为政，莫先足食，不外务农。我朝念切民依，重农贵粟，屡颁谕旨，诚二帝三王之用心，而万世兆民所永赖也。有司牧之责者，凡夫劝课之方，允宜实力奉行；并讲求区田、代田诸法，以厚民生，毋得徒事虚文。此为备荒第一义。

一曰勤开垦。生齿日繁，待食者众。问之所耕田亩可食千人者，今以之食万人，或虑其不给矣。欲求充裕之法，不若于各省闲旷之处，令民择地开垦。其无力者，官为贷给牛种，而不遽行升科，则民有所利而愿往者多。既岁可增百万之粟，且无人满之患，亦一举两善之道也。

一曰兴水利。水利之兴，所以资蓄泄，备旱潦，变歉岁为乐岁也。各直省大吏，宜饬查各属境内形势，细加筹度，何处可以疏渠，何处可以筑堰，何处可以穿井开塘，或劝民自为，或动用公款，官为办理，务期事在必行，则效必致。岂止一时之利哉。

一曰急补种。昔人谓地方遇有水旱，种植必不得时。即须先察地利，如水多则急以不忌水者种之，旱久则急以不畏旱者种之，失彼得此，尚可支持其半。此诚备荒之急著也。

一曰备杂粮。杂粮如豆麻、荞麦、芋薯等物，其种甚多。不论南方北方，皆宜广为之备。虽地气或有不齐，但能随时遍种，多寡必有所获，其足以资接济一也。大抵南人以稻谷为大粮，北人以粟麦为大粮，此外往往多不留意。一遇歉岁，遂不可支。是宜预为之筹也。

一曰治菜园。民不可有菜色，不可不兼治菜园。盖萝卜、莴苣、菠薐、葱韭、瓜瓠之属，平时可以佐食，荒岁亦足以充饥。其法以数亩之地，缭以短墙，或限以枳篱，先种长生韭二三十畦，余时莳蔬一二十种。惟务勤加灌溉。每种菜一亩，八口之家，四时皆可取给。若近城市，其利尤倍。

一曰广树植。树谷之外，可以供食用备饥荒者，莫如树木。雍正二年，上谕：舍旁田畔及荒山不可耕耘之处，度量土宜，种植树木，桑柘可以饲蚕，枣栗可以佐食，柏桐可以资用，即榛楛杂木，亦足以供炊爨。仰见圣虑周详，无微不至。地方官宜责成乡耆、里长，广为劝谕，就所宜之木随处种植，勿视为不急之务。

一曰裕仓储。积储者，天下之大命也。常平之制，善矣。此外如义社各仓，并宜一律兴举。凡立仓，不论若干家、若干人，总以乡村附近联络者公设一仓。如乡村零户有难于联络者，或每族各设一仓，或一族中每房各设一仓，均听其便。如建议之初，仓廒未立，或神庙，或公祠，或殷实之家仓屋有余者，暂行借储。一俟积谷稍充，便可另自置仓。又募谷不拘一法，总以无抑勒、无假手为要。宜于秋熟时，州县官设立印簿，遣绅衿耆老数人转相劝谕，听捐户自登姓名，谷数多寡，各量其力，银米悉从其便，出者毋吝，劝者毋勒。或每年一捐，或数年一捐，或一捐不复再捐，均酌度情形，随宜办理。捐谷既有成数，即赴地方官呈明立案，更有推广劝募之法。如称寿、开筵、酬神、演戏等事，节其糜费，捐入义仓，此祝寿求神之上术，亦即备荒之良策也。又司出纳，宜择老成殷实者一人总管，再择一二人逐年分管，仍设立四柱册，登记明晰，互相稽查，不经官吏之手，州县官惟核实转报而已。至遇岁歉，即以本地所积之谷散给本地之人，先尽极贫，次中贫。至家计稍可自支者，不必散给。仍以岁之上下，分别赈贷、赈粜、赈济。又积谷尚未充盈，不妨变通办理，创质谷法。于东作方兴之时，听农民以物质押，资其工作，秋后加利清还。于仓储有益，于民亦便。臣父大忻道光年间曾仿此法，捐谷十余石于族，并置仓廒一座，择人经理。今行之数十年，积谷颇裕。不但本族可无匮乏之虞，且逐渐可以及远矣。至于日积日多，谷不胜用，又宜划分若干，为恤嫠、育婴等会，以广任恤。此亦计虑之所必及也。

一曰禁种罂粟。栽种罂粟，大为农田之害，例禁綦严。民间倘有仍前栽种者，应从重议罚，以备里社之荒。并责成该族长、里长立令拔除，改种五谷。如有顽梗不遵者，许该族里长禀究。盖少一废谷之地，即多一产谷之地。不得以积习难除，致妨民食。

一曰戒浮靡。谚云：富家一席酒，贫家半年粮。此言奢靡之蠹也。不独富也，即家无儋石之粮，往往亦染于习气，有效尤者。此辈虽在丰年，已不能给，一遇饥岁，立饿死矣。地方官宜剀切出示劝谕，富者务宜图匮于丰，省无益之费为有用之地；贫者愈当量入为出，力求撙节，庶几家给人足可恃无恐也。

一曰酌禁远粜。禁粜固非善政，昔人谓收成之方仰屋而叹，荒俭之地顿足而呼，是也。然以本地足谷，遂任四方多粜，则本处之粮必尽，贫民不免于饥死，亦不可不虑。今有一法：凡地方丰收，并旧存足支三年者，酌留两年之谷自备，其余一年之谷任其远粜。若利其价高，任意多粜，致本处之粮骤贵且尽者，准人举发，籍其谷，分存义仓。

一曰豫筹他粜。凡事豫则立。地方遇有水旱，若待其成灾之后而后议粜，则价必腾踊，且恐缓不济急。须于灾象甫兆时，通盘扣算本境户口若干、需谷若干、现存仓谷若干、不敷若干，豫于他方谷多处买存，以待不时之需。亦备荒先著也。

一曰安插游民。游民者，民之蠹也。平日游手好闲，生计无出，往往三五成群，藉端生事。一遇饥馑，多为盗贼。是以设法以安插之。或劝其学习杂艺，或贷以资本，使之谋小生理，或令充当闲役，或令看守庙宇，皆无不可也。

一曰保全富民。保息六条，终于安富，良以富者贫之母也。一邑有富民，则一邑缓急可恃；一乡有富民，则一乡缓急可恃。若富民凋敝，贫民何依？设遇灾歉，更何所恃乎？是在贤有司，于无事时加意护恃，而后有事时得赖其力，如平粜、助赈、施粥诸举是也。

救荒事宜四十二条

一曰勘灾。勘灾务在亲履田亩，勘准分数、轻重，如八九十分、五六七分之等。轻重已确，将来核赈及钱粮蠲缓等差，即以此为张本。但事变无定，有勘得本属轻灾，及十日半月之后，竟成重灾者，此又不可不察也。至查灾，有谓宜特遣大员往勘者，盖为慎重灾伤起见，非遣官不足以专责成。又有谓遣官无益，且多一供亿之烦，不如令地方官自勘者。皆未可执为定论。窃谓中荒之岁，被灾止在一方一隅，则仅令有司自勘为便。若遇大荒之岁，赤地数千里，饥民数百万，则必特遣大员，会同督抚办理，方可期其有济。惟巡历所至，须是自携资斧，轻骑减从，然后能不扰也。

一曰报灾。匿灾者，罪无可辞矣。即经报闻而或稍涉迟延，哀此穷黎朝不谋夕，尚可少待须臾也！地方官于踏勘之后，务宜遵照例限，详报上司，上司立即准题。如有迟报逾限者，照例扣算月日议处。伏查乾隆六年上谕：向来各省报灾，原有定期。若先期题报，便不合例。朕思按期题报，乃指具本而言。至于水旱情形，为督抚者察其端倪，早为区画，随时密奏，则朕可倍加修省，而人事亦得以有备。若过拘成例，则未免后时矣。敬绎圣训，是即依限题报，且恐后时，况任意迟报乎？

一曰停征。地方遇有水旱，灾象已成，即宜一面停征，一面力请督抚具题请蠲。如奉准蠲免，即宜刊刻誊黄，为百姓明白豁除。倘或不与豁除，犹朦混私征，是使实惠不得及民，且重以流亡之苦也，尚得谓之为司牧乎？

一曰审户。林希元荒政，首言审户难。良以户口不清，则百弊从此而起也。然办理亦自有要。宜仿保甲之法，挨门逐户，查验丁若干口、作何生业、有无残疾及田粮等项，编排的实。然后散赈之时，大口小口、极贫次贫，皆可按籍处分，无滥无遗，岂止弭盗而已哉！惠士奇谓：厘户之法，当仿照韩琦河北救荒政，而择甲户之以资为官者，宪司礼请之，属以计口均户而分五等。每县若干都，每都五人，视民居稀稠而增减其数。复授之粟，而属以亲至某乡，聚民均给，人日一升，幼小半之。十日一周，终而复始，至麦熟止。仍分橐粟之所、给粟之所，俾均主之，而有司总其成。此法亦可采用。

一曰发仓。各省常平仓谷，原以备歉岁之用。时当大饥，地方官宜申请发仓，以裕民食。其有义仓、社仓之处，并令一律开放。至发仓之时，或出三存七，或出四存六，或尽数橐贷，或尽数赈济。均酌量轻重情形，随时办理，务期实惠及民。

一曰截留。大荒之岁，仓谷不敷。除停解本地粮米外，如有他处官粮经过，不妨权宜截留，一面报闻，即一面赈济。盖救饥如救焚，稍缓须臾，恐无及矣。况朝廷念切民瘼，必蒙允从。上年山西、河南奇荒，经各大吏奏请，无不立沛恩膏，并有不待陈请而施恩至三至四者，洵亘古以来所未有也。

一曰挪桼。万口嗷嗷，截留之粮又告罄矣。此时欲赈则无米，欲桼又无银，计惟有暂挪公帑，择诚实能干之人，急往他处采买，循环周转，以资接济。俟丰岁，设法补还。此亦权宜之策也。

一曰招商。地方偶遇偏灾，全赖各商运贩米麦源源接济。谨按乾隆元年议准，行令督抚转饬管理关务。各关凡有米船过关，即询明该商，如果前往被灾各邑桼卖者，免其纳税，给与印票，责令到境之日，呈送该地方官钤盖印信，以便回空核销。如有免税米船偷运别省，并未到被灾地方先行桼卖者，将宽免之税加倍追出，仍照违禁例治罪。其所以鼓舞招徕之者至矣。有子民之责者，尚其早为之计哉。

一曰不抑价。商贾辐辏，市价不期平而自平矣。若米方大贵，强令抑价，则上户之有蓄积者，既不肯桼，而商贩闻之，亦惧其亏折而不来。故古人有遇饥增价而米反贱者，其识见诚过人远也。然亦须审其时势如何。倘我方增价而商未知，即知之而一时贩运未到，嗟彼贫民，何堪食此贵米乎？不若于产米之区，张示增价榜文以招商，而于本地之价，仍听其自涨自落，为无弊也。

一曰禁闭桼。收成歉薄，米价昂贵，铺户因而囤积居奇，富户因而观望专利，在所不免。是宜严定章程。铺户除流通外，囤积在三百石以上；富户除本家口食外，存余至一百石以上者，许人举发，藉谷赈饥。诬告者反坐。则闭桼者有所畏而不敢，又不开人藉端报复之端也。

一曰禁强桼。闭桼有罚矣，而强桼者，亦宜严其法。盖时方大饥，民易生乱强桼。虽为索食起见，而乱心已萌。若不严为之禁，势必逾无忌惮，从此而抢掠，而掳杀矣。故昔人行荒政者，有榜于通衢曰：强桼者斩。今虽悯其可原，然立法要不可不严也。

一曰禁烧锅。烧锅以酒为业，耗谷甚巨。在平时准其开烧，犹曰裕课恤商也。若遇奇荒之岁，万口待哺，自宜暂请停止，以裕民食。

一曰开捐。灾伤过重，虽朝廷迭沛恩施，不敷尚巨。且正赋既已蠲免，恐亦无帑可发。是必力请开设捐纳一途。不拘输米输银，或半米半银，总期于赈务有济。又须轻减数目，推广章程，然后应例者可期其多且速，而百万生灵全活不少也。

一曰劝捐。人皆有不忍人之心，当地方大饥，岂无有乐善好施者？是宜剀切劝其量力捐输，以捐数之多寡，分别奖励。若有破格多捐、为人所难为者，即专案具题请旨，格外旌奖。劝捐，并宜先出资以为之倡。又劝捐，宜先访与殷户相善之人，令其往劝。殷户乐助则已，傥实有蓄积而不乐助，或乐助而数极微末者，有司官始亲往劝。往必以礼，循循善诱，喻以桑梓辅助之谊，动以积德获报之说，不可强勒。又有零捐之法，无论在城在乡，劝令各户每日捐钱，或四文六文，或捐米四合二合，积少成多，亦可稍资赈济。盖为数少，则人易从，而办理甚易。其钱米或日一敛，或几日一敛，均听其便可也。又，近来有塔捐图式，其法以京钱五千为一愿。或捐一愿，或捐数愿，以至十百千万愿，各随心力，多寡不拘。愿捐者将姓名、捐数书明塔图内，集腋成裘，亦简便易行。

一曰请协。地方大饥，本处实形支绌，即不妨移书于邻省之成熟者，借拨银米，以资协济。救灾恤邻，古之道也。各省果有赢余，断无有彼此疆界之理，况今皇上有令各省协济之谕乎。

一曰定期。不论赈贷、赈施、赈银、赈米，均当先期出示传谕，的于某月某日开放，不可失期，致令穷民空劳往返。其开放之期，酌以五日、十日为限。盖一日一给，则太烦；若总给之，又恐饥民领赈到手，不知搏节也。或谓旬给升斗，官不胜劳，民不胜病。莫若计其地里远近、口数多寡，人给两月粮，归治本业，可无伤生理。又谓凡城市，每给五日；乡落三十里内者，每给十日；三十里外者，每给半月。此则在乎因时制宜也。

一曰榜示。办赈最忌颟顸，百弊由之而生。宜于赈饥地方稠人广众之所，张贴榜文，领到恩米若干、截漕若干、收过捐输若干、各省协济若干、放过若干、实存若干，一一揭明，俾共见共闻，交相考核。庶散赈者可无侵欺之虞，受赈者可免冒领之弊。诚良法也。

一曰设厂。凡办赈必设厂，设厂必择本城及四乡适中之地，使领赈者道里相均。倘一乡一厂相距仍远，即宜添设一二厂，庶老弱不难赴领，雨雪亦可无阻也。若能男女分厂，尤善。

一曰赈贷。稍贫之人宜赈贷，即所谓借用仓谷是也。然亦有本非贫户，贪缘多借，辗转粜卖，以图利者，不可不察。宜照审户之法，查明应贷户口若干、每日需谷若干、准借若干，核实办理。若赈贷不敷，或自出谷，或劝富民出谷接济，皆宜推而行之也。

一曰赈粜。次贫之人宜赈粜，即所谓减价平粜是也。然须查得实系贫民，方许粜减价之米。仍示以限制，给以印票，凭票给领。若富民并家计稍能自支者，概不许粜。如此则贫民得沾实惠，而冒滥图利之弊可免矣。或谓文彦博知益州时，减粜不限以数，何如？按此须恃有谷多乃可，否则不如限以升斗之数，尚为稳著。

一曰赈济。至于极贫之民，粜则无钱，贷则难偿，非赈济不足以资全活。或赈米，或赈钱，或赈粥，另分条于后。夫赈济不难于饥者必赈，而难于赈者必饥。赈者未必饥，则饥者未必活。何者？以有限之财当无穷之冒，必不济也。明高攀龙尝有此议，然亦无他妙法。仍不外随门逐户查核必实，无使不饥者冒领，则饥者之受惠不少矣。

一曰米赈。赈济之法，莫善于散米。昔人言之綦详。盖给谷则小民未必家家有碾米之具，且升斗而碾之，龠合而碾之，亦不胜其烦矣。散米则无虑此。又小民得米，和野菜煮食，一日之赈可支两日，一人之赈可供二人。此法不但可行于赈济，且可行于赈粜。今朝廷已行之有效矣。

一曰钱赈。散米诚善矣，倘扣算米石，不敷赈给，又宜酌量变通，或先尽米再用钱，或钱米分配，或全以钱代，均无不可。或谓赈银亦有数便，盍以银代？不知银质坚厚，毫厘难于分析；又秤有低昂，色有高下，易滋朦混。且贫民得银，又将易钱，辗转之间，伤耗不少。若用钱，则无以前诸弊。又三五零钱，取用甚便，亦法之善也。

一曰粥赈。粥赈之举，议者谓煮粥多搀和石灰，非活人，乃杀人。又谓壮者得餬而不能及于老弱残疾之人，近者得餬而不能遍于荒村僻壤之境。又谓聚万千饥民于一处，气蒸而疫疠易染，众聚而奸盗易萌。又谓司事者多克扣，民无实济。此数者，诚不能无虑，但在乎办理得宜耳。若就近多设厂所，慎择诚实绅士，属以钱谷煮赈之事，不准吏胥经手。粥熟，必先亲尝。放粥之时，专立二人监理，一在厂外，一在厂内。鸣锣一通，令领赈者鱼贯而入，男归一处，女归一处。讫鸣锣二通，按人次第匀给。得粥者即令散去，不准停留。明日复然。多备苍术、艾叶等物，随时薰烧。并不时稽察饥民出入，戒其无得滋事。如此则何诸弊之有。又张伯行有担粥法。每日煮粥一担，令人肩挑，随处散给。粥尽则已，明日再煮。担粥者众，则全活者多，且无争挤之患。其法亦极简便。又久饥之人，肠胃枯细，骤饱即死。魏禧分次给粥之法可酌用也。饥民至厂者，随其先后，来一人则坐一人，以次挨坐。已坐者，不许再起。一行坐尽，又坐一行，以面相对，以背相倚。空其中路，可令担粥人行走。坐定后，击梆一通，高唱给第一次食，令人次序轮散。有速食先毕者，不得混与。一次散讫，然后击梆二通，高唱给第二次食。如前法三次，即止。又陆世仪谓，久饥之人，不可食饭，即糜粥亦不可多食。因思得施米汤法。其法朝夕炊粥饭之时，少增勺米，汤沸必挹取数盏，盛大瓮中，多多益善。明晨以汤再炊，量入麦粉少许，使成稀粥，更以水姜三四块，捣碎调和，各就门首施之。或一次，或早晚二次，汤尽为度。用以少润饥民肠胃。

一曰展赈。展赈者，圣朝有加无已之仁爱也。或加赈口粮，或添设粥厂，或展限月分固已。其有茕独老疾之不能自存者，尤格外厚恤。以及岁寒无衣者，为给棉袄；露宿无屋，为谋栖止；疾病，为给医药；病故，为备棺槥〔椟〕。法良意美。凡为司牧者，可〔何〕不实力奉行，妥为经理乎？

一曰止流民。饥馑洊臻，何以使民不轻去其乡、抛弃生业乎？地方官宜遵嘉庆七年之谕，先期出示各乡村，谕以即有赈恤，令其静候，不得远离；一面设厂平粜，以定民志。良以辑之于既流之后，不如抚之于未流之先。彼饥民既知本地可以糊口，又何乐于荡析离居耶？

一曰抚流民。至若本乡无可觅食、不得不转徙他方者，所至之境，地方官应不分畛域，加意抚恤。择宽广寺院，或空闲房屋，分别安插。每处设一人经管，稽其出入。官为计口授粮，并严明约束，不得藉端滋事。其有亲旧可依者，令依亲旧。有健壮可佣工者，令其佣工。

一曰收养遗弃幼孩。饥民遗弃子女于路，如有愿收养者，具呈报官，某日某处收得幼孩几人，官为给以印票。日后长大，一听养主役使。若有父母及亲属褓繦而来者，收养家酌给钱文，立字二纸，听其自定限期何时领回，并开明如有病故、逃亡，与养主无干。一与该父母亲属收执，一存收养家。倘限满不领，至两年以外者，即由养主安遣，仍报官存案。倘或无人收养，地方官即宜设局抚育，俾孤儿得免于饥饿而死，亦少者怀之之意也。

一曰禁止买良为贱。岁值奇荒，至鬻卖子女为生，惨已极矣。而娼优之家，乃有乘危货买，仍习贱业者，此宜急行禁止也。在饥民计穷路绝，原出于万不得已。而为民父母者，独不思所以矜全之乎？应即出示晓谕：凡乐户，不得再买良人子女，犯者治以应得之罪；其已买者，设法代为赎回，方是仁人君子之用心。

一曰禁抢夺。饥民抢夺，止于食物。独曰得之则生，弗得则死也。至抢夺非止食物，则其情亦难恕矣。若一概纵容，势将为窃为盗。而向来为窃盗之人，难保不混入饥郡，掠取财物。是宜不时巡察。如城乡之间，有白昼任意肆抢者，即照例究处，惩一警百。亦荒政之所不得已也。

一曰资回。向例春初耕种之时，有愿归本乡者，即资送回籍。顾资送之例，不皆有益，而间或滋弊。有已去而复来者，有去东而适西者。若必拘定成例，转多混冒虚糜，于灾黎无益。是以乾隆二十八年上谕：流民故乡既无生计，四出佣趁。即揆之古人无常职转移执事之条，未始不可。俾之并生并育，又何至束缚驰骤，强以势所不能？朕以为，与其资送无实济，不如加赈济之期，俾民获实惠为愈也。然法贵因时，道在通变。故光绪四年，我皇上又有将各处饥民妥为资遣回籍之谕。盖时而移民就粟，时而移粟就民，总期于实惠及民而已。

一曰给种。食为民天，小民终岁所仰，全在及时耕种。饥馑之后，颗粒不存，纵有田可耕，而无粮可种，坐误耕期，盖所在多有。地方官且遵历年谕旨，将州县所存仓谷酌给籽种，俾资耕作。或劝富有力者，各于本图内贷给。俟秋成之时，许其加利收还。查种谷一石，可得新谷一二十石。借者虽出息，仍获利十倍，两益之道也。

一曰兴工。救荒之策，莫善于以工代赈。如开渠、筑堤、修葺城垣等事，酌量举行，令小民得力役之资，为餬口之计。其不能赴工之老弱残疾者，仍给以口食。至民间土木应兴各工，亦宜劝令及时修举，彼此两有裨益。

一曰清庶狱。东海杀孝妇，大旱三年，地方大饥。得非由于冤狱莫伸耶？不然，或承审案件任意积压，以致拖累无辜，上干天和。急宜及时分别清理。除罪重者，戒狱卒无得凌虐，仍依限讯结外，其稍轻者，或令人取保，或交人看守。若审系无干之人，立即释放，以消戾气而召和甘。

一曰赎罪。除罪大恶极外，虽重罪，准其纳赎。盖粟者，饥民所仰以为命也。犯者能出多粟以救饥，是所戕者止一人之命，而所活者且百十人之命，罪足相抵。朝廷纳其粟以赈饥，是因恤千百人之命，曲以全一人之命，法亦非枉，权中有经，夫岂汉之入粟赎罪所可同日语哉！虽永著为令可也。其章程拟即照吕刑酌定每缓折谷若干。

一曰弛禁。饥馑洊臻之时，流离满道，乃有宴会为乐，及搭台演戏者，于心何安？《周礼》十二荒政聚万民，九曰蕃乐。注云：闭止乐奏也。此等自应严加禁止。惟工作力役之人，仰食于此者无数。若一概禁止不愈，绝其生路乎？昔范仲淹守杭，值岁大祲，纵民竞渡，日张宴湖上。自春至夏，富民空巷出游。盖发有余之财以惠贫者，此救荒之得其权也。今更有一法：凡岁荒，有仍前演戏宴宾者，计日令其出谷若干，以赈饥民。不禁之禁，似更平允。又山林川泽之利，流民可资为生者，暂时宜弛其禁。

一曰暂质。大荒之岁，贫民有持衣物易食者，往往千钱之值，止售得百文十文不等。饥饿不免，而又寒无衣、炊无釜矣。此时地方官宜暂挪动钱粮，听民质押，俟秋后赎还，即可补数。并广劝富民，各出资本，开设质铺，许其取利。如千钱之物，量质五六百文，贫民虽加利取赎，犹不至受大亏，而富民亦不无微利。

一曰择人。有治法尤在有治人。人之贤否不易知，总以平日存心为断。官吏存心于爱民，则为官吏之贤者；绅士存心于济人，则为绅士之贤者。官吏贤，宜加意委任，以专责成；绅士贤，宜优礼延请，以资助理。此为最要著。

一曰访察。得人矣，又须不时访察吏胥有无克扣朦混、户口有无遗漏重冒、斗秤有无低昂、米钱有无短少、办理是否得宜、始终是否不懈。今日东而明日西，循环周历。并时将穷民艰苦情状，及古来救人、济人报应故事，与之谈说，俾各动其恻隐之心。此最紧要。至于出访之时，宜微服而往，出其不意，勿使人得为备。

一曰劝惩。访察之后，则贤否自见，而劝惩可施矣。司事者果系廉能公正，实力奉行，在官吏则分别奏请奖叙，在绅士则分别给以奖励。如有克扣侵渔等弊，无论官绅，亦即随其轻重，或予严惩，或令罚谷。务期赏足以劝，罚足以惩。

一曰集思。言荒政者，自古及今最为详备。《周礼》荒政十二聚万民外。宋董煟《救荒全策》，有人主当行六条：一曰恐惧修省；二曰减膳撤乐；三曰降诏求贤；四曰遣使发廪；五曰省奏章而从诤谏；六曰散积藏以厚黎元。宰执当行八条：一曰以调燮为己责；二曰以饥溺为己任；三曰启人主敬畏之心；四曰虑社稷颠危之渐；五曰进宽征固本之言；六曰建散财发粟之策；七曰择监司以察守令；八曰开言路以通下情。监司当行十条：一曰察邻路丰熟上下，以为告籴之备；二曰视部内灾伤大小，而行赈救之策；三曰通融有无；四曰纠察官吏；五曰宽州县之财赋；六曰发常平之滞积；七曰毋崇遏籴；八曰毋启抑价；九曰毋厌奏请；十曰毋拘文法。太守当行十六条：一曰稽查常平以赈粜；二曰准备义仓以赈济；三曰视州县三等之饥，而为之计；四曰视邻郡三等之熟而为之备；五曰申明遏籴之禁；六曰宽弛抑籴之令；七曰计岁用之盈虚；八曰察县吏之能否；九曰委诸县各条赈济之方；十曰因民情各施赈济之术；十一曰差官祈祷；十二曰存恤流民；十三曰早检放以安人情；十四曰预措备以宽岁用；十五曰因所利以济民饥；十六曰散药饵以救民疾。牧令当行二十条：一曰方旱则诚心祈祷；二曰已旱则一面申州；三曰告县不可邀阻；四曰检旱不可后时；五曰申上司乞常平以赈粜；六曰申上司发义仓以赈济；七曰劝富室之发廪；八曰诱富民之兴贩；九曰防渗漏之奸；十曰戢虚文之弊；十一曰听客人之粜籴；十二曰任米价之低昂；十三曰请提督；十四曰择监视；十五曰参考是非；十六曰激劝功劳；十七曰旌赏孝弟以励俗；十八曰散施药饵以救民；十九曰宽征催；二十曰除盗贼。是皆留心荒政者所宜博采旁询，兼收并蓄，庶临事时确有把握，可以次第举行也。

一曰通变。大饥之时，既已胸有成竹，不至束手，然或拘于一格，刻舟胶柱，仍属无济。昔人所以必戒拘文也。盖时势不同，有宜于昔而不宜于今者，有宜于此而不宜于彼者，是必随时立法，因地制宜，期于灾黎有裨，荒政之能事毕矣。

荔原保赈事略

清光绪五年刻本

（清）周铭旂　辑

惠清楼　点校

荔原保赈事略

序

余每读古循吏传，未尝不心向往之，而窃愧有志未能逮也。然必谓古今人不相及，如周懋臣先生者，其本实心以行实政，即方之在昔循吏，尔何多让。先生以山左名进士作宰关中，始摄篆醴泉，嗣除大荔令。其莅任之四年为丁丑，自春徂秋不雨者数月，既书无麦，复书无禾，鸿雁嗷嗷待哺者数万户。方先生之初莅斯土也，举办义仓积谷六千余石。因是开仓赈贷，不足则请于大府以益之，挹于富室以助之。又本其平日读书之所得，仿前人区田、开井诸法，虽未能合境举行，而其行之有效。因是以获生全者，亦复不少。以为天心可转，民困稍苏矣。乃延至戊寅春暮始雨。迨雨，则先年未及树麦，而民之不聊生者如故也。幸种秋粮稍有所获，至秋末赈务始渐竣，而先生之心力已瘁矣，先生之须发且尽白矣。余于是年春来主丰登讲席，与先生日相往来。每论及时艰，辄〔辄〕忧形于色，以民饥由己饥，深自引咎，无往非蔼然仁者之言，而肫然贤父母之心也。嗟，嗟！天降丧乱，饥馑荐臻，固深赖人事之挽回，而其中有不能尽为挽回，卒不免于死亡相继者，则为民父母者，亦竭其力之所能，为行其心之所安而已。孔子云：博施济众，尧舜犹病。又安能果使一夫之无不得所哉？而或者欲以民之死亡为讳也，此俗吏之所以邀功，岂所论于先生之居心哉？今观其办赈诸作，一字一句，无不从血性流出。呜呼！非所谓古之恩人与邑人士，恐其德政之不传而传之或不久也。因集其所作，授之梓，属余为序。余自顾一陇上庸吏耳，于吏治概未有阅，何足道先生之经济于万一？然余行将服阕登场矣，不独行政爱民，余将有所取法，即平日持身涉世之道，亦当以先生之忠厚和平为圭臬也。谨书此以志心之所钦佩云尔。

光绪五年己卯孟春，年愚弟左寿棠书于郿原丰登书院之知不足斋

是编乃荔原保赈已事，邑绅请汇而辑之，以存其略也。赈曷言保？前此整顿保甲，分城乡为四十二保，而查赈因之，取使之相保之义，各保其保也。曷言赈之事？大祲骤至，自以劝分为宗，而源则裕之，变则防之，穷则挽之，皆保赈所有事也。曷裕事之源？筹义仓以济困是也。曷防事之变？设乡团以御患是也。曷挽事之穷？议井利暨区田、代田诸法，以救急是也。事曷第言略赈之？人既众而道之甚详，或限于力，不能与权，且档案纷繁，如广籴、平粜诸政，均补苴于目前，未遑备载也。曷为汇而辑之？邑人士痛深创巨，大惧继今以后处其易而忘其难，悲既往也，勖将来也。既往曷悲？悲夫十逾月之久哉！经擘画乃获存此孑遗，而死者不能复生，生者又几濒于死。将来曷勖？勖其既事猝为之备，不如未事预为之防也。曷防乎？尔以仓储为性命，以团练为纲维，以凿井耕田为出入作息，皆与保甲相表里，而恤艰阨、助守望、备旱涝，犹是使之相保之义，而非取办于临

事也。虽然事曷独于荔宜乎？荔之原土燥水深，防旱尤亟。顾其民狃于积俗，不知备豫不虞而早为之所。是故谕以各保其保，概视为具文，义仓而以为迂矣，乡团而以为扰矣，井利与区田、代田诸法而以为费且劳矣。卒之随地讲求，未尝不试有明效。无如大荒渐复，则又反过而忘之，甚将谓丰稔不常，仍得援劝分为成例。呜呼！岂其保于事后，不必保于事先耶？以彼积怠成顽，虽日讨而不知儆，而第以奉乃之陈迹，使之翻然悟而憬然从，以为略，不诚略乎哉？是在辑是编者，更与之道其详。

光绪戊寅仲冬月既望不其周铭旂题于冯翊官廨

保 赈 图

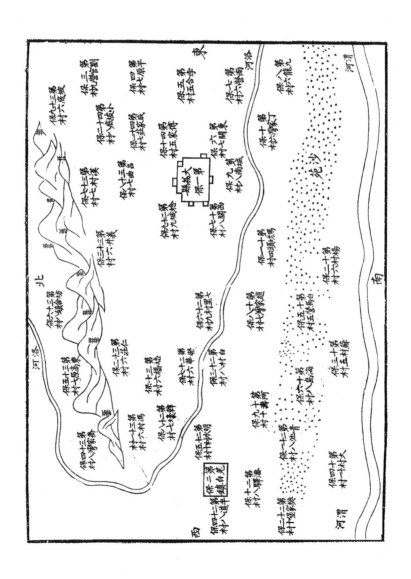

大荔县四十二保村庄暨总查衔名

第一保总查：恩贡王宝卿、从九刘□□，廪生文凤鸣、薛□□。

　　　　城内四街

第二保总查：从九杨会

　　　　羌白镇

第三保总查：兴平县训导李钰

　　　　刘官营　　袁官营　　石曹屯　　上石曹　　下石曹　　东石曹　　高张营　　扈家村　　西顾贤

第四保总查：廪生王宝善

　　　　前平原坊　　后平原坊　　西晃邑坊　　东晃邑坊　　西坊村　　夏家庄　　马家营

第五保总查：生员张一德

　　　　西孛合村　　东孛合村　　北孛合村　　潘家庄　　长安屯

第六保总查：张步金

　　　　西灵头村　　东关　　东灵头村　　草桥店　　上太山渡　　下太山渡　　上埝头村　　下埝头村

第七保总查：武生张凤翔

　　　　南营村　　八里铺　　新堡村　　北庄　　畅家村　　小王村　　下寨村

第八保总查：生员李兆蓉

　　　　九龙村　　张家庄　　福村　　西李村　　东李村　　东庄村　　九龙庄

第九保总查：生员孙茂春

　　　　成家村　　睢家村　　崖下村　　新庄村　　城南村　　饧村　　孙家村　　伍家湾

第十保总查：生员丁丙离

　　　　丁家湾　　袁家营　　高家庄　　牌楼村　　东三教村　　西三教村

第十一保总查：生员李铭堂

　　　　马坊渡　　石曹村　　苏胡村　　王马村

第十二保总查：生员李坤元

　　　　杨村　　南陈村　　兴平村　　东官子池　　西官子池　　陈村　　太白池

第十三保总查：生员潘宗岳

　　　　苏村　　洪善村　　溢渡村　　三里村　　苏村屯

第十四保总查：生员王锦堂

　　　　东大村宋家　　朱家村　　潘家村　　新庄村　　何家村　　赵家村　　新蔺村　　张家村　　西大村

　　　　李家　　下沙洼村　　沙洼村　　北庄村　　南庄村　　南湖村

第十五保总查：李义成

　　　　东白马营　　西白马营　　大园子　　小园子　　马家庄　　李家庄

第十六保总查：李发贵

　　　　东海岛池　　西海岛池　　小沙南　　小莲池　　十里滩　　昀隰村　　芟稼村　　禹家南庄

第十七保总查：武生杨竹青

　　　　西关　　槐垣村　　观音渡　　石家庄　　下庙渡　　河西村　　南七里　　谷多村

第十八保总查：监生赵逢吉

赵家湾　背坡村　新桥村　布头村　德行村　车村　留村

第十九保总查：生员王锡圭

阿寿村　麦城村　王店村　南庄　硷洼　黄甫　八女井　北王阁村　南王阁村　罗河村

第二十保总查：生员朱二南

潘驿镇　西潘驿　北潘驿　孙家寨　上寨屯　下寨屯　雷村　龙池庵

第二十一保总查：党汉银

青池村　沙李村　十家庄　善化村　兴雨村　苑西村　安教村　养和村　东乔店　通德村

第二十二保总查：从九张兴联

樊家堡　毕家村　谢家村　庞家庄　郭家村　郑家村　赵家村　潘家村　张家堡　范家村　井店村

第二十三保总查：廪生李垚

中白村　东白村　西白村　兀兰村　梁家坡　户军村　南户军　于阳村

第二十四保总查：余兴仁

西半道村　东半道村　东羌白村　小寨村　南营村　姚其寨　石碑寨　界沟寨

第二十五保总查：从九王寿民

明水村　寺前村　刁家庄　麻家庄　西太丰村　东太丰村　中太丰村　汪家寨　陈家寨　南德庄

第二十六保总查：生员王凤鸣

吕家村　铁门村　老王村　文家村　小村　前刘舍　后刘舍　中刘舍　石门村

第二十七保总查：生员赵文蔚

南荣华　北荣华　同堤村　西改村　蒙家庄　雷甫村

第二十八保总查：武生王光春

南高迁村　北高迁村　西高迁村　阿河村　杜家滩　紫冯村　船舍镇

第二十九保总查：生员李昺甲

埝城村　东长城村　西长城村　丰家村　东三中村　西三中村　南黄家庄　北黄家庄　黄家营

第三十保总查：纪文介

东埝桥　西埝桥　高墙寨　雷家寨　小营村　白猴屯

第三十一保总查：岁贡王鸿翰

东冯村　西冯村　中冯村　南平王寨　北平王寨　西平王寨　南党川村　北党川村

第三十二保总查：从九王性天

东仁庄　西仁庄　北仁庄　杨家庄　新庄寨　新庄村

第三十三保总查：廪生张箴

义井　曹家庄　张家党客　王家党客　柳家庄　孙家党客　西堡村　周家寨

第三十四保总查：生员张茂森

东乔家湾　西乔家湾　贾家庄　乔家湾　南郭家村　北郭家村　老君寨　东阿党村　西阿党村

第三十五保总查：生员张树森

　　东高原村　西高原村　段家寨　圣山堡　花瑶头　长实村　似仙渠
第三十六保总查：武举亢金卜
　　坊舍镇　北至村　卿避村　新兴寨　白马村　李家原　胭脂山　福兴村　北党村
第三十七保总查：生员赵文焯
　　东汉村　中汉村　西汉村　南汉村　西窑头　北窑头　南窑头
第三十八保总查：生员李秀甲
　　上吕曲村　下吕曲村　唐家寨　叶家寨　长家坡　柳池村　柳池营
第三十九保总查：生员黄应甲
　　南坡底村　北坡底村　李家庄　西渠头村　东西渠头村　北西渠头村
第四十保总查：生员黄甲瑞
　　傅家村　兰家村　邓家营　邓家庄　何其营
第四十一保总查：生员吴炳
　　南程家庄　北程家庄　焦家堡　黄家村　董家村　周家营　周家堡
第四十二保总查：举人谢玉树
　　东小坡底　西小坡底　许庄　小壕村　谢家坡　大壕村　大壕营　厮罗寨

查覆义仓情形并酌拟章程禀

　　窃查阜县劝办义仓，前经输写仓斗麦五千石，现已陆续归仓。统计城乡各处，视日前禀报之数，有赢无绌。其绅富所捐，皆归城内义仓存储。至四乡零星小户，有即各村经存者，有并数村经存者，有仍送交城内义仓经存者。现入城内义仓者，四千四百石零。其散存各乡者，或数十石，或十数石，及数石不等，共一千二百石零。总核收储数目五千七百石零。外当商四家捐银四百两，以为修理仓廒及司事人薪水之用。仓廒尚未议建，城内旧有社间空仓一所，克期修葺，尚未竣工。所捐麦石，现借常平仓六间存储。乡间仓廒尤缺，或庙宇，或公所，或稍殷实之家，暂借收存，各派妥人经理。日后渐次宽裕，再议兴修。此劝办收储之实在情形也。若夫所议章程，与社仓微有不同。社仓虽系便民之举，法久弊生，诸滋烦扰，民常视为畏途。大约输纳主之官府，而吏胥易售其奸；称贷听之间阎，而典守徒增其累。此次劝办之始，即遵宪谕"官稽其数，不许胥役过问"之意，剀切劝导，故一切规条，诸从民便。其推陈出新，准贱籴贵粜之法，一出一入均利农家所得。微息除岁修仓廒，并司事薪水外，仍随时买谷归仓，以广积储。无力贫民遇青黄不接之时，委系具有妥保，仍仿朱文公加息遗法，以春借秋还济之。乡间小户，所捐无多，碍难相强，暂令妥为经存。拟每年秋成后官给印簿，派绅耆数人，分路劝谕。听捐户自登姓名、谷数，不许抑勒。积之数年，偶遇荒歉，可恃无恐，庶不负大人圆匮于丰至意。所有积谷数目并所拟章程，理合禀请鉴核示遵。

义仓章程十二条

　　一、义仓与社仓相表里。社仓半主之官，义仓全主于民。荔邑社仓久虚。义仓之举，虽参用社仓遗法，其一切出入，均恪遵抚宪檄饬，由绅民自行经理，官仅稽其成数，尽祛往日社仓积弊，胥吏无从藉端需索。

一、春散秋收，良法也。然散易收难，司事每滋赔累。此次以贱粜贵籴为主，一则无霉变之忧，一则无推抗之虑。其每年所得余息，除仓内一切公用樽节支消外，仍买麦归仓，以广储蓄。

一、籴粜仿开二留一之法。冬春粮价贵时，粜六存四；贱时籴还其粜也。减市价少许，先期交价领条，届期齐赴仓所，凭条取麦。其籴也，微增市价若干，整散兼收，收毕给价。

一、粮价显有低昂，自以贱粜贵籴为第一义。若粮价平常，或青黄不接之时，力田农民情愿借贷，取有确切殷实之户保结，仍准照领借给。惟游手好闲、不务农业之人，不在此列。

一、旧有社仓九处，所存粮石，尽经各前县禀请变价动用，尚余该社未清尾欠银三百两零。此次俯从民便，准其借新补旧，改归义仓存储。又社间未经焚毁空廒一架，着落字合村外。兵燹余烬，久经风雨，椽瓦半归朽敝，亦禀恳运入城内，以为添修义仓之用。

一、仓廒尚未议建，现借常平空廒六间，权作积储之所。城内向有旷废社廒一座，外街房五间，并一小偏院，现均捐作义仓。拟修葺完竣，仍添置数间，将常廒借储麦石渐次移归此处，免致与常平辕辀。其街房五间，除住宿看守人等外，僦赁余赀，亦归义仓公用。

一、常平空廒六间，铺满地楼所买木板、木凳、芦席，并修补廒前破房一间，以便觅人看守。暨一切工食器具等项，计需银百两余。并增修旷废社廒，约需银二三百两。前劝捐麦石时，曾经当商四家折捐银四百两，以备上项支用，已交经管人樽节支消。俟工竣，报官稽查，以重捐款。此外每年赢余内支用，亦详细具报。

一、仓正仓副之名，概不必用。管仓用总理一人，司事二人，各乡或司事一二人均可。如有商量义仓事件，须就总理会议。其赴乡查看，亦即令总理前往。此人得当，可以不劳而理。

一、仓内用常年看守一人，并执斗服劳。此外则随时雇觅短工，并不用斗役人等。

一、管仓即以本地衿耆为之。一膺此任，责有专归，不得不酌议薪水。且管看奔走之人，均宜酌资工力。总理一人，每年二十四金；司事二人，每年每人十六金，均作三节支用。看守一人，每月净钱二串四百文。俱由当商捐项提用。此外从每年经理所余，按章支消。

一、司事每三年更换，旧管将储粮数目、有无银钱，并帐簿等件，同总理逐一交付新管。出具收契二纸，各将所收一一登记，一给旧管，一存总理，自行赴县，投递存案。如旧管交卸不清，新管约同旧管禀究。

一、创办之始，擘画未周。如有应行增减之处，由总理体察情形，随时具报，转禀各宪立案。其年终造册一节，层层需费，诸多未便。拟即先行禀请，每届造报时，但用简明清折，以归节省。

祈雨应行事宜牌示（光绪三年三月）

照得去岁秋禾歉收，入冬以来雨雪稀少。今春亢旸过甚，麦苗就稿。本县目睹时艰，连日祈祷，迄无灵应。揆厥所由，总缘本县奉职无状，不能感召天和，累尔穷黎同遭艰阨。兴念及此，愧悚交并。惟是抑郁徒劳，于事罔裨。爰推靡神不举之义，刻拟各庙设坛，官民一律虔祷，总期挽回天心，冀得甘霖叠沛，转歉为丰。本县湔心涤虑，返躬内咎，尔军民人等亦宜遇灾而惧，平心息事，力挽浇风。惟天好生，必不终屯其膏不加怜恤也。所有应行事宜，开列于后，仰各遵照毋违。须至牌者。

一、遣取远水

西路遣长安屯，向太白山取水（闻该屯每年取水，最有灵应）；东路遣取禹门山之水；北路遣取澄白山间洛河上流之水；南路遣取华山顶天池之水（龙子蛤蟆若藉便能得，更好）。

一、分取近水

本县亲取九龙灵漱之水（龙类畏铁。此泉现用铁罩，即传谕该村乡约去之），并遣人北取塬前各道泉水，南取洛河南一带沙井之水（淘浚后，取新水更好）。

一、各庙设坛

城内总查乡约及会长人等，均于各街巷大小庙宇一体设坛，分班经管上香。

一、特祀龙神

城内向无龙神专祠，今拟择空阔地方，搭盖神棚设坛。其中每日本县随同府宪及同城官属，拈香虔祷。果得甘霖渥沛，即设法创修祠宇，用酬神贶。

一、蓄水泼地

街坊各家门外，已供神牌，尚宜添设水缸，多多益善。常以水泼门内外及各街道地，令湿，勿露土气。

一、淘井疏泉

穿井本好，一时恐难猝办。各街乡约会长人等，刻将城内官私各地所有旧井，淘之使深，即用新瓶盛取新水，分置各庙设坛之处。此法各乡村均宜照办，并谕各总查分传。能穿新井者更佳。其北乡塬前各泉，亦饬令一体疏浚。

一、清理词讼

天降偏灾，旱已成象。固属气运偶乖，亦由人事弗修所致。词讼沉滞，其一端也。除未结案件，克期勒差唤审外，本县每逢三八日，堂皇视事，接收呈词。如有两造俱到之案，准其当堂回话，即时提卷讯结。

一、严治盗贼

盗贼害人实甚。偶遇荒歉，乘间窥伺，随时窃发，尤堪痛恨。刻拟饬做笼枷十数具，排列衙前。查明赃据确凿之犯，先令尝试，以示惩儆。治乱用重，非得已也。其著名刁匪恣意纠闹，及恃众强借扰害里闾者，一律以此法处之。

一、禁止取土

此条前已示禁，仍恐奉行不力。饬各城门绅勇，随时稽查，不许载土入城。即糊墼等类修造家所必需，亦暂令停止，缓俟雨后不迟。

九龙庙祈雨疏

惟神位符乾御德，曜震宫、撼山岳而雄骧泽，周陆海、潜苑池而雌伏润。溢九泉屈伸，久著其英灵，遐迩均蒙其庇佑。迺者序迎维夏，泽靳如春，畇畇之原隰就荒，涤涤之山川未改。麦陇掀天之浪，绝少碧翻；菜畦贴地之花，早经黄落。豆苗方长，但见成萁；谷种未敷，不劳耘草。叹其干而叹其湿，空闻啜泣而嗟；祭于社而祭于方，徒效馨香而祝。靡瞻靡顾，几疑上帝之不临；如惔如焚，转念下民兮何罪！在守令咎无旁贷，不妨竟丁厥躬；惟神明责有专司，胡弗即申乃命？苟论旷官之诮，何判神人？矧仰降鉴之灵，曾殷祈报。若乃策风伯、驭云师、驱雷公、鞭电母，旋见波回东海，扬鬐借注于秦川；顿教瑞挹南山，沾足遍敷乎禹甸。膺崇德报功之典，讵终莫效其灵；鉴呼天吁地之诚，胡忍遂绝其望？情弥迫矣，怜鲋涸而道呼；礼亦宜之，壮翚飞而宫筑。试沛恩膏，于九夏立崇庙貌，以千秋尚飨。

九龙庙谢雨文

吏则不德，作神之羞；民兮何罪，贻神之忧？亢旸为厉，匪神胡求；遍告群望，邀福灵湫。既沾既足，膏泽旁流；乍盈沟浍，旋沃田畴。受神之赐，满车满籝；铭神之惠，以瓒以卣。莲泉九派，胜迹唐留；乃崇封典，秩逾公侯。未朝朔望，但祀春秋；郡城卜吉，庙貌增修。拱洛环渭，地控上游；聿新栋宇，同拜冕旒。吏于庭议，民于野谋；愿言偕作，请俟农收。

创修龙神庙募序

《传》曰：岁有大旱，遍索神而飨之。况龙神职有专司，兴云降雨，灵应尤著。我荔邑恪修祀典，凡有功德于民者，例有主祠，而龙神独阙。邑之南十五里，旧有九龙潭，潭之上神庙在焉。每岁二仲，致祭于此。本年自春徂夏，亢旸不雨，群心惶惶。官民步诣虔祷，尚未及返，浓云四合。始而霖霂，继而滂沱，叠沛甘霖，一律沾足。神之为灵昭昭也，何不疾而速如是。与乃集绅耆而告之曰：神贶不答，非诚也；庙祀不修，非敬也。致于远而竟忽于近，非以示尊崇也；狃于故而不谋于新，非以昭典礼也。况以神之大有造于我土，曾不得与。凡有功德于民者，隆庙享于附郭之地。人之无良，神之不格，有由然矣。虽然事不难于因，难于创道；不谋于独，谋于同。略无凭藉，劳费滋多，既非孤力所能胜。荒旱之余，拮据万状，劳民动众，亦非所宜。而崇德报功，少缓须臾，便致因循不果，则势又不可以已。不得已为积腋成裘之计，爰捐五十金发局备用，仍烦富绅大贾并各里殷实之家，竭力赀助，共成义举。至相地之宜、借人之力、取物之财，则众绅耆与有成焉。咸曰唯唯。因欣然而为之序。

出放义仓麦石禀

窃查光绪元年接奉宪台札饬劝办义仓，捐输积谷，遵将城乡各户陆续劝积京斗麦六千七百四十四石二斗零，均经随时报明在案。除遵照原拟章程历次出放，尚未收还京斗麦二千四百四十二石五斗九升余，城内实储京斗麦二千五百五十三石一斗二升，乡间分储京斗麦一千七百四十八石四斗九升。本年亢旱异常，渭北州县蒲城而外，大荔为最贫。民艰于谋食，每拟瓜分此项，以济然眉。卑职当以仓储攸关，未便擅动，且为数有限，此后难乎为继，不得不暂行禁止。尚冀秋收有望，或可少为支持。不意自夏徂秋，雨泽又复愆期。虽前月十三日偶沛甘霖，仍未一律沾足，二麦业已失收，播种秋杂转瞬失时。卑职随同保甲局委员清查户口，连日下乡，民间拮据情况，皆经目睹，亟宜设法抚恤。拟将城内积麦二千五百五十三石一斗二升，察看各乡情形，择其尤贫之户，均匀散给。其次贫之家，亦多谋食维艰；又况时届种麦，籽种无出，似宜分别周恤。拟照市价减四成出粜，即以所得价值，买粮备赈。至乡仓分存京斗麦一千七百四十八石零，储非一地，附近贫民居多，势难禁其估借。能否仿照城仓平粜，应听其便，随时酌令妥办，总期实惠均沾，不使有冒滥侵吞诸弊。唯卑县土燥民贫，当此荒旱频仍，地方嗷嗷待哺者实繁有徒。此项积储无多，不能源源接济。容俟清厘户口完竣，查明上中下户各若干，就地筹画。究宜如何办理之处，再行禀请鉴核示遵。

劝　捐　示

为劝办保赈恤贫民以安富民事。照得本年被旱成灾，渭北州县蒲城而外，荔邑为最。饥民乏食，有藉草根树皮以为生者。本县蒿目时艰，业经据情上达。天恩浩荡不能骤逮，间阎地方又别无公款可筹。虽城乡分储义仓麦四千石，杯水车薪，究属无补。而嗷嗷待哺之众，命存呼吸，莫忍须臾，苟不安贫，并难保富。当此议救灾防患之策，惟以富济贫，庶几两有裨益。顾或劝焉而不应者，输之官，徒供抽剥；纳之局，转虑侵吞。其谁甘之？且即慕义急公，向也输而纳之者，不知终归何里？而所议穷乏，仍不得我与，而扰累我也。饥荒所迫，盗兵潢池，所在多有，谁与卫我身家、捍我里闾者？我恤贫而贫不我恤，保富无术，安用是捐助者为耶？今取古人成法而变通之，名曰保赈。我荔邑昔办保甲，分城乡为四十二保区。保内上中下各户而等其差，即以其保统之。除不捐不赈之小户无庸置议外，等而上之若干户，等而下之若干户，又各有其区别焉。按保议捐，或捐粥，或捐谷，或捐钱；按保议赈，或赈济，或赈粮，或赈贷，各赈各保。而捐项即存捐者之家，不输官，不纳局，任举一人以经理之。仍书榜于保内，俾捐者知捐之所自往，赈者知赈之所自来。无事则相救相赒，有事则相守相望，自然之应也。虽然保有贫富，富有大小，故必酌盈虚而剂其平。或一家富而通赈一保，或数家富而同赈一保，或此保多富尚须并赈他保，或彼保多贫不能自赈，本保以富保之。有余协贫，保之不足，不足者勿诿一保皆贫而专求旁贷，有余者勿恃一保独富而不思兼权。总之，多赈一家，则多活数人之命。多赈一保，则多活数千百人之命。且贫富相耀，而苦乐不均，枵腹灾黎未必甘填沟壑。近闻韩、郃一带，土匪滋扰，类皆迫于饥荒。不能周恤于平日，乃致扰攘于临时，虽早晚难逃显威，而利害已同亲受。反是以思，与其仓皇于后，何如筹办于先？未有我恤其性命，而彼不保吾身家者也。故曰恤贫民以安富民也。本县拊循乏术，非敢以地方民瘼委之绅富，行将上之府尊，达之列宪，禀请赈恤，普沾皇仁。一面筹款设局，详定章程，司调拨以总其成。即谕公正绅董，并各保总查，分路劝办诸绅富，勿怀观望，务期公勤盛举。一俟办有成效，定即详请优叙。哀我穷黎，且扶老携幼，稽首而拜仁人之赐也。切切。特示。

劝办保赈情形禀

窃卑职前奉宪谕，以本年被旱成灾，贫民乏食堪虞，饬令就地劝捐，以资抚恤等因。查卑县被灾较重，亟须殷实之家协力赈恤。无如连年荒歉，十室九空，地方巨富无多，势难源源接济。而哀鸿遍野，待哺嗷嗷，究属刻不容缓。前经禀请出放义仓粮石，暂顾目前，一面邀请富绅出资捐助，皆以为款过巨，不肯踊跃急公。卑职开导再三，晓以大义，俾知安贫即以保富。况值邻氛不靖，饥黎滋事，在在堪虑。设非以富济贫，何以联相赒相救之情，而收相守相望之效？顾独力既难遍给，小惠未易旁敷，爰取古人成法而变通之，名曰保赈。缘卑县前办保甲，分城乡四十二保，按保为团，即成四十二团。无事相为周恤，有事相为捍卫。兹仍申明前谕，饬令以每保之富济每保之贫，按保议捐，即按保议赈，各赈各保。而赈项即存捐者之家，任举一人以经理之，必使捐者喜施之由我，而赈者感受之自人。故疾病既可相扶，而患难自能相恤。虽然保有贫富，若一律责以保赈，此保富不顾他保，彼保贫莫给本保，贫者未必甘填沟壑，富者仍难厚拥仓箱。方今韩、郜一带，饥民迭扰，乱民因之，大抵皆由不均所致。蒲荔、接壤，近日又有非常之变。若不量为协济，当此震邻屡警，安望井里无忧？故必以富保之有余，恤贫保之不足。现经委员查办门牌，酌盈剂虚，而贫富不使相耀。始之以保甲清其源，继之以团练程其效，则保赈之举，诚近今之切务也。该富绅迫于公义，亦皆唯唯听命。惟卑县地广人稠，不下二万余户，计口十余万之多。待赈之家，约居十之四五。俟来年麦秋，为日方长，需费甚巨。总核应用之款，即力从节省，亦须十数万金。刻已通筹全局，谕令诸绅富均匀摊派，再饬查各保稍有力之户，能否积少成多，足资敷衍，容俟略有成效，即行随时禀报。卑职明知库款支绌，每冀少纾宪廑，第恐势迫力穷，如遇万分为难之处，仍恳曲赐矜全，设法接济，俾得不终失所。穷黎戴德，曷其有极。所有卑县劝办保赈现在情形，理合禀请鉴核。

延请绅士设局捐赈启

启者：铭旂忝任百里，待罪三年，致干天地之和，莫弭阴阳之憾。尔乃哀鸿殆遍，灾象已成。饿类嚼桑果腹，谁供常膳？穷同茹草瓜皮，竟作异珍。发棠之请方殷，频思攘臂；移粟之怀徒切，敢讶尽心。刚值急何能待之时？爰推富以其邻之义，见其生不忍其死，灾更逾于剥肤，借其有以恤其无，疮待补乎剜肉。特是劝分于济人为大，不均乃致不和；散利惟厘户最先，毋漏尤期毋滥。若论见闻较确，仍当求助于梓乡；倘得疴痒相关，遂使沛恩于蔀屋。况乎救荒十二政，均宜取法《周官》；待命亿万人，奚啻绘图郑侠。非视越人之疾，讵忘病鹄谁怜？既逢庄子而呼，忍听枯鱼我索。出岫便为霖雨，不妨小试以经纶；同时望若云霓，犹幸能拯诸水火。譬则缨冠而救，礼亦宜之；诸凡借箸以筹，权其然否。饥由己而溺由己，堪哀满目疮痍；生于斯而长于斯，勿吝同心襄赞。铭旂幸甚，荔民幸甚。

复福田太守书

福田尊兄太守大人阁下：顷奉手谕，领悉种切。连日米价翔贵，群心皇皇。执事桑梓攸关，筹画备至，感佩奚如。自来谈荒政者，切以平价为戒。若本地储粮足用，急则治其标，或可勉为此举。前已示禁囤贩居奇，又饬绅耆查验粮行积储多寡，再行核夺。赈济一举，业经拟有章程，数日内便可遍示晓谕。大约仿照古人图赈之法，各卫各保。唯保内贫富不等，尚须通盘筹画，酌盈剂虚，免致苦乐不均耳。饥民滋扰韩、郜一带，频有惊报震以其邻，亟须地方绅富设法抚恤，拯彼性命，捍我身家。安贫即以保富，当今之急务也。高明以为然否？甘霖绝望，焦急如焚。尊恙久愈，太恭人想占勿药。尚望来署匡勷，共筹时艰，不胜盼祷之至，统惟爱照不宣。

荒政事例十四条

极贫三条：

一、无己产己屋，佃田耕种全荒者。

一、无己产己屋，佃田耕种成灾过半、家口众多者。

一、外乡别邑农民，携眷耕种，搭寮居住，田已全荒，无力佣工者。

以上无论大小、口数多寡，俱系全给。十六岁以上为大口，十六岁以下为小口，其在襁褓者不准入册。

次贫四条：

一、虽无己田，尚有房屋，牲畜、佃田全荒者。

一、虽无己田己屋，佃田半属有收而家口无多者。

一、种己业数亩而全荒者。

一、自种数亩，少有收获而家口众多者。

以上老幼妇女全给。其少壮丁男力能营趁者，不准给赈；其有残废、无力营趁者，与老幼一体散给。

被灾村庄内无田贫民三条：

一、无己田、佃田，并无手艺，专藉佣工餬口，因灾无工可佣而有家口之累，为极贫；孤身为次贫。

一、专赖小本营生，有家口之累，为极贫；孤身为次贫。

一、四茕无依，未经编入孤贫者，为极贫。

不准给四条：

一、有力之家，堪以资生者，不准入赈。

一、但有本经营，及现有手艺营生者，概不准入赈。

一、不成灾村庄内之四茕及无手艺者，概不准入赈。

一、被灾贫生，例以全无粮产，亦无己屋者，为极贫；尚有些微田地，住系己屋而全荒者，为次贫。应令教官确查，分别极次、大小口数，造册移县。不得混入民户编查，至有歧冒。

以上各条，业经查有底册。恐乡民不谙体例，致有遗滥，尚须遵式确查，详悉更正，以昭核实。

核实受赈谕

照得待赈饥民不下四万有余，巨款尚难敷用。叠奉上宪札饬裁减户口，本县意存核实，务令嗷嗷待哺之人，均沾实惠，俾勿漏遗，用心良苦。不料近日续报贫户隐其家资，希图冒滥，所在多有。独不思真实饥民，竭力捐办，已难周济；若辈再行搀入，款将安出？刻下开赈在即，除将填册之户另行确查外，该总查乡约等续开极次贫，必须遵照与前发应否给赈章程，委系相符，声明具结。日后查有隐冒情弊，将本户隐匿田产入官充赈。该总查乡约等，如系有力之家，一体议罚，否则分别枷责，另换妥人经理，必不宽贷。事关赈济大局，各宜振刷精神，认真核办，勿得仍前颟顸，致干未便。切切。特谕。

遵查贫民口数暨现办捐赈情形禀

案奉宪台札开：饬将境内被灾轻重、户口多寡、次贫极贫各若干，现拟如何赈济，捐借富绅已交未交数目，并如何劝办情形，以及仓储积谷诸邑粮数，一并据实禀覆等因。奉此，查卑县被灾较重，饥民乏食堪虞。曾于七月间禀准动用义仓存粮散放在案。当经遵照办理，发至八月底止，尚存市斗麦八百余石。一面设立保赈局，邀集富绅筹款接济。旋蒙委员来县会同劝办，陆续捐借市斗麦八千石有奇，并扣杜姓放票期银一万七千两，其余尚未传到。殷实之户已属寥寥，又蒙军需局宪津贴赈济不敷银三千两，合计义仓存项，共凑一万一千余石之谱。除收存捐借并行之麦五千五百余石之外，余免其一交一领，留存本保，仍遵禀拟章程，各顾各保，并以此保之有余，协彼保之不足，听候调拨。惟各保贫户众多，复派公正绅者逐保覆查，删汰冒滥颇多，而补入遗漏者亦尚不少。比原报保甲册内所载贫户，有增无减，约大小四万四千五百余口。通筹至来年麦秋，需费甚巨。所有业经捐借等款，委不敷用。饬将村民稍有力之家，劝资捐助，积少成多。统计四十二保，能暂顾一二月、三四月者，仅得十之二三。粮少人众，待哺嗷嗷，抚恤尤刻不容缓。日前禀准动用义仓麦石，早经按保散放。此项仓粮，原拟散粜兼行，缘贫户均皆无力，因将留作平粜之麦八百余石，益以村民稍有力各户已捐未交之粮，仍于九月间一律分给其收存。富绅捐借之项，容俟十月初旬即行开赈。就现在汇算，约至明年麦收，或可支持。第各乡续报贫户尚多，但再迟数月，难保次贫不变为极贫；即目前稍可自给之户，久将愈形匮乏，接续正复不易。万一霖雨沾足，籽种缺少，尤须随时补助。各保丁壮多口，不令坐食受赈。现遵大人札饬，谕令凿井灌田；并由卑职刊发区种成法，使其用力少而成功多，均分别程工难易，给赏麦石，以期迅速。他如收养幼孩，虽不敢公然设局，已密派绅士经理，暗地遣人寻遗弃小儿，雇人抚育，给以月费。种种用项较繁，地方别无公款可筹。日夜焦劳，莫知为计。至卑县附郭郡城，流民颇杂，已经分别确查，少壮酌给口粮，递解回籍；其老弱残废及本地四茕无家可归者，先由卑职捐银七百六十两，买米煮粥，业于九月初六日设厂散放。日久款如不济，另行设法筹办；或于城内各铺户续捐。总期实惠均沾，免致流离失所。其劝办已交、未交银粮，及各仓存储粮数，前已开折禀报。所有次贫、极贫口数暨现筹赈济情形，理合禀复察核。

劝 捐 谕

保赈局之设何为乎？饥民嗷嗷，赖此生活。为日甚长，为款甚巨，因令各顾各保，仍恐贫富不等，以此保之有余，济彼保之不足，剜富者心头肉，医贫者眼前疮，非得已也。不意官局劝捐后，各保每怀观望，意谓官局既开捐议，我辈可藏赀自肥矣。独不思荔邑四十二保，饥民五万口，即竭诸上户之力，焉能一体周济？该总查乡约等隐其本保小富，而专靠上户，使上户力竭，而饥民仍不免饿莩，是孰置之死地耶？嗣后总查乡约等到局，务令各保筹画，或能自赈三四月、四五月，至少亦须自赈两月，核实后声明实在情形，禀案备查。如违此谕，准该局送县惩治。该局亦不得徇情瞻庇，是为至要。切切。特谕。

开 赈 示

为剀切晓谕事。照得本县前以劝办保赈遍行示谕在案。哀我饥黎，岁值奇荒，命存呼吸，不赖殷实各户协力出赀，何恃以延残喘？惟荔邑无多绅富，连年灾歉，家鲜盖藏。所幸设局以还，谊敦桑梓，踊跃输将，综计捐借并行所得粮数，暨票银若干两，并各保零星赀助，共可凑买麦一万一千余石。好义急公，良堪嘉尚。无如哀鸿遍野，待哺嗷嗷，加以来日方长，势难普给。故稍能自赡之户，仍当设法支持，不得希图冒滥。中户以下，略资补助，俾沟壑余生命延旦夕；而大小极次贫口，不能不酌立章程，以示区别。查合境二万余户，计口十余万之多。大小极次贫，约居十之四五。除八九两月仍用义仓存麦并拨凑捐款俵发外，所有各保极贫，每月每大口五升，次贫每月每大口四升，小口均减半，准于十月初十日开赈，由第一保按次散放。先将各保所捐麦石逐一拨归本保，照局造册，按口核发。其不敷分布之处，某保赢余若干，量为调拨，酌盈〈济〉虚，以均苦乐。犹是各顾各保，以彼保有余，协此保不足之本意也。在局督办绅士，仰体时艰，不支薪水；其书算奔走之人，自宜酌给工赀，以示体恤。一切局费，概从樽节，仍将银粮出入帐目，每月详细报查，书榜张贴。各保总查亦饬该管乡约，每月将领散赈粮数目缮具清单，贴示公所，俾众咸知。自此次定章之后，如有藉端扣勒暨科派瞻徇情弊，一经发觉，决不宽贷。受赈贫民须知丝粟皆恩，如拜仁人之赐。倘仍敢纠群结党，拥食大户，或纵容妇女滋闹，定即处以极刑，靖地方而安良善。为此剀切示谕尔军民人等，各宜激发天良，遇灾而惧。富者知捐之所自往而矜恤非虚，贫者知赈之所从来而感戴靡暨。其经理人等，亦各任劳任怨，始终不渝，勿挟偏私，勿忧疑谤，矢公矢慎，敬迓和甘。不俟本县之再三诰诫也。切切。特谕。

所有规条开列于左：

一、开赈由第一保至四十二保，按次排定日期。每日核发三保，不得变更，统归画一。各保总查到局查明日期，每月先期领册，照写花户清单，张贴所管各村公所，以便周知。

一、[一]各保大小富户，所有劝定麦石数目，业经禀明抚宪存查，嗣后即照局册分散。如有违抗不交，许该保总查乡约报局禀署，差唤押追。

一、办赈以厘户为主，现已照各保填造贫册。近日禀请给赈者颇多，未必有遗，难保无滥。兹奉抚宪示谕，仍派公正局绅分路稽查，以昭核实。如有虚冒情弊，准附近居民来局报知，赏给制钱一百文。隐匿不报者，查出议罚。

一、各保各村，有自赈数月者，须照局定极次贫大小口章程散给，不得任意减少，希图省费。违者照原定数目加倍议罚。

一、总查乡约等，当此年荒岁歉，枵腹办公，不得不酌发口食，以资津贴。嗣后每月进城领麦时，总查发给点心钱二百四十文，乡约火食钱一百二十文。各保各村只准一名，由保赈局支领；其余不得浮冒。倘有私扣麦石各弊，绅衿详革衣顶，齐民枷责示众。

一、各保领麦车辆，每月由各保总查，查照该管各村有车马者，轮流酌派，不得妄摊钱文。如有此弊，许花户指名，禀惩不贷。

一、贫户中有年力精壮者，不应给赈。惟救旱莫要于掘井，果能实力遵办，兼依行区田、代田诸法，一体照常赈济，并格外赏麦一二斗，以示鼓励。开赈后，查有阳奉阴违者，立行停止。中户以上，分别议罚。

一、各保富绅，此次慷慨捐输解囊，不假踌躇，洵堪嘉尚。蒇事之后，并出力绅士等，禀请抚宪照章请奖，以示优异。

劝民掘井示

照得救荒莫先于井利。查荔邑惟沙南一带掘井较易，其余地干土燥，开凿维艰。甚或以得水咸苦，未便灌田为辞。不知地土干燥之处，约三四丈便可见水；即水味稍苦，漉以沙石，即可变苦为甘。现在天气亢旱，麦未播种，及此不速为设法开凿，随后雨泽叠沛，布种已迟，来岁收获，何所希冀？为此合行示谕：或累阡连陌，一家自为数井；或一塍半亩，数家共为一井；或出赀贷人，而收其息；或减用兴工，以期其成。在今日不无小费，而来年必获大丰。此法前人行之屡有成效，即以目前而论，各处秋苗全无，其汲井灌园之家禾稼果蔬，蓊蔚茂密，收获不减往岁。释今不图，虽议捐议赈，费尽心力，奈富者已叹财乏，贫者终难果腹；且生源已涸，势必贫富交困，异日将何劝以赈尔等耶？除谕各保总查暨乡约人等一体劝办外，尔军民人等务各实力奉行。本县将亲历各乡，逐一查验。除殷实之家力足自给，勿庸筹议津贴，其中下各户，每凿一井，常赈之外，贴补仓麦一斗，俟种麦后，立行给领。不遵者议罚，酌将应得赈粮分别核减。毋违。特示。

再谕掘井并广种区田示

照得荔邑襟渭带洛，水利宜兴，然皆河低岸高，殊难措手。冯村北庄诸泉，涓涓细流，沮洳已久；沙苑一带足资灌溉，其利未溥。当荒旱成灾，非广为疏凿，无以尽人力而维天事之穷。无如土沃民惰，屡经开导，积习未除。不得已分别给赏，藉示鼓励，并饬各保总查传谕在案。近日报查开渠、挖泉、凿井者，业有数处，尚未一律通行；且土厚水深之乡，程工较难。再四思维，水少地多，惟有遵照前发区田章程，只须三五家掘一土井，担水浇田，便已足用。其法本之古人，勿论何时何地，竭一家妇子之力，如法播种一亩，所获胜过十余亩。本年生员潘殿选、张万新等业经办有成效，用力少而成功多，莫善于此。况岁值荒歉，甘霖绝望，转瞬种麦失时。议捐议赈，终非久计，除此别无生机。为此合行示谕，仰各保总查等，刻即查明该保计若干村，该村计若干户，每三五户掘一土井，并遵前发区田成法，一体劝种。限三日内赶将兴工日期及举办情形，先行报案，旬日责其成功。每村选一二公正绅耆、通晓农务者，经理其事，即由该总查等指明具报。竣事之后，详请给以顶带。不分贫富，一例督令遵行，勿得玩误，坐失事机。本县仍不时亲身稽查，或禀请府宪派员往验。如有抗违阻挠，富者罚捐，贫者停赈。事在必行，勿怀观望。切切。特示。

分路设团谕

为分路团练酌拟章程以资捍卫事。照得本县叠奉上宪札饬整顿团练以靖地方，历经转饬各保总查遵办在案。近查附近羌镇一带及沙南三保，办理均有起色。其余如何情形，未据随时禀报。刻值邻氛不靖，亟宜认真经理，以资防维。惟一县之大，村村相属，非联络一气，不足倚为声援。兹仿古人成法，统计荔邑四十二保，分为十二方。惟城内一保，派绅经理，兼辖各乡。乡间村各为团，各以路总统之，即以该保总查拣充是选。路总以外，各有副总以及乡长保长，皆由路总秉公酌举，以资臂助。为此合行示谕仰该路即便遵照，刻将管辖村庄画界妥筹，俾通声气。如有外来匪徒暨本境土棍纠众滋事，扰害闾阎，即速送案究惩。乡长等不归约束，准该路总指名禀究。如路总办理不善，不洽舆论，亦准乡长等联名禀揭。事关桑梓大局，务各振刷精神，力图捍卫本县，为联络声气起见。如有道里远近不能合宜之处，不妨据情禀商，期臻妥叶。所有分路章程，粘单开列。勿违，此谕。

计开：

一、荔邑四十二保，向分四十二团，即以该保总查为之团长。惟各保散处各方，地势参错，头绪较繁。兹拟按十二支分为十二路，每路设一路总经理其事，较为严整。

一、城内各街巷，归本城团练局总辖，无须另设团所。城外十二路，各团一切章式，皆由总局禀县饬办。

一、乡团十二路，每路由该团村耆，酌举精明强干公正无私者，推为路总，再择一二人为之副。所有一切事宜，均先赴城内总局商办。不拘功名大小，亦勿论是否该保总查其人，总期认真从事，力图实效。

一、每路所辖村庄，多寡不一，归路总为之统率。偶有动静，由路总以次飞传，各宜齐集团丁，以壮声援。如敢逗留不前，准该路总报明总局，据情禀县传究。

一、每路所管村庄，各于次贫中择精壮十人充当团丁，准照极贫一体受赈。村小者数人。亦可各备兵器，有事以枪为号。火药由总局给发，每月准领一斤。所需灯油等物，就地自筹，或从村内殷实之家助出。

一、每路辖若干村，每村各置循环签，单日用循字签，双日用环字签。夜夜轮流，此村递至彼村，蝉联互换，以为凭信。每村约派团丁十人，以半巡路，以半守村，不准疏懈。

一、各路团丁系何姓名，由该村开单送路总注册，汇交总局备查。该团丁以捍卫为专务，如果认真出力，虽照次贫例，每月酌加麦一升，恐仍不能糊口，不妨向该村殷实之户酌借，以示矜恤。

一、团与团相接，十二路联为一气。如有玩法恶徒纠众扰害，勿论是否本路管辖，不妨会商邻团，以为声势。该邻团不许袖手旁观。如邻团有事，亦须协同助办，不得推诿。

右谕：

子字路总生员李秀甲

丑字路总兴平县训导李钰

寅字路总生员高健

卯字路总武生常保国

辰字路总生员丁丙离

巳字路总眭明元

午字路总生员马锡蕃

未字路总武生杨竹青

申字路总廪生李垚

酉字路总花翎知府用即补直隶州知州张禄堂

戌字路总武生梁迓春

亥字路总武举张大鹏

粥 厂 示

照得岁值奇荒，本县设局筹赈，业拟查照四十二保极次贫户，计口授粮。惟附郭郡城流民颇杂，老羸转徙，将安适归？而本籍四茕无告之人，匍匐求食，栖息靡常。若一概给以米粮，仍恐执爨无所，难保残生，势将流为饿殍。今择于东关后土庙，设立粥厂。先由官捐小米八十石，绅商之好义者数家，每月捐米面若干，交厂备用，余仍由局筹办，约以来年麦秋为期。为此合行示谕：本县定于九月初六日开厂。所有前项贫民，届期赴厂，听候点验，按名给牌。每日巳午时领粥一次，男女分列，不许拥挤喧哗。其流民壮丁，仍遣回籍。哀此茕独，若已归该保贫册，便在计口授粮之列，勿得歧冒滋扰。火夫执役诸人，倘有搀和扣减情弊，一经查出，从严究惩。除派绅经管外，本县仍不时亲身查验，各宜凛遵勿违。特示。

散给棉衣示

照得节届隆冬，鸠形鹄面之俦，冻馁交加，殊堪悯恻。现制棉衣若干件，择尤散给，藉以御寒。惟贪利刁徒，或冒名幸邀，或背地出售，甚至以强凌弱、恃势侵欺。种种弊端，令人发指。为此合行示谕：尔等所分棉衣各件，亲身报领，盖有印花。日后领粥时，临厂察看。如或形迹不符，定必彻底根究。查有前项情节，从严责惩。倘果藉势欺凌，即系不法之徒，立予重典。各宜凛遵勿违。特示。

育 婴 示

照得天灾流行，骨肉分离，往往不免。甚有抛弃子女，叫号路侧，惨不忍闻。前以经费无多，不敢设局收养，暗派妥绅经理。每日雇人四出，见有遗弃小儿，觅贫妇之老成者收养于家，按月给值。刻间公费告罄，拟择粥厂中食粥贫妇十余人，日倍其粥，别赁官所，俾每人经养数儿，即以粥饲之乳食者，仍照前酌给钱文。按日查看，经养不善者易之。为此合行示谕：尔等经养之人，既可藉资食力，亦系阴骘所关，勿得漫不经心。如果保其生命，异日停赈以后，或访还其家，或另行安顿，尔等之造福不浅也。切切。特示。

谕富民买田示

照得岁届奇荒，贫民家有衣物不能易钱，枵腹嗷嗷，坐以待毙。虽筹捐办赈，而博施济众，自古为难，尤宜设法变通，以资调剂。查荔邑地亩素称沃壤，但旱魃为虐。上中各户皆情切桑梓，踊跃输将，以致盖藏日少，无力买田。贫者坐困，富者亦处窘乡。本县早悉情委，同深悯恻。然当此无可设法之会，不得不仰借富力，以恤贫乏。所有贫户之地，应由有力之家酌买若干亩。拟定章程开列于左，似此变通办理，富者得田，贫者可以易粟，亦荒政之一道也。合就出示晓谕。为此示仰军民人等一体知照无违。特示。

一、贫户有地，情愿当卖者，当报明该管总查，酌地之肥硗，定价之多寡，由该村殷实之家出资当买。该贫户亦不得再三相强，藉端讹诈。违者一经喊报，定行枷责。

一、殷实之家力能买地者，半多恐其报捐，心存观望。现在捐事已竣，当酌量家资稍有赢余者，凡遇该村贫户之地，一经总查派买，无得推诿，当量力酌留。委实无力者听之。

一、凡地若买定，当先交半价，由该管总查督饬卖户寻灰清量，将地数核算明白，再将半价交清。其画字钱文，一概不准，以杜需索。

一、地价当交现银，制钱亦可，不准以他物搪塞。折价限五个月内，由总查执持黑契呈请铃〔钤〕印，以示体恤。

再谕掘井灌田示

为再谕掘井灌田，贫富两便，以御灾歉事。照得本县设局筹赈，恤贫民以安富民。去秋至今，略收实效。无如天靳其泽，经冬历春，赈款将尽。若不再议保全之策，地皆稿壤，人尽饿夫。哀我穷黎，不相率而填沟壑不止。贫不终恤，富不独安，其势然也。顾请帑未易遍敷，劝输亦难屡给，而值此甘霖绝望，又不能不设法而维天事之穷。则向者劝兴水利，广行区田、代田之说，仍无以易也。荔邑为滨河之地，然皆水低岸高，故渭洛环流，莫沾津润。不得已为临渴掘井之计，民风疲敝，又复耽于佚游。客岁谆谕再三，除沙南旧井不计外，仅凿三千有奇。而如法垦种者，尤属寥寥。且合通境计之，约为田六十余万亩。谓此区区井利，遂得家给而人足乎哉？虽然谕富民出赀，彼将曰前已倾所有而输将之；谕贫民出力，彼将曰畴其恤所无而赡给之。如是则不便于富，不便于贫，而独谓贫富两便者，何也？富不便于资，出资而厚偿其资，则良便；贫不便于力，出力而藉食其力，则良便。夫富者之赀，贫者之力，皆藉地利以成之。地利不兴，取资井利。无井利，是无地利，而富者将不得有其赀，贫者将不得有其力。今以便吾民者，与吾民约：一井之利，约灌田数亩、数十亩不等。其水性咸苦及冈阜不宜井之地，不妨从缓置议。沙南旧井并新开三千有奇，饬即及时灌种。余令约地五亩凿一井，工费由富者垫出，俾自享灌溉利；以其余溉他人田，计亩抵租，有赢无绌。计一邑诸大富，一村一里各小富，酌量摊派，一体饬遵。试办之初，难保地无遗利。约以十之三为率，不及者罪之。贫不能自溉其田，而借助于富；富不独自享其利，而旁逮于贫。富能济贫，而即以稑之所入偿其值，则富者便贫；既酬富而仍以地之所出售其功，则贫者便。且游惰悉归耕作服役，于人性命之生全不少，则有田之民便，无田之民亦便。瘠卤皆化膏腴，取材于地，室家之利赖尤多，则凶岁之民便，丰岁之民愈便。矧区田代田诸法，岁皆倍收。前人行之，既有明效；后人习之，亦有实征。果能随地灌输，垦种如法，不惟可以救荒歉，抑且可以致丰盈，劳在一时，利在十世。为今之计，莫亟于此。否则富拥厚赀，其源易涸，而计口受食，苟且补苴，终非久计。卒之呼天莫应，乞人谁怜？其不至坐以待毙者几何哉？至渠利本不易开，河滩平衍，随地浚导；或用元人开塘溉田议，相机疏凿，用资沾濡。但需费尚多，大户垫开，酌取岁租，与掘井事同一律。工费不足之处，禀请上台筹款接济。当亦我父老子弟所黾勉而乐从也。为此再行示谕，一面选派公正绅耆，认真督办。本县为拯恤灾黎起见，筹垫百金公款，募开招垦，为众绅倡。春及告余，事在必行，勿怀观望。所有妥议章程，开列于后。切切。特示。

章程十四条：

一、去冬掘井三千有奇，中户以下居多。曾经酌给津赏，竭蹶从事，究属为难。此次责成富室开凿，贫民无力藉分余润，以资度活。

一、大富派井若干，中富小富以次递减。灌田愈广，取租愈多。不惟贫者养生，抑亦富者得利。

一、大井用砖包砌，灌田二十余亩，或三四十亩；小井不须砖砌，每井可灌田五亩。令概以五亩为率，其愿为大井者，计所灌之田积算，一井准作数井。中户以下，或一家开数大井，或数家开一大井，均从其便。

一、按户分派，即责令克日兴工。如富室不耐烦劳，除各管本业外，愿计井出赀者，听准派局绅经理；每岁地租仍归富室收纳。

一、计井出租，准酬富室十之二而自得其八。若并课田租种，仍酌议从厚。不给者，官为究追。

一、穿井他户地亩，本户一例取租。如转歉为丰，他户愿作为己井，除岁租交清外，仍须找足井费，不许蒂欠。

一、凡不宜井之地，原难强同一律。该处有力之家，仍令向宜井者开凿。或量力称贷，为贫户负水浇灌之资，不得藉词推却。

一、地虽宜井，工费亦殊悬绝。酌其难易，派其多寡，以昭公允。

一、开功以后，须分保分里造有册簿。某户掘井若干、某户灌田若干、自种若干、倩种若干，一一注明，以备查验。

一、渠利未敢轻议。近滩平衍处，浚沟开塘，足资沾溉。亟宜计亩出夫，由富室酌给工赀，岁取租秭，与掘井同。如需费甚巨，准禀官筹款贴补。

一、井工告竣，取水器用并宜筹备。辘轳、桔槔等物不如虹汲一具，尤为省便。刻已觅匠仿造，以资观法。

一、区田、代田两法，前经刊布图说，垦种仍不如式。令拟稍为通变，不必隔一区种一区，只须隔一行种一行。总期勤锄厚壅，立苗又疏，则收获必倍。

一、种麦愆期，豆谷尚未失时，余惟菜蔬诸物最易发生。均须井利灌输，刻期鸠工，慎勿玩误。

一、此次劳民劝功，原非得已。竣工后，择尤请奖。除饬局分路劝办外，该保总查乡约认真督催，限二月中旬一律告成，勿延缓干咎。

遵覆左爵相掘井情形并劝行区田代田禀

窃卑职前奉军需局札饬，救荒之策，莫如掘井以兴水利。令即勤加董劝，仍将办理情形随时报查等因。奉此，查卑县襟洛带渭，渠利易兴。然皆河低岸高，难资汲引。铁镰山下旧有七泉，涓涓细流，久经淤塞。物土宜而相其利，唯平衍地方，凿井为便。荔境沙苑一带，井利尚饶，惜未一律周遍。此外地多高燥，遵行尤属寥寥。本年值此旱荒，惰民耽于安逸，仍以疏凿无力为辞。窃念天道难知，万一甘霖绝望，议捐议贷补救目前，终非长策。不得已多方董劝，且谕以少壮受赈，坐食非宜，趁此计口分工，俾殚一日之劳而获数世之利；并计程功之难易，每井酌给麦一二斗，以示鼓励。统计卑县所辖，城南近水，掘井较易；城北近山，掘井较难；或近水而沙陷，则易而难；或近山而土坚，则难而易。除水性咸苦及冈阜不宜井之地，姑听民便，其余概令次第兴工。两月以来颇著微效。查沙苑旧井约千数不计外，现据各乡禀报，新开井三千有奇。每井灌田七八亩、三四亩不等。又方舍镇胶泥沟等处，各开渠数里，约灌田四五顷。他如洱泉暨苏村、汉村、冯村诸泉，年远水涸，亦饬令一体疏浚。灌田多寡，俟查有确数，另行具报。此番渠泉井利渐次兴修，并于滨河地方制水车作为程式，试令如法引灌。虽种麦未尽及时，应种诸邑杂粮，来年春夏之交，尚可略资接济。惟地广人稠，水利未能普遍。卑职仍不时下乡开导，并派亲信家人，协同绅士分路督催。其距水较远之区，谕令先行播种，日后幸得微雨，可望生苗。兼劝行区田、代田诸法。区田始自伊尹，用省工倍，藉人力以兴地利。惟近家濒水最宜代田，即后稷一亩三甽之法。甽长终亩，其间为陇；陇广一尺，甽亦如之。岁代其处，故曰代田。二法皆用力少而得谷多。大抵得水较易，便于灌输，则用代田。若得水较难，须省亩用之，负筒浇灌，但取播种之处足资浸润而止，莫如区田。本年秋，卑县生员潘殿选、张道菜等遵行此法，岁旱减收，尚每亩得谷二石余。卑职现于郡城东关赁地数亩，种麦豆各色，令民观法，并刊刻图式，遍行分布。虽奉行未尽如法，信从者正复不少。果使村村如是，邑邑如是，不惟今日之旱可免于流亡，抑且异日之旱，不至于荒歉。明知临渴而掘，缓不济急，惟受赈穷民未便无所事事，且天雨未卜何日，即播植逾期，而诸葛菜等物，随时可种。急之采食其叶，缓之掘食其根，未始非荒政之一助也。理合将办理情形，并区田、代田图式，清折禀请鉴核。

爵相批示：

据禀及图说已悉。该令于未奉示谕以前，已令各乡凿井三千余眼，并疏通水泉，修筑渠道，劝行区田、代田诸法，具见民瘼关心，读书有得，深堪嘉尚。已行司存记，听候事竣奖励。该令所论区田、代田遗制，虽皆古传良法，却非王丰川氏区种本意。伊尹所创区田法，隔一区种一区。赵过代田法，隔一行种一行。丰川氏以区田繁密而劳，故欲以开沟布种易之，名为区种，不复袭区田之名。其开沟布种，虽与代田同，而不谓之代者，盖代田法今岁虽种此沟，明岁种彼沟，是合两年言之，所谓岁代处也。区种法但就本年一年言之，故无所谓代。现刊颁通饬晓谕：凿井区种，盖丰川氏合区田、代田之意参用之，不师其迹也。生员潘殿选、张道芬等，既行之有效，可令教导各乡，如古农师加以礼貌，为良农倡。诗不云乎"或耘或耔，黍稷薿薿；攸介攸止，烝我髦士"？中古之世，盖无不农之士，今尚见之矣。欣慰何言此章，诗注言：农事最精，可令熟玩之。填发功牌两张，以示嘉奖，仍候抚部院批示。缴。

区田代田图说

汤旱七年，伊尹作区田教民粪种。其法每区方一尺五寸，种时挖土深尺许，用熟粪二升合匀，以手按实。视其可灌，负水浇之。苗出一寸，许间一寸，留一株结实。时锄四旁土，以壅其根。空一区，种一区。是谓区田。作区田图。

黑者种，白者空

区田图

代田，即后稷一亩三畎法，广尺深尺曰畎。长终其亩，畎间为陇，广与畎同。积畎之土于陇播种，中畎之首为横沟，以通灌输。苗出，耘之如法。生叶以上，渐耨陇草，并陨土以附苗根，使耐风与旱。畎陇岁代其处，是谓代田。作代田图。

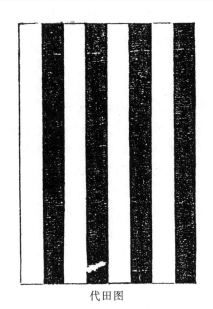

白者畎黑者陇

左相指示区种法，与此同。缘区种，但就本年论之，故不言代。

代田图

按：区田法，元时尝以下之民间。《农政全书》、鄠县《王丰川集》，皆凿凿言其屡效。每亩六十石、三十石之说恐不必，然其为地少而收倍，良不诬也。代田法，汉赵过尝为之，每亩岁收过平田一斛以上。用力少而得谷多，与区田同而简易过之。盖区田必锹镢垦劚，而代田则牛犁亦能用之；区田必负水浇灌，而代田则车戽亦能用之。唯播种亦如区田，所谓以代田之法行区田之意也。大约二法须相地而观其宜，区田需水少，故凿井少处，取之易给；代田需水多，故凿井多处，用之不穷。至用省功倍，其法均便，不必但为救旱起见。而天雨不时，岁可丰获，勤民免为流莩，则固荒政之急务云尔。

附种谷早熟法

一、择种：谷中多莠，不择种之过也。其法将谷子置盆中或缸中，用凉水漂之。浮于上者，秕也，弃之勿用。沉者，置日中晒干，再用水漂去其浮者。再晒再漂，如是三次，秕谷尽去，可以无莠。

一、制种：凡种谷必待谷雨后者，以谷苗畏霜，谷雨后乃无霜也。其法将谷子置于瓮中，用稀葛布扎口。于冬至前一日，择向阳处，掘土深三四尺，将瓮口向下埋于土中，仍将土坎封固，勿令透风。俟小寒日取出。如此，则谷种受元阳之气，早种早出，其苗不畏霜也。

一、播种：豫将田地耕犁如法，土块须打碎，恐其透风。至大寒日，将谷子种入土中。种后用石子碾之，少者或用足踏，勿令透风。至来春草发时，苗即出土。如不得雨雪，雨水节后须用水浇一次。

此法较常谷早熟月余，约六月内即可收获。惟须多种方好，否则他谷未秀，惟此结实，恐鸟雀萃于田中，驱之甚不易也。如参以区田、代田两法，勤加浇灌，所收益多。

劝种菜蔬小示

养生之物，以谷为主，以菜为辅。救荒之术，宜先种菜，而后种谷。谷生较迟，菜生最速。咬得菜根，待到谷熟。早种蔓菁，次浇苜蓿，诸如此类，各家数亩。又闻乡间，尽剥榆树，既取其皮，宜涂其骨，榆荚榆叶，渐次果腹。但顾目前，后悔莫赎。天降凶荒，非人谁补？嗟我穷黎，须勤耕作。掘井收租，遍谕绅富。耕田而食，贫人作苦。旧开井利，并力催督。如法区种，加倍收获。令出惟行，不雨而雨。倘仍玩误，停其赈粥。

谕灾黎区种示

为再谕区种尽地利以御天灾事。照得本县设局筹赈数月，于兹望泽无期，藉此图存，终非久计。前谕贫富两便之道，俾殷实之家掘井抽租，待哺穷黎用资度活，非得已也。顾富不惜资，贫仍惜力，代求生计，究将奚裨？即如客冬掘井三千余口，垦种仍属寥寥。甚有阳奉阴违，转相欺饰塞责。目前蚩蚩者氓，其蒙蔽也可恨，其梼昧也可矜。至区种章程，前经刊布流传，不啻家喻户晓。乃尝巡行田野，间有仿照区种之处，诸与图式不符。本县轸念民艰，再三申戒，几于舌敝唇焦。无如言之谆谆，听之藐藐。责以凿井，既曰地不相宜；责以灌田，又曰人不相习。夫人力莫施而归咎于地，地不任受也；地利未尽而则责成于人，人不容辞也。况地不相宜，曷勿择其宜而用之；人不相习，何必狃于习而安之？荔邑惟铁镰山横亘数十里，土厚泉深。此外除水性咸苦不宜井之乡，勿论沙南地方旧饶井利，即洛河以北去水较远，均能及泉。今既谕大小富绅同力疏凿，若不及时垦种，是既绝于天，并弃其可耕之地，而人将无从而拯救之也。且区田、代田两法，邑军功潘殿选等行之，历有成效。业蒙爵中堂赏给功牌，以示奖励。试办之始，即与图式，微有参差。姑遵上宪颁发成书，隔一行种一行，家各数亩，粪多功勤，足供赡给。不此之务，富者徒增劳费，究何裨于救死之谋？贫者稍涉因循，已自弃其求生之路。时方东作，仍怀观望，何及徒嗟！愿我民熟虑而审处之。为此再行示谕：尔等各谋生计，除去岁已成之井，勿俾遗利外，本年劝谕开凿，上中各户有不区种者，查出议罚，以充公用。贫民或以食用不给，藉词延抗，刻即停其赈粮。责成该保总查督同乡约，每月领赈时分别注册，考其勤惰，酌议去留。如敢瞻徇扶同，必不少存宽容，致误大局。切切。特谕。

上本府广行水利议

窃惟关中荒旱，河北尤甚。去秋议蠲议赈，补救多方。又蒙抚宪筹买南米，分拨各属，仰赖大人督办转运，擘画周详，无微不至。约至本年四月内，或可支持。无如客岁至今，未沾寸泽，种不入土，收获无期。请帑既恐难周，续捐又虑鲜应。为今之计，除广开水利，以资灌溉，别无良图。荔邑附郭郡城，襟洛带渭，渠利易兴。然皆水低岸高，难资汲引。惟河滩平衍之处，随地曲折，多开沟渠，稍易为力。须访求精熟水利之人，逐节查勘，细加相度，确切定议，方可期其成功。至高平地方，势难引流而上。惟导民凿井，俾行区田、代田诸法，庶得尽人力而维天时之穷。卑县河南一带，向有旧井千余口，世享其利。余皆狃于积习，未能一体浚凿。前经设法开导，津贴公费，计开井三千有奇，加以胶泥沟等渠暨汉村、冯村诸泉，次第开浚，但灌田究竟无多。就令播种如法，总核合境地亩不下六千余顷，尚不及十之二三，仍须广为劝导。除土厚泉深及苦涩不宜井之地，谕令概行疏凿，以尽地利。第贫民苦于无力，由官酌给工费，恐亦势有不逮。查年前所凿之井，出自富室者尚属寥寥。今拟劝殷实之家，量力垫开。每户凿井若干，自溉其田，并以其余溉人之田。或相地为之，不拘是否己田，均令计亩议租，偿其费用。况区田、代田之法，岁皆倍收。一亩之获，俾富者取十之二，贫者取十之八。出财者偿其财而有余，出力者食其力而无不足，则富者乐从，贫者亦无不乐从。且贫而有田，尽力于己，利兼获之人；贫而无田，役力于人，利仍归之己。雇工取值，井养愈为不穷。此不徒为救荒起见，而实救荒之亟务也。或疑区田、代田用力较多，一时恐难遍及。不知多尽一分农功，即多活数户民命。且通一邑之大，随地垦种，约皆以三分为率，保全者已不少矣。至如滩地平衍，详视水之来路、高低、大小、受水之田长短、广狭，因势利导，克日兴工，其利尤溥。第一切拦河筑坝、浚沟开塘，需费尚巨，似宜别行筹款。其分段承修，则计地出夫，酌给津赏。荒年用以代赈，丰年资以赡家，有不踊跃赴功者乎？卑职幸依仁宇，仰见宪台廑念时艰，焦劳日夜，水利一节，尤复亲行巡视，博访再三。第情势所宜，必难强同一律。谨陈管窥所及，恭候宪裁。

再覆左爵相凿井区种情形禀

窃卑职顷奉本府札饬，以转奉抚院谭札开，准宪台咨开，上年亢旱成灾，通饬各属凿井区种。兹届春融，应饬仿照成法赶紧举办，随时具报等因，转行到县。奉此，查卑县去岁办理凿井情形，并刊刻区田、代田图式清折，业经随时禀报在案。旋奉宪台谕饬，并颁发区种凿井章程，遵即散布各乡，复行设法劝导，总期多多益善。无如客冬寒冱十倍寻常，冻指裂肤，穿凿不易为力。其如法垦种者，出土稍迟。甫及成苗，渐多枯萎，加以兽蹄鸟迹，蹂啄纷纷。守望相助之家，尚复葱茏满目，余皆野草无青。入春以来，始督令概行补种，并菜蔬诸物一体浇灌，堪备疗饥。唯地广人稠，井利未能普遍，而贫民无力，计口授粮，仅延残喘。况局款支绌，仍照旧津贴出资，又复难乎为继。故明知为救荒良策，责以枵腹从事，势有不能。而望雨无期，姑听其坐以待毙而不为之所，于心终有难安。不得已劝谕富绅垫开招垦，每户酌派若干口，俾自享灌溉利，并以其余溉他人田，异日计亩收租，抵其费用。富者以稞之所入偿其值，贫者以地之所出售其功，庶几彼此均便，两有裨益。又恐前次出资助赈，类皆踊跃从公，至再至三，未必不藉词推却，因先由卑职筹百金以为之倡，各大户激于公义，幸未退有后言。计正月至今，又续劝四百八十余口，合年前三千有奇，并沙南旧井千余，约近五千之数。益以方舍镇花瑶头等处各开渠数里，暨洱泉并苏村、汉村、冯村诸泉一律疏浚，又洛河两岸滩地平衍，开小渠十数处。既经本府饶守倡造水车，教民观法，虽未能遍境沾溉，如果不惮勤劬，相地灌输，俾无遗利，亦未始非荒政之一助也。至区田、代田诸法，遵者颇复不少。但愚民蠢拙，随地讲求，终未尽如法。前遵宪台指示王丰川区种之说，剀切传谕，不必隔一区种一区，只须隔一行种一行，简而易从，众口称便。就目前论之，除照常法耕种不计外，约遵行区田、代田者什之一，遵行区种者什之三。特食力未充，不耐勤动，日日派人四出督令浇灌，率以果腹无资为辞。其中不肯用力者固多，不能为力者亦复不少。卑职再四筹度，如果耽于佚游，不妨停赈以警其惰。倘真迫于饥馁，亦应加赈以恤其艰。正日夜商办间，月之十一二等日，甘霖叠沛，四野均沾。刻间筹助工籽，劝耕较易。未种者不至仍怀观望，已种者益将不惮勤劳。从此如庆更生，竭蹶将事。俟农功少暇，仍当留意井泉，广教区种，冀勿负大人谆谆训饬至意。又此次劝办凿种，绅民分路经催，颇著微劳。生员潘殿选、张道莱等倡种区田，业有成效。前经宪台赏给六品军功，士民欢呼，各知劝勉。可否择尤请奖，或准出力乡耆作为农官，以资督率，出自逾格鸿施。所有卑县凿种情形及应否分别奖励之处，理合据实禀报，恭候宪裁。

责总查乡约劝种豆蔬谕

照得甘霖叠沛，亟宜播种豆蔬诸物，以资糊口。无如惰农耽于安逸，不肯作劳，屡经谕饬该总查乡约等注明册簿，于每月领赈时，查照叩除，以观后效。兹届四月领赈之期，本县赴乡查验，播种者仍属寥寥。在乡民经此荒劫，尚复不知惩创，玩愒因循，亡可立待，殊不足惜。该总查、乡约等坐视不顾，扶同徇庇，亦属不识时艰。仰该局严行传斥。此次支发赈粮，切须认真稽查，并责成该管总查、乡约，据实分注，勿得稍涉含糊。一面分路查勘，如仍有安坐受赈，并不及时种植之家，将本户永远除名。总查、乡约亦均干未便。切切。特谕。

祭城隍文

维泉台之幽宦兮，纷勾校于地官。去白日之昭昭兮，窜山阿而弥漫。思目连之脱苦兮，拟起井而拯智。计中元迟有待兮，先征会于盆兰。惭阳司而失驭兮，乃天和之上干。命女魃而肆虐兮，忘下民之卒瘅。惨流亡之满目兮，涕沟壑而汍澜。旋分光于魑魅兮，象夏鼎而铸奸。念天心之悔祸兮，忽前后其改观。化异类而形消铄兮，窃啁啾以长叹。兹一阴之初届兮，逢夏五而为端。吊三闾于往代兮，沈汨罗而江寒。痛五丝之莫续兮，馁若敖其谁餐。赋大招而格享兮，羌设醮以为坛。随幢幡之闪烁兮，洋洋乎上际与下蟠。仰灵爽之默佑兮，期证果于涅槃。冀超患而度阨兮，暂勾稽之从宽。俾匐匍以求食兮，勿终使茹苦而含酸。吁嗟乎！生不逢辰兮遭时难，死将安归兮寂无欢。魂其来兮勿姗姗，神永庇兮莫辞殚。尚飨。

祭饿毙灾民文（五月五日）

呜呼！胡天不吊，降此奇荒。无小无大，卒底灭亡。生居何里，死隶何乡？尔丁其阨，我贻之殃。尔有父母，莫艺稻粱；尔有妻子，莫餍糟糠。孰抚恤尔？胡痍胡疮；孰绥辑尔？胥虐胥戕。转尔沟壑，似稚且狂；弃尔道路，旋走且僵。或流异域，居址莫详；或埋故土，氏族不彰。虽耋不寿，是幼皆殇；亦有饿殍，膂力方刚。何远何近，为懦为良。幽台惨淡，旷野凄凉。呜呼已矣，夫复何望！上失其道，民败厥常。譬彼拯溺，沦胥以丧；譬彼救焚，燎之方扬。昔遭鹘部，恶焰炽张；民生涂炭，惨虐斧斨。尘飞大海，又阅沧桑；积骸成莽，当道豺狼。天监在下，曰迪民康。既旱而雨，转饥为穰。逝者不复，泉路茫茫。啁啾夜哭，向隅一方。岂无桀黠，犯罪桁杨；岂无悖逆，盗兵池潢。蚩蚩愚昧，饿迫首阳。磷青血碧，夕火分光。天中落寞，地下踉跄。五丝孰续，命也莫偿。竹筒缠采，菰米沉香。汨罗凭吊，今古同伤。病徒求艾，醉不泛菖。几经节序，谁顾烝尝。或蒸为疫，于沴宜禳。藉兹恶月，以袚不祥。勿忧楚馁，聚族伥伥；勿惊郑厉，举国皇皇。鬼犹求食，徙倚仿徨。游魂可托，我享我将。载瞻灵旗，纷集道场。鹑衣未改，薛荔为裳。地官勾勒，请弛禁防。恍兮惚兮，质之在旁。有粥盈盂，有酒盈觞；谁供祀事？泣下数行。尚飨。

分派区种示

为钦奉上谕再派区种事。照得区种一法，收获倍多，屡经剀切劝谕在案。近闻白村、王马村等处，每亩麦一二石不等，已属办有成效。无如奉行者究属寥寥。现奉上宪札催，叠蒙风宪奏准，天语煌煌，事在必行。倘复仍前玩泄，甚属不成事体。爰拟简而易行之法，就区田而变通之，是谓区种。查照通境新旧井共若干，每井派区种一亩，即以各村乡约经理，或另举妥人为之。趁此甘霖叠沛，播种秋禾，尤易为力。限十日一律催种齐全，赴县报验。有种至十亩以上者，当堂给予农官执照。如递次加增，格外给奖，或择尤请给功牌以示优异。除谕有力之家以为之倡，并饬该保总查督办外，为此再行示谕：尔等务宜认真奉行，勿得视为具文。倘逾期玩延，即提该管乡约从严惩责，仍勒限催办，期其必成。本县为我民生计起见，大荒以后，创巨痛深，勿以天意方回，而置人事于不问也。切切。特谕。

再派区种示

为种麦及时再派区种事。照得救旱之法，莫如区种。救之于既旱之后，尤不如救之于未旱之先。本县谆谆告诫，示之以上谕，申之以宪谕，至再至三，若罔闻知，我民得毋厌其琐乎？前据该保纷纷禀复，奉行甚属寥寥。即声明区种若干亩，留心查验，率多饰词。将以为不可行欤？何以古人行之而效，今人行之而亦效乎？抑因不耐勤苦而惮于行欤？天下岂有不劳而获之事！且灾歉以还，束手就毙。勤民尚少，惰民居多。讵过时而忘痛耶！天灾流行，何时蔑有？今虽再生有庆，本县日夜兢兢，常以天泽为不敢幸，岂我民备历其艰而虑不及此？如谓上之人反复开导，尽属虚文，试思本县承乏三年，刻刻与我民相期，何者为诳女〔汝〕之事？即如义仓保甲，始皆以为非便，甚有纠众哄闹，而苦其多事者。卒之开仓接济，藉以存活者何限？至稽查门牌，往往百方避匿，迨其后号泣控诉，恳求补发者又奚为耶？以往证今，爽然若失。与其事后而思之，何如事先而防之之为愈也？本县匦岁以来，拮据尽瘁，虽无补于时事之穷，然匡救弥缝，无非欲我民各谋生计，以备天灾。即令获益无多，亦当勉图尝试，与本县分劳分忧。矧其利倍收，昭昭不爽。又复不遍人而责之，惟示以简而易行之法，若犹仍前玩泄，尚得为有心人乎？兹复与我民申明前约：始此播种秋禾，出示稍迟，且果腹无资，藉词推诿，亦固其宜。及今穈谷登场，而种麦又甫届期，遵即恪守前章。第责令凿井之家，每井只派种一二亩。限该管乡约务于本月二十日前，逐名具报，听候查验；或送该保总查汇呈。勿得虚词掩饰，负本县为我民防旱之苦心。倘仍听我藐藐，示之以上谕而不知畏，申之以宪谕〔而〕不知惧，重之以县谕而又不知从，则是民之无良。本县惟有随时查验，立提该管乡约重惩。此后遇有词讼案件，讯系有井不区种之家，从严责罚，以示儆戒。各宜凛遵勿违。

祭城隍驱狼文

窃铭旂奉职无状，不能感召天和，荒旱频仍，民生日蹙。幸蒙神灵庇佑，逾年以来，甘霖叠沛，可望有秋。然我民之转沟壑散四方者，已不知凡几矣。犹望抚此孑遗，相与休养而生息之，俾延残喘，无作神羞。乃者天灾乍除，物患迭起。邑人相惊以狼至，始而窜处田原，继而骄行里巷。童稚既供其吞噬，长老亦被其伤残。哀我黎民，乍兔如惊而如焚，安望不逢乎不若？神其有隐痛乎！既而思之，孽自天作，妖由人兴。毋亦宰斯土者有干冥谴，故借物象以示儆，与狼之性贪有类。取求之不厌；狼之心狠无殊，残忍以相逼。或费用已侈，难免狼戾之不节；或防闲不密，致多狼狈之为奸。有一于此，天降之罚，然不过以身当之，赤子何辜？备罹荼毒。即或自作不典，业经杀之以凶年，何又残之以猛兽？迭经惨劫，吁诉无门。惟人昧救死之微权，惟神忘好生之大德。幽明分司，厥咎维均，神其能漠然视耶？且夫天地之生，人为贵；大劫茫茫，人类殆尽。向也村村相望，或过之而为丘墟矣，过之而成榛莽矣。顾此千百十一之存，不能以天地所余还之天地，不惟莫保其生，且使并生不相害者群起而害其生，其与率兽食人者相去几何？当亦神所不取也。抑闻古之人化行一邑，举凡害人之物避不入境，且或相率而去之，固缘诚能动物，谅亦冥冥者与为维持。铭旂何人，敢希异政？然身为长吏，不能寝处异类之皮，而俾争啖生人之肉，惨莫如甚，愧莫如深。神之时怨而时恫者，当不异此，岂其福佑一方？既哀人之死，而祈天以生之。反绝人之生，而假物以死之，必不然矣。尚其伸赫赫之威，下之所司，歼此凶丑。铭旂且悬赏驱除，以随其后，必不使与饥馑余生杂处此土也。惟神鉴诸，斯人幸甚。

祷刘猛将军除虫疏

惟神职司捍御，功在驱除。昭勤事于生前，莫辞劳瘁；崇明禋于身后，用荐馨香。况四时之沴戾初消，将率乞灵于田祖，而百物之蕃昌可卜，允宜除害于农夫。乃者荒旱频仍，售灾继起，方设法而济民困，旋乘时而滋人患。哀彼余生乍苏而起，沟壑蠡兹，匪族群聚而盈田畴。其苗之硕，莫知相约豚蹄而祝；乃粒之登，何望如偕蚕食而来？叹人力以谁施，冀神威之远播。仰厥声灵，莫予逃生之路；殄其丑类，聿严秉畀之条。倘及今与为螟为螣而俱殂，将此后犹既好既坚之攸庆。否则田兮雨及，安望转歉而为丰；纵然稼也云如，难言并生而不害。铭旂罾如山积，忧若渊深，窃念群汇多无妄之灾，实缘一身少中孚之格。用特沥诚致祷，涓吉陈词，惟祈怜下民告急之怀。如驱蝗而除遗孽，奚啻戴上帝好生之德，先飨蜡而答洪庥。为此激切具疏以闻。

遵查掘井数目并出力绅民分别请奖禀

窃卑县前以凿井区种情形，并出力绅董可否分别奖励，禀蒙宪批：该县续劝凿井四百八十余口，合前共三千有奇，并倡种士民，准择尤开单请奖。惟所开新井毕竟若干，仰即确查具报，由局发给银两，以示鼓舞等因。卑职正开折禀报间，旋奉筹赈局札同前由。遵查卑县去岁禀报新掘井三千有奇，旋经陆续劝凿四百八十余井，计通共掘井三千四百八十七口，外有疏浚渠泉，按照浇地数目，约可抵井若干，逐一确查明晰。惟民力不齐，所掘之井，有可以经久者；有暂备一时需用，若不再加修治，日后难免淤塞者。当经分别津赏，计每井给麦一二斗不等。乃蒙宪恩稠叠，仍拟发给银两，以示鼓励。卑职再四思维，贫民自谋生计，前已量给升合，勿须再分余润。况库款支绌，自宜仰体时艰，不敢贪邀厚惠。其泉源易涸，尚需加功疏凿，或必用砖砌，方能经久之处，刻值甘霖叠沛，亟宜督种秋禾。俟汔可小休，便当从严谕饬。除前给麦石不计外，酌加贴补，俾得收实效而竟前功。至分途劝办诸人，委系非常出力，惟其中尚有襄劳赈局，不止专管凿种一事者，遵先酌保数人，恳请优叙。此外统归赈局完竣，另行请奖。前禀效力乡耆作为农官，本期循名责实，无如愚民狃于积习，视为泛常，不足以昭奖劝。可否恩施逾格，仍给功牌若干张，与劝办诸人一例随时填报。以后督率区种，即令分路劝导，以专责成。又创办之初，区种未尽如法，而二麦倍常收获，每亩两石有余。豆蔬秋苗，亦复分外葱秀。惜遵办尚属寥寥。然已足资观法，堪纡宪廑。合并声明。所有凿井数目并出力绅民，另开清折，附呈宪鉴。

劝办捐赈出力绅士请奖禀

窃查卑县上年荒旱成灾，叠蒙宪台札饬开捐助赈，遵即邀请地方公正绅士协力劝办，并谕以宪恩高厚，一经办有成效，定即禀请从优奏奖，必不没其微劳。查自上年八月劝捐起，至本年六月停赈止，该绅等任劳任怨，一切办理俱臻妥协，且皆自备薪水，毫未动用公款。周历寒暑，始终罔懈。卑职仍不时到局察看，该绅等经理得法，毫无贻误，委系非常出力。刻间赈局告竣，粥厂虽自八月望后停止，仍每人日给饼食。节届隆冬，又须煮粥散放。来年青黄不接，尚宜设法接济。均赖该绅等竭力匡襄，庶被灾饥黎始终藉资存活。在该绅笃念桑梓，本属义所当为，惟经岁勤劳，若不从优请奖，不足以示鼓励。除将此次出力各绅姓名另折开呈外，合将应请奖叙缘由禀请鉴核示遵。

十二路团总请奖禀

窃卑县赈局告竣，业将出力绅董禀请奖叙在案。惟荔邑被灾较重，筹赈经年，幸无贻误，固缘该绅董仰体大人轸念灾区至意，认真遵办，实惠均沾。而开局以来，地方静谧，尚无狨焉思逞之徒，上厪宪虑，则各路团练绅士不无微劳。查荔俗向称强悍，与韩、郃、澄、蒲等处地界毗连。去岁办赈之初，正值邻氛不靖。非蒙大军镇抚，几至变出非常。而卑县警报频闻，贫民易于为非。又经大祲猝临，外而抢掠行客，内而攘窃居民，闻风倡乱之俦，纠结匪类，就食富家，非严刑峻法所能止。卑职一面设局备赈，遂于清厘户口之余，整顿保甲。按照地支方位，分县境为十二路，路各为团。团若干村，村统于团，团统于路，路总总之。各路团丁，即拣该保中次贫充膺，每月常赈之外，酌予津贴。大村十人为率，小村五人为率。各路分制循环签，接递巡查。遇有外境匪徒乘间掳抢，申明抚宪格杀之律。乡间狗盗鼠窃，一经查出，送官究治。其纠党成群、拥食大户之辈，准即喊控重惩。当经禀明本府，妥议章程，出示晓谕。城内一团查巡街市，每朔望由府查点，俾免疏懈。余由卑职赴乡抽查，尚皆一律奉行，迄今年余之久。大荒以后，劫掠偷盗之案，层见叠出。卑境民皆安堵，始终无意外之虞，皆分路团防之力也。刻值赈事告终，所有在局绅董，业禀准分别奖叙。而该路团总人等，辛苦逾年，尚未概示鼓励，未免向隅。除该路总中有兼办赈务之人，已择尤另行保奖外，可否将团练出力绅士，禀请赏给功牌，以昭激劝之处，出自逾格宪恩，理合缮具清折并呈鉴核。

大荔县保赈碑记

邑之北铁镰山，横亘数十里，土性高燥。南则地滨渭洛，东西亦沃壤，井利可兴。居民惟仰泽于天，不为灌溉计，故频年忧旱，然未有荒歉如斯之甚者。丙子秋，谷未用成；次年得雨仍迟，麦不中稔。厥后天靳其泽，毗连晋豫，赤地皆同。天子诏缓征输，而其时岁比不登，邑鲜盖藏，民情惶惧，无以自全。自夏徂秋，有岌岌不终日之势。韩、郃、澄、蒲等处，震邻屡警，守陴者日不一餐。库款空虚，常平仓甫出易，储积无多。事出万难，莫知为计。先是岁丰谷贱，奉大中丞谭公檄饬，劝办义仓。除照章出放外，尚存城乡分储京斗麦四千余石。至是按保甲名册十余万口，逐户确查大小、极次贫口，凡四万五千有奇。八九两阅月，分别散给，民心稍安。一面设局劝捐，延邑绅之贤者董其事。荔本瘠区，号素封不十数家，他或仅逾中人产。距明岁麦秋尚远，且种不入土，降泽未卜何日，深以不终事为虑。幸皆激于大义，各听命唯唯。爰仿古人图赈之法，名曰保赈。计邑四十二保，各赈各保，酌盈虚以剂其平。捐款，归局经收，官但督催综核。董事者无薪水费，唯奔走字识给工赀而已。维时谷价翔贵，地产向少杂粮。先饬大户提买市斗麦五千石，以应急需；其余零星捐户及大户中，或以银抵粮，陆续由局籴买。合前五千石为万余石。既而受赈者日益众，国家轸念民瘼，发帑银五万两，分布灾区，不敷接济。大中丞谭公筹买两湖米运关中，委都转饶公摄郡事，设局赈其民，获分领京斗米三千石。又请发省仓粮千石以益之，并总局前发备赈银三千两，先后集有巨款。自本年十月初旬开赈起，至来年七月下旬停赈止，极贫每大口月五升，次贫每大口月四升，小口各减半，均以市斗折算。每散赈之期，该保总查赴局领粮，归保监同该管村约，照前查极次贫名册，秉公散放。滥遗者罪之。贫民受赈，查系年力强壮，督令相地掘井，遵行区田、代田诸法。其老羸男妇、无保可归者暨外属流民，东关设厂给粥。府县筹款倡捐，绅商之好义者继之。此外不足之数，与夫冬给棉衣以及掩骼、育婴诸经费，仍归局筹备。当此之时，韩、郃、澄、蒲匪党一律荡平，贫民习于为非，内而攘窃居民，外而抢夺行旅，往往不免。乃分路设为十二团，团若干村，路总总之，昼夜轮查。常赈之外，酌予津贴。盖如是者年余矣。原拟开局筹赈，俟将受厥明，渐次告竣，缘得雨将迨春暮，六月又复亢旱，仍须展赈，诸未遽停。自来议救荒者，或逾月而止，或累月而止，未有如是之迟而又久者也。故荒为非常之奇荒，而赈亦非常之大赈。铭旂奉职无状，天降之罚，祸我黎民，幸大荒既平，获与饥馑余生同安食息，何施而得此！广籴则疆臣之德惠也，筹运则郡伯之贤能也，好义急公则殷户之输纳也，同心协力则诸绅之匡襄也。加以同郡官僚竭蹶从公助祷，群望天心悔祸，甘霖叠降，岁望有秋。方今种麦及时，上台筹助籽种。钦宪阎司空奉命兼办同州赈务，复由山西拨山东协银近三千两，以资补苴。嗟乎！大劫初经，命存呼吸，莫与造物争。迨残喘苟延，而我民之转徙流离，填沟壑死者，固已多矣。然卒赖当事者宣朝廷德意，百计图维，冀资存活。继以仁人义士，谊敦桑梓，相与有成，谓非不幸中之幸乎哉！由今思之，始之以仓积，继之以团防，终之以馈运恤茕。独辑流、移瘗死亡、收子女，几为荒政所宜及者，仍岁焦劳，次第具举。孰非自上及下宏济艰难，大之筹巨款以挽天灾，小亦尽瘅宣劳，不留余力。铭旂心识之不敢忘，又未尝不抚此孑遗而为之感且愧也，抑又有望焉。天灾流行，何时蔑有？与其救之于后，何如筹之于先？继自今创巨痛深，与之更始，尚其念民生在勤之义，勿以天泽为必可冀，勿以地利为不可兴。如所谓凿井，以行区田、代田诸法，未始非弭灾之一端。异日者荒歉未必再逢，即偶值偏灾，抑亦不虑备旱之无具也。夫用详巅末，勒之石，以谂来者。是役也，府宪而下同城官属，暨该保各捐户与在局绅董衔名，例得备书。时光绪四年八月中浣。

纪灾四十韵

不信荒如此，此荒真破天。八方空待雨，万灶断炊烟。鹑宿占经野，龙潜靳跃渊。爄煇骄丙驭，圭璧竭寅虔。楚炬灰成烬，秦燔道屡遭。茫茫奇宇宙，涤涤旧山川。菽粟疆臣计，枌榆使节旋。红仓储立匮，赤壤赋全蠲。拯厄纾眉急，医疮救眼前。沅湘劳远馈，晋豫病同怜。上郡筹飞挽，长途载滴涓。乞粮纷涉险，縻饷类筹边。挹注资良策，追呼结福缘。网鱼探底穴，罗雀极层巅。聚族还相保，余生藉少延。爨骸舒浩劫，剜肉补凶年。比户邀升合，离家觅粥饘。嗟依黔路待，流并侠图传。竟岁瞻星彗，遗黎痛日晛。马牛喧鬻市，鸡犬寂疑仙。廪乏无钟贷，村虚有磬悬。瓜分家一畮，薪析屋三椽。沙苑频藏垢，潢池偶盗权。饥驱多草窃，饿毙半株连。因地亨屯运，忧时掘井泉。焦心营夏畎，枵腹负春田。于耜难终亩，为氓莫受厘。寄栖甘露卧，怯步畏风牵。将率填沟壑，奚从越陌阡。须援宜引手，就列孰扶颠。左辅惭司牧，繁区忝备员。辛祈徒仰盼，申祷久殷拳。在昔曾金烁，于今尚火然。集鸿争转徙，垂象敬班联。省己皇惟厉，任人吏乃愆。龚黄谁政美，郑白但渠穿。刍或求能得，棠还请益坚。恤灾邻惠溥，发帑诏书宣。民困穷哀吁，官贫缺俸钱。昭回仍未改，云汉诵诗篇。

得 雨 三 首

一雨关生死，今宵始沛然。骤闻翻似梦，焦盼已经年。忧乐归胸次，枯荣判眼前。遗黎看有几，唤起服春田。

莫测天心幻，虚空任揣摩。寻常云合沓，倏忽雨滂沱。隔岁终嫌晚，连宵不厌多。殷勤谘野老，播种欲如何？

不雨竟得雨，艰难因雨加。可怜空杼轴，将祝满篝车。强半转沟壑，苦多靡室家。果然耕也馁，寒暑总咨嗟。

六月又旱，立秋后雷雨大作，旋复廉纤累日

经年得雨雨仍止，禾苗将枯豆苗死。天公怒鞭痴龙起，旋回瞋恚作欢喜。今年能得几人足，几人不逢今年熟。惊盼大田天雨粟，怕听秋郊鬼夜哭。（分别功德论雨，调和者为欢喜雨；若兴雷电霹雳，是瞋恚雨。）

荒旱后乡民有以区田、代田中瓜谷来献者，诗以勖之

信有劬劳集泽鸿，能将人力补天工。耕莘远溯阿衡法，搜粟欣传都尉功。才识勤农堪济困，不须沃壤亦占丰。只怜郊外多荒土，杼轴犹歌大小东。

恭纪龙王庙落成呈伯琦先生

伊耆始为蜡，大索及昆虫。龙乃四灵畜，报享莫比崇。或疑求之古，祀不列贝宫。拘守宋人理，探本归苍穹。持论良不谬，尚宜会其通。明神效百职，化工不言工。譬彼迎猫虎，天岂与争功？矧能兴云雨，祈报祝岁丰。粤稽有唐代，灵湫著左冯。沙苑显神异，庙貌郁穹窿。往年修禋祀，大旱消蕴隆。郡城起栋宇，建议倡群公。渭洛宛襟带，控驭连河潼。春秋考典礼，例与王爵同。试观落成日，罗拜遍叟童。勿但泥旧说，冥冥仰太空。

赈局竣事赠诸绅

李裕卿孝廉

灾临左辅已星周，频向群公借箸筹。溺矣曾劳援手引，牧之肯助距心求。有材因地敦兰好，无力回天抱杞忧。牖户由来关至计，还期未雨迨绸缪。

张福田太守

十载从戎首重回，幡然归省集鸿哀。（时从济木萨假归。）风烟远隔筹边地，霖雨群推济旱才。小试经纶酬梓里，相依晨夕侍兰陔。只今陆海扬尘后，犹赖从容拨劫灰。

成伯琦茂才

记曾访道式蓬庐，名下由来士不虚。法读周官悬阙后，（每朔望，延讲圣谕。）心廛商辅纳沟余。义关饥溺情常迫，事到艰难计转疏。赖有群公纾画策，苍生盼泽慰村间。

李莲舫司马

是佳公子独翩翩，异样风流众口传。犹已饥之如此亟，与人谋及问谁先？（劝赈之初，众绅会议，独先倡捐巨款。）家真鼎盛称华族，（首捐三家皆其近族。）运际屯遭种福田。赢得遗黎呼再造，（里人送恩同再造匾额。）诸烦经画又连年。

员西垣明经

时艰蒿目孰分忧，满地疮痍两度秋。均役独关桑梓计，（时方整顿里局。）恤荒频佐稻粱谋。哀怜鸿雁田功即，（盼雨无期教民区种。）劳访熊罴水利修。（附近庄熊罴渠利故址开决数里，民多赖之。）最喜弦歌声未歇，灾区历劫仍蒙求。（倡捐义学经费，得不中废。）

蒙善斋千戎

儒术全荒吏治疏，苍生待命竟何如。发棠先给农仓米，播谷频翻水利书。回首沙尘成浩劫，惊心村落已多墟。却怜古谊敦桑梓，馈运劳劳每助予。

关金亭少府（经理粥厂）

一饭寻常戒靡争，荒年谷却重连城。勿嫌琐屑论多寡，痛念须臾判死生。惟我绘图惭郑侠，多君分割比陈平。曾怜真得河鱼疾，耳畔每闻呼癸庚。（病痢几殆，监放不辍。）

九月初，度邑人士有称觥之祝，诗以谢之

览镜窥华发，茫茫感百端。空言谐俗易，实力格天难。莫救苍生厄，频忧赤地干。多君携酒过，对酌强言欢。

屴然天意转，世事已沧桑。盈耳集鸿雁，苦心谋稻粱。方期拯水火，敢说用平康。借

作龙华会，拈花礼佛堂。

恤 灾 行

留谕荔原父老作也。客岁荒旱，督令凿井，并遵行区田、代田诸法。试办之初，颇收微效。近有以所得瓜谷来献者。得雨后，惰民耽于安佚，反致弃其前功。长言及之，用示谆嘱。

九龙全不神，经年睡懒起。火烈扬鹑疆，秦地赤千里。伊谁抚灾区，岁荒政多秕。济旱苦无术，坐视沟壑死。岂无发棠请，勾粮几多峙。岂无饩粟贷，豆区讵常恃。木皮与草根，尝之同甘旨。嗟嗟析骸爨，食不待易子。请看流民图，惨恐不至此。

疆臣筹飞挽，择守资龚黄。中泽哀鸿雁，远地谋稻粱。晋豫无青草，乞籴浮沅湘。馈粟逾千里，厥计知匪良。事济费亦巨，剜肉藉补疮。不然河鱼疾，将率成膏肓。秦岭高不极，汉江沮且长。饥驱铤走险，哀哀吁彼苍。天心岂不仁，连宵雨如注。一旱辄逾年，始逢杀彼怒。行野观陌阡，居然一犁足。唤起嫠桑饿，枵腹服耕作。可怜靡室家，牛种谁复具？暑雨亦怨咨，有怀不能诉。夏畦耘未趣，遥遥盼载获。仰首视天星，有彗怕如故。

河北频忧旱，所患是垆土。其性本干燥，云腾罕致雨。渭洛水环流，岸高不能取。何以资灌溉，计惟农兼圃。铁镰一带山，水味近盐卤。此外皆平原，及泉利能溥。成功分易难，岂曰竟无补？相彼沙南人，有年传自古。救荒策原奇，惰农惮劳苦。

掘井有明效，治田有成模。伊尹耕莘日，隔区种一区。赵过教疆畎，更代年年殊。事勤而功倍，先后若合符。以此谕野老，为说又绘图。勤民试播种，瓜谷献与俱。惟须勤浇灌，锄壅惮劳劬。从此商原地，㙝壤变良腴。丰盈且立致，御灾而岂徒。时若不可期，信天何其愚。

老农吾不如，未免积习狃。惰农不作劳，闻言瞠乎后。伊古治田方，惊为未曾有。井养常不穷，反谓特其偶。丧乱尚未平，前事曾忆否？灵雨胡不灵，就毙但束手。百计图备荒，不如谋长久。试之当有验，勿笑灌灌口。

昔从东海来，此邦停宦辙。景彼杨关西，却金励冰雪。惭无济时才，燎原难扑灭。为诵云汉诗，遗黎叹靡子。但愿惩巨创，兴利企往哲。时过痛易忘，忧心徒惙惙。我非久羁人，官民义勿绝。长为死者悲，留与生者别。

丁丑戊寅间，关内大饥，同郡尤甚。懋臣同年时宰大荔，请求荒政，多所全活。而于凿井一事，尤殷殷致意。仿古区田、代田法，劝民耕稼，颇有成效。并著《恤灾行》数章，垂诚将来。情真语挚，不忍卒读。荔之人善体此心，互相劝勉，庶几水利可兴，郑白二渠不足专美于前矣。治年愚弟霍为懋谨识。

恭读懋臣父台《恤灾行》诗题后 （治晚石林凤谨呈）

三载循良万口称，清心凤映玉壶水。平陵昔日夸刘宠，汝水今时说宋登。士仰南车趋夏课，农瞻北斗服秋塍。琴堂政理因多暇，邺架常悬知味灯。

名儒作宰即慈君，无奈山川叹欲焚。黑白饥驱烹草树，纵横道殣饱蝇蚊。苦心区代期恒久，绕膝流亡忍见闻。七首诗成棠荫合，钱塘一叶续清芬。

易俗琐言十三条 附刻

荔俗素号醇良。大乱初平，诸未复旧，本县莅任兹土，化民之道茫如。与邑贤士大夫游，博采群议，择其易知易从者，酌拟琐言十三条刊布民间，俾各乡绅耆认真讲解，勿得视为具文，务使家喻户晓，实力遵行，未始非补偏救弊之一助云。

计开：

一、务农桑。男子成丁以上不能读书，即当力穑。无游民，故无旷土也。大难既平，人尽复业，勿以耕种不遑为虑。开垦渐多，广资地利；牲畜尚少，亟赖人功。《传》曰：民生在勤，勤则不匮。此时尤为当务之急。至蚕桑一节，本县仿照总局章程，置地种桑。除各乡选次领栽不计外，城内桑苗尚余数万株，应按村庄大小报名领种，始终不费一钱。如能尽心培植，每计活桑百株以上者，查明奖励。此衣食之源、民生日用之根本也。务宜互相劝勉，以为饱暖之资。

一、崇节俭。庶民之家，粗粝为食，布褐为衣，固其分也。即凡吉凶诸礼，均宜斟酌适中，勿流滥于太过。若婚礼，不得竞尚浮华。纳采、纳征之类一切费用，各宜从俗减裁，酌立条约。如聘金不得过若干，布棉、首饰诸物不得过若干，为之限制，使贫家不致作难，庶鳏旷可以少矣。丧葬用乐非古也，荐亡祈福，演戏饰观，浮费徒增，尤乖礼制。孝子深墨为哀，附身附棺，勿之有悔，何事过为铺张？他如礼尚往来，岁序过从，备物将敬，固征风俗之厚。然间阎穷苦，不得不缕细筹画，使知樽节。我父老宜共体此意。

一、兴义举。设立义学，是第一好事。有能出赀为之者，应即玉成。俟规模定后，知会司事，禀明奖励。或将社地官租、神庙会赀，樽节积存办理，亦准奖励。他如义庄以处贫穷，义田以救饥馑，义冢以恤死亡。赈粥米，施绵衣，散药饵，一切义举，能随地随时量力举行者，一体优奖。

一、恤孤穷。孤穷无依之人，平时均堪怜悯。一遇荒歉，若系老弱，或至困顿以死。壮者既无生路，不知礼义，或以偷窃，为乡民之蠹，更恐贻害地方，而富者亦难安享其富矣。宜劝殷实之家酌量周恤，代谋生计，不但积善，余庆亦可永保丰盈。

一、急国课。钱粮为间阎正供，差运亦地方公用，较一切使费，尤关紧要。各宜及早完纳，免受拖累。况迁延拖欠，究竟难少分文。或反受胥役户首等之浮收，所费不更多乎？先公后私，大义如是。凡践土食毛者，均宜深长思之。

一、戒洋烟。种烟之禁，不啻三令五申，人皆知之。至于吃烟之人，辱身荡产，不堪设想。其他习染，欲止即止。既吃烟，便难由己，日夜不离，势必旷时废事。中人之资，因此倾败者不知多少。所望乡村长老，剀切劝戒，救其将来。若能终年不犯者，报明公所，以便酌奖。

一、禁赌博。人生败名败家者，莫如赌博。或素称正人，一入赌局，必然败坏。甚至荡产破家，上不顾父母，下不畜妻子，饥寒交迫，真堪悯恻。访闻乡间赛会，赌棚林列。即一影戏台下，亦开赌场。殊非靖间阎、保身家之道。此等恶风，一概严禁。

一、防盗贼。盗贼害人，同深痛恨，亟宜就地筹商，预为防备。凡乡镇村庄，协力同心，联为一气，妥议简明条规，使人共知。昼夜巡查，不准招留外来形迹可疑之人。如有犯者，公同斥逐。即本村或有游惰无赖，仍应时常劝教，令其归正，大家代谋生计。倘经年累月，频劝不改，屡犯窃盗者，禀究。每家各备梆鼓之类，一家有警，击以为号。大家登时齐集协拿，以昭守望相助之义。

一、慎祠祭。鹃部之乱，焚毁祠宇甚多。凡不列祀典、无益于民之庙已毁者，不准重修。即有功德于民，必须重加补修者，亦宜从省，应小勿大，应朴勿华。庙中宜作神牌，不必塑像，以致亵渎其淫祀。如大仙庙、神姑庙之类，一概禁止，不许兴修。

一、息争讼。讼则终凶，人皆知之。往往一言一事，不肯让人，或钱财细故，争多论少，结怨成仇，砌词控县，累父兄，拖妻子，将有不堪设想者。破产荡家，更不待言。况刁棍之挑唆，讼师之簸弄，皆欲从中染指，而往来之盘旋，书役之勒索，皆不能免。平心思想，能勿痛悔耶？所愿我民均讲礼让，谚云：一让两有，一争两丑。又况一涉词讼，必荒本业，可不戒哉？

一、戒斗殴。秦俗强悍，乐于争斗，我荔邑亦所不免。试思一朝之忿，忘身及亲，杀人者死，律法森严，脱网者有几人乎？幸而获宥，墨索拘挛，监禁牢狱；招审递解，备尝艰苦；百死一生，窜身异域。孰如容隐一时，省多少烦恼！其熟思之。

一、戒轻生。匹夫匹妇逞忿捐躯，死由自取，与人何尤？刁顽之辈，投井跳崖，希图诈害，挟命控告，居为奇货，最堪痛恨。甚有率众抄抢，与白昼劫夺无异。殊不思律载"自尽者，并不断给埋葬银两"？藉端抄抢，尤干法纪，岂不白送一条性命？切戒切戒。

一、举乡约。一乡之约，果能公正，可化大事为小事，化有事为无事，一乡之获益不浅。若不论品行，或轮门乡约，或里长兼充，最易败坏村规。宜由讲正司事乡老人等，公同选择，告恳充膺，以免营私。其有素行豪暴武断乡曲，或藉富室，或恃强力，欺压良懦，致生事端者，此人情所大恶也。不但不得充当乡约，本县访闻得实，定行从重处治。所望各归良善，以副殷勤之意。

跋

《周礼》遂人治野之法，一夫百亩，夫间有遂；百夫有洫，千夫有浍，万夫有川，蓄泄以时，旱涝无患。盖无适而非水利也。故其时有荒岁无饥民。自井田日废，沟洫之制，非古良有司补偏救弊，出其才能，以规一方之利，水利之说由此兴焉。大荔襟渭带洛，其利可兴，然皆岸高水低，难资汲引。邑乘所载，如庄熊罴之渠，穿龙首云，得臣之水引黄流，年远迹湮，末由疏浚。故一遇荒歉，即形枵腹。后临桂陈文恭公抚陕，教民凿井，得二万八千八百有奇。造水车，并教戽水之法，旱岁得资灌溉。大荔沙苑井利始此。丁丑、戊寅间，关中大饥，逾年不雨。邑侯周懋臣先生筹赈之余，悯灾黎种不入土，慨然以凿井为救荒要策。得伊尹教民区田与赵过代田法，编为图说，劝河南北各乡行之，并治田官所如法垦种，资民观法。维时湘阴爵相持节酒泉，得先生禀牍，以为读书有得，大加钦赏。进之以王丰川氏区种之法，试办辄有成效。然惰农耽于安逸，兼无经费可筹，未获一律畅行。厥后转歉为丰，需之时日，相其土宜，自可渐次举办。兹值天心渐转，叠沛甘霖，先生通守汉阴行有日矣。邑人士感先生德，辑其《保赈事略》，刊示将来。篇中于此三致意焉。余辱先生延襄赈务，谬膺编校之役，书成识其缘起如此。至先生筹赈之劳、恤民之隐、慈祥恺悌之心，有里民口碑在，不赘及。治晚生张禄堂谨跋。

程明道先生曰，为令之职，必使境内之民凶年饥岁免于死亡，饱食逸居，有礼义之训，然后为尽。窃尝即是以求于今，无如我邑侯懋臣先生者。先生莅任之初，即悉得荔邑之民情土俗，因拟为《易俗琐言十三条》，每朔望亲至公所，延予于恭讲圣谕后，代为条说。乡村则慎选绅耆，使其一律奉行焉。荔俗疲敝，礼义之训缺如。数年来，积习少变，颇有人人向上之意。丁丑、戊寅间，大祲猝至，筹赈尚须时日。先生乃开仓赈济，并为之捐廉、散粥，绥辑流亡。一面设局劝捐，仿古人图赈法，名曰保赈。汰冒滥，补漏遗，以及育婴、掩骼诸政，次第具举。而凿井区种一节，尤为焦劳尽心焉。今观其上吁下谕之文，缠绵悱恻，溢于楮墨间，往往使读之者声泪俱下。故殷实各户踊跃出赀，而鸠形鹄面之俦，计口受粮，始终不为非分事。谓非至诚恻怛，默为感孚，而第美言小数以要结之，能乎哉！天降奇荒，祸我黎民，虽不能尽免于死亡，而缘此得免者，亦奚止什百千万也？陈榕门编辑官箴，谓吕东莱居官，谨小慎微，慈祥岂弟，任理而不任气，儒术之异于俗吏也。先生殆有以似之矣。兹幸天心渐复，赈事告竣，邑人士汇辑先生示谕诸稿暨诗文之有关于荒政者，颜之曰"保赈事略"将与《琐言》合镌焉。一以志先生之德惠，一以备后日之采择。我荔人痛定思痛，更即是编中之防患于未然者，遵循弗失焉，不惟饱暖有资，且不至逸居而无教矣。庶不负先生之苦心也乎！治晚成锦堂谨跋。

岁丁丑，关中大饥，逾年不雨。吾师懋臣先生宰荔邑，救荒各政，诚意周浃，无微不至。既蒇事，邑人士不忍忘其才之裕、法之善也，辑其《保赈事略》而梓之。属堃书其缘起。维时堃假馆冯翊，每书院课卷，先生命堃襄校。暇则侍先生侧，谈及时事维艰，未尝不忧形于色。不数月两鬓苍然，须白如霜雪。当是时，大祲猝临，界连晋豫，仍岁荒歉。民间积粟，多为购贩以去。继之蒲匪骤变，北山啸聚者日益众。狡焉思启之徒，风闻倡乱。其老羸男妇奔走呼号，纷纷集阶下，仓卒无以应。乃出义仓谷数千石，藉资安抚，并取古人图赈之法而折衷之。其地之远者、近者，人之良者、莠者、强者、懦者，与夫土之宜麦宜菽，水之为苦为甘，莫不洞悉于胸，而又询之士大夫，谘之野老，参之耕夫牧竖，以征其同异。故权之既熟而施之各当，以编户为本，以劝分为宗，以分路设团为防维，以穿井区种为补救。其大端在董理得人，不假胥吏手，而乡里之分任其事者，无侵吞剥削诸弊。有则惩之以法，不少贷。先生不矜才，而一邑之才皆其才；不创一法，而前人之良法悉为我用。卒获存此孑遗，不致尽填沟壑死。苟非优于才，精于法，以实心行实政，曷克致此？而先生且曰是上台之恩施也，是富绅之推解也，是执事之勤劳也。吾不能保吾民不死于凶年，愧滋甚矣。何功之有？噫！此仁人之言，皇天后土实闻之矣。盖先生事事以诚为主，诚无不动。故自办赈以来，凡为民请于上者无不允，谕于众者无不应。其信今传后，不尽赖是编之存而大略可睹矣。堃忝列门墙，诸凡皆亲身见之。而邑人士相与有成，与殷殷垂诚将来至意，亦藉以不没云。华阴受业史堃谨跋。

尧水汤旱，盛世不无荒年。然有荒岁而无荒民者，不独恃办荒之善政，实赖此救荒之真心也。岁甲戌，吾师懋臣夫子宰是邦，仁民之心，无微不至。他如兴文教、课农桑以及积谷、团练、保甲各事宜，我夫子均以至诚之心行之，固已均有成效。然犹曰时和年丰，贤令尹类能为之。迨丁丑、戊寅间，天久不雨，遂成奇荒，渭北一带最重，而吾邑为尤甚。遍野嗷鸿，环吁哀号。我夫子心恻然，忧形于色。于是审编户口，敦延正绅开仓赈济，不假胥吏手，并谕令富绅输将，共挽时艰。一经劝导，而囊倾困指者踊跃争先，盖皆仰体我夫子之心，故所捐银米数目为他邑冠。文时经理大村赈务，村庄枕沙临渭，素称瘠苦，自来无上捐之户。此次并未延一家至署，亦未传一人进城，俱莫不剜肉补疮。虽远寓蜀鄂等省者，其人仅衣食粗足，相隔则数千余里，夙感我夫子盛德，得信皆极力筹措，先后寄赀以助村赈，统计千五百余金。非善政善教之入人甚深不及此。又复劝民凿井区田，三令五申，委曲开导。我夫子之心虑焦劳，灾黎之重生更庆矣。事后犹殷殷以备荒为垂诚，以不忍人之心，行不忍人之政，信乎今不异于古所云也。昔沈丹厓谓：救荒无上策，备荒无下策。备荒莫先于重农，重农莫先于水利。我夫子则本备荒以救荒，因救荒而属备荒，更以兴水利挽天灾，植嘉禾、除恶卉为急务，遵而行之，不且虽有荒岁而可无荒民欤！而我夫子仍责己省躬，时深歉仄，其惠民之真心为何如耶？今日者邻封士民，藉藉传闻，同声羡慕，谓荔人何修得此，自恨不为荔人。而荔人又何论乎？数月前，文侍皋比侧，窃窥须鬓陡如银丝。噫嘻！民困苏而我夫子之心瘁矣。我夫子政绩报最膺卓，荐升安宁，别驾行将有期。邑人士辑刊我夫子《保赈事略》，诚以言为心声，即言可以见心。吾谓言有尽而心无穷，我夫子之心非可言传，我夫子之言究不可不传也。后之览者，亦将以心印心，而有感于斯编。受业宋佑文谨跋。

志复少时检旧书，得俗传米粮歌。述嘉庆乙丑、丙寅间邑灾祲事甚悉。顾其文率鄙俚不可道。厥后鹑部之乱，避居韩之芝川镇。过萝石书院，获读左忠贞公宰韩时救荒碑，并其所为常平仓议，暨祷雨、驱虎诸文，情深而文明，格高而制古，窃叹经济以文章而显，数百年后，犹想见其为人。今乃于我懋臣夫子得之矣。夫子以山左甲科宰吾邑，课农桑，敦教化，慎狱讼，洁己爱民，惟古循良吏是期。其劝办义仓，编次保甲，志复曾与其事。

岁丁丑，左辅奇荒，视世传嘉庆年灾祲事，酷过数倍。饥黎数万家，环而待命。我夫子开仓赈济，又出粟为富人倡劝捐赏助，多方抚恤。逾年竣事，邑人士惧其久而湮也，取其手订章程并上请下谕之文，与凡诗文之关乎赈事者，刊示将来。志复受而读之，因思我夫子以文章饰吏治，不止一时一事，岂独以此为民不可缓云尔哉？顾念方去秋七八月间，大祲猝临，时事孔棘，加以韩、郃一带，饥民骚动，蒲匪猖獗，祸起非常。泾邑又有溃勇之变。当是时，居民离徙，市贾闭藏，议防守则筹饷维艰，谋赈恤则需赀甚巨。而鸠形鹄面之辈，群然求给于官，哀吁怨号，杂沓而至。甚或闻风潜煽，纠党成群，以抢掠为活计。真如备荒记中所谓岌岌不可终日者！使非本深沉之识、定静之神，相与镇抚而绥辑之，大局攸关，何堪设想！我夫子乃不动声色，从容布置。凡任人莅事，一以真意相感乎。卒之外侮不侵，内忧渐息。十余月之久，富输其赀，智尽其力，幸邀彼苍降鉴，地方静谧，人庆复苏，而我夫子慈祥恻怛，动以至诚，实足挽天心而苏民命。荔之民感而被之，即不得习而忘之。此编之成，又乌容已乎？虽然我夫子莅任是邦，三年于兹矣，其政绩皆昭人耳目。即筹荒一节，心力交瘁，亦岂得徒以文字中求之。然近以治行膺卓荐，且将升汉阴通守以去，留此一编，俾后之人读其文，想其时事，如左忠贞公之于韩，迄今披览遗籍，令人低徊不能置，则即以是编为甘棠之爱可也。忠贞公，山左莱阳人，于我夫子为乡先辈。窃尝论近时山左宰吾荔者，前数年为胶西九梧公，系我夫子同宗。前数十年为蒲台盖公式如，皆卓卓有政声。今得我夫子，殆鼎足而三云。然二公官斯土，皆时和年丰，而我夫子当此岁大荒歉，争斯民于降庚之天，难易何如也。则又俟论世而知之者。受业李志复谨跋。

澹灾蠡述

清光绪六年刻本

（清）范鸣龢　撰

惠清楼　点校

澹 灾 蠡 述

（一作《淡灾蠡述》）

自 序

五邑八乡，惟灵溪一区界山中，余皆负湖泽。自道光十一年后，屡岁江流暴涨，由樊口倒灌入湖，邑内民田强半淹没。虽有黄柏山堤，灾弗能减也。咸丰初元，邑人议请筑坝。时粤氛甚炽，由兴治达鄂，大道阻梗，惟樊口可通炮船，为省城后路。事遂寝。其后屡请之，以无成案，格不行。今年乡人李侍御廷箫上言于朝，奉饬下巡阅长江大臣宫少保、前兵部侍郎彭公玉麟，查勘覆奏，请建石闸，得旨俞允。举数十年沟壑穷黎荡析昏垫之苦，所呼吁而不得上达者，一旦幸邀恩命，予以再生，乐事赴功，成当不日。虽有豪猾，谁敢梗挠？乃者故里书来，辨议各执。至于留心时务之杰，亦或不免为众说眩瞀，意持两端。夫事必先定其是非，然后可立于不败之地。是非不定，万一异日有阴谋挠沮之者，寻间抵隙，谬肆诪张，巧构危耸之辞，转相煽惑，莫可难诘。有司虽贤，毫无把握，其能毅然持之而不回哉！余虑其事之久而或废也，爰述所见，证以旧闻，俾后之尹兹土者有所考，以无忘朝廷德意，而续成我宫保侍御为民请命之绩于勿替也。

光绪戊寅小除日，武昌范鸣龢龢崔生甫

序

樊口在大江南岸，北对齐安城，距范君鹤生居数十里，距余家百数十里，武昌数县诸湖之水出焉。而盛夏江涨，浸灌为害，居民因谋筑堤建闸。当事难之，言人人殊，或曰便，或曰不便。君既生长其地，熟其高下出入形势，乃援证古今，条举利弊，为《澹灾蠡述》一卷。余读之而叹曰：甚矣！治水之难也。古人必推深通经术者为之。汉《平当》、明《禹贡行河》是也。夫《禹贡》为治水之祖，而其单词只义空曲无文字之处绅绎之，莫非治水方略。即以荆州一域而论，水，江汉为大。乃导汉之水，所流曰沧浪，所过曰三澨，所汇曰彭蠡。导江之水，所别曰沱，所过曰沣，所迤所会曰汇。而皆朝宗以入于海。即云梦为容水最大泽，必治之于土作乂而未尝以此为归壑。是其源委条贯，经纬秩然，数千年来历历可指。而其他歧川别港，如樊口等类，皆《禹贡》之所不载。其非江汉之水所流、所过、所汇、所别、所会可知。顾议者执欲以樊口宣泄江汉，是昧于所谓朝宗之义，而莫辨其曷为经流、为支流也。今观蠡述累千百言，独于江道出入离合之故。反覆剖析，揭其窾要，而后筑堤建闸之利害，不烦言而自解。盖其平日研讨经术，深明于《禹贡》行水之道，而又得之所习闻亲历，故其言之确凿可行如此。余虽与君同长是邦，而经术不逮君之深且邃，又无其经事综物之智，欲赞一辞，难矣！故但就其所已言者引伸之，亦愿闻其说者之详绎之，而毋或忽也。昔者大禹行水，既资狂章、虞余、童律、庚辰、柏翳之徒共宣其力，而又未尝不广咨博采，兼听以集益。故帝舜推其成，功之由而曰不自满。假至鲧之绩用弗成，则直斥之曰方命圮族而已。是又蠡述之所未及者，推言之以为后之行水者之一鉴焉。黄冈洪良品书《澹灾蠡述》后。

自古事之难成而易败，一由于君子胶执己见，一由于小人怀自利之心。明盛应期开新河之议，垂成中辍，后三十年而朱衡竟其功。徐贞明《潞水客谈》，大著成效，卒为势要所尼。国朝靳文襄公筑堤束水之策，圣祖排群议用之，后忌口交铄，贤如于清端且力为沮挠。幸南巡者再，命勘者三，文襄之议得伸。创始之艰如此。樊口堤闸，聚讼纷如。原奏所称，方则是而病则非。彭宫保、李侍御诸疏，急救今病之良剂，而不证以古方，无以折服其心。范子生长其地，洞达原委。樊口为泄湖水，非泄江水。二语何等明晰！复旁征远引，每条各以本事诠释，如以枚数。阄使人心目了了，庶足破万众之惑而无可藉口。忧民忧者讲水利，先去水害。因是而痛除成见，不复为浮议所摇。非惟澹灾，且造福靡涯矣。吉安龙文彬。

吾友范子近作《澹灾蠡述》编，自谓空言将弃其稿。其友谓：宜过而存之，质之予。予曰：言水利，至大禹神矣。然再世累年，柏翳、庚辰等诸人神群佽之，功乃成。令其时议论随刊，疏瀹诸事，宜但有都俞无吁咈，则禹功何难，鼗鼓亦可弗设。又令诸人所建白悉出禹上，则人人禹矣。以圣祖仁皇帝之圣，在廷诸臣之忠勤，然治河之策，往复论难，久之乃定。令当时议事之文亦但有同无异，则亦无劳往复论难，上烦睿虑矣。吾子谓：空言无足存，然则我曹生平所为，帖括策对诸文，果皆一一见诸施行乎？范子笑不能答，遂刊存之。己卯又上巳日靳州黄云鹄。

评　跋

大作简切透快，层层批导，苦心分明，令读者如亲履其地，虽不图如绘也。后卷援古证今，不惜繁称博引，必使言出有征，不肯作纸上空谈。世之有心水利者，皆可引为法，非但讲求樊口一隅之利害也。佩服，佩服！长沙周寿昌。

满纸真实言，一把辛酸泪。莫道作者痴，请嚼其中味。樊口外江内湖，如但修坝以防江水，则遇湖水盛涨之时，口内被淹之田亩仍多，此自不可行。今议添建石闸，则有启有闭，既可以防江水，又可以泄湖水，口内可无患矣。或虑修闸后他处受害，自指口外而言。口外则大江矣。《禹贡》：江汉朝宗于海，注云：春见曰朝，夏见曰宗，诸侯见天子之名。江汉合流于荆，去海尚远。然水道已安，而无有壅塞横决之患。虽未至海，而其势已奔趋于海，犹诸侯之朝宗于王也。语意甚明。今论中岂反以有海可归之流水，必使之泄入湖潴，停蓄泛溢，以病民耶！可谓大声疾呼矣！岂其犹不足以瘳乎？江夏彭久余。

读《蠡述》自弁语，有云事必先定其是非，而后可立于不败之地。考古证今，繁称博引，亦只求其一是而已。近理乱真，传闻异辞，愿存此卷，俟诸异日。孰得孰失，讲求水利之君子，必能审辨之。蒲圻贺寿慈。

引证确切，经纬分明。水利之于地方，关系甚重。得此庶不为群说淆乱。仁人之言，其利溥哉！岂直为一隅澹灾起见。求知非山人黄冈曾锡龄。

樊湖之不能泄江，吾邑人能言之。至闸立以后，恐口内积淹为患，众颇回惑。余初亦不敢执言无害也。顷督运抵通，得睹是编中间释证一卷，旁引曲喻，使人心目了了。成说具在，信而有征，触类而长之，岂独可为樊事疏证哉！他日梓成，遗吾邑人览之，庶乎群疑可顿释也。光绪五年孟夏既望同里胡毓筠。

古今言治水书，以《禹贡》为祖。禹之治水，一言以蔽之：导而已。曰过、曰至、曰会、曰入，皆所以为导。导者，审其源，穷其委，因势而利导之之谓。不强不过者而过也，不强不至者而至也，不强不会不入者而会以入也。故曰行其所无事，曰以利为本。不过而强使过，不至而强使至，不会不入而强使会以入，则凿矣。治水一事，去来顺逆之间，差之毫厘，谬以千里。试取此编，悉心静气，反覆推察其论指之所在，以进而求之于《禹贡》，当自爽然。侄婿张炳琳。

是编为樊事作，当与他凡言水利者，分别观之。然其反复论难，力辨泄江之说，累千万言，终于导流归壑，无使停潴为患，于行水之要盖略备焉。或病其意偏主筑，岂其然乎？江灌则湖壅，疏之无可疏矣。读《释证篇》云：外侮不至，而后邑内之水利乃可次第讲求，果专务筑者哉！建闸之后，尹斯土者能率吾邑民力求所以泄湖，则万世之利也。侄婿贺义行。

又按：泄者，自上泻下之谓。梁湖之于江，其高殆不仅丈尺计。由余家舟行赴鄂，必经梁湖。从樊口出江，岁常三四过。每冬令口内之水，高恒逾丈，使舟者以纤挽而放之，如峡中之下滩者。至江涨，乃逐日累进，与湖并溢，由下而上，何谓泄哉？或曰倒灌不得为泄，似矣。抑闻昔人治河，设立减水坝为泄盛涨也。倒灌不得谓泄。至盛涨时，外高于内，亦不谓泄乎？曰：若江涨盛，则上游黄柏山堤已漫过，不待樊口为之泄也。且子不睹靳文襄之论治河乎？其言曰：束水莫如堤。然堤有常，水之消长无常也。故又为闸坝涵洞以减之。今使上流河身其广数里，而下流河身或为山冈郡邑所逼限，其广也仅得其半，或仅得其十之一二，势必滂薄奔驶，怒极而思逞。其不至于败坏城郭、漂荡田庐、溺人民而淹田亩者，几希矣！今于黄河两岸，凡遇河道险隘及水势激荡之处，建置闸坝若干座云云，是筹泄盛涨，亦必相度地形。樊口果系江道险隘，水势激荡之处，必不得已于泄哉！伏查康熙二十三年，圣祖仁皇帝巡历黄河，谆谕文襄云：减水各坝泄出之水，作何善法归海，毋或淹损民田。钦此。仰见圣人忧民之心，无微不至。万世治水者，当以为法。不顾民田，专主泄江，囫囵捃撦，虚张大其词，耸惑人听，沿讹袭谬，以非为是，势不举各处已成之堤闸尽折而毁之不止。查樊口下五十里为沛源，口内建堤闸历十余年。其上则自西港以上，近筑拦江长堤，修立石闸，距樊口九十里。居民岁获其利。此二处者，固皆江水所浸溢，皆与吾邑至近。然自修筑以后，吾邑黄柏山堤如故，浸假而有溃决，可遂嫁祸于邻国乎？或疑闸樊口，恐上下游受害，亦未明于地方之形势耳。惟吾邑水灾，虽因合江益烈，然即江不甚涨之年，湖水泛溢之处，闻之老农云，亦视数十年前逐渐加甚。盖自各处山阜开垦几尽，每霪雨冲激，砂石并下，湖身及各沟道日见淤垫。昨由梁湖至樊长港，浅处几至搁舟。其他港汊，概可想见。若不亟事疏浚，外患虽去，内患不仍无已时耶！余身历目睹，心切杞忧者久之。因读是编，缕附简末，望贤司牧留意焉。义行再识。

考定樊事议

樊口堤闸一案，议者纷纷，互相驳诘，迄莫能定。窃谓此事总以长江大局为最要关键，然则何以定其于长江有无关碍也。请即就所言支河考论之，原疏内称，樊口内苞湖泽九十有九，其浸甚广。仅恃此一线之口以出江，江水盛涨之年，亦倒漾而入。又称江水经由之路，譬之人身；湖河港汊，犹四肢之脉络，所以宣行血气。今堵塞樊口，是截去肢体。又樊口为江汉合流后南岸泄水首区等语。既称樊口为各县湖水所由出江，盛涨之年，江水亦倒漾而入，则涨不盛，便不能漾入。是樊口为泄湖水，非为泄江水也；则亦直湖之口，并非江之肢矣。查樊口内地势较高于江，各湖水由长港进流而出。每值夏泛，江水一涨，渐至势高于湖，便倒灌而入，逐日加涨，不半月，湖内遂成泽国，并不必盛涨也。逮秋冬水涸，舟行至或须推挽，则江几不相属矣。樊口诚为江汉合流后泄水首区，何以每年常有数月并无泄入之江水乎？自管见言之，樊口不得谓之支河。意所谓支河者，必其本身之河无日不相与灌输，不应有时隔绝。历来名臣奏议留心水利者，佥以疏浚支河为要，当指此河实为江流趋泻者而言。敬绎道光十一年上谕：如果平日讲求水利，江湖通畅，何至酿成水患？亦谓本系宣泄之水道，不宜壅遏。即疏浚支河之义，非谓水涨为患，所有滨临江湖地方，一概不准堵御也。故愚以为，但辨明樊口之为支河不得为支河，则此案之是非可定，其他各处堤闸亦可统筹。至建闸后之有害无害，则当查以前上下游两岸各堤有无冲决为断。（始与客谈此事，或疑上游受害，说似近诬。予谓未来事难臆断，因以是语之。既悉心考究，实不然。如果壅遏水道，水不能下流，郁久怒甚，如贼困重围中，必拼力夺一路而逸。故壅于下，恒决于上；或壅之弗胜，乃下溃耳。若本非正道常流，时值暴涨，必当设法御之。其力不力，则各视其所自为耳。防水如防贼，岂得以彼城之受敌，责令此城之洞开哉？夫诚能驱贼一处，聚而歼旃，未尝非上策。不然，但令此一处开门揖贼，能保贼不扰及他境乎？审定是非，自不能谬以他辞相倾覆，无待吾前为断也。至谓闸立难保无坏，且口门较狭，恐湖水之消泄不迅。此则凡有闸者所同，不得因噎废食者矣。己卯正月附记。）

楚省上下游江道及樊口梁子湖情形图说[*]

樊口创建堤闸，关系数县农田民命，利害显然。而议者或不能以无疑，则以不知地方之形势与夫水道去来顺逆，率泥于疏浚支河之说，以为江水分消无路，则上下游堤防在在可虑，而湖内淹渍为患，特其小焉者也。予初亦颇困惑，不能决。窃以意为考定议，继乃撷拾旧闻，引而申之，渐积成帙，命曰《澹灾蠡述》，以示何松亭同年。越日，松亭抵书至，曰：吾于是编知子之用心苦矣。兹事于地方所关甚巨，以予闻言人人殊。定议既以冠首，似宜详尽斩截，令人一览如身历其地，豁然拨云雾而见青天，是非乃可定。岂更为之善哉！非松亭不能为此言，亦不肯为此言也。乃综核楚省上下游江道及邑内梁湖情形，各绘一图而详附其说于后，将遗邑之人共览之。若以好辨罪我，则吾岂敢？

光绪己卯新正既望，樊湖居士崔生甫识

樊口梁子湖地势情形图

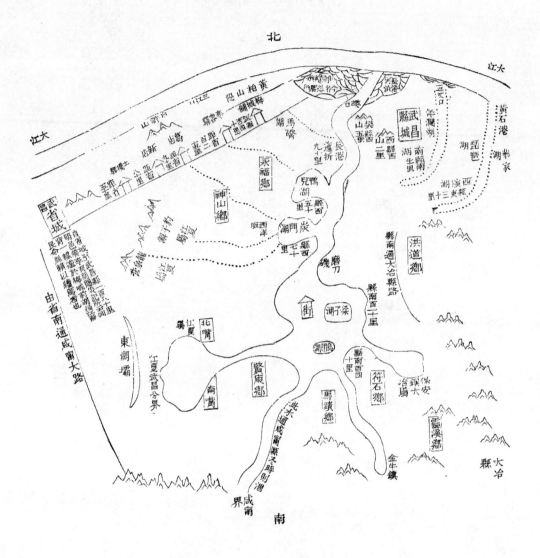

湖北省城以下大江图

（自望江以下，又折而北历安庆、芜湖，至黄天荡，东流入海）

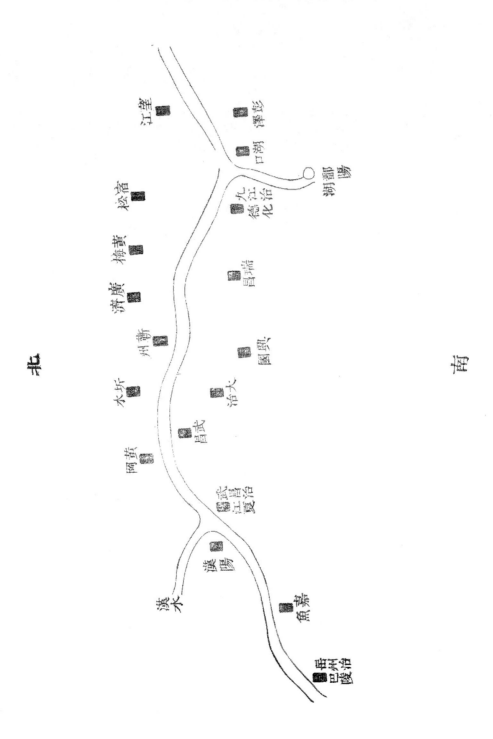

湖北省城以上大江图

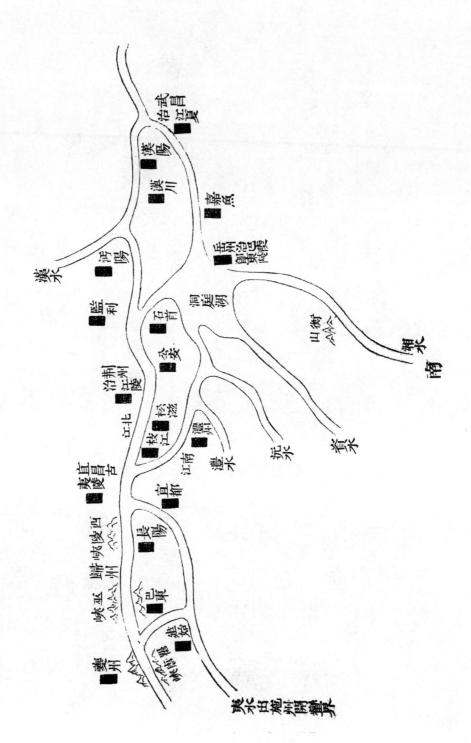

樊口内湖外江合图

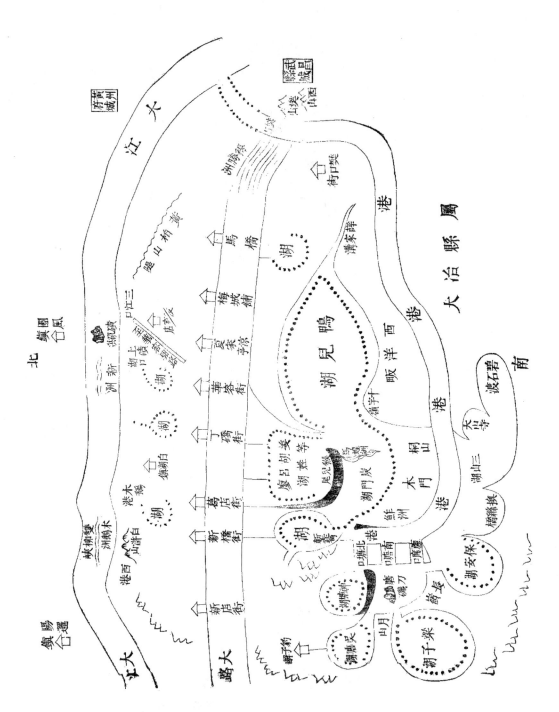

武昌县樊口梁子湖地势情形图说

武昌县治在湖北省城东北一百八十里，本汉鄂县。东至蕲州白田洲界八十里，西至江夏县严婆丘界一百二十里，北至黄冈县大江心五里，南至大冶县大驿路界十五里。又南跨大冶至咸宁一百五十里，广二百里，而近袤一百五十五里。而遥县八乡：外四乡，曰县市、曰洪道、曰永福、曰神山；内四乡，曰灵溪、曰符石、曰马迹、曰贤庾。大江自西来，由峥嵘洲径樊口，经县北循口入为长港，纡折九十里。迤南尽处为磨刀矶，过矶则梁子湖，亦名樊湖。湖心有镇市，曰梁子街。湖阔不过四十里许。南负咸宁界左右，蟠控贤庾、马迹、符石各里。湖之大者，则有乌翎、高唐、浮石、大草最著。西北与神山永福之炭门、鸭儿诸湖相吞吐，而江夏龙泉营、豹子澥各水股灌支泻，亦悉来汇注。凡滨湖地方有沟、有港、有汊，纷歧错出。前人相沿，谓樊口内苞湖泽九十有九者以此，而皆由长港出口达江。盖梁湖所控引，本邑自神、永至贤、马等乡，邻则咸、冶、江夏之东西南各一隅。究水所暨周回，殆三百里有奇。明《一统志》称八百里者，传记铺张之文类。然极县之四至，实不逮半，安所容九十九泽乎？其县东洪道乡与大冶分壤，水并不由樊口出。右有长湖，即洋澜湖，出五丈口；左则西塞湖，合华家湖、琵琶湖，由冶属之黄石港，北与江会。自西塞以南一带，崇峦叠嶂，直抵大冶县，而灵溪乡界其间。计阖县境所隶，水居其七，山二、土田一耳。明邑侯李有朋《阅灾记》云：夫天下之地势不平，而水因之有源有委，故无恶于水。惟武昌则亘二百里高下，不能以丈。大江一满，诸湖皆溢，积而不逝。是以楚之水灾，武为甚。然则为武邑策，必就旧有各沟道倍加挑浚，仍谕令百姓因地开渠受水，而为之请蠲其赘赋，斯为久大之利。然使江水不御，一遇夏涨，先入而据其宅，徒劳费无益。故闸之建不可以已也。或疑此为泄江地，不可闸者，则亦有故焉。一则误以穴口例樊口，一则误以洞庭例梁子湖也。按：口者，水出入之总名。上口专主入，下口专主出。《禹贡》壶口，称名最古。《水经注》云：河水南径北屈县故城，西有孟门山即龙门之上口。此以入言也。又云：禹凿河，水流交冲，迄于下口。此以出言也。若所云江水东径乌林南，又东右得蒲矶口；又东径邾县南，右得黎矶北对举口；又东径鄂县北，右得樊口。得之云者，因其所径，彼来我受，皆谓下口。参之《汉水注》云：又径都县故城南，又东敖水注之，是曰敖。又东南径江夏、云杜县中，夏水从西来注之，是曰堵口。又东径左桑，又东与力口合，又东南涢水入焉，是曰涢口。再参之《淮水注》云：又东径原鹿县南，汝水从西北来注之，谓之汝口。又东北至九江、寿春县西，沘水、洪水合北注之，谓之沘口。又东颍水从西北来注之，谓之颍口。又东径寿春县北肥水注之，谓之肥口。曰来曰注，则汉淮为主，各水口为客。专以出言，今会典各省水道图说，合某河某湖曰某口，又合某河某湖某某水曰某口，义盖本此。若非彼之水所由出此，安得而合之？凡此所谓口，皆天为之。若穴口则专为泄江水而开，人为之也。天为之，故常不塞；人为之，人事稍不继，遂不免于塞矣。然而开穴口以泄江，必下流有所泻之地，中流有所经之道，然后上流可以分江澜而杀其势。故楚三大水，惟川江独有穴口者。以在南，则沣江为所经道，洞庭、巴陵为所泻地；在北，则潜、沔为所经道，汉口为所泻地也。今樊口非江所经道，而亦无可泻之地矣。无论梁湖之大不及洞庭，即如彭蠡，亦在江以南，与洞庭同。今能凿山开道，使其为大江所经而泻之彭蠡，以杀其流乎？知彭蠡不能为泻江地，尚何疑于梁湖？惟梁湖不能泻江，则樊口之江水倒灌不可以不御。而又为湖水所出路，故宜闸坝。若横江作坝，不惟不可，亦不能矣。横樊口为闸坝，奚禁哉！至滨江一带，有与樊口相同，或支水所注，来源较大，必不可堵。及口岸散漫，虽欲为闸坝不能者，此又不可以概论也。

湖北全省上下游大江图说

湖北省大水三，曰江水，自四川来入境；曰汉水，自陕西来入境；曰湘水，自湖南来入境。湘汇洞庭出湖，合江，则湘并于江而为一矣。汉至大别后，出汉口，与江合，则汉又并于江而为一矣。是楚虽有三大水自鄂以上，则江汉鄂以下止一江耳。欲筹全省水利而不详察上下游之形势，所谓知其一不知其二者也。今以江言之，夷陵而上，山阜夹岸，水不能溢，故可不须堤防。荆州诸县地势平衍，水易漫流，于是不得不各沿岸为堤。南自松滋至城陵矶，堤凡长亘六百余里；北自当阳至茅埠，堤凡长亘七百余里，皆系民修民筑。嘉鱼而下，江面浩阔，水顺流直注，得遂其就下之性。故前人谓黄武之间无大水患。然而遇江涨时，南岸田庐多被淹浸，则所恃以捍御者，仍不能不事堤坝。苟民能自修而自筑之，不独民之利，亦官之利矣。而或者谓向未有堤，今似不便议创，则吾不知松滋、当阳之堤长亘六七百里者，果悉仍其旧耶？抑有踵而增之者耶？或曰顺水之直堤可增，挡水之横坝不可增。不知非挡江水也，不使江水横灌耳。自江水灌言之则横，自江水径言之则仍直。虽曰坝，实则接沿江之堤而塞其缺口也。或又曰江之为患于黄武间，非松滋当阳比，堤无庸接也。夫江果不为患，官虽督民使筑堤，民弗应矣。若不费官钱一，而民争欲为之，且惟恐官之格弗行也。此何为者也？或又曰民各私为计耳，恐为之而于他有堤者不利，将奈何？噫！此不明于楚江之形势者也。所谓于他有堤不利者，恐其壅于此而决于彼耳。大江当江陵、公安、石首、监利间，自西而北而东而南，势多纡回。至岳阳自南复转东北，迸流而下，故决害多在荆州。然荆州诸县仍各自修其堤如故。苟撤某处之堤，而上下游各堤遂可永固，则昔之人岂无一讲求水利者而计不出此耶？夫以荆州当江水折流之冲，所为堤长亘六七百里。矧鄂以下江面浩阔，水已得遂其就下之性，夹岸为堤，束之不使旁溢，于江何碍？于他有堤者何碍耶？且夫堤之决，虽水为之，实不尽水为之。有堤甚坚厚而立势稍低，漫水一寸，即流开水道而决者；有堤形颇峻，而横势稍薄，涌水撼激，即冲开水道而决者；有堤虽高厚，而中势不坚，浸水渐透，即平穿水隙而决者。不揣其本而专执此壅彼决之说，未有之。堤即能禁其不修，已有之堤仍不能保其不决。诚若所云，必将遣巨灵，命夸娥，将夷陵以上两岸山阜，尽铲而去之，使江水不至悍流，而后荆州长亘六七百里之堤，乃可无患。然恐荆州之患未纾，而夷陵以上徒多赂之患也。南条之水江为大，北条之水河为大。考明万历十九年泗州大水，淮流泛溢高于城，溺人无算。河臣潘季驯上言：水性不可拂，河堤不可弛，地形不可强，治理不可凿。人欲弃旧以为新，而臣谓故道必不可失；人欲支分以杀势，而臣谓浊流必不可分。霖淫水涨，久当自消。治河如是，治江当亦然。若必拂水性，弛堤防，强就下者而凿使左右流，此潘氏之所禁矣。且今之主泄江说者，独不闻范氏成大之言乎？江出岷山，其源实自西戎万山来。至嘉州，而沫水合大渡河以会之。至叙州，而马湖江出自夷中以会之。又十五里而南，广江会之。至泸州，而内江自资、简等州会之。至恭州，而嘉陵江自利、阆、果、合等州会之。至涪州，而黔江合南夷诸水会之。至万州，而开江水自开、达等州会之。夫然后总而入于峡。是江自峡而西，受大水凡八。及出峡而下岳阳，则会之者洞庭湖，所受湖南北诸郡水也。又自是而下鄂渚，则会之者汉口，所受兴元诸郡水也。又自是而下黄州东四十里，则会之者巴河也。又自是而下江州，则会之者彭蠡，所受江东西诸郡水也。又自是而下，则会之者皖水，所受淮西诸水也。夫然后总而入于海。是江自峡而东，又受大水凡五。略计天下之水会于江者，居天地间之半，其名称之大而可考者，凡十有三。故曰江源如瓮，而能滔滔万里以达海，所受者众也。然则江者，为其能受众水以达海。今乃欲以众水分受江，不使入海而汜滥于军民田庐之间，岂理之得也哉？胡朏明《禹贡锥指·淮水篇》云：自禹导淮之后，淮常由淮浦入海。其东南溢而注高宝诸湖者，变也，非正也。既非正道，则高堰必不可无。故自汉魏间已有是防，后世不过增修之耳。黄淮合流，欲束淮以刷河沙，堰固不可废，藉令河一旦归北，亦岂容恣其南奔，使淮南郡县尽化为大壑耶？而泗人不察，每痛恨于高堰，相怨无已时。夫泗之被灾，亦不尽由高堰。往时淮水南奔，高宝、兴、盐之境弥漫数百里，而泗城沦没如故，是则地势使然。此论最为透辟。江不由地中行以达海，涨而左右溢，变乎？正乎？既非正道，则捍御不可弛。而或议撤甲之防以利乙，抑未审于导江之义者也。伏读雍正五年上谕：自古治水之法，惟在因其势而利导之。若水势必由之路，即于兴修水利，钱粮内动支银两，给与本人等因。是疏治水道，必视其水之所由者为率。大哉！圣人之言，简而赅矣。窃综楚北全省之大势计之，自荆州以下、鄂以上，当以疏通现有各穴口支河为要；自鄂以下，当以挑浚所在各湖潴支港为要；堤坝但不碍水道者，谕民自修自筑，则水患庶乎其少杀也夫。

江淮河济，谓之四渎。自鸿沟既开，济为河乱。迄于东汉，荥泽遂堙。河则由周逮明，迁徙靡定，故道莫识。最后淮以一身专受全河，为患日甚。独大江所行禹迹如故，朝宗入海，不烦浚治。其或伏秋之交，霪潦涨发，旁溢肆虐，只量除滩地，坚筑堤岸，以资捍卫。洪流暴至，左右游波，亦不迫厄，岂可藉口弃地，任其所之？昔贾让有云：堤防之作，近起战国，壅防百川，各以自利。此谓正道常流，巨可曲防。若其泛滥堪虞，弥罅补隙，势恶能已，塞口止啼，毙可立待。障面颣沸，岂曰非宜？盖言匪一端，义各有当。举一废百，吾无取焉。

初，予因樊事，既为梁湖并口外上下游江道图缀说附之，只分举大概，其详犹弗备也。兄子婿贺素吾学博以俸满保荐来都，主予寓，乃相与参互考证，补识于后。曰：夫闸樊以捍江也，则樊口外之江道当悉。樊之上，有黄柏山堤起三江口，亦以捍江，则自阳逻至三江口以讫于樊之江道，当悉考。缘江图言浔阳九江始于鄂陵，终于江口，会于桑落洲。洲在九江府城东北五十里大江中。曰始曰终曰会，则江口在九江下，去武昌甚远。胡朏明引旧志，江入县境，播为三江。过中洲至双柳峡，又自峥嵘洲过碛矶至大洲，为三江。而予旧藏康熙年熊志首列大江注云：江入县界，播为双柳，经三江峥嵘洲，过碛矶，至于樊口。与旧志"过碛矶至大洲为三江"不合。志又载：峥嵘洲，县西北江中，今名得胜洲。新生洲，县西四十里，在三江口。碛矶湖，县西五十里。上碛矶，县西。上碛湖口，石碛横截湍流，故名。而顾景范《方舆纪要》，武昌县下引：县西五十里，有碛矶湖。北近大江，湖口有上碛矶。与志合。据其里数，碛矶当在三江口峥嵘洲上，与本志所云经三江峥嵘洲过碛矶，亦自相戾。又志载：樊溪亦名樊港，又名袁溪。樊山西南，泽凡九十九，同入于江。顾书亦引：袁溪，北注大江，谓之樊口。《水经注》则曰：江水东径鄂县北，右得樊口、江津南入。[与顾、熊说不同。诸所称何以参错如是也。盖水道之难言也久矣。或各同而地异，或昔称而今改，窾注变于涨垫，滩淤易其来去。苟非身履目睹，悉心查访，即生长其地，不能尽了。著作之士，荟萃众说，成一家言，岂能一一周历而深考之乎？因详览志乘，就今日之大江，参之于古，因名与地，以求其实。江自阳逻至双柳峡，播而为二，过木鹅洲合流，至新洲复分，由洲南流过碛矶，为三江口，在县西四十里。核之昔名今地，皆合熊志。置三江碛矶上，误矣。三江口迤西，曰上碛矶。对岸为团风镇，中有石横绝江心，曰碛矶洪。大江由碛矶经三江口得胜洲，径县北洲，在大江侧尾抵樊口，并非江中。熊志：得胜洲，即峥嵘洲。则旧志及本志云经峥嵘洲过碛矶者，并误。如其序，峥嵘洲，当指今新洲，非得胜洲也。洲渚出没不常，年代久远，其名与地无以质辨。姑误之于此。至樊港湖水出口，当以县志及顾引为断。郦注云江津南入者，或当时传闻未审，遂有此误。《禹贡》：导江东迤北，会于汇。胡三省曰：江水东流，自武昌以下渐渐向北，盖南纪诸山所迫使然。则武昌以上，江固东南流。今大江自嘉鱼南来，迤逦北向，至汉口合流，达阳逻南，迤经白浒山，少折，又迤南，过碛矶，径樊口，渐北东下，至彭蠡之湖口，其流犹可沿泝得之。郦之误，当以此也。然味郦此注下云：历樊山上下三百余里，自指口外。言入字，依小水合大水之例，作入海解，正不误。江以海为壑，只于海可言入。其派别为沱者，必上入而下出，仍归于海。即如蔡传巢湖之说，只是江潮涨溢，不得云入矣。或据此疑为入樊，汇而成湖，是则不然。考武昌县南一百九十里，有清溪山，志称：高八十丈，周四十里，洞泉涌出，冬夏不涸。东合众流，过虬山为涌溪，西汇为浮石、梁子等湖，由樊口入于江。是湖水北注，乃山川自然之形势，数千年来未之或易者也。考之古说，校以今形，观乎此者，亦可恍然于泄江之蔽乎！

附考：

《经世文编》载池州知府李本樟新修《皇兴圩堤碑记》：天下之赋出于东南者，十之八九。其濒江一带为圩田，设堤防而立斗门，以司吐纳，往往称沃壤。铜陵依江为治，厥田下下，以江潮大小为丰歉。万历间，弋阳徐侯始筑长堤，蔽江四十八圩，永享其利。嗣是皆以治圩为重务。南北均有斗门，而北临大江者，吐纳尤重。斗门即闸。制曰：临江者尤重，则置闸以御江涨。前之人有行之者矣。既筑长堤，又必立斗门者，为泄内水故也。长江数千里，自有本系宣泄之支河，自有必不可堵塞之口。若谓夹岸内湖民田，皆应为受江水地，昔之言弃地与水者，恐不如此。

又，《畿辅志·畿南河渠通论》内载：子牙河、新河入淀之处，东西相距二十余里。两河堤南连而北断。每遇淀水倒漾堤间，数十村落皆在水中。而河员日守两堤唯谨。此如防盗者，蔽垣墙而开后户，盗入肱箧发匮而去，垣墙守者犹巡警彻夜。此何为者也？故北岸之堤断，宜接筑。此正可为樊事借证。樊口江水倒灌，则以上数十里沿江直堤竟成虚设，特因系湖水出口不能接筑耳。建闸之举，实为允当。

或谓宜于樊口内之长港两岸为堤。此即入淀处之东西两河堤。类其说似是而实非也。长港为樊湖所由出江，中间一线水道，并无村落。北既必断而南亦不能连，无论九十里之长堤，工费浩繁，民弗能任。浸假而堤成，当江湖并涨之时，内外水力交相激荡，堤能无恙乎？幸而无恙，倒灌之水日甚一日，尽泄入樊湖，樊湖不能受也，必仍泛滥于傍湖左右。而两岸外之积水，向由长港泻江者，今反为长堤拦隔，终岁不能涸出矣。凡内河之夹岸为堤者，所谓枝堤，必其本系支河水所必由以下趋于大河者，势不宜壅遏，不得不预为捍蔽，以防其泛溢。即古人筑堤束水之法，当相地为之，安得以混施哉？

　　覆查乾隆九年，御史张汉条陈江汉水利，请浚复各穴口，以资宣泄。奉旨交署湖广总督鄂弥达查勘覆奏，经大学士鄂尔泰等议覆：查兴修水利，全在便民。该署督勘阅江汉二水，皆不可疏。该御史所奏应无庸议。从之。而开穴疏流之说，万不可行于今日。前江陵胡进士在《恪堤防议》中已有是言。盖自生齿渐盛，耕牧日繁，九穴十三口，故道廑有存者，一旦所在追寻，必大烦扰。且议复旧穴，应先将枝堤修筑，方免东西泛溢之患，而江堤仍不可废。工程浩大，费从何出？无论他日必更湮塞。此其所以势难复行也。夫筹开穴口，诚留心水利者讲求疏浚之法，而其说尚未可固执，则夫徇弃地之言，以泄江为辞者，其亦可以无多置辨矣。

　　或曰治水之道，筑不如疏。此千古至论。大禹神功，一导字尽之；鲧之败绩，以但用堙耳。今吾子力辨泄江之说，不主疏而主筑，何居？吾未之闻也。曰：予特病夫以泄律疏者耳，何谓主筑不主疏哉？曰：泄与疏有辨乎？曰：疏者，导之使行泄，则倾而注之于此已耳。故治水者，必明于行水之道，先予之以地，而后从而泄之。其泄也，乃所以为疏也。不求所谓疏，而第曰泄之云，将举夹岸平衍之地尽委而属之于江，江则分矣，水安往哉！言有似是而实非者，此类是也。是乌可以不辨。

　　古者治水，只有导之之法。沟、洫、畎、浍互相委输，注川达海，何待于泄哉？言泄水者，盖起于堤防既作，束水不得纵，一遇非常异涨，不能不筹消泄，以为固堤之计。于是乎有减水闸坝诸制。故泄水者，乃治河之言，非治江之言。推之治江，乃以治促迫剽悍之江，非以治合流直注、浩淼寥阔之江也。夫沟洫废而有事堤防，势也。堤防立而有事消泄，亦势也。视其应泄不应泄、泄之有害无害，则必因时因地，为之区画，未可执一为言。

　　水无定也，地之容水有定也。因其暴涨而泄之，等地耳。乌在其为应泄不应泄也。曰水就下者也，下不畅则壅于上。壅则必决。值其时，审其势，预为之备，不得顾一隅病全局也。彼所处之地然也，泄之则不能无害矣。本以除害，又以为害，是之谓治水乎？必有道焉，使其来有受而去有归，非竟以倾而注之于此也。不然，移胸腹之疾而加诸手足，以号于人曰善医，未有不疑且骇者也。昔之言治水者曰：使水有下注之路，而无旁溢之门。呜呼！此二语者尽之矣。

疏浚支河辨说

　　讲求水利，当以疏浚支河为要，此不易之论。第必审辨所谓支河，乃不至墨守陈言，反滋贻误今。夫人身四肢脉络，原本流通，循环无端，周而复始。所谓支河者，必其湖河港汊四通八达，此入彼出，终于注江达海，无停滞之患。若仅恃一口出江，复倒泄以灌之，譬如血气偏积一肢，壅阏不行。求此肢不成偏废，不可得矣。考《湖广通志·论开穴口略》云：江水分流于穴口，穴口注流于湖潴，湖潴泄流于支河，支河泻入于江海。此数语，言支河最为明晰。湖潴翕受各穴口江水，分泄于支河港汊，而复泻江以入于海。昔人于江上流采穴口、下流虎渡口、杨林市宋穴、调弦等口，各杀江流导入洞庭，而复达于江，俾水势得以宽缓而无患。此即所为疏浚支河之说。惟其始分自江，卒仍合江，斯藉以杀其流而使之纾，非直以截其流而引之蓄。禹疏九河，同为逆河入于海。比物此志也。前鄂抚汪志伊筹办湖北水利一疏，其言极详且备。撮其大旨，则所谓"受害在上游者宜于堵，受害在下游者宜于疏，或事疏消于防堵之先，或借防堵为疏消之用"四语，实为全疏纲领。其后历指各州县应堵应疏等处，而终之曰：至江汉出入支河港汊，今昔情形不同，必须度其东塌西涨之高低，以为应堵应疏之准则。然则审其受害所在，通盘筹画，随时随地而为之所。堵与疏各有攸宜，未可以一概论也。大抵水流则利，流而溢则病，积而不流则亦病。考汪原疏内称，大江自监利县溃决三口，先后水推沙压，以致支河港汊多为泥塞，积水在田，无路可出。频年大雨时行，淹渍日甚。汉水自天门汉沔等邑，堤垸连年漫溃，沙随水入，水缓沙停，港汊多淤，积水更易于浸渍。此节年各州县堤塍田亩溃淹之原由也。足见漫水灌积填淤为患，岂反以有海可归之流水，必使之泄入湖潴，停蓄泛滥以病民耶？既虑外水之溢为民病也，不可无以捍之；又虑内水之积为民病也，不可无以泄之。是以汪志伊于监利县之福田寺地方古水港口横堵一堤，及沔阳州属之新堤地方古茅江口筑堤堵塞者，均开堤建石闸一座，并筹定每年三月，先闭福田闸，不以邻垸为壑；次闭新堤闸，不使江水倒灌。一时经画之苦心，即后来办理之成式。若不审别来源去委，出江之口概指谓受江之区，无乃所见之未察乎？况即本系分泄江流，亦当权度形势，因时施治。阮文达《荆州窖金洲考》后附注：或议开穴口以分江水，此不知今昔情形之不同也。虎穴、调弦二口之水，所以入洞庭湖也。春初湖低于江，则其分入湖也尚易。至春夏间湖水已涨，由岳州北注于江，则二口之水入湖，甚微缓矣。若湖涨而江不甚涨之时，则虎渡之水尚且倒漾而上，安能分泄哉？此议实足补前人所未及。比而言之，如两敌然。湖水内也，江水外也。外敌盛，力能制内；至内敌亦盛，则两相抗矣。若内敌盛而外敌不甚盛，则内敌且胁外敌上犯，是即有支河达江者，犹不可拘泥成说。况于驱外敌以助内敌，别无去路，麇聚一隅，屠戮之惨既不可言，合力冲突，为祸岂不更烈？此尤较然易见者也。故误认疏浚支河一言以谈水利，其弊或至求利而得害，不可以不辨也。

顷予为考定议，窃疑樊口不得谓之支河。质之同人，多谓然。以出私臆，弗敢自信也。因检阅前人诸水利书，予言似尚不谬，著此以备采择。

疏浚支河辨说后篇

水有来有去，谓之支河。始予以谓泄江者，当指此而言。后细考，乃知于义犹未当。《墨子》：水有大小，有远近。水出山而流入海者，命曰经水。引他水及于大水入海者，命曰枝水。《水经》所引天下之水，百三十七，即所谓经水。郦注引支流一千二百五十二，即所谓枝水。枝水源亦出山涧，但不甚远大，必附经水以达海。本非河之自出，不得谓之支河。所谓支河，如古沟通淮、汴，竭分漳、渭之类。有因经水别析为支者，有即因枝水复析为支者。昔人论治渠，择引水之地，尤必求泄水之地。引水之地得而渠有头，泄水之地得而渠有尾。所引之水，或即还本河，或径归大河。故前载亦谓之支渠。太史公班孟坚云：禹釃二渠以引其河，此支河所由昉。盖支河者，大率人力所开。其上源必承河流而不下于壑，故被以河名，与枝水有辨。疏浚支河，即治沟洫畎浍之义。支河通，则雨潦时至，有所容受，流而不息，可备暴涨还溢之患。古之引渠浚河者，仍修建堤闸以防大水，岂直恃为泄经流地哉？东莱吕氏曰：凡治水，不出两端。川流畎浍，转相达以入于海，所以使之有所归也。或远而不达，则捐数百里之地以为泽，所以使之有所容也。然则江当使归于海，湖当使归于江，以归海。其或盛涨顶阻，不能遽得所归，则防以止之、潴以蓄之耳。闻浚畎浍距川矣，不闻导川以距畎浍也。支河必当疏浚，使注江之水不益加多。其非专以泄江也明矣。前说尚未悉，复述以发其凡，俟讲求水政者审焉。

支 河 赘 义

支河，义犹宗支之支，不烦改字。古人曰宗派、曰支派，皆主水为言，较作肢、作枝解尤确。海则乾坤之大宗也。其余各立一经流之大者为宗，而以诸纬之者为支，一脉相传，流而不息。江有江之支，湖有湖之支，一川一泽有一川一泽之支。要使入此出彼，汇流朝宗于海，故曰万派同宗。是故禹治水以四海为壑。

与水争地，乃后世水患根由，诚然。然人日益多，地日益满，而水又日益盛，其不能不争者，势也。既不能不争，复为弃地之说。地可弃，人可弃乎？人不可弃，地又不当争，则奈何？惟有疏浚支河，使水自有其地而不与人争，则人亦得各有其地，而不至以水弃。请为易一说曰：勿言争与弃也。若曰借水之地而分以还之，云尔分还，则所弃之地不见多，而所不弃之地实已增多矣。不统酌全局之地以均所弃，而欲举一隅之地以息其争，彼之地不当弃，此之地独当弃乎？讲水利者，试于此求之。

水无有不下，水之常也。至不下而上，则变矣。古人禁曲防病邻，正为拂水之性。拂则水怒而倒流，为害必多。故孟子辟白圭引书水逆行，谓之洚水。为言凡水经流之处，此有所壅则彼有所决。后世因筑堤构讼，率以此。此不难断，但审顺逆耳。顺者，其支也，宗流之所经也，不宜堵。逆者，非其支也，宗流之所不应经也，不可不堵。不可不堵而又不能径堵，则当兼筹而为之策。

古人建闸之法，化板为活，神明变化，可以出奇无穷，洵为治水治田者之妙用，而非疏浚支河，不能随所在而尽其利。支河疏通，然后以为蓄，则有所资；以为泄，则有所受。其启也，迎之而不患其冲突；其闭也，拒之而不虞其泛滥。故疏浚支河，为兴修水利第一义。

支河承经流之水而顺受之，以分泻于下流合注，故谓之杀其流。凡支河多曲，曲则逶迤递达，无奔突之患，且可随地开引，不必损民庐墓。第曲折多，淤滞尤易，岂惟不宜堵筑？即一埂垱、一苇草，悉当划除，不使壅遏水道。水道既通，其余非水所应经，或圩、或堤、或闸坝，任相地为之，以防盛涨倒灌旁溢。盖疏河渠，所以弭患于未萌也；建堤坝，所以御变于猝至也。二者当相辅而行，不可偏执。

陆世仪云：《周礼》遂人之法，可即我吴三江以明之。三江之水自湖达海，长亘百余里，深广亦数十丈。而江之两旁，或十里五里，则有纵浦。纵浦者，江之支流也。故其深广则稍减于江。纵浦之两旁，或三里二里，则有横塘。横塘者，又浦之支流也。故其深广又稍减于浦。至于塘之两旁，又有港汊。港汊之两旁，又有沟渠。其深广以次更减。而凡江浦泾塘之上，莫不有岸。此即遂人之法。万夫有川，三江也。川上之路，则江岸也。千夫有浍，纵浦也。浍上之道，则浦岸也。百夫有洫，横塘也。洫上之涂，则塘岸也。十夫有沟，港汊也。沟上之畛，则港岸也。夫间有遂，沟渠也。遂上之径，则塍圩也。善治地者，必先浚大川。大川浚，而后纵浦、横塘之属，无不可就理。由陆氏之言求之于疏浚支河，思过半矣。

樊 闸 答 问

余既为辨说讫，客有过者曰：如子言樊口之不得为支河，信矣。何为其不堤也？曰：是断不可也。江水之倒灌入口，是谓在上游者宜于堵；而各湖港之水，仅恃此一口出江，是又所谓在下游者宜于疏也。盖樊口，自出江言之为口，自泄湖言之则尾闾也。尾闾欲其畅，此治水之通义，莫能以易也。然则曷为又闸蓄之耶，泄之耶？曰：闸，蓄泄兼者，原所取蓄为多。兹之闸，以御倒灌而已，非取其蓄，仍取其泄也。曰：御诸外，斯蓄诸内矣。蓄则尾闾不畅，胸腹能无病乎？曰：余不敢谓必无病也。昔之不允堤者，亦为此也。然则子何以谓闸可也？曰：为救急也。胸腹之病急，则重在泄；尾闾之病急，则重在补也。此从证之法，所谓治其标。如标本兼病，奈何？曰：多疏支浦以杀湖流，导之入港，而时其江之涨落以泄之。如此则本治而标亦不病，此兼治之法上法也。然则曷为不兼治之？曰：治本之药费，本病不甚病者，亦不亟亟求治也。故且闸也。闸固为治标，万一误治而病及于本，不且不如勿药愈乎？曰：客言至此，余不敢言也。然亦有说焉。有人于此病，腹胀未甚也，而泄久不止，几殆矣，则将为之治泄乎？抑恐致腹之胀，而听其泄以死乎？曰：奚可也？不可听其泄以死，则姑止之耳。曰：为其救死也，则毕治泄，何为其姑止之也？曰：彼但求不死耳。姑止之，则彼亦幸也。吾亦不欲以治泄故，而使腹胀之成鼓也。曰：斯言也，吾未之闻也。此必有为言之也。曰：然江水之涨也，在五六月之间，正将获之时也。以其时审度下板，所争无几，时民已幸免死也。故曰姑止之也。然则彼云滨湖田亩被淹必广者，毋乃诞言也？曰：非诞。彼不知地方之情形，故可欺以方也。即滨湖较高地方百姓，其知者，以为无伤；其不知者，亦不能以无疑也。曰：子固言不敢谓必无病矣，今何以为此言也？曰：前之言正为不知者言之也。水无有不下，就令以闸故不得泄，其必趋而注于闸也，则亦犹倒灌之江水。其受害者，仍在下游也。而下游者必欲蓄之不使泄，害人乎，自害乎？此可以知其不得已而屡屡吁请之苦也。然则昔之人莫有为之计者，何也？曰：积淹之虑、泄江之说，熟于耳而蟠固于胸臆，未暇以深考也。天下事循名而不求实，本以为利而反贻之害者，往往是也。客曰：嘻，兹事也，吾亦窃疑之。闻子言，昭然若发蒙矣。

闸 例 释 证

善乎！建闸之议，实为滨江被水灾区两面受敌者，不得已而筹其次之良法。更能循闸两旁极洼已弃之地，多为溇荡，以分受上流来水，使即遇霪潦，水各有所归，不尽趋注于闸，而闸门可免冲激之患。然后以次递上，疏浚原有港汊，分泄湖潴，毋致泛滥。斯其工较大而利益溥，可永不敝。岂独樊口哉？而或者且以为私于其乡，逞臆说而肆伪辨也。虽百其口，莫之能夺。言无征不信，事非比例不明。因摘取前人诸说疏而证之。有借例，有反例，有旁例，各为条释如左。

张宸浚吴淞江建闸议

夫海潮之得以淤江者，以江与浦通也。其道宜使江之水入于浦，不可使浦之水入于江。法在于建闸而已矣。宜于江口置闸三座,外一闸少启而多闭,内二闸以时启闭。盖内闸以通舟楫,故启闭不妨频;外闸以遏潮水,非潮涸江涨不轻启也。

　　释:此内外兼顾,建闸之确证也。樊口内之水宜使入江,即所云江之水入于浦也。樊口外之水不可使入湖,即所云浦之水入于江也。似亦宜建二闸,外闸宜近港口,闸旁坝底宜宽厚,以防江水冲撞倒灌,及则闭之。内闸,度地势安置。约去十数里、二三十里均可,中间宜加挑倍深,使上游来水有所容受。内板之上数层,宜量凿穿孔,仿涵洞之制,以次下板。江水一落,递启外闸泄之,不致冲突为患。庶乎其尽善也。

陶元藻海阳南涵碑记

　　邑侯金公既浚三利溪,之明年,复举所谓涵洞者而葺之,完好倍于初。考韩江之水,由西北而东南;三利溪之水,由东南往西北,以入于海。而涵,则江与溪脉络相维处也。盖溪高于海、江高于溪,溪藉江水引入以溉田。而江涨则溪不能受,故设涵以时启闭。水小则启涵以通其流,水大则闭涵以遏其势。此乃明太守周公讳鹏所创,诚良绩也。

　　释:此樊口之对面真影子也。盖湖高于港,港高于江,港引湖水出江,而江涨倒灌,则港不能受。建闸即设涵之义。陶记有云:既不能弃其地而合溪于江,又不能绝其吭而驱水为陆。二语可谓曲尽情事。想见昔人因地制宜、为民除患之苦心,有地方之责者念诸。

陶贞一书昭文东乡筑坝浚河议

　　昭文水利之大,无过白茅,是上流诸水所由以入海也。白茅之北曰田家坝,其外为徐六泾,亦通海之口也。自田家坝决,浑潮阑入,白茅久塞。徐六泾之河日益大,而支河皆淤。邑朱生条议,宜大举浚河筑坝,以拒浑潮。诚是矣。抑犹未尽者。白茅海口既塞,以其难开也,置之不论。又筑坝以断河流,上流水将安归?有策于此:浚白茅之半,导之北流,使同归于徐六泾。而当坝之址建设巨闸,严慎启闭,以拒浑潮。次第分浚内河,大旱大涝,亦不烦决坝。此数世之利也。

　　释:浑潮阑入,则内河不可得而浚,应筑坝拒之。而上流水无所归,当导之由徐六泾入海,又不可坝断,故议建闸。樊口为上流众水所由达江,而江水倒灌,有时为害。所以必建闸以御外侮;外侮不至,而后邑内之水利乃可得而次第讲求也。

钱中谐论吴淞江

　　严衍又言:清水不下,皆由吴江长桥壅遏湖水,东泄之势不迅,故海潮日上,湖水不下而江塞。如欲使浊潮不上,则非江尾设闸不可。闸之设以两重,设闸官一人,以司启闭。则此江日广日深,而三吴水患庶几少息。

　　释:此欲浚吴淞江以泄太湖之水,非有取于蓄也。但因海潮日上,湖水不下,故议设闸以御之。正汪志伊所谓或借防堵为疏消之用者。樊口之建闸以御倒灌,即此例。特彼之闸在少启多闭,今闸俟江水一落,便可常启耳。

史荩运河上下游议

下河七邑，四高中洼，地形如釜。沿堤减闸之水，譬由釜边而入。范公堤各场口，地势反高，譬由釜边而出，则釜底之田庐已在深渊矣。沿堤三十余减闸之水滔滔东注，既不通江，又难达海，非民田受之而焉往也。故运河之水，导之入江入海者，上也。不得已而泄之下河，则当准漕堤闸河之水，与各场口之水相等，庶来源去路足以相当。而其中之行水河路，尤不可不亟为深浚者也。

释：下河为堤闸减水去路，下游多泄一分，即上游少积一分。而诸邑中洼，上游少积一分，即下游多淹一分。故为斟酌于其间，必使来源去路足以相当。洼邑虽不能不淹，较高处所可不至尽淹。曰不得已，曰则当仁人之用心如此其至也。江水倒灌，与湖并涨，别无去路，泛滥旁溢，非民田受之而焉往？犹曰闸不可建也！试问江水倒漾而泄之樊湖者，得已乎，不得已乎？泄之樊湖而民田被淹者，洼区乎，不独洼区乎？夏涨方盛，下游少灌一分，即上游少溢一分。此理较然无可疑者。

陈宏谋天河二府积水状

天河二府属境内积水，应浚应筑各工，本道亲往勘明，估详在案。抑附有请者。此番疏消积水，原为永除直隶水患。而水性就下，欲使水有去路，必须挑挖河渠；欲使水不倒漾，仍须修筑堤闸。大抵应挑挖河渠者十之七八，应修筑堤闸者十之二三。

释：因疏浚而筹及于堤闸，知倒漾之害等于积水，未可顾此而失彼。夫病积水者七八，病倒漾者二三，先其所委办者，他则姑置之，民亦可辞？而轸念民瘼者，且必为策万全，不敢存迁就诿卸之意。矧驱倒灌以助积水，而犹藉口疏浚，孰是孰非，必有能辨之者矣。

《灵璧县志》

肥河泄怀、灵两境洼地之水，南入于淮，年久淤塞，以致泛溢，固已然。他处沟渠宜疏，而此独否，何也？从前淮水不似近年之大，故内水得出。今则淮之大，十倍于前，夏秋水发，而淮之倒灌者已先至。若肥河再浚深通，则淮水倒灌更易，此不可不虑也。

释：尾闾宜畅，此治水之通义。然当夏秋水发，淮之倒灌者已先至，不当更浚深通。是当倒灌时，重在御倒灌，不重在疏积水。倒灌不堵，积水增甚，何也？积水有限也，倒灌之水无限也。奈何？以泄积水，故而曰倒灌可无御乎？闸之不可以已断可识已。

庄有恭奏浚三江水利疏

查太湖出江诸口，均不无浅阻。本年因履勘苏松太海塘，见刘河现在情形，大非昔比。昆山外濠为娄江正道，浅狭特甚。苏州之娄门外河，河面仅宽三四丈不等。偶遇秋霖，四水汇集，江身浅窄，先为本境之水所占，必俟境水消退，然后湖水得出，为之传送，而上游已多漫淹矣。

释：此本主上游来水当筹疏泄立言。樊口为泄湖水之路，自不当阻塞；但其谓偶遇秋霖，四水汇集，江身先为本境水所占云云，则必境水泄而上游之水乃得以次泄也。江水倒灌樊口，港身先为外水占踞，顶阻内水，日涨一日，岂独洼区受害，一参观可瞭然矣。此即予所谓驱外敌以助内敌之说也。

《江西通志》全省水道考

南昌城中之水，曰三湖九津。九津者，所以泄三湖之水也。津各引水归濠水关桥，置内外闸。湖水盈则放水，西达章江。江湖俱涨，则闭外闸，使江水不得浸入。乃开内闸引湖达濠，绕而东注，趋牛尾闸入于湖（此湖指彭蠡）。

释：考章江合上游东北诸水，汇于彭蠡。三湖盈则放，使西泄章江。江湖俱涨，则闭外闸，以拒江水，引湖达濠，绕而东注。是御章江浸入为重，而泄三湖之水，不妨少纾。以章江之涨水陡急，而三湖之积水平缓，且不使增三湖之积也。樊口建闸以御倒灌，与御章江正同，特内湖水更无路可绕而他注耳。

沈联芳《邦畿水利集说》总论

文安居九河之下梢，素称泽国。历来筹议河防诸公，迄无良策。嘉庆六年大水后，长堤荡决，不复修筑，任其通流。夫当水壅未退，自当留其去路；至水已消退，当仍筑旧堤，以防外水之入。为今之计，一开通胜芳旧河，使南水东注。一修筑广安、耳湾两横堤，以防西水；仍将王村土坝改建闸座，以宣泄堤外之涨。如是则西南两路无来水，而大堤之外水分势缓，横堤可保稳固。纵不能保其无水，而区区本邑之水所淹无多。不此之务而任其荡漾，何计之左与？

释：建闸以泄堤外之水，为固堤计，无与于境内宣泄，积水仍听自消。故曰纵不能保其无水，以文邑地处极低，众水之所归壑也。夫无与于境内宣泄，犹必为建闸以固堤而防外水，足见积水可患，添入外水尤可患。盖积水若高于外，外水不能超越而入；外水既倒入，则积水更何从出？徒附益积水耳。多添一分水，便多淹一分田。建闸之御倒灌，有利无害，又何疑焉？

萧景云焦冈湖考

湖西北西南，承受各湖洞之水。有诸沟一道为经，余水数十纬之。值水盛建瓴而下，则湖成巨浸矣。颍、淮、西、肥等水涨，由各沟道灌湖，而冈地亦成泽薮矣。湖之利在放内水、御外水。内水古由燕湖东南出冈外注淮，今渐淤塞，不循故道，而由南冈迤尾之西南里余开小口放水。湖水广而口狭，未能通利。须开燕湖故道，筑坝修闸，开闭合法，而以小口出水辅之，则内水无壅滞。坝工坚固，则颍、淮、西、肥不倒灌，而外水之患绝。

释：开燕湖，为放内水注淮也。而颍、淮、西、肥水涨，又易倒灌，当有以御之。故必筑坝修闸，以时启闭。盖内水不放，只湖成巨浸；外水不御，冈地亦成泽薮矣。堵泄兼筹，与樊事恰合。而御倒灌之宜急于疏积水，此一证也。

张九钺重修豫章沟议

或谓恐外湖潦水倒灌入城。江自螺丝港迅流过城，至青山闸，逶迤计三十余丈。观城外水势，即知城内。昨查城外庶征津口北湖水，询士民皆云：城水甚高于湖，贤士湖又高于青山湖，青山湖未闻倒灌贤士，岂有二湖逆涌数十丈灌城者？最不可信。

释：此因议开沟疏消城内之水，有谓恐外湖涨水倒灌者，故言此以明其不然。夫曰恐涨水倒灌，则果倒灌可虑，沟仍不当开，则有倒灌而内水之必不能疏消可知。而御倒灌之宜急于泄积水，此又一证也。

吴其濬治淮上游论

治河必先治淮，而治淮必治淮之上游，此其枢要不在江南而在安徽之境。窃见定远之叶子湖、瓦埠湖，皆四面有山，一线入河。而霍邱、寿州之湖与河相连，中隔长堤，口门历历可数。窃意前人于此，必有闸坝，以时启闭。诚能因势建坝，增堤稍高，淮水大则闭闸，不使助淮为暴，是洪湖所不能容者，而诸湖分容之；水小则启闸，使与淮流并注，是洪湖所不能尽蓄者，而诸湖分蓄之。其事可成，其利甚溥。纵使无益于河，而大有益于民。然从无一人议及者。

释：此本为淮之上流迁缓，不能畅达洪湖，遇涝则田地旱淹，值旱则湖水已乏。故欲于霍、寿湖河相连处建闸筑坝，以时启闭。是为治河而治田即在其中，其义正可与樊口之事错观。彼之闸，水大则启，水小则闭，重在蓄也，上流之所经也。今之闸，水大则闭，水小则启，重在泄也，上流之所归也。

项诚浚成都金水河议

一、城河之水来自郫灌西门外，应请建闸，水大时下闸以防冲溢。但冬令源水稀少，若再仍其直达府河，则城河必致浅涸。似应于东水关外河口之处建闸一座，一遇水浅，即将闸下板蓄水，毋使外泄。

释：西闸水大时下板，以防溢也；东闸水浅时下板，以防涸也。彼之闸以城河涨涸为启闭，今之闸以江水涨落为启闭。水本宜疏，而有时不能不暂用堵，其义一也。

正定守童华磁州计板开闸议

先是磁州东西闸，每遇三月以后、八月以前尽闭。永年、曲周之民思沾涓滴不可得。后经户部议准张廷襄条奏，定以五月启放，然未定作何启放章程。若令闸板尽启，沟浍一日可尽，既虑偏枯，必致争夺。议仿唐臣李泌、明臣汤绍恩西湖三江两闸计板放水遗规。磁州西闸七洞，下板八块。积水至六块，即可以分注沟渠；至八块，而各田充足矣。请自二月三十以后，将闸板全下，每月开放六次。放闸之法，水底留板六块，外面去板二块，使本地之沟水常盈，而下游之余波不绝。东闸止一洞，下板十三块，与西闸同日启放。放闸之法，水面去板四块，水与板平即止。既不遏水以病邻，亦不竭上以益下，争端可永息也。

释：此为蓄水济旱置闸，不欲使专其利，故定期启放，分润以及邻。今特拒倒灌，求去害而已。倒灌过期，便可常启。当以其时定闭闸之期，不得太早，反使积水内遏也。

稽璜等上河归江事宜疏

查湖河水势，多一分入江之路，即少一分入海之水。应将芒稻等各闸河（芒稻，运河归江之路）疏浚深通，以资宣泄。但芒稻乃两淮盐艘必由之路，若下板堵坝以济运（指盐运），则河工坐误机宜。若全开闸坝以利湖河，则盐艘恐致浅阻。期于两不相妨，庶可行之久远，应请将运盐河道估挑，以芒稻西闸底水深五尺为度，使运盐河内长存五尺底水，则盐船可以逡行，而沿河闸坝可以长年启板，既有利于河工，亦无碍于盐运。

> 释：此为筹盐河两全之计，故以芒稻闸底水深五尺为度，勿令径泄，而亦不至停积，以病河堤。今议准倒灌下闸，勿令径蓄，而亦不至添溢，以病洼区。互而参之，一例也。

王明德敬筹淮扬水患疏

东南漕米由江达河，止恃漕河一线。察从前漕规定制，粮运行后，方准官民船只前进。时当五月，即闭天妃闸，不容黄水溢入，以防淤垫。后人不审前贤立法深意，惟以恤商为名，遂令商民船只尽得由闸，以致浊水直入，全河尽淤，不复漕运过淮完后五月即闭天妃闸旧例。漕河旋浚旋淤，终不可得而深也。不建造漕堤滚水石坝，实筑高堰，冲开新口，将来水势横溢，去水无路，漕堤亦旋修旋溃，终不可得而固也。

> 释：天妃闸本为御浊流内溢，因漕艘经由，不能不启。暂启必即闭，重主在闭。今只为御江水倒灌，不能不闭。暂闭可常启，重不主在闭。所主不同，而其有取于以时蓄泄之用则一。至大水浸漫，则惟有广开陂堰，坚筑围圩，实为洼区要策。开堰即滚水宣泄之义，筑圩即长堤捍卫之义。治水治田，无二道也。

怀远水利志

讲沟洫于怀远，淮以南当兴其利，淮以北当去其害。害莫甚于沫河口，水涨则倒灌为害，水落则停潴为害。除倒灌之害莫如防。而沫河口纵横散漫，又当盛涨之时，淮且逆涡而灌肥，不可得而防也。除停潴之害，宜于疏导。而沫河下流，淮为归墟。自洪湖淤垫，淮流亦郁。当消落之时，其卑于沫河口仅以尺寸计，导之而不能行；且恐口门通畅，而倒灌之害益甚也。

> 释：此地处极洼，两面受敌，水涨则倒灌先及，水落则停潴后消。与樊口之西洋二畈相类，而二畈之较胜于彼者。沫河口为肥河入淮之所，来源既大，而下游口门散漫。又当盛涨时，淮且逆涡灌肥。二畈虽承梁子等湖注水，下游樊口口门狭小，止将口门堵住，江堤不溃，江水不能更由他处倒灌，尚可冀幸一时之获。但湖水暴涨，仍皆下注，停潴递加，消退不易，正与沫河口同。或且谓樊口建闸，仅止西洋二畈受益。异哉斯言！

白钟山筹堵下河来源疏

欲使下河减灾，惟有节其来水。欲节其来水，惟有将南关、车逻等坝封土三尺。俟水势长至三尺之外，方许启坝。如在三尺以内，严谨防守，不得擅启，俾湖河之水专注归江。查各年过水尺寸，大率一尺至二尺余寸者居多。至三尺以外者，十年之内不过二三年。如水长在三尺以内，滚坝无下注之水，则下河可获丰收。或遇水而时日稍迟，则早稻先获，已有得半之数。即使间遇异涨，启坝略早，而数年一次，小民亦所甘心。是坝上封土一策，实为保全下河之良法。

> 释：滚水坝本为减湖水归海也。因欲使下河减灾，更设封土之法，使过土外方许

启坝。如此年水不过土，则下河可无灾。过土少迟，早稻已先获矣。二畈之尤急于建闸，即此意。湖田另有一种稻，俗名扬花早，成熟最先，值江涨时，但迟半月许水不至，便已稔收。过此即遇异涨漫闸，不能种晚稻，亦所甘心也。

陶贞一录朱茂才常熟水利说

潭塘八区，河荡丛杂，来水皆汇焉。而以昆城湖为之胸腹，以二东门城濠为之咽喉，以福山港为尾闾。诸泾港堰闸不置，御水无术，如遇滃潦横流泛溢，一线城濠反为福山港倒灌之潮沙阻塞，其祸不止于潭塘八区也。

　　释：此条恰为樊口当闸之疏证。梁子湖在邑南百一十里，汇聚上游诸山泽来水，中间诸湖为之胸腹，长港为之咽喉，而以樊口为尾闾。樊口不闸，时值江水涨发，一线长港反为倒灌之水所据，则梁湖之咽喉梗阻，横流泛溢，诸湖皆溃，为患滋甚。故建闸正以为梁湖迤低各处田庐，非直为西洋二畈也。二畈地处釜低，一遇涨潦必先受之，势不能越高区而出诸港。故余谓宜就极洼已弃之地，多为潆荡以受水，更坚筑堰岸如圩田法，舍是无御灾之术也。而邑之人亦有言闸樊口，他处被淹必广者，其亦未之思哉。

以上各条，皆与樊口事可互相证。原文不能全录，省篇幅也。间有以己意移掇联缀，求畅其旨也。解释处辞意多复沓，欲使览者一目了了，弗敢文也。其余若此类尚多，不一一举，略已具于此也。噫！予之不惮琐琐而为此者，特以私于其乡乎哉？滨江各灾区居民，苦昏垫久矣。其流离转徙之状，目不忍睹、耳不忍闻者，所在皆是。苟可设法补救，因时因地，权其利害而为之策，宜亦仁人君子之所不容已也。而长吏相率苟安，以无事为福，邑人士之廉谨者，又类皆惧事不敢任，于是里之豪黠攘袂奋起，因缘以牟利，勒派冒蚀，衅隙迭构，事未集而讼滋矣。有司者于其是非所在茫如也，则一绳以旧案，禁不得改作，而于地方之休戚置弗问。民之病，其何日瘳乎？故因樊事为粗举建闸大意，而深破其积淹为害之惑，冀牧民者之或有取乎此尔！

书韩梦周开黑河议后

呜呼！天下之农愚而商恒黠，独六合乎哉？先王之政，崇本抑末，农为重，商次之。故愚乐得其为愚，俗愈朴愈恋。后世或抑农以重商，于是商与农争，愚者不得自安，讼狱滋起，然而黠者常胜，而愚者常不胜。农岂商敌哉？然彼商者，亦岂天道哉？痛哉斯言！岂独为商发也。王来之请开河也，因前人未竟功，议续成之，竟以忤巡按意致狱。孔子曰：不可与言而与之言，失言。是以君子于其言，必慎所与也。噫！使君子不敢尽其言，抑岂独君子之不幸欤？明嘉靖中，巡抚某以滁来圩田屡被灾，议别开黑水河，未果行。三十年行之，以误凿石骨止。及隆庆二年，来安人王来建议开河，忤巡按意，欲难来。来词语激切，巡按怒，竟置于狱。万历中，来复上言，事得行。寻为人阴谋阻之而罢。国朝屡开浚，未久复湮。于是多言沙土善崩，不敢置议矣。余尝过其地，询之土民。金云：此非独地利艰也，亦多阴挠沮之者。此河开不利六合商，诸商醵金啖官吏，故或议而不行，或行而故谬以败事。盖开河为农人之利，而商贾图便其私。农岂商敌哉？呜呼是言！然彼商者，亦岂天道哉？（节录原议）

再书韩议后

在《易》讼之象曰：君子以作事谋始。圣人所以示人远讼之道至矣哉！事莫难于始作，非始之难，始之而使其事历久，必无他变患之难。夫事之成败利钝，不可逆睹也。人情之毁誉爱憎，至无定也。君子安能举其意外万变莫可测度者，而悉防之哉！所恃者，理而已。理者，天下古今，人人之所共知共见，非可以一己之意见与也。故君子之举一事也，必考之于古，揆之于今，质之人人而皆以为是，反复商榷，以穷极乎理之至当而不可易然后已焉。一有未协，则无宁委蛇偃息，徐以俟之，必不敢苟且以侥幸于一试。如韩氏言，或议而不行，或行而故谬以败事。由前之说，行犹有待也；由后之说，岂惟弗行，而变有不可胜言者矣？苟非遇中正听讼之大人，吾恐元吉莫占，且不免鞶带之褫也。可不畏哉，可不慎哉？

书蓝鼎元论北直水利书后

夫言岂一端而已？夫各有所当也。徐贞明治水利，受事六阅月，遽以蜚语罢役。蓝子慨焉。因借以立论曰：人情公私不一，安保其必无异议？要在锐意举行，不为浮言所惑而已矣。蓝子此言，特为游移轻听、举大事而不终者言之耳。若其利害所在，稍有未审，则必旁谘博采，虚心听纳，反覆推察，以求其尽，不可稍有偏执。昔汤文正论治下河当开海口，酌闭各闸坝。其时河督坚执不移，以今日可塞、昔日何以议开为言。文正谓：因病立方，补泄随时，难以执一。于会议向中堂九卿言之，而河督坚执如故。详具文正答孙岊瞻书中。如某君者，亦可谓之不惑乎哉？沈子大曰：夫事，第论其利害与否耳。苟有其利，虽闾胥之故智，不可弃也；苟有其害，先圣之成法，有不可行于今日者矣。苏明允有言：君子之为政，与其视百姓之艰难而重改令之非，孰若改令以救百姓之患？事有宜于昔而不宜于今，有前人所未行而后人不妨创为之者。轻信人言，固执己见，其失维均，岂独治水哉？因阅蓝子书，窃为推论之如此。

书俞兰台《三吴水利萃言》自序后

水利之学，与舆地异。讲舆地者，恃考据，患在强古以就今；讲水利者，不专恃考据，患在舍今以徇古。如《禹贡》：三江既入，震泽底定。先儒说三江各不同。蔡氏注《尚书》，以唐张守节《史记正义》为据。然即其所称故道，今已多湮塞不可考。善乎俞氏之说曰：言三江者，不必求《禹贡》之三江，第求一湖下流之三江；亦不必泥娄江东江之故道，第观今日太湖下流之水势。知此者，可与言治水矣。顷阅近人马麟徵所为《长江图说》，谓《禹贡》彭蠡，当指鄂地之梁子湖，而以梁与彭、子与蠡为古音转近之讹。穿凿附会，不值一噱。或遂据此以难樊事，不知经曰会于汇，不曰于彭蠡。邵氏所云无仰其入而有赖其遏者，最为得之。岂谓彭蠡为豬江汉地乎？此所谓读《尔雅》不熟，几为劝学死者也。钱宫声有云：大湖之说，王鏊言之甚详。三江之道，王同祖辨之甚核。今所急者，固不在区区之议说，惟在明水之来源与其归墟，而辨施功之次第耳。其言与俞氏合，愿与好古之士参之。

书程含章覆黎河帅论北方水利书后

书之大意，以北方兴修水利，则南漕可量减之说为未尽然，因历陈其不便者六。斯言也，余窃疑之。直隶为《禹贡》冀州之域，厥田中中。谓不尽宜稻，则可谓必不可兴水田，无乃拘儒之见乎？宪庙营田局之设，为万世计，实为万世法。其不久即废者，特无如怡贤亲王、朱文端其人耳，岂法未善哉？昔人言有治人无治法，是固然。余谓治人有待治法，不可废存其法。是谓告朔饩羊，又从而诟病焉。即有其人阴谋挠沮之者，得有所藉口，其必自此言矣。独其谓"水患去而水利乃可徐议；水利且可缓图，水患则不可一日不去"，此不刊之论。不去水害而曰有害水利也，所谓利者安在哉？

书裘曰修直隶河道工程事宜疏后

予既因樊事历考昔人已论，以证倒灌之不可不御。或有难之者曰：子之言则辨矣。然某窃闻裘氏河道事宜疏，深以防御下游倒漾之说为不然。抑又何与？子曰：唯唯否否。夫裘氏所云，知其一未知其二者，以不顾上游之全无出路也。故其言有曰：现既不能将旧堤之土普行除尽，只得多开涵洞以为出路。盖裘氏以为治北河之法，筑堤不如挑淤。淤日积，河日高，水不能下达，必旁决，堤虽加何益？若每岁挑浚，使淤不厚，则河流渐深。河既深，不必恃堤埝以为固。因及淀泊诸处筑堤横塞之非，而穷其说于防御倒漾，使不得以为口实。全疏大意如此，乃谓上流不宜堵截，岂谓倒漾之必不当御哉？世多依附贾让，以堤防为下策，不知让之意主复禹迹，故议决黎阳遮害亭，放河使北。究其所谓"西薄大山，东薄金堤"，亦非尽不事捍蔽，一任水之所之，而以不治之治为上策也。夫读古人之书，不求其用意之所在，徒执单词只义，托为大言，以相夸饰。听者不察，或往往为其所眩惑。是非一淆，利害悬绝，世必有受其祸者矣！此君子之所大惧也噫！

书徐旭旦《三吴水利略》后

设官以为民也，民之事，非官治之，而谁治？而徐子曰：官督之治水难，使民自治其水则易。何也？民之趋利也，犹水之就下。凡民督之而弗应者，必其利之不甚切于己也。民自利其利，自争趋之，官但为之劝谕焉、相度焉，择邑里之贤者委任之，官一切弗问。一治以官，则不能不假手经承、隶皂与乡里保甲之长。此辈类皆悍黠小人，贪很无耻。符纸一下，惊扰四起。虽以利民之事，民或有所顾虑畏惧，莫敢即赴。求事之集，安可得哉？宋苏文忠治杭时，浚河造堰，民享其利。而熙宁中上书有云：今欲凿空寻访水利，岂惟徒劳，必大烦扰。所在追集，老少相视可否。吏卒所过，鸡犬一空，人心或摇，甚非善政。其言若与在杭之治相戾。何哉？夫为政者，亦在乎顺民之情而已。伏读世宗宪皇帝上谕：兴修水利、种植树木等事，原为利济民生，必须详谕劝导，令其歌舞从事，不得绳之以法。圣谟洋洋，真能以美利利天下者矣。非贤令尹，其孰能体此，以与吾民休养而生息之者乎？

书王太岳《泾渠志》论后

耿氏书以水利用湖不用江为第一良法，旨哉斯言！西北古渠所以多湮者，大约以河流难用故耳。余读王太岳《泾渠志》论，不禁废书三叹也。渠所以利民，而至于为民病，则何取于渠哉？虽然郑白之利，著于司马氏、班固之书。谓二渠废而后之治之者不得其道，则可谓二渠之不善，则非也。引泾诚劳费且利害参，然如西门豹引漳水十二渠为堰以灌邺田，贺兰祥修造富平堰引水洛中，宁夏之唐汉等渠即引黄河水为之，亦所谓因势而利导者。特后人无前人之智，兼以世降，官不与民习，一切假手吏胥，以民生日用之事而持以官符之法，往往求利而得害。故曰为政者举动不可不慎也。愚以谓居今日而言，水利于东南，当主耿氏说，用湖；于西北，当如陕之龙洞用山泉，甘肃之河西等处用雪水，随其所值，为之沟引，多开数尺之渠，即多溉数亩之地。如此，则民不扰，而官之职易尽。至于大开陂堰，引江河而广灌输，以俟非常之人可也。然而年积岁累，行之以渐，及其久也，成效亦略可睹矣。不然，第守清静勿扰之说，而于地方休戚一概置之，岂国家所以设官为民之意哉？

农田水利论略

天生五材，以利民用。独于水，言利者对害而言之也。水之害安在？在害农田。农田无害，则水利尽矣。故治水者，莫先于治田。有利无害，则兴其利；有利兼有害，则用其利去其害；有害无利，则专除害以为利。有利无害，主高乡；有害无利，主低乡；有利兼有害，主中乡。高乡之水宜引宜蓄，而议蓄必先议引，使水之来源裕，而后旱不能为灾，利在浚陂泉、修堰闸。低乡之水宜捍宜泄，而议泄必先议捍，使水之倒灌绝，而后潦不至加厉。利在筑堤圩、置闸洞。中乡兼二者以为治，而高之中又有高焉、有低焉，低之中又有低焉、有高焉，因地制宜，神而明之，存乎其人。此非独所以治田也。准此以治水，河也、淮也、江汉也，凡水莫不有上中下。抑非独所以治水也？准此以治天下之水之田，一省、一郡、一邑，凡水凡田，莫不各有上中下，或统而治之，或分而治之，使天下之田无不治，则水无不治。与水争地之策，非也。本水之地而争之水，岂能听其争？不听其争，而水之害迭出矣。弃地与水之说，亦非也。本非水之地而弃之地，将不胜其弃。不胜其弃，而田之利浸失矣。水之害迭出，受其害者在民；田之利浸失，受其害者岂独在民，而且在国。减一分水，民即少一分灾；增一分田，国即多一分赋。今天下之民穷极矣。各省之库储支绌已甚矣。虽有捐输，不能均其出纳也；虽有厘金，不足资其挹注也。然则欲为裕国计者，莫如求本富。本富在治民田，治民田在去水害以兴其利。其法则古人言之备矣。治水如治兵，恃临阵之运用，徒读兵书，不可为大将。然不知兵书而筹于何运？治水如治病，恃临症之诊视，徒执古方，不可为良医。然不悉古方而剂于何制？综前人之言，以折其中，酌今日之地，以参其变，可以治水，可以治田。《禹贡》一篇终于则壤成，赋旨深哉！舍治田而言水利，利于何有？水利未谙而求治田，田于何治？噫！此水患所以不除，而民之所以重困也欤！

自　识*

予少钝，读书不求甚解，泛览而已。行年六十，精力益颓惫，兼迫尘宂，求如曩者泛览不求甚解，乃亦弗得也。比因樊上建闸事议者不一，同人以予隶樊，多就询予，亦疑信半，弗敢臆对。欲考定都为一编相质，正京宦贫，故鲜藏书。别觅书，又以素未习，恐骤莫得其端绪。乃就架庋前人各言水利篇，浏览数过。阅十余日，既似稍有悟，因粗为论说，述而录之，以蠡测海，奚当恐尚蠡之不若也。同志之士，幸赐抉摘，匡其不逮，则予之所厚望也。夫光绪己卯春正月既望，崔生氏识于京师宣南寓斋之古藤花馆。

始是编成，客有语予者曰：樊事则已行矣。子安用是哓哓为？曰：唯唯。予初固不敢轻持示人，以樊人争樊事，恐未允当，只取戾耳。既思是非须参校乃定，不妨姑存一说，俟明者审览。地方兴一利颇难，自议者不一。虽叠奉大吏督饬，闻邑之贤者皆畏缩不至。而起而赴事者，只出于闾里小民，急顾其私，为苟且旦夕之计。正使幸而闸成，未必可恃。待其圮也，或有人再持其后，则将遂不可复举矣。予所以鳃鳃过虑，愿存此以为刍荛之献者也。己卯七月又记。

澹灾蠡述跋 (续刻附)

天之高也，星辰之远也，绵千百年，可实测得之，然犹积七十岁而差。于地亦然。山镇无古今，一也。川渎则异同相万。河出昆仑墟，淮出桐柏所，同。河一迁于汉，至今而数数迁矣。淮亦失其道，而袭河之故。江汉与河淮，并在四渎，河淮已然，江汉又可以古绳今乎？樊口建石闸一役，外足以御江之侮，内足以杀湖之势，为吾邑百世利。而群议淆如，莫衷一是。家崔生侄于是有《蠡述》之作。难之者曰：言水之书，莫古《水经》郦亭注云：江水东径鄂县北，右得樊口、江津南入。此樊口为江所入之一证。不知《水经》之文，江水有脱简。郦亭长于北代，足迹不至江汉。取裁图经，未必不误。子舆氏曰：水无有不下江。自江夏而武昌而靳州，以汇于九江。江夏北极出地三十度三十三分，武昌北极出地三十度二十三分，靳州则三十度四分，九江则三十度一分，益东则益下，其流益顺且易。今舍禹所导之故，而要而内诸武昌之樊口，武昌方不越二百里，湖泽又十之九，非如云梦、彭蠡之有容也。使江复入之，则尽武昌不足容，必南而病大冶、咸宁以下。盖大冶三十度六分，咸宁二十九度五十七分，又下于武昌也。石闸一建，江下于湖也，则启之注湖于江；湖下于江也，则闭之绝江于湖。绝江于湖，湖始不为江所夺。湖不为江所夺，始可通其塞，而疏其涌。匪惟武昌一邑，亦大冶、咸宁以下之利也。读《蠡述》既卒，业因书以复于崔生。崔生傥亦以予为一勺之助乎？光绪六年春，志熙跋于金陵公寓。

枣强书院义仓志

清光绪五年刻本

（清）方宗诚　撰

赵晓华　点校

枣强书院义仓志

枣强书院义仓志序

予宰冀州之枣强，既创建敬义书院，兼作考棚、义学，买地亩以充师生束脩膏火之资，筹款生息以为乡会试士子旅次资斧。经营数年，始克藏事。继又创建义仓二处，积谷万石，以为备荒之用。亦经画数载始成。缔造艰难如此，盖莫非予心神之所运，邑民膏脂之所结也。惧其久而不能守，或为人侵蚀，无可稽考，既刻入县志，申请大府存诸案牍，复将书院地亩、义仓廒数谷数编为一志，刊布士林，庶几人人可以讥察，不使废坠。以无负予□养士民之苦心云尔。光绪五年十月既望知县事方宗城识

枣强创建书院考棚，置膏火地通详立案文

为详请立案事。案查同治十年四月二十四日蒙前本州成札开，同治十年四月初九日蒙前清河道宪陈开，同治十年三月二十五日蒙爵阁督宪札开为通饬遵行事。照得郡守牧令有父母斯民之责，除刑名催科而外，教养是其专责。仰通饬各属整理书院、义学等因。并蒙爵阁督宪径札下县。卑职到任后，业已详细查明县志，旧有大原书院一所，自明万历时已毁，至今约三百年，基地无存，经费无出，劝捐创建，民力维艰。因于每月在明伦堂及署中月课二次，亲为批改文字，捐廉奖赏膏火，并送前贤书籍，与之讲明实学。至同治十三年秋，查得前县张令曾以县中公款买有地基一片，在西门大街，相度形势，可以为创建书院之用，乃倡捐银一千余两，易京钱三千余串，鸠工庀材，创建前讲堂、后讲堂两重并大门院墙，高大坚实，规模宏阔。由是合邑士民欢欣鼓舞，皆愿捐助，以观其成。五品衔千总武生李清华、员外郎衔李咸临、贡生李执玉、六品衔李建龄，请以西偏宅基一片并瓦房六间、平房四间、小阁一座捐入书院，以广添作考棚之用。廪贡生王均、监生王钫、花翎运同衔王墤、花领运同衔河工通判王圻，请于前后两讲堂之间自建瓦斋舍十八间，以为肄业诸生讲课之所。适值时和岁丰，家给人足，自有地五十亩以上之家，皆愿捐资添建余房，修造桌凳，置买地亩，计共捐京钱三万八千余串。于是复于李姓所捐宅基之上建造瓦斋房十四间，以为考舍；修理平房四间，以为斋厨。又修理李姓瓦房六间，以为传经义学。改建前讲堂对面平房为瓦房四间，以为养正义学。修理小阁一座，以供太公、董子之位。缘枣强古名棘津，为太公流寓之所；又名广川，为董子生长之地。故旧有太公、董子二祠。前明书院名大原者，用董子故事也。今董子祠存，太公祠久毁。乃改书院名曰"敬义"，而祀太公于阁中，以董子配，额曰"见知阁"，以太公为见知之圣也。又悬"名世大儒"四字于上，以资学者观感。既成，禀蒙督宪颁赐匾额二方：一"敬义书院"匾额，悬挂大门之外；一"正谊明道"匾额，悬挂讲堂之中。又书朱子白鹿洞书院规于讲堂之上，俾士子有所兴起。总计除两讲堂外，斋房四十余间，议由绅士每年延请院长及义学师居住

其中，教诲士子。平时为生童读书课文之所，县试即为文武生童考棚之用。修房余资，置买上地九顷三十亩，每年约计可入地租京钱二千串，以为师生束脩膏火之用。所有一切章程、碑记捐户姓名、修房买物进出钱数、地亩、村庄亩数以及管事姓名，皆用木板细写，悬挂讲堂之上，晓于大众，并刻入县志补正之中，以资查考。卑职又念邑中举人类多寒士，会试之年往往无资入都，因捐实银三百两，发交卷子镇当商生息，交绅士王堉经管收存，以为每次发给举人盘费。又筹捐京钱一千串，发交卷子镇当商生息，以为每逢乡试发给应试文生盘费。俱禀蒙督宪给示，亦悬挂讲堂之上。又查旧志所载四乡义学十余所，今尚存有十所；未经入志之义学，今尚存有六所。卑职到任后，查理各村外所有空庙，虑其藏匿匪徒，改为义学十所。宅房地亩数目，皆已存卷立案，列入新修县志补正之中。每年必令各地方报明各义学师生姓名、数目，考其功课，无致废替。业将书院考棚碑记、规条章程、禀牍批示、房地文契以及乡会试盘费告示、四乡义学名目俱编成一册，名曰《枣强书院志》存卷，并刊地亩数目，分布四乡，以垂永久。理合抄录通详立案，备查施行。

督宪李批：如详立案，抄本存。此缴。

藩宪丁批：据详创建书院，置买膏火地亩、乡会试盘费、城乡义学各章程，编成书院志书，申请立案缘由，已悉。足见该令认真整顿，振兴文教，殊堪嘉尚。应准如详立案，仍将发商生息银两，饬令绅董妥为经理，以垂久远，毋违。并候督宪批示缴。书院志书存查。

本州宪李批：凡所经画，洵非一时规模。兴教敦俗，端由于斯。吾从政者当知所勉。披读再三，佩折之至。如详立案，仍俟各宪批示缴。书院志存。

敬义书院简明章程

一、各庄租价，每年两季催交，按原租价，每亩减二百文（行间批语：花地不减）。如遇水旱年分，有被灾者再议。

一、每年租价，由各绅董请官饬六路分管及各村地方，令种地人按季交清，不得拖欠，存殷实钱铺，以备书院支用。

一、每年传经义学，请本地举人掌教，束修、火食共二百四十千。必须品学兼优，不干公事者，常住义学。

一、每年养正义学请本城生员教读，束修共四十千。必须立品勤于教读之人，常住义学。

一、山长由绅董延访外省外府州县进士、举人主讲，必以品学兼能、长住书院讲学衡文者然后延请，不由官府受上司之荐，致成应酬虚文。

一、山长每月二课，传经义学每月二课。

一、膏火奖赏不分正课、斋课，不定超特上次名数。每课随文升降，生员超等、童生上取者，膏火稍优；其特等及中取者膏火较少；其壹等及次取者无奖赏。惟卷费则出于书院。每课奖赏膏火，必俟下课点名后连课卷颁发，不到者扣除，所以励勤戒惰。

一、每课一名散点心一斤，另备茶水。

一、看门丁、打扫夫二名，每月工食钱三千文。

一、每课礼房一名、茶房一名，每名给饭钱一百文、点心一斤。

一、山长义学师开课，必须敬备酒席，设燕讲堂。

一、院中书籍桌椅、考棚桌凳，皆不得外借，即各署皆不许借用。另有簿交义学师经管。如义学师更换，即以簿交给后义学师。

一、院中书籍，诸生愿读者，必请于义学师簿记，归还时亦必禀明义学师销号，不得残缺污坏。

一、书院经费，每月细账由礼房开发记簿，每年终必算清，立一总簿，以记旧管、新收、开除、实在四柱数目。

一、钱粮按每年银价完纳。

一、每逢乡会试场，帮贴钱粮册书誊录费京钱五千。

一、书院如有岁修，皆由绅董在经费之中支用，须常时照应查理，无致损坏。

一、每逢乡会试，盘费另有发当生息之款，届时开发。其宾兴奖赏由书院开发。官府如另有奖赏，不在其内。皆必真实应试生员，然后准领。

一、书院之中不得借作官员公馆。

一、每逢科岁县考，必将桌凳整理一次，考毕必收拾一次。仍查数登簿，缺少者必须补足。其工费由县署自发。

一、岁科县考，一切用度由县署自赔，不得用书院经费。

一、书院义学诸生，不得有来往骡马在内，如有立罚。

一、每年租价，原定分上下两季交纳，由绅董派殷实铺户登簿收支。今议定每届应催租之时，绅董谒见官府，呈地亩租价簿，请官府督饬六分管及各该地方，催各村承管董事及佃户按数完纳。其地亩租价簿由礼房收存。每逢税契钱粮邻期，礼房捧簿请官府顺便比催。凡交租价者，必由礼房承总登入簿内各人名下，交绅董所发之铺户。铺户亦必登簿，每邻一结，每月一结。收完之后，仍将收数交绅董收存。

一、铺户收支须互相更换，周而复始。如今年上季在甲字铺内收，下季即在乙字铺内收，明年上季又在丙字铺内收。其每季发款，必先支此铺旧存之款，支完再支彼铺内新收之款。当年上季收者不发，发者不收。下季收者不发，发者不收。庶账目可无葛藤。

一、每月支束修、膏火、点心、工食一切用度，应由官府开数交礼房，告绅董支发。

一、礼房每年年终，应由绅董给心红纸笔费十二千。六分管，每名二千。

一、章程如行之有弊，由绅董随时妥议更改。

枣强敬义书院地亩数目界至

县 前 路

（原书行间批语：光绪六年，公议每年一亩减京钱二百文。）

一、买宋继孔黑蟒村村南南北地一段，计地八十八亩二分五厘二毫。其地南至王姓，北至道，东至吴姓，西至吴姓，计西长阔二百二十二步二尺，东长阔二百十九步二尺，中长阔二百二十二步二尺，北横阔九十五步，南横阔九十六步，中横阔九十六步。

以上黑蟒村共地八十八亩二分五厘二毫，每年每亩租价京钱二千六百文。

一、买朱殿邦杨苏村西南南北地二段，共一块，计地五十七亩七分三厘六毫。其地南至道，北至朱，东至朱，西至朱。计西段长阔一百七十七步，横阔十九步二尺五寸。三面相同。东段西长阔二百八十四步，东长阔二百七十步，北横阔三十九步，二阔三十九步二尺，中横阔三十六步四尺五寸，二阔三十六步，南横阔三十六步，二尺五寸。

一、买朱殿邦杨苏村西南南北地一段，计地十八亩八分六厘二毫。其地南至道，北至道，东至王，西至苏。计西长阔一百步，东长阔一百零三步，北横阔四十四步，中横阔四十四步二尺，南横阔四十五步二尺。

一、买朱立元杨苏村西南南北地一段，计地二十一亩二分九厘一毫六丝。其地东至朱，西至朱，南至道，北至道。计东长阔一百八十五步二尺，西长阔一百七十九步三尺，北横阔二十九步，中横阔二十八步，南横阔二十七步。

以上杨苏村共地九十七亩八分八厘五毫一丝。每年每亩租价京钱二千二百文。

一、买魏瑞年魏家庄村东南南北地三段一块，计地二十三亩六分二厘三毫八丝。其地东至魏其占，西至董茂林，南至道，北至董姓。计东边一段，东长阔二百五十步，西长阔二百五十六步，南横阔七步四尺二寸，中横阔八步四尺二寸，北横阔九步一尺八寸。第二段长阔三百五十六步四尺，南一长阔五步四尺九寸，南二长阔五步四尺七寸，南三长阔六步零六寸，北一长阔四步四尺四寸，北二长阔五步二尺五寸，北三长阔五步四尺五寸。西段东长阔三百七十一步三尺五寸，西长阔三百七十九步三尺四寸，中横阔三步三尺五寸。南一横阔四步一尺七寸，南二横阔三步四尺三寸，南三横阔三步三尺六寸，北一横阔三步二尺九寸，北二横阔三步三尺五寸，北三横阔三步三尺八寸。

一、买董茂林魏家庄村东南南北地二段，计地十二亩二分五厘一毫六丝。其地东至魏瑞年，西至魏继徽，南至道，北至董。计东段三百六十六步二尺，南三横阔俱二步三尺四寸，北四横阔俱二步四尺；西段长阔三百八十步，中横阔五步零二寸，南一横阔五步零八寸，南二横阔五步零二寸，北一横阔五步一尺一寸，北二横阔五步零五寸。

一、买魏继徽魏家庄村西南南北地二段一块，计地十三亩三分二厘八毫八丝八忽。东至魏姓，西至李姓，南至道，北至魏姓。计东段东长阔一百四十九步，西长阔一百四十六步三尺，中横阔十步一尺，南横阔十步零三寸，北横阔八步四尺；西段长阔一百四十四步，中横阔十一步四尺八寸，南横阔十一步四尺七寸，北横阔十二步四尺五寸。

一、买魏焦氏魏家庄村东南南北地一块二段，计地二十六亩六分七厘八毫七丝三忽。东至魏继徽，西至魏兴柱，南至董成文，北至道。计东长阔一百七十四步三尺，西长阔二百三十六步，中横阔二十九步四尺一寸，南横阔二十九步四尺一寸，北横阔三十一步四尺一寸。南头车道地一段，长阔四十步二尺五寸，横阔四步二尺。

一、买魏继徽魏家庄村东南南北地一段，计地八亩。东至董姓，西至焦氏，南至董成文，北至道。计长阔一百六十五步四尺，横阔十一步二尺九寸，三阔同。

一、买魏焦氏魏家庄村南南北地一块四段，共地四十一亩五分零九毫八丝五忽八尾。其地东至魏春明，西至南半董姓，北半魏姓，南至魏姓，北至董姓。计东边一段长阔二百六十六步，中横阔九步一尺一寸，南横阔十步零二尺二寸，北横阔八步。中段长阔二百四十二步，中横阔十九步，南横阔十八步，北横阔二十一步。西边南段长阔一百四十八步，中横阔十三步一尺四寸，南横阔十二步二尺五寸，北横阔十四步；西边北段长阔九十三步，中横阔九步三尺，南横阔九步三尺，北横阔九步二尺。

以上魏家庄共地一顷二十五亩三分九厘二毫八丝六忽八尾。每年每亩租价京钱二千文。

南 关 路

一、买赵天祥赵家屯村南南北地一块，三段相连，共地十九亩七分八厘六毫三丝二忽。其地西段计地六亩四分七厘五毫，西至卖主，东至买主，南至道，北至道。又东段地五亩九分一厘二毫六丝一忽，西至买主，东至赵，南至赵，北至道。又南段地七亩三分九厘八毫七丝一忽，西至买主，东至赵，南至赵，北至赵。计西段长阔一百零三步三小尺，横阔十五步，三阔同。东段长阔七十二步二小尺，横阔十九步三小尺，三阔同。南段长阔一百零三步三小尺，中横阔十七步三小尺八寸，西横阔十六步四小尺五寸，东横阔十六步三小尺八寸。

一、买赵天祥赵家屯村正南南北地一段，计地六亩五分三厘三毫三丝一忽。东至赵，西至赵，北至赵，南至道。计长阔一百零一步三小尺。中横阔十五步一小尺二寸，北横阔十五步二小尺九寸，南横阔十五步二小尺四寸。又村南南北地一段，计地六亩七分三厘八毫七丝五忽。其地东至赵，西至赵，北至卖主，南至道。计长阔一百十九步四小尺，中横阔十三步四小尺八寸，又十三步二小尺，北横阔十四步三小尺六寸，南横阔十一步四小尺六寸。

以上赵家屯共地三十三亩零五厘八毫三丝八忽，每年每亩租价京钱二千文。

县 东 路

一、买彭椿龄八里庄村西北南北地二段，共地四十亩零七厘九毫八丝。其地东至王姓，西至林姓，南至顶地，北至大道。计西大段东长阔二百十三步一小尺，西长阔二百二十七步三小尺，中横阔四十二步零六寸，南横阔三十四步三小尺一寸，北横阔四十二步三小尺五寸。东小段长阔一百四十三步一小尺，横阔五步整，三阔同。

一、买彭椿龄八里庄村西北南北地二段，共地二十五亩二分六厘五毫六丝二忽。其地东至王姓，西至刘姓，南至顶地，北至大道。计东大段东长阔二百五十四步，西长阔二百五十七步，中横阔十四步零五寸，南横阔十四步四小尺，南二横阔十四步二小尺五寸，北横阔十三步二小尺，北二横阔十三步零五寸；西小段长阔一百十七步一小尺，中横阔二十一步四小尺，南横阔二十步零四小尺，北横阔二十一步四小尺。

一、买彭玢八里庄村北南北地二段，共地四十一亩七分四厘四毫。其地东至孟姓，西至郝姓，北至顶地，南至大道。计东段长阔一百四十九步二小尺三寸，中横阔三十五步二小尺五寸，南横阔三十四步四小尺，北横阔三十八步一小尺；西段长阔一百五十四步三小尺，横阔三十步，三阔同。

以上八里庄共地一顷零七亩一分八厘九毫四丝二忽，每年每亩租价京钱二千文。

一、买郭世贞郭家庄村西南南北地一段，计地三十二亩七分一厘零二丝二忽。东至张怀珍，西至刘玉华，南至张姓，北至大道。计西长阔二百十三步，东长阔二百十九步二小尺，横阔二十二步一小尺三寸，三阔，同，南横阔十四步二小尺五寸，南二横阔十四步二小尺，北横阔十四步零八寸，北二横阔十三步三小尺六寸。

以上郭家庄地三十二亩七分一厘零二丝二忽，每年每亩租价京钱二千文。

一、买王永兴赵林村东南北地，五段相连，共地三十五亩九分一厘二毫三丝七忽。计一段计地三亩九分八厘四毫七丝，东至王立廷，西至王玉兰，南至地主，北至大道，长阔一百五十一步，南横阔六步一小尺五寸，中横阔六步二小尺，北横阔六步一小尺五寸。又一段计地三亩零一厘零二丝，东至王立廷，西至地主，南至王哲义，北至地主，长阔八十三步四寸，南横阔八步四小尺四寸，中横阔八步四小尺四寸，北横阔八步一小尺七寸。又一段计地八亩七分六厘五毫二丝五忽，东至王玉兰，西至王芳谷，南至王桂林，北至大道，长阔二百二十步四小尺四寸，北横阔九步一小尺二寸，二阔九步二小尺一寸，中横阔九步四小尺七寸，南横阔九步二小尺八寸，南二阔九步二小尺三寸。又一段计地十二亩二分零三毫八丝，东至王殿兴，西至王立廷，南至王玉美，北至道东，长阔一百七十四步，西长阔二百零五步，北横阔十二步四小尺四寸，北二横阔十四步三小尺五寸，中横阔十五步一小尺五寸，南横阔十七步三小尺五寸，南二横阔十六步三小尺五寸。又一段计地七亩九分四厘八毫四丝二忽，东至王桂林，西至王殿兴，南至道，北至王方谷，长阔一百四十三步，横阔十三步一小尺七寸。

一、买王中和堂赵林村西南北地一段，计八亩四分八厘五毫三丝。东至王振华，西至王方谷，北至广集堂，南至大道。计长阔一百五十七步二小尺五寸，南中十二步四小尺四寸，南横十二步二小尺五寸，北中十三步一小尺七寸，北横十三步整。

一、买王兴武赵林村东南北地一段，计七亩五分三厘一毫。东至赵姓，西至义和堂，南至大道，北至广集堂。计长阔二百零四步一小尺四寸五分，横阔六步，三阔同。东小段长阔一百十一步四小尺五寸，横阔五步一小尺，三阔同。

以上赵林村共地五十一亩九分二厘八毫六丝七忽，每年每亩租价京钱二千文。

京　关　路

一、买孟贵新危家屯村西南南北地一段，计地九亩八分一厘七毫五丝。其地四至俱张姓。计长阔一百十六步一小尺三寸，中横阔二十步一小尺，南横阔二十步二小尺，北横阔二十步一小尺。又村西南南北地一段，计地四亩零六厘，其地东至王，西至张，南至张，北至张。计长阔一百十六步，中横阔八步二小尺，南横阔八步三小尺，北横阔八步一小尺。又村西南南北地二段，共一块，计地六亩九分六厘三毫一丝五忽。其地东至王，西至王，南至张，北至张。计西大段长阔一百十四步二小尺五寸，横阔十步，三阔同。东小段六十五步一小尺，南横阔八步一小尺八寸，南二横阔八步一小尺，北横阔八步一小尺，北二横阔七步二小尺六寸。

一、买孟贵新危家屯村北东西地一段，计地十六亩六分零四毫。其地东西均至大道，北至丁，南至孟。计北长阔一百六十四步一小尺，南长阔一百五十六步一小尺，横阔二十五步，三阔同。又村北南北地三段，共地八亩九分零一毫六丝。其地东至李，西至王，北至李，南至道。计西段长阔八十三步四小尺，中横阔六步三小尺；西段北横阔七步零五寸，南横阔六步一小尺；北段长阔六十九步四小尺，横阔十二步四小尺，三阔同；南段长阔八十三步四小尺，横阔八步一小尺，三阔同。又村北南北地一段，计地七亩三分九厘八毫八丝六忽。其地东至危，西至李，南至道，北至李。计长阔一百三十九步一小尺，南横阔十三步，中横阔十一步四小尺四寸，北横阔十二步二小尺。

以上危家屯共地五十三亩七分四厘五毫一丝一忽，每年每亩租价京钱二千文。

一、买宋峰云南瓮口村西南南北地一段，计地七亩一分九厘三毫二丝；又一段，计地六亩六分零九毫。二段共一块，共地十三亩八分零二毫二丝。南至宋奇云，北至石，东至韩玉贵，西至李有。西段七亩一分九厘三毫二丝，长阔二百三十八步三小尺五寸，南横阔七步四小尺五寸，二阔七步二小尺四寸，三阔六步二小尺四寸，四阔七步二小尺一寸，北横阔七步二小尺。东段六亩六分零九毫，长阔二百二十步零一小尺五寸，南横阔八步，二阔六步四小尺，三阔六步三小尺，北阔七步二小尺。

一、买宋峰云南瓮口村南南北地一段，计地六亩零一厘九毫。北至大道，东至韩玉贵，西至宋奇云，南至仉立本。计东长阔一百四十二步，西长阔一百三十五步三小尺二寸，南横阔十一步零四寸，中横阔十步零二小尺二寸，北横阔九步三小尺五寸。

一、买宋全喜南瓮口村西南南北地一段，计地八亩一分九厘四毫。又南北地一段，计地八亩一分二厘。二段共计地十六亩三分一厘四毫。东段八亩一分九厘四毫，长阔一百八十八步一小尺，北横阔十步一小尺五寸，中阔十步，南横阔十一步二小尺五寸。南至张，北至道，东至张，西至书院。西段八亩一分二厘，长阔一百八十八步，北横阔九步三小尺五寸，中阔十步零一小尺九寸，南横阔十一步。南至张，北至道，东至书院，西至书院。

一、买孟德彰南瓮口村西南南北地一段，计地九亩六分四厘九毫五丝。南至张，北至道，东至书院地，西至张。长阔一百八十四步二小尺五寸，南横阔十六步四小尺，二阔十四步三小尺五寸，中阔十一步零八寸，四阔十步零二小尺，北横阔九步三小尺五寸。

以上南瓮口村共地四十五亩七分八厘四毫七丝，每年每亩租价京钱二千文。

一、买吕元文良党村西北南北地二段，共一块，计地二十一亩三分七厘。其地南至大道，北至孟，东至吕，西至张。西大段西长阔一百五十步零四小尺五寸，东长阔一百四十六步南横阔二十九步四小尺二寸，中横阔三十一步零九寸，北横阔三十二步四小尺六寸。东小段东长阔九十四步三小尺，西长阔一百步零一小尺三寸，南横阔三步三小尺，中横阔四步三小尺九寸，北横阔六步二小尺。

以上良党村共地二十一亩三分七厘，每年每亩租价京钱二千文。

一、买王书绅后王善友村东北南北地三段，共地十亩零六分四厘四毫六丝三忽。其地东至王姓，西至包姓，北至杨姓，南至大道。计东段长阔一百零四步三小尺，横阔九步，三阔同。中段长阔九十四步二小尺，横阔九步一小尺五寸，三阔同。西段长阔一百零一步三小尺五寸，南横阔七步四小尺，中横阔七步二小尺，北横阔六步二小尺五寸。

一、买王俊士后王善友村北东西地二段，共地十三亩六分三厘七毫。其地东至大道，西至大道，北至杨姓，南至王姓。计南长阔一百五十步，东横阔十七步一小尺七寸，中横阔十五步，西横阔十四步二小尺，北长阔一百六十步，东横阔五步二小尺四寸，中横阔五步四小尺五寸，西横阔六步一小尺。

一、买王书绅后王善友村西北南北地一段，计地二十二亩六分九厘六毫零二忽。其地东至杨姓，西至杨姓，北至大道，南至大道。计东长阔二百十七步，西长阔二百十步，北横阔二十四步零四寸，中横阔二十五步零三寸，南横阔二十七步二小尺。

以上后王善友村共地四十六亩九分七厘七毫六丝五忽，每年每亩租价京钱二千文。

县 西 路

一、买李荣响、李荣常崔家庄村西南北地三段，计地十八亩四分五厘六毫一丝四忽。其地南至大道，北至冯汝虎，东至田怀恩，西至王兴良。南段长阔一百十七三小尺，南横阔二十步一小尺三寸，中横阔十九步一小尺三寸，北横阔十八步二小尺四寸，北段长阔七十五步一小尺五寸，南横阔二十三步零七寸，北横阔二十一步三小尺五寸。东西一段长阔八十七步二小尺九寸，横阔五步一小尺七寸，三阔同。

一、买马怀隆崔家庄村西南北地一段，计地十三亩一分零七毫一丝五忽。其地南至卖主坟，北至大道，东至李凤文，西至刘孟春，南北长阔一百七十一步，南横阔十六步一小尺七寸，南二横阔十七步零二寸，中横阔十八步一小尺，北横阔二十一步，北二横阔十九步二小尺。

一、买刘明顺崔家庄村西南北地二段一块，计地四亩四分三厘一毫九丝七忽。其地南至小道，北至大道，东至冯振荣，西至刘孟春。大段长阔一百二十八步一小尺，南横阔五步四小尺六寸，中横阔六步一小尺八寸，北横阔六步四小尺三寸。小段长阔九十六步二小尺五寸，南横阔二步二小尺，中横阔二步二小尺八寸，北横阔二步三小尺六寸。

以上崔家庄共地三十五亩九分九厘五毫二丝二忽，每年每亩租价京钱三千文。（原书行间红字：花地不减。）

一、买刘景臣刘村南东西地一段，计地八亩零六厘二毫七忽。其地东至小道，西至大道，北至横头，南至李永盘。计长阔一百十三步三小尺，东横阔十七步零二寸，中横阔十七步零二寸，西横阔十七步零一寸。

一、买刘怀廷刘村南南北地一段，计地二十亩零二分三厘四毫一丝。东至冯建子，西至田种玉，北至周君锡，南至王姓西去东道。东西长阔十三步二小尺，南北横阔一步一小尺，长阔一百三十九步四小尺七寸，南横阔三十三步四小尺八寸五分，中横阔三十四步三小尺四寸，北横阔三十五步零一寸。

一、买刘怀顺刘村西南南北地一段，计地七亩零八厘一毫五丝。其地东至王思维，西至王清凤，南至卖主，北至道。又东西地一段，计地八亩四分六厘四毫五丝六忽。东至吕怀信，西至周姓，南至刘景文，北至顶头。南北地东长阔一百四十六步四小尺，西长阔一百三十七步零五寸，南横阔十一步二小尺六寸，北横阔十二步一小尺。东西地长阔一百十六步一小尺五寸，东横阔十七步零六寸，中横阔十七步四小尺，西横阔十七步二小尺四寸。

以上刘村共地四十三亩八分四厘二毫二丝三忽，每年每亩租价京钱二千七百文。（原书行间红字：花地不减。）

西 关 路

一、买李保顺萧张村西南南北地一块，计地十亩零六厘七毫一丝五忽。东至李经堂，西至李文清，南至道，北至道。计长阔二百三十六步四小尺，北横阔十一步零七寸，北二横阔十步零七寸，北三横阔九步二小尺二寸，南横阔十步零三小尺，北四横阔九步四小尺，北五横阔十步零五寸。

一、买李经堂萧张村西南南北地一块，计地八亩。东至李云虎，西至李保顺，南至道，北至道。计长阔一百二十五步，横阔十五步一小尺八寸。

一、买李景怀萧张村西南南北地一块，二段相连，共地二十四亩零八厘零二丝。南段计地九亩三分五厘五毫九丝，东至李景怀，西至魏，南至顶地，北至买主。又北段地十四亩七分二厘四毫三丝，东至卖主，西至魏，南至买主，北至顶地。计南段东长阔八十九步，西长阔九十一步三小尺，中横阔二十七步三尺五寸，南横阔十七步二小尺五寸，北横阔二十九步二小尺。北段长阔一百二十一步一小尺五寸，中横阔二十九步，南横阔二十九步二小尺，北横阔二十九步。

一、买辛冠英萧张村南南北地一块，计地九亩八分一厘。东至卖主，西至辛，南至大道，北至大道。计长阔二百十六步，横阔十步四尺五寸，六阔同。

一、买张兴萧张村东南南北地一块，三段相连，计地十亩零五分五厘五毫五丝八忽。北一段八亩八分三厘零六丝二忽五微，北至道，南至买主，东至张，西至李。东边南段一亩五分九厘六毫八丝七忽五微，北至买主，南至王，东至张，西至王，西边南段一分二厘八毫零八忽，北至买主，南至张，东至王，西至李。计北段东长阔九十三步，西长阔一百零六步，北横阔二十步零五寸，中横阔二十一步一小尺，南横阔二十二步三小尺。东边南段西长阔三十步，东长阔二十二步二小尺五寸，北横阔十四步，南横阔十五步一小尺。西边南段长阔五步四小尺，横阔五步一小尺五寸。

一、买李庆有萧张村西南南北地一段，计地十二亩二分九厘八毫二丝。西至杜，东至杜，北至道，南至顶地。计长阔二百十五步三小尺，北横阔十三步一小尺八寸，北二横阔十四步一小尺四寸，南横阔十三步一小尺八寸，南二横阔十三步三小尺八寸。

一、买李经怀萧张村南南北地一段，计地三亩零一厘二毫。东至卖主，西至书院，南至顶地，北至大道。计长阔二百步零零四小尺，横阔三步三小尺。

以上萧张村共地七十七亩八分二厘三毫一丝三忽，每年每亩租价京钱二千文。

一、买谷升车杜烟村西北南北地一块三段，共地十八亩五分八厘二毫五丝七忽。其地东至陈，西至陈，南至顶地，北至顶地。计东段长阔二百十八步三小尺，南横阔九步零六寸，南二横阔八步四小尺六寸，南三横阔九步零五寸，南四横阔八步四小尺五寸，北横阔八步四小尺五寸。西段长阔一百八十七步，中横阔十一步四小尺，南横阔十二步零五寸，北横阔十一步四小尺。又小段长阔二十六步二小尺，南横阔十步零五寸，北横阔九步二小尺四寸。

一、买谷升车杜烟村东东西地一块，计地十亩零四毫八丝。其地东至大道，西至大道，南至张廷德，北至张明见。计长阔一百九十二步二小尺，横阔东十二步二小尺四寸、中十二步一小尺四寸、西十二步三小尺四寸。

一、买陈显禄杜烟村西北南北地一块五段，计地三十一亩三分五厘七毫。西段六亩九分一厘三毫，西至马武，东至买主，北至道，南至马。中段十四亩二分四厘二毫六丝，东西至买主，南至张，北至道。东段南截三亩五分六厘四毫九丝，南至马，北至买主，西至张，东至马；北截五亩七分九厘二毫，东至傅，西至买主，南北均至买主。又北小段八分四厘四毫五丝，东至傅，南北西均至买主。计西段东长阔一百四十二步二尺，西长阔一百五十四步三尺，北横阔七步二尺八寸，北二横阔十步零四尺三寸，南横阔十三步三尺四寸，南二横阔十二步三尺一寸。中段东长阔一百十四步一小尺五寸，西长阔一百四十二步三小尺五寸，南横阔二十八步三小尺，中横阔二十五步四小尺，北横阔二十五步三小尺。东段中长阔四十步四小尺，北横阔二十三步四小尺，南横阔十八步零七寸；北截长阔七十二步，南横阔二十三步四尺五寸，中横阔二十二步二尺五寸，北横阔十一步二尺六寸。北小段长阔三十六步，北横阔十一步二尺六寸。

一、买陈凤廷杜烟村西南东西地一段，计地七亩零二厘零一丝。其地南至于，北至刘，东至顶头，西至陈。又三段一块相连，计地六亩六分五厘二毫三丝。其地南至陈，北至胡，东西至顶头，计长阔一百十四步二小尺三寸，东横阔十五步二小尺五寸，中横阔十四步二小尺三寸，西横阔十四步一小尺。小段长阔七步二尺五寸，横阔二步二尺。中段长阔十六步零七寸，东横阔十四步二尺，西横阔十五步零六寸。大段长阔六十九步一小尺，东横阔十七步三小尺，中横阔十九步四小尺，西横阔二十步零三小尺五寸。

以上杜烟村共地七十三亩六分一厘六毫七丝七忽，每年每亩租价京钱二千文。

补 东 关 路

一、买孟汇远孟家庄村西北南北地一段，计地十二亩一分零七毫三丝。东至陈，西至郝，南至卖主，北至大道。东长阔一百三十步，西长阔七十八步，南横阔二十七步一小尺三寸，北横阔二十八步三小尺一寸。同中人董连珠、冯双美说卖于敬义书院，共价钱一百八十千。其钱当日交足，立文为证。光绪五年十月二十八日。

以上孟家庄村共地十二亩一分零七毫三丝，每年每亩租价京钱一千二百文。（原书行尾红字：价少不减。）

枣强敬义书院乡会试盘费章程

爵阁督宪李告示

为给发告示事。据枣强县方令宗诚禀称，本邑举人寒素者多，往往会试之年无力应试，现由该令捐廉银三百两，发本邑卷子镇巨济当生息，照月一分。无闰之年，四季共收息银三十六两，三年应收息银一百零八两。有闰之年，四季共收息银三十九两，三年应收息银一百十一两。如遇恩科，则以三年之银分作正科、恩科两试举人川资，否则以三年息银专作正科会试举人川资。其利息以光绪二年夏季为始，由绅士经手收管。每届会试之年，约应试举人公同分领，不应试者不得请领，以示区别。请发示立案等情到本阁爵部堂。据此，查此系体恤应试寒士，应如禀永远照办。其本息不准稍有亏挪。除立案外，为此示，仰经管绅士及与试文举一体知照。特示。（巨济当今改集诚典。）

爵阁督宪李告示

为出示晓谕事。据枣强县方令宗诚禀称，该县文生贫多富少，每逢乡试之年，常苦应试无资。现查有书院地租余钱五百千，该令捐廉五百千，共成京钱一千串，于今年八月初一日发交集诚典当，每月一分二厘生息，计三年对期，可得息钱四百三十二千。每逢乡试之年六月初一日，著该当呈交。由县先行出示，令士子应试者赴学报名，合计人数，于七月初一日当堂分给。其决科奖赏，仍由每年书院膏火地中提用，请立案出示等情。查系培植寒儒义举，应令永远照办，合行出示晓谕。为此示，仰该县诸生一体知照。以后无论地方何项要事，不准官绅将此项本利提用。其不赴试各生，只许每月考课，不准决科冒领盘费，以昭核实毋违。特示。

枣强创建义仓积谷通详立案文

为详请立案事。案查光绪二年八月二十八日蒙前本州陈札开，八月二十五日蒙前藩宪孙札开，光绪二年七月十八日蒙爵阁督宪李批，据宣化府禀复查明府属各州县常、社、义三仓缘由，除批示外，札饬本司转饬所属各州县一体认真整顿，等因。又于光绪四年四月十五日蒙本州李札开，光绪四年四月初二日蒙清河道宪叶札开，三月初一日准布政司孙咨光绪四年二月十三日蒙爵阁督宪札开为批饬事。据蓟永分司运判王锺麟禀积谷备荒缘由，除批示外，合行通饬各属，务思牧民之义，勤求保民之要，于岁收丰稔后，恺劝有力绅民量资集助，先修义仓，渐积谷石。但要实力实心，必可得寸得尺，逐加推广，以备不虞等因。蒙此，卑职于未奉宪札之先，即常思修仓积谷以备灾歉。惟考旧志，县中常、社、义三仓久已圮废，谷石颗粒无存。历年奏销，有册可据，一旦兴复，实不易言。光绪三年春，卑职乃择城隍庙东空基一片，在前创建书院之后，地势高爽，建仓为宜。惟民力艰难，劝捐不忍。卑职查有未解摊捐各款可以挪用，以捐办本地要需，于是鸠工庀材，创建仓房六大间，上下内外四面俱用大砖垒成，用京钱二千余串。是年秋间大旱成灾，未能积谷。卑职赴津借督宪银钱所军饷银预买奉粱，又禀明藩宪借用钱粮银采买东粱。次年春夏，奉助赈局批发抚粱抚米，皆赖于此仓存放收发，毫无偷漏，灾民得以实惠均沾。然尚嫌不广。四年春夏，又挪用摊捐未解各款收买木料砖瓦，籍资民食，命工增建仓廒十三间，连前总计仓廒十九间。又建官厅三间、大门一间，俱高大坚实，可以经久。用京钱五千余串，连前统共用京钱七千余串。于十月间一律告成。幸值秋成中稔，劝谕西乡殷实之户，按亩捐谷，得市斗四千余石。已经议立章程，禀蒙督宪发给告示，永远遵守。继因空廒尚多，殷实大户又情愿加捐谷市斗六百余石。又四年春间禀明督宪，借绅富预完粮银出借子种，秋间禀蒙督宪批示一律蠲免，无庸归还，而欠户中之殷实者又情愿捐谷存仓，共捐谷市斗八百石。卑职念大荒之后，民间谷贱钱艰，又挪用摊捐未解各款收买谷一千六百余石，用京钱六千余串。总共仓廒十九间中，共存乡市斗七千二百石，合仓斗一万石。皆延请四乡绅士眼同验谷，过扇车，用城市、乡市斗较准仓斗，拂数入仓，颗粒干净坚实，毫无含混，确遵督宪告示，官绅公同锁封。并将督宪颁发“有备无患”匾额一方悬挂大门之上，刻碑一座，立于大门之内。此卑职遵札修仓积谷之原委也。正拟通详立案间，适值今夏五月阴雨连朝，据城乡绅董来署面禀，以谷子太多，仓廒尚少，上与梁齐，积压太重，四围撑壁，恐致损坏，急宜搬运出风，并宜添建仓廒，分盛谷石，方可经久。卑职因先借书院考棚，令城乡绅董公同监视，搬运出风，再择县署前科房旧基，庀材鸠工，又创建义仓一座，东西十四廒，共二十六间，仓神庙、官厅三间。建成之后，率同绅董将出风之谷买席作囤，用市斗过数，分盛城隍庙义仓四千三百石，分盛县署前义仓二千九百石，眼同一律归齐。各廒各囤俱写明细数，各仓写明总数，将督宪告示分两仓张挂，晓于大众。各廒由卑职印封，绅董亦墨写封条，眼同锁钥固封。所有折耗之谷，俱由卑职买补，统共又用京钱六千余串。皆系卑职挪用摊捐未解各款，并未劝捐一文。此卑职再建义仓分盛积谷之原娄〔委〕也。所有修仓碑记、节次禀牍批示、公拟章程、官绅捐数及仓廒收存数目，俱编成一册，名曰《枣强官民义仓志》存卷，并刊仓谷数目，分布四乡，以垂永久。理合抄录，通详宪台立案备查。为此备由，另册具呈。

本州宪李批：如详立案，仰候各宪批示饬遵。缴。仓志存。

藩宪任批：如详立案，仰候督宪批示。缴。册存。

督宪李批：前据九月十四日来禀，业经批司。据禀已悉。该令迭次建仓积谷，实心实力，勉成善举，足为各属之冠，殊堪嘉慰。仰布政司转饬通详立案。兹即如详立案，仓志存查。此缴。

官民义仓简明章程

一、本县捐建义仓二座，积谷市斗七千二百石，合仓斗一万石。各廒门有细榜，载明仓志，禀明督宪，由官府督同绅士经管。前后任交代，无用盘仓，公请绅董开仓验看。官绅俱用封条固封，钥匙归在城绅士经收。

一、每逢五六月间，地方官与绅士须开仓验看一次，恐有渗漏。平日城内仓房，须常常照应查点。如墙屋有破损，急禀明地方官传谕绅士修理。其费由岁修中发出。

一、北方墙壁咸脚须常修整，不使有缺坏。

一、仓脚不许民间猪马踏坏，如有罚修。县署前义仓不许羁骡马。

一、仓谷议定不许借与外州县，已禀明督宪有示。

一、仓谷禀明督宪不入奏销，官民俱不得私自动用。

一、每遇灾歉之年，何路有荒，准何路绅董禀明地方官，公同商议借放。先须查清户口，开单入册贴榜。有地者为次贫，无地者为极贫。有地者借，秋成后加息还谷归仓；无地者放，放不须还，俟大熟之年查仓内原数缺额若干，再行捐补。

一、谷系民间捐谷，备荒年救命之需，地方官不得藉口谷朽变价，以致亏空。

一、荒年借放之后，必须归谷入仓，补足原数，不准交银钱存留。名为买补，渐致亏空仓谷，以堕久远之规。

一、旧例乡间义仓八地方，有岁修一款。已禀明督宪，嗣后归城仓岁修之用，由仓房承总每年请官签票差催。除差地扣工食五千外，每地方净交钱三十五千，八地方共二百八十千。仓房经手收齐，交城中绅董收领。每月仓房即充为城中仓正，时时巡查，如有损坏，即告绅董办工料修理。每年所需纸笔费并每月照料仓廒工食，酌赏钱三十千。其余二百五十千，尽交管理义仓绅董收存殷实钱铺，以应城仓修理工料之需。其城中名宦、乡贤二祠以及城工岁修，如有不足，亦归此款内修理。城隍庙东义仓归城隍庙道士看管，每年岁修内除钱四千为赏。大堂外义仓归把门及看大堂人看管，每年岁修内除钱六千为赏。皆由仓正扣发，净交绅董二百四十千。

一、岁修一款，绅董收存。每年除岁修工程之外，必存留以备荒年散放谷子时席片工食之用。

枣强官民义仓积谷数目

城隍庙东义仓

一、东德字廒。

一、东惟字廒，两廒相通，共六间，存乡市斗谷一千八百石。

一、东善字廒。

一、东政字廒，两廒相通，共五间，存乡市斗谷一千三百石。

一、西在字廒，三间相通，内存乡市斗谷三百石。

一、前养字廒，三间相通，内做席囤二，存乡市斗谷五百石。

一、前民字廒，二间相通，内做席囤二，存乡市斗谷四百石。

以上城隍庙东义仓七廒十九间，共存乡市斗谷四千三百石，合仓斗五千九百七十二石二斗三升。

县署前义仓

一、东忠字廒一间，内做席囤一，存乡市斗谷一百四十石。

一、东孝字廒，二间相通，内做席囤二，存乡市斗谷二百三十石。

一、东友字廒，三间相通，内做席囤三，存乡市斗谷三百一十石。

一、东悌字廒，二间相通，内做席囤二，存乡市斗谷二百二十石。

一、东勤字廒，二间相通，内做席囤二，存乡市斗谷二百三十石。

一、东俭字廒一间，内做席囤一，存乡市斗谷九十石。

一、东和字廒，二间相通，内做席囤二，存乡市斗谷二百五十石。

一、东厚字廒，二间相通，内做席囤二，存乡市斗谷二百三十石。

一、西仁字廒，二间相通，内做席囤二，存乡市斗谷二百五十石。

一、西义字廒，三间相通，内做席囤三，存乡市斗谷三百三十石。

一、西礼字廒，二间相通，内做席囤二，存乡市斗谷二百四十石。

一、西智字廒，二间相通，内做席囤二，存乡市斗谷二百六十石。

一、西信字廒一间，内做席囤一，存乡市斗谷一百二十石。

以上县署前义仓十三廒，共二十五间，存乡市斗谷二千九百石，合仓斗四千零二十七石七斗七升。

以上两义仓总共存乡市斗谷七千二百石，合仓斗一万石。

督宪颁发枣强县创建义仓积谷章程告示

为给发告示事。照得枣强县原有义谷早经动用无存，仓廒亦尽坍坏，遇有灾歉，接济毫无，必应从新修仓积谷，以备凶荒。前据该县知县方宗诚筹捐款项，于城内城隍庙东建造义仓一座，计廒十九间、官厅三间、大门一间，一律落成。并据禀称，该县地面向分六路，曰县前、县东、县西、南关、东关、西关。今将仓廒分为六路，劝据各村有力绅民共捐市斗谷四千石，合仓斗五千余石，即以六路之谷各收各廒，将来何路村庄灾荒，于本路仓谷中借济民食。俟收齐之后，所空仓廒，该县拟再自行捐补。其收谷之法，定期由富户用车交仓，每路派绅董四人监收，各收各路。收齐之后，将各路谷数官存一簿，绅董存一簿，封条由官用印固封，各绅董亦墨写一封条画押固封。每路廒中谷数亦写明封条之上，锁钥由各路绅董经管。每遇何路灾荒，必由何路绅董禀请，传集六路绅董商议批准具领，官绅俱不得私自动用。何路借出，丰年之后仍由何路归还，以免争端。此系民间捐谷备荒与该县方令自行捐凑之款，官府断不准藉公动用。即邻邑有灾，亦不得借拨，以致归还无著。每遇县官交卸之日，必传谕各绅董到城验仓加封，前后任无庸盘仓，以节糜费。如当出风之期，亦必传谕各绅董公验公看，总不许藉口私自开封，以致有失。每遇荒年，本地绅董与地方官商议领发，但以数目报明上宪；收还之后，亦以数目报明上宪，以备查考等情。当经本阁爵部堂查核，所议章程甚属妥协，必应永远照办，即给发告示张贴在案。兹据该县方令禀称出示之后，绅富又捐谷一千四百余石，该县亦筹款积谷一千七百余石，均系市斗。统共十九廒，先后捐存市斗谷七千二百石，合仓斗一万石。请将现在谷数另给告示二张，永远张挂，以杜弊端等情前来。合行另发告示张贴。为此示，仰该属官绅民人等一体遵照，毋稍坠废，致负经营创造苦心。切切。特示。

光绪五年九月十三日张挂两义仓。

枣强县官民义仓谷石免入奏销禀批

敬禀者：窃蒙钧札，以钦奉上谕：御史邹纯虾奏请及时筹办积谷，以备不虞等因。转行到县。钦此。查卑县常平、社、义诸仓谷石，早经颗粒无存。每年办理奏销一次，系将动用亏欠谷款详细开列，不过纸上空谈，断难期于归补。近年水旱频仍，卑职目击时艰，力图规复，日夜思维，克己倡率，先自挪用摊捐未解之款捐建义仓一座，随后设法筹捐，并挪款捐廉，共积款仓斗一万石。复因新仓不敷存储，又续挪用未解摊捐各款捐建仓廒若干间，分盛装囤，以备荒歉而垂永久。均经先后详明有案。惟查此项仓谷，皆系卑职筹捐及绅民公捐之项，非内结款项，与请领买积者有间，故名之曰官民义仓。前已禀明，由官民公同封锁，前后任交代时，止传合邑绅士公同启视加封，不用盘仓，以省糜费。业蒙宪台批准给示在案。兹奉前因，可否免办奏销，仅于每年岁底将本年内因何事动用若干、如何归补若干、实存若干，开折通报各宪备查。如无动缺，亦应申明，则事有可稽，案无烦牍矣。卑职愚昧之见，是否可行，理合禀请中堂查核示遵。

督宪李批：据禀已悉。该令捐存仓谷一万石，应如所请，免办奏销。仍俟每年岁底将有无动用缘由通报，并于动用时禀明备案，候行藩司查照。缴。

爵阁督宪李片奏案

再，地方官办赈出力，本系分内之事。惟不待上司催促，他人助理，自行筹办周妥、克著成效者，自应量矛〔予〕奖劝，俾各属知所趋向。查有五品衔枣强县知县方宗诚慈祥恺悌，通达治体，案无留牍，狱无冤囚，百废具举。凡有益闾阎之事，叠据议禀施行；又叠捐巨款，躬亲赈济，创建仓廒，积谷万石，以备荒歉，洵属认真民事，为直省不可多得之员。拟恳天恩敕部从优议叙，以奖贤能。理合附片具陈，伏乞圣鉴训示。谨奏。奉旨：方宗诚著交部从优议叙。钦此。

枣强创建孤贫院并捐建惠济仓散放流民详文

为详明立案事。卷查同治十年奉宪札为通饬遵行事。照得郡守牧令有父母斯民之责，除刑罚催科之外，教养是其专职。其最要者二端，一曰书院，一曰贫粮。各属旧有孤贫口粮，惟日久弊生，所赡亦狭。今应于各府州县酌量置备宽大房院，设立留养局，宽筹外额，访收无告穷民入局赡养，给与生业，按月稽查点发，严杜冒领刻扣诸弊。邑治多一贫粮，则四境少一饿莩。此尤为父母斯民所当加意者也。书院、孤贫院所需经费，应由该守牧令或劝捐殷实绅富倡同捐输，抑或另有公款可筹，总在司牧者因地因时留心尽力等因。蒙此卑职当查本地久无书院，业已倡捐创建成工，另文详报。其孤贫院年久倾圮，惟有平房六间，破坏难住。卑职先行改作坚好，既又逐年添造坚实平房十二间，一共十八间，床炕锅灶门户皆备。查卑县向放孤贫口粮，分额内、额外二簿，男妇残废，杂乱不分，散放时颇形拥挤，亦间有不公不平之处。卑职改为男妇分点，无论额内额外，凡有瞽目残废、孤寡老疾者，尽行提入额内之前，每月于向章加钱散放，次者照向章额内散放，又次者照向章额外散放。向来各县皆有一定额数，出一名缺，始补一名。卑职每次散放，不拘额数，来者如系残废瞽目孤寡老疾，即行增入，不候有缺始补，或访知有孤穷无目之人，即令地方开名补入。至院中所住，尽是瞽目男妇，所散口粮例不能敷，必待出外乞食，以资补助。惟久雨沈阴、大雪严寒之时，不能出门，卑职必亲查人数，另给米粮，俾无失所。至留养局久已圮废，地基亦无从查考。每年冬间照向章留养外，其平日水旱之岁过境灾民以及年熟灾民由外回籍过境者甚多，势难人人留养。卑职必按口发给川资，查有带锅碗者，即与以米粮，不拘留养之故例，但期有济于流民。俱经禀明宪台，并奉札通饬遵行在案。今春卑职又捐钱四百余千，在大堂外创建瓦仓房一间，四面上下用砖垒成，坚实可久，留作每任知县逐年节省浮用及办公之余资，收买米粮，存贮其中，为散放外来灾民、病民及孤贫院内阴雨冬雪加散口粮之用。此系遵奉宪台通饬筹画办理永远之事，并未劝捐绅富，亦无公款可筹，皆卑职省节浮用办理，自应通详立案备查，以期无废。拟合详请宪台查核。为此备由开册具呈，伏乞照详施行。

督宪李批示　据该县具详创建孤贫院并捐建仓房，买米存储，以资散放流民之需，请查核立案等缘由。应准如详立案。该令节省办公余资，尽心教养，实堪嘉尚。除书院事宜前已批定外，所有流养孤贫事宜，嗣后各任应即循照认真办理，勿得废弃。仰布政司转饬遵照。缴。

复藩宪任禀(附)

敬禀者：窃蒙宪札，以州县为亲民之官，欲求尽职，先在尽心。地方利弊各有不同，风土人情彼此互异，所有一切地方事宜，先举数端，各用手折详悉胪陈，径禀考核等因。蒙此具见宪台胞与为怀、察吏安民之至意。卑职才疏学浅，在任九年，报称毫无，实深惶恐。虽闾阎利弊，未敢或忘，而爱民有心，保民乏术。惟于宪谕"不耽安逸，不尚粉饰，行以渐而持以恒"三语，平素尚能操持，奉谕愈加奋勉而已。谨以宪札下询所有一切地方事宜详悉胪陈，恭呈钧鉴。

计开手折一扣：

宪札下询一切地方事宜，何者当兴，何者当革，何者当先，何者当缓，各牧令抵任以来，或见诸施行，或尚待举办。卑职窃以为兴利之事，当规其远大，而又须不违民情，不贻后累，《记》所谓行必稽其所敝也。革弊之事，当去其太甚而又须断之以决，持之以久，《记》所谓言必虑其所终也。而先后次序，尤不可紊，见小欲速，圣人所戒。大概革弊在兴利之先，而兴利革弊之中，又各有当先当后之条理。总之在审其事体之大小轻重与体察地方民情而行之，庶几有益于民，而或不致贻害于民矣。

宪札下询如何体恤民艰。卑职窃查枣邑地小人稠，贫多富少，本地出产不敷食用，全恃出外商贾手艺，以助生机。自咸丰以来，兵燹、旱、蝗、瘟疫相继，民生凋耗。至光绪三四两年大旱大疫，困穷丧亡，更不忍言矣。卑职思古者为民制恒产之法，今世势不能行。惟有清讼狱、省刑罚、簿税敛，寓养民之意于听讼、断狱、催科之中。莅任以来，先清积案，严禁诬告，讼事则少准少传，随到随结，不敢拖累一人。钱粮则先征大户，按市报价牌示，不敢少违旧章。差徭则禀请督宪批示，按亩均差，不准豪强欺累良懦。遇灾则示免差徭，请蠲请抚，至再至三，察户亲散，唯恐遗滥，筹借子种口粮，不使荒芜寸土。斗殴被伤，赐药医治。疫气流行，赐粱养赡。因公下乡，轻车减从，自发工食。灾年连春苗当卖地土者，秋收时禀明督宪批准，与原主一半分收。其贱价售地、虚写多价者，禀明督宪，以六年为限，准以原价归赎，俾贫民不致尽失恒产。至于富户，不轻向其劝捐，惟创建书院、义仓时，买膏火地，收积仓谷，不得已使富户捐款，仍归本地之用。荒年劝捐，散放灾民，以补官赈之不足，然一钱不入官府，即令各村富户自散与本村贫民。盖安贫所以保富，保富亦即以安贫。自愧才力疏庸，不敢言体恤民艰，惟谨凛尽心之训。

宪札下询如何扶植士类。卑职窃以士子固须培养，亦宜裁成。枣邑举贡生员寒素居多，类皆半耕半读，少有实学。卑职到任以后，创建书院，多藏经籍，延师主讲，勉以明经敦行，置膏火地以为每月奖赏，又创建考棚，免岁科两考席棚风雨之苦，又捐京钱一千串、银三百两发商生息，以助乡会试盘费，又兴起义学二十余所，以养童蒙，又刻康熙雍正间乡前辈郑中丞端《日知堂集》、刘茂才瑄《大易阐微录》、刘孝廉士毅《读诗日录》、《春秋疑义录》四种，布之士林，以倡经学，又刻印《圣谕广训》、《附律易解》、《孝经》、《小学》、《经正录》、《弟子规》、《治嘉格言》数百千部，《劝民歌》、《怀刑歌》，分散村塾，以兴志行。每奉谕旨送先儒主从祀文庙与乡先生从祀乡贤祠，必传集绅士数十百人，恭送入庙，示以史传，俾资观感。邑中名宦、乡贤二祠，圮废数十年，捐廉重建，县志捐廉重修，访报孝子二人、乡贤一人、节妇二百余人、贞女孝女三人，请旌之后，必榜示通衢，以资效法。灾年于孝子、节妇、贞女、寒儒另加馈赠，极贫者为置买田亩，以厚其生，而士子中有行为不谨者，亦必戒惩。自愧德学不能扶植，惟不敢不存与人为善之心，而职分则终不能少尽也。

宪札下询如何清结词讼。卑职窃以为听讼之道，要在时时与民相亲，不可假手于人。收呈不可委之典史，批呈不可专恃幕友，签差不可听书吏门丁之言，当堂收呈细审，则情伪已得其大半，宜准宜驳，即时批示，使之闻知。其真妄控者，当即责惩，则无情者渐远。即当准者亦必删去牵控人名，只传原被要证，按地远近为限期，过期即惩。自立一簿，到限即催。一审即行结释，词讼不押班房，妇女不押媒婆。命盗奸拐诸案，细心研求，投间抵隙，不敢专尚刑求。盗贼凶犯供出之名，必须细访其人平日安分何如，而后分别传讯，不敢轻信妄传，以致牵连无辜。然案件虽日少一日，民气虽藉以稍苏，而不能使之无讼，终不敢云能尽职也。

宪札下询如何整顿缉捕。卑职窃以为缉捕之法，无过于信赏必罚。乡民有公举窝家贼匪不法之徒，必为作主，不使受讼事之累。有格杀格伤贼盗者，不使受羁禁之累。捕快拿获正贼、正盗、正凶，即重赏之，又发盘费，不使受解州解省之累。所以到任以后，拿获正法之犯甚多。其巨盗在邻封如白洛玉等，必密禀督宪派兵搜捕，以除民害。惟官之捕贼，欲以除害，役之捕贼，利在教扳。要必不可遽传，务须细心访察。枣邑界连八邑，贼盗出没无常。卑职自恨不能绝其根株，亦惟不敢不尽心而已。

宪札下询如何筹办水利。卑职窃查枣邑地高，时虑干旱。告以开井，则水泉太深，开之往往不能得水。且沙地易于崩圮，水咸不利浇灌。土井不能经久，砖井工本太多，一遇旱年，井中仍然干涸。是以劝谕无人肯从。惟邑有黄泸河堤一道，曾督修之以御水灾，已载邑志。

宪札下询如何讲求积储。卑职窃查枣邑常平、社、义诸仓，久已片瓦不存，积谷一无所有。屡次劝谕绅民修复，皆言无利有害。往年乡间义仓所在有谷，人人愿借，不借则穷民仇视绅董，借去不还，则贻累绅董。有谷不盘，积久糜烂，绅董须赔。盘有折耗并工食各费，又须赔累。出陈易新，钱存绅民，往往借用不还，钱存官府，往往挪用不缴，亏空入于交代，实惠何能及民？绅董又须赔累。且往年讼累多年，断不肯重行修复。因此上年大荒，公私困乏。卑职先函借粮台军需银六千余两，又禀借征存钱粮银二千余两，赴天津、山东买粱散放，稍济一时之急。因此发愤挪用历年留存摊捐未解之款一万余串，在城捐建义仓两座，共五十余间，于光绪四年春间请免合境上忙粮银正耗二万余两，冬间又请免山陵大差钱万余串，民间感激，按地自三十亩以上者亩捐一升，五十亩以上亩捐二升，百亩亩捐三升，共得四千余石。又四年春间禀明督宪，以绅富预完粮银正耗二千余两借放民间，作种地口粮，秋间又禀明督宪蠲免民间，因又捐谷市斗八百石，卑职又禀明挪用摊捐与自捐廉俸买一千余石，总共市斗七千二百石，合仓斗一万石，存于城不存于乡，以免乡民之受累。官绅公同锁封，匙存绅士收管，每年开视一次，官绅俱不得动用。每逢灾年，方准有地者借，无地者放。借放之法，先察灾情，次察户口，定期定数，由各村富户捐车运到乡村，按户散放。其详已有义仓志呈案。又另建一小仓积谷留备，散放养济院孤贫残废及外来过境灾民。

宪札下询如何约束书差，惩治匪徒。卑职窃查书吏之蠹民在积压，差役之蠹民在牵连。卑职每案必亲自限日，所传人名多从删减，又一到即审即结，尚不致肆行欺罔。稍有不法，即行责革，毫不姑容。惟于纸笔工食费用，亦必体恤，不使枵腹从公。又常常训教以存心积善之言，大致皆知感激畏惧。至于匪棍，无不严惩，惩一人未必人人皆惧也。卑职每于应惩治者，必候每月各乡地卯期或三八告期，在大堂明正其罪，晓于大众，次卯复然。答责不多，而卯卯如是，则人人知警。或枷示四乡游集，俾合县皆知惩治之后，如有保释者，再苦口教训，或与以资本，使为资生之业。故匪棍亦多敛迹。然不能教化而示刑威，私心终多愧怍。以上各条，卑职虽不敢稍事粉饰，稍贪安逸，然于民生究无所济，即不敢谓能尽职分所当为。宪谕谓能尽一分心，即收一分之效。卑职环视民间，穷困颠连者甚多，幸遇丰岁，尚可图生，一遇灾荒，仍然难保。既无一分之效，敢谓能尽一日之心。盖兴利必须正本清原，革弊必须拔本塞源。本原上不能施工，而徒于末流为之，终不敢谓职分上有毫末之尽心也。理合遵札禀复，敬求宪台训示。

藩宪任批：首条云革弊在兴利之先，而兴利革弊之中，各有当先当后之条理，洵为至论。寓养民之义于催科听讼之中，按亩均差，遇灾则免，请蠲请抚，不轻向富户劝捐，建书院，设义学，捐刻书集以惠士林，采访节孝以励世俗，听讼则在时时与民相亲，使无情者渐远，复免粮免差，以抒民困，积谷至一万石之多，余如缉盗治匪，事事均有实际。该令治枣十年，百废具举，而处心致力，皆平易近民，以民心为己心，以民事当己事，是以有感斯通，不劳而理，亦居官之乐境也。职分不论大小，但论事功，居高位而素餐，实可耻之甚矣。

宣化常平义仓禀稿章程

清光绪六年刊本

（清）张秉铨　撰

赵晓华　点校

宣化常平义仓序

上世惠民之政，多言利而不及弊，非不知弊之缘利而生也。谓夫言焉而后世怵于其弊，必至防弊之意胜于立法之意，将天下遂无利之可兴而民病矣。仓储为历代经政，制随时异，至近世纤悉必备。所为利，夫人能言之；所为弊，夫人能言之。其仓制立名虽多，要不过在官在民二者之分而已。穷在官之弊，至民不敢过问，甚则因而累民；穷在民之弊，则酿争召讼，浸至夺而籍诸官，而弊亦与在官者准。呜呼！以实惠及民之美政，而谓竟无良法以行之，是言治者之大戚也！戊寅春，铨权邑篆，进竭分巡观察祥符周公、前太守仁和叶公、今太守郡司马武进潘公。三公者，皆久任是邦，于阎闾疾苦洞若观火，常欲为邑民谋十世利。乃进铨而语之曰：晋豫阻饥，浼及畿内矣。方今急务，首重仓储。顾朝廷明诏屡下，各大宪又不次檄行，而应以实者卒鲜。宣化生聚十万户，有坚可凭，有徒可御，而官乏见日之粮，民无隔宿之春。是事未至于必不得已而先去食也。奚可哉？子欲有为，盍先加意于是乎？铨唯唯应之，尚茫然不知所下手处也。而观察周公莅邑尤久，每惴惴然以民间无一米肆为可忧，常间日俯临县署，告以边防多事，奸徒窥伺可虞，水旱为灾，天时顺成难必。仓储之议，事在必行。一切予当主持，其勿复顾虑。且告以邑绅何者足以委任，章程何者宜当筹画，靡不精核无遗。铨退而以礼先诸乡先生李模、周南、班瑞兰等，一再谘度，谂其年高而德邵，又躬阅乡邑治乱之故、丰歉之情，于仓储利弊所在，言之深切而著明，与观察周公所言若合符节，慨然曰：上官如是，士民如是，举数十年之废坠以系生民大命，在此时矣。因详核旧牍，得前中丞新宁刘公倡议沿边积谷，檄饬发款，并委员督同举办，宣化得谷五百余石，存银一千余两。虽所储未多，而缓急之间，有备无患。中丞已先得我心所同，然不可不体其意，谋所以扩充之。因即出示劝捐，先即南仓旧址建廒三十间，通牒大府，导民乐输。其有阻挠不行者，则奉观察周公之美言，婉为奖劝。于是民皆翕从。自土著富民及商贩流寓，凡鸠谷共若干石，视府志所载旧额加十倍焉，而仓制隆然告成。于是商诸乡先生曰：仓之利不什而害且百者，殆由在官在民，不能分而强之分也。今此举原官民通力合作，以义仓仿常平之法，定其名曰常平义仓。士民亲其事而官受其成，新故更替，亦操斗斛稽其籍入会计，然仅牒及布政使而止，不及大司农，以免斯文之累。庶几有仓之利，而无仓之弊乎！其间捐备之数、出纳之常、巢籴之宜，悉与诸乡先生熟计兼权，损益古法而变通之。上禀列宪命而下究焉，以冀饥而不害，变亦恃以无恐，则仍不越古人之精意也。今大中丞长白庆公、大方伯钱塘范公通饬各州县，仿宣化成法，筹办义仓，可谓视民若子之心无所不至矣。虽然，铨终不敢信宣化建仓之法之必历久而无弊也。有治法，无治人，恒言可信。现所喜观察周公、太守潘公皆盛世循良，勤求民隐，而实任邑宰姚公，勤奋勇为，迭膺计典卓异，其梦寐均能入穷檐破屋，知其所欲而与之聚之，外而诸乡先生又多君子长者，见义勇为，必能有始有终，利赖久远，以仰副我皇上子惠黎元之至意，与各大宪绸缪未雨之苦心。倘异日上下之情不通，长吏精神未能贯注，推择不善，典守或非其人，则今之所谓利，安知非后之所谓弊哉？然则惠民之具与厉民之行，正在一转移间耳？铨幸得勖勤从事，不敢告劳，今将受代而去，士民属为文记其崖略如右。其经始案牍及议立章程若干条，刊本昭示于有事斯役者。至入粟姓氏，别泐他石，以不没人之善云。

光绪六年庚辰　月　日侯官张秉铨谨撰

宣化县议立常平义仓禀稿章程

建修常平义仓禀稿

敬禀者。窃维民以食为天，事惟豫则立。伊古荒旱之备，在于积储；积储不先，饥馑乃至。考之周制，以四分制国用。每岁用三存一，以备凶荒。然有节省之法，而无仓制。至隋时，令诸州劝课出粟，当社造仓窖，委社司执帐捡校，仓制始立，法甚善也。卑职愚以为仓储不特可以备荒旱，亦可以御盗贼，而为卑邑最不可缓之事。查南郡备荒平粜，向有南北常平两仓，军兴以来，皆经拆毁，颗粒无存。欲图次第复兴，筹款甚不易易。故贫民不敢擅为而属望于绅士，绅士不知禀请而听命于长官，官又以兵燹之余，恐一议劝捐而民不堪其扰，绅复以依违之见，恐百凡筹措而官不耐其劳。彼此各怀不决之心，前后竟成相沿之局。卑职前议先行修仓，赶紧兴工，已有不日功成之象，曾经将修仓情形并附绘图说通禀在案。惟筹储谷米，即当次第施行。谨就管见，参以众议，仓储有不得不急筹者八，有可筹者五，请详陈之。宣化一邑，田亩之多甲于通省。依山者十之七八，近水者十之二三。不虑雨多，只虑雨少。古谚以十日一雨为有年，宣化则十日一雨已恨其晚。三春之月，阴雨连绵，他处虑害于粢盛，而宣化不虑也。民间播谷参差不齐。俗有早稻、六禾、晚稻之名，以雨之多寡卜禾之丰歉。但每岁暑月大雨时行，膏泽每多不遍，往往数里之内燥湿不均。去年六月间，连日四布阴云，时有霹雳之象，而甘霖未能大沛，民心即觉张皇，米价遂因腾贵。经卑职沥诚祈祷，幸感天麻，于七月初旬迭沛甘霖，民心始定，而六禾已仅有半收之势。且九十月以来，东省交界牛瘟甚多，传染及宣化境内亦复不少。今年春耕，正不知如何景象，思之甚觉寒心。又俗于早晚稻已熟之时，偶或霪雨不休，或阴霾不霁，无论已获未获之禾，轻则发芽，甚且朽腐。盖天时不可恃如此。天时不可恃，则祸变有不堪设想者矣。此不可不急筹者一。宣化风气，城以内并无米铺开张，每日均系乡人挑米入城，一日停贩即一日停炊。卑职莅任之初，即拟欲招商，于城内多开米铺，以便民生。嗣查其缘由，始知其势转有所不便。盖附城四乡之民，无田无业者多，仅恃与有田及佃户之家挑米转售，稍获赢余，以赡家口。其米竟可挑至茅檐之下，贸易为常，各得其所。而妇人孺子亦利其素识之人，可以予取予携，即间值囊空，赊贳亦可从便。若强之使开米铺，固可济仓之穷，于编氓小户转多扞格不入之势，而附城各乡之民无以谋生活，必流为盗贼之徒，所关匪鲜。然既无米铺，又无仓储，卒遇有警，城内无三日之粮，即有不可测之祸，不待智者而知也。此不可不急筹者二。宣化城外如沙街上下、木行街一带各行户，其贩运谷米往下江者，又指不胜屈，收买囤积，奇货可居，几欲据其利而龙〔垄〕断之。每铺家多收米之徒，米价即日以陡长。迭经卑职出示严禁，而此风卒不可除。去年夏间曾经查拿囤积谷米之铺户恒丰店、锦安店、顺发店、利盛店四家，押令具结。如再敢仍蹈前非，定以把持米价，从严重办。从宽薄予责惩，取保发放，市廛肃然。未几而此风又起。盖利之所在，民所必趋。蚩蚩何知，有但图其利而不顾其害者，殊可慨也。虽以江禁未开，河干大船载米不下千余万，而米价竟有增而无减，即减亦不能复至原价。在客商欲心难厌，囤积之祕，即法令亦有时而穷。若得有仓储，乘民间米贵之时一平其粜，如省会之惠政，奸商何所施其技，即贫民又何愁无以度生乎？此不可不急筹者三。宣化附郡为治，水陆通衢，五方杂处，东西广四百里，南北衷五百里，为云贵两省之通衢，据交阯上游之要路。宣化安则一郡安，上而太泗镇，下而柳、浔、梧，亦赖以俱安，匪但省会无南顾之忧已也。故屯以重兵，用资守御。后以饷不继而汰之，既裁营兵，复募营勇。缘兵有额粮，勇无额粮故耳。然兵粮给于仓，勇粮给于局。设或有警，取之本处之局则度支绌，筹之别处之局则转饷难，米贩不通，仓储不备，民既枵腹，兵且生心，勇更滋事。激之则决裂生变，纵之益滋蔓难图。而伏莽之徒，遂煽起构衅，兼以从前散勇，三五成群，数十结队，因而藉端骚扰，不酿为地方之大害而不止。昔年发逆不靖，各省用兵之地往往以乏粮之故，遂聚众鼓噪，生为祸阶，其明鉴也。此不可不急筹者四。夫饷不继者兵必单，而宣化吃紧之区所不足者，究非兵力也。曩者广东发逆大口昌勾结土匪李七，由浔、永兼程而进，直扑郡城。尔时城内米价每斤值钱四五十文，饥民嗷嗷，无复斗志，故未与贼战而民皆四散逃生。后叛弁高脚黄与石逆贼亦以数万之众前后相继来攻。彼时闻报之初，先于各乡抽派丁米十余万斤存积，每日每人出战，按名给与米一斤余。民练乡团有恃无恐，叠战叠捷，匝月之间，贼竟引去。岂前之民怯而后之民勇哉？亦有粮无粮之悬殊也。然则当此多事之际，为宣化置一民仓，已不啻为宣化增一兵卫。此不可不急筹者五。宣化为商贾辐辏之区，从前或兴筑，或防御，或灾祲，莫不赖有捐签，以济一时之急。不知遇有荒歉，官仓既未能储备，而仅恃夫捐输，富室不足以取盈，而更谋于商贾，究之饥馑荐至，一难百难，商贾之货物既不能善贾而沽，商贾之赀财又岂能取怀而予？而奸宄之徒，遂有所藉口，乘机劫抢，肆意掠焚，有不可以令行禁止者。即使各商好义，乐于解囊，而彼时钱贱米昂，计所捐之钱数则已多，计所粜之谷数则无几。筹之仓卒，虽有仍无，束手傍徨，坐而待毙。然则未雨绸缪，何如及今闲暇图之？此不可不急筹者六。宣化界接广东钦、灵麒麟山背，遗孽未消。现在边报频来，叛犯李扬才窜入交阯各县，奸民不无响应。倘贼战而胜，则贪暴成性，不无得陇望蜀之心。其祸之缓而长，固属可虑。倘战而不胜，大兵四面剿堵，势必回窜逃生。宣化上、思两处，适当其冲，岂能安枕？其祸之速而大，似亦可忧。况现在钦、灵交界，难保土匪不伏匿，希图出关助虐，而贵县等处余匪又复驿骚。即宣化亦讹言四起，伏莽未靖，在在可虞。若不预为之防，一旦变生，何所恃而不恐？此不可不急筹者七。宣化地当水陆通衢，五方杂处，生之众，食之亦众。且以关外有事，冯军门大兵过境，驻邑数日，与道宪、宪台商办经略，势不能不取食于郡城之谷，而所调各营先后纷纷过境，裹粮而行者且不一而足。民间盖藏，恐已半罄。去年两江雨水不调，田禾歉收，米价每多腾贵，势亦不能不望食宣化之米。幸宣化犹为中稔之年，彼善于此，虽奉示封江，尚未即开，而中间奉抚宪、宪台钧谕，以及准商人恳禀，酌量放予出关者已有数百万斤，而商民以多报少，贪图厚利，所载之谷每逾于所报之数，但既为恤邻恤商之计，自不能认真稽查，以防纷扰。此外上关以上、下关以下满载而行，为厘金局稽查所不及，而各乡与东省交界，水陆纷歧，盘运而往者，又实繁有徒，大约漏卮者已不啻十之六七。前岁如彼，去岁如此，今岁更未卜何如。此不可不急筹者八。况仓储之为急，非独宣化为然也。即统天下之大局计之，亦谁不当以此为急急。近年廷臣如崔给事、蒋主事等具奏各直省常平存储谷石，以备歉岁之用，法良意美，请饬极力整顿等情。辄奉上谕，无不次第施行，饬令各直省督抚查照办理。凡在内外大小臣工，孰不当仰体朝廷实事求是之心，以期有备无患？宣化虽僻处边陲，实为四省南方之保障。士民沐浴于教化者深，其习闻夫圣训之为民生计者应已至熟。则今日之建复常平等仓，乃钦遵谕旨与夫恪遵宪札而行者也。一旦煌煌布示，更宜为绅民所信从。此可筹者一。查宣化向为余米之区，谷之嘉种既多，年之顺成亦易。故凡种田者失收于早稻，则转望六禾；再歉于六禾，则尚恃晚稻。第求一熟便支一年，虽近年丰歉不齐，然有小歉，无害屡丰。迩闻耕种庄家，幸当衣食有赖之年，各怀深固不摇之计。且传说晋豫各直省饥荒情状，伤心惨目，谁不设身处地，触其思患预防之怀？又兼前岁东省采买过多，郡城颇有空虚之虑。因众情之知惧，则趋事心勤；藉群力之同擎，则图功亦易。此可筹者二。去年夏间经卑职出示劝捐，续兴育婴堂，集齐城厢内外绅士，谕以仰体上天好生之德。一时各绅商踊跃乐从，顷刻之间竟捐至二千余金，慷慨好义出于至诚，令人一快。夫以他人赤子，尚且痛养相关如此，况仓储为万姓身家所维系，岂反如秦越人之视肥瘠乎？即如建修水龙局一节，亦经卑职谕令按户抽租，房东捐四成，铺家捐六成，以为养水龙公费。民间亦慨然乐从，无有异言。其于火灾尚且先事知防，夫独不防及水旱盗贼之尤为可虞耶？则一旦发令，谕以捐输常平等仓之用，当更有十倍踊跃于前者。此可筹者三。夫事苟便于民而戾乎时，犹不可贸然为之。如同治初年流离之余，资财告匮，转徙者虽渐安集，饥困者尚在倒悬。彼时即议筹仓，是夺斯民口中之食以救疗其异日之饥也。事即有济，势断难行。兹则休养经二十余年，四民安堵，生理如常，往日贫寒之家渐臻饶裕。查附城内外，每年建醮演戏，尚糜费数千串有余。省此无益之费，以为有用之资，取于民为无伤，输于仓为有济。此可筹者四。且仓储未设，其势不能不封江。盖一以绝贩运之罔利，一以防米价之日增，一以备边防之有警，诚非得已之计，然特取便于一时耳。江禁不开，不特南郡厘金抽收短绌，即商贾百货亦复壅滞不通。惟当急设仓储，有备无患，自可弛封江之禁，使商贾百货流通，财源不绝，而贩运谷客，其获利更不卜可知。则议立常平等仓，非特利民，更可以便商，其势然也。此可筹者五。夫以宜筹之务，处可筹之时，而又不得不急筹之势，有备无患，何能稍事因循。然现在措筹，除变卖逆产外，一切经费无非劝捐。虽劝捐非民所乐闻，而揆之目前事机，正如抚养婴儿，不剃头则腹痛，不搣痤则致疾。搣之剃之，则又啼且号。而慈母之心，究不因其啼号而废搣剃者，忍其所小苦，将以求其所大快也。今之筹捐，何以异此。卑职亦明知事极烦难，非薄德轻材所能胜任，然总存此不敢惮烦、不敢畏难以及不避劳怨之苦心，与绅士相勉于始终，凡事与傅牧商酌完善，面请宪示而后行，至成功之久速，则非所逆睹也。合将筹办各款章程逐一开列，禀请宪台大人察核采择，批示饬遵。宣邑幸甚，南郡亦幸甚。禀请福安，伏希垂鉴。卑职张秉铨谨禀。

谨将议立常平义仓条款十八则开列于后：

一、筹措仓储，莫先于附城内外劝捐。拟于常平义仓内设一公局，以便民捐。查自遭变以来，殷实之户本少，其可捐银一二百两以上者大约亦无几家。若据筹捐育婴堂情形而论，似更有一二倍之多。惟因地制宜，无论为数多少，均可听其乐捐。积少成多，皆能有济。唯不得出于派捐之法。如捐户之内有尤为踊跃好义者，拟请依例分别请奖议叙，伏祈批示，俾好劝捐。

一、宣化东西南北四厢四乡三十八里，大小村落共计千五六百区。各乡自去年立保甲之后，皆有团总，拟由县发给印簿，谕城厢内外的实绅士入乡，协同团总劝捐，并仰各巡检就近传见，谆谆劝谕，限三个月内，就于各粮局输纳以便民，各给常平义仓公局合同印单，收讫为据，不特可免弊窦，并可免乡人入城之劳。其各乡有乐善好施逾于常格者，仍依例请奖议叙。以上二条均只捐一次而止。

一、劝捐城乡如有不敷，拟察看情形，俟屡丰后续行按粮收谷之法。其家有万斤租谷者，令捐谷五十斤，亦就各粮局输纳以便民。每百斤除挑价外不过八成，总计共可得谷六七十万斤。愿折时价者，听民之便。亦只捐一次而止。唯须俟连年丰稔时方易举行。乐岁粒米狼戾，多取之不为虐，况不多乎？即使间有已列劝捐之内，而岁既大熟，取又甚廉，且缓而有待，亦只一次而止，民间必不病为多也。此项虽输纳入仓，将来遇歉岁时，各乡仍可就食。是藏谷于官，无异藏谷于民矣。

一、筹措捐款，籍力于民难，不若藉力于商为较易。查外来商民在南郡采办谷米往东省接济者，每年不下数千万之多，获利无算。前年冬间奉准免厘，接济各商采办，所获尤多。兹议于各商民采办内，每谷一万斤抽三百斤，于商民不损，于仓储有裨。此举即为保富计，各商皆殷实之户，明于大义，当乐于允从。如蒙钧示，拟请由厘局多备一常平义仓局一单，按谷抽收，较为便当。此项拟限至三年即行停止，不必再抽。请俟开江后方许举行。

一、宣化恶首逆产所入官者，东路则那锡、西路则马村、南路则大塘数处居多，拟着的实绅士协同该处乡团逐一清查变卖。其有愿买者，准各备价领取。如无买受之人，即限该佃户每田若干、价值若干，准其陆续分缴，自后此田永远归之佃户为业。

一、宣化通县每年田价屋价投税不及百金之数，疲玩异常，而岂有通省烦剧要区，税契仅止此数？未免不成事体。拟请出示遍催民间，照例投税以充军饷。如有瞒税之弊，经里差禀报，或词讼牵涉，或仇家指讦，查实照例将一半充公之项，仍归入常平义仓公用。以上数条，仍随时变通，从容办理，俾勿扰累。

一、此次劝捐各法，拟俟奉批准后，遍择各乡有德望、达时务之绅耆，延诸厅事，杯酒之间，悉心商榷，使知官实爱民、民当自爱之意，必底于成焉而后已。固不敢操诸过切，近于抑勒扰害之端，亦不敢目为泛常，仅作粉饰铺张之举。仍由卑职先行倡捐数百金，所谓凡民之事，以身先之，则不令而行也。所有此次禀稿及一切条款，又必先行刊刻遍布，使合邑绅耆无不共见共知，庶知官于此事心所必尽，即势所必行，自无观望阻挠之虑矣。

一、常平义社等仓或属官办，或由民办，官多失于提理，民又恐其侵渔，积久生弊，在所不免。此次美举，地属在官，谷输在民，理合官绅同办，定其名为常平义仓。俟采谷入仓后，官发印封，绅司锁钥，凡一出一入，必先禀明地方官亲临监督，仍由县随时移行经典二员帮同照料，庶耳目无不周之虑，每次由绅照数呈报，以凭稽查。如此则官总其成，绅分其任，书吏衙役并不干涉分毫，庶免侵蠹之端。每任由官同绅士监盘，仍随正案交代，但既属民捐，不动公款，请免咨部奏销，以免各怀疑畏之意。

一、此次仓谷虽出于民捐，仍须照常平仓法出陈入新。其法或三年一次，或二年一次，或于米价昂贵之余，或于青苗不接之候，均随时变通，官绅商酌行之。所有卖谷银钱，存于殷实铺户，五家连保，侵吞者五家同赔，俟秋收时尽数采买本色谷入仓。惟秋收之时，谷价必贱，应得赢余，除补失耗外，仍另簿存贮，寄在殷实铺户，久久必积少成多，可以为另置北仓之用。

一、捐款先买仓谷。若仓储已足，凡所再筹之款，即须取银存放各铺生息，或发交典铺生息，仍五家连保，以护仓储。既有存银，俟谷之滞于民而贱也，则官稍增价多籴以重之，而农不伤。及谷之适于民而贵也，则官稍减价多粜以轻之，而岁不病。如此则常平可无虑不平，义仓可无虑不义，银钱日以流通，即日以充裕，并北仓亦不难复兴矣。除一切更夫及间有修仓工费之用，不论何事，概不准官绅及各商挪用。如有挪用，即着所存之铺及所保五家填赔。

一、查宣化米价本贱，每米一斤卖至二十三四文者，为小歉之年；卖至二十八九文者，为中歉之年；若三十三四文以上者，为大歉之年。今酌定小歉之年，每仓谷一百万，准粜出二十万斤；中歉之年，每仓谷百万，准粜出四十万斤；大歉之年，每仓谷百万，准粜出六十万斤。必须稍有余存，以备来年再歉。

一、仓谷只许出粜，不得放赈。即遇荒极待赈之年，亦宜另行筹款，不得取之于仓。盖极荒之年，合邑饥民赖放赈而后得食者，均属极贫之户。其上户、中户稍有自存，不必赈，赈亦不屑也。若极贫之户，与其放赈，又不如施粥。食粥者一饱即止，放赈则按丁散给，一时拥挤喧哗，纵有花名册簿，亦不遑细检。或以彼领此，或以少报多，弊端不一而足。故不如施粥为便。现在酌定捐款后若有余赀，即于乌龙寺旧有仓廒二间，储谷二十余万，以备施粥之用。俟常平义仓工竣时，即将该仓修补，以待不时之需。

一、安不忘危，古之教也。仓储既备，万一值有事之秋，各乡民纷纷搬徙入城，必须添雇民练乡团为防守，计拟由仓每日每名给米一斤余。统计仓谷三百万斤，再有存银以护仓，即有寇警，而宣化城池坚固，合邑兵民距守，足支一年之粮。众志成城，可以晏然高枕矣。

一、选择经管之人，必须众议公举，或由已曾经管之绅士呈报代替。每次管理，必须四人，每年结报出入数目呈官，三年另行更替一次。如有事出外，令举贤自代。倘二年内管理有成效，即由本地方官于仓款内，或赍送谷米，或给与袍套，或加奖匾额，抑或禀赏功牌，以示奖励。夫至官发印封，一出一入，亲临监督，似亦无虑豪吞私盗之弊，然亦不可不防。若有此情，必须讯究详革押追，令颗粒填足，以示惩警。地方官于此等弊端，必须破除情面，不得稍有徇庇，则弊绝风清矣。

一、每遇平粜，即于收成后米价稍贱时买谷还仓，不得存价于官及存价于商，以防侵蚀。近时仓廒往往有粜无还，畏交盘之易耗，始犹藏价，继遂虚悬，终且无着。岂知平粜之在歉岁，其价本昂，盘缺自有章程，亦不至大滋赔累也。必须经管绅士留心体察，务要随时禀官，尽价采办，不可稍事因循。

一、常平义仓，城市既可举行，乡村亦宜办理。然现在事势，不惟无力不能兼办，即有力亦不宜急办。查宣化乡间米谷，中上之户皆有余存，况现在多事之秋，设或有警，乡村不能固守，所有储积必资寇粮。故须先顾城市，以重根本之谋。俟时势稍可行，再传谕有险可守之墟场另立社仓，以为城市捍卫。

一、议官民合办，必须批示立案镌碑，俾垂久远。不然后来经管者既无成例可循，办理稍不如法，即无侵谋，亦渐亏短。是举从前良法美意一旦弃之，岂不可惜？所有捐项，亦宜勒名于石，俾得百世流芳。

一、修建常平义仓，乃系百年久远之计，未可取效于旦夕。古人三年足民，十年生聚，非故缓也，其势使之然也。但能有开，必先积铢累寸，迟之又久，决无不成功。一切随时变通，仍当面请本道府训示，以期有所遵循，不至冒昧从事，庶有大功告竣之一日也。

议派郡城绅商每年轮值经管常平义仓钱谷章程示稿

建修常平义仓续议章程示稿

为晓谕事。照得奉宪议设常平等仓，一以备荒，一以备盗，曾经颁发禀稿章程，家谕户晓在案。兹本县平心审量，此次筹捐仓谷，大宗出自商民，必须会同管理，始足以昭公允而垂久远。前章程有未尽事宜者，不妨再与申明，随时变通行之。兹复拟定十二条，分别布知，与各管事会议举行。总期食利于百年，勿使废功于中道，岂特本县实嘉赖之，亦合邑绅士商民所深愿也。除通禀列宪批示饬遵外，为此晓谕城厢内外各色人等一体遵照勿违。特示。

计开：

一、议捐户至十万、五万、三万者，分别奖励，三万以下者另酌议叙。

一、每年即在捐户内派管事十名，稽查仓务，逐年轮派更换。至捐户在一万上下者，均可派作管事，不受薪水，亦无责成。现奉道宪面谕，要派公正绅商数名，永远经理仓谷银钱，不在每年轮派之列。

一、每年由经理公正绅商同举诚实绅商二名，坐仓管理，每年更换交替，以杜弊端。

一、绅商坐仓，不可远离，必须认真办理，公议应月给薪水若干。至秤手、仓丁、更夫，亦须议给薪水，均不得过支，更不准借贷侵挪。如有此情，惟该绅商是问。

一、各户捐谷归仓，只许米价腾贵时平粜之用，余则不得已如赈饥御寇方许用之，余事不能挪移颗粒。每二三年出陈入新，必须先日通传，届期以巳刻开仓，至申刻封仓，俾远近各捐户赴局看理。所有钥匙，交逐年管事各人收掌。

一、立法不能久而无弊，必须善始以全终。如将来有官绅及捐户籍口要事，提用仓谷及生息谷价，凡捐户有名之人，齐出攻之，不得箝口，致前功尽弃。

一、谷米出境，每万斤抽三百斤，照时价折银，已禀由厘局代收，按月总报交清，即行发商生息。现奉道府宪谕，由糖局自收，以免厘卡庖代之劳。

一、所捐之谷，出示限期缴清，折捐银两亦照限期缴清，均不得逾限。如慷慨即交者尤妙。至届期收各捐户之谷，巳刻开仓，至申刻止，即到县请常平义仓印封加锁。如一日收不清，次日仍请开封收入，再请印封加锁。以下至收谷之日，仍照此办理。

一、凡收谷务须破除情面，认真查看，干圆洁净者方收。出入每百斤用司马秤秤足。若有潮湿霉烂者，一概不收。

一、凡议客籍三代有田园庐墓者，以投税起扣满至三十年者，皆可考试。但宣化风气，向例另有捐入宾兴公项。今拟称家之多寡，由三万捐至五万，另给籍书为据，并不必再。再，原刊本内曾经禀请仓谷虽出民捐，仍须照常平仓法出陈入新，其法或三年一次，或二年一次，或于米价昂贵之余，或于青黄不接之后，均随时变通，官绅商酌行之。所有卖谷银钱，存于殷实铺户生息，五家连保，侵吞者五家同赔，禀明在案。缘邕郡天气酷热，与东省无异，且地处潮湿，仓谷易莓〔霉〕，故为是变通行之。此次平粜仓谷二十万斤，即去春因郡城戒严，垫买谷米存仓以备急用，后由捐户备价归款抵拨上仓。缘买时急不能择，此谷即不能耐久。故此次平粜即所以推陈也。因思常平例有出借之文，春散冬敛，得先王春秋补助之法，所恃者出入之际须得其人耳。宣化各仓计可储谷三百万者，拟只储三分之二，余皆发商生息。盖储谷二百万，已足备荒有余，必须留其十廒以为盘仓之用。而二百万之谷，现拟年间存六出四，或粜或借，明以接济民食，暗实出陈易新。查例载所借多按通县里分派定数目，传知里长户首，赴县领回，不问愿借与否，无怪其出借有亏也。宣化富商甚多，拟请每年于谷价昂贵及青黄不接之时，除存六外，其余准富商领借，每一万斤，至冬月内加缴息谷一千五百斤，或先期多借，两三月则多缴息谷五百斤。届期不论谷价贵贱，必须交还实谷上仓，均拣干爽好谷，不准折价，以免虚悬。仍着五家合保，或三家合保，如交不足额者，各家均赔，较诸借与民间者更为稳妥。万一仓卒急用，仍可饬官商咄嗟立办，不难一日之内扫数归仓。似此办法，是藏谷于商，与藏谷于仓等耳。将来每年出借，若照二百万谷算，应出借八十万，即可得息谷一十二万之多。每年既多增息谷，并借此出陈易新，且可于息谷提出十之四五，津贴团防、保甲、书院、育婴、水柜之用，以义仓出息为地方公费，是一举而三善备焉。法无有便于此也。倘遇谷价贱时，富商不愿借，或借不如额，务从其便，万不必过拘。唯所借之户，则必拘定富商，又必取各家合保，断不可稍徇情面。据仓局绅商李模、莫同发等来谒请示，核与原禀出陈易新之法相通。唯旧定新增各章程内未列此条，已将此拟办缘由禀商列宪，谅蒙批准举行。嗣后每年若有出借，一俟收成时自应不准延误，不准折价，以实仓储而符定章。如过期不还及有拖欠者，大众攻之。倘能照此出借之法推陈入新，于仓储实大有裨益。今再列此一条，附于刊本之后，俾合邑绅商士庶共见共闻，知非本县一人之私见也。

光绪六年六月六日知宣化县事张秉铨并识

捐宾兴仍准移知两学存案

一、所捐谷以一半归仓，一半折价，以防采贩过多，米价陡贵。其价银即行发商生息，每次收银不拘多少，均不得空存。每月每两以八厘息为准，按月一核，择殷实户三家环保。若典商铺，毋须环保，只取领结备查。或加息至一分以上，随时酌办亦可。

一、所存仓谷及发商生息银，俟捐数足后，每年必须年终造册呈报抚、藩、道、府、厘局、本县各一本。其余绅士　人、粤东客长及捐户五万并三万者，亦须造送年终总册各一本，以凭查阅。

宣化县常平义仓总理、管理绅商姓名*

宣化县正堂张示。今将常平义仓总理管理绅商姓名开列于左。

计开：

总理绅商六名：

李模　周南　班瑞兰　莫启章　杨廷贵　李明瑞

以上总理六名，专司仓谷银钱，稽查出入账簿，不在按年轮派之列。坐仓二名，仍按年更换，不在此内。

庚辰年孟秋朔日起，至辛巳年孟秋朔日止，管理绅商十名：

劳乃超　李明康　程湖　陶荣光　宋茂章　英利店　滕兆霖　云集店　杨廷辅　顺成饷押

辛巳年孟秋朔日起，至壬午年孟秋朔日止，管理绅商十名：

宋祖殷　周原　陆济佳　广泰店　梁岱云　彭福田　怡福店　杜晋昌　黄怡记　天泰饷押

壬午年孟秋朔日起，至癸未年孟秋朔日止，管理绅商十名：

文龙　合丰店　黄大鹏　蔡荣茂　梁燧光　黄远清　裕隆昌　惠昌店　霍昆利　全益饷押

癸未年孟秋朔日起，至甲申年孟秋朔日止，管理绅商十名：

梁举麟　陆松茂　莫以芳　黄福祥　雷甫寅　侯盛昌　慎全店　黄永兴　文记店　裕昌饷押

甲申年孟秋朔日起，至乙酉年孟秋朔日止，管理绅商十名：

曾阮　曾祥兴　梁绍文　雷元记　梁厚成　黄信和　黄廷宪　世香店　福隆店　广安饷押

乙酉年孟秋朔日起，至丙戌年孟秋朔日止，管理绅商十名：

洗鉴　黄应科　葛鳌　福安店　陶泰荣　梁孚记　雷文德　陈德丰　恒孚饷押　萧桐

丙戌年孟秋朔日起，至丁亥年孟秋朔日止，管理绅商十名：

庞祖典　谢信善　王恒利　丛华店　昆泰店　王国贤　白云斋　世合店　福茂店　丽隆店

丁亥年孟秋朔日起，至戊子年孟秋朔日止，管理绅商十名：

恒聚店　复昌店　曹克隽　雷源发　莫瀚沄　梁成德　黄联盛　富昌店　袁玉光　富文堂

戊子孟秋朔日起，至己丑年孟秋朔日止，管理绅商十名：

悦泰店　赵顺记　文万茂　溢利店　莫以莹　俊发店　雷迅发　侯德隆　谦益店　瑞昌店

己丑孟秋朔日起，至庚寅年孟秋朔日止，管理绅商十名：

金茂店　公盛店　联和店　霍万悦　杭裕业　颜泗益　邓顺荣　裕德店　覃隆昌　梁顺聚

以上十年为一周，周而复始。

广粥谱

清光绪七年刻本

（清） 黄云鹄　辑

赵晓华　点校

广 粥 谱

蕲州黄云鹄纂辑

广 粥 谱 序

予既辑《粥谱》为养老养生之助，因思俭岁救饥，必资糜粥，得法则多全生命，不得法则弊生，而饥民转易死。仁心仁术两相资，不可不豫为讲求也。莘野耕夫，尚切不获予辜之痛，况吾侪曾备位明列，即淡泊自甘，啜菽茹水，置群黎饥饱于膜外，事前无少筹画，事至但凭私智浮议，苟应故事。呜呼！民厄于岁，厄于天，卒死于长民者之心与法，可哀也已！古称救荒无奇策，能活人即奇策也。闲居览《康济录》、《康济谱》、《从政录》诸书，却忆前守成都时旱荒情事，怦怦心动，爰撮抄《赈粥》一册，为《广粥谱》。其他大者有全书在，有志者自知取法。我婺人也，畏饥甚，知世之婺人亦如我之畏饥甚，故不惮揶揄，为之谱，复为之序。

大清光绪七年岁次辛巳冬十月黄云鹄识于蜀中

钦定陆曾禹《康济录·赈粥》一册

齐大饥，黔敖为食于路，以待饿者而食之。有饿者蒙袂辑屦，贸贸然来。黔敖左奉食，右执饮曰：嗟！来食。扬其目而视之曰：予惟不食嗟来之食，以至于斯也。从而谢焉。终不食而死。曾子闻之曰：微！与其嗟也可去，其谢也可食。

谨案：礼貌之于人大矣哉！士君子当死亡之际，略不自贬以偷生。曾子论之素矣。故锺御史河南赈粥，赈银独加厚于寒士，不与庸众同之。盖以扬目而视之者，未必不谢之而宁死也。

卫公叔文子卒，其子请谥。君曰：昔者卫国凶饥，夫子为粥，与国之饿者，不亦惠乎！

谨案：人当饥馑之时，得惠一餐之粥，即延一日之命。此后得遇生机，皆此一餐之力矣。故为力少而致功大，以此定谥也宜矣。凡当凶岁，人可不以文子之惠为惠哉？

汉陆续幼孤，仕郡户曹史。时岁荒，民饥困！太守尹兴使续于都亭赋民馈粥。续悉简阅其民，讯以名氏。事毕兴问所食几何，续因口说六百余人，皆分别姓名，无有差谬。兴异之。

谨案：粥虽数碗，能活饥人，岂可小视？公皆悉数无遗，其不苟于处事也明矣。太守之用人、户曹之谨慎，不可为赈粥之盛典欤？

隋房景远为齐州主簿，多惠政。景远平生重然诺，好施与。岁祲，设粥通衢，存济甚众。平原刘郁路经齐兖，遇劫贼，将杀之。郁呼曰：与君乡近，何忍见杀？贼曰：若乡里亲亲是谁？郁曰：齐州房主簿是我姨兄。贼曰：我食彼粥得活，何忍杀其亲？遂还郁衣物，且蒙活者二十余人。

> 谨案：善之感人，如风之偃草，未有不从之而披靡者也。故虽盗贼不昧其良，赈救其可缓乎？主簿赈粥，得救其亲。设令景远自遇，化盗为良，岂其所难？可见粥之活人感恩者切。食禄者何不稍分肥甘之万一，以延枵腹之残喘哉！

唐僖宗文德元年四月，以郭禹为荆南留后。初禹励精为治，抚集雕残，赈馈粥，给孤贫，通商务农。时藩镇莫以养民为事，独华州刺史韩建招抚流散，劝课农桑。数年之间，民富军赡。时人谓之北韩南郭。

> 谨案：人生天地间，惠在一时，泽垂万世，始可告无忝〔忝〕于生平。北韩南郭近之矣！彼专以富贵为重者，生则显荣，其如没则泯焉，何哉？

宋程颐有云：救饥者，使之免死而已，非欲其丰肥也。当择宽广之地宿，戒使辰入。至矣则阖门不纳，午后与之食，申可出之。日得一粥则不死矣。其力能自营一食者，皆不来矣。比之不择而与者，当活数倍之多也。

> 谨案：昔陈龙正谓伊川之论虽佳，但日只一餐，恐不足以救其死耳。曾则以为莫若俟其食毕，每人或给米二三合，或给糕饼数枚，以待下次之餐。彼既不专守候于此，又可往他处营生，一朝而获数日之粮，未可知也。

陈尧佐知寿州，遭岁大饥，自出米为糜，以食饿者。吏民以故皆争出米，共活数万人。尧佐曰：吾岂以是为私惠耶？盖以令率人，不若身先而使之从之乐也。

> 谨案：米珠薪桂，人皆自顾不暇，何处恳求？官长若不救全，老弱死而壮者盗，必然之势。陈公身先率民，广开粥厂，一州之中到处尽沾实惠，非善于鼓众之君子哉！

元顺帝至正十二月〔年〕五月，起复余阙为淮东宣慰副使，守安庆。到官十日，寇至却之。集将吏议屯田战守计。环境筑堡寨，选精甲外捍而田其中。明年春夏大饥，人相食，捐俸为粥以食之。请之中书，得钞三万锭以赈民。

> 谨案：忠于君者，必能爱民。如余公到官十日，捐俸煮粥，请钞赈民，力行善政，惟恐不及，后果尽忠于国。若置饥民于勿问，但以功名为重，是屯其膏而不能布上之恩泽矣！所以有圣主必赖有贤臣，上下交而志同，夫非苍生之幸欤？

明嘉靖十七年，席书疏云：窃见南京地方饥馑殊甚，初卖牛畜，继鬻妻女，老弱辗转，少壮流移，甚或饿死于道。廷议赈恤，但饥民甚多，钱粮绝少，惟作粥一法，不须防奸，不须审户，至简至要，可以救人。世俗皆谓作粥不可轻举。缘有行之一城，不知散布诸县，以致四方饥民闻风辐集，主者势力难及，来者壅积无算，遂谓作粥不宜轻举。不知辰举而民即受惠，三四举而即可宁辑，其效甚速，其功甚大。此古遗法，扶颠起毙，拯溺救焚，未有先于此者，未有急于此者。此臣一得之愚也。

> 谨案：是时饿莩甚多，比户离徙，奸民杂出。公谓民命在于旦夕，若必待编审事定，民何以堪？令州县每十里为一局，先发现银市米，为粥赈之。两月惟食以粥，则所赈皆贫民，奸猾渐散。乃奏截运储及户部所发银两，议定间月兼给。其妙在先令州县十里为一局，俟赈粥两月，然后议给银米，所以人沾实惠而豪强不得为奸也。

陕西巡按毕懋康赈粥，其议有云：尝闻救荒非救饥民，乃救死民也。其法无如煮粥善。相应先尽各州县见在仓粮尽数动支，又动本院赎银，收买米豆杂粮，煮粥赈济。然所谓救荒无奇策者，患在任之不真、任之不力耳。若有真心，自有良法，又何事不可为、何灾不可弭也。向得张司农救荒十二议，试有明验。为此仰司即将救荒议十二款发刻，令各府印刷，分给各州县，逐款着实举行。（十二款载后《赈粥须知》内。）

> 谨案："若有真心，自有良法。"非实心爱民者，不能知此二句之妙。毕公深于爱民，令州县尽开粥厂，且令将救荒十二议处处发刻，印刷施行。其心不但欲救一省之荒，并欲救各省之荒，更可以救各省千百年后之荒年矣。生机至今犹在，时与春气融和于宇宙间也。

万历时，知常熟县耿橘有云：荒年煮粥，全在官司处置有法，就村落散设粥厂。若尽聚之城郭，少壮弃家就食，老弱道路难堪，一不便也；竟日伺候二飧遇夜投宿无地，二不便也；秽杂易染疾疫，给散难免挤踏，三不便也；非有司亲尝，严禁人众，虑粥缺少，增添生水，往往致疾。惟就各处村落属慕义者主之、画地分煮之为当也。

> 谨案：耿君三说，言言中窾，事事俱真，非目睹而伤心者，焉能有此？故于不得已之中想出必不可易之法，莫如各处村落各令义士主之，留法人间，惠爱至今不息。吁嗟乎耿公！安得天下有司尽如公也。

御史钟化民河南赈饥，令各府州县官遍历乡村，察举善良，以司粥厂。就便多立厂所，每厂收养饥民二百，不拘土著流移，分别老幼妇女。片纸注明某厂就食，以油纸护系于臂，汇立一册，听正印官不时查点，使不得东西冒应，期至麦熟而止。所到必行拾遗之法，遍历州县村墟粥厂。以故地方官望风感动，竭力赈救而民赖以生。

> 谨案：谚云：饥时一口，胜如一斗；死在须臾，即能行走。粥厂之妙，言难尽述。钟公令州县乡村多立厂所，在在救全，而且遍历周观，有司敢不竭力以生之乎？一点仁慈贯彻各厂，如阳和之布大地，无有不在其化育之中者也。

开粥厂总论曰：饥年赈粥，可以粥视之乎？纯阳丹药，岐伯仙方，不是过也，何也？得之则生，勿得则死故耳。于黔敖之事可见矣。但粥厂之事务虽多，其要惟五耳。一贵多厂，耿橘之论是也。二贵得人，陆续之事是也。三贵巡察，钟化民之所行是也。四贵犒赏，毕懋康之所颁是也。五贵得法，席侍郎之所奏是也。以此五法，得余忠烈之捐俸、陈尧佐之先民，何患乎粥厂之不尽善尽美也。乃知无远涉之苦、门外之嗟者，厂多故也；无废弛之事、冒破之求者，得人故也；不事虚名，立平赈灶者，巡察故也；人人竭力，不忍相欺者，犒赏故也；实惠均沾，不填沟壑者，得法故也。苟能若是，不特远过于房主簿，且可与公叔文子及北韩南郭并传不朽矣。《礼记》云：使民有父之尊、母之亲，如此而后，可以为民父母。则凡父母斯民者，一粥之赈，其可缓乎？

钦定陆曾禹《赈粥须知》一册

赈粥论曰：粥厂之当开，其事虽见之于古人，粥厂之宜备其法，又宜宣之于后世，庶几一日〔目〕了然。何者当先，何者宜后，断宜选择者何人，必不可少者何事，悉以古人之法为法，既无遗漏，又不泛施，使饿莩藉之而生，枵腹赖之而活。虽云一粥，是人生死关头，须要一番精神勇猛注之，庶几闹市穷乡皆沾利益。又闻昔伊川先生论赈粥云，惟有简则所及者广。又云救饥者，欲其免死而已，非欲其丰肥也。观于此言，又可知赈济之中，亦应有节制之道矣。

官长开厂赈粥法

陕西毕巡按发刻张司农救荒十二议：

一、亲审贫民。先令里长报明贫户，正印官亲自逐都逐图验其贫窭，给与吃粥小票一张，填写里甲姓名，许执票入厂，仍登簿。万不可令民就官，往返等候，先有所费。要耐劳耐久，细心查审。

> 明胡其重曰：若赈可稍缓，则须亲审。若州县辽阔，遍历不完，而赈又不可缓，则须于寄居官等择其有德有品者分任其事亦可。

二、多设粥厂。众聚则乱，散处易治。昔富郑公设公私庐舍十余万区，而安处其民，又多设粥厂。今议州县之大者，设粥厂数百处，小者亦不下百余处，多不过百人，少则六七十人，庶釜爨便而米粥洁，钤束易而实惠行。

> 谨案：司农之得手处，全在此一条。妙在厂多则人不杂，各赈各方，而且易于识认，又无途宿风雨之苦。

三、审定粥长。数百贫民之命，悬于粥长之手，不得其人，弊窦丛生。务择百姓中之殷实好善者三四人为正副而主之，即富郑公用前资待缺官吏之意也。

四、犒劳粥长。饥民群聚，易于起争。粥长约束，任劳任怨。上不推恩激劝，待以心腹，谁肯效力尽心？故宜许其优免重差，特给冠带匾额。近则又有一法，半月集粥长于公堂，任事勤劳者以盒酒花红劳之，惰者量行惩戒，以警其后。

> 谨案：此法极善，可以鼓舞众人，而且易为。但有善人能人，不妨任粥长当堂禀用，官长给帖，请来厂中协力料理。

五、亲察厂弊。粥厂素称弊薮，惟在稽察严密。然非守令躬察，则不知警。又有以逸代劳之法，限粥长三五日执簿赴堂领米，谆谆嘱其用心，察其勤惰。又要时加密访。置大签四根，书"东"、"南"、"西"、"北"四字。日抽一签，如东字，单绮东驰，不拘远近，直入厂中。果有弊者、造作不精者，分轻重而惩治之，不可代也。

六、预备米谷。仓廪不实，支取易匮，或动支官银籴买，或劝借义民输助，必须多方设法，预为完备。

> 凡煮粥之米，既交粥长，或搬运，或变卖，任从其便。只要有米煮粥，不许吏胥因而索诈。

七、预置柴薪。厂中器皿，不可强借，惟铁杓必须官给两个，恐有大小故也。煮粥之柴，其费最多。粥长等既任其劳，那堪再行赔累。既令粥长在所领米内扣出其米，变卖作价可也。（案：柴价不如给钱为是。）

八、严立厂规。驭饥民如驭三军，号令要严明，规矩要画一。印簿照收到先后顺序列名，鸣钟会食，唱名散签。凡散粥，或单日自左行散起，或双日自右行散起，或自上散，或自中散，或自下散，互为先后，则人无后时之叹，不至垂涎以起争端。敢有起立擅近粥灶者，即时扶出除名。粥长不遵规矩，亦有所惩。

九、收留子女。预示饥民不可擅弃子女，然而饥寒困苦，难保其无。万一有之，令里老保甲老人等收起，抱起官局收养，仍给送来之人数十文以作路费，庶可酬其奔走之劳。

十、禁止卖妇。卖妇者当严为禁止。倘有迫切真情，将夫妻尽收入厂中，妇令抚婴，男归厂用，事完听去。

十一、收养流民。最苦者饥民逃窜，以路为家。须于通衢宽空处另立流民厂，置流民簿，随到随收。如若满百，须增厂舍。若吃丐，又立花子厂，不得与流民共食。

十二、散给药饵。凶年之后，必有疠疫。疫者，万病同证之谓也。不论时日早晚，人参败毒散极效，或九味羌活汤、香苏散皆可，但须多服，方可效验。合动官银，令医生速为买辨，合厂散数十帖，以济贫民。至夏间有感者，为热病。败毒散加桂苓甘露饮，神效。败毒散内不用人参，加石膏为佳，再令时医定夺，必不误也。

> 谨案：毕公讳懋康，赈粥于陕西，万历二十九年事也。其入关之始，见饥民嗷嗷待哺，乞生无路，乃云莫如煮粥最善。故将张司农救荒十二议即发刻施行，荐拔勤员，特参惰慢，务令有司以一段真精神救护元元，可称贤大夫矣。

山西巡抚吕坤赈粥法：

一、广煮粥之地。饥民无定方，而煮粥有定处。若不多设处所，以粥就民，恐奔走于厂，难宿于家。或朝食一来，暮食一来，十里之外，不胜奔疲，不便一也。壮丁就粥，便可随在歇止。而老病之父母，幼弱之小儿，羞怯之妇女，饿死于家，其谁看管？不便二也。乞粥以归，不惟道远难携，亦且妄费难察，不便三也。不如十里之内，就近村落寺观之处各设一场，庶于人情为便。

一、择煮粥之人。旧日监督主管，多委里甲老人。嗟夫！难言之矣！无迫切之心，则痛痒不关而事必苟；无综理之才，则点察失当而事恒不详；无镇压之力，则强者多，暴者先，而惠不均。故定煮粥之法，当选煮粥之人，先令之讲求，讲求既明，正印官亲与问难，如于立法之外另有良法者，即行奖赏，则人人各奏其能而仁术益精详矣。

一、行劝谕之令。善不独行，当与善者共之。正印官执簿籍，少带人数，各裹糇粮，遍到乡村，勘得真正殷实之户，到门亲自劝勉，或愿舍米粮若干，或愿煮粥若干，日饲养若干人，务尽激劝之言，仍听其便，无定难从之数。如有所许，即令自登簿籍，先送扁额奖励。

一、别食粥之人。凡来食粥者，报名在官，立簿一扇，分为三等六班。老者不耐饿，另为一等，粥先给，稍加稠；病者不可群，另为一等，粥先给；少壮另为一等，最后给。此谓三等造次。颠沛之时，男女不可无辨，男三等在一边，女三等在一边，是为六班。

一、定散粥之法。摆鼓一通，食粥之人男坐左边，以老病壮为序；女坐右边，亦然。每人一满碗，周而复始。大率止于两碗，老病者加半碗、一碗可也。每日夕人给炒豆一碗。

一、分管粥之役。凡粥场立总管一人、掌簿二人、司积二人管米豆，俱以廉干者为之。每锅灶头一人，炊手一人，壮妇人更好，柴夫一人，水夫十人，皆以食粥中之壮者为之。但有惰慢及作弊者，即时杖责。

一、计煮粥之费。凡米须积在粥厂严密之处，司积者自带锁钥，每日每人以三合为率。食粥之人每日增减不同，掌簿先一夕日落报名数于司积，令某锅煮米若干。司积冒破米豆者，每一升罚一担；灶头克减米豆者，不论多少，重责枷示。

一、查盈缩之数。不分军民良贱，不论本土流民，除强壮充实男女不可轻收外，其余但系面黄肌瘦之人，尪羸褴褛之状，即准收簿。每簿分男女二扇，每班常余纸数叶，以备早晚。续到之人，其人以日为序。如正月初一日，赵甲，某府某县人，见在何处居住，有子无子；初二、初三以次登记。

一、备煮粥之具。布袋若干条，大锅若干口，木杓若干只（约与碗大）、木碗若干个（碗令食粥者自备甚便，但大小不一，恐多寡不同），大木杓若干个，水桶若干只。柴薪不可多得，即差少壮食粥之人，令其拾采。

一、广煮粥之处。须行各州县一齐通煮，使穷民各就其便，而流来之人不致结聚。但一场过五百人，即将流民拨于别场。有父子夫妻，一同随拨。盖结聚易，离散难。老病妇女何害？少壮男子不散，必为盗。于地方接熟之日，照归流民法，各发原籍，更为得所。

一、备草荐。饥病之人，坐卧无所，亦易生疾。州县将谷稻藁桔织为草荐，令之铺地，庶不受湿。有力之家平日肯织千百，或冬月施与丐子，或饥年散给粥场，大阴德事，事完另行奖励。

一、奖有功。如果有功无过者，原委人役大则送牌，小则花红鼓乐送至其家，以示优厚。

一、旌好义。看其费米之多寡而定。其旌赏之重轻，或送牌坊，或给免帖，或给冠带可也。

一、赈流民。过往流民倘过粥场，每人给粥三碗、炒豆一碗，仍问姓名登记，以便查考。

一、贮煮粥器皿。天道无十年之熟。一切煮粥器皿，须令收藏，备造一册存库，委付一人收掌，不许变价及被人花费。

> 谨案：此上皆吕公之良法。其论粥厂，必使数里一厂，令人无奔走后先之失，一厂止收二百人，令人无杂聚成疫之害，可为曲尽人情。以余论之，如辰刻令人食粥一餐，随以米三合给之，代其下次之粥，民不因官守候二餐，误其一日之他图，官不为民令人过劳，有两番之料理，较于广其食粥之地，别其食粥之人，不尤为要哉！

崇祯庚辰年，浙江海宁县双忠庙赈粥，人食热粥，方毕即死。每日午后，必埋数十人，与宋时湖州赈粥，粥方离锅，犹沸滚器中，饥人急食之，食已未百步而即死者无异。后杭人何敬德知之，遂于夜半煮粥，置大缸中，明旦分给，死者寡矣。其所以必死之故，人知之乎？凡食粥者，身寒腹馁，必然之势。身寒则热粥是好，腹馁则饱餐自调。殊不知此皆杀身之道，立死无疑。故赈饥民，其粥万不可过热，令其徐徐食之，戒其万勿过饱，始可得生。赈粥时尤须大书数纸，多帖于粥厂左右，上书：饿久之人，若食粥骤饱者，立死无救；若食粥太热者，亦立死无救。犹当令人时时高唱于粥厂之中，使瞽目者与不识字之人皆知之，庶可自警。否则，乌能知其久饥与不久饥，而岂可概薄其粥，令其不饱哉？不论官赈民赈，皆宜如是，人之生死系焉，仁人幸无忽也。

不论男妇到厂吃粥，倘怀中有婴儿者，许给一人之粥，令其携归哺之。彼利此粥，不致弃子，造福更大也。少妇处女初次到厂，吃粥之后，当给半月之粮，令其吃完此米，再到厂中来吃一次，如前给之，后皆仿此。不可令彼含羞忍耻，日日到厂，挨挤于稠人广众之中也。

旧传新锅煮粥、煮饭、煮菜，饥民食之，未有不死者。故厂中须用旧锅。万一旧锅不足，须将新锅，或向庵堂寺院，或向饭铺酒家，换取旧锅备用，庶不致损人之命。此又一要法也。

万历二十八年，河南大饥。郭家村刘一鹗既贫且病，嘱其妻曰：与其相守而俱亡，何若自图生计。其妻泣曰：夫者，妇之天。死则俱死耳，宁忍相弃乎？后赖御史钟化民令县官多设粥厂，食之而得生。

> 谨案：可见救人之死，莫如粥厂。但此厂贵早而不贵迟，枵腹者不能再候也；贵近而不贵远，贫病者不能远步也；贵久而不贵暂，禾麦未熟，不能自食也。一鹗可鉴，其他可知。倘此厂急促不能立办，庵堂寺院皆可代也。

明末州县官之赈粥也，探听勘荒官次日从某路将到，连夜于所经由处寺院中设厂垒灶，堆储柴米盐菜炒豆，高竿挂黄旗，书"奉宪赈粥"四大字于上，集村民等候。官到鸣钟散粥，未到则枵腹。待至下午官去，随撒〔撤〕厂平灶寂然矣。皆耳闻目睹之事。由是推之，民安得不困，国安得不扰？后世官长赈粥可不视此为戒哉？

> 凡赈粥当在十月初旬为始。此际草根树皮无从得觅，无粥则有死而已。其止当在三月初旬。此时草木既已萌芽，饥者或有赖于一二也。

因里设厂赈粥法

魏禧言：施粥者必须因里设厂，若劳其远行，恐半途仆毙。又须立人监理，令饥民至者随其先后，来一人则坐一人，后至者坐先至之下，已坐者不许再起，一行坐尽，又坐一行，以面相对，以背相倚，空其中路，可令担粥人行走。坐至正午，击梆一通，高唱给第一次食，令人次序轮散，有速食先毕者，不得混与。一次散讫，然后击梆一通，高唱给第二次食，如前法，共三次即止。盖久饥之人，肠胃枯细，骤饱即死。惟饥民中称有父母妻子卧病在家者，量行给与携归。处分已讫，方令散去。散去之法，令后至坐外者先行挨次出厂，庶不拥挤践踏。又多人群聚，易于秽染生病，须多置苍术醋碗薰烧，以逐瘟气。又不时察验，严禁管粥者克米，将生水搀稀，食者暴死。其碗箸各令饥民自备。按：米多亦不得施饭，久饥食饭有立死者。

> 谨案：魏君之论粥厂，简而当，切而备，非实与斯民休戚相关、以饥馑为念者不能也。故其救荒策皆可为后世法，不独一粥厂也。

择地聚人赈粥法

城四门择空旷处为粥场，盖以雨棚，坐以矮凳，绳列数十行，每行两头坚木橛，系绳作界。饥民至，令入行中挨次坐定，男女异行，有病者另入一行，乞丐者另入一行。预谕饥民各携一器，粥熟鸣锣，行中不得动移。每粥一桶，两人舁之而行，见人一口，分粥一杓，贮器中须臾而尽。分毕再鸣锣一声，听民自便。分者不患杂踏，食者不苦见遗，限定辰申二时，亦无守候之劳，庶法便而泽周也。

> 谨案：古人赈粥，择四门之宽广处而分食之，既免冗杂薰蒸之苦，又无遗出门外之悲，法云妙矣。但四乡若不仿此以赈之，恐饥民尽奔城市，仍难安顿，故不可不广为之计也。

挑担就人赈粥法

挑粥法无定额，无定期，亦无定所。每晨用白米数斗煮粥，分挑通衢若郊外。凡遇贫乞，令其列坐，人给一杓。每担需米五六升，可给五六十人之餐，十担便延五六百人一日之命。或数日，或旬日，更有仁人继之，诸命又可暂延。无设厂之劳，有活人之实，既可时行时止，又且无功无名，量力而行，随人能济众，每日有仁方矣。此前明辛巳嘉善陈龙正赈粥之法也。

　　明 张氏曰：担粥须用有盖水桶，外用小篮备盐菜碗箸。荒年有外具衣冠，内实饥馁，不能忍耻就食者，如托人瓶钵取食，勿生疑阻。倘访知果赤贫无人转托者，更宜挑担上门量给之。

以米代粥分给法

沈少参正宗谓，担粥法止可代流亡之在其途者。若救土著之饥民，煮粥丛弊，不若分地挨户给以粥米，既可活人，又不丛聚。但须分给得当，时加亲察，胜如因粥酿疫者多矣。

　　谨案：分给粥米之法，果能托亲觅友老成忠厚之人，分布城市乡村，一体从事，何善如之？

垂死饥人赈粥法

边海有失风船飘至塘，船中人饿将绝者。急与食，往往狼吞而致死。后有煮稀粥泼桌上，令饥人渐渐呹食之，方能得生。盖饥肠细微，不堪顿食也。

　　谨案：以此观之，凡饥人不可令其吃热粥而顿饱也，明矣。金事林公䇓有云：垂死贫民急饘粥，粥要极稀，毋令至饱。皆历有征验之言，不可不遵也。

黄齑杂煮增粥法

取菜洗净贮缸中，用麦面入滚水，调稀浆，浇菜上，以石压之，不用盐。六七日后，菜变黄色，味微酸，便成黄菜齑矣。此后但以菜投入齑汁中，便可作齑，更不复用面。取齑切碎，和米煮粥食之，每米二斗，可当三斗之用。虽不及纯米养人，而充塞饥肠，聊以免死，亦俭岁缩节之一法也。

　　谨案：凶年增数口之粥，即救人几日之命，岂可视为泛泛？故用黄齑煮粥，凡米二升可作三升之用，非法之至善者欤？物力维艰之际，不可不急为预备也。

《康济谱》五则（潘游龙撰，明枝江人）

　　一、分食界　今煮粥者，多止于城门，则仍为强棍所得啜，而远者、病者、残躯体者，犹然沟中瘠也。故莫若分界而多置爨所。今既每方二十里，则以当中一村为爨所，州县出示此方东至某村，西至某村，南至某村，北至某村，但在此方之内居住饥民，已报名者，方得每日至中村就食。令保甲察之，不在此方内者，令还本方，不得预此方之食。庶乎方内之民，极远者不过行十里而返，近者或一二里。人纵饥饿，然午得一饱，缓步而归，明日再至，决不至殒命，而一方之内，人皆每日得一饱矣。

　　一、立食法　夫煮粥之难，难在分散。待哺既众，彼我相挤，随手授之，不得人人均其多寡。当令饥民至者，随其先后，来一人则坐一人，后至者坐先至肩下，但坐下者即不许起。一行坐尽，又坐一行，以面相对，以背相倚，空其中街，可容走动。坐者令直其双足，不许蹲踞盘辟，转身附耳，人头一乱，察数为难。有起便手者，毕则仍回本处。坐至正午，官击梆一声，唱给一次食，即令两人抬粥桶，两人执瓢杓，令饥民各持碗坐给之。其有速食先毕者，亦不得再与，再与则乱生。须将头碗散遍，然后击二梆，高唱给二次食，从头分散，亦如之。又遍，然后击三梆，高唱给三次食，从头分散，亦如之。三食已毕，纵能食者不得过多，但求免死而已。然后再察簿中谁系有父母妻子饿病在家、不得自行者，以其所执瓶罐，再给一人之食，与之携归。如是处分俱讫，方令饥民起行。其有流民欲去东西南北，从此方过者，亦照此坐食。但食毕即分派保甲数人，欲东者押过东方，欲西者押过西方，送出境，讫明日不得预此方之食，恐其聚为乱阶也。

一、备粲具　煮粥之谷，必发官仓，不劝借富氏，但必须殷实户领之。所领之谷，亦不必定将原谷以夫车络绎于道，但令伊将己谷舂用，不失官数则已。其所领仓谷，任从殷实户附城自粜，在官胥徒不得指以粜官谷勒掯之。至于领谷之后，殷实户与保甲择中村宽阔处所，置灶十余座，或公馆，或寺院，无则空地，搭盖篷泊，须可隐风，毋令饥者冻死。又当多置缸桶瓢杓，其碗筯则令饥民自备，柴亦取给于官谷，若取于保甲，又必指此以科派细户矣。水则令保甲编户挑之，煮粥之人借用殷实户家丁，庶官与结算谷石之时，不得指他人影射为奸人。饥必成疫，须多置苍术、醋碗薰烧，以逐瘟气。其粥成之后，又须严禁生水搀稀，致久饥者食后暴死。

一、登历日　监粲官署一历簿送州县钤印。如今日初一日起，分为二大款。一、本处饥民，照其坐伍，从头登写花名，赵天钱地，孙元李黄。有父母妻子病在家下不能来者，公同保甲察的，即注于本人下，父系何名，妻系何姓，不得冒支。前件以上若干人。二、外处流民，又分作东、西、南、北四小款：一某处人某人系欲过东者，一某系欲走西、走南、走北者。其下即注本日保甲某人送出境讫，违者连坐保甲。前件亦给〔结〕以上共若干人。至初二日，又分作三大款：一、本处旧管饥民。即昨日给过粥者，官则先照昨日旧名，尽数填此项下，来者分付，先尽旧人，照昨日坐定点名。如有不到者，红笔抹去。前件总结共若干人。二、本处新收饥民。其有新来者，令坐旧人之下，以便令点。亦结共若干人。三、外处流移。若流民，则每日皆新来者，其昨日给过旧人，除病老不能动移外，再与给食，余者不得存留。亦照前计若干人。至初三日以后，即与初二日同。但初二新收者，亦作初三旧管登。如初三无新收，即于本款下注无字。如此不惟人数有所稽察。（有一人即有一人之食，合勺米谷，无縁冒领。）

一、禁乱民　如此赈粟，如此煮粥，则邑无不遍之村，人无不得之食，病而死者有之，饿而死者无矣。即各处流来饥民，在郡邑虽他人家之赤子，在大造亦生成中之一物也。纵不得赈，亦得同食，庶几人已一视矣。各灾民但当安心守法，听候赈期。本州县穷民，不许三三五五强行勒借富户，噪呼嚷乱，致生事端。其外州县流民，亦当散处乞食，不许百十为群，抢夺市集，惊动乡村，令士人掩扉躲避。卷察奉旨，朝廷止悯穷民，不恤乱民，违者以乱民论，打一百棍，梆缚游示三日，处以强盗之律。如有富民能向义输粟者，照赏格优待。

迁庵子曰：昔贤有云，夫岁灾而民病者，无备故也；酌泉府而寡储蓄者，无政故也。古人尽授田耕三余一，遗人掌委积以待施惠，廪人诏谷用以治年之丰凶，卒有方千里之水旱，民不捐瘠。今官无储积，野鲜盖藏，无论三年九年，即一岁饥殣，小民能不假贷，足乎？户口繁盛之地，即大有秋，能不转他郡邑谷粟以饷乎？一不登而夏何以支？故曰无备也。义、社、预备等仓棋布境内，乃折乾以备上官迎送之费，而猾胥复阴阳乾没之，谷化为金钱而耗托于雀鼠矣。按而诘者？谁故汲黯、郭仲默之开仓，人虽效慕，每咋舌而阻。故曰无政也。上官报灾，必须简核。文移往覆，每致后时。幸不后时，而课额难亏，调停曲处，惟存留改折。存留之法，无异养狙，朝三暮四，沾惠无几。改折又非旧额，每加价以敛。夫折纳充数，民已不堪，准估价钱，因灾负利，所得甚少，其伤实多。散贷赈饥，九重厚德，然饥民散处郊坰，报名于闾右之豪，出入于奸胥之手，旷日持久，得失不讐。窃谓四民之苦，惟农称最。丰仅半菽，凶年沟瘠，岁苟饥馑，当先惠农，或将赈银计亩均给，实授秉耒者，或以赈银抵充赋额，停粮不征。再行平粜、赈米、赈粥及劝赈兴工代赈诸法，小民庶沾实惠耳。盖三老冻馁而公聚朽蠹，婴以知齐之衰。道殣相望，女富溢尤，胖以卜晋之败。荒贬之条，始于天子。宗庙鬼神祷而不祀，平决狱囚，停止造作，汰浮靡之费，放无用之兽，此救荒常法，奈何不一举行以见优于百姓乎？救寒者，虽有榾柮累千，不如洪钧一转。庙堂略加樽节，胜有司补苴多矣。储蓄之法，不必如贾谊募民屯种也，不必如晁错募民入爵免罪也，但就今之赎锾责其实，而郡邑令监司岁可积五千石以上，鹾使者布泉，所积尤多。若行之十年，足备一年之赈矣。夫民饥，得粟数斗即活。今以供馈遗，是馈者以数百人生命，结人一朝之欢，而受者囊数百人之命以去，奈何不思之泣下也。人以行政，政以修备，其在亲民贤令乎？语最真切痛快，录之。

钱佃守婺州。时婺大旱，佃至祷雨，发为白。劝民出粟，活七十余万口，政甲一路。时朱晦庵遗陈同甫书云：婺人得钱守，比之他郡，事体殊不同。其救荒之政，为诸郡最。

洪皓为秀州司隶。宣和六年，秀州大水，田不没者什一。流莩塞路，仓府空虚，无赡救策。洪皓白郡守，以荒政自任。悉籍境内粟，留一年食，发其余粜于城之四隅，每升省市直钱五。戒米肆揭价于青白旗上，巡行无时，抶其靡者，皆无敢贵粜。不能自食者，为主之。立屋于东南废寺，十人一室，男女异处。防其涌伪，涅黑子识其手，东五之，南三之，负爨樵汲有职。民有侵牟斗嚣者，乱其手文逐之，皆帖然畏伏。借用所掌发运民钱，会浙东纲常平米四万斛过城下，皓遣吏锁津栅，谕守使截留。守禁不肯，曰：此御笔所起也，罪死不赦。皓曰：民仰哺当至麦。今腊犹未尽，中道而止，则如勿救。宁以一身易十万人。讫留之。居亡何，廉访使者王孝竭至郡，曰：平江哀号诉饥者旁午，此独无有，何也？守具以对，即延皓同往寺验视，民肃然，无出声。孝竭曰：吾尝行边，军政不过是也。违制抵罪，得为君脱之，且厚赏。呼吏草奏。皓曰：免戾幸矣，安所赏？但食犹未足，公能终惠，复得二万石乃可。孝竭以闻，米如数请而得。至麦秋，民相携以归。前后所活者九万五千余人。每伺皓出，无不以手加额，呼为洪佛子。其后秀军叛，纵掠乡村，过皓门曰：此洪佛子家也，不敢犯。后使金，流递冷山，还见帝，求归养母。帝曰：卿忠贯日月，志不忘君，虽苏武不能过，岂可舍朕以归养邪？卒以忤桧谪死。

张养浩令棠邑，毁淫祠三十余。后拜御史中丞。时关中大旱，民相食。浩闻命，即登车就道，遇饥者赈之，死者瘗之。经华山祷岳祠，泣拜不能起。天忽阴翳，一雨三日。及到官，复祷于坛社，大雨加注，钞昏即不可得米，浩以银倒换之。乃简库中未毁昏钞，得一千八十五万五千余缗，悉印其背，又刻十贯、五贯为券，给米商印出粜，诣库验数以易钞。又率富民出粟，为奏补官。四月未尝居家，止宿公署。夜祷于天，书〔昼〕出赈饥无怠容。每一念至，即抚膺痛哭。病革，关中民哀之如失父母。

潘鳞长氏曰：《元史·养浩传》首称幼有行义，勤学业，则其功名之尽美，殆本之行义，实之学业乎？按养活〔浩〕遗币追还之事，是其行义也；能读书不辍，是其学业也。然余最喜浩一闻命即登车就道，随路赈济。即此一念，固宜雨祷即至，而民哀之如父母也。

《康济谱》一则

许份知邓州，政尚宽简，务为劝戒，而人尽其情，庭无留讼。盖一本于诚信，故人爱服之。邻路饥，流死载道，邓州赖份独安。诏份赈济，份置场列室，异器用，异旗物，鸣鼓给食。三日一诣问饥饱，而劳苦其病赢。凡十月，全活饥民三万六千九百有奇。

潘鳞长氏曰：往南直大饥，户部议发银赈贷。席文襄疏谓，江北淮扬、庐、凤诸郡，灾伤为甚，苏、松、常、镇次之，徽、宁、池、太又次之。执政始知状，议遣大臣往赈。公适上赈粥要议，众喜曰：此任当属此公也。时饥莩塞途，人至相食，盗贼莫可制。公被朝命，讲求时宜，谓给散银米，实滋弊端，且饥民命在旦夕，若待编审事定，将无遗类矣。设粥则所赈皆贫民。乃令州县每十里为一局，先发见银市米为粥。饥民趋之，全活者若千万，众盗贼渐解。乃以奏截运储及户部所发银，给粥两月，饿者稍苏。始定议银米间月兼给，人沾实惠。救饥如文襄与许邓州，又岂可目设糜为下者乎？总之惠当其厄，设糜亦上策也。不则人散银米，实滋弊端。文襄之妙，妙在先令州县十里为一局，俟粥食两月，然后议给银米，所以人沾实惠，而豪强不得为奸也。

又昔贤论救荒无奇策，而以施粥为下。然施粥在荒岁最为切要。盖有米四合，可作粥四碗，一人逐日得此，尽可度活。以百人计之，每日用米四斗，每月该米十二石，每米一石计银若干，用银若干，可备二月煮粥，以供百人，以三月为率，是用银若干两，即可全活千人也。可见以银籴谷，分散者有限，不如施粥之道均，而得济者多也。繇是而推之，正印官捐济万人，佐贰等朋济千人，乡绅大户量其田亩之多寡，或千人，或百人，则是一县之中十数万之饥民可不劳而济矣。是在长人者推诚以劝诚之可也。

《皇朝经世文》救荒事宜一则（张伯行撰）

极贫之人宜赈粥，然赈粥惟官长行之，而绅衿富户鲜有行之者，非尽无恻隐之心也，有所畏而势不能为耳。盖施粥之名一出，人来必众。此人得食而彼人不得，则彼人怨；今日得食而明日不得，则明日怨；本月得食而下月不得，则下月怨。恩未结而怨已随之，所以虽有其心而不敢见之施行也。然则随力赈粥，使人感恩而不怨者，岂无道乎？今设为担粥之法。富家有力愿施粥者，每遇风雪寒冷，难以求食之日，煮粥一担，令人肩挑粥担，随处给食，食毕即已，明日再煮，陆续挑给。担粥煮者众，则全活者多，且无敛怨争挤之患矣。又风雪之日，饥民不能出门户，每人量给粥一顿，俟天气和暖，方能出门营求。此在富者所费有限，而贫者续命已多。若给食至于数十户者，地方官亦即申报，酌行奖励。

《皇朝经世文》《筹济编》煮赈一则

吕东莱论救荒，以设糜粥为下。惠仲孺亦谓荒政之弊四，而行粥居第一。良以行粥之举，壮者得歠而不能及幼孤老病之人，近者获铺而不能周僻壤深山之境，且萃数千饥馁疲民于一厂中，气蒸而疫疠易染，众聚而奸盗易萌，强者数次重餐，弱者后时空返，即其得食者，仰给一盂，奔驰数里，晨往夕还，冲风冒雪，得毋愈甚，况重以吏胥侵蚀，撩以石灰，杂以糠秕，嗟尔嗷鸿，活者二三而死者十六七矣。然此法之弊也，究非法之弊也，乃行法者之弊也。夫苟行之而不善，虽良法皆成弊薮。苟行之而善，虽常法可绝弊端。窃以为灾黎未赈之先，待哺不迫，既阕之后，续命犹难。惟施粥以调剂其间，则费易办而事易支。又如外之流民，户口难稽，人数无定，非煮粥曷济乎？此不独富室者硕宜行之乡里，即有司亦当行之郡邑而不可废也。前代糜粥之设，历有良规，国朝偶逢歉岁，轸恤多方，而煮赈之典未尝遍废。爰采辑良法，著其利弊，贤士大夫有志振穷者知其弊而杜之，散其利而普之，虽谓煮赈为尽善之仁术可也。

同治辛未成都平粜章程[*]

平粜章程序

此云鹄守成都时所定平粜章程也。是岁为同治辛未，成都旱饥，请赈粜于上，咸谓饥不甚，姑辽缓。予退，则言是故作仓皇，要民誉耳。不得已白制府吴勤惠公曰：守不职，致民饥如此，愿乞退。公慰留久，相对泣下，慨发帑金二万两，命办赈粜。先是省垣每次办赈，惟设总局，费常逾数十万。人多拥挤，或坐守累日不得粒米，老弱挤踏毙命者常数十人。壮者守候久，饥火中烧，愤聚扑打，甚至开局甫一日即被坼毁。以故官蜀者多以赈粜为畏途。方旱荒时，予博采群言，延见属吏、耆老及四路绅约，令各抒所见。献言者如鹜。虽极可晒者，予亦不噱之，但择其有实际，切时用，可立见施行者，酌之为章程十六条，与同人熟商，皆谓无流弊，上之大府允行。乃由总局分设四局于四门，复由四局分为四十五局，照章举办，民饥遂瘳。自开局至终事，安静如平常。固由章程妥善，抑属吏绅约感激愚诚，同心轸济之功不可诬也。今越十余年矣，却忆尔时力疾循视各粜局及各粥厂时，犹觉黯然。客有请予前定章程刊以示后者，予曰：此予一时不得已权宜之政耳，曷足为法？救荒诸书具在，志乎民者熟复之可也。客曰：吾非谓若所定章程可慨之他省，可用之川中各属，惟用之成都省垣，则一言不可增减。增减者，弊立出。事后乃悉子择言之精，用心之苦也。予闻言不胜怅触，遍寻不得稿。久之索于友人乃获，遂刊而存之蜀中。

平 粜 章 程

一、四局每日粜米，诚恐人众拥挤，以致假冒重买，难于稽查。今拟各保公举殷实公正绅商一二人，协同本保正、乡约、甲长，按册查明所属街内贫民户口若干，每日需米若干，各绅商乡保赴局呈明，领票并米，将票分给各贫户，执票遵照牌定价值，赴各保公所买。

一、四门分局：东门玉皇观，南门川主庙，西门天君庙，北门新开寺。

一、每日各局验票收钱后，即于票上盖用某日收三字戳记；执票验明发米，亦于票上盖用某日发戳记，以杜重领之弊。

一、每日米价不能预定，逐日按照市价递减，牌示为准。

一、查街委员清查户口之后，每日分段稽查原查之街，督同各绅商、保正、乡约验票粜米，俟撤局之日销差。不愿者先行禀明，以便改委，毋迟误事。

一、各局巳刻开粜。如一保内街道较多者，由各局发米，须自行酌定时刻，分段发卖，以免拥挤。

一、各街委员、保甲、发米官，给一簿登记，由分局送总局。

一、无论老少男妇，聚众生事，或已减之价，希图短少估买者，严办。

一、有力之家冒充贫民混买者，查出严办。

一、每日每丁口准买米二合半。

一、绅衿富户有能捐米助官济民，及于乡场市镇设法平粜，并煮粥赈饥，捐米至五十石以上者，给予匾额花红；百石以上从优议奖。

以上十六条规程，各宜遵照毋违。特示。

刊平粜章程讫，伏忆是岁惠溥而费省（五字本制府批札），初终安静无事，良由大宪厚恩，共事诸人同心协力，及分厂之多、立章之审。尤有一事不在章程内而最关要著者。是时勤惠公既慨然发帑赈饥，命所司急查贫户，予请曰：旗绿二营兵丁亦多饥者，作何办理？公曰：兵亦民也，其饬令一体造烟户册。予即传绿营领哨来署，谕以制宪厚恩，速造册来。诸弁领恩不已，末座一弁起立言曰：世职有言上陈。问何言，曰：非执事前不敢陈。如此办理，恐复有如前搅局之事。予变色曰：大宪如此厚恩，视兵民皆如怀中赤子，救其饥乏，乃反搅局，子言奇矣！弁曰：请俟世职言毕。世职在营久，深悉营中情形。凡充兵者，无不爱虚体面，造册时令书极贫、次贫字样，皆不愿。及入局买米，则人人欲买，不准买则哗。数人哗，众随之哗，局立搅矣。予谛听良久，颔之曰：若言殊近理，然则绿营兵听其饿死耶？弁曰：大宪恩允预支各营兵盐菜米折两月，兵安矣。兵安，办平粜易易耳。予以手拍胸，力任之。明日回制军，遇旗营诸佐领于官厅，告之故。佐领金曰：旗营兵犹绿营也，愿与之同。于是据情入告，获允。将领弁兵皆悦服，谓予曰：如此办理，若有一兵至局滋扰，将领等甘任咎。是役也，上下安全，无一哗言诟语。岁虽饥不害，其得力实在乎此，实始于微末武弁之一言。补录之，以诒后之有心经世者。（武弁冯姓，今在越嶲带勇，世袭云骑尉也。）

光绪七年又七月识于蜀垣之文庙街